Von den Seitengassen in Bombay zu den heiligen Hallen in Cambridge, vom Terroristencamp in den Bergen Afghanistans zu einem Trappistenkloster in Kalifornien – das ist der Weg von Zia Khan, einem jungen Inder aus einer liberalen muslimischen Familie. Egal welcher Weltreligion er sich anschließt, Zia glaubt, der Auserwählte zu sein: Gottes kleiner Krieger. Schonungslos zeigt der Roman, wie schmal die Grenze zwischen echter Hingabe und Fanatismus ist.

»Kann ein Roman über religiösen Fanatismus witzig und spannend wie ein Thriller sein? Ja. Kiran Nagarkar hat ihn geschrieben.«

Brigitte

Kiran Nagarkar, 1942 in Bombay geboren, schreibt in Marathi und Englisch. Er veröffentlichte Romane, Theaterstücke und Drehbücher. Für seinen Roman »Krishnas Schatten« erhielt er die höchste Anerkennung der indischen Literaturakademie, den Sahitja-Award. Kiran Nagarkar lebt in Bombay.

Unsere Adresse im Internet: www.fischerverlage.de

Kiran Nagarkar

Gottes kleiner Krieger

Roman

Aus dem Englischen
von Giovanni und Ditte Bandini

Fischer Taschenbuch Verlag

Die Übersetzung aus dem Englischen wurde unterstützt mit Mitteln des Auswärtigen Amtes durch die Gesellschaft zur Förderung der Literatur aus Afrika, Asien und Lateinamerika e.V. Veröffentlicht in Zusammenarbeit mit National Book Trust, India.

Die gegenüber der Originalausgabe geringfügigen Änderungen sind mit dem Autor abgesprochen.

»Gottes kleiner Krieger« ist einer Parabel für unsere Zeit, ein Lehrstück ohne Botschaft, das frei mit Zeiten, Realitäten und Genres umgeht.

Veröffentlicht im Fischer Taschenbuch Verlag,
einem Unternehmen der S. Fischer Verlag GmbH,
Frankfurt am Main, März 2008

Lizenzausgabe mit freundlicher Genehmigung
des A 1 Verlags, München
Die englische Originalausgabe erschien 2006
unter dem Titel »God's Little Soldier«
by HarperCollins Publishers India

Druck und Bindung: Clausen & Bosse, Leck
Printed in Germany
ISBN 978-3-596-17690-8

Zia

Eines der eindrucksvollsten Kindheitserlebnisse, an das sich Zia genau erinnern konnte, war ein Konzert in Firdaus, dem Haus der Familie. Seine Tante Zubeida deutete mit dem Kinn auf das Podium und sagte: »Der da, das ist der Satan.«

Zia hätte im Bett liegen sollen. Er konnte die Augen kaum offen halten, aber er war fest entschlossen, nicht einzuschlafen. Seine Eltern hatten seinem Bruder Amanat – mit der schäbigen Begründung, dieser sei älter – erlaubt, die ganze Nacht aufzubleiben. Zia würde es ihnen schon zeigen. Nicht nur Amanat, auch sein Vater, seine Mutter und sämtliche Gäste würden spätestens um drei oder vier völlig weggetreten sein, aber er würde immer noch durchhalten.

»Schau sich das einer an: Männer und Frauen schamlos durcheinander gemischt«, brummelte Zubeida, während sie versuchte, Zia mit energischen Klapsen auf Kopf und Brust zum Einschlafen zu bringen. »Anständige Frauen lassen ihren Sari nicht von der Schulter rutschen, so dass man ihre Brüste sieht. Sie sollten gar nicht hier sein. Oder eine Burka tragen, wenn sie in Gesellschaft sind.«

An jedem anderen Tag hätte Zia, dermaßen traktiert, binnen weniger Minuten das Bewusstsein verloren. Aber nicht heute.

»Ich bin nicht müde«, sagte er und setzte sich in seinem Bett auf, »bestimmt nicht.«

»Du bist ein eigensinniges Kind, Zia. Ich sollte dich bestrafen, aber ich habe ein weiches Herz, und du nutzt das aus.« Tante Zubeida seufzte und biss die Zähne zusammen, fest entschlossen, nein zu sagen. »Na gut. Fünf Minuten darfst du dir das schändliche Spektakel da draußen ansehen. Dann geht es wieder ins Bett, und zur Strafe werde ich dir heute Abend kein Schlaflied singen.«

Zia warf die leichte Baumwollsteppdecke beiseite und rannte hinaus. Er lehnte die Tür hinter sich nur an und ließ sich auf den Teppich plumpsen. Seine Tante gab sich betont uninteressiert, während sie Kissen und Überdecke glatt strich, ließ sich aber dann schnell hinter ihm nieder. Der berühmte Sänger Rehmat Khan dröhnte von der Mitte einer improvisierten Bühne aus wie ein sich zusammenbrauendes Gewitter. Zu seiner Linken saß der Tabla-Spieler, kaute *pan* und machte ein gelangweiltes Gesicht, während auf der rechten Seite der Sarangi-Spieler dem Gesang mit minimaler Verzögerung folgte und ihn Ton für Ton auf seinem Streichinstrument nachspielte. Hinter dem Sänger saß ein Mann, der wie dessen kleinere und dürftigere Kopie wirkte. Er zupfte die vier Saiten seines Instruments und tat dabei so, als wäre er gar nicht da, in der Hoffnung, dass sein Vater ihn nicht auffordern würde, in seinen Gesang einzustimmen. Doch von Zeit zu Zeit stieß der ehrwürdige Sänger einen Grunzlaut aus, und der junge Mann gab ein paar kraftlose Töne von sich.

Zia hätte es vorgezogen, Rehmat Khan nicht anzusehen, aber die schiere Masse des Mannes übte eine Anziehungskraft aus, der man sich nicht entziehen konnte. Er war kein Mensch, er war ein Berg, ein *Kangchenjunga* mit gezwirbeltem Schnauzbart. Bis an den Himmel reichte er zwar nicht ganz, aber das war egal. Man hatte das Gefühl, dass seine spannenhohe kaschmirische Mütze ihn streifte. Er trug eine knielange mitternachtsblaue Jacke. Die drei obersten Knöpfe samt Kragenschnalle sowie die drei untersten Knöpfe waren offen. Unter seinen Achseln waren dunkle Schweißflecken zu sehen, und er wischte sich in einem fort das Gesicht mit einem riesigen grünseidenen Tuch ab. Er saß mit gekreuzten Beinen da. Unter seiner Hose sahen magentarote Socken hervor. Ihre Elastikbündchen waren ausgeleiert und hingen wie welke Blütenblätter nach außen. Der Mann hatte eine Stimme wie eine gigantische Bohrmaschine, die gut hundert Meter unter der Erde einen Tunnel grub; nichts konnte ihr widerstehen. Wenn er gewollt hätte, wäre es ihm ein Leichtes gewesen, den Erdboden unter ihnen wegzuschieben und sie in die feurigen Abgründe des *jehannam* stürzen zu lassen, die laut Zias Tante Zubeida den Sündern und Ungläubigen vorbehalten waren.

Selbst mit geschlossenem Mund hätte der Sänger furchteinflößend ausgesehen. Aber was er mit Augen, Mund, Zunge und Händen veranstaltete, erfüllte Zias Herz mit purem Entsetzen. Der Zeigefinger von Rehmat Khan schoss plötzlich in die Höhe und wies auf die Mitte des riesigen flammenden Kronleuchters. Seine linke Augenbraue wölbte sich bedrohlich, und von den Augen war nur noch das Weiße zu sehen. Sein Mund, die Lippen weiter geöffnet als seine ausgeleierten Socken, kreiste wild um sich selbst, während seine Zunge im Inneren der Mundhöhle wie ein nach Luft schnappender roter Fisch zappelte. Die andere Hand griff nach oben und holte die erste zurück. Von der Disharmonie und Heftigkeit des Schauspiels gebannt, rollten auch Zias Pupillen nach außen, sein Mund stand weit offen, und seine Zunge flatterte im Gleichtakt mit der des Sängers. Jetzt tauchte *ustad* Rehmats Kopf hinab, während seine rechte Hand die fünf Töne, mit denen er spielte, zu einer verschlungenen, hin und her schlingernden, funkelnden und Purzelbäume schlagenden Koloratur klein hackte. Mindestens hundertfünfzig, vielleicht zweihundert Leute, die auf Teppichen um das Podium, an den Türen und auf der gesamten Länge der vorderen Veranda des Hauses saßen, starrten ihn gebannt an.

Es war Dezember. Wahrscheinlich stieg die Flut gerade, denn es war eine frische Brise aufgekommen. Die feuchten Flecke in den Achselhöhlen des Ustad trockneten allmählich und hinterließen dabei einen hellen Rand, der die Grenze ihrer größten Ausbreitung anzeigte.

Das Tempo nahm zu. Die Stimme des Ustad grollte mal wie Donner, zirpte bald im Falsett. Sie sprang von Register zu Register, dass den Zuhörern schwindlig wurde. Auch der Tabla-Spieler war mittlerweile voll eingestiegen. Er drosch mit flachen Händen auf seine zwei Trommeln ein. Noch ein paar Prügel dieser Art, und das straffe Leder würde zerreißen und seine Hände würden in den Dingern verschwinden. Jetzt verlor der Ustad jegliche Beherrschung. Es war nicht mehr zu erkennen, ob er lächelte oder weinte oder beides gleichzeitig tat. Seine Hände wirbelten, seine Augen rollten, seine Ohren zuckten und sein Unterkiefer schien aus dem Gelenk gesprungen zu sein, aber er wütete unverdrossen weiter.

Das war der Moment, als Zubeida-*khala* den Namen des Verhassten in den Mund nahm: »Der da, das ist der Satan.«

»Ist Singen verboten, Khala*jan*?«

»Ja«, fauchte Zubeida. »Außer, es ist zum Lobe Allahs.«

»Vielleicht lobt er ja den Allmächtigen.«

»Nein, tut er nicht.«
»Woher wissen Sie das? Man versteht doch kein Wort von dem, was er sagt.«
»Lästere nicht! Ich weiß es tief in meinem Herzen.«
»Dann ist Satan also das, was der Ustad macht?«
»Nicht der Ustad, du Dummkopf. Der ist nur der Handlanger des Satans.«
»Wer ist dann der Satan?«
»Dein Vater. Ja, dein Vater. Er ist der leibhaftige Böse. Seinetwegen werden wir alle in Ewigkeit in der Hölle schmoren.«
Und da wusste Zia, dass er seinen *Abba* für immer und ewig verloren hatte. Seine Tante hatte Recht: Abbajan war Satan, denn nur er war imstande, sich so sanft, lustig, liebevoll und zärtlich zu geben, so zu tun, als rackerte er sich für das Wohl seiner Familie ab, während er unentwegt ihren Untergang plante. Doch er, Zia Khan, würde sich vor seiner Pflicht nicht drücken. War er nicht der Gesalbte? Zubeida-Khala hatte ihm das schon immer gesagt. Und jetzt war es seine Pflicht, diesen Teufel, der sich als sein Vater ausgab, erbarmungslos zu entlarven und bloßzustellen. Mochte Abbajan es nur wieder mit seinen Tricks versuchen, sollte er ihm ruhig zu seinem Geburtstag, der nächsten Monat war, ein Geschenk kaufen, er würde es ablehnen. Aber das würde nicht ausreichen. Teuflisch wie Abbajan war, kaufte er Geschenke für die ganze Familie, einschließlich Zubeida-Khala, selbst wenn keiner Geburtstag hatte. Nur wegen des Vergnügens, die Freude in ihren Gesichtern zu sehen, sagte er. Vergnügen, das war das entscheidende Wort. Vergnügen ist die Schlinge, mit der der Satan leichtgläubige Dummköpfe verführt und einfängt. Abbajan würde heute Nacht zusammen mit *Ammi* in sein Zimmer kommen, um ihm einen Gutenachtkuss zu geben, doch er, Zia, würde sich abwenden. Das würde Ammijan verletzen, aber da konnte man nichts machen. Schließlich tat er es für eine gute Sache, für die allergrößte Sache überhaupt. Der Allmächtige würde es schon verstehen und stolz auf ihn sein.
Zia würde sich eine Liste all der Dinge machen, die seinem Vater Freude bereiteten, und sich ihrer von nun an enthalten. Das würde schwierig werden. Sein Vater freute sich über kleine Dinge, mittelgroße Dinge, große Dinge. Er war ein solcher Schurke, dass es ihm

sogar Freude machte, absolut gar nichts zu tun. Er fand es unterhaltsam zuzusehen, wie sich sein beginnendes Bäuchlein auf und ab bewegte, wenn er im Bett auf dem Rücken lag. Er legte sich eine Murmel in den Nabel und schloss mit den Söhnen und seiner Frau Wetten ab, ob sie nach links oder rechts, zurück oder nach vorn in Richtung seines Kinns rollen würde. Er hatte besondere Kosenamen für sie alle: Ammijan war die »Liebe« seines Lebens, Amanat war die »Freude« seines Lebens, und Zia – ganz der Bedeutung seines Namens entsprechend – war das »Licht« seines Lebens.

Da saß er, der Satan. Seine Augen waren geschlossen, und er ging vollkommen in Ustad Rehmats Gesang auf. Neben ihm saß Satans Sohn, Zias Todfeind, Amanat. Die »Freude« würde bald aus ihrem Leben verschwinden, dafür würde Zia schon sorgen.

»Sündige du nur fort, Satan«, sagte Zubeida laut. »Heute ist es ein Sänger, als Nächstes bringt er Tanzmädchen aus dem *kotha* hierher.«

Hätte er die Wahl gehabt, dann wären Zia Tanzmädchen unendlich viel lieber gewesen als der Gesang dieses Rehmat Khan. Sie hätten bestimmt Glöckchen an den Fußknöcheln getragen, so wie alle Tänzerinnen. Sie wären herumgewirbelt, bis ihre Füße nur noch schwindelerregende, huschende Schatten gewesen wären.

Zubeida-Khala war einmal mit ihm in einem Hindi-Film gewesen und hatte ihn aufgefordert, die Augen zu schließen, als eine Frau in Hotpants zusammen mit fünfzig weiteren Mädchen in knappen Röckchen zum bezauberndsten Lied, das er jemals gehört hatte, tanzten. »Rumba ho, ho. Sumba ho, ho.« Er hatte die Hände vors Gesicht geschlagen und zwischen den Fingern den Disco-Tanz verfolgt. Dabei hatte er ein seltsames Gefühl in der Brust gespürt. Sein Herz war in den Rhythmus der Musik eingefallen. Ein langsamer, dumpfer Bums, gefolgt von zwei schnellen Schlägen an seinem Brustkorb. Bums ho, ho; bums ho, ho. Wochenlang hatte er zu Rumba ho, ho, Sumba ho, ho getanzt. Er hatte Abbajan beigebracht, wie man Disco tanzte. Und Abbajan hatte Ammi aus der Küche geholt, das Band zurückgespult und sie zum Tanz aufgefordert. Er hatte sogar Zubeida-Khala aus ihrem Zimmer gezerrt. Sie war wütend gewesen, aber sein Vater hatte nur gelacht und sie gezwungen, die Füße hin und her zu bewegen. Der Einzige, der sich nicht gerührt

und bloß zugesehen hatte, war Amanat gewesen, weil er gerade einen Anfall gehabt hatte. Aber wann hatte der schon keinen Anfall?
»Holt Abbajan wirklich Tanzmädchen ins Haus? Wäre das nicht toll? Viel besser als dieser jaulende Mann.«
»Nur über meine Leiche.« Zubeida verpasste Zia eine Kopfnuss. »Wenn ich nicht auf dich achtgebe, bist du des Satans nächster Kandidat und nächstes Opfer. Ab ins Bett, sofort!«

Sonntagnachmittags gingen Abba und Ammi zum Pferderennen. Manchmal jedoch musste Ammi wegen Amanat zu Hause bleiben. Bei ihm war alles Glückssache. Es ging ihm die Nacht über schlecht, am Morgen war er wieder wohlauf, und dann plötzlich, wenn Ammi und Abba sich fertig machten, oder noch besser, wenn sie gerade in den alten Bentley stiegen, bekam er wieder einen Asthmaanfall. Ein Blick auf ihn, und Ammi stieg aus dem Wagen.
»Fahr du nur, Zafar. Ich muss bei den Kindern bleiben.«
Ammijan musste eine hervorragende Schauspielerin sein. Niemals, niemals verriet ihre Miene Enttäuschung oder Groll. Nicht einmal zwei oder fünf Tage später schnauzte sie Amanat an oder machte ihn Zia gegenüber schlecht.
Abba war auch kein Anfänger als Komödiant, aber wenn seine Frau ausstieg, streckte er seine Hand manchmal für den Bruchteil eines Augenblicks nach ihr aus, als wollte er sie daran hindern, ihn zu verlassen.
»Shagufta, du weißt doch, dass mir an diesen Rennen überhaupt nichts liegt.«
Dann lachte Ammi. »Lügner.«
Aber es stimmte schon. Sie war es, die nach Kartenspiel und Pferderennen schier süchtig war. Schlag 16.30 Uhr wurde sie unruhig. Dann war es Zeit, in den Wellington Club zu fahren, um Karten zu spielen. Und sonntags war sie nach dem Mittagessen so nervös wie die Rennpferde, die an dem Tag laufen würden.
»Geh schon, Zafar, Amanat braucht mich.«

Zia verachtete Amanat dafür, dass er seinen Eltern so oft einen Strich durch die Rechnung machte. Sein älterer Bruder war ein richtiger Spielverderber. Zia betete aber auch dafür, dass sein Bruder sich niemals ändern würde. An den Tagen, an denen es ihm gut ging und ihre Eltern auf der Rennbahn waren, machte Zia die Augen fest zu und wünschte mit aller Macht, dass sein Bruder krank würde, ganz furchtbar unheilbar krank, so dass einer der Diener gezwungen wäre, ein Taxi zu nehmen, in aller Eile zur VIP-Tribüne der Rennbahn zu fahren und Ammi nach Hause zu holen. Vielleicht sogar Ammi und Abbajan, so dass Abba bei Amanat bleiben konnte und Zia seine Mutter für sich allein gehabt hätte.
Ein Anfall war für Amanat immer Grund genug, nicht mit Zia zu spielen. »Kricket?« Zia war bereit, Großmut walten zu lassen. »Du schlägst, ich werfe.«
Das bedeutete für Zia kein geringes Opfer. Ja, er musste schon ein wenig mehr als nur frustriert sein, um ein solches Angebot zu machen. Er war ohne jeden Zweifel der beste Schlagmann der Welt. Mit wem er auch spielte, mit seinem Bruder, seinen Eltern, einem der Diener oder mit einer Mannschaft von Jungen aus der Nachbarschaft, er wurde nie »ausgeschlagen«.
Beim Kricket ging es, wie überhaupt bei allem im Leben, ausschließlich um Zahlen. Andere Leute punkteten durch Läufe, Zia ging die Sache anders an. Wenn er über die Spielfeldgrenze schlug, bekam er viermal so viel Punkte. Da er meistens sogar Sechser schlug, stieg sein Punktestand jeweils um das Vielfache von sechs an. Früher oder später – und zwar lieber früher als später – würde man die Spielregeln eigens für ihn umschreiben müssen. Vierer und Sechser waren für Zia Kinderkram. Sie wurden seiner Leistung nicht gerecht. Seine Schlagkraft und seine Technik waren so überragend, dass seine Schläge eher nach Zehnern und Zwanzigern aussahen.
Zia hat einen Kopf für Zahlen. Er kann jede beliebige Zahl mit zwei und mit drei potenzieren, ob die nun fünf oder fünfzehn Stellen hat, und ebenso leicht kann er die Quadrat- oder die Kubikwurzel ziehen, selbst wenn es bedeutet, mit soundsoviel Stellen hinter dem Komma zu arbeiten. Zia kann kreuz und quer durch den Zahlenraum sausen, ohne mehr als nur die Spur eines bewussten Ge-

dankens aufzuwenden, und dennoch glaubt er weiterhin felsenfest, seine eigentliche Stärke sei Kricket.

Amanat hatte die ganze Nacht kein Auge zugetan und rang nach wie vor nach Luft. Er sah schrecklich aus, aber er gab nicht auf. Er tat alles, was die Ärzte ihm sagten, ohne Klagen und ohne Theater. Er machte seine Inhalationen, streckte den Arm aus, damit der Labortechniker in seine Vene stechen und ihm Blut abnehmen konnte, er schluckte seine Pillen, ließ sich die Sauerstoffmaske aufsetzen, konnte ein paar Stunden lang freier atmen, und dann ging das Gekeuche wieder los. Er verlor nie die Beherrschung, wenn es ihm schlecht ging. Er wurde nie reizbar. Man konnte die Nacht über bei ihm wachen und zu Allah beten, dass Er ihn heilen möge. Man konnte ihm ganz sanft über den Rücken streichen, so wie Abba das tat, um seine Krämpfe zu lindern. Und dennoch wusste man, dass alle Bemühungen eher den Zweck hatten, das eigene Gewissen zu beruhigen, als ihm zu helfen. Wenn Abba, Ammi, ja selbst die Ärzte sich getraut hätten, dann hätten sie gestanden, dass sie Amanat dafür hassten, dass sie sich ihm gegenüber so hilflos fühlten.

»Spielen wir Monopoly?«, probierte es Zia wieder einmal.

»Bielleich päter«, stieß Amanat zwischen zwei Versuchen hervor, alle Luft der Welt in sich einzusaugen.

»Du sagst immer ›vielleicht später‹, und dein Später kommt nie.«

»Berprochen.«

»Nein, jetzt. Nix versprochen. Wo ist Ammijan? Sie kann den dritten Mann machen.«

Amanat hatte das Zeug zu einem meisterhaften Stotterer, wenn er einen Anfall bekam. Er konnte gnadenlos so lange weitermachen, bis ihm Zia am liebsten die Gurgel durchgeschnitten und seiner Qual ein Ende bereitet hätte.

»Ba-ba-ba ...«

»Babababa macht das schwarze Schaf. Hör auf damit, Amanat.«

»Babber, ’eißes Babber und Oni.«

Heißes Wasser und Honig, das hätte Zia sich denken können. Wenn Amanat einen Krampfanfall hatte, ging Ammijan in die Küche, holte ein Glas mit heißem Wasser, löste darin zwei Esslöffel Honig auf und brachte es Amanat ans Bett. Es spielte keine Rolle, dass

Amanat sich gerade hüpfend und bockend die Seele aus dem Leib hustete. Das brachte Ammi nicht weiter aus der Fassung. Sie stand da mit einem liebenswürdigen Lächeln im Gesicht und voller Verständnis.

»Ich hab's nicht eilig, Schätzchen. Lass dir ruhig Zeit.«

Schätzchen ließ sich regelmäßig Zeit, hatte auch kaum eine andere Wahl, da das Husten ihn wie einen Pingpongball auf dem Bett herumhüpfen ließ. Ammis Geduld kannte vielleicht keine Grenzen, aber das stumme Flehen in ihren Augen ließ Amanat zuletzt immer kapitulieren. Das Resultat war jedes Mal das gleiche: Amanat sagte ja, öffnete den Mund, der Löffel versuchte anzudocken, und das heiße Honigwasser lief über seinen gestärkten weißen *kurta*, auf die Matratze, auf den Teppich, auf Ammi, auf den Fußboden. Ammi gab nie auf. Auf der Matratze bildete sich eine ständig größer werdende klebrig-süße Pfütze, und Amanat roch wie ein Bienenstock. Und schließlich – es war nie zu erkennen, ob er es absichtlich tat oder ob es an der Heftigkeit des Anfalls lag – flog Ammi das Glas aus der Hand und ging auf dem Fußboden zu Bruch.

»Macht nichts, mein Sohn, macht nichts. Nimm's dir nicht zu Herzen, du kannst nichts dafür«, versuchte Ammi dann immer, ihren älteren Sohn zu beruhigen, klang dabei aber nicht sehr überzeugt.

Amanat war trotz seiner jungen Jahre ein vollendeter Gentleman. Und wie jeder Gentleman war er ein ausgemachter Heuchler. Er sagte seiner Mutter nie, dass er tatsächlich nichts dafür konnte, dass das zerbrochene Glas ganz im Gegenteil das Resultat ihrer sturen Entschlossenheit war, ihm das Zeug einzuflößen, während er sich in einem solchen Zustand befand.

Im Khan'schen Haushalt existierten drei medizinische Schulen, die gleichzeitig und parallel Anwendung fanden: zunächst Ammijans Honig-Serie – Honig mit Wasser, Honig mit Ei, Honig mit Brandy, Honig mit frischem Limettensaft, Honig auf Toast, Honig in Joghurt. Abbajan andererseits war bereit, seine Ehre, seinen Namen und seinen guten Ruf für ein einziges Medikament zu verpfänden: Wick Vaporub. Einfach sanft in die Brust einreiben, danach warm zudecken, und bis zum nächsten Morgen, so versicherte er, wären nicht bloß ein Allerweltshusten, sondern selbst Bronchitis, Lungenentzündung, Keuchhusten und Emphyseme spurlos verschwunden. Man rieb es sich auf die Stirn, wenn man Kopfschmerzen hatte, rund um die Nasenlöcher, wenn man einen Schnupfen loswerden wollte. Man löste ein paar Esslöffel davon in kochendem Wasser auf und inhalierte zweimal am Tag die Dämpfe, und selbst die renitentesten Nebenhöhlen wurden – und blieben fortan – frei. Amanat erschauderte jedes Mal, wenn er Abbajan mit einem Großfamilienglas Vaporub in der Hand näher kommen sah. Er hegte eine starke Abneigung gegen Salben und Öle, Breichen und Pasten jeglicher Art, aber Abbas Wick war ihm regelrecht ein Gräuel. Und dennoch ließ er Abbas Maßnahmen klaglos über sich ergehen.

Doch sollte es Zubeida-Khala vorbehalten bleiben, die endgültige Lösung sämtlicher Leiden des Menschen-, Frauen- und Kindergeschlechts zu verabreichen. Es war im buchstäblichen Sinne eine Lösung. Manchmal rührte sie Seife hinein, manchmal Bittersalz, meistens aber erhitzte sie lediglich klares, sauberes Wasser und goss es in das weiß emaillierte Gefäß mit dem mitternachtsblauen Rand, dem drei Meter langen roten Gummischlauch und dem schwarzen Darmrohr. Sie hielt das Gefäß mit der linken Hand in Hüfthöhe und das Rohr mit der rechten über ihren Kopf.

Mittlerweile lag Amanat bereits, mit heruntergezogener Pyjamahose, auf der Seite auf einer *dari* auf dem Fußboden: das untere Bein ausgestreckt, das darüber liegende so stark angewinkelt, dass das Knie sein Kinn berührte. Er hatte die Prozedur schon sechs, sieben Dutzend Mal über sich ergehen lassen, und trotzdem war er noch immer wie versteinert vor Entsetzen. Er, der niemals um Mitleid bat, blickte mitleidheischend zu seiner Tante empor. Doch Zubeida-Khala kannte weder Mitgefühl noch Nachsicht. Sie tue dies nicht, wie sie Amanat versicherte, weil sie ein Unmensch sei, der Genuss aus den Leiden anderer schöpfe, oder weil es ihr einfach Spaß mache. Was sie bewege, seien ausschließlich die edelsten und reinsten Motive. Der Urgrund aller menschlichen Leiden, Krankheiten und Hinfälligkeiten war im Verdauungstrakt zu finden. Die Kur war simpel: alles Böse hinausspülen. Wenn möglich, jeden Tag. Abbajan nannte sie »die Florence Nightingale mit dem Einlauf«, und selbstredend praktizierte sie selbst, was sie predigte. Jeden Morgen, manchmal auch nachts, nahm sie den roten Schlauch mit

dem schwarzen Endstück zur Hand und spülte sich durch. Wenn sie damit fertig war, entstopft und gewaschen, fühlte sie sich tugendhaft und sah auch entsprechend aus. Ein Lichtschein umgab dann ihr Gesicht. Und vielleicht auch einen anderen Körperteil.
Töricht, wie er war, bat Amanat Tante Zubeida alias Florence-vom-Einlauf nie, ihm zu erklären, wieso die Behandlung – die ihrer Aussage nach Gehirntumore, Stomatitis, Elephantiasis, Enzephalitis, Lepra, Schlaflosigkeit, Multiple Sklerose, Haarausfall, eitrige Blinddarmentzündung, Hepatitis A, B, C, D und E, Hautleiden, jede nur erdenkliche Form von Krebs einschließlich Leukämie und jede andere dem Menschen gleich welchen Geschlechts bekannte Krankheit zu heilen vermochte – nicht imstande war, seine Kurzatmigkeit, Bronchialspasmen und vielfältigen Allergien zu lindern. Vielleicht war er klüger, als sein Alter es vermuten ließ, und schwieg aus gutem Grund. Denn Zubeida-Khala hatte ihm immer wieder gesagt, seine Probleme seien nicht real, sie existierten bloß in seiner Vorstellung.

»Ammi, Amanat will nicht Monopoly mit mir spielen«, beschwerte sich Zia bei seiner Mutter.
»Sei nicht so selbstsüchtig, Amanat. Warum willst du nicht mit deinem Bruder spielen?« Ammi sah ihren verzweifelt nach Luft schnappenden Sohn an und erkannte ihren Fehler. »Ihm geht's nicht so gut, Zia, aber es ist nichts, was sich nicht mit Honig und heißem Wasser kurieren ließe. Warte nur einen Moment.«
Zia schlenderte hinaus in den Garten hinter dem Haus. Er stieg die Treppe hinauf zu Abbajans Atelier über der Garage. Die Bildhauerei war Zafar Khans Hobby, aber Zia hatte das Gefühl, dass er hier mehr Zeit als im Büro von »Khan Architects« verbrachte. Er redete sich damit heraus, dass ihm die besten Ideen für seine Bauprojekte dann kämen, wenn er an einem Marmortorso meißelte oder Schrott zu einem zwölf Meter hohen Stabhochspringer für das neue Sportstadion in Delhi zusammenschweißte. Mit geschlossenen Augen tastete Zia die unterschiedliche Oberflächenstruktur der Plastiken ab und hatte das Gefühl, in den kalten durchscheinenden Marmor eingedrungen oder so hart und unnachgiebig wie der Stahl geworden zu sein. Aber dann zog er die Hand zurück, als hätte er sich

versengt. Wieder einmal hatte er Zubeida-Khalas Ermahnung vergessen und war in Satans Sündenpfuhl getappt. Der Islam, hatte sie ihm eingeschärft, verbiete jede bildliche Darstellung.

Das Haus war etwas über hundert Jahre alt und stand auf einem Landvorsprung, der weit ins Meer hineinragte. Diese Lage hatte etwas Wunderbares. Sobald man hier war, konnte man kaum glauben, dass man in Bombay war, in downtown Bombay. Nur ein paar hundert Meter weiter, und man wäre plötzlich vom Straßenverkehr umgeben gewesen, von Autos, Taxis, vorüberbrausenden Bussen, Radfahrern und den Lastern, die nur von 9 bis 18 Uhr durch die Stadt fahren durften. Das Haus war als separates Gästehaus konzipiert gewesen, während sich der Haupt-Bungalow links befunden hatte, dort, wo das Land jäh zurückwich und jetzt ein fünfgeschossiger Luxus-Wohnkomplex stand. Zafars Großvater, der Bauunternehmer, hatte das Gästehaus gekauft und es nach dem islamischen Paradies »Firdaus« genannt. Er hatte daran einige Änderungen und Erweiterungen vorgenommen, doch Abba hatte das Haus fast von Grund auf neu erschaffen. Zafar Khan schien nur eine einzige Sprache zu sprechen, die der Architektur, und er konnte den Leuten damit ziemlich auf die Nerven gehen. Aber niemals Amanat. Amanat konnte nie genug von Abbajan bekommen.

»Könnt ihr euch vorstellen, wie plump ein Mensch ohne Hals aussehen würde, mit dem Kopf direkt auf dem Rumpf? Genau so waren die frühen islamischen Kuppeln. Sie hatten einen sehr kurzen oder gar keinen Hals. Dann kamen die Moguln und bekamen den Hals genau richtig hin, so dass man die wunderschöne Kuppel von Humayuns Grabmal in Delhi sogar von Ferne sehen kann.«

Wohl oder übel hatten mit der Zeit nicht nur Zia und der Rest der Familie, sondern sogar die Dienstboten gelernt, sich fachkundig über Klimaaustausch sowie den Unterschied zwischen romanischem und gotischem Bogen zu unterhalten. Wenn es möglich gewesen wäre, hätte Zafar Khan das Haus mitten im Ozean gebaut. Aber selbst so, wie es jetzt stand, hatte er sich bemüht, den Unterschied zwischen Innen und Außen zu verwischen. Er hatte jede Menge Glas verwendet, aber Schönheit, wie er nie müde wurde zu betonen, sei das Zusammenspiel von Funktion und Proportion. Er wollte die See im Haus haben, aber er wollte auch, dass das Fenster die Aussicht auf Felsen, Ozean, Sonne, Himmel und Mond wie ein sich fortwährend wandelndes Bild einrahmte.

Es war gerade Ebbe, und die schwarzen Felsen lagen frei. Zia hatte mit dem Gedanken gespielt, hinunterzuklettern und ins Wasser zu waten, aber es ging gut zwei Meter steil hinunter, die Felsen waren scharfkantig, und es war schwierig, Halt zu finden. Er fragte sich, wie ihr Bungalow wohl vom Meer her aussehen mochte. Hätte er in sein Zimmer hineinschauen können? Die goldenen, kupfernen, silbernen, bronzenen Scheiben des Mobiles an seinem Fenster sehen können? Die Tagesdecke mit Peter Pan, wie er gerade versucht, seinen Schatten zu fangen? Seine Kricketausrüstung?

Er sah seine Mutter im Wohnzimmer telefonieren. Das Honigwasser-Trankopfer hatte offenbar wieder einmal seine Wirkung verfehlt, denn Ammijan, da war er sich so gut wie sicher, rief den Hausarzt an. Dr. Patwardhan hatte die Khans gewarnt, dass es nur eine einzige Möglichkeit gebe, Amanats Asthma zu behandeln, wenn es nicht auf die üblichen Medikamente anspräche: schleunigst drastische Maßnahmen zu ergreifen. Andernfalls ...

Dr. Patwardhan ging nicht weiter ins Detail.

Zia hatte den Eindruck, dass Dr. Patwardhan als der Hindu, der er war, zu Übertreibungen neigte. Amanat war schon oft ins Krankenhaus eingeliefert worden, aber wieso kam er jedes Mal wieder zurück? Hätte es sich wirklich um einen Fall von »andernfalls ...« gehandelt, wäre Amanat doch bestimmt nicht wieder heimgekehrt, zumindest nicht lebendig.

Ammijan hatte sich heute Zeit gelassen, da Dr. Patwardhan es nicht ausstehen konnte, am Sonntag belästigt zu werden. Zia vermutete, dass sie der Honigbehandlung Abbajans Vaporub hatte folgen lassen und erst, als auch das nichts genützt hatte, zum Telefon gegriffen hatte, um den Arzt anzurufen. Jetzt würde es Dr. Patwardhans Aufgabe sein, Amanat von seinen Qualen zu befreien. Ein für alle Mal, wenn es nach Zia ging.

Dr. Patwardhans Ambassador bog in die Einfahrt ein. Der Arzt stieg aus, gefolgt von einem Spitz und einem Pudel. Auf der anderen Seite erschien Sagari mit zwei Welpen in den Armen, einem Dalmatiner und einem Straßenköter.

»Pass nur auf, dass sie nicht ins Haus kommen, Sagari«, sagte der Arzt zu seiner Tochter, als sie die Welpen hinunterließ. »Tantchen Zubeida macht sich nichts aus Hunden.«

Die Hunde – vielleicht waren es auch Hündinnen, Zia hatte sie sich nicht aus der Nähe angesehen – bellten sich gegenseitig an, bellten den Himmel, die See, das Apartmenthaus nebenan, das Gras, die Fensterscheiben, die Sonne, die Bäume an.

Sagari zupfte sich die Schleifen zurecht, die die Ponyschwänzchen auf ihrem Kopf wie zwei schwarze Pekinesenohren aufrecht hielten. Sie zog eine gelbe Plastikbürste aus der schicken Goldlaméhandtasche, die sie im Arm hielt, kämmte sich damit das Haar und wuschelte es anschließend gekonnt auf. Sie klappte eine Puderdose auf und probierte ein Viertellächeln, ein halbes Lächeln, ein Dreiviertellächeln und schließlich ein ganzes. Sie übte noch einmal das halbe Lächeln; an der Feinabstimmung musste noch ein wenig gearbeitet werden. Sie strich sich das Kleid glatt und sog die Wangen wie eine Schauspielerin ein. »Wie« ist das falsche Wort. Sie war eine Schauspielerin, ein Kinder-Superstar. Sie war das Galionsfigürchen eines Waschmittels, Saffa Saffa, und eines garantiert fruchtsaft- und fruchtfleischfreien Getränkepulvers mit Fruchtgeschmack namens Rasleela. Innerhalb eines Jahres hatte es sämtliche anderen Getränkepulver zusammengenommen überholt.

Sieben Kinder im Alter von ein bis sieben Jahren sitzen, der Kamera zugewandt, nebeneinander an einem langen Tisch. Die ersten sechs nuckeln am Daumen. Das siebte – niemand anders als Sagari – trinkt eine knallbunte Flüssigkeit aus einem Glas, auf dem fett »Rasleela« steht. Sagari wendet sich zu ihren sechs Gefährten, setzt ein zartes Lächeln auf und sagt: »Ach, werdet endlich erwachsen. Probiert Rasleela. Das ist ein Gedicht von einer Limonade.« Und aus dem Glas Rasleela blubbern von Pfeilen durchbohrte Herzchen.

»Ach, werd endlich erwachsen« wurde bald zu einem Kult-Spruch. Nicht nur Schulkinder, sondern auch Studenten und deren Eltern forderten sich gegenseitig auf, »ach, endlich erwachsen« zu werden. Ehe man sich versah, empfahl Sagari der Miss Indien, dem beliebtesten Kricketspieler des Landes, dem indischen Schachmeister und Bollywoods arriviertestem Zelluloidstar, während die allesamt an ihrem Daumen lutschten, »ach, endlich erwachsen« zu werden.

Und da war es, dieses Traumgeschöpf und leibhaftige Entzücken, nach dem sich Zia jedes Mal, wenn er es im Fernsehen sah – also mindestens viermal am Tag –, so verzehrte. Dennoch war er außerstande, sich aus seinem Versteck zu rühren.

»Ach, schau, da hinter dem Regenbaum steht dein Freund Zia«, sagte Dr. Patwardhan zu seiner Tochter.

»Ich weiß«, sagte sie, »er versteckt sich. Er wird eine ganze Weile nicht reden oder hinter dem Baum hervorkommen können. Er ist in mich verliebt.«

Dr. Patwardhan ging ins Haus. Sagari spielte mit den vier Hunden, als würde sie einen Werbespot für Hundefutter drehen, und ignorierte Zia demonstrativ.

Was hatte sie gesagt? »Er ist in mich verliebt.« Zia wusste nicht einmal, dass sie existierte. Es gab kein Geschöpf auf Erden, weder Fisch noch Säugetier, Reptil, Vogel, Gliederfüßer oder Mensch, das er mit solch einer Inbrunst gehasst hätte wie sie. Er sah sie ins Meer fallen und sich den Schädel aufschlagen und ihr Gehirn wie Eidotter auf die schwarzen Felsen verspritzen. Er war sich nicht sicher, ob er ihr wirklich den Tod wünschte. Den Hals sollte sie sich jedenfalls brechen. Sie würde ihn anbetteln und anflehen, sie in seine starken Arme zu nehmen, und würde ihm sagen, dass es ihr leidtat, ganz fürchterlich leid, so hochnäsig gewesen zu sein. In Wahrheit war sie nämlich irrsinnig, hoffnungslos, besinnungslos in ihn verliebt. Sie war so verrückt nach ihm wie diese schamlosen Schauspielerinnen in den ausländischen Filmen nach ihren jeweiligen Helden. Wie die würde sie eine halb von der Schulter gerutschte Bluse tragen und ihn auf die Lippen küssen und in aller Öffentlichkeit ihre Liebe zu ihm bekennen. Nein, das wäre nichts gewesen, sie sterben zu lassen, wo sie doch dieses Bekenntnis ablegen sollte. Da hätte er ihr verspritztes Gehirn wieder einsammeln und zurückschaufeln müssen. Nein, sie sollte vor ihm knien, mit gebrochenem Hals und im Wind, der jetzt vom Meer aufs Land zu wehen begann, hin und her pendelndem Kopf.

Sie war eine Hexe, eine ausgemachte Hexe, und eine Gedankenleserin dazu. Wie sonst hätte sie wissen können, dass er nach ihrer Nähe schmachtete, oder so genau voraussagen können, wie er sich verhalten würde?

»Ach, werd endlich erwachsen, Zia«, sagte Sagari mit träger Stimme, während sie sich rücklings auf den Rasen legte und zu einer Wolke hinaufsah, die gerade so tat, als wäre sie ein Kamel. »Ich kann nicht den ganzen Nachmittag darauf warten, dass du kommst und mit mir spielst.«

Und mit einem Mal waren Zia alle Sorgen von der Seele genommen; die langen, dicken rostigen Eisennägel, die ihn unter dem Regenbaum festgehalten hatten, flogen aus der Erde, und Freude wallte in ihm auf wie die Flut, die jetzt die schwarzen Felsen beleckte.

»Deine Mutter hat gesagt, dass wir zum Abendessen bleiben sollen«, sagte Sagari zu Zia. »So kann Papa dafür sorgen, dass Amanat eine ruhige Nacht hat.«

»Wirklich?« Er sprang auf.

Zia bewarf die Hunde mit Steinchen und kugelte sich mit ihnen auf dem Rasen. Seine Beziehung zu Hunden war, vorsichtig ausgedrückt, etwas zwiespältiger Natur. Er liebte sie, weil Sagari sie liebte. Er hasste sie, weil Zubeida-Khala sie hasste und sagte, es wären nichtsnutzige Viecher. Sagari küsste sie auf die Schnauze, sie fütterte sie, badete sie, trocknete sie mit dem Fön, bürstete ihr Fell. Er hatte seine Tante schon hundert Mal gefragt, warum sie meinte, Hunde verdienten nur Verachtung, aber sie schien nicht wild darauf zu sein, ihm zu antworten. »Sie sind unrein«, hatte sie schließlich schroff gesagt. »Glaubst du deiner Tante nicht, oder soll ich das etwa so verstehen, dass du an der Weisheit des Islam zweifelst?«

»Bleibt ihr über Nacht hier?«, fragte Zia beiläufig.

»Möchtest du, dass ich bleibe?«

So eine dumme Frage. »Ja. Wenn du in meinem Zimmer schläfst und nicht in Amanats.«

»Da werde ich Papa fragen müssen. Gehen wir Blumen pflücken.« Sagari ließ die Hunde los und nahm Zia bei der Hand.

Blumen? Bildete sich Sagari ernsthaft ein, in seinem Garten Blumen pflücken zu dürfen? Das würde er ihr nicht erlauben. Das waren seine Blumen. Aus seinem Garten. Er pflückte drei burgunderrote Rosenknospen. »Darf ich sie dir ins Haar stecken?«

Allmählich ging ihm auf, dass sich da, wo einst sein Herz gewesen war, jetzt ein Feld von Rosen bis ins Unendliche ausdehnte. Sein Körper und sein Kopf waren ganz und gar von Liebe zu Sagari durchflutet. Er hätte ihr ohne Bedenken sein Haus, seinen Garten, seines Vaters Teleskop, seinen Gebetsteppich, sein Leben und jetzt auch die Rosen aus seinem Herzen schenken können.

»Was für ein hübscher Gedanke, Zia.« Sie küsste ihn auf die Wange. »Aber die sind für den tanzenden *Ganesh*.«

»Ganesh?« Wegen der heftigen seismischen Aktivität auf seiner Wange konnte sich Zia irgendwie nicht recht konzentrieren. »Was für ein Ganesh?«

»Den im Fenster. Ist doch kein anderer da, oder?«

»Und warum willst du ihm Blumen bringen?«

»Weil er ein Gott ist, Blödmann.«

Zia schwanden die Kräfte. In seinem Kopf knisterte es. Atmosphärische Störungen legten sein Gehirn lahm. Der Ganesh war ein Kunstobjekt, hatte sein Vater ihm und Amanat erklärt, eine erlesene Plastik aus dem südindischen Königreich Tanjavur. Das mochte schon sein, aber es war eine Sünde, Blumen vor ein Götzenbild zu legen und es anzubeten. Sünde. Sünde. Sünde. Das Wort dröhnte wie ein Gong in seinem Kopf.

Zia sah seine Gefährtin an, die liebreizende Prinzessin, den Liebling von Millionen, die Rasleela-Hexe. Mit welchem höllischen Zauber hatte sie ihn belegt, dass er, noch während er sie im Kopf eine Götzendienerin schimpfte, seine Hand in die ihre legte und auf den Klingelknopf drückte und Sturm läutete, bis Yaqub, der Diener, die Tür aufriss und ihn anschnauzte, er möge mit diesem infernalischen Lärm aufhören und die Hunde draußen lassen, und dass Zia kicherte und gemeinsam mit Sagari an ihm vorbeiflitzte und durch das Haus rannte, bis er vor dem tanzenden Ganesh aus Tanjavur stand und Sagari Blumen vor die Füße des glückverheißenden Gottes streute, des Gottes, den seine hinduistischen Freunde Rajan und Kumar vor Beginn jedes neuen Schultrimesters anbeteten – und jetzt Sagari die Hände flach aneinander legt und die Augen schließt und ein Gebet spricht und die Füße des Gottes mit der Stirn berührt und Zia ihr alles, alles nachmacht, außer, dass er seine eigenen islamischen Gebete spricht, bevor er seine Stirn auf Ganeshs tanzende Füße legt, und er weiß, ohne sich umdrehen zu müssen, dass seine Tante ihn mit ungläubigen Augen betrachtet und ebenso sein Gott, den er schamlos verraten hat.

»Zia, Zia-ul-Haq, Diktator von Pakistan und Herr über alles, worauf sein Auge ruht, Erzrivale und Verhängnis der Familie Bhutto, Sohn des Zafar und meiner Schwester Shagufta, Juwel und Hoffnung Indiens, wo weilest du?« Das war Altaf-*mamu*, wer sonst würde so viele Variationen seines Namens durch die Gegend rufen? Sein Onkel Altaf stand zusammen mit Abbajan im Wohnzimmer. »Sehet die himmlische *huri*, die Werd-erwachsen-Jungfrau! Welch ein unglaubliches Glück, dass einem der Anblick nicht nur eines, sondern gleich zweier *id ke chand* zuteil wird!«

Altaf-Mamu hatte für jeden einen Spitznamen: für Amanat, Abba, Ammi, Zubeida-Khala, für die Diener, Dr. Patwardhan, den Barbier, den Chauffeur, den Gärtner, den Pan-Händler; für Filmstars, Sänger und Rockstars, Politiker, Premierminister und Präsidenten. Aber vor allen Dingen hatte er Spitznamen für seinen Liebling Zia, und zwar einen für fast jeden Anlass. Zia mochte noch so niedergeschlagen sein, Altaf-Mamu schaffte es immer, ihn wieder aufzubauen. Altaf-Mamu leitete den Familienbetrieb Khan Builders, aber er hatte nie allzu viel zu tun. Er hatte eine langsame, träge Art. Nichts schien ihn je aus der Ruhe zu bringen. Selbst wenn etwas Furchtbares geschah, konnte er einen noch zum Lachen bringen. Es war schwierig, nein, es war unmöglich, auf ihn böse zu sein.

Ammijan betete ihren einzigen Bruder an. Sie liebte seine Unbekümmertheit, seinen untadeligen Geschmack in Sachen Kleidung, seine gleichgültige Nonchalance, seinen skurrilen Humor, der es unpassend fand, was auch immer allzu ernst zu nehmen. Er hatte ein geheimes Leben, und es war aufregend und amüsant, darüber Vermutungen anzustellen.

Altaf nahm beide Kinder, jedes mit einem Arm, schwungvoll hoch und fragte seinen Schwager, der gerade hereingekommen war: »Zafar-*mian*, wär's nicht an der Zeit, dass wir Prinz Zia und Prinzessin Sagari miteinander verheiraten?«

Aus unerfindlichen Gründen errötete Zia Khan und gab vor, auf seinen allerliebsten Onkel auf Erden, Altaf-Mamu, böse zu sein.

»Ja, was für eine hervorragende Idee. Das ist die einzige Möglichkeit, sie im Haus behalten zu können.« Abba wandte sich zu Zia. »Was macht dein Bruder, mein Sohn? Geht es ihm besser?«

»Ja, es geht ihm prima.«

»Ach ja? Dann hätte Ammijan also gar nicht bei ihm zu bleiben brauchen.«
Zia begriff, dass er etwas zu dick aufgetragen hatte.
»Lasst uns schauen, wie es Amanat geht, was meint ihr?«
Abbajan, Altaf-Mamu und Sagari waren noch am Fuß der Treppe, als Zia schon in das Zimmer seiner Mutter stürmte. Einen schlechteren Augenblick hätte er gar nicht wählen können. Ammi hielt Amanats Kopf auf dem Schoß, produzierte allerlei fürsorgliche Geräusche und redete dabei auf den Arzt ein.
»Muss der arme Junge schon wieder eine Spritze bekommen? Er ist doch ein Kind, warum muss er nur so leiden?«
»Mutter, ich brauche diese Spritze.« Amanat veranstaltete wie üblich eine Keuch-Schau, als hätte er das Atmen erfunden.
»Ist das wirklich nötig, Pat?«, fragte Ammi noch einmal.
»Mutter, ich brauche diese Spritze.« Er sagte es noch einmal.
Dr. Patwardhan machte sich nicht die Mühe zu antworten. Jetzt war die komplette Familie um das Bett versammelt. Draußen kläfften die Hunde verzweifelt nach ihrem Frauchen.
»Hunde?«, fragte Zubeida-Khala in heller Aufregung in die allgemeine Stille hinein. Jetzt giftig, zu Sagari gewandt: »Hast du sie mitgebracht?«
Sagari schaltete das Dreiviertellächeln ein. »Sie brauchen nichts zu befürchten, Tante Zubeida. Sie sind im Garten.«
Dr. Patwardhan rieb Amanats Armbeuge mit einem alkoholgetränkten Wattebausch. Ihm standen vier prall hervorstehende Venen zur Auswahl. Die Nadel zielte auf die rechts außen und stach ins Fleisch. Der Arzt zog den Kolben zurück. Das war der Augenblick, den Zia am meisten verabscheute. Er hätte die Augen schließen oder, wie Sagari es getan hatte, wegsehen können. Stattdessen sah er gebannt zu, wie das Blut explosionsartig hineinschoss. Karmesinroter Nebel kräuselte sich in Kringeln, wallte dann in Schwaden auf und trübte die Flüssigkeit im Inneren der Spritze. Abba beugte sich hinüber und fächelte Altaf, der ohnmächtig geworden war, frische Luft zu.
Zia sah Prinzessin Sagari die Schar der Zuschauer verlassen. Sie trat ans Bett, die Handtasche in ihrer Hand völlig unbewegt, als hätte sie sie durch ihren tiefen Ernst gebannt. Sie beugte sich über

Amanat, während ihr Vater die Nadel wieder herauszog, presste den Wattebausch in Amanats Armbeuge und küsste ihn auf die Stirn.
Dr. Pat sah seine Tochter liebevoll an. »Schau sie dir nur an, Zafar. Sie möchte Tierärztin werden, aber ich werde sie zu einem Star machen, einem richtigen Filmstar. Pass nur auf, sie wird noch berühmter als Nargis oder Audrey Hepburn.«

Zia musste bei Zubeida-Khala wegen seines schrecklichen Verrats Abbitte leisten. Er wäre bereit gewesen, dafür den Berg und den Propheten zu versetzen, aber er hatte keine Ahnung, ob das irgendeine Wirkung auf seine Tante gehabt hätte. So weit er zurückdenken konnte, hatte sie ihm gesagt, es sei ihm bestimmt, ein *vali* zu werden, ein Heiliger, der unerhörte Wunder bewirken konnte: die Kranken heilen, den Blinden Licht bringen und Rede den Stummen. Muhammad war der letzte und größte aller Propheten, größer noch als Moses, dem Gott selbst die Tafeln mit den Zehn Geboten übergeben hatte. Ja, auch größer als Jesus, den die dummen Christen für den Sohn Gottes hielten, während er doch bloß ein guter und liebevoller Prophet gewesen war und weiter nichts. Erst Muhammad hatte der Welt den Islam geschenkt. Den Islam: die Hingabe, das Sichhingeben des wahrhaft Gläubigen an den Willen des Einen und Einzigen Gottes, Allah. Die Wurzel, aus der sich »Islam« ableitet, hatte ihm seine Tante erklärt, sei auch der Ursprung des Wortes »Muslim«.
Doch der Prophet Muhammad, Gott segne ihn und gebe ihm Heil, war gekommen und gegangen. Und jetzt irrten so viele aus seinem Volk umher. Sie huldigten und gehorchten nicht mehr nur dem Einen und Einzigen, sondern auch dem Satan und dem Mammon. Die Menschheit trieb ruderlos dahin – vielleicht sogar das Universum. Zubeida-Khala redete nicht von den Titelseiten der Illustrierten, auf denen junge Frauen ihre Brüste zur Schau stellten, als wären es wohlfeile Pfirsiche aus Buchara, und Röcke trugen, die ihnen kaum bis zum Schritt reichten, sondern von ihren eigenen Glau-

bensbrüdern. Viele von ihnen verrichteten nicht die vorgeschriebenen fünf täglichen Gebete. Manche kannten ihre Gebete nicht einmal. Sehr, sehr viele besuchten höchstens alle Jubeljahre einmal die Moschee. Die Frauen hatten jedes Gefühl für Anstand verloren und liefen herum, ohne Gesicht und Körper zu verhüllen. Sie selbst ging praktisch nicht mehr aus dem Haus, weil ihre Schwester und Zias Vater ihr nicht erlaubten, eine schwarze Burka zu tragen. »Allzu sehr lieben die Ungläubigen dieses vergängliche Leben und bereiten sich daher einen schweren Tag des Verhängnisses«, zitierte Zubeida-Khala aus dem Koran. »Wahrlich, die Rechtschaffenen werden in Wonne wohnen. Aber die Bösen werden am Tage des Gerichts im Höllenfeuer brennen: niemals werden sie entrinnen.«
Selbst berühmte Muslime schienen außerstande, ihren Glauben rein zu halten. Ihr Lieblings-Playbacksänger aus Hindifilmen war Rafi, der obendrein den Vornamen des Propheten trug. Gott hatte ihm die wunderbare Gabe einer samtweichen Stimme verliehen, die ihm jährlich Hunderttausende von Rupien einbrachte. Und was fing er damit an, wenn er nicht gerade irgendwelche Filmheldinnen mit Liebesliedern anschmachtete? Er sang Preislieder auf heidnische Götter wie *Rama*, *Krishna* und *Shiva*!
Zubeida-Khala hatte entschieden, dass es Zia vorherbestimmt sei, die Abtrünnigen zum Islam zurückzuführen. Seine Stimme würde eine donnernde Anklage sein in den Ohren und im Gewissen derjenigen, die Allah gegenüber lau geworden waren oder sich vollends von Ihm abgewandt hatten. Sein Glaube würde den Sündern ein Leuchtfeuer sein. Ja, er würde die verirrten Seelen zum Islam zurückführen. Nach und nach würde er auch die Heiden und Götzenanbeter bekehren und das Volk des Propheten mehren. Und Allah hatte sie, die demütige und gehorsame Zubeida, dazu auserkoren, den kleinen Jungen zu formen und zu einem großen Heiligen zu machen. Das war ihre Mission.
»Du wirst dich daran nicht erinnern, Zia«, hatte Zubeida-Khala ihm schon oft gesagt, »aber wir hätten dich zweimal fast verloren. Zum ersten Mal bei deiner Geburt und dann, kurz danach, an den Teufel in Gestalt einer Frau, die versuchte, deine Seele dem Islam zu entreißen. Doch ich blieb eisern, und Allah, der Barmherzige, der Erbarmer, errettete dich.«

»Kann der Teufel eine Frau sein?«, fragte Zia.
»Er kann alles sein: eine Schlange, eine Sünde, eine Versuchung.«
»Wer war die Frau?«, fragte Zia flüsternd – für den Fall, dass sie in der Nähe wäre.
»Das braucht dich nicht zu interessieren. Du brauchst nur so viel zu wissen, dass große Schlachten um dich ausgefochten wurden.«

Und jetzt hatte Zia Tante Zubeida enttäuscht.
Er wollte es wieder gutmachen. Er war bereit, jeden Preis zu zahlen, jede Strafe zu erdulden, jedes Opfer zu bringen, nur um seine Tante zurückzugewinnen. Er wusste nicht, wie die Reparationsforderungen lauten würden und was den Stein, der sich für Khalajans Herz ausgab, erweicht hätte. Wie hatte er sie verlieren können? Sie mochte streng sein, aber sie war gleichzeitig auch der gütigste Mensch, den er kannte. Sie hatte sehr wenig Geld, und was sie hatte, gab sie ständig irgendwelchen Bettlern, einem Diener, dessen Sohn am Auge operiert werden musste, oder dem Chauffeur, damit er seine Tochter auf die Schule schicken konnte. Es spielte keine Rolle, ob der Betreffende Hindu, Christ oder Muslim war.
All die Jahre hatte jeder gesagt, Zia sei ihr einziger Lebensinhalt. Aber jetzt war alles anders geworden. Nicht ein einziges Wort des Tadels oder des Vorwurfs kam über ihre Lippen. Stattdessen behandelte sie ihn mit besonderer Höflichkeit. Die Beziehung zwischen Tante und Neffe hatte sich auf eine ungreifbare, aber grundlegende Weise geändert.
Der Khan'sche Haushalt war von jeher in zwei Lager gespalten gewesen: Amanats Lager und Zias Lager. Die Regeln waren einfach und klar. Wer nicht hundertprozentig für Zia war und seine Gefolgschaft nicht stündlich, ja minütlich unter Beweis stellte, der war gegen ihn. Abbajan, da führte kein Weg vorbei, war ein Verräter. Er glaubte nicht nur an die universelle Liebe, er praktizierte sie auch. Alle Geschöpfe, Tiere, Pflanzen und Meereswesen waren in seinen Augen gleich. Sagaris Hund war ihm ebenso lieb wie Amanat – und dagegen hatte Zia nichts einzuwenden. Unerträglich aber war, dass Abba im selben Atemzug von Amanat und von ihm, Zia, reden konnte, ja, noch schlimmer, sie wie Gleichberechtigte behandelte. Mit Ammi lag die Sache ein wenig anders. Zia hatte das

Gefühl, dass er – trotz all ihres Geredes von Gleichbehandlung – eigentlich ihr Liebling war. Und trotzdem hatte sie sich eindeutig auf Amanats Seite geschlagen. Sie verbrachte mit Amanat doppelt so viel Zeit wie mit Zia. Aus Altaf-Mamu wurde er nicht recht schlau. Altaf fühlte sich in beiden Lagern zu Hause, aber Zia wurde den Verdacht nicht los, dass er zu keinem gehörte. Das einzige Lager, das ihn interessierte, war sein eigenes.

Zubeida-Khala war Ammis und Altaf-Mamus Schwester. Sonst war nicht viel über sie bekannt, da sie eine ebenso selbstverständliche Gegebenheit darstellte wie Abbajan oder Amanat. Sie war da, Punkt. Altaf-Mamu war der Einzige, der manchmal über Zubeida-Khala sprach, aber dann hinter ihrem Rücken, und wie gewöhnlich wusste man bei ihm nie so genau, ob er es ernst meinte oder sich alles nur ausdachte.

Zubeida hatte während ihrer Kindheit in Lahore zwei Freundinnen gehabt: ihre Schwester Shagufta und Dorothea, die Tochter des Vizepostmeisters. Sie war elf, als sie mit den beiden ins Plaza ging, um sich einen Hindifilm mit dem Titel »Deedar« anzusehen. Als der Film endete, konnten sich die drei Freundinnen nicht von ihren Sitzplätzen rühren. Ihre Augen waren rot und verquollen. Sie hatten eine Erfahrung gemacht, die sie bis ins Innerste aufgewühlt hatte. Sie waren fürs Leben gezeichnet. Was hatte das Leben noch für einen Sinn? Was sprach dagegen, ihm gleich hier und jetzt ein Ende zu setzen?

Der eine der zwei Helden aus »Deedar« ließ sie kalt. Den anderen spielte *Dilip Kumar*, der eigentlich Yusuf Khan hieß und Muslim war, sich aber einen Hindu-Namen gewählt hatte. Blind von Geburt, erlangt er im Film durch eine Operation das Augenlicht, sticht sich aber die Augen aus, als er entdeckt, dass die Frau, die er liebt, einem anderen gehört, und zwar ausgerechnet dem Chirurgen, der ihn operiert hat.

Alle drei Mädchen wussten, dass es in ihrem Leben nie einen anderen Mann als Dilip Kumar geben würde. Doch Shagufta und Dorothea waren wankelmütig. Als sie älter wurden, lachten sie über ihre kindische Schwärmerei und verliebten sich in andere Männer. Nicht so Zubeida. Ein Wirbelsturm namens Dilip Kumar war in

Zubeidas Herz eingezogen und tobte jetzt darin. Sie wusste nicht, warum er sie zum Schauplatz seiner Wut auserkoren hatte, ebenso wenig, wie sie damit umgehen sollte. Sie fühlte sich geschändet und missbraucht. Aber was sie noch mehr verunsicherte, war ihre eigene Reaktion darauf. Sie schien diese Invasion nicht übel zu nehmen. Ihre Empfindungen waren weit komplexerer Natur. Sie fragte sich, ob es möglich war, extremes Leiden zu genießen. War Qual ihrem Wesen nach halb Schmerz, halb Lust? Das konnte nicht sein. Aber wie kam es dann, dass sie keinerlei Drang verspürte, sich von diesem Inkubus zu befreien, der nicht nur Chaos in ihrem Herzen stiftete, sondern sich von Zeit zu Zeit auch auf ihrem Nacken niederließ, sich in ihrer Kehle materialisierte und ihr den Atem abzuschnüren schien?
Trotz des Orkans, der in ihrem Herzen wütete, stellte sie fest, dass ihr Zustand sie gleichgültig ließ. Sie hatte einen einzigen Wunsch: Dilip – oder Yusuf Khan, wie sie ihn lieber nannte –, der wieder blind geworden war, ihr Augenlicht zu schenken. Sie quoll über vor Freigebigkeit. Alles an ihr – Herz, Glieder, Leib, Gehirn, Gemüt, Geist, Seele – stand Dilip zur freien Verfügung. Selbst wenn er diese nicht einforderte, sie war sein. Und je mehr sie hingab, desto reicher und ausgefüllter würde sie werden.
Zubeida hatte nicht die Absicht, einen anderen Mann als ihr Filmidol zu heiraten, aber ihre Mutter meinte, sie benehme sich kindisch, und fand eine gute Partie für sie. Der Bräutigam war ein Beamter des »*Indian Administrative Service*, IAS«: ein in jeder Hinsicht »fetter Fang«. Seine Laufbahn war eine steil aufsteigende Kurve.
Nach seiner Heirat mit Zubeida wurde er nach Bombay zum Stab des Chief Ministers versetzt, ein für einen so jungen Mann fast unerhörter Aufstieg. Das elegante Leben, das gesellschaftliche Ansehen, die Aussicht, eines Tages die Gattin des mächtigsten Beamten im Lande zu sein, all das ließ Zubeida kalt. Sie verabscheute die hohlen Verlockungen des durch und durch elitären, grausamen und inzestuösen Vereins namens IAS. Wie zu erwarten, wurde es eine kurze und unglückliche Ehe.
Zubeida hinterließ ihrem Mann einen kurzen Brief: Sie sehe keinen Sinn darin, die Eintönigkeit und Qual einer lieblosen Verbindung noch weiter in die Länge zu ziehen. Sie ließ allen Schmuck und alle

Geschenke, die sie von seinen Eltern erhalten hatte, zurück und wollte ihm baldmöglichst die Scheidungspapiere zukommen lassen. In einem Postskriptum machte sie für das Scheitern ihrer Ehe nur sich selbst und den indischen Brauch verantwortlich, junge Leute zu verheiraten, ohne sie nach ihrer Meinung zu fragen.
Damit war Zubeida wieder frei, sich dem Mann zu widmen, den sie sich im Alter von elf selbst erwählt hatte.

Krieg. Zia würde den Heiligen Krieg gegen seinen Bruder ausrufen müssen. Zuerst hatte die Ratte versucht, ihm Sagari zu rauben, und jetzt hatte er sich bei Zias allereinzigster Freundin, Verbündeten und Zuchtmeisterin eingeschmeichelt; bei seinem Leitstern, seiner erleuchteten Lehrerin: Zubeida-Khala. Amanat hatte Khalajan behext, sie mit seiner Krankheit, seiner Gutartigkeit, seiner ach so ruhigen, bescheidenen Art verführt. Das ist des Teufels Vorgehensweise – Zubeida-Khala hätte das wissen müssen. Das ist ein ganz Durchtriebener, der Teufel. Hatte sie Zia nicht selbst gesagt: Wenn eines Menschen Sinn nach Kasteiung, Weltentsagung, nach dem Martyrium der Krankheit steht – so wird er all das auf sich nehmen und diesen Menschen ins Verderben führen?
Zu den Waffen, meine Freunde, zu den Waffen! Zia würde seine Tante aus den Klauen des Großen Versuchers erretten. Und welche Waffe wäre gegen den Teufel wirksamer als der Name und das Wort Gottes? In all den Jahren hatte Zubeida-Khala Zia lediglich jenes kurze Gebet gelehrt, das Kinder im Rahmen der täglichen fünf *namaz* sprechen sollen. Das würde natürlich nicht genug sein. Er musste schon größere Geschütze auffahren.
Zia versuchte es, er tat weiß Gott sein Bestes. Er lernte fast den halben Koran auf Englisch auswendig, um seine Tante für sich zu gewinnen, um ihr nur ein einziges Wort der Ermutigung zu entlocken. Selbst ein freundlicher Blick hätte ihm genügt. Nein, das stimmte nicht. Er war nicht Amanat. Er würde sich nicht mit dürftigen Gesten zufrieden geben. Er wollte seine Zubeida-Khala wie-

derhaben, nicht diese neue schale Kreatur, sondern die Frau, die er vor dieser tragischen götzendienerischen Verirrung gekannt hatte, diejenige, die ihn unerbittlich liebte und gnadenlos ausschalt, die, die zu ihm hielt – mochte Amanat leiden oder im Sterben liegen, mochten Ammijan und Abba auf seiner Seite stehen oder nicht –, den einen Menschen, der seine Bestimmung und Zukunft erkannt und ihm bewusst gemacht hatte, den Menschen, der nicht daran zweifelte, dass er sein Volk zu Allahs Licht zurückführen würde.

Der *ramzan* war ein schwieriger Monat. Mit Ausnahme von Zubeida führten alle ihr gewohntes Leben weiter. Zumindest versuchten sie es. Ammijan, Abba und Amanat gingen zur Arbeit, in den Club oder in die Schule, wie sie es immer taten. Sie frühstückten, aßen zu Mittag und zu Abend, tranken Tee und Wasser und rülpsten lautlos. Auch Zias Tagesablauf blieb unverändert – wenn man von seinem Vorhaben absah, sich, sobald er elf wäre, Zubeida-Khalas Fasten- und Gebetsübungen anzuschließen. Das war jedenfalls bislang die geheime Abmachung zwischen ihm und seiner Tante gewesen. Wie sich die Dinge allerdings jetzt entwickeln würden, wo sich die Beziehung zu Zubeida so drastisch verändert hatte, stand in den Sternen.

Zubeida entledigte sich ihrer Pflichten, schickte die Kinder in die Schule und blieb dann so weit wie möglich für sich. Der Ramzan war ein Monat des Gebets und der Selbsterforschung. Sie war still, fast heiligenmäßig in ihrer Geduld, denn auch dies war ein Gebot des Glaubens. Kaum jemand hätte sich erdreistet, in ihrer Gegenwart zu essen, wenn sie fastete. Das Komische war, dass sich die übrigen Familienmitglieder nicht minder schuldig fühlten, wenn Zubeida in ihrem Zimmer war und sie gerade in einen Keks bissen oder einen Schluck Wasser tranken. Sie selbst nahm von Sonnenauf- bis Sonnenuntergang keinerlei Nahrung zu sich. Sie trank auch nichts, weder Tee noch Kaffee noch Wasser. In jeder freien Minute las sie im Heiligen Buch.

Zia grübelte lange über das Thema Fasten nach. Wie er wusste, erforderte Fasten eine wahrhaft übermenschliche Willensstärke. Er aß mit Begeisterung: Hühnchen aus dem Lehmofen oder gegrillt, *bund gosht*, Gemüse jeglicher Zubereitungsart, Teigtaschen mit allen möglichen Füllungen, ganz zu schweigen von der unglaublichen Vielfalt an Süßspeisen, die der Koch und Zubeida-Khala, vor allem an Festtagen, zu den Mahlzeiten und zum Tee auftischten. Aber es war nicht so sehr der Gedanke an die Entbehrung, die ihm zu schaffen machte, als die Selbstdisziplin, die es erfordern musste, seine natürlichen Instinkte volle dreißig Tage lang im Zaum zu halten. Da hätte man genauso gut von ihm verlangen können, nicht zu atmen! Doch was ihn am meisten abstieß, war der ranzige Mundgeruch, der sich bei Zubeida-Khala immer stärker bemerkbar machte, je später der Tag wurde und je tiefer ihr Flüssigkeitsspiegel sank. Würde sein Atem ebenfalls faulig und sauer riechen? Aber das spielte jetzt keine Rolle. Das war ein kleines Opfer. Die Gebete und Rezitationen aus dem Koran hatten versagt. Er musste noch mehr in die Waagschale werfen. Er würde eisern fasten und damit Tante Zubeidas diamanthartes Herz brechen. Er war zwar nur ein Kind, aber er würde keine Vergünstigungen, Handicaps oder sonstigen liebevoll-gönnerhaften Sonderregeln für sich beanspruchen, wie sie für das »Kinderfasten« galten. Er würde aufs Ganze gehen, sich die Strenge von Zubeidas Enthaltsamkeit zum Maßstab nehmen. Weder feste noch flüssige Nahrung – nicht einmal seine eigene Spucke.

Es würde nicht ganz einfach sein. Weder sein Vater noch Ammi würden ihm je erlauben zu fasten. In der Regel mischte sich Abba nicht ein, wie Tante Zubeida die Kinder, insbesondere Zia, erzog, aber gelegentlich führten seine Eltern deswegen doch hitzige Diskussionen mit ihr. Sie waren zahlenmäßig in der Übermacht, aber da sie gegen Zubeidas Unbeugsamkeit nichts ausrichten konnten, zogen sie am Ende jedes Mal den Kürzeren.

»Zeigt mir«, sagte Zubeida in solchen Fällen, »wo ich falsch gehandelt habe. Habe ich die Kinder irgendetwas gelehrt, das euch peinlich wäre?«

Es war selten etwas Konkretes, und Abbajan und Ammi traten vor ihrer Gegenoffensive den Rückzug an. Doch das war in der Regel erst der Anfang.

»Schämt ihr euch? Schämt ihr euch für eure eigene Religion?«, fragte sie dann.

»Das hat kein Mensch gesagt«, murmelte Shagufta schmollend.

»Warum wollt ihr dann nicht, dass Zia die Bedeutung des Islam und die Lehren des Propheten – Gott segne ihn und gebe ihm Heil – kennen lernt?«

»Das ist es nicht. Du zeichnest ihm immer ein so einseitiges Bild. Zia kommt gar nicht dazu, zu sehen und zu begreifen, dass unterschiedliche Menschen unterschiedliche Religionen und ebenso unterschiedliche Standpunkte haben.«

»Sie glauben, dass das Richtige falsch ist, Zafar, und das Falsche richtig sein kann?«

»Zubeida, verdreh mir bitte nicht die Worte im Mund.« Abba hatte diese Diskussion schon viele Male geführt und kam dabei einfach nie von der Stelle. »Die Kinder sollen bloß begreifen, dass alle Menschen, ob sie sich nun zum Hinduismus, Christentum oder Islam bekennen, Kinder Gottes sind.«

»Das sind sie, das sind sie«, bestätigte Zubeida-Khala mit energischem Kopfnicken.

Worauf Abbajan erleichtert aufseufzte.

»Deswegen ist es auch die Pflicht jedes Einzelnen von uns, den wahren Gott zu erwählen«, sagte Zubeida.

In Sachen Fasten blieben Zafar und Shagufta allerdings eisern. Vor einiger Zeit hatte sich Zubeida-Khala einen wunderbaren Kinder-Fastenplan für den Ramzan ausgedacht. Er war so geschickt ersonnen, dass man anfangs gar nicht merkte, dass ein paar Dinge aus den Mahlzeiten gestrichen worden waren, und doch gelangte man im Laufe des Monats nach und nach dazu, eine vollständige Mahlzeit auszulassen.

»Nein«, erklärte Ammijan ein wenig schroff.

»Warum nicht? Ein bisschen Selbstdisziplin und Enthaltsamkeit wird ihnen schon nicht schaden.« Zubeida war die liebenswürdige Vernunft in Person.

»Die Disziplinierung von Körper und Geist ist eine gute Sache, solange man sie nicht übertreibt ...«

»Wie du vielleicht gemerkt hast, sieht mein Plan überhaupt kein strenges Fasten vor.«

»... und solange«, fuhr Shagufta fort, »das Fasten jeweils nicht länger als eine Woche andauert und nicht während des Monats Ramzan stattfindet.«

»Aber das ist doch lächerlich! Fasten während des Ramzan hat eine ganz besondere Bedeutung!«
»Dann geht es dir nicht um Selbstdisziplin, sondern um die Erfüllung einer religiösen Pflicht.« Auch Zafars Pulver war trocken und längst noch nicht verschossen.
»Und was ist daran auszusetzen?«
»Zweierlei. Du hast deinen Plan unter dem Vorzeichen der Selbstdisziplin vorgestellt, während es dir dabei in Wirklichkeit um einen theologischen Gedanken geht. Zweitens glaube ich, dass Gott barmherzig und mitleidig ist, so wie der Koran es uns sagt. Warum sollte er von uns verlangen, dass wir unsere Liebe zu Ihm dadurch unter Beweis stellen, dass wir einen Monat lang hungern?«
»Schämen Sie sich, Zafar! Wie können Sie die Gottesliebe des Gläubigen zu einem so zynischen Argument missbrauchen? Sie werden die Torheit Ihrer Worte noch bereuen!«
»Wie auch immer, kein Fasten für die Kinder. Haben wir uns verstanden? Ob sie fasten wollen, können sie selbst entscheiden, wenn sie erwachsen sind.«

Es war offensichtlich, dass Zia verschlungene Wege würde einschlagen müssen, um seines Vaters Verbot zu umgehen. Er würde seine Mahlzeiten zusammen mit den anderen einnehmen, in sein Zimmer zurückgehen, von da aus ins Bad, sich den Mittelfinger in den Rachen stecken und dort so lange kitzeln, bis sein Ziel erreicht wäre. Er war ein eigensinniges Kind und wich nicht von seinem Plan ab – wie viele Unannehmlichkeiten er auch mit sich bringen mochte. Schon nach wenigen Tagen brauchte er sich lediglich den Finger auf die Zungenspitze zu legen, damit ein ganzes Frühstück oder Mittagessen herausgesprudelt kam.
Ironischerweise erwies sich Zias Fasten als noch strenger als dasjenige Zubeida-Khalas. Der Ramzan gestattete dem Gläubigen täglich zwei Mahlzeiten, solange er sie nach Sonnenuntergang und vor Sonnenaufgang einnahm. Das bedeutete, dass Zubeida-Khala sowohl zu Abend aß als auch ausgiebig frühstückte. Für Zia lagen die Dinge ein bisschen anders. Das Abendessen war die einzige Mahlzeit, die er im Bauch behielt. Wenn Zubeida vor dem Morgengrauen aufstand, um zu frühstücken, schlief Zia noch tief und fest. Da der

Rest der Familie viel später frühstückte, blieb Zia keine andere Wahl, als nach dem Morgenmahl das Badezimmer aufzusuchen und sich zu übergeben. Kein Wunder also, dass seine Augen nach einer Woche glänzten und unnatürlich geweitet waren, während sein Gewicht drastisch zurückging.

Die zweite Ramzan-Woche neigte sich dem Ende zu, als Zia begriff, dass seine extreme Selbstkasteiung vergeblich war. Er war in der Schule in Ohnmacht gefallen und nach Hause geschickt worden. Die Lehrerin hatte ihn vorher gezwungen, eine Lösung aus Wasser, Salz, Zucker und Zitronensaft zu trinken. Sie hatte wie himmlischer Nektar geschmeckt, aber kaum war er allein, hatte Zia gewusst, dass er den natürlichen Lauf der Dinge würde umkehren müssen.

Ammi forderte ihn auf, sich im Wohnzimmer auf ein Sofa zu legen, und brachte ihm etwas Spannendes zu lesen. Sie stopfte ihm ein Kissen unter den Kopf, küsste ihn auf die Stirn, sagte, es sei nichts Ernstes, nur die Hitze, und fuhr in den Club. Nur die Hitze, was redete sie da? Und wie konnte sie in den Club gehen, wenn er so gut wie im Sterben lag? Also, wenn es Amanat gewesen wäre, dem es mal wieder schlecht ging, beziehungsweise der nur so tat, als ginge es ihm schlecht – nein, das war schäbig, die letzte Bemerkung würde er zurücknehmen –, dann hätte sie es nicht so eilig gehabt zu verschwinden. Dann wäre sie nur zu glücklich gewesen, bei ihm zu bleiben, ihn zu hätscheln und ihm Gesellschaft zu leisten.

Und wie er da lag und sich wegen seines traurigen Loses und der stiefmütterlichen Behandlung, die ihm ausgerechnet seine Mutter angedeihen ließ, von Herzen bemitleidete, ging ihm plötzlich auf, dass er sich in eine unhaltbare Situation hineinmanövriert hatte. Seine Angehörigen, Abba, Ammijan und Amanat, wussten nichts von seinem übermenschlichen Opfer. Ja, seine Eltern wären entsetzt gewesen zu erfahren, dass er das Fasten einhielt. Und dann fiel es ihm wie Schuppen von den Augen: Diese Frau, die da mit einer aufgeschlagenen Zeitung auf dem Schoß auf der Ledercouch saß, die Frau, die ihn geflissentlich ignorierte, während sie so tat, als lese sie ... er hätte sie am liebsten bei den Schultern gepackt und geschüttelt, bis kein Wirbel in ihrem Rückgrat mehr an seinem Platz gewesen wäre. Er hätte ihr am liebsten ins Gesicht geschrien:

»Was glauben Sie wohl, warum mein Magen rebelliert? Was glauben Sie wohl, warum ich so häufig im Bad bin? Möchten Sie mal raten, warum ich mich hier zu Tode hungere und so wackelige Beine habe, dass ich kaum aufrecht stehen kann?«

Aber wie hätte Zubeida-Khala es auch wissen können? Er starrte den tanzenden Ganesh an, den Gott, der ihn überhaupt erst in diesen Schlamassel gebracht hatte, und fragte sich noch einmal, wie in Gottes Namen diese Frau hätte ahnen können, was er da tat. Ja, so befasst mit sich selbst und der Strafe, die sie ihm angedeihen ließ, hatte sie sogar vergessen, dass er überhaupt existierte. Wenn doch bloß jemand dieser hartherzigen, nein, herzlosen Frau gesagt hätte, was er ihretwegen durchmachte! Denn er selbst würde es ihr nicht sagen, niemals! Sein Stolz verbot ihm, um ihr Mitleid zu betteln.

Ach, die Torheit seiner Unternehmung! Und alles umsonst ...

Was murmelte sie da vor sich hin? Was stand in der Zeitung, das sie so in Wut versetzte?

»Wenn uns bloß jemand von diesen hinduistischen Hunden befreite! Die lassen uns nicht mal während des heiligen Monats Ramzan in Frieden. Die Polizei schaut einfach zu, während die mutwillig eine Prozession veranstalten, nur um uns bei unseren Gebetsversammlungen zu stören!«

An der Ecke der Firdaus-Gasse und der Nepean Sea Road, fast versteckt in dem Knick, den das »Glitterati« bildet – »Designer-Couture für die Reichen und Berühmten« –, befand sich Bajrangs Pan-*bidi*-Shop. Der Eigentümer des Glitterati hatte jedes nur erdenkliche legale oder auch weniger legale Mittel ausprobiert, um den Pan-Bidi-Shop loszuwerden, der die Fassade seines schicken Etablissements verschandelte. Es hieß, er habe zunächst versucht, Bajrang auszuzahlen, dann die zuständige Behörde bestochen, damit sie ihn des Platzes verwies, und die Polizeiwache Nepean Sea Road, damit die ihm mit der Begründung, er behindere den Straßenverkehr, den Laden dicht machte. Er hatte sogar den örtlichen Mafiaboss dazu bewogen, ihm Druck zu machen. Nichts hatte gefruchtet. Pan-Händler gibt es nur in einer Größe: extrabreit und mit entsprechend ausladendem Bauch. Das bringt der Beruf so mit sich. Sobald man den großen Messingteller und all die kleinen und größeren Behälter mit den verschiedenen *masalas*, die in einen Pan gehören, ausgespült, getrocknet und poliert hat, rührt man sich bei dem Job praktisch nicht mehr von der Stelle. Man thront ab acht Uhr früh auf seinem Kissen und steht, außer um kurz etwas zu essen oder aufs Klo zu gehen, nicht wieder auf, bis man um Mitternacht oder noch später zumacht. Während dieser Zeitspanne bewegt man lediglich den Oberkörper, um die Hand nach Zigaretten, Pan-Masala oder Betelblättern auszustrecken. Bajrang ist eins siebenundsiebzig groß und spindeldürr.

Fast jeder Pan-Bidi-Shop-Besitzer in Südbombay hat einen üppigen Schnauzbart. Nicht so Bajrang. Pan-Händler sind grundsätzlich leutselig und geschwätzig, das verlangt einfach das Geschäft. Bajrang ist von einer ans Mürrische grenzenden Wortkargheit, und dennoch erfreut er sich eines fast nie abreißenden Stroms von Kunden. Handkarrenkulis und Taxifahrer kauen ebenso seine herbsüßen Betelblattpäckchen wie die feine Klientel des Glitterati. Nach neun Uhr abends bildet sich vor seinem Stand regelmäßig eine lange Schlange von wartenden Autos. Ammijan und Zubeida-Khala sind ebenfalls seine Stammkundinnen. Der Koch nimmt die Pans jeden Tag mit, wenn er vom Markt zurückkommt, und legt sie dann in den Kühlschrank.

Bajrang war Zias Freund.

Wann immer es Zia aus dem Haus und auf die Gasse trieb, ging er zum Pan-Stand und sah Bajrang bei der Arbeit zu. Es gab Zeiten, da schwankte Zia, ob er jemand wie sein Onkel Altaf oder lieber Pan-Händler werden sollte. Kein Museum konnte mit Bajrangs Pan-Shop konkurrieren. Es gab da Stapel über Stapel von Päckchen und Stangen importierter und einheimischer Zigaretten, mehr als dreißig verschiedene Sorten Betelnuss und Kautabak, Gläser voll klebriger, mit hauchfeinen Blattsilberflittern versetzter Rosenmarmelade, siebenerlei Marken von Bidis, eine Auswahl von sämtlichen bekannten Betelblattsorten, einen Eisschrank, in dem schon fertige dicke Pans für besondere Kunden auf Eisblöcken lagen. Doch das Zentrum der Gravitation, der dreißigrängigen Manege und des Magnetfeldes all dieser Pracht bildete das große Messingtablett mit seinem Durchmesser von sechzig Zentimetern und den unzähligen säuberlich darauf aufgereihten goldglitzernden Messingdöschen.

Morgens, wenn Zia auf den Schulbus wartet – Amanat ist oft leidend und bleibt entweder ganz zu Haus oder geht erst später in die Schule –, zündet Bajrang Räucherstäbchen an und betet zu dem silbernen Ganesh auf dem kleinen Altar, der in seiner Nische den exakten Mittelpunkt des Ladengewölbes bezeichnet, und zu seinem Namenspatron, dem fliegenden *Bali Bajrang* mit dem Berg Dronagiri auf seiner linken Handfläche. Zu dieser Tageszeit besteht die einzige Kommunikation zwischen Zia und Bajrang in einem Sahnebonbon, das mitten auf dem leeren Messingtablett liegt, und dort – allerdings in sehr seltenen Fällen – einem Bleistiftspitzer, einer Trillerpfeife oder einem bunten Kreisel Gesellschaft leistet.

Zia sagt immer: »Danke.« Bajrang nimmt keinerlei Notiz von ihm. Bis der Schulbus kommt, spielt Zia mit Sher, Bajrangs Straßenköter. Er ist nur insofern Bajrangs Hund, als Bajrang derjenige ist, der ihn getauft hat. Ansonsten gehört er jedem, der ihn streichelt und füttert. Sher, »Tiger«, heißt er, weil schon der kleinste Knallfrosch oder das Kreischen eines Autoreifens genügt, um ihn winselnd in die Flucht und unter Bajrangs Sitzpodest zu jagen.

Bajrang nennt Zia *chhote navab*. Wenn keine Kunden da sind, spielen die beiden ein Spiel miteinander. Zia deutet mit dem Finger auf einzelne Dosen, und Bajrang sagt, ohne das geringste Zaudern oder Zögern, was sich jeweils darin befindet. Frisch geriebene Kokosnuss, Bockshornkleesamen, hauchdünn geschnittene Arekanüsse, Kautabak Nr. 47, Gewürznelken, Safranpaste, Kardamomkapseln, parfümierter Tabak, Rosenwasser, Rosinen, *shilajit*. Gelegentlich sagt Zia »Zeigen« und Bajrang öffnet die entsprechende Dose, damit Zia sich vergewissern kann, dass die wie aus der Pistole geschossen gelieferte Angabe auch wirklich zutrifft. In all den Jahren hat sich Bajrang ein einziges Mal geirrt, und das lag auch nur daran, dass ein vom Besitzer des Glitterati aufgestachelter Polizist ihn gerade aufgefordert hatte, seinen Gewerbeschein vorzuzeigen.

Drei Tage vor dem Ende des Ramzan beschloss Zia, eine Entscheidung zu erzwingen. Er wachte mit der Gewissheit auf, endlich einen Weg gefunden zu haben, seine Tante zurückzuerobern. Ihr steinernes Herz würde aufbersten und zerfallen und zerkrümeln und ihn wieder in sich einlassen, und, was weit wichtiger war, sie würde erkennen, dass er die einzige Hoffnung des Islam war und jemals

sein würde: der Heiland der Letzten Tage. Zubeida-Khala würde ihn anflehen, ja, sie würde auf die Knie fallen und ihn anbetteln, alles Vergangene zu vergessen.
Er putzte sich die Zähne und duschte. Er frühstückte – Amanat hatte eine schlimme Nacht gehabt und schlief noch, während Abbajan in seine Zeitung vertieft war –, er steckte das Messer ein, das neben Amanats Teller lag, ging wieder in sein Zimmer, spielte sein gewohntes »Finger-in-den-Hals-Sesam-öffne-dich«-Spiel, hängte sich seinen Schulranzen um, gab Ammi, die oben bei Amanat war, einen Kuss, verabschiedete sich von Abbajan, ging zu Zubeida-Khala, lächelte und sagte: »*Khuda hafiz*, Zubeida-Khala«, wartete nicht darauf, dass sie keinerlei Notiz von ihm nahm, öffnete die Tür und ging entschlossenen Schrittes zu Bajrangs Pan-Bidi-Shop.
Eine Flöte mit einer roten Schnur daran erwartete ihn, diagonal auf das Messingtablett gelegt, während Bajrang betete und Sher gähnte. »Nieder, nieder mit den hinduistischen Hunden«, zischte Zia, während er sich hinunterbückte und Sher das Messer in die Flanke stieß. Eine Sekunde lang – eine lange, lange Sekunde lang, die Zia niemals würde vergessen oder aus seinem Kopf verbannen können – sahen ihn Bajrang und Sher gleichermaßen verständnislos an.
Dann sprang Sher, vor Schmerz winselnd und jaulend, plötzlich auf. Er schnappte sich einen ganzen Batzen von Zias nacktem Oberschenkel und ließ erst wieder los, als Bajrang seine Gebete unterbrach und die Kiefer des Hundes mit fast übermenschlicher Anstrengung auseinanderstemmte.
Die folgenden achtundvierzig Stunden schien Zia nur zwischen Halbbewusstsein und Delirium hin und her zu treiben. Immer wieder sagte er, ohne allzu viel Überzeugung: »Ich bin euer Freund, ehrlich. Bajrang, Sher, seid nicht böse auf mich.« Manchmal sagte er: »Zubeida-Khala, sagen Sie bitte Bajrang und Sher, dass ich es nur Ihretwegen getan habe.«
Dr. Patwardhan warf nur einen kurzen Blick auf ihn und sagte: »Dieser Junge ist schwer unterernährt und dehydriert. Zafar, hat der Junge den Ramzan beachtet und gefastet?«
»Nein«, antwortete ihm Zafar. »Weder Shagufta noch ich tun das. Wie sollten es dann die Kinder tun?« Dann schien seine Gewissheit ins Wanken zu geraten. Er sah Zubeida an.

Sie erwiderte seinen Blick. »Woher hätte ich es wissen sollen? Ich habe ihn nicht dazu aufgefordert!«

Shagufta rief in der Schule an und sprach mit Zias Klassenlehrerin. Nein, er gehe während des Unterrichts nicht auf die Toilette, aber er habe in letzter Zeit ein wenig matt und gleichzeitig gereizt gewirkt, sie habe sich das auch nicht erklären können.

Dr. Patwardhan sah sich Zias Rachen an. Er war rot und geschwollen. Er legte dem Jungen eine Infusion an. »Ich glaube, er hat die ganze Zeit mit euch gegessen und sich anschließend absichtlich übergeben.«

Zur Sicherheit bekam Zia drei Injektionen gegen Tollwut, und Sher wurde unter Beobachtung gestellt.

Als Zia das Bewusstsein wiedererlangte und sich zu erholen begann, brachte Abbajan den Pan-Händler und Sher zu ihm.

»Warum entschuldigst du dich nicht bei den beiden, Sohn?«, fragte Abba Zia sanft.

Zia drehte das Gesicht weg.

»Nein, nein, bitte, Zafar-*sahab*.« Bajrang wollte weder Vater noch Sohn in Verlegenheit bringen. »Einen schlimmen Tag vergisst man am besten einfach. Ich bin bloß froh zu sehen, dass der Chhote Navab und Sher wieder wohlauf sind.«

Später, als Zia älter war, konnte er einfach nicht begreifen, warum erst Freud selbst und dann alle seine Leser, Anhänger, Patienten und Kritiker so viel Aufheben um dieses Mutter-Sohn-Drama machten – den Ödipuskomplex, wie der Vater der Psychoanalyse die Sache auf seine prätentiöse Art nannte. Er wäre nicht nur bereit gewesen, seinen Vater, Abbajan, zu töten, er hätte jeden getötet, der sich zwischen ihn und seine Mutter stellte. Ja, er hätte Vatermord, Brudermord, Völkermord und jede andere Form von Mord begangen, die erforderlich gewesen wäre, um Rivalen von seiner Mutter fernzuhalten. Zia liebte Ammijan. Tatsächlich war das eine ziemlich laue Umschreibung für die Gefühle, die er ihr entgegenbrachte. Sie war – um Abbajans zärtliche Kosenamen für seine Familienangehörigen zusammenzufassen – das Licht, die Liebe und die Freude seines Lebens. Genauso, wie sie die Verzweiflung und der Wahnsinn seines Schlafs und seines Wachens sein konnte. Wenn er nicht bei ihr war, fühlte er sich verwaist. Amanat raubte Zia seine Mutter ständig. Amanat brauchte nicht zu bitten und zu betteln oder trotzig nach ihrer Gegenwart zu verlangen. Sie eilte unaufgefordert zu ihm, strich ihm sanft über den Rücken und hätschelte ihn. Manchmal hatte Zia das Gefühl, dass sein älterer Bruder den Mittelpunkt ihres Lebens darstellte, ihren Leitgedanken und ihre Leidenschaft, ihr einziges Anliegen und Interesse. Und dann verspürte er den Drang, diesen siechen, niederträchtigen Bruder zu töten. Dennoch wusste er tief in seinem Herzen, dass sie ihm und einzig ihm gehörte. Amanat war eine Pflichtübung; er, Zia, war ihre Seligkeit, ihr Sklave, ihr Entzücken, ihre Welt.

Er kannte jeden Lippenstift, jeden *Kohel*stift, jedes Rouge, Parfüm und Eau de Toilette auf ihrer Frisierkommode. Es gab Zeiten, da legte er sich sogar selbst Lippenstift und Kohel auf. Zubeida-Khala missbilligte es, dass Ammijan ihm erlaubte, mit ihren Saris und Kosmetika zu spielen, und meinte, das sei nichts, wofür ein Junge sich interessieren sollte. »Das ist Teufelswerk. Du wirst noch homosexuell oder ein *hijra* und endest in der Hölle!«

Das lange erste Wort kannte er nicht, und was das Hindi-Wort anging, wünschte er sich, er hätte es nicht gekannt. Eines Abends war er mit Altaf-Mamu auf dem Weg zum Club gewesen, um seine Mutter abzuholen, als der Wagen vor der Ampel bei der Haji-Ali-Moschee hielt. Ein Mann in Frauenkleidern pirschte sich an sein Fenster heran, breitete die Arme aus und knallte die Hände wie zwei Zimbeln gegeneinander. Zia hatte noch nie ein so hartes, trockenes und unnachgiebiges Klatschen gehört. Als die Mann-Frau noch einmal klatschte, war sein Kopf zwischen dessen/deren Händen eingeklemmt. Zias Augen, Nase, Jochbeine, Ohren und Gehirn wurden zu feinem Staub zermalmt und rieselten wie Schneegestöber von dem sehnigen Händepaar.

»Gib mir Geld, kleiner Prinz.« Die Mann-Frau lächelte schelmisch, aber in dieser rauen männlichen Stimme schwang etwas Herrisches mit. »Gott wird es dir tausendfach vergelten.«

Was dieses Geschöpf auch sein mochte, er/sie/es schien nicht still stehen zu können. Unentwegt tänzelte es in Halbkreisen umher und sah Zia dabei fortwährend kokett an. Es hatte Kohel unter den Augen und trug goldene Ohrringe. Das Gesicht war glatt rasiert, aber Wangen und Kinn schimmerten bläulich. Das Wesen hatte eine fliehende Stirn, und sein Haar war hinten zu einem kleinen Knoten zusammengebunden.

»Ich hab kein Geld«, flüsterte Zia, während er auf seinem Sitz zusammenschrumpfte.

Das Wesen fing das Ende seines herunterrutschenden Saris auf und warf ihn sich über die linke Schulter. Es lachte verächtlich mit weit aufgerissenem pan-rotem Mund. Seine Zähne waren verfärbt, und an der langen bleifarbenen Zunge hafteten kleine Stückchen von Betelnuss.

»Hast ein dickes Auto und willst mir erzählen, du hättest kein Geld?« Der billige gelbe Kunstbrokatrand des Saris glitzerte grell im Licht der Sonne, die gerade eine halbe Meile entfernt hinter der Haji-Ali-Moschee im Meer versank.

Warum wurde es nicht endlich grün? Warum lächelte Altaf-Mamu so dumm und amüsierte sich über die Possen der Mann-Frau, anstatt einfach loszufahren?

»Schäm dich, du Lügner! Gib mir deine Uhr, oder ich brech dir die Hand ab.« Noch ein Klatschen, und es hatte den Arm in den Wagen hineingesteckt, und die knochigen Finger mit den magentaroten Nägeln kniffen Zia in die Wange, und dann packte die Hand Zia, zerrte an seiner Armbanduhr und versuchte, ihn leibhaftig durch das Fenster nach draußen zu zerren, und Altaf lachte, und Zia schrie zu Tode geängstigt: »Lass mich los, lass mich in Ruhe! Mamu, schaffen Sie mir dieses Ding vom Hals! Fahren Sie los, machen Sie das Fenster hoch, retten Sie mich, retten Sie mich!« Und die ganze Zeit lächelte die Kreatur.

Es wurde grün, die Autos hinter ihnen veranstalteten ein Hupkonzert, und sein Onkel Altaf lachte meckernd, während der Wagen losfuhr und die Hand losließ.

Zia zitterte und zuckte noch immer, als Ammijan einstieg und ihn auf die Wange küsste. Er wich vor ihr zurück.

»Was ist los, mein Liebling? Warum bist du böse auf Ammi?«

»Ach, kümmer dich nicht um ihn«, kicherte Altaf. »Er will sich bloß interessant machen, weil ein Hijra Geld von ihm wollte und ihn angefasst hat.«

Altaf war Ammijans einziger und absolut liebster Bruder. Sie konnte ihm nie böse sein, aber jetzt verstummte sie und ihr Körper verkrampfte sich.

»Fandest du das tatsächlich witzig, Altaf?« Ihre Stimme klang sanft und leise.

»Ja, sehr. Unser kühner und unerschrockener Präsident Zia war ganz schön durcheinander«, lachte Altaf gutmütig. »Er dachte, der Eunuch würde ihn wirklich entführen.«

»Fändest du es genau so witzig ...« – Ammijans Stimme hatte einen metallischen Klang, den Zia noch nie zuvor gehört hatte, und er begriff in diesem Augenblick, dass es noch eine ganze Menge Dinge gab, die er von seiner Mutter nicht wusste – »fändest du es ebenso todkomisch, wenn ich Zafar erzählen würde, dass du nicht nur ein, sondern zwei Meetings mit dem Verkehrsminister hast sausen lassen? Und dass er besser daran täte, sich für die Stelle des geschäftsführenden Direktors von Khan Builders nach jemandem umzusehen, der wenigstens etwas vom Geschäft versteht? Oder soll ich Rehana erzählen, dass du Dienstagabend nicht bei uns zum Essen warst, sondern ein Schäferstündchen mit der Frau des amerikanischen Vizegeneralkonsuls hattest?«

Zia sah Ammi dabei zu, wie sie sich anzog und schminkte, bevor sie in den Club fuhr. Sie kehrte ihm den Rücken zu. Ihr Sari war ein See zu ihren Füßen, den sie senkrecht hochzog und mit raschen, sicheren Bewegungen um den Bund ihres Unterrocks wickelte. Und jetzt kam der verblüffende Augenblick, als sich eine fünf Meter lange Stoffbahn ohne eine einzige Nadel oder Naht wie angegossen um ihren Körper schmiegte. Dieses Haute-Couture-Wunder nahm nicht mehr als sechzig Sekunden in Anspruch. Der See schrumpfte zusehends. Ein Ende des Saris warf sie sich achtlos über die linke Schulter, während sie den Rest in atemberaubender Geschwindigkeit ziehharmonikaartig fältelte und am Nabel in ihren Unterrock steckte. Ein bisschen hier gezupft, ein wenig da geglättet, und der Sari saß.

Es gab nur einen Menschen, der ebenso verrückt nach Ammijan war wie Zia: sein Vater. Manchmal hatte Zia den Eindruck, dass Abbajan sie sogar noch mehr liebte als er. Amanat und Abba – Zia würde sie beide loswerden müssen.

Fast täglich entdeckte er neue Feinde. Sein Vater lud seine Geschäftsfreunde und Kunden nur selten in den Club oder ins Restaurant ein. Lieber gab er Empfänge in Firdaus, wo er sein Reich und seine Königin vorführen konnte. Zia wollte, dass seine Mutter das Zentrum jedes Diners war, wollte Zeuge ihres stummen Auftritts sein – sie kam immer zu spät herunter – und zusehen, wie alle Anwesenden sich in konzentrischen Wellen um sie gruppierten. Doch wenn das Fest richtig in Gang kam und einer der Gäste sie mit Beschlag belegte oder ihr auch nur ein Kompliment machte, hätte Zia ihn am liebsten erwürgt.

Am widerwärtigsten waren ihm die Gäste, die sich in Firdaus einquartierten. Natürlich gab es auch Besucher, die wer weiß was für ein Aufheben um die Kinder machten. Aber man konnte fast jedes Mal darauf wetten, dass sie dafür irgendein verstecktes, heimliches Motiv hatten. Die Geschenke, die sie Zia und Amanat mitbrachten, sollten die Kinder ruhigstellen, damit sie derweilen Ammijan zum Essen oder ins Konzert ausführen oder mit ihr sonstwohin entschweben konnten.

Es gab noch eine weitere Sorte Gast, die Sorte, die aus unerfindlichen Gründen tatsächlich eine Schwäche für die Khan'schen Kinder hatten: für den krächzenden, ständig nach Luft schnappenden, keuchenden Amanat und für dessen kleineren Bruder Zia, der sich so schüchtern gab, dass man ihn für taubstumm halten konnte. Ein extremes Beispiel für diese Sorte war Antonia.

Antonia und Zias Vater waren seit der Zeit, als Abbajan in England Architektur studiert hatte, miteinander befreundet. Mittlerweile unterrichtete sie in Cambridge, und die Khans verbrachten jedes Mal, wenn sie in England waren, ein paar Tage bei ihr. Doch »Mister« Antonia, wer immer er sein mochte, hatte Zia noch nie gesehen. Allerdings gab es eine Tochter namens Vivian, die ungefähr in Zias Alter war. Sie war ein übellauniges und kratzbürstiges Wesen, das zu unerklärlichen Wutanfällen neigte. Ihr Vokabular schien sich auf das Wort »Nein« zu beschränken. Kommst du mit spazieren?

Nein. Möchtest du ein Eis? Nein. Vielleicht schwimmen? Du könntest Zia zeigen, wie man rückenschwimmt. Nein.

»Wo versteckt ihr deinen Vater?«, hatte Zia Vivian gefragt, und, Wunder über Wunder, sie hatte es geschafft, ein Dutzend Wörter aneinanderzureihen.

»Mum hält ihn in einem Schrank im Keller eingesperrt. Und wenn du nicht aufpasst, sperrt sie dich mit ein, und dann findet dich kein Mensch wieder.«

»Was für ein Blödsinn.« Es war fast unheimlich, wie schon ein paar Minuten in Gesellschaft dieser einsilbigen Vivian genügten, damit Zia anfing, wie seine eigene Vorstellung eines Cambridge-Studenten zu tönen. »Tante Antonia liebt mich. Sie nennt mich ›Kleines Wunder‹.«

Zia hatte keine Ahnung, warum er den Namen erwähnt hatte, mit dem ihn seine englische Tante titulierte, da er ihn nicht ausstehen konnte, aber irgendein Dämon musste ihn dazu verleitet haben, ihn Vivian ins Gedächtnis zu rufen. Die Worte »Kleines Wunder« zeitigten eine katastrophale Wirkung. Zia hatte auf einen verborgenen Knopf gedrückt, und Vulkan Vivian brach wie der Ätna aus, den sie einmal auf dem Weg nach England besucht hatten. Vivians Körperbeherrschung war erstaunlich. Während sie mit dem Kopf einen veritablen Trommelwirbel auf den Bodendielen veranstaltete, hämmerte sie mit Armen und Füßen eine Begleitung dazu, und ihr Kreischen schien den Putz von den Wänden abblättern zu lassen.

»Das reicht jetzt, Vivian«, hatte Tante Antonia vom Esstisch aus herübergerufen, um dann ihr Gespräch mit Abba ungerührt fortzusetzen.

Zia hatte einen Stich Mitleid mit Vivian verspürt. Die Intensität ihrer Qual ging ihm an die Nieren, aber Tante Antonia schien das nicht weiter zu berühren. Ihre Weise, mit den Ausbrüchen ihrer Tochter umzugehen, bestand darin, sie einfach zu ignorieren.

Wie Ammis Clubfreundinnen betrachtete Tante Antonia Zia als ein mathematisches Genie. Zia fragte sich, ob die Leute ihn für ein Zirkustier hielten, für einen dieser Hunde, die, mit einer Brille auf der Nase, allerlei Zahlenkunststücke veranstalteten. Auf Festen wusste er nie, wann ihm mal wieder jemand eine vertrackte Bruchrechnung oder eine algebraische Gleichung vorsetzen würde. Sicher, er hatte eine mathematische Begabung, aber er war nicht Tante Antonias »Kleines Wunder«. Er war etwas Besonderes, das ja, etwas ganz Besonderes, wie Zubeida-Khala ihm oft genug sagte, aber aus völlig anderen Gründen. Er war Zia, »das Licht«. Er würde den Pfad zu Allah erhellen und irrende Seelen zur Schar der Gerechten zurückführen.

Zia hatte das Gefühl, dass sich seine zwei Tanten nicht ausstehen konnten, auch wenn sie sich bemühten, das nie zu zeigen. Es war so, als stritten sie sich um ihn, ohne dabei je seinen Namen zu nennen. Zia hatte bestimmt nichts dagegen, jemandes Liebling zu sein, aber Tante Antonia fehlte einfach jedes Feingefühl. Er empfand ihre Zuneigung und Aufmerksamkeit als erdrückend.

Tante Antonia kam jeden Sommer nach Indien, um bei einer katholischen karitativen Organisation mit Sitz in Delhi zu arbeiten, aber sie unterließ es nie, in Bombay Zwischenstation zu machen und den Khans einen Besuch abzustatten. Jedes Mal brachte sie Amanat und Zia Geschenke mit, aber es bestand kein Zweifel, wer von beiden den Löwenanteil bekam. Insbesondere ein Geschenk, das Tante Antonia Zia um diese Zeit machte, prägte ihn nachhaltig. Es war ein Tagebuch, in burgunderrotes Kalbsleder gebunden und mit dem in Goldlettern geschriebenen Namen »Zia Khan« in der rechten unteren Ecke.

7. Februar

Ich heiße Zia Khan. Ich bin heute sieben Jahre alt geworden. Allah ist mein Gott. Der Islam ist mein Banner. Und der Prophet ist mein Führer. Zubeida-Khala hat mir gesagt, dass ich dazu auserwählt bin, ein Vali zu werden und mein Volk zum Licht Allahs zu führen. Sie sagt, ich muss ein guter Junge mit guten Gedanken sein, sonst kann ich kein Vali werden.

Amanat ist mein Bruder. Er ist älter als ich. Ihm geht es dauernd schlecht. Abbajan und ich nennen ihn 1001, weil er mir so viele Geschichten erzählt wie Scheherazade dem König. Wenn es ihm schlecht geht, bin ich böse auf ihn, weil er mir dann keine Geschichte vor dem Einschlafen erzählt.

Gestern Abend hat mir 1001 als Geburtstagsgeschenk eine neue Geschichte erzählt.

»Also, Folgendes ist passiert: Sonntag Vormittag lutschte Raj gerade an einer grün-sauren Tamarinde, als er einen ganzen Samen verschluckte. Er steckte sich die Finger in den Hals und versuchte, ihn wieder herauszubekommen, aber er war ihm schon in den Magen runtergerutscht. Genau in dem Moment schnauzte ihn seine Mutter an, er sollte mit dem Quatsch aufhören und seine Hausaufgaben machen. Das war das Problem mit Mama, dachte er: Egal, was man gerade machte, sie wollte, dass man damit aufhörte und seine Hausaufgaben machte. Also gut, besser, er machte sich an die Arbeit, damit sie ihn nicht ausschimpfte und sagte: ›Morgen wird nicht gespielt!‹

Als er zehn Tage später in den Spiegel schaute, fiel ihm etwas Merkwürdiges auf. Zwei zarte grüne Blättchen wuchsen ihm aus dem Kopf. Wieder zwei Wochen, und der Keimling war um gut eine Handbreit gewachsen und hatte jetzt siebenundvierzig Blätter. Raj pflückte ein Blatt und steckte es sich in den Mund. Keine Frage: Es war ein Tamarindenbaum. Am nächsten Morgen hatte Raj ein komisches Gefühl auf dem Kopf. Er kletterte aus dem Bett und guckte in den Spiegel. Im Wipfel des Baums saß ein junger Kardinalvogel.«

Zia sollte die Gewohnheit, Tagebuch zu schreiben, sein Leben lang beibehalten.

In der Nacht nach Vivians Wutausbruch schlich sich Zia aus seinem Schlafzimmer und wartete dann auf der Treppe darauf, dass er den Mut aufbringen würde, den Riegel der Kellertür aufzuziehen.

»Was treibst du hier mitten in der Nacht? Solltest du nicht im Bett liegen?«

Man konnte sich auf Amanat verlassen: Er ließ Zia nie aus den Augen und nie in Frieden. Zia hätte Gleiches mit Gleichem vergelten und ihn fragen sollen: »Und was ist mit dir?«, aber er war erleichtert, seinen Bruder zu sehen. Er hatte an dem Abend ein paar Minuten lang einen Horrorfilm im Fernsehen geschaut und hätte schwören können, dass der Geist nur darauf wartete, ihn von hinter dem Sofa aus anzuspringen. Er hatte sogar gehört, wie er sich hinter der Kellertür herumdrückte, und die Gardine hatte vor dem Mondlicht gezittert, obwohl alle Fenster zu waren.

»Ich will in den Keller.«
»In den Keller? Was willst du denn da unten?«
»Vivian hat gesagt, dass Tante Antonia ihren Mann da in einem Schrank eingesperrt hält.«
Amanat lachte laut los.
»Vivian hat gesagt, ihr Vater wäre im Keller eingesperrt?«
»Hör auf, alles, was ich sage, zu wiederholen!«
»Aber Mr. Booth-Langston ist doch seit Jahren tot! Er ist bei einem Flugzeugabsturz ums Leben gekommen.«

Zubeida-Khala und Zia hätten Abba schon vor langem vorhersagen können, dass es so kommen würde. Allah lässt dem Satan jede nur erdenkliche Freiheit und Gelegenheit, sich selbst einen Strick zu drehen. Aber irgendwann reißt auch Sein Geduldsfaden, und dann schlägt der göttliche Zorn unerbittlich zu.
Und genau das geschah. Eines Morgens wachte Abbajan auf und stellte fest, dass er alles verloren hatte: das Haus, den Garten, den Wagen, die Dienstboten, das Mobiliar, die Firma, die Freunde – alles, was drei vorangegangene Generationen durch Energie, Unternehmergeist und harte Arbeit aufgebaut hatten, war mit einem Schlag weg.
Zafars Vater hatte ein erfolgreiches Bauunternehmen geleitet. Er war wie selbstverständlich davon ausgegangen, dass sein Sohn in Khan Builders eintreten würde, aber dieser hatte für Geschäfte und die materielle Seite des Bauens wenig übrig. Er wollte Architekt werden, Brücken entwerfen, Hospitäler, Flugplätze, Wohnhäuser und Städte. Zafars Vater war geduldig gewesen. Er liebte seinen Sohn und hatte gehofft, dass die Geschichte sich nicht wiederholen würde. Vater und Sohn würden ein Team bilden, anstatt sich gegenseitig zu beargwöhnen, wie er und sein Vater es getan hatten. Architektur und Baugewerbe sind schließlich sehr eng miteinander verwandt. Gott sei Dank wollte Zafar wenigstens nicht zum Film oder *Kathak*-Tänzer werden. Die Khans waren schon seit zwei Ge-

nerationen reich gewesen; inzwischen waren sie auch entsprechend kultiviert. Zafar studierte in England Architektur und schloss mit Auszeichnung ab. Zafars Vater wurde nicht müde, sich damit zu brüsten, was für ein guter Student sein Sohn gewesen war und wie viele Preise er gewonnen hatte. Bald aber zeigte sich, dass Vater und Sohn eine unterschiedliche Einstellung zu ihrem Beruf hatten. Der Vater hatte jahrelang darauf hingearbeitet, sich in den Club der Hochhausbauer Zutritt zu verschaffen. Jetzt würden die dem Meer abgerungenen Grundstücke von Nariman Point und Cuffe Parade dank den Weltklasse-Entwürfen des frisch heimgekehrten Sohnes zu Vorzeigestücken der Firma Khan Builders werden.

Zafar hatte allerdings andere Pläne. Er wollte die Welt verändern. Das Letzte, was Bombay brauchte, sagte er, seien Wolkenkratzer. Er würde Wohnungen und komplette Umgebungen – was immer das bedeuten mochte – für die Armen entwerfen. Seine Idee war, die *chawls* von Bombay abzureißen und für deren Bewohner stattdessen Siedlungen zu bauen, die sich um eine zentrale Fläche mit Gemeinschaftseinrichtungen wie Spielplätzen, Schulen und Märkten gruppieren sollten, Architektur, die jeder Familie Raum, Licht und Luft gab. Er wollte öffentliche Anlagen entwerfen und landschaftlich gestalten. Die Architektur, sagte er oft, sei die Quelle der Menschenwürde, die Basis einer bürgerlichen Gesellschaft.

Zafar gründete eine eigene Firma, Khan Architects. Sein Vater war wütend und enttäuscht. Alle seine Hoffnungen waren vergeblich gewesen. Aber es hatte wohl keinen Sinn, sich über einen verrückten Sohn aufzuregen. Es war nur eine Frage der Zeit, bis er ein Einsehen haben und Vernunft annehmen würde. Statt mit seinem Sohn tat er sich mit einem jungen Architekten aus Delhi zusammen. Das Projekt war ein Fünf-Sterne-Hotel an der Cuffe Parade, und das Gebäude sollte zweiunddreißig Stockwerke haben.

Sie legten gerade die Bodenplatte für den siebzehnten Stock, als das Kabel des Lastenaufzugs, in dem Zafars Vater in diesem Moment hinauffuhr, riss. Sein Tod bewirkte, was all seine Überredungskünste nicht hatten erreichen können: Zafar vollendete das Hotelprojekt. Jetzt gehörten Khan Builders und Khan Architects beide ihm. Doch woran sein Herz wirklich hing, daran bestanden nie irgendwelche Zweifel.

Abbajan leitete das Familienunternehmen seit nunmehr fünfzehn Jahren, als über eines seiner Lieblingsprojekte die Katastrophe hereinbrach. Bereits seit Jahren war davon die Rede gewesen, zur Entlastung der immer verstopfteren City eine Schnellstraße entlang der Westküste Bombays zu bauen. Das Vorhaben war alles andere als unumstritten, aber schließlich gab es ein eingeschränktes Okay. Es wurde beschlossen, zur Entschärfung der unmenschlichen Urbanisierung neben der neuen Autostraße öffentliche Anlagen entstehen zu lassen. Als Pilotprojekt sollte Zafar Khan eine Promenade und verschiedene Pavillons entlang des Abschnitts Nepean Sea Road entwerfen. Es war ein Auftrag ganz nach Abbajans Geschmack. Seine Entwürfe waren so luftig, so heiter und voll subtiler Anklänge an die indische Mogul-Vergangenheit, dass es eine der schönsten und ruhigsten öffentlichen Anlagen des ganzen Landes werden würde. Es gab allerdings eine Bedingung. Khan Builders sollte den Auftrag nur bekommen, wenn vier der kleineren vorgefertigten Brückenbogen für die Überführung von einer Firma des Sohnes des Finanzministers geliefert würden.

Zia war zu jung, um zu begreifen, was genau vor sich ging, aber alles schien gleichzeitig zu passieren. Das erste Unheil waren die Schlagzeilen in allen drei englischsprachigen Zeitungen, die die Khans abonniert hatten: »The Times of India«, »The Indian Express« und »The Economic Times«. »In Bau befindliche Überführung stürzt ein.« »Überführung bricht um Mitternacht zusammen.« »Neue Brücke eingestürzt.« In jedem Untertitel wurde die Firma Khan Builders erwähnt.

Das ganze Haus verfiel in tiefes Schweigen, als wäre ein Mitglied der Familie gestorben. Beim Frühstück sprach niemand ein Wort – außer Zia, der erklärte, er wolle nicht in die Schule. Dann kamen die Reporter. Abba sagte, er könne zu dem Zeitpunkt noch keinen Kommentar abgeben. Dazu müsse er erst alle Fakten kennen.

»Was für Fakten?«, bedrängten ihn die Journalisten. »Wollen Sie uns weismachen, Sie wüssten nicht, was in Ihrem eigenen Projekt vor sich geht?«

»Das ist ein großes Projekt, und es sind eine Menge Menschen und Firmen daran beteiligt. Haben Sie nur einen Tag Geduld, bis wir der Sache auf den Grund gegangen sind.«

»Khan Builders war bereit, den ganzen Profit einzustreichen. Jetzt, wo es darum geht, Verantwortung zu übernehmen, fangen Sie an, nach Sündenböcken zu suchen!«

»Vierundzwanzig Stunden, mehr verlange ich nicht. Dann werden wir ein klareres Bild von der Situation haben.«

»Ein Mann ist ums Leben gekommen, und Sie bitten um vierundzwanzig Stunden? Haben Sie vor, in dieser Zeit das Land zu verlassen?«

Abba versuchte, Altaf-Mamu, den geschäftsführenden Direktor von Khan Builders, in Sankt Moritz, wo er einen Skiurlaub verbrachte, zu erreichen. Die Rezeption seines Hotels erklärte, ein Gast namens Altaf Syed sei bei ihnen nicht abgestiegen. Abba beauftragte Ammijan, alle ihre gemeinsamen Freunde im Ausland anzurufen und Altaf aufzuspüren, während er selbst ins Büro fuhr. Er rief stündlich, dann halbstündlich zu Hause an, um sich zu erkundigen, ob Ammi Altaf inzwischen ausfindig gemacht hatte. Als er am späten Abend heimkam, war er kreidebleich.

»Hast du die Abendblätter gesehen?«, fragte ihn Shagufta.

»Nein«, sagte Abba, »ich hatte anderes zu tun.«

»Na, du solltest sie dir ansehen. Sie wollen deinen Kopf.« Sie breitete die Zeitungen auf dem Couchtisch aus. »Bauunternehmer weiß nicht, was in seinem eigenen Betrieb abläuft.« »Khan Builders sucht nach einem Sündenbock.« »Ein Toter: Bauunternehmer ungerührt.«

»Ich bin heute nicht zu Khan Architects, sondern zu Khan Builders gefahren, Shagufta«, sagte Abba zu seiner Frau. »Der Sohn des Finanzministers hätte die üblichen Belastungstests bei den Betonbogen in Anwesenheit von Vertretern des städtischen Bauamts durchführen müssen. Er hat es nicht getan.« Abbajan versuchte, Ammi zu beruhigen.

»Bleib mir bloß weg mit deinem Fachchinesisch!«

»Irgendetwas ist furchtbar schief gelaufen, Shagufta. Ich werde aus der ganzen Sache einfach nicht schlau.«

»Das wird sich bestimmt alles klären, sobald Altaf zurückkommt«, sagte Ammijan.

Zafar sah seine Frau an, als redete jetzt sie Chinesisch.

»Ich bezweifle, dass er vorhat zurückzukommen. Jedenfalls nicht in nächster Zukunft.«

»Ach, übertreib nicht, Zafar«, fertigte Ammi ihren Mann überraschend kurz ab. »Du brauchst die Situation nicht zu dramatisieren und meinen Bruder anzuschwärzen, bloß weil du unvorsichtig gewesen bist.«

Gegen zwei Uhr nachts klingelte es. Die Polizei kam, um Abbajan festzunehmen.

»Mit welcher Begründung?«, fragte er immer wieder.

»Grobe Fahrlässigkeit, Totschlag, und jetzt hören Sie bitte auf, unsere Zeit zu vergeuden.«

»Aber in einer der Zeitungen stand, dass der Leichnam schon den Abend davor unter einem weißen Laken dort gelegen hat. Sie wissen doch selbst, dass Bettler Passanten um Geld für die Bestattung bitten, wenn einer von ihnen stirbt, und sich anschließend in Luft auflösen.«

»Erzählen Sie das morgen dem Richter. Jetzt halten Sie den Mund und kommen Sie mit!«

Ammijan rief einen mit ihnen befreundeten Anwalt an. Der Anwalt sprach mit dem verantwortlichen Polizeiinspektor. Warum mitten in der Nacht? Das war äußerst ungewöhnlich. »Fragen Sie nicht mich, Herr Phadnis. Ich habe den Befehl nicht gegeben. Ich tue lediglich meine Pflicht. Man befürchtet, der Verdächtige könnte versuchen, das Land zu verlassen. Einige sehr einflussreiche Persönlichkeiten – fragen Sie mich nicht nach Namen – machen Druck.«

Abbajan wurde am späten Nachmittag des folgenden Tages dem Haftrichter vorgeführt. Die Anklage wegen Totschlags wurde fallen gelassen, und der Vorwurf der groben Fahrlässigkeit wurde in eine zivilrechtliche Klage umgewandelt: Beschädigung von öffentlichem Eigentum und schwere Missachtung von Sicherheitsbestimmungen.

Eine Woche später setzte das National Institute of Architects im Rahmen einer außerordentlichen Sitzung, bei der das Quorum gerade eben erreicht wurde, Zafar Khans Architektenlizenz bis auf weiteres außer Kraft. Es sollte noch schlimmer kommen, doch Abba schien bereits nichts mehr zu berühren.

Zia begriff nicht, was passierte. War sein Vater schuld daran, dass die Überführung eingestürzt war? Er musste es eigentlich sein, auch wenn Ammi den Kindern versichert hatte, er sei es nicht.

Warum sonst wäre die Polizei mitten in der Nacht zu ihnen ins Haus gekommen und hätte ihn mitgenommen? Zumindest hätte Abba seine Unschuld beteuern können. Zias Klassenkameraden waren sicher, dass Abba schuldig war. Das wussten sie von ihren Eltern. Aber wieso hatte man ihn dann wieder aus dem Gefängnis entlassen? Zu dem Thema hatten seine Freunde ebenfalls etwas zu sagen. Zafar Khan, sagten sie, war mit Sicherheit nur vorübergehend auf freiem Fuß. Keine Frage, bald würden sie ihn wieder einsperren, und dann endgültig.
Hatte Zubeida-Khala nicht immer schon gesagt, dass Abba der Satan war und dass es ein böses Ende mit ihm nehmen würde? Allahs Mühlen mahlen langsam und leise. Er beobachtet, lässt einen weitermachen, als wäre alles in bester Ordnung, und dann, eines Tages, wenn man zu der Überzeugung gelangt ist, dass Er blind ist und sich nicht darum schert, was auf der Erde passiert, ja, wenn man es am wenigsten erwartet, schlägt Er gnadenlos zu. Abba ließ nicht nur gelegentlich seine Gebete ausfallen, er verrichtete sie nie, und seine Familie war seinem Beispiel gefolgt. Sie tranken, sie aßen sogar Schweinefleisch – allerdings nicht zu Hause, weil die Diener sich darüber aufgeregt hätten –, sie fasteten nicht während des Ramzan, sie hatten Bildnisse von Abgöttern in ihrem Haus und sie verschwendeten keinen Gedanken an morgen. Jetzt war »morgen« da und hatte eine verdammt hohe Rechnung vorgelegt. Der Allmächtige hatte entschieden, dass jetzt Zahltag sei.
Zia wusste, dass man nichts als rechtschaffene Freude empfinden sollte, wenn der Wille Allahs geschieht. Er war froh, oh, er jubilierte innerlich, und dennoch wusste er nicht, warum ihm so schwer ums Herz war. Wenn Abba zu Hause war, versuchte Zia, seine Hand zu halten – oder ihn wenigstens nicht aus den Augen zu lassen. Er hatte angefangen, Abba stündlich im Büro anzurufen und zu fragen, um wie viel Uhr er heimkommen würde. Ein- oder zweimal war er nachts aufgewacht – Zubeida-Khala hatte wie gewöhnlich mit weit aufgerissenem Mund tief und fest geschlafen –, hatte sich hinausgeschlichen und war ins Zimmer seiner Eltern gegangen. Amanat schlief schon zwischen den beiden, und es war etwas eng, aber Zia war das egal, er schmiegte sich einfach in Abbas Arme.
Er versuchte, mit seinem Bruder über die Situation zu reden.

»Lass mich in Frieden«, sagte Amanat, aber Zia wusste, dass er es nicht ernst meinte.
»Was wird passieren?«, fragte Zia.
»Wem?«
»Abbajan.«
»Nichts.«
»In der Schule haben sie gesagt, dass er wieder ins Gefängnis kommt und dass sie ihn nie wieder rauslassen.«
»Und das glaubst du?«
»Ich weiß nicht. Du?«
»Nein.« Aber es klang nicht so sicher.
»Warum nehmen sie Abbajan dann die Lizenz ab?«
»Weil sie nicht wollen, dass er noch Häuser, Brücken, Krankenhäuser, Flugplätze baut, bis seine Unschuld erwiesen ist.«
»Aber was soll Abba tun, wenn er nicht mehr zeichnen und entwerfen darf? Er kann doch nichts anderes.«
»Woher soll denn ich das wissen?«, gab Amanat giftig zurück, aber als Zia schon gehen wollte, sagte er: »Spielen wir Kricket. Du schlägst, ich werfe.«
Ammijan wurde wegen Altaf-Mamu immer nervöser. Abba hatte endlose Meetings mit Bankdirektoren und verbrachte fast den ganzen Tag – und manchmal auch einen Teil der Nacht – in Altaf-Mamus Büro bei Khan Builders. Ammi wiederum verbrachte täglich fast eine Stunde am Telefon beim Versuch, ihren Bruder in Sankt Moritz oder an einer der anderen Stationen seiner geplanten Reiseroute zu erreichen. Einige der Leute, mit denen sie sprach, wurden allmählich ungeduldig. Sie hatten keine Neuigkeiten – und hatten sie ihr nicht versichert, dass sie sich in dem Augenblick, da sie etwas erfuhren, bei ihr melden würden?
Was war ihm zugestoßen? Hatte er einen Unfall gehabt? Vielleicht war er krank geworden und lag jetzt in einem Krankenhaus im Sterben. Vielleicht war er nach Indien zurückgekommen, und der Taxifahrer hatte ihm auf dem Weg vom Flughafen in die Stadt etwas angetan. Er konnte doch nicht einfach verschwinden, oder? Sie ging zur Polizei. Die zeigte sich nicht sonderlich interessiert an diesem Altaf Syed. Außerdem seien sie ausschließlich für das Stadtgebiet Bombay zuständig. Sie wandte sich mit der Angelegenheit

an verschiedene indische Botschaften in Europa. Die Beamten zeigten sich mitfühlend, konnten ihr aber nicht helfen.
»Ich fliege nach Delhi«, sagte sie eines Abends zu Zafar, als die Familie beim Essen saß. »Ich will zum Außenminister und ihn bitten, wegen Altaf Nachforschungen anzustellen.«
Zafar legte seiner Frau die Hand auf die Schulter. »Ja, tu das. Das wird dich auch auf andere Gedanken bringen.«
»Ich tu das nicht, um ›auf andere Gedanken zu kommen‹«, sagte Ammi scharf. »Ich will meinen Bruder finden, der ohne weiteres tot sein könnte.«
»Er ist gesund und munter«, sagte Abba, »er möchte bloß in Ruhe gelassen werden, glaube ich.«
»Woher willst du das wissen?«
»Du weißt, dass er Recht hat, Shagufta. Altaf hat das ganze Geld genommen und hat sich abgesetzt«, mischte sich Zubeida-Khala plötzlich in das Gespräch. »Das würde keine von uns beiden zugeben, aber hast du nicht schon lange den Verdacht gehabt, dass er uns eines Tages im Stich lassen würde?«
Ammi blieb eine Minute lang stumm. Sie hätte nie erwartet, dass sich ihre Schwester auf die Seite Zafars schlagen würde. Aber sie schaffte es schließlich doch, ihre Emotionen unter Kontrolle zu bringen, und flüsterte mit kaum hörbarer Stimme: »Wenn du nicht von jeher jede Verantwortung abgewälzt hättest, Zafar, und dich etwas mehr um die Firma gekümmert hättest, wäre es niemals so weit gekommen.«

Am Ende flog Ammi doch nicht nach Delhi. Ihre Auslandstelefonate hörten ebenfalls auf. Altaf würde nicht zurückkommen. Abbas Besuche bei verschiedenen Banken wurden mit der Zeit häufiger und länger. Der letzte Schlag traf die Familie zwei Monate später. Abbajan kam eines Abends nach Hause und rief die Kinder in sein Arbeitszimmer.
»Es wird ein paar Veränderungen in unserem Leben geben. Wir müssen aus diesem Haus und in eine Wohnung im Zentrum ziehen. Ihr beide werdet in eine neue Schule gehen. Wir haben nur zwei Tage Zeit für den Umzug. Helft also Ammijan und Zubeida-Khala, eure Sachen zusammenzupacken.«

Zwei Tage später kamen die Leute von der Bank, um das Haus in Besitz zu nehmen. Die Angestellten waren schon die sechzigseitige Inventarliste durchgegangen und hatten jedes einzelne Möbelstück, Gemälde, Silberobjekte und sonstige Wertgegenstände abgehakt. Schließlich wurden die Dokumente unterschrieben, und es war Zeit zu gehen. Die Kinder, Zubeida-Khala und Ammijan saßen bereits im Bentley, als Abbajan zu ihnen kam und sagte: »Das Auto gehört uns nicht mehr. Wir müssen ein Taxi nehmen.«

Ammijan sah ihren Mann an und wandte sich dann ab.

»Wie konntest du uns das nur antun, Zafar?«

Das neue Zuhause der Khans war eine Wohnung im dritten Stock von »Suleiman Mansion«, einem Gebäude auf der S.V.P. Road, die nach dem »eisernen Mann von Indien« *Sardar Vallabhai Patel* benannt ist. Im Herzen des Bhendi *Bazar* gelegen, war Suleiman Mansion ein siebenstöckiges Gebäude mit Ein-, Zwei- und Dreizimmerwohnungen. Wie bei jedem anderen Mietshaus auf der S.V.P. Road wurde das Erdgeschoss gewerblich genutzt. Suleiman Mansion beherbergte ein Drachengeschäft mit Tausenden von Drachen in sämtlichen Größen, Farben und Formen sowie einem *manja*, der so scharf war, dass man damit nicht nur jede andere Drachenschnur kappen, sondern auch einem Menschen glatt die Gurgel durchschneiden konnte; außerdem gab es einen Frisörladen, einen Lebensmittelladen, einen chinesischen Zahnarzt, eine Fahrschule und ein Geschäft mit Hunderten von Fernsehern an den Wänden, die alle auf denselben Sender eingestellt waren, so dass man sich wie in Kaiser *Akbars* Palast Shish Mahal vorkam, wo jedes einzelne Spiegelchen ein und dasselbe Bild zurückwirft. Das Gebäude war ein eigenes Universum, in dem für jedes Bedürfnis gesorgt war. Zubeida-Khala meinte, man könnte dort sein ganzes Leben zubringen, praktisch ohne jemals aus dem Haus gehen zu müssen.

Das oberste Geschoss war in zwei Flügel eingeteilt. Auf der linken Seite wohnte eine *ismailitische* Familie, der zwei Lederwarengeschäfte gehörten: eines auf der Chamar Alley und ein feineres auf dem Colaba Causeway. Sie waren Anhänger des Aga Khan. Rechts wohnte die sunnitische Familie, die eine Blechwarenfabrik in einem Vorort besaß. Sie machten gerade eine Durststrecke durch, weil galvanisierte Eiseneimer und -fässer nach und nach von Plastikbehältern verdrängt wurden. Die zwei Familien wechselten kein Wort miteinander. Wenn die Gelanis den Fahrstuhl nahmen, zogen es die Sheikhs vor, die Treppe zu benutzen.

Im fünften und sechsten Stock wohnten sieben Familien von *Dawoodi Bohras*. Die Männer liefen ständig in Weiß herum. Sie trugen weite Polyester-*shervanis*, die ihnen bis über die Knie reichten, eng anliegende Polyesterhosen, weiße Kappen, und ihre Füße steckten stets in weißen Socken. Sie betrachteten es als Respektlosigkeit gegenüber Allah, ihre nackten Füße zu zeigen. Ihre Frauen trugen über ihrer *salvar-kamiz* noch einen knöchellangen Rock und eine Art Umhang mit Kapuze. In jeder ihrer Wohnungen hing ein Porträt des angejahrten Sektenoberhaupts, Syedna Muhammad Buhranuddin. Im dritten und vierten Stock lebten vier *Suleimani-Bohra*-, zwei *Ahmadiyya*-, eine ismailitische und zwei sunnitische Familien. Im ersten Stock gab es überhaupt keine Familien. Dort war ein Entbindungsheim untergebracht.

Solange er zurückdenken konnte, hatte Zia gewusst, dass es auf der Welt unterschiedliche Menschen mit unterschiedlichen Religionen gab. Es gab Hindus, Christen, *Parsis*, *Sikhs*, Buddhisten, *Neobuddhisten*, und dann gab es natürlich die wahren Gläubigen, die Anhänger Allahs und seines Propheten Muhammad – Gott segne ihn und gebe ihm Heil. Doch die erbitterte Feindseligkeit innerhalb des Mietshauses kam für Zia einer Offenbarung gleich. Er begriff, dass es Muslime verschiedenster Couleur gab und dass manche von ihnen sich untereinander ebenso sehr hassten, wie es bei Hindus und Muslimen der Fall zu sein schien.

Zia fragte Tante Zubeida, wie alle hier wahre Gläubige und sich dennoch spinnefeind sein konnten. Manche, antwortete sie, seien wahre Gläubige, die anderen aber hätten den falschen Glauben.

»Wie kann das sein?«, fragte Zia. »Die Falschgläubigen glauben doch auch an den einen und einzigen Gott und an Seinen Propheten Muhammad.«

»Weil sie vom rechten Weg abgekommen sind« – sie betonte jedes einzelne Wort – »und das Wahre nicht vom Falschen unterscheiden können. Und du solltest besser deine Zunge hüten, sie windet sich wie der Schwanz des Satans. Es sind genau solch müßige Reden und nichtsnutzige Gedanken, die die Menschen in die Irre führen. Sprich deine Gebete, handle so, wie das Heilige Buch es vorschreibt, und befolge das, was deine Eltern dich lehren« – sie korrigierte sich – »was deine Tante dich lehrt, dann wirst du immer Gottes kleiner Krieger sein.«

Nach wie vor außerstande, die Abgründe zu erfassen, die die verschiedenen Bewohner des Mietshauses voneinander trennten, fragte er Ammijan, wo sie selbst innerhalb des islamischen Spektrums stünden.

»Wir sind Muslime, reicht das nicht?«, gab sie zurück.

Das tat es nicht. Er wollte das Feld eingrenzen, ein Etikett haben, an dem er sich festhalten konnte. Ammi war nicht sonderlich mitteilsam.

»Warum fragst du nicht deine Tante? Ich dachte, sie ist deine Mentorin in spirituellen Angelegenheiten.«

»Sie sagt, wir sind lauter Niemande und gehören nirgendwo hin, weil wir uns von Allah abgewandt haben.«

Ammijan schnaubte. »Ganz im Gegenteil, Allah hat sich offenbar von uns abgewandt.«

Zia wartete. »Sie haben meine Frage noch nicht beantwortet.«

»Ich weiß die Antwort nicht, und es ist mir auch egal, Schätzchen, solange ich dich und Amanat und meine Familie habe.«

In Suleiman Mansion hatte Zia eine Welt entdeckt, die ebenso neu und faszinierend war wie der Kontinent, mit dem sich einst Kolumbus konfrontiert gesehen hatte. Es sollte eine Weile dauern, bis es ihm gelang, sie ganz in sich aufzunehmen. Seine Eltern waren ihm dabei keine große Hilfe. Ammijan lag – manchmal den ganzen Tag lang – im Bett. Sie war nicht so sehr schlecht gelaunt, eher teilnahmslos. Es war schwierig, zu ihr durchzudringen. Abba blieb nach außen hin gelassen und machte sich jeden Morgen um halb neun auf, um nach Arbeit zu suchen. Er nahm ein Eiersandwich und eine Mappe mit seinen Zeichnungen mit. Zurück kam er erst gegen

halb acht, acht. Manchmal arbeitete er zu Hause bis tief in die Nacht an einem der seltenen Aufträge, die er ergatterte, aber am nächsten Morgen war er trotzdem um sechs wieder auf den Beinen. Amanat, Zia und Zubeida-Khala teilten sich ein Zimmer, und aus welchen Gründen auch immer kamen die Brüder miteinander besser aus als jemals zuvor, aber Amanat fehlte neuerdings häufiger in der Schule und hatte deshalb viel nachzuholen. Er ging gerne mit Zia spazieren, aber der Staub und die fremdartigen würzigen Gerüche aus den drei Lebensmittelgeschäften, die es in der Nähe gab, und die chemischen Ausdünstungen aus der Werkstatt, in der Reifen runderneuert wurden, und aus den Gerbereien schlugen ihm auf die Bronchien. Also blieb er lieber daheim und las. Damit blieb es Zubeida-Khala und Zia überlassen, die neue Welt zu erkunden.
Zubeida-Khala war das furchtloseste Mitglied der Familie. Jeden Tag zog sie mit Zia los, um das fremde Terrain auszukundschaften, den Urwald voller Tiger, Nilpferde, brünstiger Elefanten und Eisbären. Fünf Minuten die Amin Lane entlang, und man steht vor der *Jama Masjid*. Die mag zwar die bekannteste Moschee in ganz Bombay sein, aber in Bhendi Bazar ist es praktisch unmöglich, in eine beliebige Richtung einen Stein zu werfen, ohne eine Moschee zu treffen. Zubeida-Khala ging mit Zia oft für ein privates Gebet in die Moschee, die an das marmorne Mausoleum des verblichenen Syedna Taher Saifuddin Sahab angeschlossen ist.
»Aber wir sind doch keine Dawoodi Bohras«, protestierte er.
»Eine Moschee ist eine Moschee. Und der Segen jedes heiligen Mannes führt uns näher zu Allah. Jetzt halt den Mund und bete!«

Nur ein, zwei Gassen vom Mausoleum des verblichenen Syedna entfernt befand sich der Ort, der in Zia die intensivsten und widersprüchlichsten Empfindungen wachrief: Neugier, Angst, Faszination und Unbehagen, um nur einige zu nennen. Chor Bazar. Der »Diebesmarkt«. Er wusste nicht genau, was das Wort »Unterwelt« bedeutet, aber er war davon überzeugt, dass der Chor Bazar die Unterwelt war.
Zubeida wusste, dass Zia Angst davor hatte, auch nur in die Nähe des Chor Bazar zu kommen. Wenn die beste Methode, jemandem schwimmen beizubringen, darin besteht, ihn ins Wasser zu werfen,

dann, sagte sie, könne es kein wirkungsvolleres Mittel geben, Zia die Angst vor dem Chor Bazar zu nehmen, als mit ihm dort einkaufen zu gehen. Schon nach wenigen Minuten würde er merken, welch ein aufregender Ort das war.

Zubeida, die Zias Herz und seine Denkweise fast besser als er selbst kannte, hatte sich jedoch dieses eine Mal in ihm geirrt. Er war von panischer Angst erfüllt, sein Herz pochte unregelmäßig und seine Handflächen und Fußsohlen waren kalt, aber schweißnass. Er hielt den Kopf gesenkt und konzentrierte sich auf den Boden zwischen seinen Schuhen. Khalajan hielt seine rechte Hand eisern fest, also wäre ein Fluchtversuch aussichtslos gewesen, und außerdem waren sie schon angekommen. Er spürte es förmlich in den Füßen, dass sie den Punkt, von dem aus es kein Zurück mehr gab, bereits überschritten hatten. Sie waren in der Unterwelt, dem Reich, das er, wie er wusste, unter allen Umständen hätte meiden sollen: einem Land der Unordnung und Zerstörung voller weggeworfener, nutzloser, zerbrochener, abgenutzter, nicht mehr funktionsfähiger Dinge. Das war das Reich der Diebe und all der Millionen gestohlener Dinge, die jetzt verwaist waren und nie wieder zu ihren rechtmäßigen Eigentümern zurückfinden würden. Überall spielten sich gespenstische Szenen ab. Jemand hatte einen lahmen Bettler getreten; ein paar Halbwüchsige machten sich am Türschloss eines Autos zu schaffen, die Alarmanlage ging los, sie hatten die Tür aufbekommen und schalteten die Alarmanlage aus, man hörte eine Polizeisirene näher kommen, aber sie waren schon losgefahren; die Hand einer Frau hing halb aus dem Fenster eines Busses, der Bus setzte sich in Bewegung, und ein Mann auf einem Motorrad schnitt der Frau den Ringfinger mitsamt dem Ehering ab, und das Blut spritzte Zia in die Augen. Sein Blick war noch immer auf den Boden geheftet, und alles, was er sah, waren weitere Füße in Schuhen und Sandalen. Überall waren Stimmen zu hören, Stimmen, die seinen Namen flüsterten, als wäre er ein zischendes Messer, mit dem sie ihm die Kehle durchschneiden wollten: Ziia, Ziia, Ziia.

»Schau nach vorn, Zia«, befahl ihm seine Tante zweimal. Er achtete nicht auf sie. Seine einzige Hoffnung war, nichts zu sehen. Denn wenn sein Blick dem Blick eines anderen begegnet wäre, wäre er verloren gewesen.

Ein Handkarren schob sich zwischen Tante und Neffe, und dann schlossen sich die Hände wieder umeinander, aber es war nicht Zubeida-Khalas Hand. Zia wollte dem Mann sagen, dass das wirklich nicht nötig sei, er würde schon nicht schreien, er wüsste, dass man ihn entführt hatte und er Ammijan, Abba, Amanat und Zubeida-Khala nie wiedersehen würde.

Zubeida brauchte zwei Stunden, um Zia ausfindig zu machen. Er hatte keine Ahnung, wie er sich verlaufen hatte, und als Khalajan ihn endlich fand, stand er vor einem mit alten Möbeln vollgestopften Laden. Er weigerte sich weiterhin, die Augen zu heben.

Es war nur eine Frage von Wochen, bis Zia sich in Suleiman Mansion vollkommen zu Hause fühlte. Er vermisste das Meer, und in der Wohnung saß man sich ständig auf der Pelle, aber offen gestanden gefiel ihm das. Früher hatte er nur allein spielen können – oder mit Amanat, wenn es ihm gut ging, was praktisch nie der Fall war. Jetzt war es egal, wie es Amanat ging. Zia hatte Dutzende von Nachbarskindern, mit denen er spielen konnte. Sie kamen entweder zu ihm, oder er ging zu ihnen, oder sie gingen alle auf die Terrasse und spielten Kricket. Selbst zu den seltenen Gelegenheiten, bei denen er allein war, kam es nie vor, dass er sich langweilte oder nicht wusste, was er tun sollte. Er musste nur auf den Balkon gehen oder aus dem Fenster schauen, und er wurde in einen Strudel hektischer Aktivität hineingezogen. Vor seinen Augen ausgebreitet lag die geschäftigste, quirligste, faszinierendste, fesselndste, unwiderstehlichste aller Straßen dieser Welt. Wenn Bajrangs Messing-*thali* eine Zirkusmanege mit dreißig Sitzrängen war, so war Bhendi Bazar eine mit dreiunddreißigtausend. Nein, das war ein zu dürftiger Vergleich. Das hier war die Milchstraße und hundert weitere Galaxien in einem, die sich unentwegt in- und umeinander wanden und schlangen. Die Straße kam niemals zur Ruhe. Sie war pure unaufhörliche Bewegung. Sie war Romantik, sie war Gefahr, sie war Abenteuer; sie war ein Labyrinth, ein Ghetto, ein einziger unendlicher Marktplatz; sie war Anarchie, war Ungeduld, war Raserei, sie war eine städtebauliche Katastrophe, ein Durcheinander und ein Kuddelmuddel, und sie war reine Ekstase. Man konnte sie entweder lieben, wie Zia es tat, oder sich wie Amanat widerwillig mit ihr abfinden. Nirgendwo sonst auf Erden wurden die Sinne so unablässig mit Reizen bombardiert. Nirgendwo sonst im Universum gab es einen solchen Mischmasch von Akzenten, Sprachen, Kleidungsstilen; so viele Gerüche und Düfte, so viele verschiedene Arten von Licht, solch eine hohe Menschendichte pro Kubikzentimeter Luft und Raum. Und das bereits an normalen Wochentagen.

Alles in Bhendi Bazar übte auf Zia eine hypnotische Wirkung aus. Einen Ort gab es allerdings, der alles andere in den Schatten stellte: den Darbar-e-Akbar *attar*-Shop. Es war ein schäbiger Laden mit trüber Beleuchtung und zwei skelettartig ausgemergelten Verkäufern mit kohelgeränderten Augen und insgesamt drei Zähnen. Die Metallblätter der prähistorischen Deckenventilatoren waren so verzogen und verbogen, dass sie wie Ruder aussahen, die durch windstille Seen aus Luft pflügten. An drei Seiten des Geschäftes erhoben sich vom Boden bis zur Decke reichende verglaste Teakholzschränke. Jeder von ihnen zeigte beziehungsweise verbarg Hunderte, vielleicht Tausende von winzigen geheimnisvollen, milchfarbenen oder bunten Glasflaschen und -behältern mit Glas- oder Korkstöpseln.

Abends, wenn die Glühbirnen an langen Kabeln im von der langsamen, kummervollen Umdrehung der uralten Ventilatoren erzeugten Luftzug schwankten, fingen die Attar-Phiolen das schwache Licht ein und glitzerten wie ferne Sterne, und der Darbar-e-Akbar verwandelte sich in ein lebendiges, atmendes Firmament, das sich mit den pendelnden Bewegungen der Lampen rhythmisch ausdehnte und wieder zusammenzog. Das Geschäft schien sich erst bei Sonnenuntergang zu beleben. Junge und alte Männer, manche mit Blütengirlanden an den Handgelenken, hielten den Handrücken hin, während die Verkäufer eine Flasche nach der anderen aus den Schränken hervorholten und mit dem Glasstift des Stöpsels eine winzige Menge Attar auftrugen.

Zia sah einen Kunden seine Hand an die Nase führen und tief einatmen. Der Duft stieg ihm zu Kopf, und ebenso Zia, obwohl er nur von außen zusah, und der Kunde schien in Trance zu verfallen. Der Verkäufer mit dem einsamen schwarzen Zahn in der Mitte seines Unterkiefers rückte sich seine gehäkelte Kappe zurecht und spie eine Ladung Kautabak in den Spucknapf.

Der junge Kunde öffnete die Augen und schüttelte den Kopf. »Fast getroffen, mein Herr, aber noch nicht ganz.«
Der alte Mann lächelte und schien das »Nein« als eine persönliche Herausforderung aufzufassen.
»Wir können Sie sicherlich ans Ziel bringen, aber zuerst müssten Sie uns sagen, wo es hingehen soll. Ihr Ziel ist der Schlüssel zu allem. Nicht einmal das Paradies ist uns verschlossen, wenn wir erst einmal wissen, wonach Ihr Sinn strebt. Ist es die allererste Begegnung mit einer Huri? Wünschen Sie, die Erscheinung zu bannen? Oder ist es Bezauberung, worauf Sie aus sind, ja möglicherweise Betörung? Soll es eine Verführung werden? Eine Trennung – wenngleich, wie wir hoffen dürfen, nur eine vorübergehende? Oder geht es um eine Versöhnung? Oder wünschen Sie, das göttliche Geschöpf eines anderen Mannes Armen zu entwinden? Verraten Sie uns, an welcher Krankheit Sie leiden, und wir werden Ihnen das Heilmittel geben. Oder ist es vielleicht so, mein Prinz, dass Sie die Krankheit der Kur vorziehen?«
Wovon redeten die eigentlich? Wie hatte sich der junge Mann mit dem roten Polyester-Halstuch, das wie ein Spiegel leuchtete, und der schütteren Girlande von halb welken Jasminblüten so plötzlich in einen Prinzen verwandelt? Zia hatte keine Ahnung, wie sie von Attar auf Huris gekommen waren und von da auf Krankheiten, die Kuren vorzuziehen wären. Er begriff, dass all dies eine geheime Bedeutung besaß und dass es wieder und wieder dieselben Schlüsselwörter umkreiste, aber er wusste nicht, wie er den Code knacken sollte. Eines war sicher: Von nun an würde Urdu-Poesie das einzige Medium der Konversation sein. Die beiden würden wie lange getrennte Seelengefährten miteinander reden und der Kunde bald die intimsten Geheimnisse seines Herzens preisgeben.
Jetzt strich der Verkäufer mit einem zweiten Stift über die Hand des Kunden, dann mit einem dritten, und als sich dann noch immer keine Zufriedenheit einstellte, zog er mit einem vierten und fünften nach. Wie der junge Mann jetzt noch einen Duft von den anderen unterscheiden konnte, ging über Zias Vorstellungskraft. Am meisten aber fesselte es ihn, wie der Verkäufer es fertig brachte zu wissen, welcher Attar sich in welcher der Zehntausenden von Fläschchen befand.

Eines Tages dann schloss der Durbar-e-Akbar ohne jede Vorwarnung. Der Laden wurde mit braunem Segeltuch verhängt, und niemand durfte hinein. Es war davon die Rede, dass dort eine Bäckerei und ein Autohändler ihr Geschäft eröffnen würden. Zia erfuhr von einem Freund aus dem fünften Stock, Salim, der die Neuigkeit von einer hundertsiebenprozentig sicheren Quelle haben wollte, dass eine Disco-Tanzschule die Geschäftsräume übernehmen würde.

Gelüftet wurde der Schleier endlich am 7. Dezember, aber die Sache wurde nur umso geheimnisvoller. Das neue Geschäft hieß »The Perfumed Garden«, es verkaufte weiterhin Rosenöle und gehörte auch derselben Familie, nur dass jetzt die Tochter des Eigentümers, die in Paris gelernt und gearbeitet hatte und angeblich »eine Nase« hatte – was immer das bedeuten mochte – die Geschäftsführung übernahm. War es derselbe Laden oder war es ein neuer? Zumindest war er nicht wiederzuerkennen. Er passte weder in den Bhendi Bazar, noch hätte er in die Nepean Sea Road gepasst, wo Zia früher gewohnt hatte. Der »Perfumed Garden« wirkte so fehl am Platz, dass er ebenso gut frisch vom Pluto hätte heruntergefallen sein können. Er hatte etwas Kühles, Frostiges an sich, was nichts mit der Tatsache zu tun hatte, dass er vollklimatisiert war. Er war lichtdurchflutet, und jedes Mal, wenn die gepolsterte schwarzstählerne, mit goldenen Nieten beschlagene Tür aufging, hörte man die leisen Klänge von *sarod*, Sitar oder *santur*.

Auf dem mit Sand bestreuten Boden des großen Schaufensters, das zum Schutz gegen das Sonnenlicht tief in die Fassade zurückgesetzt war, lagen versiegelte Flaschen mit ausländischen Parfüms: Joy, Miss Dior, Je Reviens, Ma Griffe, Chanel No. 5. Sieben Ebenholzhände ragten aus dem Miniaturstrand empor. Zia hätte schwören können, dass die ausgestreckten Hände inständige Hilferufe von Ertrinkenden waren. Nicht mehr lange, und sie würden untergehen. Aber sie bewegten sich nicht und flehten Zia stumm an, sie zu retten. Zia versuchte zwar, sie aus seinen Gedanken zu verbannen, aber seine Augen kehrten immer wieder zu den schwarzen Handflächen zurück, auf denen in Goldfiligran gefasste und mit Smaragden, Rubinen und Saphiren besetzte Fläschchen aus Jade, Granat, Amethyst, Bernstein, Achat und Jaspis lagen. Im Zentrum des Schaufensters befand sich ein Schild. »Lieber Kunde«, war darauf zu lesen, »willkommen im Perfumed Garden. Sie kennen bereits die erlesensten und teuersten ausländischen Parfüms. Die Attars in diesen Fläschchen gehören zu den seltensten auf der ganzen Welt und sind tausendmal teurer. Die Mogulkaiser, kenntnisreiche Liebhaber der Attar-Kunst, verwendeten genau diese Duftessenzen. Sie wussten, dass nur ein Narr das Unbezahlbare mit einem Preis versehen würde.«

Bhendi Bazar war das vielleicht konservativste muslimische Viertel von ganz Bombay. Die Mehrzahl der Frauen zeigte sich hier auf der Straße nur in der Burka, und der Schock und die Aufregung waren groß, als sich herumsprach, dass die drei Verkäufer in elfenbeinfarbenen Hosen, Frack und Fliege und mit kurz geschorenem Haar keine Männer, sondern Frauen waren! Noch Monate nach der Wiedereröffnung des Geschäftes standen die Leute draußen auf der Straße und versuchten, wann immer die Tür aufging und ein Kunde – in der Regel ein Ausländer – hineinging oder herauskam, einen flüchtigen Blick auf sie zu werfen. Zias neue Freunde wussten absolut alles über die transvestitenartigen Kreaturen. Sie waren Schlangenfrauen vom Amazonas. Ihre Brüste waren ihnen abgehackt worden und sie fraßen neugeborene Kinder roh und mit rotem Chili und Salz. Sie beherrschten mehrere Sprachen: Englisch, Französisch, Italienisch, Deutsch und Spanisch. Sie saßen nicht nur hinter den marmornen Verkaufstischen und führten einen durch das labyrinthische Angebot an Attars, sie waren auch dafür verantwortlich, die Autos der Kunden zu parken. Sie mochten zart und feminin wirken, aber sie waren allesamt Kung-Fu-Meisterinnen, die jeden unwillkommenen Eindringling entwaffnen und mit einem tödlichen Hieb zu Boden strecken konnten. Nur um einen kleinen Eindruck zu geben, wie stark sie waren: Der Wagen eines Kunden war eines Abends mitten im Straßenverkehr liegen geblieben. Es war kaum zu glauben, aber Ahmed, Zias ismailitischer Freund aus dem siebten Stock, hatte mit eigenen Augen gesehen, wie die drei Verkäuferinnen den Cadillac einfach hochgehoben, über ihre Köpfe gestemmt und in dem Hof abgesetzt hatten, wo die Autos der Besucher des Perfumed Gardens parkten.

In letzter Zeit hatte Zia begonnen, die Ausländer, wenn sie aus dem Geschäft herauskamen, zu grüßen. Anfangs war es nur ein Scherz

gewesen, aber sie hielten ihn offensichtlich für einen eigens dazu angestellten Kinder-Portier und gaben ihm fast immer ein Trinkgeld. Er hatte versucht, die Francs, Lire, Pesos und Pence am Süßigkeitenstand der Schule und sogar beim Erdnussverkäufer und Eismann für Rupien auszugeben, war aber immer ertappt worden. Er war als Dieb und Betrüger beschimpft worden – der Erdnussverkäufer hatte ihm zusätzlich noch eine Kopfnuss verpasst – und die ausgehändigte Ware war wieder eingezogen worden. Jetzt bemühte sich Zia vor dem Attar-Geschäft um einen Esperanto-Akzent oder zumindest um eine, wie er meinte, allgemein ausländische Intonation: »Outside money no ghood. Only rupees, pleece.«
Zia achtete stets darauf, dass keiner seiner Freunde aus Suleiman Mansion in der Nähe war, wenn er Trinkgelder schnorrte, weil er seine Monopolstellung nicht verlieren wollte. Doch wie so oft kam die Vergeltung von ganz anderer Seite: Zubeida-Khala erwischte Zia in flagranti, und ihr Schock war so groß, dass sie kein Wort herausbekam. Körperliche Züchtigungen waren nicht ihr Stil, aber sie wollte doch ein Exempel statuieren, das Zia nach Möglichkeit niemals vergessen sollte. Zia hatte dabei das Gefühl, dass sie versuchte, ihm das Ohr gegen den Uhrzeigersinn abzuschrauben.
»Bettler!«, zischte Zubeida-Khala. »Ich hätte nicht gedacht, dass mein eigen Fleisch und Blut so tief sinken würde, auf den Straßen betteln zu gehen! Gib der Dame das Geld augenblicklich zurück und entschuldige dich!«
»Sie versteht kein Englisch«, stieß Zia trotz des tosenden Geysirs von Schmerz hervor, der aus seinem Ohr schoss. Er würde um nichts in der Welt nachgeben. Es ging hier schließlich um seine Ehre. Wenn jemand hätte auf die Knie fallen und ihrer tiefen Zerknirschung Ausdruck verleihen sollen, dann Zubeida-Khala, die Zia nicht nur in aller Öffentlichkeit, sondern auch noch vor einer Ausländerin gedemütigt hatte.
»Ich aber!« Zubeida-Khala ließ sein Ohr nicht los. »Ich warte.«
Durch diesen Fall von erbarmungsloser Kindesmisshandlung, von dem kein einziger Passant die geringste Notiz zu nehmen schien, alarmiert, sprach Zias ausländische Gönnerin wortreich und unverständlich auf Zubeida-Khala ein und versuchte, das Stück kindlichen Knorpels ihrem Griff zu entwinden.

»Sie halten sich da raus!«, bellte Zubeida sie an und verpasste Zias Ohr noch eine weitere Drehung.
Zia begann langsam zu begreifen, dass Ehre ein höchst entbehrliches Gut war. Wie manch ein Realist vor ihm, ließ er sie also fahren. Wir werden niemals wissen, ob es der Schmerz war, der Zia dazu bewog, die Hand zu öffnen und die Münzen auf den Boden fallen zu lassen, anstatt sie der Dame auszuhändigen, oder einfach purer Starrsinn.
»Entschuldige dich!« Zubeidas Stimme hatte eine bedrohliche Lautstärke angenommen.
»Main âp se mâfî mângtâ hûn.« Zia knickte ein, aber er bat in seiner Muttersprache, Hindustani, um Verzeihung, so dass die Dame mit Sicherheit nichts verstehen würde.
Zia mochte das letzte Wort gehabt haben, als er die Angelegenheit zu einem so unbefriedigenden Abschluss brachte, aber seiner Sammlung von ausländischen Münzen hatte Zubeida-Khala zweifellos den Todesstoß versetzt.

Dann fand Zia eines Tages auf der Straße eine weiße Karte. Es war unmöglich, absurd, aber ihr entstieg unleugbar ein leichter Duft. Er schloss die Augen und hielt sich die elfenbeinfarbene Karte an die Nase und atmete tief ein. Da erinnerte er sich, wie er mit seiner Familie einmal in den Urlaub in die Berge über Nainital gefahren war. Sie hatten eine Reifenpanne gehabt. Abba wechselte mit Amanats Hilfe das Rad, während Ammijan und er auf die Wiese neben der Straße geschlendert waren. Man hatte einen Blick auf den See und die Boote, die darauf fuhren, aber Zia kam sich wie inmitten eines Ozeans vor, der im Wind wogte. Der Ozean war fliederfarben, und er duftete nach Flieder, und er und seine Mutter wurden von einem Flieder-Anfall gepackt und rannten wild umher, ohne auf das Gras und die Blumen zu achten, die sie zertrampelten.
Wie konnte eine Karte, auf der einen Seite leer und auf der anderen mit einer dezenten Blindprägung versehen, einen so zarten, aber zugleich nachhaltigen Duft verströmen? Er öffnete die Augen. »The Perfumed Garden«, stand auf der Karte. »Parfümeure seit 1570. Erst für Kaiser Akbar. Und jetzt für Sie.« Darunter standen Adresse und Telefonnummer des Geschäftes.

Er versteckte die Karte im Kleiderschrank, unter der Zeitung, mit der das Brett ausgeschlagen war, auf dem seine Hemden, Shorts und seine Unterwäsche gestapelt lagen. Jeden Abend und manchmal, wenn keiner da war, auch tagsüber holte er die Karte hervor und hielt sie sich an die Nase. Hatte Kaiser Akbar wirklich eine – oder am Ende sogar alle – dieser kostbaren Fläschchen im Schaufenster des Perfumed Garden einst in seinen Händen gehalten? Wie konnten so zerbrechliche Gefäße vierhundert Jahre überdauern? Es spielte jetzt keine Rolle mehr, ob Zia wach war oder schlief: Ständig stand er vor dem langen Schaufenster des Perfumed Garden und der Hilferuf der Ebenholzhände wurde immer eindringlicher. Sie winkten ihm frenetisch zu. Es gab Geheimnisse, die ausschließlich in diesen Händen lagen. Er musste sie unter allen Umständen lüften. Wenn seine Hand doch bloß wie Supermans Röntgenblick wäre – dann könnte er durch Betonwände oder Stahlplatten dringen! Wenn er doch nur die Glasscheibe zertrümmern könnte!

Eines Abends um sieben ging Zubeida mit Zia zum offenen Gelände hinter der Jama Masjid. Sie hatte gehört, dass ein ausgezeichneter *maulvi* aus Lucknow dort während des *muharram* predigte. Tausende von Menschen hatten sich schon versammelt und warteten auf den Gottesmann.

»Gehen wir nach Hause«, sagte Zia zu Zubeida-Khala. »Ich kann nichts sehen, und ich krieg keine Luft.«

»Nur ein paar Minuten, dann setzen sich alle hin, und es wird dir viel besser gehen.«

»Nein, ich will jetzt nach Hause«, beharrte Zia. »Mir ist ganz komisch von den vielen Leuten und dem Lärm und den Gerüchen!«

Mit einem Schlag verstummte die Menschenmenge. Alle, die gestanden hatten, breiteten ein Halstuch oder sonst ein Stück Stoff auf dem Boden aus und setzten sich. Ein großer, gut aussehender Mann mit einem gepflegten schwarzen Bart stieg auf das Podium. Er sah wie ein Prinz aus. Er hatte noch kein Wort gesprochen, aber seine bloße Gegenwart und die wenigen Schritte, die er gemacht hatte, genügten, um alle zum Schweigen zu bringen.

»Die Sprache und der Geist des Menschen sind seltsame Gebilde«, sprach der Maulvi mit klar vernehmlicher Stimme. »Sie können sehr präzise sein und dennoch zugleich gänzlich verschwommen und irreführend. Ihr alle kennt die Wörter ›Söhne‹ und ›Töchter‹, ›Väter‹ und ›Mütter‹. Diese Wörter verwirren mich. Um ehrlich zu sein, ich verstehe sie nicht. Welch ein entsetzlicher Irrsinn verleitet uns zu der Annahme, wir seien die Kinder unserer Eltern! Unsere Väter und Mütter wiegen sich gern in dem Glauben, sie hätten uns das Leben geschenkt und dürften daher einen Besitzanspruch auf uns erheben. Sie glauben, es sei ihre Pflicht, ihre Kinder zu beschützen und zu ernähren, bis die Kinder ihrerseits imstande sein werden, sie zu beschützen und zu ernähren.

Wie irregeleitet wir doch alle sind! Es gibt nicht ›meine Kinder‹ und ›deine Kinder‹. ›Deine Eltern‹ und ›meine Eltern‹. Ebenso wenig gibt es Stiefeltern oder Stiefkinder. Und zwar aus einem einfachen Grund. Nämlich, weil wir alle Kinder eines einzigen Vaters sind, des großen und gütigen Allmächtigen. Ihr seid alle meine Brüder und Schwestern, weil durch unsere Adern und durch diejenigen des Einen, den wir Vater nennen, ein und dasselbe Blut fließt. Er in seiner unendlichen Liebe ist derjenige, der uns alle gezeugt hat.«

Zias Geist war fast schlagartig zu einem leeren Gefäß geworden, einem Gefäß, das so groß war wie die Unendlichkeit dieses Predigers. Dieser Mann, dieser Maulvi, war seine erste Offenbarung. Zia erglühte von einem unkörperlichen Licht, dem Lichte Allahs, das dieser Mann auf dem Podium auf ihn gerichtet hatte.

»Heute werde ich zu euch über zwei Brüder sprechen. Ihr kennt sie gut. Jedes Jahr zu Beginn des Muharram gedenkt ihr ihrer und vergießt Tränen um sie. Dann ist der Muharram vorüber, und ihr vergesst sie wieder. Wie könnt ihr euer eigen Fleisch und Blut vergessen? Denn wenn ihr sie nach dem heutigen Tag in die Finsternis des Vergessens stoßt, dann wird wahrlich der Opfertod *Hassans* und *Hussains* vergeblich gewesen sein. Wenn ihr sie dagegen in eurem Gedächtnis bewahrt, so wie ich sie jetzt in euer Gedächtnis zurückrufen will, dann werdet ihr eine unsterbliche Wahrheit begreifen. Wie eure Brüder Hassan und Hussain vor so vielen Jahrhunderten könnt auch ihr eurem Vater beweisen, dass ihr bereit seid, alles, ja, selbst euer Leben zu opfern, um die Ehre eures Allah zu verteidigen und Seinem Namen noch größeren Ruhm zu verleihen.

Meine Brüder ...«

Und dann erzählte er die Geschichte der Enkel des Propheten, der Kinder seiner Tochter Fatima und seines Schwiegersohns Ali, erzählte vom Gifttod Hassans und vom gewaltigen und tapferen Kampf, den Hussain den Feinden des wahren Glaubens lieferte. Er sprach von Hussains Folterung, Ermordung und Vierteilung. Zia hatte die Geschichte vom Opfertod Hassans und Hussains schon hundertmal vorher gehört, doch als der junge Maulvi sie erzählte, war es so, als hörte er die Namen der Enkel der Propheten zum allerersten Mal.

In den folgenden Wochen floss Zia förmlich über von brüderlicher Liebe. »Ich werde nicht nur Amanat umarmen«, schrieb er in sein Tagebuch, »sondern auch den Gepäckträger in seiner roten Uniformjacke am Victoria Terminus und den Aussätzigen (das letzte Wort strich er als leicht übertrieben wieder aus und entschied sich für etwas weniger Ehrgeiziges), den Bettler auf der Straße wie meinen eigenen Bruder. Ich gelobe, alle Brüder und Schwestern auf diesem Planeten im Namen Allahs zu vereinigen. Ich werde keinerlei Irrglauben dulden.«

Unentwegt trat ihm das Bild des Maulvi vor Augen, wie er, hochgewachsen und männlich, auf dem Rücken eines stolzen Rosses saß. Er hielt ein Schwert in der Hand und feuerte zehntausend Krieger an, gegen die heidnischen Horden zu stürmen. Zia befand sich direkt hinter ihm, denn er war die rechte Hand des Maulvi. Plötzlich war der Maulvi verschwunden, und seine zehntausend Krieger waren weit zurückgefallen. Jetzt stand Zia allein den Heerscharen der Ungläubigen gegenüber. Die Worte des Maulvi hallten immer noch in seinen Ohren: »Wenn deine Brüder Hassan und Hussain imstande waren, ihr Leben für Allah hinzugeben, dann kannst auch du, Zia, lospreschen und dein Volk erlösen, indem du für sie zum Märtyrer wirst.» Und ein Chor von zehntausend Männern und Frauen schlug sich an die Brust und wehklagte. Sie schluchzten herzzerreißend, während sie sich geißelten. Ihre Stimmen steigerten sich gerade zu einer hysterischen Raserei, als Zia aufwachte. Das Stöhnen und Seufzen, stellte er fest, war kein Traum gewesen. Vom Balkon aus sah er eine endlose Prozession von Trauernden, die Papiernachbildungen der Mausoleen Hassans und Hussains vor sich hertrugen, und rings um sie herum waren Männer mit nacktem Ober-

körper, die sich – er traute seinen Augen nicht – mit Peitschen, knotenbesetzten Stricken an Holzgriffen und anderen seltsamen Folterinstrumenten geißelten. Begleitet wurde das ganze von einem dumpfen Continuo von Ächzen und Stöhnen, das von Zeit zu Zeit in einem Crescendo untröstlicher Trauer aufbrandete. Zia zuckte jedes Mal zusammen, wenn eine Peitsche knallte und eine lange Schlange sich um den Oberkörper eines Mannes wand. Die Straße war von unsäglicher Qual erfüllt, und dennoch spürte er in all den Leiden und Schmerzen auch etwas wie Ekstase.
Er ging ins Badezimmer und übergab sich.

Amanat nahm seine Eltern mittlerweile fast rund um die Uhr in Beschlag, aber Zia war neuerdings einen Hauch toleranter geworden. Wenn der Maulvi Recht hatte, dann musste er Amanat als seinen Bruder betrachten. Das war schwierig, aber Zia hatte nicht vor, sich vor seiner Pflicht zu drücken. Er zwang sich, Amanat nur wohlwollende Gedanken entgegenzubringen. Schließlich hatte ihn sein neuer Lehrmeister gelehrt, dass auch Allah barmherzig ist. Amanats Leiden hatten sich verschlimmert, sehr verschlimmert, seit die Familie in Suleiman Mansion wohnte und er und Zia eine Schule namens St. Paul's English Academy, in der Nähe der Dockyard Road, besuchten. Zunächst einmal hatte er eine akute Nebenhöhlenentzündung bekommen. In Verbindung mit äußerst schwerem Asthma hätte eine solche vollständige Blockade der Nasenwege selbst den abgehärtetsten Bergsteiger außer Gefecht gesetzt. Nicht aber Bruder Amanat. Er bekam monatelang Antibiotika, seine Nebenhöhlen wurden in regelmäßigen Abständen punktiert und durchgespült. Er saß den ganzen Tag in sich zusammengesackt und die ganze Nacht zusammengekauert, während Abbajan ihm Gesellschaft leistete. Jeder mit auch nur einem Funken Menschlichkeit im Leib hätte, wenigstens aus Rücksicht gegenüber seinen Eltern und seinem jüngeren Bruder, den Weg der Besserung eingeschlagen. Nicht so Amanat. Ihm ging es nur noch schlechter. Sein Gehirn, seine Ohren, seine Wangenknochen und seine Nase waren randvoll mit zähem, grünlich gelbem Rotz. Er konnte nichts hören, er konnte nichts essen, er konnte selbstredend nicht atmen, und wenn er versuchte, etwas zu sagen, kam nur ein babymäßiges Gebrabbel heraus. Da beschloss er, sich auch noch Typhus zuzulegen. Seine Temperatur schoss auf 40,5 Grad hinauf. Man packte ihm Kopf und Füße in Eisbeutel. Er brauchte siebzehn Tage, um sich so weit zu erholen, dass er wieder aufstehen konnte, und weitere sieben Tage, um einen Rückfall durchzumachen. Aber selbst, als er mit Typhus Teil zwei darniederlag, ließen ihn seine sonstigen Krankheiten nicht im Stich. Sowohl sein Asthma als auch seine Nebenhöhlenentzündung hielten ihm während dieser schweren Zeit unerschütterlich die Treue.

Für Amanat war »genug« ein Fremdwort. Seine Temperatur schnellte wieder in die Höhe. Diesmal wussten selbst die Ärzte nicht mehr weiter. Erst Dr. Patwardhan, der vor langer Zeit als Assistenz- und, später, drei Jahre lang als Stationsarzt im Arthur Road Infectious Diseases Hospital gearbeitet hatte, gelang es, die geheimnisvolle Infektion zu identifizieren. Amanat litt jetzt an Nasendiphtherie.

Amanats Krankheit folgt einer gewissen täglichen Routine, einem Tagesplan gewissermaßen. Kurz nach Mittag, spätestens um eins, halb zwei, geht es ihm so schlecht, dass Ammi ihn im Bus zu Dr. Patwardhan bringen muss. Dr. Pat gibt ihm eine Spritze, und um vier ist Amanat wieder zu Hause. Gegen neun ist er wieder so weit, und diesmal begleitet ihn Abba zum Arzt. Oft fährt Dr. Pat die beiden, so gegen elf, wieder heim. Er verabreicht Amanat eine intravenöse Spritze und fleht ihn an, am nächsten Tag nicht so früh aufzuwachen. Amanat zuckt zusammen, aber es versteht sich, dass er am nächsten Morgen um halb acht wieder vor Dr. Patwardhans Tür steht und auf seinen nächsten Schuss wartet.

In seiner gewohnten Sitzhaltung, bei der die ganze Last seiner Atmung auf seinen Armen und Händen ruht, betrachtet Amanat Vater, Mutter, Bruder und Tante. Sie sehen alle ausgelaugt aus, tun aber so, als wäre alles in bester Ordnung. Er weiß, dass das Geld knapp ist, und die Luft knistert meist vor Anspannung.

Es ist ihm klar, dass er vor seiner Geburt etwas Entsetzliches getan haben muss, etwas so Abscheuliches, dass niemand, nicht einmal seine Eltern, ihm einen Namen geben kann oder auch nur darauf anzuspielen wagt. Wie sonst könnte er seinen Zustand erklären? Sein Verbrechen ist so grauenhaft, dass es keine Vergebung oder

Gnade dafür gibt. Die Last seiner Schuld drückt ihn förmlich zu Boden, auch wenn er keine Ahnung hat, wessen er sich schuldig gemacht haben könnte. Er ahnt, dass seine Krankheit, die Krämpfe, die seine Lungen packen, bis er nur noch keuchen kann, die Heimsuchungen eines Gottes von einem anderen Planetensystem sind. Er möchte sich am liebsten die Nägel und Finger tief in die Brust bohren, seine Rippen auseinanderreißen und seine Lungen schlagartig mit dieser unglaublichen, kostbaren Substanz namens Luft füllen, diesem unschätzbaren Gut, dessen sich alle Menschen in seiner Umgebung, alle, die normal und gesund sind, auf so unbedarfte Weise überhaupt nicht bewusst sind. Er sieht den hilflosen Ausdruck in den Augen seiner Eltern; er hasst sich für das, was er ihnen angetan hat, und hasst sie dafür, dass sie ihn nicht von seinem Elend erlösen können.

Wie für einen Drogensüchtigen mit akuten Entzugssymptomen ist seine einzige Hoffnung die Nadel und der göttliche Nektar, der durch sie in seinen Körper gelangt. Ammijan und die anderen reden ständig davon, was für ein tapferer Junge er ist. Welche Ignoranten! Wenn er könnte, würde er sich hundertmal am Tag selbst die Nadel in den Arm stechen!

Im Laufe der Jahre wird er sich eine eigene Theologie und Metaphysik zurechtlegen, die die Grundlage seines Lebens darstellen werden. Der Medizinmann ist sein Gott. Er wird allezeit zu ihm beten und dreimal am Tag seine Wiederkunft erwarten. Allmählich geht ihm aber auch eine seltsame Wahrheit auf: Dieser Gott ist nicht allmächtig; die Erlösung, die Dr. Patwardhan zu schenken vermag, ist bestenfalls vorübergehender Natur.

Amanat verfügt über eine unfehlbare, wenn auch verzerrte Einsicht in die Herzen der Menschen. Er weiß Geheimnisse über die Gesunden, die sie selbst sich niemals eingestehen würden. Freunde, Bekannte, ja, selbst wildfremde Menschen fühlen sich für seine Krankheit verantwortlich. Sie meinen es gut und sind bereit, alles zu tun, um sich aus der Verantwortung zu stehlen. »Sechs Monate, ein Jahr, wenn's hoch kommt, und dieses Asthma wird Schnee von gestern sein«, versicherten sie Abba und Ammijan, als er vier war. Sie sagten es noch immer, als er sieben wurde. Gute Menschen wie sie geben niemals auf.

Amanat ist ein rücksichtsvolles und mustergültig höfliches Kind. Aber manchmal verliert auch er die Geduld. »Ich bin schon wieder ein Jahr älter.« Sie hören ungerührt zu. »Dein nächster Geburtstag, das ist die Wendemarke. Pass nur auf, da werden die Allergien und das Asthma verschwinden, ein für alle Mal.« Amanat glaubt gern, dass es derselbe Impuls ist, dieses irrationale Schuldgefühl, und keine reine Bösartigkeit, was manche Leute veranlasst, ihm zu sagen, er würde sich alle seine Leiden nur einbilden.
Abba und Ammi haben Gurus und Gesundbeter von jeher mit Argwohn betrachtet. Und doch, ab und zu, in Augenblicken der Verzweiflung, wenn Amanat eine Krise hat und auf keine Behandlung mehr anspricht, werden Abbajan und Ammi schwach. Dann pilgern sie mit Amanat und irgendeiner Freundin oder einem Bekannten zu einem Gottesmann. Es ist ein Wunder, dass es so viel Leiden und Krankheit auf der Welt gibt, wo doch jeder – der Gemüsehändler, Ammijans Clubfreundinnen, die Frau des früheren Chauffeurs und Zubeida-Khalas Bekannte – mindestens einen heiligen Mann kennt, der schon einmal einen Neffen oder die Tochter eines Freundes geheilt hat, den oder die schon jeder aufgegeben hatte.
Die Therapie ist von Fall zu Fall verschieden: Manchmal zaubert der Guru heilige Asche aus der bloßen Hand hervor und reibt sie dem Patienten über die Stirn, manchmal verabreicht er ihm irgendeine heilkräftige Wurzel aus dem Himalaya. Ein *svami* streicht lediglich mit der Hand über den Kopf des Kranken, und der, die oder das Betreffende ist schlagartig geheilt und dem Leben zurückgegeben. Wenn Sie ihn, sie, es heute sähen, fügen die fraglichen Heiler unweigerlich hinzu, würden Sie es nicht für möglich halten, dass er, sie, es erst vor ein paar Monaten praktisch in den letzten Zügen lag.
Wenn Ammi und Abba zu lange zögern oder nicht hundertprozentig überzeugt zu sein scheinen, gibt es eine unfehlbare Methode, sie bei ihrem schlechten Gewissen zu packen. Es ist Ihre Entscheidung, sagen die heiligen Männer und zucken die Achseln. Niemand setzt Ihnen die Pistole auf die Brust. Aber wäre es Ihnen lieber, wenn Amanat bis ans Ende seines Lebens leiden müsste? Oder – Gott bewahre! – vorzeitig sterben müsste? Außerdem – hier ziehen sie den unschlagbaren Trumpf aus dem Ärmel –, was kann es schon schaden?

Und ob es schaden kann, könnte Amanat erwidern, als er älter wird, es kann gewaltigen, unabsehbaren Schaden anrichten! Es beeinträchtigt und lähmt den Patienten weit mehr, als jede Arznei es könnte. Aber in dem Moment hat auch er der Hoffnung nachgegeben und mitgespielt. Wenn es ihm nicht besser geht, weiß er, wessen Schuld es ist. Sein Vertrauen ist zu schwach, er glaubt nicht genug, oder es liegt daran, dass er einen der hundertundelf Sanskritverse, die er jeden Abend rezitieren sollte, übersprungen hat. Aber es kommt noch schlimmer. Er ist abergläubisch wie ein altes Weib geworden. Er geht nur noch bei Gelb über die Kreuzung, hält bei jedem siebten Schritt inne, sieht nach dem Aufwachen als Allererstes in die Sonne ... Je mehr Gurus er besucht, desto mehr Ge- und Verbote muss er beachten. Und als wäre das noch nicht genug, denkt er sich zusätzlich noch ein paar selber aus.

Es gibt noch ein weiteres bleibendes Geschenk, das er den Gurus verdankt: Er hat gelernt, in Angst, in ständiger Angst zu leben.

Später im Leben wird er sich fragen: Wozu das alles, wozu für einen bloßen Atemzug solche Kämpfe auf sich nehmen? Es gibt Zeiten, da ist er fest davon überzeugt, dass es die Mühe nicht lohnt. Und dennoch bringt er es einfach nicht über sich, dieses Gefühl von Vergeblichkeit mit seiner Gier in Einklang zu bringen, seiner obszönen Gier nach den unbestreitbaren Freuden des Lebens. Was immer er will, will er mit der Kraft eines Besessenen – ob es nun darum geht, ein Konzert von Mallikarjun Mansoor zu besuchen oder »Vom Winde verweht« zu sehen.

Nach und nach gelingt es ihm, aus seinen Erfahrungen eine unumstößliche Lebensregel zu extrahieren: Wenn man etwas wirklich, unbedingt will, dann bekommt man es nicht. Es ist eine etwas extreme Maxime, aber er verlangt schließlich von niemandem, dass er sie unterschreibt. Und er hat festgestellt, dass sie fast ausnahmslos zutrifft und sein Leiden ein bisschen erträglicher macht. Aber wenn er so tun kann, als wäre es ihm eigentlich egal – oder es schafft, den Schicksalsgöttinnen weiszumachen, dass es ihm egal ist – dann könnten ihm die Göttinnen doch eigentlich geben, was er will.

Im Perfumed Garden war kein Mensch. Eine der Verkäuferinnen hatte an dem Tag frei, und die anderen zwei machten Mittagspause.

Die Tür des Büros stand einen Spalt breit offen, und wer immer da drin sein mochte, der war offensichtlich mit Buchhaltung und Bestellungen beschäftigt. Zia sah sich um: Viele Passanten waren momentan auch nicht unterwegs. Er zog das Cuttermesser seines Vaters aus der Tasche. Der hohle Griff enthielt mehrere Klingen, mit denen man so ziemlich alles schneiden konnte. Er schob die passende heraus, ließ sie einrasten und wollte gerade ein Quadrat von fünfzehn mal fünfzehn Zentimetern aus der Ecke der Glasscheibe herausschneiden, als er spürte, wie sich eine Hand auf seine Schulter legte und eine weibliche Stimme ihm ins Ohr flüsterte: »Lass die Klinge fallen. Sonst …«

Der Cutter fiel klappernd zu Boden. Zia stand wie angewurzelt da, sein Körper starr vor Entsetzen. Er schaffte es mühsam, sich umzudrehen. Schweiß strömte ihm über die Stirn, die Augen und den ganzen Körper, und er konnte nicht genau erkennen, ob die Schlange zwölf oder fünfzehn Meter lang war. Ihr Leib war mit einem mosaikartigen Muster bedeckt: schwarze Onyxe, die sich mit Smaragden und Topasen abwechselten.

»Sie sind die Boa-Constrictor-Frau.« Als Zia die Tochter des Besitzers vom Perfumed Garden ansah, lag Ehrfurcht und Staunen in seiner Stimme. »Sie essen Kinder am Stück auf und wickeln sich dann um einen Baum oder eine Säule, bis ihre Knochen restlos zerbrochen und zermalmt sind.«

»Dann weißt du ja, was dir bevorsteht. Ich werde dir die Finger brechen, die Hände, die Arme, die Rippen, die Hüften, die Beine und den Pillermann. Aber zuerst wirst du mir erzählen, was du hier klauen wolltest, du Dieb!«

»Ich bin kein Dieb!«, gab Zia scharf zurück. »Ich wollte bloß Kaiser Akbars Parfümfläschchen berühren!«

»Das klingt ja sehr glaubwürdig!« Die Krallen hatten sich tief in Zias Schultern gebohrt und griffen immer fester zu. Sein Freund Salim – seine wichtigste Informationsquelle in Sachen Schlangen – hatte nicht erwähnt, dass manche von ihnen über lange, knochige Klauen verfügten. »Woran würdest du erkennen, welches davon Akbars war?«

»Dann stimmt es also, die gehörten wirklich den Mogulkaisern?«

»Na und, was ist daran so aufregend?«

Die Ignoranz des Weibes erweckte in Zia nichts als Verachtung.
»Na los, sag schon«, stachelte sie ihn an.
»Sind Sie schon mal in *Fatehpur Sikri* gewesen? Oder im Roten Fort, das Akbar gebaut hat?«
»Nein, wo stehen die denn?«
Zia fragte sich, ob sie ihn nur auf den Arm nehmen wollte. »Sie wissen nichts über Akbar?«
Die Frau schüttelte den Kopf.
»Abbajan sagt, dass er der größte König unseres Landes war. Er hat drei Viertel von Indien erobert. Er hatte die *navratnas* an seinem Hof, die ›neun Edelsteine‹. Der Sänger Tansen war einer von ihnen, und Birbal und Abu'l Fazl auch. Er liebte die Architektur und er war ein großer Bauherr. Er hat eine ganze Stadt gebaut, die hieß Fatehpur Sikri. Abba hat uns das alles erklärt, als wir dort waren.«
»Was ist dein Vater von Beruf?«
»Mein Vater, der ist ... er ist ... ach nichts, nur so ein Zeichner.«
Ihm schien plötzlich nicht wohl in seiner Haut zu sein, und sie wechselte das Thema. »Ich wusste, dass du etwas im Schilde geführt hast. Seit Wochen kommst du nach der Schule immer hierher.«
»Woher wissen Sie das?»
»Ich kann alles sehen. Ich habe ein drittes Auge.«
»Wo? Zeigen Sie's mir!»
»Ich habe Hunger. Ich habe seit Tagen nichts gegessen.« Sie tastete seine Arme und Wangen ab. »An sich mag ich meine Mahlzeiten jünger und fleischiger, aber ich werde mich wohl mit dir begnügen müssen.« Sie hob den Cutter vom Boden auf, ohne Zia loszulassen. »Gehen wir doch hinein. Ich muss beim Essen bequem sitzen.«
»Nein!« Zia versuchte, sich loszuwinden, aber sie lockerte ihren Griff nicht und dirigierte ihn ins Innere des Geschäftes.
»Wie heißt du?«, fragte ihn die Schlangenfrau, während sie ihn zwang, sich in eine der mit Seide ausgeschlagenen Nischen zu setzen. Ihr Gesicht war ganz nah bei seinem. Sie hatte unglaubliche Augen, mal sahen sie grün aus, dann wieder dunkel, rauchblau. Sie hatte sich ein Tuch um Kopf und Hals geworfen, das ihr Gesicht jetzt wie eine Kapuze einrahmte.
»Wenn du aufhören könntest, mich anzustarren, fändest du vielleicht einen Moment Zeit, mir deinen Namen zu verraten.«

»Zia Khan. Und wie heißen Sie?«

»Aminara. Aminara Mirza. Sitzt du bequem? *Wackel* nicht mit dem Kopf, sag ja oder nein.«

»Ja.«

»Sicher? Möchtest du etwas trinken? Hast du Hunger? Musst du aufs Klo?«

Was hatte sie vor? Warum war sie auf einmal so fürsorglich?

»Nein.«

»Gut. Dann hast du auch keinen Grund, so herumzuzappeln. Ich würde vorschlagen, du sitzt jetzt ganz still. Stocksteif. Selbst wenn der Himmel dir auf den Kopf fallen sollte.«

Sie ließ ihn allein und ging in ihr Büro. Zia verspürte plötzlich das unkontrollierbare Verlangen herumzuzappeln. Ihm wurde bewusst, dass er furchtbar hungrig war; seine Kehle war wie ausgedörrt, und er hatte das Bedürfnis, dreiundzwanzig Liter Wasser zu trinken. Und wenn er nicht sofort aufs Klo ging, würde er gleich in einer Pfütze sitzen. Doch jetzt begann der Himmel einzustürzen, genau wie Aminara es vorhergesagt hatte. Es ertönte ein Donnergrollen, als ob dicke Stahlplatten aneinander rieben. Jetzt würde er niemals entkommen. Was war er doch für ein Idiot gewesen zu glauben, dass sie um sein Wohl besorgt war! Die Stahlläden hatten sich über die Eingangstür und das Schaufenster gesenkt.

»Träum nicht einmal davon wegzulaufen, Zia Khan. Es ist alles verschlossen und verriegelt.«

Woher konnte sie wissen, was er vorgehabt hatte, wenn sie ihn gar nicht sah? Sie war eine Hexe, eine richtige Hexe!

»Mach die Augen zu.«

»Was haben Sie mit mir vor? Ammijan und Abba werden mich bestimmt vermissen!«

»Daran hättest du denken müssen, bevor du beschlossen hast, hier einzubrechen.«

Er hätte auf Zubeida-Khala hören und sich vom Perfumed Garden fernhalten sollen. Was würde Amanat jetzt ohne ihn machen? Zia schien keinerlei Kontrolle mehr über seinen bibbernden Körper zu haben. Selbst seine Zähne klapperten selbsttätig vor sich hin. Morgen hatte er eine Klassenarbeit in Mathe. Wenn er sie nicht mitschrieb, würde er eine Sechs bekommen.

Es ertönte ein schlängelndes zischendes Geräusch. Sie glitt über den Boden. Oh Gott, jetzt setzte sie sich direkt neben ihn! Sie öffnete seine Hand und legte etwas Kaltes hinein.
»Mach die Augen auf.«
In seiner Hand lag das Jaspisfläschchen. Für den Bruchteil eines Augenblicks hatte es sich kalt angefühlt, und dann war es wie ein dunkelgrünes Feuer, das sich ihm ins Fleisch brannte. Er war unfähig, die Augen davon abzuwenden. Er wusste, dass nichts wirklich war. Weder Aminara noch die Tatsache, dass er im Perfumed Garden saß. Es war alles ein Traum, und er wollte nicht, dass dieser jemals endete.
»Ist es das?« Zias Stimme war kaum zu vernehmen.
»Ja«, bestätigte Aminara mit einem Nicken.
»Genau das Fläschchen, das einmal Kaiser Akbar in der Hand gehalten hat?«
»Ja«, sagte Aminara leise.
Alles schien sich plötzlich zu verlangsamen: das Wasser, das aus dem Zimmerbrunnen in der Ecke rieselte, die Zeiger der Uhr an Aminaras Handgelenk, ja selbst Zias Atem – alles war wie in reiner Zeitlosigkeit aufgehoben. Er hatte das Gefühl, dass seine Hand über vierhundert Jahre zurück in die Vergangenheit reichte und Akbar berührte.
Aminara nahm ihm das Fläschchen aus der offenen Hand; behutsam, ganz behutsam, zog sie den Stöpsel ab und rieb ihn an Zias Handgelenk. Ein Duft, so leicht wie Ammijans Musselinschleier, jagte Zia einen köstlichen Schauder über den Rücken. Er war eine leichte Brise, die verwehte und zurückkehrte, völlig unstofflich und lediglich die Erinnerung an ein Parfüm.
»Wie heißt es?«
»Der Kaiser nannte es ›Sarab‹. Es bedeutet auf Persisch ›Luftspiegelung‹, oder auch ›Wunder‹.«
Als er bereits an der gepolsterten Stahltür stand, sagte er zu Aminara: »Ich werde mir nie wieder die Hände waschen oder unter die Dusche gehen!«

Was konnte man vom Leben mehr verlangen? Eines Sonntags, als sie schon ein paar Monate in Suleiman Mansion wohnten, kam Sagari zu Besuch. Zia fühlte sich unsicher. Er hatte Sagari seit fast einem Jahr nicht mehr gesehen. Was würde sie über ihre veränderten und beengten Lebensumstände denken? Was, wenn sie ihre Schuluniformen sehen wollte, die schmutzig-kakifarbenen Hemden und Shorts und den schmuddelig-roten Schlips, die sie in der St. Paul's English Academy tragen mussten? Aber Sagari kam hereinspaziert, und er vergaß seine Angst, seine Sorgen und all die Fragen, zu denen er sich keine ausweichenden Antworten hatte zurechtlegen können.
Sagari war nicht mehr das populärste Kinder-Model des Landes. Sie war ins Filmgeschäft umgestiegen und war jetzt ein noch größerer Star. Vier von ihren Filmen waren bereits in die Kinos gekommen. Zwei davon waren landesweit fünfundzwanzig Wochen gelaufen, während die anderen zwei die Produktionskosten überhaupt nur dank ihrer Mitwirkung eingespielt hatten. Zia hatte alle vier gesehen, aber sein Lieblingsstreifen war »Sona aur Mona«, der jetzt schon in der neunundvierzigsten Woche lief. Sagari spielte beide Zwillingsschwestern, Sona und Mona. Sona war aufgeweckt, lebhaft und voller Übermut, während Mona ernst, fleißig und schüchtern war. Es gab eine Menge lustiger Verwechslungen, und dann entführten irgendwelche Bösewichter die Zwillinge und drangsalierten sie, aber sie wussten nicht, mit wem sie sich da eingelassen hatten. Die Zwillinge überlisteten sie und führten ihre Eltern, die sich einander entfremdet hatten, wieder zusammen. Es war unbeschreiblich, wie wunderschön sie tanzten und alle Superstars imitierten: Raj Kapoor, Dev Anand, Rajesh Khanna, Amitabh Bachchan. Als der Schurke anfing, ihre Schwester zu foltern, riss sie ihm blitzschnell die Peitsche aus der Hand und ließ sie knallen, bis er sich nur noch auf dem Boden wand und um Gnade winselte. Sie beherrschte Kartenkunststücke und konnte das ganze Spiel wie ei-

ne Ziehharmonika in der Luft auseinanderziehen und es dann wie einen chinesischen Fächer auffangen. Oh, sie konnte alles, absolut alles. Zia war sicher, dass sie sogar hätte fliegen können, wenn sie nur gewollt hätte. Er war verrückt nach ihr – und das Gleiche galt für neunzig Millionen anderer Kinder samt deren Eltern.

Zia hatte seit sieben Uhr früh auf dem Balkon auf sie gewartet. Jedes Mal, wenn es geklingelt hatte, war er zur Tür geflitzt. Der Milchmann, der Zeitungsmann, der das Geld für den Monat kassieren wollte, die Frau, die das Geschirr spülte und die Wäsche wusch, ein Mann, der Räucherstäbchen verkaufte, und seine Freunde vom nächsten Stock, die mit ihm Kricket spielen wollten. Als es gegen zwanzig vor zwölf klingelte, hatte sein Enthusiasmus zwar noch nicht nachgelassen, aber er wurde allmählich ungeduldig und gereizt. Vor der Tür stand ein dickes Mädchen mit dunkler Brille, Afrolocken und schäbigen, schlabbrigen Klamotten.

»Ja?«, sagte Zia kurz angebunden.

»Verkaufen Sie hier Straßenköter mit Goldkronen?« Sie hatte selbst ziemlich komische Zähne.

»Das ist kein Tierheim«, kläffte Zia und schlug ihr die Tür vor der Nase zu, aber sie drückte sie wieder auf, bevor der Schnapper einrasten konnte.

»Ach, werd endlich erwachsen, Zia.«

Er hätte tot umfallen können. Sagari trat ein und legte ihre dunkle Brille, ihre Perücke und die fürchterlichen Klamotten ab. Er streckte die Hand aus und berührte ihre Hand. Sie war wirklich da. In diesem Moment für ihn realer als sein Bruder, seine Eltern und sogar als er selbst.

»Ich musste mich tarnen«, sagte sie verlegen, »ich wollte keine Aufmerksamkeit erregen.«

Als Sagari es sich bequem gemacht und ein Glas frisches Kokosnusswasser getrunken hatte – sie trank jetzt kein Rasleela mehr –, schlug Zia vor, zum teuersten Parfümgeschäft der Welt zu gehen.

»Wenn wir es nicht haben«, zitierte er den Slogan des Perfumed Garden, »muss man es auch nicht haben.«

Sagari lächelte und schüttelte den Kopf.

»Warum nicht? Danach gehen wir weiter zum chinesischen Zahnarzt und hören hundertzwanzig Kunstgebisse klappern.«

Wieder schüttelte Sagari den Kopf und sagte dann: »Ich will keine Aufmerksamkeit erregen.«
Wovon redete sie? Zia wollte doch nichts anderes, als ihr all seine Lieblingsstellen zeigen. Und ... na ja, und er hätte nichts dagegen gehabt, die Perfumed-Gärtnerinnen, seine Nachbarn, den Direktor und die Lehrer und die Schuldiener der St. Paul's English Academy zu beeindrucken – und all die Jungen, die hinter seinem Rücken gekichert hatten, weil sein Vater ein Verbrecher war und im Gefängnis gesessen und sein ganzes Geld verloren hatte. Mit einem Schlag wäre seine schmachvolle Vergangenheit wie ausgelöscht gewesen, und niemand hätte es je wieder gewagt, abfällige Bemerkungen zu machen oder ihn mitleidig anzuschauen oder seinen Kindern zuzuflüstern, sie sollten woanders spielen gehen, so wie Ammis Freundinnen von der Nepean Sea Road es getan hatten. Alle würden ihn anflehen, sie mit Sagari bekannt zu machen, und sie würden ihn ehrfurchtsvoll ansehen und sich gegenseitig und Fremden gegenüber sagen, dass er Zia Khan hieß und Sagaris Freund war, ihr bester Freund, ihr »boyfriend«.
»Was sollen wir dann tun?«
»Spielen wir Monopoly. Ich hab's nicht mehr gespielt, seit wir uns das letzte Mal gesehen haben.«
»Dir ist doch klar, dass ich gewinne, oder?«
»Amanat kann ich jederzeit schlagen.«
Amanat war merkwürdig schweigsam und zurückhaltend. Sagari versuchte, ihn aus der Reserve zu locken, doch obwohl er an diesem Morgen keinen Anfall gehabt hatte, war er nicht sehr mitteilsam. Er saß mit einem Buch in einer Ecke und tat so, als würde er lesen, während er verstohlen jede Geste und jedes Wort von ihr aufmerksam verfolgte. Schließlich kam sie und nahm ihm das Buch weg.
»Komm, ich werde auch nicht schummeln, versprochen!«
»Lügnerin, du würdest selbst unter Eid schummeln.« Er war glücklich, so bedrängt zu werden. «Und was den da angeht – der schummelt selbst dann noch, wenn er am Gewinnen ist.«
»Ich schummel nie. Ich bin bloß ein besserer Geschäftsmann.«
Zubeida-Khala kam aus dem Schlafzimmer, wohin sich Abbajan und Ammi verzogen hatten. Zia war sicher, dass sie kam, um ihnen zu sagen, sie sollten leiser reden. Im Zimmer wurde es still.

»Stimmt es, dass du in einem Film mit Yusuf Khan spielst?«, fragte sie Sagari im Flüsterton.
»Nein.«
»Ich meine, mit Dilip Kumar.«
»Ja, das ja. In ›Lal Dariya‹. Kennen Sie Dilip?«
»Nicht direkt.« Zia hätte schwören können, dass Zubeida-Khala errötet war. »Kann ich einmal kommen und zusehen, wenn du eine Szene mit ihm drehst? Nur ein einziges Mal?«
In Zubeida-Khalas Stimme schwang ein ehrfürchtig-wehmütiger Ton, der ans Unterwürfige grenzte.
»Aber ja, jederzeit.«
»Kann ich auch kommen?« Zia konnte es nicht vertragen, ausgeschlossen zu werden.
»Ja, natürlich, und Amanat auch. Und auch Tante Shagufta und Onkel Zafar.«
»Gott segne dich.« Zubeida-Khala legte Sagari die Hand auf den Kopf. »Ich bin dir sehr dankbar.«
Das Spiel kam allmählich in Fahrt. Sagari zählte ihr Geld, während Zia das begehrteste Grundstück in ganz Bombay kaufte, Malabar Hill. Er besaß schon Byculla, Bandra, den Hauptbahnhof Victoria Terminus und Ballard Estate. Das Leben hätte nicht schöner sein können. Er sang einen Song aus »Sona aur Mona« und klopfte dazu den Takt auf sein Knie. Jetzt war Amanat an der Reihe und, Allah sei gepriesen, würfelte sich geradewegs ins Gefängnis. Sagari konnte ihre Freude nicht verhehlen. Sie stimmte in Zias Gesang ein und würfelte ihrerseits. Eine glatte Zwölf. Sie hüpfte in triumphierender Hast elf Felder ab und landete glatt auf Nariman Point, nur einen Schritt vor dem Gefängnis. Es war das begehrteste dem Meer abgerungene Stück Land in ganz *Maharashtra*, sämtliche neuen Bürohochhäuser entstanden dort. Amanat beschloss, ein Spielverderber zu sein, und erklärte, er wolle ihre zwölf Schritte noch einmal nachzählen.
»Na los, nur zu, nur zu«, sang Sagari zur selben Melodie aus »Sona aur Mona«. »Du wirst schon sehen: Nariman Point, ich komme!«
»Ganz im Gegenteil«, sang Amanat jetzt seinerseits. »Du landest hier bei mir im Gefängnis!«
Sagari zählte. Amanat hatte sich getäuscht.

»Ich hasse deine Filme!«, zischte Amanat. »Du bist ein altkluges Gör und eine fürchterliche Nervensäge!«
Das kam so unerwartet, dass Sagari seine Worte nicht zu verstehen schien.
»Was heißt ›altklug‹?«
»Ich weiß nicht. Aber genau das bist du. Du redest ständig so, als wärst du viermal so alt, wie du in Wirklichkeit bist!« Noch während Amanat das sagte, machte er selbst ein entgeistertes Gesicht. Was war nur über ihn gekommen?
»Nein, ist sie nicht!«, schrie Zia ihn an. »Sie ist toll! Sie ist Wahnsinn! Du bist bloß eifersüchtig und sauer, weil du am Verlieren bist und sie und ich gewinnen. Schäm dich! Wenn ich könnte, würde ich mir ›Sona aur Mona‹ und ›Maya and Jackie‹ jeden Tag ansehen!«
»Ich ... ich hab's nicht so gemeint«, stammelte Amanat. »Ich schwör dir, dass ich's nicht so gemeint habe.«
»Doch, du hast es so gemeint, jedes einzelne Wort«, sagte Sagari mit einer vielleicht etwas zu tugendhaften Miene.
»Nein, nein«, versuchte Amanat, Sagari zu widersprechen, aber er wusste, dass es keinen Sinn hatte, und rannte aus dem Zimmer.

Zia hätte eigentlich zusammen mit Zubeida-Khala und Amanat zum Filmgelände fahren und Sagari bei den Dreharbeiten zusehen sollen, aber es war eine abermalige Veränderung in seinem Leben eingetreten, und er war nicht mehr in Bombay. Ein paar Wochen nach Sagaris Besuch hatte Abbajan ihn beim Abendessen angesprochen. Er lächelte.
»Ich habe gute Neuigkeiten für dich, Zia.«
Was konnte Abbajan schon für gute Neuigkeiten für ihn haben, nachdem er Firdaus verloren hatte? Niemand in der Familie sprach je von ihrem früheren Zuhause. Bei den Khans schien die unausgesprochene Abmachung zu gelten, dass »Firdaus« fortan ein Tabuwort sein sollte. Aber je mehr Zia versuchte, nicht daran zu denken, desto mehr schien es sich ihm aufzudrängen. Er machte seine Hausaufgaben; sein Freund Salim holte ihn nach Sonnenuntergang ab, und sie gingen an einer der zahllosen Imbissbuden, die während des Ramzan auf den Bürgersteigen von Bhendi aus dem Boden geschossen waren, eine Kleinigkeit essen; er zerstritt und versöhnte

sich mit Amanat wenigstens dreimal am Tag, aber Firdaus bekam er trotzdem nicht aus dem Kopf. Es gab Zeiten, da meinte er, sich vom Leben nichts anderes zu wünschen, als wieder in sein altes Haus zurückzukehren. Firdaus war für ihn genau das, was der Name bedeutete: das Paradies. Er wusste jetzt, wie Adam und Eva sich gefühlt haben mussten, als sie aus ihrem Zuhause vertrieben worden waren. Aber Zia hatte keine Sünde begangen und kein Gebot Gottes missachtet. Nur Abba hätte hinausgeworfen werden sollen, und vielleicht noch Altaf-Mamu. Zia verspürte den Drang, einen lauten Fluch auszustoßen und, die Augen gen Himmel gerichtet, so wie Amitabh Bachchan es in seinen Filmen tat, der ganzen Welt zuzuschreien, dass er nicht rasten und ruhen würde, ehe er nicht Firdaus wieder in seinen Besitz gebracht hätte.

Zia traute seinem Vater nicht mehr über den Weg. Was Abba als eine gute Neuigkeit betrachtete, konnte aus seiner eigenen Sicht durchaus erheblich weniger gut sein.

»Du kommst auf ein Internat, das viele Leute für das beste im ganzen Land halten.«

Zia hatte Recht gehabt, argwöhnisch zu sein. Das klang ganz und gar nicht nach einer guten Neuigkeit.

»Aber ich bin doch erst seit einem Jahr in St. Paul's.«

Amanat hatte aufgehört zu essen und beobachtete seinen Vater.

»Vergiss St. Paul's!« Ammijan war offensichtlich in diese Geschichte mit der neuen Schule eingeweiht. »Das ist eine britische Schule. Da kannst du schwimmen, reiten, bergsteigen, basteln, Vögel beobachten und was immer du sonst tun möchtest!«

»Gar kein richtiger Unterricht?«, fragte Zia. Besser, gelassen bleiben, sagte er sich, denn das klang fast zu gut, um wahr zu sein.

»Na ja, so fortschrittlich sind sie, fürchte ich, noch nicht«, löste Abbajan seine Frau wieder ab. »Aber sie haben hervorragend ausgebildete Lehrer aus der ganzen Welt. Und die Schüler dürfen in Chemie und Physik selbst experimentieren und eigene Projekte über Kino und Rennautos durchführen. Und was ich beinahe vergessen hätte: Es gibt da auch eine Theatergruppe, und musizieren lernst du dort auch.«

»Ich hasse es, in Stücken mitzuspielen und ein Schmetterling oder ein Kuchen zu werden.«

»Wir werden denen einschärfen, dass sie dir unbedingt Hauptrollen geben müssen, wie Sagari sie immer hat.«
»Sie haben noch nicht gesagt, wie die Schule heißt.«
»Sie heißt New Eden und liegt in Coonoor, direkt bei *Ooty*«, meldete sich Ammi wieder zu Wort. »Weißt du noch, wie wir einmal im Sommer da Urlaub gemacht haben? Morgens war es überall neblig, und nachmittags sind wir Boot gefahren. Du sagtest damals, du hättest nichts dagegen, für immer dort zu bleiben.«
Es war mittlerweile ungewohnt, Ammijan und Abba im Duett reden zu hören. Es fiel zwar kaum je ein böses Wort zwischen den beiden, aber Ammi hatte Abba in letzter Zeit links liegen gelassen und redete nicht viel mit ihm, wenn aber doch, dann war es immer er, der sich bemühte, ein Gespräch mit ihr zu beginnen.
»Ich weiß nicht, vielleicht gefällt es mir da gar nicht mehr.«
Ammijan lachte. Es war ihr altes amüsiertes, halb ungläubiges Kichern. »Es ist erst drei Jahre her, dass wir dort waren. Es kann sich seither nicht allzu sehr verändert haben – oder gar zu einer Wüste oder einer Sklavenkolonie geworden sein!«
Zia lachte, während Ammijan die Hand ausstreckte und ihm das Haar zerwuschelte.
»Und was ist mit Amanat?«, fragte er.
»Wie könnten wir Amanat hinschicken?«, warf Abba ein, bevor Ammijan antworten konnte. »Sein Gesundheitszustand erlaubt es nicht.«
New Eden begann fraglos wie eine interessante Idee zu klingen. Das musste man sich vorstellen: Amanat in St. Paul's, und er auf einer schicken ausländischen Schule!
»Außerdem können wir doch nicht zulassen, dass ihr beide uns alte Leute im Stich lasst.« Jetzt richtete Ammi ihren ganzen Charme auf Amanat. »Es muss sich doch wenigstens einer von euch um uns kümmern.«
»Ich kann mich um Sie kümmern, Ammi!« Zia fühlte sich schon wieder ausgeschlossen.
»Natürlich kannst du. Ich habe nur Spaß gemacht. Du weißt doch, dass die Ärzte Amanat niemals weglassen würden.«
»Ich dachte, wir sind arm«, bedrängte Amanat seinen Vater.
Abbajan lächelte schwächlich. »Sagen wir, wir sind nicht reich.«

»Wie wollen Sie also diese Schule bezahlen?« Zias älterer Bruder hatte nicht vor, sich vom Thema abbringen zu lassen.
»Zerbrich dir darüber mal nicht deinen kleinen Kopf«, sagte Ammijan besänftigend.
Das tu ich aber, hätte Amanat seine Eltern am liebsten angeschrien. Er fragte sich, ob sie ihn für einen Idioten hielten. Seit die Khans in Suleiman Mansion eingezogen waren und Amanats Gesundheitszustand sich verschlechtert hatte, war Dr. Pat Abba ständig in den Ohren gelegen, er sollte den Jungen aus Bombay wegschicken, in ein Klima, das für seine Gesundheit besser wäre. Erwarteten sie jetzt wirklich von Amanat, dass er ihnen das Märchen abnahm, sie wollten wenigstens eines ihrer Kinder bei sich behalten? Warum rückten sie nicht gleich mit der Wahrheit heraus und gaben zu, dass sie für Zia Geld hatten, für ihn aber nicht? Aber dann überfielen ihn sofort heftige Schuldgefühle. Wie konnte er bloß so fürchterliche Dinge über seine Eltern denken? Hatte es je einen undankbareren Sohn als ihn gegeben? Abbajan war seinetwegen und wegen seiner Marathon-Krankheiten ständig verschuldet. Obwohl man ehrlicherweise zugeben musste, dass Ammijan es weit besser verstand, seinen Vater in die roten Zahlen zu bringen, als er.
»Da ist noch etwas, das ich hätte erwähnen sollen.« Abba versuchte, sein New Eden wirklich wie saures Bier zu verkaufen. »Man schließt auf dieser Schule nicht mit einem gewöhnlichen *SSC*-Examen ab. Man macht dort das so genannte International Baccalaureate. Das heißt, wenn du gute Noten bekommst, kannst du anschließend praktisch auf jeder ausländischen Universität studieren.«
»Und geht Amanat dann wieder auf die Christ Church School?«
Abbajan schaute unbehaglich drein.
»Wir werden sehen«, sagte Ammijan. »Normalerweise nehmen sie mitten im Schuljahr niemanden auf, weil die Klassen alle voll sind.«

Die Aussicht, Dilip Kumar leibhaftig statt nur auf der Leinwand oder in Filmillustrierten zu sehen, machte Zubeida vollkommen nervös und hatte sie sogar ein wenig aus dem seelischen Gleichgewicht gebracht. Sie konnte nicht schlafen, sie verlor ihren Appetit, sie wurde zerstreut und reizbar. Sie brachte Stunden über Stunden damit zu, sich den Kopf darüber zu zerbrechen, was sie zu diesem

Anlass tragen sollte, und änderte dann alle fünf Minuten wieder ihre Meinung. Ammijan machte die Sache nur noch schlimmer, indem sie Zubeida ihre ganze Garderobe zur Verfügung stellte.
Amanat war diese Tante, die sich in einen Bollywood-Star verliebt hatte, ein wenig peinlich. Er sagte Ammijan, dass es ihm lieber gewesen wäre, sich nicht mit seiner Tante einen Schauspieler mittleren Alters ansehen zu müssen, der irgendeinen Schund-Film mit Sagari drehte. Ammijan schloss Amanat in die Arme und sah ihn nachsichtig an.
»Du musst natürlich nicht«, sagte sie, »und ich würde nicht im Traum daran denken, dich dazu zu zwingen, weil ich dich von Herzen lieb habe. Du bist ein lieber und gutartiger Junge, Amanat, aber manchmal habe ich das Gefühl, dass das alles nur eine Fassade ist. Tief in deinem Herzen bist du ein Snob und sitzt über die ganze Welt zu Gericht, und ich glaube, es findet kaum jemand Gnade vor deinen Augen.« Sie tätschelte ihm die Wange und lächelte. »Glaubst du, deine Krankheit macht dich zu etwas Besonderem? Und wie kannst du überhaupt irgendjemanden mögen, wenn du dich selbst so wenig magst?«
Amanat liebte Ammi, so wie die meisten Kinder ihre Mutter lieben. Aber er hatte sie von jeher für ein ziemlich oberflächliches Geschöpf gehalten. Und dennoch hatte sie jetzt mehr Scharfblick bewiesen als fast jeder andere Mensch, den er kannte. Er war verletzt und fürchterlich wütend auf sie. Aber seine Wut hielt nicht lange an. Sie hatte ihm lediglich in aller Unschuld gesagt, was sie über ihn dachte, ohne sich darüber Sorgen zu machen, dass sie ihn dadurch möglicherweise seelisch zum Krüppel machen könnte. Sie wusste, dass er über die schockierende Erfahrung, der Wahrheit ins Auge sehen zu müssen, hinwegkommen und eines Tages beginnen würde, sie zu akzeptieren.
»Was Zubeida-Khala wichtig ist«, fügte sie hinzu, »mag für Abbajan, für mich oder dich nicht allzu viel Bedeutung haben, aber es ist deswegen nicht weniger wichtig.«
Sagari sollte sie um acht Uhr früh abholen, aber Zubeida-Khala war schon um sechs fertig. Amanat fühlte, dass ein leises Zittern durch ihren Körper ging, als sie ihn bei der Hand nahm und sie die Treppe hinunterstiegen. Als Sagari ihn und seine Begleiterin sah, war sie

leicht verdattert. »Ich dachte, du kommst mit Tan ...«, sagte sie. »Aber nein, das ist ja Tantchen Zubeida! Ich hatte Sie gar nicht erkannt!« Amanat wusste, dass seine Tante ein Leben lang darauf gewartet hatte, diesen Mann kennen zu lernen, aber er brachte keinerlei Nachsicht für sie auf. Sie hatte sich zu dem kleinen Mädchen zurückentwickelt, das zum ersten Mal jenen Dilip-Kumar-Film gesehen hatte, der fortan ihr ganzes Leben bestimmen sollte.

Die Dreharbeiten sollten um 9.30 Uhr beginnen, aber um 11.30 Uhr war der große Schauspieler noch immer nicht aufgetaucht. Bereits um elf konnte Zubeida-Khala ihre Unruhe nicht mehr verbergen. Sagari erklärte, dass die Stars es für unter ihrer Würde hielten, pünktlich zu erscheinen, und dass Dilip*ji* grundsätzlich mit zwei, drei Stunden Verspätung aufzukreuzen pflegte, aber das konnte Zubeidas Ängste nicht beschwichtigen. Sagari schien von Zubeidas Bangigkeit nichts zu bemerken. Sie stellte ihre Gäste dem Regisseur vor, forderte jede halbe Stunde Softdrinks und Snacks an und brachte Zubeida und Amanat ein Kartenspiel namens Bluff bei.

Um halb eins brach ein großes Getöse und Durcheinander aus. Es war, als wäre im Studio eine Feuersirene losgegangen, und alle auf dem Set rannten hektisch durcheinander. Plötzlich lag Spannung in der Luft, und selbst Amanat, ein unwilliger und widerstrebender Zuschauer, wurde davon elektrisiert und fühlte sich als Teil dieses gewaltigen Unternehmens. Sagari versah die Ereignisse mit gelegentlichen erklärenden Randbemerkungen. Am Set – ein Gerichtssaal – wimmelte es von Menschen. Ein Brückenkran bewegte sich bedrohlich-bedächtig, wie das Ungeheuer von Loch Ness, während riesige Fluter und andere Lampen nebst Lichtblenden und Reflektoren ausgerichtet wurden. Die Bühnenbildner stellten die Anklagebank, auf der Dilipji stehen würde, ein wenig anders hin; Kameraschienen wurden ausgelegt und die Kameras eingerichtet. Der Tonmann befestigte ein winziges Mikro am Kragen von Sagaris Kleid, während der Maskenbildner sich an ihrem Gesicht zu schaffen machte. Leute brüllten und schimpften kreuz und quer durch die Dekoration, und der Regisseur ging zu einer Besprechung in Dilipjis Garderobe.

»Er schreibt die Dialoge und vielleicht sogar die Regieanweisungen um«, sagte Sagari lächelnd, während ihr neue Wimpern verpasst wurden. »Wenn er könnte, würde er jede Szene umschreiben, damit ja keiner außer ihm in die Kamera sieht.«

»Heißt das, er schreibt dich aus dem Drehbuch?«, fragte Amanat.

»Ich glaube, das würde er gern, aber momentan braucht er mich mehr als ich ihn. Schau nicht so überrascht. Sobald er das Drehbuch nach seinen Vorstellungen umgedichtet und den Kameramann dazu gebracht hat, ihn so aufzunehmen, wie er es gerne hätte, ist er gar nicht so schlecht.«

Amanat sah verstohlen zu Zubeida-Khala hinüber. Zerplatzte gerade ihr Traumbild vom größten Tragöden des indischen Films? Begann Dilipji bereits, auf seinem Podest zu wanken? Aber Sagaris lässige Bemerkungen schienen sie nicht zu tangieren. Er bezweifelte, ob sie sie überhaupt mitbekommen hatte. Sie hatte eine Minute lang vor den Klappspiegeln in Sagaris Garderobe gestanden, sich ein wenig Make-up aufs Gesicht getupft und war dann zu ihrem Stuhl zurückgekehrt. Jetzt war ihre backfischhafte Nervosität verflogen. Sie saß völlig reglos da, wirkte dabei aber weder wie versteinert noch aufdringlich.

Was ging in ihrem Kopf vor? Amanat hätte es gerne gewusst. Dachte sie darüber nach, was sie zu Dilipji sagen würde? Programmierte sie gerade die Begegnung, ihre Gesten, den Ausdruck in ihren Augen, wo er sitzen, was er sagen würde, seine Fragen und ihre Antworten? Würde sie ihm ihr Herz ausschütten und ihr ganzes Leben vor ihm ausbreiten? Würde sie mit ihm durchbrennen, ohne sich zu verabschieden? Hatte sie vor, alles, was geschah, unauslöschlich in ihr Gedächtnis einzuprägen, so dass sie es sich in künftigen Jahren immer und immer wieder würde vergegenwärtigen können? Oder verwandelte sich diese ganze gebündelte Energie in ein Schwarzes Loch, dessen Anziehungskraft den Schauspieler in sich einsaugen würde, bis nichts mehr von ihm übrig geblieben wäre?

Amanats unzusammenhängende Überlegungen kamen zu einem abrupten Ende. Dilipji stand in der Tür.

»Sagari, mein Liebchen, warum haben Sie mich so schmählich igno ...« Er verstummte, als er sah, dass Sagari Gäste bei sich hatte.

Der Mann war über seine besten Jahre hinaus und setzte allmählich Speck an, aber er hatte zweifellos eine starke Ausstrahlung. Es war eine Mischung aus Charme, Schliff, Selbstsicherheit und dem Bewusstsein, so gut wie unwiderstehlich zu sein. Womit er gar nicht so falsch lag. Amanat merkte, dass er diesem Bann einen tapferen Widerstand entgegensetzte – und dabei die ganze Zeit wusste, dass es ein aussichtsloser Kampf war.

»Hab ich?«, antwortete Sagari munter. »Ich warte doch seit zweieinhalb Stunden auf den großen Liebhaber – oder sind's schon drei, Amanat?« Die Primadonna Sagari hatte die Situation vollkommen im Griff.

»Ich bin zutiefst zerknirscht. Ich bitte um Vergebung«, sagte der Schauspieler lächelnd. »Ich wurde leider noch in letzter Minute aufgehalten.«

»Lügner.« Sagari hatte entschieden, dass es die Mühe nicht lohnte, das Thema weiterzuverfolgen.

»Wollen Sie mich nicht Ihren Freunden vorstellen?«

»Das ist Tantchen Zubeida.«

Dilipji grüßte formvollendet, sah aber leicht verwirrt aus. »Ich weiß, dass es wie ein Song aus einem unserer Hindifilme klingt, aber warum habe ich bloß das Gefühl, Sie schon einmal gesehen zu haben?«

Zubeida lächelte – es war der Hauch eines Lächelns. Das verwirrte den Schauspieler nur umso mehr.

»Und das ist mein Freund Amanat.«

»Freund? Muss ich es so verstehen, dass das mein Konkurrent ist? Soll ich aus Ihrem Herzen verdrängt werden, Sagari? Oder sitze ich am Ende bereits mit Sack und Pack auf der Straße?« Er wandte sich zu Amanat: »Was für einen schönen Namen Sie haben: *Amanat*!«

Bei dem Kompliment errötete er, als hätte er sich seinen Namen selbst ausgedacht.

»Ist Ihnen eigentlich bewusst, wie gücklich Sie sich schätzen können, eine so schöne Mutter zu haben?«

»Sie ist nicht meine Mutter.« Der Mime schien noch immer mit Zubeida wortlos Zwiesprache zu halten, aber der Bann war gebrochen. »Sie ist bloß meine Tante.«

Amanat hatte keine Ahnung, warum er das Wort »bloß« in diesen Satz eingefügt hatte.

»Kamera fertig«, tönte das Megaphon. »Dilipji und Sagariji bitte zum Set!«

»Es war mir eine Freude, Sie beide kennen zu lernen. Bitte kommen Sie wieder!« Dilipji wandte sich ab und wollte schon gehen, als Sagari ihn aufhielt.
»Wollen Sie meiner Tante nicht ein Foto mit Autogramm geben?«
»Aber natürlich, hätte sie denn gern eins?«
Dilipji setzte sich hin und ließ sich seinen Aktenkoffer bringen. Als er kam, holte er ein matt abgezogenes Foto heraus und signierte es. Er stand auf und ging zu Zubeida. Er verneigte sich und überreichte ihr das Bild.
»Nur ein kleines Andenken an Ihren Besuch.«
Zubeida hatte ebenfalls etwas für ihn. Als er das Geschenk in der Hand hielt, schaute er verdutzt. Es war ein Bild von ihr mit ihrer Unterschrift.
Er sah zu ihr auf. »Ich, ich, ich weiß nicht, wie ich Ihnen danken soll.« Er verabschiedete sich mit einer Verbeugung und ging zur Tür. Dann kehrte er noch einmal um. »Es war mir ein großes Vergnügen, mich mit Ihnen zu unterhalten. Khuda hafiz.«
Zubeida-Khala hatte den ganzen Vormittag nicht ein einziges Wort gesprochen.

Während der gesamten Schulzeit schrieb Amanat seinem jüngeren Bruder zweimal die Woche. Zia brachte es im Durchschnitt auf einen Brief im Monat.

Lieber 1001,
Du hast letzte Woche nur einmal geschrieben.
Sag Ammi, dass es mir gut geht. Zubeida-Khala wird sich freuen zu hören, dass ich in ihrem Lieblingsfach Erdkunde gut abgeschnitten habe. Mein Pferd hier in der Schule, Daredevil, ist gestürzt und hat sich am Bein verletzt. Ich pflege es jeden Tag und bete zu Allah, dass es wieder gesund wird.
Es dauert immer, bis ich Deine Briefe in die Finger kriege: Meine Freunde wollen sie immer zuerst lesen. Ich soll Dir von ihnen aus-

richten, dass sie mehr Geschichten über Gagan, den fliegenden Jungen, wollen. Letzten Samstag haben wir die Briefe gezählt, die Du mir dieses Jahr geschickt hast: bislang 85.
Du hast die Tamarindengeschichte noch nicht zu Ende erzählt. Was ist aus dem jungen Kardinalvogel geworden?

Dein Dich liebender Bruder Zia

Zia blieb acht Jahre lang in New Eden. Er war zehn, als Nandini Devi New Eden besuchte und ihn mit einem Schlag zum Star des Internats machte.
Nandini Devi war eine nationale Institution. Sie hatte, wie der Direktor den Schülern mitteilte, das ganze Land und die ganze Welt bereist. Sie war ein mathematisches Genie. Man nannte sie den menschlichen Computer. Sie besuchte Schulen, Colleges und Universitäten, um ihre übermenschlichen Fähigkeiten vorzuführen. Multiplizieren, Dividieren, Gleichungen lösen, alles konnte sie im Kopf ausrechnen, schneller als ein Computer. Sie bewies einem, sagte er, dass die Mathematik keineswegs langweilig sein muss, ganz und gar nicht langweilig. Im Gegenteil, sie sei spannend, aufregend und unterhaltsam. Er war sicher, dass Nandini Devi die Jungen und Mädchen in New Eden dazu anregen würde, ein etwas aktiveres Interesse am Fach Mathematik an den Tag zu legen.
Nandini Devis Ankunft wurde mit Spott, Hochnäsigkeit und einem an schlichte Grobheit grenzenden Desinteresse begrüßt. Mathe war schon schlimm genug, aber eine Mathe-Vorführung? Und dazu noch dargeboten von einer Frau? Da hätten die Schüler eher einen Esslöffel Rizinusöl vorgezogen. Sie gaben sich alle Mühe, Nandini Devi merken zu lassen, dass sie zwangsverpflichtet in der Aula saßen. Sie gähnten, sie plauderten miteinander und machten gelangweilte Gesichter.
Nandini ließ sich nicht beirren. Sie war eine üppige Frau mit einem ausladenden Busen, der die Frequenzen ihrer Stimme zu verstärken schien. Binnen weniger Minuten hingen die Schüler an ihren Lippen. Sie bestritt keine banale Verkaufsveranstaltung für Mathematik – worum es ihr ging, war ein Großprojekt: Rätsel, Scherzfragen, Kopfnüsse; die großen Mathematiker, deren Verrücktheiten, die Probleme, die sie gelöst hatten. Die erstaunlichen und verblüffen-

den Umwege, auf denen die abstrakten und abstrusen Theorien und Gleichungen der reinen Mathematik in Dinge Eingang und Anwendung fanden, die wir nicht im Traum damit in Verbindung bringen würden. Wolken, Regen, die Höhe von Bäumen, Luftströmungen, Gezeiten – sie übersetzte alles in die Magie und das Mysterium der Zahl.

Es war eine sehr unterhaltsame Darbietung. Nach einer Pause von fünfzehn Minuten begann Nandini mit dem zweiten Akt ihrer Vorstellung. Sie beging dabei nur einen einzigen Fehler: Sie hätte ihrem Publikum niemals Fragen stellen dürfen, nicht einmal pro forma oder zur Auflockerung.

»27 mal 27?«, fragte sie. Niemand riskierte eine Antwort, und das hatte sie auch nicht anders erwartet. »729«, sagte sie.

Abba hatte Zia erzählt, dass man früher, zumindest in den einheimischen Schulen, Einmaleinstabellen bis zur Zahl dreißig gelernt hatte und danach Viertel-, Halb-, Dreiviertel-, Eineinviertel- und Anderthalber-Tabellen. In New Eden aber war zwölf mal zwölf schon das höchste der Gefühle gewesen.

»729 mal 27 mal 27 mal 27?« Sie sah sich nach einer Antwort aus dem Publikum um. »14.348.907. Möchte vielleicht jemand überprüfen, ob ich mich um eine oder zwei Stellen vertan habe? Nur zu, holen Sie Ihre Taschenrechner raus!«

Abgesehen von einem Lehrer hatten nur zwei Schüler einen Taschenrechner dabei.

»Irgendein Fehler?«, fragte sie. »Nein? Na gut, dann sind Sie dran, mich auf die Probe zu stellen. Multiplizieren, Dividieren, Kubikwurzeln, Quadratwurzeln, Dezimalzahlen. Bitte höchstens siebenstellige Zahlen. Größere würden Ihre Taschenrechner nicht mehr bewältigen.«

Da sich niemand traute, den Ball anzuspielen, stellte der dienstälteste Mathematiklehrer die erste Frage.

»137 hoch 2?«

»18.769.«

»137 hoch 3?«, beschloss ein Mädchen, sein Glück zu versuchen.

»Na? Möchte vielleicht jemand einen Tipp wagen?«, fragte Nandini Devi der Form halber und wollte schon selbst die Antwort geben, als jemand in einer der hinteren Reihen etwas sagte.

»Zwei Millionen fünfhunderteinundsiebzigtausend dreihundertdreiundfünfzig«, artikulierte die Stimme deutlich.
»Würden Sie das bitte wiederholen?«
Zia gehorchte, und Nandini Devi schrieb die Ziffern auf die Tafel.
»Glückwunsch. Ich glaube, Sie haben es getroffen. Sehr gut. Sehr gut.« Nandini Devi erwischte exakt den Ton zwischen herablassender Duldung und gönnerhafter Milde. »Möchten Sie sich vielleicht an der Wurzel aus 22.401.289 versuchen?«
Sie war noch dabei, die Ausgangszahl auf die Tafel zu schreiben, als Zia schon antwortete: »4.733.«
»Haben Sie da irgendwo einen Taschenrechner versteckt, junger Mann?« Nandini Devi lachte, aber ihre Stimme klang schon leicht gereizt. »Nur nicht schummeln, nur nicht schummeln!«
Zia stand auf und sagte: »Nächste Aufgabe.«
»4.733 hoch 3.« Nandini Devi sprach widerwillig, als wollte sie die Antwort lieber nicht wissen.
»106.025.300.837.«
Nandini Devi schrieb die Zahl langsam mit, drehte sich dann um und starrte Zia an. Einer der Schüler mit Taschenrechner schrie: »Das stimmt, das stimmt!«
Die Aufmerksamkeit der Aula richtete sich auf Zia. Ein Schüler der Oberstufe warf ihm etwas Schwierigeres zu:
»793.645,39 durch 11,394759?«
Zia wartete darauf, dass Nandini Devi antwortete.
»Sie sind gefragt, nicht ich.« Ihre Stimme hatte einen scharfen Unterton angenommen.
»69.650,0373548.«
»Jetzt genug mit dem Kinderkram.« Nandini Devis Lächeln wirkte etwas gezwungen. »Wie wär's mit ein paar Simultangleichungen?«
Sie rief Zia zu sich auf die Bühne. Er war unsicher, ob er gehen sollte. Aber die Schüler und Schülerinnen von New Eden feuerten ihn an. Sie skandierten »Zi-a, Zi-a, Zi-a«, als handelte es sich um ein Rugby-Match und die Ehre der Schule stünde auf dem Spiel.
Simultangleichungen, quadratische und biquadratische Gleichungen, Integral- und Differenzialrechnung – Nandini schleifte ihn durch jede mögliche Variation seit Erfindung der Zahl. Sie versetzte selbst dem einfachsten Problem noch einen Drall und versuchte,

ihn auf dem falschen Fuß zu erwischen. Was immer sie Zia entgegenwarf, schlug er selbstsicher und schwungvoll zurück. Er zeigte sich weder zaghaft noch arrogant, sondern sah geduldig dabei zu, wie sie zunehmend verunsichert wurde. Sie war nach New Eden gekommen, um sich als Star feiern zu lassen, und da investierte sie nun all ihre Energie in den Versuch, einen kleinen Jungen einzuschüchtern, zu verunsichern und aus dem Konzept zu bringen. Zia sah seine Lehrer und den Direktor an und erkannte, dass sie Blut geleckt hatten; sie hatten sich mit ihm identifiziert und warteten nur darauf, dass er ihr den Gnadenstoß verpasste. Er blickte Nandini Devi in die Augen und sah darin etwas wie Verzweiflung: Sie musste ihn besiegen, ihn in Grund und Boden stampfen, wenn sie mit intaktem Selbstbewusstsein aus dem Ring steigen wollte. Er hatte nichts zu verlieren, während sie ... sie war ganz offensichtlich entschlossen, alles aufs Spiel zu setzen, um diesen Jungen zu besiegen: Für sie hieß es alles oder nichts.

Was war mit ihm los? Warum ging er darauf ein? Als er, völlig unüberlegt, die Antwort zur ersten Frage in den Raum geworfen hatte, war es nur ein Spiel für ihn gewesen. Mittlerweile hatte er längst jedes Interesse verloren, während Nandini Devi ihn immer weiter herausforderte. Sie hätten um 12 Uhr Schluss machen und in die Mittagspause gehen sollen. Jetzt war es schon nach halb eins. Sie stellte ihm irgendeine Frage zu Logarithmus-Funktionen, aber er hörte nicht mehr zu.

Er sah Nandini Devi ausdruckslos an und sagte: »Ich weiß es nicht.« Die Enttäuschung der Schüler und Lehrer war unübersehbar. Sie hatten nicht einen Augenblick daran gezweifelt, dass er die Frage würde beantworten können, und jetzt waren sie wütend, weil er sie enttäuscht hatte – obwohl er sie weiß Gott nicht darum gebeten hatte, ihr Vertrauen in ihn zu setzen. Aber das alles wurde durch den Anblick von Nandini Devis erleichterter Miene mehr als aufgewogen.

»Ich wusste es, ich wusste einfach, dass du bloß improvisiert hast, dass heute dein Glückstag war. Aber ich wusste auch« – sie schien bereit zu sein, ihn in die Arme zu schließen, bis sie ihm das letzte bisschen Atem aus der Brust gepresst hätte – »dass deine Glückssträhne nicht ewig halten konnte. Ich will dir etwas sagen, Jungchen, und schreib's dir besser hinter die Ohren: Leg dich nie mit einem Profi an, sonst ziehst du unweigerlich den Kürzeren.«

Zia war jetzt der absolute Held der Schule. Früher hatten es in New Eden nur Sportasse zu Ruhm und Ansehen gebracht. Jetzt schien die Waage zugunsten des Gripses auszuschlagen.

Aber das war noch nicht alles. Zum ersten Mal begann Zia den Spielplan, den Allah für ihn entworfen hatte, wirklich zu begreifen. Hatte Er ihm nicht von Anfang an genügend Hinweise geliefert? Von der Christ Church School zur St. Paul's English Academy, vom Bungalow auf der Nepean Sea Road zu Suleiman Mansion hatte Er Zia immer wieder auf die Probe gestellt und ihn gelehrt, sich weder vom Glück noch von Widrigkeiten beeinflussen zu lassen. Alles, was zählte, war der Glaube an Allah. Warum sonst hätte der Allmächtige ihm eine so strenge Lektion erteilen sollen, als er Blumen zu Füßen des Elefantengottes gelegt hatte? Und warum war er und nicht Amanat aus St. Paul's genommen und auf die vielleicht exklusivste und teuerste Schule des Landes geschickt worden?

Und als wäre das alles noch nicht Beweis genug – hatte Allah, der Allmächtige, der Erhabene, ihn nicht mit einer einzigartigen Gabe gesegnet? Er erinnerte sich noch immer an das ungläubige Staunen in den Augen seiner Mitschüler. Sie hatten sich nicht täuschen lassen, kein einziger von ihnen, als er Nandini Devi gesagt hatte, er wisse die Antwort zu ihrer letzten Frage nicht. Natürlich wusste er sie; es war ihm bloß egal.

Gott leitete ihn nicht nur, Er hatte auch die Situation mit unfehlbarem Scharfblick und mit durchschlagendem Erfolg ausgewählt. Man denke nur, mit welcher Sorgfalt Er jeden einzelnen Aspekt dessen, was an dem Tag in der Aula passiert war, arrangiert hatte! New Eden hatte bis dahin noch nie ein Mathematik-Genie eingeladen. Als es jetzt aber geschah, da war es eine Hindu-Frau mittleren Alters gewesen. Die Geschichte von David und Goliath wiederholte sich. Die Zahlen und Lösungen waren ihm nur so zugeflogen, als hätte sie ihm jemand vorgesagt. Ein zehnjähriger Junge hatte Nandini Devi besiegt und gedemütigt, und dann hatte Allah – als der Barmherzige und der Erbarmer, der Er ist – ihre Ehre gerettet, indem Er Zia dazu veranlasst hatte, so zu tun, als wüsste er die letzte

Antwort nicht. Und wo hatte sich dieser Zweikampf abgespielt? In einer christlichen Schule, deren Lehrkräfte nicht müde wurden, auf hinterhältige Weise zu unterstellen, das Christentum sei besser als jede andere Religion. Und, was sagten Nandini Devi und sämtliche christlichen Missionare jetzt?

Es war an der Zeit, sich als treuer Gefolgsmann Allahs zu bekennen und das Lob des Höchsten zu singen.

Zwei Stunden vor dem Wecken schlich sich Zia aus dem Schlafsaal und nahm den ersten Bus nach Coimbatore. Er war schon oft in Coimbatore gewesen, aber nie auf dem Busbahnhof. Er wimmelte von Menschen, und kaum einer von ihnen sprach etwas anderes als Tamil. Zuletzt gelang es ihm, einen seiner Glaubensbrüder zu identifizieren. Die Gläubigen waren immer leicht an ihren Mützen zu erkennen oder, wenn es einfache und nicht wohlhabende Leute waren, an ihren karierten *lungis*. Zia gelangte schon bald zu einer großen schiitischen Moschee.

Heute war der *matam*-Tag, der Tag der Trauer und des Trauerns um den Tod der Enkel des Propheten, insbesondere um Hussain. Es war das allererste Mal, dass Zia eine Moschee allein aufsuchte. Er war erfüllt von Ehrfurcht. Der Boden war mit Daris ausgelegt. Zia setzte sich in die zweite Reihe; hinter ihm kamen noch weitere siebenundzwanzig. In seiner Reihe knieten siebzig Männer dicht beieinander, und doch hatte jeder seinen eigenen unantastbaren Platz.

Die Kraft des Massengebetes war für Zia eine Offenbarung. Er merkte, dass seine Gebete mehr Körper und Gewicht und Verzückung besaßen, wenn er inmitten der Gläubigen in der Moschee war. Im Tempel Gottes gab es weder Arm noch Reich, weder Groß noch Gering, weder mathematische Genies noch »Kleine Wunder«. Man spürte, wie Allah zu den Gläubigen herabstieg, wenn sie sich im Gleichtakt hinknieten, so dass ihre Fußsohlen nach oben zeigten; wenn sie die Hände aneinanderlegten und in derselben Sprache beteten, die der Erzengel einst gegenüber dem Propheten verwendet hatte. Am Ende der Gebete spürte Zia eine intensive Bindung zwischen sich und seinen Mitmenschen. Die Worte des Maulvi, den er Jahre zuvor in Bombay hatte sprechen hören, kamen ihm wieder

ins Gedächtnis: Allah war ihr Vater, und alle in der Moschee waren seine Blutsbrüder.
Er war jetzt bereit, in eine neue Lebensphase einzutreten und die Pflichten des erwachsenen Mannes auf sich zu nehmen. Er zog wie die anderen Hemd und Unterhemd aus, faltete sie sorgfältig zusammen und ließ sie bei dem Wärter liegen. Als Zia sich der Trauerprozession anschloss, rüstete sie sich gerade zum Aufbruch. An der Spitze des Zuges führte ein Mann ein schönes weißes Pferd am Zügel, das eine Decke aus Goldbrokat und einen mit weißer Seide ausgeschlagenen Sattel trug. Das Pferd war reiterlos. Es symbolisierte Hussains Hengst, der nach dem Märtyrertod seines Herrn allein heimgekehrt war. Es gab wenigstens ein Dutzend Nachbildungen von Hussains Mausoleum. Manche davon waren dünn und wackelig und leicht kitschig, aber ein paar von ihnen waren kunstvolle Konstruktionen mit einem Skelett aus Bambus und Wänden und einer Kuppel aus Seide. Bei zwei von ihnen waren sogar die verschlungenen Ornamente des Originals nachgebildet.
Die Menschen begannen, »*Ya* Hassan, ya Hussain!« zu skandieren. Es war eine leise, langsame Anrufung, fast ein Seufzen. Manche der älteren Gläubigen riefen erst Hassans und Hussains Vater an: »Ya Ali, ya Ali!«, sagten sie wieder und wieder, und erst dann fingen sie an, Hussain zu beweinen. Bald hallte die ganze Straße von herzzerreißenden Wehklagen wider. Es war, als würden die Teilnehmer der Prozession erst verstummen, wenn Hussain selbst erschienen wäre. Und als er nicht kam und ihre Trauer grenzenlos wurde, begannen sie langsam, sich zu geißeln. Ya Hussain, ya Hussain! Welch einen entsetzlichen Preis hatte dieser Enkel des Propheten für seinen unbeugsamen Glauben gezahlt! Ya Hussain, ya Hussain!
Der junge Zia entrollte die Geißel, die er an einem Stand in der Nähe der Moschee gekauft hatte. Es gab verschiedene Sorten: Lederriemen, Peitschen, Stahlketten, klirrende Messer. Zia hatte eine Zanzir ausgewählt: möglicherweise das grausamste unter all diesen Folterinstrumenten. Sie bestand aus einem Holzgriff mit sieben daran befestigten Ketten, an deren Ende jeweils eine kleine S-förmige Klinge hing. Die Klingen waren auf beiden Seiten rasiermesserscharf geschliffen. »Ya Hussain, ya Hussain!«, wehklagte auch er um den heimtückisch abgeschlachteten Sohn Fatimas und Alis, wäh-

rend er die Zanzir in die Luft und dann mit einem Ruck nach hinten schwang. Die Klingen bissen in seinen Rücken, und das Blut drang langsam hervor und füllte die Umrisse jeder einzelnen Wunde. Ya Hussain, ya Hussain! Die Zanzir sauste wieder nach hinten und schnitt feine Fleischscheibchen aus ihm heraus. Er spürte einen durchdringenden Schmerz, und das Blut spritzte über seinen Rücken und auf all diejenigen, die neben und hinter ihm gingen. Ya Hussain, ya Hussain! Tränen schossen Zia in die Augen, und jetzt gab er dem Holzgriff eine seitliche Drehung. Die angeketteten Klingen zischten über seine linke Schulter und zogen ihm tiefe Furchen über den Rücken. »Hay dost, hay dost – ach, mein Freund, ach, mein Freund!«, weinte Zia um Hussain. Eine Drehung des Handgelenks, und die Ketten und Klingen sausten in die andere Richtung. Sie flogen sirrend nach rechts und verfingen sich in seinem Fleisch, zerrissen es. Jetzt floss das Blut in Strömen. »Ya Hussain, ya Hussain!«, riefen die anderen Flagellanten voller Trauer. Sie waren zu Hunderten, und von Minute zu Minute kamen mehr hinzu. Die Zuschauer drängten sich vier- und fünffach gestaffelt am Straßenrand, man konnte sich kaum noch bewegen. Kameras blitzten aus allen Richtungen und die Menschen wehklagten und weinten, als wären ihre eigenen Söhne oder Mütter gestorben.
Jetzt war Zia in den richtigen Rhythmus gekommen. Was er in der Hand hielt, war weder eine Geißel noch eine Zanzir. Es war ein Fächer aus den weichsten, kostbarsten Federn der Welt. Er geißelte sich nicht mehr planlos, und sein Schritt und seine Bewegungen waren nicht mehr die eines taumelnden Betrunkenen. Ya Hussain, ya Hussain! Oh, diese Tragödie, diese entsetzliche Tragödie! Die Klingen gruben sich tiefer hinein, sie wirbelten, wanden sich und versuchten, sich in sein Fleisch zu verkrallen und es festzuhalten wie ein Liebhaber, der die Hand der Geliebten umklammert, wenn sie darauf beharrt, ihn zu verlassen und nach Hause zu gehen. »Hay dost, hay dost!« Zia weinte nicht mehr um seinen verlorenen Freund. Er war sich dieser Welt nicht mehr bewusst; er stand unter dem Bann einer rätselhaften Ruhe, auch wenn sein Körper tanzte und die Menschenscharen stehen blieben, um zuzuschauen, wie dieser schwirrende, sirrende, zuckende, sich windende, gewichts- und körperlose Derwisch emporsprang und für immer in der Luft

zu schweben schien, und die Zanzir von links nach rechts und von rechts nach links flog und durch sein Fleisch fauchte. Die Geißel bewegte sich nicht mehr von vorn nach hinten und wieder nach vorn. Sie schien glatt durch seinen Rumpf hindurchzufahren. Hautfetzen wirbelten durch die Luft. »Ya Hussain, ya Hussain!« Er war in Trance und selbstvergessen auf einer einsamen Reise. Und jetzt war selbst Hussain vergessen, es ging nur noch um ihn und seinen Gott. Er wünschte, dass diese Verzückung und Ekstase nie mehr enden würde.

Als Zia endlich nach New Eden zurückkehrte und in sein Bett kroch, war es halb ein Uhr nachts. Er hatte es geschafft, sich unbemerkt hineinzuschleichen, aber spätestens um vier wusste der ganze Schlafsaal, dass er wieder da war. Er erfuhr später von seinem Freund Roy Cambray, dass er deliriert und über 40 Grad Fieber gehabt hatte. Man hatte den Arzt gerufen, und Zia wurde auf die Krankenstation des Internats verlegt. Man musste ihm Sedativa verabreichen, ehe man ihm Hemd und Unterhemd vom Leib schneiden konnte. Der Unterricht fand wie gewohnt statt, aber die Stimmung war angespannt, und niemand war richtig bei der Sache. Alle beschäftigte eine einzige Frage: Konnte sich überhaupt noch jemand auf dem Campus sicher fühlen? Am Tag von Zias Verschwinden hatte der Direktor die Polizei benachrichtigt, und die hatte auf dem Bahnhof und dem Busbahnhof und sogar am Flughafen von Coimbatore nach dem Jungen Ausschau gehalten. Jetzt war er buchstäblich zerfetzt zurückgekehrt. Die jüngeren Schüler drängten sich aneinander, und einige fingen an zu weinen und wollten nach Hause.

Der Schuldirektor, Zias Schlafsaalvater und ein hochrangiger Polizeiinspektor aus Ooty trafen sich im Büro des Direktors zu einer Besprechung. War der Junge entführt worden? Wer konnte Zia auf so entsetzliche Weise misshandelt haben? War er sexuell missbraucht worden? Wohin hatte man ihn geschafft? Und warum hatte man ihn anschließend wieder laufen lassen? Es war ein Wunder, dass der Junge überhaupt überlebt hatte. Der Polizeiinspektor wollte unbedingt mit Zia sprechen, um zu erfahren, ob er sich an irgendwelche Ereignisse des vergangenen Tages erinnerte, aber der Junge war nicht in der Verfassung, Fragen zu beantworten.

Es ging auf halb elf zu und die Besprechung näherte sich ihrem Ende, als der Schuldiener die Morgenblätter aus Coimbatore hereinbrachte. Auf der ersten Seite von »The Hindu« prangte ein großes Bild von Zia. In dieser Woche würde Zia auch auf dem Titelblatt der »Time« zu sehen sein. Er schwebte in der Luft, in der rechten Hand den Griff der Zanzir quer vor seiner nackten Brust. Zwei Klingen staken fast vollständig in seinem Fleisch, während die übrigen nur ein verschwommenes stählernes Glitzern waren. Zia hatte den Kopf in den Nacken geworfen, sein Mund war leicht geöffnet und seine Augen waren geschlossen – man konnte nicht genau erkennen, ob vor Schmerz oder vor Lust. »Time« untertitelte das Bild mit der Zeile »Die Qual und die Ekstase des Islam«. Der Fotograf hatte sich offensichtlich nach der Geißelung mit dem Jungen unterhalten, denn sein Name wurde genannt und ebenso derjenige seines Internats.

Die Schulleitung teilte Zias Eltern mit, dass der Junge in New Eden nicht mehr erwünscht sei, und erklärte, man würde es begrüßen, wenn er, sobald er wiederhergestellt wäre, wieder nach Hause geholt werden könnte. Dann aber, in letzter Minute, als Zafar Khan gerade eingetroffen war, um seinen Sohn abzuholen, schien sich der Direktor eines anderen zu besinnen. Unter der Voraussetzung, dass er keine muslimischen Rituale mehr durchführen würde, durfte Zia weiter im Internat bleiben.

Als Zia für die Sommerferien nach Bombay zurückfuhr, erfuhr er, dass seine Mutter ausgezogen war. Bevor sie ging, hatte sie Amanat gesagt, sie habe es satt, von Zafar schlecht behandelt zu werden und in dieser winzigen, engen Wohnung in Bhendi Bazar eingepfercht zu sein, also lebte sie jetzt bei Freunden namens Barrett auf dem Malabar Hill. Nicholas Barrett war Direktor der First Federal Bank of America und wohnte in einem Sieben-Zimmer-Penthouse mit Blick auf das Arabische Meer. Ammijan – oder war es Amanat – deutete an, das Bombayer Klima bekomme Mrs. Barrett nicht, weswegen sie den größten Teil des Jahres in Florida verbringe.

Nicholas Barrett hatte Zia nicht viel zu sagen, aber er war durchaus liebenswürdig und erkundigte sich nach Zias Fortschritten in der Schule und nach New Eden selbst, das offenbar, dank der »Time«, mittlerweile jedem ein Begriff war. Zia konnte ohne weiteres nachvollziehen, warum Ammijan zu den Barretts gezogen war. Er hätte es genauso gemacht. Die Wohnung war die beste Annäherung an ihr früheres Zuhause auf der Nepean Sea Road. Zwar nicht halb so groß wie Firdaus, und auch kein frei stehender Bungalow, aber was ihr an Größe und Abgeschiedenheit fehlte, machte sie durch ihre luftige Lage und Exklusivität wett. Jedes Zimmer hatte Aussicht auf die See, und im ruhigen Luxus des Interieurs war überall Ammijans Hand zu erkennen.

Zia verbrachte mehr als drei Viertel seiner Ferien bei Ammijan. Manchmal kam Amanat zu Besuch, aber er war immer ein bisschen komisch und zog es vor, zum Schlafen nach Suleiman Mansion zurückzufahren. Es war absolut verblüffend, was eine Ortsveränderung für die menschliche Seele bewirken konnte. Ammijan war in ihrer neuen Residenz eine vollkommen andere Frau. Sie war wieder die selbstsichere Aristokratin von früher geworden, ihre Wangen hatten Farbe angenommen, sie brachte die Leute zum Lachen und, was noch wichtiger war, sie konnte selbst wieder lachen. Sie hatte wieder angefangen, in den Club zu gehen, und jeden Sonntag besuchte sie die Pferderennen. Und weil sie so viel Freude an ihrem neuen Leben hatte, wurden Zias Ferien umso unterhaltsamer. Er fuhr in einem Wagen mit Klimaanlage durch die Gegend, er schlief in einem klimatisierten Zimmer und konnte jetzt sogar seine Freunde aus New Eden zu sich einladen.

Amanat hatte sich nicht sehr verändert, außer dass er ziemlich in die Höhe geschossen war. Aber er war so dünn wie eh und je, so dünn, dass man ihn manchmal sah und manchmal nicht. Er pflegte immer noch sein krankes Selbst, das in der Schule häufiger fehlte, als es da war. Er fand, dass Zia sich einen leichten britischen Upperclass-Akzent angeeignet hatte – nicht die oberflächliche Färbung, die seine Sprechweise früher angenommen hatte, sobald er zwei Minuten mit Tante Antonias Tochter Vivian zusammen gewesen war, sondern etwas Tieferes und Bleibenderes. Amanat war sich selbst nicht recht klar darüber, ob er mächtig stolz oder aber neidisch und eifersüchtig auf seinen Bruder war.

Zia würde noch größer als sein Bruder werden und hatte außerdem die helle Hautfarbe seiner Mutter geerbt. Mit seinem New-Eden-

Akzent würde er oft für einen Ausländer gehalten werden. Er besaß eine vollständig neue Garderobe, trug Flanellhosen, Blazer und Schlips und besaß für jede Sportart, die er ausübte, jeweils passende Schuhe. Er ritt, schwamm und ging Vögel beobachten, und er fuhr Wildwasserkajak. Er verwendete Insider-Begriffe. Seine Freunde fuhren Autos mit Namen wie Alfa Romeo, Lamborghini und Lotus. Er fand die Bewohner von Suleiman Mansion – und damit natürlich auch Abbajan, Amanat und Zubeida-Khala – ziemlich gewöhnlich. Es gab Zeiten, da betrachtete auch Amanat die Dinge in diesem Licht.

Abba schien es beruflich etwas besser zu gehen, denn mittlerweile gab es zu Hause Telefon, und Amanat hatte einen Radiorekorder. Zubeida-Khala kümmerte sich um das Haus, und wann immer es möglich war, streunten sie und Zia durch Bhendi Bazar und besuchten sämtliche Moscheen und Zias frühere Lieblingsorte.

Als Zia sein vorletztes Schuljahr in New Eden begann, verfügte er über drei feste Freundinnen: Mary-Ann, Lajwanti und Yvonne. Die drei hassten sich gegenseitig wie die Pest – aber nicht so heftig, dass sie deswegen Zia aufgegeben hätten.

Yvonne war zwei Jahre älter als Zia, aber sie hatte angefangen, die Jahresabschlussprüfungen zu verbocken, es schien fast, als wollte sie, dass er sie einholte und sie in derselben Klasse wären. Zia behauptete nicht, Lajwanti oder Mary-Ann mehr zu mögen als Yvonne oder umgekehrt. Sie hatten es aufgegeben, von ihm zu verlangen, dass er sich für eine von ihnen entschied, weil er ihnen ja doch immer die gleiche Antwort gab: »Aber ich mag euch doch alle unheimlich gern.« Manchmal sah es so aus, als spielte er die eine gegen die anderen aus – ein Indiz für ein zumindest maßvolles Interesse seinerseits. Dann schien ihm wieder alles vollkommen gleichgültig zu sein.

Mittlerweile hatte er mehrere Freunde. Sie staunten über seine Fähigkeit, mit drei Frauen gleichzeitig etwas laufen zu haben, und hätten nichts dagegen gehabt, mit ihm zu tauschen. Aber letztlich wurden sie alle nicht klug aus ihm.

Sein engster Freund war Roy Cambray. Roy war ein extrovertierter Mensch und am liebsten im Freien. Seine Lieblingsbeschäftigung bestand darin, Hühner und Enten auf den benachbarten Landgütern zu stehlen und Kaninchen- und Vogelfallen aufzustellen. Er war ein guter Schütze und ging mit Zia im Wald auf die Jagd, schoss Rebhühner und Tauben und zeigte Zia, wie man sie über der offenen Glut briet. Er gehörte zur Rugby-, Hockey- und Tennis-Schulauswahl, während Kricket die einzige Sportart war, in der Zia seine Schule vertrat.

Mit seiner Freundin hatte Roy eine, um es gelinde auszudrücken, skurrile, wenn nicht gar absurde Wahl getroffen. Sarah Roberts war die militanteste Feministin in der ganzen Schule. Sie schien gegen Männer im Allgemeinen und Sportler mit ihrer Kumpanei und machohaften Kameraderie im Besonderen eine ausgeprägte Abneigung zu hegen. Ihren Geschlechtsgenossinnen gegenüber war sie, wenn sie nicht für ihre Rechte eintraten und sich von den Männern unterdrücken ließen, mindestens ebenso kritisch eingestellt. Sie konnte sich nicht so recht entscheiden, wer der größere Verbrecher war: Zia, diese nichtswürdige Ratte, der Frauen als selbstverständliche Annehmlichkeit des Lebens ansah, oder seine drei Freundinnen, die keinerlei Selbstachtung besaßen, geschweige denn das leiseste Gefühl von schwesterlicher Solidarität, die sie längst hätte veranlassen sollen, dem Kerl den Laufpass zu geben.

Sarah, Roy und Zia bildeten eine absonderliche Trinität, wenn sie zusammen auftraten, was allerdings eher selten vorkam. Bei Schulfesten, Feiern oder im Schulparlament, wo sie alle drei derselben Partei angehörten, gab sich Sarah betont kühl und feindselig-kritisch, während Zia es seinerseits meisterhaft verstand, ihre Spitzen und Beleidigungen zu ignorieren. Sie fragte Roy häufig, warum er mit »diesem schmierigen M« – M für Muslim, auch Sarah war nicht gänzlich frei von einer gewissen reaktionären Gesinnung – befreundet sei, und ging jedes Mal die Wände hoch, wenn er erwiderte, er habe keine Ahnung, er sei es eben. Falls Roy sich zwischen seinen zwei Lieblingsmenschen wie zwischen zwei Stühlen gefühlt haben sollte, ließ er sich jedenfalls nichts anmerken.

Zia riss sich nicht gerade ein Bein aus, um sich bei seinen Mitschülern beliebt zu machen, aber wenn man ihn brauchte, war er da. Er half jedem in Mathe, Physik, Geschichte oder jedem anderen Fach, und wenn einer seiner Klassenkameraden in der Klemme saß, schrieb er ihm notfalls sogar ein ganzes Referat. Er hatte keinerlei Probleme damit, bei Tests sein Blatt schief zu halten, damit ein wissbegieriger Freund einen Blick hineinwerfen konnte. Aber am wertvollsten war er seinen Schulkameraden durch seine Fähigkeit, Unterschriften zu fälschen. Wenn man ein Autogramm von Donald Bradman für seine Sammlung brauchte, dem größten Cricket-Schlagmann aller Zeiten, oder von der erfolgreichsten und bestbezahlten Bollywood-Schauspielerin Madhuri Dixit, von Indira Gandhi, Winston Churchill, Madonna oder Pelé – kein Problem. Wenn Roy und Sarah sich in Ooty einen Film ansehen oder eine Bootspartie auf dem See unternehmen wollten, kritzelte Zia ihnen die Unterschrift der entsprechenden Schlafsaal-Aufsicht oder des Dekans, und sie bekamen den Nachmittag frei.

Und dann, in ihrem letzten Jahr, kam heraus, dass Sarah Roberts schwanger war. Nach einigem Zögern gestand sie, dass der Kindsvater nicht Roy, sondern Zia war. Niemand konnte sich vorstellen, wie, wann und wo diese zwei Antagonisten zusammengekommen sein mochten. Und nicht nur zusammen, sondern offenbar auch unter eine Decke. Hatte Sarah sich vorgenommen, den Feind zu unterwerfen, war ihm aber am Ende selbst unterlegen? Wie konnte Zia nur seinen Freund so verraten und sich einen solchen Streich erlauben? Für die Jungs in New Eden errang Zia dadurch noch einmal Heldenstatus. Seine drei Freundinnen waren außer sich, derart abserviert worden zu sein, aber überglücklich darüber, dass Sarah Roberts endlich einen Denkzettel verpasst bekommen hatte. Der Einzige, den diese Sache seltsam kalt zu lassen schien, war Roy Cambray.

Zias und Sarahs Eltern wurden benachrichtigt und aufgefordert, ihre Kinder von der Schule zu nehmen. Sarah Roberts wurde in die Staaten zurückgeschickt, und Zia stand unmittelbar vor der Abreise nach Bombay, als er begnadigt wurde. Kein Mensch begriff, weshalb und warum. Bis zu den Abschlussprüfungen waren es nur noch drei Monate, und man erlaubte ihm, das International Baccalaureate abzulegen.

In seinem letzten Jahr in New Eden hatte Zia von seinem Vater ein Bewerbungsformular für Cambridge zugeschickt bekommen. Das war, bevor der Skandal um Sarah Roberts' Schwangerschaft das Internat erschütterte und Zia zur Persona non grata machte. Zia hatte keine besondere Lust, den Vordruck auszufüllen und alle erforderlichen Zertifikate und Empfehlungen zusammenzutragen, aber der Direktor hatte ihn zwei Mal in sein Büro zitiert. Als ihm klar geworden war, dass Zia die Sache schleifen ließ, hatte er ihm verboten, sein Vorzimmer zu verlassen, ehe er nicht die Unterlagen vollständig und ausgefüllt beisammen hätte. Warum der Mann ausgerechnet für Zias Zukunft ein solches Interesse an den Tag legte, war ebenso rätselhaft wie seine Entscheidung, ihn zum Abschlussexamen zuzulassen.

Nach den Examina kehrte Zia nach Bombay zurück und beabsichtigte eigentlich, schnurstracks zum Penthouse auf dem Malabar Hill zu fahren. Aber Ammijan und Nicholas Barrett schienen Datum und Uhrzeit seiner Ankunft vergessen zu haben. Der silberfarbene Mercedes mit den dunkel getönten Scheiben war am Bahnhof nirgendwo zu sehen. Zia war nicht wenig verärgert, aber viele der New-Eden-Schüler aus Bombay wohnten auf der Peddar Road oder auf Malabar Hill, und deren Autos waren mit Sicherheit da.

Roy bot ihm an, ihn mitzunehmen. Es war etwas merkwürdig, nach dem, was passiert war, mit ihm wieder zu reden, aber da Roy bereit zu sein schien, zu vergessen – oder zumindest die Vergangenheit ruhen zu lassen –, nahm Zia die Mitfahrgelegenheit an. Als Zia ausstieg, meinte Roy, sie sollten den Kontakt nicht abreißen lassen und er würde sich melden. Natürlich konnte das nur eine Floskel sein, aber Zia war Roy dankbar, dass er den Anstand hatte, so höflich zu sein, wenn er es doch auch bei einem »Mach's gut« hätte bewenden lassen können.

Zia fuhr mit dem Lift zum siebzehnten Stock, stieg die letzte Treppe zum Penthouse hinauf und klingelte. Der Koch öffnete die Tür.

Er war ein schlechter Schauspieler und versuchte erfolglos, so zu tun, als wäre er nicht erstaunt. Zia wollte schon eintreten, aber der Koch wich nicht von der Stelle.
»Wo ist meine Mutter?«
»Nicht da.«
»Und Mr. Barrett, wo ist er?«
»Im Büro.«
»Ich rufe ihn an.« Zia versuchte noch einmal einzutreten, aber er hatte das Gefühl, ohne eigentlichen körperlichen Kontakt aufgehalten zu werden.
»Ich glaube nicht. Keine gute Idee.«
»Warum? Hat meine Mutter die Stadt verlassen?«
»Nein. Vielleicht.«
»Was soll ›vielleicht‹ heißen? Entweder ja oder nein. Wo ist sie?«
»Wieder zu Hause.«

Es war so, als wäre Ammijan niemals weg gewesen. Sie hütete sich, Nicholas Barrett, sein Penthouse oder die vergangenen Jahre auch nur andeutungsweise zu erwähnen. Zia fragte sich, warum er eine solche Angst davor gehabt hatte, nach Hause zurückzukehren. Es hatte sich nichts geändert. Abba und Ammi taten weiterhin so, als wäre alles in bester Ordnung. Sie ließen kein Wort über den Notruf fallen, mit dem der Direktor Abba aufgefordert hatte, nach New Eden zu kommen und seinen sittenlosen Sohn wieder nach Bombay zu schaffen. Auch über das vorausgegangene SOS hatte Abba nie ein Wort fallen lassen. Nach der Muharram-Geißelung hatten er und Zubeida-Khala Zia gepflegt, ohne einen einzigen Vorwurf während der langen Zeit seiner von immer wieder aufflammenden Entzündungen des zermarterten Rückens unterbrochenen Genesung .
Doch Zubeida-Khala schien in eine seltsame eigene Welt abgedriftet zu sein. Gestern Abend hatte sie mit der Hand über Zias Narben gestrichen und gesagt: »Wie viele Hitzebläschen du auf dem Rücken hast! Du musst besser auf dich aufpassen.« Dann hatte sie ihn angesehen, sanft sein Gesicht berührt und fast unhörbar geflüstert: »Wie groß und schön du geworden bist! Mögest du immer vom bösen Blick verschont bleiben!« Und dann hatte sie plötzlich hinzugefügt: »Du darfst nicht zulassen, dass dem ungeborenen Kind oder

seiner Mutter etwas Böses zustößt. Es ist dein Samen, du hast ihn gepflanzt, du musst ihn hegen und pflegen.« Zia hatte sie etwas ratlos angesehen, das Thema aber nicht weiterverfolgt. Das frühere Band zwischen Tante und Neffe hatte schon seit langem an Festigkeit verloren.

Amanat – das hatte Zia schon immer gewusst, war viel zu zurückhaltend, als dass er von sich aus ein so heikles Thema wie Sarah Roberts angeschnitten hätte. Da Amanat nichts davon hielt, wie ein Eunuch, der schon bei der geringsten Herausforderung seinen Rock lüpft, sein Herz zu entblößen, bezeichneten ihn diejenigen, die wenig für ihn übrig hatten, als verschlossen, launisch und aalglatt. Amanat war diskret, verschwiegen – er bot keine Angriffspunkte, lediglich eine glatte, leere Wand, die nichts preisgab –, mischte sich niemals ein und hütete sich, in die Einsamkeit anderer einzudringen. Was nicht heißen soll, dass er keine eigene Meinung gehabt hätte, und wer den Fehler machte, ihn um Offenheit zu bitten, konnte durchaus in die Lage kommen, Gott um Gnade anflehen zu müssen – sofern Amanat ihn als Freund betrachtete und das Gefühl hatte, ihm schonungslose Ehrlichkeit zu schulden.

Abbajan hatte sich im Wohnzimmer eine Art Behelfsbüro eingerichtet. Nachdem ihm seine Zulassung entzogen worden war, hatte er ein Arrangement mit einem anderen Architektenbüro ausgehandelt: Er machte für einen Sklavenlohn die meisten Entwürfe, während die Firma Honorar und Anerkennung einsackte. Amanat assistierte ihm seit ein paar Jahren dabei. Er war ein Naturtalent und lieferte meisterhafte Zeichnungen ab. Amanat hatte nie Zweifel daran gehabt, was er später werden sollte: Er würde Architekt werden und mit seinem Vater zusammenarbeiten. Gemeinsam würden sie das Gesicht der indischen Architektur verändern. Aber Abbas Suspendierung hatte seinen Sohn vielleicht noch mehr getroffen als ihn selbst.

Statt Architektur zu studieren, machte Amanat seinen B. A., ausgerechnet in englischer Literatur. Am Ende des Studiums sagte er, er habe seine Zeit nutzbringend vergeudet.

»Was soll das denn heißen?«, fragte ihn Zia. »Willst du dich mit paradoxen Behauptungen interessant machen?«

Amanat hatte ihn ausdruckslos angesehen. »Nein. Ich habe nichts Konkretes davon gehabt, aber ich vermute, der Gewinn hat so etwas wie Depotwirkung; es ist etwas, das jahrelang schlummert und einem erst irgendwann später bewusst wird.«
Anschließend machte sich Amanat daran, einen Beruf zu erlernen. Wieder war seine Entscheidung so weit hergeholt und seiner Persönlichkeit so fremd, dass alle glaubten, er mache Witze. Er hatte beschlossen, Industriedesign in Ahmedabad zu studieren.
Als Zia aus New Eden zurückkehrte, kam Amanat gerade für die Sommerferien nach Bombay. Er hatte noch immer chronische Gesundheitsprobleme, aber er war jetzt ein junger Mann und begierig, seine Unabhängigkeit unter Beweis zu stellen. Das Industriedesign, so sein entschiedenes Urteil, stecke in Indien noch mitten im Neolithikum. Offen gesagt, fügte er hinzu, sei es sogar noch schlimmer: Form und Funktion verhielten sich in Indien nicht antagonistisch zueinander, nein, sie wüssten schlicht und einfach nichts voneinander. Amanat war sicher, dass er durch das Studium einen Gehirnschaden davontragen würde. Jeden Morgen, wenn er dasaß und sich die Schnürsenkel zuband, schien er um die innere Kraft zu beten, einen ernsten Fall von Unentschlossenheit zu überwinden. Abbajan redete ihm dauernd zu, er solle das Studium vergessen und sein Partner werden, aber Amanat war entschlossen, einen akademischen Grad zu erwerben, der es ihm gestatten würde, sich nach einer Arbeit umzutun. Seiner Schätzung nach hätte er dann den Rest seines Lebens Zeit, das Gelernte wieder zu verlernen.
Zia hätte schwören können, dass Amanat und er überhaupt keine Geschwister waren. Ein DNA-Test hätte leicht Klarheit schaffen können. Die Tatsachen lagen auf der Hand. Der ältere Khan hatte keinerlei Selbstachtung. Er glaubte ernsthaft, er habe zu keinem Thema irgendetwas zu sagen. Das jedoch war fast unmöglich mit der Tatsache in Einklang zu bringen, dass er unvergleichlich arrogant und rechthaberisch sein konnte. Er vereinte in sich jeden Widerspruch. Er war der schüchternste Mensch, den man sich vorstellen konnte, und dennoch hätte er noch das nervöseste Stachelschwein beruhigen können. Roy und er kannten sich erst seit knapp zwei Wochen, aber sie standen sich bereits näher, als Zia und Roy sich in all den Jahren gestanden hatten.

Zia hätte vor Scham sterben können, als Roy eines Tages plötzlich in Suleiman Mansion vor der Tür stand. Zia hatte keinem seiner Schulkameraden seine Adresse in Bhendi Bazar gegeben, und er hatte sie immer nur ins Barrett'sche Penthouse eingeladen. Jetzt war sein Doppelleben aufgeflogen. Er hätte am liebsten gesagt, er sei nicht da, obwohl er selbst die Tür aufgemacht hatte. Ohne jede Vorwarnung bei dem Mann aufzukreuzen, der einem Hörner aufgesetzt hatte, zeugte von äußerst schlechtem Geschmack. Amanat arbeitete gerade am Reißbrett. Sollte der sich doch um Roy kümmern! Zia verschwand im Schlafzimmer. Er hatte keine Ahnung, was für todkomische oder lächerliche Geschichten Amanat erzählte, aber Roy wieherte wie ein Pferd mit Keuchhusten und blieb zum Abendessen.

Zia fragte sich, ob Roy keinerlei Rachegelüste verspürte. Er war die erbärmlichste Kreatur, die man sich denken konnte, ein Idiot und ein Einfaltspinsel. Manchmal hatte Zia den Verdacht, dass Roy ihn nur in Sicherheit wiegte und den richtigen Zeitpunkt abwartete, ihm die Kehle aufzuschlitzen und die Gedärme aus dem Bauch zu reißen. Er verachtete Roy, war aber auch auf der Hut. Wenn der Mann nur einen Funken Selbstachtung gehabt hätte, dann wäre er Zia nicht so hinterhergelaufen. Zias Name mochte während der letzten Monate in New Eden nicht mehr so hell gestrahlt haben, aber in den Augen der Schüler, so viel war klar, war Roy die Witzfigur gewesen.

Seine Eltern erwarteten ihn in New York, aber er schob seinen Abflug immer wieder hinaus. Er wohnte beim amerikanischen Generalkonsul, der zufällig ein Freund seines Vaters war, aber Zia wäre jede Wette eingegangen, dass er, wenn man es ihm auch nur andeutungsweise angeboten hätte, endgültig bei den Khans eingezogen wäre.

Roy hockte noch immer gemütlich in Suleiman Mansion, als Zia nach Cambridge aufbrach. Glücklicherweise würde Roy in ein paar Wochen seinerseits nach Harvard gehen und damit, wie Zia sich vorstellte, bald nichts mehr als eine Erinnerung sein.

»Man hatte Sie uns als den nächsten *Ramanujan* angekündigt. Stattdessen erfahre ich von Dr. Haddington, dass er mit Ihnen bereits zwei Gespräche über Ihre Leistungen – beziehungsweise das Fehlen derselben – geführt hat und dass Ihr *Director of Studies* sich ebenfalls schon mit Ihnen unterhalten hat, Sie aber fortfahren, keinerlei Interesse an Ihrem Studium zu bekunden.«
Es war einige Wochen nach Beginn des ersten Trimesters. Der *Master* von Emmanuel College saß mit Zia, dessen Director of Studies, Stanley Pierce, und seinem *Senior Tutor*, Alfred Haddington, in der Bibliothek des Masters. Der Raum hätte genauso gut als Dekoration für die Aufnahme einer BBC-Folge von »Inspector Morse« herhalten können, nur dass er dann in Oxford hätte sein müssen und nicht in Cambridge. Vielleicht waren all die Tausende von Bänden, die säuberlich aufgereiht hinter den Glastüren der deckenhohen Bücherschränke aus Eichenholz standen, lediglich Attrappen. Michael Laughton war Wirtschaftswissenschaftler, und seine elf Monographien waren unter »L« eingeordnet. Hatte der Master wirklich auch nur ein Viertel der Bücher in seinen Regalen gelesen? Mrs. Laughton kam mit Tee und Rosinenbrötchen herein. War sie seine zweite Frau?, fragte sich Zia. Sie wirkte erheblich jünger als ihr Mann und hatte nur entfernte Ähnlichkeit mit den mausgrauen, grobknochigen Kreaturen, die die meisten Cambridge-Dozenten ihre Ehefrau nannten. Dr. Haddington sagte: »Hallo, Rachel« und machte ihr Komplimente wegen etwas, das in Zias Ohren wie eine seltene Krankheit klang, sich dann aber als eine Pflanze entpuppte, etwas wie »Hydrangea« oder »Chrysantheme«.
Der Master stellte Zia vor: »Das ist Zia Khan, Rachel. Khan, meine Frau. Khan kommt aus Indien. Wie man hört, wird er die Mathematik revolutionieren und bewirken, dass Newton einen Salto in seinem Grab schlägt.«
Zia gab ihr die Hand und verzichtete darauf, dem eitlen Geschwätz des Masters etwas entgegenzusetzen. Zum Teufel mit Tante Anto-

nia und ihrer großen Klappe! Immer musste sie mit Zias mathematischem Können maßlos übertreiben. Er wünschte, Rachel Laughton würde bleiben und sich mit Dr. Haddington über ihren Garten unterhalten oder sich darüber auslassen, wie viel Mühe es sie kostete, einen der Hunde, die draußen kläfften, stubenrein zu bekommen, aber sie war offensichtlich eine Meisterin in der Kunst des schnellen und gleichzeitig formvollendeten Abgangs.

»Tut mir leid, Mr. Khan, aber Ihr großes Talent wäre an mich vollkommen verschwendet. Es geht schon fast über meine Kräfte, im Sainsbury's mein Wechselgeld nachzuzählen.« Mrs. Laughton lachte und entschuldigte sich.

»Wo liegt das Problem, Khan?« Der Master ließ sich weder vom Tee noch von seiner Frau aus dem Konzept bringen. »Sind Sie nicht gern bei uns im College?«

»Doch, Sir.«

»Haben Sie Heimweh? Vermissen Sie Ihre Eltern?«

»Nein, Sir.«

»Ihre Kommilitonen sagen, dass Sie nie mit ihnen durch die Pubs ziehen. Trotzdem nehmen Sie nur sporadisch an den Lehrveranstaltungen teil. Weder geben Sie Ihre Hausarbeiten ab, noch besuchen Sie Ihren Tutor, um sie zu besprechen. Dr. Haddington hat Ihnen empfohlen, zu einem Berater in die Sprechstunde zu gehen, und sogar einen Termin vereinbart, aber Sie sind nicht erschienen.«

Zia sah weder dem Master noch dem Senior Tutor noch Stanley Pierce in die Augen und sagte nichts. Der Master von Emmanuel fragte sich, ob Khan möglicherweise deswegen schwieg, weil er keine Frage gestellt, sondern lediglich eine Behauptung aufgestellt hatte. Es entstand eine unbehagliche Stille. Zia wirkte nicht trotzig oder feindselig und erweckte auch nicht den Eindruck, als wäre er nicht imstande, sich auszudrücken.

»Ist die algebraische Geometrie nicht nach Ihrem Geschmack, Khan?« Diesmal ließ Dr. Laughton keinen Zweifel aufkommen, dass er eine Antwort erwartete, aber Zia waren die einsilbigen Erwiderungen ausgegangen.

Der Master versuchte es noch einmal: »Bedauern Sie es, in Emmanuel zu sein, während – seien wir ehrlich – die meisten Mathematikstudenten Trinity vorziehen?«

Ganz im Gegenteil, Zia war sich sicher, dass Trinity College ihm ein Graus gewesen wäre. Das war der Ort, wo sich alle Adepten der reinen Mathematik zusammenrotteten. Tante Antonia und Dr. Laughton waren alte Freunde, und deswegen war Zia in Emmanuel gelandet. Das war der einzige wirkliche Gefallen, den Tante Antonia ihm je erwiesen hatte.

Zia fragte sich, was Stanley Pierce und Alfred Haddington bei dieser Unterredung eigentlich zu suchen hatten. Sie hatten bislang kein einziges Wort beigesteuert, obwohl Zia sozusagen ihr Baby war. Vielleicht waren sie nur da, um Fakten zu bestätigen oder einen Standpunkt zu untermauern, sollte der Master in die Verlegenheit kommen, einer solchen Hilfe zu bedürfen. Aber Zia wollte nicht ungerecht sein: Sowohl sein Director of Studies als auch der Senior Tutor waren buchstäblich am Ende ihrer Kräfte. Sie waren gutmütig und immer hilfsbereit, aber Zia hatte ihnen alles abverlangt, was sie an Eloquenz, Energie und Willenskraft besaßen. Insbesondere Alfred Haddington hatte sich jede erdenkliche Mühe gegeben, Zia aus seiner Apathie herauszureißen. Er war mit ihm ins Kino und ins Theater gegangen, hatte ihn zum Tee und zum Abendessen zu sich nach Hause eingeladen, hatte ihn gebeten, für seine zwei neun und elf Jahre alten Töchter Babysitter zu spielen, damit Zia sich als Teil der Familie oder aber ausgenutzt fühlen könnte und irgendeine Reaktion zeigte. Alles ohne jeden Erfolg.

»Khan«, sprach Dr. Laughton weiter, »ist Ihnen eigentlich klar, dass es mehr als nur ein wenig ungewöhnlich – um nicht zu sagen, regelwidrig – ist, wenn der Master von Emmanuel – oder sonst einem College – trotz seiner Unzahl von akademischen und administrativen Pflichten, ganz zu schweigen von seinen Forschungsaufgaben, sich die Zeit nimmt, einen jungen Studenten, der keinerlei Interesse an seinem Fach zu haben scheint, zu hofieren?«

Ja, das war Zia durchaus klar. Offensichtlich hatte sich die liebe Tante Antonia in seine Privatangelegenheiten eingemischt und hatte Dr. Laughton mit sanftem Druck dazu gebracht, ihn zu sich einzuladen.

»Es ist noch eine Weile hin bis zu Ihrem ersten Jahresexamen. Mit Ihrem Talent werden Sie wohl bestehen, aber vermutlich nur mit einem enttäuschenden Ergebnis. Sollten Sie sich allerdings weiterhin als ebenso desinteressiert erweisen wie bisher, werden Sie hoffentlich begreifen, dass wir keine andere Wahl haben werden, als Sie zu exmatrikulieren. Sie sind für dieses College ein Gewinn. Emmanuel setzt großes Vertrauen in Ihre Fähigkeit, zu seinem wissenschaftlichen und akademischen Ruf beizutragen. Enttäuschen Sie uns nicht, Khan.«

Er konnte sich einfach nicht an den Wecker gewöhnen. Er klingelte jetzt seit etwas über einem Monat regelmäßig um vier Uhr früh, aber Zia schreckte noch immer mit einem fürchterlichen Satz aus dem Schlaf. Es war immer das Gleiche. Er war in einer Wüste. Er war tage-, vielleicht wochenlang gewandert. Sandwellen schossen hervor und loderten furchterregend auf wie Feuerstürme auf der Sonne. Aber seltsamerweise hatte er weder Durst noch Angst, ihm war nur kalt. Es war die Kälte der Einsamkeit, eine Styropor-Isolierung, die seine Sinne abstumpfen ließ und ihn daran hinderte, irgendetwas zu spüren. Sein Geist, früher immer randvoll mit Ideen und Plänen, war wie betäubt. Nicht ein Gedanke regte sich in seinem Kopf. Die Depression hatte ihm jeden Wunsch und jegliche Motivation geraubt. Vielleicht war er gestorben.

Er hätte für das kleinste bisschen Gesellschaft sogar seinen Gott eingetauscht. Er wusste, dass die Wüste niemals wirklich wüst und leer war. In ihr lebten alle möglichen Tiere und Geschöpfe. Wäre er auf eine Ameise oder einen Kaktus gestoßen – es hätte sein Herz erwärmt und ihm neue Hoffnung geschenkt.

Zia ging zur Tür, ohne Licht zu machen. Sein rechter Fuß blieb in irgendetwas hängen. Vielleicht war es die Decke oder eines seiner wollenen Unterhemden, Hemden, Unterhosen oder Schals, die auf dem Boden herumlagen. Er versuchte, sich freizustrampeln. Als ihm das nicht gelang, versuchte er, sich mit Hilfe des anderen Fußes davon zu befreien, doch nun saßen beide Füße in der Falle und er verlor das Gleichgewicht. Er prallte mit dem Kopf gegen die Kante des schweren hölzernen Bettes, geriet in Wut und fluchte auf Urdu. Er stand auf und zerriss fast das Kleidungsstück, das ihn zu Fall gebracht hatte. Es war ein T-Shirt, das er vier, vielleicht fünf Wochen zuvor auf den Haufen von Schmutzwäsche geworfen haben musste. Jetzt war er froh, es wiedergefunden zu haben. Er hatte nichts anzuziehen; den größten Teil seiner ungewaschenen Sachen hatte er schon zwei- oder dreimal wieder hervorgezogen. In freier Abwandlung der asketischen Lebensweise wusch Zia sich und seine Kleidung nicht mehr. Er roch wie ein schlecht gelüftetes Zimmer voll von überreifem Käse.

Als er die St. Andrew's Street entlangging, war keine Menschenseele zu sehen. Die Stadt war offensichtlich während der Nacht gestorben. Aber selbst wenn hunderttausend Menschen da draußen um Hilfe geschrien hätten: Er hätte sie weder gehört noch gesehen. Zwischen dem verschwommenen Mond und der Erde klemmte ein Nebel aus dicht gepackter Stahlwolle. Ein eiszapfenkalter Wind blies über Parker's Piece hinweg. Er zerrte an ihm, glitt in seine Hosenbeine, befingerte sein Geschlechtsteil, stöberte in seinen Achselhöhlen und trudelte in seine Lunge. Wie er diese Arbeit verabscheute!

Eines Morgens gegen fünf war er spazieren gegangen, weil er nicht schlafen konnte, und hatte mit Erstaunen gesehen, wie viel Schmutz und Abfall auf der Straße lag. Er war überzeugt davon, dass man alle Touristen aus Cambridge hinausjagen sollte! Es war nicht ihre Stadt, und deshalb schissen sie bedenkenlos überall hin. Die zwei Straßenfeger, die für diesen Bezirk zuständig waren, mussten sich auf eine Tasse Tee verdrückt haben, denn sie hatten ihre Besen an eine Hecke gelehnt und ihre Müllkarren daneben stehen lassen. Zia hatte schon die halbe Straße fertig ausgekehrt, als einer der beiden angerannt kam.

»Was zum Teufel treiben Sie da?«

»Ich hätte eigentlich gedacht, dass das selbst ein Vollidiot sehen würde: Ich kehre den Dreck von der Straße.«

»Das ist meine Straße. Und es ist mein Besen.« Und dann fügte der Mann überraschend förmlich hinzu: »Wenn Sie keine Arbeitserlaubnis haben, können Sie hier keinen Job ausüben.«

»Klar kann ich«, widersprach ihm Zia, »ich mach's ja umsonst.«

Am nächsten Morgen war Zia schon bei der Arbeit, bevor die anderen aufgetaucht waren. Er hatte sich einen eigenen robusten Reisigbesen gekauft. Schon bald zuckten die übrigen Straßenkehrer lediglich die Achseln und lächelten. Cambridge litt keinen Mangel an Spinnern. Jeder zweite Fellow, Tutor oder Dozent war reif für die Klapsmühle. Außerdem stellte sich heraus, dass Zia ein Workaholic war und jederzeit bereit, für Kollegen, die sich krank gemeldet oder den Tag frei genommen hatten, einzuspringen. Im Laufe der nächsten paar Monate entwickelte sich zwischen Zia und dem Straßenfeger, der ihn am ersten Morgen angeschnauzt hatte, so etwas wie ein freundschaftliches Verhältnis. Der Mann hieß Gordon Bowers.

Zia sagte sich, dass er den Job nicht brauchte und dass er, selbst wenn er nichts zu essen gehabt hätte, lieber verhungert wäre, als anderer Leute Abfälle zu beseitigen – ganz zu schweigen von der Scheiße ihrer Hunde. Er hatte sich das jeden Morgen gesagt, und jeden Morgen war er wieder losgepilgert. Zias Einstellung zu der Arbeit war nur pervers zu nennen: Je mehr er sein neu gefundenes Metier verabscheute, desto penibler wurde er. Kein Päckchen Marlboro, kein Wrigley's-Papierchen, kein Kodak-Gold-Plastikdöschen, keine Molson's-, Guinness-, Löwenbräu-, Heineken- oder Beck's-Dose, kein McDonald's- oder Burger-King-Behälter, kein trockenes oder mit frischem Sperma gefülltes Kondom, kein Kebab- oder Fish-and-Chips-Einwickelpapier, kein Nacho, Kartoffelchip, Käsestick, keine Cola- oder Pepsi-Flasche entging seinem Auge. Das war der Feind, die Erbsünde, das böse Füllhorn menschlichen Mülls, an dem die ganze Menschheit einst ersticken und zugrunde gehen würde. Man scharrte und kehrte den Dreck auf den Straßen und Bürgersteigen, in den Gassen und den Gossen, in Parks und Grünanlagen zusammen, man stopfte ihn in Säcke, man presste und quetschte ihn zu reinlichen Ballen von anderthalb Metern Kantenlänge, man lud diese auf die Mülllaster, und dann warf man zufällig einen Blick nach unten und sah neue Springfluten von Müll und Schmutz und Abfall rings um sich aufwallen.

Das Leben hatte nur einen einzigen Sinn, die Schöpfung nur einen einzigen ontologischen, epistemologischen, teleologischen Zweck: Scheiße. Was man in sich hineinstopfte, das schiss man. Je mehr man konsumierte, desto mehr schiss man. Das war's: Tortillas, Shepherd's pie, Döner Kebab oder Gyros, Kleinbildfilme, Autos und Autoabgase, Wollsachen, Synthetiksachen, alles hält sich mit allem die Waage. Es gibt nicht ein Körnchen Überschuss im Universum. Alles ist verbucht und verrechnet. Ja, wer immer da oben im Himmel sitzen mochte: Er war zuerst und zuletzt und zwischendurch und nebenher ein Buchhalter.

Und wer räumt den ganzen Müll im Universum weg? Es sind die Straßenkehrer, die *sweeper* der Welt, die unablässig die Menschen-, Hunde- und sonstige Scheiße beseitigen müssen, die für Zia Khan das Verhängnis, der diabolische und wahrhaftige Satan ist. Die Erzeuger der »sonstigen Scheiße« – verehrt von Naturliebhabern vom Schlage eines Wordsworth, Kalidasa, Shelley, Keats und ein paar hundert anderen Spinnern, die man hätte zwingen sollen, einige Jahre lang als Sweeper zu arbeiten, ehe sie auch nur ein einziges Wort über die Schönheit der Schöpfung hätten schreiben dürfen –, die Produzenten der allerschlimmsten Sorte davon waren die Bäume dieses verfluchten Planeten Erde.

Es war dieser erste Herbst in Cambridge, in dem Zia begriff, wie passend das amerikanische Wort »the fall« sowohl für die Jahreszeit als auch für die allgemeine menschliche Beschaffenheit war. Da war nichts, absolut nichts in der Geschichte der Menschheit, das Leiden so stark beschrieb – als Symbol und als Symptom – wie das erdrückende Wort »Fall«.

Cambridge im Oktober. Zia fiel auf das Gewäsch von Safran und Kupfer und funkelndem Burgunder und all den anderen hinreißenden Farben der herbstlichen Bäume nicht herein. Musste jemals jemand die Straßen von Cambridge durch knietiefes Laub entlangwaten? Nein? Und warum konnten die Menschen ungehindert gehen, marschieren, vorankommen und jedes angestrebte Ziel problemlos erreichen? Weil Zia Khan und seine Kollegen sich abrackerten, sich Rücken, Hände, Beine und Finger verbogen, sich quälten, um die Straßen halbwegs frei zu räumen. Bei seiner letzten Zählung kehrte, scharrte und sammelte Zia von nur einer einzigen Buche einhundertundsiebzehn Milliarden siebenhundertdreiundneunzig Millionen fünfhundertvierundneunzigtausend neunhundertundsiebzehn Blätter zusammen. In der Stadt Cambridge gibt es anderthalb Millionen Laubbäume. Nicht mitgerechnet sind dabei natürlich die dreihunderttausend Stämmchen, die die »Gesellschaft der Baumfreunde« alljährlich in Cambridge pflanzt, sowie die Neigung der Bäume selbst, sich fast so rasch fortzupflanzen wie die Einwohner des indischen Subkontinents.

Der Herbst hatte von Zia in der Tat einen entsetzlichen Preis gefordert. Es kam ihm so vor, als wäre auch Allah gefallen. Neuerdings betete Zia überhaupt nicht mehr. Allah hatte aufgehört, ihm irgendetwas zu bedeuten.
Jetzt stand Zia vor dem University Arms Hotel, versuchte die atmosphärische Stahlwolle zu durchdringen, verhedderte sich allerdings nur immer mehr in ihr. Von Gordon Bowers, seinem Teamkameraden, vorgesetzten Feger, Freund und Mentor, war weit und breit nichts zu sehen. In den siebzehn Jahren, die er auf dem Posten arbeitete, hatte Bowers keinen einzigen Tag ausfallen lassen, und zu spät kam er sowieso nie. Was war mit ihm passiert?
Gordon Bowers hatte in Exeter Geschichte studiert. Er hatte sich irgendwann entschlossen, eine Pause einzulegen, etwas Geld zu verdienen, zu reisen und dann sein Studium fortzusetzen. Er machte gerade Zwischenstation in Cambridge, als jemand ihn um das wenige Bargeld erleichterte, das er bei sich hatte. Er hätte seine Eltern anpumpen können. Stattdessen bewarb er sich bei der Stadtverwaltung um einen Job. Es war ein Zeitjob; er wollte nur genug verdienen, um wegzukommen.
Nach dem zweiten Jahr machte er niemandem mehr vor, weiterziehen zu wollen. Er bekam eine Festanstellung. Er war weder glücklich noch unglücklich.
Vier Jahre später bot man Bowers einen Posten als Aufseher an. Er hätte nie wieder um fünf Uhr morgens auf die Straße gemusst, außer um gelegentliche Stichproben zu machen. Er hätte auch ein paar Prüfungen ablegen und weiter aufsteigen können, vielleicht sogar in den mittleren oder höheren Dienst der Stadtverwaltung von Cambridge. Gordon lehnte ab. Er hatte einen Kurs über die Geschichte von Cambridge absolviert und führte jetzt zusätzlich halbtags Touristen durch die Stadt.
»Warum haben Sie nicht geheiratet, Mr. Bowers?«, hatte Zia ihn einmal gefragt.
»Ich dachte, das kommt schon noch. Es war mit Sicherheit keine bewusste Entscheidung dagegen. Aber es hat sich einfach nicht ergeben. Jetzt bin ich mir nicht mehr sicher. Es ist wahrscheinlich zu spät für mich, und außerdem bleibt mir bei zwei Jobs nicht viel Zeit für mich, geschweige denn für jemand anderen.«

»Zu spät, Mr. Bowers? Mitte dreißig kann doch nicht zu spät sein. Sie sind in der Blüte Ihrer Jahre.«
»Na, Sie sollten gerade reden, Mr. Khan! Noch keine zwanzig, und schauen Sie sich an, was Sie da treiben. Wirklich eine feine Cambridge-Ausbildung, die sie als Straßenfeger bekommen, und dazu noch als unbezahlter, während Ihr Vater sich an den Studiengebühren dumm und dämlich zahlt. Ich fürchte, diese Depression, die Sie da hätscheln, wird nochmal ihren Preis fordern. Unter besonderen Umständen erlauben die einem, das Studienfach zu wechseln. Wie wär's, Mr. Khan, wie wär's, wenn Sie Cambridge und sich noch eine zweite Chance geben würden?«
Zia hatte in dem Augenblick abgeschaltet, als er zum Thema des Gesprächs geworden war.
»Tut mir leid, Mr. Khan. Ich wollte nicht indiskret sein. Haben Sie eine Ahnung, was dieser gemalte Hahn da über der Statue des Bischofs darstellen soll?«
Zia und Bowers kehrten gerade vor dem Torbogen von Jesus College. Bowers wartete auf eine Antwort, aber Zia machte sich nicht einmal die Mühe, die Augen zu heben, um nachzusehen, wovon sein Kollege redete. Bowers weigerte sich, beleidigt zu sein.
»Das, mein Freund, ist ein kleines optisches Wortspiel. Der Gründer hieß Bischof John Alcock, und der cock, also Hahn, im goldenen Medaillon über seinem Kopf soll – obwohl ich nicht mein Leben darauf verwetten würde – eine Anspielung auf den Nachnamen des Bischofs sein. Und wussten Sie, dass Jesus College die Alma Mater Laurence Sternes war, der Ihren Landsmann Salman Rushdie inspirierte? Coleridge war ebenfalls dort. John Milton studierte unter einem alten Maulbeerbaum voller Bienenkörbe im Fellows' Garden von Christ's College. Und John Harvard, der spätere Förderer des gleichnamigen amerikanischen Colleges, studierte in Ihrem College, Mr. Khan.« Bowers warf mit den Perlen von Wissen und Klatsch, mit denen er die Aufmerksamkeit der Touristen zu fesseln pflegte, auch außer Diensten gerne um sich.

Wo zum Teufel war Gordon Bowers? Zia blieb noch ein paar Minuten vor dem University Arms Hotel stehen und schlenderte dann hinüber zum Hobbs Pavillon. Immer noch nichts von dem Mann zu sehen. Er ging zum Hotel zurück und blickte die Regent Terrace entlang. Das brachten auch nur die Engländer fertig, einer einzigen, schnurgeraden Straße abschnittsweise drei, vier, fünf verschiedene Namen zu geben! Wie konnte St. Andrew's Street ohne eine einzige Biegung nach links oder rechts zu machen, erst Hobson und dann Regent Street heißen? Und da, neben einem Briefkasten, stand Gordon Bowers. Er musste bereits seit mindestens zehn Minuten bei der Arbeit sein, denn er hatte schon ein ordentliches Stück von der Regent Street gekehrt. Der Mann war besser als ein Wecker. Und wie exakt er den Besen führte: Wenn er mit einem Straßenabschnitt fertig war, hätte man vom Pflaster essen können.

»Guten Morgen, Mr. Khan. Ein bisschen frisch heute.«

Wie konnte man diese Briten bloß ernst nehmen? Der Wind heulte, blies und brüllte und versuchte, die Laubhaufen, die wie wohlerzogene Miniaturberge hätten stehen bleiben sollen, auseinanderzupusten und Bowers' bisherige Arbeit zunichte zu machen. Und dazu hatte der Kerl nichts anderes zu sagen als: »Ein bisschen frisch heute«!

Zia sah einen goldenen Ring im nassen welken Laub glitzern und händigte ihn Bowers aus.

»Sehen Sie niemals nach oben, Mr. Khan? Vergessen Sie doch die alten Geschichten, was ist mit der Gegenwart?«

»Darin sehe ich keinen tieferen Sinn.«

»Die Gegenwart, der allerjüngste Augenblick, frisch erschaffen vom Herrgott selbst, makellos geprägt und in tadellosem Zustand, wartet nur darauf, Ihre Aufmerksamkeit zu erregen, Sie zu verführen, Ihnen diese wollige Wolke da oben zu zeigen, die auf dem Weg zu einer dringenden Verabredung eilig vorübersaust, sie fordert Sie dazu heraus, die hundertundsieben verschiedenen Blautöne des Himmels zu benennen, Wittgenstein zu widersprechen, Derrida noch eins draufzusetzen, den Chip auf Stecknadelkopfgröße zu reduzieren, auf dem Cam Stechkahn zu fahren, im Morgengrauen von einem Tanz in den Mai heimzukehren, im Abendanzug und mit einer Dame am Arm.

Ach, kommen Sie, sehen Sie nach oben, Mr. Khan, erwischen Sie den Augenblick und packen Sie Ihr Leben beim Schopf, bevor es an Ihnen vorbeigeht!«

Zia wusste das Interesse, das Bowers ihm entgegenbrachte, durchaus zu schätzen. Nur wenn ihm jemand Aufmerksamkeit schenkte, konnte er sicher sein, am Leben zu sein. Aber darauf zu reagieren, war ihm unmöglich. Bowers hatte aus Angst, dass Zia sich am Ende etwas antun könnte, niemandem von ihm erzählt. Er forderte ihn lediglich auf, nach oben zu sehen, aber Zia hatte den Himmel verloren. Und ebenso alles andere auf und knapp über Augenhöhe. Seine Welt gewann erst eine gewisse Schärfe, wenn er nach unten sah.
»Warum geben Sie die Arbeit nicht auf, wenn sie Ihnen so zuwider ist?«, fragte Bowers. »So knapp bei Kasse sind Sie doch nicht, oder?«
Den Job hinschmeißen? Unmöglich. Solange er ihn hatte, konnte er mit Fug und Recht den Rest des Tages verschlafen, anstatt zu Tutorien und in Vorlesungen zu gehen, wo er gezwungen gewesen wäre, sich mit diesem trockensten aller Fächer zu befassen: der reinen Mathematik. Die Mathematik war seit seiner Kindheit sein Los gewesen. Er war nie Zia Khan gewesen, sondern immer nur ein Genie, ein Wunderkind, das »Kleine Wunder«. Er würde Newton II. werden und Fermats letzten Satz beweisen.
Zu Beginn hatte er brav alle Veranstaltungen besucht. Dann war er beim besten Willen nicht mehr dazu imstande gewesen. Er hatte mit einem Mal eine krankhafte Aversion gegen die reine Mathematik verspürt. Er hatte nicht lange gebraucht, um zu entdecken, dass das einzig Reine an der reinen Mathematik ihre Selbstbefasstheit war. Sie war sich selbst genug. Nichts anderes zählte. Nichts existierte jenseits ihrer erstickenden Grenzen. Sie hatte keinen Sinn. Nicht den geringsten.
Zia konnte es sich nicht leisten, seine Arbeit als Sweeper aufzugeben. Solange er ein städtischer Straßenfeger war, konnte er sich Cambridge und dessen Bildungswesen vom Leib halten. Die Arbeit war sein Rettungsseil; sie war die einzige Möglichkeit, wie er durchhalten konnte. Dass es ihm absolut zuwider war, Laub zusammenzukehren, spielte keine Rolle.
»Wird der Wind im Winter noch kälter, Mr. Bowers?«
»Nur gelegentlich, aber ich versichere Ihnen, dass man dafür auch entschädigt wird. Um nur eine Sache zu nennen: Die Bäume werden bald ihr ganzes Laub verloren haben, und dann hat man auf den Straßen viel weniger Arbeit.«

Die Information verblüffte Zia zutiefst. Er hatte sich gar nicht überlegt, dass die Winterbäume infolge des herbstlichen Laubfalls völlig kahl sein würden.
»Erzählen Sie mir von dieser Jahreszeit, diesem wundersamen Ding namens Winter, Mr. Bowers!«

Ein paar Wochen vor Ablauf des zweiten Trimesters erhielt Zia einen Brief von der Verwaltung des Emmanuel College. Er wurde darin aufgefordert zu erklären, warum – in Anbetracht der Tatsache, dass er all seinen Lehrveranstaltungen konsequent fernblieb, seiner fehlenden Bereitschaft, Hausarbeiten vorzulegen, und der wiederholten Warnungen vonseiten der College-Leitung – ihm überhaupt gestattet werden sollte, die Abschlussexamina für sein erstes Jahr abzulegen. Er wurde ersucht, sich zu einer Besprechung mit dem Master von Emmanuel am 23. April um 11.30 Uhr in dessen Büro einzufinden. Eine Kopie des Schreibens sei mit gleicher Post an Zias Vormund, Dr. Antonia Booth-Langston, gegangen.
Zia hielt das Blatt Papier in Händen und starrte es ungläubig an. Er konnte sein Glück nicht fassen. Er küsste das Blatt, als wäre es ein Sendschreiben des Propheten persönlich. Wenn er gekonnt hätte, wäre er auf die Knie gefallen, hätte Freudentränen vergossen und wäre durch Cambridge gelaufen, Allah den Barmherzigen, den Erbarmer, lobpreisend. Er hatte sich keine Gedanken darüber gemacht, was er tun würde, nachdem er beim Master gewesen wäre und keinerlei Erklärung abgegeben hätte, so dass die Sache mit seinem Studium in Cambridge erledigt gewesen wäre. Würde er nach Indien zurückfahren? Wie könnte er vor Ammijan, Abba, Amanat und Zubeida-Khala treten? Wie könnte er seinem Vater, und besonders Amanat, in die Augen sehen, nachdem so gewaltige Summen für ihn ohne jedes Resultat ausgegeben worden waren?
Dann gab es natürlich noch das geringere Problem: Tante Antonia, die alte Freundin der Familie, Doktor der Theologie, eine der einflussreichsten und geachtetsten AkademikerInnen in Cambridge und Zia Khans Vormund vor Ort.
Antonia Booth-Langston war kein Mensch, der sich vor Verpflichtungen zu drücken pflegte. Sie hatte eisern darauf bestanden, dass Zia sie und ihre Tochter Vivian immer wieder übers Wochenende

besuchte. Anfangs war er ihren Einladungen gefolgt, aber das unablässige Interesse, das seine Betreuerin an seiner Person bekundete, machte ihn bald fix und fertig.

»Wie gefällt's dir in der Mathematischen Fakultät?«

»Ganz okay.«

»Kommst du bei den Veranstaltungen mit?«

Zia nickte. Es war ein indisches Nicken. Es konnte ja oder nein und manchmal auch beides bedeuten.

»Ich könnte mit dem Direktor des Mathematischen Seminars reden, wie heißt er nochmal, Dr. Pitt?«

»Ich komm klar, ehrlich. Wenn ich irgendwie Hilfe brauchen sollte, melde ich mich schon.«

»Was nehmt ihr gerade durch?«

»Soll ich es Ihnen wirklich sagen, Tante Antonia? Das wäre für Sie doch alles reines Chinesisch.«

»Das dürfte kein allzu großes Problem sein«, sagte Tante Antonia scharf. »Zufällig habe ich ein paar Semester Chinesisch studiert.«

Wenn die Mutter schwierig war, so war Vivian unerträglich. Schon als Kind, wenn sie mit ihrer Mutter nach Indien kam, war sie nie besonders unterhaltsam gewesen. Jetzt war sie mürrisch und ohne jeden Charme. Sie hatte vom ersten Augenblick an eine Abneigung gegen Zia gefasst. Ihre Mutter schien ein enges Verhältnis zu ihm zu haben, und das war Grund genug, ihn nicht ausstehen zu können. Wenn Antonia sie bat, Zia in der Stadt herumzuführen oder ihn auf eine ihrer Partys mitzunehmen, machte sie deutlich, dass sie ihn für einen Langweiler hielt und keine Lust hatte, die Hostess zu spielen.

Zu Zias Erleichterung wurde die Frau Doktor zu einer dreimonatigen Gastdozentur nach Princeton eingeladen, worauf seine Besuche schlagartig aufhörten. Als sie zurückkam, weigerte er sich, auf ihre Einladungen zu reagieren. Tante Antonia fühlte sich bemüßigt, ihn im Wohnheim aufzusuchen. Er war meist nicht da, und falls zufällig doch, ließ er sich verleugnen. Zum Glück war sie immer in Eile. Sie war eine der größten Kapazitäten auf dem Gebiet der Patristik und Senior Fellow der Theologischen Fakultät. Sie war ständig auf irgendwelchen theologischen Konferenzen und Symposien und hatte fünf Monographien verfasst. Doch ihre erste Liebe, wie Vivian spöttisch zu sagen pflegte, war Jesus, und ihre Berufung war es, so Vivian wörtlich, die Lampe Gottes auf den fünf Kontinenten zu entzünden. Jetzt, wo sie eine Kopie des amtlichen Schreibens vom Emmanuel College erhalten hatte, konnte sich Zia auf eine Wiederaufnahme ihrer Besuche einstellen. Sie würde ihn zur Rede stellen und ihm durch alle möglichen unbequemen Fragen das Leben schwer machen, aber eins stand für ihn außer Frage: Sie konnte nichts ausrichten, denn dazu war es zu spät.

»Zu spät, zu spät, zu spät« – die freudigen Worte schallten wie eine Siegeshymne in seinem Geist. Wie rasch die letzten zwölf Tage verflogen waren! Die Frau Theologin hatte dreimal vorgesprochen, aber das Glück war auf Zias Seite und er selbst nicht da gewesen. Sie hatte ihm etliche Nachrichten hinterlassen, allesamt mit mehrfach unterstrichenen und in Blockbuchstaben geschriebenen Vermerken wie »Wichtig«, »Dringend« und »Äußerst dringend«, in denen sie ihn davor warnte, welche schrecklichen Konsequenzen es hätte, sollte er den Termin mit dem Master von Emmanuel nicht einhalten.

Zia stand am Fenster, als er seine Betreuerin auf sein Wohnheim South Court zumarschieren sah, dieses eintönig graue Gebäude aus den Sechzigern, über das sich jeder ab- und missfällig äußerte, das Zia aber kaum wahrnahm. Sie hatte einen kämpferischen Ausdruck im Gesicht – zumindest annähernd so kämpferisch, wie es für eine praktizierende Katholikin und eine Theologin von Weltruf eben möglich war. Bis zu seinem Termin beim Master von Emmanuel hatte er noch zwei Stunden, aber er wusste, wann er verloren hatte. Bevor Tante Antonia ihn zum Gehorsam prügeln konnte, hielt es Zia für angeraten, die Flucht zu ergreifen.

Er hörte Tante Antonia seinem Geist herrisch befehlen, die Tür aufzumachen, während er auf leisen Sohlen zur Terrasse rannte und über den rückwärtigen Teil des Gebäudes entkam.

Es war nicht ratsam, sich auf der Straße herumzutreiben. Er hätte seiner Wachhündin, der ehrfurchtgebietenden Booth-Langston, in die Hände fallen können. Er musste nur noch seinen Termin beim Master von Emmanuel alsolvieren, dann hätte er Cambridge ein für alle Mal hinter sich gehabt.

Verdammt, da winkte ihm Gordon Bowers von der anderen Straßenseite aus zu! Nein, Gordon, nicht meinen Namen rufen! Ignoriere mich! Ich habe dich und du hast mich nicht gesehen. Geh einfach weiter!

»Mr. Khan, wo sind Sie die ganze letzte Woche gewesen?«, rief ihm Bowers zu.

Ein Touristenbus schob sich zwischen Gordon und Zia. Bowers war noch immer am Brüllen.

Zia verschwand in Christ's College, rannte zum nächst gelegenen Gebäude und nahm die Treppe mit langen, raumgreifenden Schritten. Von der Empore des ersten Stocks aus sah er Bowers das Gebäude betreten. In einem Hörsaal im ersten Stock fand gerade eine Vorlesung statt. Das war seine einzige Chance, seinem Freund zu entkommen. Er öffnete die Tür. Allmächtiger Gott, in was für einen Schlamassel war er da bloß hineingeraten! Dr. Michael Laughton sah von der Tafel, auf der er gerade eine Gleichung zur Darstellung der Auswirkungen von Marktschwankungen geschrieben hatte, zur Tür hinüber und war kurz davor, etwas Vernichtendes von sich zu geben, riss sich dann aber zusammen.

»Bitte nehmen Sie Platz, Khan. Sie haben sich zehn Minuten verspätet. Oder sind Sie eine Stunde und fünfundzwanzig Minuten zu früh dran?«

An Flucht war nicht mehr zu denken. Der Hörsaal war gerammelt voll, und Zia musste bis ganz nach hinten gehen, um einen Sitzplatz zu finden. Was zum Teufel trieb der Master von Emmanuel hier im Christ's College? Und überhaupt hatte er immer gedacht, Master seien von allen Lehrverpflichtungen befreit. Mein Gott, wie hatte er bloß vergessen können, dass Dr. Laughton die diesjährige Paul Samuelson Memorial Lecture hielt? Zias einzige Sorge war jetzt, wie er die nächste Stunde und dreiundzwanzig Minuten hinter sich bringen sollte. Laughton klang hier im Hörsaal anders, sah anders aus und war überhaupt völlig verschieden von dem Laughton, der ihm bei sich zu Hause in einem Ton kaum verhüllter Verärgerung die Leviten gelesen hatte. Zia musste zugeben, dass er eine eindrucksvolle, sonore, altväterliche Stimme hatte.

Laughton sprach in langen, kunstvoll konstruierten Abschnitten, reihte Nebensatz an Nebensatz und entwickelte seinen Gedankengang in einer meisterhaft verschränkten Sequenz von komplexen Aussagen. Es war unglaublich, welch gewaltige Panoramen und Ausblicke er durch seine Worte eröffnete. Langsam wandelte sich der Charakter der Landschaft von friedlich zu kriegerisch. Alle Märkte der Welt waren ineinander verstrickt und bildeten Hunderte, Tausende von Schlachtfeldern. Eine Marktkraft reagierte auf eine zweite und kam in Konflikt mit einer dritten. Mit einem einzigen Wort oder Satz eröffnete Laughton neue Fronten. Da gab es hier den donnernden Widerstreit titanischer Wirtschaftsmächte und dort das gedämpfte, fast unhörbare Flüstern winziger Währungssysteme der Dritten Welt. Wer wäre je auf die Idee gekommen, die gegenwärtige Weltwirtschaft mit ihren Hungersnöten, ihrer kapitalistischen Heuschreckengier, ihren Globalisierungsbestrebungen und dem beginnenden Untergang kommunistischer Modelle als ein einziges nervenaufreibendes Drama zu betrachten, hundertmal packender und atemberaubender als der spannendste Thriller? Der Master von Emmanuel war ganz offensichtlich ein Anachronismus. Obwohl er sich angeblich mit Statistik befasste, konnte er kein wirtschaftliches oder finanzpolitisches Phänomen anders bewerten als hinsichtlich seiner Kosten in Humanwährung.

»Ich werde meine Ausführungen nicht mit einer stringenten Zusammenfassung, sondern mit einer Rätselfrage abschließen«, sagte er. »Die Wirtschaftswissenschaft als akademisches Fach ist, allen gegenteiligen Behauptungen zum Trotz, nicht im Mindesten am Leid – und vielleicht auch nicht am Glück – der Menschen interessiert. Oft scheint es, ungeachtet seltener löblicher Ausnahmen, dass ihr ausschließliches Interesse dem Markt gilt.

Wenn Sie am Strand der Côte d'Azur liegen oder in einem Pub in Devon Darts spielen, könnten Sie sich vielleicht fragen, ob es möglich ist, dass ein Mikro-Ereignis weit, weitab in einem Mikro-Land wie Sierra Leone zu einem Kurseinbruch oder vielleicht sogar zu einem regelrechten Crash an den wichtigsten Aktienmärkten der Welt führen kann. Nun: Was für ein statistisches Modell wäre für Sie denkbar, das eine kategorische Umkehrung der Verhältnisse erklären könnte, dergestalt, dass ein bedeutungsloses Land die Big-Brother-Nationen wirtschaftlich zu verunsichern und zu zerrütten vermag?«

Zia ließ sich zu seinem Termin bei Dr. Michael Laughton nicht blicken. Stattdessen ging er zu seinem Wohnheim zurück. Edmund Drummer, der Oberpförtner von Emmanuel, erwartete ihn bereits.

»Es tut mir leid, Ihnen mitteilen zu müssen, Mr. Khan, dass Sie bei Rückkehr in ihr Zimmer eine einschneidende Verschlechterung Ihrer äußeren Umstände feststellen könnten.« Drummond grinste schadenfroh. »Ihre Schutzpatronin, Dr. Antonia Booth-Langston, hat Ihre gesamte schmutzige Wäsche mitgenommen, woraus ich glaube schließen zu dürfen, dass Sie nun gar nichts mehr anzuziehen haben. Es gehörte schon ein Löwenherz dazu, Ihre Höhle zu betreten, aber Dr. Langston ist eine unerschrockene Dame. Ich bin beauftragt, Sie – sollten Sie sich rein zufällig, Gott weiß wann, hier blicken lassen – zu bitten, sich zu Dr. Langstons Haus zu begeben.«

»Ich möchte nicht unhöflich sein, aber sind Sie endlich fertig, Mr. Drummer? Ich habe es ein bisschen eilig.«

»Das kann ich mir vorstellen, Mr. Khan. Ich käme auch nicht im Traum darauf, Ihren Auszug aus Emmanuel sowie der übergeordneten Institution, Cambridge, verzögern zu wollen.«

»Ich bin Ihnen sehr verpflichtet.«

Zia ging hinauf auf sein Zimmer. Glücklicherweise hatte Tante Antonia nicht auch seine Hefte, Stifte und seinen Bibliotheksausweis zum Waschen mitgenommen. Er hatte vorgehabt zu duschen, bevor er in die Bibliothek ging, aber zum Teufel, zwei weitere Wochen würden seiner Person oder seiner Gesundheit auch nicht mehr Schaden zufügen, als beide bereits erlitten hatten. Und sollte er sich irgendetwas kaufen müssen, angefangen bei einer Unterhose, so nagte er nicht gerade am Hungertuch. Er hatte den größten Teil seiner monatlichen Schecks gespart.

Zia ging in die Bibliothek und blieb dort. An den folgenden neun Tagen kehrte er nach Emmanuel lediglich zurück, um im Speisesaal zu frühstücken oder zu Abend zu essen oder um in seinem Zimmer zu schlafen – und das auch nur, weil die Bibliothek keine vierundzwanzig Stunden lang geöffnet hatte.

»Ach, Sie sind's«, sagte die Sekretärin des Masters von Emmanuel zu Zia, als er sich vorstellte. »Ich fürchte, Sie kommen zehn Tage zu spät. Ich tippe gerade einen Brief an Sie.«
»Würden Sie diese Mappe bitte Dr. Laughton geben?«
»Vielleicht habe ich mich nicht klar ausgedrückt. Was uns angeht, ist Ihr Kapitel abgeschlossen. Wenn Sie jetzt gestatten würden: Ich muss wieder an meine Arbeit.«
»Ich glaube, er könnte die Sache unterhaltsam finden, vielleicht sogar interessant.«
»Wenn er sich amüsieren will, Mr. Khan, geht er ins Kino oder liest *›Gargantua und Pantagruel‹*.«
»Sie haben bestimmt Recht, aber würden Sie ihm trotzdem die Aufzeichnungen zukommen lassen? Lassen Sie ihn selbst entscheiden, ob er sie lesen will oder nicht.«

Zia stand anderthalb Stunden lang unter der Dusche und schlüpfte anschließend in die Sachen, die er sich bei Arthur Shepherd's gekauft hatte: einen anthrazitgrauen Nadelstreifenanzug mit Weste von Barbour's und einen Kaschmirpullover von Pringle. Die Sachen waren nicht sein Stil – das heißt, wenn man ihn in New Eden oder selbst als Kind gekannt hätte. Damals hatte er kräftige Farben bevorzugt und hatte sich bunt und extravagant gekleidet; aber es wäre ihm jetzt schwer gefallen, zu diesem Stil zurückzukehren. Er fühlte sich als ein anderer Mensch. Er verstand, warum die meisten Religionen den Begriff der »zweiten Geburt« kannten, als den Zeitpunkt, da der Geist seine Kindlichkeit hinter sich ließ und in ein neues Stadium der Einsicht und des Selbstbewusstseins eintrat. Es war ein Bruch mit der Vergangenheit, ein Zu-sich-selbst-Gelangen: zu sich selbst als Erwachsenem.
So weit er zurückdenken konnte, hatte er die einleitenden Worte des Korans – *bismillah-i rahman-i rahim* – artikuliert, ohne die leiseste Ahnung zu haben, was sie bedeuteten. Jetzt ging ihm mit einem Mal die Wahrheit dieser Worte auf, und sein Herz floss vor Dankbarkeit über. Allah war wirklich »der Barmherzige, der Erbar-

mer«! Er hatte Zia ein zweites Leben geschenkt. *Inshallah*, würde er sich dieser Gabe als würdig erweisen.

Er fuhr mit dem Zug nach Peterborough und ging zum »Abubakr Siddiq Islamic Centre and Mosque«. Er hatte keine Ahnung, was ihn dazu gebracht haben konnte, seinen Gott zu verlassen. Nein, das stimmte nicht: Der Akt des Verlassens setzt einen bewussten Entschluss voraus. Wie entsetzlich er auch sei, wird er doch geadelt durch die Beteiligung des Ichs, durch seine Willentlichkeit, durch die Tatsache, dass er ein Hinwenden des eigenen Lebens in eine bestimmte Richtung bedeutet. Was er getan hatte, war unendlich und unverzeihlich schlimmer gewesen. Er hatte Allah losgelassen. Er hatte Ihn vergessen. Ja, er, Zia Khan, hatte das Unvorstellbare getan: Er war von Allah buchstäblich abgefallen. Und siehe, was aus ihm geworden war. Er war minderwertiger als das geringste Geschöpf, das über die Erde kriecht. Sechs Monate lang war er ruderlos auf hoher See dahingetrieben, ein hilfloser Spielball der Verzweiflung. Er hatte lediglich ein äußerst dumpfes Bewusstsein seiner selbst und der Außenwelt gehabt. Er war in einem Mahlstrom der Einsamkeit und Depression versunken, aus dem er nie wieder hervorzutauchen gehofft hatte. Er hatte Gott vergessen, aber – gelobt sei Allah! – Gott hatte ihn nicht vergessen.

Er verneigte sich im Hause Gottes. Allahu akbar, Allahu akbar. Gott ist sehr groß, Gott ist sehr groß. Er sprach die Worte der *azan*: »Ich bezeuge, dass es keinen Gott außer Allah gibt. Ich bezeuge, dass Muhammad Sein Gesandter ist. Kommt zum Gebet! Kommt zum Heil! Gott ist sehr groß, Gott ist sehr groß.«

Welch wunderbare Worte das waren! Worin liegt das Geheimnis, die Magie und die Macht der Wörter? Wie können bloße Wörter so mächtig und heilkräftig sein? Zia wurde mit einem entsetzlichen Gefühl der Dringlichkeit bewusst, dass die Menschheit das WORT aus den Augen verloren hatte. Wie wir diese größte aller Gottesgaben, dieses Instrument, mit dem wir das Universum, uns selbst und sogar Gott erforschen und ergründen, doch missbrauchen und entwürdigen! Das WORT ist die Mutter aller Erfindungen.

Auf Englisch hatte Zia den Koran schon viele Male gelesen. Er wurde niemals müde, sich darüber zu wundern, wie ein vergleichsweise derart schmales Buch das ganze Leben endgültig, für alle Zeiten, in sich zu fassen vermochte. Und dennoch wusste er, dass der Koran, den er las, nicht das Wort Gottes war. Denn das Wort Gottes war arabisch, und jede – noch so wörtliche – Übersetzung war bestenfalls eine Verwässerung der Stimme Gottes und, mochte sie noch so gut gemeint sein, eine Verfälschung des Wortes.

Er sprach mit dem *maulana* in der improvisierten Moschee in der Nähe des Bahnhofs von Cambridge. Maulana Rizvi war erst vor kurzem mit einem Touristenvisum aus Pakistan eingereist. Er war knapp dreißig, aber seine Azan, seine Gelehrsamkeit und seine Artikulation des Wortes hatten ihm bereits den Ruf eines der inspiriertesten Lehrer des Islam eingebracht. Der Maulana unterhielt sich eine Stunde lang mit Zia. Er erkannte, dass Zia ein ungestümes Auftreten an sich haben mochte, aber auch mit Demut gesegnet war. Er versprach, Zia den Koran auf Arabisch zu lehren.

Zia saß an seinem Tisch und las »Challenges of the Marketplace«, als es leise an der Tür klopfte und der Verfasser des Buches, das er gerade las, ins Zimmer trat. Der Master von Emmanuel zog sich einen Stuhl heran.

»Ich komme direkt zum Thema. Sie haben die Vorschriften der Universität missachtet. Sie haben sich weder regelmäßig bei Ihrem Tutor gemeldet, noch haben Sie irgendetwas für Ihr Studium getan. Ebenso wenig haben Sie am akademischen und gesellschaftlichen Leben dieses Colleges teilgenommen. Zu Ihrem Termin bei mir sind Sie mit zehntägiger Verspätung gekommen, und dann haben Sie meiner Sekretärin eine siebzigseitige Abhandlung mit der Erklärung abgegeben, ich könnte es erbaulich finden, mich durch selbige durchzuarbeiten.

Gegen meine bessere Einsicht habe ich den Großteil des Tages in den Versuch investiert, aus den halbgaren, unausgegorenen und mitunter absonderlichen Theorien klug zu werden, die Sie in ihrem Traktat über die drei statistischen Modelle entwerfen. Das vollkommene Nichtvorhandensein einer logischen Entwicklung ist geradezu haarsträubend. Ist es intellektuelle Kühnheit, frage ich mich noch immer, oder pure Unkenntnis der elementarsten Grundsätze der Wirtschaftswissenschaft, was Sie dazu verleitet hat, mit bloßen Händen – was sage ich, mit einer einzigen bloßen Hand! – ein neues

Paradigma für die Dynamik der Marktwirtschaft konstruieren zu wollen?
Sie haben meine Geduld auf eine harte Probe gestellt, Khan, und sie hat die Probe nicht bestanden.«

»Ich verstehe, Dr. Laughton«, sagte Zia leise. »Es tut mir leid, dass ich Sie in eine so untragbare Situation gebracht habe. Wenn Sie mir noch bis Ende der Woche Zeit lassen, werde ich mein Zimmer räumen, die Papiere unterschreiben und alle übrigen Formalitäten erledigen, die für mein Ausscheiden aus dem College von Emmanuel erforderlich sind.«

»Haben Sie die Güte, mich ausreden zu lassen, Khan.« Dr. Laughton wirkte müde, aber er schien zu einer Entscheidung gelangt zu sein. »Darf ich Ihr Traktat so verstehen, dass Sie Ihr Mathematikstudium abbrechen und zu den Wirtschaftswissenschaften überwechseln möchten?«

»Das wäre mein Wunsch gewesen. Ich mag von Natur aus für die reine Mathematik begabt sein, aber ich sehe keinen tieferen Sinn in ihr. Bis ich durch puren Zufall in Ihre Vorlesung hineingeraten bin, hatte ich keine Ahnung, wie spannend statistische Modellbildung sein kann, wenn sie auf die Wirtschaft angewandt wird.«

»Wenn ich aufgrund Ihrer lächerlichen ›Monographie‹ dafür sorge, dass Sie zur Wirtschaftswissenschaft überwechseln können, geben Sie mir dann Ihr Wort, dass Sie von nun an Ihre Tutorien regelmäßig besuchen, Ihre Arbeit machen werden – und dass Sie zu Ihrem Mathematik-Examen aufkreuzen und gottverdammt eine Eins schreiben?«

Nachdem Zia sein Zimmer aufgeräumt und geputzt hatte, zumindest so weit, dass er nicht mehr gegen den Brechreiz ankämpfen musste, sah er die Post durch, die er in all den Monaten einfach auf den Tisch geworfen hatte. Was Roy Cambray anbelangte, hatte er sich geirrt. Obwohl er auf einem anderen Kontinent lebte, sah es so aus, als käme er nicht von ihm los.

Lieber Zia,

ich habe hier in Harvard jede Menge Spaß, auch wenn ich manchmal vergesse, dass ich nicht zum Rugby-Spielen hier bin, sondern zum Football-Spielen.

Wie läuft's bei Dir? Täglich Stechkahn und Kricket, oder gehst Du in Arbeit unter?

Ich hoffe, Du kommst mich bald besuchen. Ich könnte problemlos meine Flugmeilen auf Dich überschreiben lassen. Meine Eltern sind selten in New York, und wir könnten dort richtig viel Spaß haben.

Warum meldest Du Dich nicht gelegentlich? Wenn ich keine Antwort auf diesen Brief kriege, könnte ich mich gezwungen sehen, vorbeizukommen und Dich ordentlich zusammenzustauchen!

Amanat hat mir letzte Woche geschrieben. Allmählich beginnen die ersten Aufträge bei ihm einzutrudeln. Wir sollten rüberfliegen und ihm einen Besuch abstatten. Ich sehne mich richtig nach Suleiman Mansion.

Roy

Zia trat in die Pförtnerloge, um nachzusehen, ob Dr. Riemenschneider eine Bestätigung des morgigen Tutoriums dagelassen hatte, und als er wieder herauskam, sah er Tante Antonia in der Ecke auf einer Bank sitzen. Seine erste Reaktion war, sich zu verdrücken, aber dann fragte er sich, warum er jetzt noch vor ihr weglaufen sollte. Sie ließ den Kopf hängen, und ihr Kinn bohrte sich in ihre Brust. »Zerbrechlich« war ein Attribut, das beim besten Willen nicht auf Tante Antonia gepasst hätte, aber gerade jetzt sah sie so aus, als könnte sie jeden Augenblick zerbröseln wie eines der uralten Pergamente, die sie häufig studierte. Zu Zias Erleichterung hatte sie seinen abgebrochenen Fluchtversuch nicht bemerkt. Sie sah erst auf, als er auf sie zukam.

»Wie geht's, Tante Antonia?«

»Ich muss mit dir reden.«

Es hatte sich nichts geändert. Er hätte es wissen sollen. Tante Antonia würde ihm sein unverzeihliches Benehmen nicht einfach so durchgehen lassen.

»Sollen wir rauf auf mein Zimmer?«

Zia hätte nicht beschwören können, dass sie seine Worte überhaupt registriert hatte. Sie schien etwas auf dem Herzen zu haben und ging schweigend auf die Treppe zu. Er straffte seine Schultern und folgte ihr nach oben. Sie hatte jedes Recht zu einem Wutausbruch, und je eher er ihn hinter sich brachte, desto besser.

»Wie kann Liebe so blind sein zu glauben, sie wüsste am besten, was für andere gut ist?« Sie ging hinüber zu seinem Bett und setzte sich darauf, obwohl Zia ihr einen Stuhl unter dem Tisch hervorgezogen hatte. »Ich war mir so sicher, die reine Mathematik sei deine Bestimmung, und ich war nicht bereit zuzuhören, obwohl es mehr als genügend Zeichen dafür gab, dass du lieber etwas anderes gemacht hättest. Was hättest du getan, wenn man dich unehrenhaft aus Cambridge fortgeschickt hätte? Vielleicht hättest du überhaupt aufgehört zu studieren, hättest angefangen, Drogen zu nehmen. Wer weiß? Alles nur wegen meiner verfluchten Selbstgerechtigkeit. Wie kann ich mir das je verzeihen?«

Es klang, als hätte sie nur mit sich selbst geredet und als würde sie von der Ungeheuerlichkeit ihrer Hybris und dem Unheil, das sie um ein Haar angerichtet hätte, zermalmt. Zia schaffte es nicht mehr, ihr Abneigung entgegenzubringen – »sie zu hassen« hätte seine früheren Empfindungen ihr gegenüber vielleicht eher getroffen –, und er wollte Frieden schließen.

»Sie sind zu streng mit sich selbst«, sagte er.

Sie schüttelte den Kopf. »Nachsicht wäre hier fehl am Platz. Die Wahrheit ist, dass es meine Überzeugung war und du die Folgen hättest tragen müssen.«

»Ich hatte keine Ahnung, was ich anstelle von Mathematik hätte studieren sollen. Es war die Hand Allahs, die mich an dem Tag in Dr. Laughtons Vorlesung geführt hat.«

Tante Antonia machte das Kreuzzeichen. »Kleines Wunder, wenn du wüsstest, wie gütig der Herr an dir und mir gehandelt hat!« Sie stand auf und legte einen Schlüsselbund auf seinen Schreibtisch. »Das sind die Schlüssel zu meinem Haus. Du musst nicht kommen, aber wenn dir danach ist – das Zimmer neben Vivians ist deins.«

Abbajan schrieb Zia einmal die Woche und erzählte ihm Neuigkeiten von der Familie. Es waren liebevolle und gut gelaunte Briefe.

Manchmal ließ er ironische Kommentare über die Bombayer Kunstszene fallen oder sprach über ein malerisches Gebäude, das er auf dem Weg zur Arbeit gesehen hatte. Einmal verfasste er eine Kurzmonographie über Christopher Wrens Kapelle in Pembroke. Er hatte ein unglaubliches Gedächtnis – wie viele Jahre war es her, seit er zuletzt in Cambridge gewesen war? – und erinnerte sich noch haargenau an einzelne Nischen, Giebel und Gesimse und zeichnete sie zum Teil auf, um zu verdeutlichen, was er meinte. Abba hatte selten etwas ausgesprochen Wichtiges zu berichten, und doch fühlte sich Zia, wenn er dazu kam, seine Briefe zu lesen, seinem Vater so nah, wie er es während seiner ganzen Internatszeit nicht gewesen war.
Ein Absatz in Abbas Briefen handelte immer von Ammijan, und eine Zeile von Zubeida-Khala. Zubeida verbrachte mittlerweile den halben Tag in der Moschee und den anderen halben Tag zu Hause; dann betete sie entweder oder starrte in ein Album mit den Fotos ihres Schauspielers. Sie schrieb Zia einmal im Monat immer den gleichen Brief, egal, welcher Monat es war.

Mein lieber Zia,
wie geht es Dir, mein Kind? Ziehst Du auch genug Pullover und wollene Unterwäsche an, dass Dir richtig warm ist? Jetzt soll es etwas geben, das Thermo-Unterwäsche heißt. Sie ist so etwas wie eine Wärmehülle um den Körper. Geh in ein Geschäft und kauf Dir eine. Nein, kauf zwei. Dann kannst Du die eine waschen und die andere tragen.
Betest Du auch, mein kleiner Junge? Bete fünfmal am Tag, und Allah wird Dich vor allem Unheil bewahren. Gehst Du freitags auch immer in die Moschee? Stell Dich mit dem Mullah gut. Und lies jeden Tag den Koran. Er läutert Deine Seele.
Mir geht es gut. Pass auf Dich auf.

Alles Liebe
Zubeida-Khala
PS: Ammijan lässt Dir herzliche Grüße ausrichten.

Ammijan schrieb nur ab und zu. Sie sagte, sie hätte ihm gerne jede Woche geschrieben, aber was hätte das für einen Sinn, da ihm Abbajan doch sowieso immer alle Neuigkeiten berichtete? Nächstens

würde sie ihm einen langen Brief schreiben und von allen Damen aus dem Club erzählen, die ihn, als er ein Kind war, hatten heiraten wollen, weil er so hübsch aussah. Gerade jetzt war sie allerdings in Eile, weil sie in den Club musste. »Pass ja auf, Zia, dass Du Dich nicht mit allen Mädchen in Cambridge gleichzeitig verlobst!«
Amanats Episteln waren wie immer ziemlich rätselhaft. Zia wusste nie so recht, wovon sie eigentlich handelten. Er wusste nicht einmal, ob man sie überhaupt als Briefe bezeichnen konnte; es waren eher Notizen, verstreute Gedanken und hingekritzelte kleinere Abhandlungen. Machmal waren sie kurz, manchmal wuchsen sie sich zu längeren Monologen aus. Oft bestand zwischen dem einen und dem anderen Thema keinerlei erkennbarer logischer Zusammenhang, und wenn man an Amanats Gedankensprünge nicht gewöhnt war, konnte man leicht die Übersicht oder die Geduld verlieren. Das einzig Gute an ihnen war, dass Amanat in der Regel keine Antwort erwartete.

Ein paar Wochen später beschloss Zia, Tante Antonias Angebot anzunehmen – mehr um ihr zu zeigen, dass er ihr nichts nachtrug, als um sich tatsächlich bei ihr häuslich einzurichten. Im letzten Moment fiel ihm noch ein, dass er etwas mitbringen sollte, als eine Art Friedensgabe. Blumen kamen natürlich nicht in Frage – sie erinnerten ihn an totes Laub und damit an seine Zeit als Straßenfeger. Er hätte eine Flasche Scotch mitbringen können, aber er wusste, dass Tante Antonia nicht trank. Er ging zu Heffers und kaufte ihr ein Buch.
»Für mich?« Tante Antonia wirkte ebenso verwundert wie erfreut. »Was ist es?«
Sie pflückte die glänzende blaue Rosette ab, die die Verkäuferin an die Ecke geklebt hatte, und löste dann behutsam die drei Streifchen Tesafilm, damit das Geschenkpapier unbeschädigt blieb. Sie lächelte verlegen, als sie sah, wie Zia sie anstarrte, als sie das Papier sorgfältig zusammenfaltete.
»Die Kinder in den Waisenheimen von Johannesburg – und überall sonst auf der Welt – glauben, das Einpackpapier sei das Geschenk. ›Indisch Kochen in 30 Minuten‹, was für eine reizende Idee! Vielleicht koche ich dir demnächst eine leckere indische Mahlzeit.«

»Na, das möchte ich sehen«, sagte Vivian höhnisch. »Bislang spielen sich Mums Kochkünste irgendwo zwischen halbgaren Spaghetti und verkohltem Shepherd's Pie ab.«
»Das ist nicht wahr, Vivian.« Es war seltsam zu hören, wie Tante Antonia um den Beifall ihrer Tochter buhlte. »Mein Couscous ist gut, das hast du erst gestern selbst gesagt, und letzte Weihnachten haben alle meinen Truthahn gelobt.«
»Erzähl mir bloß nicht, das hättest du ernst genommen, Mutter!« Zia merkte, dass Vivian in Hochform war. »Also, mir schmeckt Tante Antonias Shepherd's Pie«, sagte er.
»Du gäbst einen guten Lakaien ab, Zia.« Vivian wandte ihre Aufmerksamkeit jetzt ihm zu. »Kein Wunder, dass Mum dich so liebt, als wärst du ihr eigener Sohn.«
Im Laufe der nächsten Monate würde Zia nach und nach lernen, wie mit dieser launischen Kreatur am besten zu verfahren war: sie ignorieren, ihr nicht ins Gehege kommen, unter keinen Umständen das geringste Interesse an ihr bekunden. Vivians Biss war schlimmer als ihr Bellen. Er hatte das schon oft, fast immer unverschuldet, am eigenen Leib erfahren müssen. In einer, und nur einer einzigen Sache sympathisierte Zia mit ihr. Sie studierte Physik, aber sie schien dabei Zias früheres Nichtstun noch übertreffen zu wollen. Irgendetwas stimmte nicht, irgendetwas war mit Vivian vor langer Zeit schief gelaufen. Zia hatte keine Ahnung, was es war, und es interessierte ihn auch nicht im Geringsten.

Cambray Park, in Roys Familie schlicht »der Park« genannt, war eine Autostunde von Cambridge entfernt. Zia hatte keine Ahnung, was ihn dort erwartete. Besaßen die Cambrays etwas wie Dunrobin Castle? War der Park etwas in der Größenordnung des Englischen Gartens in München? Das georgianische Haus wirkte, wie es so isoliert da stand, ehrfurchtgebietend und strahlte dennoch, sobald man es von innen kennen lernte, eine freundliche Atmosphäre aus. Überall hingen Porträts von Roys Vorfahren, daneben mehrere Turners, Constables und eine nicht unbeträchtliche Sammlung von Postimpressionisten und zeitgenössischen Künstlern. Zias Zimmer lag im zweiten Stock, und er hatte von dort aus eine ziemlich gute Aussicht auf den Cambray'schen Besitz. Was er sah, gefiel ihm nicht: Bäume und nochmals Bäume, gefolgt von weiteren Bäumen, bis das Auge es schließlich aufgab, nach dem Horizont zu suchen.

»Hattest du nicht gesagt, die Cambrays hätten in den Dreißigerjahren ihr ganzes Land und Geld verloren?« Zia und Roy machten gerade das, was Roy einen »Spaziergang« nannte: eine britisch-euphemistische Umschreibung für einen Gewaltmarsch durch unwegsamstes Gelände, der erst endete, wenn man tot umfiel.

»Nicht das ganze, nur die Hälfte.«

»Wenn das Armut ist, dann mögen alle Besitzlosen dieser Erde darunter leiden!«

»Seitdem er aus dem Diplomatischen Dienst ausgeschieden ist, hat mein Vater hart daran gearbeitet, das Vermögen der Cambrays wiederaufzubauen.«

»Was macht er denn?«

»Ach, dies und das.«

»Vielleicht könnte er mir ›dies und das‹ beibringen«, meinte Zia.

»Vielleicht tut er das demnächst«, sagte Roy, schien aber nicht geneigt, das Thema weiterzuverfolgen.

Zia lag reglos auf dem Rasen des Parks. Der grüne Flor war mächtig gewachsen, und er fühlte sich darin fast wie in einer Hängematte. Zia war sicher, dass das Gras mit Anabolika gesprengt wurde, wie sie Olympioniken heimlich zu nehmen pflegen. Jeder einzelne Halm strotzte vor Saft und war so lange gewachst und gewienert worden, bis er so aussah, als wäre er gerade Madame Tussauds Kabinett entsprungen. Zia kämpfte gegen den Sog des Rasens an und warf sich erschöpft auf die Seite. Das georgianische Haus sah zweidimensional aus, wie auf einer *Kangra*-Miniatur. Er musste Roy bei Gelegenheit fragen, auf welchen Georg sich das »georgianisch« eigentlich bezog – vielleicht auf den, der violett pinkelte und verrückt geworden war. Mrs. Cambray stand, vom weißen Fenster ihres Schlafzimmers eingerahmt, so reglos da wie ein kahler Winterbaum. Einen Augenblick lang fragte sich Zia, ob sie ihn wohl anstarrte, aber sie hatte keine Ahnung, dass er auf dem Rasen gestrandet war, ohne die Energie, um Hilfe zu rufen.

Deirdre war ein wahres Phänomen. Sie und ihr angetrauter Diplomat waren in New Eden immer wie die Royals aufgetreten. Sie kamen nie allein. Immer hatten sie irgendeinen berühmten Musiker, Physiker oder Bankier dabei. Sie kamen stets mit Geschenken beladen an: für die Schule, die Lehrer, den Direktor und für Roys engere Freunde wie zum Beispiel Zia.

Deirdre war eine jener Künstlerinnen, die in ihren besten Zeiten mehr gehalten als sie je versprochen hatte. Sie war als die künftige absolute Prima Ballerina gehandelt worden. Die Kritiker bescheinigten ihr die technische Virtuosität der Pawlowa, Margot Fonteyns Grazie und das Vermögen, sich in die irrationalsten Regungen der menschlichen Psyche einzufühlen – das alles gepaart mit einer starken emotionalen Präsenz. Die Leute sprachen von einem elektrisch blauen Nimbus, der buchstäblich von ihr ausstrahle. Oft schien es, als ob sie durch die Intensität ihrer Darstellung der Giselle oder Euridice vor den Augen des Publikums zu einem feurigen Sternennebel verglühte. Ihr größter Augenblick war gekommen, als Bob Fosse sie als die Jungfrau Maria auf die Bühne gebracht hatte. Ganze Theatersäle hatten geweint, als Deirdre den toten Heiland in ihre Arme schloss und lange stumm hin und her wiegte, bis der Vorhang fiel.

Danach aber schaffte es Deirdre nie wieder, Feuer zu fangen. Was war passiert? Versiegte ihre kreative Quelle, oder wurde die Tänzerin von der Brillanz ihres eigenen Talents verzehrt? Vielleicht war ihr größter Augenblick tatsächlich ihre Heirat mit James Cambray gewesen. Deirdres Legende konnte sich erst richtig entfalten, nachdem ihre Laufbahn ein so vorzeitiges Ende genommen hatte.

Manchmal hatte Zia den Eindruck, dass Roy seine Eltern am liebsten verleugnet hätte. Tatsächlich sah er ihnen so wenig ähnlich, dass es schwer fiel, sie sich als miteinander verwandt vorzustellen. Vielleicht war er ja in Wirklichkeit ein Adoptivkind ... Roys Vater, James Cambray, war knapp eins sechzig groß. Er hatte ein Puttengesicht, und wie bei vielen zwanghaft geselligen Menschen war es unmöglich, mit ihm richtig warm zu werden. Die Mutter wiederum hatte die Figur eines ausgehungerten Waisenkindes und scharf gezeichnete Gesichtszüge, dennoch strahlte sie etwas Königliches aus. Vielleicht war es aber auch die Tatsache, dass sie so oft vor der Kamera gestanden hatte, was jede ihrer Gesten so überlegt und bedächtig wie die eines Opium-Essers machte.

Roy dagegen war eins zweiundachtzig und hatte einen athletischen Körper, der immer in Bewegung war. Er konnte es nicht ausstehen, im Mittelpunkt der Aufmerksamkeit zu stehen, und fühlte sich am wohlsten auf dem Footballfeld, inmitten von zehn anderen Spielern. Er mochte Zia, weil Zia keinerlei Interesse für seine Eltern oder deren extravagante Freunde bekundete.

Wo steckte Roy überhaupt? Vom Tennis, Squash oder den hundert Kilometern, die er jeden Tag laufen zu müssen schien, um in Form zu bleiben, hätte er längst zurück sein müssen. Zia sah wieder hinauf zum Schlafzimmerfenster. Deirdre sah ätherisch und entrückt aus, aber der Jungfrau-Maria-Mund war zu einem dünnen Strich geschrumpft, und sie hatte den Blick eines gefangenen Tieres.

Diesen Blick hatte Zia bei ihr schon einmal gesehen, als die Cambrays, ein paar Jahre vor seinem Abschluss, in New Eden eingefallen waren. Bei ihnen war eine Art Guru gewesen, der eine Lungi, einen langen weißen Kurta und um den Hals ein *angavastram* trug. Auf seiner Stirn prangten die drei waagerechten Aschestreifen des Shiva-Verehrers. Er war fast eins neunzig groß und ragte wie ein nachgemachter Godzilla über die Landschaft. Er hatte große Augen, und man wusste nie so genau, ob er an einem vorbei zum Horizont und darüber hinaus starrte oder einem in die dunkelsten Abgründe der Seele blickte. Am verblüffendsten aber waren seine Lippen. Sie waren grau-rosa und wiesen eine täuschende Ähnlichkeit mit einer weiblichen Scham auf.

Was hatte Deirdre mit diesem Neandertaler zu schaffen gehabt? Sie schien sich vor ihm zu fürchten, und dennoch stand sie sichtlich unter seinem Bann. Es war, als wäre sie zu einer Marionette geworden und als könnte er sie beliebig hierhin und dorthin dirigieren.

Dann war etwas Seltsames passiert. Der Mann war auf Zia zu gekommen und hatte ihm eine Hand auf die Schulter gelegt. Zia hätte am liebsten die Hand gepackt, den Arm abgerissen und ihn in eine der Plantagen ein paar hundert Kilometer weiter entfernt geschleudert. Doch er hatte sich nicht rühren können und hatte dabei gespürt, wie der heilige Mann sein Unbehagen genoss.

»Du bist also der, der die Welt retten will?« Er sprach die Worte so leise, dass Zia nicht sicher war, ob er überhaupt gesprochen hatte.

»Die Frage ist, junger Mann – wer wird die Welt vor dir retten?«

James Cambrays Wagen glitt lautlos heran und hielt. Zia sah auf. Deirdre war vom Fenster in den Schatten zurückgetreten, aber nicht schnell genug.
»Deirdre«, rief James Cambray leise, als der Chauffeur ihm die Tür öffnete.
Stille. Cambray Senior wartete eine Minute und rief dann noch einmal, ohne die Stimme zu erheben. »Ich weiß, dass du noch da bist, Deirdre.«
Deirdre erschien am Fenster; ihre Augen glitzerten, und ihr Mund stand in einem starren, künstlichen Lächeln einen Spalt breit offen.
»Du hast getrunken«, sagte James und schüttelte traurig den Kopf.
»Nein. Ich habe geschlafen.«
»Ich dachte, du würdest mittlerweile angezogen und fertig sein.«
»Ich lass mir gerade die Wanne für ein schönes heißes Bad einlaufen. Komm doch auch.«
»Wir werden zum Essen erwartet.«
»Nein, werden wir nicht.«
»Es ist geschäftlich, Deirdre.« In James' Stimme hatte sich etwas Flehentliches eingeschlichen.
»Bei dir ist immer alles geschäftlich, und ich hasse alles Geschäftliche.«
Zia spürte, dass er nicht mehr allein war. Roy stand am Rand des Rasens, wo der Boden steil abfiel und der Wald begann. Er starrte seine Mutter und seinen Vater konzentriert an, ohne etwas von Zias Anwesenheit zu ahnen.
»Ich weiß, Liebling, aber manche Dinge lassen sich eben nicht ändern. Wir müssen sie tun, ob's uns passt oder nicht.«
»Wie viel Zeit habe ich?«
»Fünfzehn, höchstens zwanzig Minuten.«
»Eine halbe Stunde.«
»Ich mach mich fertig und ruf dann den Botschafter an. Ich werde ihm sagen, dass wir im Stau stecken.«

»Wie man hört, hat Dr. Laughton dich gebeten, ihm bei seinem neuen Buch über dreidimensionale statistische Modelle zu helfen«, sagte Tante Antonia zu Zia, als die beiden eines Abends zusammen mit Vivian Scrabble spielten.

Wo, fragte er sich, erfährt Tante Antonia bloß immer den ganzen Klatsch? Wie und wann findet sie die Zeit dazu? Sie arbeitete regelmäßig bis Mitternacht oder eins und war um sechs schon wieder aus den Federn; ständig brütete sie über irgendwelchen neunzehnhundert Jahre alten Papyrusfetzen, studierte die Protokolle des 2. Ökumenischen Konzils oder bereitete sich auf ihre Vorlesungen und Vorträge vor; und während ihrer Ferien und Sabbaticals versuchte sie, den Stämmen des schwärzesten Afrika sowie den Eingeborenen Asiens und Lateinamerikas Gott, Schulbildung und medizinische Versorgung zu bringen. Und dennoch kannte sie immer die jüngsten Neuigkeiten über die bürokratischen Rangeleien zwischen Stadt und Universität; über die lebhaften, kleinlichen und tödlichen Intrigen um Zuschüsse und Forschungsstipendien; über Gerüchte bezüglich der Kürzungen, die die Regierung am Etat der geisteswissenschaftlichen Fakultät vorzunehmen gedachte.
»Nichts Aufregendes. Eher so was wie Korrektur lesen«, sagte Zia.
Vivian starrte blicklos auf das Scrabble-Brett und hob ab und an ihre dämonischen Augen und musterte ihn voller Abscheu.
»Bescheidenheit, da gebe ich dir Recht, Zia, ist eine Tugend, aber nicht, wenn sie auf Kosten der Wahrheit geht. Einige der komplexeren oder, wie ihr jungen Leute sagt, abgefahreneren Variationen stammen, glaube ich, von dir.«
Von Dr. Laughton konnte die Frau Doctor Theologiae ihre Weisheit unmöglich haben, da er seit mittlerweile zehn Tagen nicht in der Stadt war. Riemenschneider musste geplaudert haben, sein Tutor in Wirtschaftswissenschaften. Oder Edmund Drummer, der Oberpförtner, der in letzter Zeit ihm gegenüber einen grundlegenden Gesinnungswandel durchgemacht hatte. Er war jetzt ein wiedergeborener Zia-Fanatiker. Die glühende Verehrung, die er Mr. Khan entgegenbrachte, grenzte nicht selten ans Speichelleckerische. Zia konnte förmlich hören, wie er dick und immer dicker auftrug.
»Ein ganzes Jahr WiWi-Studium in exakt zwei Monaten bewältigt, und jetzt hilft er dem Master bei seinem Buch. Einfach exzeptionell. Der macht Emmanuel noch berühmt, dieser Junge.«
»Gleich muss ich kotzen«, murmelte Vivian.
»Wieder mal schwanger, Schätzchen?«, flüsterte Zia.
Vivian stand auf und ging.

Zia betete fünfmal am Tag. Wenn er unterwegs war und seine Gebetszeiten nicht einhalten konnte, bat er Gott um Vergebung und betete, sobald er wieder in seinem Zimmer war oder sonstwo ein ruhiges Eckchen fand. Jeden Freitag ging er in die Moschee von Cambridge, aber sie war sehr klein, und an hohen Feiertagen und zu anderen wichtigen Anlässen besuchte er lieber die Moschee von Peterborough. Wann immer er an Allah dachte, füllten sich seine Augen mit Tränen. Zia Khan war wiedergeboren worden, weil Allah einen dummen, in die Irre gehenden Mann aufgehoben und ihm eine zweite Chance gegeben hatte. Der Master von Emmanuel hatte natürlich Recht. Zia hatte nur eine sehr vage Vorstellung von der Wirtschaftswissenschaft, und es war allein die Unbesonnenheit des Dilettanten gewesen, die ihn dazu verleitet hatte, die siebzigseitige Abhandlung zu verfassen, die, wie er jetzt selbst einsah, größtenteils unverständliches Geschwafel war. Es würde viele Stunden harter Arbeit erfordern, um die anderen Studenten auch nur einzuholen. Aber da war noch etwas anderes, etwas weit Wichtigeres. Er hatte einen Vorgeschmack von diesem hybriden Wesen namens Wirtschaftsstatistik bekommen und war ihm restlos verfallen. Er wollte jeden freien Augenblick dem Studium widmen und sich möglichst rasch ein solides Grundwissen verschaffen, um dann allein loszuziehen und diese neue Mischwelt aus Zahlen und Realität auf eigene Faust zu erforschen.

Zia wollte Allah zeigen, dass er alles, absolut alles getan hätte, um sich Seiner würdig zu erweisen. »Gib mir ein Zeichen, o Herr der Schöpfung, gib mir ein Zeichen! Verlange jedes Opfer von mir, und wenn es mein Leben wäre, und ich werde nicht zögern, es Dir darzubringen!«

Er ging gern in die Moschee von Peterborough, obwohl es ein weiter Weg dorthin war. Nach dem Gebet, wenn es still wurde, blieb er noch eine Weile und glaubte die Gegenwart des Allmächtigen fast körperlich spüren zu können. Er kniete so eine halbe, manchmal eine ganze Stunde lang, bisweilen sogar noch länger.

Ein denkwürdiges Ereignis in Peterborough war der Auftritt einer *qavvali*-Gruppe aus Lucknow im Hof der Moschee, die sich »Sklaven Gottes« nannte. Sie sahen fast wie indische Dorfbewohner aus, die auf dem falschen Kontinent gelandet waren. Sie räusperten sich endlos, und dann erzählte der Vorsänger dem Publikum von allen Orten, in denen sie auf dem Weg nach England aufgetreten waren. Er nannte die Namen von Gönnern in Nairobi, Daressalam und Kapstadt, als ob sie jedem hier geläufig sein müssten, und zitierte die wundervollen Dinge, die sie jeweils über seine Truppe gesagt hatten.

Es war eine Sommernacht, und der Mond goss die Sänger und die Musiker in Feinsilber. Sie wirkten irreal wie ein Relieffries. Aber dann fingen sie an zu singen, und es wurde klar, dass sie einfache, naive Menschen waren, die, wenn sie all die wundervollen Dinge referierten, die in Afrika und anderswo über sie gesagt worden waren, in Wirklichkeit Allah priesen. Ihre Stimmen und ihr Gesang waren die Gabenfülle Allahs.

Wie immer brauchte Zia ein paar Minuten, um sich in die Worte und die Intonation einzuhören – nicht so sehr, weil die Männer eine ihm unbekannte Sprache benutzt hätten oder weil ihr Akzent fremdartig gewesen wäre, sondern weil dies leidenschaftliche Liebeslieder waren. Die Liebenden schwangen sich über Steinmauern, rammten Türen ein, duldeten keinen Widerstand vonseiten ihrer Eltern, der Dorfältesten oder selbst des Königs. Sie durchwanderten die Wüste, stapften durch den Schnee, sie tranken bis zur Besinnungslosigkeit, betrogen und mordeten und brachen ihr Wort, sie freundeten sich mit ihren Feinden an, und alles nur, um einen Blick des Geliebten zu erhaschen. Es hätte abgedroschen klingen müssen, stattdessen klang es wie ein inbrünstiges, ekstatisches Gebet. Denn wer war der Geliebte, wenn nicht Gott?

Die Moschee von Peterborough erwies sich auch in anderer Hinsicht als eine wertvolle Entdeckung. Zia lernte dort verschiedene Leute kennen, darunter etliche auslandsindische Industrielle und Unternehmer aus verschiedenen afrikanischen Staaten, die über Nacht von irgendeinem Diktator enteignet und ausgewiesen worden waren und jetzt in England wieder bei Null anfangen mussten. Sie gründeten neue Firmen, arbeiteten doppelt so hart wie zuvor und hatten es eilig, es in ihrer neuen Wahlheimat zu etwas zu bringen. Bald führte Zia ihnen die Bücher und gab ihnen Tipps, wie sie Kapital beschaffen und ihr Geld gewinnbringend anlegen konnten. Dabei fiel auch für ihn ein ordentliches Sümmchen ab – obwohl es nichts war gemessen an dem, was er hätte verdienen können, wenn er eine Arbeitserlaubnis gehabt hätte.

Er schrieb Amanat, er würde seine Studiengebühren übernehmen, wenn er nach London käme und sich an Abbas früherer Architekturakademie immatrikulierte. Amanat antwortete, er sei von Zias großzügigem Angebot überwältigt, aber er habe mit dem Thema Architektur ein für alle Mal abgeschlossen.

Wie schon in New Eden gab Zia jedem Kommilitonen, der im Mathematikkurs nicht mitkam, regelmäßig Nachhilfestunden. Aber er begnügte sich nicht damit. Wenn einer der ausländischen Studenten Probleme hatte, die Studiengebühren aufzubringen, griff Zia ihm finanziell unter die Arme. An den Wochenenden unterrichtete er jetzt außerdem in der Moschee von Peterborough die Kinder der Gemeinde unentgeltlich in Mathematik.

Zia klingelte, und als ihm niemand aufmachte, schloss er selbst auf. Tante Antonia musste jeden Augenblick zurückkommen. Vivian wiederum hatte wahrscheinlich die Flucht ergriffen, als sie gehört hatte, dass sein Besuch anstand. Er legte sich auf das Sofa im Wohnzimmer und hob das Physikbuch auf, das auf dem Boden lag. Die Ränder, und sogar der Text selbst, waren handschriftlich mit großen, kleinen und mittelgroßen Fragezeichen, die wie Heißluftballons aussahen, verziert worden. Überall da, wo es Aufgaben und Gleichungen zu lösen galt, ballten sich die Fragezeichen zu kleinen Trupps zusammen oder bildeten lange Schlangen. Die Gleichungen waren nicht besonders schwierig, und Zia vertrieb sich die Zeit damit, sie zu lösen. Er war schon halb mit dem Buch durch, als Vivian es ihm aus den Händen riss.

»Ich wusste nicht, dass du zu Hause bist.« Zia sah sie überrascht an.

»Ich wusste auch nicht, dass du zu Hause bist. Aber natürlich verfügt Prinz Khan über die Schlüssel des Reiches!«

Sie stand vor ihm, die linke Hand in die Hüfte gestemmt, das Kinn trotzig vorgereckt. Sie hatte in ihrem Zimmer offenbar Darts ge-

spielt, denn sie hatte drei befiederte Geschosse in der rechten Hand. Kein Wunder, dass die Physik sie nicht interessierte: Ihre eigentliche Berufung war Dartsspielen. Sie spielte Darts in ihrem Zimmer, sie spielte Darts im Pub, und wenn sie sich langweilte, reinigte sie sich mit den Dingern die Fingernägel.
Zum ersten Mal fielen Zia ihre Arme auf. Sie waren schwarzunterlaufen und fleckig, die Haut war stellenweise vereitert. Zia wurde bewusst, dass Vivian normalerweise langärmelige Shirts trug.
»Noch nie weißes Frauenfleisch gesehen?«, giftete sie ihn wieder an.
»Bitte, Vivian.« Zia hielt es für das Beste, einen möglichen Wutausbruch im Keim zu ersticken.
Das Telefon klingelte, aber sie rührten sich beide nicht. Der Anrufbeantworter schaltete sich ein, und Tante Antonias Stimme erklärte, sie sei bei einer Besprechung aufgehalten worden, würde aber versuchen, so schnell wie möglich zu kommen. Inzwischen sollten sie beide zu Abend essen.
»Na, fühlen wir uns jetzt der dummen weißen Blondine überlegen?«
»Vivian, ich kann dir helfen ...«
»Wag es ja nicht, mir gönnerhaft zu kommen!« Sie bedeckte die Narben mit den Händen. »Was ich mit meinem Körper und mir selbst anstelle, geht nur mich etwas an! Deine Samariter-Nummer kannst du bei jemand anderem abziehen!«
»Darf ich ausreden? Ich kann dir beim mathematischen Teil der Physik helfen. Das ist nicht weiter aufregend. Wenn du erst mal den Dreh raushast, löst du die Aufgaben im Schlaf.«
»Warum verpisst du dich nicht einfach?«
Zia hätte Vivian am liebsten empfohlen, doch etwas innovativer in ihrer Ausdrucksweise zu werden. Aber er verkniff es sich; seine Begabung zum Krisenmanagement war annähernd gleich null. Wenn er die Situation nicht schleunigst hinbog, würde er einen ausgewachsenen internationalen Zwischenfall am Hals haben. Er griff in seinen Rucksack und holte die Packung Lady-Godiva-Pralinen heraus, die Mrs. Laughton ihm an dem Nachmittag dafür geschenkt hatte, dass er ihrem Mann bei irgendeiner Arbeit, die er für die UNO erledigte, geholfen hatte. Er hätte alles, absolut alles für ein Quäntchen Frieden mit Vivian gegeben. Außerdem konnte er Pralinen nicht ausstehen.

»Ich habe ein kleines Geschenk für dich.« Zia produzierte seine geübteste, vom Original nicht zu unterscheidende Simulation eines entwaffnenden Lächelns und bot ihr die Pralinen an.
Vivian streckte die Hand aus, schwankte erst innerlich und schnappte sich dann die Schachtel.
»Ständig hör ich nur Zia hier und Zia da!«, schrie Vivian hysterisch los. »Schau doch, was für tolle Noten Zia nach Hause bringt! Er ist ein mathematisches Genie! Absolut unglaublich, wie selbstsicher er gegen Nudel-Devi oder Pudel-Devi angetreten ist, sie auf ihrem eigenen Feld geschlagen hat und ihr dann zum Schluss großzügig den Sieg überlassen hat!«
Zia lachte. »Jetzt komm schon, Vivian. Übertreib nicht.«
Doch nichts konnte den Strom von Vivians Wut eindämmen.
»Selbst als du dich wie ein Hirnamputierter aufgeführt hast und beliebtest, ganz Cambridge mit deinen ungewaschenen Achselhöhlen und ungespülten Genitalien vollzustinken, haben wir dich nicht aufgegeben. Bloß eine vorübergehende Phase, das gibt sich wieder. Und das sogar, als du kurz davor standest, des Landes verwiesen zu werden! Jetzt ist der verlorene Sohn heimgekehrt, welche Freude, der Himmel hängt voller Glocken, die Engel frohlocken und jubilieren, und sehet und staunet, sollte ein weiterer Beweis für das Vorliegen eines Wunders erforderlich sein, Wahnsinn, das Licht Gottes hat auf den Jungen herniedergestrahlt, er assistiert dem Master von Emmanuel! Nicht mehr lang, und er wird zum IWF, zur UNESCO oder sonst einer geheiligten Mackervereinigung berufen! Oh, er ist das leuchtende Licht und er wird die Völker dieser Erde ins gelobte Land führen, halleluja, halleluja!«
Zia sah auf die geschwollenen Adern ihres Halses. Welch einen großen Dienst würde ich der Welt und mir selbst erweisen, dachte er, wenn ich ihr die Hände um die Kehle legte und sie erdrosselte ...
Es war offensichtlich, dass Vivian Hilfe brauchte. Ständig versuchte sie, Aufmerksamkeit zu erregen, auf welche Weise auch immer. Wie er die Sache sah, waren ihre Drogensucht, ihre merkwürdigen Freunde, die sie nie mit nach Hause brachte, ihre Gleichgültigkeit ihrem Studium gegenüber, ihre Launen und Wutausbrüche nur hilflose Versuche, sich interessant zu machen. Ihr Verfolgungswahn und ihr Gefühl, immer zu kurz zu kommen, waren lehrbuchreif.

Die Frau Doctor Theologiae war ebenfalls ein Fall für sich. Wenn man die ganze Welt liebt und sich nichts Geringeres vorgenommen hat, als die Menschheit für Jesus zu erretten, kann es sein, dass ein paar Einzelpersonen, darunter die eigene Tochter, unter die Räder geraten. Das war schon nachvollziehbar. Aber es würde ihm immer ein Rätsel bleiben, warum Antonia Booth-Langston ihn Vivian dauernd als strahlendes, nachahmungswürdiges Vorbild unter die Nase rieb und gleichzeitig als die Rute einsetzte, mit der sie ihre Tochter züchtigte.

Ein paar Wochen später setzte sich Zia an den echten Queen-Anne-Sekretär, der in seinem Zimmer in Tante Antonias Haus stand, und arbeitete anderthalb Stunden lang. Dann war es Zeit für das Nachmittagsgebet. Er reinigte sich sorgfältig: Er wusch sich dreimal die Hände, den Mund dreimal, die Nasenlöcher zweimal, dreimal das Gesicht von Ohr zu Ohr, dreimal den rechten und dann den linken Arm, strich sich mit den nassen Händen über Kopf, Ohren und Hals und wusch sich schließlich dreimal Füße und Knöchel. Er entrollte seinen Gebetsteppich, wandte sich zur Kaaba und verkündete seine Absicht zu beten sowie die Anzahl der Gebete, die er sprechen würde.

»Allah ist sehr groß.
Preis sei Dir, o Allah, und Lob sei Dir! Gebenedeit sei Dein Name und erhaben sei Deine Herrlichkeit! Es gibt keinen Gott außer Dir.
Ich suche meine Zuflucht bei Gott vor dem gesteinigten Satan.
Im Namen Allahs, des Erbarmers, des Barmherzigen.«

In letzter Zeit geschah mit Zia, sobald er angefangen hatte, seine Gebete zu rezitieren, etwas Merkwürdiges. Er hatte die körperliche Empfindung, dass die Welt von ihm abfiel, dass er ausgesetzt war und der Gnade Allahs ausgeliefert. Niemand konnte ihn erretten außer Gott. Dann sprudelten seine Worte immer hektischer und hektischer hervor. Zu anderen Zeiten wieder versetzten ihn die Gebete in einen wahren Glückstaumel. Dann wollte er für Allah etwas tun, Ihm zeigen, wie sehr er Ihn liebte, bis zum Wahnsinn liebte; seine Augen, seine Ohren, all seine Sinne weihte er Gott; sein Körper, sein Geist und seine Seele gehörten Allah; was immer er machte und tat, war eine Opfergabe an den Einen und Einzigen.

»Mach mich Deiner würdig, o Herr. Stelle Forderungen an mich. Stelle unmögliche Forderungen an mich. Prüfe mich, o Herr. Stelle mich auf die Probe. Aber gib mir ein Zeichen. Offenbare mir die Aufgabe, die Du für mich ausersehen hast!«
Dann spürte Zia plötzlich die Hand Allahs auf seinem Kopf. Er meinte zu hören, wie der Allmächtige zu ihm sprach: »Hast du nicht tagaus, tagein, an meine Tür geklopft und mich gebeten, dir ein Zeichen zu senden? Hast du mich nicht angefleht, dir eine Aufgabe anzuvertrauen, so unmöglich sie auch sein mochte? Jetzt geh, mein Sohn, und verteidige die Ehre deines Gottes.«

Zia, mein Bruder,
ist man früh genug da, hat man manchmal das Becken ganz für sich allein. Das Wasser sah schwarz und kalt aus. Ich dachte, ein paar schnelle Bahnen würden meinen Kreislauf in Schwung bringen, und sprang hinein. Das Wasser hatte etwas Prickelndes, wie lauter winzige Bisse von Ameisen, was sehr belebend wirkte, und schon bald glitten meine Schwimmzüge so geschmeidig dahin wie eine auf und ab flutende Welle. Was für eine unzutreffende Bezeichnung das Wort Kraulen, Crawl, »Kriechen«, doch ist! Es wird der Geschwindigkeit und Anmut des Stils nicht im Mindesten gerecht.
Mein Körper war zur vollkommenen Maschine geworden. Die Füße trommelten das Wasser zu einem feinen flachen Sprühnebel auf, der rechte Arm umspannte die Luft wie ein springender Delphin, tauchte tief ein und schaufelte das Wasser zurück, während das Gesicht sich seitlich nach rechts wandte und der Mund knapp über der Wasseroberfläche gierig die Luft einsog.
Ich zog seit einer Viertelstunde mit gleichmäßigen acht Stundenkilometern meine Bahnen, als ich vor Schmerz zusammenzuckte. Ich dachte, es sei der Urfeind des Schwimmers, ein Krampf, stellte aber dann zu meiner Erleichterung fest, dass dem nicht so war. Ein Krebs, oder vielleicht war es auch ein hadernder Hummer, hatte sich mit seinen Scheren in meinen Oberschenkel verbissen und wollte nicht wieder loslassen. Bald wimmelte das Wasser von allerlei Kreaturen. Es gab sie in sämtlichen Formaten, mikro, klein, mittel, groß und extra groß. Ein kakerlakenartiger Käfer krabbelte mir das Gesicht hoch und kitzelte mich mit seinen zappligen Füh-

lern an der Nase. Ich wollte das Vieh totklatschen, aber die Vision seiner herausglibbernden weißen matschigen Innereien gab mir denn doch zu denken. Ich versuchte, es wegzuschnippen, aber es war bereits hineingeschlüpft und trippelte auf Zehenspitzen meinen Schlund hinab. Kotze wallte sturmflutartig hoch, aber das schien den Kakerlak nicht anzufechten. Er marschierte unverdrossen weiter hinunter in meinen Bauch.

Wo kam dieses eklige Krabbelvieh her? Das Becken war jetzt überfüllt von ihnen, und Tausende weitere glitten in jeder Sekunde hinein. Ich streckte die Hand aus und schaufelte eine Faust voll davon hoch. Sie waren rastlos und bösartig. Ich hielt mir die offene Hand näher an die Augen, um sie mir genauer anzusehen, und entspannte mich. Was ich sah, waren keine Würmer und Insekten und Urtiere wie aus einem billigen Horrorfilm, sondern Wörter, ganze Horden davon. Ich kannte sie. Sie waren meine täglichen Gefährten. Ich winkte ihnen aufgeregt zu, aber sie schienen von einer seltsamen Mattigkeit erfasst worden zu sein. Ihre edlen, aristokratischen Züge hatten sich vergröbert, und sie schienen übel gelaunt zu sein. Sie schnappten nacheinander und wurden zunehmend streitsüchtiger. »Torpor«, »luperkalisch« und »Staupe« warfen mir einen giftigen Blick zu und zeigten mir den Stinkefinger.

»Paludarium« torkelte trunken über die Spitze meines Zeigefingers, während »intimidieren« mein linkes Auge aufschlitzte. »Libidinös« lümmelte sich auf dem Rücken, während die Balken seines »b« und »d« wie ebenso viele Erektionen in die Luft ragten. Zwischen »Brio« und »Hybris« bahnte sich ein Zwist an, aber ich achtete nicht weiter darauf. Wie kam's, fragte ich mich, dass ich selbst nach zahllosem Nachschlagen noch immer nicht wusste, ob das Wort »Jejunum«, das mir wie eine schleimige Nacktschnecke auf der Zunge lag, »Frühstück« oder »Leerdarm« bedeutet?

Katalyse, Karbon, monochrom, Ambidexter, Nekrophilie, Blase, indolent, pueril, Pugilistik, pitoyabel, Xylophon, sanguinisch, soziabel, teleologisch und ihre zahllosen Gefährten stürmten bedrohlich auf mich ein in Century Bold, Times Roman, Garamond, Futura, Bodoni, Melior und Antiqua. Serifen und Serifenlose schienen zur Entscheidungsschlacht von Armageddon gegeneinander angetreten zu sein, aber ich wurde durch das Tableau abgelenkt, das in der

Peripherie meines Gesichtsfeldes Gestalt annahm: »Schicklichkeit« hockte auf meiner Schulter, die Lippen sittsam zusammengepresst und die Beine, wie anders als schicklich, übereinandergeschlagen, und sie tat ihr Bestes, um von der »Liebe« Abstand zu halten. »Liebe« hatte ihren schwarzen Lackledermini so weit hochgeschoben, dass ich die Farbe ihres Höschens erkennen konnte, und die Bänder ihres roten Mieders waren wie zufällig gelöst, so dass ihre vollen, aber hängenden Brüste sichtbar wurden. Ihre Unterlippe klemmte zwischen ihren Zähnen, und sie bedeutete mir durch entsprechende Gesten, ihr zu folgen. Endlich hatte ich jemanden gefunden, der bereit war, meine Anwesenheit zur Kenntnis zu nehmen. Ich lächelte und trat an sie heran in der Hoffnung, den Preis für eine Nacht mit ihr auszuhandeln. Sie küsste mich mit feuchter Zunge. Ich sah etwas im grellen Lampenlicht aufblitzen, und dann zog die Klinge in ihrer Hand den Reißverschluss meines Bauches auf, und mein Dünndarm schlängelte hervor.
»Erkennst du mich nicht?«, fragte ich ungläubig. »Wir sind ..., wir sind ...«
»Klar, ich erinnere mich an dich, Schätzchen. Wir sind ein Paar, stimmt's?«, erwiderte sie. »Ich bin diejenige, die du jede Nacht ficken möchtest.« Hier lächelte sie. »Ich habe dich mit diesem Wort beleidigt. Aber das ist nun mal mein Lebensunterhalt.«
Ich kippte um und schlug mit dem Kopf auf den Steinboden. Ihre Hand war in meiner Tasche, und sie zählte jetzt die Scheine in meinem Portemonnaie. Die anderen hatten Blut gerochen und knirschten und wetzten die Zähne. Ich hörte, wie die Hornhaut meines rechten Auges abplatzte, und meine Nasenflügel waren so weit abgenagt worden, dass der Knochen bloß lag. Ich schrie um Hilfe. Vergeblich. Sie hatten meinen Kehlkopf verstopft.
Wörter sind die einzigen Freunde, die ich je hatte, und jetzt wandten sie sich gegen mich? Weinte ich über ihren Verrat oder über meine Unfähigkeit, Freunde zu finden?
»Ihr seid meine Freunde«, versuchte ich ihnen zu erklären. »Die einzigen, die ich jemals hatte.« Aber sie hörten nicht zu. Vielleicht haben Wörter eine Lautgestalt und eine Bedeutung, sind ansonsten aber taub. Sie waren Piranhas und sie würden nicht ruhen, bis sie mich restlos vertilgt hätten.

Wie geht's Dir, Zia? Wir warten jede Woche, wenn nicht sogar jeden Tag, auf Nachrichten. Ammi, Abba und Zubeida-Khala lesen und lesen Deine Briefe so oft, dass sie sie, glaube ich, inzwischen auswendig können.

Schreib doch.

Herzlich, Amanat

Monate waren vergangen, und er hatte die Aufgabe, die Allah ihm gestellt hatte, noch immer nicht erfüllt.

»Glaube bitte, o Herr, nicht einen Augenblick lang, ich hätte Dich, nur weil so viel Zeit verstrichen ist, vergessen oder es wäre nicht meine feste Absicht, Deinen Befehl auszuführen! Ich gebe Dir mein Wort, Herr aller Welten, dass ich, komme, was mag, meine Sendung erfüllen werde. Aber ich flehe Dich an, hab Geduld. Das ›Tier‹ ist in den Untergrund gegangen. Keiner kennt seinen Aufenthaltsort. Alle Heiden und Ungläubigen der Welt haben sich verschworen, es durch eine Rauchwand zu verhüllen. Sollen sie es nur tun, um es zu beschützen, aber mit Deiner Hilfe und Führung werde ich dieses Böse ausfindig machen und vernichten.

Sieh Dir die Karte an der Wand an. Nicht nur London, ganz Großbritannien steht ständig unter Beobachtung. Jetzt habe auch ich ein Sammelalbum wie Zubeida-Khala. Was immer das Tier tut, findet ausführliche Beachtung in den Medien. Ich sammle jede noch so kurze – gesicherte oder spekulative – Meldung und klebe sie in das Album ein. Ich kann ein weit detaillierteres und exakteres Porträt und Psychogramm des Tieres zeichnen als Scotland Yard.

Ich habe mich in den Abgrund gestürzt und bin in die Seele des Tiers eingedrungen. Das Unterfangen war äußerst gefahrvoll, und ich fürchtete, indem ich mich in seine Höhle wagte, könnte ich meine Seele verlieren. Aber solange Du mein Zeuge und mein Hüter bist, bin ich gewappnet und habe nichts zu befürchten. Ich beginne, diese Kreatur zu verstehen; ihre Gewohnheiten und Vorlieben, ihre bevorzugten Aufenthaltsorte und ihr Bedürfnis, gelegentlich aufzutauchen, um Luft zu holen, Gesellschaft und öffentliche Anerkennung zu finden; und mehr als alles andere ihr unerbittliches und unstillbares Verlangen nach einem Publikum, nach fortwährendem Applaus und nach dem grellen Rampenlicht. Das Tier ist ein Exhibitionist. Es muss sich unablässig zur Schau stellen. Wenn auch nur eine Woche verstreicht, ohne dass die Welt es, wie es meint, zur Kenntnis genommen hat, oder wenn sie, die Welt, infolge dieser Dauerberieselung gewisse Ermüdungserscheinungen an den Tag zu legen scheint, dann erhöht es seinen Einsatz und gibt höchst provozierende Äußerungen von sich, schlägt seine Werbetrommel und singt sein Lied, vergiss mich nicht, vergiss mich nicht, mich, mich, mich, mich nicht! Eben diese Sucht, dieses Bedürfnis nach Aufmerksamkeit ist unser zuverlässigster Verbündeter. Am Ende wird genau das die Wende bringen und uns zu ihm führen. Langsam, aber sicher zeichnet sich ein Muster seiner Spielzüge und Aktionen ab. Bald wird die Zeit kommen, da ich imstande sein werde, intuitiv vorherzusagen, wann und wo es sich als nächstes zeigen wird. Ich werde Dich nicht enttäuschen, Allah.«

Zia kniete nieder und berührte den Boden mit der Stirn, als er spürte, dass außer ihm noch jemand im Zimmer war. Das schien zwar unwahrscheinlich, denn wenn die Tür aufgegangen wäre, hätte er es gehört. Trotzdem wusste er, dass jemand in seine Privatsphäre eingedrungen war. Er öffnete sein linkes Auge einen kleinen Spalt weit und sah Vivian, die ihm alles nachmachte. Als er aufstand, stand auch sie auf; als er sich niederbeugte, beugte sie sich nieder; als er die Hände hohl aneinanderlegte, um Allahs Segen zu erflehen, hielt sie sie ebenfalls nebeneinander in die Höhe. Sie übertrieb jede seiner Gesten und Bewegungen, offensichtlich ohne ihre symbolische Bedeutung zu kennen.

Jetzt riss Zia der Geduldsfaden. Wut überwältigte ihn und er sprang ihr an die Kehle.

»Ich hab mir jede Menge Scheißdreck von dir bieten lassen. Du hast mir vorgeworfen, ich würde dein Leben ruinieren, ich würde deine Mutter behexen und dir ihre Zuneigung stehlen. Du hast zu jeder Gelegenheit über mich gelästert. Du hast mir Böses gewünscht und darum gebetet, dass ich wieder in Depressionen versinke wie nach meiner Ankunft in Cambridge. Du hast mich mit anonymen Briefen

beim Master von Emmanuel angeschwärzt. Das alles und mehr habe ich ignoriert oder kommentarlos hingenommen, weil ich nicht zu deinem Elend und deiner Krankheit beitragen wollte. Aber wenn du dich jemals, jemals wieder über Allah oder meine Gebete an ihn oder irgendetwas anderes, das mit dem Islam zusammenhängt, lustig machst, bringe ich dich um!«
»Bring mir bei, zu Allah zu beten«, sagte Vivian zu ihm.

Es ging nicht darum, die Beweislage überzustrapazieren. Zia wusste, dass es ein Wunder war. Vivian war gerettet worden. Sie war eine neue Frau. Niemand kann Gott etwas abschlagen. Wenn Er etwas will, dann ist es nicht nur so gut wie geschehen, sondern wahrhaftig geschehen. Sie erzählte ihrer Mutter, sie würde über Weihnachten für einen Monat nach Paris fahren, und meldete sich zu einer Entziehungskur an. Die ersten zehn Tage lang dachte Zia, sie würde es nicht schaffen. Sie schrie, sie bettelte, sie versuchte Zia zu verführen, damit er ihr nur etwas Heroin, Koks oder was auch immer besorgte, und als er eisern blieb, biss sie ihn tief und fest in die Hand und rannte aus der Klinik weg. Zia wollte sich schon von ihr lossagen, aber sie kam zurück, und beim zweiten Mal hielt sie durch. Sie und er knieten sich fünfmal am Tag hin und beteten zu Allah, Er möge ihr die Kraft und Willensstärke verleihen, ihre Sucht zu überwinden. Es war die Hölle – die Sünde fordert immer ihren Preis –, aber sie schaffte es. Sie wusste, dass sie über Satan triumphiert hatte, und man sah es ihr an. Ihr Gesicht strahlte – man konnte es nicht anders sagen – und glühte von einem inneren Licht. Aber das Wunder war damit noch nicht beendet. Vivian hatte ihr Studium wieder aufgenommen, und ihre Noten wurden allmählich besser.
Wie gut ein Lehrer ist, zeigt sich an der Qualität seiner Schüler. Wenn man von Vivian ausgehen konnte, dann war Zia dazu bestimmt, ein großer Lehrer zu werden. Sie besuchten jeden Freitag die Moschee von Peterborough und ließen sich von Maulana Rizvi in Arabisch unterrichten. Sie versuchten, miteinander Arabisch zu sprechen. Vivian begann, zunächst langsam und stockend, den Koran in der Sprache zu lesen, in der er dem Propheten Muhammad offenbart worden war, und fing an, seine großen Geheimnisse zu ergründen. Es war eine demütigende Erfahrung, und sie lachten

beide über ihre Selbstüberschätzung. Wie hatten sie nur glauben können, sie könnten das größte literarische Werk der Welt mit ihrem kleinen Geist fassen, wenn doch die vollkommensten Weisen und Gelehrten ihr Leben lang mit ihm gerungen hatten? Und doch, wenn sie demutsvoll den Worten Gottes lauschten, war es so, als wohnten sie dem Schöpfungsakt bei. Man konnte über Gottes Großen Plan nur staunen. Und Er offenbarte sich ebenso deutlich im Aufblühen einer einzigen Blume wie in den Bewegungen der Gestirne, den Formeln der Physik und dem Wunderwerk mathematischer Modelle.

Es gab nichts, was Vivian für Zia nicht getan hätte. Sie war geknickt, wenn er sich um seine Wäsche selbst kümmerte, anstatt ihr zu erlauben, seine Sachen abzuholen, Baumwolle, Wolle und Mischgewebe auseinanderzusortieren, Weißes von abfärbendem indisch Buntem zu trennen. Es war ihr eine Freude, für ihn zu kochen, ihm die Hosen zu flicken, Hemdknöpfe wieder anzunähen. Sie brauchte es, von ihm gebraucht zu werden.

Bisweilen kam es Zia so vor, als brächte diese Konvertitin dem Islam noch größere Inbrunst entgegen als er selbst. Er fragte sich, ob dieser überhitzte Enthusiasmus für den neuen Glauben nicht in irgendeiner Weise mit den Gefühlen zusammenhing, die sie ihrer Mutter entgegenbrachte. Zia hatte keine Ahnung, was zwischen den beiden schief gelaufen war. Manchmal neigte er zu der Vermutung, dass Vivians Unsicherheit und Bedürfnis nach Aufmerksamkeit von Anfang an so unersättlich gewesen waren, dass Tante Antonia irgendwann einfach die Hoffnung aufgegeben hatte. Vielleicht hatte sie gar keine Kinder haben wollen, und Vivian war ein Unglücksfall gewesen. Aber das konnte nicht sein, fromme Katholiken betrachten Kinder nicht als Missgeschick.

»Hat dir die Tatsache, dass ich ein Junkie war, nicht eine Ahnung davon gegeben, wie unglücklich ich zu Hause war?«, hatte Vivian ihn frustriert gefragt.

Einerseits ja, andererseits nein, hätte Zia am liebsten zu Vivian gesagt, aber er behielt seine Gedanken für sich. Vivian wäre nicht das erste und auch nicht das letzte Kind , das seine Mutter für alles verantwortlich machte, was in seinem Leben schief gegangen war.

Vivian hätte gerne Kamerateams von Privatsendern und »BBC«, Reporter von »New York Times«, »Washington Post«, »Newsweek«, »Time«, »Le Monde«, »Die Zeit« und überhaupt das gesamte Pressekorps zu ihrer feierlichen Konversion eingeladen. Sie wollte die ganze Welt wissen lassen, dass jetzt, wo die Tochter der vielleicht bekanntesten Katholikin Englands ihren Namen von Vivian in Fatima umänderte, der Islam wieder auf dem Vormarsch war. Zia fand die Idee im Prinzip gut, sprach sich aber trotzdem dagegen aus. Er hatte das Gefühl, dass der Zeitpunkt falsch gewählt gewesen wäre. Die Mission, für die er ausersehen worden war, erforderte höchste Geheimhaltung. Zia versuchte, Vivian die Idee einer medienwirksam durchorganisierten Zeremonie auszureden, aber sie blieb eisern. Wenn sie an die Öffentlichkeit ging, behauptete sie, dann würden auch andere Christen den Islam entdecken. Außerdem musste doch ihre Mutter davon erfahren.

»Du wechselst deinen Glauben nicht Allah zuliebe«, sagte Zia zu ihr, »sondern deiner Mutter zum Trotz.«

»Nein, das stimmt nicht. Ich tue es zum größeren Ruhm Allahs.« Vivian hätte an dem Punkt aufhören sollen, und es wäre Zia unmöglich gewesen, ihr Argument zu widerlegen. Aber Vivian hatte nicht vor, sich von irgendjemandem – nicht einmal von Zia – etwas vorschreiben zu lassen. »Außerdem – und wenn es so wäre?«, fragte sie herausfordernd.

»In dem Fall werde ich dem Mullah in Peterborough von deinen nicht ganz lauteren Motiven erzählen, und er wird dich nicht in den Glauben aufnehmen.»

»Ich kann ja immer noch in die Moschee von London oder Birmingham ausweichen.«

»Ganz wie du willst. Aber bis dahin wird sich überall herumgesprochen haben, dass du nur eine römisch-katholische Spionin deiner Mutter bist.«

Das war billig, aber es wirkte.

Vivian sprach zwei Wochen lang kein Wort mit Zia und er war fast schon überzeugt, seine erste und wertvollste Konvertitin verloren zu haben.

Eines Abends jedoch kam Vivian zu ihm. »Ich habe meine Seele erforscht, und du hattest Recht. Meine Motive waren nicht rein.

Ich liebte Allah, aber ich wollte auch meiner Mutter ins Gesicht spucken. Ich werde nur für dich Fatima sein, bis du mich aufforderst, den Namen auch anderen mitzuteilen.«

Mein lieber Zia,
wie geht es Dir, mein lieber Bruder? Deine Briefe sind, falls das überhaupt möglich ist, noch kryptischer als meine. Während Du Dich bezüglich Deiner Fortschritte in Cambridge in bescheidenes Schweigen hüllst, liefert uns Deine Missionarstante detaillierteste Frontberichte. (Nimm Dich in Acht, mein Freund, ich seh's schon kommen, dass sie Dich noch zum Christentum bekehrt!) Ammi und Abba schweben fünfzehn Zentimeter über dem Boden, wie der älteste *Pandava* im *Mahabharata*. Das liegt allerdings nicht daran, dass sie ein besonders tugendhaftes Leben geführt hätten, sondern dass sie die Eltern eines gewissen Zia Khan sind, der, wie sie glauben, schon bald die höchsten Bastionen von Cambridge erstürmen und anschließend zu einem internationalen akademischen Superstar werden wird.
Jetzt eine Nachricht, die Dein Herz erfreuen wird: Abbajan hat seine Zulassung als Architekt wieder und kann überall in Indien arbeiten. Der Richter hat dem National Institute of Architects wegen »der sträflichen Eile, dem völligen Mangel an Beweisen und der mutmaßlichen Voreingenommenheit,« – des Richters Worte, nicht meine – »die bei der Aufhebung der Lizenz des Klägers zu beobachten waren« eine scharfe Rüge erteilt. Der Anwalt der Beklagten hatte eingewandt, das Institut habe in gutem Glauben gehandelt und Herrn Khan lediglich im Interesse der Öffentlichkeit suspendiert und ihm jede Möglichkeit offen gelassen, seinen Namen reinzuwaschen und seine Laufbahn fortzusetzen. Der Richter verlas diese Erklärung und donnerte (er donnerte wirklich, Zia, es lässt sich durch die Risse an den Wänden des Gerichtssaals belegen): »Wie würde es Ihnen gefallen, wenn, was Gott verhüten möge, die Anwaltskammer Sie, mein Herr, auf bloßes Hörensagen hin und bei mehr als dürftiger Beweislage, und ohne Ihnen die Möglichkeit zu geben, sich zu verteidigen, aus ihrem erlauchten Kreise ausschlösse? Es ist unverzeihlich«, sagte er, »dass eines Mannes berufliche Laufbahn ruiniert, ihm seine Möglichkeiten zum Broterwerb und

sein kostbarster Besitz, sein guter Name, auf mehr als zehn Jahre lang genommen werden, bloß weil der Vorstand des NIA keinerlei Anstrengungen unternommen hat, die Sachlage zu klären. Dem Kläger, Herrn Zafar Khan, sagen wir Folgendes: Seine Verteidigung hat lange auf sich warten lassen, und das Gericht bedauert dies, aber jetzt, wo sie erfolgt ist, müssen wir ihn bitten, alle Bitterkeit der vergangenen Jahre hinter sich zu lassen und dazu beizutragen, eine neue architektonische Vision für unser Land zu erschaffen.«
Das National Institute of Architects spricht davon, in die Berufung zu gehen, aber unser Anwalt meint, das sei nichts als heiße Luft. Das Urteil ist so scharf formuliert und so detailliert begründet, dass das Oberste Gericht den Revisionsantrag nach seiner Einschätzung verwerfen wird, ohne auch nur darüber zu beraten.
Du wirst zugeben, mein Bruder, dass ich Dir kaum freudigere Nachrichten übermitteln könnte.

Herzlich, Dein Amanat

»Warum zeichnest du Rushdies Aufenthaltsorte auf dieser Wandkarte ein?«, fragte Vivian Zia, während sie miteinander schliefen. »Hast du vor, ihn für die Ajatollahs umzulegen?«
Zias Gesicht nahm eine aschgraue Farbe an, als hätte ihm jemand flüssigen Beton in die Halsschlagader gespritzt. »Wovon redest du?« Seine Stimme war kaum ein Flüstern.
»Jetzt hör schon auf. So dämlich bin ich nicht«, sagte sie beiläufig. »Ich weiß, was du treibst, seit Mum dir dieses Zimmer gegeben hat und du die Karte aufgehängt hast.«
Warum tat sie so lässig? Sie hatte so geredet, als interessierte sie das alles gar nicht, aber er fiel nicht darauf rein. Sie machte ihm eindeutig etwas vor. Sie war eine ganz Hinterhältige und hatte ihn für dumm verkauft. Sie war zum Islam konvertiert, nur um ihn Tag und Nacht ausspionieren zu können. Aber er würde der Sache auf den Grund gehen. Er musste es tun. Sein Leben und seine Mission hingen davon ab.
»Wem hast du von der Karte sonst noch erzählt? Deiner Mutter? Deinen Junkie-Freunden? Oder bist du zur Polizei gegangen?«
»Keinem hab ich was gesagt.«
»Sag mir die Wahrheit, du Miststück! Wag's nicht, mich anzulügen!«

Vivian rammte ihm das Knie zwischen die Beine. Zia fiel schmerzverkrümmt auf den Boden. Es dauerte lange, bis er wieder atmen konnte.
»Warum hast du das getan?« Zia hatte die Loyalität seiner ersten Schülerin offenbar überschätzt.
»Keiner nennt mich ungestraft eine Lügnerin.«
Vivian ging aus dem Zimmer, ohne sich irgendetwas anzuziehen. Jetzt hatte er sie verloren. Er war in Panik geraten und hatte überreagiert. Er hätte klug sein sollen, sich verstellen und ihr die Informationen mit List entlocken. Was, wenn sie schon am Telefon war? Er sollte aufstehen und ihr folgen, sie mit einer Kristallvase – im Wohnzimmer standen gleich drei davon herum – bewusstlos schlagen, bevor sie ihn beim New Scotland Yard denunzierte, aber er konnte sich nicht rühren. Er war vor Schmerz und Angst wie gelähmt.
Die Tür öffnete sich, und Vivian kam mit einem Handtuch voller Eiswürfel herein.
»Glaubst du, meine Junkie-Freunde oder ich hätten so lange damit gewartet, dich bei der Polizei zu verpfeifen?«, fragte sie Zia ruhig. »Die machen jede Information sofort zu Geld. Wenn ich zur Polizei gegangen wäre, lägst du jetzt nicht hier, sondern in einer Zelle, und irgendwelche Verhörspezialisten würden mit deinen Eiern Pingpong spielen.«
Der Ton und die Lautstärke von Vivians Stimme schienen Zia mehr als ihre Worte zu überzeugen. Aber wie konnte sie bloß ein Wort wie »Eier« gebrauchen? Anständige muslimische Frauen würden nicht einmal indirekt auf das Ding zwischen ihren eigenen Beinen anspielen – von dem zwischen den Beinen der Männer ganz zu schweigen! Er musste sie von Grund auf neu erziehen, sie zu einer reinen und keuschen Muslimin machen. Bevor sie Arabisch lernte, musste sie Manieren lernen, Sitten und richtige Umgangsformen, und vor allen Dingen musste man ihr beibringen, Männer, und insbesondere ihren eigenen Mann, zu respektieren. Man würde ihr die islamischen Wertvorstellungen beibringen müssen. Wie, wusste er noch nicht genau, aber jetzt drängte sich Vivians Stimme in seine Gedanken.
»Du planst doch nicht etwa, Salman Rushdie zu töten, oder?«

»Ich wäre dir dankbar, wenn du es vermeiden könntest, seinen Namen in meiner Anwesenheit auszusprechen, oder überhaupt das Thema anzuschneiden.«

»Aber hast du ›Die satanischen Verse‹ gelesen?«

»Nein. Und ich habe auch nicht vor, das jemals zu tun.«

»Wie kannst du ein Buch verurteilen, ohne es gelesen zu haben?«

»Kraft welchen Beweises glaubst du oder glaube ich an Gott? Gott ist nicht $e = mc^2$ oder die Quantentheorie, dass du ihn, wenn dir danach ist, mal eben auf die Probe stellen könntest. Ebenso wenig können unterschiedliche Götter so nebeneinander existieren, wie die Newton'sche und die Einstein'sche Physik nebeneinander bestehen. Gott ist Glaube und kann nicht anders als geglaubt werden. Das ist das Wesen Gottes.« Zia sprach so, als meißelte er die Worte in Stein. Er verlieh Ideen Gestalt, die ihm bislang undeutlich, halb bewusst gewesen waren, die er aber noch nie artikuliert hatte.

»Kein Rushdie kann Allah anfechten, noch kann Blasphemie oder Ketzerei den Allmächtigen berühren. Allah braucht vor dem Satan nicht beschützt zu werden, wohl aber ein wahrer Gläubiger. Ich muss Allahs Ehre schützen, oder ich – und nicht etwa Gott – bin Satan schutzlos ausgeliefert. Wenn ich mein Volk – und vielleicht sogar die Ungläubigen – zu Allah führen soll, dann muss ich mich Seiner würdig erweisen. Ich muss Satan besiegen und mich und meine Herde schützen.«

Zia stand auf und zog sich an. Vivian blieb regungslos sitzen, ohne Bewusstsein dessen, was Zia tat, ja nicht einmal der Tatsache, dass sie noch immer nackt war.

»Damit trennen sich unsere Wege«, sagte Zia schlicht und ohne jeden Zorn. »Dein Glaube besteht darin, zu fragen und zu zweifeln. Für mich verstummen alle Fragen im Angesicht Gottes und verlieren jegliche Bedeutung.«

»Wirst du mich als deine Kampfgefährtin bei diesem Gotteswerk akzeptieren?« Vivian hielt die Augen niedergeschlagen. »Jedes deiner Worte wird mir von nun an Gesetz sein.«

Zia hätte das niemals öffentlich zugegeben; ebenso wenig hätte er das vor seiner einzigen Komplizin auch nur angedeutet; aber die iranische Fatwa war kein besonders geschickter Schachzug gewesen. Wenn man jemanden aus dem Weg räumen will, dann inseriert man das nicht in jeder Zeitung und lässt keine Werbespots über die TV-Sender dieser Welt verbreiten – genau das aber hatte man mit der Fatwa bewirkt. Sie war SRs stärkster Verbündeter gewesen. Jeder war von der auf SRs Kopf ausgesetzten Belohnung von einer Million Pfund – oder waren es zwei? – beeindruckt gewesen. Das war doch der reinste Witz. Damit hatte man den Schuldigen und Verbrecher vorgewarnt und die so genannte »freie Welt« im Namen des Rechts auf freie Meinungsäußerung zusammengeschweißt; man hatte die britische Regierung gezwungen, sich den Schutz eines Mannes an die Fahne zu heften, den sie am liebsten abserviert hätte, während sie weiter munter Rüstungsgüter im Wert von Milliarden von Dollar an den Iran lieferte. Jetzt, wo einer seiner Bürger öffentlich bedroht worden war, stand Großbritanniens Ansehen als demokratisches Land auf dem Spiel.

Eine Fatwa, überlegte Zia, war nicht gerade die Weise, wie vernünftige Staaten ihre Geschäfte erledigten. Wenn der Iran sich mit den netten Herren im britischen Außenministerium unterhalten hätte, wären diese nur zu glücklich gewesen, sich gefällig zu erweisen. Ein kleiner Verkehrsunfall oder diese indische Erfindung namens »Zusammenstoß mit der Polizei« hätte sich mit Sicherheit arrangieren lassen, und das aufmüpfige Mitternachtskind wäre ein für alle Mal weg vom Fenster gewesen. Großbritannien hätte für die Wünsche eines so wichtigen und milliardenschweren Abnehmerlandes mit Sicherheit Verständnis gezeigt – wenn nur ein Mindestmaß an Schein gewahrt worden wäre.

Stattdessen waren die Auswirkungen der Fatwa fatal: Das völlig zu Recht »Die satanischen Verse« überschriebene Werk des Fürsten der Finsternis verkaufte sich in der Hardcoverausgabe hunderttausend- und als Taschenbuch millionenfach. Seine Kollegen und Mitkünstler, die ihn wegen seiner Gehässigkeit, Galligkeit und Dreistigkeit eigentlich zum Teufel wünschten und – zwar nicht alle, einige von ihnen aber sicherlich – davon überzeugt waren, dass SR sehr genau gewusst hatte, was er da schrieb und welche Konsequenzen das haben würde, waren jetzt gezwungen, sich vor ihn zu stellen, sein Lob zu singen, die UN und sich gegenseitig mit Manifesten zuzupflastern und das Außenministerium dazu zu bringen, der Welt zu zeigen, dass Großbritannien – wenn schon nichts anderes – den Mumm hatte, einer Nation von mittelalterlichen Fanatikern die Stirn zu bieten.

Wie man hörte, wurde SR wie heiße Ware von Ort zu Ort verschoben. Er hatte keine feste Adresse und wusste selbst nicht, wo er am nächsten Tag sein würde. Das zumindest war das Gerücht, das New Scotland Yard in Umlauf gesetzt hatte. Selbst wenn SR kein so rastloser Flüchtling im eigenen Land geworden wäre, hätte Zia nicht im Traum daran gedacht, ihn in seinem eigenen Haus auszulöschen. Das war mit Sicherheit eine uneinnehmbare Festung.

Er hatte allerdings schon immer gewusst, dass sein wichtigster und engster Verbündeter SR selbst war. SR behauptete, es sei sein Bedürfnis nach Licht, Luft und menschlicher Gesellschaft – und danach, seine Sache öffentlich zu vertreten –, was ihn immer wieder veranlasse, kurzzeitig aufzutauchen. Aber Zia wusste, dass er nur deswegen mal wieder aus seinem beweglichen Loch kroch, weil er klug genug war, um zu wissen, dass er in dem Augenblick, da man ihn vergessen hätte, tot gewesen wäre. Er wollte, er konnte es sich nicht leisten, der Vergesslichkeit des britischen Volkes zum Opfer zu fallen. Ebenso wenig der Vergesslichkeit der Völker Frankreichs, Spaniens, Italiens, der USA und der ganzen Welt, selbst wenn das bedeutete, seine Feinde zum Handeln herauszufordern. Er wusste wie kaum ein anderer, dass die Fatwa ihn zum bedeutendsten lebenden Schriftsteller gemacht hatte. Niemand, das war ihm völlig klar, aber auch wirklich niemand, würde es wagen, den literarischen Wert seines Werks einer objektiven Prüfung zu unterziehen, solange entweder er oder die Kontroverse nicht aus der Welt wären.

Zia verbrachte viel Zeit mit den Hitzköpfen der kaschmirisch muslimischen Gemeinde von Cambridge und Peterborough und fuhr gelegentlich nach London, um nach Möglichkeit Neues über das Tier in Erfahrung zu bringen. Er verbrachte Stunden in der Bibliothek und durchstöberte britische, amerikanische, französische, iranische und nahöstliche Zeitungen und Illustrierte auf der Suche nach mehr oder weniger vagen Hinweisen, nach der beiläufigen Bemerkung, die ihm Aufschluss über SRs wechselnde Aufenthaltsorte liefern würde. Er las Kriminalromane und Sachbücher, durch die er sich eine Vorstellung davon verschaffen konnte, wie

Scotland Yard wichtige Zeugen vor professionellen Killern und Super-VIPs vor Terroristen schützte.

Mittlerweile hatte Zia die landesweit vielleicht umfangreichste und detaillierteste Akte über den Verräter angelegt: Sie hieß kurz und treffend »Luzifer«. Die darin enthaltenen Informationen waren durch jede Menge Querverweise miteinander vernetzt. Allerdings ergaben Zias Ermittlungen, dass der Fürst weder per Zug, Boot noch Flugzeug reiste, sondern fast ausschließlich auf der Straße. Er reiste in einem Autokonvoi, umgeben von Polizeibeamten in Zivil. Der Fürst der Finsternis bevorzugte es, bei auserwählten Versammlungen und Seminaren aufzutreten, die sich mit Menschenrechten, Zensur und Pressefreiheit befassten. Hier konnte er sich in Szene setzen, vor Publikum flammende Reden halten, Großbritannien und die anderen westlichen Länder dafür anprangern, dass sie den Iran nicht isolierten. Hinter all dem hochtrabenden Gerede, das sah Zia ganz deutlich, propagierte SR eine Theorie der staatlich finanzierten persönlichen Freiheit, die seiner speziellen Situation wie angegossen passte und gleichzeitig der uralten romantischen Vorstellung das Wort redete, Freiheit sei gleichbedeutend mit verantwortungsloser Zügellosigkeit. Aber die Orte und Anlässe, zu denen er eingeladen wurde, waren Literaturfestivals und sonstige Jahrmärkte, Schriftstellerversammlungen und feierliche Verleihungen von Literaturpreisen. Am lockersten und ungezwungensten, am sorglosesten und unvorsichtigsten war der Fürst, wenn er sich unter seinesgleichen herumtrieb.

Zia kam es so vor, dass Großbritannien, trotz seiner vergleichsweisen Zwergengröße, mehr literarische, künstlerische und dramatische Events aufzuweisen hatte als der Rest Europas und Nord-, Mittel- und Südamerika zusammengenommen. Die Blütezeit der Kunst war längst vorüber, und Thatcher'sche Sparmaßnahmen hatten dem Kulturfass gründlich den Boden ausgeschlagen, und dennoch verfügte jede Grafschaft, Stadt und Baukastensiedlung über ein eigenes Schriftstellertreffen und Literaturfest. Selbst nach konservativen Schätzungen fanden landesweit jährlich gut hundertfünfzig Literatur-Events statt. Aberdeen hatte einen Arts Carnival und einen Alternative Carnival, King's Lynn in Norfolk – ein Ort, den selbst Briten nur mit Mühe auf der Landkarte fanden –, hatte gleich drei Veranstaltungen dieser Art: das King's Lynn Festival, das King's Lynn Fiction Festival und das King's Lynn Poetry Festival. Das Edinburgh International – nicht mit dem Edinburgh Fringe zu verwechselnde – Festival umfasste über tausend Einzelveranstaltungen. Das Edinburgh Book Festival, wieder etwas völlig anderes, war das größte literarische Bacchanal der Welt, mit über vierhundert Events und dreihundert teilnehmenden Autoren.

Der Fürst der Finsternis würde schwerlich an sämtlichen hundertfünfzig Festivals teilnehmen. Die Frage war, welche auserwählten wenigen er mit seiner Anwesenheit beehren würde. Noch komplizierter wurde das Problem durch die Tatsache, dass er gelegentlich eine unbedeutendere, schwer zu erreichende Veranstaltung auswählte, und zwar nicht einfach nur deswegen, weil ihn dort niemand erwartete und er damit sicherer sein würde, sondern auch weil die zu erhoffende Wirkung seines Auftritts an einem entlegenen Ort umso größer war.

Zia hatte für ein einfaches dreitägiges Lyrikfestival in Cardiff mehrere statistische Analysen durchgeführt und ein Wahrscheinlichkeitsmodell nach dem anderen konstruiert, war aber mit jedem einzelnen davon baden gegangen. Er hatte die Ebene der Komplexität angehoben und die Anzahl der Unbekannten immer wieder erhöht, und dennoch hatte er jedes Mal eine Niete gezogen. Zum ersten Mal ahnte Zia, dass mathematische Modelle ihre Grenzen hatten; ja, sobald sie auf den Satan angewandt wurden, verklemmten sie sich und hörten auf zu funktionieren.

Er hatte in das Projekt nicht nur Zeit, sondern auch eine Menge Geld investiert. Fast jeder Penny, den er gespart hatte, ging für die Jagd nach dem Verräter drauf. Er hatte mehr von Großbritannien zu sehen bekommen als ein Politiker auf Wahlkampfreise. Er war in Gwent, Pembrokeshire, gewesen, in Swansea (Wales), in Aboyne, Perthshire und Fife (alles in Schottland), in Bangor und Belfast (Nordirland), in Totnes, Devon, in Crowborough, Sussex, in Gosport, Dorset, Rye, Peebles, Shropshire, Eastbourne, im Tal von Glamorgan und an tausend anderen Orten – immer auf der Suche nach dem Fürsten.

Die Misserfolge schienen kein Ende zu nehmen. Einmal war Luzifer in derselben Stadt wie er, aber auf einer anderen Veranstaltung. Ein anderes Mal fanden zwei Festivals gleichzeitig statt, und Zia warf eine Münze. Unnötig zu sagen, dass der Teufel keins von beiden besuchte. Und dennoch verließ Zia nie der Mut. Allah hätte ihm ohne jede Schwierigkeit sagen können, wann der Fürst der Finsternis wo sein würde, aber Er stellte Zias Glauben, Treue und Seelenstärke auf die Probe. War Zia seines Gottes würdig? Besaß er das, was es bedurfte, um Allahs Werkzeug zu sein? Würde er trotz ständiger Misserfolge unerschrocken weitermarschieren?

Zia räumte gerade seinen Tisch auf, als ihm das Geburtstagsgeschenk in die Hände fiel, das ihm sein Bruder drei Wochen zuvor geschickt hatte. Er hatte es unausgepackt weggelegt. Bis jetzt war es für ihn nur ein weiteres Buch gewesen. Es war ein Roman mit dem Titel »Der Brandstifter«, und der Autor hieß Amanat Khan. Zias Reaktion ließ sich in etwa mit »o Gott« wiedergeben. Er war absolut verblüfft festzustellen, dass sein Bruder, sein Amanat, ein richtiger, veröffentlichter Autor war. Wann fand er eigentlich die Zeit zum Schreiben? Er war doch angeblich ständig krank, half seinem Vater im improvisierten Büro zu Hause, bemühte sich, Aufträge für sich selbst an Land zu ziehen, entwarf todsichere Motorrad- und Fahrradhelme und weiß der Himmel, was noch. Zia verspürte auch ein gewisses Unbehagen. Es war eine komplexe Reaktion gewesen, sie enthielt eine Spur Neid, mehr als ein paar Körnchen Bangigkeit und den entschiedenen Wunsch, seinen Bruder vor diesen Aasgeiern namens Rezensenten zu schützen.
Auf dem Rückumschlag war ein Bild von Amanat – er sah schüchtern und sympathisch aus – und ein anpreisender Text zum Buch:

Dies ist die unwahrscheinliche Geschichte eines Webers. Aber er ist kein gewöhnlicher Weber. Er ist ein Mann, der Gott webt. Ein lebenspraller und deftiger Roman und zugleich auch eine metaphysische Reise – des Menschen ewige Suche nach Sinngebung und sein Versuch, sein Leben und seine Welt zu begreifen.

Khan ist ein kühner und wagemutiger Autor. Sein Protagonist könnte selbst Buddha, Christus und Muhammad dazu bringen, sich im Grab aufzurichten und ihre Lehren und geheiligten Dogmen zu überdenken. »Der Brandstifter« wird den Westen ebenso schockieren und aufschrecken wie den Osten. Es geht um die Geschichte der kumpelhaften, liebenden, neckischen und freundschaftlichen Beziehung zwischen einem Mann und seinem Gott: die Geschichte des großen indischen mittelalterlichen Mystikers *Kabir* ...

Es war der übliche bombastische und aufgeblasene Schwulst, den Waschzettelschreiber überall auf der Welt absonderten. Oh Gott, dachte Zia, wie soll ich das jemals lesen? Was würde er Amanat sagen? Dass er sein Werk verlogen und prätentiös fand? Warum hatte er ihm das Buch bloß schicken müssen?
Nicht etwa, weil er neugierig gewesen wäre, las Zia das Buch in dieser Nacht durch – er wollte sich nur so schnell wie möglich Klarheit verschaffen. Kein Mensch wusste, ob Kabir Hindu oder Muslim gewesen war. Von der Vorgeschichte, seinen Eltern oder seiner Geburt war fast nichts bekannt. Aber was noch schlimmer war: Kabirs Gedichte trompeteten in alle Welt hinaus, es spiele überhaupt keine Rolle, was man sei – Hindu oder Muslim. »Nennt Ihn *Ram*, nennt Ihn *Rahim*: Was schert das Gott?« Das war pure Blasphemie. Hatte Gott Muhammad nicht gesagt, es gebe keinen Gott außer Allah und alle anderen seien Götzen und Abgötter?
Es war ein kurzes Buch, gerade mal hundertsiebzig Seiten lang. Es war schlimmer, viel schlimmer, als Zia erwartet hatte, allerdings in einem völlig anderen Sinn. Es steckte voller finsterer und zweideutiger Dinge. Es war ambivalent und es untergrub auf heimtückische Weise den Glauben.

... Wenn du zwischen einer Frau, die du erst gestern kennen gelernt hast, und Gott wählen müsstest, für wen würdest du dich entscheiden? Und der Weber sagte: Für die Frau. Was ist das für eine Frage?
Und der Mullah fragte ihn: Wenn du zwischen einem Lied und Gott wählen müsstest, was würdest du nehmen? Und der Weber sagte: Das Lied natürlich.

Und der Tempelpriester fragte ihn: Weber, wenn du gezwungen wärest, dich für das eine oder das andere zu entscheiden, einen schönen Sonnenuntergang oder Gott, wie würde deine Wahl ausfallen? Und er sagte: Versteht sich das nicht von selbst? Den Sonnenuntergang!
Und sie fragten ihn, wie er so lästerliche Reden führen könne. Und der Weber sagte: Ehrwürdige Herren, Gott ist ewig, er kann warten. Würden die Frau, das Lied oder der Sonnenuntergang auf mich warten?
Und verzweifelt fragten sie ihn: Wenn du zwischen der Sünde und Gott wählen müsstest, was würdest du wählen? Und er lachte und sagte: Die Sünde, jederzeit die Sünde! Die Sünde macht Spaß, die Sünde ist verboten; die Sünde ist, wie soll ich sagen, sündhaft gut. Man sollte Gott ebenso verbieten, wie man die Sünde verbietet, dann hätte er erheblich mehr Zulauf. Was für einen Haufen Vollidioten hast du doch als Verehrer, o Herr, lachte er lauthals. Die Dummköpfe würden dich am liebsten von deiner Schöpfung trennen! ...

Was Zia besonders in Rage brachte, waren die Gespräche zwischen dem Weber und seinen Jüngern, die immer wieder vorkamen.

... Eines Nachmittags machte der Weber gerade ein Nickerchen, als zwei seiner Schüler, der Muslim Ismail und der Hindu Ananda, ins Haus gerannt kamen und ihn weckten.
Ich hoffe, ihr habt Gott oder etwas ähnlich Wichtiges gefunden. Andernfalls werde ich euch gehörig das Fell gerben!
Ist es wahr, stieß Ananda noch immer atemlos hervor, dass Ihr früher ein Asket wart und allein in den Bergen gelebt habt?
Und deswegen hast du mich geweckt, du Idiot?
Beantwortet die Frage, Meister, sagte Ismail knapp.
Die anderen Lehrlinge standen von ihren Webstühlen auf und scharten sich um den Weber.
Ich weiß es nicht mehr. Es ist lange her. Was geht euch das überhaupt an?
Kein Asket mit auch nur einer Spur von Selbstachtung würde je wieder ein weltliches Leben aufnehmen oder zu Frau und Kindern zurückkehren, bemerkte Ismail verächtlich.

Offenbar habe ich keine Selbstachtung. Dürfte ich jetzt vielleicht weiterschlafen?

Warum, warum nur seid Ihr zurückgekommen, wenn Ihr doch als der größte *maharshi* des Landes galtet?

Können wir nicht ein andermal darüber reden?

Jetzt, sagten die Schüler ungeduldig.

Als ich so alt war wie ihr, machte ich mich auf die Suche nach Gott. Nicht nach irgendwelchen kleinen oder mittelgroßen Göttern, sondern nach dem wirklich großen, dem Allmächtigen höchstpersönlich. Ich war ein ziemlich hartnäckiger Typ und im Laufe der Jahre erwarb ich den Ruf eines heiligen Mannes. Die Leute nannten mich einen Weisen und einen Seher. Manche sagten, ich sei ein *siddha* und hätte übernatürliche Kräfte.

Ich lebte damals im Himalaya, gut viertausend Meter über dem Meeresspiegel. Ganze sieben Jahre stand ich schon Tag und Nacht auf einem Bein. Meine Augen waren geschlossen, und mein Geist war vollkommen auf das Brahman fixiert. Die Leute kamen von nah und von fern, aus angrenzenden Fürstentümern und entlegenen Königreichen, wanderten hinauf in die Berge, um vor mir auf die Füße zu fallen und meinen Segen zu empfangen. Manchmal warteten sie tage-, ja wochenlang auf den Segen, denn man konnte nie wissen, wie lange meine Andachts- und Meditationsübungen dauern würden.

Warum suchen die Menschen heilige Männer auf? Weil sie glauben, dass der Erleuchtete Gott dazu bringen kann, sich vom Himmel herabzuneigen und ihnen sein Ohr zu leihen. Für sie ist ein Weiser ein Mittler, ein Makler, und wer weiß, vielleicht spielt Gott ja auch wirklich mit. Aber ich versprach nichts. Falls ich tatsächlich magische Kräfte besaß, behielt ich sie für mich. Und trotzdem kamen sie weiter angeströmt, ein endloser Zug von Pilgern: Reiche und Arme, Männer, Frauen und Kinder, Lahme, Sieche und Krüppel; Menschen, die einen Wegweiser im Leben brauchten, und solche, die überhaupt nichts brauchten. Sie alle kamen, um im Schatten der Heiligkeit zu sitzen und von jemandem berührt zu werden, der, wie sie glaubten, in Gottes Gedanken eingeweiht war.

Eines Tages kam die Frau des Schmieds in Begleitung ihres Sohnes. Er war ein Mann unbestimmbaren Alters, er konnte fünfundzwan-

zig sein oder ebenso gut auf die Vierzig zugehen. Sein Mund stand offen, und er hatte ein dümmliches Lächeln im Gesicht.
Steh nicht so rum, du Narr! Berühr die Füße des Meisters!, bellte ihn die Mutter an.
Er beugte sich nieder und blieb, die Hände andächtig gefaltet, geschlagene fünf Minuten ausgestreckt vor mir liegen.
Segnet ihn, Meister, sagte die Mutter. Ich habe sieben Töchter und einen Sohn. Er heißt Suraj. Er ist ein guter Junge und er hat das Herz auf dem rechten Fleck, aber er ist ein bisschen einfältig. Er ist schwer von Begriff, und sein Vater prügelt ihn fast jede Woche einmal richtig durch.
Sag dem Schmied, er soll Eisen schlagen und nicht den Jungen, sagte ich zu ihr. Die Einfältigen, glaube ich, stehen Gott näher als alle scharfsinnigen Gelehrten der Welt zusammen. Steh auf, mein Sohn. Ich legte ihm die Hand auf den Kopf. Gott sei mit dir.
Gleichfalls, sagte er und lachte, als hätte er etwas ungeheuer Witziges gesagt.
Von da an kam er immer wieder mal vorbei und beobachtete mich aus der Ferne. Ich übersah ihn, und erst Stunden später merkte ich, dass er mich immer noch anstarrte.
Es war Anfang Februar, und es wehte ein eisiger, gemeiner Wind – der, den die Leute »Eindringling« nennen. Er pfeift einem durch die Knochen und lässt einem das Blut in den Adern gefrieren. Der Sohn des Schmieds trat eines Tages zu mir und wickelte mir ein Wolltuch um die Schultern.
Ich danke dir für deine Freundlichkeit, sagte ich zu ihm, aber ich kann dein Geschenk nicht annehmen, denn ich habe das Gelübde abgelegt, jede Jahreszeit und jedes Wetter ungeschützt zu ertragen.
Der Sohn des Schmieds sah mich verdutzt an. Warum denn das, Meister?
Ein kleines Zeichen, lächelte ich bescheiden abwehrend, meiner Hingabe an Gott.
Ich habe Euch ein paar Brotfladen mitgebracht, die meine Mutter gebacken hat, und rohe Chilis. Die werden Euren zitternden Körper aufwärmen.
Das ist lieb von dir, Suraj. Deine Anteilnahme rührt mich, aber ich werde die nächsten drei Wochen keinerlei Nahrung zu mir nehmen.

Und warum das, Meister? Habt Ihr Euch den Magen verdorben?
Nichts dergleichen, sagte ich. Nur ein weiteres kleines Zeichen meiner Liebe zu Gott.
Dann macht es Gott also Freude, wenn Leute verhungern oder erfrieren?, fragte er arglos. Ist das der Grund, warum sich die Leute geißeln?
Oh nein, nein. Der gütige Herr verlangt nichts Derartiges von uns. Das ist bloß meine persönliche Art, ihm meine Liebe zu zeigen.
Steht Ihr deswegen auf einem Bein?
Ja, genau das ist der Grund.
Ihr habt eine ziemlich komische Art, Gott Eure Liebe zu zeigen, Meister. Denn wenn Gott gewollt hätte, dass wir auf einem Bein stehen, dann hätte er uns bestimmt keine zwei gegeben.
Ich lächelte über seine Naivität, beschloss aber, auf ihn einzugehen.
Da hast du vielleicht nicht ganz Unrecht.
Welche Opfer habt Ihr sonst noch auf Euch genommen, Meister?
Ach, nicht der Rede wert. Ich habe mir den Kopf geschoren, habe meine junge Frau und mein zwei Monate altes Kind verlassen. Und meine alten Eltern. Die wollten mich nicht ziehen lassen, weil ich ihr einziges Kind und der einzige Ernährer war. Wer wird jetzt die Werkstatt leiten und für uns sorgen?, fragten sie. Gott wird es tun, sagte ich zu ihnen. Er sorgt für die Seinen.
Was denn für eine Werkstatt? Seid Ihr etwa auch Schmiedemeister?
Nein. Ich war königlicher Weber. Alle Prinzessinnen und Königinnen trugen Stoffe aus meiner Manufaktur.
Und das alles habt Ihr aufgegeben? Kein Wunder, dass die Leute Euch einen Maharshi nennen!
Wirklich nicht der Rede wert. Eine Kleinigkeit. Ich habe mein Amt als Dorfvorsteher niedergelegt. Die Dorfbewohner sagten: Wer wird uns jetzt retten, wenn das Hochwasser kommt, und wer wird sich unsere Sorgen anhören? Und ich sagte ihnen, dass Macht ein unstillbarer Durst ist und ein hohes Amt eine eiserne Fessel. Ich wollte nichts mehr damit zu tun haben. Ich trennte mich von allem, wonach ich je verlangt hatte.
Dann müsst Ihr Euch jetzt auch vom Allmächtigen trennen.
Ich lachte und fragte ihn: Mit Verlaub, warum sollte ich mich wohl vom Allmächtigen trennen?

Weil Ihr nach nichts auf der Welt so sehr verlangt wie nach Ihm.
Ich war zunächst sprachlos. War dieser Mann lediglich dumm, oder war er der leibhaftige Teufel?
Du willst mir einreden, ich sollte das Kostbarste aufgeben, was es in meinem Leben gibt?, fragte ich mit mühsam unterdrückter Wut.
Der Sohn des Schmieds fiel mir zu Füßen und klammerte sich an meine Knöchel.
Erbarmen, Meister, habt Erbarmen mit mir! Ich werde nicht eher aufstehen, als bis Ihr diesem unwissenden Tölpel und seiner losen Zunge verziehen habt!
Steh auf, Schmied, sagte ich, ich bin dir nicht böse.
Deine Liebe zu Gott ist wahrhaft groß, Meister. So groß wie keines anderen Menschen Gottesliebe, sagte der Sohn des Schmieds und verneigte sich. Ich werde mich jetzt von Euch verabschieden.
Gott sei mit dir, sagte ich.
Er kam nie wieder. Der Weber schwieg kurz. Ich war es, der ihn eine Woche später aufsuchte. Er hantierte in der Schmiede, und als ich hereinkam, räumte er einige Eisenabfälle von einer Bank, um mir Platz zu machen, und bat seine Mutter, mir ein Glas Buttermilch zu bringen.
Was kann ich für Euch tun, Meister?, fragte er mich.
Wollt Ihr mein Lehrer sein, mein Guru?
Ich? Die Vorstellung schien ihn zutiefst zu verblüffen.
Ja. Ihr besitzt mehr Weisheit, als meine jahrelange Suche nach dem Allmächtigen mir eingebracht hat. Ihr habt mich gelehrt, dass man selbst an der Selbstlosigkeit etwas zu sehr hängen kann. Ihr habt mich gelehrt, dass der Mensch am Ende auch noch der Entsagung entsagen muss.
Der Schmied lächelte. Ich habe Euch das gelehrt, Meister? Ihr nehmt mich auf den Arm.
Tu ich nicht, sagte ich mit Nachdruck. Ich habe noch nie so im Ernst geredet wie jetzt. Seid mein Guru.
Da lachte er, so laut und dröhnend, dass die ganze Schmiede erzitterte. Ihr müsst scherzen, sagte er. Meint Ihr, ich hätte nichts Besseres zu tun?
Jeder will einen Guru, der ihm den Weg weist, sagte der Weber. Das ist wahrscheinlich keine so dumme Idee. Mag schon sein, dass ihr

ohne einen Guru nicht sehen könnt. Ebenso gut kann es aber dann auch sein, dass ihr nicht über den Guru hinaussehen könnt. Der Guru ist euer Augenlicht, und der Guru ist eure Scheuklappen. Man kann leicht vergessen, dass man eigentlich nicht nach dem Guru, sondern nach Gott sucht. Sobald ihr einen Guru gefunden habt, wird es auch Zeit, daran zu denken, ihn zu verlassen und euren eigenen Weg zu gehen.
Wenn ich euch irgendetwas lehren könnte, sagte er zu seinen Schülern und Lehrlingen, dann würde ich euch Respektlosigkeit lehren. Respektlosigkeit gegenüber eurem Guru; Respektlosigkeit gegenüber Gott und der Welt; vor allem aber Respektlosigkeit gegenüber euch selbst und eurem feierlichen Ernst.
Vielleicht habe ich ja den wahren Weg gefunden – falls es so etwas überhaupt gibt –, aber die Wahrheit hat, wie jeder von uns, nur eine begrenzte Haltbarkeitsdauer. Und dann muss jemand anders einen anderen Weg finden, und eine andere Wahrheit. Und die neue Wahrheit wird die alte nicht ausschließen ...

Nein. Genug. Wenn ich noch weiterlese, dachte Zia, lese ich mich geradewegs in die Hölle. Und las weiter.

... Aber warum gibt es so viel Leiden?, fragte einer der Jünger des Webers, ein Hindu namens Gunidas. Er war so ernst und feierlich in seiner Gottessuche, dass der Weber ihn am liebsten mit einem Fußtritt die Treppe hinunterbefördert hätte; dann hätte er vielleicht endlich einmal gelacht.
Warum stirbt jedes zweite Kind an Diphtherie? Warum verhungern die Armen, während die Reichen immer noch reicher werden? Warum gibt es keine Gerechtigkeit? Warum gibt es Schmerz, Meister? Gunidas konnte einfach nicht aufhören.
So eine dumme Frage, sagte der Weber. Weil Gott böse ist.
Gunidas und seine Mitschüler waren entsetzt. Der Meister hatte schon immer ketzerische Reden geführt – teils, um sie zu schockieren, teils, weil er gern in Rätseln und dunklen Worten sprach –, aber heute war er zu weit gegangen; er hatte sämtliche Grenzen überschritten, selbst die der Respektlosigkeit. Sie beschlossen, ihn zu verlassen.

Gott sei's gedankt, sagte der Weber. Dann habe ich jetzt endlich meine Ruhe.

Aber Blasphemie ist immer verlockend. Sie ist schließlich der erste Ausdruck von Freiheit. Einer nach dem anderen kamen sie zurückgeschlichen.

Wir kehren unter einer einzigen Bedingung zurück, sagten sie. Ihr hört auf, Euch kindisch zu benehmen, und sagt keine schrecklichen Dinge mehr, nur um uns zu provozieren und zu quälen. Abgemacht?

Der Weber gab ihnen sein Wort, dass er nie wieder etwas Schockierendes sagen würde. Er schaute dabei ganz zerknirscht drein. Ich schwöre beim Satan, dass ich nie wieder etwas Ketzerisches sagen werde.

Es hat keinen Zweck, sagten sie und gingen.

Ist Satan etwa nicht Gottes Geschöpf?, brüllte er ihnen hinterher. Gibt es da oben etwa verschiedene Geschäftsbereiche, einen fürs Böse und einen fürs Gute? Du, Michael, bist für die gesamte Flora zuständig. Dich, Gabriel, versetze ich in die Abteilung Plagen & Sonstiges und übertrage dir die Leitung des Instituts zur Erforschung neuer grauenhafter Krankheiten; seit den Pocken haben wir keinen echten, richtig tödlichen Durchbruch mehr gehabt. Und dir, Luzifer, vertraue ich das Ministerium des Bösen an. Ich will nicht, dass irgendwelcher Dreck an mir kleben bleibt. Du bist der Böse, und ich bin der Gute. Das mag total primitiv klingen, aber glaub mir, Gut gegen Böse ist der ganz große Renner. Die Leute werden scharenweise angelaufen kommen, um uns zuzuschauen. Die Bischöfe, *qazis* und Rabbiner werden endlos über den Baum der Erkenntnis und die Willensfreiheit philosophieren und darüber, dass Gott in seiner Weisheit polare Gegensätze erschuf und es jedem Menschen anheim stellte, zwischen Ihm und dem Bösen zu wählen. Die werden begeistert sein, Luzifer!

Und noch etwas anderes, Merkwürdiges: Ist euch noch nie aufgefallen, fragte der Weber, dass Satan, ich meine, Luzifer, alle Zeit der Welt hat – und ich meine, richtig viel Zeit – für jeden von uns? Er steht uns immer zur Verfügung. Und nicht nur das – er kommt von sich aus auf uns zu, er ist geduldig, er ist ausdauernd und vor allem: Er gibt uns nie auf. Er ist immer da, selbst wenn wir ihn gar nicht brauchen können. Ja, ganz besonders, wenn wir ihn nicht brauchen können.

Was glaubt ihr wohl, wie die Erbsünde zustande kam? Gott saß auf seinem hohen Ross, tat wahnsinnig mächtig und wichtig und entrückt, während der Teufel Adam und Eva bei der Hand hielt und ihnen das Gefühl gab, dass jemand sich für sie interessierte.

Ihr werdet doch zugeben: Es ist schon ein wenig merkwürdig, dass, während der Teufel immer auf Abruf bereit steht, der liebe Herrgott irgendwie ständig anderweitig beschäftigt zu sein scheint.

Warum streicht Gott eigentlich die ganze Anerkennung für das Gute ein, fragte der Weber, während alles Böse dem Satan in die Schuhe geschoben wird? Wenn Gott der Schöpfer ist, wird er mit beidem fertig. Ihr müsst entscheiden, wer hier den Laden schmeißt, Freunde. Erst dann werdet ihr begreifen, dass alle Gegensätze und Trennungen ein Sakrileg sind. Gott ist – wenn ich einen dieser neumodischen akademischen Begriffe verwenden darf – die vereinheitlichte Theorie des Universums. Gut und Böse, Hindu, Muslim, Jude, Christ, Buddhist, alle sind in ihm enthalten. Er ist groß genug und weise genug, um alle Widersprüche in sich zu vereinen …

Vivians Kleidungsstil hatte in den letzten zwei Monaten eine radikale Änderung durchgemacht. Zia und sie wollten eines Tages nach Peterborough in die Moschee fahren, als sie in einer Burka mit Gitterschleier vor dem Gesicht erschien. Zia war entsetzt, aber er beschloss, sie nicht vor den Kopf zu stoßen, da eine negative Reaktion seinerseits ja doch immer nur zu einem Kräftemessen und einer Verhärtung ihres Standpunkts führte. Er lächelte und produzierte ein harmloses »Hmm«.

»Gefällt's dir?« Vivian wollte offensichtlich mehr als nur ein zweideutiges Grunzen.

Er wollte schon »interessant« sagen, bremste sich aber noch rechtzeitig. Ein unverbindliches, indifferentes Wort wie »interessant« hätte sie auf die Palme gebracht. Er staunte über seine Fähigkeit,

das falsche Wort im letzten Augenblick zu verschlucken, noch mehr aber darüber, an dessen Stelle spontan das richtige Wort zu finden.
»Steht dir sehr gut«, sagte er und lächelte noch mehr.
»Findest du wirklich? Ich hab noch drei weitere. Eine davon ist ein saudiarabischer Tschador mit so einer Halbmaske, die über der Nase eine Art Schnabel bildet.«
Zias Lächeln hatte sich inzwischen zu einem Grinsen verzerrt. Ganz ruhig, Zia, ganz ruhig, redete er sich gut zu. »Fertig?«
»Ja, natürlich.«
»Ich seh bloß eben nach, ob die Hintertür auch verriegelt ist, während du die Burka ausziehst.«
»Warum sollte ich die Burka ausziehen? Die Burka wird von nun an mein Schild sein.«
»Und was für ein Schild sollte das wohl sein?«
»Der Schild des Islam, der Schild der Ehre, der Keuschheit, der weiblichen Würde und Tugend.«
»Deine Tugend ist glücklicherweise noch nie gefährdet gewesen, Vivian. Gott gnade jedem, der je auf die Idee kommen sollte, sie zu beschmutzen. Komm schon, zieh das Ding aus, und dann gehen wir. Sonst kommen wir noch zu spät.«
»Als gute muslimische Frau werde ich niemals mehr ohne Burka aus dem Haus gehen.«
»Viv, ich weiß, dass du gern deine neue Kleidung jedem vorführen würdest, aber bitte nicht heute, und bitte nicht, bevor wir unsere Mission erfüllt haben.«
»Was hat die mit meiner Burka zu tun?«
»So viel, dass du damit in Cambridge wie ein siebenfarbiger Totempfahl hervorstechen würdest.«
»Blödsinn. Ich habe in Cambridge schon andere Frauen im Tschador gesehen.«
»Ich bezweifle nicht, dass dir gelegentlich Gruppen von Touristinnen in Burkas über den Weg gelaufen sind, und es mag sogar die eine oder andere Studentin der arabischen Geschichte geben, die ganz in Schwarz und mit gesenktem Kopf durch die Gegend huscht, aber das hat nichts mit dir zu tun. Du bist die Tochter einer sehr bekannten Professorin, und du wohnst in einem Viertel, in dem du in der Aufmachung wie ein bunter Hund auffallen würdest. Das

Letzte, was wir gebrauchen können, ist die Aufmerksamkeit unserer Nachbarn oder eines Polizisten, der zufällig in seinem Streifenwagen vorbeifährt. So, könnten wir jetzt zum Bus nach Peterborough und dabei bitte so aussehen wie ganz normale Leute?«

»Tut mir leid, ich zieh mich nicht um. Finde dich damit ab oder lass es bleiben.«

»In dem Fall lass ich's.«

Zia knallte die Tür hinter sich zu und marschierte wutentbrannt zum Busbahnhof. Auf dem Weg dorthin fiel ihm auf, dass die ihm entgegenkommenden Leute an ihm vorbeistarrten. Vivian rannte ihm hinterher und ihm blieb nichts anderes übrig, als sein Tempo zu beschleunigen. Im Bus wählte er bewusst einen Platz am Gang – für den Fall, dass sie sich neben ihn setzen sollte. Sie tat es, und er setzte sich um. Er dachte schon, sie würde aufstehen und ihm folgen, und sie würden bis Peterborough dieses Bäumchen-wechsel-dich-Spiel treiben. Glücklicherweise blieb sie sitzen.

Doch die Sache war noch nicht ausgestanden. »Zia«, rief Vivian quer durch den Bus, »hast du die Fahrkarte für mich gekauft oder soll ich mir selbst eine kaufen?«

Zia ignorierte sie geflissentlich, während fast jeder andere Passagier versuchte, den mit »Zia« angesprochenen Mann zu identifizieren, der offenbar keine Fahrkarte für seine Frau oder Schwester gekauft hatte.

»Zia«, rief Vivian noch einmal, diesmal mit einem schon etwas dramatischeren Unterton, »was soll ich tun?«

Wieder ignorierte Zia sie. Vivian ging nach vorn zum Fahrer und bat mit einem Bühnenflüstern um einen Fahrschein.

»Der Herr hat schon für Sie gelöst«, sagte der Fahrer.

»Er ist mein Mann, aber er will mich wegen einer anderen jungen Frau verlassen«, verriet ihm Vivian in verschwörerischem Ton.

Gerade als der Bus losfahren wollte, stieg Zia aus.

Im Laufe des Sommers verschlechterte sich die Beziehung zwischen Vivian und Zia noch weiter. Vivian hatte gesagt, dass sie die Burka trug, weil sie eine tugendhafte muslimische Frau sein wollte. Nicht nur ihr Verhalten, sondern auch ihre Kleidung sollten so lauter und rein wie das Wasser der Bäche im Paradiesgarten werden. Daran wäre eigentlich nichts zu beanstanden gewesen, nur dass nicht einmal der größte Ketzer sich hätte ausmalen können, was Vivian darunter verstehen würde. Für den wahren Gläubigen bedeutet die Burka Beschränkung und Sittsamkeit. Sie ist eine Rüstung und eine Bastion. Sie beschützt sowohl die Trägerin als auch den Mann, der durch ihren Anblick erregt werden könnte. Das Abendland betrachtet sie als eine Fessel, als ein Unrecht gegenüber der Frau, als ein Symbol ihrer Versklavung, eine Strafe, die das Opfer statt den Täter trifft. Für Vivian bedeutete sie Freiheit.

Unter dem ausladenden schwarzen Sack hatte sie angefangen, Salomes Schleiertanz aufzuführen. Möglicherweise war sie sich dessen gar nicht bewusst, aber es war ein langsamer, träger und erotischer Tanz, der Zia empörte und ihn zur Verzweiflung trieb. Im Laufe der Monate legte sie unter der abweisenden, strengen Burka ein Kleidungsstück nach dem anderen ab. Das Erste, was fiel, war der Pullover. Als Nächstes kamen Hemd und Hose an die Reihe. Die letzten Stadien des Striptease kamen mit der Ankunft des Sommers. Die Quecksilbersäule stieg eines Nachmittags auf 35 Grad Celsius, und da hieß es: BH und Höschen, ade.

Es war nichts Ungewöhnliches, wenn Vivian im Bus oder in der Bibliothek aufstand, einen riesigen schwarzen Schmetterling zwischen ihren Pobacken eingeklemmt zu sehen. Manchmal erinnerte sie sich daran, die schwarze Seide herauszuziehen und den Schmetterling zu befreien. Oft aber blieb er gefangen.

Zia hatte gedacht, Tante Antonia würde einen Tobsuchtsanfall bekommen und den Tschador in winzigkleine Fetzen zerreißen. Das Allermindeste wäre gewesen, Vivian aus dem Haus zu werfen. Aber wie es das Schicksal so wollte, verbrachte Tante Antonia den größten Teil dieses Sommers in Nigeria, und wenn sie zwischendurch doch einmal in Cambridge war, saß sie im Schnitt zehn bis zwölf Stunden an ihrem Schreibtisch. Wie auch im Falle ihres Übertritts zum Islam, war es mehr als wahrscheinlich, dass Vivians Burka keinen anderen Zweck erfüllte, als die Aufmerksamkeit ihrer Mutter zu erregen.

Was sollte Zia von Vivian halten? Beziehungsweise: Was sollte er von sich selbst halten? Denn da war noch etwas, etwas so Beschämendes, dass Zia es sich nicht einmal selbst eingestehen konnte. Die Burka besaß eine geheimnisvolle Macht, die ihn in das Höllenfeuer stürzen würde. Sie war die reinste Spanische Fliege, der nepalesische Shilajit, der berühmte *palangtod* oder »Bettbrecher«. Sie war das ultimative priapische Stimulans. Sie verwandelte Zia in ein Wesen, das er selbst nicht mehr wiedererkannte. Er verfluchte sich und schwor: Nie wieder, nie wieder, doch am helllichten Tag und am Abend und in der Frühe fiel er über Vivian her und liebte sie mit brutaler Leidenschaft.

Sie wechselten kein Wort miteinander, Vivian und er. Er wusste nicht, ob sie Freund oder Feind war, ob dies das Getümmel des Krieges oder der Pesthauch des Friedens war. Er hasste sie und gab ihr an allem die Schuld, aber noch mehr hasste er sich selbst und gab sich an allem die Schuld. Und dennoch, wenn er sie das nächste Mal auf der Straße sah, vor dem Drogeriemarkt, wie sie sich auf der Cam-Brücke über das Geländer lehnte, auf dem abschüssigen Rasen hinter King's College lag, musste er all seine Willenskraft aufbieten, um nicht gleich über sie herzufallen. »Nach Hause«, murmelte er dann zwischen den Zähnen, »nach Hause.« Sie sagte niemals nein.

Dieses Jahr erlebte Cambridge zum Glück einen der schlimmsten Herbste seit Jahrzehnten, und Vivian fand es schwierig, Mantel, Burka und Bücher gleichzeitig zu tragen. Als der Winter anbrach, verschwand der Tschador in der Versenkung.

Erwartungsgemäß schloss Zia in Wirtschaftswissenschaften als Bester seines Jahrgangs ab. Vivian schenkte ihm einen handgeschriebenen Koran aus dem siebzehnten Jahrhundert, James und Deirdre Cambray schmissen für ihn ein Fest in Cambray Park, und Roy, der dazu extra aus Boston kommen wollte, würde mit ihm von Heathrow aus geradewegs zu Armani fahren und ihm einen Dreiteiler kaufen. Damit blieb nur noch Tante Antonia übrig. Sie schenkte ihm einen goldenen Füller von Cross und ein Business-Class-Ticket nach Indien.

Seine Familie hatte von Bombay aus angerufen. Abba, Zubeida-Khala und Amanat hatten ihm nacheinander gratuliert. Da Ammi zu der Zeit in Simla gewesen war, hatte sie ihm ein Telex geschickt. Es war der längste Brief, den sie ihm jemals geschrieben hatte.

Zia, mein Liebling,

ich muss in einer meiner früheren Existenzen etwas Gutes getan haben (glaubst Du, dass die lieben Hindus in dem Punkt Recht haben?), um Dich als Sohn zu verdienen. Oh, wie stolz Du uns alle gemacht hast! Jetzt sprechen mich dauernd Leute an und wollen wissen, ob ich die Mutter dieses jungen Genies aus Cambridge namens Khan bin. Neulich habe ich zu Hause ein paar Alben durchgeblättert und Fotos von Dir gesehen. Ist dieser gut aussehende junge Mann wirklich mein Sohn?, habe ich mich da gefragt. Wo hat er seinen Grips bloß her? Bestimmt nicht von seiner Mutter.

Ich wünschte, ich hätte bei der Abschlussfeier dabei sein und zusehen können, wie mein Baby all diese wunderschönen Auszeichnungen bekommt und im Mittelpunkt der allgemeinen Aufmerksamkeit steht. Andererseits bin ich froh, dass ich doch nicht da war. Ich wäre vielleicht als die gute sentimentale indische Mutter, die ich bin, in Tränen ausgebrochen und hätte Dich in Verlegenheit gebracht. Aber im Geist bin ich bei Dir, immer bei Dir, mein geliebter Sohn.

Ich habe eine einzige, eine allereinzigste Bitte an Dich. Komm heim, Sohn. Du bist so lange weg gewesen, willst Du Deine Mutter nicht wiedersehen? Deinem Vater fehlst Du auch, auch wenn er es nicht sagt. Und das Gleiche gilt für die liebe Zubeida. Schließlich warst Du von jeher ihr Liebling. Und Amanat? Ich glaube, er fühlt sich, seit Du nach New Eden gegangen bist, völlig verwaist. Komm zurück und mach uns alle glücklich.

Ich liebe Dich innig, mein Sohn, und vermisse Dich.

Ammijan

Zia hätte sich über all die Aufmerksamkeit, die ihm zuteil wurde, wie ein Schneekönig freuen müssen, tatsächlich aber hatte sie die entgegengesetzte Wirkung auf ihn. Sie unterstrich nur noch die Tatsache, dass – während der Allmächtige fortfuhr, ihn mit Seinen reichen Gaben zu überschütten – er Allahs Befehl noch immer nicht ausgeführt hatte. Seine Schuldgefühle nahmen täglich zu, und er wurde das Gefühl nicht los, dass er wieder einmal seinen Gott enttäuscht hatte. Am liebsten hätte er das Ticket genommen, das Tante Antonia für ihn gekauft hatte, und wäre nach Indien geflogen, und wenn auch nur, um all dem Jubel-Trubel über seinen Erfolg zu entfliehen. Aber das war unmöglich. Das hätte nur bedeutet, dass ihm nichts mehr daran lag, den Fürsten der Finsternis zu besiegen; dass er seine Niederlage eingestand und die Idee aufgab, der Beschützer des Glaubens und Allahs Schwert auf Erden zu sein.

Vivian nervte Zia ständig, er sollte sie mitnehmen, wenn er auf Jagd nach SR ging.
»Das ist nichts für eine Frau«, sagte er zu ihr.
»Wie hast du vor, ihn zu erledigen? Durch Aufbietung möglichst vieler männlicher Vorurteile?«, fragte sie ihn eines Abends.
»Du schaust zu viele amerikanische Kriegsfilme.«
»Du hast meine Frage nicht beantwortet.«
»Was für eine Frage?« Zia versuchte, Zeit zu schinden.
»Wie willst du ihn töten?«
Zia lachte. »Das geht nur Satan und mich etwas an.«
»Du hast dir darüber noch gar keine Gedanken gemacht, stimmt's?«
»Natürlich habe ich.«
»Hast du vor, ihn mit bloßen Händen umzubringen?«
»Ich bin kein Idiot, Vivian. Ich werde ihn erschießen.«
»Womit?«
»Mit einem Pusterohr, womit sonst?«
»Mit was für einer Schusswaffe?«
»Angenommen, ich möchte es dir nicht sagen?«
»Du hast in Wirklichkeit gar keine Schusswaffe, stimmt's? Das ist alles nur Schau.«
»Spar dir den gönnerhaften Ton, Vivian.«
Er ließ sich nicht von ihr herausfordern. Er wollte ihr nur ein für alle Mal den Mund stopfen. Er ging zu seinem Schrank, holte hinten aus einer Schublade einen Revolver heraus und reichte ihn ihr.
»Du hast dir eine Magnum besorgt?«, fragte Vivian mit ungläubiger Stimme.
»Ja, eine 44er Magnum. Genau so eine, wie Clint Eastwood in ›Dirty Harry‹ benutzt.«
»Nun, wer schaut sich also zu viele Filme an?«, lachte Vivian. »Weißt du denn nicht, dass eine Magnum für so eine Operation völlig unbrauchbar ist?«

»Wieso?«
»Sie ist zu groß und zu auffällig. Sie ist viel zu schwierig zu benutzen. Sie hat einen fürchterlichen Rückstoß.«
»Für eine Frau vielleicht.«
»Hast du sie schon mal ausprobiert?«
Nichts brachte Zia so sehr in Rage wie Vivians klugscheißerische Art. »Natürlich nicht. Wenn ich sie ausprobiert hätte, wäre der Fürst der Finsternis nicht mehr am Leben.«
»Von wem hast du sie?«
»Was spielt das für eine Rolle?«
»Weil manche illegalen Quellen unzuverlässiger sind als andere.«
»Ich habe sie von ein paar kaschmirischen *jihadis*, mit denen ich mich in der Moschee angefreundet habe.«
»Wie viel hast du dafür bezahlt?«
»Was ist das hier, eine Inquisition? Wie kommt es, dass du so viel über Schusswaffen weißt?«
»Das wüsstest du wohl gern, wie?«
»Beantworte meine Frage.«
»Tu ich einfach.«
»Beantworte meine Frage.«
»Ich hatte mal einen Freund, der sich damit auskannte.«
»Du hast einen Freund?«
»Präteritum. Hatte. Er ist nach Amerika.« Sie ließ ihm einen Augenblick Zeit, das zu verdauen.
»Im Ernst?«
»Im Ernst. Wie viel?«
»Wie viel was?«
»Wie viel hast du dafür bezahlt?«
»Zwölfhundert Pfund.«
Vivian machte ein nachdenkliches Gesicht. »Das Problem mit Kanonen ist, dass sie so leicht zu entdecken sind.«
»Was würdest du denn tun?«
»Ich weiß nicht.«
Sie gähnte, träge wie eine Katze, ihr Rücken krümmte sich, ihr langer rechter Arm hob sich senkrecht in die Höhe und reckte sich hinter ihren Kopf, ihre Zähne schimmerten wie die Kunstgebisse in Dr. Lees Praxis gegenüber von Suleiman Mansion. Was danach ge-

schah, war Zia nicht ganz klar. Es ertönte ein fast unhörbares Schnalzen, ihr Handgelenk zuckte, etwas blitzte durch die Luft, und ein Wurfpfeil hatte eine Locke von Zias Haar zwischen den Fähnchen an die Landkarte genagelt.
»Du hättest mir ein Auge ausstechen können.« Zia rang nach Atem.
»Stimmt«, sagte Vivian. Ein weiterer Dartpfeil pfiff an Zias rechtem Ohr vorbei und bohrte sich in das Weichholzbrett, an das die Karte Großbritanniens gepinnt war. »Wenn ich gewollt hätte. Ich treffe immer ins Schwarze.«
»Bist du fertig?«, fragte Zia.
»Ein paar von den Dingern hab ich noch.«
»Erspar mir den Rest der Darbietung«, sagte er mit kalter Wut.
»Wir würden ein gutes Team abgeben, Zia. Wenn der eine danebentrifft, kann der andere übernehmen.«
Zia musste zugeben, dass da etwas dran war.
»Vielleicht.«
»Als Allererstes müssen wir auf einen Schießstand und den Revolver ausprobieren. Wir müssen außerdem sehen, ob ihr beide, die Magnum und du, zusammenpasst.«

Liebe Ammijan,
jemand muss in den sauren Apfel beißen. Jemand muss die Wahrheit sagen. Und wenn ich dazu ausersehen bin, das zu tun, dann soll es eben so sein. Ich werde Allahs Befehl gehorchen.
Dies ist das letzte Mal, dass ich Sie Ammijan nenne oder Ihnen schreibe. Sie sind nicht mehr meine Mutter, noch ist irgendeine anders geartete Beziehung zwischen uns möglich. Der Grund dafür ist offensichtlich, aber ich bin es Ihnen schuldig, ihn auszusprechen.
Als Kind, und selbst noch als ich in New Eden war, habe ich Sie angebetet. Alles, was Sie taten, war richtig. Zubeida-Khala mag meine spirituelle Patin gewesen sein, Sie aber waren mein Universum. Wenn jemand abfällige Bemerkungen über Sie fallen ließ oder auch nur entfernt Kritik an Ihnen übte, habe ich ihn verflucht und mit dem bösen Blick belegt. Als wir Firdaus verlassen mussten, habe ich Abba an allem die Schuld gegeben.
Jetzt weiß ich, wie Unrecht ich hatte. Wie blind ich war. Sie waren die Ursache all unseres Unglücks. Sie organisierten das Geld, da-

mit Altaf-Mamu nach Oxford konnte. Und als er sich haushoch verschuldete, brachten Sie Abba dazu, eines seiner exklusivsten Grundstücke auf Malabar Hill für ein Butterbrot zu verkaufen, damit Sie Ihrem Bruder aus der Patsche helfen konnten. Als Mamu nach Indien zurückkam, sorgten Sie dafür, dass Abbajan ihm einen Posten bei Khan Builders gab. Aber das war Ihnen noch nicht genug. Schon ein paar Jahre später lagen Sie Abba in den Ohren, er solle Altaf zum geschäftsführenden Direktor und zu seinem Partner machen. Als er sich gegen die Idee sträubte, spielten Sie Ihre Trumpfkarte aus: »Du liebst mich nicht mehr!« Abba hätte Ihnen antworten sollen: »Du hast Recht. Ich liebe dich nicht mehr«, unverzüglich den *talaq* aussprechen und Sie aus dem Haus jagen sollen. Doch als der Narr, der er ist, gab er wie üblich nach.
Ich halte Abba weiterhin für den eigentlichen Schuldigen, aber jetzt in einem anderen Sinne. Wenn er nicht so schwach gewesen wäre, hätte er niemals zugelassen, dass Sie eine Hure wurden. Denn genau das sind Sie, so weh es mir tut, das zugeben zu müssen. Aber eine Hure tut das, was sie tut, für Geld und ihren Lebensunterhalt. Sie taten es und tun es weiterhin, weil Sie ein unzüchtiges Weibsbild sind und das Leben in Sünde lieben. Pferderennen, Karten, Glücksspiel und Spaß, das ist alles, was Sie interessiert. Sie haben nie einen Gedanken an Allah verschwendet und konnten nie auch nur einen Augenblick für Ihr Seelenheil erübrigen. Wenn wir in einem heiligen islamischen Staat leben würden, wissen Sie ganz genau, was Ihr Schicksal gewesen wäre: Man hätte Sie öffentlich zu Tode gesteinigt. Anstatt Sie mit Peitschenhieben auf den rechten Weg zu treiben, hat Abba Ihre Verworfenheit geduldet und vor Ihren Sünden beide Augen zugedrückt.
Ich aber kann und werde das nicht tun. Hören Sie wenigstens jetzt zu. Allah ist barmherzig und erbarmungsvoll. Gehen Sie in sich, und er könnte Ihnen noch immer vergeben. Es liegt an Ihnen.
Versuchen Sie niemals, zu mir Kontakt aufzunehmen oder andere Leute zu benutzen, um sich mit mir wieder gutzustellen. Versuchen Sie stattdessen, sich mit Allah gutzustellen. Vergessen Sie bitte nie, dass Sie für mich tot sind, und ich für Sie.

Zia

Die Frage war, wo und wie Zia schießen lernen würde. In der Universität gab es einen Schießsportverein, aber Zia hatte keine Ahnung, ob er für Dilettanten oder für angehende Scharfschützen gedacht war. Und selbst wenn Letzteres der Fall gewesen wäre, wollte Zia nichts damit zu schaffen haben. Das Schlüsselwort bei seiner Mission war Geheimhaltung. Man konnte nie zu vorsichtig sein. Man brauchte nur dem Verein beizutreten, und das Hobby wurde aktenkundig.

Zwei Monate vergingen, und Zia hatte das Problem noch immer nicht geknackt. Dann ging ihm plötzlich auf, dass er Zugang zu einer der modernsten Schießanlagen Englands hatte. Was für ein Idiot er gewesen war! James Cambrays Gäste verschwanden doch andauernd im Schießstand unter der Garage.

»Bring mir schießen bei, Roy«, sagte Zia zu seinem Freund, als er das nächste Mal in Cambray Park war.

»Klar. Was willst du denn schießen? Rotwild, Fasane, Mohrhühner?«

Zia schüttelte den Kopf. »Kein Wild, Roy. Ich möchte zu einem olympiareifen Schützen werden.«

Roy sah ihn verdutzt an. »Wieso das?«

Zia zuckte die Schultern. »Ich möchte nur den Snobs im Uni-Schießclub zeigen, wo's langgeht.«

»In Ordnung. Aber ich kann's nicht, ich bin kein ausgebildeter Lehrer. Und außerdem bin ich nie länger als eine Woche am Stück im Park. Aber ich weiß einen guten Lehrer.« Dann fügte er hinzu: »Beurteile ihn nicht nach seinem Namen. Er ist wirklich gut.«

Speed Balanchine. Balanchine wie der russische Choreograph. Der Name klang nach miesen Thrillern und prätentiösem Schund. Und aussehen tat er genau so absonderlich, wie sein Name klang. Die manischen Augen standen viel zu nah beieinander. Er war groß, hielt sich aber übertrieben krumm und schien in einem ständigen Opiumdunst zu leben. Er wirkte fast wie ein Katatoniker – bis er von Schusswaffen zu reden begann.

Speed brachte Zia bei, wie man einen 44er-Magnum-Revolver lädt und entlädt, ihn auseinandernimmt und wieder zusammenbaut; ihn reinigt, ihn richtig aufbewahrt (immer, aber auch wirklich immer vollständig entladen) und den Sicherungshebel bedient. Er sprach vom Kaliber, der Ladung, dem Rückstoß, den jeweiligen

Vorzügen und Nachteilen von automatischen und halbautomatischen Waffen, von der Austrittsgeschwindigkeit des Geschosses und der Auswirkung der Schwerkraft auf dessen Flugbahn. Er sagte, man dürfe niemals eine Schusswaffe auf einen Menschen richten – ausgenommen natürlich denjenigen, den man töten will –, weder zum Spaß noch »einfach so«, noch um ihn zu bedrohen, weil genau so Unfälle passieren würden. Dann kann man vielleicht sagen, ich hab mir nichts dabei gedacht, oder ich wollte das nicht, aber ein totes Opfer wird dafür kein Verständnis aufbringen. Noch eins: Niemals, niemals entsichern, außer man hat die Absicht zu töten. Es war kein Versehen, stellte Zia fest, dass Speed nicht gesagt hatte: «die Absicht zu schießen«. Wenn man schon schoss, dann am besten, um jemanden totzuschießen. Am meisten, verkündete Speed, ist derjenige durch eine Schusswaffe gefährdet, der sie in der Hand hält.

Wann zum Teufel würde die Vorlesung aufhören, fragte sich Zia, und wann würden sie endlich auf den Schießstand gehen? Die erste Stunde war vorüber, und Balanchine predigte weiter vor sich hin.

Der einzige Grund, warum Zia durchhielt, war das, was Vivian am vorigen Abend gesagt hatte. »Die 44er Magnum, Zia, ist eine gottverdammte Knarre«, sagte sie. »Na los, nimm sie in die Hand. Sie gibt dir ein wahnsinniges Gefühl von Macht.«

Die Waffe lag wie ein zusammengerolltes schwarzes Kätzchen auf einem Hemd in einer der Schubladen seines Kleiderschranks. Sie strahlte einen matten Glanz aus, und Zia zögerte, sie zu berühren.

»Der Böse liest vor tausend und mehr Leuten aus seinem satanischen Buch«, beschwor Vivian den Augenblick herauf, der erst noch kommen sollte. »Er hat dem Ajatollah und seiner Fatwa eine lange Nase gedreht, und trotz des auf ihn ausgesetzten Kopfgelds von zwei Millionen Pfund hat er Gott allein weiß wie vielen Attentätern ein Schnippchen geschlagen. Die Menschen im Saal starren ihn verzückt an. Er spürt, wie sie ihn anhimmeln, und weiß, dass sie vollständig in seinem Bann stehen. Die Macht, die er jetzt verspürt, ist berauschender als jede Designerdroge.

Die Lesung kommt schließlich zu ihrem Ende, und es bricht ein tobender, minutenlanger Applaus aus. Die Macht, oh, die Macht und die Herrlichkeit, Satan zu sein! Und wie er mit diesen seinen

ständig halb geschlossenen Augen lächelt und das besessene Klatschen huldvoll entgegennimmt, als stünde es ihm zu, ahnt er nicht, dass es eine größere, unendlich viel größere Macht als die seinige gibt. Er kennt den Beatles-Song »Happiness Is a Warm Gun«, aber er weiß nicht, dass du dieses Glück in Händen hältst, Zia. Klatsch, klatsch, klatschklatsch klatsch. Klatsch, klatsch, klatschklatsch klatsch. Niemand hört das Klicken des Sicherungshebels, den du im Takt dieses Ausbruchs betätigst.
Jetzt trittst du einen Schritt zurück, ziehst den Revolver, streckst die Arme à la Dirty Harry aus, zielst und ziehst den Abzug durch, alles in einer einzigen blitzschnellen Bewegung. Die Haarflusen auf Satans so gut wie kahlem Kopf flattern wie in einer sanften Brise, als die Kugel blitzartig herannaht. Das Bleigeschoss trifft ihn mitten in die Stirn, sein Lächeln verblasst, und SRs Gehirn explodiert und zersprüht wie tausend Feuerwerksraketen zu Queen Moms Geburtstag. Satan ist nicht mehr, und während du in diesem Pandämonium unerkannt verschwindest, weißt du: Das hast allein du bewirkt, Zia.«
Zia gerät schier in Verzückung, als er sich den Live-Kommentar ins Gedächtnis ruft, den Vivian für ihn improvisiert hat. Ihm war nicht klar gewesen, dass in ihr das Zeug zu einer wirklich großen Bardin steckte. Vielleicht, denkt er, war Homer ja eine Frau. Als er den Revolver aufhebt, fühlt er sich wie ein Held. Die 44er Magnum liegt schwer in seiner Hand und der Stahl ist kalt. So kalt wie seine Entschlossenheit, den Fürsten der Finsternis zu vernichten.
»Die 44er Magnum ist in den richtigen Händen eine todsichere und tödliche Waffe, aber übertriebene Benutzerfreundlichkeit kann man ihr nicht nachsagen«, schwadronierte Speed Balanchine weiter. »Sie hat keine eingebaute Hilfsfunktion. Wenn Sie nicht wissen, wie Sie mit ihr klar- und zurechtkommen, lassen Sie die Finger von ihr. Sie lässt sich nicht zu Ihnen herab. Sie müssen sich schon zu ihren Bedingungen auf sie einlassen.«
Speed holte drei Ohrenschützer aus einem Regal, gab zwei davon den jungen Leuten und setzte selbst einen auf. Trotz der Ohrenschützer war der Lärm beängstigend. Zia ging in Position, hielt den Revolver mit ausgestreckten Händen und wollte schon feuern, als Speed ihm zuwinkte und seine Haltung korrigierte.

»Die Arme nicht so steif halten. Lassen Sie ihnen etwas Spiel, so dass sie wie Stoßdämpfer wirken können.«
Zia nickte, obwohl er kein Wort verstanden hatte. Er drückte ab. Nadeln und Feuerameisen wimmelten durch seine Adern. Er saß auf dem Boden, und seine Arme fühlten sich so an, als stünden sie unter Strom. Vivian beugte sich hinunter und half ihm wieder auf. Jetzt stand er, aber seine Beine spürten noch immer die Erschütterung des Rückstoßes. Er spähte hinüber zu der an den Hüften abgesägten menschlichen Silhouette, die als Zielscheibe diente. Wo zum Teufel war das Einschussloch? Er schaute noch einmal mit zusammengekniffenen Augen. Ha, kein Wunder! Ganz offensichtlich war die Knarre defekt. Er ging hinüber zu Speed.
»Mit der Waffe stimmt was nicht.«
Speed nahm die Ohrenschützer ab. »Was? Was haben Sie gesagt?«
»Die Magnum taugt nichts. Die schießt nicht geradeaus.«
Speed nahm ihm die Waffe ab, stellte sich auf, wo Zia vorhin gestanden hatte, sagte: »Mitte der Stirn«, und feuerte. »Linkes Auge«, ein weiterer Schuss, »rechtes Auge«, ein weiterer Schuss, »Kehlkopf«, noch einer, »Herz«, noch einer. Die Kugeln durchbohrten exakt die genannten Stellen.
»Mir scheint sie in Ordnung zu sein«, sagte Speed und gab Zia die Waffe zurück.
Zia probierte es noch einmal. Sechs Mal. Das Schießeisen machte in seinen Händen absolut, was es wollte. Es führte sich auf wie ein Rodeo-Pferd. Es schien, selbst wenn er nur reglos dastand und die Arme seitlich herunterhängen ließ, zu treten, zu bocken und sich aufzubäumen. Er konzentrierte sich – vielleicht zu sehr – und wurde jedes Mal zappeliger, wenn er danebenschoss und vom Rückstoß umgeworfen wurde.
Wie süffisant ihm Speed und Vivian dabei zuschauten, wie er sich zum Affen machte! Wenn er es bloß endlich geschafft hätte zu treffen! Dann wäre er herumgewirbelt, hätte Speed das Gehirn aus dem Schädel geblasen, Vivian in die Beine geschossen, vielleicht außerdem noch in die Leber, und hätte anschließend sämtliche Leute in der Umgebung umgelegt. Er feuerte noch einmal. Das war die letzte Patrone, und wieder war in der Zielscheibe kein Einschussloch zu sehen.

Vivian kam zu ihm. Was zum Teufel wollte sie? Hatte sie ihn noch nicht genug gedemütigt? Sie hatte Recht gehabt, von Anfang an Recht gehabt. Er war unfähig und inkompetent und taugte zu gar nichts.
»Du bist dran.« Zia hielt ihr die 44er Magnum hin. »Wir brauchen jemanden, der den Job erfolgreich erledigt. Keinen Mann, der sich vor der eigenen Knarre fürchtet.«
Sie weigerte sich, den Revolver zu nehmen.
»Bist du schwerhörig?«, fuhr Zia sie an. »Nimm die Kanone! Ich vertraue die Mission dir an!«
»Bist du dir auch sicher, Zia? Ich möchte nicht, dass du es anschließend bereust.«
»Ich bin mir sicher«, sagte Zia. »Na los. Du bist dran. Schieß und triff!«
»Vielleicht das nächste Mal.« Vivian gab ihm ein Küsschen auf die Wange. »Möchtest du vielleicht dein Glück mit einer anderen Waffe versuchen, Zia?«
Sie hielt ihm die kompaktere Luger hin.

»Du hattest die Luger schon die ganze Zeit dabei, stimmt's?«, fragte Zia Vivian, als sie ins Bett stiegen.
»Ja. Bist du mir böse?«
»Wahnsinnig.«

Mein lieber Zia,
ich werde mir meine üblichen Scherze sparen. Ich weiß nicht, wie ich Dir die Intensität meiner Empfindungen – Verwirrung, Wut und Verzweiflung – vermitteln kann, aber das ist nicht der Zeitpunkt, sich über die richtige Wortwahl den Kopf zu zerbrechen.
Ich bin entsetzt über den Brief, den Du Ammijan geschrieben hast. Ich habe mich nie gescheut, kritische Ansichten zu äußern, noch sehe ich einen besonderen Wert darin, keine Urteile über meine Mitmenschen zu fällen. Wenn Leute einem salbungsvoll mitteilen, sie würden sich über jemanden nie ein Urteil erlauben, meinen sie damit in der Regel, dass sie auf Nummer sicher gehen wollen. Sie wollen nicht beurteilen, weil sie selbst nicht beurteilt werden wollen. Aber eine kritische Einschätzung ist nicht gleichbedeutend

damit, dass man jemanden auf die schwarze Liste setzt, noch hat sie je den Ausschluss von Zuneigung oder Liebe impliziert. Ich kann Abbajans architektonische Entwürfe oder Eisensteins Filme nicht respektieren, ohne sie zu analysieren und zu beurteilen – ebenso wenig wie ich zwischen Schund und Literatur, Grisham und Márquez differenzieren kann, ohne ihre Werke gegeneinander abzuwägen und zu bewerten. Ich habe also nicht vor, einen Tobsuchtsanfall zu bekommen und Dich zu fragen, wie Du es wagen konntest, ein Urteil über Ammi abzugeben.

Ich habe selbst schon oft böse Dinge über sie gesagt. Und ich bin auch nicht so dumm zu meinen, Eltern und Kinder würden immer harmonisch miteinander auskommen. Wenn Du zu dem Schluss gelangt bist, dass Du Deine Mutter nicht mehr magst, wird niemand versuchen, Dich zu zwingen, sie zu lieben. Wenn sie Dir gelegentlich über den Weg läuft, könntest Du »Hallo« zu ihr sagen und das Mindestmaß an Höflichkeit beachten, das eine zivilisierte Gesellschaft verlangt, und das wär's auch schon.

Was ich nicht fassen kann, ist das Maß an Intoleranz und Gewaltbereitschaft, das sich in Dir offenbart. Warum dieses Bedürfnis, weh zu tun, Zia? Würdest Du wirklich wollen, dass Ammijan gesteinigt wird, wenn wir, wie Du sagst, in einem islamischen Staat lebten? Oh Gott, Zia, wie könntest Du wirklich wollen, dass wer auch immer, Ehebrecherin oder Verbrecher, per Erlass gesteinigt, verstümmelt oder ermordet wird? Dieser wunderbare alte Mann Gandhi hatte so Recht: »Auge um Auge – bis wir alle blind sind.« Das Problem bei der Verhängung physischer oder psychischer Gewalt als Strafe ist, dass dadurch beide Seiten entwürdigt und geschändet werden. Ich maße mir nicht an, fachkundige Kommentare über irgendein heiliges Buch abzugeben, aber ich glaube nicht, dass man Barmherzigkeit und Vergeltung in einem Atemzug haben kann. Man muss sich schon für das eine oder das andere entscheiden. Ich hoffe aufrichtig, dass Du Dich nicht für das andere entscheiden wirst.

Du könntest mir sagen, das geht nur Dich und Ammijan etwas an, und Du hättest Recht, aber ich ertrage es nicht, unsere Mutter leiden zu sehen. Als die tapfere Seele, die sie ist, bemüht sie sich, ein fröhliches Gesicht zu zeigen, aber manchmal, wenn sie nicht auf

der Hut ist, kommt der Schmerz zum Vorschein. Dann sitzt Ammi stundenlang schweigend da, ihr schönes Gesicht erstarrt angesichts von etwas, das sie nicht begreifen kann: Warum sollte jemand, den sie so maßlos liebt, ihr absichtlich solchen Schmerz zufügen?
Es ist noch nicht zu spät, Zia. Wirst Du ihr schreiben, dass Du Unrecht hattest? Sag ihr, dass Du sie so sehr liebst, wie nur Zia seine Mutter lieben kann. Das Licht wird in Ammis Augen zurückkehren, und als liebevolle Mutter wird sie Dir nicht nur verzeihen, sondern vergessen, dass Du diesen Brief überhaupt geschrieben hast. Bitte, bitte schreib ihr postwendend!

Alles Liebe, Amanat

1001,

Du bist wahrhaft Deines Vaters Sohn, Amanat. Du bist wie Abbajan ein Schwächling. Du bist unfähig – besser gesagt, Du fürchtest Dich davor –, aus den Fakten die logischen Schlussfolgerungen zu ziehen. Wie alle Liberalen, willst Du immer »entweder« und »oder«. Du möchtest voll austeilen, möchtest aber nicht arrogant und unfreundlich erscheinen. Du möchtest nicht, dass irgendetwas Dein Image als netter Kerl ankratzt. Aber anders als Du, pfeife ich darauf, ob man mich für einen netten Kerl hält. Das Einzige, was mich interessiert, ist, ob ich in den Augen Allahs das Rechte tue.
Du bist intelligent genug zu erkennen, dass Du Deinem Geist gestattet hast, zu einem stinkenden Morast zu werden. In ihm findet sich nichts mehr als gärende Verwirrung. Ja, Allah ist barmherzig, wenn man Barmherzigkeit verdient. Aber wenn man verstockt ist und nicht bereit, von seinem sündigen Tun abzulassen, ist er unversöhnlich. Für Ehebruch gibt es keine Vergebung. Deine Mutter hat mutwillig Allahs Gebote übertreten, und nicht nur einmal, sondern immer wieder. Sie ist eine Nymphomanin, und sie schwelgt im Ehebruch, anstatt ihn zu meiden. Außerdem geht es ihr dabei nicht nur um Sex. Sie ist weit verworfener. Sie sucht sich ihre Partner sorgfältig aus. Sie müssen reich genug sein, um ihre kostspieligen Gewohnheiten finanzieren zu können. Karten, Rennen, ihre Spielsucht, die Sauferei und das Highlife ... Diese Dinge haben einen hohen Preis. Wenn ihre Opfer Bankrott machen oder sie endlich durchschauen, sucht sie sich einfach die nächste Beute aus.

Die entsetzliche Wahrheit ist, dass wir den Preis für ihre Ausschweifung zahlen mussten. Sie hat Abba mit erpresserischen Methoden dazu gebracht, Altaf-Mamu in die Firma aufzunehmen und ihn später zum Geschäftsführer zu machen. Als Altaf das Verbrechen beging, das unser aller Leben auf den Kopf stellte, hat sie Abba Vorwürfe gemacht, anstatt zu ihm zu stehen und gegen die Hyänen von der Presse, der übrigen Medien und der Architektenvereinigung zu kämpfen. Wir verloren unser Zuhause und Abba konnte seinen Beruf nicht mehr ausüben.

Du Dummkopf erkennst nicht einmal, dass Du am meisten darunter zu leiden hattest. Du musstest eine Schule besuchen, die um keinen Deut besser als eine staatliche Anstalt war. So weit ich zurückdenken kann, hast Du als Kind immer an Architekturmodellen von Flughäfen, Häusern, Wohnkomplexen und Grünanlagen gebastelt. Selbst Deine Mutter sagte, Du seist ein geborener Architekt. Und dennoch hast Du Deinen Dir vorbestimmten Lebensweg aufgegeben, weil Du nicht vergeben oder vergessen konntest, wie unser Vater verraten wurde.

Wir haben nie darüber geredet, Amanat, aber gib der Teufelin, was der Teufelin gebührt: Sie ist schuld daran, dass Du Deinen eigentlichen Beruf nicht ergriffen hast.

Nein, ich wünsche nicht, in Deine und Abbas erbärmliche Fußstapfen zu treten. Ich bin Deiner Mutter gegenüber unverzeihlich nachsichtig gewesen. Keine Strafe könnte ihren Verbrechen jemals gerecht werden.

Zia

Vivian hatte Roy nur ein einziges Mal gesehen – als er nach Cambridge gekommen war – und hatte ihn auf Anhieb nicht gemocht. Sie wollte Zia ganz für sich allein haben, aber sie war klug genug zu erkennen, dass Roy Zias einziger Freund war. Ihr war klar, dass zwischen den beiden eine seltsam enge Beziehung bestand, und Zia reagierte auf jede kritische Äußerung in Bezug auf Roy äußerst empfindlich. Zum Glück war Roy die meiste Zeit nicht im Lande. Ihre Art, mit ihm umzugehen, bestand darin, nach Möglichkeit jeden Umgang mit ihm zu meiden. Also weigerte sie sich, mit auf die Party in Cambray Park zu gehen.

Die Feier mochte offiziell zu Ehren von Zias Leistungen in Cambridge ausgerichtet worden sein, aber bei den Cambrays witterte Zia grundsätzlich irgendwelche Nebengedanken. Roy konnte er allerdings, wenn er ihm nicht Unrecht tun wollte, mit seinen Eltern diesbezüglich nicht in einen Topf werfen.

Es war ein Wunder, dass auf diesen Partys nicht regelmäßig der dritte Weltkrieg ausbrach. Wer immer die Gästeliste erstellte, musste ein phänomenales Gedächtnis haben. Vielleicht besaß er auch einfach ein Computerprogramm, das die sich ständig verändernde Weltkarte, die Bürgerkriege und den Aufstieg und Sturz von Diktatoren halbstündlich updatete. Man konnte nie genau wissen, welcher afrikanische Stamm gerade welchen seiner Nachbarn abschlachtete und mit welchem er Frieden geschlossen hatte. Man musste total auf Zack sein, um die momentan aktuelle US-Liste der Schurkenstaaten zu kennen, und ein Hellseher, um die Oberfläche der öffentlichen Phrasen und Posen zu durchschauen und den realpolitischen Untergrund zu erkennen. Die Cambrays lagen in dieser Hinsicht nie daneben.

»Darf ich?« Als die Kapelle aufspielte, zog James Cambray seine Frau von den Serben weg. Er hatte eine pummelige Puttengestalt, und seine Hände reichten gerade eben bis zu den Taschen seines Jacketts. Der kahle Kopf war ein Miniatur-Kronleuchter, der die Tausenden von Lichtern in den Bäumen ringsum reflektierte, und sein Hintern ragte hervor wie ein dicker Busen in einem Fellini-Film. Aber wer hätte schon auf solche Details geachtet, als James und Deirdre die Tanzfläche betraten und einen halb vergessenen Tanz namens Cha-Cha-Cha aufs Parkett legten?

»Deine Mutter ist unglaublich«, sagte Zia zu Roy. Dann fügte er hinzu: »Das wird wohl auch von ihr erwartet. Aber er, er ist schon eine Nummer für sich.«

»Das kannst du laut sagen.« Roy betrachtete seine Eltern ebenso aufmerksam wie Zia. »Obwohl ich nicht weiß, ob er die Witzfigur in diesem Spiel ist. Oder ob er sich über uns alle lustig macht.«

Zia wurde aus der Beziehung zwischen Vater und Sohn nicht klug. Es war nicht so, dass keine Kommunikation zwischen den beiden stattgefunden hätte. Sie redeten durchaus miteinander, sie lachten – der Vater mehr als der Sohn –, sie machten zusammen Urlaub und flogen gelegentlich gemeinsam nach London. Aber ihre Beziehung war eine Totgeburt. Zwischen ihnen herrschte weder Zuneigung noch Feindseligkeit. Lediglich eine menschenleere Öde. Zia fühlte sich nicht leicht zu Leuten hingezogen, aber Cambray Senior faszinierte ihn.

Er mochte sich gelegentlich wie ein Clown aufführen, aber er war alles andere als dumm. Der lustige, nette Kerl, den er nach außen hin gab, war zugleich Realität und Fassade. Man wusste nie, was er gerade dachte. Er sagte oft, es gebe keine Schwarzen, Weißen, Braunen oder Gelben, keine Afrikaner, Amerikaner oder Asiaten. Nur Menschen. Was bedeutete, dass jeder von ihnen anders war. Wenn man sich das merken konnte – und die meisten Diplomaten, Politiker und Premierminister konnten das nicht –, war alles in Ordnung.

James Cambray schien eine Menge hochgestellter Persönlichkeiten zu kennen. Er war vielleicht kein Onassis und auch nicht gerade der König von Saudiarabien, aber was immer das »Dies und Das« sein mochte, womit er sich laut Roy seinen Lebensunterhalt verdiente – er musste gut darin gewesen sein.

»Lust, zu tanzen, mein Freund?« Eine Frau hatte Zia auf die Schulter getippt. Er schüttelte den Kopf.

Sie war fünfundzwanzig, vielleicht dreißig, und hatte Wimpern von der Länge eines Pfauenschwanzes.

»Allein?«

»Nein, ich bin mit Roy hier.«

»Bist du nicht. Jetzt bist du mit mir hier. Ich werde mich um dich kümmern, wie sich noch nie jemand um dich gekümmert hat.«

»Ich kann mich ganz gut selbst um mich kümmern, danke sehr«, sagte Zia hochmütig. Deirdre winkte hektisch vom anderen Ende des Rasens aus und versuchte, die Aufmerksamkeit der Frau zu erregen.

»Nicht so, wie ich das kann.« Die Frau lachte.

»Wo ist Roy?«

»Verschwinden wir hier, Süßer. Wozu brauchst du Roy, wenn du mich hast?«
Die Frau strich mit dem Knie, vielleicht war es auch ihre Hand, irgendwo über die Region seines Hosenschlitzes. Er sah bestürzt an sich hinunter und versuchte, sich zu verdrücken. Roys Mutter kam rasch auf sie zu. Zias neue Begleiterin trat so zeitgleich mit ihm zurück, als hätten sie einen gemeinsamen Hüftknochen. Er geriet in Panik und wusste nicht, wohin er sich wenden sollte. Er sah, wie ein Mann ihn anzüglich angrinste. »Mann« war eigentlich zu wenig gesagt: Er war ein Koloss, ein Riese. Er war in Lungi, Kurta und Angavastram gekleidet. Wie hätte Zia jemals den Guru mit den Rasputin-Augen vergessen können, den er in New Eden zusammen mit Zias Mutter gesehen hatte?
Der Hüne hatte die Hand auf James Cambrays Schulter gelegt. Sie waren Chaplin und Fatty Arbuckle, Laurel und Hardy, Arnold Schwarzenegger und Danny de Vito. Roys Vater sah zu dem Mann auf und lauschte aufmerksam, aber die Augen des Mannes ruhten noch immer auf Zia.
Sie verstehen das völlig falsch, hätte Zia ihm am liebsten zugerufen, ich habe nichts mit ihr vor, ich schwöre es! Sie ist es, die etwas von mir will.
Der Riese lächelte jetzt Zia mit seinen sämtlichen zweiunddreißig blanken Zähnen an, und der zinnoberrote *tika* auf seiner Stirn starrte ihm wie ein Zyklopenauge entgegen.
Deirdre Cambray hatte Zia erreicht und sagte zu seiner Begleiterin: »Ich glaube, Sie sind auf der falschen Party, Scarlett.«

Mein lieber Zia,
»Das Kreuz und die Christen erforschte ich, landauf, landab. Er war nicht am Kreuz. Ich ging in den Tempel der Hindus, zur alten Pagode. Ich fand dort kein Zeichen von Ihm. Ins Hochland von Herat wanderte ich, und nach Kandahar. Ich schaute mich um. Nicht auf der Höhe, noch auf der Ebene sah ich Ihn. Entschlossen bestieg ich den Gipfel des sagenhaften Berges Kaf. Dort fand ich nur die Wohnstatt des legendären Vogels Anqa. Ich ging zur Kaaba nach Mekka. Er war nicht dort. Ich fragte Avicenna, den Philosophen, nach Ihm. Er war jenseits Avicennas Fassungsvermögen ... Ich

schaute in mein eigenes Herz. Dort, an seinem Platz, entdeckte ich Ihn. Er war an keinem anderen Ort.«
Das ist nicht von mir, sondern von *Rumi*, der im Westen plötzlich der große Renner ist. Ich habe in letzter Zeit ein paar Dichter-Heilige gelesen, *Lalla*, *Basavanna*, *Tukaram* und den Muslim-Hindu Kabir, und ich habe mich gefragt, was Du von ihnen halten würdest. Mir ist nicht ganz klar, wer vor Dir als wahrer Gläubiger bestehen kann und wer auf den Müll gehört. Hast Du so etwas wie eine Checkliste, die Du bei Leuten Punkt für Punkt abhakst? Würdest Du sie mir zuschicken? Gelten die Sufis als Abweichler oder würden sie im Paradies auch ein Stübchen zugebilligt bekommen?
Mir kommt der Begriff des Himmels ziemlich kolonialistisch vor: ein britischer Club, in den nur Auserwählte eingelassen werden. Die Idee des Paradieses lässt sich nur durch Ausschluss aufrechterhalten. Je mehr Menschen ausgeschlossen sind, desto exklusiver der Verein.
Wie kommt es, dass sich der Himmel nur in Verbindung mit der Hölle denken lässt? Ich bin kein besonderer Bewunderer der christlichen oder Dante'schen Vorstellung von der Hölle, ebenso wenig schwärme ich für den islamischen Jehannam. Aber trotzdem sind beide nicht so menschenfeindlich und so falsch wie Sartres Definition der Hölle. »Die Hölle, das sind die anderen«, sagt er in »Bei geschlossenen Türen«. Was mich wirklich verblüfft, ist nicht seine Arroganz oder – welch Ironie! – seine bourgeoise Selbstgefälligkeit (klar, klar, das sagt ja nicht er, sondern sein Protagonist, wer's glaubt!), sondern seine Unkenntnis der menschlichen Natur.
»Die Hölle«, sagte Eliot einmal, »sind wir selbst.«
Lass es Dir gut gehen, lieber Zia.
Alles Liebe, Amanat

PS: Vielleicht hast Du ja damit Recht, dass ich ein Schwächling bin, aber Barmherzigkeit ist die erste von Allahs Tugenden. Entgegen Deiner offiziellen Pose weiß ich – aus eigener Erfahrung und dem, was Tante Antonia uns berichtet –, dass Du ein anständiger Kerl und ein warmherziger und liebevoller Mensch bist. Außer, wenn Du Dir in den Kopf setzt, der Welt zu beweisen, dass Dir in Sachen moralisches Machotum keiner was vormachen kann. Ich kann nur hoffen, dass Dir Ammijan ebenso sehr fehlen wird, wie Du ihr fehlst, und Du ihr ihre Fehler ebenso vergeben wirst, wie wir alle mehr als bereit sind, uns die eigenen zu vergeben.

»Du fragst dich bestimmt, was es so Wichtiges gibt, dass ich dich gebeten habe, in mein Büro zu kommen.« Ihre Sekretärin war vielleicht im Urlaub, denn Tante Antonia hatte einen Brieföffner in der Hand, mit dem sie Kuvert um Kuvert aufschlitzte, um die Post dann in drei säuberliche Häufchen zu sortieren. »Ich dachte, wir können hier offen und ungestört reden.« Sie ging ins angrenzende Zimmerchen und kam mit Tee und Schokoladenplätzchen zurück. Zia war schon bei seinem zweiten Keks und fragte sich, wann sie sich endlich entschließen würde, zum Thema zu kommen, als sie den Deckel einer Vitrine zu ihrer Rechten aufklappte und irgendeine alte Schwarte herausholte – zweifellos eine Erstausgabe der »King James Bible«, vielleicht war es aber auch das vom Verfasser signierte Manuskript der Psalmen Davids.
»Sag mir, was für eine Handschrift das ist. Dreimal darfst du raten.« Zia starrte die seltsamen Hieroglyphen auf dem ersten Blatt an. Er hatte nicht die leiseste Ahnung, was sie bedeuteten, und es war ihm auch völlig egal. Irgendetwas stimmte nicht. Er wusste nicht genau, was, aber Tante Antonias krampfhafte Bemühungen um einen ungezwungenen Plauderton schafften es nicht, ihre innere Aufgewühltheit zu verbergen.
»Na, gibst du auf?« Tante Antonia konnte sich kaum noch beherrschen. »Es ist das vielleicht erste pornographische Werk der Welt. Mein Mann fand es auf einer Grabung in Ägypten. Es stammt von einer Frau, entweder der ersten Königin oder der Lieblingsmätresse des Pharaos. Ich kann mich irren, aber ich vermute, dass zu den komplexen Ritualen eines königlichen Begräbnisses nicht nur die Sorge um die Seele und den Körper des Verewigten gehörten, sondern auch bizarre, esoterische sexuelle Praktiken. Ist das nicht Wahnsinn? Selbst im Totenreich braucht man sein Kamasutra.« Antonias Hand deutete auf eine Abbildung im Manuskript. »Kannst du mir sagen, was diese sieben Leute da machen? Schau. Jetzt sehe ich noch ein weiteres Bein und Händepaar. Heiliger Herrgott, da ist noch eine weitere Gestalt. Äußerst faszinierend. Vielleicht hast du

ja einen Tipp, wer was wo gerade stecken hat?« Tante Antonia legte Zia eine verschwörerische Hand auf den Rücken und sah ihn Bestätigung heischend an, als hätte sie die antike Orgie höchstpersönlich choreographiert. »Puuh, kann man das, allein was die reine Akrobatik anbelangt, noch überbieten?«

Zias Blick war schon längst zu einem leeren Starren gefroren. Er sah zur Decke, auf seine Schuhe, seine Fingernägel, auf das Kreuz an der Halskette seiner Tante. Was war mit dieser Frau bloß los? Hatte sie keinerlei Gefühl von Anstand? Das war das Problem mit dieser gottlosen Zivilisation: Sie kannte keine Schranken, keine Gebote und Verbote. Sie hatte keine Vorstellung davon, dass anständige Frauen über bestimmte Dinge in der Öffentlichkeit oder, noch besser, überhaupt nicht reden. Er wäre am liebsten einfach gegangen, aber das, befürchtete er, hätte sie tief verletzt. Er zwang sich, an die Liste von Vorschlägen für die Entschuldung der zehn ärmsten Länder der Welt zu denken, die er zur Zeit für Dr. Laughton erstellte. Seit ein paar Monaten assistierte er dem Master von Emmanuel bei seiner Beratertätigkeit für die UNO so gut wie ganztags. Die Arbeit war durchaus einträglich, und sie gab ihm Gelegenheit, den Master nach New York und Südamerika zu begleiten, aber, wie Dr. Laughton selbst bemerkt hatte, würde er darauf achten müssen, dass dabei seine Promotion nicht zu kurz kam.

»Aber, Zia, du wirst ja r…« Tante Antonia unterbrach sich abrupt. Sie setzte sich auf ihren Arbeitstisch, als könnten ihre Beine ihr Gewicht nicht mehr tragen. Die drei ordentlich getrennten Stöße von Briefen rutschten ineinander, und ein paar Umschläge fielen auf den Boden. Zia hob sie auf und legte sie auf den Tisch zurück. Antonias Hände zitterten, und alles Blut war aus ihrem Gesicht gewichen.

»Ist alles in Ordnung?«, fragte Zia.

»Nein. Überhaupt nicht«, sagte sie. »Ich habe über zwanzig Jahre auf diesen Augenblick gewartet. Ich habe fast jeden Tag daran gedacht. Und jetzt, wo er endlich da ist, werde ich nervös und plappere über alles Mögliche, nur nicht über das, was ich eigentlich auf dem Herzen habe.« Dann stand sie auf und tat etwas, das sie seit Jahren nicht mehr getan hatte. Sie nahm Zias Gesicht in beide Hände und küsste ihn auf die Stirn.

»Ich habe keine Ahnung, wo ich anfangen oder was ich sagen soll. Also werde ich es einfach sagen. Als du drei oder vier Tage alt warst, höchstens eine Woche, hattest du einen plötzlichen Kollaps. Man schaffte dich sofort ins Krankenhaus, aber keiner der Ärzte konnte eine Diagnose stellen. Sie konnten lediglich so viel sagen, dass alle deine inneren Organe, eins nach dem anderen, den Dienst aufgaben. Dein Magen war von irgendwelchen Flüssigkeiten aufgebläht, deine Nieren funktionierten unregelmäßig, und du atmetest immer schwerer. Sie wollten uns nichts vormachen, sagten die Ärzte. Es bestand keine Hoffnung, nicht die geringste.
›Könnten Sie nicht einen weiteren Spezialisten hinzuziehen? Hätte es einen Sinn, wenn wir mit ihm ins Ausland fahren, um eine zweite Diagnose einzuholen?‹ Dein Vater und Shagufta stellten immer und immer wieder dieselben Fragen, aber die Ärzte schüttelten bloß den Kopf. Gegen Mittag des nächsten Tages sagten sie, noch eine halbe Stunde, eine Stunde höchstens, und es würde vorbei sein. Deine Eltern, Zubeida und ich – purer Zufall, dass ich damals gerade da war – saßen benommen da und warteten auf das Ende.
Du warst schon graublau geworden und fühltest dich kalt an, als ich deine Eltern fragte, ob ich dich in die Kirche bringen dürfte. Ich habe keine Ahnung, wie ich auf die Idee kam. Ich war seit Jahren nicht mehr in der Kirche gewesen und war praktisch nur noch dem Namen nach Katholikin. Deine Mutter lächelte matt und fragte: ›Was hat das für einen Sinn?‹, und ich sagte: ›Gar keinen wahrscheinlich. Aber was kann das einem Baby schaden, das schon so gut wie für tot erklärt worden ist?‹ Zafar fragte den Arzt, ob er Einwände hätte, und der zuckte bloß die Achseln. ›Aber bringen Sie ihn auf jeden Fall zurück. Ohne einen Totenschein werden Sie ihn nicht begraben können.‹
Ich stieg mit dir ins Auto deines Vaters und bat den Chauffeur, mich zur nächsten Kirche zu fahren. Es dauerte zehn Minuten, bis ich einen Priester fand, und dann wusste ich nicht, was ich von ihm eigentlich wollte. Er war ein langsamer, begriffsstutziger Mensch und sah mich an, als hätte ich dich entführt oder vielleicht im Bett erstickt. Ich fand einfach nicht die richtigen Worte. Er wartete darauf, dass ich ihm sagte, was ich da überhaupt wollte, und aus reiner Verzweiflung sagte ich: ›Taufen Sie ihn, Vater. Geben Sie ihm die

Letzte Ölung.‹ Es ist komisch, wie Wörter und Wendungen aus meiner Vergangenheit, die so lange für mich nichts bedeutet hatten, mir plötzlich unaufgefordert in den Sinn kamen. Ich hatte sogar vergessen, dass man Säuglingen keine Letzte Ölung spendet …

›Wessen Kind ist das?‹, fragte der Priester. Um Probleme zu vermeiden sagte ich: ›Meins.‹ Und er sagte: ›Sieht ziemlich dunkel aus.‹

›Er ist blau geworden, weil er nicht atmen kann. Sind Sie jetzt mit Reden fertig?‹

Frag mich nicht, was dann passierte.«

Sie verstummte und schüttelte den Kopf, als versuchte sie, ihre eigene Ungläubigkeit zu überwinden. »Alles, was ich weiß, ist, dass ich ein kleines Wunder am Hals hatte – und eine Glaubenskrise dazu.« Dann lachte sie. »Oh nein, du bist nicht über Nacht gesund geworden! Du standest noch sieben lange Tage auf der Liste der kritischen Fälle, und die Ärzte glaubten weiterhin nicht, dass du es schaffen würdest. Aber du bist jetzt hier, und das reicht doch als Beweis, oder?« Sie sah Zia mit einer so übermächtigen Zuneigung an, dass ihm immer unbehaglicher wurde.

»Als ich erzählte, dass ich dich hatte taufen lassen, ist das zu Shagufta und Zafar, glaube ich, gar nicht durchgedrungen. Das hatte ich wahrscheinlich selbst nicht richtig begriffen. Die Einzige, die sich fürchterlich aufregte, war deine Tante Zubeida. Ich glaube nicht, dass sie mir das je verziehen hat.

Keiner wusste, was er davon halten sollte, aber ich war auf dem besten Weg, eine wiedergeborene Christin zu werden – oder treffender formuliert, eine wiedergeborene Katholikin. Es passierte nicht über Nacht, aber es passierte. Ich gelangte mehr und mehr zu der Überzeugung, dass wir dein Leben einem Eingreifen Jesu Christi verdankten. Ich fühlte mich für dich verantwortlich. Ich gab deinen Eltern zu verstehen, dass du im katholischen Glauben aufwachsen solltest. Zubeida war natürlich außer sich, dass ich so etwas auch nur vorzuschlagen wagte! Und dabei war ich so vorsichtig bei meiner Wortwahl gewesen … In Wahrheit hätte ich dich am liebsten selbst aufgezogen.«

Zia hatte das Gefühl, unter einer Schlammlawine von Wörtern und Emotionen lebendig begraben zu werden. Er fragte sich, wer eigentlich halluzinierte: Tante Antonia oder er?

»Zafar und Zubeida waren selten einer Meinung, aber in diesem Fall schlug er sich auf ihre Seite. Und ebenso deine Mutter. So sah ich es damals jedenfalls. Aber damit täte ich Shagufta und deinem Vater eigentlich Unrecht. Du solltest die Entscheidung treffen. ›Warte, bis er einundzwanzig ist, bevor du ihm von seiner wunderbaren Genesung erzählst‹, sagte Zafar. Ich wollte das nicht akzeptieren, aber ich hatte kaum eine andere Wahl. Schließlich würdest du in Indien und in ihrem Haus aufwachsen.

Ich begann, im Rahmen meiner Missionsarbeit zweimal im Jahr nach Indien zu kommen. Es war schon sehr früh klar, dass du einen besonderen Platz im Herzen unseres Herrn einnahmst. Du sprachst schon in einem Alter, in dem die meisten Kinder noch nicht laufen können, vollständige Sätze. Wenn es um Zahlen ging, warst du ein wahrer Zauberkünstler, und du warst dabei so bescheiden, dass du dir deiner besonderen Gaben praktisch nicht bewusst warst. Ich sah zu, wie Christus über dich wachte, und ich fiel jeden Tag auf die Knie und dankte ihm für seine wunderbare Gnade.«

Die Sturzflut von Worten schien jetzt zu verebben, Antonia sah Zia leicht ratlos an. »Willst du nichts dazu sagen?«

Zia schüttelte den Kopf. Was gab es schon zu sagen? Er wünschte nur, sie würde endlich den Mund halten und ihn gehen lassen.

»Das ist wahrscheinlich alles ein ziemlicher Schock für dich, und da erwarte ich nun von dir, dass du reagierst oder etwas sagst, wo du noch gar nicht Zeit gehabt hast, das Ganze zu verarbeiten.«

»Du warst es also, die mich nach New Eden geschickt hat.« Zias Stimme war fast unhörbar.

»Das war das Wenigste, was ich für dich tun konnte. Die Firma deines Vaters hatte Konkurs gemacht, und er war arbeitslos. Zafar und Shagufta wollten zunächst nichts von meinem Vorschlag wissen, weil sie meinten, das wäre Amanat gegenüber ungerecht. Aber ich feilschte geradezu mit ihnen: Ich konnte mir nicht leisten, mehr als ein Kind nach New Eden zu schicken, und da ich dich von jeher als mein Baby und meinen Schützling betrachtet hatte, musstest eben du es sein. Sie gaben nur sehr widerwillig nach.

Ich will nicht behaupten, dass immer alles eitel Freude gewesen wäre. Du konntest gelegentlich ein wirklich schwieriges Kind sein. Es gab Momente, da ich das Gefühl hatte, Jesus hätte dich aufgege-

ben und ich hätte dich für immer verloren. Aber mein Glaube war stark, und zum Glück hatte ich einen gewissen Einfluss auf die Internatsleitung, und so bist du immer irgendwie davongekommen.«
Zia lächelte über Tante Antonias »gewissen Einfluss«. Jetzt wusste er, warum man ihm in New Eden alles hatte durchgehen lassen – die Muharram-Geißelung für Hassan und Hussain und die Geschichte mit Roys Freundin, Sarah Roberts.
»Es ist seltsam – das einzige Mal, wo ich dich beinahe verloren hätte, da lag es an meinem eigenen Hochmut. Wie frisch Konvertierte, kennen die ›Wiedergeborenen‹ keine Zweifel. Ich wusste es immer besser als alle anderen. Ich glaube, der liebe Gott beschloss danach, mich Demut zu lehren.
Deine Eltern und ich hatten uns darauf geeinigt, dass ich dir erzählen würde, warum du mein ›Kleines Wunder‹ warst, wenn du das Abschlussexamen bestanden hättest. Der Tag kam. Wie erwartet, bestandest du mit Glanz und Gloria. Ich hatte lange auf diesen Augenblick gewartet, doch als er Wirklichkeit wurde, verließ mich jeglicher Mut. Du bist schließlich ein überzeugter Muslim. Ich wusste nicht mehr, wie ich mit dir reden sollte und wie du reagieren würdest. Zum ersten Mal begreife ich, warum Zafar wollte, dass ich warte. Du musst entscheiden, woran du glauben möchtest, nicht ich. Und ich glaube, Jesus würde es auch nicht anders wollen.
Ich möchte, dass du eines begreifst: Wofür du dich auch entscheidest oder nicht entscheidest, zwischen uns wird sich nichts ändern. Dein Zimmer in meinem Haus ist und bleibt für immer deins. Ich möchte, dass du deine Doktorarbeit dort abschließt.« Tante Antonia schwieg kurz. »So, jetzt habe ich gesagt, was ich zu sagen hatte, und es geht mir besser.« Dann lachte sie – es war der klägliche Versuch eines Lachens. »Was ich von dir allerdings nicht behaupten kann. Du siehst fix und fertig aus. Ich habe dich mit meinem Gerede über die Vergangenheit erschöpft. Soll ich dir noch eine Tasse Tee kochen?«
»Nein, danke.«
»Wir könnten etwas essen gehen. Wie wär's mit Thailändisch?«
»Ich sollte jetzt besser gehen. Ein Student kommt gleich zu mir«, sagte Zia. »Und danach muss ich in die Moschee zum Freitagsgebet.«

15. Januar

Allah, mein Allah! Mein Atem ist dein, mein Leben ist dein und ebenso meine Seele. Dein ist die Herrlichkeit der Schöpfung, und Dein ist der Regenbogen, der sich über die Himmelskuppel spannt. Ich verneige mich vor Dir. Lass Dein Licht über mir leuchten, o Herr, denn wahrlich, ich tappe im Dunkeln wie ein Blinder. Ich strauchle und falle bei jedem Schritt. Immer wieder hast Du Deine Hand ausgestreckt und mich gestützt. Aber noch nie zuvor habe ich Dich so gebraucht wie jetzt.

Du hattest Adam und Eva gewarnt, dass der Satan äußerst wandlungsfähig ist und sie in tausenderlei verschiedenen Formen und Erscheinungen in Versuchung führen würde. Er kann in Gestalt der Salome kommen, er kann als der gute Samariter kommen. Ja, er könnte als eine Patentante kommen, die mich mit der Großzügigkeit ihres Herzens verführt. Ihre Liebesbezeigungen kennen keine Grenzen. Als meine Familie kaum etwas zu essen hat, schickt sie mich auf die beste Schule. Als ich kurz davor stehe, ausgewiesen zu werden, rettet sie mich, wieder und wieder. Sie verschafft mir einen reibungslosen Einstieg in Cambridge. Und als wäre das alles noch nicht genug, um mich, nicht ein, sondern zwölf Leben lang zu ihrem Schuldner zu machen, bittet sie mich dafür um Verzeihung, dass sie versucht hätte, mir ihren Willen aufzuzwingen.

Jetzt will sie mich glauben machen, ich sei getauft worden und sei ein Katholik. Aber solange Du mein Schild und mein Krummschwert bist, weiß ich, dass mir keine Gefahr droht.

22. Januar

Wo bist Du, o Herr, warum hast Du mich verlassen? Der Fürst der Finsternis läuft noch immer herum. Ich habe in jeder Ecke des Landes nach ihm gesucht. Ich habe mehr Literatur-Events und -Jahrmärkte besucht als jeder andere Mensch in England. Gelegentlich war er fast zum Greifen nah. Und dennoch ist er mir jedes Mal wieder entwischt.

Du bist allwissend, allmächtig und allgegenwärtig. Könntest Du mir nicht einen Hinweis geben, Herr, so dass ich diesen Feind des Islam unter meinen Füßen zermalmen kann?

Hörst Du mir zu, Allah? Wo bist Du?

27. März
Wie lange werde ich noch so tun, als wüsste ich nicht, warum Du Dich von mir abgewandt hast? Warum mache ich mir etwas vor? Ich weiß nur zu gut, dass es daran liegt, dass ich mit Vivian in Sünde lebe. Aber ich hatte wirklich die Absicht, sie zu heiraten. Dreimal habe ich ihr beinahe einen Antrag gemacht, und dreimal musste ich mir in die Zunge beißen. Als sie konvertieren wollte, geschah es nicht aus Liebe zu Dir, sondern um ihre Mutter zu ärgern. Als ich sie dabei ertappte, dass sie mir bei meiner Jagd auf den Fürsten der Finsternis nachspionierte, hat sie mir in die Geschlechtsteile getreten und mich beinahe impotent gemacht. Als sie anfing, die Burka zu tragen, tat sie es nicht aus Gründen der Schicklichkeit, sondern um Aufmerksamkeit zu erregen, und das zu einem Zeitpunkt, als es für uns von entscheidender Bedeutung war, nicht aufzufallen. Ich flehe Dich an, Allah, mir zu glauben, dass ich Vivian nicht zum Sündenbock für alles mache. Aber sie ist halsstarrig und verstockt und hört nicht auf mich.
Mach mich stark, Allah! Schenk mir Nachsicht. Mach mich Deiner würdig. Hilf mir, den Fürsten der Finsternis zu finden. Wie sonst sollten die Menschen mich als den Vali erkennen? Erst dann und nur dann werde ich imstande sein, dem Rest der Menschheit das Licht des Islam zu überbringen.

Verdammter Amanat! Zia hatte versucht, das Buch aus dem Gedächtnis zu verbannen, aber der Brandstifter hatte sich in seinem Kopf festgesetzt und legte überall Feuer. Machte sich Amanat über Gott lustig? Oder hatte er etwas Weises, Tiefgründiges zu sagen? Zia wurde aus seinem Bruder nicht schlau. Gegen Ende kam eine Passage, die Zia besonders empörend und rätselhaft fand.

... Der Weber war jetzt ein alter Mann. Er hatte schon häufig erklärt, dass er keine Absicht, nicht die allergeringste Absicht habe zu sterben. Ich habe vor weiterzumachen, sagte er immer, und so

alt und glatzköpfig und zahnlos wie der Allmächtige selbst zu werden. Und doch waren in seinen Arbeiten neuerdings die Fäden und Farben des Alters zu erkennen.
Seine Schüler und Jünger grinsten und schnitten Grimassen über den halb tauben, halb blinden und halb irren Weber, der ihr Meister war. Er war nur noch halb der Mann, der er einmal gewesen war, sagten sie. Leider wusste man im Voraus nie, mit welcher Hälfte man jeweils konfrontiert werden würde. Manchmal bekam er mit, was sie hinter seinem Rücken sagten, und spuckte und zeterte vor Wut. Ich bin noch immer ein besserer Mann, sagte er dann, als ihr jungen Spunde zusammengenommen! Ich habe einen längeren Schwanz als ihr, und ich krieg härtere und dauerhaftere Ständer als jeder andere!
Früher hätten sie sich das nicht getraut, aber jetzt lachten sie ihm offen ins Gesicht.
He, Obermacho, spottete der Unruhestifter Inayat und lüpfte den Kurta des Alten, so dass man die Ausbeulung seines schlappen Geschlechts sehen konnte, gehen wir doch ins Bordell und machen wir die Probe aufs Exempel!
Bildest du dir etwa ein, ich zahle für dein Vergnügen?, fragte der Weber, vielleicht um Zeit zu schinden.
Nein, nein. Wir kommen alle mit und zahlen für Euer Vergnügen.
Tja, ich hab keine Zeit, sagte er. Ich bekomme zur Zeit mehr Aufträge, als ich bewältigen kann. Es gibt haufenweise andere Weber, aber die *navabs* und *rajas* bestehen darauf, dass allein ich all ihre Stoffe entwerfe und webe. Erst neulich hat der Sultan von Persien einen Boten geschickt und ausrichten lassen, ich solle für die Hochzeit seines Sohnes nächstes Jahr den erlesensten und kostbarsten Stoff der Welt weben. Ich musste ablehnen. Was blieb mir anderes übrig? Ich hab nur zwei Hände, und ihr Kerle seid zu nichts zu gebrauchen. Es ist einfach kein Verlass auf euch.
Erzählt uns keine Märchen, Alter!, sagte Charatram, gewöhnlich der Ruhigste unter den Lehrlingen des Webers. Warum könnt Ihr nicht einfach zugeben, dass Ihr keinen mehr hochkriegt?
An dem Abend zogen alle siebzehn Lehrlinge mit dem Weber in die Hurengasse. Sie nahmen sich jeder eine Frau, und die Hübscheste, Sherani – so genannt, weil sie eine wahre Tigerin im Bett war –,

überließen sie dem alten Mann. Es war abgemacht, dass Sherani ihnen am Ende des Abends einen Bericht über die sexuelle Leistungsfähigkeit ihres Meisters abgeben würde.
Als sie fertig waren, versammelten sich die Schüler im Hof, aber vom Weber war nichts zu sehen. Eine Viertelstunde, eine halbe Stunde, zwei Stunden vergingen. Sie horchten an der Tür. Der Weber war immer noch beschäftigt. Dann trat endlich vollkommene Stille ein. Nach dem vorangegangenen Gekeuche und Stampfen wirkte sie geradezu Unheil kündend. Er hat sich offenbar übernommen und einen Herzschlag gekriegt. Ihm ist eine Ader geplatzt. Diesmal sind wir zu weit gegangen, sagten sie gerade, als die Tür aufflog und Sherani, den Weber aufs Unflätigste beschimpfend, herausgestürzt kam. Sie mussten zugeben, dass ihr einschlägiges Vokabular ungleich farbiger war als ihre eigenen, zahlenmäßig begrenzten und recht einfallslosen Flüche.
Das ist kein Mann, kreischte Sherani, das ist ein Kater, ein Ziegenbock, ein Wüstling! Siebzehnmal hat er mich bestiegen, und das reicht ihm immer noch nicht! Der verdammte Lustmolch meint, ihr zahlt, warum also sollte er für sein Geld nicht auch was kriegen? Was aber ist mit mir? Ich bin so gut wie tot! Er hat es so oft gemacht, dass da ein Ochsenkarren, ja selbst die Kutsche des Maharaja durchpassen würde! Na los, lasst was rüberwachsen, jeder Einzelne von euch! Das ist nicht zum Lachen: Ich bin fürs Leben berufsuntauglich!
An dem Abend aßen sie in einem Straßencafé: Biriyani und Tangri-Kebab. Der Weber war in Spendierlaune, und sie langten alle herzhaft zu. Er schilderte gerade in aller Ausführlichkeit, was er mit Sherani so getrieben hatte, als er nach Luft zu schnappen begann. Sie nötigten ihn, sich auf eine Bank zu legen. Er war bleich, und ein grauer Schatten kroch über sein Gesicht. Sie fragten sich, ob dies das Ende sei.
Charatram, der Zurückhaltende, sagte: Meister, in Eurem Alter solltet Ihr etwas vernünftiger sein. Hättet Ihr Euch nicht beherrschen können? Selbst wir schaffen es nicht öfter als zweimal hintereinander, und das auch nur mit einer Pause dazwischen.
Der Meister konnte kaum sprechen, aber das hinderte ihn nicht daran, zu lachen und loszubrabbeln: Ich hielt Sheranis Brüste in

meinen Händen. Sie waren voll und schwer wie Papayas, und ich dachte, ich hätte Gott endlich zu fassen bekommen. Ich sagte zu ihr: Wenn ich mit dir schlafe – und ich könnte nicht beschwören, dass ich heute dazu in der Lage bin –, verdienst du etwas Geld, aber nicht viel. Wenn wir andererseits ein paar Stunden lang, sanft umschlungen, selig beieinander liegen und du anschließend losschreist und brüllst, ich wäre ein Unhold und hätte dir siebzehnmal hintereinander meine Manneskraft aufgezwungen, dann werden dir meine Lehrlinge siebzehnmal so viel bezahlen. Sherani ist eine Geschäftsfrau. Wie hätte sie meinen Vorschlag ablehnen können?

Sie hätten den Meister erwürgen können. Stattdessen brachen sie aber in Gelächter aus, nannten ihn einen Schwindler und Lügner. Warum hätten sie ihn auch sonst so geliebt und wären ihm überallhin gefolgt? Er war wirklich ein Kind und wurde nie müde, dumme Streiche zu spielen. Mittlerweile war der Puls des Webers unregelmäßig, und seine Atemzüge kamen kurz und abgehackt. Er sah sie an, lächelte matt und verstummte. Noch ein paar Atemzüge, und seine Seele hatte ihn verlassen. Sie berührten seine Füße und baten noch ein letztes Mal um seinen Segen. Dann schickten sie Charatram los, damit er Holz für den Scheiterhaufen besorgte, und sagten ihm, sie würden sich am Verbrennungsplatz treffen.

Charatram war noch nicht ganz verschwunden, als Inayat sagte: Der Meister ist ein Muslim und muss deswegen begraben werden! Die übrigen muslimischen Schüler, Adil, Rehmat und Suleiman, pflichteten ihm bei. Jetzt brach ein heftiger Streit aus, aber die hinduistischen Jünger waren in der Überzahl, und die Muslime zogen wutschnaubend ab.

Charatram kehrte mit einem Ochsenkarren Brennholz zurück. Die hinduistischen Jünger schichteten den Scheiterhaufen auf und bahrten den Meister behutsam darauf auf. Sie vollzogen die Totenriten, und jeder von ihnen entzündete eine Fackel. Sie gossen den *ghee* auf den Scheiterhaufen und wollten ihn gerade in Brand setzen, als Inayat, Rehmat und die übrigen mit einer Schar muslimischer Freunde auftauchten. Sie hatten Messer in den Händen. Jetzt war das Verhältnis zwischen Hindus und Muslimen ausgeglichen.

Wenn euch eure Gesundheit lieb ist, sagte Inayat, gebt ihr den Weber heraus.

Na, dann versucht mal, ihn euch zu nehmen!, erwiderte Gunidas trotzig.
Es gab offensichtlich nur eine Möglichkeit, die Sache zu regeln: Sie fielen übereinander her. Aufgeschlagene Köpfe, Blut und Innereien, beide Seiten schlugen sich wacker, als der Weber sich plötzlich aufrichtete.
Kann man nicht mal in Ruhe sterben?, fragte er.
Die Hindus und die Muslime erstarrten zu einem Stillleben. Was war das für eine Erscheinung? Sie ergriffen panisch die Flucht.
Kommt zurück, ihr Dummköpfe, kommt zurück!, rief ihnen die zerbrechliche Gestalt hinterher.
Einer nach dem anderen machten sie kehrt. Ein paar von ihnen hielten Abstand für den Fall, dass das Gespenst sie anspringen würde.
Ihr ändert euch wohl nie, was? Zum ersten Mal in seinem Leben klang der Weber richtig mutlos. Zündet mir eine Fackel an, sagte er zu ihnen.
Sie mussten ihm vom Scheiterhaufen hinunterhelfen. Er stand auf wackeligen Beinen und nahm von Charatram die Fackel entgegen.
Kommt, sagte er, folgt mir.
Seine Knie schienen ständig einzuknicken, und er ging wie ein Betrunkener. Aber schließlich war er ja gerade erst von den Toten auferstanden. Es war drei Uhr nachts, als sie den großen Basar erreichten. Der Weber blieb fast genau in der Mitte stehen. Er schwieg eine Minute lang oder noch länger und sie dachten schon, gleich ist es aus mit ihm, aber dann erdröhnte seine Stimme:

Ich steh auf dem Marktplatz,
Eine Fackel in der Hand.
Wer auch sein Haus in Brand zu stecken wünscht –
Los, mitgemacht!

Jetzt ist er wirklich durchgeknallt, sagten seine Lehrlinge und Jünger zueinander.
Bringt mir die Trommel des Ausrufers, sagte der Weber.
Warum nicht, dachte Inayat, das könnte lustig werden. Er ging zum *Pipal*-Baum, unter dem die Trommel stand, wenn sie gerade nicht in Gebrauch war.

Schlag sie, sagte der Meister, weck die ganze Welt auf, und den Himmel dazu!
Die Dorfbewohner – Ehemänner, Frauen und Kinder, Patriarchen und Schwiegermütter, Hunde und Katzen – kamen aus ihren Häusern gerannt, und bald hatte sich das ganze Dorf um den Weber versammelt. Im Licht der Fackeln sahen die Gestalten unheimlich und unwirklich aus.
Ich steh auf dem Marktplatz, sprach der Meister wieder. Seine Stimme klang fest und schien von den Wänden der Häuser widerzuhallen.

> Ich steh auf dem Marktplatz,
> Eine Fackel in der Hand.
> Wer auch sein Haus in Brand zu stecken wünscht –
> Los, mitgemacht!

Was zum Teufel hat der Alte vor?, fragte Ismael. Was versucht er uns zu sagen?
Etwas Symbolisches und Tiefgründiges, sagte Charatram ironisch. Etwas, das kilometerweit über deinen und meinen Horizont geht.
Allmählich dämmerte es den Leuten, dass der Weber seine Einladung durchaus ernst meinte. Er war schon immer etwas wundersam gewesen, aber diesmal schien er endgültig übergeschnappt zu sein. Fast unmerklich begannen sie den Kreis um ihn zusammenzuziehen, die Männer voran, gefolgt von den Frauen. Ihre Bewegungen hatten etwas Bedrohliches, als hätte der Irrsinn des Webers auch sie erfasst. Die Schüler und Jünger, mit Ausnahme von Inayat, rückten langsam vom Meister ab. Die Leute bückten sich und lasen Steine auf, Ziegel und was immer ihnen unter die Hände kam. Einige gingen zu ihren Häusern zurück und bewaffneten sich mit Messern, Äxten, Hämmern und Bambusstangen.
Inayat, sagten sie, verschwinde, wenn du nicht auch was abbekommen willst.
Er schüttelte den Kopf, war aber immerhin so vernünftig, ein Stück vom Meister abzurücken. Da rannte der Weber los, die rechte Hand hoch erhoben. Die Flamme der Fackel flackerte und spuckte. Die Dörfler hatten nicht vor, tatenlos mit anzusehen, wie der verrückte

alte Mann ihre Häuser in Brand steckte. Sie begannen, ihn mit Steinen zu bewerfen. Der Meister hielt die Fackel an sein eigenes Haus. Ein Stein schlug ihm die Stirn auf, ein Bambusstock zerschmetterte den Knochen seines linken Arms. Der Weber ließ sich nicht aufhalten. Ein Junge erwischte ihn mit seiner Schleuder am linken Auge. Ein paar Jünger schrien den Dorfbewohnern zu, sie dürften dem Meister nicht weh tun, aber kein Mensch hörte auf sie. Gunidas und Rehmat warfen ihre Fackeln in die Luft, fingen sie wieder auf und steckten ihre Häuser in Brand. Die Heuschober, die neben den Häuschen standen, knackten und spuckten und verwandelten sich in Feuerwerkskörper. Funken stoben wie Glühwürmchen auf. Drei Häuser brannten jetzt lichterloh, und die donnernden Flammen schossen hoch in den Himmel.

Mittlerweile tobte zwischen den Schülern des Meisters und den Dörflern eine regelrechte Schlacht. Die Jünger waren in der Minderzahl, und selbst diejenigen unter ihnen, die nur abseits gestanden und zugeschaut hatten, wurden attackiert; manche wurden übel zugerichtet. Die Dorfbewohner hatten längst erkannt, dass ihren Häusern keinerlei Gefahr drohte, aber das tat ihrer Wut keinen Abbruch. Sie randalierten weiter.

Na, seid Ihr jetzt zufrieden?, fragte Inayat den Meister. Warum sollten wir denn unsere Häuser abbrennen, das gibt doch keinen Sinn!

Der verletzte Weber sagte: Feuer läutert, mein Freund. Es bietet uns die Chance, ganz von vorn anzufangen, die Richtung unseres Lebens zu ändern. Das Problem mit den Menschen ist, dass sie die Vergangenheit ständig mit sich herumtragen, so wie auch du, Inayat, und Charatram und alle eure Freunde, die ihr auf dem Verbrennungsplatz bei euch hattet.

Ihr wart drauf und dran, euch im Namen eines Gottes, der, wie ihr behauptet, entweder ein Muslim oder ein Hindu ist, gegenseitig totzuschlagen. Aber, Inayat, es gibt nur eine einzige Gottheit, und sie heißt »Leben«. Sie ist die einzige, die Verehrung verdient. Alles andere ist ohne Belang.

Ist Brandstiftung also die Krönung all Eures Webens und Fragens, Rumhurens und Dichtens?, fragte Inayat verächtlich, oder ist sie vielleicht die einzige Möglichkeit, die Ihr seht, um Eure Verzweiflung zu verbergen.

Es wäre nicht nötig gewesen, wenn auch nur ein paar meiner Schüler sich ein klein wenig geändert hätten. Wir gehören nie ganz Gott, weil wir stets an die Welt und das Weltliche gefesselt sind: an unsere Kinder, unsere Frauen, unsere Arbeit, unsere Vergnügungen, an alte Gewohnheiten, die wir einfach nicht loswerden; an unseren Stolz und unsere Opfer. Erst, wenn wir heimatlos sind, wenn wir keine Vergangenheit mehr haben, wenn das »ich, ich, ich« ein Ende gefunden hat und es nichts mehr gibt, was uns zurückhält, erst, wenn wir wirkliche Waisen geworden sind, dann ist unsere einzige Heimat Gott.
Und ist Euer Werk jetzt vollbracht, alter Mann?
Der Weber lachte – es war eigentlich eher ein Meckern.
Ach was, sagte er. Jetzt werden wir Himmel und Hölle in Brand setzen und Gott selbst ausräuchern und austreiben! ...

Unter dem Vorwand, die aktualisierte, postmodern-flott aufgezogene Biographie eines Heiligen zu schreiben, hatte Amanat in Wirklichkeit die Geschichte Satans geschrieben. Kein Wunder, dass sie sich wie ein spiritueller Thriller las! Sie wurde mit so viel Energie erzählt, in einem so ansprechenden Stil, dass man unweigerlich mitgerissen wurde. Die Beziehung des Webers zu seiner Frau war eine der witzigsten Geschichten, die Zia je gelesen hatte. Er kugelte sich regelrecht vor Lachen. Die Kinder des Webers durchschauten ihren Vater und waren seine würdigen Erben. Sie versuchten, ihm sein Geld, sein Haus, all sein Hab und Gut abzuluchsen. Des Heiligen frühere Abstecher in andere Berufe, insbesondere als furchtsamer, stotternder Strauchdieb, anschließend als feiger Soldat und als Totengräber, waren todkomisch und unvergesslich. Aber hinter all dieser derben Komik und diesem ziemlich schwarzen Humor zeigte sich eine konsequente, äußerst subtil angelegte Kampagne, die eindeutig den Zweck verfolgte, den Leser zu verwirren und bei ihm Zweifel an der Güte Gottes und an allem, was nach Zias Überzeugung die Beziehung zwischen Gott und Mensch ausmachte, aufkommen zu lassen.
Zubeida-Khala hatte Recht. Es gab nur eine einzige Verteidigung gegen die Versuchungen Satans: die uneinnehmbare Festung des Koran. Er musste die heiligen Worte zu einem Kettenhemd schmie-

den, das ihn vor solchen Ketzersprüchen schützen würde. Und doch, selbst während er das Heilige Buch las, drängten sich der Brandstifter und dessen pikareske Eskapaden in sein Bewusstsein.
»Jetzt werden wir Himmel und Hölle in Brand setzen und Gott selbst ausräuchern und austreiben!«
Was meinte der Brandstifter damit, und, noch wichtiger, was für eine Absicht verfolgte sein Bruder Amanat, als er das schrieb?

Zia hatte eine Abneigung gegen Ferngespräche, insbesondere gegen solche aus Indien. Er konnte sich bildlich vorstellen, wie seine Angehörigen sich um das Telefon drängten und darauf warteten, an die Reihe zu kommen und mit ihm sprechen zu dürfen. Es gab mindestens vier »Wie geht es dir?«. Wenn die Verbindung schlecht war, konnten es ohne weiteres sechzehn bis zwanzig werden. Jeder Frage oder Mitteilung wurde ein »Hallo« vorausgeschickt, als wäre es ein Mantra, das brüchige Telefonleitungen, vielleicht sogar zerbrochene Existenzen flicken konnte. »Wie ist das Wetter? Ist es bei euch kalt?« Er hätte am liebsten gefragt, was es für sie für einen Unterschied gemacht hätte, ob in Cambridge vierzehn Grad minus oder vierzig plus herrschten. Sie bildeten sich doch wohl bestimmt nicht ein, sie könnten das Klima für ihn regulieren! »Passt du auch gut auf dich auf?« Nein, ich stehe splitternackt im eisigen Wind auf dem Commons und esse und schlafe vor lauter Sehnsucht nach euch nicht. »Wann kommst du zurück?« Das waren keine richtigen Fragen. Seine Angehörigen wollten sich lediglich vergewissern, dass ihr in der Ferne weilender Zia noch immer am Leben war und seinen Dienst tat. Oder war es vielleicht andersherum, wollten sie ihn wissen lassen, dass sie – wie schwierig oder unmöglich die Lage auch inzwischen geworden sein mochte – da drüben noch immer die Fahne hochhielten? Wir lieben dich, sagten sie, wir lieben dich, wir lieben dich, wir lieben dich. »We love you.« Es klang wie der Refrain eines alten Popsongs. Und er stimmte in den Gesang mit ein.

Als Abbajan dieses Mal anrief, war Zias erster Gedanke: Hab ich heute Geburtstag? Nein, der war lang vorbei. Er fragte sich, ob jemand krank sein mochte; vielleicht war Zubeida-Khala etwas zugestoßen. Er war sicher, dass Abbajan, um die Erschütterung der schlechten Nachricht nach gut indischer Manier abzumildern, erst minutenlang Plattitüden von sich geben und dann nur langsam, bröckchenweise mit der Wahrheit herausrücken würde. Deshalb war er erleichtert, als Abba sagte, es gebe gute Neuigkeiten. »Die soll dir Amanat selbst erzählen«, sagte er zu Zia und konnte sich natürlich dann doch nicht beherrschen. Der British Council hatte Amanat zur Teilnahme an seinem »Cambridge Seminar« eingeladen, das am 21. Juni beginnen sollte.

Ab da redete Amanat weiter. Es musste ein Irrtum vorliegen, sagte er. Die Leute von der Bombayer Außenstelle des British Council hatten ihn offenbar mit jemand anderem verwechselt, und so war es zu der Einladung gekommen. Oder der oder die eigentlich Gemeinte hatte vielleicht abgelehnt, und da war denen auf die Schnelle niemand anders eingefallen.

»Amanat«, unterbrach ihn Zia, »hör auf mit dem Scheiß.«

Das würde für Amanat die erste Auslandsreise seit vielen, vielen Jahren sein. Es war typisch für ihn, nie zu viel Freude oder Begeisterung zu bekunden, damit die Himmlischen Mächte nicht am Ende neidisch würden und ihm einen Strich durch die Rechnung machten. Aber Zia wusste, wie viel diese Reise Amanat bedeuten musste. Er fragte ihn, ob er nach dem Seminar noch eine Weile bei ihm in Tante Antonias Wohnung bleiben wollte. »Ich würde gern etwas Zeit mit dir zusammen verbringen«, sagte Amanat, »aber warten wir's ab. Wenn ich nicht sofort wieder arbeiten muss, könnte ich durchaus auf dein Angebot zurückkommen.«

Zia war nicht ganz klar, wie es dazu kam, dass Vivian ihn nach Heathrow begleitete. Sie hatten über das Thema gar nicht gesprochen, und er war wie selbstverständlich davon ausgegangen, dass er Amanat allein abholen würde. Es fiel ihm schwer zu glauben, dass er Amanat und den Rest der Familie seit mehreren Jahren nicht mehr gesehen hatte. Er hoffte, dass Amanats Seminar nicht bis in die Abendstunden dauern würde. Über den Luftwiderstandsbeiwert von Autokarosserien, die ergonomische Verbesserung von Computerbildschirmen und die stoßdämpfenden und -ableitenden Eigenschaften von Sturzhelmen konnte man sich doch wohl kaum länger als acht Stunden am Tag verbreiten. Zia ging kurz nach zwölf zu einem Treffen mit dem Master von Emmanuel, um mit ihm den Plan des sechsten Kapitels seiner Dissertation zu besprechen, und als er zurückkam, war Vivian fertig angezogen und wartete schon auf ihn.

Zia fragte sich etwas unbehaglich, was Amanat denken würde, wenn er mit einer auffällig hübschen jungen Frau ankam – und sie sah heute sehr, sehr hübsch aus. In seinen Briefen nach Hause hatte er Viv nie erwähnt.

Es war eine Freude sie anzusehen, so scheu und reizend, wie sie war. Und dieser gelbe Hut, wo hatte sie den bloß her? Zia hatte sie noch nie mit einem Hut gesehen. Wirklich niemand hätte sich vorstellen können, dass die liebreizende Lady Vivian seine Komplizin in einem gottgefälligen Verbrechen war!

Zia hätte sich keine Gedanken über Amanats Reaktion auf Vivian zu machen brauchen. »Hingerissen« wäre vielleicht ein etwas zu starker Ausdruck gewesen, aber angetan war er von Tante Antonias Töchterlein mit Sicherheit. Amanat trug ein Jackett, das ihm zwei oder drei Nummern zu groß war, es musste eins von Abbas abgelegten sein. Er war noch immer sehr dünn, und das Jackett schlackerte an ihm wie eine mutlose Fahne. Zia spürte, wie eine Woge der Zuneigung über ihn hinwegspülte. Ihm war nicht klar gewesen, wie sehr ihm sein Bruder gefehlt hatte. Jetzt war Amanat in Sicherheit. Zia würde ihn beschützen.

Vivian war mit Amanat bereits so ins Gespräch vertieft, als wäre er nicht Zias, sondern ihr Bruder.

»Worüber hältst du deinen Vortrag?«, fragte Vivian Amanat, als sie in den Bus nach Cambridge einstiegen.

»Ich halte gar keinen Vortrag.«

»Keinen Vortrag?« Zia schaute verdutzt. Der Bus machte eines dieser gedämpften Geräusche, als ließe er einen Wind streichen.

»Warum nicht?«, fragte Vivian. »Zia sagt, du bist einer der bedeutendsten Designer von Sturzhelmen und kennst dich in Sachen Kopfverletzungen besser aus als die meisten Unfallchirurgen.«

»Du darfst nicht alles glauben, was Zia sagt. Wenn es um seine Familie geht, neigt er stark zu Übertreibungen. Und außerdem ist das kein Seminar über Industriedesign.«
»Nicht?«, fragte Zia. »Worüber dann?«
»Versucht ihr mich auf den Arm zu nehmen?« Amanat sah die beiden an und lächelte. »Ihr studiert doch in Cambridge, oder? Und da wisst ihr nicht, worum es beim Cambridge Seminar geht?«
»In Cambridge«, sagte Vivian, »finden mindestens drei bis vier Konferenzen pro Woche statt.«
»Ach so.« Amanat sah beschämt und zutiefst beeindruckt aus. »Dieses eine befasst sich mit Literatur, genauer gesagt, mit der ›britischen Literaturszene‹. Es wird im Downing College abgehalten.«

Zia konnte beim besten Willen nicht erkennen, was Amanat beim Cambridge Seminar zu suchen haben sollte. Es war schwer vorstellbar, dass man ihn wegen des Kabir-Romans eingeladen hatte. Den Verantwortlichen konnte ja kaum entgangen sein, dass es ein perfides Machwerk war. Aber Zia war heute in nachsichtiger Stimmung. Er war jetzt mit Amanat zusammen, und nichts anderes zählte.
Vivian und Zia halfen Amanat bei der Anmeldung im Seminarssekretariat, begleiteten ihn zu seinem Zimmer im zweiten Stock des Downing-Wohnheims und luden ihn dann zu einem Italiener ein. Als sie heimkamen, war es fast Mitternacht, aber es sollte noch eine ganze Weile dauern, bis sie ins Bett gehen würden.
Das British Council Cambridge Seminar. Also, das war wirklich eine Überraschung, eigentlich eher ein Schlag in den Nacken. Zia hatte noch nie davon gehört, Vivian ebenso wenig. Amanat hatte gesagt, es sei nur für Leute aus Ländern, die von den jeweiligen örtlichen British-Council-Büros nominiert würden. Eher eine Art Privatveranstaltung nur für geladene Gäste. War Satan eingeladen worden? Ah, das wäre der reine Hohn gewesen, oder? Zia investiert endlose Stunden, ganz zu schweigen von einem mittleren Vermögen, um jede Stadtgemeinde und jede Grafschaft im Vereinigten Königreich der Queen Elisabeth II. abzuklappern, und verbringt zahllose Nächte in kalten, feuchten, ungemütlichen Privatpensionen, und dann beschließt der Fürst der Finsternis ganz einfach, zum Propheten zu kommen. Aber Zia hätte es mit Sicherheit ge-

wusst, wenn der Fürst in Cambridge gewesen wäre. Andererseits – konnte er sich da wirklich so sicher sein? Über die öffentlichen Auftritte des Mannes berichteten die Medien immer erst nachträglich, nie im Voraus.

»Werden wir das Seminar stürmen?« Wie immer kam Vivian direkt zur Sache.

»Ich weiß nicht. Wir haben die Teilnehmerliste nicht so genau zu sehen bekommen. Es gab Leute aus Ägypten und der Türkei. Ich glaube, es gab auch muslimische Namen aus anderen Ländern. Ich würde sagen, das käme für ihn nicht in Frage.

Selbst wenn der Fürst der Finsternis kommen wollte, würde ihm der British Council höchstwahrscheinlich davon abraten. Die Veranstalter könnten unmöglich sämtliche muslimischen Teilnehmer hinsichtlich ihres Leumunds, ihrer spezifischen religiösen Ausrichtung und politischen Überzeugung durchleuchten. Außerdem würden seine Security-Leute und Scotland Yard bestimmt ein Veto einlegen: zu riskant.

Aber selbst von all dem abgesehen, dürften die Leute vom British Council kaum Außenstehende hineinlassen.«

»Wenn uns jemand fragen sollte, könnten wir doch immer noch sagen, wir wären gekommen, um deinen Bruder zu hören.« Vivian gab nicht so leicht auf.

»Bestimmt muss jeder durch eine Metalldetektorschranke, und abgetastet wird man wahrscheinlich auch.«

»Wir lassen die Idee also fallen?« Vivian klang niedergeschlagen.

Im ersten Vortragsblock las Doris Lessing. Zia hatte sie schon einmal gehört, so wie er im Rahmen all der Literaturfestivals, die er besucht hatte, schon fast jeden anderen bekannten Romancier, Dichter, Dramatiker und Kritiker wenigstens einmal gehört hatte. Dann kamen weitere Autorinnen und Autoren an die Reihe, die entweder aus ihren Werken lasen oder über sie sprachen. Terry Eagleton, John Fowles, P.D. James, Hilary Mantel, George Steiner, Rose Tremaine und Fay Weldon. Vivian hörte ihnen allen pflichtbewusst zu, auch wenn sie sich langweilte und gar nicht richtig folgen konnte. »Pflichtbewusst« war das richtige Wort. Sie war im Dienst, und es war ihre Pflicht, auf das Erscheinen Satans zu warten. Zia nahm die Sache lockerer, rutschte häufig ein wenig tiefer auf seinem Stuhl und machte ein Nickerchen. Er wusste, dass er und Vivian ihre Zeit vergeudeten. Man konnte die Sicherheitsvorkehrungen bei der Veranstaltung nicht als lax bezeichnen; sie waren inexistent. Jeder konnte ein und aus gehen, wie es ihm passte. Wenn einzelne Teilnehmer zeitweilig die Lust verloren, gingen sie einen Kaffee trinken oder legten sich draußen auf den Rasen. Niemand bewachte irgendetwas oder irgendwen. Die Wahrscheinlichkeit, dass SR hier aufkreuzte, war ebenso groß wie die, dass er sich auf der Vollversammlung von Khomeinis Revolutionsrat blicken lassen würde. Aber Amanat nahm am Seminar teil, und Zia konnte den Gedanken nicht ertragen, auch nur ein paar Minuten lang von seinem Bruder getrennt zu sein. Das alles war für Zia äußerst befremdlich. Er hatte keine Ahnung gehabt, dass er sich nach Hause sehnte. Oder dass sein Bruder 1001, der dieses entsetzliche Buch über Kabir geschrieben hatte, ihm noch immer so viel bedeuten könnte.

Wenn Amanat sich einen bestimmten Autor nicht anhören wollte – und diesbezüglich hatte er sehr genaue Vorstellungen – ging Zia mit ihm spazieren. Sie besuchten Emmanuel, King's, Trinity. Sie besuchten Bibliotheken und Museen, und wenn sie in Buchläden gingen, kaufte Zia seinem Bruder stapelweise Bücher. Amanat war sein Leben lang empfindlich und kränklich gewesen, aber wenn es ums Laufen ging, hatte er die zehnfache, wenn nicht die hundertfache Ausdauer von Zia. Er strahlte eine Aura fiebriger Erregung aus. Er war nervös und angespannt. Amanats Enthusiasmus wirkte ansteckend, und Zia machte ihn mit seinem alten Freund Gordon Bowers bekannt. Es war ein lustiges Treffen. Amanat kannte sich in Cambridger Lokalgeschichte und -kuriositäten sogar noch besser aus als der Historiker und Touristenführer. Zia hatte das unheimliche Gefühl, dass Amanat heimgekommen war. Tante Antonia hätte lieber Amanat als ihn, Zia, unter ihre Fittiche nehmen sollen.

Am Nachmittag des zweiten Seminartages sollten einige der ausländischen Schriftsteller aus ihren Werken lesen. Vivian saß allein da, was ungewöhnlich war, da sich normalerweise die Leute scharenweise um sie drängten. In ihrem langen weißen Kleid erschien sie wie eine flirrende Luftspiegelung. Die hohen Fenster und sämtliche Türen standen offen, und ihr weiter Rock hob und weitete sich fächerartig im sanften Luftzug. Ein ellenlanges seidenes Halstuch von wildem Aquamarinblau schwebte um ihren Nacken und machte sie zu einer Figur aus einem Gemälde von Manet. Sie sah unstofflich aus, eine bloße Hülle aus durchscheinendem Licht, wie sie den Kopf geneigt hielt und in einem Buch las.

Für Zia bestand kein Zweifel daran, dass es einzig Vivians Mischung aus vornehmer Gelassenheit und Zurückhaltung zu verdanken war, dass man sie nicht als Eindringlinge aufgegriffen und hinausgeworfen hatte. Es ärgerte ihn, dass er größtenteils nur deswegen auf ihre Schönheit aufmerksam geworden war, weil sich andere Leute, sogar Frauen, sichtlich zu ihr hingezogen fühlten. Wie konnte sich jemand, der normalerweise in engen Jeans und einem schlabberigen schwarzen T-Shirt herumlief, in eine so selbstsichere Frau verwandeln? Ja, er würde ihr heute Abend einen Antrag machen, und mit Amanat als Zeugen würden sie schon am kommenden Wochenende in der Moschee von Peterborough heiraten. Das war längst überfällig. Seit dem Tag, da er zum ersten Mal mit ihr geschlafen hatte, war ihm bewusst gewesen, dass er in Sünde mit ihr lebte. Seine Unentschlossenheit hatte er vor sich, wenngleich wenig überzeugend, mit dem Hinweis auf Vivians Charakterschwäche und Unvernunft entschuldigt. Doch auch wenn diese Ausrede nicht einer gewissen Berechtigung entbehrte, so hatte sie jetzt keine Gültigkeit mehr. Die Zeiten, da sie aggressiv und trotzig gewesen war, waren vorbei. Die Burka hatte sie schon lange aufgegeben. Jetzt war sie nichts Geringeres als seine Seelengefährtin.

Amanat wäre an dem Tag fast nicht mehr dazu gekommen, aus seinem Buch zu lesen. Für diesen Vortragsblock waren fünf ausländische Autoren vorgesehen, die jeweils zehn Minuten Zeit haben sollten, ihre Ware vorzuführen. Schließlich war es ein Seminar über die britische Literaturszene und nicht über die englischsprachigen Literaturen der Welt. Wie es Amanats Glück so wollte, hatte er die Nummer fünf gezogen. Der erste Vortragende war ein Chinese aus Singapur. Fünfzehn Minuten nach Ablauf seiner Zeit war er noch immer nicht damit fertig, die verschiedenen ethnischen Strömungen zu skizzieren, die die Singapurer englischsprachige Literatur zu solch einem mächtigen, breiten und lebendigen Strom machten.

Nach dem Mann aus Singapur kam ein Dichter aus dem ehemaligen Jugoslawien. Er sprach sehr emotional über seine Entdeckung, dass die meisten seiner früheren Freunde, ohne dass sie oder er es im Mindesten gemerkt hätten, zu seinen Feinden geworden waren. Er brauchte insgesamt zwanzig Minuten, und die zwei Vortragenden nach ihm weitere fünfunddreißig.

Schließlich war Amanat an der Reihe. Er sah leicht verwegen und absolut bezaubernd aus, als er in einem Tweedjackett, das Zia ihm gekauft hatte, zum Rednerpodium ging. Ehrlich gesagt, sah er genau wie das aus, was er eigentlich hätte sein sollen: ein Cambridger Dozent und Gelehrter.

»Wir haben leicht überzogen«, sagte Amanat mit einem liebenswürdigen Lächeln, »aber es freut mich, Ihnen sagen zu können, dass wir jetzt alle zum Tee schreiten können.«

Die Seminarleiterin eilte zum Podium.

»Es stimmt zwar, dass wir ziemlich überzogen haben«, entschuldigte sie sich, »aber ich denke, wir können es noch weitere zehn Minuten ohne Tee aushalten und Mr. Khan zuhören.«

Amanat las eine Passage aus dem »Brandstifter« vor, wofür er sieben Minuten brauchte. Er war so gut, dass er gebeten wurde, am Abend noch einmal zu lesen. Obwohl diese Lesung nicht Teil des offiziellen Programms war, kamen siebzig Zuhörer. Man ließ ihn eine Stunde lang vorlesen. Es wurde ein beispielloser, durchschlagender Erfolg.

Zia zog sich aus, putzte sich gründlich die Zähne und als er wieder ins Zimmer kam, musste er feststellen, dass Vivian tief und fest schlief. Kein Wunder, dass die Briten so schlechte Zähne hatten: gelb, voller Karies und Füllungen und Kronen. Wie konnte sie bloß ins Bett gehen, ohne sich vorher die Zähne zu putzen und die Füße zu waschen?

»Vivian«, rief er, »hast du dir die Zähne geputzt?«

Was für eine Mutter würde sie seinen Kindern sein? Er konnte förmlich sehen, wie sich seine sieben Kinder morgens an den Frühstückstisch setzten und dabei grünlich stinkenden Mundgeruch aushauchten.

Keine Antwort von Vivians Seite.
»Aufstehen, Vivian«, brüllte Zia. »Putz dir die Füße und wasch dir die Zähne! Ich meine, wasch dir die Füße und putz dir die Zähne!«
Vivian drehte sich auf die Seite, gab aber weiterhin keine Antwort.
»Willst du mich heiraten, Vivian?«
»Ja«, sagte sie verschlafen, »aber nur, wenn du mich nicht zwingst, mir jetzt die Zähne zu putzen.«
Zia spielte mit dem Gedanken, seinen Antrag zurückzuziehen.
»Wirklich?«, fragte er.
»Ach, halt den Mund«, sagte sie, »und schlaf mit mir. Natürlich will ich deine Frau werden. Wer sonst würde mich heiraten?« Sie lächelte, noch immer ohne die Augen zu öffnen, und drehte sich herum.
Sie weckte ihn irgendwann gegen zwei.
»Du willst mich doch nicht ernsthaft heiraten, oder?« Sie saß aufrecht im Bett.
»Warum hätte ich dir sonst einen Antrag gemacht?«, fragte Zia gereizt. Er hatte ziemlich lange nicht einschlafen können.
»Weil du wolltest, dass ich mir die Zähne putze.«
»Vivian, hast du mich mitten in der Nacht geweckt, um mir solchen Schwachsinn mitzuteilen?«
»Sag mir die Wahrheit, du wolltest nur nett zu mir sein.«
»Glaubst du ernsthaft«, fragte Zia zunehmend lauter, »ich würde dich aus Nettigkeit heiraten?«
»Du bist der einzige Mensch, der jemals Anteil an mir genommen hat. Bis du kamst, hat mich niemand je ausgeschimpft oder ist auf mich sauer geworden. Das einzige Gefühl, wenn man das ein Gefühl nennen kann, das mir je entgegengebracht wurde, war Indifferenz.«
»Das ist nicht wahr, dein Vater hat dich bestimmt geliebt.«
»Als er gestorben ist, war ich vier. Ich erinnere mich überhaupt nicht an ihn. Ich weiß genau« – sie sprang wieder auf –, »dass ich dich bald langweilen werde.«
»Hör auf damit, Vivian. Hast du überhaupt kein Selbstwertgefühl? Du weißt verdammt genau, dass du sehr attraktiv und nicht minder intelligent bist. Die Männer im Seminar starren dich alle unentwegt an.«
»Ich liebe dich unheimlich, aber was, wenn es nicht reicht?«
»Warum sollte es nicht reichen?« Langsam verlor Zia die Geduld.

»Weil ich nicht weiß, ob ich wirklich all die Jahre vergessen kann, in denen ich dich gehasst habe. Du warst Antonias Sohn, ihr Erstgeborener, und ich war nichts, niemand. Nichts interessierte mich, und ich wollte absolut nichts mit meinem Leben anfangen. Jetzt habe ich Angst, dass du das einzig Reale für mich sein könntest. Was, wenn ich dich verliere? Heißt es für mich dann wieder: runter in den Abgrund?«

»Du darfst dich nicht an die Vergangenheit klammern, Vivian.«

Vivian schluchzte hemmungslos, und ihr Rotz und ihre Tränen hatten Zias Pyjamajacke durchweicht und benetzten seine Brust. Er wusste, dass sie ihm jetzt nicht zuhörte und seinen Worten nicht folgen konnte, aber er redete weiter auf sie ein. »Außerdem hat deine Version von der Vergangenheit nichts mit der Wirklichkeit zu tun. Was immer ich in Tante Antonias Augen gewesen sein mag – ich war niemals ihr Sohn. Du kannst nicht jemanden hassen, der gar nicht existiert.«

»Glaubst du, du willst mich immer noch heiraten?«, fragte Vivian, als sie sich endlich beruhigt hatte.

»Ja. Bevor du deine Meinung wieder änderst.«

»Ich werde meine Meinung nicht ändern. Und ich werde dich nie wieder loslassen.«

Zwei Kumulus-Schwergewichtler droschen am Himmel aufeinander ein. Der auf der rechten Seite hatte einen blau-violetten Bluterguss unter dem Auge und war dermaßen in sich zusammengesackt, dass keine Beine mehr zu sehen waren, aber er gab noch lange nicht auf. Im Gegenteil, er war wieder voll da. Sein Arm zog sich immer mehr in die Länge, bis er den anderen Boxer am Kinn erwischte. Es war ein tödlicher Treffer. Der Kiefer brach, und Kopf und Rumpf lösten sich in ihre Bestandteile auf. Amanat und Zia lagen schon seit zwei Stunden unter einer Weide, die ihre lanzenförmigen Blätter matt in das Wasser des Cam hängen ließ.

Zia hatte Bombay schon vor langem aus seinem Bewusstsein verdrängt. Dennoch konnte er nicht aufhören, Amanat Löcher in den Bauch zu fragen. Es war so, als wollte er seinen mehrjährigen Informationsrückstand an einem Nachmittag wieder aufholen. Sie redeten über Firdaus, ihr früheres Zuhause, und das Außengebäude, in dem Abba jede freie Minute bei seinen Stein- und Metallplastiken zugebracht hatte. Sie redeten über den Perfumed Garden und die Tochter des Eigentümers, Aminara Mirza. Perfumed Gardens gab es jetzt auch in Paris, Genf, London, München und New York. Suleiman Mansion, erzählte Amanat seinem Bruder, sah mittlerweile ein wenig verwohnter aus. Die grün gestrichenen Wände des Treppenhauses nahmen allmählich die Farbe von Kotze an. Die Sayeds schauten weiterhin weg, wenn die Ahmeds ihnen über den Weg liefen, und die Sheikhs vom obersten Stock weigerten sich nach wie vor, in den Aufzug zu steigen, wenn die Gilanis schon drin waren. Die Namen dieser Leute waren in Zias Gedächtnis längst verblasst, und doch, jetzt wo Amanat sie erwähnte, stellten sich ihre Gesichter und Geschichten schlagartig wieder ein.

Als Amanat von Abbajan zu sprechen begann, schlich sich in seine Stimme eine überraschende Bitterkeit.

»Abbajan«, sagte er, »ist fest entschlossen, seine verlorene Zeit wieder aufzuholen. Aber seine Zeit ist vorbei. Es mag merkwürdig klingen, wo doch Abba mit seinen Arbeiten von jeher der Zeit voraus war. Aber jeder von uns hat, wenn er Glück hat, seine Zeit. Danach kann unser Talent verfallen, unverändert bleiben oder knospen und blühen. Mag sein, dass Abbas beste Arbeiten noch vor ihm liegen, aber sein Zug ist endgültig abgefahren.

Nachdem er die ganz große Chance verpasst hat, verbringt er jetzt seine Tage damit, sich einzureden, die größte Freude würden ihm die kleinen, unbedeutenden Erfolge geben. Er behauptet, Glück sei das Blatt, das einem das Schicksal eben zugeteilt hat. Er leidet, könnte ich mir denken, an der ultimativen Selbsttäuschung, die Zeit würde ihm irgendwann einmal Recht geben, wenn auch vielleicht erst nach seinem Tod.

Kann es etwas Traurigeres geben, als zu erfahren, dass man nach seinem Tod Anerkennung und Unsterblichkeit erlangen könnte? Was nützt es John Donne oder Van Gogh, dass sie fünfzig, hundert oder dreihundert Jahre später entdeckt und zu Ikonen hochstilisiert wurden? Was kann ein Toter mit dem Nobelpreis anfangen?«

»Wir wissen beide, dass Abbajan ein rechtschaffener Mann ist. Was du vergisst, ist, dass er auch ein Märtyrer ist«, unterbrach Zia Amanats Selbstgespräch.

»Ich würde nicht beschwören, dass ›Märtyrer‹ das richtige Wort ist. Wie ich es sehe, leidet Abba an einem fehlgeleiteten Ehrgefühl, gepaart mit der Unfähigkeit, andere an seinem Schmerz teilhaben zu lassen. Ich erinnere mich, wie du mir einmal die Frage gestellt hast, die mich schon die ganze Nacht wach gehalten hatte, nachdem Abba abgeholt worden war: Wann würden sie kommen und auch uns ins Gefängnis stecken? Was glaubten die eigentlich – dass wir taub und blind waren und nichts von dem mitbekamen, was im Haus ablief? Oder dass wir in einer anderen Stadt wohnten und nur zu den Mahlzeiten vorbeikamen? Als sie Abba seine Lizenz abgenommen haben, hätte ich ihn am liebsten umarmt und ihm gesagt, dass ich seine Promenade und seine Pavillons umwerfend fand. Und dass ich ihn mehr als alles andere auf der Welt liebte. Aber wie kann man jemandem sagen, dass man seinen Schmerz und seine Einsamkeit teilen wird, wenn er nicht einmal sich selbst eingesteht, dass er verraten worden ist?

Doch es sollte noch schlimmer kommen. Dass Altaf sich absetzte und uns bedenkenlos in den bodenlosen Abgrund stürzen ließ, war genau genommen nicht schlimmer als die Art, wie Abba bis zur letzten Minute wartete, um uns durch die Blume zu eröffnen, dass man uns alles wegnehmen würde, was wir besaßen. Haben unsere Eltern denn nicht begriffen, dass unsere kindliche Vorstellungskraft alles noch um ein Vielfaches vergrößerte und verschlimmerte? Wie sollte man kämpfen, wenn man nicht wusste, wer der Feind war? Würde man uns auffordern, die Kleider, die wir anhatten, abzugeben und nackt herumzulaufen? Würde man uns unsere Eltern wegnehmen? Würde ich von meinem Bruder getrennt werden und ihn nie wiedersehen? Wussten unsere Eltern nichts von den Dämonen, die in den dunklen Winkeln des Bewusstseins lauern?

Was uns vor Entsetzen zusammenschrumpfen ließ, waren nicht so sehr die Schicksalsschläge, die uns getroffen haben – es war das gut gemeinte Schweigen unserer Eltern. Ich bin sicher, dass du genau wie ich tausend Fragen an sie gehabt hättest. Aber sie zu fragen hätte bedeutet, ihre prekäre Fassung ins Wanken zu bringen und ihr Opfer zunichte zu machen.«

Zia verblüffte die Verbitterung seines Bruders. Amanat hatte es sich nie verziehen, dass er nicht schützend vor seinen Vater getreten war. Noch heute nahm er sich die Tatsache übel, dass er nicht sämtliche Widersacher Abbajans ermordet hatte – es nicht vermocht und es nicht getan hatte. Schon seit frühester Kindheit hatte er nur eins werden wollen: Architekt. Abbajan war sicher gewesen, dass sein Sohn weit mehr Talent besaß als er selbst. Aber seit Zafar Khans Debakel war das Thema Architektur für Amanat erledigt.

»Amanat, ich sag's dir noch einmal. Geh an die Architekturakademie. An Abbas Alma Mater.«

Amanat schüttelte den Kopf.

»Mach dir ums Geld keine Sorgen«, sagte Zia. »Ich werde nur für das erste Trimester zahlen müssen. Danach sackst du bei deiner Begabung sämtliche Stipendien ein, die es überhaupt gibt.«

Amanat hörte ihm gar nicht zu. Er redete weiter, jetzt von Zubeida-Khala. »Du fehlst ihr schrecklich, aber sie ist einfach zu stolz, um es zuzugeben. Sie glaubt, du wirst nie wieder zurückkommen. Ich bin nur ein dürftiger Ersatz, aber sie begnügt sich eben mit dem, was sie hat. Im Laufe der Jahre hat sie sich immer mehr in sich zurückgezogen.«

Und dann sagte Amanat etwas wirklich Widerwärtiges.

»Warum haben die beiden bloß nie eine Affäre miteinander gehabt?«

»Wer?«

»Warum war Zubeida nicht so gescheit, Abba zu verführen, oder Abba, sie sich einfach zu greifen? Ständige räumliche Nähe ist die beste Kupplerin, die es gibt, mögen die zwei Beteiligten auch noch so schlecht zusammenpassen. Abba hätte mit ihr mit Sicherheit ein weit ruhigeres Leben gehabt.«

Zia hätte Amanat erwürgen können. Wie konnte er über den einzigen Menschen in ihrer Familie, der nicht einmal wusste, was Sünde war, so furchtbare Dinge sagen? Gut, seinem Vater hätte Zia diesbezüglich auch nichts Konkretes vorwerfen können, aber die Hand hätte er für ihn nicht ins Feuer gelegt. Stimmte das, was Zubeida-Khala angedeutet hatte, ohne es je explizit auszusprechen? Oder hatte sie sich damit nur an Tante Antonia rächen wollen? Hatten Abbajan und Tante Antonia wirklich vor langer Zeit etwas miteinander gehabt?

Mit einem Mal ertrug Zia Amanats Anwesenheit nicht mehr. In Amanat steckte etwas, das nicht anders konnte, als die einfachsten und harmlosesten Dinge in den Schmutz zu ziehen und zu korrumpieren. Er zitierte gerne den Ausspruch aus Graham Greenes »Der stille Amerikaner«: »Gott behüte uns allezeit vor den Unschuldigen und den Guten.« Ganz im Gegenteil. Es war Amanat, vor dem man auf der Hut sein musste.

»Wir sollten gehen. Vivian fragt sich inzwischen bestimmt, wo wir bleiben.«

Zia richtete sich auf und stopfte sich das Hemd wieder in die Hose. Amanat hob Zias Aktentasche auf.

»Lass die Finger davon!«

»Klar.« Amanat stellte die Aktentasche überrascht wieder hin. »Was hast du denn da drin? Bomben, Waffen, Gold?«

»Nichts.« Noch während er das sagte, wusste Zia, dass er in Schwierigkeiten steckte.

»Was soll das heißen: nichts?«, gab Amanat zurück. »›Nichts‹ kann unmöglich anderthalb Tonnen wiegen.«

»Nichts als Bücher«, versuchte Zia, die Sache noch zurechtzubiegen. Wieder die falsche Antwort. Wie hatte er bloß so gedankenlos sein können?

»Bücher? Darf ich mal sehen?«

Amanat war der am wenigsten indiskrete Mensch, den man sich vorstellen konnte. Er drang nie in jemandes Privatsphäre ein, außer auf ausdrückliche Einladung. Das Problem war jedoch, dass er Büchern nicht widerstehen konnte. Zia schloss die Augen: Bitte, Allah, mach, dass er die Tasche nicht aufmacht! Zu spät, Amanat fummelte bereits am Verschluss herum. »Nichts, was dich interessieren würde. Nur Fachbücher über Statistik.«

Der Verschluss klickte, und schon kramte Amanat in der Tasche.

»›Don Quixote‹?« Er hatte das oberste Buch herausgeholt. »Ich wusste gar nicht, dass du so etwas magst. Graham Greene, ›Das Herz aller Dinge‹? Ich hätte nichts dagegen, das noch einmal zu lesen.«

Grab nicht weiter, Amanat. Hör jetzt auf, ich flehe dich an ... Amanat war inzwischen zu den »Gedanken über die Religion« vorgedrungen.

»Pascal? Bist du über seine mathematischen Schriften auf ihn gekommen?« Jetzt hatte er Ishiguro in der Hand. »Also, das nenne ich eine ziemlich eklektische Lektüre. ›Neun Stunden zur Ewigkeit‹? Warum schleppst du diese Miniaturbibliothek mit dir herum? Willst du alle diese Sachen während des Seminars lesen?«

Jetzt überkam Zia die Gewissheit, dass er in dem Moment, wo Amanat das nächste Buch herausnähme, die Pistole an sich reißen, sie seinem Bruder an die breite Stirn setzen und ihm das Gehirn herauspusten würde.

Zia war wieder oft auf dem Schießstand gewesen – erst zusammen mit Speed Balanchine und dann allein. Er wusste, dass er, wenn er sich um etwas bemühte, es besser schaffte als die meisten Menschen. Nicht etwa, weil er talentierter gewesen wäre, sondern weil er, wenn er sich auf eine Aufgabe konzentrierte, alles andere aus seinem Bewusstsein ausschloss.

Er hatte sich in die physikalischen Aspekte des anstehenden Problems vertieft – Verbrennung, Materialkunde, Triebkraft, Drehmoment und Flugbahn – und hatte das Ganze in mathematische Gleichungen umgewandelt. Sobald er die physikalischen Gesetze und die technische Konstruktion verstanden hatte, besaß er festen Boden unter den Füßen. Bereits nach vier weiteren Übungsstunden auf dem Schießstand traf er die ausgesägte Silhouette sechs von zehn Malen. Drei Stunden später hatte sich seine Trefferquote auf acht von zehn erhöht. Nach sieben Wochen konnte man jeden beliebigen Körperteil nennen – die kleine Zehe des linken Fußes, das Knie, den Wurmfortsatz, den fünften Lendenwirbel, die linke Herzkammer, das rechte Auge –, und Zia traf sie binnen weniger Sekunden. Er kam mit einem Colt 38 ebenso gut zurecht wie mit einer 44er Magnum, aber Vivian hatte Recht: Die Luger war für sein Vorhaben die geeignetste Waffe.

Die Ledertasche lag offen auf dem Rasen. Amanat griff erneut hinein und förderte einen Steinbeck zutage. Jetzt konnte man die Luger auf dem Boden der Tasche sehen. Zia hätte jetzt zugreifen müssen. Stattdessen sagte er, noch während Amanat den Titel des Buches laut vorlas: »Übermorgen heirate ich.«

Amanat ließ das Buch in die Tasche zurückfallen, schloss seinen Bruder in die Arme und strahlte übers ganze Gesicht.

»Was für eine wunderbare Neuigkeit, Zia! Um wie viel Uhr ist die Hochzeit?«

Zia wachte in einem Zustand purer Hochstimmung auf. Er fühlte sich so leicht wie ein Engel. Man konnte seine Flügel nicht sehen, aber wenn er nur gewollt hätte, wäre er geradewegs zu Allah geflogen. Ihm war eine gewaltige Last von der Seele genommen. Von morgen an würde er nicht mehr in Sünde leben. Alles, aber auch alles würde sich fügen, und Allah würde alles gut machen.

Zia drehte sich auf die Seite und sah Vivian an. Er staunte über die Haltung, in der sie sich immer schlafen legte: allzeit bereit für einen christlichen Tod – die Hände unter den Brüsten verschränkt, die Augen geschlossen und traumlos, ihr Haar ein ordentlich auf dem Kissen ausgebreiteter goldener Schein und ihr Gesicht in Frieden mit sich und der Welt. Sie konnte acht, manchmal zehn Stunden lang so liegen, ohne sich im Geringsten zu rühren. Sie stand auf, so wie sie sich schlafen gelegt hatte, ohne eine einzige Knitterfalte in ihrem Nachthemd. Wie schön sie war! Warum hatte er es nur so lange hinausgeschoben, sie zu heiraten?

Das Morgenlicht hatte begonnen, über den Fußboden zu kriechen, wie die Flut, die verstohlen den Strand beleckt. Jetzt berührte es ihn, und er spürte, wie er vollkommen durchscheinend wurde. Er konnte ganz deutlich bis weit in die Zukunft blicken. Er arbeitete noch immer an seiner Dissertation. Die letzten zwei Kapitel waren die schwierigsten, gar keine Frage. Er hatte keine Ahnung, wie er sich zu der einen entscheidenden Gleichung vorarbeiten würde, die den Schlussstein seiner These bilden und alles Vorausgegangene erst sinnvoll und verständlich machen sollte. Er wusste, dass er das Problem knacken konnte, wenn er sich mit aller Aufmerksamkeit darauf konzentrierte und nicht lockerließ, aber es galt auch etwas anderes zu bedenken. Solange er an seiner Dissertation arbeitete, konnte er in England bleiben und den Fürsten der Finsternis jagen. Hatte er jedoch erst einmal seinen Doktortitel, würde seine Aufenthaltserlaubnis enden, und ihm würde keine andere Wahl bleiben, als nach Indien zurückzukehren. Doch das traf eigentlich nicht mehr zu. Vivian war britische Staatsbürgerin und als ihr Ehepartner würde er keinerlei Probleme haben, in Großbritannien zu bleiben. Außerdem musste er nur Vivian als seine Braut vor Allah führen, und SR würde mit ziemlicher Sicherheit von selbst aufkreuzen und sich erschießen lassen, und die Sache wäre damit ein für alle Mal aus der Welt.

Er küsste Vivian. Sie lächelte im Schlaf und flüsterte: »Komm rein.«

Er streifte mit den Lippen über ihre Augenlider, ließ es aber dabei bewenden. Diesen einen Tag lang wollte er sich aller Fleischeslust enthalten und rein bleiben, wie ein mittelalterlicher Krieger in der Nacht vor dem Ritterschlag. Danach würde Vivian für den Rest seines Lebens ihm gehören.

»Komm, wir rufen an und sagen deiner Mutter, dass wir heiraten.«

»In Perth dürfte es momentan Nacht sein. Warten wir mit der guten Nachricht bis heute Abend.«

Sie standen auf, um sich für den letzten Seminartag anzuziehen.

»Wenn ich's mir überlege«, sagte Zia, »kann der einzige Grund, warum weder die Pförtner von Downing noch die Leute vom British Council sich einen Dreck darum scheren, ob jemand eine Luger oder eine Feldhaubitze dabei hat und sie sich an den Kopf hält oder den College-Campus in die Luft jagt, nur die schlichte Tatsache sein, dass der Fürst der Finsternis nicht vorhat zu erscheinen.«

Vivian fing an, sich wieder auszuziehen, während ihre rechte Hand sein Hemd aufknöpfte.

»Kommst du nicht mit zum Seminar?«, fragte Zia sie.

»Hast du nicht gerade eben gesagt, dass der Fürst mit absoluter Sicherheit nicht aufkreuzen wird? Komm, schlafen wir miteinander.«

»Ja, habe ich. Aber wenn wir jetzt aufgeben, wäre das, als würden wir unsere Niederlage eingestehen. Genau darauf baut der Fürst: dass wir den Mut und den Willen verlieren.«

»Also pilgern wir weiter zu diesen Festivals und Seminaren, obwohl wir wissen, dass es gar keinen Sinn hat?«

»Wenn wir bei Satan aufgeben, geben wir auch Allah auf. Der Fürst wird früher oder später einen Fehler machen, du wirst schon sehen. Oder seine Bodyguards werden versagen. Stell dir nur vor, wenn der Böse gerade das eine Mal käme, wo wir nicht da sind!«

Es war ein heißer Nachmittag. Zia stand draußen und versuchte mitzubekommen, was drinnen ablief. Er hatte Vivian bei Amanat im Seminarraum gelassen und war zur Moschee von Peterborough gefahren, um die letzten Formalitäten für die morgige Heirat zu erledigen. Jetzt war er wieder da, und er wusste nicht, wer die Sprecherin war, aber er hörte einen deutlich streitbaren Ton aus ihrer Stimme heraus.

»Aber das läuft ja auf Selbstzensur im Zeichen der Political Correctness hinaus!«

Die Diskussion, so viel war klar, heizte sich allmählich auf, begann sogar in Richtung Verbalinjurie abzugleiten. »Sie erwarten doch wohl nicht, dass jeder Schriftsteller Ihnen nacheifert und eine symbolische Landschaft fabriziert, die lediglich eine Collage aus all den Stückchen und Fetzchen darstellt, die unser Bild von Afrika, Amerika oder sonst einem Landstrich konstituieren – so wie Sie das mit den namenlosen Ländern in Ihren Romanen tun?«

Unverkennbar Vivians Stimme. War sie wirklich wütend oder wollte sie den Autor nur ärgern?

»Sie können sich nicht vorstellen, welch ungeheure Freiheit meine Methode gestattet. Man kann alles erfinden, was einem passt, ohne sich von der Realität und den geographischen Gegebenheiten einschränken lassen zu müssen.« Der Autor stand von Zia abgewandt und stemmte die Hände in die Hüften. Warum setzte ihm Vivian bloß derart zu?

»Aber Sie hätten keine Scheu, im Namen dieser Freiheit jedem Ihr persönliches kleines literarisches Rotes Buch aufzuzwingen.« Ihre Stimme war kaum zu hören, ihr Ton aber umso beleidigender.

»Ich verstehe mich nicht als großen Vorsitzenden Mao. Ich habe lediglich die Vorzüge der Methode hervorgehoben, die ich als den fruchtbringendsten und produktivsten Zugang zum literarischen Schreiben ansehe.«

Vivian warf einen Blick nach draußen und sah Zia.

»Ja, Sie haben vollkommen Recht. Ich bin wirklich ganz Ihrer Meinung.« Noch während sie sprach, quetschte sie sich an den anderen Zuhörern vorbei.

»Aber das ist doch nicht zu fassen! Erst rasseln Sie mit dem Säbel, und im nächsten Moment verlieren Sie jegliches Interesse!«

»Nein, ganz und gar nicht. Im Gegenteil ...« Vivian hatte den Seminarraum verlassen und sich Zia an den Hals geworfen.
Zia hielt nichts von Zärtlichkeitsbekundungen in der Öffentlichkeit, aber heute konnte er jedem alles verzeihen. Er tat so, als wollte er sich aus Vivians Umarmung lösen.
»Du hast mir so gefehlt, dass ich mir den armen Eden vorgeknöpft und seine These ein bisschen in der Luft zerrissen habe.« Vivians Zunge suchte verzweifelt Zuflucht in Zias Mund.
»Dürfte ich vielleicht zu Atem kommen?«, spielte Zia seine Komödie weiter. »Ich werde morgen auf einer Hochzeit erwartet.«
»Bist du dir auch sicher, dass du mich heiraten willst, Zia? Du kannst noch immer einen Rückzieher machen.«
Zia machte ein verdutztes Gesicht. »Ich glaube, hier liegt ein Missverständnis vor.«
Vivians Gesicht fiel in sich zusammen.
»Ich bin mit Doris Lessing verbandelt, Viv.«
Vivian lachte laut los. »Klar, und ich heirate den Papst!«
Die meisten Leute im Seminarraum waren mittlerweile auf sie aufmerksam geworden. Zia wandte sich in plötzlicher Panik um.
»Entspann dich.« Vivian zeigte auf ihren Stuhl.
Darauf stand die Tasche, und direkt daneben schnarchte Amanat leise vor sich hin. Höchstens noch ein paar Minuten, und er wäre auf dem Boden gelegen, alle viere von sich gestreckt.
»Hier.« Zia holte sein Portemonnaie aus der Tasche und zog ein Bündel Banknoten heraus.
Vivian zählte das Geld.
»Was soll ich mit fünfhundert Pfund anfangen?«
»Tut mir leid.« Schon griff er wieder in seine Geldbörse. »Ich hab keine Ahnung, was eine Aussteuer so kostet.«
»Sei nicht albern, Zia. Ich meine, ich glaube nicht mal, dass ich so viel brauchen werde. Warum kommst du nicht einfach mit nach London? Du weißt doch bestimmt besser als ich, was ich zur Hochzeit tragen sollte.«
»Ich kann nicht. Jemand muss für alle Fälle hier bleiben. Kauf dir bloß keinen Nylon- oder Polyester-*sharara*. Und keinen Plastikbrokat.« Er lächelte.
Amanat war jetzt aufgewacht, und Vivian winkte ihm zu.

»Ich werde ganz schnell machen, Zia. Ich bin zurück, ehe ich überhaupt weg war.«
»Du wirst nichts dergleichen tun. Wir heiraten nur dieses eine Mal. Also kannst du dir ruhig Zeit lassen. Ach, und fast hätte ich's vergessen: Besorg irgendwelche indischen Süßigkeiten. Amanat ist ein richtiger Naschkater. Ich warte zu Hause auf dich.«
»Bist du auch sicher, dass du nicht verschwindest, sobald ich dir den Rücken zugekehrt habe?«
»Viv!« Zias Stimme schoss um eine Oktave in die Höhe.

Arthur Scott war nie ein besonders mitreißender Vorleser, aber an dem Nachmittag hatte sein Vortrag etwas geradezu Einschläferndes. Oder vielleicht lag es auch an Zia. Er war gar nicht richtig da. Er hatte Scott in der Vergangenheit schon oft genug gehört, jetzt aber wusste er nicht einmal, ob er aus »The Last Buck« oder einem seiner früheren Romane las. Scott war nicht bei der Sache und warf immer wieder Blicke in die nicht vorhandenen Kulissen, als wartete er darauf, dass eine Souffleuse ihm die nächste Zeile vorsagte.
Mittlerweile kannte Zia die meisten Teilnehmer an dem Seminar. Sie zerfielen in drei Gruppen. Die Eifrigen, Ernsthaften saßen in den ersten Reihen und machten sich Notizen, der Himmel wusste, worüber. Sobald eine Lesung endete, drängten sie sich um den Autor und hielten ihm sein Buch und einen Stift hin. Dann gab es diejenigen, die aus der Türkei, Japan oder sonst woher angereist waren, bloß um sich einen Kurzurlaub zu gönnen; sie wollten eigentlich nur die Sehenswürdigkeiten besichtigen und shoppen gehen. Die dritte Gruppe umfasste die Möchtegern-Autoren und -Kritiker aus der Dritten Welt. Sie würden das Seminar als Mittel zur Beschaffung von Verträgen und Stipendien ausschlachten. Sie machten sich Hoffnungen, John Fowles oder Martin Amis zu beschwatzen, einen freundlichen Klappentext für ihre Romane zu schreiben.
Und was war mit Amanat, warum war er hier?
»Danke, meine Damen und Herren.« Arthur Scott unterbrach seine Lesung und stand auf, als Satan hereinkam.
Dann brach die Hölle los. Nein, ganz im Gegenteil, es war so, als hätten die Teilnehmer gut ein Jahr lang für diesen einen Augenblick geprobt. Sie sprangen von ihren Sitzen auf und spendeten SR fre-

netischen Beifall. Sie klatschten und klatschten und klatschten. Sie hörten überhaupt nicht mehr auf. Endlich winkte der Fürst der Finsternis ihnen zu und hob die Hände, als wollte er sie beruhigen. Als ob, als ob ... als ob er von ihren unterwürfigen Beifallsbekundungen überhaupt nicht genug bekommen könnte. Zia nahm seine Aktentasche und ging nach hinten, zu den letzten zwei leeren Sitzreihen. Er nahm einen Stuhl und stellte ihn in der Nähe der Fenstertüren ab. Jetzt konnte ihn niemand im Zuschauerraum mehr sehen – es sei denn, er hätte sich um hundertachtzig Grad nach hinten gedreht.

Der Fürst hat angefangen zu lesen. Irgendeine Geschichte über die Königin von Spanien und Christoph Kolumbus. Zia betrachtet das Publikum. Alle beugen sich leicht nach vorn, öffnen die Lippen, wie um dadurch besser hören zu können. Zia umfasst den Verschluss seiner Tasche mit Daumen und Zeigefinger, so dass kein metallisches Klicken ertönen wird, wenn er sie aufschnappen lässt. Er hört nur mit halbem Ohr zu, während er einen zweiten Stuhl neben seinen stellt und, eines nach dem anderen, die Bücher aus seiner Tasche darauf stapelt. Als er die Pistole herausholt, fühlt sie sich federleicht an. Wie schnell einem Dinge vertraut werden! Als er sie zum ersten Mal in die Hand nahm, hatte sich selbst die Luger wuchtig und schwer angefühlt. Er lässt die Pistole in die Tasche seines Jacketts gleiten und packt die Bücher wieder ein, in genau derselben Reihenfolge. Nur die letzten zwei lässt er noch auf dem Stuhl liegen. Sobald die Sache erledigt ist, wird er die Pistole auf das flache Bett fallen lassen, das er ihr bereitet hat, und sie mit den letzten zwei Büchern zudecken.

Jetzt schaltet Zia ab. Vivians Worte kommen ihm wieder in den Sinn. Wie prophetisch sie gewesen waren! »Der Böse liest ... Er hat dem Ajatollah und seiner Fatwa eine lange Nase gedreht, und trotz des auf ihn ausgesetzten Kopfgelds von zwei Millionen Pfund hat er Gott allein weiß wie vielen Attentätern ein Schnippchen geschlagen. Die Menschen im Saal starren ihn verzückt an. Er spürt, wie sie ihn anhimmeln, und weiß, dass sie vollständig in seinem Bann stehen. Die Macht, die er jetzt verspürt, ist berauschender als jede Designerdroge.«

Und dann, genau wie Vivian es vorhergesehen hatte, ist er mit dem Lesen fertig, und es bricht ein tosender Applaus los, der überhaupt nicht mehr enden will. Ah, die Macht und die Herrlichkeit, Satan zu sein! Und wie er so lächelt mit seinen unter schweren Lidern halb verborgenen Augen und den frenetischen Beifall huldvoll entgegennimmt, als stünde er ihm zu, ahnt er nicht, dass es eine Macht gibt, die größer, unendlich viel größer als die seinige ist. Klatsch, klatsch, klatschklatschklatsch. Klatsch, klatsch, klatschklatschklatsch. Niemand hört das Klicken, mit dem die Waffe im Takt dieses rhythmischen Getöses entsichert wird.

Zia steht jetzt auf, die Pistole in der rechten Hand. Metall liegt in seiner Hand, aber auch sein ganzer Körper hat sich in Metall verwandelt, in flüssiges Metall, und das eine geht nahtlos in das andere über. Wenn er abdrückt, wird keine Kraftübertragung zwischen zwei heterogenen Stoffen erfolgen, zwischen Organischem und Anorganischem. Der Rückstoß wird sich vollkommen gleichmäßig zwischen der Mündung der Pistole und seinen Zehen verteilen.

Das Klatschen steigert sich zu einem Fortissimo. Er hat keine Angst, er ist nicht angespannt. Er hat die Prozedur so lange eingeübt, bis sie sich in seine Gene eingebrannt hat. Er kennt jede einzelne Bewegung auswendig und hakt sie auf einer imaginären Checkliste eine nach der anderen ab. Als der Fürst sich vornüber beugt, um seine nächste Kurzgeschichte vorzulesen, glänzt die fast kahle Kuppel seines Schädels auf. Das Geschoss, schätzt Zia, wird den Knochen mit einer Aufprallgeschwindigkeit von annähernd 390 Metern pro Sekunde durchschlagen, wie ein Torpedo in das Gehirn eintauchen, rings um sich her Turbulenzen von kleinen grauen Zellen hervorrufen und am Nacken wieder austreten, verlangsamt, aber noch keineswegs ohne Wucht, und sich in die Wand hinter dem Rednerpult bohren. Groß- und Kleinhirn werden zerplatzen und sich auf dem Putz verteilen.

Zia hebt die Waffe, nimmt Satans Fontanelle ins Visier, zielt, feuert. Er erwartet, die Hirnmasse des Bösen hinten herausspritzen, seinen Körper erschaudern und sanft vornüber kippen zu sehen.

Einen Augenblick lang glaubt Zia, er hätte das Ziel verfehlt, so wie es ihm in seiner Anfängerzeit immer wieder passiert ist, aber er hat gar keinen Knall gehört, und von der Wand ist kein Putz abgeplatzt.

Zia lädt durch und drückt wieder ab. Und wieder. Und wieder. Schnapp: klick. Schnapp: klick. Klick, aber kein Schuss. Er lässt das Magazin herausschnappen und reißt die Augen verständnislos auf. Er hat das Gefühl, dass sein eigener Kopf auseinanderplatzt. Er wird blind, seine Beine werden weich, und die Pistole fällt scheppernd zu Boden. Köpfe wenden sich nach ihm um. Es ist ihm egal. Er sollte sich bücken und die Pistole aufheben, aber er kann sich kaum noch auf den Beinen halten. Er schafft es gerade noch, sich auf den Stuhl fallen zu lassen. Zia versucht, tief durchzuatmen, um sich zu beruhigen, aber etwas schnürt sein Herz zusammen, bis der Schmerz unerträglich wird. Er öffnet die Augen und starrt noch einmal auf das Magazin, das auf dem Boden liegt. Es enthält keine Munition. Wer, wer, wer? Es ist eine müßige und rhetorische Frage. Er weiß, wer es war. Es war diese Hure, auf die er sich verlassen hat, obwohl er ihr die ganze Zeit misstraut hatte. Er bückt sich, um die Pistole aufzuheben, aber alles verschwimmt ihm vor den Augen, er sieht lediglich einen Vulkan, der Millionen von Tonnen flüssigen Rots erbricht und ausspeit. Der Fußboden, die Luft, die Wände, alles ist ein einziges waberndes zischendes Rot. Er schließt die Augen, und die Lava überzieht die Innenseite seiner Lider. Es hämmert in seinem Kopf, und der ganze Raum scheint zu schwanken. Er kriecht jetzt auf allen vieren, tastet nach der Pistole.

Er wird blind vor Wut. Buchstäblich blind. Der Tag der Abrechnung war endlich gekommen: Er hatte den Bösen im Visier gehabt, und so sicher wie der Erdboden unter seinen Füßen, die Luft in seiner Lunge und Allah im Himmel war Luzifer ein toter Mann gewesen. Oder hätte es sein sollen. Oh, Schmach und Schande!

Wo ist diese Verräterin? Er wird sie zur Strecke bringen, und wenn er dafür ein paar Leben, ein paar Existenzen brauchen sollte. Er kann warten, er hat Übung darin. Das zumindest hat er Satan zu verdanken. Aber jetzt ist nicht die Zeit, an Vivian zu denken. Sie hat ihn bestimmt schon vor Stunden bei Scotland Yard angezeigt. Er spürt, dass Amanat ihn beobachtet, und es besteht kein Zweifel, dass ihm die übrigen Seminarteilnehmer auf die Schliche gekommen sind. Es ist nur eine Frage der Zeit, bis die Polizei kommt.

Er zwingt sich, langsam zu atmen. Ruhe, nur die Ruhe, Zia bringt den Vulkanausbruch durch reine Willenskraft zum Versiegen. Er kann wieder sehen. Endlich hat er Pistole und Magazin in der Hand. Er legt beides diagonal auf »Neun Stunden zur Ewigkeit«, platziert darauf »Das Herz aller Dinge« und »Don Quixote«, schließt die Aktentasche, geht zur Fenstertür und schlüpft ins Freie.

Zia musste England verlassen, ehe die Polizei ihn erwischte. Das Miststück hatte sie bestimmt schon längst auf seine Fährte gesetzt – ganz zu schweigen von den Seminarteilnehmern. Er nahm die erste Maschine, die von Stanstead ging. Sie flog nach Amsterdam. Wenn sie nach Rom, Paris oder Frankfurt geflogen wäre, hätte er ebenso wenig dagegen einzuwenden gehabt – solange sie ihm nur ermöglichte, dem Netz zu entkommen, das die Polizei mit Sicherheit mittlerweile um ganz Großbritannien zusammenzog.
Es wurde eine anstrengende Nacht. Er hatte Zeit gehabt nachzudenken, und sich auf dem Kontinent herumzutreiben, schien ihm keine allzu gute Idee zu sein. Mittlerweile war bestimmt auch Interpol informiert worden und hielt sicher ebenfalls nach ihm Ausschau. Er beschloss weiterzufliegen. Erst am frühen Morgen, als die Maschine von Schiphol abhob, ließ seine Anspannung nach, und er schlief ein.
Er wurde von einem hartnäckigen Klopfen an der Fensterscheibe geweckt. Draußen war ein langes kummervolles Gesicht zu sehen. Das war merkwürdig. Zia hatte gedacht, die Maschine habe schon vor einiger Zeit abgehoben. Sie befanden sich in 31.000 Fuß Höhe und hatten ihre Reisegeschwindigkeit von 570 Meilen pro Stunde erreicht. Was zum Teufel trieb der Kerl da draußen? Zia fragte sich, ob er wohl auf der Tragfläche stand. Nein. So absurd es auch klingen mochte: Er schwebte in der Luft. Er war verdreckt und schwitzte wie ein gewöhnlicher Tagelöhner. Bekleidet war er mit einem Kaftan aus grobem schmutzigbraunem Sackleinen, und auf der Schulter trug er ein sperriges hölzernes Gebilde unklarer Funktion. Er stolperte und taumelte und fiel sogar ein paar Mal hin. Er presste das Gesicht an die Scheibe von Zias Fenster. Er schaute derart mitleiderregend, dass es nur Theater sein konnte.
»Lass mich bitte rein. Es ist ganz schön kalt hier draußen.«
Anstelle eines Bartes hatte der Mann einen regelrechten Eiszapfenwald, und er zitterte heftig. Er trug das Gesicht des Bettlers, der

immer an der Ecke Nepean Sea Road und Warden Road gestanden hatte, ganz in der Nähe von Firdaus. Auch er hatte so eine Art Kaftan getragen, speckig und durchgeschwitzt und staubig. Um den Kopf ein schmutziges Tuch gewickelt, trug er immer ein Kind in den Armen. Manchmal war es schon ein recht großes Kind gewesen, sieben oder neun Jahre alt. Es hielt immer die Augen geschlossen, und sein Kopf wackelte kraftlos hin und her, als wäre es bewusstlos. Gelegentlich rutschte das Kind herunter, so dass seine langen Beine auf dem Boden schleiften. Der Bettler riss es dann wieder hoch, als wäre es eine schlabbrige Hose, kam dann zum Auto herüber und klopfte an die Fensterscheibe. Dabei trug er eine hundertprozentig unechte devote Miene zur Schau, während er sich im Kopf ausrechnete, um wie viel er einen anhauen konnte. Wenn man auf sein flehentliches Bitten nicht reagierte, presste er sein fettiges Gesicht an die Scheibe, bis man entweder genug davon hatte und ihm etwas Geld gab oder die Ampel auf Grün schaltete.
Zia hatte sich von dem Mann immer zutiefst abgestoßen gefühlt. Spätestens, wenn man den schlackernden Kopf des Kindes zum zweiten oder dritten Mal sah, wusste man, dass mit ihm etwas ganz gewaltig nicht stimmte: Es stand ständig unter Drogen und einen Hirnschaden hatte es mittlerweile wahrscheinlich auch.
Zia versuchte, den Bettler mit einer ungeduldigen Handbewegung vom Fenster wegzuscheuchen, aber vergeblich. Der Mann klopfte nur umso eindringlicher. Zia wollte sich bei der Stewardess beschweren und sie auffordern, den Kerl zu verjagen, aber sie war gerade beschäftigt und verteilte am anderen Ende des Ganges Lunchpakete. Er zog die Lichtblende an seinem Fenster hinunter, stopfte sich Wachsstöpsel in die Ohren und machte die Augen zu.
Er musste eingeschlafen sein, denn als er aufwachte, stand der Mann im Gang. Wie hatten Flugbegleiter und Pilot ihn nur hereinlassen können? Und wie hatte er das riesige Holzding durch die schmale Tür bekommen? Er versperrte den Durchgang zur Pantry und der schräg stehende kürzere Querbalken hatte die Deckenbespannung aufgerissen. Der Mann beugte sich herunter und sprach Zia mit leiser, zögernder Stimme an.
»Ich möchte nicht aufdringlich sein, aber ganz ehrlich, was gestern passiert ist, war am besten so.«

Zia wollte dem Mann sagen, dass er sogar sehr aufdringlich war und dass seine Meinung ihm herzlich egal war. Plötzlich brachen die Beschämung und die Wut darüber, Satan entkommen haben zu lassen, mit voller Wucht über ihn herein. Er wollte Rache. Wie auch immer würde er es diesem Miststück Vivian heimzahlen. Aber das würde nicht genug sein. Er wollte töten, wahllos töten und endlos töten. Er hatte gelesen, Nadir Shah, der Kaiser von Persien, habe nach der Eroberung Delhis an einem einzigen Tag 30.000 Einwohner niedergemetzelt. Auch das wäre nicht genug gewesen, längst nicht genug. Nicht einmal eine zweite Schoah hätte ihn befriedigen können. Er würde die ganze Menschheit auslöschen, und dennoch war es fraglich, ob das seinen Rachedurst gestillt hätte.

Der Vulkan war reaktiviert worden, und die heiße bittere Galle schoss wie ein Geysir hoch hinaus in den Himmel. Als sie wieder herunterprasselte, verbrühte sie ihn. Das ist das Ende, dachte Zia.

Der Bettler hatte seine Last zwischen Decke und Fußboden der Flugzeugkabine festgeklemmt. Er strich Zia mit seiner dunkelbraunen Hand über den Rücken und tätschelte ihn sanft.

»Hör auf, dich selbst zu zerfleischen, Zia. Hättest du wirklich Blut und Mord an deinen Händen haben wollen? Sei dem lieben Gott dankbar, dass es dir nicht gelungen ist.«

Zia stand von seinem Sitz auf. Er war wackelig auf den Beinen, aber das würde ihn nicht aufhalten. Er packte den Bettler und schob ihn samt Holzkreuz in Richtung Notausgang. Hier und da drehten sich andere Fluggäste um und sahen ihn beunruhigt an, aber das kümmerte ihn nicht. Er riss die Tür auf und stieß den Bettler ins blaue Nichts. Binnen weniger Sekunden war er zu einem Pünktchen zusammengeschrumpft. Und dann war er nicht mehr zu sehen.

Zia kam unangemeldet an. Er ließ keinen Zweifel daran, dass er nicht freiwillig in Bombay war. Er blieb sechs Monate in Suleiman Mansion. Seine Angehörigen hatten so lange darauf gewartet, ihn wiederzusehen. Jetzt war er da, und sie wünschten, er wäre nie zurückgekommen. Er war ein tollwütiger Hund, den man unter ihnen losgelassen hatte, und ehe sie sich versahen, hatte er sie alle mit seinem Wahnsinn angesteckt.

Er schlief. Stunden und Tage lang. Und dann noch länger. Er stand gewöhnlich mitten in der Nacht auf und verlangte, dass man ihm Frühstück, Mittag- oder Abendessen frisch zubereitete. Ammi wäre ihm mehr als liebend gern zu Diensten gewesen, aber er sah seine Mutter nicht einmal an, geschweige denn, dass er mit ihr geredet hätte. Manchmal überraschte sie Zia, wie er allein dasaß, und seine vollkommene Hoffnungslosigkeit erschütterte sie. Sie hatte keine Ahnung, was ihr kleines Kind, das nicht mehr klein war, quälte, oder welche private Hölle er durchlebte. Er sagte Zubeida-Khala, was er essen wollte, und meist war es etwas so Kompliziertes wie Biriyani oder *paya*, dessen Zubereitung Stunden erforderte. Es wäre Zubeida niemals eingefallen, Zia zu sagen, er möge sich doch einfach selbst etwas aus dem Kühlschrank holen. Während sie kochte, ging er oft hinunter auf die Straße, um etwas frische Luft zu schnappen oder sich die Beine zu vertreten. Wenn er zurückkam, servierte sie ihm sein Essen, aber dann sagte er oft, er habe keinen Hunger mehr.

Selbst wenn er schlief, war Zia von einer Aura des Bösen umgeben. Er war randvoll mit Hass, unausgesprochener und unartikulierter Gewalt, die dadurch nur umso beängstigender wirkte. Das Gleiche galt für sein mürrisches Schweigen. Es war feindselig und einschüchternd. Die Luft in der Wohnung war so vergiftet, dass Abba und die Übrigen, anstatt sich zusammenzuschließen und Front gegen Zia zu machen, einander bald nicht mehr sehen konnten und immer reizbarer wurden. Am unerträglichsten aber war es, mit ansehen zu müssen, wie sehr Zia sich selbst verabscheute.

Ganze Tage lang tat Amanat nichts anderes, als seinen jüngeren Bruder zu hassen. Es gab Zeiten, da er sich wünschte, Zia würde endlich so vernünftig sein, auf die Dachterrasse des Hauses zu steigen und sich in den Tod zu stürzen. Er wollte seinem Bruder sagen, er sollte doch dieses unendliche Leid loslassen. Aber er brachte es niemals fertig aus Angst, Zia würde sich wie eine Viper gegen ihn wenden und ihn angiften, er möge sich um seinen eigenen Dreck kümmern.

Eines Morgens waren Zias Bettlaken und Kopfkissenbezug blutbefleckt, und er selbst hatte sich im Bad eingeschlossen. Möglicherweise hatten sie es alle – Ammi, Abba, Amanat und Zubeida – kommen sehen und waren nicht überrascht. Aber das machte alles nur noch schlimmer. Warum hatten sie Zia nicht rechtzeitig daran gehindert, sich etwas anzutun?

Sie standen vor dem Badezimmer und klopften wie von Sinnen an die Tür. Von innen war kein Geräusch zu hören, und schließlich brachen sie die Tür auf. Das war nicht einfach. Suleiman Mansion war in britischer Zeit erbaut worden, und alle Türen waren aus massivem Teakholz. Im Badezimmer gab es keine Wanne, in der Zia mit aufgeschnittenen Pulsadern hätte liegen können. Wegen der chronischen Wasserknappheit, war die Wanne schon vor langer Zeit zum Schrotthändler gewandert. Aber genau das war das Bild, das die Familie, durch Autosuggestion konditioniert, vorzufinden erwartet hatte. Stattdessen saß Zia, eine Mischung aus Panik und Grauen in den Augen, auf der Klosettschüssel. Er hielt die Hände offen in seinem Schoß, und Blut sickerte von ihnen herab.

Ammi schloss Zia in die Arme und wiegte ihn sanft. »Mein Baby, was hast du bloß getan?« Das war das erste Mal seit seiner Rückkehr, dass ihr jüngerer Sohn ihr gestattete, ihn anzufassen.

Der Arzt hatte keine Ahnung, wie er die Blutung stillen konnte, da weder eine Hautabschürfung noch sonst eine Verletzung zu sehen war. Es kam gerade eben genug Blut heraus, um in der Mitte der Handflächen je einen Fleck von der Größe einer Ein-Rupie-Münze zu bilden. Der Arzt riet Zia, eine antiseptische Salbe auf die Stellen zu reiben und verschrieb ihm ein leichtes, oral einzunehmendes Gerinnungsmittel. Das Medikament schien ein paar Tage lang zu helfen, aber dann fing die Blutung wieder an.

Schmerzen hatte er keine. Abgesehen von dem wenig appetitlichen Anblick und dem klebrigen, widerlichen Geruch des Blutes, zeigte Zia keinerlei Symptome. Die Mitteilung, dass er an Lepra, TB oder selbst an Krebs im Endstadium litt, hätte ihn nicht so schwer mitgenommen wie sein jetziger Zustand. Die blutenden Handflächen gaben ihm ein Gefühl des Entblößtseins und der Verwundbarkeit. Er fing an, sich die Hände zu bandagieren, aber das brachte nicht viel. Das Blut sickerte durch und fiel auf dem weißen Mullverband sogar noch stärker ins Auge. Jede Lichtquelle, ob natürlich oder künstlich, wurde sein Feind. Am meisten mied er Leuchtstoffröhren. Die Fluoreszenz verwandelte das Rot des Blutes in ein grelles Saphirblau. Zia sah jetzt wie ein Gezeichneter aus. Er duckte und versteckte sich. Er wurde zu einem Geschöpf der Finsternis.

Es wurde schlimmer. Der Bettler, den er draußen neben dem Flugzeug gesehen hatte, war wieder aufgetaucht. Er schien nur diese eine knöchellange Tunika zu besitzen. Es war mehr als fraglich, ob er jemals duschte oder sich wusch. Das mochte in 31.000 Fuß Höhe nicht allzu viel ausgemacht haben, insbesondere bei jemandem, der sich in einen steif gefrorenen Totempfahl verwandelt hatte. Aber in Bombay, wo sich die Quecksilbersäule bis zu zehn Monaten im Jahr im Bereich zwischen 33 und 37 Grad Celsius hielt und die relative Luftfeuchtigkeit zwischen 83 und 100 Prozent schwankte, stellte der Mann eine mittlere Umweltkatastrophe dar.

Zia schien ihn einfach nicht loswerden zu können. Wenn Zia aß, saß er neben ihm. Wenn er in ein Taxi stieg, stieg er mit ein. Zia frequentierte bewusst Fünf-Sterne-Hotels in der Hoffnung, die Portiers würden den Kerl rauswerfen, aber es war komisch, die Luxusherbergen schienen gar nichts gegen ihn zu haben. Ja, die Angestellten schienen ihn gar nicht wahrzunehmen. Es war absurd, aber er folgte Zia sogar auf die Toilette. Das war etwas unbequem, da die Holzbalken – oder was immer das war, was er mit sich herumtrug – in den engen Raum gar nicht hineinpassten.

»Verdammt nochmal, verpiss dich hier! Verpiss dich aus meinem Leben!« Der Bettler rührte sich nicht von der Stelle. »Rede ich vielleicht Chinesisch?« Zia schob den Mann gewaltsam hinaus und schlug ihm die Tür vor der Nase zu.

Am selben Abend legte er sich zu Zia ins Bett. »Nicht mit diesen dreckigen Füßen, du Mistsau!«, schrie Zia, während er versuchte, den elenden Wicht aus dem Bett zu werfen. Aber was hatte das schon für einen Sinn? Der Mann hörte ja nie zu.

»Willst auch du mich verleugnen, Zia?«, fragte der Mann.

Der hatte vielleicht Nerven. »Was faselst du da? Wie könnte ich dich verleugnen? Ich kenne dich doch überhaupt nicht!«

Traurige Augen sahen ihn flehentlich an. Zia wusste nie genau, ob der Mann ihn oder sich selbst unendlich bemitleidete. Der Bettler legte Zia die Hand auf den Kopf und streichelte ihn. Zia schlug seine Zähne in den Arm des Mannes, aber es war nur ein halbherziger Versuch. Wer hätte gedacht, dass diese hornigen Hände so zärtlich sein könnten? Zias Schultern erschlafften, und nach all diesen Monaten wurden seine Lider zum ersten Mal schwer, und er spürte, wie ihn der Schlaf zu übermannen begann.

»Komm zu mir, Zia. Komm, leg dein müdes Haupt an meine Schulter. Keine Sünde ist so schwer, dass sie in meinem Herzen keine Vergebung finden könnte.«

»Du bist erbärmlich! Du kennst nicht einmal den Unterschied zwischen einer Sünde und dem höchsten Opfer, das ein Mann für seinen Gott darbringen kann! Außerdem – du musst gerade reden! Keine Todsünde lässt sich mit deiner vergleichen. Wie kannst du es wagen, dich für den Sohn Gottes auszugeben, wo es doch keinen Gott außer Allah gibt? Blöder Scheißkerl, als Nächstes erzählst du mir von den Enkeln und Urenkeln Gottes und malst mir gleich einen vollständigen Stammbaum der göttlichen Familie auf! Du bist nichts als ein Schwindler und Betrüger!«

Hätte der Bettler auch nur eine Prise Grips gehabt, hätte er sich jedes weitere Wort gespart. Aber er konnte der Versuchung nicht widerstehen, weiter zu salbadern.

»Ich habe mein Leben zur Vergebung deiner Sünden hingegeben.«

»Und wer, verdammt nochmal, hat dich darum gebeten? Ich kann mich nicht erinnern, dich vor zweitausend Jahren angebettelt zu haben, dich an dieses Kreuz zu hängen! Du hast es getan, weil du es nicht erwarten konntest, dich zum Heiland ausrufen lassen zu können!«, prasselten Zias Worte auf ihn nieder. »Tu mir einen Gefallen: Hör auf, mir tagaus, tagein unter die Nase zu reiben, wie viel du für mich und den Rest der Menschheit getan hast, okay? Es gibt keine bessere Methode, sich die Leute zu Feinden zu machen, als ihnen vorzurechnen, wie viel sie einem schulden. Ich kann selbst auf mich aufpassen. Und falls nicht – Allah wird für mich sorgen.«

Zia betete zu Hause. Manchmal ging er auch in eine der Moscheen in der Nähe von Suleiman Mansion. Seine Gebete waren chaotisch, eine einzige wirre Flut von Vorwürfen und flehentlichen Bitten um Vergebung. Was geschah mit ihm? Was sollte aus seinem Leben jetzt noch werden? Zia übertrieb keineswegs. Sein Dasein gründete auf einer einzigen unumstößlichen Gegebenheit: Hingabe. Hingabe an Allah und an die Ausbreitung Seines Wortes. Und jetzt lag das sorgfältig errichtete Gebäude seiner Berufung in Trümmern. Bisweilen fürchtete er, sein Glaube selbst sei in Gefahr. Wie sollte er all jene, die vom Weg abgekommen waren, zur Herde zurückführen, wenn er nicht einmal imstande war, den Fürsten der Finsternis zu besiegen? Warum hatte Allah ihn verlassen? Warum hatte Allah ihn nicht gewarnt? Warum hatte Er Vivian nicht mit einem Blitzstrahl gefällt, ehe sie die Möglichkeit gehabt hatte, das Magazin der Luger zu entleeren? Und dann dachte er das Undenkbare und sagte das Unaussprechliche. Vivian mochte ihn verraten haben ... aber im Stich gelassen hatte ihn einzig und allein sein Gott!

Eines Tages fragte er gequält: »Wer hat wen betrogen? Ich Dich? Oder Du mich?«

Manchmal war er so außer sich, dass er, wenn er in Gebetsstellung kniete, immer wieder mit der Stirn auf den Boden der Moschee schlug. »Warum befreist Du mich nicht von diesem Bettler? Er verfolgt mich ohne Unterlass. Hast Du mich noch nicht genügend auf die Probe gestellt? Möchtest Du lieber, dass mein Geist ein für alle Mal gebrochen ist? Ich bin Dein Geschöpf. Tu mit mir, was Du willst, aber die Folgen wirst Du zu tragen haben! Willst Du Dich nicht um meinetwillen erheben, wenn dieser Bettler die Mission, die Du mir anvertraut hast, eine Verirrung und eine Sünde wider Mensch und Gott nennt? Wie kannst Du tatenlos zusehen, wie er mir seine Wundmale aufdrückt? Wenn Du nicht über mich wachst, wer soll es dann tun? Ich flehe Dich an, Allah, errette mich! Rette mich aus den Klauen dieses verfluchten Usurpators!«

Wenn Zia zu Hause war, und das war er meistens, drückten sich die Khans verstohlen herum, gingen ihm aber wohlweislich aus dem Weg. Er gab ihnen das Gefühl, für seine Demütigung verantwortlich zu sein. Zu ihrem Unglück war Ammijan die Erste, die sich vorwagte. Amanat versuchte, sie zu warnen, aber es war reine Zeitverschwendung. Es war ihr schlechterdings unmöglich zu begreifen, dass jemand sie abweisen könnte. Sie wusste, dass ihr jüngerer Sohn ein Mensch war, der zu Extremen neigte, aber er würde schon wieder zu sich kommen. Sie brauchte nur so zu tun, als wäre ihr sein Verhalten vollkommen egal, und in null Komma nichts würde er wieder normal werden und sie anflehen, mit ihm zu reden. Nun, Zeit hatte sie ihm genug gelassen. Wie fest er sich an dem Tag im Badezimmer an sie geklammert hatte, als er gemerkt hatte, dass er sich an den Handflächen verletzt hatte!

»Warum setzt du dich heute Abend nicht zu uns an den Tisch? Dann geht's dir bestimmt gleich viel besser.« Sie sah den unbehaglichen Ausdruck in Zias Gesicht und lächelte. »Ehrlich gesagt, ginge es uns dann bestimmt viel besser.«

Zia sprach ohne Stimme, aber seine Worte waren unmissverständlich. »Ich würde mich niemals mit Ihnen an einen Tisch setzen.«

»Das hier ist Ammis und Abbas Haus!« Amanat konnte sich nicht mehr beherrschen. »Wenn also jemand hier gehen muss, dann du!«

»Schluss, ihr beiden!« Ammi schüttelte traurig den Kopf. »Weißt du, warum es so schlimm ist, unglücklich zu sein, Zia? Weil man dann alle anderen ebenso unglücklich sehen möchte.«

»Ich habe keinen Bedarf an Ihren Plattitüden. Wenn Sie nicht gewesen wären, würden wir alle noch glücklich in Firdaus leben statt in diesem Höllenloch!«

»Mag sein, dass du Recht hast, mein Sohn. Ich kann für die Fehler der Vergangenheit um Verzeihung bitten – nicht, dass das allzu viel nützen würde –, aber ich bezweifle, dass selbst Allah sie ungeschehen machen könnte.«

»Lassen Sie Allah aus dem Spiel! Ich weiß sowieso nicht, was das ganze Gerede uns nützen sollte. Entweder Sie gehen, oder ich.«

»Wir sind nach so vielen Jahren wieder vereint«, sagte Abbajan. »Sollte uns das nicht froh machen statt unglücklich?«

Zia sah seinen Vater mit unverhohlener Verachtung an.

»Was reden Sie von Freude? Sie haben unser aller Leben zerstört, weil Sie nicht imstande waren, Ihre Frau an der Kandare zu halten!«

»Das reicht. Wenn es die Qual in deinem Herzen lindert, werde ich ausziehen. Lass mir nur ein paar Tage Zeit.«

»Wenn Sie gehen, gehe ich auch«, sagte Amanat zu seiner Mutter.

Abbajan lachte. »Das bringt uns nicht weiter. Wenn das so weitergeht, ziehen wir noch alle aus, und die Wohnung steht leer.«

Ammijan erhielt von unerwarteter Seite Strafaufschub: von Zia selbst. Eines Abends brachte er Sagari mit nach Hause. Die Veränderung von Zias Stimmung und damit der Stimmung der gesamten Familie war dramatisch.

Wenn man von Liz Taylor und ein paar wenigen anderen absieht, schaffen es Kinderstars nie, ihren Ruhm ins Erwachsenenalter hinüberzuretten. Sagari war da keine Ausnahme gewesen. Sie war so vollständig aus der Erinnerung des Publikums verschwunden, dass man hätte meinen können, es habe sie nie gegeben. Es war so, als hätte sie bewusst eine Schicht ihrer selbst nach der anderen von sich abgeschält, bis sie vollkommen unsichtbar geworden war. Die geringste Aufmerksamkeit ließ sie ängstlich zusammenzucken und sich in ihr Schneckenhäuschen zurückziehen.

Dr. Pat war einer der wenigen Freunde, die auch nach seinem jähen Sturz zu Zafar Khan gehalten hatten. Als selbst er aufhörte, sie zu besuchen, atmete Abba auf. Pat war ein guter Mensch, aber irgendwann hatte auch er einsehen müssen, dass es niemandem gut tat, mit den Khans zu verkehren.

Während der zweieinhalb Stunden, die sie da war, sprach Sagari kaum ein Wort, aber die bösen Zeiten in Suleiman Mansion hatten jetzt ein Ende. Zubeida-Khala kochte für alle Tee und servierte ihn erst, als er kalt und ungenießbar geworden war, doch das schien niemanden zu stören. Amanat saß verlegen herum und traute sich nicht, Sagari anzusehen. Er fragte sich, wann der unwirkliche Frieden erste Risse zeigen würde, aber seine Sorge war unbegründet.

»Wie geht's deinem Vater?«, fragte Abbajan sie.

»Gut«, sagte Sagari, »glaube ich jedenfalls.« Dann fügte sie zur Erklärung hinzu: »Ich wohne nicht mehr zu Hause.«

Als sie sich verabschiedete, hielt sie Abbajans Hand fest und sagte: »Sie haben mir furchtbar gefehlt.« Und niemand erwiderte: »Aber du hättest uns doch jederzeit besuchen können.« Dann umarmte sie Ammi und fragte: »Sie werden doch nicht ausziehen, oder?« Und Ammi sagte: »Natürlich nicht, mein Liebling.« Ammi wandte sich zu Zia, aber er wich ihrem Blick aus.

Von jetzt an kam Sagari häufig, manchmal, wenn sie gemeinsam unterwegs gewesen waren, zusammen mit Zia, manchmal allein. Zubeida-Khala brachte ihr Stricken bei, und Ammi nahm sie als

Kochgehilfin in die Lehre. Es war so, als wären sie wieder in Firdaus. Vielleicht war es wirklich möglich, das Paradies wiederzugewinnen. Selbst Zia musste gespürt haben, dass Sagari einen schützenden Kreis um die Familie Khan legte. Amanat war der Letzte, der einknickte. Er schwor sich, dass er sich nicht in einem trügerischen Gefühl von Sicherheit und Hoffnung wiegen lassen würde. Er hatte kein Vertrauen in die Zukunft. Er hatte sich dazu erzogen, vom Leben nicht viel zu erwarten. Dass er insgeheim hoffte, irgendwann eines Besseren belehrt zu werden, stand auf einem anderen Blatt. Doch Sagari übte eine beklagenswerte Wirkung auf Amanats sorgfältig gemauerten Schutzwall aus. So sehr er sich auch bemühte, gelang es ihm nicht, seinen Zynismus und grundsätzlichen Argwohn aufrechtzuerhalten. Langsam sickerte durch die Wände seines Gehirns die Erkenntnis ein, dass Stille auch ein Segen sein konnte. Sagaris Schweigen senkte die Temperatur und Pulsfrequenz des Khan'schen Haushalts. Es war wie ein Geschenk und Nahrung für die Seele. Es beruhigte Amanat so sehr, dass er tatsächlich anfing zu glauben, er könnte ein normaler Mensch sein.
Eines Tages dann legte sich die schwarze Stimmung erneut auf Zia. Rückwirkend betrachtet erschien seine frühere Verfassung geradezu wie Heiterkeit und Frohsinn. Es ist schwer zu sagen, was den Rückfall auslöste: der Brief aus Cambridge oder die Rückkehr des Bettlers. Die Handflächen begannen wieder, stark zu bluten. Auch der gesegnete Schutzkreis hatte sich verflüchtigt, denn Sagari kam von einem Tag auf den anderen nicht mehr. Nicht, dass Amanat weitere Beweise für die Ruchlosigkeit des Schicksals gebraucht hätte, aber es wäre schon klüger von ihm gewesen, sich nicht auf Sagari oder »die guten Zeiten« zu verlassen. Er sah hilflos zu, wie Zia wieder tückisch und böse wurde. Und dennoch merkte er, dass sein jüngerer Bruder genauso hilflos war. Irgendein unaussprechlicher Dämon hatte von ihm Besitz ergriffen, und er flehte seine Eltern und Amanat, noch während er sie mit einem seiner Tobsuchtsanfälle beglückte, mit stummen Blicken an, diese böse Kraft aus ihm auszutreiben – oder ihn endgültig von seinen Leiden zu erlösen.
Zias Selbstzerstörungsmechanismus lief endgültig heiß, als Vivians Brief eintraf.

Zia,
mach dir keine falschen Hoffnungen. Ich krieg dich dran. Du weißt, dass ich mein Ziel nie verfehle. Du wirst nie weit weg genug sein, um vor mir in Sicherheit zu sein. Nicht einmal, wenn du in die nächste Raumfähre zum Mond oder zum Mars steigen würdest.
Sei auf der Hut: Ich komme.
Vivian

Was sollte er davon halten? Wovon redete sie eigentlich? Sie hatte ihn verraten. Und trotzdem hatte sie die Frechheit zu schreiben, dass sie ihn drankriegen würde?
Zia wurde zu einem Stab aus angereichertem Uran, schwelend vor Selbsthass und Tücke. Es steckte genügend Radioaktivität in ihm, um das gesamte Universum zu vergiften.
Amanat schaffte es nicht mehr, tatenlos zuzuschauen.
»Ich glaube, er braucht Hilfe«, sagte er zu seinem Vater. »Sollen wir einen Psychiater holen, damit er ihn sich anschaut?«
»Es spielt keine Rolle, was du und ich glauben. Solange er nicht will, kann ihm niemand helfen.«
»Wenn wir nicht sofort etwas unternehmen, dann könnte es für immer zu spät sein. Er wird nicht nur sich selbst, sondern er wird uns alle zerstören.«
»Was schlägst du vor?«
»Sollten wir ihn in eine Klinik einweisen lassen?«
»Hast du eine unserer psychiatrischen Anstalten schon mal von innen gesehen, Amanat?«
»Nur im Kino.«
»Nicht einmal dem Teufel würde ich ein solches Los wünschen.«
»Sehen wir doch den Tatsachen ins Auge, Abbajan. Auch wenn er es nicht sagt, er schreit verzweifelt um Hilfe.«
Ammi zog das große Los. Sie ging.

Lieber Zafar, liebe Zubeida und lieber Amanat,
dass ich gehe, hat nichts mit Zia zu tun. Ihr wisst, wie ich bin, ich ziehe immer wieder gern weiter. Das ist nicht das erste und wird auch nicht das letzte Mal sein. Ich weiß, dass Ihr so diskret sein werdet, mir nicht nachzuspüren.

Amanat, kümmere Dich um Deinen Vater und Deine Tante. Ohne Dich wären sie verloren. Und vergiss nicht: Mich loszulassen bedeutet auch, Deinem Bruder seine Gewaltausbrüche zu vergeben. Ich liebe Euch alle.

Shagufta

»Komm her zu mir, Zia.« Der elende Penner, Landstreicher, oder was immer er war, gab einfach keine Ruhe. »Wie lange wirst du mir noch ausweichen?«

»Willst du's wirklich wissen, du Mistkerl? Immer und ewig, krieg das endlich in deinen Kopf rein!«

»Quäl dich nicht, mein Sohn. Lass mich dir das Kreuz abnehmen.«

Zum ersten Mal bemerkte Zia, dass nicht der schmutzige Mensch, sondern er selbst das Kreuz trug. Wie war es dazu gekommen? Er wollte das verfluchte Ding abwerfen, es dem Bettler wieder aufdrängen und das Beste hoffen: dass einer dieser glücklichen Unglücksfälle eintreten und der Kerl vom Gebälk zermalmt werden würde. Entsetzt musste er aber feststellen, dass das Kreuz in seine Schulter hineingewachsen und mit ihr eins geworden war.

An dem Abend ging Zia zur Kirche auf der Wodehouse Road – derjenigen, in der Tante Antonia ihn angeblich hatte taufen lassen. Es war dunkel darin, und niemand war da, nur zwei alte Frauen, die hinten an einem Seitenaltar Kerzen anzündeten. Er fand die Leiter, die der Küster benutzte, um die Kerzenständer und Heiligenbilder zu reinigen, und schleppte sie zur Apsis. Er kletterte mühelos hinauf, als hätte er sein Leben lang nichts anderes getan. Er war auf diesen Besuch gut vorbereitet. Er stand auf der obersten Sprosse und wischte den hölzernen Heiland sanft mit einem Ledertuch ab. Schließlich zückte er einen Meißel und entweihte das Bildnis.

Als Amanat am nächsten Abend von der Arbeit heimkam, erwartete ihn Zia auf dem Treppenabsatz. Sein Gesicht war so von Qual und Schmerz erfüllt, dass Amanat die letzten Stufen hinaufstürzte. Zia wusste nicht, was sein Bruder vorhatte, als Amanat ihn in seine Arme schloss. Er verlor das Gleichgewicht, als sein Messer sich zweimal in Amanat bohrte. »Wie konntest du nur, Amanat? Wie konntest du nur?«

Lucens

Lucens stutzte die verkümmerten Sträucher und sang für sie. Er war der Einzige, der in dieser Einöde etwas zum Wachsen bringen konnte. Selbst die kleinen Pflänzchen, die im Schutz der Gebäude sprossen, wurden von der Sonne versengt oder von den heulenden Winden entwurzelt. Er errichtete Schutzwände und Befestigungen um sie herum und ersann Windschutzvorrichtungen aus leeren Blechdosen und Segeltuch. Es war ein ungleicher Kampf, und meist verloren die misshandelten und mitgenommenen Schösslinge jeglichen Lebensmut und gaben auf. Und doch hatte Lucens erst eine Woche zuvor ein kleines Wunder vollbracht. Die Mönche, Patres wie einfache Ordensbrüder, die Laienbrüder und sogar der Abt, der Ehrwürdige Vater Augustine, hatten es ungläubig angestarrt. Es war eine winzige Blüte, ein Nadelstich von Koschenille, eine eng um sich geschlossene dunkelrote Rose.

Sie nannten Lucens Franz II., weil er mit den Vögeln und den Wolken, den Fischen und den Tieren sprach. Tatsächlich aber stellte Lucens selbst den heiligen Franziskus in den Schatten. Er unterhielt sich mit den Türklinken aus Messing, die er gerade polierte, sang Klosettschüsseln Psalmen vor, während er sie schrubbte, und sagte das Lukasevangelium auf, wenn er dem Gold des Messkelchs liebevoll ein Honigfeuer entlockte. Alles, was er tat, tat er mit ganzem Herzen, ganzer Seele und ganzem Körpereinsatz. Er war immer als Erster auf den Beinen, schloss die Tür der Kirche auf, kehrte den Fußboden und zündete die Kerzen für die Vigilien an, die um halb drei Uhr nachts begannen. Das Gleiche galt für die übrigen Stundengebete: Laudes um 5.30 Uhr und die sich daran anschließende Messe, die bis 7.30 Uhr dauerte. Er sang mit den anderen um neun die Terz, gegen elf Uhr die Sext und die Non um ein Uhr nachmittags. Um vier war Vesper, und am Ende des Tages, um sieben, kam die Komplet.

Abgesehen vom Novizenmeister, Pater Paul, betrachtete fast jeder Lucens als eine Freude und einen Segen für die Gemeinschaft. Er

war still, zurückhaltend und allzeit hilfsbereit. Er stellte sich für die unangenehmsten Arbeiten, die in der Abtei anfielen, freiwillig zur Verfügung. Er reinigte die zwei unbenutzten Schornsteine, die die Fledermäuse im Laufe der letzten dreißig Jahre mit ihrem infernalisch stinkenden Kot verstopft hatten. Als die Abflussrohre überliefen und keine Chemie helfen wollte und die Saugpumpe den Geist aufgab, steckte Lucens den Arm bis zur Schulter hinein und zog, nach langen erfolglosen Bemühungen, eine dicke, aufgeblähte Ratte heraus, die wie eine rosafarbene fleckige Feige aufgeplatzt war und sich im Rohr festgeklemmt hatte.
Pater Paul beeindruckte das alles nicht. Der Fleiß und die Demut des Novizen ließen ihn kalt. Er war davon überzeugt, dass Lucens eine gut eingeübte Nummer aufführte, der wahre Lucens sich aber im Laufe der nächsten Tage, Wochen oder Monate noch offenbaren würde. Der Novizenmeister hatte schon zu viel von der Welt gesehen, um dem ersten oder zweiten Eindruck zu trauen.
Sein früheres Leben als Soldat und Unternehmer und sein jetziges Dasein in einer hermetisch geschlossenen Gemeinschaft hatten Pater Paul zu einem scharfsichtigen Menschenkenner gemacht. Deshalb hatte der Abt ihn mit der Aufgabe betraut, die Novizen einzuweisen, zu führen und zu betreuen. Pater Paul hatte einen Blick dafür, wer in die Gemeinschaft passen würde und wer nicht; wen lediglich die Vorstellung der strengen Ordenszucht lockte und wer sie tatsächlich überstehen und über sie hinauswachsen konnte; wer das Zeug zu einem Priester hatte und wer besser einfacher Bruder bleiben sollte; wer fromm und engagiert war und dennoch Unserem Herrn besser außerhalb der Mönchsgemeinschaft dienen sollte.
Er musste eine Vielzahl von Rollen spielen. Er war der Berater der Postulanten und Novizen, Führer und Zuchtmeister, fürsorglicher und anspornender Gefährte und dennoch zugleich ein unbestechlicher Richter, der seine Schutzbefohlenen fortwährend beobachten und gegebenenfalls diejenigen ausweisen musste, die sich müßigem Klatsch ergaben, intrigierten oder die Atmosphäre sonstwie vergifteten oder die Gott auf anderen Wegen finden mussten.
Nein – vom ersten Tag an hatte er gewusst, dass Lucens nicht das Zeug zum Mönch hatte.

Lucens war eines Nachts kurz nach zwei Uhr in der Abtei angekommen. »Angekommen« ist vielleicht nicht das richtige Wort; die drei kryptischen Buchstaben des Titels eines düsteren Hollywood-Films hätten die Sache schon besser getroffen: D.O.A. – dead on arrival – »bei Ankunft tot«. Er war die erbarmungslose 40-prozentige Steigung der gewundenen Straße durch tiefen Schnee hinaufgestapft und litt an fortgeschrittener Unterkühlung. Brendan, der irische Zimmermann und Gottes Mädchen für alles, hatte ihn auf dem Weg zur Kirche, wo er an den Vigilien teilnehmen wollte, ein paar Meter von den alten Ställen entfernt gefunden. Der Mann hatte keinen spürbaren Puls mehr und keinerlei Ausweispapiere bei sich gehabt. Er trug zerrissene Wollhandschuhe, eine Windjacke, die ihn vielleicht an einem milden Frühherbsttag warm gehalten hätte, und Schneestiefel.

Brendan trug ihn in den Besucherraum und legte ihn auf das Sofa. Bruder Jonathan-Christophe rief den Abt, während Pater Giovanni den Thermostat hochdrehte und im Kamin Feuer machte. Der Tote war gut einen Kopf größer als Brendan, aber Brendan legte sich flach auf ihn und rieb seinen Körper, während er versuchte, ihn mit Mund-zu-Mund-Beatmung wiederzubeleben. Als der Ehrwürdige Vater Augustine hereinkam, fühlte er den Puls des Mannes und bat einen Novizen, den Spiegel aus dem Krankenrevier zu holen.

»Sie können jetzt aufhören«, sagte der Abt zu Brendan, als der Spiegel nicht beschlug, »der arme Mann ist nicht mehr. Hat er einen Führerschein oder eine Sozialversicherungskarte bei sich, damit wir die Polizei benachrichtigen können?«

»Nein, Ehrwürdiger Vater, ich habe nichts gefunden«, antwortete Pater Giovanni.

»Kann ich einen Schluck Brandy haben?«, fragte Brendan in den Raum hinein.

»Ganz gewiss nicht, Sie wissen, dass hier niemand ...« Der Ehrwürdige Vater unterbrach sich. »Na ja, ausnahmsweise. Sie sehen ziemlich erledigt aus. Bruder Jonathan-Christophe, holen Sie bitte den Kognak aus dem Schrank in meinem Arbeitszimmer. Er ist nicht abgeschlossen. Im untersten Fach müsste eine Flasche stehen.«

Brendan war immer noch beschäftigt und pumpte Wärme und Atem in den steifen Körper. Als der Branntwein kam, trank Brendan ihn nicht selbst, sondern goss etwas davon in den leicht geöffneten Mund des Mannes. Die Flüssigkeit floss an den Mundwinkeln wieder heraus und tropfte auf den karierten Bezug des Sofas.

»Das reicht, Brendan«, sagte der Abt in scharfem Ton. »Ich möchte dem Mann die Letzte Ölung spenden.«

»Aber er ist tot, Ehrwürdiger Vater«, sagte Pater Giovanni zögernd.

»Ja, aber wir nicht. Und ich möchte annehmen, dass der Herr unter solch ungewöhnlichen Umständen bereit sein wird, etwas mehr Gnade als gewöhnlich walten zu lassen.«

Brendan goss noch ein wenig Kognak in den leblosen Mund.

»Bitte begeben Sie sich zu den Vigilien. Brendan, Sie auch.«

Den größten Teil des Brandys hatte der Fußboden abbekommen, dennoch gab Brendan nicht auf.

»Schafft ihn hier raus. Augenblicklich!« Der Abt packte Brendan am Arm, er zwang ihn aufzustehen.

Das Glas fiel Brendan aus der Hand und zerschellte auf dem Holzfußboden, als dem Mund des Toten ein Atemzug und ein Rülpser entfuhren.

Einer der Brüder fand Lucens Kahns Rucksack auf halbem Weg talabwärts. Er enthielt eine Dose Thunfisch, einen Parker-Füller, zwei Äpfel, eine Jeans und ein schwarzes Polohemd, eine Bibel und einen Brief des Novizenmeisters, der geschrieben hatte:

»Es freut mich, dass Sie beabsichtigen, Ihr Leben unserem Herrn Jesus zu weihen. Ich brauche Ihnen nicht zu sagen, dass die Askese bisweilen sehr anziehend wirken kann, doch das klösterliche Leben, insbesondere nach der Trappistenregel, ist nur für wenige geeignet. Junge Menschen glauben häufig, sie seien berufen, aber die Aussteigerquote würde Ihnen zu denken geben. Viele vernehmen den inneren Ruf, aber kaum eine Handvoll hält bis zum Ende durch.

Ich möchte Sie eindringlich bitten, ein paar Monate oder sogar ein Jahr abzuwarten. Wie Sie wohl wissen, ist der Herr geduldiger, als jeder Mensch sich vorstellen kann. Erwägen Sie die verschiedenen Optionen, die Ihnen offen stehen. Machen Sie sich bitte bewusst, dass dem Laienleben nichts Schändliches oder Unwürdiges anhaftet. Ganz im Gegenteil. In vielfacher Hinsicht stellt es die schwierigere Entscheidung dar.

Wenn Sie danach immer noch den Wunsch verspüren, sich dem heiligen Zölibat zu weihen, schreiben Sie uns. Keine hastig hingeworfenen Zeilen wie das vorige Mal, sondern eine offene Schilderung Ihrer Entscheidungen und Seelenkämpfe und eine ehrliche Selbsteinschätzung. Schreiben Sie nicht in der Absicht, uns zu beeindrucken, sondern um uns Ihre Gedanken, Ängste, Hoffnungen und Misserfolge mitzuteilen. Schreiben Sie über alles, was Sie bewegt: Ihre Eltern, Ihre Freundinnen, Ihre Wünsche, den gegenwärtigen Zustand der Kirche, die Gewerkschaften – was auch immer Sie aufregt oder froh oder niedergeschlagen macht. Bitte keine Romane. Zehn Seiten mit doppeltem Zeilenabstand sind das Äußerste.
Dann werden wir entscheiden, ob Sie die Reise auf sich nehmen sollten, um sich mit der Realität des Klosters und des Klosterlebens vertraut zu machen. Dies wird uns auch Gelegenheit geben, Sie persönlich kennen zu lernen. Gestatten Sie mir aber bitte ausdrücklich festzustellen, dass Ihr Besuch nicht notwendigerweise zu Ihrer Aufnahme im Kloster als Postulant führen wird.
Möge Gott mit Ihnen sein und Ihnen helfen zu erkennen, was das Beste für Sie ist.«

Es war nicht gerade ein gutes Vorzeichen, sagte Pater Paul zu Lucens mit einem ironischen Lächeln, dass er keinen einzigen Ratschlag aus seinem Brief befolgt hatte. Er schien unmittelbar nach Erhalt des Sendschreibens zur Abtei aufgebrochen zu sein. Pater Paul war willens, die Tugenden der Jugend in Rechnung zu stellen: Impulsivität, Enthusiasmus, Ungeduld, den gelegentlichen Stoß Adrenalin, den raschen Entschluss – falls das Wort angebracht war. Doch wenn es um den Herrn ging und den Dienst an Ihm, hatte er immer wieder feststellen müssen, dass sich all diese Eigenschaften als kontraproduktiv erwiesen.
Später, Monate später, erklärte der Novizenmeister Lucens, er habe weder die Absicht, ihn als Postulanten zu akzeptieren, noch sei die höchste Autorität in der Abtei, der Ehrwürdige Vater Augustine, geneigt, einen entsprechenden Antrag vonseiten des dreisten jungen Mannes positiv zu bescheiden.
Aber wie man es auch drehte und wendete, der Herrgott hatte den Mann von den Toten auferweckt. Und, wie der Abt hinzufügte, es

war nicht auszuschließen, dass in Gottes Plan auch für Lucens ein Platz und eine Aufgabe vorgesehen sei – vielleicht sogar in diesem Kloster.

Die Abtei »Unseres Herrn in Kontemplation« kauerte am Rand eines Hochplateaus der Sierra Nevada, von den Einheimischen Terraferra genannt, das zwölfhundert Meter über dem Fluss und der Kleinstadt Sweet Waters thronte. Die Einheimischen behaupteten, der Ozean habe einst bis ins Tal gereicht. Selbst heute noch konnte man, wenn man aufmerksam lauschte, sein Wogen und Seufzen hören und spürte die Sehnsucht von Terraferra nach dem Gefährten vergangener Urzeiten. Vielleicht lag es an den verworfenen Gesteinsplatten im Tal, dass alles, vom Berggipfel aus gesehen, so vergänglich wirkte. Zu sagen, dass etwas keinen Bestand hatte, war damit gleichbedeutend, die Einheit der Schöpfung zu akzeptieren.
Auf Terraferra erschienen Lucens Materie und Antimaterie, der Mensch und die Landschaft, ja selbst die Elemente, vollkommen austauschbar, wenn nicht sogar ein und dasselbe zu sein. Die wenigen verkrüppelten Bäume sahen ebenso knorrig und verwachsen aus wie der Turm und die Strebepfeiler der Kirche, beides vom Blitz gezeichnet. Die ausgemergelten Mönche mit ihren Hakennasen waren in Wirklichkeit am Himmel kreisende Vögel, die nach Beute Ausschau hielten – oder vielleicht auch nach Gott. Das trostlose Land war ein Spiegelbild des mürrischen Himmels in der Dämmerung. Und im Winter bedeckte der Schnee das Dach und den Hydranten und die Schornsteine, das verbrannte Gras und den verlassenen Pflug mit einem weißen Trappistengewand.
Doch der unumschränkte Herr von Terraferra war der Wind. Er zerriss und zerstäubte die Worte der Mönche, warf sich auf die Flanken der Berge und zerfurchte den Fels. Er klang wie die sieben Kater des Kochs Mac, die von Geilheit gequält über das Ödland jaulten und nach einer heißen Nacht schrien. Er redete in Zungen und schwieg verstockt. Die Schlichtheit seiner Rechnung war beängstigend: oben der Himmel, unten die Erde und dazwischen die windgepeitschte Leere.
Die Mönche waren Lucens' Brüder und Väter. Er lebte in engster und beständiger Gemeinschaft mit ihnen. Er respektierte sie und

gehorchte den Älteren von ihnen. Sie waren seine Familie, seine einzige Familie. Und er liebte sie von Herzen. Aber wie in Familien unvermeidlich, hatte er sie gewissermaßen nur geerbt. Sie waren etwas Gegebenes, er hatte in Bezug auf sie keine Wahl gehabt. Eine – schwer zu erklärende – wirkliche Seelenverwandtschaft verspürte Lucens allerdings mit den Laienbrüdern, den Arbeitern, die in den Nebengebäuden oder den Exerzitantenhäuschen wohnten. Sie wirkten ausgeglichener, auf jeden Fall mit sich und Gott mehr im Reinen als Leute wie er und die übrigen Mönche, die ihr ganzes Leben der Selbstzucht und dem Streben nach jenem seltsamen Ideal gewidmet hatten: der Nachfolge Christi.
Sie waren die Groupies, die Landstreicher und Penner, die lahmen Enten und Nieten Gottes. Sie waren weder Mönche, noch gehörten sie der soliden, brav bürgerlichen Laienschaft irgendeiner Gemeinde an. Sie steckten im grauen Niemandsland fest. Er konnte sich täuschen, aber Brendan, Rick, Nelson, Doug und Bert schienen ihm ein ebenso enthaltsames Leben wie der Abt selbst zu führen. Kein Sex, keine Familie, keine Kinder, keinerlei berufliche Ambitionen, kein Leben auf der Überholspur, keine Vergnügungen, kein Ehrgeiz, keine quälenden Enttäuschungen, kein Alkohol außer in seltenen Ausnahmefällen, keine andere Musik als die Orgel und die liturgischen Gesänge und keinerlei gesellschaftliches Leben.
Was hielt sie an dieser Lebensweise fest? Die Trappistenregel ist mit Sicherheit kein Honigschlecken, aber sie hat etwas Ehrwürdiges, irgendwie doch Lohnendes. Man macht sein Opfer publik, man löst sich von der menschlichen Gemeinschaft, begibt sich in lebenslängliche Abgeschiedenheit, aber man weiß – und alle anderen wissen es auch –, dass man etwas Besonderes ist. Es ist nicht sicher, ob man wirklich eine direkte Verbindung zu Gott hat, aber selbst Atheisten wurden das nicht von vorneherein ausschließen.
Hatten Brendan und Mac, der Koch, Bert, der Mechaniker, und Rick, der Bäcker, den Sog Gottes gespürt? Vielleicht hatten sie die Berufung vernommen, aber nicht zu den Erwählten gehört. Vielleicht hatten sie vorgehabt, irgendwann wieder wegzugehen und neue Weidegründe zu suchen, es aber aus irgendeinem Grund nicht geschafft. Oder vielleicht war auch einfach die Zeit vergangen, und sie hatten vergessen weiterzuziehen.

»›Wir müssen zunächst versuchen, den Begriff der Kirche zu definieren. Er ist zu verschwommen, zu verquast und vernebelt. Die Kirche ist die Braut Christi; sie ist die Gesamtheit aller geschriebenen und ungeschriebenen Gesetze, anhand derer der Katholik erkennt, wie er nach Gottes Willen sein Leben führen sollte. Sie ist die Gesamtheit der Rituale, sie ist die Messe und die Eucharistie, sie ist die Schiedsrichterin in allen theologischen und spirituellen Fragen – und bisweilen sogar in unseren persönlichen, privaten Entscheidungen.‹« Pater Paul, der Novizenmeister, las aus Lucens' Referat über Graham Greenes »Die Kraft und die Herrlichkeit« vor, ohne allerdings den Namen des Referenten genannt zu haben. »›Die Kirche ist von jeher der Dreh- und Angelpunkt der uralten Konfrontation zwischen institutionalisierter Macht und individueller Willens- und Entscheidungsfreiheit gewesen, zwischen organisierter Religion und dem Bedürfnis nach einem persönlichen Gott. Ebenso wie im Falle des Namens unseres Herrn Jesu Christi, der in theologischen Schriften so oft bemüht und verdreht wird, müssen wir Klarheit in den Begriff der Kirche bringen. Andernfalls wird das Wort allzu unbestimmt, allzu dehnbar, kann für verschiedene Menschen zu Unterschiedliches bedeuten und riskiert daher, die gegenteilige Wirkung zu erzielen, also vollkommen sinnentleert zu werden, da wir ihm eine so allumfassende Bedeutung unterlegen möchten.

Amor Christi, ist das nicht genug? Warum können wir nicht Gott lieben, ohne die Kirche ins Spiel zu bringen?‹ Ende des Zitats.«

Pater Paul legte eine Kunstpause ein und wiederholte dann die letzten zwei Fragen.

»Glaubt ihr, Brüder, dass der Bedeutung und der Macht der Kirche, wie in diesem Referat angedeutet, Grenzen gesetzt werden sollten?« Der Novizenmeister sah mit scheinheiligem Blick in die Runde. »Möchte jemand darauf antworten?«

Die beiläufig gestellte Frage mit ihrer impliziten Bitte um offene Wortmeldungen war, wie Lucens wusste, eine auf ihn gerichtete geladene Pistole. Zum Glück sprangen andere in die Bresche. Bruder Damien und Bruder Jonathan-Christophe waren beide bereit, sich dem feindlichen Feuer zu stellen.

»Ja, Bruder Jonathan-Christophe?«

»Die These, die der Verfasser dieser Passage aufstellt, ist verderblich. Die Kirche des Lebendigen Christus ist die höchste Autorität in allen geistlichen Belangen – und muss es auch sein. Ich würde noch weiter gehen. Da alle weltlichen Belange Auswirkungen auf das Reich des Geistes haben« – Bruder Jonathan geriet allmählich in Fahrt –, »darf die Kirche unter gar keinen Umständen in ihrer Macht gehemmt oder eingeschränkt werden.«

»Danke, Bruder Jonathan, für Ihre so nachdrücklich vorgetragenen Ansichten zu dem Thema. Sonst noch jemand?«

Vielleicht war Lucens etwas zu vorschnell in seinem Optimismus gewesen. Bruder Damiens Hand schoss wieder in die Höhe, wurde aber geflissentlich ignoriert. Die Augen des Novizenmeisters ruhten jetzt auf Lucens.

»Wie steht's mit Ihnen, Bruder Lucens? Was meinen Sie?«

»Vielleicht sollten wir dem Glauben etwas mehr Freiraum lassen.«

»Sie meinen, je weniger Kirche, desto besser?«, fragte Bruder Jonathan-Christophe.

»Ich würde es nicht ganz so formulieren, aber das würde die Sache schon in etwa treffen.«

»Und wer soll entscheiden, was der richtige und was der falsche Glaube ist?« Der Novizenmeister ignorierte den Einwurf von Bruder Jonathan.

»Es ist nicht schwierig, das eine vom anderen zu unterscheiden«, antwortete Lucens. »Zum Beispiel lässt sich nicht bestreiten, dass der Whiskey-Priester in ›Die Kraft und die Herrlichkeit‹ von Anfang an den falschen Glauben praktiziert hat. Er hat das Keuschheitsgelübde gebrochen, das er feierlich, in vollem Bewusstsein seiner Implikationen abgelegt hatte. Er hat den Bund, den er mit Gott geschlossen hatte, entehrt, indem er unerlaubte Beziehungen zu einer Frau unterhielt und dann sogar ein Kind zeugte. Er ist ein verachtenswerter Mensch, der die ewige Verdammnis verdient – und nicht das Mitgefühl, das Mr. Greene auf so heimtückische Weise seinen Lesern einzuflößen weiß.«

»Rechter und falscher Glaube, Bruder Lucens, sind, anders als Sie in Ihrem Referat unterstellen, nicht immer so reinlich zu scheidende Kategorien.« Jetzt war die Katze aus dem Sack. Jetzt wussten alle, wer der Verfasser des zweifelhaften Aufsatzes war. Aber der Novizenmeister hatte nicht vor, Lucens weiter zu piesacken. »Sie haben von dem katholischen Priester in Sri Lanka gehört, der eine der zentralen Grundlehren unseres Glaubens, die Erbsünde, nicht nur in Frage gestellt, sondern rundheraus abgelehnt hat. Seine später von vielen indischen Geistlichen übernommene Argumentation lautete in etwa: Die Kirche behauptet, einzig die Taufe könne die Erbsünde tilgen. Sollte man also ganze Völker nachträglich der ewigen Verdammnis überantworten, nur weil sie nie mit dem Christentum und der Heiligen Schrift in Berührung gekommen sind und deshalb auch nie getauft werden konnten? Solche Menschen können doch wohl kaum für ihre Unwissenheit verantwortlich gemacht werden; daraus aber folgt, dass die Erbsünde sie nicht tangieren kann. Wer nun sollte derart komplexe und folgenschwere Fragen beantworten? Ist Glaube allein genug? Sollte jeder Einzelne seiner privaten Version des katholischen Glaubens anhängen? Wie soll der Laie, ja selbst der Priester, aus diesem Babel von Meinungen klug werden? Vielleicht haben ja Sie die eine oder andere Antwort parat?«

Lucens sah ihn verwirrt an und schüttelte den Kopf.

»Wäre es dann nicht vielleicht möglich, dass die Heilige Kirche allein durch die ihr innewohnende Gegenwart Jesu etwas Licht in derlei Fragestellungen bringen kann?«

Nach dem Unterricht folgte Lucens dem Novizenmeister hinaus.

»Kann ich Sie kurz sprechen, Pater?«

»Nur, wenn Sie nicht beabsichtigen, mir zu erzählen, wie zerknirscht, seelisch zermartert und mit Reue erfüllt Sie sind, weil Sie ein notwendiges Argument auf die Spitze getrieben haben.«

»Ich hatte nicht vor, es der Kirche gegenüber an Respekt mangeln zu lassen.«

»Nein, das habe ich auch nicht angenommen.«

»Trotzdem bin ich schuldig, Pater, schuldig der Überhebung und der Sünde, anders sein zu wollen.«

»Aber Sie sind anders, insofern als ...«

»Ich werde danach streben, es nicht zu sein.«

»Würden Sie mich vielleicht ausreden lassen?«

»Vergeben Sie mir, Pater. Es war ungehörig von mir.«

»Sie haben mich schon wieder unterbrochen, Bruder Lucens. In Seiner Weisheit, Seiner Großzügigkeit und Seinem wunderbaren Sinn

für Humor, Lucens, hat der liebe Herrgott uns alle unterschiedlich erschaffen – anders als die wahnsinnigen Wissenschaftler und tyrannischen Utopisten, die uns am liebsten allesamt klonen und zu Fotokopien voneinander machen würden.«
»Ja, Pater. Aber worin besteht meine Buße?«
»Sie gehören zu den Nachdenklicheren unter den Novizen dieser Abtei. Streben Sie einfach weiter in Ihrer Selbsterforschung.«
»Ja, Pater, aber meine Sünde verlangt nach einer Buße.«

Anfangs hatte Lucens vom Lebendigen Christus, der Barmherzigkeit und dem Mitleid der Mutter Gottes, der Komplexität des Begriffs des Heiligen Geistes und dem Mysterium der Eucharistie gesprochen. Jetzt kamen diese großen Worte kaum noch über seine Lippen. Hatte er erkannt, dass der Abt und die älteren Mönche nur sehr zurückhaltend über Gottvater und die Dreifaltigkeit sprachen? Es war schwer zu sagen, ob er das Interesse an derlei theologischen Gegenständen verlor oder ob er sie inzwischen einfach verinnerlicht hatte.
Lucens Kahn brauchte einige Zeit, um zu begreifen, dass das mönchische Leben eine zutiefst entfremdende Erfahrung darstellte. Er musste praktisch alles verlernen, was er in seinem früheren Leben gelernt hatte. Die Umstellung fiel ihm umso schwerer, als die Worte und Begriffe, die außerhalb und innerhalb der Abtei gebraucht wurden, dieselben zu sein schienen, aber dennoch zwei grundsätzlich verschiedenen Bedeutungswelten angehörten. Ein solches Wort war natürlich »Essen«. Das Evangelium mag erklären, dass der Mensch nicht vom Brot allein lebt, aber Lucens hatte den Eindruck, dass die Mönche tatsächlich die meiste Zeit über von nichts anderem lebten. »Schlaf« war ein weiteres solches Wort. Es wäre eine Untertreibung gewesen zu sagen, dass die Mönche mit so wenig wie möglich davon auskamen. Manchmal fragte sich Lucens, warum sie die fromme Lüge »Schlaf« nicht überhaupt abschafften. Vor zehn kam er nie ins Bett, und um zwei war er wie alle anderen schon wieder auf den Beinen.
Aber der vielleicht schwierigste Verlernprozess hatte sein Zeitbewusstsein betroffen. Die Mönche von Terraferra konnten einem jederzeit sagen, wie spät es war, und sie verspäteten sich nur selten

zu den Stundengebeten oder den Mahlzeiten. Sie kannten die Wochentage und alle kirchlichen Feiertage, Ostern, Weihnachten und was auch immer; aber darüber hinaus verlor die Zeit jegliche Bedeutung. Für die Mönche war die Zeit ein Kontinuum ohne lineare Einteilungen. Wie in den meisten agrarischen Kulturen war die Zeit für sie durch ihren Kontext bestimmt: »als Pater Paul krank wurde«; »der Tag, an dem der Wünschelrutengänger die Quelle fand«; »die Woche, in der die neue Kapelle geweiht wurde«. Mit der Zeit würde auch Lucens dazu übergehen, wie die Mönche zu sprechen und zu denken. Er lernte es, Zeitspannen je nach Bedarf zusammenschrumpfen oder sich ausdehnen zu lassen. Er begann, Wörter wie »damals« unterschiedslos im Sinne von »vor zwei Tagen«, »zwei Wochen« oder »zwei Jahren« zu verwenden.

Bevor er in die Abtei eingetreten war, hatte er eine Liste all der Dinge erstellt, die ihm wahrscheinlich am meisten fehlen würden. Sex und seine Privatsphäre waren an erster Stelle gestanden. Zu seiner Erleichterung hatte er festgestellt, dass Sex kein so dringliches und zwanghaftes Bedürfnis war, wie er befürchtet hatte. Was ihn viel mehr quälte, war der Magen. Es gab Zeiten, da er befürchtete, dieser könne sogar den Allmächtigen aus seinem Bewusstsein verdrängen. Immerhin machte er ihn in gewissem Sinne zu einem großen Visionär. Wenn er in der Bibliothek an seinem Tisch saß, sah er anstelle von Büchern reihenweise Aprikosenkuchen und Plumpuddings. Auf den Feldern verwandelten sich die Heuhaufen in Pizzen, üppig belegt mit Garnelen, Mozzarella und dicken, sinnlich runden Oliven. Die Metamorphose von Gebäuden, Rindern, den Wollmützen der Arbeiter oder alten Schuhen in Guacamole, Tacos mit Salsa und gebackene Bohnen mit Jalapeños unterlag keiner nachvollziehbaren Logik. Der verführerische Duft von gewürztem Basmatireis und afghanischen Kebabs riss ihn nachts aus dem Schlaf. Es gab Tage, da hätte er für eine einzige Portion Tiramisu, Teriyaki-Huhn oder Tandoori-*pomfret* der Abtei endgültig den Rücken gekehrt. Stattdessen saß er mit den anderen Mönchen in trübseliger Stille – die nur von Bruder Lionels lautstarkem Mampfen, Schmatzen und Schlürfen unterbrochen wurde – vor einer faden Mahlzeit aus anämischen, zerkochten Cannelloni, die in einer klumpigen Cheddarsauce schwammen.

Lucens war so vernünftig zu wissen, dass das Kloster zwar eine Stätte der Weltabgeschiedenheit sein sollte, zwangsläufig aber ein Mikrokosmos und in vielfacher Hinsicht ein naher Cousin der richtigen Welt war. Und dennoch hörte er nicht auf, sich darüber zu wundern, wie viel von der Welt, der die Mönche entsagt hatten, in diese kleine Kopie eingesickert war: dieselben Ticks, dieselben Eifersüchteleien und kleinlichen Ängste wie draußen. Ja, so klein sie auch war, enthielt diese Gemeinschaft mehr komische Käuze, als einem an einem durchschnittlichen Tag in New York oder London über den Weg laufen würden. Das Kloster, stellte Lucens fest, machte ihn und die übrigen jüngeren Mönche zu kühlen, ja erbarmungslos scharfsichtigen Beobachtern. Manche fanden ein grausames Vergnügen daran, die körperlichen und sprachlichen Eigentümlichkeiten ihrer Mitbrüder nachzuäffen, während andere eher peinlich berührt wegschauten. Bruder Peter nahm, bevor er zu essen anfing, sein Kunstgebiss aus dem Mund, damit es nicht schmutzig würde, und legte es exakt zwei Finger breit neben seinen Teller. Bruder George wusch jegliches Obst – Äpfel, Bananen, Trauben, Mandarinen und Pfirsiche – mit Geschirrspülmittel und rieb es dann an seinem Arbeitshemd trocken, das von Schlamm, Kuhmist und Pestiziden nur so starrte. Das Traurigste an der Abtei aber war die überdurchschnittlich hohe Anzahl von älteren Mönchen, die an fortgeschrittener Parkinsonkrankheit litten. Man hörte ihre beräderten Gehhilfen schon eine Meile, bevor sie die Kirche erreichten, spastisch über den gepflasterten Boden holpern. Sie zitterten lautlos am ganzen Leib, wenn sie ein Buch oder eine Zeitung in die Hand zu nehmen versuchten, und wenn es ihnen tatsächlich gelang, lag das betreffende Objekt im nächsten Augenblick auf dem Boden. Manchmal ließen sie den Kopf sanft vornüberfallen und bekamen ihn nicht mehr hoch. Sie taten einem von Herzen leid, aber man wagte nicht, sie anzurühren, um sich nicht etwa bei ihnen anzustecken. Es spielte keine Rolle, dass Parkinson nicht ansteckend war. Man wusste, dass es nur eine Frage von Tagen war, bis man ebenfalls der Rock-'n'-Roll-Lähmung des Alters verfallen würde.

Bald allerdings übernahmen die uralten Rhythmen der Abtei das Regiment, und Lucens nahm die Ticks und Absonderlichkeiten seiner Mitbrüder gar nicht mehr wahr. Jetzt kümmerte sich Lucens jeden Mittwoch- und Freitagabend um Pater Charles, der außer an Alzheimer auch an einer partiellen Lähmung litt. Er begleitete ihn auf die Toilette, oder – wenn Pater Charles vergessen hatte, dass er sich eigentlich entleeren gehen wollte – er machte ihn sauber und bezog sein Bett frisch. Er fütterte ihn und redete ihm zu, Wasser zu trinken, was der alte Mann inbrünstig zu hassen schien. Wenn er nicht zu unruhig war, las ihm Lucens aus der Bibel vor, obwohl er nicht hätte beschwören können, dass Pater Charles ihm zuhörte, beziehungsweise, ob er den Text, den er einst mit Sicherheit auswendig gewusst hatte, überhaupt noch verstand. An manchen Tagen wurde Pater Charles aufsässig und fegte die Schüssel Suppe, den Teller Spaghetti, die Bibel oder was auch immer sich gerade in Reichweite befand, mit einer wütenden Handbewegung auf den Boden. Er konnte einen mit seiner Bockigkeit schier zur Verzweiflung treiben, aber Lucens verlor nie die Geduld. Das kommt noch, prophezeite Pater Paul, dem platzt nochmal der Kragen. Die Kutte des Gehorsams wird ihm irgendwann zu eng werden, und Bruder Allzeit-demütig wird seine Krallen zeigen.

Für Lucens, wie für jeden anderen in der Abtei, zerfiel die Zeit in »vor dem Sturm« und »nach dem Sturm«; oder VDS und NDS, wie die Mitglieder der Gemeinschaft dieses schicksalhafte Ereignis umschrieben. Es war der Tag, an dem sich das Leben im Kloster für immer änderte. Stürme waren in Terraferra nicht selten. Der Wind flaute dann plötzlich ab, alles wurde still und stumm, und die Luft fühlte sich wie dürres Laub an. Es war, als träte man in einen Bereich von Hyperschwerkraft. Der Luftdruck lastete nicht so sehr auf Ohren und Körper als vielmehr auf der Seele. Man fühlte sich erdrückt, die Atmung wurde flach und unregelmäßig, und das Herz schien jeden Augenblick nachgeben und implodieren zu wollen.
Die Menschen in der Abtei hatten das alles schon etliche Male erlebt, und doch wussten sie nicht, was sie beim nächsten Mal erwartete. Jeder Sturm hatte seine spezielle kosmische Wundertüte parat, und jede von ihnen platzte auf ihre eigene, unberechenbare Weise.
Die Ruhe vor dem Sturm war für die Brüder in der Abtei eine Zeit der Prüfung. Sie gaben sich friedfertig, diese Gottesmänner, sie beteten noch inbrünstiger als an jedem anderen Tag und sie spra-

chen nie über das, was sich anbahnte, verschlossen bewusst die Augen davor. Aber sie verspürten den wilden Drang loszuschlagen, aus diesem Bruder-und-Pater-Getue und dieser Hingabe an den ewigen und lebendigen Gott auszubrechen; sie verzehrten sich danach, etwas Unbedachtes zu tun, das Verbrechen Kains zu verüben, zu morden und zu metzeln – aus keinem anderen Grund als aus der nackten irrsinnigen Freude an Gewalt und Blut, um der wenn auch noch so kurzlebigen und trügerischen Erleichterung einer befreienden Katharsis willen. Doch sie warteten vergeblich darauf, dass dieses Unbehagen verschwand. Und dann brach die Theatervorstellung von Blitz, Donner, Wind und Regen über Terraferra herein, und ihre Sünden wurden hinweggespült, während ihre Seelen bis an die Pforten des Himmels emporgeschwemmt wurden.

Aber dieser Sturm, der Vorher-Nachher-Sturm, war wie kein anderer gewesen. Er ließ niemanden in Zweifel, dass er ein Zeichen Gottes gewesen war. Seine Nachwirkungen würden noch Jahre danach zu spüren sein. Die Mönchsgemeinschaft sollte sich später an jeden Moment und jede Wendung der Krise erinnern, an das Gute und das Böse, den Mut und die Angst, an die darauffolgenden großen Entbehrungen und die gleichermaßen große Seelenstärke und Kraft, die ihnen ermöglichten, sie zu überwinden. Sie würden später ein Monument zum Gedenken an das Ereignis errichten, ein Bildnis der Mutter mit dem Kind, das eine Aura solch urteilslosen Mitgefühls ausstrahlte, dass selbst der unreligiöseste Mensch sich in seiner Anwesenheit gesegnet fühlte.

Vor dem Sturm war der Begriff der Privatsphäre der Abtei vollkommen fremd gewesen. Die Brüder und die Patres schliefen in gemeinsamen Dormitorien. Die Schlafsäle atmeten, auch wenn sie voll besetzt waren, eine Atmosphäre der Stille aus. Aber wenn Lucens allein sein wollte, begab er sich in die Kirche oder die Bibliothek oder arbeitete im Garten.

Doch selbst im Garten, wo er sich entspannt und gelöst fühlte, spürte Lucens, dass er ein Außenseiter war. Er hatte den Ruf vernommen und beschlossen, dem Trappistenorden beizutreten, und zwar speziell dem Kloster von Terraferra, weil er davon überzeugt war, dass nur die Einsamkeit und der Trost Gottes ihn heilen wür-

den. Er wollte sich der Betrachtung der Barmherzigkeit Jesu und Seines großen Opfers für die Menschheit hingeben und, wenn ihm dieses Glück beschieden sein sollte, Seiner Gnade und Vergebung teilhaftig werden. Ja, er wollte allein sein, aber irgendwie als ein Miteinbezogener – nicht als Ausgegrenzter. Die Mönche, Novizen und Laienbrüder waren ihm gegenüber stets freundlich und rücksichtsvoll. Aber das waren sie auch Hunden und Katzen gegenüber. Es war eine so kleine und abgeschlossene Gemeinschaft, dass man hätte annehmen können, sie biete keinerlei Raum, um jemanden auszugrenzen. Doch das war eine irrtümliche Annahme. Lucens wusste tief in seinem Inneren, dass er nicht zu ihnen gehörte. Die älteren Mönche waren in ihr Schweigen versunken und blieben meist für sich, während die Postulanten, Novizen und Junior-Brüder wie Planeten um Bruder Jonathan-Christophe zu kreisen schienen, der innerhalb der Gemeinschaft noch am ehesten der Vorstellung eines Alphamännchens entsprach. Er war Kunststudent gewesen, als er eines Tages seinen Freunden und Bekannten mitgeteilt hatte, er habe sich um Aufnahme in die Abtei von Terraferra beworben. Er war groß, von jungenhaftem Aussehen und lässig. Er hatte Charme und war sich dessen durchaus bewusst. Wenn er jemanden damit nicht einzunehmen vermochte – mit seinem entwaffnenden Humor und seinem Lachen schaffte er es allemal.
Was er auch anpackte, ging ihm leicht von der Hand. Er ackerte auf den Klostergütern von Halfway. Wenn es mit einem Laster oder Auto Probleme gab, wurde immer er zu Hilfe gerufen, da er einen Motor blind auseinandernehmen und wieder zusammenbauen konnte. Er war jederzeit bereit, ein paar Überstunden in der Schreinerei abzuleisten oder bei jedem beliebigen anderen Job einzuspringen. Er war stets hilfsbereit und aufmerksam, und auch wenn Lucens ihn eine Spur zu oberflächlich fand, wäre er doch froh gewesen, wenn Bruder Jonathan-Christophe ihn gemocht und zu seinem engeren Kreis gezählt hätte. Aber es wollte nicht so recht klappen. Lucens konnte sehr zurückhaltend und dann wieder auf verwirrende Weise unkonventionell sein, und seine geradezu sprichwörtliche Demut konnte abschreckend wirken. Was immer das auch für Gründe haben mochte – Tatsache war, dass Bruder Jonathan-Christophe und Lucens argwöhnisch Abstand voneinander hielten.

Warum wich er dem Problem aus? Hatte die Vergangenheit angefangen, sich à la Dorian Gray auf seinem Gesicht abzuzeichnen? Hatten die Mönche erkannt, dass er ein moralisch Aussätziger war? Hatten sie ihm ein unsichtbares Glöckchen um den Hals gebunden? Der Ehrwürdige Vater pflegte gern zu sagen, wir seien alle Krüppel, und einzig Gott könne uns gesund machen. Aber das war nur eine Metapher für unsere Sehnsucht nach Jesus und unsere Unvollständigkeit ohne Ihn. Aber was, wenn Lucens der eigentliche Grund war? Was, wenn sie alle sehen konnten, dass er unrettbar verloren war, und beschlossen hatten, ihn zu ächten?

Oh, wie er diesen Ort verabscheute! Er musste völlig verrückt gewesen sein, Mönch werden zu wollen. Welcher Selbsttäuschung war er da erlegen? Wenn man sich nur vorstellte, dass er behauptet hatte, eine Stimme tief im Inneren seiner Seele gehört zu haben, die ihn zum Herrn rief! Die einzigen Stimmen, die er jetzt hörte – und er hörte sie ununterbrochen, selbst wenn er sich die Ohren zustopfte – sagten: Verschwinde, du Idiot! Werde nicht zum Opfer deiner eigenen Hochstapelei. Setz dich ab, solange es noch möglich ist. Verzieh dich, und zwar schleunigst, bevor du das Gelübde ablegst und lebenslänglich zu diesem Irrenhaus verdammt bist! Die traurige Wahrheit war, dass niemand ihm ein Paradies auf Erden versprochen hatte. Immer hatte es geheißen: Es wird nicht einfach sein. Ja, das hatten alle gesagt, aber keiner hatte ihm gesagt, dass es sinnlos sein würde, absolut, total und unwiderruflich sinnlos.
Wie hatte er bloß all die schönfärberischen Sprüche schlucken können? Bittet, so wird euch gegeben; suchet, so werdet ihr finden; klopfet an, so wird euch aufgetan. Er hatte gebeten, bis ihm die Zunge abgefault war; er hatte die ganze Welt abgesucht und rein gar nichts gefunden; er hatte angeklopft, bis seine Knöchel aufgeschürft und wund gewesen waren, aber die Tür hatte keinen Zentimeter nachgegeben, und er war ausgesperrt geblieben, jetzt und immerdar. Nach der Mühsal, versprachen sie einem da, würde das Licht am Ende des Tunnels erscheinen. Kein Licht und kein Tunnel: lediglich die finstere Stille des Grabes.
»Geh in die Wüste, und ich werde zu deinem Herzen sprechen«, hatte die Stimme Lucens versprochen, und er war zur Abtei »Un-

seres Herrn in Kontemplation« gekommen. Wen versuchte er eigentlich durch seine Tugendhaftigkeit, seine Demut zu beeindrucken? Den Abt und die Mönche? Das brachte ihm an diesem Ort des Todes weiß Gott etwas ein! Der Herr hatte ihn schon vor langer, langer Zeit durchschaut. Lucens hatte auf ein Schulterklopfen gewartet, auf das große Schulterklopfen Gottes, und war an den Rand des Abgrunds gelangt. Er war der Versuchung der Wüste erlegen, und das Einzige, was sie ihm eingebracht hatte, waren Selbsttäuschung und Verblendung gewesen.

Er wusste, dass dies lästerliche Gedanken waren, aber er konnte nichts dagegen tun. Er würde jedes seiner Worte bereuen – aber erst morgen. Vorerst würde er dem Teufel in sich freie Bahn lassen.

Jetzt war es »morgen«, und nach den Vigilien begab sich Lucens in den Speicher hinter der Kirche. Der Raum war ein einziges Chaos: bröckelnde Heiligenfiguren aus Gips, ein paar osteuropäische Ikonen, von denen die Farbe fast vollständig abgeblättert war, alte Messkelche und verschossene Messgewänder. Es dauerte eine Weile, bis er das Gesuchte gefunden hatte: eine neunschwänzige Katze, die die Mönche vor langer, langer Zeit benutzt hatten, wenn sie am Karfreitag zum Dorf Halfway hinunterzogen und sich im Nachvollzug des Kreuzweges symbolisch geißelten.

Lucens reinigte und wusch die Geißel sorgfältig und ging in die Garage. Es war eine lange, breite Halle, die die zwei Busse, drei Lieferwagen mit Anhängern und den ganzen Wagenpark des Kloster beherbergte. Um diese Uhrzeit war niemand da. Er fand ein freies Plätzchen zwischen den Lastwagen und den PKWs und begann, die Geißel kreisförmig zu schwingen. Das zischende Geräusch war eine verkleinerte Kopie des tückischen Windes, der über Terraferra hinwegpfiff. Lucens legte seinen weißen Habit ab, das schwarze Skapulier, Gürtel, Hemd, Hose und Unterwäsche und stand nackt und zitternd in der Kälte. Wie leichtfertig die Leute von Vergebung redeten! Sogar der Abt … Was konnte es schon für eine Vergebung geben für die entsetzlichen Sünden, die er in einem anderen Leben und auf einem anderen Kontinent begangen hatte? Es waren so unaussprechliche Verbrechen, dass er sie nicht einmal in der Intimität des Beichtstuhls über die Lippen brachte.

Er hob die vielarmige Geißel und peitschte sich so lange, bis ihm am Rücken das Fleisch in Fetzen herabhing. Der Teufel war in ihn gefahren, und der Teufel musste ausgetrieben werden. Er musste ein für alle Mal kapieren, dass er in Lucens nicht willkommen war.

Wie lang war es her, dass Zia seinen Bruder um ein Haar ermordet hatte und anschließend verschwunden war? Drei, dreieinhalb Jahre, vielleicht noch länger. Amanat wusste es nicht mehr genau. Und er wollte es auch nicht wissen. Er hatte Monate gebraucht, um zu genesen. Als er wieder kräftig genug gewesen war, hatte er angefangen, die Stadt abzusuchen.

Er ging zum Christlichen Verein Junger Frauen am Bombay Central und zu dem in der Nähe des Regal Cinema. Er erkundigte sich im Women's Hostel am Marine Drive, fragte im Working Women's Hostel am Busbahnhof Colaba nach und landete schließlich in der neu erbauten Herberge beim Y.B. Chavan Auditorium.

Doch Sagari war nirgendwo gemeldet. Sie hatte ihn im städtischen Krankenhaus besucht. Die Morgenzeitungen hatten es lediglich auf fünf Zeilen gebracht, aber die Abendblätter hatten den Zwischenfall in Ermangelung bluttriefenderer Nachrichten ordentlich aufgebauscht. Sagari hatte ihm Blumen gebracht und machte sich sofort auf die Suche nach einer Krankenschwester, die sie um eine Vase bitten könnte. Als sie zurückkam, war Amanat gerade dabei, mit einem heftigen Niesanfall ein mittleres Erdbeben zu verursachen.

Sein unglaublich schlecht sitzender Krankenhaus-Pyjama sog sich rasch mit einem irdenen Rot voll, als seine Wunden wieder aufplatzten und bluteten.

»Wie konnte ich vergessen, dass du gegen Blumen allergisch bist!«

Sagari saß starr da, wie gelähmt von dem Unheil, das sie angerichtet hatte. Amanat wollte ihr sagen, das sei halb so wild, seine Neben- und Stirnhöhlen hätten sowieso längst mal wieder durchgespült werden müssen, also hätte sie ihm sogar einen Gefallen getan, aber die Schwestern rollten ihn schon in den Operationssaal.

Sie kam nicht wieder, schickte ihm allerdings einen Don DeLillo, mit einem einzigen handschriftlichen Wort auf dem Vorsatzblatt: »Sorry«. Kein »Mein lieber Amanat«. Keine Unterschrift. Amanat hätte das Buch am liebsten aus dem Fenster geworfen oder es mit dem kalten Vermerk »Annahme verweigert« zurückgeschickt, aber er hatte keine Ahnung, wo Sagari wohnte. Er erinnerte sich, dass sie gesagt hatte, sie ziehe ständig von Wohnheim zu Wohnheim, aber dann war das Niesen losgegangen, und er war nicht mehr ansprechbar gewesen.

Ein paar Monate später hatte er erfahren, dass es in den Vororten Bombays mehrere Frauenwohnheime gab. Die *Jains* hatten eines in Bhandup, und die *Sindhis* unterhielten eines in Borivali und noch eines ganz weit draußen in Ulhasnagar. Die *Khojas* hatten eines in einer Quergasse gerade ein paar Häuserblocks von Suleiman Mansion entfernt. Ob Hindu, Muslim oder Jain, jede Kaste, Unterkaste, Volksgruppe und Sekte schien ihr eigenes Frauenwohnheim zu haben. *CKPs*, *Shimpis*, *Deshastha-Brahmanen*, *Marathas* jeder erdenklichen Couleur, die Ismailiten, die Sikhs, Suleimani Bohras, *Pathare Prabhus*, sie alle kümmerten sich gewissenhaft um ihre Schäfchen. Bald war Amanat ein Fachmann in Sachen Frauenunterkünfte in Bombay.

Er wusste nicht genau, woran es lag, aber die Herbergen strahlten stets eine Atmosphäre von Verkommenheit aus. Die Wachleute am Eingang und das Personal sahen unweigerlich schmuddelig aus. Die meisten von ihnen waren Frauen, und sie musterten einen mit wissendem Blick. Die würde man nicht einwickeln. Die Erfahrung hatte sie gelehrt, dass die Männer, welche die Damen, ob jung oder alt, besuchen kamen, keine ehrenwerten Absichten hatten.

Man konnte gerade ein paar Minuten vorher angerufen und sich mit seiner Freundin verabredet haben, man konnte sie eben noch am Fenster ihres Zimmers im dritten Stock gesehen haben: Fragte man nach ihr, so erklärten einem die weiblichen Zerberusse kategorisch, man habe sich getäuscht, die betreffende Freundin sei nicht im Haus. Zugegeben, es war nicht schwer, sie umzustimmen; man musste sie nur bitten, noch einmal nachzusehen, und ihnen ganz beiläufig ein paar Rupien-Scheine in die Hand gleiten lassen, und in aller Regel war die Vermisste bald wieder aufgefunden.

Amanat war froh, dass Sagari in keiner dieser Herbergen hauste. Er schwor sich jedes Mal von Neuem, er würde zeit seines Lebens nie wieder einen Fuß in eine dieser Kaschemmen setzen, aber kaum erfuhr er von der Existenz einer weiteren, stürzte er los.
Er war ans Ende seiner Suche gelangt und wusste nach wie vor nicht, wo Sagari wohnte. Sie war sein schützender Kreis, und er hatte sie für immer verloren.

Als letzte Lösung wäre Amanat sogar bereit gewesen, sich einer Gehirnoperation zu unterziehen.
Alles, aber auch alles im Leben, so lautet jedenfalls die Binsenweisheit, verblasst mit der Zeit und schleift sich ab. Nicht nur Lust, Liebe, Verlust und Trauer, selbst Grimm, Groll und Rachsucht ... Die Zeit lässt alles matt und stumpf werden. Und mag man sich auch noch so sehr davor fürchten und sperren – die Intensität nutzt sich ab, und die heißesten Leidenschaften erkalten. Was war also schief gelaufen?, fragte sich Amanat. Woher kam es, dass die bitteren Erinnerungen an die Dolchstöße und an seinen Krankenhausaufenthalt weder verblassten noch an Schärfe verloren? Woher kam es, dass sie ihn unaufgefordert wieder und wieder heimsuchten?

Der Polizeiinspektor hatte achtundvierzig Stunden warten müssen, ehe die Ärzte ihn schließlich zu Amanat gelassen hatten. Der Patient war desorientiert gewesen und stand weiterhin auf der Liste der kritischen Fälle, aber der Inspektor war nicht bereit, noch länger zu warten.
»Versuchen Sie, uns weiszumachen, Sie hätten Ihren Angreifer nicht gesehen?«
»Wasser«, sagte Amanat.
»Hören Sie mich? Wir müssen wissen, wer Ihnen das angetan hat!«
»Wasser.«
Die Schwester hielt Amanat ein Glas Wasser an die Lippen.
»Sie haben Ihr Wasser bekommen. Jetzt reden Sie!«
Amanat schloss die Augen.
»Sie sollten besser gehen. Er ist nicht in der Verfassung zu sprechen«, sagte die Schwester.

»Ich gehe erst, wenn ich eine Aussage von ihm habe. Er spielt Theater, das ist alles. Ich habe in meinem Beruf schon genug schlechte Schauspieler gesehen, um einen zu erkennen.«
Am nächsten Tag war er wieder da.
»Wer hat Sie angegriffen, Mr. Khan?«
Abbajan beobachtete Amanat aus anderthalb Metern Entfernung.

Warum sprechen Sie nicht, Abba? Sie wissen doch, was passiert ist, oder? Wollen Sie behaupten, Sie wären zur Tatzeit nicht zu Hause gewesen? Erinnern Sie sich an Sher, Abba, den Hund? Ich hatte Glück. Das Messer, das mich erwischt hat, war scharf. Der arme Sher wurde mit einem Tafelmesser angestochen.

»Sie wurden von vorne angegriffen. Wie können Sie den Mann nicht gesehen haben?«

Woher weißt du, dass es keine Frau war? Wie steht's mit Ihnen, Zubeida-Khala? Möchten Sie sich zu Ihrem Jünger äußern? Den Vali und die Hoffnung des Islam?

»Ich war in Gedanken und habe in diesem Moment nach unten gesehen«, krächzte Amanat.
»Haben Sie Beziehungen zur Unterwelt?«

Sie werden sich wundern, aber ja, hab ich. Mein Bruder, Zia Khan, ist der Oberboss. Er ist der leibhaftige Teufel, obwohl er seltsamerweise ständig Jagd auf Satan macht.

»Nein.«
»Kennen Sie Dawood Ibrahim, den Mafia-Don?«

Sie müssten eins tun, Inspektor: Scotland Yard, Interpol und FBI alarmieren und ihnen sagen, sie sollten einen gewissen Zia Khan zur Fahndung ausschreiben, weil er eine Gefahr für den Weltfrieden und die Freundschaft zwischen den Völkern darstellt. Er ist Code Red Alert, oder wie immer man die zehn meistgesuchten Verbrecher der Welt nennt.

»Haben Sie Beziehungen zu irgendeiner extremistischen islamischen Organisation?«

Ja, zum schlimmsten Extremisten, den man sich überhaupt vorstellen kann. Meinem eigenen Bruder, *Lashkar-e-Zia* Khan.

»Nein.«
»Haben Sie Feinde, Herr Khan? Haben Sie irgendjemanden so gegen sich aufgebracht, dass er Ihren Tod gewollt haben könnte?«

Könnte das nicht zufällig mein einziger Bruder sein, oder? Wie wär's mit Abba, Ammijan, und warum nicht auch Zubeida-Khala? Ihr Leben lang haben sie ihren jüngeren Sohn und Neffen mir schamlos vorgezogen. Ihn haben sie auf die beste und teuerste Schule in ganz Indien geschickt, während für mich St. Paul's gut genug war, und der dreckige rote Schlips mit dem schmierigen blanken Knoten, den ich nicht ein einziges Mal aufgeknotet habe. Anschließend haben sie ihn als gute, fürsorgliche Eltern nach Cambridge geschickt, während sie sich für mich gerade eben ein popeliges College in Byculla leisten konnten. Ich muss sie so sehr gegen mich aufgebracht haben, dass sie nicht einmal heute für mich einzutreten bereit sind.

Er verabscheute das Selbstmitleid, das ihn alle paar Jahre überfiel. Und dennoch war er sich der abgrundtiefen Verbitterung, die er seinem Bruder gegenüber hegte, nicht bewusst.

»Nicht, dass ich wüsste.«

»Was ist mit Ihrem Bruder, Herr Khan? Er scheint ziemlich genau um die Zeit verschwunden zu sein, als Sie beinahe erstochen worden wären.«

Sagen Sie das meinem Vater, meiner Tante und der ganzen Welt.

Ach, das hatte doch alles keinen Sinn, er wusste nur zu gut, dass er weder der Polizei noch seinen Angehörigen jemals erzählen würde, was Zia getan hatte. Er war der würdige Sohn seines Vaters. Wie er und die übrige Bagage würde er alles unter den Teppich kehren.

Zu Weihnachten lief im Chitra Talkies eine einwöchige Satyajit-Ray-Retrospektive, und er hatte sich eine Festivalkarte gekauft. Er stand an der Bushaltestelle, nachdem er »Charulata«, den letzten Film der Serie, gesehen hatte, als Sagari ihm auf den Arm tippte. Es berührte Amanat seltsam, dass auch sie die ganze Woche lang in diesem kleinen Kino gesessen hatte und sie sich trotzdem nicht ein Mal über den Weg gelaufen waren. Er hatte sie durch puren Zufall wiedergefunden und er würde sie nicht wieder entwischen lassen.

Sie wohnte im Sisters of Mercy Ladies' Hostel in Versova. Es war ein alter Bungalow, von dem aus man während des Monsuns einen spektakulären Seeblick hatte. Mehr hatte der Kasten allerdings nicht zu bieten. Die Barmherzigen Schwestern waren schon vor langer Zeit ausgezogen, und jetzt gehörte das Haus einer Witwe mit vier Kindern aus dem Panjab. Sie wohnten im Obergeschoss, während die vier Zimmer im Parterre zu Schlafsälen umfunktioniert worden waren, die jedes Heilsarmee-Hospiz beschämt hätten. Das ganze Haus fiel auseinander. Selbst die Zimmerdecken mussten in Abständen von ein, zwei Metern mit dürren Holzpfosten abgestützt werden. Die Eisenbetten und Matratzen, auf denen die Mädchen schliefen, waren im Zickzack um die Pfähle herum aufgestellt. Es herrschte ein streng egalitäres System: Niemand hatte einen grundsätzlichen Anspruch auf irgendein bestimmtes Bett. Wer zuerst kam, hatte die freie Auswahl. Wer zu spät kam, schlief auf einer der auf dem Fußboden ausgelegten Matratzen. Die Wände des Badezimmers waren immer feucht und mit einer samtigen Schicht von grünem Moos bedeckt. Wenn man duschen wollte, stand man um vier auf. Andernfalls musste man sich mit dem Eimer begnügen – vorausgesetzt natürlich, die Plastikfässer enthielten noch einen Rest Wasser.

Sagari hatte eine befristete Stelle an einem College in Andheri, wo sie Biochemie unterrichtete, und das mickrige Gehalt, das sie verdiente, wurde nur selten pünktlich ausgezahlt. Über ihre Bleibe klagte sie nicht. Sie war billig und nicht allzu weit von ihrem Arbeitsplatz entfernt, und das war ausschlaggebend. Von Suleiman Mansion raus nach Versova war es eine halbe Weltreise: anderthalb bis zwei Stunden. Amanat benutzte den Vorortzug und musste zweimal umsteigen, um anschließend noch eine Strecke mit dem Bus zu fahren. Die Fahrerei machte ihm nichts aus, aber es gefiel ihm nicht, sich mit Sagari am Hostel zu treffen. Ständig lungerten irgendwelche Männer auf dem umzäunten Gelände herum und warteten darauf, ins Haus eingelassen zu werden, oder vertrödelten, wenn die Besuchszeit vorbei war, noch ein paar Minuten auf dem Bürgersteig, bis das Tor geschlossen wurde. Es war absurd, aber Amanat kam sich dort vor, als wartete er im Bordell darauf, an die Reihe zu kommen. »Also, das ist ja wirklich reizend den Hausbewohnerinnen gegenüber«, sagte Sagari schnippisch, »aber ich glaube kaum, dass du dir unsere Preise hier leisten kannst.«

Wenn Amanat ankam, wartete oft schon der eine oder andere Mann auf Sagari, aber sie unterließ es geflissentlich, ihn vorzustellen. Sie behandelte Amanat wie Luft und tat so, als würde sie ihn nicht kennen, bis der andere Mann verschwunden war. Die ersten Male empfand Amanat das als verletzend. So richtig gewöhnte er sich nie daran, aber er erklärte es sich als eine von Sagaris Schrullen.

»Wer sind diese Leute, die dich immer im Hostel besuchen?«, fragte Amanat sie eines Tages endlich, während sie am Strand spazieren gingen.

Als Amanat an diesem Tag angekommen war, hatten zwei Männer draußen vor dem Hostel gestanden und sich mit ihr unterhalten. Sie trugen weiße Hemden, die über weiten weißen Satinhosen hingen, und ihre Füße steckten in blanken weißen Sandalen, die die Leute vom Film, insbesondere die Produzenten der alten Schule und deren Handlanger, für ein besonders schickes Statussymbol zu halten schienen. Der eine trug eine dunkle Brille, während der andere an einem ausländischen Auto lehnte und eine Zigarette rauchte, deren bemerkenswert lange Aschespitze er mühelos balancierte. Amanat betrat das Gelände und wartete vor dem Bungalow. Sagari ließ sich Zeit. Offenbar genoss sie die Unterhaltung, denn er konnte sie lachen hören. Es verging eine halbe Stunde, ehe sie sich verabschiedete. Einer der Männer rief, während er die Autotür zuknallte: »Lassen Sie sich das durch den Kopf gehen, Sagariji. Dr. Patwardhan will es, und wir wollen es. Jetzt brauchen wir nur noch ein Ja von Ihnen, und Presse und Fernsehen liegen uns zu Füßen.«

Amanat hatte sich inzwischen ein Dutzend Mal geschworen, Sagari nicht wiedersehen zu wollen. Nie wieder sollte sie ihn so warten lassen und dermaßen demütigen. Er war gerade dabei, sich in einen ordentlichen Wutausbruch hineinzusteigern, als sie »Gehen wir« sagte. Er setzte sich in Bewegung, sagte aber kein Wort. Das schien sie nicht weiter zu stören, sie hing ihren eigenen Gedanken nach und kostete wohl gerade noch einmal die Glanzlichter ihrer Konversation mit den zwei Glattaalen aus. Amanat konnte sich nicht länger beherrschen, war aber immerhin doch so klug, an seinem Lautstärkeregler zu drehen und seiner Frage einen harmlos konzilianten Ton zu verleihen. »Diese zwei Männer, die gerade weggefahren sind, scheinen ja enge Freunde von dir gewesen zu sein, so wie du mit ihnen geredet hast.« Falls Sagari Amanats beleidigenden Unterton heraushörte, ließ sie es sich nicht anmerken.

»Papa kann es nicht lassen, Filmproduzenten und Regisseure und sogar Werbeagenturen anzurufen, damit die mir Arbeit geben. Er spielt all diesen Leuten immer wieder dasselbe Band vor und erklärt denen, ich wäre Nargis, Madhubala und Ava Gardner in Personalunion. Seine Referenzpunkte sind ein bisschen veraltet. Die beiden ersten kennen die Leute vielleicht noch dunkel als Hindifilm-Schauspielerinnen, an die sich ihre Eltern noch aus eigener Anschauung erinnern, aber Ava Gardner ... wer soll das denn sein? Aber sie kommen, um abzuchecken, wie ich aussehe. Sie sind wahrscheinlich neugierig, was aus Kindheitserinnerungen wird, wenn sie – ich meine die Erinnerungen – älter und erwachsen werden.«
»Ich dachte, du und dein Vater, ihr redet nicht miteinander.«
»Tun wir auch nicht.«
»Wie kommt es dann, dass er dir dauernd die Leute auf den Hals schickt?«
»Er glaubt immer noch, dass ich irgendwann Vernunft annehme. Er kann es außerdem nicht erwarten, mich verheiratet zu sehen. Wenigstens die Hälfte dieser Männer kommen mit Heiratsanträgen für das ›Ach, werd endlich erwachsen‹-Mädchen.«
»Warum gibst du dich überhaupt mit den Typen ab?«
»Weil sie andernfalls zu meinem College kommen, und das wäre mir unangenehm.«
»Warum sagst du deinem Vater nicht, er soll damit aufhören?«
»Na, versuch das mal. Er kann meine Glanzzeiten einfach nicht vergessen.«
»Vielleicht sollte ich Abbajan bitten, mit Onkel Pat zu reden.«
»Papa hasst Onkel Zafar und deine ganze Familie.«
»Sie sehen sich in letzter Zeit vielleicht nicht mehr so häufig, aber Onkel Pat kann doch unmöglich vergessen haben, wie eng er und Abba früher befreundet waren.«
»Wie könnte er es vergessen haben? Als Khan Builders damals den Bach runterging, gingen drei Viertel von Papas Ersparnissen mit.«
»Aber ich dachte, du hast Bombenhonorare eingefahren. Die Illustrierten haben dich früher immer als ›Baby-Geldfabrik‹ bezeichnet.«
»Ich habe bestimmt ordentlich Geld eingebracht. Aber nichts im Vergleich mit dem, was die Stars heutzutage bekommen. Außerdem hatte Papa hohe Unkosten.«

»Ich wusste nicht, dass er etwas für Glücksspiel übrig hatte.«
Sagari lächelte. »Na, und ob. Er wettete auf seine Tochter.«
Dr. Patwardhan hatte immer bieder und normal, ja, fast ein wenig hausbacken gewirkt. Es war schwer, sich vorzustellen, dass ausgerechnet er sein inneres Gleichgewicht verloren haben sollte. Aber irgendwann waren ihm Glanz und Glamour der Filmwelt von Bombay zu Kopf gestiegen.
Er wollte nicht mehr allein als der Vater dieses frühreifen Mädchens angesehen werden, sondern als ein Mitglied des inneren Zirkels der Bollywood-Aristokratie. Er gab für Stars und deren Ehepartner, für Produzenten, Regisseure und Geldgeber Partys im Taj und Oberoi Hotel und im Willingdon Club. Der jeweilige angebliche Anlass war etwa Sagaris Geburtstag oder der »Best Child Star Award«, den sie mit schöner Regelmäßigkeit alljährlich einheimste. Er fing an, seine Praxis zu vernachlässigen. Er entwickelte sich zunehmend zum Sklaventreiber. Er verlangte von Sagari, dass sie immer mehr Rollen annahm, selbst wenn ihr Terminkalender schon randvoll war. Sie sollte ununterbrochen im Brennpunkt der öffentlichen Aufmerksamkeit stehen. Er war ständig den Klatschmagazinen hinterher, damit sie über sie berichteten – selbst wenn die Storys zu vier Fünfteln erfunden waren. Sie war noch keine zwölf, als man ihr nachsagte, sie sei in den einen oder anderen Filmstar verknallt oder habe heiße Teenager-Affären.
Die Herausgeber der schundigen Filmblättchen – und es gab keine anderen – erkannten, dass sich ihnen ein ganz neues Feld von Softcore-Kitzel und halb verhülltem Kindersex auftat. Sie fingen an, all die schmierigen und schlüpfrigen Dinge, die sie gern loswerden wollten, diesem »unmöglichen süßen Fratz«, dem »Kinder-Superstar«, der »Glamour-Göre« und dem »Superpüppchen« Sagari in den Mund zu legen.
Die etablierten Stars, die Schauspieler und Schauspielerinnen der zweiten und dritten Riege, die Starlets sowie die Superstars haben eines gemeinsam: die Fragilität ihres Images und ihres Marktwerts. Lasse ich nach? Fällt für mich der Vorhang? Sie wissen, dass selbst Superstars wie Rajesh Khanna oder Vivian Leigh über Nacht verschwinden können und dann nie, nie wieder aus ihrer Asche auferstehen. Vernünftigerweise vertrauen sie ihrem Glück nicht allzu

sehr und reagieren auf jedes noch so subtile – tatsächliche oder angebliche – Anzeichen ihres Niedergangs äußerst empfindlich. Natürlich glaubten sie nicht, Sagari habe auch nur ein Wort von dem gesagt, was ihr zugeschrieben wurde. Aber um ehrlich zu sein, hatte sie seit dem Tag, an dem sie zum ersten Mal in einem Film erschienen war, eine Bedrohung für sie dargestellt. Und sie würden erst dann wieder ruhig schlafen können, wenn sie zu einem schlaksigen, spillerigen Teenager mit Zahnspange geworden wäre. Sagari, erklärten die Filmmagazine, war eine geborene Schauspielerin, ja, eine Schaustehlerin; von ihr konnten die älteren Stars noch einiges lernen, und wenn sie nicht aufpassten, würde die »Werd endlich erwachsen«-Göre selbst erwachsen werden und jeden anderen in den Schatten stellen. Und als wäre das alles noch nicht schlimm genug, sagten sie: Passt bloß auf, diese kleine Lady wird nochmal eine umwerfende Schönheit!

Es dauerte nicht lange, und Stars, Möchtegernstars, Produzenten und Regisseure begannen einen immer größeren Bogen um Sagari zu machen. Ihr Vater begriff nicht, warum die Angebote auf einmal zurückgingen, aber er verlor nicht den Mut. Er gab noch luxuriösere Empfänge, organisierte noch mehr Partys und hofierte die Klatschkolumnisten und Journalisten eifriger als zuvor. Und er begann, Sagari dafür zu hassen, dass sie nicht mehr ihren Dienst tat.

Jahrelang bastelte und zimmerte er an Sagaris Comeback, auf dass Tochter und Vater wieder glücklichere Zeiten erleben würden. Er drängte sie, Regisseuren und Produzenten um den Bart zu streichen und dafür zu sorgen, dass sie ihr eine Rolle in ihrem nächsten Film gaben. An dem Tag, als sie achtzehn wurde, verließ sie ihren Vater. Sie hob das wenige Geld, das sie auf dem Konto hatte, ab und kehrte nie wieder nach Hause zurück.

Amanat wusste nicht, dass er noch an diesem Nachmittag heiraten würde. Sagari und er hatten am Vorabend vorgehabt, die Jazz Yatra im Rang Bhavan zu besuchen, und er hatte bis eine Stunde nach Konzertbeginn draußen auf sie gewartet, bevor er sich mit dem Gedanken abgefunden hatte, dass er versetzt worden war.

Am nächsten Morgen war er auf dem Weg zum Friseur, um sich den gewohnten Bürstenschnitt verpassen zu lassen, als er plötzlich Sagari gegenüberstand. Wenn er sie rechtzeitig gesehen hätte, hätte er sich in einen Hauseingang oder in den Perfumed Garden verdrücken können, aber dafür war es jetzt zu spät. Jetzt konnte sie ruhig angekrochen kommen und ihn um Verzeihung anbetteln – er würde eisern bleiben. Niemand lässt Amanat Khan ungestraft sitzen. Er würde natürlich kein Wort darüber fallen lassen, dass sie nicht aufgekreuzt war, noch nach dem Grund dieses Umstands fragen. Er würde ihr mit äußerster Nonchalance begegnen und sie eiskalt auflaufen lassen. Das alles wäre ihm vermutlich sogar gelungen, wenn Sagari nicht gelegentlich dazu tendierte, großen Unfug zu reden.

»Willst du mich heiraten?«, fragte Sagari.

Am Vorabend war Dr. Patwardhan, gerade als sie gehen wollte, mit einem jungen Diaspora-Inder aus den Staaten in ihrem Wohnheim aufgekreuzt. Der Gast war ein mehrfacher IT-Millionär und besaß den Charme und die Selbstsicherheit, die früher Erfolg verleiht.

»Es hat eine Weile gedauert«, hatte er während des Abendessens gesagt, »aber ich bin erwachsen geworden, so, wie Sie es in meiner Kindheit im Fernsehen von mir verlangten. Jetzt sind Sie dran: Prüfen Sie mich und sagen Sie ›Ja‹.« Er hatte gelacht. Es war ein freundliches Lachen gewesen, getragen von dem Bewusstsein, dass es schwer war, ihn nicht zu mögen. »Ihr Vater sagt, dass Sie gerne zum Film zurück möchten. Ich habe damit keine Probleme. Vielleicht könnte ich einige von Ihren neuen Filmen finanzieren.«

»Das klingt wie ein gutes Angebot«, sagte Amanat.

»Ist es auch, aber meine Antwort war ›Nein‹. Ich habe von solchen Angeboten und Heiratsanträgen die Nase voll.«

»Dann willst du mich also nur heiraten, damit dein Vater aufhört, dich zu nerven?«

»So etwas in der Art.«

»Das dürfte als Grund so gut wie jeder andere auch sein. Wann?«

»Sobald wie möglich.«

Sie ging ein Stück voraus und kam dann lächelnd zurück.

»Ich hab mir seit langer, langer Zeit keinen anderen vorstellen können. Vielleicht schon seit damals, als ich zu euch nach Suleiman Mansion kam und du beim Monopoly verloren hast und auf mich sauer geworden bist. Bist du jetzt zufrieden?«

»Ja«, sagte er und ließ sich die Haare schneiden.

Brendan, Lucens' Brandy spendender Lebensretter, war ein untersetzter, vierschrötiger Mann mit einem wiegenden Gang, einer über die Ohren gezogenen Wollmütze, die einen kurz geschorenen Kopf bedeckte, und einem Mund, um den ständig ein paar vergessene Krümel klebten. Zwei Dinge konnte Brendan auf den Tod nicht ausstehen: Kochen und Geschirrspülen. Beides vermied er, soweit es nur irgend ging. Er aß im Vorbeigehen, bediente sich von den Resten, die er in der Abteiküche vorfand, und stopfte sie sich so schnell wie möglich in den Mund, ehe jemand hereinkam und ihn in flagranti erwischte.

Zwischen Lucens und ihm bestand eine unausgesprochene enge Beziehung. Es wunderte Lucens, dass Brendan nicht Mönch geworden war. Er schien viele Regeln der Abtei weit strenger zu beachten als die Ordensbrüder selbst, und dies unter äußeren Umständen, die dafür weit weniger förderlich waren. Er war einundsechzig, gerade vier Jahre jünger als der Abt. Die letzten dreißig Jahre seines Lebens hatte er in der Abtei verbracht, und zwar, wenn man seinem Wort Glauben schenken konnte – und es bestand kein Grund, es anzuzweifeln –, in völliger Enthaltsamkeit. Er wohnte in St. Luke's, einem der Exerzitantenhäuser außerhalb der eigentlichen Klosteranlage, deren größtes St. Peter's war. Er stand jeden Morgen um viertel nach zwei auf und war bereits fünfzehn Minuten später zu den Vigilien in der Kirche. An den übrigen Stundengebeten nahm er eher unregelmäßig teil, aber das lag daran, dass er arbeitete und oft nach Sweet Waters runterfahren musste, um Besucher und besondere Gäste der Abtei abzuholen.

Er war Zimmermann. Nicht der beste, aber gewiss nicht schlecht.

»Ich hab's meinem Vater abgeschaut«, sagte er zu Lucens, »damals, in der alten Heimat.«

Er hatte sein Elternhaus und Irland verlassen, weil er sich ein schnelles Auto, am liebsten einen Rennwagen, kaufen wollte, aber siebzig gewesen wäre, ehe er dort genug gespart hätte, um sich eines leisten zu können. Er hatte seinen Traum noch immer nicht aufgegeben. In der neuen Heimat hatte er sein Kontingent an Freundinnen gehabt, aber die Mutter Gottes hatte ihm davon abgeraten, sich bei irgendeiner endgültig festzulegen.

Lucens schaffte es nie, seinen Akzent, seine Intonation oder seine Ausdrucksweise nachzuahmen, obwohl er jedes Mal, wenn Brendan von seinem Leben erzählte, wie gebannt zuhörte.

»Ich war in Ottawa, noch ein junger Spund, und überlegte mir, eine Firma zu gründen. Ich war ein bisschen unsicher, denn die beiden Male vorher, wo ich es versucht hatte, war ich in null Komma nichts baden gegangen. Ich kam an einer Kirche vorbei und dachte, ich könnte ja mal sehen, was der Herr so von der Sache hält. Meine Leute, Daddy und Mum, waren nicht besonders religiös gewesen, ich meine, sie gingen sonntags in die Kirche, aber das war's dann auch. Ich hab mich hingesetzt und eine halbe Stunde lang gebetet. Ich bin nach Haus und hab was gegessen, und dann kam der Herr und packte mich. Ein weißes Licht, ein göttliches Licht, legte sich auf mich, und ich war zweieinhalb Tage lang in Trance. Ich war in einem heiteren Zustand. Während der ganzen Zeit war die Seligkeit Jesu bei mir. Ich kam gar nicht auf die Idee, etwas zu essen oder auch nur ein Glas Wasser zu trinken. Ich wusste jetzt, was der Himmel war. Er war pure Ekstase. Der Herr hatte mir einen Vorgeschmack davon gewährt.«

»Und dann?«, fragte Lucens.

»Dann war's wieder weg, genauso schnell wie es gekommen war. Und das war nur gut so. Es brachte mich wieder auf den Boden der Tatsachen und machte mir klar, dass ich mich an die Arbeit machen musste. Willst du Gott, musst du für das Vergnügen bezahlen. Der Eintritt kostet ein Gebet, mehr nicht.«

»Und die Firma?«

»Gestorben. Der Herr sagte: ›Vergiss es‹.«

»Ist es jemals wieder passiert?«

»Ja. Drei Jahre später. Ich weiß noch das genaue Datum. Es war der 17. März 1956. Ich sah zur Uhr hoch, und da stand die Mutter Gottes direkt vor mir. Ich hab mich hingesetzt und bin sieben Tage lang nicht wieder aufgestanden. Ich hab in diesem Licht gebadet, ich schwamm darin. Es war sehr sanft und mild, dieses Licht, die

reine Barmherzigkeit. Und ich wusste, dass unser Herr wollte, dass Seine Mutter sich meiner annahm. Er selbst vertraute mich ihrer Obhut an. Sie würde von nun an auf mich aufpassen.«
»Ist es jemals wiedergekommen?«
»Nie wieder. Das war's. Aber von den zwei Malen sind mir eine Sucht und ein Durst zurückgeblieben, die mich nie wieder losgelassen haben. Und so bin ich dann zur Abtei gekommen – in der Hoffnung, meine Sucht zu stillen.«
Brendan war vom Licht Gottes angerührt worden – er nannte es eine Bekehrung –, und er war fest entschlossen, dafür zu sorgen, dass alle anderen ebenfalls daran teilhaben würden. Es lief immer nach dem gleichen Muster ab. Er sagte: »Guten Morgen. Wie geht es Ihnen heute?«, und dann zitierte er ein Kirchenlied oder irgendeinen anderen religiösen Text. Und gnade einem Gott, wenn Brendan in dem Moment gerade die Bibel oder die Lebensgeschichten der Heiligen aufgeschlagen hatte! Er las stockend und holprig, aber das störte ihn nicht, er las stur bis zum Ende des Kapitels oder des Buches vor, und wenn man darüber seinen Zug verpasste oder sich beinahe in die Hose machte, dann hatte man eben Pech gehabt.
Daten, Zahlen, Erinnerungen waren für ihn Vorzeichen. Alles hatte eine Bedeutung, und er konnte absolut alles in alles andere hineinlesen. Er hätte Hellseher werden sollen. Er nickte und sagte beispielsweise: »Setzen Sie sich mit den drei Theresas in Verbindung, sie arbeiten alle zusammen, wissen Sie. Reden Sie mit ihnen. Und sie werden Sie beschützen ...«
»Ich brauch nicht zum Telefon zu greifen, um mit Jesus zu reden«, erklärte er Lucens einmal. »Ich sag einfach: Hörst du zu, Herr? Ich hätte da was, wo ich deinen Rat bräuchte. Und wissen Sie was? Gott antwortet mir immer.«
Lucens fand es amüsant, dass er selbst Stunden, ja, mehr als ein Drittel des Tages, im Gebet verbrachte, es aber immer nur Brendan war, der mit Gott ins Gespräch kam.
Lucens musste zum Augenarzt, und Brendan fuhr ihn nach Sweet Waters.
»Was machen Sie, während ich im Wartezimmer sitze?«
»Ich vertreib mir schon irgendwie die Zeit«, sagte Brendan. »Ich hab noch ein paar Sachen zu erledigen.«

Lucens war etwas zu früh dran. Er hatte seit Jahren keine Illustrierte mehr gesehen und blätterte gerade »House and Garden« durch, so als hätte er sein Leben lang nichts anderes getan, als ihm bewusst wurde, dass es im Wartezimmer unangenehm heiß und stickig war.
»Stört es Sie, wenn ich das Fenster aufmache? Es ist ein schöner, warmer Tag.«
Die zwei anderen Patienten sagten, sie hätten nichts dagegen. Lucens musste eine Weile mit dem rostigen Riegel kämpfen, aber dann war es eine Erleichterung, die linde, frische Luft im Gesicht zu spüren. Er beugte sich hinaus und atmete tief ein. Brendan stand draußen auf dem Bürgersteig und zog gerade einen Stoß Zettel aus seiner Windjacke. Sie schienen schon einiges mitgemacht zu haben, ein paar von ihnen waren leicht angeschmutzt. Ein Auto fuhr auf den angrenzenden Parkplatz, und ein Paar stieg aus.
»Wie geht es Ihnen heute, Sir, und Ihnen, Ma'am?«
Der Mann hatte nicht erwartet, von dem untersetzten Fremden gegrüßt zu werden, und machte ein leicht verdutztes Gesicht. »So weit ganz gut, denke ich.«
»Ich habe Ihnen beiden etwas vom Herrn auszurichten. Tun Sie's nicht, ich flehe Sie an, töten Sie kein ungeborenes Baby!«
»Was denn für ein Baby?«, fragte der Mann aggressiv. »Wir gehen zum Zahnarzt!«
»Eine hervorragende Idee. Zähne können ganz schön weh tun. Hier ist etwas, das Sie vielleicht lesen möchten, während Sie im Wartezimmer sitzen.« Brendan leckte sich Daumen und Zeigefinger, pflückte ein einzelnes bedrucktes Blatt von seinem Stoß und hielt es der Ehefrau hin. Sie griff automatisch zu. Ein Blick auf den speichelfeuchten Rand, und sie ließ das Flugblatt fallen, als hätte man ihr gebrauchtes Toilettenpapier in die Hand gedrückt. Brendan hob das Blatt auf und legte es wieder zu den anderen. Er schaute sich um, um festzustellen, ob jemand diese wortlose Meinungsverschiedenheit mitbekommen hatte, und sah Lucens am Fenster stehen. Er bekam einen knallroten Kopf.
»Gottesarbeit. Man muss es nehmen, wie es kommt.«
Lucens warf einen Blick auf die Tafel auf dem Grünstreifen vor dem Gebäude. »The Healing Touch« stand darauf zu lesen; es war

ein Ärztezentrum, in dem, alle unter einem Dach, ein Kardiologe, ein Urologe, ein Zahnarzt, ein Radiologe, ein Gynäkologe, der Augenarzt und ein Spezialist für »Familienplanung« praktizierten.
Brendan saß auf der Treppe, als eine elegante Frau – bananengelber Hosenanzug, dicke Aktentasche – mit flottem Schritt auf die Tür des Gebäudes zuging.
»Einen schönen guten Tag, Ma'am, und Gott segne Sie.«
Sie nickte, ohne ihren Schritt zu verlangsamen.
»Entschuldigung, aber Sie wollen doch zum Frauenarzt, stimmt's?«
»Kümmern Sie sich gefälligst um Ihre eigenen Angelegenheiten, oder ich sage der Frau am Empfang, sie soll die Polizei rufen.«
Brendan schlich eilig davon. Lucens glaubte schon, er würde für heute Schluss machen, aber kaum war er um die Ecke verschwunden, kehrte er schon wieder zurück, um abermals sein Glück zu versuchen. Er hatte offenbar Zeit gehabt, seine Vorgehensweise zu überdenken. Man bemerkte sofort seine veränderte Strategie, als eine Frau mittleren Alters und ein halbwüchsiges Mädchen die Straße entlangkamen und zum Ärztezentrum abbogen. Brendan zog sich vor den zwei Damen die Wollmütze vom Kopf und lächelte.
»Schöner Tag, nicht wahr?«
Die Frau sah sich verwirrt um, als wollte sie überprüfen, ob die Fakten wirklich mit der Behauptung des Mannes übereinstimmten.
»Kennen wir Sie?«
»Nein, Ma'am, aber ich versichere Ihnen, Ihre Tochter wird ein wunderhübsches gesundes Baby bekommen, einen richtigen kleinen Engel. Ich habe einiges Lesematerial, das Sie …«
»Heather!« Die Mutter sah wie vor den Kopf geschlagen aus.
Heather brach in Tränen aus, schlug mit ihrer Handtasche auf Brendan ein und rannte davon. Als sie fast am Ende der Straße verschwunden war, konnte man sie noch schreien hören: »Ich hasse Sie, ich hasse Sie!«
Die Mutter funkelte Brendan an. »Sie Ungeheuer!«, sagte sie und lief ihrem Kind hinterher.

Manchmal, wenn er allein sein wollte und der Wind nicht zu heftig blies, kletterte Lucens auf das sanft abschüssige Dach des Refektoriums und streckte sich aus, nur den Himmel über sich. Dort entdeckte man, was Stille wirklich bedeutete. Jedes Wort, gesprochen oder unausgesprochen, selbst ein Gebet oder ein Halleluja wären eine Blasphemie gewesen. Dies war das Reich Gottes, des Vaters, der sich selbst genug war.

Während man das Bewusstsein seiner selbst verlor, vernahm man immer deutlicher das Fließen und Fluten des Sweet Waters, des mütterlichen Flusses tief unten im Tal. Man hörte das Tröpfeln einer Million unterirdischer Quellen, die ihn speisten. Man hörte das Krabbeln von Ameisen, die Berge von Nahrung in ihre Hügel trugen. Man hörte den Saft in den Wurzeln aufsteigen und Ähren treiben, man hörte das Knistern von Sonneneruptionen, das leise Gurgeln von Erdöl unter dem Erdboden und die Berge, die sich knackend zusammenzogen, wenn die Temperatur sank.

Von allen Gipfeln, die Terraferra umgaben, war Rearing Horse, das »sich aufbäumende Pferd«, der ehrfurchtgebietendste. Seine zerfurchte, wie von am Felsen haftenden, ineinander verflochtenen Luftwurzeln eines Banyanbaums überzogene Südwand fiel steil zur Klamm hinab, in die sich der Fluss immer tiefer hineinschnitt. Dies war eine heidnische Stätte, der Schlitz der Erdmutter, in dem die Fruchtbarkeitsriten der gesamten Schöpfung vollzogen wurden. Aber es war die jäh aufsteigende, mit ihren Felshufen bis an den Bauch des kristallschwarzen Himmels reichende Westflanke, der das Rearing Horse seinen Namen verdankte. Es war ein unglaublicher Balanceakt, wie dieser Berggipfel versuchte, das Firmament zu erklimmen. Es war jedoch nur eine Frage der Zeit, bis die Hinterhand den Halt verlieren und das Rearing Horse umkippen und kopfüber ins eintausend Meter tiefer liegende Tal stürzen würde.

An den Hängen des Falcon Dive funkelten die verspielten Bächlein, die sich später zum Sweet Waters vereinigen würden, wie ebenso viele Silberadern. Was aber rund neunzig Jahre zuvor den wilden Ansturm von Glücksjägern ausgelöst hatte, die einer wie der andere versuchten, sich auf dem Falcon Dive einen Claim abzustecken, waren die Vorkommen von Glimmer gewesen, der in der Sonne wie Gold glänzte. Der Falcon Dive war ein schroffer, tödlicher Berg mit sprödem Untergrund, der auf Dynamit nicht allzu freundlich reagierte, und binnen weniger Minuten waren siebenhundert Goldgräber von einem Erdrutsch verschüttet worden. Jetzt, zwei Stunden

vor Tagesanbruch, sah der Berg gütig aus, und die dünnen Glimmerplättchen glitzerten wie flatternde Streifen Alufolie an den Armen einer Vogelscheuche. Nur die drei Bitter Sisters hielten feindselig Abstand, ein scharf gezeichnetes Gruppenbild des Hasses, der erst mit dem Tod des Planeten enden würde.
Dann ging die Sonne plötzlich auf, eine hoch in den Himmel abgeschossene Leuchtkugel. Scherben und Splitter von Licht sprühten über die Berghänge wie eine Kettenreaktion von lautlos explodierenden Sprengsätzen. Der schwarze Kristall des Himmels zerbarst und verwandelte sich, als die Sonne Blut auf ihn zu gießen begann, in roten Velours. Ein einsamer Falke kreiste im Zenith und ließ sich auf dem Kopf des Rearing Horse nieder.

»Sie lieben die Italiener, hab ich Recht?«, fragte Lucens Jonathan-Christophe.
»Gar nicht mal. Es ist bloß so, dass die Abtei ein Buch über die Uffizien besitzt.«
Bruder Jonathan war der Hausmaler der Abtei. Seine Gemälde beziehungsweise seine Kopien von religiösen Werken alter Meister hingen im Kreuzgang, im größeren und im kleineren Seminarraum, im Refektorium, im Krankenrevier und im Eingangsbereich der Kirche, wo die Mönche Rosenkränze und Kreuze, Bibelkommentare und erbauliche Schriften aller Art verkauften. Selbst das Bildnis des Herrn über dem Altar war von ihm. Oft beauftragten ihn andere Klöster und Kathedralen, einen El Greco, Dürer oder wen auch immer für sie zu malen. Die Benediktinerregel betonte die Vorrangigkeit des geistlichen Lebens in Christo. Anderweitige Aktivitäten wurden – als Ablenkungen und Stolpersteine auf dem Weg zu Gott – mit Missfallen betrachtet. Aber auch, wenn der Abt es möglicherweise nicht gerne sah, dass Jonathan-Christophe mit seinen Werken an die Öffentlichkeit trat, so wollte er doch ebenso wenig seine gottgegebene Begabung behindern.
Anfangs blieb Lucens lediglich vor dem offenen Fenster des Schuppens stehen, den Jonathan in ein Atelier verwandelt hatte, und sah zu. Die beiden tauschten gelegentlich ein zaghaftes Lächeln, wechselten aber kaum ein Wort. Jonathan-Christophe hatte die Angewohnheit, an zwei oder drei Bildern gleichzeitig zu arbeiten, und es

war für Lucens jedes Mal eine Herausforderung vorherzusagen, welches Meisterwerk Bruder Jonathan gerade aus dem neben ihm aufgeschlagenen Kunstband zu kopieren beabsichtigte.
»Das ist etwas Neues. Blake haben Sie bislang noch nie gemalt.«
Bruder Jonathan sah ziemlich überrascht auf. Lucens konnte unmöglich das Buch sehen oder gar das Bild erkennen, das er gerade erst zu skizzieren begonnen hatte.
»Sie kennen Blake?«
»Das ist der ›Fluss des Lebens‹.«
»Ich wollte mir damit nur eine Atempause vom Correggio gönnen. Erkennen Sie auch die anderen Maler?«
»Ein paar davon.«
»Waren Sie auf der Kunstakademie?«
»Nein.« Lucens lachte. »Völlig unbegabt.«
»Woher kennen Sie dann all diese Maler? Haben Sie Kunstgeschichte studiert?«
»Nein, nichts dergleichen. Mein Vater war Kunstliebhaber, und wenn er Zeit dazu fand, malte und bildhauerte er. Wir hatten haufenweise Kunstbände zu Hause.«
Es verging einige Zeit, ehe Jonathan-Christophe ihn endlich in sein Atelier hereinbat.
Gelegentlich nannte Lucens eines seiner Lieblingsbilder, und Jonathan kopierte es. Er schlug Raffaels »Heilige Familie mit dem Lamm« vor, und einen knappen Monat später zeigte Jonathan ihm das fertige Gemälde.
»Da muss noch etwas dran gemacht werden, aber es ist schier unglaublich.« Lucens schüttelte den Kopf. »Haben Sie jemals versucht, etwas Eigenes zu malen? Etwas, das Sie im Innersten berührt?«
»Ja, habe ich.«
»Und?«
»Mir fiel nichts ein. Ich starrte bloß die Leinwand an. Oder wenn ich mich zwang, etwas zu malen, war das Resultat fad und bestenfalls mittelmäßig.«
»Das glaube ich Ihnen nicht.«
Jonathan-Christophe nahm Lucens mit auf den ehemaligen Heuboden und legte ihm eine Mappe mit ungefähr zwanzig Gemälden vor. Lucens sah sie sich aufmerksam an.

»Jetzt fragen Sie sich, wie jemand technisch ein solcher Könner sein und trotzdem so lebloses, langweiliges Zeug produzieren kann.«
Lucens errötete.
»Keine Sorge, Sie sind nicht so leicht zu durchschauen. Es ist nur so, dass ich meine Fähigkeiten besser einschätzen kann als Sie.«
Jonathan hatte den Nagel auf den Kopf getroffen. Es gab mehrere Portraits und Ganzkörperstudien einer gewissen Lucy in unterschiedlichen Posen und Haltungen, ein paar Himmel und Landschaften, abstrakte Gemälde und surrealistische Versuche, durchweg gekonnt, aber bar jeden Lebens und Gefühls und vor allem jenen unverwechselbaren persönlichen Stils, der alle guten – und erst recht alle wirklich großen – Künstler auszeichnet.
»Man entwickelt sich weiter«, sagte Lucens. »Man reift und entdeckt plötzlich sein Talent.«
»Mag sein. Wenn es passiert, werde ich es Sie wissen lassen.«
Lucens stand vor dem »Fluss des Lebens«. Es war ein eher schlichtes Bild: lediglich ein weißer Fluss, der nach hinten zu auf eine große gelbliche Sonne zuströmt. Engel umtanzen die goldene Scheibe, während davor ein nackter muskulöser junger Mann kopfüber ins Wasser springt. Lucens sah es lange aufmerksam an. Dann zückte er plötzlich einen Stift und kritzelte etwas in die linke untere Ecke des Bildes.
»Was machen Sie da?«, fragte Jonathan-Christophe erschrocken und ärgerlich. Er beugte sich hinunter, um festzustellen, was genau Lucens gemacht hatte. Unter dem rechten Fuß der weiß gekleideten Frau zur Linken war jetzt William Blakes Signatur zu sehen: WB, mit dem halbkreisförmigen Schnörkel darüber. So belanglos diese zwei Buchstaben auch waren, sie schienen das Bild erst zu vollenden.
»Allmächtiger Herrgott«, rief Bruder Jonathan und umarmte Lucens, »jetzt ist es wirklich das Original!«

Wie die meisten Postulanten und Novizen hatte sich Lucens in der Anfangszeit geradezu in das Schweigen gestürzt. Wie oft hatte er draußen in der Welt nicht schon gehört, Schweigen und Stille seien der einzige Weg zur Selbsterkenntnis! Und erst, wenn man sich selbst kennt, kann man Gott erkennen. Er hatte aus eigenem

Schaden gelernt, wie irrig diese Annahme war. Schweigen war eine höchst instabile Größe. Es gab Zeiten, da es ihn nervös und reizbar machte, und es gab Tage, da es ihn mit Zweifeln und Selbsthass erfüllte. Aber auch diese Gemütsverfassung war nicht von Bestand. Lucens wurde nachdenklich und war in sich gekehrt. Dann empfand er wochenlang überhaupt nichts. Er tat, was von einem Mönch verlangt wurde, aber mechanisch wie ein Automat, während er in seinem Herzen wusste, dass er so leblos wie ein Stein war. Auch das ging vorüber, und er war wie umgewandelt. Er fühlte sich leicht und schwerelos, und er schritt selig neben Gott einher. Mit der Zeit verflog dieses intensive Glücksempfinden, und eine große Stille ergriff allmählich von ihm Besitz. Alles verlangsamte sich. Die wichtigsten Aufgaben verloren ihre Dringlichkeit, und selbst existentielle Krisen schienen keinerlei Bedeutung mehr zu besitzen. Vielleicht las er zu viel in das Schweigen hinein. Spielte das Schweigen ihm einen Streich? Oder projizierte er seinen Gemüts- und Geisteszustand auf die Stille?

Er würde seine Zeit brauchen, um zu der Einsicht zu gelangen, wie wenig er dieses Element begriff, das in Terraferra allgegenwärtiger war als die Luft, die er atmete. Es hatte keinen Sinn, der Stille nachzujagen, ebenso wenig konnte man sie von sich weisen. Man ließ sie zu, und irgendwann würde sie einem zur zweiten Natur werden.

Die älteren Mönche befleißigten sich eines natürlichen Schweigens, das sie noch zwangloser kleidete als Kutte und Skapulier. Solange es nichts gab, worüber man reden musste, schwieg man. In größeren Abständen verbrachten Jonathan und Lucens Stunden gemeinsam im Atelier. Sie wechselten ab und zu ein paar Worte, aber meistens sagten sie nichts. Lucens gelangte allmählich zu der Überzeugung, dass Jonathan und er einmal sogar ein Stadium erreichen könnten, an dem sie völlig ohne Sprache auskommen würden. Er konnte sich durchaus vorstellen, dass sie sich eines Tages wortlos miteinander unterhalten würden.

»Vielleicht sollten Sie sich auf Vermeer konzentrieren«, sagte Lucens eines Abends zu Jonathan.

»Warum Vermeer?«

»Er ist ein wunderbarer Maler. In vielerlei Hinsicht anders als die anderen.«

»Sie wollen auf etwas Bestimmtes hinaus. Ich sehe doch, dass Ihnen ständig etwas durch den Kopf geht.«
»Ich sage lediglich, dass er, soweit wir wissen, ein äußerst bescheidenes Werk hinterlassen hat und auf dem Kunstmark plötzlich hoch gehandelt wird.«
»Er kann unmöglich mit so wenigen Bildern so gut geworden sein.«
»Er ist ein faszinierender Mann. Die meisten Maler verwenden häufig dasselbe Modell, und er mit Sicherheit auch. Der Mann verrät eine wirklich erstaunliche Sparsamkeit der Mittel. Er verwendet auch immer wieder dieselben Kostüme und Requisiten. Die Jacken, die die Frauen tragen, der Teppich, der Wasserkrug – alles wird wiederverwendet.«
»Und?«
»Nichts. Trotz all dieser selbst auferlegten Beschränkungen ist er auf dem Kunstmarkt ungeheuer gefragt.«
»Manchmal glaube ich, Lucens, Sie haben Ihre eigentliche Berufung verfehlt.«

Mein lieber Zia,
ich weiß nicht, was schlimmer ist, Dein Wüten oder Deine Demut; Deine unerschütterlichen Überzeugungen oder Dein krampfhaftes Ringen um den Glauben; Dein Fanatismus oder Deine unstillbare Reue. Seit anderthalb Jahren bombardierst Du mich mit brieflichen Bitten um Verzeihung. Du hast mich bedrängt, belästigt, tyrannisiert und angefleht, mir Deine Beichte anzuhören und Dir Absolution zu erteilen. Du kommst mir vor wie der alte Seemann aus Coleridges Ballade. Und ich bin der bedauernswerte Hochzeitsgast. Dein Lied ändert sich nie. Mea culpa, mea culpa, mea maxima culpa, schreist Du und schlägst Dir an die Brust. Aber ich habe den Verdacht, dass auch meine Vergebung Dir keinen Seelenfrieden schenken könnte.
Vergebe ich Dir? Habe ich Dir vergeben? Es wäre vielleicht etwas vorschnell, wenn ich einfach ja sagte.

Im Krankenhaus, als der Schmerz nachgelassen hatte, aber das Erstaunen und der Schock noch andauerten, war ich so versessen auf Rache, dass ich dafür alles gegeben hätte – paradoxerweise selbst mein Leben. Aber ich hatte keine Ahnung, wie meine Rache aussehen würde. Ich hasste Dich – und wie ich Dich gehasst habe! Aber körperliche Gewalt ist mir von jeher ein Gräuel gewesen. Zumindest theoretisch. Unsere edelsten Ideale haben weiß Gott oft nur wenig oder gar nichts mit dem zu tun, wie wir im wirklichen Leben handeln.

Wollte ich Gleiches mit Gleichem vergelten – Dir ein Messer in den Leib jagen, so wie Du es mit mir getan hattest? Ich weiß es nicht mehr. Und damals wusste ich es ebenso wenig. Ich war verletzt, und ich wollte Dich verletzen.

Vielleicht heilt die Zeit seelische Wunden genauso wie körperliche. So sehr ich mich auch bemühe, gelingt es mir nicht, weiter auf Dich wütend zu sein. Kann sein, dass ich selbst jetzt noch auf die andere Straßenseite gehen würde, wenn ich Dich kommen sehen würde, aber das täte ich ebenso sehr aus schlichter Befangenheit wie aufgrund irgendwelcher unerfreulicher Erinnerungen. Du bist mein kleiner Bruder. Ich war gerade mal viereinhalb, als ich Dich zum ersten Mal im Arm gehalten habe. (Was haben Kinder doch für ein Selbstvertrauen! Heutzutage würde ich mich nicht trauen, ein Neugeborenes hochzuheben!) Aber auch Du schienst Dich mit mir wohl zu fühlen. Diese Erinnerung wirkt offenbar noch immer bei mir nach. Kommen wir von der Binsenweisheit »Blut ist dicker als Wasser« wirklich nicht los? Vergebung für mich und die Meinen, unbarmherzige Gerechtigkeit für die anderen?

Als Du den Kontakt mit mir wieder aufnahmst, war ich keineswegs unglücklich zu sehen, wie Dich Deine Schuldgefühle zerfraßen. Aber irgendwann musste ich mich wohl oder übel fragen: Wer von uns hat eigentlich wen verraten? Ich könnte zu meiner Verteidigung vorbringen, dass der Dolchstoß, den ich Dir verpasst habe, ethisch und moralisch gerechtfertigt war. Ich war damals davon überzeugt, keine Frage, und bin es noch heute. Aber das Gleiche galt ja auch für Dich. Was Du getan hast und tun wolltest, geschah nach Deinem besten Wissen und Gewissen im Auftrag einer höheren Instanz, ja, der höchsten überhaupt. Wer dürfte in solchen Dingen entscheiden, wo Recht und wo Unrecht liegt? Ja, mehr noch – lässt sich das denn entscheiden? Könnte ich rückblickend bestreiten, dass mein Besuch in Cambridge katastrophale Folgen für Dich hatte? Wäre ich nicht dazwischengeraten, hättest Du Rushdie erwischt und wärst der größte islamische Held des 20. Jahrhunderts geworden. Das heißt, wenn Du hättest entkommen können. Wärst Du jedoch gefasst worden, so hättest Du unsterblichen Ruhm als Allahs Lieblingsmärtyrer erlangt und wärst zum Vorbild aller muslimischen Extremisten geworden. Du wärst zumindest ebenso berühmt wie Rushdie selbst geworden. Stattdessen hast Du Deinen Gott, Deine Verlobte und, wie ich vermute, den Verstand verloren.

Paradoxerweise bin auch ich mit meiner Tat gescheitert. Rushdie schuldet mir etwas, schuldet mir eine gewaltige Menge. Aber der Mann schwelgt in seliger Unwissenheit dieses Umstandes und wird dereinst ins Grab sinken, ohne zu ahnen, dass er mir sein Leben verdankt. Und was hat mir das eingebracht? Zwei Narben am Bauch und bleibende Probleme des Verdauungstraktes.

Die Tugend, hört man immer wieder, trägt ihren Lohn in sich. Da ist mit Sicherheit etwas dran, aber ich würde diesen Lohn beim nächsten Mal liebend gerne jemandem anderen überlassen.

Jetzt, wo das alles längst Vergangenheit ist und mit jedem Tag unwirklicher zu werden scheint, kann ich es mir leisten, auf den einen oder anderen tragikomischen Moment jenes letzten Tages des Cambridge-Seminars einzugehen. An dem Morgen wachte ich auf und war in Panik. Was sollte ich tun? Wie sollte ich Deine Ledertasche an mich bringen, vor all den Leuten im Seminarraum die Pistole herausholen, und wie und wo sollte ich sie loswerden? Ich hätte ein Loch graben und sie verbuddeln können. Oder auf die Terrasse gehen (ich wusste nicht einmal mit Sicherheit, ob es überhaupt eine gab) und sie so weit wie möglich wegwerfen. Bloß, dass bei meinen bescheidenen sportlichen Fähigkeiten »so weit wie möglich« bestenfalls ein Dutzend Meter weit bedeutet hätte. Nein, ich musste einsehen, dass die Pistole zu beseitigen keine besonders gute Idee zu sein schien. Hinzu kam noch ein weiteres kleines Problem: Du hast Deine Tasche keine Sekunde aus den Augen gelassen. Und wenn Du mal aufs Klo musstest, hast Du Dich jedes Mal vergewissert, dass Vivian auf das Ding aufpasste.

Alles wurde noch schlimmer, unendlich schlimmer, als ich in den Seminarraum kam. Da musste ich mir eingestehen, dass ich jederzeit bereit bin, einen edlen moralischen Standpunkt einzunehmen, solange ich nicht gezwungen bin, entsprechend diesem Standpunkt zu handeln. Vivian sagte, Du seist nach Peterborough gefahren, um die letzten Formalitäten für die Hochzeit zu erledigen. Wie sehr habe ich mir damals gewünscht, Du wärest da gewesen! Warum hattest Du nicht mich gebeten, mich um die Sache zu kümmern? Wie gerne wäre ich gefahren und hätte mit dem Qazi gesprochen und sonst alles erledigt, was es zu tun gab! Warum warst Du nicht brav dageblieben? Jetzt hatte ich keine Ausrede – ich musste mich dieser verdammten Knarre annehmen.

Normalerweise hatte sich Vivian während des Seminars nicht häufiger als einmal am Tag »die Nase pudern gehen« müssen, oder wie immer man derlei delikate Angelegenheiten heutzutage umschreiben mag. An dem Tag war ich vom Pech verfolgt: Allein während der Vormittagssitzung verschwand sie zweimal. Beim ersten Mal rührte ich mich nicht von der Stelle und beschwichtigte mein schlechtes Gewissen mit Weisheiten wie »Blinder Eifer schadet nur«, »Eile mit Weile«, usw. Sie konnte ja jeden Augenblick zurückkommen und hätte mich in flagranti ertappt.

Beim nächsten Mal wusste ich: jetzt oder nie. Rose Tremaine schlug ihr Buch »Restoration« auf, rückte sich die Brille auf der Nase zurecht und fing an zu lesen. Vivian lächelte und schob die Aktentasche mit dem Fuß zu mir herüber, damit ich sie im Auge behielt. Sobald sie den Raum verlassen hatte, nahm ich die Tasche auf den Schoß und öffnete sie. Da lag das Ding friedlich unter »Das Herz aller Dinge« und »Don Quixote«.

Jetzt war alles aus. Wie zum Teufel sollte ich diese Knarre entladen? Ich hatte im wirklichen Leben noch nie eine Schusswaffe gesehen, geschweige denn eine in der Hand gehabt. Hol sie raus, hol sie raus, hol sie raus!, schrie ich mir selbst zu, brachte es aber einfach nicht fertig, sie anzufassen.

Was weißt Du schon von Feigheit, Zia, und was das für eine wunderbare Einrichtung ist! Und ist es nicht absurd, dass ich sie Deinetwegen überwinden musste? Ich krampfte die Finger um die Pistole und ließ sie im nächsten Augenblick wieder fallen. Zum Glück in die Tasche. Ich hatte mir die Hand verbrannt. Kein Scherz. Kein kochendes Wasser, kein flüssiges Metall hätte mich so versengen können. Die eisige Waffe schmiegte sich wie angegossen in meinen Handteller. Für immer und ewig wird diese Pistole in meinen Muskeln, meinen Knochen und meiner Haut eingeprägt bleiben. Es ist mir unbegreiflich, dass die Metalldetektoren bei der Sicherheitskontrolle im Flughafen nicht schon wie verrückt lospiepen, wenn ich mich ihnen auch nur auf hundert Meter nähere.

Aber meine Probleme fingen damit erst an. Da es nicht in Frage kam, die Waffe zu stehlen, musste ich lediglich die Patronen herausnehmen. »Lediglich« ... Klar, mehr war nicht nötig, ein Kinderspiel. Ich hatte keine Ahnung, ob ich es mit einem Revolver oder einer automatischen Pistole zu tun hatte. Und ich hatte nicht die leiseste Ahnung, wo die Patronen untergebracht waren und wie ich sie herausbekommen sollte. Ich stützte die Klappe der Ledertasche hoch und hantierte darunter mit der Pistole herum, wobei ich hoffte, dass niemand merken würde, was ich da trieb, aber alle naselang stürzte der improvisierte Sichtschutz ab, und mein Gefummel und Getaste unter der Lederklappe nahm verzweifelte Züge an.

So sehr ich mich auch abmühte, ich schaffte es nicht, die Pistole zu öffnen. Ich war am Rande der Verzweiflung, und meine rechte Hand veranstaltete die merkwürdigsten Dinge. Sie hatte angefangen, ganz selbsttätig zu zucken. Die Pistole ging los. Draußen fuhren die Tauben zusammen und flogen auf. Die Kugel war mir glatt durch das Herz gefahren. Derweil las Rose Tremaine stockend weiter und spielte dabei unentwegt mit einer Haarsträhne über ihrem linken Ohr. Ob Sie wohl eine Minute Zeit für mich hätten? Ich hab hier eine Pistole, die ich unbedingt entladen müsste. Würden Sie bitte ... Irgendwie muss ich dann den richtigen Hebel betätigt haben, denn das Magazin wurde ausgeworfen. Und vor diesem Ding hatte ich eine solche Angst gehabt? Es sah ganz und gar nicht gefährlich aus. Eher wie eine Art kleiner Maiskolben oder so. Ich breitete mein Taschentuch aus, pflückte die Geschosse heraus und drückte das leere Magazin wieder in den Griff. Die Pistole war ein stabiles Gerät und verriet nichts von den Misshandlungen, die sie durch mich erlitten hatte. Ich schloss die Tasche wieder und ließ sie auf den Boden gleiten.

Als Vivian zurückkam, entschuldigte ich mich und ging meinerseits auf die Toilette. Meine Hand zitterte noch immer, als würde ich unter Delirium Tremens leiden. Ich holte das Tuch aus der Tasche und öffnete es über der Kloschüssel. Die Patronen klimperten hinunter. Unter Wasser sahen sie anders aus ... wie die Lebertrankapseln, die wir als Kinder immer schlucken mussten. Wenn ich jetzt die Spülung betätigte, würden die Patronen bestimmt liegen bleiben, wie in einem schlechten Thriller. Und ich würde immer weiterspülen, bis die Polizei anrückte. Warum war ich nicht auf die Idee gekommen, die Dinger zu verschlucken? Hätte nicht allzu schwierig sein dürfen. Schließlich war ich gewöhnt, mir mehrmals am Tag fünf bis sieben Tabletten und Kapseln einzuverleiben. Ich zog an der Kette. Und die Patronen waren weg.

Aber zurück zum Thema – Du hast aus den drei Jahren nach Deinem Verschwinden von zu Hause einen echten Krimi gemacht. Sie waren einfach weg, und selbst als Du Dich wieder gemeldet hast, hast Du es vorgezogen, diese Zeit in Deinen Briefen schweigend zu übergehen. Auf eine seltsame, Dir mit Sicherheit unwillkommene Weise bist Du ganz der Sohn Deiner Mutter. Du hast Dich ohne jede Vorwarnung von Suleiman Mansion abgesetzt. Danach waren allerlei Geschichten und Gerüchte im Umlauf. Du hattest Dich einem Leben der Ausschweifung ergeben. Du warst fest entschlossen, Dich zugrunde zu richten. Du hattest dich einer linksextremistischen Organisation angeschlossen, die in Nepal Terroranschläge und Gewaltakte verübte. Du hattest dich mit AIDS angesteckt. Du warst nach Afghanistan gegangen, warst Terrorist geworden und führtest immer wieder Aktionen in Kaschmir durch. Jemand hatte Dich in Chennai sturzbetrunken in der Gosse liegen sehen.

Was sollte man von all dem halten? Abba war krank vor Sorge, bemühte sich aber, seine stoische Miene zu wahren. Ich hatte mich schon lange von Dir losgesagt, und doch gab es Momente, wo ich mich danach verzehrte zu wissen, wo Du sein mochtest und wie es Dir ging. Zubeida-Khala war die Einzige, die wusste – weiß der Himmel, woher –, dass Du es trotzdem irgendwie schaffen würdest. Sie hatte tatsächlich Recht. Du hast es geschafft, obwohl es ein anderer Gott war, der Dich behütet hat. Ich frage mich aber, wie sie sich damit fühlt.

Wenn Du durchdrehst, Zia, werde ich einfach nicht mehr schlau aus Dir. Ich versuche dann, die genetischen oder sonstigen Ursachen Deiner Spinnerei zu ermitteln, aber ohne Erfolg. Eines weiß ich allerdings: Was immer Du an guten Eigenschaften besitzt – Deine Energie, Deinen Perfektionismus, aber vor allem Dein Bedürfnis, Dinge wieder gutzumachen, Vergebung zu suchen, wie verspätet auch immer –, sind Abbajans und Ammis Geschenk an Dich.

Alles Liebe, Amanat

PS: Abbajan muss Dir geschrieben haben, dass Tante Antonia ihn mit Briefen bombardiert und ihn anfleht, Dich zu überreden, Deinen Doktor fertig zu machen.

»Was ist, mein Sohn?«, fragte der Abt besorgt. »Stehen Sie auf, Lucens! Was ist mit Ihnen?«

»Schicken Sie mich nicht weg, Ehrwürdiger Vater, bitte schicken Sie mich nicht weg! Das hier ist mein einziges Zuhause!«

»Warum sollte ich Sie wegschicken? Stehen Sie auf, mein Sohn.«

»Wie soll der Herr mir jemals vergeben?«

»Zerbrechen Sie sich darüber nicht den Kopf, Lucens. Sie wissen doch, dass unser Herr Jesus einzig zur Vergebung unserer Sünden auf die Erde gekommen ist. Wenn Sie wahrhaft bereuen, wird er Ihnen alles vergeben.«

»Das wird er nicht!« Jetzt war seine zusammenhanglose Wortflut nicht mehr zu bremsen. »Ich kann mich nicht einmal erinnern, wie viele unschuldige Menschen ich in Kaschmir getötet habe, Vater! Menschen, die ich vorher noch nie gesehen hatte und die mir nicht das Geringste getan hatten!«

»Das Gleiche haben die meisten von uns getan, die in den sechziger und siebziger Jahren in Vietnam waren.«

»Aber ich habe nicht nur getötet. Ich habe meine Opfer gefoltert!«

»Ich weiß. Aber Sie müssen das alles ein für alle Mal hinter sich lassen.«

»Sie verstehen nicht, Vater. Wissen Sie, warum ich getötet habe? Nur Jesus zum Trotz, der mich fortwährend mit seiner Gnade verfolgte! Je mehr Er mich anflehte, von meinem Irrsinn abzulassen, desto bestialischer habe ich gewütet!«

»Aber zu guter Letzt hat Er doch gesiegt. Das ist das Einzige, was zählt. Wie oft kommt es schon vor, dass Er einen Sünder so unermüdlich verfolgt? So gut wie nie, möchte ich annehmen. Mich oder den Novizenmeister hat Er mit Sicherheit nicht gejagt, Sie müssen unserem Herrn ganz besonders am Herzen liegen.«

»Aber das ist noch nicht alles. Ich hätte fast meinen Bruder getötet, weil er mich abgehalten hat, meinen ersten Mord zu begehen!«

»Nicht, Lucens, denken Sie nicht mehr daran!«

»Aber da ist noch etwas, das Sie nicht wissen. Ich habe die Frau, die ich heiraten sollte, am Abend vor der Hochzeit verlassen. Sie war eine gute Frau, wenn auch psychisch etwas labil. Dass ich sie verlassen habe, hat eine Krise bei ihr ausgelöst. Sie ist seitdem mehrmals in einer psychiatrischen Anstalt gewesen.«

Lucens' Körper wurde von heftigen Schluchzern erschüttert. Sein Kopf war auf die Schuhe des Abtes gesunken, die nach Mist rochen, und seine Hände umklammerten die Knöchel des Ehrwürdigen Vaters. Der Abt beugte sich hinunter, zog Lucens bei den Schultern hoch und umarmte ihn. »Ach, mein Sohn, mein Sohn.«

Seine Hände fühlten sich feucht und klebrig an. Er sah sie verständnislos an. Sie waren mit Blut beschmiert. »Warum martern Sie Ihren Körper nur so, Lucens?«

Der Abt ging zu seinem Stuhl, setzte sich und schloss die Augen.

»Sie hatten mir Ihr Wort gegeben – nicht nur einmal, sondern mehrere Male –, dass Sie sich nicht mehr geißeln würden. Und jedes Mal haben Sie Ihr Wort gebrochen.«

»Ich werde Ihnen von nun an gehorchen, Vater.«

»Wenn Sie auch diesmal Ihr Wort nicht halten«, sagte der Abt mit müder Stimme, »wird mir kaum etwas anderes übrig bleiben, als mir ernsthaft zu überlegen, ob Sie des Klosterlebens würdig sind. Ich hätte schon viel früher mit Ihnen darüber reden sollen, aber besser jetzt als nie.

Warum, Lucens, warum lassen Sie nicht die Finsternis in Ihrem Herzen los? Warum dieses Bedürfnis nach Schmerz? Es hat doch einen Grund! Ihr Selbsthass ist so stark, dass keine Buße, keine Strafe Ihnen jemals genügt. Sie geißeln sich entgegen meinen ausdrücklichen Befehlen. Ich glaube, Sie haben mittlerweile sogar eine kleine Schar von Anhängern.

Sie sind normalerweise der gehorsamste Mönch, den man sich vorstellen kann, und dann bricht Ihr Bedürfnis nach Sühne plötzlich wieder durch, und Sie widersetzen sich meinen Wünschen und, weit schlimmer, dem Willen Jesu. Merken Sie nicht, wie schwer Sie sich an all dem versündigen, wofür unser Herr gelitten hat? Sie bilden sich ein, dass Sie, wenn Sie sich zerfleischen, Ihre Vergangenheit wieder gutmachen und Jesus beschwichtigen können. Aber da liegt ein Missverständnis vor. Erinnern Sie sich an die Worte des Apostels Paulus? ›Denn bekennest du mit deinem Munde Jesum für den Herrn, und glaubst du in deinem Herzen, dass Gott ihn von den Toten auferweckt hat, so wirst du selig werden.‹ Jesus ist kein rachsüchtiger Gott, kein Gott der Vergeltung. Er ist der Gott der Liebe. Obwohl Gehorsam unser oberstes Gebot ist, habe ich in der kühnen – und, wie ich immer wieder feststellen musste, vergeblichen – Hoffnung, Sie würden Ihrem Starrsinn entwachsen und zu guter Letzt zu einem guten Mönch werden, Ihren Ungehorsam geduldet. Gott hat Ihnen in seltener Weise seine Güte erwiesen. Sie sind ein warmherziger und großzügiger Mensch und hochbegabt. Es stand mir nicht an zu fragen, warum Sie Ihre vielversprechende akademische Laufbahn aufgegeben haben. Es lässt sich nicht rational erklären, wer vom Herrn berufen wird. Was mich an Ihnen ansprach, war die bescheidene Selbstverständlichkeit, mit der Sie Ihre Gelehrsamkeit trugen. Aber ich habe mich in Ihnen getäuscht. Sie haben etwas Verstocktes in sich. Sie sind fest entschlossen, Ihre außergewöhnliche Intelligenz zu verleugnen.

Sie wären am liebsten ein einfacher Mensch wie Ihre idealisierte Version Brendans, Berts und Ricks oder einiger Brüder in unserem Kloster. Warum glauben Sie, Brendans Naivität sei eine Gabe Gottes, Ihre mathematische Begabung aber nicht? Warum akzeptieren Sie nicht, was Sie sind, anstatt ständig danach zu streben, jemand anderer zu sein?

Sie wollen sich nicht selbst vergeben. Und Sie gestatten Gott nicht, Ihnen zu vergeben. Ich möchte Sie warnen, Lucens, maßen Sie sich

nicht an, Gott zu spielen. Wenn Sie sich selbst gegenüber so unduldsam sein können, dann wage ich mir nicht vorzustellen, wie intolerant Sie sich anderen gegenüber erweisen könnten. Die Grenze zwischen Ihrem Selbsthass und Ihrer Selbstgerechtigkeit ist fließend. Das kann eine sehr gefährliche Kombination ergeben.
Ihre Anwesenheit stellt eine Bereicherung für die Abtei dar. Aber wir brauchen Sie ganz – oder gar nicht. Die Entscheidung liegt bei Ihnen.«

Das Problem war, dass der Ehrwürdige Vater nicht die leiseste Ahnung von den schrecklichen Barbareien hatte, die Lucens in seiner vorherigen Existenz verübt hatte. Er nahm an, Lucens habe vielleicht ein paar feindliche Soldaten im Kampf getötet, so wie er selbst und einige seiner amerikanischen Mitbrüder es in Vietnam getan hatten. Doch Zia war Terrorist gewesen. Daran war nicht zu deuteln und nicht zu rütteln. Natürlich hatte er ein paar Soldaten getötet. Aber sein Geschäft – beziehungsweise seine Pflicht und seine Berufung, wie er damals geglaubt hatte – hatte darin bestanden, so viele Menschen wie möglich so rasch und so effektiv wie möglich zu töten und zu terrorisieren.
Seine Probleme hatten, wie er glaubte, an dem Nachmittag angefangen, als Rushdie erschienen war und die Pistole versagt hatte. Tatsächlich aber war sein Leben schon lange vorher aus dem Gleis geraten. Es war an dem Tag geschehen, als Tante Antonia ihm von der seltsamen Krankheit erzählt hatte, an der er kurz nach seiner Geburt um ein Haar gestorben wäre, und von dem unerklärlichen Drang, den sie damals verspürt hatte, eine Kirche aufzusuchen und ihn taufen zu lassen. Er hatte sich geweigert, darüber nachzudenken; ja, er verdrängte sogar die Tatsache, dass seine Tante an dem Tag überhaupt mit ihm gesprochen hatte. Aber seit jenem schicksalhaften Tag hatte seine Seele im Krieg mit sich selbst gelegen. Seit frühester Kindheit, so weit er zurückdenken konnte, war er Muslim gewesen; jetzt sah es so aus, als wäre er seit einer noch früheren, ihm überhaupt nicht erinnerlichen Zeit Katholik gewesen. Anders als sein Bruder hatte er nie zu Zweifeln geneigt. Er war von jeher entschlossen und zielstrebig gewesen. Dann hatte er über Nacht seine unerschütterliche Selbstgewissheit verloren und steck-

te jetzt in den Klauen eines unlösbaren Dilemmas. Wer war er? Und wer war sein Gott? Eines wusste er: Was auch kommen mochte, er würde Allah niemals verraten. Und dennoch gab es Momente, da er sich fragte, ob er nicht vielmehr den christlichen Gott verriet.

Nachdem er Suleiman Mansion verlassen hatte, begab er sich auf Umwegen nach Afghanistan. Er hatte sich viel zu sehr gehen lassen. Sechs Monate waren vergangen, und er hatte nichts anderes getan, als in Schmerz zu versinken und sich selbst zu bemitleiden. Er war es Allah schuldig, den üblen Patzer, den er sich beim Attentat auf den Fürsten der Finsternis geleistet hatte, wieder gutzumachen. Die gesamte muslimische Welt befand sich im Belagerungszustand. Er würde ein Mudschahed werden, Gottes kleiner Guerillakämpfer im Heiligen Krieg gegen die Ungläubigen.

Die Koranschule unterzog ihn einer intensiven Periode der Unterweisung und bildete ihn gemeinsam mit Freiwilligen aus anderen Ländern drei Monate lang aus. Wie bei vielen anderen Berufen lernte Zia aber das meiste durch die Praxis. Die kritischste und tödlichste Verwerfungslinie zwischen dem Westen und der muslimischen Welt verlief zwischen Israel und Palästina. Dort würde sich das Schicksal des Islam entscheiden. Dort wollte Zia hingehen und den Heiligen Krieg ausfechten. Aber man schickte ihn nach Kaschmir. Er war ein Soldat und musste den Befehlen gehorchen. Sämtliche Zweifel, die er bezüglich seines Auftrags haben mochte, verschwanden bereits in den ersten Wochen. Indien behauptete, Kaschmir sei ein integraler Bestandteil der Republik. Und dennoch war es eines der am brutalsten besetzten Gebiete der ganzen Welt. Die Einwohner Kaschmirs fühlten sich unentwegt vergewaltigt. Hunderttausende indischer Soldaten und Angehöriger paramilitärischer Organisationen waren in diesem einen Bundesstaat stationiert, und die militärische Präsenz wirkte sich in sämtlichen Bereichen des Lebens aus. Jede Privatperson und jedes Haus konnte jederzeit durchsucht werden, und man konnte ohne Vorwarnung zur Vernehmung abgeholt und monate-, ja, jahrelang ohne richterlichen Beschluss hinter Gittern bleiben. Man hatte Rechte, aber nur auf dem Papier. Keine ausländische Armee hätte sich die kaschmirische Bevölkerung so effektiv zum Feind machen können, wie es die indische schaffte.

Zia und seine Waffenbrüder würden in Kaschmir die pakistanische Flagge hissen. Sie hatten sich zusammengeschlossen, obwohl sie aus den verschiedensten Ländern der Welt stammten, weil sie wussten, dass sie zum größeren Ruhm Allahs kämpften. Und das war keine leere Phrase. Manche von ihnen hatten vielversprechende Karrieren und höchst einträgliche Berufe aufgegeben, ihre Familien, die sie möglicherweise nie mehr wiedersehen würden, verlassen. Sie wohnten im Himalaya, gelegentlich in über 6.000 Metern Höhe, und waren dünner Luft und Temperaturen von -30 bis -40 Grad Celsius ausgesetzt.

Wie hätte ein – und wenn auch noch so einfühlsamer – Außenstehender sich vorstellen können, was für ein verzweifeltes Leben sie führten? Man lebte entbehrungsreich unter unbeschreiblichen hygienischen Bedingungen, konnte sich wochenlang nicht waschen oder auch nur die Zähne putzen. Man war vollkommen verlaust, litt unter Hunger, infizierten Wunden, akuter Diarrhö und Frostbeulen. Bronchitis und Lungenentzündung waren an der Tagesordnung. Jeder hatte chronischen Husten. Und ein Arzt ließ sich nur selten blicken. Man besaß nur die Kleidung, die man täglich trug. Sold wurde selbstredend keiner bezahlt. Wenn man Glück hatte, konnte man bei einem der Überfälle irgendetwas rauben: Schmuck, Geld, Schusswaffen, Granaten, Essen, Kleidung, Sex. Man war ständig auf der Flucht, rechnete jeden Augenblick damit, von jemandem verraten oder von einer Kugel erwischt zu werden.

Wenn man von der indischen Armee gefasst wurde und nicht die Zeit oder den Mut hatte, die Zyankali-Kapsel, die man ständig bei sich trug, zu zerbeißen, wurde man geschlagen, geschunden und gebrochen. Man wurde kopfunter aufgehängt, bis man die Besinnung verlor. Man wurde immer wieder mit Elektroschocks traktiert, aber nie so lange, dass man daran gestorben wäre. Man würde sich nie wieder die Nägel schneiden oder feilen müssen, denn die bekam man ausgerissen. Die Soldaten steckten einem glühende Eisenstangen in den After – durch die Hitze, hieß es, drangen sie leichter ein. Sie zwangen einen, die üblichen unaussprechlichen Dinge zu tun, und anschließend noch ein paar unübliche dazu. Aber in Wahrheit waren die indischen Soldaten ein armseliger, phantasieloser Haufen. Was wussten sie schon von Folter? Oder von Terror?

Terror und Folter sind ein von heftigem Konkurrenzkampf bestimmtes Geschäft. Man möchte den anderen immer einen Schritt voraus sein und die Messlatte jedes Mal ein Stückchen höher setzen. Die Kollegen von der nächsten Mudschahedin-Gruppe haben letzten Montag fünfzehn Leute abgeschlachtet – wie könnte man sich da mit zwölf begnügen? Das Mindeste, was man tun konnte, um sein Gesicht zu wahren, war, zwanzig dagegenzusetzen – und mit etwas Glück noch ein paar Frauen und Kinder draufzulegen. Dann erfuhr man, dass jemand im Sudan oder sonstwo es geschafft hatte, 217 Leute auf einen Streich zu massakrieren. Das bedeutete, dass man seinen Begriff von Gemetzel würde umdefinieren müssen. Nach oben waren wirklich keine Grenzen gesetzt. Man musste sich hohe Ziele stecken. Nur dann bestand die Aussicht, den Feind zu entmutigen und ihn an den Verhandlungstisch zu holen. Wie zum Beispiel in Nordirland oder Sri Lanka – das war die einzige Möglichkeit, wie die IRA oder die Tamil Tigers Fortschritte machen konnten. So wie Zia die Sache allerdings sah, war es zwar in Ordnung und notwendig, Dörfer dem Erdboden gleichzumachen, zu plündern und zu brandschatzen, zu töten und Bomben zu werfen, aber all das war nicht dazu geeignet, den Opfern eine Lehre zu erteilen, die sie die nächsten siebzig Generationen lang nicht mehr vergessen würden.

Hierzu bedurfte es eines höheren Maßes an Phantasie und Kreativität. Man musste mit wissenschaftlicher Neugier an die Frage nach den Grenzen der menschlichen Leidensfähigkeit herangehen. Auch dazu bedurfte es der Inspiration. Er wollte den Schmelzpunkt des menschlichen Körpers ermitteln. Bestand ein Unterschied in der Temperatur, bei der Männer beziehungsweise Frauen in Flammen aufgingen? Was war der spezifische Fettgehalt des menschlichen Körpers? Wirkte er sich auf dessen Brennbarkeit aus?

Zia mochte durchaus für eine edle Sache kämpfen. Aber auf eine wirr-diffuse Weise war es auch eine Zeit der Vergeltung für all das Unrecht, das er erlitten, und für jeden – gerechtfertigten oder ungerechtfertigten – Groll, den er im Laufe der Jahre gehegt hatte. Das war seine Chance, mit allen abzurechnen: seinem Bruder, seiner Mutter und seinem Vater; mit Tante Antonia; mit dem Fürsten der Finsternis sowie der britischen Regierung und dem gesamten

Westen dafür, dass sie diesen unterstützt hatten. Aber vor allen Dingen beglich er auf diese Weise eine Rechnung mit dem Bettler, den er aus dem Flugzeug hinausgeworfen hatte. Seit fast drei Jahren lebte er inzwischen mit diesem Mann zusammen – beziehungsweise umgekehrt. Der Kerl gönnte sich nie auch nur die kleinste Atempause. Das Mindeste wäre ja gewesen, Zia nicht ins Gehege zu kommen. Das allerdings war nie eine Option. Egal, ob Zia gerade einen Angriffsplan ausarbeitete oder mitten in einem Kampf auf Leben und Tod steckte, man konnte darauf wetten, dass der Mann sich einmischen würde. Was unerbetene Ratschläge anbelangte, war er eine nie versiegende Quelle. Dabei ging es ihm immer nur darum, von etwas abzuraten oder etwas zu verbieten und dadurch Zia zu lähmen. Er schien kein anderes Wort als »Nicht!« zu kennen und begriff dabei einfach nicht, dass er mit seiner Hartnäckigkeit Zia umso störrischer und verstockter machte. Jedes »Nicht!« brachte Zia nur dazu, in seinem Wahn noch rücksichtsloser und grausamer zu werden. Zia kam zu dem Schluss, dass es nicht seine Schuld war, ganz und gar nicht seine Schuld; für seine Exzesse war einzig und allein der verfluchte Bettler verantwortlich.

Auch heute konnte Lucens nicht wirklich erklären, warum er die Terrororganisation verlassen hatte. Vielleicht hatte er es nicht länger ausgehalten. Vielleicht hatte er sich nur gewünscht, einmal wieder heiß zu duschen und die Läuse und den Dreck loszuwerden. Vielleicht war es aber auch der Anblick einer von den Taliban gesteinigten Frau, die wie Zubeida-Khala aussah, der ihm den Rest gegeben hatte. Vielleicht hatte er sich nach etwas intellektueller Aktivität gesehnt. Vielleicht hatten ihm Amanats dämliche Briefe gefehlt. Er hatte das Gefühl, dass eine schleierartige Finsternis sich mehr und mehr um ihn zusammenzog und ihn zu ersticken drohte. Oder hatte vielleicht der Bettler ihn zu guter Letzt zermürbt? Warum log er? Er lechzte nach Vergebung, und seine einzige, wenn auch äußerst dürftige Chance war, dass der Sohn Gottes sich jetzt noch dazu bereit finden würde, ihm die Beichte abzunehmen.

»Der Sünden meiner Jugend«, flehte Lucens zum Herrn, wie es einst David getan hatte, »und meiner Vergehungen gedenke nicht; nach Deiner Gnade gedenke Du mein, um Deiner Güte willen, Herr!«

Dann kam der Sturm.
Seit Mittag hatten sich schwarze grollende Wolken hinter den Bitter Sisters zusammengeballt. Sie verliehen den drei Schwestern die düstere Unerbittlichkeit der Parzen. Sie saßen aneinandergedrängt, die Köpfe vornüber gebeugt und die Augen theatralisch halb geschlossen. Die drei Hexen rührten und kochten und brauten eine giftige, dampfende Suppe zusammen, die der Welt Unheil verhieß. Unmöglich zu sagen, wodurch sie so griesgrämig und mürrisch geworden waren. Unentwegt trieben sie Wind und Hitze an, stapelten Schichten über Schichten von dunklen Wolken auf, stachelten den Regen zu hysterischen Ausbrüchen an. Ständig zankten und nörgelten sie, die drei Schwestern; aber heute hatten sie etwas besonders Bösartiges an sich.
Die Wolken lungerten im Zenit, starrten übelwollend herab, weigerten sich aber, weiterzuziehen oder ihr Gift freizugeben. Dann, ungefähr eine halbe Stunde vor der Vesper, riss die Himmelskuppel auf und entließ einen zögerlichen Schauer, der hinkend und humpelnd herunterkam. Es war ein Hyänen-Regen. Er kam auf schwächlichen schiefen Hinterbeinen angeschlichen.
Es war nicht ganz klar, welche Rolle der Blitz dabei eigentlich spielte: Nähte er den zerrissenen Himmel wieder zusammen oder riss er ihn noch weiter auseinander? Dann ließ der Regen nach. Die Mönche zogen ihre Regenmäntel an und gingen eilig in die Kirche zur Vesper. Im Magnetfeld der Schwestern ließ eine gigantische Wirbelwind-Scheibe ihre Motoren aufheulen und begann ein gewaltiges Drehmoment aufzubauen. Sie schoss wie eine ungeheure fliegende Untertasse empor und nahm kreischend Kurs auf den fernen Ozean. Der Schalldruckpegel sank rasch, und die Mönche konnten wieder aufatmen.
Dann wechselte der Wind die Richtung. Die Scheibe begann in sich zusammenzufallen und geriet langsam ins Trudeln. Sie beschrieb einen Bogen durch die Luft und machte eine abrupte Kehrtwen-

dung. Plötzlich war der durchdringende Sirenenschrei wieder da und wurde von Sekunde zu Sekunde lauter. Es bestand jetzt kein Zweifel mehr: Das metallene Frisbee zielte geradewegs auf Terraferra. Es hatte die Neigung der Saturnringe und mähte alles nieder, was sich ihm in den Weg stellte. Es war, als ob die Kontinentalplatten durch die Erdhaut stießen, während sie sich vorwärts schoben, sich knirschend aneinander rieben, sich eine Zeit lang zurückzogen, um dann wieder gegeneinanderzuknallen. Die Mönche duckten sich unter der Wut und Wucht dieses mächtigen Mahlstroms, die sie nur anhand der furchterregenden Geräuschkulisse abzuschätzen vermochten.
Hätten sie nur sehen können, was draußen geschah – wie groß auch die Verwüstung sein mochte, sie hätten wenigstens versuchen können, sich mit ihr auseinanderzusetzen, anstatt sich diesem nebulösen Gefühl von Verhängnis zu überlassen. Sie beteten inbrünstig inmitten des gespenstischen Lärms. Die Vigilien wurden zu einem dringlichen SOS-Ruf an den Allmächtigen. Die Gebete verstummten, und die Mönche sahen nach oben. Die Hand Gottes stieß herab und pflückte drei Viertel des Dachs von der Kirche. Der Himmel war ein Spinnennetz von Blitzen, die in der Finsternis aufzuckten und wieder verglommen. Als Nächstes verschwand die Tischlerwerkstatt, dann Dach und Gebälk des Refektoriums, die Garage und die Exerzitantenhäuser. Als Letztes wurden die Dormitorien entwurzelt und auseinandergerissen. Einen Augenblick lang sah man Bruder Damien, der grundsätzlich zu spät zu den Stundengebeten kam, mit dem Kopf zwischen den Knien kauern. Dann wurde eine ganze Bettenreihe samt Damien emporgefegt. Zwei Betten krachten wieder herunter, aber Damien flog wie ein Chagall-Engel über den Gipfel des Rearing Horse und darüber hinaus.

Fünf Wochen nach dem Sturm waren sie noch immer damit beschäftigt, die Trümmer zu beseitigen. Essgeschirr aus der Küche wurde intakt und unversehrt in den Schlafsälen gefunden, während einer der großen Kochtöpfe kokett auf der verbogenen Wetterfahne auf dem Dach der Bibliothek hockte. Die Abtei besaß eine schöne Sammlung theologischer und liturgischer Literatur, und überall, auf dem Boden, auf Tischen und Regalen lagen zum Trocknen auf-

geklappte Bücher. An die siebenhundert Bände, darunter handgeschriebene Originale aus dem 13. und 14. Jahrhundert, waren irreparabel beschädigt, und Bruder Henry arbeitete rund um die Uhr, um sie auf Mikrofilm zu kopieren. Fast täglich kam jemand aus Sweet Waters herauf, um die weißen Kutten, schwarz-weißen Skapuliere und Kapuzenmäntel zurückzubringen, die der Wind in seinem Garten abgelegt hatte. Noch in der dritten Woche nach dem Sturm lieferte ein Farmer aus dem 45 Kilometer von Sweet Waters entfernten Cherryfield den Überwurf von Bruder Terence ab.
Niemand, nicht einmal der Abt oder der Prior, konnte absehen, wie viel Zeit und Mühe es erfordern würde, die Schäden zu beheben.
Bald mussten sie selbst in der Bibliothek die Aufräumarbeiten einstellen, da man nirgendwo in Terraferra mehr atmen konnte. Niemand hatte bemerkt, dass drei der Silos, in denen der Jahresbedarf der Abtei an Getreide gelagert wurde, abgedeckt worden waren. Der Gestank von verrottendem Weizen, Mais und Reis war schlimmer als sich im eigenen Erbrochenen zu wälzen. Siebzehn ganze Tage brauchten die mit Schals und Halstüchern vermummten dreiundvierzig Mönche und sieben Laienbrüder, um die Berge von gärendem Reis und Weizen auf die Lastwagen zu laden.

»Wie steht's mit unseren Finanzen, Bruder Lucens?« Der Abt stellte ihm jede Woche, ja schon bald jeden zweiten Tag dieselbe Frage. Ebenso der Novizenmeister, Bruder George, Pater Lucas, Bruder Jonathan-Christophe und jeder Pater oder Bruder, dem er über den Weg lief. Gestern hatte ihn sogar der Prior auf dem Weg zu den Laudes angehalten, hatte ihm auf den Rücken geklopft und gesagt: »Neuerdings bitte ich Gott nach dem Vaterunser noch eigens darum, dass er Ihnen dabei helfen möge, uns alle zu speisen.«
Anfangs, nachdem die Presse und das Fernsehen landesweit über die Sturmschäden in Terraferra berichtet hatten, war man in der Abtei recht optimistisch gewesen. Geld strömte von allen Seiten herbei, von Privatpersonen wie von allen möglichen Institutionen. Selbst die Fünf- und Zehn-Dollar-Kollekten, die in verschiedenen Kirchen durchgeführt worden waren, hatten über siebzigtausend Dollar eingebracht. Die Mutter- und Schwester-Abteien, der Heilige Stuhl, kleinere und größere wohltätige Organisationen hatten

ansehnliche Beträge überwiesen. Insgesamt waren fast sechshunderttausend Dollar zusammengekommen. Doch auch das Geld von der Versicherung war schon bald aufgebraucht gewesen, und die Flut von Spenden war zu einem Rinnsal geschrumpft und bald vollends versiegt, während der Umfang der Schäden erst richtig deutlich wurde. Selbst die Kosten für einfache Notmaßnahmen schossen in die Höhe.

Letztlich, dachte Lucens, lief alles wieder auf Vertrauen hinaus. Die Mönche waren wie Kinder und zweifelten nicht daran, dass Gott – der Vater, der Sohn und der Heilige Geist –, was auch kommen mochte, schon alles richten würde. Der Sturm war eine Prüfung gewesen, und wie immer würde der Große Prüfer im Himmel selbst die Antworten liefern und seinen Zöglingen darüber hinweghelfen. Dennoch musste Lucens zugeben, dass sich neuerdings – wenn er sich nicht gewaltig täuschte – ein gewisses Unbehagen bemerkbar zu machen begann. Natürlich würde Gott helfen ... aber was, wenn die Hilfe ein wenig zu spät kam? Was, wenn ein weiterer Sturm über Terraferra hereinbrach?

Vielleicht hatte der Novizenmeister, der sich halbamtlich auch mit den Klosterfinanzen befasste, die Spannung, die die unausgesprochenen Fragen erzeugten, oder die Last der gewaltigen anstehenden Aufgaben gespürt; jedenfalls entschied er, es sei höchste Zeit, an einer seltenen Form von Leukämie zu erkranken und die Zügel – beziehungsweise den Schwarzen Peter – an Lucens abzugeben. Es war nur eine provisorische Lösung, so wie alles in der Abtei provisorischen Charakter hatte: das Wellblechdach der Kirche, die mehr als gebrauchten Kühlschränke in der Küche und die Blechbaracken, in denen die Brüder hausten. Lucens konnte die Sorgen der Mönche durchaus nachvollziehen. Es mochte ja ganz lustig sein, ein paar Tage, vielleicht einige Wochen wie die Steinzeitmenschen zu leben, aber das Provisorium – einschließlich seines Buchhalterpostens – nahm zunehmend dauerhaftere Züge an, während die Notmaßnahmen bereits sämtliche Gelder verschlungen hatten.

Was sollte Lucens seinen Mitbrüdern sagen – dass alles in Ordnung war, wirklich und wahrhaftig in Ordnung?

Pater Augustine wusste, dass er irgendwann, und zwar eher früher als später, eine Entscheidung bezüglich des Wiederaufbaus der Ab-

tei würde treffen müssen. An Geld für den eigentlichen Bau war gar nicht zu denken, es gab nicht einmal genug für den Architekten. Ein paar Architekten waren aus Sweet Waters heraufgekommen und hatten sich die prospektive Baustelle angesehen. Sie meinten, wenn es lediglich um ein, zwei Gebäude gegangen wäre, hätten sie den Auftrag ohne Honorar übernommen. Aber bei der Größe des Auftragsvolumens müssten sie leider ablehnen.
Es war bereits davon die Rede, die Abtei endgültig aufzugeben, als Lucens beschloss einzugreifen.
»Mein Vater ist Architekt«, sagte er zum Abt. »Wenn Sie die Karten auf den Tisch legen, könnte er Sie überraschen und zusagen.«

In diesen paar Monaten seit dem Sturm war mit Lucens etwas Merkwürdiges geschehen. Er war zu einem Medium geworden. Er mochte sich die Nägel schneiden, duschen, in der Kirche beten, das Erdnussbuttersandwich verspeisen, das oft genug sein ganzes Abendessen darstellte – plötzlich ereignete sich etwas in der Peripherie seines Gesichtsfeldes, unter seiner Haut oder in einem seiner Stirnlappen. Waren das Visionen, eine parallele Wirklichkeit, außersinnliche Wahrnehmungen, Träume wie derjenige, den Coleridge vor Abfassung des unvollendet gebliebenen »Kubla Khan« gehabt hatte? Er hatte angefangen, Zahlen zu sehen. Oder besser gesagt, zu spüren – digitale Eingaben, die sich in audiovisuelle Signale umwandeln ließen; dreidimensionale virtuelle Modelle, die sich drehen, betreten, zerschneiden, auseinandernehmen, konfigurieren, überarbeiten und neu zusammensetzen lassen.
Zahlen versetzten ihn automatisch in seine Kindheit zurück. Schon damals waren sie für ihn eine Quelle der Verwunderung gewesen. Seine Spielsachen – die Eisenbahnen, die Flugzeuge, die Feuerwehrwagen und Rennautos, die komplizierten Puzzlespiele und Monopoly – hütete er wie seinen Augapfel. Aber nichts davon faszinierte ihn so sehr wie Zahlen. Er lag in seinem Zimmer in Firdaus auf dem türkischen Kelim und starrte an die Decke, wo die Zahlen sich an dem Tag versammelt hatten. Sie schwebten dort oben wie Luftballons, still und schwerelos. Er war sich sicher, dass niemand außer ihm sie sehen konnte. Sie waren sein Geheimnis, das Einzige, an dem er nicht einmal seine Mutter teilhaben ließ.

Er spürte instinktiv, dass sein geheimes Leben etwas Merkwürdiges an sich hatte, vielleicht etwas nicht ganz Richtiges, und dass es am besten war, es für sich zu behalten. Wenn die Leute von seiner Geschicklichkeit mit Zahlen sprachen, ahnte er, dass es sicherer war, ihre Bemerkungen mit einem Achselzucken abzutun. Wie kann man über Dinge reden, die man nicht begreift? Rückblickend kam es ihm so vor, dass er mit den Zahlen noch am ehesten das erlebt hatte, was die Leute zu meinen schienen, wenn sie von einer mystischen Erfahrung sprachen. Dies waren seine Augenblicke der Verzückung, der wortlosen Poesie. Vielleicht waren die Visionen, die Brendan, dem Klosterfaktotum, vor mehr als dreißig Jahren zuteil geworden waren, damit vergleichbar gewesen. Man konnte nicht bestreiten, dass Brendan einen leichten Schatten hatte. Wenn er mal wieder mit einer seiner endlosen Geschichten über seine Gespräche mit dem einen oder anderen Heiligen anfing, hoben die Mönche die Augenbrauen und lächelten sich amüsiert zu. Aber folgte daraus, dass der Herr und die Mutter Gottes ihm nicht doch erschienen waren? Lucens gestattete sich diesbezüglich kein Urteil. Wenn die Mönche von seiner Beziehung zu den Zahlen erfahren hätten, wäre er ihnen ebenfalls ziemlich absonderlich vorgekommen.
Wenn er sich Mühe gab, gelang es ihm, die Wollust und die Wonne wieder in sich wachzurufen, die er als Kind empfunden hatte. Man sah nicht, dass sie sich bewegt hätten, und dennoch flossen sie unbemerkt in- und auseinander. Wie brachten sie es fertig, da oben, direkt unter der Zimmerdecke zu schweben? Die Ziffer Eins war die schlankeste und adretteste von allen, während die Acht einen dicken Po hatte, schön fest saß und wie ein Stehaufmännchen nie das Gleichgewicht verlor. Die eleganteste, fast tuntenhaft anmutende Zahl war die Sieben. Wie sie dastand, riskant nach hinten gelehnt! Sie hätte eigentlich umkippen und sich zur allseitigen Belustigung auf den Rücken legen müssen. Stattdessen streckte sie anmutig einen Arm nach vorne und sah einfach todschick aus. Die Vier, nun ja, die Vier war eine Sache für sich. Sie hatte so hübsche Facetten und Ecken, dass man einfach nicht merkte, was für eine verkorkste Figur sie hatte. Und die Zwei war eine richtige Dame. Sie wusste, wie man sich fest und dabei gesittet hinsetzt und mit langem Schwanenhals in die Welt blickt.

Sie störten sich nicht an Zia, weil sie ihn überhaupt nicht wahrnahmen. Sie lebten in einem anderen Universum. Man brauchte nichts anderes zu tun, als ihnen ruhig zuzuschauen. Man musste behutsam atmen, eigentlich sogar die Luft anhalten, denn der leiseste Hauch hätte sie verschwinden lassen. Das war gar nicht so problematisch für ihn, denn warum hätte Zia atmen oder sich bewegen sollen, wenn er mit ihnen zusammen war und jede ihrer Bewegungen beobachtete? Alles in seinem Körper gelangte dann zum Stillstand. Hätte man die Hand auf sein Herz gelegt, es wäre wie tot gewesen. Kein Puls, nichts.

Zahlen, hätte Zia einem schon damals sagen können, sind das Mächtigste, was es auf der Welt gibt, weit mächtiger als Atome und ihre Spaltung, die mit ihrer hektischen Energie, ihrer Unruhe und unheilvollen Aufgeblasenheit nur unendlich langweilig sind. Zahlen stehen fest, fester und unwandelbarer als der Polarstern. Und dennoch gibt es nichts so Schillerndes, nichts so beständig und so faszinierend sich Wandelndes wie die Zahlen. Weil Zahlen Beziehungen bezeichnen. Einzeln sind sie wie jeder andere auch: forsch, zimperlich oder zurückhaltend. Aber wenn man sie dazu bringt, »Bäumchen wechsel dich« zu spielen, dann kommt kein Zirkus oder Disneyland der Welt, was Spaß anbelangt, an sie heran. Setz eine Sieben hinter eine Eins, und du hast siebzehn. Jetzt stell sie einfach um, die Sieben vor die Eins, und was kommt heraus? Zia hatte vor Überraschung und Vergnügen nach Luft geschnappt. Er hatte Purzelbäume und Rad geschlagen, mit den Beinen in der Luft gestrampelt und vor Freude gejuchzt. Ich werd verrückt, einundsiebzig!

Vergiss die Sieben, bleib einfach bei der Eins. Gibt es etwas Aufrechteres, Intakteres und Unteilbareres als die große und mächtige Eins? Stell dir vor, es gibt nur die eine Eins. Du kannst sie kopieren, potenzieren, sie bleibt trotzdem immer nur die Eins. Sie ist wirklich ein Attribut Gottes. Und das ist bloß die Eins. Du hast noch nicht links und noch nicht rechts von ihr nachgeschaut. Jetzt setz dich auf den Boden, verschränk deine Beine zum Lotossitz. Bildet dein Hinterkopf eine exakte gerade Linie mit deinem Nacken, Rückgrat und deiner Gesäßspalte? Ist dein Schwerpunkt stabil, so dass dich nichts aus dem Gleichgewicht bringen kann? Gut. Du wirst gleich in eine Leere fallen, in dieses geheimnisvolle Ding namens Null. Dies ist der Fluchtpunkt, in dem alles und nichts, Nacht und Tag, Vergangenheit, Gegenwart und Zukunft, Hier und Horizont, alle Antithesen, sämtliche Gegensätze, Antipoden und Widersprüche in eins fallen und wahrhaft zur Null werden. In sich ist sie nichts, ein Niemand und ein Unding, aber unterschätze sie bloß nicht! Sie ist der große Vernichter, ein Abgrund, in dem alles verschwindet. Dreiundzwanzig mal null ist null. Eine Million und sieben mal null ist null. Wenn du die Null in Aktion gesehen, selbst einen Bruchteil ihrer Bedeutung begriffen hast, gibt es nichts mehr, was dir jemand noch beibringen könnte. Denn wahrlich, es gibt nichts nach und jenseits der Null.

Aber die Zahlen haben mehr, weit mehr zu bieten als die Null. Das Komma und die Stellen dahinter, und dieses gespreizte und vieldeutige Rätsel, das algebraische X. Es ist nicht schwer zu begreifen, warum der kleine Zia glaubte, es gebe nichts Größeres als die Zahlen und Gott selbst sei eine Zahl, eine unergründliche vielleicht, nichtsdestoweniger aber eine Zahl.

Er war all die Jahre lang den Zahlen gefolgt. Jetzt, in Terraferra, kamen sie unaufgefordert zu ihm, in Form von Aktien und Wertpapieren. Es gab Augenblicke, in denen Lucens spürte, wie sich die Börse in ihm bewegte. Er fühlte das Steigen und Fallen und Fließen ihres topologischen Raums in seinen Körperzellen. Es war so unmittelbar und real wie ein Eiswürfel auf der Haut oder der Stich einer Biene. Er spürte den Adrenalinstoß in seinen Adern, unmittelbar bevor der Kurs stieg und stieg und stieg, bis es nichts mehr gab, nicht einmal mehr heiße Luft, was ihn gestützt hätte, und er dennoch weiterstieg, und er setzte sich ab, wenn alle anderen noch in ihrem Hausse-High schwelgten, weil er genau wusste, wann der Knick kommen und die Kurve steil hinabstürzen würde. Er erkannte einen Superstar, lange bevor irgendjemand etwas von seiner Existenz ahnte, ritt auf ihm bis zum Zenit, und er sprang von einer Supernova ab, bevor sie zu einem schwarzen Loch kollabierte. Wenn der richtige Zeitpunkt gekommen war, handelte er.

Eines Sonntags nach der Messe rief Pater Augustine Lucens in sein improvisiertes Büro. Lucens hatte kürzlich seine Gelübde abgelegt und war zu einem ordinierten Junior-Bruder geworden. Am Ende des zweijährigen Noviziats benötigte man ein Zweidrittelvotum des Konvents, um zum Juniorat zugelassen zu werden. Er hatte nicht schlecht abgeschnitten. Niemand hatte gegen ihn gestimmt, nicht einmal der Novizenmeister.

»Der Generalabt hat alle Äbte zu einer Konferenz über die Zukunft des Ordens geladen; sie soll in England stattfinden, in einem Tagungszentrum namens Old Mill-on-the-Cam. Der fehlende Nachwuchs stellt ein ernstes Problem dar, und viele Klöster haben zunehmend Schwierigkeiten, sich weiterhin selbst zu tragen. Da die Zukunftsaussichten für unsere Abtei seit dem Sturm noch ungewisser geworden sind, will der Generalabt darüber informiert werden, welche Maßnahmen wir ergriffen haben. Ich werde Sie nur einen Tag lang brauchen, wenn er und ich über Finanzfragen reden. Die anderen zwei Tage haben Sie frei. Haben Sie nicht gesagt, Sie hätten Freunde in Cambridge? Sie könnten sie besuchen, und dann würden wir zusammen zurückfliegen.«

»Ich möchte keine Schwierigkeiten machen, Ehrwürdiger Vater, aber ich habe dafür wirklich keine Zeit. Es gibt hier einfach zu viel zu tun, besonders seit Pater Paul so schwer erkrankt ist.«

»Ich denke, die Abtei kann durchaus fünf Tage lang ohne Sie auskommen. Wenn ich aber mit meinem Kopf für Zahlen anfange, auf der Konferenz über Finanzfragen zu reden, könnte der Generalabt durchaus zum Entschluss kommen, Terraferra noch vor meiner Rückkehr aufzulösen.«

»Sie lassen mir kaum eine Wahl«, sagte Lucens lächelnd und wandte sich zur Tür.

»Nein, bleiben Sie bitte. Es gibt noch etwas, das ich mit Ihnen besprechen wollte. Ihr Vater ist jetzt seit über vier Monaten bei uns, und wir haben uns mit ihm noch gar nicht über Geld unterhalten.«

»Er weiß, dass für seine Arbeit hier kein Geld zu erwarten ist. Jedenfalls vorläufig nicht.«

»Aber wir müssen wenigstens über die Bedingungen reden und einen Vertrag aufsetzen. Was wir ihm zahlen, ist nicht mehr als ein symbolisches Taschengeld. Jeder andere, auch nicht annähernd so gute Architekt hätte keinen Strich gezeichnet, geschweige denn seinen Computer eingeschaltet, ohne uns vorher einen beträchtlichen Vorschuss in Rechnung zu stellen.«

»Ich kenne ihn. Er wird sagen: Warten wir ab, bis alles steht, und dann können wir übers Geld reden. Aber natürlich sollten Sie sich mit ihm unterhalten.«
»Ja, das werde ich tun. Der Prior meint, Sie hätten in all der Zeit, die Ihr Vater schon hier ist, kaum ein paar Minuten mit ihm verbracht.«
»Er hat viel zu tun. Ich möchte ihn nicht stören.«
»Befürchten Sie, dass man Ihnen jetzt noch Vetternwirtschaft nachsagen könnte, nachdem man gesehen hat, welche hervorragende Arbeit er für uns leistet?«
»Ich hätte meinen Vater nie vorgeschlagen, wenn ich die Qualität seiner Arbeit nicht kennen würde. Diesen ganzen Komplex, der fast eine Miniaturstadt ist, hier mitten in der Wildnis zu entwerfen, ist die Rache meines Vaters an seinen Kollegen in Indien, dafür, dass sie ihn verleumdet und beschimpft und dass sie versucht haben, seine Karriere zu ruinieren.«

Roy hatte Lucens nach seinem Verschwinden aus Cambridge in Ruhe gelassen, aber er erfuhr von Zeit zu Zeit durch Amanat etwas von ihm. Die beiden standen in regelmäßigem brieflichen Kontakt, und wenn Roy gelegentlich nach Indien flog, unterließ er es nie, Amanat und Abba in Bombay zu besuchen. Die älteren Cambrays waren ständig in den Nachrichten, und Lucens las über sie entweder in der »Sunday New York Times«, der einzigen Zeitung, die die Abtei abonniert hatte, oder im Internet: James Cambray erhält Aufsichtsratsposten bei De Beers; die Cambrays im Gesellschaftsteil mit ihrem neuen Lamborghini; Cambray Senior sucht nach Erdöl vor der Küste Sierra Leones und Malaysias. Es gab wie üblich Gerüchte über eine bevorstehende Trennung von James und Deirdre Cambray und Berichte über einen angeblichen Aufenthalt Deirdres in einer Entziehungsanstalt.
Roy war offenbar in die väterliche Brokerfirma eingetreten und hatte eine Filiale in New York eröffnet. Cambray and Cambray hatte nicht viel von sich reden gemacht, aber im dritten Jahr ihres Bestehens hatte die US-amerikanische Börsenaufsichtsbehörde SEC lautstark zugeschlagen und Roy der Geldwäsche und unlauterer Handelspraktiken bezichtigt. Roy hatte von Anfang an erklärt, die

Vorwürfe gegen die Firma entbehrten jeder Grundlage, aber kaum jemand, einschließlich Lucens, kaufte ihm die Geschichte ab. Wie konnte ein Mann, dessen Vater mit »diesem und jenem« sein Geld verdiente, unschuldig sein? Die Verhandlung zog sich fast zwei Jahre lang hin. Am Ende erhob das Gericht schwere Vorwürfe gegen das SEC wegen der offensichtlichen Verleumdungskampagne, die es in den Medien gegen die Firma betrieben habe, und verlangte, dass der Bezirksstaatsanwalt sich öffentlich bei Roy entschuldigte. Aber der Schaden war nun einmal geschehen, und es sah so aus, als würde sich Cambray and Cambray, New York, nie wieder erholen.
Dann, eine Woche vor seiner Abreise, schickte Lucens Roy eine Nachricht und fragte, ob wohl die Chance bestehe, Roy in England zu treffen. Roy antwortete postwendend. »Da wir uns nie sehen, obwohl wir auf demselben Kontinent leben, würde ich nicht nur nach England, sondern sogar nach Australien fliegen, nur um Dich nach all den Jahren wiederzusehen! Ich hol Dich im Old Mill-on-the-Cam am Donnerstag, den 17., um 16.30 Uhr ab.«

Lucens hatte nicht vor, sich bei Tante Antonia zu melden. Dieses Kapitel schien abgeschlossen, war es aber keineswegs. Sie nahm an dem Kongress teil und würde am Vormittag einen Vortrag über »Das Erbe der Zisterzienser und die Entwicklung des Trappistenordens« halten. Lucens hatte sie während der Teepause gesehen, wie sie in einer Ecke saß und sich Notizen machte. Jetzt stand sie vor ihm, und er würde sie wohl oder übel begrüßen müssen.
Was für ein starkes, schönes Gesicht sie hatte, voller Entschlossenheit und Tatkraft! Es war jetzt etwas faltiger, und ihr Haar war mittlerweile eher grau als meliert, aber sie hatte kein Gramm zu- oder abgenommen. Sie stand befangen da, unfähig zu entscheiden, wie sie ihn anreden sollte. Einerseits verdankte er ihr alles: New Eden, Cambridge und die Tatsache, dass er Katholik und Mönch war. Er hätte ihr dankbar sein müssen, aber irgendetwas hielt ihn zurück. Er hatte sich oft gefragt, warum er jedes Mal wütend wurde, wenn er an sie dachte, und obwohl er das Gefühl hatte, dass die Antwort einfach war, hatte er sie bislang nicht gefunden. Er sah den Schmerz in ihren Augen, als sie sich förmlich die Hand gaben.
»Wie geht es dir Zia – ich meine, Pater Lucens?«

»Bruder Lucens. Mir geht es gut. Und Ihnen, wie geht es Ihnen?«
»Auch gut. Wollen wir heute Abend zusammen essen gehen?«
»Tut mir leid, ich kann nicht. Roy holt mich heute Nachmittag ab, und dann fahren wir nach Cambray Park.«
»Roy?« Sie konnte den Namen nicht unterbringen. »Roy? Ach so, ich erinnere mich. Dein ... Ihr Freund aus New Eden. Tja, dann sage ich auf Wiedersehen.«
Tante Antonia versuchte, ihre Enttäuschung zu verbergen. Sie gaben sich wieder die Hand, und sie wollte sich schon abwenden, als Zia sie nach Vivian fragte.
»Ist sie in der Stadt?«
»Ja, aber ich glaube nicht, dass sie Sie sehen möchte.«
Lucens lächelte. »Ich weiß, aber ich will sie sprechen. Übermorgen habe ich Zeit. Wir könnten alle drei zusammen Mittag essen, und dann würde ich zurückfliegen.«
Arme Tante Antonia! Sie war so leicht zu durchschauen. Sie begriff einfach nicht, was zwischen ihnen beiden schief gelaufen war. Von ihrer Beziehung und den vergangenen Jahren waren lediglich Gummiwörter übrig geblieben, an denen man ewig herumkauen konnte, ohne die geringste Nahrung oder Befriedigung daraus zu schöpfen. Er wusste, dass sie sich nichts anderes wünschte, als ihn in die Arme zu schließen. Er wollte es ebenfalls, aber er konnte nicht. In diesem Moment begriff er, warum er nicht an Tante Antonia denken mochte. Anders als sie offenbar glaubte, hatte seine Bekehrung zum Christentum nur wenig mit ihr zu tun gehabt. Im Gegenteil, das Wissen darum, dass sie ihn kurz nach seiner Geburt hatte taufen lassen, hatte seine Seele zerrissen und ihn zu immer größerer und heftigerer Gewalt getrieben. Erst als sich seine Brutalität völlig verselbstständigt hatte und er nicht mehr imstande gewesen war, die Bürde seiner Schuld zu tragen, hatte er sich Jesus ergeben.
Und doch war nicht einmal das die eigentliche Wahrheit. Wie eng auch immer die Bande, wie loyal auch immer die Mitglieder einer Gruppe sind – früher oder später tauchen Risse auf. Einen Verräter gibt es immer, der alles zerstört. In Zias Fall hatte er mehr als jeden anderen am allermeisten sich selbst verraten. Der Bettler mit dem Kreuz war der sichtbare Ausdruck seines eigenen schwerwiegendsten Charakterfehlers. Wann immer er zu einer Mission aufbrach,

verfolgte ihn ein Gefühl innerer Unrast. Im Reich Allahs kann der Gerechte keine Schuld auf sich laden. Woher dann dieses Bedürfnis nach Vergebung? Was für eine dumme Frage! Es war Abbajans Vermächtnis, eine chronische Lähmung seiner Entschlusskraft, ein Haarriss des Zweifels in seiner inneren Festigkeit.

Wenn man einen bestimmten, konkreten Zeitpunkt angeben sollte, an dem sein Glaube ihn verließ, dann geschah es anlässlich eines seiner Einsätze in Afghanistan. Es sollte Zias letzte Nacht werden. Er erflehte Allahs Segen und betete darum, dass Borodin seine Verabredung einhalten möge, anschließend schlief er tief und fest.

Borodin. Zia und seine Mudschaheddin-Brüder nannten ihn den »Vali von Kabul«. Er musste lediglich an einen denken, hieß es, oder seinen Namen auf der Liste streichen, und man war erledigt. Dann konnte man sich darauf gefasst machen, seinem Schöpfer gegenüberzutreten. In den Akten war er ein Niemand, und doch spielte selbst der sowjetische Militärgouverneur von Afghanistan neben dem KGB-Mann nur die zweite Geige.

Borodin wusste jeden Morgen, welche Farbe die Scheiße jedes einzelnen Bewohners von Kabul hatte; wenn man rülpste, konnte er den exakten Schalldruckpegel angeben; wenn man Sex hatte, konnte er sagen, wie lang die Erektion hielt und wie inbrünstig die Gattin darum betete, dass der Akt möglichst schnell und schmerzlos vorübergehen würde. Und wenn man auch nur an Verschwörung dachte, saß er einem im Genick, noch bevor man das Wort »Verrat« aussprechen konnte. Es waren bis dato siebzehn Attentate auf ihn verübt worden, und dennoch, er erfreute sich noch immer bester Gesundheit.

Zia war Operationschef in Kaschmir. Jetzt war er nach Kabul beordert worden. Wenn überhaupt jemand Borodin eliminieren konnte, so die Überlegung der Mudschaheddin, dann war es Zia.

Am Morgen verrichtete Zia seine Gebete und genehmigte sich ein ausgiebiges Frühstück, für den Fall, dass Borodin ihn warten lassen sollte. Er schnallte sich den Sprengstoffgürtel um und streifte dann den langen, weiten afghanischen Kurta über. Um viertel vor sieben kauerte er auf der Dachterrasse der Nur-e-Islam-Mädchenschule. Es war das einzige vierstöckige Gebäude in der Umgebung, und er hatte von dort eine ungehinderte Sicht auf die Straße. Fünf nach

sieben kamen die ersten Mädchen angeschlendert. Anfangs klangen sie wie zwitschernde Vögel, doch weitere zehn Minuten später, als die Glocke läutete, veranstalteten sie bereits einen Lärm, der der Bombayer Börse alle Ehre gemacht hätte. Zia merkte, wie seine Stimmung stieg. Er hatte solche Schulgeräusche und die überschäumende Lebensfreude und Energie von Kindern schon völlig vergessen. Es war nur eine Frage der Zeit, bis die Nur-e-Islam, die letzte noch funktionierende Mädchenschule in der afghanischen Hauptstadt, von den Taliban ein für alle Mal zum Schweigen gebracht werden würde.
Das zweite Glockenläuten. Er sah auf seine Uhr. 7 Uhr 25. Eine Frau in Burka überquerte gerade mit ihrer kleinen Tochter die Straße. Das Kind trug rosafarbene Schuhe in den Händen. Es war ein heiterer Tag. In der Ferne sah Zia den Wagen kommen. Er hastete die Treppe hinunter und hinaus auf die Straße. Die Frau in der leichentuchartigen Burka redete auf ihre Tochter ein.
»Schuhe gehören an die Füße, nicht in die Hände. Zieh sie an, oder man wird dich nicht in die Klasse lassen.«
»Dann werden sie doch schmutzig!«
»Aber die Füße nicht. Deine Freundinnen werden dich auslachen.«
Die Glocke läutete zum dritten Mal. Die Mädchen gruppierten sich auf dem Schulhof nach Jahrgängen, und als der Direktor das Podest bestieg, stimmten sie die Schulhymne an. Zia entfernte sich rasch und blieb an der Bushaltestelle stehen. Borodins Wagen würde in exakt fünfundvierzig Sekunden vorbeikommen. Zia war bereit.
Die Nur-e-Islam-Schule flog in die Luft. Einer der rosafarbenen Schuhe des kleinen Mädchens wirbelte fröhlich in den Himmel. Borodins Wagen machte eine abrupte Kehrtwendung und war dann verschwunden. Zia war taub geworden und lag mit einer langen Glasscherbe im Nacken auf dem Boden. Es war ein fesselnder Anblick: Vierzehn-, Zehn- und Fünfjährige, Schulranzen, abgetrennte Gliedmaßen, Köpfe mit flatternden Zöpfen flogen hoch und regneten wieder herunter. Er hätte sich das Spektakel am Himmel noch lange ansehen können, als ihm plötzlich bewusst wurde, dass er eine menschliche Bombe war, deren Mission fehlgeschlagen war. Borodin war ein weiteres Mal davongekommen. Verdammt, dass die Taliban ausgerechnet heute die Schule in die Luft jagen mussten!

Als es Zia schließlich gelang aufzustehen, sah er die Mutter des Mädchens mit den rosa Schuhen lautlos schreien. Ihre Burka war blutdurchtränkt. Was zum Teufel versuchte sie zu sagen? Was spielte es andererseits überhaupt für eine Rolle? Er musste blitzschnell hier verschwinden, das war das Einzige, was momentan zählte. Jetzt kehrte sein Gehör allmählich zurück. Die Frau hatte aufgehört zu schreien. Sie war wohl gestorben. Nein, sie versuchte nur, wieder zu Atem zu kommen, und jetzt schleppte sie sich auf ihn zu. Sie warf ihren Schleier zurück und klammerte sich an sein Bein. Sie sah aus wie Zubeida-Khala.

»Meine Kleine, Gulbadan! Finden Sie sie! Finden Sie sie für mich!« Ihr Ton ließ keinen Widerspruch zu.

Zia hätte fliehen, direkt und ohne Pause bis nach Kaschmir rennen sollen. Stattdessen irrte er zwischen zerfetzten Körpern und schreienden Rümpfen umher auf der Suche nach Gulbadan. Wenn er hier in der Gegend aufgegriffen worden wäre, hätte man unweigerlich geglaubt, er sei für die katastrophale Kernschmelze in der Schule verantwortlich.

Da stand sie, ihren linken Schuh noch immer in der Hand. »Ich will meinen rechten Schuh!«, sagte sie, als Zia sie in die Arme nahm und sie ihrer Mutter übergab. Die Polizisten verfrachteten ihn und seine neuen Gefährten in den Mannschaftswagen und fuhren sie zur Behandlung ins Krankenhaus. Anschließend brachte man sie auf die Wache, um ihre Aussagen aufzunehmen. Zia begriff, dass dies das Ende war. Es würde bestimmt Leibesvisitationen geben, und man würde ihm kaum abnehmen, dass ihm jemand den Sprengstoffgürtel ohne sein Wissen um den Bauch gebunden hatte.

Im Vernehmungsraum drängten sich siebenundneunzig Überlebende, und bis die Polizei sich schließlich zu Gulbadans Mutter und Zia vorgearbeitet hatte, war es nach acht Uhr abends. Durchsucht wurden sie zwar nicht, aber sie konnten immer noch nicht die Polizeistation verlassen, weil eine nächtliche Ausgangssperre über Kabul verhängt worden war. Als Zia am nächsten Morgen Mutter und Kind endlich bei deren Hütte außerhalb der Stadt absetzte, beklagte sich Gulbadan lauthals bei ihrem Vater: »Er hat mir meinen Schuh gestohlen!«

Borodin würde sich vorerst nicht wieder auf der Straße blicken lassen, womit für Zia eigentlich kein Grund mehr bestand, weiter in Afghanistan zu bleiben. Sobald die Wunde an seinem Hals verheilt war, beschloss er, nach Kaschmir zurückzukehren. Er kaufte sich eine Fahrkarte bis zur Grenze und wartete. Der Bus konnte in ein paar Stunden kommen, mitten in der Nacht oder irgendwann im Laufe der nächsten Woche.

Auf dem offenen Gelände gegenüber dem Busbahnhof hatte sich eine große Menschenmenge versammelt. Aus den Lautsprechern drang knisternd die Stimme des Mullah, die vor dem unheilvollen Lohn der Sünde warnte. Vermutlich findet hier eine öffentliche Auspeitschung statt, dachte Zia. Er wusste sehr wohl, dass niemand die Gebote des Korans und der Scharia ungestraft übertreten konnte. Deshalb überquerte er die Straße, um ebenfalls Zeuge von Allahs Zorn zu werden.

»Khadija Banu, Ehefrau des Imran Banu, hat bewusst und mit Vorbedacht Ehebruch begangen. Ihr Mittäter konnte entkommen, aber die Rache Allahs wird ihn in dieser und der nächsten Welt verfolgen. Khadija Banu allerdings muss hier und jetzt bestraft werden.«

Ehebruch, Zia konnte ein, zwei Lieder davon singen. Seine Mutter war ungeschoren davongekommen. Diese Schlampe Khadija würde zum Glück ihre gerechte Strafe empfangen. Er konnte sie jetzt sehen. Sie saß wie ein Häufchen Elend auf der Erde, das Gesicht unter einem *Schandschleier* verborgen.

»Ihre erste Sünde besteht darin, dass sie ihre Tochter unbedingt auf die Schule schicken wollte.« Der Stein traf sie seitlich am Gesicht. Zia sah den Mann an, der ihn geworfen hatte. Er kam ihm irgendwie bekannt vor. Er hielt vier weitere Steine in der Hand und schien darauf zu brennen, sie ebenfalls loszuwerden. »Sie werden es unterlassen, Ihre Frau zu steinigen«, rügte der Mullah den Mann, »bis ich die Anklage und das Urteil zu Ende verlesen habe! Am Morgen begleitete sie ihr Kind zur Schule und tauchte erst vierundzwanzig Stunden später wieder auf. Und wie lautete ihre Entschuldigung? Auf die Schule sei ein Bombenanschlag verübt worden – völlig zu Recht, wie ich hinzufügen möchte –, und anschließend wäre sie die ganze Nacht lang auf der Polizeiwache festgehalten worden. Aber ihr Ehemann Imran wusste es besser. Ihr Liebhaber hatte die Dreistigkeit, seine Geliebte nach Hause zu begleiten, ohne zu wissen, dass Imran sie dort erwarten würde.«

Jetzt waren Imran Banu und die Volksmenge nicht mehr zu halten. Das Geräusch der unzähligen Steine, die Khadijas Knochen brachen, zerriss Zias Seele, und kein Gott, nicht einmal Allah, konnte sie wieder heilen.

Er flehte um Vergebung – nicht beim Einen und Einzigen und auch nicht beim Bettler, sondern bei Khadija und Gulbadan, die neben ihrem Vater stand und Kieselsteinchen auf ihre Mutter warf. Er flehte um Vergebung seiner Taten – warum und welcher, wusste er selbst nicht mehr. Und er flehte um Vergebung für die gesamte Menschheit und kehrte nach Kaschmir zu seiner Arbeit zurück.

Lucens' Arbeit auf der Konferenz war um drei Uhr nachmittags erledigt. Nachdem er ihn anderthalb Stunden lang ausgefragt hatte, sagte der Generalabt zum Ehrwürdigen Vater: »Ich weiß nicht, was für ein Mönch mal aus ihm werden wird, Augustine, aber seine Zahlen kennt er noch besser als Paul. Ich habe versucht, ihn aufs Glatteis zu führen, aber er ist mir auf die Schliche gekommen.«

»Habe ich dich richtig verstanden – das Trappistenkloster, dem du angehörst, möchte Geld investieren?«, fragte Roy, während sie nach Cambray Park fuhren.

»Verstößt das gegen das Gesetz, Roy?«

»Nein, natürlich nicht. Es ist etwas ungewöhnlich, das ist alles.«

»Wir mögen eine geistliche Institution sein, aber wie alles auf der Welt, lebt auch unsere Abtei von grünen Scheinen. Wärest du interessiert? Oder sollte ich mich besser an jemand anderen wenden?«

»Nein, sicher bin ich interessiert. Es ist bloß, dass deine Nachricht so unerwartet kam, und erst recht der Grund, warum du dich gemeldet hast. Ich hatte nicht gedacht, je wieder von dir zu hören.«

»Ich erwarte, dass unsere Transaktionen mit der striktesten Vertraulichkeit behandelt werden.«

»Ja, das versteht sich von selbst.«

»Ich betone das, weil ich keinerlei Patzer, Ausrutscher oder versehentliche Enthüllungen haben will.«

»Ich verstehe. Wie geht es dir, Zia?«
»Lucens, ich heiße jetzt Lucens. Bruder Lucens.«
»Ja, Amanat hat davon gesprochen. Aber ich werde wohl etwas Zeit brauchen, um mir das einzuprägen.«
»Ja, schon in Ordnung. Es geht nur darum, dass du, solltest du dich jemals mit mir in Verbindung setzen müssen, nach Bruder Lucens und nicht nach Zia fragen musst. Ich möchte allerdings betonen, dass ich dich anrufen werde, nicht umgekehrt. Ich habe kein Interesse an heißen Tipps. Ich und nur ich werde Anweisungen geben, wann du kaufen und wann du verkaufen sollst. In Angelegenheiten, die die Abtei betreffen, wirst du ausschließlich mit mir verhandeln. Wenn es ein Problem gibt, dann redest du mit mir. Und zwar nur, wenn ich dich anrufe, nicht wenn es dir gerade passt. Ist das klar?«
»Ja.«
»Gut. Und jetzt hoffen wir auf eine für beide Seiten zufrieden stellende Geschäftsbeziehung.«

Außer James Cambrays Wagen – der Lamborghini war durch einen Maserati ersetzt worden – hatte sich in Cambray Park nichts geändert. Ob Deirdre momentan gerade trocken war, ließ sich nicht feststellen, und ebenso wenig war zu erkennen, ob sie, seit Lucens sie das letzte Mal gesehen hatte, auch nur um einen Tag gealtert war. Die Cambrays gehörten schon seit den Zeiten Elizabeths I. der Anglikanischen Kirche an, aber falls Zias Reinkarnation als Trappist Deirdre und James irgendwelches Unbehagen bereitete, behielten sie es für sich und begnügten sich damit, ihm Fragen nach dem Leben im Kloster und dem Leben nach dem Sturm zu stellen.
Am nächsten Morgen saßen Roy und Lucens allein am Frühstückstisch. Deirdre frühstückte gern im Bett, und Cambray Senior war schon in seinem Arbeitszimmer. Er hatte einen an Bruder Lucens adressierten Umschlag hinterlassen, der auf der Anrichte an eine Wedgwood-Tasse samt -Untertasse angelehnt stand. Lucens war sich nicht sicher, ob es guten Manieren entsprach, einen Umschlag aufzureißen und dessen Inhalt zu lesen, wenn man in einem fremden Haus am Esstisch saß, aber seine Neugier war stärker als seine Bedenken.

Lieber Bruder Lucens,
hier ist unser kleiner Beitrag zum Wiederaufbau der Abtei. Wir wünschen Ihnen und allen Mönchen von Terraferra eine schnelle Rückkehr zur Normalität.
Vielleicht könnten Sie von Zeit zu Zeit ein Gebet für uns sprechen.
Mit den allerbesten Wünschen etc.,
Deirdre und James

Lucens warf einen Blick auf den Scheck, blinzelte und sah noch einmal hin. Er war auf die Abtei ausgestellt und lautete auf 100.000 US-Dollar.
»Ist das nicht ein bisschen übertrieben?«, fragte Lucens Roy.
»Mach das mit meinem Vater ab.« Roy zuckte die Schultern, aber seine Mundwinkel hatten sich zu einer säuerlichen Grimasse verzogen. »Ich versichere dir, dass ich nichts damit zu tun habe.«
Lucens war erleichtert, dass Roy seine Hand nicht im Spiel gehabt hatte. Welche Komplexe Roy auch immer wegen seiner Eltern haben mochte – das Geld war willkommen, mehr als willkommen. Lucens wäre sogar bereit gewesen, Druck auf den Ehrwürdigen Vater Augustine auszuüben, damit dieser Terraferra in Cambrayland umbenannte, wenn er damit hätte gewährleisten können, dass James weitere Spenden in vergleichbarer Höhe machte.
Gerade als die beiden Freunde losfahren wollten – Lucens nach Cambridge und Roy zum Flughafen – rollte einer von James' Oldtimern heran, ein 1937er Rolls-Royce. Er hatte getönte Scheiben, und man konnte nicht hineinsehen.
»Wir sollten besser etwas Gas geben, sonst kommen wir zu spät«, sagte Roy zum Chauffeur.
Lucens sah auf seine Uhr. Wovon redete Roy? Sie würden Heathrow gut dreieinhalb Stunden vor dem planmäßigen Abflug seiner Maschine erreichen. Ihr Wagen setzte sich gerade in Bewegung, als jemand an die Tür klopfte und ein mächtiger Schatten sich über Lucens und Roy legte. Roy hatte offenbar auf den elektronischen Fensterheber gedrückt, denn das Fenster auf Lucens' Seite glitt hinunter.
»Welch eine seltene Ehre!« Die Hermaphroditenstimme war unverwechselbar. »Ich hatte keine Ahnung, dass ich den Retter der Abtei

›Unseres Herrn in Kontemplation‹ antreffen würde. Hätten Sie nicht noch eine Minute Zeit?«

Shakta-Muni öffnete den Wagenschlag.

»Nein, also so was. Das ist aber eine angenehme Überraschung.« Der Guru schüttelte Lucens' Hand so energisch, als wäre sie der Schwengel einer Wasserpumpe in einem von Dürre heimgesuchten indischen Dorf. Lucens andererseits hatte eher das Gefühl, einen zwei Wochen alten Welpen zu drücken. »Ich weiß allerdings nicht genau, wie ich Sie anreden soll.« Er produzierte sein schrilles, hysterisches Lachen, so als hätte er etwas wahnsinnig Komisches gesagt.

»Bruder Lucens reicht völlig.«

»Wer steckt ihm eigentlich all die Infos über mich?«, fragte Lucens, als sie losgefahren waren.

»Da musst du ihn schon selbst fragen«, antwortete Roy.

»Kommt Vivian nicht herunter?«

»Ich glaube, sie versucht, irgendetwas zu beweisen, auch wenn ich nicht genau weiß, was.« Tante Antonia lächelte abschätzig.

»Dann gehe ich zu ihr.«

»Ich möchte mich nicht einmischen, Bruder Lucens, aber Vivian kann ziemlich schwierig sein.«

Lucens wunderte sich, wie ehrerbietig ihm selbst Tante Antonia wegen seines Mönchshabits begegnete.

»Es gab einmal eine Zeit«, sagte er halb scherzhaft, »da hätten Sie über mich das Gleiche gesagt. Mit Jesus an meiner Seite werde ich mit Vivian schon fertig werden.«

Lucens klopfte lange an Vivians Tür, aber es kam keine Reaktion. Schließlich öffnete er die Tür. »Darf ich hereinkommen?«

Vivian ließ ganze Garben von Dartpfeilen auf die Zielscheibe prasseln, während sie mit manischer Konzentration unentwegt im Zimmer auf und ab ging. Die wenigen Pfeile, die das rote Zentrum erreicht hatten, steckten dicht nebeneinander. Vivian stand jetzt an der Tür und schloss sie mit einem Fußtritt, während sie einen weiteren Pfeil schleuderte.

Lucens lächelte nachsichtig. Wenn Viv glaubte, er würde sich so schnell entmutigen lassen, dann täuschte sie sich. Er hatte ihr unwissentlich Unrecht getan, aber das Absurde war, dass er und nicht sie Jesus gefunden hatte. Er durfte ihr das Heil nicht länger vorenthalten.

»Du hast Recht, auf mich sauer zu sein, Viv. Keine Strafe wäre für mich angemessen, wenn man bedenkt, wie ich mich aus dem Staub gemacht habe. Aber nach all den Monaten des Wartens hatte ich endlich Rushdie im Visier, und ich drückte ab und drückte ab, und es waren keine Patronen im Magazin. Und da fragte ich mich, wer außer dir von dem Plan, ihn zu töten, gewusst haben konnte. Ich war überzeugt, dass du mich verraten hattest und dass Scotland Yard auf meiner Spur war, also habe ich das Land verlassen.«

Vivian riss die Wurfpfeile aus der Zielscheibe und fing wieder an, sie mit beängstigender Treffsicherheit zu schleudern.

»Ich hätte es besser wissen sollen. Du warst unerschütterlich in deiner Treue. Es war Amanat, der die Pistole entladen hat. Also warst nicht du es, die mich, sondern ich, der unwissentlich dich verraten hat. Nachdem ich dich verlassen hatte, habe ich Dinge getan, die noch weit entsetzlicher waren, als das, was ich dir angetan hatte.«

Es fiel Lucens schwer, sich auf seine Worte zu konzentrieren, denn jetzt war Vivian noch einen Schritt weiter gegangen und schleuderte die Pfeile, während sie sich wie ein Wirbelwind um ihre eigene Achse drehte.

»Lass mich ausreden, Viv. Ich habe Verbrechen begangen, die keine irdische Macht je vergeben kann. Doch während all meiner Verwirrungen hat Jesus mich nicht aufgegeben. Er hat sogar weiter zu mir gestanden, als ich ihn anspuckte und ihn abscheulich behandelte. Heute bin ich zu dir gekommen, um dich um Verzeihung anzuflehen. Aber es gibt auch noch einen wichtigeren Grund meines Hierseins. Ich bin gekommen, um dir die Gnade Gottes zu bringen. Ich war es, der dich zum Islam führte. Jetzt werde ich dich zum Heil führen. Komm zu Jesus, Viv. Komm, erlaube mir, dich zu Frieden und zur Seligkeit zu geleiten. Komm und empfange den Herrn.«

Lucens' Stimme hatte einen hypnotischen Rhythmus angenommen. »Komm in den Schatten Seiner unendlichen Barmherzigkeit. Komm, preise Seine Schöpfung. Komm, Viv, komm und empfange Seinen Segen.«

Die meisten Pfeile steckten in der Zielscheibe, ein paar waren heruntergefallen, und der Wirbelsturm hatte sich gelegt. Vivians Au-

gen waren rauchfarben geworden. Ihre Lippen bewegten sich lasziv, und sie atmete schwer. Lucens bemühte sich noch immer, Vivian von den Lippen abzulesen, was sie sagte, als sie sich ihr T-Shirt über den Kopf streifte. Ihr Becken vollführte jetzt kreisende Bewegungen. Jetzt verstand er, welches Wort sie fortwährend lautlos skandierte: Komm, komm, komm. Lucens lachte. »Versuchst du, mich zu verführen? Zieh dich wieder an, Viv.« Die Jeans lag auf dem Boden, und jetzt pellte sie sich das Höschen von den Hüften. Die Finger ihrer linken Hand zogen Kreise um ihre Brustwarzen, während ihre rechte Hand hinabgetaucht war und rieb und rieb.
»Schluss damit!«, herrschte Lucens sie an. »Du bist mitleiderregend. Du wirst damit nichts erreichen.«
Es stimmte. Vivians simulierte Lüsternheit stieß Lucens eher ab. Sie konnte sämtliche Tricks ausprobieren, die sie auf Lager hatte – er wusste, dass er immun gegen sie sein würde. Er hob T-Shirt, Höschen und Jeans vom Boden auf und reichte sie ihr.
»Wenn du nicht aufhörst, gehe ich.«
»Kommt essen. Der Tisch ist gedeckt«, sagte Antonia, als sie hereinkam.
»Hilfe!«, schrie Vivian hysterisch und stieß Lucens von sich.
Tante Antonia sah von Vivian zu Lucens. Ihre Tochter war nackt, während der Mönch seinen vollständigen Habit anhatte, aber dennoch war es Lucens, der ein Gesicht machte, als wäre er in flagranti ertappt worden.
Tante Antonia versuchte ihre Tochter zu beruhigen. »Dir ist nichts passiert, dir ist nichts passiert.«
»Nichts passiert? Was bist du für eine verlogene Heuchlerin, Mutter! Dein Kleines Wunder hat mein Leben ruiniert, und du sagst, mir ist nichts passiert?!« Vivian duckte sich und schleuderte mit einem anmutigen Schwung aus dem Handgelenk einen weiteren Dartpfeil los.
»Beruhige dich, Vivian, beruhige dich«, sagte ihre Mutter, als sie auf sie zuging und der Pfeil sich in ihr linkes Auge bohrte.

Am Tag nach seiner Rückkehr in die Abtei machte sich Lucens an die Arbeit. Nach der Erkrankung des Novizenmeisters hatte er die Barbestände der Abtei immer wieder durchgerechnet und war jedes

Mal zum selben Ergebnis gelangt. Sie konnten noch sieben, acht Monate, vielleicht – durch eine unerwartete Spende, eine besonders glückliche Fügung – noch ein Jahr durchhalten. Danach würde man die Abtei schließen müssen, und die Mönche würden auf andere Trappistenklöster verteilt werden. Soweit es Lucens betraf, kam diese Option nicht in Frage. Er wagte den Sprung ins kalte Wasser. Er investierte James Cambrays großzügiges Geschenk in Aktien. Roys Firma stellte die Verbindung zur Börse her, aber sämtliche Entscheidungen traf Lucens. Als die meisten Anleger die Länder Lateinamerikas und Südostasiens als ökonomisches Brachland betrachteten, kaufte er Technologie- und Pharma-Werte für beinahe nichts und ließ sie liegen, bis sie sich in einen warmen Regen und mitunter sogar in einen tropischen Wolkenbruch verwandelten. Er sah den Tanz von Rohstoffen und Terminwaren. Er wusste, wie der Markt in ein paar Minuten, morgen, in einer Woche und in einigen Monaten aussehen würde. Es war eine dreidimensionale, stereoskopische, holistische Vision, die FTSE- und Nikkei-Index, Dow Jones und Nasdaq umfasste, dazu den DAX und die übrigen europäischen Wertpapierindizes, während sie ihm zugleich eine Ahnung von den künftigen Entwicklungen auf den asiatischen, afrikanischen und lateinamerikanischen Wertpapiermärkten verschaffte.
Es war allerdings keineswegs so, dass er das ganze Geld auf einen Schlag eingefahren hätte. Er war meistens vorsichtig. Aber von Zeit zu Zeit riskierte er den Bankrott. »Riskierte den Bankrott«, wie es so schlicht und schrecklich heißt. Nur wenige Menschen auf der Welt kannten die furchterregenden Dimensionen und Implikationen einer solchen Vorgehensweise. Zweimal kam er mit knapper Not an der Insolvenz vorbei. Er hatte noch nie eine solche Angst verspürt, wie er sie in diesen Momenten erlebte. Die Klostergebäude befanden sich alle noch in unterschiedlichen Stadien der Fertigstellung, als er das, was sein Geist, seine Zellen, seine Sinne und sein Blut ihm sagten, falsch deutete. Vielleicht war er zu selbstsicher geworden, aber er hatte seine finanziellen Transaktionen nie als Glücksspiel betrachtet. Er arbeitete für Gott. Wie John Keynes hatte er ein intuitives Gespür für den Markt. Bislang hatte er eine Trefferquote von sieben, gelegentlich sogar acht von zehn gehabt. Der Trick bestand darin, Rücklagen zu behalten für die Fälle, in

denen er sich irrte. Aber was, wenn bei zwanzig Investitionen die statistisch zu erwartenden sechs Nieten einmal hintereinander gekommen wären? Ja, selbst vier in Folge hätten eigentlich schon gereicht, um ihn, beziehungsweise die Abtei, zu erledigen. Einmal hätte er dem Abt beinahe empfohlen, Konkurs anzumelden, aber dann hatte sich der Markt erholt, und beim zweiten Mal war er von einer winzigen indischen Softwarefirma gerettet worden, in die er einige Zeit zuvor investiert hatte. Sie hatte an der New Yorker Börse einen viertägigen Höhenflug hingelegt und gewaltige Gewinne gemacht, die ihm eine weitere Gnadenfrist gewährt hatten.

»Was gibt's denn so Wichtiges, dass du mich unbedingt persönlich sprechen musstest und nicht am Telefon darüber reden konntest?«, fragte Lucens, als Roy in der Abtei eintraf.

Die riesigen Kräne, die hoch oben am Himmel Betonklötze herumschwangen, und die Bauarbeiter und Zulieferer, die sich gegenseitig anbrüllten, veranstalteten einen solchen Spektakel, dass man sein eigenes Wort nicht verstand.

»Könnten wir nicht irgendwohin gehen, wo es ruhiger ist und wir ungestört reden können? Ich hatte eigentlich gedacht, Klöster seien die stillsten und friedlichsten Orte auf Erden.«

»Komm wieder her, wenn die Arbeiten abgeschlossen sind. Dann kannst du die Pferde im Stall von Cambray Park schnauben und Amanat in Suleiman Mansion keuchen hören.«

Lucens schlug einen Bergpfad ein.

»Es ist ein ziemlicher Aufstieg zum Dach von Nordamerika. Wirst du's schaffen?«

Schon nach wenigen Minuten hatte Roy ihn abgehängt. Wie hatte Lucens vergessen können, dass Roy täglich siebzigmal siebentausend Meilen lief und anschließend zur Abkühlung noch einmal rund um den Mount Everest joggte? Sie benötigten eine Stunde, um außen herum bis zum anderen Ende von Terraferra zu gelangen; jetzt standen sie dem Rearing Horse und den drei Bitter Sisters Auge in Auge gegenüber.

»Allmächtiger Gott, ist das ein Ort! Tut mir leid, ich wollte nicht den Namen Gottes missbrauchen, aber wenn Jahwe irgendwo auf der Erde lebt, dann kann es nur hier sein.«

»Gefällt es dir?«
»Ich glaube nicht, dass ›gefallen‹ das richtige Wort ist. Es ist einfach so ehrfurchtgebietend, dass es einem die Sprache verschlägt.«
»Schade. Ich dachte, du wolltest reden.«
»Will ich auch. Ich weiß nur nicht, wo ich anfangen soll. Ich möchte nicht undankbar klingen, Zia. Deine Aufträge haben für Cambray and Cambray, New York, die Wende bedeutet. Und dafür bin ich dir dankbar. Nach den Vorwürfen des SEC hatten die Leute mich und meine Firma wie die Aussätzigen der Wall Street behandelt. Ich stand kurz davor, den Laden dicht zu machen. Inzwischen beginnen einige meiner früheren Kunden langsam zurückzukommen. In letzter Zeit haben ein paar große Privatinvestoren und gemeinnützige Organisationen bei uns vorgefühlt.«
»Wo liegt dann das Problem?«
»Wie du wahrscheinlich weißt, hat mein Vater Feinde. Das Einzige, was Cambray and Cambray, New York, mit Cambray and Cambray, London, gemeinsam hat, ist der Name. Sonst nichts. Ich führe eine vollkommen eigenständige Firma. Aber ich bin ein leichteres Ziel, und diese Leute sehen eine Möglichkeit, meinen Vater zu treffen, indem sie mir eins auswischen. Weder dem SEC noch der Staatsanwaltschaft ist es gelungen, mir oder meiner Firma etwas nachzuweisen, aber es bleibt naturgemäß immer etwas hängen, und ich muss vorsichtig sein. Sehr, sehr vorsichtig.«
»Dann haben wir dieselben Interessen, und du brauchst nichts zu befürchten.«
»Lass mich ausreden, Zia. Versteh mich bitte nicht falsch. Ich möchte dich bloß warnen. Du erreichst eine durchschnittliche Trefferquote von sieben, manchmal sogar acht von zehn. Selbst wenn du gelegentlich böse auf die Nase fällst, bist du sofort in alter Frische wieder da. Nur George Soros brächte es fertig, so häufig und so regelmäßig ins Schwarze zu treffen.
Ich lasse mich oft von dir anregen und berate meine Kunden entsprechend, aber ich achte darauf, dass sie es nur auf eine Trefferquote von sechs bringen. Sechs von zehn. Was ist los, Zia? Entweder du hast den lieben Gott als deinen Anlageberater, oder ... nein, das will ich nicht einmal aussprechen. Ich habe mit beiden keine Probleme. Aber wenn es Letzterer ist, muss ich dir dringend

raten, dir eine andere Brokerfirma zu suchen, bevor mich das SEC wieder vor den Kadi schleift. Und glaube mir, auf dich werden die Typen auch noch kommen, denn die beobachten mich trotz gegenteiliger richterlicher Anweisung auf Schritt und Tritt.«

»Ich kann dir nur so viel sagen, dass es nicht ›Letzterer‹ ist. Außerdem bin ich nichts Besonderes. Hunderte von Leuten spekulieren mit Aktien und werden Millionäre. Und ich mache es nicht für mich.«

»Wie kommt es, dass du so häufig ins Schwarze triffst?«

»Wie du weißt, gab es vor einiger Zeit einen Sturm, der die Abtei dem Erdboden gleichgemacht hat. Wir müssen sie völlig neu wiederaufbauen. Sagen wir einfach, der Herr ist mein Glücksbringer.«

«Ich weiß nicht, was das bedeutet, Zia. Ich weiß lediglich, dass ich dein Freund bin und dir vertraue.»

Die Arbeit auf den verschiedenen Baustellen ging schnell voran. Wenn man vor Ort wohnte, bekam man es nicht so mit, aber jeder Besucher, der nach ein oder zwei Wochen wiederkam, konnte nicht umhin, über das Tempo zu staunen, mit dem die einzelnen Bauwerke in Terraferra und Halfway in die Höhe schossen.

Ja, Lucens leistete gute Arbeit. Und dennoch war er noch nie so unglücklich gewesen. In seiner Seele klaffte ein Loch, und dort hinein war er gestürzt. Es war ein enger Schacht, so eng wie ein Sarg, und je hektischer Lucens versuchte, wieder ans Licht zu klettern, desto tiefer schien er zu sinken. Lucens betete und weinte, er flehte Jesus an, er möge ihm ein Zeichen geben, dass er nicht allein war, dass er nicht in die Irre gegangen und von seiner Berufung abgefallen war. »Wie lange, Herr, willst du mein so ganz vergessen?«, fragte er mit den Worten des Psalmisten. »Wie lange willst Du Dein Antlitz bergen vor mir? ... Schaue her, erhöre mich, Herr, mein Gott! Erleuchte mein Auge, dass ich nicht entschlafe zum Tode.« Der Abt hatte ihn davor gewarnt, dem »egoistischen Pronomen« aufzusitzen, ständig alles auf sich beziehen zu wollen, sich immer an jedem Unglück, das ihm oder der Abtei zustieß, die Schuld zu geben; also geißelte er sich nicht mehr wie früher, kasteite sich dafür allerdings auf andere Weise. Er aß zum Frühstück, zu Mittag und zu Abend je eine Scheibe Brot und sonst nichts. Er nahm sich vor, überhaupt nicht mehr zu schlafen, und um doch nicht einzunicken, legte er sich im Unterhemd aufs Bett, warf alle Decken von sich und fror die ganze Nacht lang. Er nahm ab, sah hager und ausgezehrt aus und erlitt immer wieder Schwächeanfälle. Aber es nützte alles nichts. Jesus hatte sich von ihm abgewandt. Lucens hatte sich einst in die Wüste begeben, um Gott zu finden. Mittlerweile hegte er den – blasphemischen, lästerlichen – Verdacht, dass Gott selbst die Wüste war. Ist es das, fragte er sich, was die Heiligen und Einsiedler, ganz zu schweigen von Christus selbst, als die dunkle Nacht der Seele bezeichnet hatten?

Jesus hatte sich nicht allmählich ausgeblendet, ebenso wenig hatte Er Lucens irgendwie vorgewarnt. An einem Tag war Er noch an seiner Seite gewesen, und am nächsten war Er verschwunden. Das war unerträglich. Warum war Lucens von Indien aus um die halbe Welt gereist und hatte diese Abtei aufgesucht? Warum machte er die Schulung zum Mönch durch? Und nicht nur das – warum war er überhaupt zum Katholizismus übergetreten, wenn nicht Jesu wegen? Es war, als hätte der Allmächtige ihn endlich zur Strecke gebracht. Er hatte ihn fast in den Wahnsinn getrieben. Ja, nicht nur fast: Wie sein Bruder und seine Eltern hätten bezeugen können, war er ganz und gar und hundertprozentig verrückt geworden.

Und jetzt hatte Jesus ihn fallen lassen. Es war Lucens bislang nie in den Sinn gekommen, dass auch Gott launisch und eigenwillig sein, dass auch Er Spaß daran haben könnte, Spielchen zu treiben. In der einen Minute war man bei Ihm gut angeschrieben, in der nächsten war man abserviert. Lucens hatte geduldig gewartet, ohne den Glauben oder die Hoffnung zu verlieren. Der Abt hatte immer wieder von plötzlichen Dürreperioden gesprochen, langen Trockenzeiten, in denen sich der Ozean der Liebe Jesu in Dunst auflöste. Tatsächlich aber, hatte er gesagt, war Er nur unsichtbar geworden und würde eines Tages umso voller und gabenreicher wieder erscheinen. Lucens wäre es lieber gewesen, wenn Jesus sich nicht zu derlei Tricks herabgelassen hätte, aber er war bereit, sich Seinem

Willen zu fügen und in Geduld zu fassen. Er begriff, dass Gott Seine Gründe hatte und dass Seine Wege unerforschlich waren.
Doch aus den Tagen wurden Wochen und aus den Wochen Monate. Lucens arbeitete härter, betete inbrünstiger als jemals zuvor. Er war seinen Mitbrüdern gegenüber gütiger, sanftmütiger und nachsichtiger, übte sich noch stärker in Demut und Selbstverleugnung; und spürte die ganze Zeit die Gewissheit, dass er jeden Augenblick durchknallen konnte, wie einer dieser Irren, die mitten in einer Einkaufspassage ausrasten und jeden niederschießen, der ihnen über den Weg läuft, und in die Schlagzeilen kommen.
Der Kreis schloss sich. Und dann stellte Lucens in seiner Pein und Seelenqual die Frage, die auch Jesus, der Sohn Gottes, einst Seinem Vater gestellt hatte: »Mein Gott, mein Gott, warum hast Du mich verlassen?«

Das Gelübde der Armut war nicht mehr Bestandteil der Trappistenregel, aber Askese wurde noch immer so ernst genommen wie das Gebet und die Kontemplation. Die Mönche befolgten Gottes Gebot »Im Schweiße deines Angesichts sollst du dein Brot essen« wörtlich. Die Idee dabei war, Geist und Körper zu züchtigen und zugleich jedes Kloster autark zu machen. Die Mönche arbeiteten hart und trieben ihren Körper bis an die Grenze seiner Leistungsfähigkeit, aber selbst in den besten Zeiten hatte es die Abtei schwer, über die Runden zu kommen.
Die Mönche von Terraferra hatten zwei Einkommensquellen. Zum einen bauten sie auf den terrassierten Hängen unterhalb von Halfway Weizen an. Der Boden war steinig und karg, und in den schlechten Jahren reichte die Ernte kaum, um die Mönche zu ernähren. Die andere war eine bescheidene Manufaktur, eine Werkstatt, die religiöse Artefakte und Andenken herstellte. Es bedurfte eigentlich einer gewissen Phantasie, um den armseligen Schuppen eine Werkstatt zu nennen, aber ihre Erzeugnisse waren auf dem Markt etabliert und fanden guten Absatz.
Wenn die Mönche gelegentlich zurückblickten, betrachteten einige von ihnen Lucens als einen Visionär. Ein paar fanden für ihn weniger schmeichelhafte Bezeichnungen und meinten, die Natur habe lediglich das Vakuum, das Pater Pauls Krankheit hinterlassen hatte,

ausfüllen wollen, und rein zufällig sei Lucens da gewesen und habe sich zu dem Zweck angeboten. Andere waren der Ansicht, er sei der Liebling des Abtes und auf dem besten Wege, die Abtei mit seinen neumodischen Ideen ins Verderben zu führen – abgesehen von der Tatsache, dass das Kloster sich langsam, aber sicher in eine Khan'sche Domäne verwandelte. Allein, dass der Vater des jungen Mannes, ausgerechnet ein Muslim, beauftragt worden war, den gesamten Komplex zu entwerfen ... Gar keine Frage, der Abt baute den jungen Bruder Lucens zu seinem Nachfolger auf. Lucens sah die Sache weit nüchterner – und vielleicht realistischer. Als er mit der Verantwortung für die Finanzen der Abtei betraut worden war, hatte er nicht beabsichtigt, seinen Wirkungskreis in irgendeiner Weise zu erweitern. Aber für ihn war jedes Problem wie ein lockender Berggipfel: Er hatte keine andere Wahl, als ihn zu besteigen.

Die Landwirtschaft, daran hegte Lucens keinen Zweifel, war eine edle Beschäftigung. Aber sofern sich kein schweres Erdbeben oder sonst eine vergleichbare Naturkatastrophe ereignete, bestand keine Hoffnung, dass das Ackerland der Abtei in den nächsten paar tausend Jahren fruchtbar werden würde. Also wandte er seine Aufmerksamkeit der Schreiner- und Holzschnitzerwerkstatt zu. Die Abtei-Produkte waren am Markt gut eingeführt. Die Manufaktur war eine religiöse Institution und stellte sakrale Objekte her: Kruzifixe, plastische und bildliche Heiligendarstellungen und Krippenfiguren. Der Absatz mochte nicht aufsehenerregend sein, aber was zählte, war ein treuer Kundenstamm.

Lucens wäre ein Narr gewesen, wenn er diese Produktlinie eingestellt hätte. Stattdessen entschied er sich für etwas, das bei aller Einfachheit eine einschneidende Neuerung für die Abtei darstellte. Unter den Mönchen herrschte kein Mangel an handwerklich Begabten. Lucens beschloss, in die Möbelproduktion einzusteigen. Schränke, Sekretäre, Stühle, Betten und Tische, alles aus Naturholz und alles zum Selbstzusammenbauen. Motto und unschlagbarer Verkaufsslogan würden lauten: »So simpel, dass Ihre siebenjährige Tochter es zusammenbauen kann«, und »So stabil, dass Ihre Ururenkelin es noch ihren Kindern vermachen wird«.

Als die Idee zum ersten Mal vorgestellt wurde, wurden in der Abtei erwartungsgemäß Bedenken und Vorbehalte laut. Es würde nicht funktionieren. Sie waren Mönche, was wussten sie schon von kommerzieller Manufaktur oder Marketing? Es klang wie eine selbstmörderische Geschäftsidee. Lucens war ein Meister darin, Einwände vom Tisch zu fegen. Er erklärte den Gegnern seines Projekts, er könne ihren Standpunkt hundertprozentig nachvollziehen. Er klammere sich keineswegs an die Idee, ganz und gar nicht. Wenn jemand einen besseren Vorschlag hätte, würde er ihn von ganzem Herzen unterstützen.

Und was, wenn die Fabrik anfangen sollte, Profite zu machen? Gott behüte uns davor, meinte der Abt sarkastisch – doch ist das nicht andererseits der Zweck der Übung? Keine kleinen Profite, beharrten die Kritiker: Was, wenn wir am Ende noch zu einem multinationalen Konzern werden? Das war zwar ein wenig weit hergeholt, aber der Ehrwürdige Vater musste zugeben, dass es besser war, derlei Dinge gleich von vornherein zu klären. Große, wirklich große Profite würden der trappistischen Lebensweise und Ordensregel widersprechen. »Wenn überhaupt etwas Geld übrig bleiben sollte«, unterbrach Lucens die Microsoft-Träume der Mönche, »und es ist ein wirklich sehr großes Wenn – wie wäre es, wenn die Abtei mit dem Geld eine Suppenküche in Sweet Waters einrichten würde?«

Der Vorschlag kam hervorragend an. Der Antrag, die Produktion von Möbeln aufzunehmen, war durch, und über die Frage nach der Verwendung etwaiger Überschüsse wurde kein Wort mehr verloren.

Das neue Fabrikgebäude in Halfway war eine Raupe in Weiß, die eine sanfte Kurve machte. Die Idee dabei war, dass man, sollten die Geschäfte gut laufen, lediglich die Raupe an einem der beiden Enden würde verlängern müssen. Licht, Hitze und Kälte stellten in Halfway immer ein Problem dar – wenn auch kein halb so großes wie oben auf Terraferra. Es gab immer zu viel oder zu wenig davon. Aber jetzt konnte man etwas dagegen unternehmen, vor allem mithilfe eines ausgeklügelten Systems von verschiebbaren Läden an den Fenstern und Oberlichtern. Abgesehen von den Toren, an denen die Rohstoffe angeliefert und die fertigen Erzeugnisse aufgeladen wurden, war die gesamte Außenseite des Gebäudes mit Solarzellen ausgekleidet. Aber Abbajan hatte noch eine weitere – und weit ertragreichere – Energiequelle erschlossen: Hinter der Möbelfabrik standen siebzehn Windräder. Zum ersten Mal würden die wüsten Winde auf Terraferra konstruktiv genutzt werden. Die Abtei würde den eigenen Bedarf an Strom erzeugen.

»Wenn Sie Stein, Farbe, Wörter oder jedes andere Material, mit dem Sie arbeiten, als etwas Totes ansehen, wird das Ergebnis keinerlei Leben besitzen. Es wird weder atmen noch Biss haben.«
Lucens fragte sich, mit wem sein Vater redete. Er stieg gerade die noch ungesicherte Treppe zur Terrasse der unvollendeten Krankenstation hinauf, um mit Abbajan einen Kostenvoranschlag zu besprechen. Das ständige Hacken des Meißels am Marmor rief in Lucens Erinnerungen an Firdaus wach. Vom neuen improvisierten Atelier aus hatte man den besten Blick auf die Berge, und dort, unter einem Schutzdach aus Fiberglas, arbeitete Abbajan am liebsten an den Reliefs für die Kirche. Es war eine Ewigkeit her, dass sie ihr altes Zuhause verlassen hatten, und dennoch fühlte Lucens den Schmerz dieses Verlustes noch immer mit unverminderter Schärfe.
»Wenn Sie genau wissen, was Sie wollen« – Lucens sah jetzt, dass Abba zu Jonathan-Christophe sprach –, »wenn Sie alles bis ins letzte Detail planen und, komme, was da wolle, auf dem eingeschlagenen Kurs bleiben, werden Sie vielleicht das vollkommene Kind zeugen, aber es besteht auch die Möglichkeit, dass es eine Totgeburt wird. Ihr Werk wird keinen verblüffen, am wenigsten Sie selbst.«
Es wurde zunehmend klarer, dass die Trappistenmönche von Terraferra Abbajan als ihren Ersatzvater adoptiert hatten. Sie gingen zwar weiterhin zur Beichte, aber ihr Herz schütteten sie Zafar Khan aus. Sie sprachen mit ihm über ihre Probleme mit Ordensbrüdern, erzählten Abba über ihre Angehörigen und bald waren sie so weit, dass sie ihm von ihrer Vergangenheit und ihren früheren Liebesaffären erzählten.
Lucens hatte mehr als viermal so viel Zeit wie er in der Abtei verbracht. Ja, die Mönche respektierten ihn. Er war schließlich derjenige, der für ihren Lebensunterhalt sorgte und das Geld für den Bau der Gebäude beschaffte, in denen sie später leben würden. Aber Abbajan respektierten sie nicht nur, sie liebten ihn. Lucens begriff, dass er selbst nie zu einem wie auch immer beschaffenen »inneren Kreis« gehören würde. Er würde stets am Rand bleiben.

Die einzigen Gespräche, die Lucens mit seinem Vater führte, betrafen die Reihenfolge, in der die Gebäude entstehen sollten, oder andere Aspekte der Arbeiten an der Abtei.
»Als Sie Ihre Pläne vorgelegt haben, betrafen sie doch die ganze Anlage, oder?«, fragte Lucens seinen Vater. »Kirche, Schlafsäle, Refektorium, Krankenstation, Garagen, Möbelfabrik?«
»Ja, das ist bei Architekturzeichnungen allgemein so üblich. Das weißt du doch.«
»Warum wollen Sie den Plan dann stückweise verwirklichen?«
»Ich dachte, die Klosterkasse würde auf diese Weise weniger beansprucht werden.«
»Lassen Sie das Geld meine Sorge sein. Wenn wir nur ein Haus auf einmal bauen, könnten sich die Arbeiten noch Jahre hinziehen. Der Staub, der Lärm und das Chaos würden genauso lange andauern, und außerdem könnte irgendetwas dazwischenkommen. Unsere Mittel würden dann anderweitig beansprucht werden, und das Projekt müsste wer weiß wie lange halb fertig bleiben. Die andere Frage ist: Wie lange wollen Sie Jahr für Jahr von Indien herkommen, um sich zu vergewissern, dass alles nach Plan läuft, oder um im letzten Moment auftauchende Probleme zu regeln?«
Abbajan schmunzelte, und in seiner linken Wange bildete sich dabei ein Grübchen. »So bekomme ich dich wenigstens ab und an mal zu sehen und könnte vielleicht bei Gelegenheit auch einmal Zubeida-Khala und Amanat mitbringen.«
»Tun Sie das ruhig«, erwiderte Lucens kurz angebunden, »aber ich kann mir keine Sentimentalitäten auf Kosten der Abtei leisten.«
»Das war nicht ganz ernst gemeint, mein Sohn.«
Lucens zuckte beim Wort »Sohn« innerlich zusammen, während er Abbajans freundlichen Ton geflissentlich ignorierte. »Ich würde vorschlagen, Sie fahren mit dem Prior runter nach Sweet Waters, oder auch nach Portland oder Seattle, wenn es Ihnen lieber ist, und unterhalten sich mit zwei, drei Baufirmen. Sie können alle beauftragen, oder auch nur eine davon. Sie sorgen dafür, dass die ihr Bestes geben, während es mein Problem sein wird, sie auf einen annehmbaren Preis herunterzuhandeln. Sind Sie damit einverstanden?«
»Ja, das klingt vernünftig.«

»Ich bin ein wenig verwirrt.« Der Ehrwürdige Vater hatte den Arm um Lucens' Schultern gelegt, während sie auf die Bibliothek zugingen. Lucens konnte sich einfach nicht daran gewöhnen, den Ehrwürdigen Vater in zerrissenen, stümperhaft und offensichtlich von ihm selbst geflickten Jeans zu sehen. Der Abt arbeitete immer die vorgeschriebene Anzahl von Stunden auf den Feldern, in der Autowerkstatt, oder wo immer sonst es etwas zu tun gab, aber die neue Möbelfabrik hatte ihn in einen echten Macho der Arbeiterklasse verwandelt. Er war extrem ehrgeizig geworden und hatte immer ein triumphierendes Grinsen im Gesicht, wenn er bei Schichtende mehr Schränke oder Regale als jeder andere geschafft hatte.

»Der Buchprüfer hat beiläufig etwas gesagt, das mich gewundert hat. Er meinte, jetzt, wo die Möbelproduktion in die Gänge zu kommen scheint, müssten wir das Bankdarlehen binnen weniger Jahre zurückzahlen können. Ich dachte, er hätte sich irgendwie geirrt, und habe mir seinen Bericht noch einmal gründlich angesehen.« Er lächelte. »Anders als Sie betrachte ich Zahlen nicht gerade als meinen Lieblings-Zeitvertreib. Ihr Vater hat übrigens einmal erwähnt, dass es im indischen Englisch andersherum heißt: ›Vertreibzeit‹. Aber da ich Zahlen nicht mag, gebe ich mir extra Mühe, sie zu verstehen. Der Buchprüfer hatte Recht. Wir schulden der Bank nur noch siebenhunderttausend. Fehlen da vielleicht ein paar Nullen, Lucens? Schließlich sind die meisten Gebäude schon völlig fertig. Wir sind bereits vor drei Monaten in unsere Wohnhäuser eingezogen, und in zwei Wochen wird unsere neue Kirche, gepriesen sei der Herr, geweiht werden.

»Sind wir noch einer anderen Bank etwas schuldig? Wir haben doch bestimmt mehr ausgegeben als nur siebenhunderttausend?«

»Natürlich haben wir das, Ehrwürdiger Vater. Aber ich versichere Ihnen, dass keinerlei Grund zur Sorge besteht.«

»Ich bin der Abt dieses Klosters, mein Sohn. Ich muss wissen, wie hoch die Verbindlichkeiten der Abtei sind, damit wir unsere Schulden nach und nach abzahlen und wieder autark und finanziell unabhängig werden können.«

»Siebenhunderttausend, so viel betragen unsere Schulden. Keinen Cent mehr.«

»Tun Sie mir den Gefallen, Lucens, und seien Sie einmal ernst.«

»Das ist mein völliger Ernst, Ehrwürdiger Vater.«
Es trat ein langes Schweigen ein, als wäre der Abt in einen Morast getappt und hätte nun keine Lust mehr, den Rückweg anzutreten.
»Haben Sie«, fragte er endlich mit einer Stimme, die leiser als der Tod war, »einen Pakt mit dem Teufel geschlossen?«
»Nein, Ehrwürdiger Vater.«
Lucens wünschte sich, auch diese Buchprüfung hätte, wie die letztjährige, an ihm vorübergehen können, ohne dass der Ehrwürdige Vater sie sich allzu genau ansah. Früher wäre Lucens dem Novizenmeister, dem Finanzbuchhalter der Abtei, Rechenschaft schuldig gewesen, aber Pater Paul wurde immer schwächer und kümmerte sich kaum noch ums Geschäftliche. Es war nicht so, dass Lucens das Gefühl gehabt hätte, etwas Unerlaubtes zu tun – er wollte nur nicht darüber reden. Er hatte gehofft, sich – sobald die Bauarbeiten abgeschlossen gewesen wären und die Möbelproduktion angefangen hätte, Gewinn abzuwerfen, so dass die Abtei ausreichende Rücklagen bilden konnte – endgültig von seinen Aktiengeschäften zurückziehen zu können, ohne dass jemand etwas davon erfahren hätte. Bis gestern, nein, bis vor wenigen Minuten hatte es so ausgesehen, als könnte sein Wunsch in Erfüllung gehen.
»Wo ist das Geld also dann hergekommen?«
»Ich weiß nicht, wie ich es sagen soll, denn wie immer ich es auch formuliere, wird es unverständlich klingen.«
»Sagen Sie es mir trotzdem.«
»Ich spürte, wie sich der Markt unter meiner Haut bewegte, in meinem innersten Kern. Ich habe ihn zunächst zwei Wochen lang beobachtet, und dann habe ich gespielt.«
»Den Markt?« Der Abt klang ratlos.
»Den Aktienmarkt.«
»Und wo haben Sie das Geld dafür hergenommen?«
»Ich habe mir von der Abtei hunderttausend geliehen. Genau genommen, war es das Geld, das die Cambrays uns gespendet hatten.«
»Sie haben das selbstverständlich vorher mit dem Novizenmeister abgesprochen.«
»Ich konnte nicht erklären, was in mir vor sich ging. Ich habe die Entscheidung selbst getroffen. Aber nach diesem ersten Mal habe ich das Geld der Abtei nie wieder angerührt.«

»Haben aber weiter spekuliert?«
»Ja.« Lucens seufzte. »Durch die Gnade unseres Herrn ist alles gut gegangen. Die Bauarbeiten sind so gut wie abgeschlossen. Und wir haben für etwaige Notfälle einen ordentlichen Betrag auf der hohen Kante.«
»War Ihnen klar, dass Sie ein großes Risiko, ein sehr großes Risiko eingingen – und dazu mit Geld, das Ihnen gar nicht gehörte?«
»Meine Familie und ich wurden einmal von unserem Zuhause vertrieben. Ich habe Ihnen schon davon erzählt. Ich hatte nicht vor, untätig zu bleiben und auch mein zweites Zuhause zu verlieren. Ich weiß nicht, ob das Risiko wirklich größer war als die finanzielle Notlage, in der wir uns ohnehin schon befanden.«
Der Abt setzte sich auf einen der Steinstapel, die vor der Kirche standen, sprach dann aber lange kein Wort.
»Ich bin blind gewesen, bewusst und unverzeihlich blind. Ich muss irgendwie geahnt haben, wie kurz wir davor standen, als Klostergemeinschaft aufgelöst zu werden, und ich habe es vorgezogen, das Problem Ihnen zu überlassen. Zu meiner Entschuldigung habe ich mir vermutlich gesagt, dass Sie von Gelddingen mehr verstehen als ich und es vernünftiger sei, die Sache dem Fachmann zu überlassen. Wenn wir in wirklich ernste Schwierigkeiten geraten wären, hätten Sie mich natürlich sofort informiert.«
»Das hätte ich, Ehrwürdiger Vater.«
»Ja, das glaube ich Ihnen. Ich habe Sie regelmäßig gefragt, wie es mit unseren Finanzen aussah, und Sie haben jedes Mal mit Ihrem üblichen Understatement geantwortet, bis zum nächsten Tag würden wir wohl hinkommen. Und das schien auch zu stimmen. Ich habe mich mit einer bequemen Überlegung beruhigt: Sie wussten offensichtlich, was Sie taten, und hatten vermutlich eine Hypothek auf das Land oder sogar die Gebäude der Abtei aufgenommen.
Wir können alle Jesus dafür danken, dass er Sie während all dieser – streckenweise mit Sicherheit albtraumhaften – Zeit begleitet hat. Aber das entbindet mich keineswegs meiner Verantwortung. Helfen Sie mir auf, Lucens.«
Lucens reichte dem Abt die Hand. »Jetzt, wo die Abtei auf einem festen finanziellen Fundament steht, Ehrwürdiger Vater, werde ich nie wieder spekulieren, das versichere ich Ihnen.«

»Ach, Lucens, das ist das Allermindeste, was ich von Ihnen erwarten dürfte!«
»Wie kann ich dafür sühnen, dass ich Ihren Unmut erregt habe, Vater?«
»Es geht hier nicht um ein Girokonto, das sich durch eine Einzahlung wieder ausgleichen ließe. Ich spreche vom grundsätzlichen ethischen Empfinden, das Ihnen abzugehen scheint.«
Der Abt sah plötzlich erschöpft aus. In seinen Augen lag eine schreckliche Traurigkeit, die Lucens einfach nicht begriff.
»Sie haben uns alle gerettet, und ich riskiere jetzt, undankbar zu klingen. Aber wie man es auch dreht und wendet: Sie haben mit dem Geld der Abtei gespielt. Ja, das Spiel ist aufgegangen. Und ja, wenn Sie das Risiko nicht auf sich genommen hätten, gäbe es die Abtei jetzt nicht mehr. Aber Sie haben eigenmächtig gehandelt. Sie haben es nicht für nötig gehalten, Ihren Abt zu konsultieren. Ich glaube, Sie wussten sehr wohl, dass ich Ihnen nie erlaubt hätte, das wenige Geld, das die Abtei besaß, aufs Spiel zu setzen. Aber Sie haben sich nicht darum geschert und haben getan, was Sie für richtig hielten. Ihnen ist wahrscheinlich nicht einmal bewusst, dass Sie mein Vertrauen missbraucht haben. Ja, wenn ich es mir recht überlege, befürchte ich, dass Sie den Unterschied zwischen Recht und Unrecht überhaupt nicht kennen. Wie sehr habe ich bei Ihnen versagt, Lucens! Und wie sehr habe ich vor unserem Herrn versagt!«

Die neue Kirche wurde am Ostersonntag geweiht – ein nicht sehr origineller symbolischer Akt, der aber einer gewissen Berechtigung nicht entbehrte. Wie Jesus war auch die Abtei von den Toten auferstanden. Der Abt hatte sich eigentlich eine schlichte Zeremonie gewünscht, vielleicht unter der Leitung des Bischofs ihrer Diözese, aber dann hatten sich der Nuntius und ein Kardinal selbst zur Feier eingeladen. Die Kirche war überfüllt, und über tausend Menschen verfolgten die dreistündige Zeremonie von draußen und standen dann noch einmal so lange an, um die Eucharistie zu empfangen.
Abbajan hatte den Kirchenraum, die Toiletten, die Sakristei und jeden anderen Teil des Baus noch einmal Zentimeter für Zentimeter begutachtet. Er hatte das Kreuz, den Altar, die Kirchenbänke, den Fußboden, den Messkelch entworfen und die Figur des Ge-

kreuzigten sowie zwei der Reliefs an den Wänden mit eigener Hand aus Stein gemeißelt. Dann, am Tag vor der Weihe, war er still und leise abgereist und nach Indien zurückgeflogen.
Zafar Khans Kirche war ein Paradoxon, ein Widerspruch in sich. Sie war wie eine Festung gebaut, die dem Ansturm der Elemente würde trotzen können, und dennoch war es unmöglich, sie sich als im Boden verankert vorzustellen. Sie sah so aus, als könnte sie jeden Augenblick zum Himmel auffliegen. Ihre Mauern wirkten wie Engelsflügel oder wie ein Gebet, das zu Gott emporsteigt.

Es war ein Jammer, dass die Hindus ihre Toten verbrannten, dachte Amanat. Sonst hätte Dr. Patwardhan sich noch im Grab ins Fäustchen lachen können. Sagari ging zum Film.

Nachdem sie geheiratet hatten, unterrichtete Sagari weiter an ihrem College, aber es war und blieb eine wackelige, jederzeit kündbare Stelle. Amanat zog immer wieder mal einen Job an Land, und gemeinsam kamen sie, wenn auch recht mühsam, über die Runden. Sie wohnten weiterhin in Suleiman Mansion. Allmonatlich bot Amanat seinem Vater an, sich an den Mietkosten zu beteiligen, und allmonatlich antwortete Abbajan, er würde es sich überlegen.
»Irgendwann sagt er noch: ›Okay, machen wir halbe halbe.‹ Und was machen wir dann?«, fragte Amanat Sagari.
»Dann hör doch auf, ihn zu fragen. Das ist sowieso nur eine leere Geste, mit der du dein Gewissen zu beruhigen versuchst, und ich bin sicher, das weiß er ganz genau.«
»Er verdient ja nicht schlecht, oder? Nicht das große Geld wie in der guten alten Zeit, aber er ist ständig mit Aufträgen versorgt.«
»Ach, werd endlich erwachsen, Amanat, du kannst dich nicht dein Leben lang von Abbajan durchfüttern lassen!«
Wie viele stille, aber selbstsichere Menschen hatte Sagari einen eigenen Kopf und konnte rücksichtslos offen sein. Sie hatte sich über einen Roman, mit dem Amanat nach dem Kabir-Buch begonnen

hatte – die Geschichte einer armen Familie in einem abgelegenen Dorf in Kutch, in dem es seit sieben Jahren nicht mehr geregnet hatte –, recht kritisch geäußert. Sie meinte, er sei knapp und streng und unerbittlich düster, aber irgendwie fehle ihm etwas. Amanat hatte schon siebzig Seiten geschrieben und mochte sich nicht von der Frau trennen, die alle ihre Töchter, mit Ausnahme der letzten, direkt nach ihrer Geburt tötet und für den Rest ihres Lebens bereut, diese eine nicht ebenfalls erwürgt zu haben.

Er hatte eine Zeit lang Trübsal geblasen und mit Sagari geschmollt – es war wie ein leichtes Fieber gewesen, das einem eigenen Rhythmus folgte und kam und ging, wie es ihm passte –, weil sie eine Leere in sein Leben gerissen hatte. Es war Amanat sofort anzumerken, wenn er Schwierigkeiten mit einem Buch hatte. Er tat dann gleichgültig und fauchte einen nicht an, auch wenn er einem am liebsten den Kopf abgerissen hätte. Er muffelte vor sich hin und sah niemandem in die Augen. Dem folgten regelmäßig eine Phase der Reue wegen seines kindischen Verhaltens und entsprechende Wiedergutmachungsversuche. Trotzdem ließ sich nicht daran rütteln, dass er ein Ein-Buch-Autor war, ein Strohfeuer, eine vergangene Größe, die nie wirklich groß geworden war. Er sollte sich am besten damit abfinden: Das war das Ende der Geschichte. Das Beste wäre für ihn gewesen, sich auf die Andamanen zurückzuziehen oder in die Anden und sich nie wieder blicken zu lassen.

Tatsache war, dass er ein anderes Zimmer brauchte, vielleicht eine andere Wohnung, vielleicht sogar ein anderes Land, oder noch besser einen neuen Kontinent. Und selbst dann würde er sicherstellen müssen, dass besagtes Zimmer eine stabile, völlig einbruchsichere Tür hatte, denn man konnte nie wissen, ob diese Frau – ja, genau die Frau, die er geheiratet hatte, nachdem er sich die Haare hatte schneiden lassen – ihn nicht heimlich beobachtete. An diesem Punkt platzte er immer los, lachte wie verrückt und umarmte Sagari und sagte ihr, er sei ein nichtsnutziger Mistkerl, und gestand ihr, was für niederträchtige Dinge er über sie gedacht hatte.

»Klar, ich weiß doch, dass du nur darauf wartest, mich endlich loszuwerden.«

»Oh Gott, das ist nicht wahr, das ist nicht wahr!« Und dann war Amanat ganz zerknirscht und beteuerte seine Unschuld.

»Wenn ich gelegentlich schlecht von dir denken würde, und ich denke nie anders von dir« – hier produzierte sie ein maliziöses Lächeln –, »dann hätte ich zumindest den Anstand, dir nichts davon zu erzählen.« Sie dachte einen Augenblick lang nach. »Du hättest gern ein ruhiges Arbeitszimmer, stimmt's?«
»So ein Blödsinn. Ich bin völlig zufrieden. Du weißt doch, was ich von dem Mist halte, Künstler wären etwas Besonderes, Visionäre. Feinfühliger und temperamentvoller als die breite Masse. Egozentrischer und verzogener, das allerdings sind sie! Sie sind nichts Besseres als Ärzte, Ingenieure und Kernphysiker. Außerdem würde sich selbst noch der letzte Slumbewohner etwas Ruhe und ein eigenes Zimmer wünschen.«
Es verging eine ganze Weile, bis er mit seinem nächsten Buch fertig war. Es war kein dickes Buch, gerade eben zweihundertsiebenunddreißig Seiten, und Sagari las es in einem Rutsch. Sie fand es witzig, nicht zum Grinsen, sondern zum Totlachen witzig. Es war rabenschwarz und brutal ehrlich und anrührend und, bei Amanat ungewohnt, voll Hoffnung und Sonnenschein.
Ein Erdbeben hat Bombay und dessen Einwohner auseinandergerissen, und jetzt ist die Kluft zwischen den beiden Teilen der Stadt so tief, dass sie sich nie wieder schließen kann. Drei junge Männer entdecken allerdings gleichzeitig tief unten in der Schlucht einen Fluss, der bis dahin unsichtbar gewesen ist. Jeder von ihnen möchte den Fluss für sich allein haben und versucht auf jede nur erdenkliche Weise, die anderen zwei aus dem Weg zu räumen, bis sie schließlich einsehen müssen, dass der Fluss die Kräfte eines Einzelnen bei weitem übersteigt. Sie tun sich zusammen und richten einen Fährdienst ein, der die Menschen zwischen den zwei Ufern hin und her befördert. Auseinandergerissene Kasten, Gruppen und Familien finden so wieder zusammen, was allerlei seltsame Folgen hat. Das Märchen kippt um und droht wieder ins Tragische abzugleiten. Aber die drei jungen Männer geben nicht auf. Ihre eine gemeinsame Schwäche ist zugleich ihre größte Stärke: Sie können, was Sex angeht, einfach nicht genug kriegen, und sie führen junge Mädchen ebenso wie deren Mütter in die tieferen Weihen der unersättlichen Lust und Sittenlosigkeit ein, weswegen die Damen immer neue Partner von der anderen Seite der Kluft und später auch

aus anderen Teilen des Subkontinents benötigen. Es besteht eine geringe Chance, dass die Stadt irgendwann doch wieder vereint werden wird.
Der Roman gab sich nicht mit irgendwelchen Präliminarien ab, sondern kam sofort zum Eigentlichen:

Die Insel Bombay ist, wie Sie alle wissen, schmaler als der Pissstrahl eines Mannes mit vergrößerter Prostata. Genau genommen, ist sie kaum mehr als ein Strich. Ein Strich lässt sich per definitionem nicht der Länge nach teilen. Aber genau das hat das Erdbeben geschafft. Es hat den Strich mittendurch gerissen und eine tiefe und unergründliche und unüberbrückbare Spalte hinterlassen. Es hat Tische, Schränke, Stühle, Häuser, Schreibmaschinen, Hosen, Blusen und Hemden exakt halbiert. Mancherorts ist es mitten durch Familien verlaufen, andernorts hat es sogar Einzelpersonen akkurat entlang dem Nasenrücken auseinandergeschlitzt, so dass das linke Nasenloch das rechte nicht mehr riechen kann. Und das linke Ohr nicht mehr hören kann, was das rechte hört. ...

Sagari war so gut wie sicher, dass »Ein Fluss fließt mitten durch Bombay« ein großer Erfolg werden würde. Amanats Agentin meinte, der Roman sei provozierend, mutig und brandaktuell, und sie werde Chatto and Windus, Bloomsbury, Simon and Schuster, Penguin, HarperCollins und ein paar weiteren Verlagen damit den Mund wässrig machen und dann mit dem Meistbietenden abschließen.
Sagari und Amanat warteten. Sie führten ein Einsiedlerdasein. Sie waren beide Einzelgänger, scheu und zurückhaltend, bevor sie jemanden besser kennen lernten. Seit ihrer Heirat hatten sie sogar noch weniger Bedürfnis nach Gesellschaft. Sie lebten in einer leicht verzerrten Wirklichkeit, gingen vollkommen ineinander auf, waren unzertrennlich. Sie glaubten, das sei etwas Positives, und so müsse Liebe nun einmal sein. Vielleicht war es tatsächlich so. Aber irgendwo ahnten sie gleichzeitig auch, dass es unnatürlich war, so ausschließlich im anderen zu denken und zu leben. Der andere war eine beständige Gegenwart und ein Überhang, der einen vor der sengenden Sonne beschützte – aber auch einen Teil der Aussicht versperr-

te. Es würde lange dauern, bis sie sich auseinanderlebten, und die ersten Anzeichen würden ihnen nicht einmal auffallen.
Die Nachrichten von Amanats Agentin waren nicht gerade ermutigend. Sie leitete Absagen von verschiedenen Verlagen weiter, während sie immer wieder betonte, er dürfe nur nicht den Mut verlieren. Sagaris College teilte in einem Schreiben mit, nach dem Ende des akademischen Jahres würden ihre Dienste nicht länger benötigt werden. Dann erfuhr sie, dass ihr Vater ins Krankenhaus eingeliefert worden war.
Abbajan war gerade im Kloster, als Sagari und Amanat Dr. Patwardhan mit einer Schachtel Schweizer Pralinen unter dem Arm besuchten. Sie hatten keine Ahnung, was ihm eigentlich fehlte – was vielleicht auch besser war.
Dr. Patwardhan lag in einem komatösen Zustand, bedingt durch die Giftstoffe, die seine Leber nicht mehr abbauen konnte. Amanat kämpfte gegen den fast unbezwingbaren Impuls, sofort umzukehren. Sein Lieblingsarzt, der Mann, der ihm ein Ersatzgott gewesen war, weit umgänglicher und zugänglicher als der Allmächtige, zersetzte sich zu galligem Kompost. Dr. Pat hatte sich eine äußerst seltene Form von Leberzirrhose zugezogen und war von Kopf bis Fuß bandagiert, weil er aus jeder Pore seines Körpers blutete.
»Hast du gewusst, dass er ein so starker Trinker war?«, fragte Amanat Sagari leise, damit der Kranke ihn nicht etwa hörte.
»Ich wusste, dass er gern trank, aber ich hatte keine Ahnung, dass es so schlimm um ihn stand. Wie einsam er gewesen sein muss!«
Die Schachtel Pralinen lag immer noch unberührt da, als Sagari und Amanat wiederkamen, um den Leichnam abzuholen. Im Krematorium waren sie lediglich zu dritt: Sagari, Zubeida-Khala und Amanat. Die Zeitungen hatten eine kurze Meldung über den Tod des Vaters des Kinderstars gebracht, aber zu Sagaris und Amanats Erleichterung waren weder irgendwelche Wohnungsnachbarn noch jemand von den Filmleuten, die Dr. Pat hofiert und so großzügig bewirtet hatte, zur Bestattung erschienen.
Als Amanat an dem Abend aus der Dusche kam, klammerte sich Sagari an ihn und sagte: »Jetzt habe ich nur noch dich!« Was redest du da, dachte Amanat. Du und dein Vater, ihr habt seit wer weiß wie lange kein Wort mehr miteinander gewechselt, und während

dieser Zeit hast du dich allein durchgeschlagen. Ihm fiel die Nacht kurz nach ihrer Hochzeit wieder ein, als sie zu ihm gesagt hatte: »Manchmal habe ich das Gefühl, mein Vater wäre gerne mein Zuhälter.« Sie hatte in dem Moment so verletzt geklungen, dass Amanat es nicht gewagt hatte, sie in die Arme zu nehmen und ihr zu sagen, dass sie zusammen waren und dass niemand, nicht einmal ihr Vater, ihr noch etwas antun konnte.

Jetzt sah Amanat sie an und erkannte, wie irreführend ihr nüchterner Ton gewesen war. Sie hatte nicht eine Träne in den Augen, aber ihre verzweifelte Miene verriet den schmerzlichen Verlust und ein tiefes Bedürfnis, etwas wieder gutzumachen. Wie konnte dieser Vater, den sie gelegentlich in Verdacht gehabt hatte, er würde sie fast wie ein Stück Fleisch verhökern wollen, ihr nur so viel bedeuten? Wie kann man sich die unbegreiflichen, ja vernunftwidrigen Bande erklären, durch die wir an anderen Menschen hängen? Welches Recht hatte er, Sagaris Trauer in Frage zu stellen? Hatte er selbst jemals zugegeben, wie sehr er Zia vermisste, während er ihn gleichzeitig hasste, nachdem dieser ihm nicht nur ein, sondern gleich zwei Mal ein Messer in den Leib gestoßen hatte?

Amanat drückte Sagari an sich und hielt sie fest.

»Versprich mir, dass du mich niemals verlassen wirst.«

»Ja, ich verspreche es.« Amanat wiegte sie sanft in den Armen, bis sie einschlief.

Unter dem einen oder anderen Vorwand hatte Sagari den Gang in die Wohnung ihres Vaters zwei Tage lang vor sich hergeschoben. Nachdem sie von zu Hause ausgezogen war, hatte sie sich jahrelang erfolglos bemüht, alle Erinnerungen an die Vergangenheit in sich auszulöschen. Amanat und Zubeida-Khala, vor allem aber Abbajan hatten ihr das Gefühl gegeben, dass sie eine zentrale Rolle in ihrem Leben spielte, und die Bitterkeit der letzten paar Jahre, die sie mit ihrem Vater verbracht hatte, schien allmählich verblasst zu sein. Sie hatte so lange in einem Zustand der Verleugnung gelebt, dass sie alles zurückgewiesen hatte, was irgendwie mit ihrem Vater zusammenhing – einschließlich der Schauspielerei. Langsam, fast ohne dass sie es merkte, hatten dann die Jahre ihrer Kindheit angefangen, ihre Zwischentöne, ihre Schattierungen wiederzugewinnen.

Jetzt konnte sie sogar lachend zugeben, dass sie eine entsetzliche Zicke gewesen war. Das war die Rolle gewesen, die ihre Regisseure und ihr Publikum von ihr erwarteten, und sie hatte sich nicht lange bitten lassen. Was sie allerdings überraschte, war die Tatsache, dass sie bereits damals ein klares Bewusstsein vom Handwerk – oder der Kunst – der Schauspielerei gehabt hatte.
Sie hatte völlig vergessen, welchen Spaß die Schauspielerei ihr gemacht und welch ein Vergnügen es ihr bereitet hatte, vor der Kamera zu stehen. Es lag ihr im Blut. Der Regisseur mochte gelegentlich keine rechte Vorstellung von einer bestimmten Szene gehabt haben, aber sie wusste immer sehr genau, wie sie sie spielen musste. Es war ein unglaublicher Kick, ein Gefühl von Allmacht. Sie konnte ihr Publikum um den kleinen Finger wickeln.
Sie wollte nie wieder zum Film. Niemals. Aber sie war froh darüber, dass sie wieder mit einem gewissen Gleichmut auf ihre Vergangenheit blicken konnte.
Jetzt kehrte sie in ihr früheres Zuhause zurück und fühlte sich längst nicht mehr so sicher. Sagari befürchtete, ihr Vater könnte im Laufe der letzten Jahre das Schloss ausgewechselt haben, aber sie bekam die Tür problemlos auf. Ihr erster Impuls war, sie sofort wieder zuzuknallen und fest abzuschließen. Die Wohnung schien sich mit der Zirrhose ihres Vaters vollgesogen zu haben. Ein übelkeiterregendes saures Miasma wallte ihr entgegen, wie das Giftgas der Union Carbide, das in Bhopal so viele Menschen getötet hatte. Das Haus gärte aus seinem verfaulenden Inneren heraus. Überall, auf dem Fußboden, auf Sesseln und Sofas, auf Tischen, auf dem Radio und, recht wackelig, auf dem Fernseher, standen und lagen leere Whisky-, Gin-, Rum- und sonstige ausländische und einheimische Spirituosenflaschen herum. Zigarettenstummel quollen aus Aschenbechern, Teetassen, Untertassen und Tellern und schwammen wie ein Schwarm toter Fische in der Toilettenschüssel. Die Spüle war voll gestapelt mit Töpfen, Pfannen und Woks, in denen Essensreste erstarrt und flechtengrün geworden waren oder sich mit einem dicken weißen Pelz überzogen hatten. Doch was Sagari schließlich den Rest gab, war das Schlafzimmer ihres Vaters. Laken und Bettdecken und die auf dem Boden herumliegenden schmutzigen Kleidungsstücke waren mit Blut besudelt. Selbst die Wände, an

die sich ihr Vater gelehnt oder an denen er sich abgestützt hatte, zeigten die verschmierten Abdrücke seiner Handflächen.
Sagari und Amanat brauchten zweieinhalb Wochen, um die Wohnung sauber zu bekommen. Wenn Amanat erschöpft und kurz vor dem Zusammenklappen war, setzte er sich auf eines der Sofas mit dem zerrissenen Bezugsstoff, aus dem die gelbe Schaumstofffüllung wie ein Fettwulst unter einem zu engen Sari-Leibchen hervorquoll, und starrte hinaus aufs Meer. Dr. Pat hatte im sechsten Stock eines Hauses aus der Kolonialzeit gewohnt, in einer der mietpreisgebundenen großen Sechs-Zimmer-Wohnungen, die größtenteils Blick auf den Indischen Ozean hatten. Der vorsintflutliche Otis-Fahrstuhl hatte eine eiserne Faltgittertür, die sich nur mit brachialer Gewalt schließen ließ. Während im Treppenhaus ständige Dämmerung herrschte, waren die Zimmer lichtdurchflutet, und es gab in ihnen genug Luft für eine ganze Armee von Asthmatikern.
Die Wohnung war nicht so groß wie Firdaus, aber sie würde schon reichen. Als Erstes war ein neuer Anstrich nötig. Sie konnten sich nur die billigste Tünche leisten, immer nur alle paar Monate ein Zimmer streichen, und die Fenster mussten auch erneuert werden. Die Miete würde ein Problem sein, auch wenn sie nach gängigen Maßstäben der reinste Witz war: fünfzehnhundertdreißig Rupien im Monat. Sie würden es irgendwie schaffen. Amanat würde sich aufraffen müssen, im Großraum Bombay und bis hinauf nach Pune Klinken zu putzen, und wie erbärmlich und bizarr die landläufigen Vorstellungen von gutem Industriedesign auch sein mochten, jeden Job annehmen, den man ihm anbieten würde. Und er würde sich von Abbajan etwas Geld leihen, damit sie während der ersten paar Monate zurechtkamen. Eines Vormittags, als Sagari gerade nicht da war, wuchtete er einen Schreibtisch in ein Eckzimmer, das auf zwei Seiten riesige Fenster hatte, und stellte einen Stuhl davor. Jetzt war er zufrieden.

»Vielleicht möchtest du dir das mal anschauen.« Sagari legte einen mit einem Gummiband umwickelten Stoß von zwanzig bis dreißig schmalen Heftordnern sowie ein paar einzelne zusammengefaltete Blätter auf Amanats Bett. Sie war mittlerweile seit über einer Woche dabei, die Papiere ihres Vaters durchzusehen.

»Nein, trotz des kaum verhüllten Imperativs in deiner freundlich-hypothetischen Aussage möchte ich das nicht.« Amanat schob das Bündel beiseite. »Sag, ich soll den Fußboden schrubben, das Geschirr spülen, das Klo putzen, kein Problem. Aber die Papiere deines Vaters, nein. Ich glaube nicht, dass es ihm gefallen hätte, wenn jemand, den er als den Entführer seiner Tochter betrachtet haben dürfte, in seinen persönlichen Papieren schnüffelte.«
»Und was, wenn das nicht die Papiere meines, sondern deines Vaters wären?«
»Abbajans? Was hätten die hier zu suchen?«
Amanat zog das Gummiband ab und blätterte den obersten Heftordner durch. »Das sind die Kontoauszüge deines Vaters. Warum sollten sie mich interessieren?«
»Schau mal den ältesten an, ganz unten im Stapel.«
Amanat tat es. Es war die Gutschrift eines Schecks über 7.000 Rupien, ausgestellt von Zafar Khan. Ebenso der nächste Auszug, der übernächste und der danach. Danach schwankten die Beträge zwischen fünf- und siebenundneunzigtausend, aber es war kein einziger Monat vergangen, in dem Abbajan nicht versucht hätte, Dr. Pat seine Schulden zurückzuzahlen.
Amanat schlang das Gummiband mit leicht betroffener Miene wieder um die Auszugshefter und gab sie Sagari zurück.
»Du hast die zwei Briefe noch nicht gelesen.«
Amanat faltete den ersten auseinander. Er war von Abbajan.

Mein lieber Pat,
ich weiß, dass Du mir den Bankrott von Khan Builders nie verziehen hast. Ich ebenso wenig. Du warst der einzige Außenstehende, der Geld in unsere Firma investiert hatte, und ich habe Dich hängen lassen.
Mit diesem Scheck ist der Betrag, den Khan Builders Dir schuldete, zuzüglich der 15 Prozent Zinsen, die sich über die Jahre angesammelt haben, endlich vollständig abgegolten. Meine wirkliche Schuld an Dich werde ich allerdings nie abtragen können. Ich erinnere mich an die Zeit, in der Du das Geld dringend gebraucht hättest, und noch Jahre nach der Liquidierung der Firma konnte ich Dir nicht eine einzige Rupie zahlen. Du warst mein Freund, der engste

Freund, den ich je gehabt habe, und ich habe Dein Vertrauen missbraucht.
Du hast mir mitunter bitter gefehlt, aber derjenige, den Dein Verlust am schlimmsten traf, war Amanat. Der einzige Grund, warum er nicht Arzt werden wollte, war der, dass er noch lieber Architekt geworden wäre. Er ist weder das eine noch das andere geworden. Wir sind alle Marionetten der Zeit und des Schicksals. Ich wünschte, Amanat hätte nicht für die Sünden seines Vaters büßen müssen. Und Du nicht für die eines Freundes.
Jetzt stehe ich sogar noch tiefer in Deiner Schuld. Sagari ist der Stolz und der Trost unserer Familie. Du solltest sehen, wie sehr sie uns alle verändert hat. Sie hat gute Laune, gesunden Menschenverstand und Heiterkeit in unsere Familie zurückgebracht. Aber vor allen Dingen hat sie bei Amanat ein richtiges kleines Wunder bewirkt. Er war ja schon immer ein Meister darin, seine Gefühle zu verbergen. Nur wer ihn wirklich gut kannte, wusste, dass sich hinter dieser ruhigen und stillen Fassade ein angespannter Junge verbarg, voller Schmerz und Selbstzweifel. Es ist kaum anzunehmen, dass er es schaffen wird, all seine Komplexe und vielfältigen Macken im Laufe einer einzigen Existenz loszuwerden. Aber dank Sagari ist er in letzter Zeit ungleich entspannter und selbstsicherer geworden. Wer weiß, irgendwann könnte er es ja doch noch schaffen, die Kunst der Hoffnung und des Vertrauens zu erlernen.
Warum besuchst Du uns nicht einfach einmal, Pat? Wir würden uns sehr freuen. Und Sagari wäre selig. Ich glaube, auch Ihr beide könntet es irgendwann schaffen, miteinander glücklicher zu werden, als Ihr es seit langer, langer Zeit gewesen seid. Du brauchst vorher nicht anzurufen. Komm einfach vorbei. Wenn Du möchtest, komme ich und hole Dich ab.

Dein Freund Zafar

Der andere Brief war ein amtliches Schreiben: Ein Räumungsbefehl vom Bombay High Court, der zwei Monate zuvor zugestellt worden war. Dr. Pat hatte seit sechzehn Monaten keine Miete mehr bezahlt. Unter diesen Umständen sah es das Gericht als das gute Recht des Vermieters an, die Wohnung wieder in seinen Besitz zu nehmen.

»Ich dachte, wir hätten jetzt endlich eine eigene Wohnung. Es klingt furchtbar, aber ich hatte mir vorgestellt, Papas Tod sei nicht völlig umsonst gewesen. Du sahst so aus, als wärst du drauf und dran, an diesem Rollschreibtisch deinen nächsten Roman zu schreiben. Ich hatte mich so auf eine ruhige Wohnung mit einem separaten Arbeitszimmer für dich gefreut!«

»In großen Zimmern fühle ich mich unbehaglich«, schwindelte Amanat. »Ich fühle mich sicherer, wenn ich in Suleiman Mansion bin. Außerdem habe ich schon lange keine Idee für ein Buch mehr gehabt.«

Dann fielen die Gläubiger in Suleiman Mansion ein. Weder Sagari noch Amanat hatten die leiseste Ahnung, wie sie herausgefunden hatten, wo Sagari jetzt wohnte. Sie hatte weder bei ihren Nachbarinnen noch beim Postamt eine Nachsendeadresse hinterlassen. Und trotzdem waren sie da und klingelten ab sechs Uhr früh, mitunter bis halb zwölf in der Nacht. Börsenmakler, Banker, Leute aus den drei Clubs, deren Mitglied Dr. Pat gewesen war, Dienstboten, Freunde und sogar ehemalige Patienten: Dr. Pat hatte absolut jeden angepumpt. Er hatte sein Girokonto hemmungslos überzogen und sieben Kreditkarten gehabt, mit denen er seine Spielschulden, seinen Schnaps und die kostspieligen Geschenke bezahlt hatte, die er für seine »Freunde« aus der Filmindustrie kaufte.

Wie konnte nur ein einzelner Mensch so ungeheure Schulden auflaufen lassen, fragte sich Amanat und erkannte sofort, was für eine dumme Frage das war. Er erinnerte sich an das gequälte Gesicht seines Vaters, wenn er eine Mitteilung von der einen oder anderen Bank erhielt, seine Frau habe das Konto um eine wahrhaft unanständige Summe überzogen. Oder an das eine Mal, als Ammi beiläufig erwähnt hatte, sie habe den ganzen letzten Monat eine Pechsträhne gehabt und schulde zwei Leuten an ihrem Spieltisch insgesamt dreiundsiebzigtausend Rupien. Aber wenigstens spekulierte Ammi nicht an der Börse. Dr. Pat schuldete allein seinem Broker siebenundvierzig *lakhs*; das waren immerhin fünf Nullen hinter der Siebenundvierzig.

»Ich drehe einen Film mit dem Mann, der seinerzeit ›Sona aur Mona‹ gemacht hat«, kündigte Sagari eines Abends an, als sie von der Arbeit heimkam. »Nachdem er drei Flops in Serie gebaut hat, braucht er einen Blockbuster, und mir geht's ebenso. Ich werde diese Aasgeier einen nach dem anderen auszahlen. Und dann kaufen wir uns eine Wohnung mit einem eigenen Zimmer für dich.«

Jonathan-Christophe hatte ein Zimmer über der Garage, und das benutzte er jetzt als Atelier. Es war ein großer Raum, und obwohl Lucens Jonathan geholfen hatte, seine Staffeleien, Farben, Paletten sowie sämtliche Gemälde, die den Sturm überstanden hatten, herüberzuschaffen, war dies das erste Mal, dass er sich ausreichend entspannt fühlte, um es sich auf einem Diwan bequem zu machen und einfach etwas Zeit mit dem Maler zu verbringen. Lucens war sich nicht schlüssig, inwiefern sich Bruder Jonathans Arbeit verändert hatte, aber dass sie es hatte, stand außer Frage. Er war zwar noch weit davon entfernt, sein Gebiet wirklich im Griff zu haben, aber immerhin hatte Abbajan ihm dabei geholfen – und es bestand für Lucens kein Zweifel, dass sein Vater den wichtigsten Anstoß zu diesen Veränderungen geliefert hatte –, seinem Schaffen Klarheit und Tiefe zu verleihen. All die Jahre lang hatte Jonathan sich darauf konzentriert, Oberflächen Zentimeter für Zentimeter zu kopieren. Jetzt gelang es ihm zum ersten Mal, in den Geist des Künstlers und seine Sicht der Welt einzudringen und dessen innere Vision auf der Leinwand zu reproduzieren.

Jonathan hatte seine Palette beträchtlich erweitert. Allmählich gehörten weltliche und moderne Kunst ebenso zu seinem Repertoire wie die Meister des Mittelalters und der Renaissance. Wie immer hatte er drei Bilder gleichzeitig in Arbeit: einen Rousseau, einen Berthe Morisot und einen Paul Klee.

»Sie können Kunstwerke so exakt und originalgetreu wiedererschaffen, und trotzdem bringen Sie nicht die simpelste Signatur zustande? Man muss kein Genie sein und braucht auch kein besonderes handwerkliches Können, um einen Miró oder Degas zu signieren.«

»Wenn ich auf einem Blatt übe, bekomme ich die Signaturen ganz ordentlich hin, aber sobald ich die Leinwand signieren soll, werde ich unsicher. Sagen Sie mir, wessen Namen würden Sie unter dieses Bild setzen?« Jonathan-Christophe lächelt spitzbübisch. Er hält ein gerahmtes Gemälde hoch: eine Frau, die sich über einer Schüssel die Haare wäscht. Sie ist gerade dabei gewesen, Wasser aus einer Kanne zu gießen, aber jemand scheint ihr etwas zugerufen zu haben, und sie sieht fragend auf, während sie ihr nasses Haar zur Seite windet. Neben ihr sind ein Stuhl und ein Bett zu sehen, auf dem ein achtlos hingeworfener Teppich liegt. Einige der Gegenstände an den Wänden und im Zimmer kommen Lucens vertraut vor. Er erkennt auch die leicht geöffneten Lippen wieder, zwischen denen man ein wenig in den Mund hineinsehen kann, und die Glanzlichter auf den Wangen.

Lucens sitzt wie gebannt vor dem Gemälde. Er ist sich nicht sicher, ob er entsetzt oder entzückt sein soll. Seine Kehle fühlt sich ausgedörrt an, und er bringt kein einziges Wort heraus. Er wischt sich mit dem Ärmel über Mund und Nase, und langsam breitet sich ein so seliges Lächeln auf seinem Gesicht aus, dass Jonathan die Augen zusammenkneift und erleichtert laut loslacht. Er hat den Test bestanden.

»Jonathan-Christophe, Sie sind ein wahres Genie!« Lucens steht auf und setzt sich wieder hin. Er lächelt ausdruckslos, geht im Zimmer auf und ab und wirft zwischendurch immer wieder einen Blick auf das Bild. »Das ist der reine Wahnsinn. Jonathan, ist Ihnen klar, was Sie da gemacht haben? Das ist der erste neue Vermeer seit dreihundert Jahren. Sie haben sich mit Haut und Haar in ihn hineinversetzt. Sie können jetzt eine Ein-Mann-Produktion starten.«

Lucens geht auf Jonathan zu und umarmt ihn.

»Sie sind wirklich toll, Jona ...«

Er kann den Satz nicht vollenden. Jonathan hat ihm die Zunge in den Mund gesteckt und küsst ihn so inbrünstig, dass Lucens keine Luft mehr bekommt.

Den ganzen Tag lang vernahm die Polizei die Mönche, während zwei Hubschrauber aufstiegen und niedergingen. Durch die Kirchenfenster konnte man die Piloten und deren Begleiter mit ihren verspiegelten Sonnenbrillen sehen. Man kam sich vor wie in einem Aquarium, es war unmöglich zu sagen, wer wen beobachtete. Ab-

bajans gute Isolierung sperrte den hektischen Lärm der Rotoren fast vollständig aus, aber es war eine künstliche Stille.
Die Mönche durften sich zu den Stundengebeten und den Mahlzeiten zurückziehen, aber anschließend mussten sie wieder paarweise in das Besuchszimmer, wo die zwei Detectives saßen. Jonathan-Christophes Leichnam blieb unauffindbar, aber so ungewöhnlich das auch für sich genommen sein mochte, war es durchaus schon vorgekommen, dass Bergsteiger auf den umliegenden Gipfeln auf Nimmerwiedersehen verschwunden waren. Und diejenigen, die man schließlich doch gefunden hatte, waren nur noch blanke Skelette gewesen. Lucens wurde mehr Aufmerksamkeit zuteil als jedem anderen, und er musste dreimal zur Vernehmung zurückkommen. Die Polizisten wollten wissen, warum Bruder Jonathan-Christophe ihn in seinem Abschiedsbrief eigens um Verzeihung gebeten hatte. Zugegeben, er hatte alle um Verzeihung gebeten, aber außer Lucens war niemand, nicht einmal der Abt, speziell angesprochen worden.
»Wie war Ihr Verhältnis zu Bruder Jonathan-Christophe?«
»Wir waren Brüder.«
»Ja, das haben Sie uns schon gesagt.«
»Glauben Sie, die Antwort ändert sich, wenn Sie immer wieder die gleiche Frage stellen?«
»Hatten Sie eine besondere Beziehung zu ihm?«
»Ich glaube nicht, außer dass ich seine künstlerische Entwicklung besonders aufmerksam verfolgte.«
»Sie gestatten, dass ich Ihre Erinnerung auffrische?«
Der Polizist zeigte Lucens zum fünften oder sechsten Mal Jonathan-Christophes Abschiedsbrief. Er war an niemand speziellen gerichtet: eine Art universelle Botschaft.

Ich erflehe die Vergebung unseres Herrn Jesus Christus, ebenso wie ich Sie alle, insbesondere Bruder Lucens, um Vergebung bitte. Ich habe mich als unwürdig erwiesen und verdiene den Tod.
Jonathan-Christophe

Die Vernehmungsbeamten redeten noch eine weitere Viertelstunde lang um den heißen Brei herum und fragten schließlich, ob die

Möglichkeit bestünde, dass Lucens und der Verschwundene eine mehr als nur platonische Beziehung gehabt hatten.
»Wir waren Brüder im Leib Christi.«
»Ja, natürlich, aber war Ihre Beziehung auch sexueller Natur?«
»Ist Ihnen nicht bekannt, dass man bei Eintritt in einen Mönchsorden das Keuschheitsgelübde ablegt?«
»Selbst die feierlichsten Gelübde werden oft genug gebrochen.«
»Wir hätten sie nicht zu brechen brauchen. Wenn wir die Art von Beziehung, die Sie unterstellen, angestrebt hätten, hätten wir lediglich den Orden verlassen müssen. Wir hatten beide noch nicht die ewige Profess abgelegt.«
»Ja, ja.« Lucens spürte die Ungeduld des jüngeren Polizeibeamten. Er begriff nicht, warum sie mit ihrer Fragerei fortfuhren, obwohl Jonathan den Anstand besessen hatte, einen Abschiedsbrief zu hinterlassen.
»Wie Sie allerdings zugeben werden, ist es durchaus schon vorgekommen, dass jemand im Orden verbleiben und trotzdem sexuelle Beziehungen haben wollte.«
»Eine solche Möglichkeit ist zweifellos denkbar, für mich aber nicht weiter interessant.«
»Ist das der Grund, warum er Sie um Verzeihung bittet?«
»Bei Ihrem Hang zum spekulativen Denken müssten Sie schon ihn selbst fragen, um Ihre Neugier zu befriedigen.«
»Sie können jetzt gehen, aber Sie werden bestimmt nichts dagegen haben, uns bei Gelegenheit wieder etwas von Ihrer Zeit zu opfern.«
»Habe ich eine andere Wahl?«
Zum Teufel mit Jonathan! Er mochte tot sein, aber er hatte weiß Gott dafür gesorgt, dass Lucens ihn so bald nicht loswerden würde.
Die Polizisten kamen wieder vorbei, nicht am nächsten Tag, sondern erst zwei Tage später. Es war trotzdem offensichtlich, dass sie ihr Interesse an Lucens noch nicht verloren hatten.
Die Mönche redeten weit mehr über den Abschiedsbrief als über den Tod Bruder Jonathans. Einige hatten versucht, Lucens in eine Diskussion darüber zu verwickeln, was Jonathan mit seinen seltsamen Worten gemeint haben könnte. Zum Glück hielt der Ehrwürdige Vater zwei Tage später während der Messe eine Predigt, in der er erklärte, die Toten verdienten mehr Respekt als die Lebenden.

»Die Lebenden können sich verteidigen, sofern sie es wollen, oder deren Freunde können eine Lanze für sie brechen. Die Toten sind in der unglücklichen Lage, sich gegen Unterstellungen und Verleumdungen nicht zur Wehr setzen zu können. Selbstmord kann von der Kirche niemals gebilligt werden, und ich habe auch nicht die Absicht, ihn wie auch immer zu verteidigen. Dennoch müssen wir uns klar machen, dass Selbstmord die Reaktion eines Menschen auf eine Situation ist, die er nicht mehr ertragen konnte: auf unerträglichen körperlichen oder seelischen Schmerz, auf eine unerträgliche Zurückweisung, auf unerträgliche Einsamkeit und unerträgliche Depression. Der Betroffene meint, es nicht ertragen zu können, weiterzuleben. Wir können nur hoffen und beten, dass Jonathan-Christophe wie Judas, der unseren Herrn verriet, und Petrus, der Ihn nicht nur ein, sondern gleich drei Mal verleugnete, Frieden und Trost in den Armen unseres Herrn finden möge.
Wenn ein Mensch Selbstmord begeht, müssen wir in unser Herz schauen. Denn Selbstmord begeht der Unglückliche. Also müssen wir uns fragen, ob wir versucht haben, das Ausmaß von Bruder Jonathans Unglücklichsein zu verringern oder aber zu steigern. Und selbst wenn die Antwort lautet: Ja, wir haben versucht, sein Leiden zu lindern – haben wir genug getan?«
Es war eine seltsam vorsichtige Predigt, von Herzen kommend, aber hart an der Grenze zu jenen Banalitäten, die der Abt normalerweise tunlichst vermied. Man hatte den Eindruck, dass er mit seinen behutsam gewählten Worten einen weiten Bogen um das eigentliche Thema machte, so dass am Ende das ungesagt Gebliebene mehr Fragen aufwarf, als er tatsächlich angesprochen hatte. Es war eine Predigt, in der Bruder Jonathan auf eine merkwürdige Weise fehlte – und in der die ketzerischen Ansichten des Abtes über den Selbstmord nicht zu überhören waren.
»Wir werden für Bruder Jonathan beten, heute und so oft es uns möglich ist. Seine Gemälde sind ein lebendiges Zeugnis seiner Gottesliebe. Darüber hinaus werden wir ihn respektvoll behandeln. Wir werden nicht über ihn klatschen oder seine Motive zu analysieren versuchen. Wir werden ihn in Frieden ruhen lassen.«
Danach blieb Lucens unbehelligt.

»Erzählen Sie mir genau, was passiert ist, Lucens.«
Keine Präambel oder Einleitung – nur die schlichte Aufforderung. Ein Befehl, der keinerlei Spitzfindigkeiten, Haarspalterei oder Ausflucht dulden würde. Der Abt hatte zwei Wochen gewartet, ehe er das Thema Lucens gegenüber anschnitt. Jetzt wollte er die Wahrheit erfahren.
Was sollte Lucens sagen? Er hatte versucht, den Ehrwürdigen Vater vor der Fäulnis abzuschirmen, die sich im innersten Kern der Abtei festgesetzt hatte – unmissverständlich hatte der Schuldige es selbst gestanden. Was gab es noch zu sagen, außer dass Güte und Barmherzigkeit Jesu allumfassend waren? Der Herr hatte es für richtig befunden, sie von diesem Maler, der kein eigenes Gesicht, keinerlei eigenen Charakter besaß, sondern die Persönlichkeit desjenigen annahm, den er gerade bewohnte, ein für alle Mal zu befreien.
Lucens begriff nicht ganz, warum der Abt den Wunsch verspüren sollte, eine Wunde wieder aufzureißen, die gerade erst angefangen hatte zu verheilen. Ehrlich gesagt, wäre Lucens fast jede andere Strafe lieber gewesen, als diese entsetzliche und unaussprechliche Situation noch einmal durchleben zu müssen. Er war im Atelier zum Waschbecken getaumelt und hatte vielleicht hundertmal gegurgelt; er hatte sich Zunge, Mundhöhle und Lippen eingeseift und immer und immer wieder ausgespült. Jonathan-Christophe hatte ihm zugesehen und sich halb totgelacht.
»Ach, komm schon, Lucens! Ich kauf dir das Unschuldslamm nicht ab. Als hättest du noch nie das Verlangen verspürt, dem Körper Lust zu bereiten!«
Lucens hatte angefangen zu zittern. Sein Fleisch und seine Seele schienen alles auswürgen zu wollen: Jonathans Zunge, die ihm den Mund verstopfte, Jonathans Körper, der sich an den seinen drängte, Jonathans Hand, die hektisch den Reißverschluss seiner Hose herunterzog und seinen Penis packte und ihn rieb, während irgendetwas in Lucens darauf anzusprechen begann. Er war wieder ans Waschbecken gegangen und hatte sich den Mund noch einmal mit Seife gewaschen.
»Mir machst du nichts vor, Lucens. Ich weiß, was dich erregt. Ich bin auch für S und M zu haben, wenn es das ist, was du willst. Jemandem Lust zu bereiten, macht mich ungeheuer an!«

Lucens hatte Jonathan angestarrt, unfähig, seine Worte und – noch weniger als diese – seinen verschwörerischen Ton zu verstehen.
»Ich wäre nie zu den höheren Weihen gelangt, zu einer wirklich deutlich höheren Ebene der Wonne und Ekstase aufgestiegen, wenn du mir nicht mit deiner Geißel den Weg gezeigt hättest.«
Lucens wusste nicht, wer verkommener war, Jonathan-Christophe oder er selbst. Er schüttelte immer wieder den Kopf, während Jonathans Miene von grinsender Selbstzufriedenheit zu Bestürzung und dann zu Entsetzen wechselte.
»Habe ich mich geirrt, Lucens? Habe ich dich falsch verstanden? Habe ich dich verletzt? Oh, Lucens, was habe ich für einen abscheulichen Fehler gemacht! Bitte verzeih mir! Sag, dass du mir verzeihst!«
Die ganze Nacht lang hatte Lucens sich von Kopf bis Fuß gewaschen, hatte Shampoo geschluckt und wieder ausgewürgt. Zwischendurch, wenn er einnickte, hatte er an den steinernen Brüsten der Bitter Sisters gesogen, während das Rearing Horse einen Todestanz auf seinem zermalmten Körper veranstaltete. Der Fluss in Sweet Waters hatte Feuer gefangen und strömte durch seinen Penis.

»Bitte, Lucens, ich flehe dich an, mir zu verzeihen! Ich werde nie wieder der Lust nachgeben! Ich weiß, dass mein Fleisch schwach ist und dass ich Jesus schon früher mein Wort gegeben und es gebrochen habe, aber ich werde mir diesmal wirklich alle Mühe geben! Ich werde alles tun, damit du mir nur verzeihst!« Lucens hatte sich von ihm abgewandt. Er sprach so leise, dass man kaum verstehen konnte, was er sagte. »Ich hasse Sie. Ich will Ihr Gesicht nie wieder sehen.«
»Du hast Recht, mich zu hassen, aber kannst du es nicht über dich bringen, mir zu vergeben?«
Es sah nicht so aus, als ob Lucens ihm jemals antworten würde. Doch er tat es, und als er es tat, war sein Kopf noch immer abgewandt. »Auf welche Vergebung können Sie hoffen, nachdem Sie den Leib und das Blut Christi besudelt haben?«

Jetzt wollte der Ehrwürdige Vater Augustine wissen, was passiert war. So sollte es denn sein. Er würde dem Abt haarklein erzählen, was passiert war. Ja, er würde ihm kein einziges schmutziges Detail ersparen. Und er würde ihm seine Meinung sagen. Der Ehrwürdige Vater konnte von Glück reden, dass Lucens ihn nicht beim Generalabt gemeldet oder nach Rom geschrieben hatte. Der Abt war der Hirte seiner Herde in Terraferra. Er war für ihre spirituelle wie für ihre leibliche Unversehrtheit verantwortlich. Aber was, wenn der Hirte zwar Augen hat, aber nicht sieht? Hatte der Abt nichts von Jonathan-Christophes Veranlagung gewusst? Warum hatte er ihn nicht schon vor Jahren hinausgeworfen? Das erste Gelübde, das man schon als Postulant ablegte, war das Gelübde der Keuschheit. Gleichgültig, ob man ein Bruder wurde oder die Priesterweihe erhielt, man schwor der Sexualität ab. Und da gab es kein Wenn und Aber, ebenso wenig wie es mildernde Umstände gab. Aber Lucens war nicht so naiv zu glauben, Priester würden das Gesetz nicht übertreten. War es nicht genau das, was der Whiskey-Priester in »Die Kraft und die Herrlichkeit« getan hatte? Doch der war sich mehr als jeder andere der Tatsache bewusst, dass er sein Recht, Priester zu sein, verwirkt hatte. Thomas Merton hatte sich Jahre nach Ablegung seiner Profess in eine Frau verliebt, doch ihm war vollkommen klar gewesen, dass er, wollte er sexuelle Beziehungen zu ihr aufnehmen, zuerst die Mönchskutte würde ablegen müssen.

In Lucens' Augen war Jonathans Verfehlung eine so unaussprechliche, so widernatürliche Sünde, dass der lebendige Christus und die gesamte Kirche vor ihr zurückschauderten. Und wie reagierte der Ehrwürdige Vater darauf? Er versuchte, statt dem Angeklagten ihm, Lucens, die Schuld in die Schuhe zu schieben! Grundsätzlich, und auch aus Mangel an Beweisen, war Lucens bereit, die unverzeihliche Nachlässigkeit des Abtes zu übersehen. Vielleicht hatte Jonathan-Christophe ja bei einem anderen Priester gebeichtet, vielleicht hatte er seine widerwärtige Neigung auch geheimgehalten. Wenn er ehrlich sein sollte, hatte Lucens schließlich selbst nicht den geringsten Verdacht gehabt, obwohl er und Jonathan Stunden miteinander verbracht hatten.

Aber Selbstmord zu entschuldigen, die Mönche aufzufordern, für die Seele eines so verkommenen Menschen zu beten, zu behaupten, Jonathans Bilder seien ein lebendiges Zeugnis seiner Liebe zu Jesus, und, was das Schlimmste war, zu hoffen und zu suggerieren, ein

Selbstmörder könnte in den Armen des Herrn Frieden und Trost finden – das war absolut verabscheuungswürdig. Man konnte es nicht anders sehen: Es war Sakrileg, Blasphemie und Ketzerei in einem. Und dann gab es eine weitere Frage, die bislang weder gestellt noch beantwortet worden war: Wie weit hatte sich die Fäulnis schon ausgebreitet? Hatte Jonathan-Christophe jeden in der Abtei mit seinem kranken Geist infiziert?

»Als Jonathan-Christophe Sie bat, ihm zu vergeben, haben Sie doch nicht wirklich gesagt: ›Auf welche Vergebung können Sie hoffen, nach dem Sie den Leib und das Blut Christi besudelt haben‹, oder?«

»Doch, das habe ich.«

Der Ehrwürdige Vater schüttelte den Kopf, als lehnte er es ab, Lucens zu glauben.

»Armer, armer Jonathan, wie einsam muss er sich gefühlt haben und wie verängstigt muss er gewesen sein! Ach Lucens, Sie haben dieses bedauernswerte sündige Kind geradewegs in sein Verderben geschickt!«

»Kein Kind, Vater, ein erwachsener Mann und ein Mönch dazu. Und nicht ich habe ihn in die Hölle geschickt. Er war bereits dorthin unterwegs, aus eigener Kraft und wegen seiner eigenen Verderbnis.«

»Ich hoffe, Bruder Lucens, dass unser gütiger Herr Ihnen und uns allen übrigen Sündern gegenüber mehr Nachsicht walten lassen wird, als Sie es bei Jonathan getan haben.« Der Abt stand auf und legte Lucens die Hand auf den Kopf. »Mitunter glaube ich, dass Jesus, wenn es nach ihm ginge, selbst die Soldaten, die ihn kreuzigten, und Judas im Himmelreich willkommen heißen würde.«

»Warum sollte dann überhaupt noch jemand den geraden und beschwerlichen Weg beschreiten wollen?« Lucens konnte seine Verachtung kaum verbergen.

»Dann glauben Sie also, dass das Himmelreich nur den wenigen Auserwählten vorbehalten ist? Vielleicht haben Sie Recht. Ja, mit Sicherheit sogar. Wir haben ein Buch irgendwo in der Bibliothek, das Zafar mir geschenkt hat, der Autor ist ein Landsmann von Ihnen. Der Name fällt mir momentan nicht ein. Beim ersten Lesen hat es mich zutiefst empört. Aber je mehr ich von der Welt sehe und erkenne, wie wir alle blind vor uns hin tappen, sündigen und nicht sündigen und unser Leben nach Kräften verpfuschen, desto mehr gelange ich zu der Einsicht, dass dieses Buch eine wunderbare Weisheit und Barmherzigkeit atmet. Wenn ich es finde, werde ich es Ihnen zu lesen geben.«

»Wenn Sie glauben, irgendwelche unausgegorenen liberalen Schreibergüsse könnten Gott umstimmen, irren Sie sich.«

»Ich hoffte nur, es würde Sie ein bisschen toleranter machen.«

»Gott bewahre mich vor der bloßen Vorstellung, ich könnte etwas tolerieren, was ausdrücklich verboten ist!«

Plötzlich schien der Ehrwürdige Vater genug von Lucens zu haben. »Sie werden bis auf Weiteres in Ihrer Zelle bleiben. Sie werden an den Stundengebeten und der Messe teilnehmen, aber Sie werden mit niemandem kommunizieren, weder durch Wort noch durch Gesten noch schriftlich. Ich würde Ihnen empfehlen, die Zeit sinnvoll zu nutzen, in Ihre Seele zu schauen und sich zu fragen, was Sie Ihren Mitmenschen gegenüber so starr und überheblich macht.«

Mein lieber Zia,

ich will es vorläufig »das Luftloch« nennen. Das ist eine totale Fehlbezeichnung, aber das war nun einmal das Wort, das mir im ersten Moment einfiel. Es ist mir zum ersten Mal im Detroit Institute of the Arts begegnet. Sagari musste für einen Hindifilm eine Song-Szene in Michigan und vor den Niagara-Fällen drehen, und ich war mitgefahren. Ich hatte den ganzen Tag nichts zu tun und habe mir im Detroit Film Theater »Frau ohne Gewissen« angesehen. (Wusstest Du, dass das Drehbuch von Billy Wilder stammt?) Der Film war gegen drei Uhr zu Ende, und ich hatte noch immer zwei Stunden totzuschlagen, ehe Sagari zurückkommen würde. Ich dachte, ich gehe ins Museum und schau mir die Impressionisten an. Nicht, dass es eine außergewöhnliche Sammlung wäre, aber sie haben ein paar Corots und Corbets und einen ziemlich schönen Monet. Eine Leihgabe, eines seiner Seerosenbilder. Einzeln sehe ich sie immer gern, muss allerdings gestehen, dass ich bei mehr als drei Stück in einer Reihe den Drang verspüre, ihnen die Köpfe abzurasieren.

Um zehn vor fünf klingelte es, und die Wärter machten die Runde, um Nachzügler zum Gehen aufzufordern. Ich war auf dem Weg zum Ausgang, als etwas am Ende eines langen Korridors meine Aufmerksamkeit erregte.

Ein Mann, gefolgt von einer Frau, beide nackt, stiegen einen steilen Hügel hinauf. Sie sahen völlig erledigt aus, schienen bis auf die Knochen abgemagert, und ihre Körper waren mit tiefen Wunden und Schnitten übersät. Aber ihre Gesichter, Zia, ihre Gesichter strahlten eine unglaubliche Hoffnung und freudige Erwartung aus! Wohin gingen sie? Was hatten sie auf dem Gipfel des Hügels gesehen? Am Himmel wirbelte eine seltsame vogelartige Gestalt herum, von der Licht auszustrahlen schien. Was mich erstarren ließ, war nicht so sehr der Vogel, sondern die Intensität der Emotion der zwei Menschen. Nein, ich verdrehe die Dinge und verfehle den eigentlichen Punkt: Es ist der glühende Eifer und die Sehnsucht in den zwei Gesichtern, die unerschütterliche Überzeugung der beiden, dass all diese entsetzlichen Mühen, Entbehrungen und Leiden bald ihren Lohn finden werden, was einen unerbittlich zu dem Vogel hinzieht. Was so verstörend wirkte, das war die wesenhafte Unbestimmtheit und Wandelbarkeit der Kreatur. Was war das? Ein unstoffliches Wasserwesen aus den tiefsten Tiefen des Ozeans, ein am Rande des Horizonts schwebender Nimbus? Eine Zeit lang hätte ich schwören können, dass es Coleridges Albatros war, der gute und freundliche Vogel, der glückverheißende Vogel, der die Hoffnung zurückbringt und vom reinen Bösen, das in jedem von uns steckt, getötet werden wird. Dann war ich mir nicht mehr so sicher. Jetzt sah er unbestreitbar – kann ich das Wort in Bezug auf etwas verwenden, das sich in ständigem Wandel und Fluss zu befinden schien? – wie ein Vogel des Todes aus, wie einer dieser Geier, die wir früher immer über den »Türmen des Schweigens« am Malabar Hill sahen. Seine Schultern waren fast bis zu den Ohren hochgezogen, der lange Hals war tief zwischen ihnen eingesunken. Er sah alt und gierig aus, und in seinen Augen lag ein hämisch gehässiger Ausdruck. Ich meinte, in seinem Mund einen Streifen oder Fetzen rohes Fleisch zu sehen. Und dann war ich mir wieder nicht so sicher. Jetzt sah er mit einem Mal friedvoll aus und schien eine beschwichtigende, beruhigende Wirkung auf mich auszuüben. Was war mit mir bloß los, wie konnte ich etwas so Offensichtliches übersehen haben? Das war der Heilige Geist, die Taube, die am Himmel schwebte, das Symbol der dritten Person der Dreifaltigkeit, die unerforschliche Natur Gottes gemäß dem katholischen Dogma. Vielleicht lag die Wirkung des Bildes gerade in der Tatsache begründet, dass es das eine und das andere und alles gleichzeitig war.

Es war ein riesiges hochformatiges Gemälde, und in der Mitte des unteren Rahmens befand sich eine Messingtafel mit dem Namen der Künstlerin: Hectorine Farrel. Ich hatte den Namen noch nie gehört, geschweige denn je etwas von ihr gesehen. Und doch befiel mich schon im nächsten Moment eine entsetzliche Angst, eine Angst, weit erschreckender als die Erkenntnis, dass der Geier den zwei Menschen auf dem Bild das Fleisch vom Leib fetzte und verschlang, noch ehe es zu Aas geworden war. Ich erkannte plötzlich die entsetzliche Gefahr, in der Hectorine Farrel in jedem Augenblick, in jedem Bruchteil eines Augenblicks schwebte. Unter ihrem Namen standen die vier Ziffern »1957«, gefolgt von einem Bindestrich. Nach der kleinen Lücke des Bindestrichs klaffte eine Leerstelle, eben diejenige, die mir anfangs als ein Luftloch erschien. Das Geburtsjahr, der Bindestrich und das Grauen des leeren Raumes waren säuberlich von scharf eingeritzten Klammern eingefasst.

»Pass auf, pass auf, Hectorine Farrel!«, schrie ich lautlos. »Ein Schritt, ein Tritt auf eine unschuldige Bananenschale, ein klitzekleiner Herzstillstand oder ein eingenickter Fahrer auf der Schnellstraße, und du verschwindest für immer in diesem Luftloch!«

Ich gab es auf, sie warnen zu wollen. Was hatte es schon für einen Sinn? Sie konnte mich nicht hören. Außerdem hatte ich diese Leerstelle vollkommen falsch gedeutet. Das war kein Luftloch, jedenfalls keines, aus dem man je wieder herausgekommen wäre. Wie viele Gemälde hatte Hectorine weltweit in Museen und Galerien hängen? Unter jedem Einzelnen von ihnen lauerte zweifellos eine Boa Constrictor und riss das Maul auf. Das Reptil der Zeit lag reglos da, es rührte sich nicht von der Stelle. Nein, es machte keinen Finger krumm, brauchte es auch nicht, Hectorine würde ganz von selbst den Weg in sein Maul finden. Ja, Hectorine kroch seit dem Tag ihrer Geburt unaufhaltsam in den Schlund der Boa hinein. Besitzt die Boa, fragte ich mich da, einen Adamsapfel, der den

Schluckvorgang aktiv bewältigt, oder findet eine peristaltische Tätigkeit statt, dank derer Hectorine durch eine Aufeinanderfolge unwillkürlicher muskulärer Kontraktionen den Verdauungstrakt hinabwandern würde? Eins nach dem anderen würden der Kopf, dann die Schultern, die Brüste und der Bauch verschwinden. Und die ganze Zeit würden die Augen der Boa Constrictor an ihre Gesäßbacken geheftet bleiben; kein Grund zur Hetze – bald, schon bald würden auch ihre Fußsohlen verschwinden, und die Leerstelle hinter dem Bindstrich würde sich mit vier neuen Ziffern füllen. Dann, die Erleichterung und die aufatmende Befriedigung! Hectorine wäre nicht mehr, die Klammer endlich ausgefüllt und das Problem ihres Lebens ein für alle Mal gelöst. Quod erat demonstrandum. Nichts ist vollkommener als das Nichts. Warum sonst sollten wir Gott verehren? Auch Hectorine hätte damit die Vollkommenheit erlangt. Ihr Fall und ihre Akte wären ein für alle Mal geschlossen.
Und die ganze Zeit vermied ich es tunlichst und tatkräftigst, in den Abgrund zu sehen, der dem Gedankenstrich unter meinem Namen folgte. Ich sah förmlich, wie der Große Kurator der Welt missbilligend auf das Chaos an Unerledigtem innerhalb meiner Klammern hinabblickte. Ich strampelte hektisch mit den Beinen. Das Schlangenungetüm wartete geduldig darauf, sich, sobald ich mich vollständig in ihm befände, um einen Banyanbaum zu schlingen und meine Knochen zu zermalmen.
Lieber Zia, wie bin ich nur all die Jahre ohne Dich klargekommen?
Alles Liebe, Amanat

Zum ersten Mal seit er beschlossen hatte, Mönch zu werden, war Lucens in Frieden mit sich selbst. In seinen unbeschwerten Momenten sagte er sich, dass ein Mensch sich an alles gewöhnen konnte, selbst an die Wüste. Die Jesus-Erfahrungen fehlten ihm, aber er war dankbar dafür, dass er immerhin nicht mehr zwischen manischer Verzückung und selbstmörderischer Depression hin und her pendelte. Die Stille des monastischen Weges schlug nicht automatisch in ein kontemplatives Leben um, ebenso wenig reichte der bloße Akt disziplinierter Konzentration dazu aus, einen diesem Leben näher zu bringen. Man konnte nichts anderes tun, als die optimalen Bedingungen schaffen und dann geduldig darauf warten, dass Gott sich einfand. Ja, selbst der Begriff des Wartens implizierte etwas wie eine Ausübung von Druck und schien die Sache zunichte zu machen. Oe Tanaka, ein japanischer Mönch, der sich zwei Wochen lang in der Abtei aufgehalten hatte, um den Mönchen Techniken der Zen-Meditation beizubringen, hatte wiederholt davon gesprochen, man solle sich dem Strom ergeben. Lucens begriff, was damit gemeint war, aber er hatte keine Ahnung, wie man es fertig bringen sollte, sich zu versenken und gleichzeitig zu vergessen, dass man es tat. Jetzt kam es mitunter vor, dass er, fast ohne sich dessen bewusst zu sein, spürte, wie er mit dem Heiligen Geist emporschwebte.

Anfangs hatte er es Pater Augustine fürchterlich übel genommen, dass er ihm ein absolutes Schweigegebot auferlegt hatte. Der Abt mochte behaupten, er sei nicht nachtragend – aber natürlich war er das! Warum sonst hätte Lucens Stubenarrest bekommen? Allerdings war er sich diesbezüglich nicht einmal mehr so sicher. Die erzwungene Stille der einsamen Zelle hatte begonnen, ihre Wirkung zu zeigen. Er hatte keine Visionen und keine weltbewegenden Einsichten. Was geschah, war zugleich erschreckend und befriedigend. Er fing an, das stumpfsinnige, ruhige Einerlei zu genießen. Er hatte es nicht mehr nötig, in einem Zustand ständiger Euphorie zu schweben.

Er war nicht wenig enttäuscht, als der Abt ihm nach Ablauf von sechs Wochen den Auftrag erteilte, die Pflege des ehemaligen Novizenmeisters, Pater Paul, zu übernehmen. Lucens hatte mit einem Mal Angst vor der Außenwelt. Draußen waren die anderen Mönche, die Leute, die in der Möbelwerkstatt arbeiteten, die Laien, die zum Beten und zu Exerzitien kamen, und dazu noch die Wochenendtouristen, und er hatte das Gefühl, dass er nicht einmal ein »Guten Morgen« zustande gebracht hätte, geschweige denn ein Gespräch mit einem von diesen Leuten. Sein Zimmer war zu einem Mutterschoß für ihn geworden, und außerhalb davon fühlte er sich unsicher und verloren. Wie der Wolfsjunge würde er die Kunst des zwischenmenschlichen Zusammenlebens von Grund auf neu erlernen müssen. Aber er hatte den Willen dazu verloren und sah keinen Sinn darin.

Glücklicherweise war die Leukämie des früheren Novizenmeisters zu weit fortgeschritten, als dass noch lange Gespräche erforderlich gewesen wären. Pater Paul lag erschöpft und abgestumpft im Bett, in einem Zustand zwischen Leben und Tod.

Der Abt besuchte ihn jeden Abend nach der Komplet. Die beiden kannten sich schon seit ihrem Juniorat, und der Novizenmeister bemühte sich, bei klarem Bewusstsein zu sein, wenn der Ehrwürdige Vater vorbeikam. An guten Tagen schaffte er es, sich sieben bis zehn Minuten lang ohne Pause mit ihm zu unterhalten, während der Abt seine Vitalfunktionen kontrollierte.

»Wie sieht die Prognose aus, Augustine? Wie viel gibst du mir noch?«

»Du kannst von Glück reden, Paul, dass ich meine Praxis vor gut fünfunddreißig Jahren aufgegeben habe und sich jetzt Dr. Snowden um dich kümmert. Weißt du, was meine Kollegen damals über mich sagten? Wenn die Krankheit mit dem Patienten nicht fertig wird – Dr. Augustine schafft das bestimmt.«

»Ist das der Grund, warum du auf Psychiatrie umgesattelt hast?«

Der Ehrwürdige Vater sah den ehemaligen Novizenmeister wehmütig an. »Musst du solche Dinge vor dem jungen Lucens ansprechen? Was soll er von seinem Abt denken?«

»Keine Sorge, Augustine, ich habe ihm gegenüber kein Wort davon verlauten lassen, dass du der erste Arzt in den Annalen der Psychiatrie warst, den die Insassen seiner eigenen Anstalt haben zwangseinweisen lassen.«

Es verwunderte Lucens jedes Mal wieder, dass auch Mönche früher ein ganz normales Leben geführt hatten wie andere Leute auch, dass sie jahrelang Medizin oder Maschinenbau studiert hatten, mit Mädchen ausgegangen waren, ihren Beruf ausgeübt, sich mit dem Gedanken zu heiraten getragen hatten, oft ohne sich im Entferntesten vorstellen zu können, dass sie einmal in einen Mönchsorden eintreten würden. Wer hätte gedacht, dass Pater Paul und der Abt beide Veteranen des Vietnamkriegs waren und sich in dessen Beurteilung noch immer unversöhnlich gegenüberstanden? Der Ehrwürdige Vater vertrat die Ansicht, Amerika habe in dem Land nichts zu suchen gehabt, während Pater Paul fest davon überzeugt war, Amerika habe in dem Zusammenhang nur einen einzigen Fehler gemacht, nämlich dem Vietcong das Feld zu überlassen, anstatt ihn restlos in die Hölle zu bomben. Es war seltsam, aber man ging wie selbstverständlich davon aus, dass Mönche und Priester keine Vergangenheit hatten, als wären sie schon mit ihrer Kutte und ihrer Berufung auf die Welt gekommen und wären nichts weiter als das.

»Ich habe den Roman wiedergefunden, von dem ich Ihnen erzählt hatte – der, den Zafar mir geschenkt hat. Sie könnten ihn ganz lesen, er ist wirklich nicht sehr lang, oder auch nur die Passage, die ich markiert habe.« Mit diesen Worten hatte der Ehrwürdige Vater eines Abends, während Pater Paul in einem unruhigen Halbschlaf lag, Lucens ein Buch gereicht.

Lucens warf einen Blick auf den Titel und legte das Buch auf den Tisch.

»Das hat mein Bruder geschrieben, Amanat«, sagte er leise.

Der Abt begriff zunächst nicht recht, was Lucens gesagt hatte. Dann verzog sich sein faltiges Gesicht zu einem Lächeln. »Wie dumm von mir, ich vergesse ständig, dass Sie ein Khan waren, bevor Sie zu uns gekommen sind. Dann kennen Sie es bestimmt gut.«

»Ich habe es vor langem einmal gelesen.«

»Und es hat Ihnen überhaupt nicht gefallen. Das kann ich Ihnen nicht verdenken. Erinnern Sie sich an die Passage, wo Kabir in den Himmel kommt?«

»Nein, jedenfalls nur undeutlich.«

»Ich habe das Buch jetzt noch einmal gelesen. Es ist unerhört, wie viele ungenießbare Wahrheiten uns Ihr Bruder mit dem Zuckerguss des Lachens schlucken lässt.«

Lucens hatte an Pater Pauls Krankenbett nicht viel zu tun. Und da dem Abt so viel daran zu liegen schien, war es wohl das Mindeste, was er tun konnte, den markierten Abschnitt zu lesen.

Fast am Ende des Buches sagt Inayat zum Weber:

... Es war für uns alle viel besser, als Ihr tot wart. Euer Ruf wäre unangetastet geblieben. Und wir hätten Euch mit der Zeit immer lieber gewonnen. Nostalgie ist nicht nur selektive Erinne-

rung, sie ist eine Neuschöpfung der Vergangenheit, wie sie niemals gewesen ist. Wir hätten Euch romantisch verklärt und vergöttert. Eure haarsträubenden Bemühungen, Aufmerksamkeit zu erregen, und Euer pubertäres Bedürfnis zu schockieren wären zum Gegenstand von Parabeln und Legenden geworden. Ihr wart tot. Ich habe mich mehrfach vergewissert. Ihr hattet keinen Puls und Ihr habt nicht geatmet. Warum seid Ihr zurückgekommen?
Der Weber klopfte Inayat tröstend auf den Rücken. Inayat schüttelte des Meisters Annäherungsversuche unwirsch ab.
Das kam auch für mich etwas überraschend. Ich stand mit Tausenden von anderen am Himmelstor an und wartete darauf, dass Petrus im Buch des Lebens nachsah und meine Sünden und guten Taten zusammenzählte und gegeneinander aufrechnete und entschied, ob ich in den Himmel oder in die Hölle sollte. Plötzlich entstand Lärm und ein Durcheinander, und die Pforten von Gottes Palast taten sich auf, und Michael kam herausgeflogen. Es war ein wahnsinniger Anblick. Die Maler und Bildhauer liegen völlig falsch. Man kann Engel überhaupt nicht sehen, und trotzdem erkennt man sie sofort. Ihre Flügel sind durchscheinend und unstofflich wie Luft, und der selige Ausdruck in ihrem Gesicht ... Ich sehe schon, du wirst ungeduldig.
Wie alle anderen Anwesenden fragte auch ich mich, warum er so in Eile sein mochte und warum er eine wunderschöne Girlande von Nelken – oder vielleicht waren es auch Rosen –, die die Farbe von getrocknetem Blut hatten, in den Händen hielt, als er sich, Wunder über Wunder, vor mir niederließ und mir die Girlande um den Hals legte und mich emporhob, als wäre ich so leicht wie ein Hauch, und mich geradewegs hineintrug.
Die Leute schrien Zeter und Mordio. Man hätte annehmen können, dass sie sich wenigstens nach ihrem Tod benehmen würden, aber ich konnte andererseits ihre Wut nachvollziehen.
Willkommen, Kabir, hörte ich eine wundersam honigsüße Stimme zu mir sagen. Gott stieg von seinem juwelenbesetzten goldenen Thron herab und schloss mich in seine Arme. Wir sind über die Maßen erfreut, dich hier zu sehen. Wir müssen schon sagen, du hast uns so lange warten lassen, dass wir uns allmählich fragten, ob du überhaupt nicht mehr sterben wolltest.

Ich warf mich vor der strahlenden Erscheinung bäuchlings zu Boden. Ich war von Ehrfurcht übermannt und sprachlos. Ich traute meinen Augen nicht. Ich meine, das war es, das war die absolute Realität, die totale, ultimative Erfahrung.
Steh auf, Weber. Du musst nicht meine Füße berühren. Er beugte sich herab und half mir auf die Beine. Es tut mir leid, sagte Gott, dass du mit der ganzen Bagage Schlange stehen musstest. Petrus war an Gürtelrose erkrankt, und du weißt ja, was für ein Hypochonder er ist. Er hat es noch immer nicht geschafft, das amtliche Geburten- und Sterberegister auf den aktuellen Stand zu bringen, und während er sich auskurierte, herrschte hier natürlich das reine Chaos. Ich fürchte, das ist keine Entschuldigung, aber das war jedenfalls der Grund, warum man dich nicht direkt auf der Erde abgeholt hat und du hier in der Schlange stehen musstest.
Ich hatte das deprimierende Gefühl, noch immer auf der Erde zu sein. Offenbar hatte sich nichts geändert. Wenn man sich mit den Oberen gut stellte, bekam man eine Sonderbehandlung.
Fühl dich wie zu Hause, Weber. Das hier ist schließlich deine letzte Ruhestätte, deine himmlische Heimstatt. Verlange, was immer du willst: Milch und Honig, die köstlichsten Früchte des Universums, jedes noch so erlesene und exotische Gericht, nach dem dir der Sinn steht, Wein, Weib und Gesang. Was immer du brauchst, betrachte es als dein Eigentum. Wann immer du Lust auf einen Plausch hast: ein Anruf genügt – oder komm einfach vorbei. Es wird mir ein Vergnügen sein, ein wenig Zeit mit dir zu verbringen.
Es war klar, dass die Audienz damit vorbei war, aber ich muss verwirrt, ja vielleicht sogar ein wenig beunruhigt ausgesehen haben, denn Gott fragte mich: Ist etwas, Kabir? Du siehst blass aus und nicht hundertprozentig glücklich.
Allmächtiger Vater, soll ich es so verstehen, dass ich im Himmel aufgenommen worden bin?
Ja, natürlich. Haben diesbezüglich jemals Zweifel bestanden?
Ich möchte ja nicht undankbar erscheinen, aber ich hatte eigentlich gedacht, man würde hier auf gewisse Qualitätsstandards achten.
Er sah mich kalt an, wovon mir unbehaglich heiß wurde. Du bist noch nicht einmal eine Minute hier, donnerte er, und schon hast du Beschwerden!

Du verstehst mich falsch, Herr, sagte ich hastig. Ich wollte lediglich darauf hinweisen, dass ein Irrtum vorliegen muss.
Was für ein Irrtum? Seine Pupillen hatten sich zu schmalen Schlitzen verengt wie bei einer Katze.
Wie soll ich es formulieren ... Bei meinen vielfältigen Verfehlungen dürfte ich nicht gerade der sicherste Kandidat für einen Sitz im Himmel sein.
Ach so! Sein Gesicht entspannte sich und ein Lächeln brach hervor wie ein Sonnenstrahl, wenn an einem grauen, trüben Tag die Wolkendecke aufreißt.
Du meinst dein Herumgehure und deine Gotteslästerungen, deine Vergangenheit als Strauchdieb und Räuber, deine ständigen Lügen und dein pathologisches Bedürfnis, die Leute zu schockieren, zu brüskieren und Skandale zu produzieren, alles, nur um als toller Hecht dazustehen – meinst du das?
Ich wand mich bei dieser Aufzählung meiner Untaten vor Beschämung und wagte nicht aufzublicken.
Und das ist noch nicht alles. Er hielt kurz inne. Soll ich fortfahren?
Nein, nein. Ich weiß sehr wohl, dass du allwissend bist, o Herr.
Wie hätten wir dich ausschließen können? Du bist unsere jährliche Geste der Vergebung. Unser Quoten-Sünder und -Unberührbarer. Wir sind zwar keine Anhänger dieser fragwürdigen Doktrin der Chancengleichheit, aber wir müssen auf unseren Ruf achten. Du giltst da unten als Heiliger. Wir wollen deine Anhängerschaft doch nicht vor den Kopf stoßen, oder?
Dann wandte er sich mir voll zu und sagte: Außerdem darfst du nicht vergessen, dass wir laut einem unserer bekanntesten Ehrentitel barmherzig und allerbarmend sind.
Da kannte meine Freude keine Grenzen. Das war wahrhaftig der Gott der Liebe! Ich fiel auf die Knie und ergriff seine Hand und küsste sie selig. Danke dir, Gott. Du bist wirklich sehr groß. Dann werden also alle, die da draußen warten, die Guten und die Bösen, die Sünder und die Frommen, die Gesunden und die Lahmen, einen Platz im Himmel finden, ja?
Er sah mich konsterniert an. Du machst wohl Witze? Was wäre dann mit dem Versprechen, das ich den Auserwählten gegeben habe? Was würde aus Himmel und Hölle werden? Was aus dem Begriff des

dharma? Wenn die Menschen das Wort und das Gesetz nicht mehr achten, gerät die ganze Natur aus den Fugen. Dann bricht das Chaos aus. Die Sterne und die Planeten verlassen ihre Bahnen und rasen ineinander, der Frühling folgt dem Sommer, und die Sonne lässt uns alle zu Eis gefrieren. Dann sah er mich nachsichtig an. Genug des Unsinns, Weber. Wir wissen, dass alte Gewohnheiten schwer auszurotten sind und dass du nur versuchst, uns ein paar zusätzliche Vergünstigungen abzuhandeln.

Er klatschte in die Hände, und hundert Huris erschienen aus heiterem Himmel. Jemand soll dem Weber ein Glas Ambrosia einschenken. Kümmert euch gut um ihn. Er ist einer unserer Lieblinge.

Meine Lippen berührten den Kelch, das Elixier des Lebens, das mir ewige Jugend und Seligkeit verleihen würde. Und eine große Traurigkeit legte sich auf mein Herz.

Sag mir, dass wir alle auserwählt sind, Allmächtiger Gott! Sag mir, dass du alle deine Geschöpfe in das Himmelreich einlassen wirst, die Würmer und die Wanzen, die Raubvögel und die Haie des Meeres, den Löwen und die Schlange, die Quecke und den Knöterich, die schmarotzenden Pflanzen und die großen Bäume, all diejenigen, die den geraden und beschwerlichen Weg gegangen, und all die anderen, die der Versuchung erlegen sind und vom Apfel gekostet haben! Sag mir, dass niemand, aber auch niemand vom Paradies ausgeschlossen werden wird! Ich war ganz außer Atem, redete aber trotzdem weiter: Vergib mir, Vater, sonst schicke mich lieber dorthin zurück, wo ich hergekommen bin, denn ich kann die Vorstellung eines Gottes, der auch nur ein einziges seiner Geschöpfe von sich weist, nicht ertragen!

Du bist ein anmaßender Narr, Weber. Wir möchten dir dringend raten, es dir noch einmal zu überlegen. Leg dich nicht mit dem Allmächtigen an! Wir mögen mit Unendlichkeiten handeln, aber unsere Geduld hat durchaus ihre Grenzen.

Er sah mich lange an, als wollte er mir Bedenkzeit und eine zweite Chance geben.

Lass sie alle rein, Herrgott, sagte ich noch einmal.

Wie ich sehe, steht dein Entschluss fest. So sei es denn, Weber. Du bist für immer auf die Erde und unter die Menschen verbannt.

Und jetzt, Inayat, weißt du, warum ich auferstanden bin ...

»Ich werde bald meinem Schöpfer gegenübertreten«, erklärte Pater Paul, als er eines Nachts aufwachte, mit überraschend fester Stimme, »und was träume ich?«

Lucens hatte auf der harten infektionsresistenten Matratze gedöst, die er nachts immer für sich ausrollte, und sah den Priester verständnislos an.

»Nehmen Sie diesen Mundschutz ab. Ich will mit einem Menschen reden, nicht mit einem sterilisierten Bestattungsunternehmer.«

»Ich habe keine Ahnung, Pater, wovon Sie gerade geträumt haben.«

»Von nackten Frauen, Bruder Lucens. Sie sind froh, mich zu sehen, und ich bin darüber glücklich und dankbar.«

Lucens saß stoisch da und bemühte sich um seine beste Pokermiene.

»Sie glauben, jetzt bin ich übergeschnappt, was? Und rede wirres Zeug? Denken Sie niemals an Sex, Bruder Lucens?«

»Nicht sehr oft.«

»Anders als Ihre, Lucens, sind meine Dämonen von der Feld-Wald-und-Wiesen-Sorte. Ich habe ein für alle Mal genug von Schuldgefühlen. Rückblickend kann ich gar nicht glauben, dass ich es als Mönch zu etwas gebracht habe. Das habe ich einzig Pater Augustine zu verdanken. Ja, dem Ehrwürdigen Vater. Wussten Sie, dass er einer der jüngsten Äbte in unserem Orden war? Ich war damals noch ein Bruder und ich zählte zu denen, die für ihn gestimmt haben.

Ich war fünf Jahre älter als er, aber er nahm mich unter seine Fittiche. Ich wurde das, was er später ›sein Glückskreuz‹ nannte – das erste von der Sorte, das er auf seine mageren, knochigen Schultern laden sollte.

Ins Kloster kam ich erst ziemlich spät, nachdem ich ein – wie man damals sagte – recht bewegtes Leben geführt hatte. Ich glaubte, für Jesus bereit zu sein, aber ich irrte mich. Ich ging zum Abt und sagte ihm, dass ich Jesus liebte, aber den Kampf gegen meine Libido verloren hätte. Er sagte, es stehe mir frei zu gehen, fragte aber, ob ich nicht noch ein Weilchen bleiben wolle, um auch wirklich sicher sein zu können, dass ich die richtige Entscheidung getroffen hatte.

Ich dachte mir, auf einen Monat mehr oder weniger käme es auch nicht an. Ich blieb und stellte fest, dass ich mich nicht entscheiden konnte. Das Tauziehen ging eine Zeit lang weiter – wir reden jetzt von Jahren. Der Abt sagte zu mir: ›Gott gehört zu Geist und Seele, während der Sex ganz und gar Biologie und Natur ist. Versteht sich, dass Letzteres spielend gewinnt.‹ Ich weiß noch, wie er mir zuzwinkerte und sagte, Gott sei in gewissem Sinne ein widernatürliches Verlangen. Was aber zählte, sei, ob wir uns unvollständiger und verlorener ohne Gott oder ohne Sex fühlten. In meinem Fall schien er zu meinen, Ersteres treffe zu. Ich wurde immer wieder rückfällig und strauchelte, und er richtete mich immer wieder auf.

Aber ich hatte mittlerweile genug von diesem dauernden Hin und Her und war schon fast so weit, das Kloster zu verlassen, als der Ehrwürdige Vater mich zum Novizenmeister ernannte. Jahre später fragte ich ihn, warum er leichtsinnig ein solches Risiko eingegangen sei: mir die Verantwortung für das spirituelle Wohlergehen der Novizen zu übertragen!

›Ich musste es einfach darauf ankommen lassen‹, sagte er. ›Ich musste dich in die Ecke drängen, um festzustellen, ob du das Zeug dazu hattest, die Sache mit unserem Herrgott durchzustehen. Entweder du würdest es schaffen, oder wir würden uns von dir trennen.‹«

Der Novizenmeister geriet allmählich wieder außer Atem, und seine Worte klangen zunehmend undeutlicher. »Geben Sie mir ein Glas Wasser, Lucens.«

»Warum ruhen Sie sich nicht etwas aus, Vater?«

»Ich stehe kurz davor, mir die längste Ruhepause zu gönnen, die der Mensch überhaupt kennt. Würden Sie mir einen Muntermacher holen – ein Stück Schokolade oder Traubenzucker?«

Lucens ging in die Küche und fragte sich unterwegs, wohin diese Lebensbeichte wohl führen würde. Lange konnte das ja nicht mehr weitergehen. Natürlich gab es in der Speisekammer keine Schokolade, nicht einmal einen Müsliriegel, nur Kartons über Kartons von Erdnussbutter und einen abscheulichen Sirup, den einer der Exerzitanten gespendet hatte. Lucens lief zum Büro des Abtes, es war nie abgeschlossen, und holte die Flasche Kognak, die dort für Ostern und Weihnachten bereit stand.

»Guter Einfall, Bruder Lucens.« Pater Paul genoss sichtlich den Kognak. »Der Abt glaubte, Bruder Jonathan-Christophe könnte ein mögliches ›Glückskreuz‹ sein. Er meinte, er spüre einfach, dass Jonathan eine besondere Liebe zu Jesus hegte und dass sein eigener

Glaube – und der Glaube, den andere ihm entgegenbrachten – ihm über alle Prüfungen hinweghelfen würde. Ich bin, wie Sie wissen, der Erzkonservative in der Abtei. Der Abt und ich waren in allem verschiedener Meinung, aber seltsamerweise glaubte auch ich, Jonathan-Christophe würde Jesus nicht enttäuschen.

Als ich aber Sie näher kennen lernte, sagte ich dem Abt, Sie müssten gehen. Das ist schon lange her. Sie haben sich als ein Geschenk des Himmels erwiesen, und Sie haben die Abtei vor dem finanziellen Untergang gerettet. Dennoch habe ich meine Meinung nicht geändert.

Augustine hat immer gemeint, ich sei ein guter Menschenkenner – nur in Ihrem Fall würde ich mich täuschen. In sieben Jahren wird er sein Amt niederlegen, und er glaubt, er wird wieder Glück haben und Sie werden sein letztes Glückskreuz sein.

Ich habe da meine Zweifel. Ich habe es von Anfang an gewusst. Sie werden sein Kreuz sein und das Kreuz der Abtei, und weiter nichts.«

Mein lieber Zia,

letzten Montag habe ich einen ziemlich merkwürdigen Anruf bekommen. Jemand wollte Dich sprechen. Als ich sagte, Du würdest nicht bei mir wohnen, sagte der Mann kryptisch: »Sagen Sie Zia Khan – er hat deinen vollen Namen benutzt –, dass niemand ihn ungestraft verrät. Versichern Sie ihm, dass wir nicht eher ruhen werden, bis Gerechtigkeit geschehen ist.« Ich fragte, wer am Apparat sei, aber er hat einfach aufgelegt.

Was in Gottes Namen läuft da, Zia? Ich hoffe, Du stellst nichts an!

Alles Liebe, Amanat

Lucens fragte sich, was es so Dringendes geben mochte, dass Abbajan ihn in der Bibliothek stören musste. Zum Glück würde dies das letzte Mal sein, dass sein Vater Terraferra besuchte. Die anderen Mönche bekamen ihre Angehörigen und Freunde nur einmal im Jahr zu sehen, und auch dann allerhöchstens für drei Tage. Abbajan aber ging nun schon so lange in der Abtei ein und aus, dass kaum noch jemandem klar war, dass er nicht zur Gemeinschaft gehörte.

Der Einzige, der mit ihm nicht zurechtkam, war sein Sohn. Lucens war immer stolz darauf gewesen, dass es für ihn, was zwischen-

menschliche Beziehungen oder Erwartungen an das Leben betraf, selten Unklarheiten oder blinde Stellen gab. Die einzige Ausnahme bildete Abbajan. Er wusste einfach nicht, wie er mit seinem Vater umgehen sollte. Als Zafar Khan als Architekt nach Terraferra geholt worden war, hatte Lucens befürchtet, die Leute könnten ihm Vetternwirtschaft vorwerfen, aber sollten anfangs diesbezüglich Bedenken bestanden haben, so waren schon bald nichts als Bewunderung und Stolz geblieben. Es störte ihn, dass der Abt und Abbajan sich angefreundet hatten, und er fand es irgendwie billig von seinem Vater, dass er bei allen beliebt war. Er war neidisch auf die Unbefangenheit, mit der sie auf ihn zugingen, während er sich schon gehemmt fühlte, wenn es nur um ein Lächeln ging.
Er wusste, dass mit Ausnahme des Abtes und vielleicht Pater Giovannis kaum jemand in Terraferra oder Sweet Waters das Ausmaß von Abbas Leistung erfasste – weder ihre Ruhe noch ihre wahre Größe. Abbajans Arbeit an der Abtei war die Bestätigung seines Talents. Und dennoch schaffte es Lucens nicht, zu vergeben oder zu vergessen, dass kein anderer als Abba die katastrophalen Veränderungen in ihrem Leben zu verantworten hatte – angefangen bei ihrer Vertreibung aus Firdaus. Außerdem hatte er die Beziehung seines Vaters zu Tante Antonia – und die Rolle, die er selbst darin spielte – noch immer nicht geklärt. Von der Sache mit diesen absonderlichen, fast lästerlichen Skulpturen in der neuen Kirche gar nicht zu reden.
Der Abt war in seiner Begeisterung über Mr. Khans Arbeit ein wenig übers Ziel hinausgeschossen. Eine Sache war es, Abba bei den Entwürfen und bei der Ausführung sämtlicher Bauarbeiten freie Hand zu lassen; eine ganz andere, ihm zu erlauben, sich an den Sakralbildern zu versuchen. Abba hatte für die Abtei vier Reliefs geschaffen, vom Thema her durchaus konventionell, aber wenn man sie aufmerksamer betrachtete, bekam man das Gefühl, dass irgendetwas an ihnen nicht stimmte, ja, nicht richtig war. Es war schwierig, diesen Eindruck an konkreten Details festzumachen, dennoch wurde man das Gefühl nicht los, dass der Künstler alles, was dem Christentum heilig war, verspottete und geradezu pervertierte.
Das vielleicht anstößigste Werk war das drei Meter hohe und sechs Meter breite Flachrelief am Eingang der Kirche. Der Stein, der das

Grab des Herrn verschlossen hatte, war aufgeflogen, und ein abgeklärt lächelnder Christus trat mit festem, energischem Schritt heraus. Links, zur unteren Kante hin, sah eine kniende Maria Magdalena eher freudig als ehrfürchtig staunend auf, als hätte sie dieses Wunder die ganze Zeit erwartet. Im rechten Hintergrund tröstete die Jungfrau Maria einen der trauernden Apostel, der neben ihr kniete und nicht ahnte, dass Jesus auferstanden war. Die übrigen Apostel bildeten eine dicht zusammengedrängte Gruppe.

Der Schlüssel zu diesem schockierenden Relief war nicht nur das Antlitz des Herrn, sondern ebenso sein Körper und seine Haltung. An Jesus war keine Spur der Kreuzigung verblieben. Er war kein Sterblicher mehr, er war Gott. Seine Füße berührten nicht den Boden, sondern traten entschieden auf die Luft. Sein Oberkörper war nackt, und auch wenn er nicht wie ein Bodybuilder aussah, war es mehr als offensichtlich, dass er stark genug war, um diese große dicke Steinplatte mit einem einzigen Stoß seiner rechten Hand von seinem Grab fortbewegt zu haben. Er hatte stechende Augen, aber ihr durchdringender Blick rührte von innerem Licht her. Die Göttlichkeit in ihm strahlte aus seinem Gesicht und der Realität seiner unmittelbaren Gegenwart hervor.

Nur dass diese Realität zweifelhafte Untertöne aufwies, denn was Abba da gemacht hatte, konnte nicht anders als subversiv bezeichnet werden. Die übernatürliche Heiterkeit Christi verdankte ihre Inspiration dem Osten. Abba hatte den Zügen und der Gestalt Jesu den indogriechischen Typus des *Gandhara*-Buddha untergeschoben, so dass man in Wirklichkeit jemand anderen verehrte als den Sohn Gottes. Maria Magdalena war eine Studie in kaum verhüllter Sinnlichkeit. Sie besaß eine erotische Ausstrahlung, die ans Sündige grenzte. Das Einzige, was das Relief noch rettete, war die Szene mit der Jungfrau. Sie hatte etwas zutiefst Anrührendes. Die Mutter Gottes atmete reine Durchgeistigung, und es schien nur richtig, dass sie es war, die den Schmerz der Apostel zu lindern versuchte, und nicht umgekehrt.

Gekrönt wurde das Ganze von einem pikanten Detail, das einzig Lucens erkennen und – mit entsprechender Empörung – würdigen konnte. Der Christus auf dem Flachrelief war Amanat nachgebildet. Aber es kam noch schlimmer, noch unverzeihlich schlimmer.

Die Jungfrau, daran bestand kein Zweifel, war Zubeida-Khala und Ammijan war die Frau aus Magdala.
»Was gibt's?«, fragte Lucens mit kaum verhohlener Gereiztheit.
»Tut mir leid, dich zu stören, aber ich wollte dir sagen, dass Zubeida-Khala gerade angerufen hat. Amanat war siebzehn Tage ohne Bewusstsein. Die Ärzte meinten, diesmal bestehe keine Hoffnung, dass er sich wieder erholt, aber Sagari wollte sich damit nicht abfinden. Deine Tante sagte, sie hätte sich auf die Hinterbeine gestellt und den Ärzten gesagt, sie würden völlig falsch liegen. Koste es, was es wolle, sie würde ihn zurückholen. Offenbar hat sie ihren Kopf durchgesetzt. Amanat ist heute Morgen wieder aufgewacht.«
Und deswegen hatte Abbajan ihn in der Bibliothek gestört? Was machte er deshalb für einen Aufstand? Jeder, der seinen Bruder auch nur flüchtig kannte, hätte ihm sagen können, dass Amanat dieses Spielchen schon ein halbes Dutzend Mal durchgezogen hatte und bestimmt noch öfter durchziehen würde.
Amanat hatte schon vor langem sein Testament gemacht und darin verfügt, dass seine Leiche dem J.J. Hospital übergeben werden sollte. Von seinen kaputten Lungen und sonstigen Organen, sagte er, könne man mehr lernen als aus sämtlichen medizinischen Fachbüchern. Das klang sehr amüsant, und trotz all seiner Vorbehalte gegenüber seinem Bruder musste Lucens zugeben, dass er selbst sich einen fast ebenso anonymen Tod wünschte. Als Trappist war man asketisch im Leben und fast noch asketischer im Tod. Kein Aufheben, keine Blumen, nur der allerstillste Abschied. Er erinnerte sich, wie schlicht und ohne jeden Firlefanz der Novizenmeister zu Grabe getragen worden war. Lucens hatte ihn gewaschen und sich dann fünf Minuten lang nicht entscheiden können, welches von Pater Pauls zwei Habiten weniger abgenutzt aussah. Er streifte dem Toten die Kapuze über den Kopf. Besonders groß war Pater Paul nicht gewesen, jetzt aber schien er noch um eine gute Hand breit geschrumpft zu sein. Er sah in seiner hölzernen Zwangsjacke so verloren aus, dass Lucens es nicht übers Herz brachte, ihn aus den Händen zu lassen.
Nachdem er in die Abteikirche getragen worden war, setzten sich die Brüder paarweise an das Kopfende des Sargs und wechselten sich während der folgenden vierundzwanzig Stunden bei der Re-

zitation des Psalters ab. Nach der schlichten Totenmesse wurde der Novizenmeister zum kleinen Gottesacker neben der Kirche getragen. Die Brüder hoben den Leichnam aus dem Sarg und reichten ihn an Bruder Peter weiter, der bereits im ausgehobenen Grab stand. Bruder Peter legte Pater Paul ein Kissen unter den Kopf, verschränkte ihm die Arme auf der Brust und bedeckte das Gesicht mit der weißen Kapuze. Einer nach dem anderen schaufelten die Mönche dann Erde in die Grube. Der Ehrwürdige Vater steckte am östlichen Ende der Grabstätte ein weißes Holzkreuz mit dem eingeschnitzten Namen und Todesdatum in die Erde.

Es war ein kleiner Friedhof. Wenn Lucens einst an der Reihe sein würde, begraben zu werden, dann konnte es durchaus sein, dass man Pater Pauls Knochen, mit denen anderer Mönche, in einem Pappkarton sammeln und Lucens unter den Kopf legen würde.

»Der Abt hat mir erlaubt, Sagari anzurufen. Sollen wir das jetzt machen?«

»Ruf du an. Ich hab noch ein paar Sachen zu erledigen.«

»Amanat, hast du wirklich die Filmrechte am ›Brandstifter‹ an Sahil Thapar verkauft und dich vertraglich verpflichtet, das Drehbuch dazu zu schreiben?«

»Und wenn es so wäre?«

»Nein, bitte nicht. Sag, dass du das nicht getan hast.«

»Mir war nicht bewusst, dass ich deine Erlaubnis brauche, um ein bisschen Geld zu verdienen.«

»Sahil Thapar ist einer der cleversten Köpfe in der Branche. Aber glaubst du, er hat auch nur die leiseste Ahnung, worum es im ›Brandstifter‹ geht? Er dreht kommerzielle Filme von der plattesten Sorte, wie fast jeder andere auch. Was hast du mit ihm vor?«

»Du findest es in Ordnung, wenn du mit ihm zusammenarbeitest, aber nicht, wenn ich es tue?«

»Genau – weil ich mir über die Filmbranche, die Leute, die da mitmischen, und über mich selbst keinerlei Illusionen mache.«

»Während ich unter Größenwahn leide?«
»Verdreh mir nicht die Worte im Mund, nur um mich zu verletzen! Du hast wahnsinnig hohe Maßstäbe und erwartest viel von dir. Diese Leute sind anders. Der einzige Maßstab, den sie kennen, ist das Einspielergebnis. Das ist nichts für dich, am laufenden Band Kompromisse machen zu müssen. Das würde dich umbringen.
Dein Job ist zu schreiben, Amanat. Romane, Theaterstücke, was auch immer. Das ist der einzige Grund, warum es mir nichts ausmacht, beim Film zu arbeiten: damit du dir keine Gedanken ums Geld machen musst.«
»Ich kann es nicht ertragen, dass du meinetwegen Opfer auf dich nimmst. Du gibst mir das Gefühl, dich auszunutzen, so wie dein Vater es getan hat. Aber ich will nicht dein Zuhälter sein! Ich kann mir meinen Lebensunterhalt selbst verdienen.«

Amanat hätte alles vorhersagen können: jeden einzelnen Haken, den er schlagen, jede Sackgasse und jeden Umweg, den er entlangtappen, jede Dummheit, die er offenen Auges begehen, jede Kreuzwegstation, vor der er, nachdem Sagari zum Film gegangen war, herumlungern würde – alles mit dem ausschließlichen Ziel, sein Leben zu verkorksen. Und dennoch schien er unfähig zu sein, irgendetwas davon nicht zu tun.
Was war bloß los mit ihm? Warum benahm er sich so rüpelhaft und so selbstzerstörerisch? Was hatte Sagari für eine andere Wahl, wenn sie die Schulden ihres Vaters abbezahlen wollte, als wieder zum Film zu gehen? Und wie viele Menschen, denen Gläubiger im Nacken saßen, hatten schon die Möglichkeit, Filmstar zu werden? Und das Beste kam erst noch: Sagari glaubte an ihn und seine Arbeit. Und sie glaubte nicht nur an ihn, sie tat alles in ihrer Macht Stehende, um ihm ein angenehmes Leben zu bieten. Nur schreiben, das musste er selbst. Sie kaufte eine Wohnung, in der er ein eigenes Zimmer hatte, einen einfachen, aber soliden Rollschreibtisch, an dem er schreiben konnte, einen Stuhl, der seinem ständig Probleme machenden Rücken den nötigen festen Halt gab, und bergeweise Papier. Und sie erwartete von ihm dafür nicht die geringste Gegenleistung. Er brauchte nicht einen *paisa* zu verdienen. Er sollte nur schreiben, gleichgültig, ob jemand seine Sachen anschließend kauf-

te oder nicht. Es kümmerte sie nicht, ob die Welt so gescheit war, den Wert seiner Arbeit zu erkennen. Sie wusste, dass er gut war, und das genügte. Oder zumindest hätte es genügen sollen.
Sie lernte, mit Geld umzugehen, und war bald recht geschickt darin, das Juristenchinesisch in den Verträgen zu entziffern und gute Bedingungen für sich auszuhandeln. Als sie zum Film ging, hatte sich alles geändert – angefangen bei Sagari selbst. Die Haltung der Gläubiger machte eine wahre Transformation durch. Über Nacht verwandelten sie sich von Haien in katzbuckelnde Höflinge, die ihr am liebsten einen Kreditrahmen von der Größe eines Exerzierplatzes eingeräumt hätten. Es dauerte einige Zeit, bis Sagari die Wohnung in der Nähe der Pali Hill Extension in Bandra kaufen konnte. Sie gab sich alle Mühe, Abbajan und Zubeida-Khala zu überreden, zu ihnen zu ziehen, aber das war eines der wenigen Male – vielleicht sogar das einzige Mal –, dass Zafar Khan sich nicht Sagaris Wünschen beugte. Zubeida-Khala wollte ebenfalls nicht umziehen.
»Wer würde dann für Zafar kochen?«, fragte sie.
»So ein Unsinn, Zubeida, ich kann genauso gut kochen wie du«, entgegnete Abbajan.
Zubeida-Khala fand nicht, dass Abbas Bemerkung eines Kommentars wert sei, und schnaubte nur verächtlich.
»Schon gut, schon gut, ich stelle eine Köchin ein. Wie wär's damit?«
»Dann haben Sie mich also all die Jahre lediglich als Ihre Köchin geduldet?«
»Ich geb's auf. Hör auf, so bockig zu sein, Zubeida. Enttäusch die Kinder nicht.«
»Es ist immer noch meine Wohnung, Zafar, vergessen Sie das nicht.«
Damit war die Diskussion beendet. Das war das erste Mal, dass Zubeida erwähnte, dass die Wohnung in Suleiman Mansion ihr gehörte. Selbst Amanat, der manchmal einen sechsten Sinn für solche Dinge hatte, hatte nichts davon gewusst.
»Das stimmt, Zubeida. Und ich vergesse es nie.«
Zubeida-Khala streckte die Hand aus und berührte Zafar fast – aber nicht ganz. »Wie könnte ich Sie im Stich lassen, Zafar?«
Es entstand eine schreckliche Stille. Sie hatten sich in all den Jahren nie dazu durchringen können, über Ammijan zu reden, und sie würden es heute ganz gewiss nicht tun.

Sagari war jetzt viel reservierter und unnahbarer. Amanat oder der Familie gegenüber zwar nicht, aber allgemein. Es ging gar nicht anders. Sie war nicht die Nummer eins oder zwei oder drei, aber sie war ein Star, und wo sie sich auch blicken ließ, bildete sich sofort ein Menschenauflauf um sie. Sie arbeitete in Acht-Stunden-Schichten, doch wenn die Dekoration am nächsten Tag abgebaut werden musste, legte sie durchaus ein, zwei Stunden, manchmal sogar eine ganze Sonderschicht drauf. Sonntags hatte sie frei, dafür war sie häufig wegen Außenaufnahmen unterwegs. Wenn sie an irgendeinen interessanten Ort fuhr – in Indien oder im Ausland –, fragte sie Amanat, ob er nicht mitkommen wollte. Manchmal begleitete er sie, jedoch nicht oft. Wohin sie auch fuhr, immer brachte sie ihm ein Geschenk mit, zumindest war das in der Anfangszeit so. Sie kaufte ihm ein Hemd, etwas bunten Sand aus *Kanyakumari*, ein Buch, einen Splitter Jahrmillionen alter Rinde aus dem versteinerten Wald bei Jaisalmer.

Armbanduhren und Füller, das hatte Sagari im Laufe der Zeit gelernt, waren tabu. Erstere trug er nie. Er hatte schmale Handgelenke und meinte, Armbanduhren sähen bei ihm wie Bahnhofsuhren aus. Für Füller hatte er als Kind eine Schwäche gehabt. In Firdaus hatten sie eine große Sammlung davon gehabt: Parkers, Montblancs, Shaeffers, Dunhills, Yves Saint Laurents. Er sah Abba immer dabei zu, wie er sie jeden Sonntagmorgen in Wasser ausspülte und mit einem Samttuch polierte.

Als er einmal einen billigen Kugelschreiber verlor, war Amanat am Boden zerstört. Tagelang lief er mit einer Leichenbittermiene herum und stellte das ganze Haus auf den Kopf in der Hoffnung, ihn wiederzufinden. Er hatte schon damals gewusst, dass er sich idiotisch verhielt, aber das hatte nichts daran geändert. Eines Tages konnte er den Parker nicht mehr finden, den Sagari ihm zur Hochzeit geschenkt hatte. Das war das Ende. Wochenlang war er ungenießbar. Er suchte sämtliche Orte wieder auf, an denen er möglicherweise vor dem Verschwinden des Füllers gewesen war. Er ging zum Fundbüro der Buslinie und der Taxifahrervereinigung. Dann verbot er Sagari, ihm je wieder Schreibgeräte, gleich welcher Art, zu schenken. Bald belegte er Geschenke überhaupt mit einem Veto. Enthaltsamkeit würde gewiss nicht zu seinem Lebensgrundsatz werden, aber es würde ihm auch nicht schaden, sich ein paar Dinge zu versagen und ein etwas eingeschränkteres Leben zu führen. Er hatte keine Lust, unvorbereitet dazustehen, wenn er je wieder nach Suleiman Mansion ziehen müsste.

Der Umzug in die zweistöckige Wohnung, der Blick auf das Meer, der viele Platz und die Stille übten auf Amanat eine belebende Wirkung aus. Er konnte es morgens kaum erwarten, dass Sagari aus dem Haus ging, und setzte sich dann in einem Zustand gedämpfter Erregung an den Schreibtisch. Er gönnte sich eine Pause von der erzählenden Prosa und versuchte sich gerade an einem Theaterstück, besser gesagt, an einer derben komischen Oper. Die Handlung spielte im »Big Mama's«, einem Bordell mit dem Motto »Bei Mutter war es nie so schön«. »Big Mama's« ist der Ort, an dem man sich trifft, sich sehen lässt und – wenn man etwas leicht oder am besten gleich ganz und gar Illegales abziehen möchte – Geschäfte abschließt.

Big Mama hat eine einzige Erbin, eine Tochter namens Tarangini, oder kurz Tara, die ein Mädchenpensionat in der Schweiz besucht. Das Stück beginnt mit Taras Rückkehr nach Indien. Sie steht am Fenster ihres Schlafzimmers im ersten Stock und singt einen seelenvollen Song. Jahrelang, so schmachtet sie, hat sie auf diesen Tag gewartet, an dem sie durch Versteigerung an den Meistbietenden in das Familiengeschäft eingeführt werden wird. Die gesamte Hautevolee – Schauspieler, allerlei Magnaten, Politiker, Geschäftsleute und Mafiosi –, die sich regelmäßig im »Big Mama's« versammelt, kennt sie seit ihrer Kindheit und liebt sie heiß und innig. Als Tara den Raum betritt, tritt Grabesstille ein. Niemand, aber auch wirklich niemand, macht ein Gebot. Sie ist so unattraktiv, dass neben ihr selbst Miss Mauerblümchen wie eine Sexbombe aussehen würde. Es ist ein wahrhaft tragischer Augenblick, eine Existenzkrise, die Tara sämtliche der Welt innewohnende Herzlosigkeit offenbart. Einzig einem jungen Mann erscheint sie wie eine wahre Huri: Popatlal, dem Sohn des Mafiabosses Pyare Lal. Popatlals Problem ist die Tatsache, dass sein Vater ihn ebenso sehr verabscheut, wie Big Mama ihre Tochter vergöttert.

Auf Anraten Pyare Lals und des steinalten Medienmoguls Bhushan Jani schickt Big Mama Tara nach Wharton, um dort Betriebswirt-

schaft zu studieren. Vor ihrer Abreise singt Tara zusammen mit Popatlal einen Song, in dem sie Rache schwört und er seine leidenschaftliche Liebe zu ihr bekennt und sie anfleht, nicht abzureisen. Doch Tara schwört, dereinst zurückzukehren und jeden indischen Mann, ob gut, böse oder weder-noch, flachzulegen. Sie gelobt außerdem, dass sie nach ihrer Rückkehr den Titel der Miss Kosmos erringen wird. Tara ist eine Frau, die ihr Wort hält. Sie kehrt nach Indien zurück mit einem Master in Betriebswirtschaft – summa cum laude – und dem dicksten Paar Möpse, das die Menschheit je gesehen hat. Sie ist bereit, um die Krone der Miss Kosmos zu kämpfen. Sie sieht absolut umwerfend aus und die Plattitüden und Hohlheiten, die von einer Miss Kosmos erwartet werden, gibt sie zweifellos mit mehr Pep und Überzeugung von sich als jede der übrigen Konkurrentinnen. Bhushan Jani aber, der 83-jährige Medienmogul, stimmt gegen sie, und sie kommt nur auf den zweiten Platz.
Das ist der Tropfen, der ihr Fass zum Überlaufen bringt. Tara sinnt erneut auf Rache, aber diesmal strebt sie als Preis nichts Geringeres als den scheintoten Bhushan Jani an. Popatlal macht Tara unermüdlich den Hof, während er gleichzeitig seinen Vater aus dem Weg räumt und sich zum König der Unterwelt aufschwingt. Tara indes verführt Bhushan Jani, heiratet ihn und bringt ihn dazu, sein Testament zu ändern: Sein gesamter Besitz soll jetzt nicht mehr auf seine Kinder, sondern auf sie übergehen. Als der Mogul keine Neigung zum Ableben bekundet, bringt Tara den enttäuschten Popatlal dazu, den Mogul zu erledigen, indem sie ihm verspricht, ihn anschließend zu heiraten. Sie aber lässt Popatlal wegen Mordes an ihrem Ehegemahl ins Gefängnis stecken und wird endlich zur Königin des Kosmos gekrönt.
Das Stück wurde von einer Theatertruppe geprobt, erlebte aber nicht einmal die Uraufführung. Kaum jemand außer dem jungen Regisseur und den Schauspielern hatte es gelesen, aber die fundamentalistischen Hindu-Parteien behaupteten, es sei eine respektlose Travestie hinduistischer Traditionen, und drohten jedem, der damit zu tun hatte, mit ernsten Konsequenzen. Die Muslime ihrerseits gerieten in Rage, weil im Stück angedeutet wurde, Taras ungenannt bleibender Vater könnte ein muslimischer Politiker gewesen sein. Zum Glück für Amanat wurde »Queen of the Cosmos«

zum »Other Theater Festival« nach San Francisco eingeladen. Die Proben wurden wieder aufgenommen, diesmal allerdings heimlich, in Sagaris und Amanats Wohnung. Da begann das landesweit größte Medienimperium – das außerdem etliche Schönheitswettbewerbe sponserte – mehrere Leitartikel zu veröffentlichen, in denen das Stück und dessen Autor auf übelste Weise auseinandergenommen wurden. Am Abend, bevor die Theatertruppe nach San Francisco abreisen sollte, verbot die Regierung das Stück.

Amanat hatte gedacht, er habe lediglich eine rotzfreche Posse geschrieben, über die sich die Leute ein wenig aufregen würden. Jetzt war er sich nicht mehr so sicher. Vielleicht hatte er einen perversen Kern in sich. Von jeher hatte er sich als geistigen Nachkommen Rabelais' und der mittlerweile fast ausgestorbenen Tradition des derben indischen Volkstheaters empfunden. Vielleicht hatte er sich getäuscht und er verwechselte seine persönliche Sittenlosigkeit mit literarischer Deftigkeit und Derbheit.

Oder es konnte einfach auch so sein, dass er nie irgendetwas getaugt hatte. Er hatte eine kleine Schar treuer Leser, aber das tröstete ihn nicht. Die konnten sich ja genauso gut täuschen wie er. Vielleicht hatte er sich überhaupt die ganze Zeit etwas vorgemacht. Wahres Talent kann einmal, zweimal, vielleicht sogar dreimal verkannt werden, aber danach tut man besser daran, ernsthaft in sich zu gehen und sich mit der Realität abzufinden: Wenn man nicht viel taugte, war es immer noch das Beste, man lernte, mit seiner Mittelmäßigkeit zu leben.

Er begann, sich zu Hause Filme anzusehen. Er wartete, bis Sagari zur Arbeit gefahren war. Dann rannte er zum Videoshop am Fuß des Hügels und lieh sich fünf oder sechs Videos aus. Es war nicht sehr wahrscheinlich, dass er es schaffen würde, alle in zehn Stunden abzuspielen, aber ihm graute vor der Möglichkeit, Sagaris Dreharbeiten könnten sich in die Länge ziehen und er würde dann auf dem Trockenen sitzen.

Er schaute sich absolut alles an. Wenn es keine neuen englischsprachigen Filme gab, sah er sich Hindifilme an. Er fand das Zeug größtenteils unter allem Niveau und verachtete sich dafür, dass er es sich ansah, aber er konnte sich nicht beherrschen. Um zwanzig vor sechs rief er dann Sagari an und fragte sie beiläufig, wie es so lief, aber es ging ihm dabei nur darum zu erfahren, wann sie zurückkommen würde. Wenn sie auf dem Heimweg war, schaltete er den Videorekorder aus, setzte sich an seinen Schreibtisch und tat so, als würde er arbeiten. Er hatte keine Ahnung, wozu er dieses Theater veranstaltete, da Sagari ihn kaum fragen würde, wie viele Seiten er an dem Tag geschrieben hatte. Ohne sich dessen bewusst zu sein, hatte Amanat angefangen, seiner Frau etwas vorzumachen.

Am meisten graute ihm vor den Abenden, an denen Sagari spürte, dass nicht alles so gut lief, wie er ihr vorgaukelte, und sie versuchte, ihn wieder aufzubauen.

»Die haben überhaupt keine Ahnung, Amanat, nicht die geringste Ahnung. Was spielt es schon für eine Rolle, ob sie dich gut finden oder dein Talent anerkennen. Ich weiß, dass du ein guter Schriftsteller bist, einer der sehr wenigen wirklich guten, und das sollte immerhin etwas wert sein. Ich bin unheimlich stolz auf dich, Amanat. In zehn oder zwanzig Jahren, vielleicht auch erst, wenn wir beide schon tot sind, werden die Leute begreifen, dass deine Werke einen zeitlosen Wert besitzen. Schreib, Amanat, mehr brauchst du nicht zu tun.«

Dann sah er sie an und zeigte ein dankbares Lächeln, das gleichzeitig auch Zuneigung ausdrücken sollte, und fragte sich währenddessen, ob man aus reiner Herzensgüte, ja eigentlich argloser Unschuld blind für normale menschliche Wünsche und Bedürfnisse werden konnte. Komm auf den Boden zurück, Sagari, ich pfeif auf die großen Belohnungen, mit denen ich möglicherweise in zwanzig oder dreißig Jahren oder vielleicht auch erst im Jenseits rechnen kann. Ich könnte hier und jetzt ein bisschen Anerkennung und Geld gebrauchen. Geld, das ich mit meiner eigenen Arbeit verdient habe, so dass ich mich deswegen nicht ständig an dich wenden muss. Aber das hätte er ihr niemals sagen können. Es hätte sie fix und fertig gemacht zu erfahren, dass er Geld in »seins« und »ihres« einteilte. Tat er ja eigentlich auch nicht, wirklich nicht. Er wünschte sich lediglich, dass jemand seinen Beitrag zu was auch immer zur Kenntnis nähme und würdigte: als einen verschrobenen Blick auf die Verschrobenheiten seiner Landsleute und seines Landes, und vielleicht als eine Gelegenheit, über sich selbst und seine Mitmenschen zu lachen – und darüber, was es bedeutete, an der Schwelle des einundzwanzigsten Jahrhunderts zu leben.

Er war zu höflich, um sie zu fragen, wie sie sich denn gefühlt hätte, wenn vier oder fünf ihrer Filme hintereinander gefloppt wären. Bei Sagari konnte man sich allerdings nie sicher sein. Sie hätte ohne weiteres antworten können: »Es wäre schön gewesen, wenn ein paar davon gut gelaufen wären. Aber es ist schon okay so. Die Arbeit am College hat mir gefehlt, und jetzt habe ich die Chance, meine Doktorarbeit zu beenden.« Und sie hätte es sogar ernst gemeint.

Amanat und Sagari hatten zwei Hausangestellte, einen fürs Kochen und einen fürs Putzen, Wäschewaschen und Bügeln. Sie waren nicht direkt aufsässig und ungehorsam, aber sie taten alles, wozu Amanat sie aufforderte, irgendwie anders, als legten sie es darauf an, seine Anweisungen nicht hundertprozentig auszuführen. Die Idee dabei war, ihm klar zu machen, dass sie sehr wohl wussten, wer im Haus wirklich das Geld verdiente.

Sagaris Sekretär, Rakesh Trivedi, kam gegen zehn und ging schnurstracks in das Zimmer, das als Sagaris Büro diente. Rakesh war der eigentliche Chef im Haus. Der Koch brachte ihm das Frühstück und die Belege für die Ausgaben des vorigen Tages. Er zahlte den Dienstboten und dem Chauffeur die Löhne aus, pfiff sie bei Bedarf an und entschied, wann sie Urlaub nehmen und zu ihren Familien nach Bihar oder Nepal fahren durften. Er hing die meiste Zeit am Telefon, beantwortete Anrufe oder tätigte selber welche. Er führte Sagaris Terminkalender, vereinbarte oder änderte Drehtage, vergab Termine an Drehbuchautoren, Maskenbildnerinnen, Friseure und Fotografen. Er siebte Informationen, Bitten um Spenden, Auftritte und Interviews, Anrufe von Fans, Verehrern und Verrückten aus. Bisweilen hatte Amanat den Eindruck, dass Rakesh Trivedi auch ihn aus dem Dasein herausfilterte.

Auf diese Art stellte er klar, dass Amanat nicht die geringste Rolle spielte – eine Einschätzung, der Amanat vorbehaltlos beipflichtete.

Der Himmel hatte eine ganze Wochenladung Wäsche zum Trocknen aufgehängt: Polohemden, Höschen, Tops, Jeans, Windjacken, Hemden und Laken. Wenn die Sachen aufhören würden, zu flattern und zu knattern, könnte man die Apostel und die Heiligen, Jesus und seine Mutter durch das durchsichtige Blau sehen und vielleicht sogar ihre Gespräche mithören. Wenn es in Terraferra schön war, dann ging nur noch das Paradies darüber. Dann spürte man, wie die Seele sich emporschwang und dem Herrn Hosianna sang. Tatsächlich sangen zwei der Brüder, die Zwillinge Leonardo und Michael, keine Psalmen, während sie die Fenster des Refektoriums putzten, sondern einen Song von Bruce Springsteen. Als Lucens in die Kirche trat, warf er ihnen einen missbilligenden Blick zu. Der bilderbuchschöne Tag ließ ihn kalt, und wenn er sich nicht zusammengenommen hätte, hätte er die ganze Welt, angefangen bei den Zwillingen, zum Teufel gewünscht. Er setzte sich auf seine Bank und versuchte zu beten. Die Worte waren völlig sinnentleert. Er holte den Brief des Abts hervor und las ihn noch einmal durch.

Lieber Lucens,
noch vor zwei Monaten hätte ich mir nicht vorstellen können, dass ich mich gezwungen sehen würde, einem meiner Mitbrüder einen Brief zu schreiben, wenn ich doch genauso gut zu ihm gehen und mit ihm sprechen kann. Aber dem Schriftlichen eignet eine gravitas, die jeder persönlichen Begegnung fehlt. Ich hoffe inständig, dass diese Zeilen Ihnen den Ernst des Gegenstands, den ich ansprechen möchte, vor Augen führen und Sie veranlassen werden, ihm entsprechende Aufmerksamkeit zu widmen. Der Gegenstand, den ich meine, ist nichts Geringeres als die Zukunft Ihrer Seele, und zwar nicht nur als Mönch, sondern, wichtiger noch, als Mensch.
Sie sind für die Abtei ein wahrer, aber wie ich im Laufe der Zeit erkennen musste, auch zwiespältiger Segen gewesen, Bruder Lucens. Es war zweifellos eine ungewöhnliche Gnade, dass unser Herr

Jesus Sie zum Instrument der Rettung und des Wiederaufbaus unserer Abtei erkor. Aber ich kann nicht umhin, eine verderbliche Ader in Ihnen festzustellen. Sie zerstört jeden, mit dem sie in Berührung kommt, und tut Ihnen selbst fortwährend Gewalt an. Ich bin davon überzeugt, dass sie – wenn Sie sich ihr nicht unverzüglich stellen und gegen sie ankämpfen – das Leben und den Frieden unserer Abtei in Gefahr bringen und sogar zerstören könnte.
Ich habe den Verdacht, Lucens, dass Sie unser Klosterleben als eine Art Wettkampf ansehen und den Drang verspüren, jeden anderen Mönch zu übertrumpfen. Ihre Demut ist ebenso maßlos, wie Ihr Verlangen nach Vergebung unersättlich ist. Sie müssen länger beten, strenger fasten, härter arbeiten, verbissener um Gott ringen und sich unerbittlicher kasteien und geißeln als jeder andere. Der Novizenmeister warnte Sie wiederholt vor der Hybris der Demut – aber ohne jeden Erfolg. Unser Herr Jesus ist keine olympische Medaille, die man sich um den Hals hängen könnte, Lucens. Er kann uns nur alle in gleichem Maße lieben, Heiden wie Heilige, oder aber niemanden.
Wie jedes Extrem hat auch Ihr Streben nach dem Guten eine dunkle Seite; etwas wie einen schizophrenen Zug, der Sie zum Bösen treibt. Die Lust, die Sie am Zufügen von Schmerz empfinden, ist grauenvoll und erschreckend. Das Betrüblichste an der ganzen Sache ist, dass Sie Ihre rasende Unduldsamkeit durch Berufung auf moralische Grundsätze rechtfertigen. Und dabei sehen Sie sich in kritischen Augenblicken selbst außerstande, zwischen Recht und Unrecht zu unterscheiden. Sie missbrauchen das Ihnen entgegengebrachte Vertrauen nicht, weil Sie unzuverlässig wären, sondern weil Sie sich dabei gar nicht bewusst sind, etwas Verwerfliches zu tun. Weit mehr als die Sünden und Torheiten eines Mönchs wie Bruder Jonathan-Christophe macht mir selbstgerechte Tugendhaftigkeit Angst. Wissen Sie, was der Buddha einst sagte? »Ihr müsst die Tugend ebenso hinter euch lassen wie die Untugend.«
Nicht nur einmal, sondern wieder und wieder hat Jonathan Sie angefleht, ihm zu vergeben. Er sagte, er würde alles tun, um sich Ihrer Vergebung für würdig zu erweisen. Und was war Ihre Antwort? »Auf welche Vergebung können Sie hoffen, nachdem Sie den Leib und das Blut Christi besudelt haben?«

Woher diese grenzenlose Arroganz, Lucens? Wenn Sie weiter auf diesem Irrweg bleiben, werden Sie sich zuletzt noch die Privilegien und Befugnisse Gottes anmaßen. Der Herr, nur der Herr allein, hat das Recht zu strafen. Und wie er noch am Kreuz zeigte, zieht er Vergebung jederzeit der Vergeltung vor. Glauben Sie etwa, der Papst und die Bischöfe wären sich nicht der Tatsache bewusst, dass heutzutage viele Priester verbotene Affären haben? Dass es Geheimgesellschaften von katholischen Geistlichen gibt, die feste Beziehungen zu Frauen unterhalten? Meinen Sie, die Kirche hätte nichts anderes im Sinn, als ihren eigenen Schmutz unter den Teppich zu kehren? Oder sind Sie sogar noch zynischer und glauben, die Haltung der Kirche laute: Wenn wir es nicht zur Kenntnis nehmen, dann existiert es auch nicht? Es mag durchaus sein, dass in dieser Annahme mehr als nur ein Körnchen Wahrheit steckt. Und dennoch würde ich nicht daran zweifeln, dass der Heilige Vater, selbst während er solche Priester rügt, von der Überzeugung durchdrungen ist, dass man jegliches Richten besser Gott überlassen sollte. Der Augenblick der Erleuchtung, der wahre Durchbruch im Leben eines Mönches – wie jedes anderen Menschen auch – tritt dann ein, wenn man zu begreifen beginnt, dass Gott einen trotz all unserer Fehler und Unzulänglichkeiten liebt. Das Mysterium Gottes ist, dass Er uns selbst dann noch liebt, wenn wir Seiner Liebe nicht würdig sind.

Haben Sie sich den Auferstehungsfries, den Zafar für die Abtei geschaffen hat, einmal genauer angesehen? Fast die Hälfte der Mönche – und nicht nur diejenigen, die unter dem billigen Etikett des Konservativismus zusammengefasst werden – haben sich an den Obersten Abt unseres Ordens und an den Heiligen Stuhl gewandt und um dessen Entfernung gebeten. Sie halten die Darstellung für ketzerisch, weil es kein anderer als Judas ist, dessen Trauer und Schuldgefühle Maria zu lindern versucht. Vielleicht empfinden Sie genauso. Manche haben sogar um meine Absetzung ersucht, genau wie damals, als zum ersten Mal vorgeschlagen wurde, auch Frauen zu den Exerzitien zuzulassen.

Ich frage mich, was Jesus von Menschen wie Zafar und Ihrem Bruder Amanat halten mag. Ich weiß nicht, ob sie an Gott glauben, und doch sind sie oft gottesfürchtiger als wir alle, die wir ständig Seinen

Namen preisen und ein ungeheures Aufheben um das Fleisch und das Blut Christi machen, aber Seinem Beispiel nicht folgen. Wie könnte Jesus nicht lächeln und an deren Seite wandeln?
Als Sie zur Abtei kamen, fragten Sie der Novizenmeister und ich, warum Sie Ihrer Religion entsagen, warum Sie Katholik und Trappistenmönch werden wollten. Ihre Antworten waren überzeugend, aber können Worte jemals etwas so Ungreifbares und Geheimnisvolles wie den Glauben erklären? Wir wissen, dass Saulus, der Feind Jesu, ein glänzendes Licht sah und zum Apostel Paulus wurde. Das glänzende Licht verrät uns lediglich, dass irgendetwas geschah, etwas, das seine Seele von Grund auf veränderte.
Gottes Wege sind unerforschlich, sagte ich mir, und wenn Sie den Ruf vernommen hatten – wer war ich, dass ich Sie hätte abweisen dürfen? Aber wenn Sie meinen, indem Sie zum Mönch werden, könnten Sie Ihrer Vergangenheit entfliehen, so irren Sie sich. Ich sage dies nicht leichtfertig: Die Abtei ist der Ort, an dem sämtliche Irrtümer, Verfehlungen und Sünden eines Menschen auf ihn zurückfallen. Das mönchische Leben hat einen einzigen zweifachen Zweck: sich selbst zu erkennen und dann seinen Gott zu erkennen.
Ich empfinde Ultimaten als beleidigend. Immer wieder habe ich Sie aufgefordert, sich in Acht zu nehmen, und Sie haben meine Warnungen ignoriert. Es gibt einen Punkt, ab dem Nachsicht kontraproduktiv, ja, schädlich wird. Jetzt bleibt mir kaum eine andere Wahl, als Ihnen zu sagen, dass dies Ihre letzte Chance ist, in der Abtei zu bleiben.
Sie stehen an einem Scheideweg. Vielleicht habe ich Ihre seelischen Bedürfnisse nicht richtig verstanden. Nachdem Sie rund um die Uhr für die Rettung der Abtei gearbeitet hatten, blieb Ihnen plötzlich nichts mehr zu tun. Dem könnte man immer noch abhelfen. Die Diözese in Sweet Waters sucht beispielsweise jemanden, der bei der Buchhaltung und den Finanzen aushilft, und Sie könnten an drei Nachmittagen der Woche hinunterfahren. Der offizielle Buchhalter ist der Assistent des Bischofs, Father Nicholas, aber Zahlen sind nicht gerade seine Stärke, und ich bin sicher, dass er sich über einen fachkundigen Berater freuen würde. So Gott will, könnte die Arbeit dazu beitragen, Ihr inneres Gleichgewicht zu festigen, und Sie hätten dadurch außerdem Gelegenheit, sich in aller Ruhe zu

überlegen, ob Sie wirklich zum Klosterleben berufen sind. So Gott will, könnten Sie es noch immer schaffen, ein besserer und liebevollerer Mönch zu werden.
Andererseits könnten Ihre Gaben auch in eine völlig andere Richtung weisen. Gott könnte Sie mit ihrem besonderen Talent auf dem Gebiet der Wirtschaft dazu ausersehen haben, das ökonomische Gleichgewicht, insbesondere in der Dritten Welt, zugunsten der Armen und Benachteiligten zu verlagern.
Denken Sie darüber nach, Lucens. Gehen Sie in sich. Bitten Sie Jesus um Weisung. Und dann kommen Sie zu mir und überbringen mir Ihre Antwort.
Gott segne Sie.

Ihr Freund und Abt,
Ehrw. Vater Augustine

Ein paulinisches Licht, »glänzender als die Sonne«, hatte es für ihn nicht gegeben, dennoch kannte Zia den exakten Augenblick seiner Bekehrung. Er war einen Monat zuvor aus Kandahar in den indisch besetzten Teil Kaschmirs zurückgekehrt, glühend und aufgepeitscht von einem Fortgeschrittenen-Kurs in der Scharia, dem islamischen Gesetz. Es war ein verrückter Winter. Es hatte elf Tage ununterbrochen geschneit, und die einzige Wetteränderung bestand darin, dass ein wütender Schneesturm das Land überzog und alles, was sich ihm in den Weg stellte – Bäume, Hütten und Scheunen, Fahnen- und Elektrizitätsmasten, Autos, Busse, Zäune, Flughafenkontrolltürme, Männer, Frauen und Rinder –, umfegte, fortriss und etliche Kilometer weiter wieder absetzte. Als der Sturm endlich nachließ, gingen alle ins Freie, um frische Luft zu atmen und Lebensmittel einzukaufen. Dies blieb ihre einzige Gelegenheit, sich die Beine zu vertreten, denn schon schlug ein zweiter Sturm zu. Sämtliche Pässe waren unpassierbar. Straßen- und Luftverkehr waren längst zum Erliegen gekommen. Die Angehörigen der indischen Armee und der verschiedenen Sicherheitskräfte saßen in den Städten und Dörfern in ihren Quartieren fest. Die erzwungene Ruhepause tat ihnen gut. Es war lange her, dass sie Gelegenheit gehabt hatten, sich zu entspannen, nach Hause zu schreiben oder den Fernseher einzuschalten.

Dicke, träge Schneeflocken fielen in endlosen Bahnen wie ein löchriges Tuch herab. Zia fragte sich, wie viele Hand breit Schnee in den letzten paar Wochen gefallen sein mochten. Die Berge schienen unter der weißen Last zu versinken, als könnten sie jeden Augenblick zusammenbrechen.

Der Wind pfiff und heulte und ließ den Schnee um eine unsichtbare Spindel wirbeln, die über die kahlen Einöden dahinjagte. Es musste ein Wort geben, dachte Zia, wenigstens in irgendeiner Eskimosprache, für Schnee mit eingebauten Saugnäpfen. Jeder Schritt, den er und seine Männer taten, war ein Abstieg in einen grundlosen Morast. Zia war durchaus bewusst, dass er sich verlaufen hatte, aber für einen Rückzug war es bereits zu spät. Umzukehren hätte bedeutet, den Hang wieder hinaufzuklettern, und das wäre noch weit schwieriger, wenn nicht sogar unmöglich gewesen. Außerdem würde er den Teufel tun, diesem verdammten Bettler, der nie von seiner Seite wich, zuzugeben, dass dieser Recht gehabt hatte.
»Wie lange noch wirst du diesem mörderischen Weg folgen, Zia? Komm, es ist Zeit, dass du endlich Frieden mit dir schließt.«
»Frieden werde ich erst finden, wenn ich dich losgeworden bin.«
»Geh nicht weiter, Zia, du und deine Männer, ihr begebt euch ins Verderben!«
»Behalt deine dämlichen Vorhersagen für dich! Jedes Mal, wenn ich zu einer Aktion aufbreche, wirfst du den bösen Blick darauf. Krieg das endlich in deinen Kopf: Niemals werde ich auf dich hören!«
Zia bereute nicht, dem Bettler keine Beachtung geschenkt zu haben. In dem Moment konnte er nichts anderes tun, als Allah anzuflehen, dass er seine Tollkühnheit nicht mit dem Leben seiner Männer würde bezahlen müssen.
Er entdeckte, dass sie nichts Falscheres tun konnten, als zu früh gegen den nachgebenden frischen Schnee anzukämpfen. Er schloss die Augen und überließ es seinem Körpergefühl, diesem Sog nachzuspüren. Er erkannte ein Muster darin: einsinken, auftreten, einsinken, auftreten. Der Trick bestand darin, das Bein in dem Augenblick aus dem tiefen Schnee zu ziehen, in dem der Fuß einen kaum wahrnehmbaren Moment lang festen Boden erreicht hatte, und dann sofort den nächsten Schritt zu machen.

Im Laufe der letzten Stunde hatte sich die Sicht noch weiter verschlechtert, aber Zia ging davon aus, dass sie ihr Ziel fast erreicht hatten. Die fünf Pancham-Dörfer klammerten sich verzweifelt an die kantig hinausragende Felsterrasse des Berges, ständig kurz davor, fast dreitausend Meter tief ins Tal zu stürzen. Es war jetzt nach zwei. Sie waren seit mittlerweile siebeneinhalb Stunden unterwegs im blendenden Schneetreiben.

Zia hatte diese Operation wochenlang geplant. Der Zweck der endlosen Drillübungen war, jegliches bewusste Denken aus dem Handeln auszuschließen. Am Ende würde jede ihrer Bewegungen so automatisch wie das Atmen erfolgen. Zia wartete eine halbe Stunde, ehe er durchzählen ließ. Vierunddreißig. Ihm ging flüchtig durch den Sinn, dass er sich wohl niemals verzeihen würde, den fünfunddreißigsten Mann, Yunus, im Schnee verloren zu haben, aber das war nicht der rechte Augenblick für einen Nachruf.

»Denkt daran«, sagte Zia, »kümmert euch als Erstes um die Pferde. Und was auch sein mag – selbst in äußerster Lebensgefahr: nicht schießen!«

Sie knieten sich hin und flehten Allah an, ihre Mission zu segnen, teilten sich in fünf Gruppen auf und schwärmten aus. Zias Sechsertrupp – der siebte Mann wäre Yunus gewesen – hielt auf das letzte der fünf Dörfer zu, in der östlichen Ecke des Plateaus. Als sie alle Pferde, die sie finden konnten, zusammengetrieben hatten, schoss Zia eine Leuchtpatrone ab. Es war so weit.

Die Männer verriegelten von außen die Türen der Häuser, schlugen Fensterscheiben ein, warfen brennende Fackeln hinein und warteten. Die Schneeflocken fielen unaufhörlich, während die Flammen ihnen entgegensprangen. Es war ein surrealer Anblick, die Funken und die weißen Flocken, die ineinanderliefen, um dann miteinander zu verschmelzen. Mit Messern, Dolchen und Säbeln erledigten Zia und seine Männer die wenigen Menschen, die es schafften, aus den Fenstern zu springen.

Als sie fertig waren, versammelten sie sich wieder im ersten Dorf. Es hatte aufgehört zu schneien. Die anderen Männer waren schon dabei, fünf Ziegen am Spieß zu braten. Sie aßen nach Herzenslust. Es war ein erfolgreicher Einsatz gewesen. Keiner von Zias Männern war verletzt worden. Nicht nur die indischen Medien, auch die internationale Presse und die größten Fernsehsender der Welt würden über die Sache berichten. Dreihundertdreiundfünfzig Tote, darunter hundertvierundsechzig Frauen und Kinder.

Zia befahl drei Männern, die Pferde zu holen, und prüfte gerade, ob der Schnee fest genug geworden war, um zurückreiten zu können, als das indische Militär das Feuer eröffnete. Er wurde zweimal getroffen, einmal am Oberschenkel und einmal in die Brust. Er verfluchte sich, noch während er zu Boden fiel. Wie dumm, wie unverzeihlich dumm von ihm zu glauben, Yunus wäre dem Schneesturm zum Opfer gefallen. Reglos im Schnee ausgestreckt, musterte er die Gesichter der Feinde. Yunus war klug gewesen. Er hatte darauf verzichtet, sich an der abschließenden Jagd zu beteiligen.

Es brach Chaos aus. Vierunddreißig gut gezielte Schüsse hätten völlig ausgereicht, aber die Inder feuerten geschlagene zehn Minuten lang weiter, vielleicht sogar noch länger. Plötzlich ertönte ein tiefes, lautes unirdisches Geräusch, und die Gipfel und der Boden erbebten. Danach schien Zia alles wie im Opiumrausch zu erleben. Der halbe Berg löste sich ab, hing eine lange, lange Sekunde reglos in der Luft und stürzte dann krachend und dröhnend hangabwärts. Die Lawine nahm Geschwindigkeit auf, raste unaufhaltsam hinab.

Zia dachte wieder an Yunus. Er begriff jetzt, warum die Soldaten abgewartet und zugesehen hatten, wie die Mudschaheddin die Dorfbewohner verbrannten und abschlachteten. Offenbar hatten sie angenommen, die Bewohner von Pancham sympathisierten mit Pakistan, seien vielleicht sogar feindliche Agenten.

Aber wie hatte er die Lage so falsch, so grundfalsch beurteilen können? Seine einzige Informationsquelle war Yunus gewesen, seine rechte Hand und sein Stellvertreter. Yunus Habib hatte recherchiert und ausgekundschaftet und schließlich die fünf Pancham-Dörfer als ihr Ziel ausgewählt. Er mochte Zia und seine Männer verraten haben, aber die Schuld, das wusste Zia, traf allein ihn.

Er verdiente es, von den Indern wie ein Hund totgeschlagen zu werden. Das ließ ihn kalt. All seine Wut und Verbitterung kreisten um die Tatsache, dass es ihm nicht möglich sein würde, Yunus in Fetzen zu reißen, bevor er seinen letzten Atemzug tat. Und da war auch wieder der vermaledeite Bettler mit dem langen bärtigen Gesicht und schüttelte den Kopf.

»Zia, Zia, warum verfolgst du mich?«
Am meisten regten Zia seine melancholischen Augen und lächerlichen Märtyrer-Allüren auf. »Zum Teufel mit dir! Du hast diese Operation von Anfang an mit einem Fluch belegt!«
»Wie viel Blut musst du noch vergießen, ehe dein Herz endlich um Vergebung bittet?«
»Dazu müsstest du mir ja wohl noch ein zweites Leben schenken, oder?« Zias höhnisches Lachen ging im Donnern der Lawine unter, die in ihrer rasenden Talfahrt die indischen Soldaten, Zias Kampfgefährten und Zia selbst verschlang.

Als er wieder zu sich kam, lag er eingeklemmt am Fuß einer Kiefer. Drei seiner Männer, diejenigen, die er nach den Pferden geschickt hatte, knieten neben ihm.
»Meine Brust tut weh, ich bekomme keine Luft«, flüsterte Zia.
»Allah sei gepriesen, dass dir nur die Brust weh tut! Du hast dir wahrscheinlich ein paar Rippen gebrochen. Die Lawine hat alle mit sich gerissen, die Inder ebenso wie unsere Leute. Du hattest viel Glück, dass du gegen den Baum geprallt bist. Er hat deinen Sturz gebremst.«

Lucens verließ die Kirche und stand auch schon vor dem Auferstehungsrelief. Was für ein schlechter Beobachter er gewesen war! Sein erster Fehler lag darin, das Machwerk nicht aufmerksam genug betrachtet zu haben. Aber selbst wenn man das in Rechnung stellte – wie hatte er nur das zentrale, das hervorstechendste und empörendste Element der ganzen Plastik übersehen können? Man musste schon blind sein, um den gehetzten Ausdruck von Schuldbewusstsein, Reue und Angst nicht zu bemerken, mit dem sich Judas an die Knie der Jungfrau klammerte. Und als wäre das für sich noch nicht deutlich genug gewesen, hatte Zafar Khan die übrigen Apostel so dargestellt, dass sie sich von ihm, und sogar von der Jungfrau, voller Abscheu abwandten, als könnte schon seine bloße Gegenwart sie verunreinigen. Das musste man Abba lassen: Seine Kunst besaß eine solche Überzeugungskraft, dass selbst ein feindseliger Betrachter wie Lucens den häretischsten Teil der Skulptur als ansprechend empfunden hatte.

Lucens stieg schon die Treppe hinunter, als ihn irgendetwas veranlasste, sich umzudrehen und die Auferstehung ein zweites Mal anzusehen. Nichts hatte sich geändert. Jesus sah weiterhin so aus, als könnte er jeden Augenblick aus dem Relief heraussteigen und durch das Klostergelände stolzieren. Und dann, die liebe Zubeida-Khala ... Abba hätte keine archetypischere Jungfrau Maria wählen können! Er kam beim besten Willen nicht darauf, was ihn eigentlich störte. Es musste an der seltsamen seelischen Verfassung liegen, in die ihn der Brief des Abtes versetzt hatte. Doch dann sah er etwas undeutlich aus dem Augenwinkel und erstarrte. Das war nicht Judas, das war er selbst, Lucens. Unverkennbar. Das Erkennen traf ihn wie ein Schock. Nicht Lucens, sondern Abba hatte seine Familie von Anfang an verraten! Er war es, der dafür gesorgt hatte, dass man sie aus ihrem Zuhause vertrieb und zur Armut verdammte; er hatte höchstwahrscheinlich eine Affäre mit Tante Antonia gehabt, während er so tat, als wäre er mit Ammi verheiratet. Und jetzt hatte sein Vater die Unverschämtheit besessen, ihn, Lucens, in seiner neuen Heimat, an der Fassade seiner Kirche, in alle Ewigkeit als Judas in Stein zu meißeln! Dafür würde Abbajan büßen.

Er würde es seinem Vater heimzahlen, aber nicht jetzt. Im Augenblick gab es dringendere Dinge, um die er sich kümmern musste. Den Brief. Lucens hatte den Abt endlich durchschaut. Es war offenkundig, dass der Ehrwürdige Vater nichts als ein wirrköpfiger Liberaler war. Barmherzigkeit war zweifellos eine der wichtigsten Eigenschaften Jesu. Erbarmen, Liebe und Vergebung, das waren die drei großen Sprünge, mit denen das Neue Testament das Alte hinter sich gelassen hatte. Doch Jesus war niemals verweichlicht und schwach. Wenn die Situation es erforderte, konnte er streng, zornig und unerbittlich sein. Man musste sich nur vor Augen halten, wie er sich mit den Händlern und Geldwechslern im Tempel angelegt hatte – ganz zu schweigen von den Priestern. Er hatte sie mit Sack und Pack auf die Straße gesetzt. Er war einer gegen viele gewesen, aber das schreckte ihn nicht. Er fürchtete sich nicht. Er schritt zur Tat und klärte die Lage auf die denkbar entschiedenste Weise.

Eine Sache war es, über Judas zu schweigen, wie Jesus es tat, eine ganz andere, wenn die Jungfrau ihm nach dem, was er ihrem Sohn angetan hatte, seelischen Beistand leistete. Kein Wunder, dass der

Abt ein solcher Bewunderer Abbajans und, wie Lucens entdeckt hatte, auch Amanats war! Aber Pater Augustine war nicht nur ein Wirrkopf und Gutmensch, er war ein gefährlicher Mönch. Er war bereit, Homoerotik in der Abtei zu dulden. Soweit Lucens feststellen konnte, hatte er sich nicht einmal die Mühe gemacht zu überprüfen, ob die Verderbnis schon um sich gegriffen, ob Jonathan-Christophe hier im Kloster Gefährten in der Sünde gehabt hatte.
Allein schon die Vorstellung, dass Lucens noch gestern, nachdem er den Brief zum ersten Mal gelesen hatte, drauf und dran gewesen war, vor dem Ehrwürdigen Vater zu Kreuze zu kriechen und ihn um eine letzte, eine allerletzte Chance anzuflehen, war schrecklich! Er hatte blind an die höhere Weisheit des Abtes geglaubt und sich von dem ganzen Gewäsch über Jesus, der keine olympische Medaille sei, und all dem pseudopsychologischen Unsinn einwickeln lassen. Neuerdings war also selbst Demut suspekt! Diesem Abt konnte man es nur recht machen, wenn man Unrecht tat und sich offen zu seiner Verderbtheit bekannte. Es war an der Zeit, zum Wohl der Abtei zu meutern.
Zum Glück hatte ihm der Ehrwürdige Vater selbst die nötige Munition dazu geliefert. Lucens wusste nicht genau, warum der Abt eigentlich die Rede auf Abbajans Auferstehung gebracht hatte. Vielleicht in der Hoffnung, Lucens als Kunstverständigen in der Auseinandersetzung mit den konservativen Mönchen auf seine Seite zu ziehen. Zählte man noch die Tatsache hinzu – und das könnte überhaupt die anfängliche Überlegung gewesen sein –, dass der in Frage stehende Künstler sein Vater war, konnte Lucens' Loyalität als gesichert gelten. Aber in dieser Rechnung steckte ein kleiner Fehler. Lucens' Loyalität galt einzig und allein seinem Gott. Es war ganz offensichtlich der unerforschliche Wille Gottes gewesen, dass der Abt ihm in die Hände gearbeitet hatte. In Terraferra braute sich eine Revolte zusammen und sie würde sich nicht wie früher, vor Lucens' Zeit, in Wohlgefallen auflösen, als der Abt seine Einwilligung für zwei Filmvorstellungen pro Jahr, für einen Kurs, in dem katholische und nichtkatholische, zum Teil sehr umstrittene Autoren diskutiert werden sollten, und natürlich für die Zulassung weiblicher Exerzitanten gegeben hatte. Diesmal würde die Sache anders laufen.

Wenn der Abt abgesetzt werden sollte, war dazu eine gut geplante, mit anderen Trappistenklöstern im Land abgesprochene und mit Takt und Feingefühl durchgeführte Kampagne nötig. Lucens musste im Hinterkopf behalten, dass eine solche Aktion Zeit und eine Menge Geduld erfordern würde.

2. April
Kein Ordensmann, der seine fünf Sinne beisammen hat, würde Aufstand oder Dissidententum befürworten. Derlei untergräbt nur das Fundament des monastischen Lebens. Aber was soll man tun, wenn das Krebsgeschwür so tief verwurzelt ist, dass sogar der Hirte davon befallen ist und sich als moralisch untauglich für sein Führungsamt erweist? Die Geschichte der Zisterzienser einschließlich der Trappisten zeigt von frühesten Zeiten an, dass, wenn die Verderbnis innerhalb des Ordens nicht mehr erträgliche Ausmaße annimmt, der einzige Weg zur Läuterung der Gemeinschaft über Rebellion und Reform führt.
Ich werde mich meiner Pflicht nicht entziehen. Ich werde mich der guten Mönche annehmen und sie zu überzeugten Dissidenten umerziehen. Ich muss dies unauffällig tun, unterschwellig, und dem latenten Wunsch nach der Amtsenthebung des Abtes Struktur und Durchschlagskraft verleihen.
Es wird nicht einfach sein. Es ist bislang nur sehr, sehr selten versucht worden. Ich weiß, dass meine Mitbrüder, wie üblich, auf halbem Weg abzuspringen versuchen werden. Sie werden beteuern, dass sie den Ruf des Ordens nicht beschmutzen möchten. Doch ich darf nicht wanken und nicht weichen, denn ich weiß, dass ich den tugendhaften Weg gehe. Niemand, am allerwenigsten ich, wünscht sich eine Konfrontation. Ich will nur eines: einen starken, fest in der Tradition verwurzelten Abt an der Spitze der Abtei.

Mein lieber 1001,
es hat ein paar Jahre gedauert, aber ich finde einfach keinen Frieden, bevor ich Dir nicht die Wahrheit gesagt habe, den wahren Grund, warum Sagari damals, als ich zuletzt in Indien war und mich jedem gegenüber so widerwärtig benahm, aufhörte, uns zu besuchen. Was ich Dir zu sagen habe, ist schändlich, aber ich bin es

Dir schuldig, Dich nicht länger im Dunkeln zu lassen. Du musst bitte begreifen, dass Sagari unschuldig ist.
Da ich keinen tieferen Sinn darin sehe, in Details zu gehen, werde ich direkt zu dem Punkt kommen, der Dich persönlich betrifft. Sagari wusste, dass ich verstört war, und versuchte, mir zu helfen, so gut sie nur konnte – auch wenn sie keine Ahnung hatte, was eigentlich passiert war. Nur damit keine Missverständnisse entstehen – auch ich wusste damals nicht, dass Du für meinen Gemütszustand verantwortlich warst.
Wir trafen uns gelegentlich, und an einem Wochenende bat ich sie, mit mir nach Matheran zu fahren. Es war, soweit ich wusste, die einzige *hill-station* in Indien, wo keine Autos fahren durften, und ich dachte, die Einsamkeit und die Stille würden uns beiden gut tun. Sagari wollte zunächst nicht, aber ich sagte ihr, sie sei es mir schuldig. Ich sagte, wir könnten lange Wanderungen machen, die Bergwelt genießen, miteinander reden oder schweigen, und ich könnte allmählich mein inneres Gleichgewicht wiederfinden. Sagari ist nicht dumm, aber sie ist vertrauensvoll, und sie glaubte mir.
Das war kein Ausflug, an den ich gern zurückdenke. Ich drängte mich ihr auf. Sie sträubte sich, aber ich ließ nicht locker, bis sie schließlich nachgab. Sie redete danach kein Wort mehr mit mir, und wir fuhren am nächsten Morgen zurück.
Ich bitte Dich um Verzeihung für mein Verhalten und für den Schmerz, den ich Dir verursacht habe, obwohl Du damals noch gar nicht im Spiel warst. Jetzt, wo Du die Wahrheit weißt, fühle ich mich sehr viel besser, und mir ist eine große Last von der Seele genommen.

Dein etc. Lucens

»Ich würde empfehlen«, sagte Sahil Thapar zu Amanat, »dass wir die Sache für uns behalten und nicht herumerzählen, dass wir den ›Brandstifter‹ verfilmen wollen, bis der Streifen fertig ist. Oder zumindest bis zum Beginn der Dreharbeiten.«

Ja, ja, ja. Siehst du, Sagari hatte Unrecht. Thapar war keiner von den üblichen Bollywood-Produzenten. Klar, er war ein guter Geschäftsmann – das konnte Amanat jedenfalls in ihrer aller Interesse nur hoffen –, aber er war sensibel und konnte sich sowohl in das Buch als auch in Amanats Temperament einfühlen. Er selbst redete auch nicht über ein Buch, an dem er schrieb, bevor er damit fertig war. Und er war dankbar dafür, dass Sahil Thapar nicht über den Film reden würde, bevor er abgedreht oder zumindest ein gutes Stück weit gediehen sein würde.
Thapar wollte, dass Amanat sich ein eigenes Bild davon machte, ob ihre künstlerischen Vorstellungen übereinstimmten und sie tatsächlich die gleiche filmische Umsetzung des »Brandstifters« im Auge hatten. Sie redeten seit gut zwei Monaten über das Thema, als Sahil vorschlug, Sudhin Sen als Regisseur mit an Bord zu nehmen. Sen hatte mehrere Bengali-Filme gedreht, die als ideale Kombination von Kunst und Kommerz galten und echte Blockbuster geworden waren. Amanat hatte einige davon gesehen. Sie waren gut gemeint und gekonnt produziert, aber auch extrem simpel und manipulativ. Sen, sagte Thapar, wollte jetzt aufs Ganze gehen, strebte eine Oscar-Nominierung an und glaubte, »Der Brandstifter« sei genau der Film, der ihm international zum Durchbruch verhelfen könnte. Amanat bzweifelte das, aber Thapar ließ nicht locker.
»Er hat Kompromisse gemacht, das bestreite ich gar nicht, aber damals drehte er kommerzielle Filme. Jetzt will er sich davon endgültig verabschieden.«
Sudhin wollte am Wochenende von Kalkutta nach Bombay kommen. Das würde ihnen dreien Gelegenheit geben, sich zusammenzusetzen und Amanat entscheiden zu lassen, ob er Sudhin für den richtigen Regisseur für den Film hielt. Zwei Tage später kam eine strahlende Sagari mit einem Stapel Sonntagszeitungen beladen ins Schlafzimmer und umarmte ihn.
»Dein Bild ist in jeder Zeitung!«
Die Meldung über den »Brandstifter« stand entweder auf der unteren Hälfte der Titelseite oder hatte es in den Filmbeilagen zu Schlagzeilen gebracht. »Sahil, Sudhin und Autor Amanat drehen neue Art von Film«; »Oscars, aufgepasst, hier kommt ›Der Brandstifter‹!«; »Revolution im indischen Kino«; »Bollywood wird litera-

risch«. Amanat schäumte vor Wut. Er konnte nicht begreifen, warum Sagari so triumphierte. Sahil Thapar hatte doch von sich aus geraten, die Verfilmung geheim zu halten. Außerdem hatte er klipp und klar gesagt – zumindest mehr oder weniger klipp und klar – dass er Sudhin bitten würde, nach Bombay zu kommen, damit sich Amanat einen Eindruck von dem Mann und seiner Einstellung zum »Brandstifter« verschaffen könnte, ehe er entschied, ob er überhaupt mit ihm zusammenarbeiten wollte. Thapar hatte offenbar direkt am nächsten Tag eine Pressekonferenz einberufen.
Das Telefon hatte ununterbrochen geklingelt. Abbajan und Zubeida-Khala hatten angerufen, um Amanat zu gratulieren, die Tageszeitungen und Filmillustrierten wollten Interviews, der indische Verleger des Romans fragte sich, ob jetzt der richtige Augenblick sei, um das Buch neu aufzulegen. Selbst Sagaris Sekretär, Rakesh Trivedi, fühlte sich bemüßigt, »Sir« zu gratulieren.
»Haben Sie die Zeitungen gesehen?« Sahil Thapar rief um neun an. »Wir sind in aller Munde. Eins kann ich Ihnen sagen: Sudhin, Sie und ich werden die Branche revolutionieren. Das Problem, Amanat, ist von jeher gewesen, dass wir gute Regisseure, Songtexter, Komponisten, ja, sogar gute Schauspieler hatten. Was uns fehlte, waren gute, verlässliche Drehbuchautoren. Man kann keine tollen Filme ohne tolle Drehbücher machen. Ich meine, originelle Drehbücher. So einfach ist das. Ich werde der Katalysator sein und Ihnen und Sudhin die nötigen Mittel liefern, um Weltklasse-Kino zu machen.« Sahil quasselte ohne Punkt und Komma, und nichts schien ihn davon abhalten zu können, anstelle des alten und erschöpften Hollywoods nun Bollywood zum Mekka des Neuen Kinos zu machen. Es war zwar überwiegend von der Führungsrolle, die Thapar bei dieser Revolution spielen würde, die Rede, dennoch begann Amanat sich für die Vorstellung, dass er Teil der Avantgarde sein sollte, allmählich zu erwärmen. Die Aufmerksamkeit, die die Presse ihm angedeihen ließ, störte ihn nicht mehr.
»Was machen Sie heute Abend?«, fragte Thapar.
»Nichts Besonderes.«
»Warum kommen Sie und Sagari dann nicht zum Essen vorbei? Ich habe ein paar Leute angerufen, mit denen ich Sie gerne bekannt machen würde. Sudhin wird auch da sein.«

Sagari signalisierte Amanat mit hektischen Gebärden, er solle nein sagen, aber er hatte die Einladung bereits angenommen.

Amanat war überrascht, wie gründlich Sudhin Sen und Sahil Thapar ihre Hausaufgaben gemacht hatten. Sie kannten den »Brandstifter« wirklich in- und auswendig, und Sudhins Analyse des Titelhelden eröffnete faszinierende Möglichkeiten. Das Problem war, wie Sen es formulierte, die emotionalen Koordinaten für den intellektuellen Gehalt des Buches zu finden – um das Publikum dazu zu bringen, den Atem der Personen an ihren Wangen und die Glut der Fackel des Brandstifters an ihrem Fleisch zu spüren, um die Menschen zum Lachen zu bringen und sie gleichzeitig dazu zu zwingen, über die unbequeme Frage nachzudenken, ob man einem Guru folgen und es ihm überlassen sollte, sämtliche Entscheidungen für einen zu fällen, oder ob man die Bürde des eigenen Lebens auf sich nehmen sollte. Mit einem Wort, sie mussten sich eine Erzählstrategie ausdenken, die den Zuschauer vom ersten Augenblick an in die Handlung hineinziehen würde.
Amanat wollte noch abwarten und sich eine genauere Meinung bilden, aber bislang hatten die beiden sich durchaus professionell verhalten, und er musste zugeben, dass er allmählich Spaß daran fand, mit ihnen zusammenzuarbeiten. Thapar geriet leicht in Fahrt, wenn er sich über seinen Beitrag zu den bisherigen Veränderungen im indischen Film ausließ. Sudhin war eher der geschleckte Typ. Er hatte schulterlanges Haar, das er mit einem Gummiband zu einem Pferdeschwanz band. Er trug immer Schwarz: schwarzes T-Shirt oder Button-down-Hemd und schwarze Jeans oder Kordhosen. Er war knauserig und geizig. Und er war wachsam, ständig auf der Hut, so als fragte er sich, ob man beabsichtige, ihn um eine Mahlzeit, seine Varioglasbrille von Armani oder die Rechte an seinem nächsten Film anzuhauen.
Sie beschlossen, sich zwei Wochen später wieder zusammenzusetzen, um ihre Ideen zu einer möglichen Erzählstrategie durchzudiskutieren. Drei Tage später rief Sahil Thapar an.
»Wir brauchen das Drehbuch innerhalb eines Monats. Wir fangen im Februar an zu drehen.«
»Ich dachte, wir wollten uns erst in zwei Wochen zusammensetzen.«

»Die Pläne haben sich geändert. Wir wollen mit dem Film nächstes Jahr in Cannes antreten und Gold abräumen. Wir dürfen keine Zeit verlieren. Ich würde vorschlagen, Sie machen sich dran. Sudhin oder ich melden uns in einer Woche, um zu hören, wann wir uns den ersten Entwurf ansehen können.«
Cannes? Wovon redeten diese Typen? Bislang hatte ein einziger indischer Spielfilm in Cannes einen Preis eingeheimst, Satyajit Rays »Pather Panchali – Apus Weg ins Leben«, und das war vor fast einem halben Jahrhundert gewesen. Thapar konnte es unmöglich ernst meinen. Außerdem, was war mit der Erzählstimme? Wollten sie es ihm überlassen, die Lösung zu finden? Amanat war von einer seltsamen Mischung aus Panik und Begeisterung erfüllt.

Amanat wartete vierzehn Monate lang darauf, dass sich Sahil Thapar oder Sudhin Sen bei ihm meldeten. Er hatte geglaubt, das Glück sei endlich einmal auf seiner Seite. Er hatte das Problem des »Blickwinkels« und der »Erzählstimme« geknackt und arbeitete die nächsten drei Wochen lang konzentriert am Drehbuch. Was er jetzt, und zwar dringend, brauchte, war ein Feedback. Er rief in Sahil Thapars Büro an. Die Sekretärin oder Leiterin – er wusste nie, was von beidem – des Bombayer Büros war freundlich und höflich. Mr. Thapar war im Ausland; Mr. Thapar war bei Dreharbeiten in Jaisalmer; Mr. Thapar nahm keine Anrufe entgegen; Mr. Thapar machte Urlaub in Nainital, »aber ich werde dafür sorgen, dass Ihre Nachricht an ihn weitergeleitet wird«. Er rief Sudhin auf seinem Handy an und erfuhr von einer aufgezeichneten weiblichen Stimme mit ausländischem Akzent, der Teilnehmer sei zur Zeit nicht erreichbar, aber man könne nach dem Signalton eine Nachricht hinterlassen.
Während er darauf wartete, dass Sahil oder Sudhin von sich hören ließen, überarbeitete Amanat, wie es seine Art war, das Drehbuch zum »Brandstifter« immer weiter, änderte, feilte und korrigierte. Er weigerte sich, mit Sagari über das Drehbuch oder das unerklärliche Verhalten der beiden zu reden, da er wusste, dass sie so gottverdammt anständig wie immer gewesen wäre und nicht gesagt hätte: »Hab ich's dir nicht gesagt?« Er hätte zwar etwas Mitgefühl brauchen können, ja, er war drauf und dran, einen veritablen Wutanfall

zu bekommen, aber er wollte verdammt sein, wenn er dieser Frau auf die Nase binden würde, dass Thapar und Sen ihn monatelang hatten zappeln lassen und dabei die letzten Krümel Selbstachtung, die er noch gehabt haben mochte, restlos zerstört hatten. Ihr Benehmen war so unbegreiflich, dass er einfach nicht klug daraus wurde. Er wusste nicht, wie er damit umgehen sollte. Sollte er ihnen einen wütenden Brief schreiben? Sollte er ihnen drohen – obwohl er keine Ahnung hatte, womit? Wenn sie zurückgekommen wären, auf allen vieren angekrochen, hätte er sie ein paar Jahre lang warten lassen und dann eine absolut exorbitante Entschädigung verlangt, ehe er auch nur angefangen hätte, darüber nachzudenken, ob er die Arbeit an dem Drehbuch wieder aufnehmen sollte. Amanat stieß ein freudloses Lachen aus. Er wusste nur zu gut, dass sie nicht zurückkommen würden.

Er schloss seinen Rollschreibtisch ab und wandte sich seiner alten Beschäftigung zu – Videos anschauen – sowie seiner neuen Obsession: auf Partys zu gehen. Er hatte zwar keinen bewussten Gedanken daran verschwendet, aber er wusste, dass er nie wieder schreiben würde.

Das erste Treffen zwischen Father Nicholas, dem Assistenten des Bischofs der Diözese Sweet Waters, und Lucens lief nicht gut ab. Für sich genommen, hätte diese Tatsache Lucens nicht weiter beunruhigt. Er wusste, dass der ihm vorauseilende Ruf eines genialen Statistikers und Wirtschaftsfachmanns eine einschüchternde Wirkung gehabt haben konnte. Es wäre auch völlig verständlich gewesen, wenn es Father Nicholas ein wenig genervt hätte, dass irgend so ein junger Spund aus dem Trappistenkloster in Terraferra herunterkam, um ihm über die Schulter zu schauen und ihm die Grundbegriffe der Buchhaltung zu erklären.

Aber das war es nicht. Father Nicholas hatte offensichtlich nicht nur eine sofortige Abneigung gegen Lucens gefasst, er schien ihn auch mit einer spöttischen Herablassung zu behandeln, als hielte er ihn für einen Idioten. Was war der Grund für diese feindselige Haltung? Sie waren sich bis dahin noch nie begegnet und hatten auch sonst nichts miteinander zu tun gehabt. Andere Geistliche von der Diözese kamen ab und an zur Abtei herauf, manchmal feierten sie die Messe oder blieben eine Woche zu Exerzitien, aber Father Nicholas war noch nie oben gewesen. Wie konnte der Priester einen Mann verabscheuen, den er noch niemals gesehen hatte?

Doch Father Nicholas konnte sich gerne so widerborstig verhalten, wie er wollte – Lucens würde nicht darauf eingehen. Möglich, dass der Abt die Seele des Priesters mit Geschichten über ihn vergiftet hatte, aber dann hatte er Lucens ganz offensichtlich unterschätzt. Wenn er es darauf anlegte, konnte Lucens Steine bezaubern, die Elemente, die Rosensträucher in Terraferra oder seine erbittertsten Feinde. Er würde Father Nicholas als eine Herausforderung betrachten. Er würde ihn mit einem der ältesten und am seltensten praktizierten Tricks der Diplomatie für sich gewinnen: Er war als Berater gekommen, aber stattdessen würde er selbst um Rat bitten. So oder so würde er diesen griesgrämigen und mürrischen Priester auf seine Seite ziehen.

Er ließ Father Nicholas in Ruhe. Er wahrte den gebührenden Abstand und war dennoch jederzeit verfügbar. Er brauchte nicht lange, um einen Einblick in die Beziehungen und die politischen Verflechtungen innerhalb des Bistums zu gewinnen. Wie Lucens gelegentlichen Andeutungen vonseiten Father Nicholas entnahm, war Bischof Sanger wie viele ranghohe Geistliche selten vor Ort. Er betrachtete Rom als seine eigentliche Heimat und es galt als sicher, dass der Heilige Vater, wenn er das nächste Mal seine Großzügigkeit walten ließe, Bischof Sanger zum Kardinal ernennen würde. Bedauerlicherweise war die päpstliche Gnade bislang an ihm vorübergegangen. Doch der Oberhirte der Diözese war kein Mann, der so leicht den Mut oder die Hoffnung verlor, und hatte seine Anstrengungen verdoppelt.

Eine Zeit lang spielte Lucens mit der Theorie, Father Nicholas' Feindseligkeit könnte mit seinem Chef zusammenhängen. Es war absolut möglich, dass der Bischof ein feines Gespür für die Wünsche und Bedürfnisse seiner Vorgesetzten besaß, sich aber Untergebenen gegenüber als Despot aufführte. Doch er sah seinen Denkfehler rasch ein. Bischof Sanger mochte ehrgeizig sein, aber es war unmöglich, ihn nicht zu mögen. Er war gutmütig, leutselig und freundlich, und noch wichtiger: Er war ebenso sehr ein Mann von dieser Welt, wie er ein Mann Gottes war.

Zwei Monate vergingen, ohne dass Lucens bei Father Nicholas irgendwelche Fortschritte gemacht hätte. Der Priester sabotierte jeden Annäherungsversuch. Lucens war von einer seltsamen, bangen Unruhe erfüllt. Warum war etwas so Alltägliches wie eine Buchprüfung so problematisch geworden, dass es sein Selbstvertrauen beeinträchtigte? Er kam mit Father Nicholas einfach nicht klar und befürchtete schon, er könnte in die gleiche lähmende Depression versinken wie damals in seinem ersten Jahr in Cambridge.

Glücklicherweise erwies sich Lucens' heimliche Kampagne an der Heimatfront als erfolgreicher. So klein sie auch war, umspannte die Mönchsgemeinschaft in der Abtei fast das gesamte Spektrum möglicher Einstellungen zum katholischen Dogma. Lucens wusste, wer unerschütterlich zum Herrn stand und wer zu Seiner Linken saß. Aber er wusste auch, wer seine eigentlichen Feinde im Kampf gegen den Abt waren: diejenigen, die keine eigene Meinung hatten, und diejenigen, die nicht wussten, was sie eigentlich wollten. Ihre Stimmen würden den Ausschlag geben. Da er selbst nicht in Erscheinung zu treten gedachte, würde die Rebellion ein Gesicht und einen Anführer brauchen, jemanden, der die Unentschlossenen mobilisieren und umstimmen würde. Er fand den geeigneten Mann in Pater Theo, dem momentanen Leiter der Möbelfabrik.

Pater Theo war ein großer, kräftiger Bursche mit einer derb-herzlichen, leutseligen Art. Er hatte Schwung und die Fabrik lief unter seiner Leitung gut. Er war allerdings nicht der beliebteste Mönch in der Abtei. Er war herrschsüchtig und einige unter den Mönchen glaubten, er spekuliere darauf, der nächste Abt zu werden, sobald der Ehrwürdige Vater sein Amt niedergelegt hätte. Ehrgeiz stand in der Abtei nicht gerade hoch im Kurs, aber das war genau die Eigenschaft, die den Mann für Lucens' Zwecke so geeignet machte. Pater Theo tendierte weder nach links noch nach rechts. Er tendierte einzig und allein zu sich selbst.

»Hat sich die Haltung der Kirche zur Homosexualität in letzter Zeit in irgendeiner Weise geändert, Pater?«, fragte Lucens Pater

Theo eines Spätnachmittags, während sie von der Fabrik in Halfway, wo sie sich einmal im Monat trafen, um über Cashflow, Auftragslage und Aussichten für das kommende Quartal zu diskutieren, zur Abtei zurückfuhren.

»Nicht, dass ich wüsste. Ich bezweifle, dass selbst der liberalste Pontifex einen solchen Schritt in Erwägung ziehen würde. Er würde dem eigentlichen Zweck der sexuellen Vereinigung, der ja der Kirche von jeher heilig gewesen ist, also der Fortpflanzung des Lebens, entschieden zuwiderlaufen. Woher dieses plötzliche Interesse an dem Gegenstand, Lucens?« Pater Theo gab Lucens einen Klaps auf die Schulter, und seine Augen blinzelten spitzbübisch. »Dürfen wir uns auf Ihr Coming-out gefasst machen?«

Lucens ignorierte Pater Theos kleinen Scherz. »Dann hat der Ehrwürdige Vater mir diese Buße wohl nur deswegen auferlegt, weil er aufgebracht war – und aus keinem anderen Grund.«

»Er hat Sie bestraft? Wofür?«

Lucens machte ein unbehagliches Gesicht und sprach nur widerwillig. »Er meinte, ich hätte Unrecht daran getan, Bruder Jonathan zu sagen, dass Homosexualität in den Augen unseres Herrn eine Todsünde sei.«

»Das ist nicht möglich.«

»Erinnern Sie sich, wie ich eine Zeit lang mein Zimmer nicht verlassen habe? Alle dachten, ich hätte ein Schweigegelübde abgelegt, um mich zu läutern. So war es nicht. Der Ehrwürdige Vater hat mich dazu verdonnert. Jetzt wünscht er, dass ich mein Gewissen erforsche und entscheide, ob ich weiterhin in der Abtei bleiben darf.«

Lucens verfolgte das Thema nicht weiter. Der Sinn der Sache war, einen Gedanken zu säen, der erst einmal schwären und gären und dann, mit einem kleinen Anstoß, schließlich zum Ausbruch kommen würde. Danach konnte man hoffen, dass Pater Theo die Initiative ergriff und die Kampagne gegen den Abt richtig in Schwung kommen würde.

Father Nicholas hielt Lucens weiter auf Distanz. Er richtete es häufig so ein, dass er gerade an den drei Tagen die Woche, an denen Lucens vorbeikam, nicht da war. Lucens konnte es sich nicht leisten, noch länger zu warten. Den Abt konnte er, wenn er sich erkundigte, wie die Arbeit voranging, vielleicht weiter mit ausweichenden Antworten abspeisen, aber das Finanzamt würde sich nicht hinhalten lassen. Die Bücher mussten in zwei Wochen vorgelegt werden. Eine Verspätung würde die Diözese eine saftige Geldstrafe kosten, und die Schuld hätte man ihm gegeben.

Lucens war nicht wohl bei dem Gedanken, Father Nicholas zur Rede zu stellen. Wenn seine Beziehung zum Abt auch nur eine Spur freundschaftlicher gewesen wäre, hätte er selbst jetzt noch darum gebeten, von der Aufgabe entbunden zu werden. Er nahm seinen Mut zusammen und erklärte Father Nicholas, dass er die Bücher sehen wolle.

»Haben Sie sich also endlich dazu durchgerungen, keine Zeit mehr zu verplempern und sich endlich ernsthaft an die Arbeit zu machen?«, fragte Father Nicholas verächtlich.

Lucens brauchte nicht mehr als einen Tag, um zu erkennen, dass mit den Büchern etwas ganz gewaltig nicht stimmte. Es war offensichtlich, dass im Bistum eine krumme Sache ablief, aber was ihn wirklich verblüffte, war die Nonchalance, mit der Father Nicholas darauf verzichtet hatte, seine Spuren auch nur halbwegs zu verwischen. Es sah fast so aus, als wollte er, dass sein Betrug entdeckt würde. Die Frage war: Wer war für die Veruntreuung von Geldern verantwortlich? In Anbetracht des Ausmaßes der Unterschlagung wäre Lucens geneigt gewesen, den Bischof für den Schuldigen zu halten. Wenn das der Fall war, leuchtete es ein, dass Father Nicholas' einzige Hoffnung darin bestand, dass entweder das Finanzamt oder Lucens den Schwindel aufdecken würden, so dass er nicht länger gezwungen wäre, seinen Vorgesetzten zu decken. Es hätte auch die grundsätzliche und allumfassende Verbitterung des Priesters erklärt. Aber Lucens scheute sich vor voreiligen Schlussfolgerungen. Solange er die Sache nicht restlos aufgeklärt hatte, war Father Nicholas und jeder andere Mitarbeiter des Bischofs ebenso verdächtig. Bis zum nächsten Abend war er die Bücher zweimal durchgegangen.

»Ich kann die Bilanz nicht absegnen, Father Nicholas«, sagte Lucens kurz und bündig. »In den Konten finden sich eklatante Unstimmigkeiten, die Sie mir werden erklären müssen, bevor ich die Formulare für das Finanzamt ausfüllen kann.«

»Wenn Sie nicht imstande sind, Ihren Job zu erledigen«, sagte Father Nicholas scharf, »kann ich jederzeit den Bischof bitten, jemand Kompetenteren mit der Sache zu betrauen.«

»Ich weiß nicht, ob Sie den Ernst der Lage erkennen. Wenn Sie nicht mit der Wahrheit herausrücken, kann ich die Bücher nicht schließen, und Sie wandern hinter Gitter.«

»Bilden Sie sich ein, Bruder Lucens, ich würde auf Ihre kleinkrämerische Erbsenzählerei und die Buchhalterspielchen, mit denen Sie mich ins Gefängnis schicken möchten, auch nur einen Pferdefurz geben? Mein einziger Buchprüfer ist der Herrgott. Trappisten wie Sie können es sich leisten, ein ganzes Leben in Gebet und Kontemplation zu verbringen und keinen Finger krumm zu machen oder sich den Teufel darum zu scheren, ob direkt nebenan, in Sweet Waters, tagtäglich ungeborene Kinder ungestraft abgeschlachtet werden. Ich wäre bereit, die ewige Verdammnis in Kauf zu nehmen – verstehen Sie, was ich sage, Bruder Lucens? –, die ewige Verdammnis, wenn ich nur diesen Mörder von Embryonen, Dr. Cornelius Lester, in Fetzen reißen und dadurch ein paar unschuldige Kinder retten könnte!«

Lucens starrte den Priester verständnislos an. Es konnte nicht sein, er hatte das nicht gesagt, es war unmöglich. Kein Christ, der bei Verstand war, geschweige denn ein katholischer Geistlicher, würde Gott so lästern und bewusst seine unsterbliche Seele der Verdammnis überantworten. Aber genau das war der Punkt. Endlich begann es Lucens zu dämmern, dass Father Nicholas eben nicht bei Verstand war. Und dann kam ihm ein noch schaurigerer Gedanke: Der Teufel hatte von Father Nicholas Besitz ergriffen.

Father Nicholas' satanische Lästerung übte allerdings eine bizarre Wirkung auf Lucens aus. Er wusste, dass er den Priester beim Bischof hätte melden sollen, aber er schob das immer weiter hinaus. Es war so, als wäre er von einem fürchterlichen Schlag auf den Kopf zu Boden gestreckt worden, wäre aber, anstatt ins Koma zu verfallen, zum ersten Mal wirklich aufgewacht. Gewiss, er liebte Jesus mehr als alles oder jeden sonst auf der Welt, und er hatte sich einem Leben des Gebets und der Kontemplation geweiht. Doch in Wahrheit war das alles nur ein einziger unglaublich geschickt ausgeklügelter Akt der Selbsttäuschung gewesen. Er konnte vorgeben – nein, er konnte sogar glauben –, ein Mann Gottes zu sein. Aber es ging ihm gar nicht um Gott; was immer er tat, tat er für sich selbst. Sein einziges Anliegen war seine eigene Erlösung.

Was hatte Father Nick zu ihm gesagt? »Ich wäre bereit, die ewige Verdammnis in Kauf zu nehmen – verstehen Sie, was ich sage, Bruder Lucens? –, die ewige Verdammnis, wenn ich nur ...« Er ahnte, dass es falsch gewesen wäre, Father Nicholas' Aussage wörtlich zu nehmen. Der Geistliche hatte Lucens damit nur begreiflich machen wollen, wie viel ihm die ungeborenen Kinder bedeuteten. Es war ein bildlicher Ausdruck gewesen, eine bewusst überspitzte Formulierung. Tatsächlich hatte Father Nick den Bedeutungsgehalt dieses lauen, viel missbrauchten Wortes »Opfer« erhöht und die Möglichkeit eröffnet, dem Leben einen weit größeren Sinn zu verleihen, als es bis dahin besessen hatte. Jetzt begriff Lucens, wie sehr er sich in seiner Selbsteinschätzung getäuscht hatte. Er hatte Distanziertheit, die innere Loslösung vom Getriebe und von den Wirren der Welt mit absoluter Ergebung und Hingabe an Gott verwechselt. Doch jetzt war es ihm wie Schuppen von den Augen gefallen – dafür hatte Father Nicholas gesorgt. Jetzt erkannte er, dass er lediglich vor sich hin gepfuscht und sich dabei eingebildet hatte, er wüsste, was er tat. Father Nicholas hatte ihm zugleich einen Wegweiser geliefert und das erhabenste und schwierigste Ideal überhaupt vorgestellt, das der Mensch anstreben konnte. Selbst in der dunkelsten Nacht seiner Seele würde Lucens von jetzt an nie wieder vom Weg abirren.

Amanat fing an, Sagari das Drehbuch vorzulesen, als sie sich an ihren Toilettentisch setzte, um sich abzuschminken. Nach zwei Stunden war er damit durch. Sagari saß da wie ein Zombie, unfähig oder nicht bereit, irgendwie zu reagieren. Er hätte sie erdrosseln können, kam aber andererseits um den banalen Fakt nicht herum: Es funktionierte nicht. Das Drehbuch war so miserabel, dass sie lieber stumm dasaß, als ihm die Wahrheit zu sagen. Es war jetzt wohl das Beste, unter die Dusche zu gehen und sich anzuziehen. Heute hatte Anil Kapoor Geburtstag, und obwohl Amanat ihn nicht besonders gut kannte, war er zur Party eingeladen worden, und das war immer noch besser, als sich der Tatsache stellen zu müssen, dass er ausgebrannt war. Das passierte selbst den besten Autoren – und nicht jeder von ihnen hatte eine freundliche Seele bei der Hand, die einem empfahl, mit dem Schreiben ein für alle Mal Schluss zu machen. Genau das tat Sagari jetzt in der deutlichsten Sprache, die der Mensch überhaupt besitzt: Schweigen.

»Wen hattest du dir als Besetzung für Rani vorgestellt?«, fragte Sagari, als er gerade ins Badezimmer gehen wollte.

»Oh, das weiß ich noch nicht. Preity Zinta, Rani Mukherjee? Vielleicht Kajol.«

Sagari machte ein langes Gesicht. »Ach so.«

Seit Sagari wieder beim Film war, hatte er ein Drehbuch für sie schreiben wollen, etwas, das ihr Talent fordern und herausarbeiten würde, aber er konnte sich noch so sehr anstrengen, sobald er auch nur anfing, darüber nachzudenken, blockierte sein Gehirn und weigerte sich, etwas von sich zu geben.

»Erzähl mir bloß nicht, du würdest selbst gern die Diebin Rani spielen«, sagte er und machte die Badezimmertür hinter sich zu.

Sie hämmerte gegen die Tür. Er beeilte sich nicht aufzuschließen.

»Gibt's ein Problem, Liebes?«, fragte er mit der unschuldigsten Stan-Laurel-Stimme.

»Was schert mich, wer die Rani spielt?«

»War auch genau mein Gedanke. Das ist kaum die Rolle, die dich interessieren würde.« Er schwieg eine Minute lang. »Obwohl, wenn ich es mir recht überlege, hatte ich dabei genau an dich gedacht.«

»Amanat, ich reiß dir den Kopf ab für den Stress, den du mir gemacht hast!« Sie versuchte, seine Haare zu zausen, aber sie waren immer so kurz, dass man sie einfach nicht zu fassen bekam. »Hast du das Drehbuch wirklich für mich geschrieben? Das ist eine so hinreißende Gaunerkomödie, so straff durchkomponiert und so wahnsinnig komisch!«

Als sie in dieser Nacht im Bett lagen, lächelte sie sanft und sagte: »Ich glaube, wir kriegen das schon hin.«

Amanat glaubte es auch. Wie hätte er jemals ohne sie, seinen schützenden Wall, leben können?

Am Wochenende las Sagari das Drehbuch zu »Rani and Regina« noch einmal durch.

»Also Regina, das wird noch eine harte Nuss. Wer soll sie spielen? Wenn es keine starke Schauspielerin ist, dann kommt Rani nicht glaubwürdig rüber.« Sie waren mit ihrem Casting fast durch, es musste lediglich noch die Rolle der zweiten Kommissarin, Regina, besetzt werden.

»Wir haben alles besprochen außer der wichtigsten Frage. Wir müssen einen Produzenten und einen Regisseur finden, die mit dem Stoff umgehen können«, sagte Sagari. »Eine Gaunerkomödie ist wie jede Komödie weit schwieriger zu inszenieren als eine normale Geschichte oder eine Tragödie. Es geht dabei nicht nur um das richtige Timing, es ist auch eine Frage des Stils, und sie muss Schmiss haben. Mir fällt beim besten Willen niemand ein, der hier bei uns eine Ahnung hätte, was eine richtige Gaunerkomödie ist.«

Amanat sagte eine ganze Zeit lang nichts.

»Hallo, bist du noch da?«

»Du wirst dich um die Produktion kümmern. Und ich werde mich als Regisseur versuchen.«

»Jetzt mal im Ernst, Amanat.« Dann sah sie ihn an und schüttelte den Kopf. »Es scheint dir wirklich ernst zu sein, aber schlag es dir aus dem Kopf. Das ist eine vollkommen andere Liga. Die Geldgeber und Verleihfirmen sind eine Spezies für sich. Die treiben uns in den Bankrott, bevor wir die erste Einstellung im Kasten haben, und anschließend verklagen sie uns noch wegen Vertragsbruchs. Du magst begabt sein, aber du hast nicht die leiseste Ahnung von Regiearbeit. Lass die Finger davon, mein Schatz.«

Amanat ließ das Thema fallen. Zwei Wochen später griff er es allerdings wieder auf.

»Glaubst du, dass ›Rani and Regina‹ ein kommerziell brauchbarer Stoff ist?«, fragte er Sagari.

»Auf jeden Fall. Es macht keine Kompromisse mit dem Publikumsgeschmack, und trotzdem wird es auf der ganzen Welt ankommen.«

»Warum willst du es dann nicht produzieren?«

»Ach Amanat, bitte mach mir nicht noch mehr Schuldgefühle, als ich ohnehin schon habe! Ich habe nicht die geringste Ahnung von Produktionsarbeit – so wie du keinen Schimmer vom Regieführen hast. Ich mache dir einen Vorschlag. Du gehst auf die Filmakademie, nach New York, L. A., oder wohin du auch willst, absolvierst dort deinen Regiekurs, die vollen drei oder vier Jahre, und drehst drei, vier Kurzfilme. In der Zwischenzeit besorge ich dir einen Produzenten. Und dann kannst du loslegen.«
Amanat lachte. »Du erwartest von mir doch nicht ernsthaft, dass ich auf eine Filmakademie gehe, oder? Was würdest du machen, während ich weg bin?«
»Ich bleibe hier und arbeite. Wir sehen uns in den Ferien, und ehe du dich versiehst, bist du ein richtiger, fertiger Regisseur.«
»Hör schon auf, Sagari. Ich bin zu alt, um nochmal die Schulbank zu drücken. Solche Kurse nützen sowieso nichts. Ich habe genug Filme gesehen und genug Filmbücher gelesen, um zu wissen, wovon ich rede.«
»Mach dir doch nichts vor. Bücher sind kein Ersatz für Berufserfahrung. Ich mache dir einen anderen Vorschlag. Nimm eine Stelle als zweiter oder dritter Regieassistent an, mach eine zweijährige Lehrzeit, arbeite dann bei einigen Filmen als erster Regieassistent, und wir sind im Geschäft. Wie wäre es damit?«
Amanat schüttelte den Kopf. »Hier gibt es keine guten Regisseure. Ich würde mit den falschen Leuten zusammenarbeiten und die falschen Dinge lernen. Das ist schlimmer, als überhaupt nichts zu können. Ich würde ein ganzes Leben brauchen, um alles wieder zu verlernen.«
»Es ist, als würde man gegen eine Wand reden, Amanat«, sagte Sagari in einem ihrer seltenen Anfälle von Zorn. »Such dir selbst einen Produzenten und mach, was du willst!«
»Ich habe schon einen gefunden. Es ist eine Produzentin. Ich muss gar nicht weitersuchen.«
Sagari schlug die Hände an den Kopf und starrte auf den Boden.
»Hast du eine Ahnung, wie du seit einigen Monaten klingst? Wie mein Vater. Der konnte auch einfach nicht lockerlassen. Tagein, tagaus setzte er mir zu und bedrängte mich. Merkst du nicht, was mit dir passiert? Es gab mal eine Zeit, in der du gar nicht begreifen

konntest, wie mein vernünftiger und pragmatischer Vater, dem sein Beruf und seine Patienten so unendlich wichtig zu sein schienen, jedes innere Gleichgewicht verlieren und den Filmleuten hinterherlaufen konnte. Schau dich jetzt an, du bist keinen Strich anders als Papa.« Sie sah ihm in die störrischen, abweisenden Augen. »Du bist offenbar nicht in der Stimmung, mir zuzuhören. Ich liebe dich, Amanat. Du bist der wichtigste Mensch in meinem Leben. Aber ich lasse mich von dir emotional nicht unter Druck setzen, nur damit du deinen Willen durchsetzt. Ich werde dir etwas Startkapital geben, aber die Produzentin spiele ich nicht, weder jetzt noch sonst irgendwann in der Zukunft.«

Sagari zog ihr Scheckbuch hervor und unterzeichnete einen Blankoscheck. »Stell fest, wie viel Geld wir haben – auf der Bank, in Investmentfonds und sonstigen Wertpapieren – und trag dann selbst die Summe ein.« Sie hielt Amanat den Scheck hin, zögerte dann. »Nein, das kann nicht so weitergehen. Das Geld ist für uns, nicht für dich, damit du es in ein Projekt steckst, das mit dreiundneunzigprozentiger Sicherheit baden geht, noch ehe du die ersten zwei Filmrollen abgedreht hast.«

»Du scheinst ja eine wahnsinnig hohe Meinung von den Fähigkeiten deines Mannes zu haben.«

»Das ist die durchschnittliche Erfolgsquote in der Branche, Amanat, und ich rede dabei von größtenteils erfahrenen Produzenten.«

»Ich hätte das verdammte Geld sowieso nicht genommen.«

»Das glaube ich dir aufs Wort. Hör zu.« Amanat stand schon an der Tür. »Schmollen und eine deiner stummen Trotz-Szenen durchziehen kannst du, sobald ich ausgeredet habe.«

Amanat kam mit mürrischer Miene zurück. »Bist du immer noch nicht fertig?«

»Erinnerst du dich, wie du mich früher, wenn wir Monopoly spielten, immer ›frühreifes Gör‹ nanntest, ohne überhaupt zu wissen, was das bedeutete?«

»Und?«

»Ich war weit mehr als nur frühreif. Papa mag auf seine ungeschickte Art versucht haben, mir eine Zukunft im Filmgeschäft zu sichern, aber was Ehrgeiz anging, konnte er mir nicht das Wasser reichen. Ich stand ganz oben und hatte auf gar keinen Fall die Absicht, von der Stelle zu weichen. Ich war klug genug, um zu begreifen, dass ich für die Zeitungen nur so lange etwas wert war, wie ich Biestiges von mir gab. Ich war derart fixiert darauf, gemocht zu werden, dass ich dafür alles getan hätte. Ich konnte so fies sein, wie das nur Kinder fertigbringen, besonders als es mit meiner Popularität zügig bergab ging. Ich hatte anscheinend nur vergessen, dass ich zwar immer noch den Verstand eines Kindes hatte, mich aber körperlich mehr und mehr zu einer Frau entwickelte. Ich sah bestimmt wie ein Nymphchen aus, oder schlimmer: wie eine ausgemachte Lolita mit all der unbewussten Koketterie einer Zwölfjährigen.

Ich erinnere mich an den Sonntag, an dem die Drehbuchbesprechung für ›Aboli‹ stattfinden sollte, im Haus des Produzenten. Wie üblich verspäteten sich Drehbuchautor, Regisseur und Schauspieler. Es wurde immer später und später, und bald war klar, dass die nicht mehr aufkreuzen würden. Ich fragte mich, wer das Treffen arrangiert hatte. War es Papa gewesen, seine Sekretärin oder der Produzent selbst? Die Rolle des stummen Mädchens, das zu guter Letzt das ganze Dorf wieder versöhnt, hätte mir eigentlich niemand streitig machen dürfen, aber es hing noch alles in der Luft. Papa war wild entschlossen, mir die Rolle zu beschaffen. Ich spürte, wie viel davon abhing, und war bereit, meinen Charme auf volle Leistung zu drehen. Zum Glück hatte ich den Produzenten ganz für mich allein. Ich war viel zu aufgeklärt für mein Alter, und ebenso ahnungslos. Er war sanft, sehr sanft.«

»Äußerst aufschlussreich. Kannst du nicht endlich Klartext reden?«

»Er war sanft. Was gibt es sonst noch zu sagen? Ich bekam die Rolle nicht und meine Karriere beim Film war ein für alle Mal erledigt. Ich gab keine Interviews mehr. Ich löste mich einfach in Luft auf. Die Göre war endlich verstummt.«

»Warum erzählst du mir das alles?«

»Wie jung ich auch gewesen sein mag – ich war mitschuldig an meiner ... Vergewaltigung.«

Amanat glaubte, sie wäre jetzt endlich fertig, aber Sagari versuchte noch immer, sich aus der Vergangenheit freizukämpfen.

»Nie wieder werde ich mich von mir selbst, von dir oder sonst jemandem benutzen lassen. Das ist ein Wahnsinnsdrehbuch, und wenn du bereit bist zu warten, bin ich sicher, dass wir einen guten Produzenten und einen Regisseur mit dem nötigen Gespür und Können für eine Gaunerkomödie finden werden. Für mich steht bei diesem Projekt ebenso viel auf dem Spiel wie für dich. Ich weiß, dass ich Rani bin. Ich werde das nicht noch einmal sagen, aber wenn du je wieder davon redest, dass ich den Film produzieren soll oder du Regie führen willst, könnte es das Ende unserer Beziehung sein. Habe ich mich verständlich ausgedrückt?«

»Lass es mich wissen, wenn du mit deiner rührseligen Geschichte fertig bist.«

Sagari sah ihn angewidert an und verließ das Zimmer.

Sagari war nie eine Partylöwin gewesen, und bei den wenigen Gelegenheiten, bei denen sie sich nicht drücken konnte, überließ sie es Amanat zu entscheiden, ob er mitkommen wollte. So war es zumindest in der Anfangszeit gewesen, als sie die Hauptattraktion war und er als ihr Anhängsel betrachtet wurde. Seitdem hatte sich nichts geändert – außer einer Kleinigkeit. Sagari schlug weiterhin die meisten Einladungen aus und Amanat graute es weiterhin davor hinzugehen. Er fühlte sich, sobald er da war, verloren wie ein Hündchen, dessen Besitzer fünfzig Kilometer weit aufs Land gefahren sind, ehe sie es aussetzen, damit es mit Sicherheit nicht zurückfinden wird. Trotzdem hätte er – wie man in der Branche zu sagen pflegte – »nicht um alle Oscars in der Welt« eine Filmparty sausen lassen.

Er verstand sich selbst nicht. Woher dieses zwanghafte Bedürfnis, sich auf diesen Partys sehen zu lassen? Stellte es sein Selbstbewusstsein wieder her, dort halbherzig zur Kenntnis genommen zu werden? Wenn sein Bild nicht auf Seite drei des Käseblatts erschien, das er all die Jahre geflissentlich ignoriert hatte, litt er Höllenqualen. Er verachtete sich dafür, und doch wagte er es nicht, wenn die nächste Einladung kam, nicht zu erscheinen.

Auf solchen Festen gab es immer ledige Frauen, Frauen, die ebenso einsam und verloren waren wie er selbst. Ehrgeizige Schauspielerinnen, die ihre erste Chance noch nicht bekommen hatten und vielleicht niemals bekommen würden; Starlets, die gerne Stars gewesen wären, aber jetzt am Arm irgendeines Kameramanns oder

Regieassistenten hingen; eine ehemalige Diva, die inzwischen einem Mafioso das Bett wärmte und in den zehn Jahren seit ihrem Verschwinden bis zur Unkenntlichkeit in die Breite gegangen war; eine schöne Playbacksängerin, die ihre Stimme verloren hatte – manche sagten, weil die Konkurrenz ihr heimlich irgendeine Droge ins Glas gekippt hatte, während andere behaupteten, sie habe sich die Stimmbänder durch die vielen Partys und ein zu ausschweifendes Leben selbst ruiniert.
Sie alle entdeckten in Amanat eine verwandte Seele. Es war so, als fühlten sie sich dazu verpflichtet, diesen jungenhaften Außenseiter inmitten der bösen Wölfe zu beschützen. Vielleicht ist Einsamkeit eine Art Lepra, die die Ihren unfehlbar zusammenführt. Höchstwahrscheinlich war es aber nichts dergleichen, sondern schlicht so, dass sie sich in ihrer Verzweiflung einredeten, Amanat sei ein mögliches Sprungbrett – wer weiß, er könnte bei der Besetzung von Sahil Thapars nächstem Film ein Wort mitzureden haben.
Amanat brachte es nicht fertig, mit ihnen zu schlafen. Oft boten sie es ihm ohne jede Umschweife an, manchmal mit koketten, indirekten Wendungen. Aber jedes Mal, wenn er kurz davor stand, schwach zu werden, befiel ihn das Gefühl, um keinen Deut besser zu sein als all die klischeehaften, aber nichtsdestotrotz absolut realen Regisseure und Produzenten, für die die Casting Couch keine Metapher, sondern eine moderne Form von jus primae noctis darstellte, dem sich Möchtegern-Stars wie einem unumgänglichen Initiationsritus unterwerfen mussten.
Seine Affären hatte er woanders. Manchmal war mehr als Sex im Spiel, etwas wie eine emotionale und intellektuelle Intimität, gelegentlich kaum mehr als Sex und Selbstverachtung. Es sah so aus, als wären diese Verbindungen für ihn die einzige Möglichkeit, sich zu versichern, dass er eine Bedeutung hatte. Er war wie ein Köter, der das Hinterbein hebt und an Laternenmasten, Bäume, Drehkreuze und Hydranten pinkelt, um seine Artgenossen daran zu erinnern, dass er noch immer im Geschäft ist.

Nachträglich gelangte er zu dem Schluss, dass Thapar und Sen Psychospielchen mit ihm getrieben hatten. Die Wechselbäder, die sie ihm bereiteten, hatten System. Sie wollten ihn kirre machen, ihn zwingen, sich fortwährend über ihren nächsten Schachzug Gedanken zu machen, damit er begriff, wer der Boss war, und sie ihn, wenn es darum gehen würde, irgendwelche Änderungen am Drehbuch vorzunehmen, nach Belieben manipulieren könnten, ohne Widerstand von ihm befürchten zu müssen. Wie Amanat zugeben musste, war das eine wirkungsvolle Taktik gewesen. Mit der Zeit begriff er allerdings, dass er sich getäuscht hatte. Es steckte längst nicht so viel Berechnung dahinter. Sahil und Sudhin hatten es gar nicht nötig, zu solchen Mitteln zu greifen. Sie schalteten ihn einfach aus, wie es ihnen gerade in den Kram passte. Sie strichen ihn aus ihrem Bewusstsein. Sie wussten, dass er sich, sollten sie ihn irgendwann wieder brauchen, problemlos reaktivieren lassen würde. Sie hatten Recht. Vierzehn Monate später war Thapar wieder da.

»Ich verstehe Sie nicht«, sagte Amanat. »Sollte man sich nicht wenigstens ein paar Mal zusammensetzen, um das Drehbuch zu besprechen, bevor es ans Drehen geht?«

»Ich hab's mir angesehen«, sagte Sahil Thapar. »Scheint mir okay zu sein. Das Set wird schon aufgebaut, wir können uns also keine weiteren Verzögerungen leisten. Sudhin ist übermorgen hier, und bis dahin hat er das Skript ebenfalls gelesen. Was er an Änderungen will, erledigen Sie parallel zu den Dreharbeiten.«

Thapar war bereits am frühen Morgen vor der Tür gestanden.

»Ich hoffe, Sie haben nichts dagegen, dass ich unangemeldet aufkreuze. Unter Freunden sollten keine Formalitäten nötig sein.«

Der Mann hatte Nerven. Sonntagmorgen um sieben lagen sogar die Hausangestellten noch im Bett, und er hatte sich bis fünf Uhr früh Videos angesehen. Shirley MacLaine hatte es in »Das Apartment« exakt auf den Punkt gebracht: »Es gibt Menschen, die nehmen, und Menschen, die genommen werden.«

Als die Dreharbeiten begannen, hoffte Amanat perfiderweise, Thapar würde das Geld ausgehen und »Der Brandstifter« auf dem Müll landen. Später spielte es keine Rolle mehr. Der Film wurde in der Presse mittelmäßig bis gleichgültig besprochen. Er revolutionierte das indische Kino nicht, aber zu Amanats großer Beschämung erwies er sich als ein richtiger Kassenschlager.

Die Ironie der Hure Schicksal kannte keine Grenzen.

Lieber Roy,
ich wollte fragen, ob Du daran interessiert wärest, wieder ein paar Aktiengeschäfte in meinem Auftrag zu tätigen, diesmal allerdings nicht für die Abtei, sondern für eine Antiabtreibungsorganisation namens »Initiative for the Protection of Unborn Children« oder kurz IPUC. Eins muss klar sein: Mein Name wird nie im Zusammenhang mit irgendwelchen Transaktionen genannt werden, noch wirst Du ihn, selbst zufällig, in welchem Kontext auch immer, erwähnen. Wenn Du mich dringend kontaktieren musst, kannst Du mir eine E-Mail schicken, in der Du mich um Rückruf bittest.
Ich rufe Dich in zwei Tagen an, um zu hören, ob Du bereit bist, für mich als Broker tätig zu werden. Wenn alles planmäßig läuft, müsste ich spätestens in einem Monat so weit sein, dass wir mit den Investitionen beginnen können.

Gott sei mit Dir
Lucens

Lucens handelte rasch. Nachdem er die Verantwortung für die Finanzen der Diözese übernommen und Roy geschrieben hatte, redete er mit den Banken, vereinbarte eine Umschuldung und schaffte es zu Father Nicholas' großem Erstaunen, für die Diözese ein zusätzliches Darlehen von 70.000 Dollar herauszuschlagen. Er beobachtete die Börse aufmerksam, stellte Prognosen für den nächsten Tag, die nächste Woche, die nächsten zwei Wochen und ermittelte seine Fehlermarge. Wie schon in der Vergangenheit wartete er ab, bis er eine Trefferquote von sieben von zehn erreicht hatte, und schlug dann zu.
Father Nick war ein wortkarger Mann, und Lucens brauchte eine Weile, um herauszufinden, dass die schwindelerregenden Verbindlichkeiten, anders als Abt Augustine und die Banker annahmen, keine Schulden der Diözese darstellten. Das Antiabtreibungsprojekt war einzig und allein Father Nicks illegitimes Baby. Bischof

Sanger musste gewusst haben, dass sein Assistent in der Antiabtreibungsbewegung aktiv war, aber da er sich aus allen finanziellen Fragen heraushielt, ahnte er nichts davon, dass der Priester Gelder der Diözese für sein Lieblingsprojekt abgezweigt hatte.
Lucens beabsichtigte, so lange an der Börse zu spekulieren, bis er genügend Gewinne gemacht haben würde, um Father Nicholas' Außenstände zu begleichen und ein ausreichendes Arbeitskapital für die IPUC zu bilden. Die Gelder würde er dann in Standardwerten, Bundesanleihen und ähnlich sicheren Papieren anlegen, mit deren Zinsen und Dividenden sich die Aktivitäten der Organisation finanzieren lassen würden. Anschließend konnte er sich wieder näherliegenden Problemen zuwenden und die Absetzung des Abtes weiterbetreiben.
Die Wende in seiner Beziehung zu Father Nick war nach einer zufälligen Begegnung in Sweet Waters eingetreten. Er war nur kurz in seiner Arbeitskleidung ins Mariposa-Einkaufszentrum geeilt, um für eine der Kreissägen der Möbelfabrik ein neues Sägeblatt zu kaufen, als eine fünfundzwanzig- bis dreißigjährige Frau ihm ein Flugblatt in die Hand drückte. Auf dem Zettel prangten am unteren Rand ein Kaffeering sowie Spuren von Pizzatomaten – oder vielleicht war es auch Salsa. Sobald die Frau wegsah, knüllte Lucens das Blatt zusammen und warf es in einen Papierkorb.
»Sie haben ein Kind getötet, gerade eben!«, schrie die Frau.
»Was?«
Einer seiner Lebensregeln lautete, sich nie mit Spinnern und Verrückten auf ein Gespräch einzulassen, aber diesmal hatte er nicht aufgepasst. Die Passanten sahen ihn an, als hätte er sich gerade in aller Öffentlichkeit einer Kindstötung schuldig gemacht.
»Ich werd Ihnen was sagen«, fuhr die Frau in aggressivem Ton fort.
Lucens ging unbeirrt weiter, aber sie ließ sich nicht abschütteln. Er konnte ihr nicht entkommen und würde sich eine Strafpredigt anhören müssen.
»Hätten Sie sich bloß die Mühe gemacht, es zu lesen, hätten Sie ein, ja vielleicht zehn ungeborene Babys retten können!«
Er hatte nicht vor, ihr zu sagen, dass er Mönch war und dass das Zeugen von Kindern nicht in seinen Aufgabenbereich fiel. »Ich glaube an die Meinungsfreiheit, ebenso aber auch an das Recht des

Einzelnen, nicht jedem zuzuhören, der gerade meint, die Welt retten zu müssen.«

Die kleine Schar von Kauflustigen und Kinogängern lachte und begann, sich zu verlaufen. Lucens hatte nicht mit einem so leichten Sieg gerechnet. Er sah die Frau an und sagte: »Wenn Sie mich jetzt entschuldigen würden – ich habe anderes zu tun.«

»Kann ich mir gut vorstellen!« Sie schien den Tränen nahe zu sein. »Jeder hat etwas anderes zu tun! Und kein Mensch liest meine Flugblätter.«

»Geben Sie mir nochmal eins. Diesmal werde ich es lesen.«

Lesen Sie das, bevor Sie ein Kind töten!

Medizin ist die Kunst des Heilens. Dazu bekennt sich jeder Arzt, wenn er den Hippokratischen Eid ablegt. Manche Ärzte verdienen sich heute ihr Geld aber nicht durch Heilen, sondern durch Töten. Und wen töten sie? Keine Feinde, keine Mörder oder Menschen, die sich wehren könnten. Nein, sie töten ungeborene Babys und häufen dadurch gewaltige Vermögen an. Das sind Verbrechen gegen Kinder, gegen die Menschlichkeit und gegen Gott. Von Staats- und Bundesregierung sanktionierte Verbrechen. Und wer sind die Helfershelfer dieser satanischen Ärzte? Niemand anders als meist in Sünde lebende, unverheiratete junge Mütter und Väter, 13-jährige ebenso wie 30- und 40-jährige. »Vergnügte« Nächte und zügellose Promiskuität. Und wer zahlt dafür den Preis? Die Mutter und der Vater vielleicht? Die Großeltern, die sich so viel auf ihre liberale Einstellung einbildeten und ihre Kinder in dem Glauben aufzogen, die Moral, ganz zu schweigen vom Allmächtigen Gott, wäre tot? Nein, die zahlen nichts! Oder wenn es hochkommt, ein paar hundert Dollar an diese Mörder, die sich Ärzte schimpfen. Wenn jemand zahlen, mit seinem Leben zahlen muss, dann das ungeborene Kind! Diese abscheulichen Verbrechen müssen aufhören. Kein Mensch mit nur einem Funken Gewissen kann solch ein kriminelles Verhalten tolerieren. Was unternehmen Sie dagegen? Meinen Sie etwa, Ihre Missbilligung und Ihre Betroffenheit wären genug? Das sind sie nicht! Auch Sie sind vor Gott mitschuldig an diesem Verbrechen. Es sei denn, Sie sind bereit, Ihre Stimme gegen die Mörder und deren Untaten zu erheben.

Direkt hier in Sweet Waters, in der Mothercare Clinic an der Chesterton Street, gegenüber der Mariposa Mall, betreibt ein millionenschwerer Mörder namens Dr. Cornelius Lester eine florierende Praxis als Schlächter unschuldiger Föten.
Jeden Montagvormittag um 11 Uhr veranstaltet die Initiative für den Schutz ungeborener Kinder (IPUC) in der Mariposa Mall eine Demonstration gegen Abtreibungen. Kommen Sie und schließen Sie sich uns an! Helfen Sie uns, ein ungeborenes Kind zu retten!
Schluss mit den Abtreibungen! Für das Recht auf Leben – pro life!

»Würden Sie mir bei einer Tasse Kaffee Gesellschaft leisten?«
»Warum?« Sie musterte ihn argwöhnisch. »Sind Sie gegen uns oder für uns?«
»Wen meinen Sie mit ›uns‹? Ich sehe nur Sie.«
»Ich wusste gleich, dass Sie sich nur über uns Lebensrechtler lustig machen wollten. Sie haben diesen überheblichen Blick.«
»Vergessen Sie's.«
»Ich bin Dawn, Dawn Gold«, sagte sie ihm, während sie im Starbucks ihren Kaffee umrührte. »Ich arbeite an meinem Ph.D. in Englischer Literatur.«
»Lucens.«
»Tut mir leid, ich bin nervös. Allein hab ich das noch nie gemacht.«
»Sie haben mir immer noch nicht gesagt, wie viele Leute an diesen Montagsdemonstrationen teilnehmen.«
»Viele. Hundert.« Sie sah ihn an und überlegte es sich anders. »An manchen Montagen sind wir fünfzehn bis zwanzig. Dann, vor drei Wochen, hat uns die Polizei alle festgenommen und ins County-Gefängnis geschafft, weil wir die Tür zu Dr. Lesters Praxis verbarrikadiert hatten und ihn nicht rauslassen wollten. Danach sind nur noch ein paar gekommen. Diesmal nur ich.«
»Hat die Polizei Sie alle aufgeschrieben?«
»Nein, nach einer halben Stunde durften wir wieder gehen. Aber der Ober-Cop hat uns gewarnt, dass sie das nächste Mal gezwungen sind, Anzeige gegen uns zu erstatten. Und dass wir dann alle im Gefängnis landen könnten. Die meisten Abtreibungsgegner haben kein Geld, sich einen Anwalt zu nehmen, und sie können es sich nicht leisten, ihren Job zu verlieren.«

»Sind sie alle Katholiken?«
»Die meisten, aber nicht alle. Rund ein Viertel dürften Lutheraner, Orthodoxe oder Baptisten sein.«
»Auch Männer dabei?«
»Ein paar. Sind Sie Journalist?«
»Nein.«
»Sie sind einer von denen, den Abtreibungsbefürwortern. Sie wollen mich aushorchen.«
»Sie haben Recht, argwöhnisch zu sein. Wie sind Sie zu dieser Gruppe gestoßen?«
»Sie reden nicht gern über sich, was?«
»Da gibt es nicht viel zu sagen. Sie können sich beruhigen. Ich bin kein Befürworter.«
Sie schien wieder kurz davor, in Tränen auszubrechen. Was denn jetzt?, fragte er sich.
»Ich bin schwanger geworden. Und musste abtreiben. Dr. Lester hat es gemacht – der, vor dessen Praxis wir demonstriert haben. Jetzt erscheint mir das Baby jede Nacht im Traum. Der Priester sagt, wenn ich aufrichtig bereue, wird Gott mir vergeben. Vielleicht tut er das, mein Baby aber nie.«

Es waren auf den Tag genau neun Monate, seitdem Lucens Roy geschrieben und wieder angefangen hatte, an der Börse zu spekulieren. Er hatte seine Seite der Abmachung erfüllt und sich an seinen Zeitplan gehalten. Er hatte Father Nicks Schulden abbezahlt und die verbleibenden Gewinne so investiert, dass die Erträge auf Jahre hinaus ausreichen würden, um die Aktivitäten der IPUC zu finanzieren. Jetzt war es an der Zeit, sich auf die Absetzung des Abtes zu konzentrieren.
In seinen Berechnungen steckte ein einziger Fehler. Er hatte es unterlassen, Father Nick als Faktor zu berücksichtigen. Der Priester hatte ihn gelehrt, dass man, wenn man wirklich an die Heiligkeit des Lebens glaubte, gegebenenfalls sogar bereit sein musste, das eigene Seelenheil aufs Spiel zu setzen. Jetzt erteilte ihm Father Nick unwissentlich seine zweitwichtigste Lektion: Idealismus war nicht genug, Leidenschaft war nicht genug, ebenso wenig hundertprozentiges Engagement. Genauso wichtig waren klar umrissene

Ziele, eine gut durchdachte Strategie und die Selbstdisziplin, bei der Sache zu bleiben, bis diese Ziele auch erreicht sein würden. Father Nicholas' Vorstellung von einem Plan bestand darin, im allerletzten Moment auf gut Glück zu improvisieren. Da konnte man bestenfalls mit einer fünfzigprozentigen Erfolgschance rechnen. Wenn die Sache in die Hose ging – was häufig der Fall war –, fand nie Manöverkritik statt. Es wurden keine Lehren gezogen, so dass man beim nächsten Mal wieder dieselben Fehler machte.

Die IPUC war ein bunt gemischter Haufen. Es gab Idealisten, professionelle Hasser und Unzufriedene, ledige Frauen – wie Dawn Gold, die er im Einkaufszentrum kennen gelernt hatte –, die sich nicht verzeihen konnten, ihre Babys abgetrieben zu haben, reine, einfältige Seelen wie Brendan, Einsame und Verirrte, die sich genauso bereitwillig den Anonymen Alkoholikern oder einer Gruppe von Brandstiftern angeschlossen hätten, nur um ein bisschen menschliche Wärme zu finden.

Ihre Aktivitäten bestanden im Wesentlichen darin, vor dem Ärztehaus, in dem Dr. Cornelius Lester und seine Partner ihre »Praxis für Familienplanung und angeschlossene Dienstleistungen« betrieben, Leute anzusprechen, ihnen ins Gewissen zu reden und zu versuchen, ihnen die stark angeschmutzten und immer wieder benutzten Flugblätter in die Hand zu drücken, die er seinen einstigen Erretter Brendan zum ersten Mal hatte verteilen sehen. Ab und zu versammelten sie sich in der Mariposa Mall und skandierten eine halbe Stunde lang irgendwelche Slogans. Ohne Zeitpläne, klar definierte Zielsetzungen oder Orientierung handelten sie selten koordiniert. Sie waren demoralisiert, und ihre Mitgliederzahlen gingen stark zurück.

Lucens hatte zwei Optionen: Er konnte aussteigen oder er konnte die Führung übernehmen. Ersteres roch zu sehr nach Kneifen. Die zweite Möglichkeit brachte die verschiedensten Schwierigkeiten und Risiken mit sich. Father Nick war erheblich älter als er. Er verfügte über unerschöpfliche Reserven an Verbitterung, die, wie Lucens vermutete, nicht ausschließlich mit seinem Groll gegen die Abtreibungsbefürworter zusammenhing. Und er war jähzornig. Aber noch etwas galt es unbedingt zu berücksichtigen: Selbst wenn es Lucens gelungen wäre, den Priester auf freundliche Weise abzuservieren, hätte er selbst sich kaum leisten können, als der Chefstratege und Anführer der Pro-Life-Lobby in Sweet Waters aufzutreten. Die Trappisten sind ein kontemplativer Orden. Sie geben sich nicht mit Aktivismus ab. Das wäre der sicherste Weg gewesen, dem Abt Munition gegen ihn zu liefern.

Manchmal stellte sich Lucens die ernsthafte Frage, ob er kurzsichtig, blind oder einfach dämlich war. Der legendäre Kelch, der Heilige Gral, hatte die ganze Zeit vor seiner Nase gestanden, und er hatte ihn nicht gesehen. Father Nicholas hatte ihm, ohne es zu ahnen, den Schlüssel geliefert, das Glaubensbekenntnis, das seinem öden Leben Ausrichtung und Bedeutung verleihen würde. Es bestand nicht der leiseste Zweifel an dem einzuschlagenden Kurs: Er musste die ungeborenen Kinder retten.

Lucens war dankbar, dass ihm endlich, wenn auch spät, ein Licht aufgegangen war. Lag irgendjemand Jesus mehr am Herzen als die Kinder? Wer konnte die Worte des Herrn vergessen: »Lasset die Kinder zu mir kommen und wehret ihnen nicht, denn für solche ist das Reich Gottes.«

Für Lucens war Gott stets ein Streben nach Reinheit gewesen, schlichter und absoluter Reinheit. Wie hatte er vergessen können, dass Kinder deswegen Jesus am liebsten waren, weil sie die reinsten unter Gottes Geschöpfen waren? Von nun an bis zu seinem letzten Atemzug würde er der Verteidiger ungeborener Kinder sein.

Bei genauerem Nachdenken erkannte er, dass der Abt nichts von seinem Engagement bei der IPUC erfahren musste. Lucens' Abneigung gegen öffentliche Auftritte würde außerdem der Notwendigkeit entgegenkommen, Father Nicks empfindliches Selbstbewusstsein nicht zu verletzen. Wenn er seine Karten klug ausspielte, würde der Priester niemals merken, dass er zu einer bloßen Galionsfigur herabgesunken war.

Der erste Schritt bestand darin, die Bewegung auf eine breitere Basis zu stellen. Man ging wie selbstverständlich davon aus, »gegen Abtreibung« sei gleichbedeutend mit »katholisch«. Das war ein Trugschluss, der allerdings den Medien – und natürlich den Pro-Choice-Anhängern, den Befürwortern der »Entscheidungsfreiheit« – sehr gelegen kam. Dadurch konnten sie die Abtreibungsgegner

als ein verrücktes Häuflein extremistischer Papisten hinstellen. Das schwächte die Attraktivität der Pro-Life-Brigade natürlich erheblich.
Was kaum jemandem klar war, war die Tatsache, dass mindestens fünfundsechzig Prozent der Konservativen gleich welcher Konfession entweder ausdrücklich für ein gesetzliches Verbot der Abtreibung oder zumindest solchen Gesetzen gegenüber wohlwollend eingestellt waren. Lucens machte auch eine weitere überraschende Entdeckung: Eine ansehnliche Mehrheit unter Schwulen und Lesben, von den Schwarzen ganz zu schweigen, war ziemlich entschieden gegen die Abtreibung. Die Frage war, warum noch niemand auf die Idee gekommen war, ein Bündnis von Gleichgesinnten herzustellen. Hätte die Öffentlichkeit gesehen, dass die Pro-Lifer ein breites, heterogenes Spektrum der Bevölkerung repräsentierten, wäre die Bewegung viel weiter verbreitet, effektiver und erfolgreicher gewesen. Wie immer seine persönliche Einstellung zu Homosexuellen auch sein mochte – er würde sie mit einbeziehen.
Er wollte mit einem großen Knall beginnen, mit etwas Explosivem, vielleicht sogar Schockierendem, das die allgemeine Aufmerksamkeit erregen würde. Nächtelang dachte er darüber nach, er ging in die Central Library und durchforstete das Internet. Nichts. Nichts, das seinen Vorstellungen entsprochen hätte. Eines Tages dann stieß er in der Zeitung auf die Ankündigung, im Roosevelt Room des Museums würden einige medizinische Kurzfilme gezeigt werden. Lucens beschloss, den Versuch zu wagen und sich anzusehen, ob etwas Interessantes geboten wurde. Er kam bewusst zu spät, damit ihn im schon verdunkelten Raum niemand erkennen konnte. Er hätte sich keine Sorgen machen müssen; im Zuschauerraum saßen nur drei Leute, alle in der ersten Reihe. Zuerst kam ein Film über eine Bypass-Operation am offenen Herzen, bei dem er zweimal fast ohnmächtig wurde, einmal, als der Chirurg einem Kalb die Vena saphena magna entnahm, die er dem Patienten verpflanzen würde, und das zweite Mal, als der zuckende Herzmuskel bloßgelegt wurde und herumhüpfte wie ein blutiger Fisch auf dem Trockenen. Im zweiten Kurzfilm ging es um fortgeschrittene Leberkarzinome, die verschiedenen Erscheinungsformen, ihre Diagnose und Prognose. Lucens wollte schon gehen und zur Abtei zurückfahren, als der

dritte Film begann. Es waren Aufnahmen einer Abtreibung direkt aus dem Mutterleib.
Lucens war im Geschäft.

Father Nicholas gefiel die Idee, an der Spitze des Kreuzzugs gegen die Abtreibung zu reiten. Er berief eine Versammlung ein, zu der er katholische und nichtkatholische Geistliche und Ordensleute, Vorsitzende von Pro-Life- und Pro-Choice-Gruppen, führende Feministinnen sowie Lesben und Schwule aus einem Umkreis von hundertfünfzig Kilometern einlud. Bischof Sanger war mal wieder nicht da, und Father Nick hatte die stellvertretende Leitung der Diözese. Nachdem die Gäste mit Tee und einem recht ansehnlichen Angebot an kleinen Häppchen bewirtet worden waren, bat er um Erlaubnis, einen Film vorzuführen. Es war eine rhetorische Bitte, da er den Konferenzraum sofort verdunkeln ließ, ohne eine Antwort des Publikums abzuwarten.
Der Film begann mit einer langsamen, opiumrauschartigen Sequenz eines im Schlaf lächelnden Fötus. Er wachte langsam auf und gähnte, die Arme ausgestreckt und die Fäuste geballt. Er wandte sich dem Betrachter zu, reckte den Hals und rollte mit den Schultern wie ein Boxer, der Aufwärmübungen macht, hob die Beinchen nach oben, bis seine Zehen die Stirn berührten, und dann lachte er, wie von seinen eigenen Possen amüsiert. Er hatte alles, was zu einem – noch nicht ganz fertig entwickelten – ungeborenen Kind gehörte: Augen, Ohren, Nase, Hände, Beine, Geschlechtsteile, ein kleines Herz, das mit 120 Schlägen die Minute pochte, und ein Gehirn. Er tat das, was Kinder auf der ganzen Welt tun: am Daumen nuckeln. Plötzlich wurde der Ton lauter, und die Herzfrequenz des Fötus schien in die Höhe zu schießen. Ein Instrument hatte die Geborgenheit und Sicherheit seines Kokons verletzt. Das Gesicht des Babys zog sich in Falten zusammen, als das Instrument begann, es zu zerreißen, zu zerfetzen und zu zergliedern.
Von den siebzig Zuschauern verließen in diesem Moment fünfundvierzig den Raum. Selbst von den Verbliebenen wagte kaum jemand hinzuschauen, als eine Zange den Kopf umfasste und ihn zerquetschte, damit er durch den Absaugschlauch passte. Am Ende erklärte ein Untertitel: »95 Prozent aller legalen Abtreibungen wer-

den an Föten vorgenommen, die so alt sind wie dieser hier: zehn Wochen.«

Als das Licht anging, kehrten alle, die hinausgegangen waren, wieder zurück. Lucens hatte Father Nicholas gewarnt, dass er mit Wut und hitzigen Reaktionen zu rechnen haben würde. Konfrontiert wurde der Priester mit einer Empörung, die ans Gewalttätige grenzte.

»Wie Sie sehen können, bin ich katholische Nonne und als solche eine überzeugte Verfechterin des Rechts auf Leben. Dennoch bin ich durch das, was heute Abend hier veranstaltet worden ist, zutiefst schockiert.« Die Erste, die sich zu Wort gemeldet hatte, war Schwester Elizabeth vom Kloster des Heiligen Geistes. »Ein geachtetes hochrangiges Mitglied der katholischen Kirche hat uns allen einen in höchstem Maße widerwärtigen Streich gespielt. Ich kann nicht entschieden genug feststellen, dass Sie alle Grenzen des Anstands überschritten haben, Father. Als Sie uns eingeladen haben, hieß es ausdrücklich, der Zweck dieses Treffens sei, Pro-Choicer und Pro-Lifer zum ersten Mal zusammenzubringen, um einen Dialog zu initiieren und festzustellen, ob es noch möglich ist, eine gemeinsame Grundlage zu finden, auf der man die eigenen Anliegen und Ansichten vorbringen könnte, ohne einander zu verunglimpfen. Sie hatten anderes mit uns im Sinn. Sie haben bewusst unser Vertrauen missbraucht und unsere Gefühle verletzt, ohne uns in irgendeiner Weise auf diesen albtraumhaften Abend vorzubereiten. Dürfte ich all denen, die sich durch die heutigen Ereignisse verletzt fühlen, einen Vorschlag machen? Lassen Sie uns gemeinsam einen Brief an Bischof Sanger und Kardinal Reginald aufsetzen, in dem wir ihnen mitteilen, wie Father Nicholas uns getäuscht und uns diesen Film fast gewaltsam aufgezwungen hat.«

Die Formulierung mochte von Sprecher zu Sprecher variieren, aber der Inhalt blieb derselbe. Nach der vierten Wortmeldung wurde beschlossen, darüber abzustimmen, ob das Plenum Schwester Elizabeths Vorschlag aufgreifen und den Brief schreiben sollte. Vielleicht könnte man auch der Presse eine Kopie schicken.

»Meine Freunde«, rief Father Nicholas vom hinteren Ende des Raums, »erlauben Sie mir bitte, ein paar Worte zu sagen.«

Es ertönte ein Chor von Ablehnung.

»Ihr Verhalten«, sagte Reverend Malcolm, »ist nicht zu rechtfertigen, und keine Entschuldigung kann es wieder gutmachen.«

»Ich habe nicht vor, mich zu entschuldigen.«

Dies nahm dem Publikum für einen Augenblick den Wind aus den Segeln, und der Priester nutzte die Gelegenheit. Lucens hatte ihn gut vorbereitet.

»Was ich heute getan habe, war unwürdig; weder Ihrer Freundschaft würdig noch des Vertrauens, das Sie mir erwiesen haben, indem Sie meiner so kurzfristigen Einladung folgten, noch des Amtes, das die Kirche mir verliehen hat. Ich kann und werde nicht behaupten, ich hätte nicht gewusst, was ich tat oder welche Folgen mein Handeln möglicherweise nach sich ziehen würde. Ich wusste, dass ich dadurch vielleicht sogar mein Priesteramt aufs Spiel setze. Wenn Sie sich dazu entschließen, den Brief an die Presse zu schicken, wird er bestimmt Schlagzeilen machen, und meine Gemeinde wird entsetzlich von mir enttäuscht sein. Aber ich würde morgen – oder jederzeit in der Zukunft – wieder dasselbe tun. Wenn ich Ihnen im Voraus gesagt hätte, dass ich eine so explizite Darstellung der Zerstückelung eines Fötus zeigen würde – wäre überhaupt jemand von Ihnen gekommen? Ein paar vielleicht, aber wohl größtenteils solche, die ohnehin bereits bekehrt sind.

Sowohl die Befürworter als auch die Gegner der Abtreibung haben dunkel geahnt, dass ein Fötus ein gewisses Seelenleben besitzt, aber keiner von uns hatte die leiseste Vorstellung, wie lebendig und wie schmerzempfindlich und leidensfähig ein ungeborenes Kind tatsächlich ist.

So sehr ich Sie auch gegen mich aufgebracht haben mag, möchte ich Sie bitten, die ungeborenen Kinder nicht darunter leiden zu lassen. Schreiben Sie dem Bischof oder dem Kardinal, wenn Sie sich dazu gedrängt fühlen. Aber ich flehe Sie an: Töten wir Christus nicht ein zweites Mal im ungeborenen Kind! Die Verbrechen gegen das ungeborene Leben werden nicht warten, bis Sie zu einer Entscheidung gekommen sind.«

Noch vor Ende der Veranstaltung traten siebenundzwanzig Personen der IPUC bei. Weitere sechzehn sagten, sie würden sich binnen einer Woche telefonisch melden. Von den siebenundzwanzig neuen Mitgliedern waren siebzehn bis dahin entweder erklärte Befürworter des Rechts auf Entscheidungsfreiheit gewesen oder hatten zumindest geschwankt.

»Es war ein Triumph«, sagte Father Nicholas am nächsten Tag selbstgefällig zu Lucens. »Hatte ich Ihnen nicht gesagt, dass es der Sache nicht schaden würde, den Film ein wenig bearbeiten zu lassen und das Alter des Fötus jünger anzugeben? Alles ist genau so gelaufen, wie Sie und ich es geplant hatten. Passen Sie auf, wir bringen die Mörder noch hinter Gitter!«

Lucens hatte das sichere Gefühl, dass Father Nick von nun an keine Probleme mehr machen würde. Er hatte gesehen, welche Resultate man mit etwas Überlegung und Planung erzielen konnte. Und er hatte von der Macht gekostet.

Mein lieber Zia,

ich hatte beschlossen, einen Brief, den Du mir vor einer Weile geschrieben hast, zu ignorieren, aber vielleicht wäre es jetzt an der Zeit, ihn zu beantworten. Da Du mir die Wahrheit über Sagari und Dich erzählt hast, hoffe ich, dass Du endlich Deinen Frieden gefunden hast, auch wenn dadurch mein Seelenfrieden endgültig ruiniert ist und meine Ehe in den letzten Zügen liegt.

Ich habe – in erster Linie natürlich aus eigener Selbstanschauung – gelernt, dass die Menschen sich kaum jemals ändern, und mögen sie auch noch so umwälzende Erlebnisse durchgemacht haben. Als ich – auf Dein Drängen hin, wie ich hinzufügen könnte – den Kontakt zu Dir wieder aufgenommen habe, hoffte ich dummerweise, Du hättest, wie man so sagt, ein neues Kapitel angefangen. Was mich diesbezüglich zuversichtlich machte, war die Tatsache, dass Du Trappist geworden warst, ein Mönch also, für den Schweigen vielleicht kein absolutes Gebot mehr darstellt, aber doch noch immer einen sehr hohen Stellenwert besitzt. Noch beruhigender war für mich die Abgeschiedenheit, ja, fast Unerreichbarkeit der Abtei. Ich glaubte, Du seist praktisch vom Rest der Welt abgeschnitten. Wie man sich irren kann ... Selbst wenn Du auf der dunklen Seite des Pluto säßest, würdest Du noch irgendwelchen schrecklichen Unsinn aushecken. Wie kann man die Welt vor Dir und Deinesgleichen schützen, die Ihr solch unendliches Vertrauen in die Macht der Rechtschaffenheit habt? Du erinnerst mich an Greenes »stillen Amerikaner«. Deine Unschuld ist tödlicher als die Pest. Jemand müsste Dir ein Glöckchen um den Hals hängen, und wann immer Dich jemand kommen hört, müsste die ganze Stadt um ihr Leben rennen. Wer oder was in aller Welt hat Dich auf die Idee gebracht, Ehrlichkeit habe eine läuternde Wirkung wie das hinduistische Opferfeuer? Mit Ehrlichkeit, mein verblendeter Bruder, fährt man in den allerseltensten Fällen am besten. Sie ist ein Killervirus, das man am besten in einem drei Meter dicken, versiegelten, stählernen Vakuumbehälter aufbewahrt, damit es nicht gewöhnliche, vor sich hin wurstelnde Sünder wie mich infiziert und aus der Bahn wirft.

Ich weiß nicht mehr, wo ich mal gelesen habe, bei jungen Schwulen belaufe sich der Jahresumsatz an Sexualpartnern auf etwa tausend – eher mehr als weniger. Das macht zweieinhalb bis drei Partner pro Tag. Das ist eine unglaubliche Zahl, aber Sagari, fürchte ich, könnten diese Jungs nicht das Wasser reichen. Die Schauspieler, Regisseure, Produzenten, Kameraleute und überhaupt die ganzen Crews der Filme, die sie gerade drehte, ihr Chauffeur, ihr Privatsekretär – ich war sicher, dass sie sich von jedem Einzelnen von ihnen begrapschen ließ.

Wollte man die sexuellen Gelüste meiner Frau nach Maßgabe meiner wahnsinnigen Phantasien einschätzen, wären ein, zwei Regimenter pro Tag nötig gewesen, um sie zu befriedigen. War mir eigentlich nicht bewusst, welchen Unsinn ich mir zusammendachte? Oh doch, durchaus. Aber was nützt das schon, wenn man unter dem Bann des hydraköpfigen Ungeheuers namens Eifersucht steht? Natürlich wusste ich, dass Sagari treu war und mich genügend liebte, um keinen anderen als mich haben zu wollen. Oh Gott, ich wusste, dass sie unschuldig war, und dennoch war es mir einfach unmöglich, meine Zweifel und meinen Argwohn zu verscheuchen. Ich mag von einer völlig konstruierten Prämisse ausgegangen sein, aber an der Logik meiner Folgerung war nicht zu rütteln: Wenn sie Nymphomanin war, würde ich sie auf ihrem eigenen Feld schlagen.

Ich übertreibe maßlos, aber was spielt das schon für eine Rolle, ob man es mit einer, fünf oder fünfzig Frauen treibt, wenn man erst einmal die Frau, die einen liebt, betrogen hat?

Denkst Du einfach nicht nach oder bist Du so ichbezogen, dass Du nicht über Deine Interessen hinaussehen und den Schaden, den Du anrichtest, erkennen kannst? Manchmal bin ich geneigt zu glauben, dass Du ein wirklich böser Mensch bist. Du behauptest, nicht nur Christ, sondern Katholik zu sein. Der Katholizismus ist die einzige Glaubenslehre, die begriffen hat, unter welch unerträglicher Last der Sünder leben muss, und so klug war, die Institution der Beichte einzuführen. Leider hat es Dir nicht gereicht, vor Deinem Beichtvater alles auszuplaudern. Du musstest Dich, nach Gott weiß wie vielen Jahren, auch noch bei mir ausschütten.

Wie alle selbstgerechten Menschen bildetest Du Dir bestimmt ein, mir damit einen Gefallen zu tun. Was bist Du doch für ein Glückskind, Zia! Du weißt immer, was Recht und was Unrecht ist. Es gibt nur einen möglichen Standpunkt: Deinen. Ausgleichende oder auch poetische Gerechtigkeit hätten verlangt, dass ich Dir an die Gurgel gehe, aber Du warst achtzehntausend Kilometer weit weg, und ich wusste einfach nicht, wie ich hätte zurückschlagen können. Also habe ich mir Sagari als Opfer ausgewählt.

Ahnte Sagari, warum ich plötzlich zum Wüstling geworden war? Falls ja, muss sie wirklich eine sehr feine Intuition besitzen. Es konnte nichts an den Tatsachen ändern. Außerdem passte es mir in den Kram zu schweigen. Ich kam mir tugendhaft dabei vor, dass ich ihr den Schmerz und die Beschämung ersparte zu wissen, dass ich wusste, was zwischen Euch beiden vorgefallen war. Da ich das erlittene Unrecht nicht ungeschehen machen konnte, würde ich es in meinem Herzen hegen und pflegen. Dann würde ich es ihr mein Leben lang zur Last legen und dadurch meine Taten rechtfertigen können.

Arme Sagari. Sie wusste, wie kindisch ich sein konnte, und sie war es gewohnt, über meine Absurditäten ebenso wie über meine Fehler mit einem Lachen hinwegzugehen. Vielleicht dachte sie, wenn sie meine Untreue ignorierte, würde ich bald wieder zur Vernunft kommen. Aber je nachsichtiger sie war, desto mehr trieb ich mich herum. Mag sein, dass ich es nicht bewusst tat, aber offensichtlich testete ich aus, wie weit ich gehen konnte. Bis zum bitteren Ende, wie sich herausstellte.

Ich würde mir niemals anmaßen, Deine Motive zu hinterfragen, aber solltest Du jemals einen Augenblick des Selbstzweifels erleben, könntest Du Dich vielleicht fragen, ob Du unter dem Deckmäntelchen der Ehrlichkeit nicht auch gleichzeitig versuchen wolltest, Dich an Sagari und mir zu rächen.

Und dennoch frage ich mich, ob Du nicht nur der Auslöser warst, der Vorwand und die faule Ausrede. War meine Beziehung zu Sagari durch meine Schuld von Anfang an zum Scheitern verurteilt? Als Sagari mich, wie ich auf dem Weg zum Friseur war, fragte, ob wir nicht heiraten sollten, hatte ich kaum eine Ahnung – ja, überhaupt keine Ahnung, auf was ich mich da einließ. Es war so, als probierte ich einen Schachzug aus, eine Handlungsweise oder eine Reaktion, wie um zu testen, »ob es wirklich so toll ist, wie die Leute immer sagen«, oder einfach aus reiner Abenteuerlust. Ich ging dabei davon aus, dass sich die Situation jederzeit zurechtbiegen ließe. Aber Fakt ist, dass man nicht einfach »tut mir leid« sagen, wieder von vorn anfangen und es diesmal anders machen kann. Ich mochte Sagari gern, ich hatte ganz Bombay auf den Kopf gestellt, die finstersten Ecken der Stadt nach ihr durchkämmt und sie unbekannte Gassen entlang verfolgt – aber ans Heiraten hatte ich nie gedacht.

Ich kam mit ihr gut aus, sie war fröhlich, intelligent, lachte über meine Witze (das hilft immer) und blieb mir in der Hinsicht auch nichts schuldig. Sie hatte einen scharfen kritischen Verstand, wir hatten Freude an derselben Musik, denselben Filmen; verdammt, wir hatten Freude aneinander. Aber das bedeutete nicht zwangsläufig, das Gelübde ablegen zu müssen. Ich sagte zu Sagari »ja«, so wie ich eingewilligt hätte, zu den Höhlen von Ajanta zu fahren oder mir irgendein Theaterstück anzusehen.

Nenn es Unreife, blanke Gedankenlosigkeit – Amanat, der Apostel des »Verantwortungübernehmens-für-die-eigenen-Taten« konnte nicht begreifen, dass Taten Konsequenzen haben, dass das, was man sagt und tut, einen in Beziehungen einbindet, zum Teil in lebenslange Beziehungen. Es ist nicht so, dass ich ein verantwortungsloser Mensch wäre oder kein Durchhaltevermögen hätte. Als Schriftsteller muss man geduldig sein und trotz möglicher Fehlstarts, jeder Menge Umdenken, Umschreiben und Depression die Sache zu einem guten Ende führen können, aber wenn man an einer chronischen Krankheit mit ziemlich melodramatischen Symptomen leidet und von einem Tag zum nächsten lebt, schleicht sich unweigerlich etwas Improvisatorisches in das Leben ein. Man verliert den Glauben an das Morgen, und alle längerfristigen Verpflichtungen werden einem suspekt. Das Hier und Jetzt ist die äußerste Grenze des eigenen Gesichtskreises und Vertrauensvermögens.

Klingt das alles eine Spur zu simpel? Vermutlich ja. Aber ich bin viel zu sehr Masochist, um meinen eigenen Geschichten Glauben zu schenken. Versuche ich also, meine Unbeständigkeit zu vertuschen, indem ich Dich zum Sündenbock mache? Ich glaube es nicht, aber wer weiß? Der Preis der Selbsterkenntnis erscheint mir manchmal zu hoch.

Ich tendiere zu der Ansicht, dass Ehrlichkeit eine schwächelnde Währung ist, mit der nur noch Kleingeister zu handeln bereit wären. Sie ist rücksichtslos und voreilig, zumindest die Spielart, die Du praktizierst und so exorbitant hoch bewertest. Vielleicht sollte man sich die Wahrheit – was immer das ist – für wichtigere Anlässe aufsparen, zum Beispiel, um fest und ohne Furcht in sich hineinzuschauen und dann den Mut zu haben, die Konsequenzen zu ziehen.

Ich bezweifle, dass Du mit diesem Brief viel wirst anfangen können oder dass er eine allzu große Wirkung auf Dich haben wird. Vielleicht kommen wir aus unterschiedlichen Galaxien und können niemals miteinander kommunizieren.

Trotz allem in Liebe
Amanat

Drei Wochen nach dem Meeting wurde Father Nicholas zum Vorsitzenden und Denise Ashby von der presbyterianischen Gemeinde in Rockford zur Präsidentin der IPUC gewählt. Kurz darauf erschien das erste Rundschreiben. Dawn Gold, die Frau, die Lucens in der Mariposa Mall angesprochen hatte, zeichnete als verantwortliche Redakteurin des Informationsblattes. Ein ehemaliger Oberst, Cameron Masters, wurde mit der Leitung und Organisation der Spezialeinheit beauftragt, die die Familienberatungszentren – was die Pro-Lifer allerdings als beschönigenden Ausdruck für Abtreibungskliniken verstanden – des weiteren Umkreises attackieren sollte.

Wenn man den Colonel ein wenig näher kennen lernte, begriff man, dass er eigentlich in eine Zwangsjacke gehört hätte. Er hatte bei den Ledernacken gedient und war mehrfach ausgezeichnet worden. Er war gefährlich, weil er keinerlei Begriff von Grenzen oder von hinnehmbaren Opferzahlen auf beiden Seiten eines Konflikts hatte. Wenn ein Auftrag zu erledigen war, spielte es keine Rolle, ob es am Ende noch Überlebende gab, die den Sieg für sich hätten beanspruchen können.

Sein weltanschaulicher Standpunkt befand sich jenseits der Randbezirke der extremen Rechten. Und dennoch war er in gewisser Hinsicht auch ein extremer Marxist. Wie Marx war er davon überzeugt, dass der Staat abgeschafft werden sollte. Die erhabene Sprache der amerikanischen Verfassung war für ihn lediglich ein Vorwand, um die Freiheit der Bürger der Vereinigten Staaten zu beschneiden. Er war nicht für weniger Regierung, nein, er war gegen jede Form von Regierung. In seinen Augen war Ex-Präsident Ronald Reagan ein kommunistischer Agent. Laut seiner gestörten Logik war dessen Ziel gewesen, die Steuern für die faulen und bösen Reichen zu senken und die für den Rest der Bevölkerung anzuheben und dabei Letztere dazu zu zwingen, sich für den Unterhalt der fetten Schoßhündchen der Wohlhabenden zu Tode zu arbeiten. Die wichtigste Freiheit war die Freiheit von Steuern. Man munkelte, Colonel Masters sei der Anführer einer privaten Miliz, deren Ziel es sei, alle Finanzämter in die Luft zu jagen. Lucens fragte sich, ob das Geheimnis von Masters' charismatischer Anziehungskraft darin lag, dass er äußerst wenige und dazu äußerst primitive Ideen hatte. Aber Lucens hatte ihn schließlich nicht wegen seiner intellektuellen Qualitäten engagiert. Er war zuverlässig, und wenn er einen erst einmal als Führer akzeptiert hatte, gehorchte er jedem Befehl – auch wenn er ihm gegen den weltanschaulichen Strich gegangen wäre.

Father Nick versuchte Lucens zu überreden, Geschäftsführer der IPUC zu werden oder zumindest dem Beraterausschuss beizutreten, aber Lucens lehnte ab. Er sagte, er sei dankbar für das Angebot, aber Father Nicholas führe die Organisation wirklich ganz ausgezeichnet und er würde sich gern damit begnügen, sich weiter um die Finanzen zu kümmern.

Lucens schickte im Namen der IPUC Briefe an den Eigentümer des Gebäudes auf der Chesterton Avenue, in dem die »Mothercare-Klinik für Familienplanung und angeschlossene Dienstleistungen« ihre Räume hatte, und an sämtliche Betriebe und Büros in der Umgebung. Er schrieb an die Geschäfte und Lokale in der Mariposa Mall. Seine Briefe an Macy's, Neiman Marcus, Dunkin' Donuts, das Cineplex und die Yoghurteria unterschieden sich nur geringfügig von denen, die er an die privaten Anlieger schickte. Er teilte den Filialen der großen Ladenketten und den kleinen Geschäften im Einkaufszentrum mit, eine vom County jüngst durchgeführte Erhebung habe ergeben, dass infolge der neuerdings zunehmend negativeren Publicity der Mothercare-Klinik die Umsatzzahlen um 9,7 Prozent gesunken seien. Und jetzt, wo sich alle größeren Kirchen und Konfessionen unter der Ägide der IPUC zusammengeschlossen hätten und die Proteste gegen Mothercare und dessen prominentesten Abtreiber, Dr. Cornelius Lester, intensiviert werden würden, sei mit einem weiteren Rückgang zu rechnen. Die IPUC würde jetzt zu einer neuen Strategie greifen: »Sperrt die Straßen – lähmt die Stadt.« Hunderte von pflichtbewussten Pro-Lifern würden sich – selbst auf die Gefahr hin, festgenommen zu werden – auf allen Straßen in der Umgebung der Abtreibungsklinik auf die Fahrbahn legen. Das würde keine einmalige Demonstration werden. Engagierte Bürger, insbesondere die dreihundert Rentner, die zu den Mitgliedern der IPUC zählten, würden wenigstens zweimal die Woche ohne jede Vorwarnung den Straßenverkehr blockieren.

Unter diesen Umständen war für die anliegenden Geschäfte mit schweren Umsatzeinbußen zu rechnen. Es sei denn ... es sei denn, verantwortungsbewusste Bürger sowie gewerbliche und kaufmännische Unternehmen aus Sweet Waters täten sich zusammen und übten gemeinsam Druck aus, um die Schließung der Klinik zu erzwingen. »Denken Sie einmal darüber nach«, schloss der Brief, »ist

eine edlere Sache vorstellbar, in deren Namen christliche Werte und legitime Geschäftsinteressen einander die Hand reichen könnten?«
Der Brief an die Hausbesitzer hatte einen emotionaleren Ton, aber die Botschaft war sehr ähnlich. Das Viertel gerate allmählich in Verruf. Die Immobilienpreise gingen drastisch zurück. Sie seien im Laufe der letzten zwei Jahre um 11,3 Prozent gesunken. Und Schätzungen zufolge könnten sie noch um weitere 9 Prozent fallen, es sei denn, die Mothercare-Klinik, die Ursache für diesen Preissturz, würde dazu veranlasst, ihre Tore zu schließen.
Er zeigte Dawn den Brief und fragte sie nach ihrer Meinung.
»Wow. Stimmen diese Zahlen wirklich?«
»Es ist immer von Vorteil, Wirtschaftswissenschaftler zu sein«, antwortete Lucens ausweichend.
»Sie müssen ein unglaubliches Gedächtnis haben, um all diese Zahlen und Fakten parat zu haben.«
Lucens tat das Kompliment mit einem Achselzucken ab.
»Wie lautet Dr. Lesters Privatadresse, Dawn?«
»Ich weiß nicht.«
»Sie wissen es nicht?«, fragte Lucens ungläubig. »Könnte das eines der älteren Mitglieder wissen, die schon vor Ihnen aktiv waren?«
»Ich glaube kaum. Die Abtreibungsärzte stehen durchweg nicht im Telefonbuch.«
»Fragen Sie vorsichtshalber bei den anderen nach. Und wenn nichts dabei herauskommt, gehen Sie ihm einfach nach, okay?«
»Wie soll ich das anfangen? Er wohnt nicht hier. Was weiß ich, er könnte genauso gut aus Denver oder Seattle herkommen.«
»Er kann unmöglich jeden Tag herfliegen, wenn er nicht gerade eine eigene Cessna hat.«
»Er nimmt wahrscheinlich eine normale Linienmaschine. Außerdem ist er ja gar nicht so häufig hier.«
»Er fliegt immer nur her, um Babys zu töten?«
»Es wäre ja möglich, dass er sich einbildet, er täte das alles nur, um die Mütter zu retten, und nicht wegen des Geldes.«
»Klingt äußerst glaubwürdig. Was passiert an den Tagen, an denen er nicht hier ist?«
»Da vertreten ihn abwechselnd Dr. Slater, ein ausgewanderter Brite namens Dr. Douglas und gelegentlich Dr. Brooke.«

»Warum haben Sie mir das alles nicht schon früher gesagt?«
»Ich dachte, Sie wüssten das.«
»Woher denn? Sie haben immer nur von Dr. Cornelius Lester gesprochen.«
»Er ist der Anführer von diesem Pack, das ist alles.«
»Wer vereinbart also die Termine?«
»Da gibt es eine Krankenschwester. Einen Termin bekommt man nur, wenn man persönlich vorbeikommt, so dass sie testen kann, ob man wirklich schwanger ist. Bruder Lucens, könnten wir eine Pause machen? Sie quetschen mich schon seit Stunden aus.«
»Ich würde vorschlagen, Sie gehen Dr. Lester nächsten Dienstag nach«, sagte Lucens.
»Zum Flughafen? Damit wissen Sie aber doch immer noch nicht ...«
»Dahin, wo er mit seiner Familie lebt.«

Was passiert mit der Zeit in schwarzen Löchern?, fragte sich Lucens. Wird sie, zusammen mit der Materie, so stark komprimiert, dass sie irgendwann aufhört zu existieren? Mit seiner eigenen Zeit passierte gerade auch etwas Merkwürdiges. Er hatte ständig das Gefühl, nicht genug davon zu haben. Jemand hatte sie wie mit einer Aderpresse abgeklemmt, so dass immer weniger durchkam, und demnächst würde der Nachschub vollständig unterbrochen werden. Doch paradoxerweise schien sie sich auch gleichzeitig vermehrt zu haben. Er war ganztags Mönch. Er half bei der Buchhaltung in der Diözese. Er kümmerte sich um die Suppenküche, die die Abtei in Sweet Waters unterhielt. Von allen Pro-Life-Organisationen in Amerika war die IPUC diejenige, deren Mitgliederzahlen am raschesten anstiegen. Das Gleiche galt für ihre Ausgaben, was bedeutete, dass Lucens wieder die Börse beobachtete und Roy beschäftigte.
Lucens organisierte Demonstrationen und hatte die *rasta-roko*-Kampagnen von Bombay erfolgreich auf die Straßen von Sweet Waters übertragen. Der Name war Programm, erklärte er den Läden und Geschäften in der Mariposa Mall. »Sperrt die Straßen! Lähmt die Stadt!« 1993 hatte der Kongress ein Bundesgesetz verabschiedet, das Angriffe auf Abtreibungskliniken und die Behinderung oder Bedrohung von Personen, die ihre Dienste wahrnehmen woll-

ten, unter Strafe stellte. Die IPUC war eine gesetzestreue Organisation. Den Zugang zur Mothercare-Klinik würde sie nicht versperren, sie würde lediglich die ganze Stadt lahmlegen. Diese Taktik erwies sich als ein voller Erfolg und wurde sofort von den anderen Pro-Life-Organisationen des Bundesstaates übernommen. Lucens hatte das indische Vorbild allerdings auf höchst effektive Weise variiert. Anstatt sich rücklings auf die Straße zu legen und zu warten, bis sie gewaltsam fortgeschafft wurden, fuhren knapp hundert ältere IPUC-Mitglieder zu einer zentralen Kreuzung, hielten an der Ampel, stiegen aus, schlossen ihre Autos ab und verschwanden. Weitere hundert blockierten auf die gleiche Weise die Querstraßen. Die Abschleppunternehmen taten, was sie konnten, aber das war zwangsläufig nicht viel. Außerdem hatten sie schon die größten Schwierigkeiten damit, sich durch die immer länger werdenden Blechlawinen hindurchzukämpfen. Lucens hatte auf den Straßen das Chaos losgelassen, und Sweet Waters würde nie wieder so sein, wie es einmal gewesen war. Die IPUC machte mittlerweile nicht nur in den lokalen und regionalen Medien Schlagzeilen, sie fand auch zunehmend Beachtung in den bundesweiten Nachrichtensendungen.

Lucens' Artikel, der unter Dawns Namen in der »Washington Post« erschien und darauf hinwies, dass Männer Frauen zu ihrem Vergnügen schwängerten, es dann aber den Frauen überlassen blieb, nicht nur den biologischen und psychischen, sondern, was noch weit schlimmer war, den spirituellen Preis dafür zu bezahlen, sorgte für einen weiteren schwunghaften Anstieg der Mitgliederzahlen. So sicher wie Gott im Himmel saß, würden Frauen, die keinen anderen Ausweg sahen und ihre Leibesfrucht abtreiben ließen, in die Hölle fahren. Vielleicht, gab der Artikel zu bedenken, war es an der Zeit, dass die Männer endlich für ihre Verbrechen bezahlten. Die Frauen mussten nur Nancy Reagans Beitrag zur englischen Sprache übernehmen: »*Just say no!*« Die Feministinnen waren begeistert. Jahrzehntelang waren die Pro-Lifer für die meisten von ihnen der Feind schlechthin gewesen. Jetzt waren sie sich diesbezüglich nicht mehr so sicher. Für vorbehaltlosen Optimismus war es noch zu früh, aber die Entwicklung gab Anlass zur Hoffnung.

Dawn war Dr. Lester bis nach San Diego gefolgt. Lucens wäre eine exklusivere Wohngegend lieber gewesen, aber es war klar, dass der Mann und seine Familie nicht am Hungertuch nagten. Es war eine Straße, die nach solider Mittelschicht roch: durchweg Häuser mit Doppelgaragen und gelegentlich mit einem Motorboot neben der Auffahrt. Jetzt war es an der Zeit, die Sache ins Rollen zu bringen und dem Herrn Doktor das Leben ein wenig schwer zu machen.

Colonel Masters wurde nach San Diego abkommandiert, um die erste Phase des Feldzugs zu koordinieren. Bald prangten an jedem Laternenmast entlang der Straße, auf der der Schulbus der Lester-Kinder zweimal am Tag – zur Wishbone Wilson School und zurück – pendelte, Plakate mit den Fotos von Alex und Mirabel Lester. Darunter stand zu lesen: »Lieber Alex und liebe Mirabel, bittet doch euren Vater, Dr. Lester, keine Kinder mehr zu töten! Stellt euch vor, er hätte das Gleiche mit euch getan, als ihr noch im Leib eurer Mutter wart!«

Colonel Cameron Masters mochte seinen Job als militärischen Feldzug betrachten und von Zielen, Taktiken und Zangenbewegungen sprechen, aber die schlagkräftigste Truppe waren eindeutig die Frauen. Besonders die älteren Damen bewiesen ein intuitives Geschick, wenn es darum ging, strategische Vorteile zu erkennen und bis zum Letzten auszunutzen. Die »Sperrt die Straßen! Lähmt die Stadt!«-Kampagne wäre ohne sie nicht halb so erfolgreich verlaufen. Sie sahen lieb und zerbrechlich aus und gaben für die Medien hervorragendes Bild- und Textmaterial ab. Nur die Polizisten, einschließlich der Pro-Life-Sympathisanten unter ihnen, begriffen, wie gefährlich diese netten alten Damen wirklich waren. Sie hassten sie, achteten aber streng darauf, sie mit Samthandschuhen anzufassen. Eine falsche oder unvorsichtige Bewegung, und jeder – die Richter, die Presse und die Bürger – hätte sie in Fetzen gerissen. Selbst der natürliche Tod einer einzigen neunundsiebzig- oder dreiundachtzigjährigen Oma während einer »Macht die Stadt dicht!«-Demo oder in einer Gefängniszelle hätte mit Sicherheit einen Volksaufstand ausgelöst.

Die Polizei, der Bürgermeister und der Gouverneur schlotterten bei der bloßen Vorstellung, eine dieser alten Damen in Gewahrsam zu nehmen, und wenn sie dazu gezwungen waren, konnten sie es nicht erwarten, sie wieder laufen zu lassen. Manchmal griffen die Richter hart durch und steckten sie wegen Störung der öffentlichen Ordnung für eine Woche oder sogar einen Monat ins Gefängnis. Die alten Damen störte das nicht. Im Gegenteil, sie freuten sich über die Publicity, die ihnen das einbrachte.

Mein lieber Zia,

erinnerst Du Dich, wie ich Dir vor einiger Zeit von einem geheimnisvollen Anruf schrieb? Derselbe Mann hat sich letzten Abend wieder gemeldet; na ja, zumindest klang die Stimme so, als ob es derselbe wäre. »Richten Sie Zia Khan aus«, sagte er, »die Rache ist mein. Das Schwein, das ihn gelinkt hat, hat für sein niederträchtiges Verbrechen bezahlt.« Auch diesmal habe ich ihn nach seinem Namen gefragt, und er hat darauf geantwortet: »Das spielt keine Rolle. Sagen Sie ihm bloß: Wenn der richtige Zeitpunkt gekommen ist, wird sich der Afghane mit ihm in Verbindung setzen.«
Wer ist dieser Afghane, Zia? Hast Du eine Ahnung, wovon er redet? Ich glaube nicht, dass ein Trappist jemals einen Killer anheuern würde. Aber bei Dir wäre ich mir nicht so sicher. Ich habe Angst um Dich, mein Bruder.

Alles Liebe, Amanat

1001,

ist das wieder eins von Deinen dämlichen Spielchen? Bist Du sicher, dass Du diese zwei Anrufe wirklich erhalten hast? Es würde mich nicht überraschen, wenn Du nicht mehr imstande bist, zwischen der Realität und Deinen Hirngespinsten zu unterscheiden. Vielleicht solltest Du Dir wirklich das Gehirn untersuchen lassen.

Zia

Die Vergangenheit war vergangen. Lucens wollte nichts mehr damit zu tun haben. In einer früheren Existenz, als er und seine Gefährten während eines Schneesturms aufgebrochen waren, um fünf kaschmirische Dörfer niederzubrennen, hatte sein getreuester Leutnant, Yunus Habib, tatsächlich ein Doppelspiel mit ihm getrieben. Während Zia im Schnee lag, hatte er sich den Kopf darüber zermartert, wie er den Verräter auf exemplarische Weise bestrafen könnte. Jeder Gefährte und jeder Waffenbruder würde begreifen, dass weder die Hölle noch Satan selbst eine so geduldige und so grauenvolle Vergeltung würde ersinnen können, wie sie ihm, Zia, vorschwebte. In diesem schrecklichen Augenblick, als sich die Schneemassen den Hang hinunterwälzten und ihn selbst, seine Männer und die indischen Soldaten verschlangen, arbeitete Zia weiter an der Planung von Yunus' exquisiter Folterung. Er würde ihn sanft und genüsslich töten, seine Qual unendlich in die Länge ziehen. Kein Liebhaber würde sich so aufmerksam, so sorgfältig, so detailversessen einem Körper widmen wie er.

Glasscherben, Säure, rotglühendes Eisen, Stromstöße, kochendes Öl, Eis, Wasser ... nein, Yunus würde sich keinen Augenblick langweilen. Die Möglichkeiten der Verfeinerung waren wahrhaft grenzenlos, denn jede dieser Techniken wurde, einzeln oder kombiniert, auf jenem empfindlichsten aller Instrumente gespielt, das kein anderer als Allah selbst erschaffen hatte: den menschlichen Körper mit seinen zahlreichen Öffnungen, seiner Zunge, seinen Augen, seinen Hoden, seinen Nägeln und seinem Fleisch.

Zia war tot. Lucens hatte die Tür zu ihm und zu seiner Vergangenheit verschlossen. Jetzt versuchte ihm irgendein Afghane mit blutdürstigem Gedächtnis mitzuteilen, Yunus habe bekommen, was er verdient hatte, aber Lucens reagierte darauf nicht. Es interessierte ihn einfach nicht. Das Einzige, was ihm dazu einfiel, war »Amen«.

»Ich hab's versucht, Bruder Lucens. Ich habe ihr Druck gemacht, wie ich nur konnte, aber sie bleibt hart«, sagte Dawn Gold zu Lucens. »Sie ist ihm hundertprozentig ergeben. Dr. Lester hat nicht nur ihr Kind abgetrieben, er hat ihr auch den Job gegeben.«

»Sie ist eine mexikanische Einwanderin, höchstwahrscheinlich eine illegale. Sagen Sie ihr, Sie melden sie den Behörden, wenn sie Ihnen nicht die zerstückelten Überreste der Aborte des Tages in einer Plastiktüte aushändigt.«

Dr. Cornelius Lester hatte ein paar Minuten zuvor die Klinik verlassen, und Freiwillige der IPUC folgten ihm zum Flughafen. Sie würden sich im Terminal aufstellen, während Dr. Lester am Check-in-Schalter anstand, und Plakate und Spruchbänder entrollen. Der Tag war für die IPUC nicht schlecht gelaufen, aber Lucens war nicht zufrieden. Für ihn gab es nur ein Kriterium für Erfolg: die Schließung der Klinik. Die IPUC hatte den Ärzten das Leben schwer gemacht, aber sie machten weiter wie bisher.

Lucens war am Ende seiner Geduld.

»Das kann ich nicht machen, Bruder Lucens. Ich werde sie nicht der Einwanderungsbehörde melden.«

»Das ist nur eine Drohung. Kein Mensch verlangt von Ihnen, dass Sie das wirklich tun.«

»Es kommt aufs Gleiche raus. Sie lebt so schon die ganze Zeit am Rand des Abgrunds. Ich will es nicht noch schlimmer machen. Außerdem sind Sie so darauf versessen, diese Ärzte loszuwerden – wer sagt mir, dass Sie nicht einfach ans Telefon gehen und Ihre Drohung wahr machen?«

»Ist das nicht unser Ziel, Dawn? Die Ärzte unschädlich zu machen?«

»Viele Leute, die mir wegen der Artikel, die Sie unter meinem Namen veröffentlichen, E-Mails und Briefe schreiben, wollen wissen, woher ich meine Fakten und Zahlen habe. Sie werfen mir vor, ich würde sie mir ausdenken.«

»Wechseln Sie nicht das Thema.«

»Weichen Sie mir nicht ständig aus. Sind die Zahlen erfunden?«

Lucens lachte. »Bis morgen.«

Colonel Masters spazierte in den Anbau hinter der Kathedrale, in dem sich die Buchhaltung befand, ohne sich telefonisch angemeldet zu haben. Der Colonel versuchte, ein Exempel zu statuieren. Lucens hatte schon zwei Termine platzen lassen, und Masters wurde langsam ungeduldig. Der mittlere Weg des Abtes, den der Ehrwürdige Vater nach eigenem Eingeständnis Buddha abgeschaut hatte, war dem ehemaligen Oberst völlig fremd. Mittelwege waren seiner Meinung nach etwas für Feiglinge, Nichtsnutze und Heuchler. Seinen Freunden teilte man seine Pläne und Absichten immer rechtzeitig mit. Dem Feind verriet man nichts, man legte ihn einfach

um. Die IPUC-Leute waren hasenherzige Waschlappen, rückgratlose Gesellen. Lucens war durchaus bewusst, dass diese Beurteilung meistens auch ihn mit einschloss. Masters fand ihn zu langsam, zu weich und zu unentschlossen. »Hätte ich das Kommando«, erklärte er, »würde ich die Pro-Choicer schon morgen allesamt in die Hölle bomben.« Lucens glaubte ihm das aufs Wort.
Lucens mied Colonel Masters nicht. Er hatte nur keine Zeit für ihn.
»Ich habe an Sie gedacht, Colonel. Ich habe gleich einen Termin mit unseren Juristen.« Lucens sah sofort, dass sein Schachzug die beabsichtigte Wirkung zeitigte: Dem Colonel würden entweder gleich einige Adern platzen oder er würde Lucens an die Gurgel springen. »Aber wenn nötig, lasse ich die Leute auch eine Viertelstunde warten. Was gibt's, Colonel?«
»Das ist es ja gerade: nichts! Absolut nichts. Die Abtreibungsärzte und ihre Patientinnen wissen, dass ihnen nichts passieren kann, und sie machen munter weiter, ungeborene Babys zu ermorden.«
»Sie sind ein ungeduldiger Mann, Colonel. Die Taktik der IPUC mag nicht ganz Ihren hohen Maßstäben entsprechen, aber wir erwarten im Laufe der nächsten sechs Monate einen 30-prozentigen Rückgang der Abtreibungen.«
»Erzählen Sie mir keinen Mist, Bruder Lucens! Der Bericht des staatlichen Gesundheitsministeriums erklärt, dass die noch nie um mehr als 7,6 Prozent zurückgegangen sind!«
»Und Sie glauben dem Staat? Ausgerechnet Sie?«
Noch während er den Colonel verhöhnte, wusste Lucens, dass Masters Recht hatte. Die Abtreibungszahlen waren nicht gerade drastisch gesunken und sie hatten wahrscheinlich die Talsohle bereits erreicht. Die öffentliche Meinung begann sich schon gegen die IPUC und ihre aggressive Vorgehensweise zu wenden. Das war nicht anders zu erwarten gewesen. Erfolg – insbesondere auffälliger, weithin sichtbarer Erfolg – zieht unweigerlich eine Gegenreaktion nach sich. Lucens war nicht übermäßig besorgt, aber er musste sich doch eingestehen, dass er viel zu selbstsicher geworden war. An der Westküste waren die Befürworter der legalen Abtreibung nicht nur gebildeter und wohlhabender als die Pro-Lifer – sie hatten auch die Bedrohung erkannt, die die IPUC darstellte, und damit begonnen, sich auf einen organisierten Gegenschlag vorzu-

bereiten. Jeder, der den öffentlichen Straßenverkehr behinderte, konnte jetzt den Führerschein endgültig verlieren, und die Gesetze über den freien Zugang zu medizinischen Einrichtungen, die Besetzungen und Blockaden von Abtreibungskliniken nach Bundesrecht strafbar machten, wurden seit ein paar Monaten weit strenger als früher gehandhabt.

»Was schlagen Sie also vor?«

»Wenn ein Schiff ruderlos dahin treibt, wenn die Moral den Tiefpunkt erreicht«, die Stimme des Colonels wurde zunehmend lauter, »wenn der Kapitän pflichtvergessen wird und sich weder um seine Männer noch um den Kurs des Schiffes kümmert, dann ist eine Meuterei laut Gesetz gerechtfertigt. Hiermit, Bruder Lucens, teile ich Ihnen mit, dass ich Sie des Kommandos enthebe und das Ruder übernehme. Mehr als die Hälfte der Männer und Frauen sind auf meiner Seite. Wenn Sie es auf eine Kraftprobe ankommen lassen wollen, werden Sie feststellen, dass wenigstens drei Viertel hinter mir stehen.«

»Sollen wir uns die Beine vertreten gehen, Colonel Masters?«

»Ihre billigen Tricks funktionieren bei mir nicht, Bruder. Sie haben weder ein Amt noch einen offiziellen Auftrag, also wird man mich während der morgigen vierteljährlichen Versammlung zum Kampagnenleiter wählen.«

»Ich gehe mir die Beine vertreten. Kommen Sie mit?«

»Das ändert auch nichts.«

Der Colonel hatte Schwierigkeiten, mit Lucens Schritt zu halten. Die Sonne war eine pralle rosarote Blase kurz vor dem Aufplatzen. Lucens begriff nicht, warum sich die Amerikaner überhaupt die Mühe machten, Bürgersteige zu bauen. Es waren nie irgendwelche Fußgänger zu sehen. Bombay, erinnerte er sich, war in der Hinsicht weit progressiver gewesen. Da gab es Millionen von Fußgängern, und nicht einer von ihnen lief auf dem Bürgersteig. Weil es gar keinen gab. Die zuständigen Behörden meinten, wenn es keine Bürgersteige gäbe, würden die Fußgänger automatisch verschwinden – oder vielleicht glaubten sie auch, die Lösung des Bevölkerungsproblems bestehe darin, den Autos, Taxis und Bussen zu gestatten, jeden, der sich zu Fuß auf die Straße wagte, über den Haufen zu fahren. Die stämmigen Palmen von Sweet Waters – ganz anders als die schlanken, anmutigen, die man in Indien sah – hielten auf dem begrünten Mittelstreifen der Straße in Dreißig-Meter-Abstand voneinander gewissenhaft Wache. Er fragte sich, warum ihm Indien neuerdings so häufig in den Sinn kam, nachdem es schon vor so vielen Jahren restlos aus seinem Gedächtnis und seinem Leben verschwunden war.

»Was Sie auch zu sagen haben, sagen Sie es schnell. Ich habe nicht den ganzen Tag Zeit.«

»Es wundert mich, dass Sie heute zu seemännischer Metaphorik übergewechselt sind. Ich will nicht hoffen, dass Sie mit der Armee ähnliche Probleme haben wie mit mir.«

»Kommen Sie zum Thema.«

»Ich hätte eigentlich angenommen, dass man es in Ihrem Alter ruhiger angehen lässt. Von den drei aktuellen Fällen von Verschwörung gegen die nationale Sicherheit scheinen den Ermittlungen zufolge bislang zwei auf Ihre Beteiligung hinzudeuten: die Verschwörung mit dem Ziel, den U-Bahn-Knotenpunkt auf Long Island, New York, in die Luft zu sprengen, und der Versuch, mit Hilfe eines Computervirus sämtliche alten und aktuellen Daten im Zentralrechner der Bundesfinanzbehörde zu zerstören. Ich könnte mich natürlich irren. Höchstwahrscheinlich hat die Bundespolizei nichts gegen Sie in der Hand, oder Sie sind gar nicht der Colonel Masters, von dem sie spricht. Schließlich ist Masters ja ein recht häufiger Name.«

Lucens ließ seiner kurzen Rede Zeit zu wirken, während er so tat, als wartete er auf Widerspruch.

»Sie und die Männer Ihrer Miliz werden morgen aus der IPUC austreten. Sie werden sich von nun an den Geschäftsstellen der IPUC fernhalten und sich an keiner ihrer Demonstrationen mehr beteiligen. Sie werden sich mit keinem Mitglied per E-Mail oder telefonisch in Verbindung zu setzen versuchen. Habe ich mich klar ausgedrückt, Colonel?«

»Sie wollen mir drohen? Das wird Ihnen nichts nützen. Morgen sind Sie draußen.«

»Vor ein paar Wochen hat das FBI der Geschäftsstelle der Diözese einen Besuch abgestattet und Father Nicholas nach Ihnen und Ihren Aktivitäten befragt. Die Beamten haben uns beiläufig über Sie

informiert. Father Nicholas gab sich bei dem Anlass eher unverbindlich, aber er könnte die Beamten immer noch anrufen und sie auf Ihre Freizeitbeschäftigungen aufmerksam machen.«
Auf dem Rückweg schwiegen sie. Der Colonel wollte gerade in sein Auto einsteigen, als Lucens sagte: »Ich sage es noch einmal, Colonel: Sie und Ihre Männer werden unverzüglich Ihren Rücktritt einreichen.« Er schwieg kurz. »Ihre Aufträge werden Sie ab sofort von mir persönlich entgegennehmen.«

Erfolg. Endlich. Nach den monatelangen Bemühungen und Anstrengungen hatte die Mothercare-Klinik geschlossen. In den letzten paar Monaten war Lucens zunehmend mutloser geworden. Er hatte eins nach dem anderen versucht: Er hatte es mit der Wahrheit probiert, hatte schamlos gelogen und die Zahlen zurechtgebogen, und er hatte von einem Agenten in Indien Dias von abgetriebenen Föten gekauft und mit den Abzügen ganz San Diego zugepflastert. Gerade diese letzte Aktion war nach hinten losgegangen. Bei Dr. Lester und seiner Familie richtete sie kaum etwas aus; deren Ruf war schon lange unter dem Nullpunkt und sank stetig weiter. Aber Lucens hatte sein Blatt überreizt. Die Menschen waren über die Brutalität der IPUC und ihren Mangel an Rücksichtnahme auf die Gefühle der Bürger von San Diego, insbesondere der Frauen und Kinder, zutiefst entsetzt. Die Zeitungen brachten Leitartikel darüber, und gegen den Drucker der anstößigen Plakate, die Firma, die sie in der Stadt angebracht hatte, und die Geschäftsführung der IPUC wurden Zivilklagen eingereicht.
Die Rettung war dem Acidum butyricum zu verdanken gewesen. Es hatte Dr. Lesters Lebenswerk und seine Entschlusskraft zerstört. Die Mothercare-Klinik wurde endgültig geschlossen. Oder zumindest für eine sehr, sehr lange Zeit. Wie und mit welchen Worten sollte Lucens das Acidum butyricum, auch Buttersäure genannt, preisen? Wie ihr Name schon vermuten lässt, ist Buttersäure ein Inhaltsstoff der weithin bekannten und beliebten, köstlichen Butter, die man sich auf Toast, Brötchen und Hörnchen schmiert oder bei der Herstellung von Kuchen und anderen Backwaren verarbeitet. Diese wiederum ist ein sprachlicher Nachkomme des lateinischen »butyrum« beziehungsweise des griechischen »bouturon«.

Ranzige Butter und menschliches Erbrochenes vermitteln einen guten Eindruck von den Qualitäten der Buttersäure. Wie fast alles im Leben, hat auch Buttersäure zwei Seiten. Abtreibungsgegner verspritzen sie in verdünnter Form als eine Art Stinkbombe. Wen ein Stinktier besprüht, der wird, wie es heißt, den Geruch nur dadurch wieder los, indem er sich in eine Badewanne voll Tomatensoße legt. Konzentrierte Buttersäure hat eine geringfügig länger anhaltende Wirkung, und ein Gegenmittel ist bis auf den heutigen Tag nicht bekannt. Ihr übelkeiterregendes, atemraubendes Bouquet bekommt man aus geschlossenen Räumen praktisch nie wieder heraus, selbst wenn man sie frisch tapeziert und mit neuem Teppichboden belegt. Aber das ist nur die positive oder zumindest am wenigsten aggressive Seite dieser Substanz. Die andere Seite legt nahe, dass konzentrierte Buttersäure durchaus die Bezeichnung chemischer Kampfstoff verdienen würde. Sie kann nur unter größten Schwierigkeiten und von erfahrenen, speziell ausgebildeten Fachleuten in Schutzkleidung neutralisiert werden. Als ein hochwirksamer chemischer Schadstoff wird sie leicht durch die Haut aufgenommen und kann schwere Verätzungen der Haut, der Augen und der Schleimhäute verursachen. Die Einatmung der Dämpfe führt unweigerlich zu akuter Übelkeit, Erbrechen und einer heftigen Reizung der Atemwege. Sie kann verschiedene, zum Teil schwere Formen von Lungenentzündung auslösen, die einen bis zu zweimonatigen Krankenhausaufenthalt erforderlich machen. Die Nägel werden brüchig, die Haare fallen büschelweise aus und die Leber kann irreversible Schäden davontragen.
Als Lucens den Plan fertig ausgearbeitet hatte, weigerte sich Colonel Masters, darüber zu diskutieren, solange die Aktion keinen Codenamen hatte. Lucens hatte gewiss nicht vor, wegen Colonel Masters' Vorstellungen von militärischem Protokoll und von der Wichtigkeit seiner Person Wortklauberei zu betreiben. Bei ihrer letzten Besprechung hatte er kurz davor gestanden, dem Mann den Schädel aufzubohren und ihn mittels eines radikalen Eingriffs in sein Gehirn endgültig ruhig zu stellen. Wenn der Colonel so versessen darauf war, konnte er seinetwegen nicht nur einen, sondern gleich zwei Codenamen bekommen.
»Was würden Sie von ›Operation Seligkeit‹ halten?«

»Ich könnte mir schon etwas Griffigeres vorstellen.« Der Colonel ließ sich den Namen durch den Kopf gehen. »Aber notfalls wird's das tun. Unser Ziel muss maximale Wirkung sein.«
»Ich kann nicht nachdrücklich genug betonen, dass Sie keine wie auch immer beschaffenen Spuren hinterlassen werden, durch die sich auch nur die entfernteste Verbindung zur IPUC herstellen ließe.«
»Ich versichere Ihnen, dass es eine narrensichere Operation wird. Sie können sich darauf verlassen.«
Lucens hielt es für klüger, den Colonel nicht daran zu erinnern, dass seine früheren Aktionen eine ausreichend große Menge von Indizien hinterlassen hatten, um dem FBI zu ermöglichen, ihn in mehreren Fällen in den engeren Kreis der Verdächtigen zu ziehen.
»Das tue ich, Colonel Masters. Ich bin davon überzeugt, dass Sie mich nicht enttäuschen werden. Bitte verstehen Sie, dass die IPUC – sollten Sie oder einer Ihrer Männer festgenommen werden – jede Beziehung zu Ihnen bestreiten wird. Wie Sie sehr wohl wissen, handeln Sie allein auf eigene Initiative. Wenn Sie unter Druck behaupten sollten, Sie hätten auf meine Befehle hin gehandelt, wird es Ihnen leider nichts nützen. Nicht nur bekleide ich keinerlei Amt bei der IPUC und gehöre keinem ihr angeschlossenen beratenden Gremium an – ich bin nicht einmal einfaches Mitglied der Organisation. Die pawlowschen Hunde der Abtreiberbrigade und der Medien werden keinen Augenblick zögern, die IPUC anzukläffen. Aber wir werden nicht nur jede Anschuldigung von uns weisen, wir werden den Anschlag in denkbar schärfster Form verurteilen. Wir werden darauf hinweisen, dass die IPUC Gandhi und Martin Luther King als ihre Vorbilder betrachtet und sich unmissverständlich zur Gewaltlosigkeit bekennt.«
Der Oberst und Lucens gingen noch einmal die Checkliste durch. Lucens musste zugeben, dass der Colonel ein gründlicher Mann war und wenig dem Zufall überließ. Wenn man ihm klare Direktiven und ein Ziel gab, konnte man sich darauf verlassen, dass er seine Sache gut machen würde.
»Viel Glück, Colonel.«
»Wenn ich mich auf das Glück verließe, Bruder Lucens, würden wir alle bald im schlimmsten Schlamassel stecken.«

»Stimmt. Wir werden uns also lediglich auf Ihr militärisches Können und auf Ihre Präzision verlassen. Übrigens, Colonel, was genau meinten Sie, als Sie sagten, Sie müssten auf maximale Wirkung abzielen?«

»Versteht sich das nicht von selbst? Wir werden den Job tagsüber durchführen, während der Arzt operiert.«

Es verstand sich von selbst, zumindest hätte es das tun sollen, und Lucens hätte es um ein Haar geschafft, durch schiere Gedankenlosigkeit sämtliche Sympathien zu verspielen, die sich die IPUC durch ihre Arbeit erworben hatte.

»Niemand, ich wiederhole, niemand wird zu Schaden kommen. Die Operation wird bei Nacht durchgeführt.«

»Wozu dann überhaupt? Wozu die Risiken auf sich nehmen? Bewacht wird das Gebäude ohnehin rund um die Uhr.«

»Wir wollen, dass deren Laden dichtgemacht wird, nicht unserer. Haben Sie mich verstanden, Colonel?«

Der Colonel hatte Lucens klar und deutlich verstanden, aber ein Opfer gab es trotzdem. Die Putzfrau war während ihrer Arbeit eingeschlafen und kam schreiend herausgerannt, als knapp zwei Liter von der Säure in den Lüftungsschacht und noch einmal die gleiche Menge durch den Briefschlitz gekippt wurden. Sie wurde mit schweren Verätzungen und akuten Atemproblemen ins Krankenhaus eingeliefert. Die Feuerwehr war schon nach wenigen Minuten zur Stelle, die Spezialeinheit für Schadstoffbekämpfung binnen einer Stunde. Der Verkehr wurde umgeleitet, und sämtliche Praxen im Gebäude wurden bis auf weiteres geschlossen. Die Eltern der siebzig Pfleglinge der Kindertagesstätte gegenüber wurden für die folgende Woche zur Aula der George Washington High School umdirigiert. Der in der Klinik entstandene Schaden ließ sich noch nicht genau angeben, wurde aber auf eine fünfstellige Summe geschätzt. Der Vorstand der IPUC war entsetzt und verurteilte den brutalen Angriff als ein barbarisches Verbrechen, das aufs Strengste geahndet werden müsse. Sie wirkten ernsthaft bestürzt. Und das mit gutem Grund. Sie glaubten, eine andere Gruppierung, möglicherweise eine von außerhalb der Stadt, wäre für den Anschlag verantwortlich.

Lucens' Auftrag war erledigt. Es war Zeit heimzukehren, heim in die Abtei. Bei ihrem letzten Gespräch hatte sich der Abt ziemlich verwundert darüber gezeigt, dass es so lange dauern sollte, die Bücher der Diözese aufzuarbeiten. Lucens hatte sich ausführlich und unverständlich darüber ausgelassen, welch ein heilloses Durcheinander in den Finanzen der Diözese herrsche: Die Eigentumsrechte der Kirche an zahlreichen Immobilien seien umstritten, Unterlagen fehlten, und man müsse mit der Möglichkeit endloser Rechtsstreitigkeiten rechnen. Hinzu komme die Tatsache, dass Father Nicks Buchführung – um nicht zu sehr ins Detail zu gehen – eine Spur eigenwillig, ja, man möchte sagen, erfindungsreich gewesen sei, und jetzt wolle das Finanzamt die Bücher der letzten paar Jahre noch einmal prüfen.

Der Abt war nicht überzeugt gewesen. Er befahl Lucens, seine Arbeit für die Diözese einzustellen. Father Nick wirkte nicht allzu betrübt darüber, dass sein jüngerer Berater von der Bühne abtrat, und Lucens saß in der Abtei fest. Acht Wochen später rief der Priester den Ehrwürdigen Vater an und verlangte verzweifelt nach Lucens. Nur er kenne sich mit den Finanz- und Steuerangelegenheiten der Diözese aus und könne mit dem Finanzamt kompetent verhandeln. Ob er nicht bitte seine Tätigkeit wieder aufnehmen könnte? Der Bischof sei nicht sehr erfreut über die Aussicht, auf die Fragen des Finanzamtes Rede und Antwort stehen zu müssen. Der Abt willigte nur widerstrebend ein, und Lucens wusste, dass seine Tage bei der IPUC gezählt waren.

Alles war in die Wege geleitet. Die IPUC war aktiv wie noch nie, und die Ergebnisse sprachen für sich. Vielleicht war es jetzt nicht der schlechteste Zeitpunkt, um einen Schlussstrich zu ziehen. Außerdem hatte er in der Abtei noch viel zu erledigen. Er hatte die Sache mit Pater Theo schleifen lassen und war sicher, dass die Dinge in der Zwischenzeit nicht allzu weit gediehen waren. Von nun an würde er sich mit ganzer Energie der Absetzung des Abtes widmen.

Wie sich herausstellte, war Lucens ein wenig voreilig in seiner Planung der Zukunft gewesen. Ihm stand eine der härtesten Lektionen seines Lebens bevor. Man sollte niemals seine Siege zählen – besonders nachdem man gerade einen errungen hat. Nicht nur, dass

Dr. Lester Lucens in ihrem Zweikampf nach Strich und Faden ausgetrickst hatte, er hatte auch die Abtreibungsgegner zum Gespött von Sweet Waters und der ganzen Westküste gemacht – wenn nicht sogar des gesamten Landes. Wenn Lucens sich überhaupt noch auf der Straße zeigen konnte, dann deswegen, weil niemand ahnte, dass er hinter dem Buttersäure-Anschlag steckte. Dr. Lester erschien im Gesellschaftsteil des »Time Magazin«, in den »IN«-Spalten der Sonntagszeitungen, die den aktuellen Beliebtheitsquotienten von Personen des öffentlichen Lebens dokumentierte, und war sogar zu rauschendem Applaus aus der Konserve in David Lettermans Show aufgetreten.

Ein würdiger Gegner verdient Respekt und einen Klaps auf die Schulter. Sollte Lucens »touché« sagen oder sollte er dem Arzt das selbstzufriedene Grinsen austreiben? Rein gefühlsmäßig tendierte er zu letzterer Option, aber wie er sie verwirklichen sollte, war ihm schleierhaft.

Rund einen Monat nach der Buttersäure-Affäre waren die Fenster der Klinik mit Brettern vernagelt worden, und auf dem Bürgersteig war ein überdachter Fußgängerweg mit dem Warnschild »Achtung Bauarbeiten« erschienen. Drei Monate später hatte sich noch nichts geändert, abgesehen davon, dass jetzt eine Tafel erklärte, in Kürze werde dort ein »Zentrum für Neurophysiotherapie« eröffnet. Die IPUC startete augenblicklich eine landesweite Suche, um festzustellen, ob Mothercare an einem anderen Ort eine neue Klinik zu eröffnen plante. Bald stellte sich heraus, dass niemand im Tal oder sonstwo an der Westküste bereit gewesen wäre, eine Wertminderung seiner Immobilien zu riskieren, indem er sie den Abtreibungsärzten vermietete.

Lucens' Aufgabe bestand jetzt darin, weitere Abtreibungskliniken im Bundesstaat ausfindig zu machen und den Colonel darauf anzusetzen. Er war gerade dabei, seinen Plänen für einen massiven Angriff die endgültige Form zu geben, als Dawn Gold, die Chefredakteurin des IPUC-Newsletters, ihn in seinem Büro aufsuchte.

»Könnte ich Sie sprechen? Irgendwo, wo wir ungestörter sind?«

»Jetzt?«

Sie wirkte auf eine angespannte Weise ruhig, als ob eine Zeitbombe in ihrem Inneren tickte. »Es ist wichtig.«

Dawn hatte seit ihrer Abtreibung zu manisch-depressiven Schüben tendiert, und es wäre ein schwerer Fehler gewesen, nicht auf ihre Stimmungsschwankungen einzugehen. Lucens ging mit ihr in die Privatkapelle des Bischofs.

»Ich bekomme ein Kind.«

Er konnte sie kaum verstehen.

»Meinen Glückwunsch. Ich hatte gar nicht gewusst, dass Sie verheiratet sind.«

»Bin ich auch nicht.«

»Wie können Sie schwanger sein, wenn Sie nicht verheiratet sind?«

»Das muss wohl ein Fall von unbefleckter Empfängnis sein, Bruder Lucens«, sagte Dawn Gold sarkastisch.

»Verzeihung. Das war dumm von mir. Woher wissen Sie, dass Sie ein Kind bekommen?«

»Meine Periode ist längst überfällig.«

»Soweit ich gehört habe, haben manche Frauen einen unregelmäßigen Zyklus.«

»Ich habe bei Mothercare einen Test machen lassen.«

»Das kann nicht sein. Was reden Sie da?«

»Mothercare hat wieder geöffnet.«

Er hätte sie am liebsten geschüttelt und ihr gesagt, dass die Klinik geschlossen war, endgültig geschlossen, und dass dieser glückliche Umstand niemandem anderen als ihm zu verdanken war. Aber er bewahrte einen kühlen Kopf.

»Da soll eine Praxis für Neurophysiotherapie aufmachen. Aber irgendwann später, jetzt noch nicht.«

»Ich bin schwanger, Bruder Lucens, das hat mir Dr. Lester nach dem Schwangerschaftstest selbst gesagt.«

Lucens hatte natürlich Recht: Das Schild der Praxis für Neurophysiotherapie hing noch immer da, und darauf stand weiterhin »Eröffnung in Kürze« zu lesen. Als die Ampel auf Grün schaltete, löste er die Bremse des Lieferwagens der Abtei nur langsam. Die Autos vor ihm setzten sich gemächlich in Bewegung, und er sah ein Mädchen, das aussah, als hätte es schon eine Woche lang geweint, gemeinsam mit ihrer Mutter unter der Überdachung verschwinden und in den Eingang der ehemaligen Abtreibungsklinik einbiegen.

Wie er am nächsten Morgen erfuhr, hatte Mothercare schon seit einem Monat wieder geöffnet.
Lucens standen nicht mehr viele Optionen zur Auswahl. Er musste einen drastischen Schritt unternehmen, und er konnte nicht mehr lange damit warten. Er konnte die Mothercare-Klinik mit einer Ladung RDX, dem zur Zeit bei Terrororganisationen bevorzugten Sprengstoff, in die Luft jagen, solange sich damit keine Verbindung zu Colonel Masters' früheren Aktivitäten herstellen ließ. Aber ein solcher Plan barg offensichtliche Risiken. Es wäre zum Beispiel nicht in Ordnung gewesen, das ganze Gebäude zu zerstören oder auch nur einzelne Praxen der anderen Ärzte zu gefährden. Sie hatten ja nichts Schlimmes getan, und er wollte sie nicht für die Sünden der Abtreiber büßen lassen. Außerdem hatten amateurhafte Anschläge immer unerwünschte Nebenwirkungen und die negative Publicity hätte alles, was die IPUC bisher erreicht hatte, zunichte gemacht. Aber auch, wenn die Sprengkraft der Bombe exakt berechnet gewesen wäre und lediglich die Abtreibungsklinik getroffen hätte, wäre nichts gewonnen. Mothercare würde möglicherweise sogar noch schneller als nach der Buttersäuregeschichte wiederauferstehen. Und mit ihr Dr. Lester – dann aber mit einem Heiligenschein und als medizinischer Märtyrer. Das Mitgefühl der Öffentlichkeit würde ihn wie ein Nimbus umgeben und es wäre praktisch unmöglich, die Klinik noch einmal anzugreifen.
Lucens hatte keine Wahl. Der Arzt musste verschwinden. Der Colonel würde bestimmt nur allzu glücklich sein, den Befehl auszuführen.

Tejas

Im Nachhinein hätte Lucens einräumen können, dass Amanats Anruf ein Geschenk des Himmels gewesen war. In dem Moment hatte er es allerdings anders gesehen. Abbas Timing war nie besonders gut gewesen, aber unmittelbar vor der Liquidierung Dr. Lesters einen Herzinfarkt zu bekommen, grenzte schon an Rücksichtslosigkeit.

Lucens' abschließende Besprechung mit dem Colonel einige Wochen zuvor war gewohnt kurz und sachlich gewesen. »Es wird keine weiteren Demonstrationen gegen Dr. Lester oder die Abtreibungsbefürworter geben. Keine weiteren Störungen des Straßenverkehrs. Die nächsten paar Wochen sollen er und seine Freunde sich sicher fühlen und beruhigen. Polizei und FBI sollen glauben, wir hätten all unser Pulver verschossen. Sobald das erreicht ist, in zwei Monaten von heute an gerechnet, können Sie Cornelius Lester endgültig aus dem Weg räumen. Acht Wochen dürften als Vorbereitungszeit mehr als genug sein. Achten Sie darauf, dass nicht einmal die Spur eines Verdachts auf die IPUC fällt. Enttäuschen Sie mich nicht, Colonel. Vermasseln Sie die Sache nicht.«

Zweifellos traf Abba eine gewisse Schuld, aber wie so oft, war der eigentliche Übeltäter Amanat.

»Hat Abbajan nach mir verlangt?«, hatte Lucens wissen wollen.

»Nein«, sagte Amanat, »aber ich glaube, du solltest trotzdem herkommen.«

War es seinem Bruder entfallen, dass er bereits ein wenig mehr als volljährig war und durchaus seine eigenen Entscheidungen treffen konnte?

»Wo hast du die Nummer des Diözesanbüros überhaupt her?«, fragte Lucens argwöhnisch.

»Von dir, woher denn sonst? Du hast mir zwei Telefonnummern gegeben. Die hier war eine der beiden.«

»Lass mir ein paar Tage Zeit, vielleicht eine Woche. Ich habe hier noch ein paar Dinge zu erledigen.«

»Ich halte das für keine so gute Idee. Ich glaube, du solltest die nächste Maschine nehmen.«
Die Inder verwechselten ständig Sentimentalität mit Liebe. Was sollte es für einen Wert haben, sofort aufzubrechen, sechsunddreißig Stunden oder mehr unterwegs zu sein, nur um am Ende der Reise feststellen zu müssen, dass man nicht mehr tun konnte, als tagelang vor der Tür der Intensivstation zu stehen oder – wenn man Glück hatte – zu sitzen?
»Dramatisierst du die Sache nicht etwas?«
»Das hoffe ich von Herzen, um unser aller willen.«
»Abba ist doch erst knapp fünfundsechzig, oder?«
»Steig ins Flugzeug, Zia.«
»Wenn man dem Trappistenorden beitritt, hört man auf, Eltern und Angehörige zu haben, und das einzige Zuhause, das man noch hat, ist das Kloster. Ich glaube kaum, dass der Abt mir erlauben wird, nach Indien zu fliegen, nur weil Abbajan sich ein bisschen unwohl fühlt.«
»Ich habe mit dem Ehrwürdigen Vater Augustine schon gesprochen. Er erwartet dich in der Abtei.«
»Wie kannst du es wagen, das so über meinen Kopf hinweg zu entscheiden!«
Zu spät. Amanat hatte schon aufgelegt.

»Was machst du denn hier?«, fragte Lucens mürrisch, als Roy ihn am Flughafen von Bombay abholte.
»Dasselbe wie du: sehen, wie es Abbajan geht.«
»Woher wusstest du, dass er krank ist?«
»Ist das ein Verhör?« Roy lachte. »Abbajan und ich haben eine Abmachung. Ich rufe ihn zweimal die Woche an. Er hat den Infarkt bekommen, als wir gerade miteinander redeten.«
»Vielleicht war das überhaupt der Grund.«
»Wäre immerhin möglich.« Roy biss nicht an. Das tat er nie.
Lucens sah geistesabwesend aus. Abbajan tat es ihm schon wieder an: Er war jedem ein Vater, nur ihm nicht.
»Worüber redet ihr denn?«
»Ich weiß nicht. Nichts. Alles Mögliche. Ich denke nie darüber nach.«

»Wie geht's ihm?«
»Kann man noch nicht sagen. Aber an deiner Stelle würde ich unverzüglich anfangen, deinen Gott in Bewegung zu setzen.«

Abba hatte die Augen geschlossen und atmete schwer. Er sah aufgedunsen aus. Hatte ihm jemand alles Blut aus dem Leib gepumpt? Er hatte sich so weit in sich zurückgezogen, dass niemand ihn mehr erreichen konnte. Wie konnte Abba so zerbrechlich geworden sein – dieser Mann, der in der Abtei zehn, zwölf Stunden am Tag gehämmert, gemeißelt und Stein zu jeder Form gestaltet hatte, die er tief in seiner Großhirnrinde trug?
Lucens starrte verständnislos auf all die stummen digitalen Darstellungen der Lebensfunktionen seines Vaters. Die ersten paar Tage lang war er außerstande, Trauer, ja überhaupt irgendetwas zu empfinden. Er war wie leer gesogen. Roy, Amanat und er wachten nachts abwechselnd am Krankenhausbett. Sie wechselten kaum ein Wort miteinander, und trotzdem war es so, als wäre Abbajan, auf irgendeine unerklärliche Weise, einzig zu dem Zweck krank geworden, sie wieder zusammenzubringen. Seltsamerweise schien Zafar Khan gerade das Thema zu sein, das sie am hartnäckigsten mieden. Lucens begriff einfach nicht, wie er so leidenschaftlich an einem Mann hängen konnte, der außerstande gewesen war, seine Frau an der Kandare zu halten, und dem seine Mätresse möglicherweise ein Kind geboren hatte. Er hatte sich neben Abbas Bett hingekniet. »Bitte, lass ihn leben, Herr, ich flehe Dich an«, hatte er stumm zu Jesus gebetet. »Lass ab von meinem Vater. Bitte. Du brauchst ihn nicht. Ich aber schon. Ich muss all diese Jahre wieder gutmachen.«

»Mr. Lucens« – die Krankenschwester war gleichsam aus dem Nichts aufgetaucht –, »Sie werden verlangt.«
»Ist etwas mit meinem Vater?«, fragte Lucens nervös.
»Nicht der Patient verlangt nach Ihnen«, sagte sie sichtlich gereizt. »Es ist jemand am Telefon.«
Was wollte Amanat zu dieser nachtschlafenden Zeit von ihm?
»Wo ist das Telefon?«
»Im Schwesternzimmer außerhalb der Intensivstation.«

»Ja? Lucens.«
»Sie können jetzt sprechen.«
Ein Ferngespräch; offensichtlich nicht Amanat. Wer konnte es sein? Ihm fiel nur noch einer ein, der hätte anrufen können: der Colonel. Dafür würde er büßen müssen, denn er hatte strengste Anweisungen hinterlassen, dass Masters unter gar keinen Umständen mit ihm telefonisch in Kontakt treten durfte.
»Entschuldigung, dass Sie warten mussten, Bruder Lucens.« Es war eine unangenehm vertraute Stimme. Wie in aller Welt konnte er wissen, dass Lucens in Indien war? »Wie geht es Ihrem Vater?«
»Tut mir leid, ich weiß nicht, mit wem ich spreche.«
»Ist Ihr Vater über den Berg?«
»Das kann man noch nicht mit Sicherheit sagen.«
»Ich melde mich wieder. Noch einen Rat, bevor Sie auflegen. Beunruhigen Sie ihn nicht gerade jetzt mit Ihren unmaßgeblichen Beschwerden.«
Die Verbindung wurde unterbrochen. Shakta-Muni, James Cambrays Guru. Wovon redete er eigentlich? Warum hätte Lucens Abbajan beunruhigen sollen? Das ergab keinen Sinn. Allerdings musste Lucens zugeben, dass, falls der »heilige Mann« versucht haben sollte, ihn zu verunsichern, es ihm bis zu einem gewissen Grad gelungen war.

In den Staaten musste es jetzt Vormittag sein. Lucens setzte sich auf die Bank außerhalb der Intensivstation und versuchte, auf seinem Laptop die Nachrichten abzurufen. Wo war der Colonel? Hatte er seine Mission erfüllt? Wie kam es, dass die Zeitungen zu dem Thema nichts brachten?
In den letzten zwei Nächten waren auf der Intensivstation drei Patienten gestorben. Abba musste von den Todesfällen in seiner nächsten Umgebung etwas mitbekommen haben. Drückte dieses Wissen noch zusätzlich auf sein Gemüt? Was ging überhaupt in ihm vor? Es bestand noch immer die Möglichkeit, dass er sich in den Kopf setzte, sich endgültig zu verabschieden. Die Statistiken verrieten, dass mehr Menschen während der Nacht starben als am Tag, aber darüber, warum das so war, verloren sie kein Wort. Lucens hoffte, dass Abbajan so vernünftig gewesen war, sich Gott wieder

zuzuwenden und Ihn um Vergebung dafür zu bitten, dass er Ihn so lange vernachlässigt hatte.
Seit längerem, hatte Amanat Lucens erzählt, waren die Aufträge nur so hereingeströmt, aus allen fünf Kontinenten. Private Anleger, öffentliche Trusts und Wohltätigkeitsorganisationen, Kommunen und Regierungen hatten Abba bestürmt, ihre Projekte in die Hand zu nehmen. Geld spielte dabei selten eine Rolle, und seine Honorarvorstellungen waren immer widerspruchslos akzeptiert worden. Momentan hatte er zwei Großprojekte auf dem Tisch: das »Freiheits- und Integrationszentrum« für Südafrika und einen Plan für modular gebaute Dorfschulen, Spielplätze und medizinische Versorgungszentren für eine nichtstaatliche Organisation, die in den Dörfern von Bihar arbeitete. Abba hatte das als ein Rennen gegen die Zeit empfunden, eine selbsterfüllende Prophezeiung und ein Verhängnis, da er nicht bereit oder fähig war, sich nicht bis an die Grenzen seiner Leistungsfähigkeit zu treiben.

»Ich weiß alles«, hatte Lucens an dem Morgen zu Abbajan gesagt.
»Dann musst du Allah sein.«
»Nicht witzig. Und ich bin sicher, Allah findet es auch nicht komisch. Ich meine Sie. Ich weiß alles über Sie.«
»So sollte es zwischen Vater und Sohn auch sein.« Es entstand eine Pause, während Abba versuchte, wieder zu Atem zu kommen. »Obwohl ich nicht behaupten kann, dass ich viel über dich wüsste. Aber das ist schon in Ordnung so. Du bist mein Rätsel.«
Sein Zustand war nicht mehr kritisch und er lag nicht mehr auf der Intensivstation. Die Ärzte meinten, er mache gute Fortschritte, aber Lucens war skeptisch. Abbas Blässe war wie ein Schatten aus leblosem Schiefergrau. Er war rastlos, nahm ab und hatte immer noch nicht die Kraft, allein auf die Toilette zu gehen. Aber statt zu jammern und zu stöhnen wie der Patient vom Zimmer gegenüber, gab er sich alle Mühe, so zu tun, als wäre alles in Ordnung.
»Danke, dass du hergekommen bist. Es ist schön, dich zu sehen, auch wenn du in der Abtei bestimmt viel zu tun hattest.«
Lucens sah aus dem Fenster des Eckzimmers. Was war mit Bombay bloß passiert, seit er das letzte Mal hier gewesen war? Über allem lastete eine sepiafarbene Dunstglocke, die niemals wich, und die

gesamte Weltbevölkerung, Männer, Frauen und Kinder, schien in dieser einen Stadt zusammengeströmt zu sein.
»Ich weiß über Antonia und Sie Bescheid.«
»Nämlich?«
Lucens schüttelte angewidert den Kopf. »Sie könnten heute Nacht, vielleicht sogar in fünf Minuten tot sein, und Sie behaupten weiterhin, zwischen ihr und Ihnen sei nichts gewesen?«
Dachte Abba über das nach, was Lucens gesagt hatte, oder versuchte er nur, wieder zu Atem zu kommen? Lucens meinte, etwas wie Panik in der Miene seines Vaters zu erkennen – oder war es ein Anflug von Zorn? Es war seltsam. Er konnte sich nicht erinnern, dass Abba jemals die Beherrschung verloren hätte. Das war nicht möglich; es hatte so viel gegeben, worüber er hätte wütend sein können. Aber andererseits war er ein echter Inder und sublimierte alles, nicht nur Enttäuschung und Trauer, sondern auch Hoffnung, Triumph, alles, zu purer Resignation.
»Sie haben Ammijan betrogen.«
Anstatt rot zu werden und in Rage zu geraten, lachte Abbajan Lucens ins Gesicht.
»Du glaubst, Antonia, meine liebe und aufrichtige Freundin, und ich hätten etwas miteinander gehabt?«
»Ja. Und ich bin der Beweis.«
»Armer Zia, mein armer, armer Zia.«
»Wagen Sie es nicht, diesen mitleidigen Ton bei mir anzuschlagen!«
Abba versuchte, sich aufzusetzen.
»Was machen Sie da? Um Gottes willen, keine melodramatischen Szenen! Eine ehrliche Antwort reicht völlig.«
Abba legte sich wieder hin. Man spürte förmlich, wie er sich bemühte, seine Atmung wieder zu beruhigen. »Wie bist du bloß auf diese Idee gekommen?«
»Ich habe sie aus allererster Quelle. Antonia hat es mir selbst gesagt.«
»Was hat sie dir gesagt, mein Sohn?«
»Sie sagte, ich wäre ihr Erster.«
»Ihr erster was?«
»Sie sagte, sie hat mich taufen lassen, als ich kaum eine Woche alt war.«

»Das stimmt zweifellos.« Abbas Stimme wurde immer leiser. »Du bist der Sohn deiner Mutter und niemandes sonst. Ganz gewiss nicht Antonias Sohn.«
»Keine Wortklaubereien. Geben Sie mir eine Antwort!«
Abbajan lächelte und murmelte etwas in sich hinein.
»Was?«, fragte Lucens gereizt. »Was haben Sie gesagt?«
Abba hatte die Augen geschlossen, und es war eine Qual, ihm beim Atmen zuzusehen. Er blieb lange Zeit stumm.
Was hatte sein Vater gesagt? Was waren seine unhörbaren Worte gewesen? »Manchmal glaube ich, nicht einmal Gott kann dir helfen« – war es das, was er gesagt hatte?

Es war schon ziemlich absonderlich, wie die zwei Brüder sich bemühten, Sagari aus dem Weg zu gehen. Das Krankenhaus hatte ihr einen besonderen Besucherausweis ausgestellt, und sie kam – wie immer, wenn sie sich in die Öffentlichkeit wagte, in einer Burka – jeden Abend nach Ende der Besuchszeit vorbei. Am Tag, als Zafar ins Krankenhaus eingewiesen worden war, hatte sich Amanat lange mit der Frage gequält, ob er Sagari benachrichtigen sollte. Er wollte sie nicht beunruhigen. Aber das war, wie immer bei Amanat, nur die halbe Wahrheit. Seit er wieder in Suleiman Mansion wohnte, hatte er sie weder gesprochen noch gesehen. Wie hätte er da das Eis brechen können? Eher wäre er ins Wasser gegangen. Was dachte er sich für einen Blödsinn zusammen? Zubeida-Khala sprach wenigstens einmal am Tag mit Sagari, und es war keine Frage, dass sie ihr davon erzählen würde. Wenn er nicht anrief, würde ihn Sagari für noch verächtlicheren Abschaum halten, als er ohnehin schon war. Abbajan war ihr Vertrauter, ihr Ratgeber und fast eine Vaterfigur. Und es war keine einseitige Beziehung. Amanat hatte bisweilen den Eindruck, dass Abba sie als die Familiengottheit ansah.
Amanat hatte ihre Nummer gewählt.
Jetzt rief sie ihm zu: »Du wirst dir schon nicht den Tod holen, Amanat, wenn du ein paar Minuten bleibst.« Amanat zögerte in der Tür zum Zimmer seines Vaters. Es dauerte eine Weile, bis er Sagari ins Gesicht sehen konnte.
»Ich dachte, es wäre eher umgekehrt.«

Eines Morgens hatte Amanat Sagari einen Brief geschrieben und ihn ihr, sobald sie ins Studio gefahren war, auf den Tisch gelegt.

Meine liebe Sagari,
ich kann mich nicht erinnern, wie lange es her ist, dass wir zuletzt miteinander geredet haben. Doch das ist meine Schuld, nicht deine. Ich scheine es irgendwie nicht mehr auf die Reihe zu bringen.
Ich gehe. Deine angeborene Höflichkeit wird dir nie gestatten, mir zu sagen, dass ich verschwinden soll. Ich hätte den Verstand – wenn schon nicht den Anstand – haben sollen, schon früher zu gehen. Aber ich bin schamlos und bin geblieben, weil ich an der Wohnung hänge, ganz zu schweigen von dem Komfort, den sie bietet.
Ich kann mir keine eigene Wohnung leisten und muss zwangsläufig wieder nach Suleiman Mansion zurück. Jammerschade, dass es in unserem Land für Eltern fast unvorstellbar ist, ihre Kinder vor der Tür stehen zu lassen. Abbajan und Zubeida-Khala werden mich aufnehmen müssen – ob es ihnen passt oder nicht.
Du bist immer gut zu mir gewesen. Du hast etwas Besseres verdient, etwas weit, weit Besseres als meine Lügen und meine Untreue. Ich habe dich wiederholt gebeten, in die Scheidung einzuwilligen. Du hast dich bislang geweigert. Aber ich hoffe, du wirst dich dazu entschließen, ein eigenes Leben zu führen. Ruf mich an, wenn du bereit bist, die Scheidung einzureichen. Ich werde dir keinerlei Schwierigkeiten machen – es ist das Mindeste, was ich für dich tun kann.
Alles Liebe (wie falsch dieses Wort aus meinem Mund klingt! Aber wie geschmacklos es auch sein mag, ich stehe dazu),
Amanat

Er hatte seine Kleider in einen Koffer und seine Medikamente und den Inhalator in einen anderen gepackt. Er hatte den Brief noch einmal durchgelesen. Er klang verlogen und vor Selbstmitleid triefend. Wenn er anderen gegenüber auch nur halb so viel Nachsicht aufbrächte wie sich selbst gegenüber, dachte er, könnte er ohne weiteres als postmoderner Heiliger auftreten. Er zerriss den Brief und schrieb stattdessen vier knappe Zeilen:

Meine liebe Sagari,
ich gehe. Ich werde in Suleiman Mansion wohnen. Ich bringe es nicht fertig, dich noch länger zu sehen.
Willige in die Scheidung ein, und du bist mich endgültig los.
Amanat

Er war gerade dabei, seine Papiere zu ordnen, als Sagari an die Tür seines Arbeitszimmers klopfte und eintrat.
»Ich beobachte dich seit einiger Zeit, Amanat. Du bist angespannt und unglücklich, weil du Schuldgefühle hast. Du möchtest gehen, aber auch dabei fühlst du dich schuldig. Ich werde dir einen Gefallen tun. Ich werde dich bitten zu gehen. Das wird für uns beide das Beste sein. Du kannst tun, was dir passt, ohne es mir oder dir übel zu nehmen, und ich – ich kann weiterleben. Wer weiß, vielleicht treffe ich sogar noch den Märchenprinzen auf einem weißen Pferd.«
Er hasste sie, oh, wie er sie hasste! Wie konnte sie es wagen, ihn so gönnerhaft zu behandeln! Er war sowieso gerade dabei gewesen, sie zu verlassen. Warum musste sie ihm jetzt zuvorkommen? »Ich kann weiterleben«, hatte sie gesagt, als hätte sie das nicht schon all die Jahre ohne Rücksicht auf ihn getan. Wie konnte sie ihn nur so demütigen? Es war offensichtlich, dass sie freie Bahn haben wollte und hoffte, ihn so schnell wie möglich loszuwerden.
»Lass dir nur Zeit. Geh, wann immer es dir passt.«
Das sagte sie jetzt, nachdem sie ihn mit Dreck überschüttet hatte?
»Ich lass dir ein Scheckheft für das Girokonto da.«
Die Nerven dieser Frau waren ungeheuerlich! Sie konnte ihr verdammtes Geld behalten, er wollte nichts davon haben! Nein, auf gar keinen Fall! Dann war seine Wut plötzlich verraucht. Er fühlte sich allein und verzweifelt.
Sagari war mit ihm allerdings noch nicht fertig. »Ich hoffe, du wirst glücklich sein. Das ist das Mindeste, was du dir schuldest.«
Was für ein seltsamer Gedanke. Was hatte Glück mit dem Leben zu tun – oder zumindest mit seinem Leben?

Amanat hätte schwören können, dass es Mafia-Gene in seiner Familie gab. Die Khans gehorchten offenbar einer eigenen strengen

Form von Omertà, dem Gesetz des Schweigens. Ammi hatte seit Jahren nichts von sich hören lassen. Was Zubeida-Khala anbelangte, mochte sie zwar keine gebürtige oder angeheiratete Khan sein, aber sie war mittlerweile mehr Khan als Abbajan, Zia und Amanat zusammengenommen. Das Gesetz des Schweigens erlaubte weder Zubeida noch seinem Vater zu fragen, warum Amanat seine Frau und sein Zuhause verlassen hatte. Falls sie diesbezüglich Fragen oder Zweifel hatten, behielten sie sie für sich.

Amanat war froh, in Ruhe gelassen zu werden, und dennoch fragte er sich, ob es nicht sein Gewissen erleichtert hätte, sich die Sache von der Seele zu reden. Unglücklicherweise war der einzige Mensch, dem er jemals seine Gedanken und innersten Gefühle mitgeteilt hatte, eben der eine Mensch, mit dem er nicht mehr reden konnte: Sagari. Außerdem war er sich gar nicht so sicher, wie groß die reinigende Kraft einer Beichte tatsächlich war. Oscar Wilde mochte den Standpunkt vertreten haben, Voraussetzung für die Absolution sei die Beichte und nicht die Reue, aber wenn man Coleridges altem Seemann glauben schenken wollte – und Amanat tendierte durchaus dazu –, dann brachte es nur eine flüchtige Erleichterung, seine Schuld einzugestehen. Beichten war wie eine Sucht. Alle paar Stunden brauchte man einen neuen Schuss.

Amanat zog sich immer mehr in sich zurück. Es war schwierig, in einer so kleinen Wohnung Abba oder Zubeida aus dem Weg zu gehen, und deshalb gewöhnte er sich an, ziemlich spät aufzustehen und sich dann, sobald Abbajan arbeiten gegangen war, in dessen Zimmer einzuschließen. Er war übellaunig und leicht reizbar. Er verwandelte sich allmählich in seinen Bruder. Sein Geist war schlaff wie eine Hängematte geworden. Er hatte nie etwas dafür übrig gehabt, über sein Schreiben zu reden, über das Wie und Wozu. Wenn andere den »kreativen Prozess« analysieren und auseinandernehmen wollten – bitte schön. Bestimmte Geheimnisse sollte man besser nicht entmystifizieren. Er wusste nicht genau, worin die Beziehung zwischen Sagari und seinem Schreiben bestand, aber er war davon überzeugt, seine Muse geschändet zu haben. Sollte er jemals wieder etwas zu Papier bringen, so würde es mangelhaft, steril und verderbt sein.

»Du wirst nichts dergleichen tun!«
»Die Entscheidung liegt nicht bei mir, Zia, und ebenso wenig bei dir. Es war Abbajans Wunsch. Er hat in seinem Testament klare Anweisungen hinterlassen.«
»Die habe ich gelesen, aber es ändert nichts an der Sache. Er war offensichtlich nicht ganz bei sich.«
»Herrgott, bist du völlig übergeschnappt?« Amanat verlor allmählich die Geduld und die Selbstbeherrschung. Werde nicht laut, redete er sich immer wieder zu, du ziehst gegen Zia ja doch den Kürzeren. Aber es nützte nichts. Die Brüder hatten ihren ersten ausgewachsenen Krach, seit Lucens aus den Staaten zurück war.
»Missbrauche nicht den Namen unseres Herrn, und ich wäre dir außerdem dankbar, wenn du dich allgemein unflätiger Reden enthalten würdest.«
»Und ich wäre dir sehr dankbar, wenn du in Angelegenheiten, die ausschließlich Abbajan betreffen, das letzte Wort ihm überlassen würdest.«
»Abbajan ist tot.«
»Das ist mir bewusst. Ich glaube nicht, dass es in seinem Sinne gewesen wäre, wenn wir ihn lebendig eingeäschert hätten.«
Lucens ging auf Amanats schwachen Witz nicht ein. »Die Wünsche der Toten müssen uns heilig sein.«
Endlich, dachte Amanat, endlich nimmt der Mensch Vernunft an. Aber Lucens war noch nicht fertig.
»Die Wünsche der Toten müssen uns heilig sein, solange sie vernünftig sind. Ich will damit nicht unterstellen, Abba sei nicht bei Verstand gewesen, aber er hielt sich für einen Liberalen und er steigerte sich leicht in irgendwelche Ideen hinein. Er war ein *Mann des Buches* und es ist undenkbar, dass wir etwas so Ungehöriges tun sollten wie ihn einzuäschern. Es wäre unverzeihlich, wenn er am Tag des Gerichts riskieren müsste, abgewiesen zu werden, weil er keinen Körper hat, der in den Himmel eingehen könnte.«
»Jetzt habe ich genug von deinem Unfug! Ich fahre zum Chandanvadi-Krematorium und lege den Totenschein vor. Sobald ich zurück bin, werden wir das tun, was Abbajan sich gewünscht hat – ob es dir passt oder nicht!«

Amanat hatte keine Ahnung, wie lange es im Krematorium dauern würde. Er war schon einmal dort gewesen, nach Dr. Pats Tod, machte sich aber dennoch Gedanken wegen der Vielzahl von Formularen, die er würde ausfüllen müssen, und ob er auch alle erforderlichen Dokumente dabei hatte. Wer hätte damit gerechnet, dass Abbajan sterben würde, einen Tag nach seiner Entlassung aus dem Krankenhaus? Roy war schon in die Staaten zurückgeflogen. Erwartungsgemäß hatte es Sagari am schwersten getroffen. Sie hatte sich in ein Loch eingegraben und sich geweigert, wieder herauszukommen. Er hätte sie gerne nach Hause begleitet und ihr beim Schweigen Gesellschaft geleistet, aber er hatte jegliches Recht auf Zutritt in ihr Privatleben schon vor langem verwirkt. Er war Zubeida-Khala dafür dankbar, dass sie es, trotz Sagaris Protesten, auf sich nahm, die Nacht bei ihr zu verbringen.

In den letzten Tagen hatte Zia wieder angefangen, sich merkwürdig zu verhalten. Amanat befürchtete, dass er in sein früheres Ich zurückfallen könnte und fragte sich, ob Abbas Tod ihn noch mehr zurückwerfen würde. Vielleicht tat ihm Bombay einfach nicht gut. Er war ständig unwirsch und gereizt und verbrachte Stunden im Internet auf den Websites amerikanischer Zeitungen, wobei Amanat bislang angenommen hatte, die Mönche von Terraferra würden sich nicht für weltliche Angelegenheiten interessieren. Erfreulich war immerhin, dass Zia wohl bald wieder abreisen würde. Der Abt hatte in seinem Fall eine Ausnahme gemacht, doch nun, da Zafar Khan tot war, würde er ihn bestimmt wieder in der Abtei haben wollen.

Obwohl drei Leute vor ihm in der Schlange standen, hatte Amanat relativ schnell alles erledigt. Bereits drei Stunden später war er wieder zurück. Draußen vor Suleiman Mansion standen fünfzig oder mehr Männer aus dem Haus und weitere Leute aus der Nachbarschaft mit gehäkelten Schädelkäppchen oder Taschentüchern auf dem Kopf. Es muss wohl noch jemand gestorben sein, dachte er und fragte sich, wer es sein mochte. Er wollte gerade einen Nachbarn fragen, als er den Sarg, in bedenklicher Schräglage getragen, die letzten Stufen herunterkommen sah. Zia hatte Amanat den Rücken zugekehrt und dirigierte die Sargträger.

»Achtung, er kippt viel zu weit nach links. Ja, so ist es besser. Vorsicht, Stufe!«

»Was zum ... Was ist hier los?« Amanat drängte sich bis zu seinem Bruder vor und riss ihn herum. »Was treibst du hier eigentlich?«

»Ich versuche, meinem Vater ein anständiges Begräbnis zu verschaffen. Nimm die Hände weg! Wenn es dir nicht passt, brauchst du ja nicht mitzukommen.«

Amanat packte Lucens an der Hemdbrust und zerrte ihn die Treppe hinunter. »Es wird diesmal nicht nach deinem Kopf gehen, sondern so, wie Abbajan es sich gewünscht hat!«

Ein Stoß, und Amanat lag auf dem Boden. Die Träger stellten den Sarg auf dem Bürgersteig ab. Amanat konnte spüren, wie Sagari ihn durch die getönten Fensterscheiben ihres Wagens beobachtete. Sie war gekommen, um Abbajan ihr letztes Lebewohl zu sagen.

»Können Sie sich das vorstellen?«, fragte Lucens die Trauergemeinde. »Mein Bruder will unseren Vater einäschern lassen.« Die Menge schnappte vernehmbar nach Luft. Sie begann, Amanat bedrohlich auf den Leib zu rücken.

»Ich rufe die Polizei und zeige den Beamten das Testament!« Noch während er das sagte, wurde Amanat bewusst, wie lächerlich die ganze Situation war, und brach in Gelächter aus. Das konnte nicht wahr sein. Abbajans Bestattung hatte sich in ein Straßentheater verwandelt. Zwei Söhne stritten über das Recht des Vaters, selbst zu bestimmen, was mit seinem toten Körper geschehen sollte. Das Absurdeste war, dass von ihnen beiden Amanat der Muslim war und am ehesten auf einer Erdbestattung hätte bestehen sollen. »Du hast gewonnen«, räumte Amanat seine Niederlage ein. Er fühlte sich seinem Vater gegenüber schuldig, dass er ihn noch ganz zum Schluss im Stich ließ, aber er konnte nicht zulassen, dass Abbajans Bestattung zu einer Farce ausartete. Am liebsten wäre er zu Sagari in den Wagen gestiegen und verschwunden. Er wollte Zia nie wiedersehen. Der Sarg wurde wieder hochgestemmt, und diesmal schob auch Amanat seine Schulter darunter.

»Ich wusste, dass du Vernunft annehmen würdest«, sagte Lucens zu Amanat und nahm den Platz neben ihm ein. Sagaris Wagen setzte sich in Bewegung und war schon bald außer Sichtweite.

Nichts, es stand immer noch nichts im Netz. Nie wieder, gelobte sich Lucens, würde er diesen hirnlosen, unzuverlässigen Colonel einsetzen. Die Nachricht von Dr. Cornelius Lesters Tod hätte schon längst Schlagzeilen machen müssen, aber Masters hatte ihn offensichtlich sitzen lassen. Es sei denn, es sei denn, die Medien hatten sich verschworen, die Sache totzuschweigen. Was allerdings sehr unwahrscheinlich war, wenn man bedachte, dass »New York Times«, »Washington Post« und »L. A. Times« mit den Pro-Choicern sympathisierten und den Tod des Abtreibungsarztes mit Sicherheit auf der Titelseite gebracht hätten. Zum Glück würde Lucens in zwei, drei Tagen wieder zurück sein, und damit hätte die Ungewissheit ein Ende.

Am nächsten Morgen musste er seine Pläne von Grund auf revidieren. Er war sich noch nicht ganz sicher, aber höchstwahrscheinlich waren die USA und jedes andere Land auf der Welt für ihn jetzt tabu. Er würde untertauchen müssen. Er musste jeden Hinweis auf seinen Aufenthaltsort systematisch verwischen. Man würde seine Spur nach Bombay verfolgen können, man würde feststellen, mit welcher Airline er geflogen war und welchen Flug er genommen hatte; man würde herausfinden, wo er gewohnt hatte und in welches Krankenhaus er täglich gefahren war, um seinen kranken Vater zu besuchen; man würde seinen Bruder, seine Tante, seine Nachbarn, selbst Sagari befragen. Aber weiter durfte es nicht gehen. Sackgasse. Seine Spur musste im Nichts aufhören. Nicht einmal Zubeida-Khala oder Amanat durften wissen, wo er war – ja, selbst, ob er überhaupt noch am Leben war. Er musste die 2.000 Dollar in Reiseschecks, die der Abt ihm mitgegeben hatte, einlösen, bevor FBI oder CIA oder wer immer sonst für derlei Dinge zuständig war, die Banken auf der ganzen Welt, besonders aber die in Bombay, alarmierte. Ihm war nicht wohl bei dem Gedanken gewesen, so viel Geld mit sich herumzutragen, aber der Abt hatte darauf bestanden. »Sie werden es nicht brauchen, ich weiß, aber für alle Fälle. Außerdem werden wir Sie gerne wieder davon befreien, sobald Sie zurück sind.« Es tat ihm leid, aber der Abt würde das Geld abschreiben müssen.

Es war eine Ironie des Schicksals, dass Abbajan sein Testament erst einen Monat vor seiner Einlieferung ins Krankenhaus aufgesetzt hatte. Er war wie selbstverständlich davon ausgegangen, dass Lucens bis zu seinem Tod im Kloster von Terraferra bleiben würde, und hatte ihm nichts hinterlassen. Das Geld hätte er jetzt sicherlich gut brauchen können. Lucens hatte sich schon wiederholt gefragt, was Abbajan mit dem Geld anfing, das er, seit er so viele Aufträge aus der ganzen Welt hatte, zweifellos verdiente. Warum waren er und Zubeida-Khala nicht in eine größere Wohnung gezogen? Das Testament lieferte die Antwort. Die einleitenden Worte waren an die ganze Familie gerichtet. Sie waren, wie bei Abbajan nicht anders zu erwarten, schlicht und direkt:

Ich möchte meine Kinder, Amanat und Zia, deren Tante Zubeida und vor allem meine Frau, Shagufta, für all die Entbehrungen, die sie durch unseren Umzug von Firdaus nach Suleiman Mansion erdulden mussten, um Verzeihung bitten. Es heißt, es sei besser, arm auf die Welt zu kommen und dann reich zu werden, als reich auf die Welt zu kommen und über Nacht in Not zu geraten. Ersteres muss wunderschön sein (lasst Euch bloß von niemandem einreden, Besitz sei eine Bürde!). Letzteres wünscht sich niemand. Wenn es passiert, kann man nichts machen. Shagufta und unsere Familie hatten dieses Schicksal nicht verdient, ebenso wenig ich. Aber ich habe dadurch etwas gelernt. Solange ich wohlhabend war, bildete ich mir ein, etwas für die Armen und Unterprivilegierten zu tun. Es dauerte seine Zeit, bis ich begriff, dass ich mehr tun konnte und musste.

Zubeida und ich können uns nicht beklagen. Wir haben eine Wohnung, einen Kühlschrank, einen Fernseher und genug zu essen. Wir haben Glück gehabt. Zubeida und ich haben festgestellt, dass wir mehr als das nicht brauchten. Und was wir nicht brauchten, haben wir gern zugunsten der einen oder anderen – wie wir meinten – guten Sache aufgegeben. Es war nur ein Tropfen auf den heißen Stein und könnte als eine bedeutungslose Geste angesehen werden. Aber wenn viel mehr Menschen ein wenig von ihrem Reichtum abgäben, wäre es vielleicht keine ganz so verlorene Liebesmühe mehr.

Zubeida, es ist so viel Geld da, dass Du lange, lange damit auskommen wirst. Falls Du Deine Meinung änderst und reisen möchtest, nur zu. Es wird Dir gut tun, Dich ein bisschen zu verwöhnen.

Amanat, auch für Dich ist etwas Geld da, aber längst nicht so viel, dass Du davon für immer leben könntest. Außerdem glaube ich,

dass Du, ohne etwas zu tun, bald verrückt werden würdest. Du hast so viele Talente – wenn Du nur nicht so streng mit Dir wärst! Vielleicht entschließt Du Dich doch noch, zu Deiner ersten Liebe zurückzukehren, der Architektur. Die Welt könnte durch Deinen Beitrag nur gewinnen.
Zia, oder Bruder Lucens, ich bin Dir einiges schuldig, und dem Ehrwürdigen Vater Augustine noch etliches mehr. Du hast mir eine zweite Chance gegeben. Ich werde Dir nie genug danken können. Dein Abt ist das Beste, was Dir passieren konnte, Lucens. Man darf von anderen nichts verlangen, man kann nur hoffen, dass sie es sich selbst abverlangen werden. Versuch nicht, Jesus zu überbieten. Halte Dich an die Lehren des Ehrwürdigen Vaters. Er ist weise, aber er ist auch barmherzig. Wenn Du ihm folgst, kannst Du kaum in die Irre gehen.
Es ist ungewöhnlich, in so fortgeschrittenem Alter noch einen dritten – und dazu noch erwachsenen – Sohn zu bekommen, aber besser spät als nie. Keine Eltern könnten sich einen besseren Sohn als Roy wünschen. Du bist ziemlich genau zu dem Zeitpunkt in unser Leben getreten, als Zia uns verließ. Ich weiß, dass die Frauen unserer Familie, einschließlich Sagari, schamlos versucht haben, Dich mit der einen oder anderen Huri zu verkuppeln. Ich habe mich aus den Aktionen zwar herausgehalten, habe ihnen aber insgeheim viel Erfolg gewünscht. Heiraten, Roy, ist keine so schlechte Idee. Ich bin nicht anders als jeder andere Vater. Ich wünsche mir Enkel.
Du hast schon immer mit meinem Rollschreibtisch geliebäugelt. Wusstest Du, dass mein Urgroßvater Schreiner in Surat war und ihn mit eigenen Händen gebaut hat? Er ist also ein richtiges Familienerbstück und er gehört Dir.
Ich vermisse Dich, Shagufta. Ich wünschte, Du würdest zurückkommen. Ich vermisse Dich umso mehr, wenn Du erst zurückkommen willst, nachdem ich nicht mehr da bin. Zubeidas Mittel sind begrenzt, aber ich bin mir sicher, dass sie sich um Dich kümmern wird. Schlecht würde es Dir übrigens nicht tun, wenn die Spielerei nicht vollkommen aus dem Ruder läuft.
Was kann ich jemandem geben, der selbst nur zu geben weiß? Ich habe die Pläne für das Haus am Meer, das Du Dir bauen möchtest, fast fertig, Sagari. Es bleiben nur noch ein paar Kleinigkeiten, die

geglättet werden müssten. Sollte ich damit nicht mehr fertig werden, soll Amanat die Entwürfe noch einmal durchgehen. Er hat ein sehr feines Gespür für Raum.
Ich kann nur dem Himmel danken, dass ich Euch alle habe. Ich liebe Euch.

Macht es gut. Und denkt daran:
Es ist kein Verbrechen, glücklich zu sein.

Es war zwar ärgerlich, seine Pläne schon wieder ändern zu müssen, aber Lucens war kein Mensch, der seine Zeit mit Wehklagen und Gedanken an nicht eingetretene Alternativen vergeudete. Colonel Masters war endlich aus dem schwarzen Loch wieder aufgetaucht, in dem er verschwunden war. Dr. Cornelius Lester hatte sich, wenn man den Medienberichten glauben wollte, einen Knöchel gebrochen und zwei Wochen lang das Bett hüten müssen. Colonel Masters hatte an dem Tag zugeschlagen, als der Arzt in die Praxis zurückgekehrt war. Der Plastiksprengstoff war plangemäß in die Luft gegangen – nur offenbar etwas zu früh. Colonel Masters hatte ein paar Gliedmaßen und die rechte Gesichtshälfte verloren und sein Zustand wurde als kritisch bezeichnet. Dr. Lester hingegen hatte sich trotz der Explosion als wahrhaft unerschrockener Held erwiesen und hatte noch am selben Tag, als er seine Arbeit in der Mothercare-Klinik wieder aufnahm, fünf Abtreibungen durchgeführt. Presseberichten zufolge beabsichtigte er nicht, sein verdienstvolles Werk einzustellen.
Die nächsten vierundzwanzig Stunden würden die Entscheidung bringen. Wenn Masters den Anstand besaß zu sterben, wäre Lucens gerettet und könnte zurückkehren. Aber wie selbst der unerfahrenste Stratege einem hätte sagen können, baute man keine Pläne auf der Annahme auf, dass schon alles gutgehen wird. Was, wenn der Colonel überlebte? Er mochte Soldat sein, zahlreiche Gefechte mitgemacht haben, verwundet und zweimal wegen besonderer Tapferkeit ausgezeichnet worden sein, aber er war nicht mehr jung, und er war bereits Hauptverdächtiger in zwei weiteren Fällen. Er hatte eine Menge Blut verloren und Verbrennungen dritten Grades erlitten. Er war genau in der richtigen Verfassung, dem FBI zu erzählen, von wem er seine Befehle erhalten hatte.

Lucens blieben vierundzwanzig Stunden, um zu entscheiden, was er mit seinem Leben anfangen sollte. Abbajan hatte Recht. Auch wenn der Abt die Vermutung geäußert hatte, er könnte für das Klosterleben ungeeignet sein, so war der Austritt aus dem Orden für ihn nie in Frage gekommen: Er war Mönch und würde als Mönch sterben. Jetzt sah er sich plötzlich mit der Aussicht konfrontiert, sich neu erfinden zu müssen.
Er würde später jede Menge Zeit haben, darüber nachzudenken. Zunächst musste er jedoch entscheiden, wo und wie er sein Verschwinden inszenieren wollte. Er konnte eine Maschine nach Europa, Afrika, Australien oder Südamerika nehmen, aber er war mit keinem dieser Erdteile und deren Ländern mit Ausnahme von England vertraut. England kam natürlich nicht in Betracht, da es nicht viel mehr als eine Kolonie der USA war. Der einzige Ort, an dem er sich von seiner Umgebung nicht abheben würde, war Indien. Er konnte nach Cherapunji in Assam, wo die durchschnittliche jährliche Niederschlagsmenge, wie er in der Schule einmal gelesen hatte, zwischen 1.000 und 1.250 Zentimeter betrug. Aber da gab es wegen der separatistischen Unruhen im Distrikt Mizo Hills eine hohe militärische Präsenz und er würde dort zweifellos auffallen. Nicht ganz so weit weg lag Matheran, die Hill-Station, wo er mit Sagari gewesen war. Aber das war viel zu nahe gelegen und von Bombay aus leicht zu erreichen. Früher oder später wäre er dort zwangsläufig jemandem über den Weg gelaufen, der ihn als Zafar Khans jüngeren Sohn erkannt hätte. Dann fiel ihm noch eine Hill-Station ein, die vielleicht genau das Richtige gewesen wäre: Mahabaleshwar. Während des Monsuns betrug dort die Niederschlagsmenge immerhin 600 bis 750 Zentimeter, und abgesehen von ein paar sturen Einheimischen wagte sich zwischen dem 15. Juni und Ende September kein Mensch dorthin. Einige Hotels würden bestimmt geöffnet haben und sich nur glücklich schätzen, ihm eine Suite für einen lächerlich niedrigen Preis anbieten zu können. Es war Anfang Juli. Er würde fast drei Monate Zeit haben, sich zu überlegen, wie es danach weitergehen sollte.
Es überraschte ihn nicht, dass die Nachrichten am nächsten Morgen nicht gut waren. Colonel Masters war wieder bei Bewusstsein. Lucens wusste, was er tun musste. Er würde duschen, sich anziehen

und zum American Express beim Regal Cinema gehen. Der Dollar tendierte momentan leider schwach, und statt 100.000 würden ihm seine Reiseschecks gerade mal 90.000 Rupien einbringen. Aber das war in Ordnung. Er hatte am Tag zuvor einen Börsenmakler kontaktiert und in ein, zwei Wochen würde er wieder im Geschäft sein. Da klingelte das Telefon. Es war für ihn.

»Eine Verlängerung Ihres Aufenthalts in diesem Land könnte sich als ungünstig erweisen, Bruder Lucens.« Kein »Hallo«, kein »Wie geht es Ihnen?«, kein Beileid, obwohl man zugeben musste, dass der erste – und größte – Kranz, der nach Abbajans Tod gekommen war, vom Guru stammte. »Wenn Sie jetzt wie geplant zurückfliegen würden, könnte es nur bedeuten, dass Sie unschuldig sind und nichts zu befürchten haben. Es ist eine Frage von Wochen, höchstens einem Monat, bis die ganze Sache vergessen ist. Sehen Sie zu, dass Sie in der nächsten Zeit den Kopf möglichst unten halten. Das wird Ihnen Gelegenheit geben, alles in Ruhe zu überdenken und ein paar Entscheidungen zu treffen.« Shakta-Muni legte auf, ohne eine Reaktion von Lucens abzuwarten.

Lucens hatte von Shakta-Munis telefonischen Hellsehereien die Nase voll. Zum Teufel mit Roy, warum konnte er nie die Klappe halten? Obwohl es schon mysteriös war, wie der *muni* von seiner Absicht, nicht in die Staaten zurückzukehren, Wind bekommen hatte ... Aber vielleicht steckte nichts weiter dahinter, jeder, der zwei und zwei zusammenzählen konnte, hätte sich das ausrechnen können. Wirklich entnervend aber war die Tatsache, dass Lucens nach jedem Anruf des Muni das Gefühl hatte, die Kontrolle über sein Leben zu verlieren. Er wäre lieber fest und entschieden aufgetreten. Wenn er aber diesem Scharlatan begegnete – und wenn auch nur telefonisch –, dann konnte er sich nicht auf sich verlassen.

Wie auch immer: Shakta-Muni konnte gerne weiter unerbetene Ratschläge erteilen, unheilverheißende Verkündigungen von sich geben, sich anmaßen, das Leben anderer Menschen zu manipulieren, aber Lucens unterschätzte er. Der Mönch hatte nicht die Absicht, von seinem Entschluss abzuweichen. Erster Zwischenstopp American Express, dann ein Abstecher zu seinem Broker. Und sobald er sich von Zubeida-Khala und Amanat verabschiedet hatte, würde er in den Nachtbus nach Mahabaleshwar steigen.

Am Tag nach seiner Rückkehr suchten zwei FBI-Agenten Lucens in der Abtei auf. Er war völlig erschöpft, litt unter dem Jetlag und hätte das Gespräch lieber auf den nächsten Tag verschoben, aber die Agenten zogen es vor, ihn zu vernehmen, solange er noch desorientiert war.

»Der Jetlag macht die Leute unvorsichtig, und dann plaudern sie Dinge aus, die sie nicht einmal ihrem Beichtvater anvertrauen würden.« Der ältere Mann sah Lucens an seiner langen Nase entlang von oben herab an. Sein Kollege fand seine Bemerkung unerhört komisch und verpasste Lucens einen Klaps auf den Rücken. Schließlich erteilte der Abt seine Erlaubnis zu der Vernehmung, aber nur unter der Bedingung, dass sie in seiner Anwesenheit stattfinden würde.

»Wo waren Sie, als Colonel Masters versuchte, Dr. Lester zu töten?«

»Ich war in Indien.«

»Na, wenn das kein glücklicher Zufall ist! Ich dachte, Sie dürften die Abtei gar nicht verlassen.«

»Ich kann Ihnen nicht folgen.«

»Na, so würde Sie niemand mit dem Mordversuch in Verbindung bringen können. Nur Pech, dass nicht der Arzt, sondern Masters selbst von seiner Bombe erwischt wurde.«

»Unterstellen Sie, ich hätte meinen Vater gebeten, einen Herzinfarkt zu bekommen?«

Der FBI-Agent nahm die Mitteilung ungerührt auf. »Wäre nicht unmöglich, oder?«

»Nein, Sie haben Recht. Es wäre ganz und gar nicht unmöglich«, unterbrach der Abt die Vernehmung. »Dann müsste er aber seinen Vater auch instruiert haben, an dem Infarkt zu sterben, denn genau das ist passiert.«

»Das tut mir leid, aber Sie müssen doch zugeben, dass Bruder Lucens schon einiges auf dem Kerbholz hat. Sie werden sich doch an Bruder Jonathan-Christophes Tod erinnern.«

»Sie irren sich, Officer. Bruder Lucens hat nichts auf dem Kerbholz, auch wenn Sie das jetzt zu unterstellen versuchen.«

»Es heißt, Bruder Lucens sei der Kopf hinter der strategischen Planung der IPUC-Aktionen gewesen. Ja, ›Sperrt die Straßen! Lähmt die Stadt!‹ sei überhaupt seine Idee gewesen.«

»Officer, wenn Sie hierher gekommen sind, um ein angesehenes Mitglied meiner Abtei nur aufgrund unbewiesener Gerüchte zu befragen, muss ich das Gespräch beenden. Dass Bruder Lucens die Geschäftsstelle der Diözese aufgesucht hat, geschah auf meine Anweisung hin. Er ist ein hervorragender Mathematiker, und ich hatte ihn gebeten, der Bistumsverwaltung bei der Buchführung zu helfen. Wenn Sie ihn wieder zu vernehmen gedenken, vergessen Sie nicht, einen entsprechenden richterlichen Beschluss mitzubringen, oder sie können sich gleich den Weg sparen.«

»Wir könnten durchaus auf Ihre Einladung zurückkommen, Herr Abt. Einstweilen würde ich, wenn ich Sie wäre, Bruder Lucens nicht aus den Augen lassen. Gott weiß, was er Neues aushecken könnte. Bis bald, Bruder Lucens.«

»Nichts als Imponiergehabe«, bemerkte Pater Augustine, nachdem die Agenten gegangen waren. »Sie versuchen, Sie nervös zu machen, weil sie nichts gegen Sie in der Hand haben. Sie, Bruder Lucens, sollten allerdings Ihr Gewissen erforschen und feststellen, ob es mit Gott im Reinen ist.«

Warum in aller Welt hatte er seinen Plan, im ruhigen Bergstädtchen Mahabaleshwar unterzutauchen, über den Haufen geworfen und fünf Minuten vor zwölf beschlossen, in die Staaten zurückzufliegen? Tatsächlich war es sogar noch später gewesen. In Mahim hatte es einen Verkehrsstau gegeben, und sein Taxi hatte den Flughafen erst eine halbe Stunde nach der planmäßigen Abflugzeit erreicht. Doch Lucens hatte Glück gehabt. Die Maschine war mit Verspätung aus London eingetroffen, und dementsprechend hatte sich der Abflug verzögert. Lucens übersah dabei nur eines: dass es nämlich so etwas wie Glück nicht gab. Das Rascheln eines Blattes, das Vorüberziehen einer Wolke, das Zwitschern eines Vogels, das Seufzen der Brise, die rhythmischen Gezeiten des Blutes, jede Geburt und jeder Tod, alles war Teil eines gewaltigen Entwurfs namens Gott.

Zwei Wochen später fuhr Lucens nach Sweet Waters und teilte Father Nicholas mit, dass es ihm nicht möglich sei, weiter für die IPUC zu arbeiten. Der Priester wollte ihn nicht gehen lassen.
»Woher dieser plötzliche Entschluss, uns zu verlassen? Die IPUC verdankt ihren Erfolg ebenso sehr Ihnen wie mir.«
»Es ist sehr freundlich, dass Sie das sagen, aber wie Sie wissen, war ich zu dem einzigen Zweck freigestellt worden, die Bücher der Diözese in Ordnung zu bringen. Ich habe Abt Augustines Geduld schon viel zu lange strapaziert. Wenn ich mich nicht wieder meinen eigentlichen Mönchspflichten zuwende, ist es nur eine Frage der Zeit, bis man mich aus dem Orden hinauswirft.«
»Das wäre wahrlich nicht das Schlimmste, Bruder Lucens. Der Bischof wäre nur zu froh, Sie zu haben und Ihnen die Priesterweihe zu erteilen. Ihr Platz ist bei der IPUC. Wenn ich in den Ruhestand gehe, und dieser Tag ist nicht mehr allzu fern, werden Sie die Leitung der IPUC übernehmen.«
»Die IPUC liegt mir sehr am Herzen, aber es ist an der Zeit, dass ich zum kontemplativen Leben zurückkehre.«
»Nun, sollten Sie es sich jemals anders überlegen, so wird hier immer ein Platz für Sie sein.«
»Das werde ich nicht vergessen, Father Nick.«

»Seit Sie zurück sind, suche ich nach einer Gelegenheit, Sie zu sprechen«, sagte Pater Theo eines Abends nach dem Essen zu Lucens. »Es freut mich zu hören, dass Sie Ihre Tätigkeit in der Diözese aufgegeben haben.«
Lucens erstarrte. Hatte Pater Theo von seiner Beziehung zu Colonel Masters Wind bekommen? Wie viel wussten die Mönche? Für einen angeblich der Stille und dem Schweigen geweihten Ort verfügte die Abtei über eine erstaunlich gut funktionierende Buschtrommel.
»Wir können uns jetzt ernsthaft an die Arbeit machen«, unterbrach Pater Theo Lucens' Gedankengang. »Sie hatten absolut Recht. Der Abt ist ein fauler Apfel, den man entfernen muss, bevor er die anderen verdirbt. Ich habe eine richtige Akte über ihn angelegt. Wir haben genug Munition, um den Fall zum Generalabt zu tragen und Pater Augustine absetzen zu lassen.«

»Warum sollten wir das tun?« Lucens versuchte, sich auf Pater Theos Worte zu konzentrieren. Er hatte seine Kampagne gegen den Abt schon längst vergessen.
»Wissen Sie nicht mehr? Sie haben mich doch auf seine ketzerischen Ansichten zu Selbstmord, Homosexualität und den obszönen Skulpturen in der Kirche aufmerksam gemacht.«
»Ja, ich weiß, was Sie meinen.« Lucens wandte für einen Moment die Augen ab und versuchte, seine Gedanken zu ordnen. »Mir wird jetzt klar«, sagte er, »dass ich damals eine rebellische Phase durchmachte und verstockt war. Lassen Sie ihn, Pater Theo. Er geht in ein paar Jahren ohnehin in den Ruhestand.«

Der Ehrwürdige Vater Augustine meinte, in Lucens eine Veränderung festzustellen. Zafar Khans Tod schien ihn weicher gestimmt zu haben. Er hatte aufgehört, zum Bistumsbüro nach Sweet Waters zu fahren. Er war nicht mehr so widerspenstig und missmutig, wie er die letzten zwei Jahre gewesen war. Aber er hatte sich auch in anderer Hinsicht verändert. Er schien ständig in Gedanken zu sein, ja wirkte fast geistesabwesend. Der Abt fragte sich, ob Lucens endlich begonnen hatte, nach innen zu schauen und dabei nach guter trappistischer Tradition ein echter Kontemplativer zu werden.
Der Abt war schon immer der Ansicht, in nachapostolischer Zeit hätten sich die wahren Wunder in den Herzen und den Seelen der Menschen ereignet. Saulus, der Jesushasser, war dafür natürlich das klassische Beispiel. Lucens war der Begnadetste unter den Mönchen von Terraferra, derjenige, der die Fähigkeit besaß, sich ganz und vorbehaltlos Gott und nur Gott hinzugeben. Vielleicht würde einst der Tag kommen, da ihn wirklich eine Stille erfassen würde, so sanft und natürlich, wie das erste Licht der Frühe die Abtei berührte. Der Abt wünschte sich, der Novizenmeister hätte noch miterleben können, wie seine damalige Prophezeiung sich als falsch erwies. Mit Gottes Hilfe würde sich Lucens gewiss noch als das Glückskreuz des Abtes erweisen!
Lucens sah sich in einem etwas anderen Licht. Es stimmte zwar, dass der Abt so unerschütterlich wie ein Fels hinter ihm gestanden hatte. Wenn man in Schwierigkeiten steckte, war der Abt die beste Adresse. Unter vier Augen mochte er einen tadeln, ja einem für

Wochen oder sogar Monate jeden Kontakt mit seinen Mitbrüdern oder der Außenwelt untersagen, aber kein Außenstehender durfte sich erdreisten, abfällige Bemerkungen über ein Mitglied seiner Abtei zu machen. Bei den anderen Mönchen meinte Lucens allerdings eine gewisse Kälte zu spüren. Bis zu seiner Ankunft hatte die Abtei noch nie Besuch von der Polizei oder dem FBI bekommen. Das Verhalten der Mönche hatte sich zwar nicht erkennbar verändert, und insofern konnte er sich das auch ohne weiteres nur einbilden, aber er fühlte sich auf eine unbestimmbare Weise aus der Gemeinschaft ausgeschlossen.

Lucens hatte keine Ahnung, was ihm die Zukunft bringen würde. Er hatte versucht, an seinem Gott und den unglückseligen ungeborenen Kindern recht zu handeln, aber er war auf ganzer Linie gescheitert. Ja, wenn er es sich genau überlegte, war sein bisheriges Leben ein einziger Misserfolg gewesen. Nichts, was er unternommen oder wofür er seine Kraft eingesetzt hatte, war gelungen. Es mochte zwar sein, dass das FBI, wie der Abt ihm versicherte, wirklich nichts gegen ihn in der Hand hatte, aber sie würden ihn nicht mehr aus den Augen lassen, und es wäre ausgesprochen dumm von ihm gewesen, seine Zusammenarbeit mit der IPUC fortzusetzen. So schwer es ihm auch fiel, sich das einzugestehen – er hatte sich in eine Sackgasse manövriert. Und wie eine Schildkröte, die beim ersten Anzeichen von Gefahr Kopf und Beine in ihrem Panzer verschwinden lässt, zog er sich einstweilen in sich zurück.

Seit Wochen starrt Lucens mittlerweile auf ein Schiff, das inmitten einer unbewohnten, vollkommen leblosen Einöde verlassen daliegt. Endgültig gestrandet, hängt es störrisch nach Steuerbord, ohne es jemals zu schaffen, richtig umzukippen und endlich auf der Seite zur Ruhe zu kommen. Wo sind die Matrosen und was ist aus dem Kapitän geworden? Hat er sich geweigert, das Schiff zu verlassen? Ist er an Hunger und Durst und Einsamkeit gestorben? Der eiserne Rumpf des Schiffes ist schon stark verwittert und verfärbt sich mehr und mehr. Der Rost hat sich tief in ihn hineingefressen und haftet an ihm wie eine Kruste von Entenmuscheln.

Eine Zeit lang meint Lucens, es sei eine Szene aus einem Film, den er einmal zusammen mit Vivian gesehen hat, Herzogs »Fitzcarraldo«, in dem ein Wahnsinniger einen Flussdampfer von Tausenden von Indios über eine Berghöhe schleppen lässt. Und dann geht ihm auf, dass es nichts dergleichen ist: Es ist ein Bild aus einer BBC-Dokumentation über Kasachstan, die er im Flugzeug gesehen hat. Lucens hat alle Zahlen parat. Das Schiff ist in einem Salzsee auf Grund gelaufen, dem ehemals viertgrößten Binnengewässer der Welt. Noch in den Fünfzigerjahren bedeckte er eine Fläche von 68.000 Quadratkilometern. Ein so riesiger See, dass er mit Fug und Recht als ein Meer bezeichnet werden konnte.

Zwischen dem See und Lucens herrscht eine seltsame Wechselbeziehung. Bei jedem Schritt, den er macht, zieht sich der See um zehn Kilometer zurück. Er überlegt sich, dass er zehn Schritte zurück machen könnte und der See sich wieder um hundert Kilometer ausdehnen würde. Aber die Rechnung geht nicht auf. Jeder Schritt, den er macht, egal in welche Richtung, verwandelt das Wasser in Wüste. Entsetzt sieht Lucens, wie Störe, Karpfen, Barben und Rotaugen nach Wasser und Luft und Leben schnappen und zu Millionen vor seinen Augen verenden. Was hat er da nur angerichtet? Er sagt sich, dass die Oberfläche des Aralsees seit nunmehr fünfzig Jahren zurückweicht. Er ist zu drei einzelnen Seen geschrumpft, und seine Wassermenge beträgt heute weniger als ein Viertel ihrer ursprünglichen Größe, weil die Sowjets seine zwei wichtigsten Zuflüsse, Syr-Darja und Amu-Darja, in ihrem Oberlauf zur Bewässerung von Feldern abgeleitet haben. Aber die Fakten ändern nichts an der Tatsache, dass letztlich er dafür verantwortlich ist.

Lucens hatte schon immer manche der älteren Mönche um ihre ungezwungene, kameradschaftliche Beziehung zu Gott beneidet. Pater Paul war noch auf seinem Sterbebett imstande gewesen, mit Jesus über Sex zu reden, ohne rot zu werden. Eine Sache war es zu behaupten, dass Gott allwissend war, und eine ganz andere, Ihn an allem teilhaben zu lassen. Lucens vermutete, dass der Novizenmeister keinerlei Geheimnisse vor dem Allmächtigen gehabt hatte. Gott war im buchstäblichen Sinne des Wortes sein Duzfreund gewesen. Er hatte sich an der Schulter Jesu ausweinen können, ihm die intimsten Details seines Lebens erzählen, mit ihm über seine Schrullen lachen und sich alles von der Seele reden können.

Was hätte Lucens nicht dafür gegeben, mit Jesus ebenfalls auf so vertrautem Fuß zu stehen! Selbst wenn er Ihn im Namen der ungeborenen Kinder, der Arbeitslosen und der Hungernden um etwas bat, brachte er es nie fertig, seinen Wunsch so zuversichtlich auszusprechen, wie das jedes Kind seinem liebenden Vater gegenüber getan hätte: »Ich will das.« Nein, er brachte der wichtigsten Bezugsperson in seinem Leben gegenüber nur einen steifen, förmlichen Ton zustande, was zur Folge hatte, dass zwischen ihm und dem Sohn Gottes stets eine kalte und unüberwindliche Mauer stand.
Er hätte jetzt an Gottes Tür klopfen müssen, notfalls gewaltsam eindringen, Ihn anflehen, ihn von seiner seelischen Dürre zu erlösen, und nicht von Ihm ablassen dürfen, bis Er sein Gebet erhört hätte. Aber er wusste, dass das vollkommen unmöglich war. Die Würde Gottes war unantastbar, und sein Gefühl für Anstand hätte Lucens nie gestattet, derart in Seine Privatsphäre einzudringen. Lucens fragte sich, ob er Jesus auf eine derart nicht wieder gutzumachende Weise enttäuscht hatte, dass Gott ihn zwang, stets diese höfliche Distanz zu wahren.

Es war ein langer, kalter Winter gewesen, und der Schnee war erst vor einer Woche getaut. Der Frühling würde kurz sein, und Lucens musste wie die anderen Mönche auch die Felder nach der Komplet noch pflügen, manchmal bis elf oder zwölf Uhr nachts. Es war harte Arbeit: Der Boden von Halfway war wie eine geballte Faust, und wenn man am Lenkrad des Traktors saß, musste man seine ganze Konzentration aufbieten. Lucens' Rücken, Oberschenkel und Waden schmerzten, und seine Arme fühlten sich an, als könnten sie jeden Augenblick aus den Schultergelenken schnappen.

Während er am neunten Tag in Folge durch den ausgetrockneten Aralsee wandert, brennen seine Augen, und er hat einen bellenden Husten. Ein wütender Sandsturm peitscht den wüsten Seeboden mit einem Gemenge aus Staub, Salz, Pestiziden und Kunstdünger. Endlich, endlich sieht er eine von Wasser umgebene grüne Insel. Welch Balsam für seine Augen! Er schöpft neue Kraft, er läuft jetzt, seine Brust droht zu bersten, seine Knie knicken ein, aber nicht einmal der Gedanke, dass es nur eine Fata Morgana sein könnte,

vermag ihn aufzuhalten. Schließlich stürzt er sich ins kalte Wasser. Er bezweifelt, dass er es schaffen kann, bis zur Smaragdinsel zu schwimmen, aber seine Sorgen erweisen sich als unbegründet. Das Wasser trägt ihn, macht ihn schwerelos. Er kann sich Zeit lassen, zwischen einzelnen trägen Schwimmbewegungen toter Mann spielen und die hunderttausendundfünfundvierzig flauschigen Welpen betrachten, die sich am Himmel eng aneinanderkuscheln.
Er wirft sich auf den Strand. Er könnte genauso gut in Krabi sein, in einer schattigen Lagune von Kerala oder auf Mauritius. Trauben von Kokosnüssen hängen wie schwere grüne Euter von den schlanken Wipfeln der Palmen herab. Mit einem dumpfen Aufschlag fällt eine reife Frucht neben ihm zu Boden. Er schlitzt sie mit seinem Schweizer Offiziersmesser auf und trinkt das kühle süße Wasser.
Er steigt auf eine sanfte Anhöhe, um einen Überblick über die Insel zu gewinnen. Keine Frage: Er ist im Paradies. Zum ersten Mal kann er wirklich nachvollziehen, was Adam und Eva verloren, als sie Gottes Gebot missachteten. Diese Welt ist, wie von Rousseau gemalt, jungfräulich und unberührt, eine wundersame Mischung aus tropischen und gemäßigten Breiten. Die Granatäpfel, Kiwis, Pfirsiche, Ananas und Mangos; die Dahlien, Hibisken, Päonien, Gänseblümchen und Krokusse; alle Früchte und Blüten sind hier überlebensgroß und so verführerisch fest und fleischig und wohlriechend, dass sie Lucens' übersättigten Augen wie künstlich oder genetisch modifiziert erscheinen. Aber er braucht nur in einen verbotenen Apfel zu beißen, und er weiß, wie Ambrosia schmeckt. Sein Hemd und seine Brust triefen von Saft. Die Blumen sind von einer überirdischen Schönheit. Er pflückt Ringelblumen und roten Jasmin, windet daraus eine Girlande und hängt sie sich um den Hals. Er weiß, dass die Blüten nie welken oder verblühen werden. Aber was ihn am meisten fasziniert, sind die Farben. Das ist eine vollkommen andere Palette, als der dürftige, matte Regenbogen zu bieten hat. Diese Farben sind dynamische, lebendige Wesenheiten, die ihn förmlich anspringen.
Sein Blick fällt auf eine große Bretterwand auf Pfählen. Der Anstrich ist verblichen und blättert ab, aber er kann noch die kyrillischen Buchstaben erkennen, und unter ihnen die englischen Worte entziffern: »Willkommen in Wosroschdenja«. Er schaut aufs Wasser

hinaus und sieht, dass das Festland höchstens zehn Kilometer entfernt ist. Er kann es nicht erwarten, seinen Mitbrüdern die frohe Botschaft zu überbringen. Er muss mit dem Abt reden, ihm vorschlagen, die Abtei nach Wosro-wie-auch-immer zu verlegen.
Am nächsten Tag schwimmt Lucens ans Festland zurück und nimmt den Zug zum Flughafen. Kaum ist er eingestiegen, leert sich das Abteil. Er sagt sich, dass das der Hauptbahnhof sein muss. Aber das Gleiche passiert, als er das Flugzeug besteigt: Alle anderen Passagiere verlassen hastig die Kabine und er bleibt als Einziger zurück. Als die Maschine in Sweet Waters landet, steigen vier Männer in Schutzanzügen ein und eskortieren ihn nach draußen. Sie teilen Lucens mit, dass er infiziert ist. Das Gift, das er in sich trägt, bewirkt, dass Wasser und Land, die amphibischen Geschöpfe und die Vögel des Himmels, seine Mitmenschen und selbst seine Klosterbrüder ihn meiden und fliehen. Er ist zu einer biologischen Gefahr für Amerika und die ganze Menschheit geworden. Wusste er nicht, dass Wosroschdenja das ehemalige sowjetische Versuchsgelände für biologische Kampfstoffe wie Tularämie- und Beulenpestbakterien war und dass dort Hunderte von Tonnen lebender Anthraxerreger begraben sind?
Man steckt ihn in einen Glaskäfig, den er nie wieder verlassen wird. Solange er lebt, wird er niemanden mehr sprechen oder sehen.

Als Lucens wieder zu sich kam, lag er im Krankenhaus, das linke Schienbein mit einer Stahlplatte fixiert und eingegipst.
»Jesus hat offenbar ein Auge auf Sie«, sagte der Abt, als er ihn besuchte. »Sie hatten wirklich Glück: Als Ihr Traktor den Felsblock rammte, ist dieser gut fünfhundert Meter tief zu Tal gerollt, der Traktor aber hat sich lediglich überschlagen. Was ist passiert, Lucens? Sind Sie am Lenkrad eingeschlafen?«
Was war passiert, was war passiert? Warum hatte er angefangen, sich als Todesbringer zu sehen? Wie konnte sich dieser schmähliche Defätismus in sein Leben einschleichen? Er hatte in all den Jahren niemals einen negativen Gedanken gehabt. Vor allen Dingen war er nie ein Mensch gewesen, der die Flinte voreilig ins Korn warf. Was auch sein mochte – er hatte immer unbeirrbar weitergemacht. Jetzt hatte er aus heiterem Himmel angefangen, wie sein dämlicher Bru-

der zu denken, der nicht imstande war, eine schlichte Aussage über die aktuelle Wetterlage zu machen, ohne sie durch ein »Aber«, drei »Wenns«, endlose »Ähs« und sieben Konditionalsätze zu relativieren. Die einzige ihm bekannte Daseinsweise war Schwanken und Unentschlossenheit. Doch Lucens wusste, dass der Zweifel die Nahrung des Teufels ist. Und dass Zweifeln untauglich und ohnmächtig macht. Seine Lebensregel lautete: Sobald du einen Entschluss gefasst hast, sieh nie mehr zurück. Und tust du es doch, wie Amanat, verwandelst du dich in Stein.

Schon viel zu lange war Lucens in weltliche Dinge verstrickt gewesen: in den Wiederaufbau der Abtei; in die dringende und ständige Notwendigkeit, immer mehr und mehr Geld zu beschaffen; in Attacken, Paraden, Finten und Ausfällen der Börsenspekulation; dazu noch Father Nick und die IPUC. Jetzt sah er sich plötzlich einem Vakuum gegenüber. Die Notlagen, Krisen, die Anspannung, das ständige Improvisierenmüssen und, warum sollte er es nicht zugeben, der Reiz und Kitzel dieses Lebens als Hochseilakt – alles war dahin, und er wusste nicht, wie er sich wieder daran gewöhnen sollte, nichts zu tun.

Der Geist ist ein Gefäß. Füllt man ihn nicht mit Jesus, so ist der Teufel nur allzu gerne bereit, selbst einzuziehen. Lucens fragte sich, ob er sich schlicht und einfach vor der Stille und der Untätigkeit fürchtete. Er hatte es verlernt, ein Mönch zu sein, sich in die Kontemplation des Leidens und Mitleidens Christi zu versenken, anstatt sich vom hektischen Hin und Her des weltlichen Lebens verführen zu lassen. Es stimmt, dachte Lucens: Lass den Teufel ein, und der Teufel ist los.

Aber jetzt reichte es. Er würde Satan vor die Tür setzen. Er würde den ausgedörrten Aralsee und seine Unfruchtbarkeit bekämpfen und Millimeter für Millimeter zurücktreiben. Jeder Mönch, der bei ihm am Krankenbett gewesen war, hatte gesagt, es sei ein Wunder, dass er den Zusammenstoß mit dem Felsblock überlebt hatte. Aber das war nicht das einzige Wunder. Colonel Masters hatte dem FBI absolut nichts gesagt. Er hatte sich sowohl der Bundesbehörde als auch der örtlichen Polizei gegenüber geweigert, ein Sterbenswörtchen über seine Komplizen, deren Organisation oder seinen Befehlsgeber zu verraten. Jesus hielt wirklich die Hand über Lucens.

In dieser Nacht wachte Lucens auf und hatte das Gefühl, dass jemand in sein Zimmer eingedrungen war. Der Vollmond stand über Terraferra, und das weiße Licht fiel sanft auf das Gesicht Jesu. Lucens sah Sein dichtes dunkles Haar, Seine gütigen lachenden Augen, die hohen Jochbeine und die scharfen, kräftigen Linien Seines Kinns. Er saß auf Lucens' Bett und schien in Gedanken versunken zu sein. Lucens hegte nicht den geringsten Zweifel, dass der Sohn Gottes zu ihm gekommen war, aber er hätte nie gedacht, dass Jesus rasiert sein könnte.

Als Abbajan Ihn auf diesem Relief am Eingang der Kirche ohne Bart dargestellt hatte, war Lucens davon überzeugt gewesen, dass sein Vater damit etwas Ketzerisches tat. Jetzt war er sich nicht mehr so sicher.

Jesus nahm die Bibel in die Hand, die aufgeschlagen auf dem Nachttisch lag, und blätterte sie durch. »Es fällt mir schwer zu glauben, dass ich manche der Dinge, die mir zugeschrieben werden, wirklich gesagt haben soll. Ich würde eher annehmen, dass die Verfasser der Evangelien mir in ihrer poetischen Begeisterung die Worte in den Mund gelegt haben.«

Lucens wusste nicht so recht, warum Er eigentlich da war. Falls Er etwas auf dem Herzen hatte, drängte es Ihn offenbar nicht, es auszusprechen. Es vergingen zehn, dann dreißig Minuten. Früher war Er anders gewesen. Da hatte Er den Mund nicht halten können.

»Du könntest hier schlafen, aber die Laken sind nicht frisch. Möchtest Du Dich vielleicht im Gästezimmer hinlegen?«

»Nein, ich fühle mich hier ganz wohl.«

Jesus mochte sich wohl fühlen, aber Lucens wurde zunehmend unbehaglicher zumute.

»Ich frage mich schon seit einer Weile, Lucens, ob du nicht möglicherweise den Wald vor lauter Bäumen nicht mehr siehst.«

Als Lucens am nächsten Morgen aufwachte, begriff er, dass er geträumt hatte, war aber gleichzeitig überzeugt, dass dieser Traum nichts Zufälliges oder Beliebiges an sich gehabt hatte. Jesu Worte ließen sich wohl als Kritik an Lucens deuten, aber Sein Ton hatte keinen Tadel enthalten. Es war, als wäre Er zufällig in der Gegend gewesen, hätte spontan bei ihm vorbeigeschaut und dann lediglich ausgesprochen, was Ihm in dem Moment durch den Kopf ging.

Der Herr hatte Lucens einen Traum geschickt, um ihm mitzuteilen, dass Er einen Auftrag für ihn hatte. Seit Monaten schon hatte Lucens den Sohn Gottes angefleht, ihm den Weg zu weisen, ihm zu sagen, was er aus seinem Leben machen sollte. Jetzt hob sich plötzlich die Finsternis von seiner Seele, und eine majestätische Aussicht breitete sich vor seinen Augen aus – alles dank einem Satz, der ihm aus dem Traum in Erinnerung geblieben war: Natürlich hatte er den Wald vor lauter Bäumen nicht gesehen! Gottes Weisheit war wahrhaft unendlich. Wie unglaublich eng war sein Blick gewesen, als er gedacht hatte, er habe endlich den Sinn seines Lebens erkannt, und beschlossen hatte, seine ganze sittliche Kraft in den Dienst von Father Nicholas' Bemühungen zu stellen, ungeborene Kinder zu retten. Er hatte nicht logisch gedacht – das war ihm jetzt klar. Was hatte er sich davon versprochen, Dr. Cornelius Lester zu beseitigen? Zehn andere wären aufgestanden, seinen Platz auszufüllen und sein abscheuliches Werk fortzusetzen. Außerdem hätte diese Gewalttat die Menschen kaum davon abgehalten, weiterhin wahllos mit- und durcheinander zu schlafen.

Je mehr Lucens darüber nachdachte, desto klarer wurde ihm, dass er Symptome mit Ursachen verwechselt hatte. Lange Zeit war er von der Annahme ausgegangen, das Problem wären die Abtreibungen. Doch wenn er nur ein Stückchen weiter geschaut hätte, wäre ihm mir Sicherheit aufgegangen, dass er nur gegen eine Manifestation des Übels ankämpfte, nicht gegen das Übel selbst.

War Promiskuität, fragte er sich, das eigentliche Problem? Es fiel Lucens schwer, den veröffentlichten Zahlen der Schwangerschaften Minderjähriger, insbesondere derjenigen sehr junger Minderjähriger, sowie der durch Geschlechtsverkehr übertragenen Krankheiten Glauben zu schenken. Er war ausgebildeter Statistiker: Wie hatte er so erdrückende Beweise übersehen können? Jetzt begriff er, dass er sich bei seinen Gedanken zum Thema Abtreibung ausschließlich auf Father Nicks Angaben verlassen hatte, anstatt selbst die Tatsachen zu überprüfen.

Er recherchierte die kalten, unwiderlegbaren Zahlen: Die Rate der Schwangerschaften in den USA war die höchste in der westlichen Welt. Vier von fünf jungen Leuten hatten bereits im Teenageralter Sex. Eine Million – ja, das war eine Eins mit sechs Nullen – minderjährige Mädchen wurden jährlich schwanger. Noch mehr schockierte ihn die Feststellung, dass mehr als ein Drittel aller Schwangerschaften bei Teenagern mit einer Abtreibung endete. Eine Vergleichsstudie zwischen Amerika und einigen europäischen Ländern führte zu einem alarmierenden Ergebnis: Die Geburtenrate bei Teenagern war in den USA viermal so hoch wie in Deutschland und achtmal höher als in den Niederlanden, die HIV-Infektionsrate in derselben Altersgruppe war 11,5-mal höher als in Deutschland.

Dennoch musste Lucens einräumen, dass Promiskuität, ungeachtet der Zahlen, lediglich ein Symptom war, ebenso wie AIDS und Homosexualität Symptome waren. Man durfte ihren Ernst auf keinen Fall unterschätzen, und man würde sich mit ihnen jeweils gesondert und in ihrer Wechselwirkung auseinandersetzen müssen. Aber wenn er der Sache wirklich auf den Grund gehen wollte, würde er sein Netz viel weiter auswerfen müssen.

Die Krise der abendländischen Zivilisation, insbesondere Amerikas, das erkannte Lucens mit triumphierender und absoluter Klarheit, bestand darin, dass diese westliche Welt ihr sittliches Zentrum eingebüßt hatte. Das Christentum wurde von allen Seiten belagert, und die Belagerer waren niemand anders als die gottlosen Christen selbst. Mittlerweile galt es bei den Liberalen der Westwie der Ostküste als Ehrensache, Gott und die Religion verächtlich zu machen. Die Amerikaner – wenngleich hoffentlich nicht die Mehrheit von ihnen – kannten nur ein Lebenskonzept: das niemals endende und letztlich fruchtlose Streben nach immer neuen Sensationen und »Kicks«. Hollywood, MTV, »freie Liebe«, die Jagd nach dem Mammon, Pornographie, die obsessive Beschäftigung mit Waffen und Gewalt waren ganz offensichtlich durchweg Mittel zum Erreichen einer Instant-Befriedigung. Und da Amerika die einzige verbleibende Supermacht war und die einflussreichsten Medien beherrschte, waren die amerikanischen »Werte« beziehungsweise deren Perversion – Zügellosigkeit und Konsumdenken – für den Rest der Welt zum Maßstab und Leitbild geworden.

Amerika legte ohne Zweifel dieselben Symptome von ausschweifender Lasterhaftigkeit an den Tag wie das Römische Reich in der Endphase seines Verfalls. Doch diesmal war die Situation, wie Lucens mit einer seltsamen Gewissheit erkannte, nicht gänzlich unumkehrbar. Erforderlich war allerdings, die Welt auf den Kopf zu stellen. Das ganze Wertesystem des Landes musste von Grund auf verändert werden. Die Vereinigten Staaten mussten, wenn nötig mit Gewalt, in einen Zustand der Unschuld und der Gotteskindschaft zurückgeführt werden.

Und wer sollte das bewerkstelligen? Stimmte es wirklich, dass nur ein Irrsinniger ein solches Vorhaben für durchführbar halten konnte? Wer dieser Meinung war, sollte das Ganze ruhig als »Mission Impossible« bezeichnen. Sollten die Zyniker ruhig ihre Häme versprühen. Was wussten sie schon von der Macht einer Idee, hinter der kein anderer als Jesus stand?

Es genügte schon ein einziger charismatischer Perverser und Massenmörder, um Charakter und Zukunft eines ganzen Volkes zu verändern. Mochte er nun Hitler, Stalin oder Mao heißen. Was konnte dann eine Gruppe von Gerechten, entschlossen, klar blickend und von unerschütterlichem Glauben, nicht alles erreichen? In einem ersten Schritt würden diese guten Männer das Gewissen der mit Sicherheit in die Millionen gehenden kritischen Masse der amerikanischen Mittelschicht aufrütteln. Gleichzeitig wäre es unklug gewesen, sich ausschließlich auf den Bible Belt zu konzentrieren. Das hätte bedeutet, knapp drei Viertel von Amerika auszusparen. Das Problem der Minderjährigenschwangerschaften betraf die Kinder der Liberalen ebenso wie diejenigen ganz normaler, hart arbeitender, christlicher Menschen. Welcher Linke würde seiner 12-jährigen Tochter schon gerne eine Abtreibung zumuten? Und welche Eltern würden, in Gottes Namen, ihren Kindern AIDS wünschen?

Lucens überlegte, dass es zu einer radikalen Umstimmung Amerikas nötig sein würde, einen Druck auszuüben, wie ihn die Gesetzgeber nur um den Preis ihres Amtes und ihrer Macht ignorieren könnten. Kurz gesagt: Sollten die sich ruhig weiter einbilden, sie hätten die Zügel in der Hand. Sollten sie ruhig die Waffe halten und abdrücken – solange er das Ziel wählte.

Wie kurzsichtig er gewesen war! Bei der IPUC war er nur ein Heckenschütze gewesen, und nicht einmal ein besonders guter. Mit seinen Methoden hatte er den Boden der Legalität verlassen. Das war, milde ausgedrückt, dumm und kontraproduktiv gewesen. Es war unglaublich, wie weit man im Namen des Gesetzes gehen konn-

te. Kein Mafiaboss würde es wagen, in aller Öffentlichkeit die Verbrechen zu begehen, die sich die Polizei tagtäglich erlaubte.
Eines war Lucens vollkommen klar: Die Pro-Life-Kampagne würde weiterhin im Zentrum der Aktivitäten bleiben müssen, aber »pro life« in einem viel breiteren ethischen Kontext. Wäre die Legislative erst fest in den Händen gleichgesinnter Menschen, würden Abtreibungen, Ehen unter Homosexuellen, staatlich unterstützte Familienplanung und ähnlich verwerfliche Dinge ein für alle Mal verschwinden. Amerika würde seine Seele wiederfinden und Jesus würde triumphieren.
Er teilte seinen Aktionsplan in drei Phasen ein: Die kurzfristige umfasste die nächsten fünf Jahre, die mittelfristige reichte bis zum Ende des zwölften Jahres und die letzte würde nach zwanzig Jahren zum Abschluss gelangen. Er wusste, was er wollte, und er hatte eine ziemlich genaue Vorstellung, wie er es in die Wege leiten würde.
Sechs Monate nachdem er zur Abtei zurückgekehrt war, legte Lucens die Mönchskutte ab und verließ Terraferra. Und erneut war sein vordringlichstes Ziel die Beschaffung von Geld.

Mein lieber Zia,
in jener Nacht suchte mich der Allergologe in meinem Krankenhauszimmer auf. Er sagte, dass ich bislang das Glück gehabt habe, hauptsächlich gegen pflanzliche Proteine allergisch zu sein, jetzt aber habe ich angefangen, auch auf die häufigsten tierischen Proteine negativ zu reagieren. Dies werde nicht nur weitere Einschränkungen meiner Diät zur Folge haben, nein, ich müsse mich auch an Lebensmittel gewöhnen, die ein wenig außerhalb der Norm liegen. Kaninchen und Wild, meinte er, würden von nun an meine Hauptnahrungsmittel sein.
Nicht ganz leicht, sich in Indien, und besonders in Bombay, solches Fleisch zu beschaffen, aber wie Du weißt, kenne ich ein paar von Ammijans einflussreichen Freunden. Binnen einer Woche war meine regelmäßige Versorgung mit Kaninchen und Wild gesichert. Ne-

benbei bemerkt, muss ich ziemlich proletarische Geschmacksknospen haben, denn es bleibt mir nach wie vor ein Rätsel, warum die Leute so ein Aufheben um Hirschfleisch machen. Es ist so zäh, dass man sich einen Kaumuskelriss zuziehen kann, und es hat einen barbarischen, abstoßenden Geruch. Ich musste mich allerdings nicht lange damit herumquälen. Schon nach ein paar Monaten – allerhöchstens drei – bekam ich infolge meiner neuen Diät fast einen anaphylaktischen Schock.

Als ich halbwegs wiederhergestellt war, erfolgte die übliche geflüsterte Beratung zwischen meinem Pulmonologen, dem Allergiemenschen, dem Krankenhausinternisten, dessen Aufgabe es ist, die Gesamtsituation im Blick zu behalten, und unserem Hausarzt. Am nächsten Morgen kam der praktische Arzt in mein Zimmer und erklärte mir, von nun an dürfe ich nur noch sautiertes Katzenfleisch mit einer Spur Ingwer und Kardamom essen.

»Klar«, sagte ich, »aber Sie haben vergessen, das Hyänen-Chutney zu erwähnen.«

»Das ist kein Witz, Amanat«, erwiderte er. »Es ist Ihre einzige Chance.«

»Sie nehmen mich auf den Arm«, lachte ich, wusste aber bereits, dass er es völlig ernst meinte. »Katzenfleisch?«, fragte ich. »Sie meinen, von Hauskatzen?«

»Von Katzen im Allgemeinen«, sagte er, »wenn Sie an Raubkatzen herankommen – die gingen auch.«

Wie sich herausstellte, hatte Abbajan einmal ein Landhaus für den früheren Manager der Kenian Airways entworfen, und der Mann gehörte jetzt zum Vorstand der Fluglinie. Es würde nicht billig werden, aber zumindest konnten wir von einer regelmäßigen Versorgung mit Katzenfleisch ausgehen.

Wenn ich an damals zurückdenke, geht mir auf, wie wenig ich die großen und kleinen Gunstbeweise des Herrn zu würdigen wusste. Leoparden- oder Löwenfleisch mag nicht jedermanns Sache sein, aber mit der Zeit gewöhnte ich mich daran ... bis natürlich alles wieder schief lief und es mit dem Katzenfleisch ebenso vorbei war. Da wusste ich, dass dies das Ende für mich bedeutete. Ich hatte mich schon oft gefragt, wozu ich das alles überhaupt mitmachte, wozu ich fortwährend keuchte und nach Luft schnappte, wenn doch jeder Atemzug so viel Mühe kostete und so viel Schmerz und Kummer bereitete. Und dennoch war ich so gierig nach Leben, dass ich mich nie so richtig mit der Tatsache abgefunden hatte, dass alles eines Tages enden würde. Jetzt war dieser Tag da, und es gab für mich kein Entrinnen.

Ich hatte mir schon gedacht, dass es diesmal nicht unser Hausarzt sein würde, der vorbeikam. Ich hatte Recht. Der Lungenspezialist trug – wie bei seinesgleichen üblich, wenn es darum geht, eine schlechte Nachricht zu überbringen – das spezielle lange und feierliche Gesicht, das er normalerweise im Schrank mit seinen Wintersachen aufbewahrte. Er kreuzte gerade zu dem Zeitpunkt auf, als mir die Nachtschwester die letzte Spritze des Tages verpasst hatte und das Licht ausmachte. Er verabschiedete sie mit einer Handbewegung und einem »Gute Nacht, Schwester«, setzte sich auf mein Bett und tätschelte mir die Hand.

»Wir wissen beide, dass Ihr Zustand nahezu aussichtslos ist, aber ich glaube, wir müssen die Hoffnung noch nicht ganz aufgeben. Wie Sie wissen, sind die Amerikaner führend auf dem Gebiet der Allergieforschung, und sie haben mit einer ungewöhnlichen Art von tierischem Eiweiß recht ermutigende Resultate erzielt.«

»Ich dachte, man hätte mich bereits auf eine ziemlich extravagante Varietät von tierischem Eiweiß gesetzt«, sagte ich, vielleicht ein wenig zu schroff.

Er war offensichtlich an derlei Ausbrüche gewöhnt und ließ sich nicht aus der Ruhe bringen.

»Sagen wir einfach, die neue Nahrung ist noch ungewöhnlicher. Wir müssten Proben davon in den nächsten Tagen bekommen. Bis dahin wird es das Beste sein, wenn wir Sie weiter intravenös ernähren.«

Jede ungewohnte Ernährung, angefangen bei der Muttermilch, ist ein Versuch. Der Geschmack wird, fürchte ich, überbewertet. Überspitzt formuliert, ist Geschmack zum größten Teil Gewohnheitssache. Die ersten zwei Tage sind immer schwierig. Danach ist Komodowaran ebenso lecker wie Katzen- oder Kojotenfleisch. Die neue Nahrung bedeutete eine neue Chance. Ich hatte allen Grund, dafür dankbar zu sein.

Der Pulmonologe teilte mir nach anderthalb Monaten mit, ich hätte mich ziemlich gut an die veränderte Diät gewöhnt.

»Von jetzt an«, sagte er, »müssen Sie sich selbst um Ihre regelmäßige Versorgung kümmern.«
»Ich könnte es versuchen«, antwortete ich ihm. »Es könnte allerdings von Vorteil sein zu wissen, was genau ich eigentlich bestellen muss.«
Er sah mich einen langen Augenblick lang schweigend an. »Es ist Menschenfleisch. Kein Aas, sondern gutes, gesundes Fleisch.«
Tagelang übergab ich mich. Das war ganz natürlich, aber ich hatte zusätzlich mein Sprachvermögen eingebüßt. Meine Zunge hatte sich tief in den Schlund zurückgezogen, und das schien mich nicht einmal sonderlich zu stören. Ich hatte keinerlei Bedürfnis, mit der Welt zu kommunizieren. Die Wahrheit ist, dass ich diesmal tatsächlich sterben wollte.

Eines Morgens verspürte ich wieder Hunger. Nicht nur nach Nahrung, sondern auch nach menschlicher Gesellschaft, ja, nach Leben schlechthin. Es war nicht so, dass ich meine ethischen Bedenken, meine Abscheu überwunden hätte. Mir war nur allmählich klar geworden, dass das Leben weitergeht und dass Gott denen hilft, die sich selbst zu helfen wissen.
In der Anfangszeit war es schwierig. Ich aß, was ich bekam. Menschenfleisch ist nicht leicht zu beschaffen und schweinemäßig teuer. (Der Kalauer ist nicht beabsichtigt, aber deswegen nicht minder geschmacklos.) Versteh mich nicht falsch. Es gibt mehr als genug davon, besonders in einem Land wie dem unseren. Aber die Handels- und Vertriebswege ließen noch zu wünschen übrig. Vielleicht waren es die horrenden Preise, die mich dazu brachten, den Markt zu beobachten, vielleicht hatte ich auch bloß ein unvermutetes organisatorisches und unternehmerisches Talent in mir entdeckt.
Die Zahl der tödlichen Verkehrsunfälle in Indien – nicht nur in den vier Metropolen Bombay, Delhi, Kalkutta und Madras, sondern auch in kleineren Städten wie Bangalore, Pune und Kanpur – gehört zu den höchsten weltweit. Es fehlte also lediglich der entsprechende finanzielle Anreiz, und man hätte nur noch die Modalitäten zu klären brauchen, damit eine halbwegs regelmäßige Versorgung gesichert gewesen wäre. Was wiederum bedeutete, dass wir, genügenden Kühllagerraum vorausgesetzt, nie Mangel an Frischfleisch

leiden würden. Offen gestanden, war ich mitunter vom Enthusiasmus, ja, dem Übereifer mancher Polizisten bestürzt. Es gab Fälle, in denen das Unfallopfer vielleicht hätte überleben können, wenn es unverzüglich ins Krankenhaus gebracht und notärztlich versorgt worden wäre, aber die beteiligten Beamten zogen es vor, den Geschädigten mit einem »kleinen Schubs« in den Hades zu befördern. Ich muss kaum hinzufügen, dass das Projekt ohne die Kooperation – manche würden sagen: die Komplizenschaft – der Leichenbeschauer, des Krankenhauspersonals, der Richter und anderer wohlwollender Personen unmöglich so erfolgreich hätte sein können.
Nur mit Erfahrung und etwas Phantasie bringt man es zur Meisterschaft in seinem jeweiligen Metier und kann innovativ werden. Bald ging unsere Abhängigkeit von tödlichen Unfällen drastisch zurück. Ich hatte, wie man so sagt, Schwein gehabt. Ich entdeckte eine neue Bezugsquelle, und ich darf, ohne unbescheiden zu sein, sagen, dass die Qualität des neuen Produkts um ein Vielfaches besser war. Die Ware ist so hochwertig und so wohlschmeckend, dass neuerdings sogar – so pervers es auch klingen mag – bei vollkommen gesunden Menschen eine steigende Nachfrage zu verzeichnen ist. Sie erzielt auf dem schwarzen Markt immer höhere Preise, und einige wenige Restaurants servieren sie ihren besten Kunden als besonders erlesene Delikatesse.
Ich spreche von menschlichen Föten. Indien wird von ausländischen Diplomaten häufig als Strafposten bezeichnet. Doch selbst dieses gottverlassene Land hat den ein oder anderen nicht zu verachtenden Vorteil zu bieten. Die Abtreibung ist legal und wird einem, wenn ich so sagen darf, geradezu nachgeschmissen. Wenn man mit dem Vorortzug durch Bombay fährt, sieht man an jeder Ecke Plakate, die hygienische und risikolose Abtreibungen für fünfundsiebzig Rupien anbieten. Das sind nicht einmal zwei US-Dollar. Die Besitzer dieser Kliniken, größtenteils zwielichtige Ärzte, waren glücklich, mit etwas, das bis dahin nur ein Müllentsorgungsproblem dargestellt hatte, Geld zu verdienen.
Erfolg lockt immer Nachahmer an, und so hatten wir bald Konkurrenz. Doch sie hat nie eine ernsthafte Bedrohung für uns dargestellt. Kein kranker oder auch nur zweifelhafter Fötus ist bislang unseren Qualitätskontrollen entgangen. Unsere Föten kommen –

ich benutze das Wort mit Bedacht – heiß aus dem Mutterleib. Du kannst ihre Frische förmlich schmecken, und das kann dir keiner unserer Konkurrenten versprechen.
Ich war vielleicht etwas voreilig, als ich behauptete, uns würden die Lieferanten niemals knapp werden. Die weltweite Nachfrage nach unserem Produkt steigt kontinuierlich, insbesondere in Australien, das den zweifelhaften Rekord für sich beanspruchen kann, den größten Zuwachs an Allergiepatienten aufzuweisen. Aber wie Du Dir wahrscheinlich vorstellen kannst, ist unser größter Abnehmer der Westen, vor allem Amerika. Ich suche bereits nach möglichen neuen Bezugsquellen in Thailand, Sri Lanka, Pakistan, Vietnam und anderen asiatischen Ländern. Die Geschäftsaussichten sind vielversprechend, und wir könnten schon früher an die Börse gehen, als ich eigentlich geschätzt hatte.
Unser Motto: Für Sie machen wir vor nichts Halt. Für weitere Informationen über unsere Aktivitäten besuchen Sie unsere Website http://www.rarefoods.com.
Zia, das Graham-Greene-Buch war eine wunderbare Überraschung! Ich hatte gar nicht gewusst, dass G. G. regelmäßig mitten in der Nacht aufstand, um seine Träume zu notieren. Ich fürchte, ich bin für so etwas viel zu faul und undiszipliniert.
Wieder kein Brief von Dir. Ich werde langsam nervig, nicht wahr? Komm schon, mein lieber Bruder, mach Dich nicht so rar, lass mal etwas von Dir hören.

Alles Liebe, Amanat

1001,

Du bist ekelhaft. Wie kannst Du es wagen, mir diese abscheuliche Geschichte als Brief zu schicken? Nur eine satanische Phantasie wie die Deine kann sich etwas so Widerwärtiges ausdenken.
Soweit ich zurückdenken kann, habe ich gewusst, dass Du ein sehr kranker Mensch bist. Körperlich krank, meine ich. Jetzt weiß ich, wie sehr ich mich getäuscht habe. Du bist krank im Kopf! Vielleicht warst Du das schon immer, und Deine schrecklichen körperlichen Leiden waren lediglich eine Manifestation Deines abartigen, morbiden Geistes. Aber unverzeihlich ist die Tatsache, dass Du Gott in Deine verkommenen Hirngespinste einbeziehst. Wie könntest Du

unterstellen, das Sprichwort »Hilf dir selbst, so hilft dir Gott« könnte als Rechtfertigung für Deinen Kannibalismus herhalten? Ich schäme mich, Dich als meinen Bruder zu bezeichnen. Selbst die Hölle wäre ein zu freundlicher Ort für Dich.

Lucens

Mein lieber Zia,

ich hatte keine Ahnung, dass mein letzter Brief Dich so aufregen würde. Ich war wieder einmal, wie Du weißt, mit einer weiteren lebensgefährlichen Lebensmittelallergie eingewiesen worden und lag im Bett, aufgedunsen wie eine hochschwangere Seekuh, unfähig zu sprechen, mich zu bewegen oder mich auf die Seite zu legen.
Eines Abends kam der Arzt auf Visite vorbei und erklärte mir, die Liste der Dinge, die ich essen könne, werde immer kürzer. Ich muss eine Spur besorgt ausgesehen haben, denn er tätschelte mir den Arm und sagte in munterem Ton: »Kein Grund zur Panik, Mr. Khan, jedenfalls vorläufig. Ich muss Ihnen eine alte Ausgabe von ›Newsweek‹ schicken, in der von Patienten berichtet wird, die so extrem allergisch sind, dass sie konstant unter Zellophan leben müssen und nur so extravagante Dinge wie Löwen- oder Schlangenfleisch essen können.«
Als ich den Artikel ein paar Tage später las, staunte ich darüber, wie mutwillig wir unseren Planeten, seine Gewässer und seine Luft ruiniert und durch Zerstörung des ökologischen Gleichgewichts uns selbst in Gefahr gebracht haben, und darüber, was Kranke wie ich nicht alles zu tun bereit sind, nur um ihr bisschen Leben zu verlängern. Aber es sind nicht nur die Kranken, die krank im Kopf sind. Die Gesunden sind keinen Strich besser. Du würdest Dich wundern, wie viele ganz normale Menschen, die die afrikanischen Wildreservate besuchen, Zebra-, Giraffen- oder Raubkatzenfleisch kosten möchten. Außerdem – wusstest Du nicht, dass sich »snuff movies«, also Filme, in denen echte Menschen wirklich getötet werden, weltweit ansehnlicher Publikumszahlen erfreuen?
Da kam mir die Idee, einen Essay nach dem Vorbild von Jonathan Swift's »Ein bescheidener Vorschlag« zu schreiben. Tut mir leid, dass ich Dich damit so in Rage gebracht habe.

Alles Liebe, Amanat

PS: Ich kann mir kaum etwas Schlimmeres vorstellen, als feststellen zu müssen, dass meine Fieberphantasien und Fiktionen sich als prophetisch erweisen. Mein letzter Brief über ungewöhnliche Nahrungsmittel hat Dich wütend gemacht. Ach, Zia, wie sich herausstellt, ist die Wirklichkeit weitaus entsetzlicher. Als ich heute Morgen eine britische Illustrierte durchblätterte, bin ich auf einen Artikel über russische Frauen gestoßen, die sich für horrende Summen Frischzellen von abgetriebenen Föten injizieren lassen und hoffen, auf diese Weise ihre Jugend und Schönheit zu erhalten. Offenbar ist das eine der bizarren Begleiterscheinungen der Stammzellenkontroverse, die zur Zeit im Westen und besonders in den Staaten tobt. Es gibt keinerlei, ich wiederhole, keinerlei wissenschaftlichen Beweis dafür, dass diese Zellen Frauen helfen könnten, sich ihr jugendliches Aussehen zu bewahren, aber die Idee scheint in Russland rasch tiefe Wurzeln geschlagen zu haben.

Lucens hat Sparta an der Grenze zwischen Pennsylvania und New York nach langer und gründlicher Überlegung ausgewählt. Es ist eine kleine, gottesfürchtige, dicht vernetzte Gemeinde und hat die drittniedrigste Kriminalitätsrate in Amerika. Die meisten Spartanerinnen und Spartaner arbeiten als Labortechniker, Krankenschwestern, Parkplatzwächter und Verwaltungsassistentinnen in einem Krankenhauskomplex namens Glades, der rund fünfzehn Autominuten von Sparta entfernt westlich des Lake Santa liegt. Vierzig Kilometer weiter befinden sich die Zwillingsstädte Concord-Ashton. Letztere war früher ein blühendes Zentrum der Molkereiindustrie, während Concord einst die Schuh-Hauptstadt von Amerika war. Die Schuhfabriken sind mittlerweile alle geschlossen, und wäre nicht das Glades Medical Center, hätte auch der Flughafen längst dichtgemacht.

Sobald er sich in einem Motel in Sparta einquartiert hatte, ging Lucens zur Gemeindeverwaltung und ließ ein Treuhanddepot auf den Namen »The Angels« eintragen. Wie er es seit seiner Ankunft im Kloster immer getan hatte, unterschrieb er mit seinem neuen Nachnamen Kahn. Der Ehrwürdige Vater hatte ihm dreitausend Dollar geliehen, die ihm als Startkapital für sein neues Leben dienen sollten, und den größten Teil davon verschlangen die Anwalts- und Registrierungsgebühren. Es war ein kleiner Ort, und bereits am Abend wusste jeder, dass ein neuer Mann in der Stadt war, der eine Treuhandgesellschaft gegründet hatte.

Lucens und das Team, das er später aufbaute, sowie die Menschen, die sich ihnen anschlossen, strebten danach, zu den Hütern des Lebendigen Christus und eines moralisch wiedergeborenen Amerika zu werden. Mit der Zeit würde sich niemand mehr an den Namen Lucens Kahn erinnern. Er war »der Engel« und würde es für die Menschen der drei Countys Sparta, Glades und Pylon auch immer bleiben.

Lucens hatte fünf Tage lang versucht, Roy zu erreichen. Man hatte ihm zuerst gesagt, er reise zur Zeit in Europa, und jetzt erfuhr er, Roy habe seine Pläne geändert, sei nach Indien geflogen und werde erst in zehn Tagen zurück erwartet. Lucens spürte, wie ein schiefes Lächeln seine Mundwinkel in die Höhe zog. Er hatte gedacht, er hätte alles vorausgesehen und berücksichtigt, was schief gehen könnte. Der Zeitpunkt dieser Panne war ausgesprochen ungünstig. Er war aus dem Spiel, noch bevor er seinen ersten Zug gemacht hatte. Er hatte vorgehabt, Roy um 20.000 Dollar anzupumpen, die er ihm binnen zwei Wochen zuzüglich 30 Prozent Zinsen zurückgezahlt hätte, und sich wieder auf dem Aktienmarkt zu versuchen. Jetzt würde er noch vor Ende der Woche nicht einmal mehr so viel Kleingeld haben, um sich einen Hamburger oder Hotdog leisten zu können. Er würde morgen sein Motel-Zimmer vor 12 Uhr räumen, zum Zeltplatz am Lake Santa fahren und dort auf Roys Rückkehr warten.

Am nächsten Morgen wollte er gerade sein Zimmer verlassen, als überraschend das Telefon klingelte. Er musste den Bus erwischen und war schon spät dran. Das konnte eigentlich nur die Tochter des gujaratischen Besitzers sein, die an der Rezeption stand und jetzt wissen wollte, ob das Zimmer leer sei und gereinigt werden könne. Es war eine Frauenstimme, aber nicht die der Gujarati-Frau.

»Mr. Lucens Kahn, mein Name ist Honor Lockman. Ich bin die Filialleiterin der First Penn Bank in Sparta. Wäre es Ihnen möglich, kurz in der Bank vorbeizuschauen? Oder ist es Ihnen lieber, wenn ich vorbeikomme – oder wir uns im Café des Motels treffen?«
»Ich wollte gerade gehen. Dürfte ich erfahren, worum es geht?«
»Ja, natürlich, aber ich würde das mit Ihnen lieber nicht am Telefon besprechen.«
»Ich bin in einer halben Stunde in Ihrem Büro.«

»Ich habe von unserer Zentrale Anweisung erhalten, Ihnen einen Scheck über 100.000 Dollar auszuhändigen«, sagte Honor Lockman zu Lucens, nachdem er sich vorgestellt hatte, »und Ihnen in jeder mir möglichen Weise behilflich zu sein.«
Lucens lachte. »Das Geld wäre mir höchst willkommen, Ms. Lockman, aber da sind Sie bei mir an den Falschen geraten.«
»Das glaube ich nicht. Ich habe in Ihrem Motel nachgefragt, und man hat mir gesagt, Sie hätten als Ihre bisherige Adresse die Abtei von Terraferra angegeben.«
»Ja, das stimmt.«
»Dann liegt kein Irrtum vor.«
Lucens zerbrach sich den Kopf darüber, wer ihn wohl zum Besten zu halten versuchte. Der einzige Mensch, der seinen derzeitigen Aufenthaltsort kannte, war der Abt, und es hätte nicht zu ihm gepasst, kindische Streiche zu spielen.
»Von wem ist der Scheck ausgestellt?«
Honor Lockman schob ihm einen Computerausdruck über den Schreibtisch.

Mein lieber Lucens,
herzlichen Glückwunsch. Nur wenige Menschen leiden mit anderen mit, und selbst die unternehmen selten etwas, um deren Los zu verbessern. Sie, lieber Lucens, sind anders. Sie nehmen Anteil, und Sie sind ein Mann, der eine Vision hat und für ihre Verwirklichung handelt.
Gemeinsam mit Shakta-Muni und Deirdre wünsche ich Ihnen alles, alles Gute für das Werk, das Sie sich vorgenommen haben. Wir hoffen, dass die guten Menschen auf dieser Welt Sie bei Ihren Be-

mühungen unterstützen und auf jede ihnen nur mögliche Weise daran mitwirken werden. Es freut mich, dass wir dies als Erste tun können. Shakta-Muni ist der Ansicht, dies sei die wahrscheinlich beste Investition, die wir in diesem Leben tätigen werden.

Mit herzlichen Grüßen, James Cambray

Nachdem er letztes Mal von Indien abgereist war, hatte sich Lucens geschworen, nie wieder etwas mit dem Muni zu tun haben zu wollen. Genau genommen hatte er das ja auch nie. Es war immer Shakta-Muni gewesen, der seine Nase in Lucens' Angelegenheiten gesteckt und völlig unerbetene Ratschläge erteilt hatte – obwohl man zugeben musste, dass Lucens an jenem letzten Tag in Bombay den Rat des Muni befolgt hatte und nach Amerika zurückgekehrt war. Alles in allem war er damit nicht allzu schlecht gefahren. Aber auch wenn er nicht explizit mit dem Muni gebrochen hatte, so war dieses Kapitel, ja, sogar das ganze Buch abgeschlossen. Nicht nur metaphorisch gesprochen, sondern auch in Wirklichkeit wendete er das Blatt und begann ein neues Leben.

Steh auf, Lucens, sag Honor Lockman »Danke schön« und geh. Die zehn Tage machen jetzt auch nichts mehr aus. Dann kommt Roy zurück, und in null Komma nichts bist du wieder im Geschäft. Und was, wenn Roy sagen würde, er könne ihm das Geld nicht leihen? Was für ein absurder Gedanke, Lucens. Roy hat dir in all den Jahren nie etwas ausgeschlagen. Nicht ein einziges Mal.

Andererseits war das Geld schon da. Zehn Tage waren keine lange Zeit, aber sie würden ihm einen Vorsprung verschaffen. Hunderttausend, musste er außerdem zugeben, waren achtzigtausend mehr, als er sich von Roy hatte borgen wollen, und dieser warme Regen war nicht zu verachten. Außerdem betrachtete ihn Shakta-Muni selbst als eine Investition. Das hatte James Cambray ausdrücklich geschrieben. Lucens verwechselte offensichtlich einiges. Er tat denen einen Gefallen, und nicht etwa umgekehrt. Er würde das Geld binnen einem Monat mit dreißig, vielleicht auch vierzig Prozent Zinsen zurückzahlen. Wo auf der Welt konnten der Muni oder James Cambray schon mit einer solchen Rendite rechnen? Die Schuld wäre getilgt, und er wäre diese Verpflichtung ein für alle Mal los. Außerdem, als er das letzte Mal von Cambray Senior einen Scheck

angenommen hatte – für den Wiederaufbau der Abtei –, hatte er keinerlei Bedenken gehabt, und dabei war ihm gar nicht in den Sinn gekommen, das Geld jemals zurückzuzahlen. Aber diesmal würde er das ganz bestimmt tun.
»Möchten Sie sich einen Teil des Geldes auszahlen lassen, oder gleich den ganzen Betrag haben?«
»Ich beabsichtige, es an der Börse zu investieren, Ms. Lockman.«
»Nennen Sie mich Honor.«
»Meine Broker sind Cambray and Cambray, New York. Ich werde sie instruieren, die Geschäfte von nun an mit Ihnen abzuwickeln.«

Man könnte durchaus diskutieren, ob Lucens nur das vorerst letzte Glied einer langen Reihe amerikanischer Konservativer war, die mit Washington, Jackson, John Foster Dulles und McCarthy anfing und über Nixon, Jerry Falwell, Pat Robertson und Rush Liambaugh bis zum Kabinett Bush reichte. Das mochte ohne weiteres so sein, aber andererseits passte er nicht besonders gut in die Schablone des Erzkonservativen. Er war Katholik, kein Protestant oder wiedergeborener Evangelist. Er führte ein Leben in strenger Askese und hielt sich weiterhin an die klösterliche Regel der sieben täglichen Stundengebete. Er beging nicht einmal die lässlichsten Sünden wider die Keuschheit und sein Umgang mit Geld war über jeden Verdacht erhaben. Die konservative Litanei »Weniger Steuern für die Reichen« war ihm ebenso ein Gräuel wie die verlogene Mitfühl-Masche der Republikaner. Christus war kein Deckmäntelchen. Er war der einzige Grund, warum das Leben für Lucens einen Sinn besaß.
Seine ersten beiden Initiativen mit den Angels bewiesen, dass seine Vision eine tiefe, elementare Schicht der amerikanischen Psyche berührt hatte. Mit der Zeit würden die »Engel« Hunderttausende zählen. Die erste Initiative erhielt den Namen »Zero Orphans«, Null Waisen, und die zweite »Pledge of Purity«, Reinheitsgelöbnis.

Das Hauptargument gegen die Pro-Lifer hatte von jeher gelautet, sie seien ganz groß darin, gegen die Abtreibung zu wettern, aber sie würden niemals ernsthaft fragen, warum so viele Frauen sich gezwungen sahen, diesen Weg einzuschlagen. Mit ein Grund für die heimlichen Abtreibungen war natürlich das Stigma, das unehe-

chen Schwangerschaften anhaftete. Aber es ließ sich nicht bestreiten, dass junge Frauen, vor allem minderjährige Mädchen, einfach nicht den Mut fanden, die furchterregenden Pflichten der Mutterschaft auf sich zu nehmen – und dies in den meisten Fällen ohne Geld und ohne jede Unterstützung. Staatliche Waisenhäuser waren kaum die Antwort auf das Problem, erwiesen sie sich doch meist als Brutstätten des Verbrechens.
Die IPUC hatte einen alttestamentarischen Ton angeschlagen: Auge um Auge und die Rache ist mein. Konzentriert hatte sich die Organisation auf einzelne Übeltäter, und ihr Ziel war deren Beseitigung gewesen. Das Ethos der Angels würde weit sanfter und lebensbejahender sein.
Es war ein ehrgeiziger Plan. Die »Engel« würden Häuser kaufen oder mieten, die dann »Heime der Kinder Gottes« genannt werden sollten. Anders als Waisenheime oder sonstige wohltätige Einrichtungen würde jedes dieser Heime einen Vater, eine Mutter und zehn Kinder beherbergen. Die Idee dabei war, dass jedem Kind bis zum Erreichen seines sechzehnten Lebensjahres persönliche Fürsorge und Aufmerksamkeit zuteil werden sollte. Es würde gesonderte Heime für Jungen und Mädchen geben, und die »Engel« würden für eine umfassende Befriedigung aller Bedürfnisse der Kinder sorgen, einschließlich ihrer Erziehung in Konfessionsschulen. Das Kriterium zur Beurteilung dessen, wie gut ein Heim seine Aufgabe erfüllte, war von pragmatischer Schlichtheit: Die »Children of God« würden in allen theoretischen Fächern und in Sport besser abschneiden müssen als »normale« Kinder aus der Mittelschicht. Ein Komitee von Pädagogen, Kinderärzten, Psychologen und anderen Fachleuten würde die Arbeit jedes Heims überwachen.

11. Januar
Scheck über 150.000 an James Cambray geschickt. Leben Sie wohl, Shakta-Muni. Auf Nimmerwiedersehen.

14. Januar
Cambray Sen. hat geschrieben: »Das wäre wirklich nicht nötig gewesen. Es war als Spende für eine gute Sache gedacht.« Behalten hat er das Geld trotzdem. Seiner Mail war noch ein anderes kurzes

Schreiben beigefügt. »Freue mich zu hören, dass es Ihnen gut geht und dass Ihre Projekte allmählich in Gang kommen. Wenn Sie etwas brauchen, melden Sie sich. Oder kommen Sie mich besuchen. Mit den besten Wünschen für Sie und die Engel, Shakta-Muni.«

Lucens passte Honor Lockman ab, als sie gerade von der Bank nach Hause gehen wollte.

»Sie haben mir geholfen, eine Wohnung zu finden, und sie haben mich mit den meisten Leuten, die ich hier kenne, zusammengebracht. Jetzt möchte ich Sie um einen viel größeren Gefallen bitten. Es geht um die Kinder Gottes. Ich habe keinerlei Erfahrung mit Kindern und Elternpflichten. Ich würde mich in diesen Dingen lieber auf Ihr Urteil verlassen. Wollen Sie mir helfen, die 53 Ehepaare, die sich um die Stelle als Pflegeeltern beworben haben, zu befragen, und dann entscheiden, welche Ihrer Ansicht nach für die Kinder so gut sorgen würden, als wären es ihre eigenen? Bevor Sie antworten, muss ich Ihnen sagen, dass ich ein Nein nicht akzeptieren könnte.«

Honor lachte. »Wozu fragen Sie dann, wenn Sie mich sowieso schon verplant haben? Es wird mir eine Freude sein, Ihnen zu helfen, wo immer ich kann.«

Bis Ende April hatten Honor und er die Zahl der Kandidaten auf zwei potenzielle Pflegeelternpaare reduziert, die Prestons und die Burgess'. Ersteres Ehepaar war kinderlos, während die Burgess' ihren einzigen, siebenjährigen Sohn bei einem Verkehrsunfall verloren hatten. Beide Ehepaare waren einsam und sehnten sich danach, eine neue Familie zu gründen. Father Raymond votierte für die Prestons, aber Honors Stimme gab den Ausschlag zugunsten der Burgess'. Es dauerte drei weitere Monate, bis ein passendes Haus gekauft und eingerichtet worden war.

23. Mai

Habe »Roe gegen Wade« durchgeackert. Welch gräßliche Schande! Der schwärzeste Tag in der amerikanischen Geschichte, ein Tag, den kaum jemand bemerkt oder beklagt hat, war der 22. Januar 1973, als Richter Blackmun und sechs seiner Kollegen am Obersten Bundesgericht entschieden, es sei mit dem Gesetz vereinbar, ungeborene Kinder zu ermorden.

»Roe« steht für Jane Roe, wirklicher Name Norma McCorvey. 1970 reichte sie beim Bundesgericht Klage gegen Henry Wade ein, damals Bezirksstaatsanwalt in Dallas County, und focht das texanische Gesetz an, demzufolge ein Schwangerschaftsabbruch ausschließlich unter der Voraussetzung gestattet war, wenn das Leben der Mutter auf dem Spiel stand. Roe behauptete, das Gesetz sei verfassungswidrig.

Sie hätte nicht gewinnen dürfen. Es war ein Nixon-Gericht, und Henry Wade hatte noch nie einen Prozess verloren.

Aber Wade und Kollegen erkannten nicht, dass die wahren Feinde nicht Roe, ihre Anwältin Sarah Waddington oder die Liberalen im Gerichtssaal waren, sondern die Konservativen auf der Richterbank. Eine fatale Fehleinschätzung. Die Mehrheitsentscheidung wurde von Justice Henry Blackmun aufgesetzt, einem von Nixon berufenen rechtslastigen Richter. Der Vorsitzende, Chief Justice Warren E. Burger – ebenfalls ein Nixon-Mann –, votierte wie Blackmun und vier andere. Sie schlossen sich Roes Standpunkt an und erklärten das texanische Gesetz für ungültig, da es gegen das vom 14. Zusatzartikel zur Verfassung angeblich implizit garantierte Recht auf Achtung der Privatsphäre verstoße.

Anmerkungen: Der fragliche Zusatzartikel impliziert nichts Derartiges. Aber selbst wenn, rein theoretisch, der 14. Zusatzartikel sogar explizit das Recht auf Privatsphäre garantieren würde, erklärt bereits der 9. Zusatzartikel, dass alle solchen Rechte ihre Gültigkeit verlieren, wenn sie die Rechte anderer verletzen. Haben Blackmun, Burger et al. auch nur einen Gedanken an das unverbrüchliche Recht auf Leben des Fötus verschwendet?

Wenn sechs Millionen Juden getötet werden, nennt man das »Holocaust«. Wenn Hutus Hunderttausende von Tutsis niedermetzeln, lautet der Fachausdruck dafür »Genozid«. Doch als was soll man die Morde an über 42 Millionen Föten – durchschnittlich 1.365.000 pro Jahr – bezeichnen, die allesamt durch Beschluss des höchsten Gerichts dieses Landes für legal erklärt werden?

Die Situation gibt mittlerweile allerdings weit mehr Grund zur Hoffnung. Norma McCorvey, die einstige Jane Roe, hat ihr irregeleitetes Handeln bereut und ist jetzt eine zutiefst überzeugte Pro-Life-Anhängerin. Sie leitet das Crossing Over Ministry, eine gemeinnützige Antiabtreibungsorganisation. Die andere große Hoffnung ist das Oberste Bundesgericht selbst. Seine Ausrichtung und seine Hautfarbe haben sich im Laufe der letzten Jahre radikal geändert. Die Engel müssen eine weit aktivere Haltung einnehmen und Seite an Seite mit gleichgesinnten Gruppen arbeiten. Wenn die Berufung gründlich vorbereitet wird, besteht die sehr reelle Chance, dass »Roe gegen Wade« widerrufen wird.

Lucens saß in der dritten Reihe von St. Peter's zwischen Honor, Dr. Som Puri und dessen Frau Revati. In der ersten Reihe saßen der Bürgermeister von Concord-Ashton und die übrigen Treuhänder der Angels. Honor hatte beschlossen, zur Taufe des ersten »Kindes Gottes« die ganze Gemeinde einzuladen, und die Kirche platzte fast aus den Nähten.

Father Raymond war an dem Morgen in Hochform. »Da wir uns anschicken, ein Kind durch das Sakrament der Taufe in diese christliche Gemeinde aufzunehmen, möchte ich Sie fragen: Wer kann es wagen, die Children of God als ›Waisen‹ zu bezeichnen? Die meisten Kinder können sich heutzutage glücklich schätzen, wenn sie zwei Eltern haben. Die Kinder Gottes sind hundert-, was sage ich, tausendmal glücklicher dran. Jedes hier anwesende Ehepaar, jeder ledige Mann und jede ledige Frau, die sich heute hier eingefunden haben, sind Vater oder Mutter sämtlicher ›Kinder Gottes‹. Warum sonst wären Sie alle hier? Gewiss doch, weil Sie, die Sie sich ernsthaft zum Geist und zur Sendung Christi bekennen, die persönliche Verantwortung für das körperliche und seelische Wohlergehen dieses Kindes übernehmen werden, da es seine Reise in ein Leben des Glaubens antritt und sich anschickt, ein ehrlicher und aufrechter Bürger dieses Landes zu werden.«

Som Puri zwinkerte, als er Lucens dabei ertappte, wie er die aufgeblasene Rhetorik des Priesters mit einem Stirnrunzeln und einer Grimasse quittierte. Wenn man von Honor absah, war Som Puri der Mensch, der Lucens in Sparta am nächsten stand und fast die Bezeichnung »Freund« verdient hätte. Es war komisch, wie sich die Amerikaner die Mühe machten, selbst die simpelsten Namen, wenn sie ausländisch und ungewohnt klangen, zu verballhornen. Fast jeder, Honor nicht ausgenommen, nannte den Arzt Sam.

Lucens hatte Som Puri ein paar Monate zuvor kennen gelernt, als die Engel einen Kinderarzt für die Children of God gesucht hatten. Der Arzt war mit einem »Guardian Weekly« in der Hand erschienen, und beim Anblick der britischen Wochenzeitung hatte Lucens eine übermächtige Sehnsucht nach England erfasst: nach der ungebärdigen, tobenden See bei St. Ives, der Sherlock-Holmes-Atmosphäre in der U-Bahn-Station Baker Street, nach Fish and Chips, nach dem »Orchard«, wo Lytton Strachey, Virginia Woolf und John Maynard Keynes einst bei Tee und Rosinenbrötchen gesessen hatten. Wie sich herausstellte, hatte Dr. Puri in Cambridge studiert und war in London Mitglied des Royal College of Physicians geworden, ehe er in die Staaten eingewandert war. Er war älter als Lucens, aber die zwei Männer hatten mehr gemeinsam als bloßes Heimweh nach den Britischen Inseln. Sie waren einsam und ausgehungert nach menschlicher Gesellschaft.

Som fing an, Lucens alte Ausgaben von »Guardian Weekly«, »London Review of Books« und sogar, aus weniger nachvollziehbaren Gründen, von dem medizinischen Fachblatt »The Lancet« zuzuschicken. In all den Jahren in der Abtei hatte sich Lucens dazu erzogen, nicht darüber nachzudenken, was auf seinem Teller lag, sondern es einfach zu essen. Jetzt merkte er mit einem Mal, dass er nach Ausreden suchte, um die Puris zu besuchen, damit sie ihn zu einer indischen Mahlzeit einluden. Bald war ihm der dürftigste Vorwand recht, um bei Som vorbeizuschauen: der jüngste »Harry Potter« für die Kinder; eine Zeitschrift, die er zurückzugeben vergessen hatte; ein Päckchen feinsten spanischen Safrans für Revati.

Gelegentlich fühlte sich Lucens durch Som an Abbajan erinnert. Wie sein Vater interessierte sich der Arzt für absolut alles: Architektur, Philosophie, Politik, Geschichte, Kunst. Ebenfalls wie Abba war er ein unverbesserlicher Liberaler, und es gab kaum ein Thema, über das er und Lucens derselben Meinung gewesen wären. Wegen ihrer ebenso entschiedenen wie diametralen Ansichten über die Abtreibung hätten die beiden fast aufgehört, miteinander zu reden.

»Pro life ist schön und gut für ein reiches Land wie Amerika. Aber danken Sie Gott dafür, dass Sie nicht indischer Minister für Familienplanung sind. Bei Ihrer extremen Haltung zum Schwangerschaftsabbruch würden wir dort 2015 die Zwei-Milliarden- und zehn Jahre später die Drei-Milliarden-Marke erreichen. Und müssten dann wahrscheinlich aus Mangel an Nahrungsmitteln zu Kannibalen werden.«

Immer wieder fasste Lucens den Entschluss, den Kontakt zu Som endgültig abzubrechen. Gelegentlich sah er den Arzt fünf Tage lang nicht, aber jedes Mal ergriff Som die Initiative und rief ihn an.

»Wo haben Sie die ganze Zeit gesteckt? Erzählen Sie mir bloß nicht, Sie schmollen wegen dieser kleinen Kabbelei von neulich.«

»Was für eine Kabbelei?« Lucens tat dann immer so, als erinnerte er sich nicht.

»Gut. Freut mich, dass alles vergessen ist. Manchmal schieße ich ein bisschen übers Ziel hinaus. Warum kommen Sie heute Abend nicht zum Essen?«

Und dann verließ Lucens etwas widerwillig seine Wohnung, um drei, vier Stunden später bester Laune zurückzukommen.

Falls Som zu Stimmungsschwankungen tendierte, war in Lucens' Anwesenheit davon nie etwas zu bemerken. Er war arglos, und was er zu sagen hatte, sagte er einem direkt ins Gesicht. Vielleicht war das im Treibhaus von Intrigen, das das Glades Medical darstellte, nicht gerade die beste Strategie. Viele seiner Kollegen beneideten ihn wegen seiner glücklichen Hand mit Kindern und nahmen es ihm übel, dass Eltern unumwunden nach ihm verlangten, auch wenn gerade ein anderer Kinderarzt Dienst hatte. Das Problem bei ihm, meinten sie, sei, dass er die nötige Distanz zu seinen Patienten nicht zu wahren wisse und allzu oft die Grenze zwischen »professionell« und »persönlich« überschreite. »Natürlich werde ich persönlich!«, grollte Som dann. »Wie sonst sollte man mit einem Kind umgehen?«

Gladys und Alfred Burgess standen jetzt vorne neben Father Raymond. Als der Priester dem Kind ein dünnes Rinnsal Wasser über den Kopf goss, hätte Lucens ihn am liebsten angeschnauzt. Er betrachtete die Taufe, sofern nicht der ganze Körper im Wasser untergetaucht wurde, als unvollständig: Der Kopf wurde von der Erbsünde reingewaschen, und der Rest durfte bis zum jüngsten Gericht im Fegefeuer schmoren. Dann hörte Lucens seinen Namen und wollte schon aufstehen, als alle zu klatschen begannen.

»Lucens, ich taufe dich im Namen des Vaters, des Sohnes und des Heiligen Geistes«, verkündete Father Raymond mit klarer Stimme.
»Was ist das für ein Gefühl, wenn der Erstgeborene nach einem selbst benannt wird?«, neckte Dr. Puri Lucens.
Lucens fehlten zur Abwechslung einmal die Worte. »Ich habe keine Ahnung, wessen Idee das war.« Er wandte sich zu Honor, die entfernt an eine Katze erinnerte, die jegliche Verantwortung für das Verschwinden des Kanarienvogels weit von sich wies. »Das waren Sie, stimmt's?«
»Ich habe nichts damit zu tun!« Honor kräuselte die Nase und zuckte theatralisch die Schultern. »Fragen Sie Father Raymond. Allerdings muss ich sagen, dass das gar kein so übler Name ist.«

Lucens entschied, dass es an der Zeit sei, die zweite Front zu eröffnen. »Zero Orphans« war eine logische Notwendigkeit und ein Schritt in die richtige Richtung gewesen, aber es führte kein Weg daran vorbei, dass es nur Flickschusterei war, ein Wiederbelebungsversuch, nachdem das Kind bereits in den Brunnen gefallen war. Das Verbot von vorehelichem Sex wurde völlig ausgespart. Und tragischerweise leistete die Initiative auch nichts zur Bekämpfung des AIDS-Problems. Jetzt war etwas weit Fundamentaleres nötig, etwas, das das Problem direkt an der Wurzel anpacken würde.

Es gilt als eine geradezu selbstverständliche Wahrheit, dass die heutigen Jugendlichen ungleich selbstständiger, cooler und in jeglicher, vor allem sexueller Hinsicht aufgeklärter sind als jede frühere Generation. Lucens hatte diesbezüglich seine Zweifel. Sie mögen eine gewisse oberflächliche Weltgewandtheit besitzen, sie mögen eine Spur informierter sein, aber wie breit angelegte Studien nachgewiesen haben, ist in den meisten Fällen Ahnungslosigkeit die Herrscherin ihres Handelns und Missverständnis deren Prinzgemahl. Zwölf- und Dreizehnjährige haben nur die rudimentärsten Vorstellungen von der sexuellen Realität. Und manche dieser Vorstellungen könnten geradezu als niedlich bezeichnet werden, wenn sie nicht so ernste Auswirkungen hätten.
Tatsache ist, dass sie Kinder sind, unreife, verängstigte, verwirrte Kinder. Das Wenige, das sie wissen, ziehen sie aus dem unaufhör-

lichen anzüglichen Unterleibsgewackel und sonstigem Softporno, mit dem das Netzwerk aus Musikindustrie und TV-Sendern wie MTV Gold- und Platinalben und multimillionenschwere Gewinne erzielt. Der Hauptverantwortliche aber ist der Gruppenzwang. Jane, Roger, Soledad, Tracy, X, Y und Z tun es. Wer anerkannt werden und dazu gehören will, der »macht Sex«, ob er nun will oder nicht.
Aber was, wenn der Trend sich umkehren ließe? Was, wenn man die Enthaltsamkeit anziehender, ja, geradezu sexy machen könnte? Erreichen ließe sich das nur auf eine einzige Weise: indem man der Rebellion, dem Neinsagen einen verführerischen Reiz verlieh, Anderssein zu einer Auszeichnung machte, aufzeigte, dass Jesus weitaus unwiderstehlicher war als all die Finten und Versuchungen des Teufels.
Dies war die schwierigste Aufgabe, die die Engel zu leisten haben würden. Also versuchte Lucens sich an Fernseh-Spots zur Förderung der sexuellen Enthaltsamkeit.

20. Juli
—— TV-Spot für Jugendliche
Mädchen und Jungen mit Punk-Frisuren und in Punk-Kleidung tanzen mechanisch zu mechanischer Musik. Schnitt. Mädchen mit den gleichen Frisuren, der gleichen Kleidung und dem gleichen Aussehen, dito Jungen, die aus der Schule herauskommen. Schnitt. Eine Herde Schafe.
Verächtliche Mädchenstimme aus dem Off: »Schau dir die bloß an! Die sehen alle gleich aus, die denken alle gleich, die reden alle gleich. Mann, geht's vielleicht noch langweiliger?« Totale eines gepflegten Mädchens in Jeans und einem schlichten Top. Kamera zoomt heran. Aus dem Off: »Gehört schon was dazu, anders zu sein. Und die Nummer Eins zu sein.« (Pause) »Bist du anders?«
Text im unteren Teil des Bildschirms: »Jedes Jahr werden eine Million Teenager schwanger. Willst du anders sein? Oder als Mädchen Nummer eine Million und eins enden?«
—— TV-Spot für Eltern
Eltern schauen sich zusammen mit ihrer 12-jährigen Tochter einen nicht jugendfreien Film an; Mutter sieht bewundernd zu, wie die Tochter sich einen Minirock anzieht, und gibt ihr Schminktipps.

Stimme aus dem Off: »Sie halten sich für lässige, progressive Eltern, die ihre 12-jährige Tochter von gleich zu gleich behandeln und ihr alle Freiheiten lassen, die Sie niemals hatten. Kinder brauchen Liebe, Offenheit und ein klares ethisches Orientierungssystem. Keine falsche Vorstellung von Gleichheit.«
Text im unteren Teil des Bildschirms: »Jedes Jahr werden eine Million Teenager schwanger. Ihre Tochter wird Sie einmal hassen, wenn Sie ihr keine richtigen Eltern gewesen sind. Seien Sie Mutter oder Vater, kein falscher Freund!«

Würde das ausreichen? Natürlich nicht. Die eigentliche Kehrtwende würde erst der nächste Schritt bringen: »Pledge of Purity«, das Reinheitsgelöbnis. Die Idee dabei war, junge Männer und Frauen dazu zu bringen, vor dem lebendigen Christus zu geloben, dass sie sich bis zur Heirat jeder sexuellen Handlung enthalten würden. Das war natürlich keine neue Idee. Bereits bestehende Organisationen wie »The Silver Ring Thing« verfolgten ähnliche Ziele. Aber der Ring ließ sich ohne Probleme ablegen und ebenso leicht ließ sich das Enthaltsamkeitsgelübde vergessen, das dieser symbolisieren sollte. Lucens konnte auch nicht garantieren, dass das Gelöbnis eingehalten werden würde, aber er war entschlossen, dafür zu sorgen, dass das Ritual und der in dessen Rahmen abgelegte Eid einen unauslöschlichen Eindruck hinterlassen würden.
Das entscheidende Element der Zeremonie würde eine an unauffälliger Stelle angebrachte Tätowierung sein: ein Kreuz und dazu die Worte »Pledge of Purity«. Aber die eigentliche Tätowierung würde die Seele empfangen. Lucens konzipierte die Zeremonie als eine symbolische Nachfolge Christi, eine Wanderung, in deren Verlauf die jungen Kandidaten Schritt für Schritt die vierzehn Stationen des Kreuzweges nachvollziehen würden. Es würde eine intensive und unvergessliche Erfahrung werden.
Mit Dornen bekrönt, ein schweres Kreuz auf der Schulter, würden die jungen Postulanten und Postulantinnen zuletzt – von den Schmährufen, Spottreden und dem Gejohle der versammelten Gemeinde begleitet – eine Nachbildung Golgathas emporwanken. Doch der entscheidende Moment würde erst noch kommen. Hilflos und bis zum Grund der Seele erschüttert, würde der Kandidat jetzt

hinaufgehoben und ans Kreuz gebunden werden. Es würde ein grauenvoll einsamer Augenblick werden: Zeit genug, des Herrn zu gedenken und nachzuvollziehen, was Er für die Menschheit erlitten hatte. Die eine unendliche Minute würde sich auf ewig in die Seele des Prüflings einbrennen. Wann immer er – oder sie – die Versuchung verspüren sollte, das Gelöbnis zu brechen, würde er wissen, dass er persönlich dafür verantwortlich war, dass Jesus aufs Neue gekreuzigt wurde. Und da er die Tätowierung ein Leben lang behalten würde, würde er es sich nach der Heirat zweimal überlegen, bevor er Ehebruch beging.

23. Juli
Was soll man von diesen rückgratlosen und inkonsequenten Liberalen halten? In Michigan und ein paar anderen Staaten gilt, dass, wenn ein Minderjähriger stiehlt oder trinkt, dessen Eltern zur Verantwortung gezogen werden und Schadensersatz oder ein Bußgeld zahlen müssen. Es wäre an der Zeit, dieses Gesetz auch auf die Eltern von Kindern anzuwenden, die schwanger werden oder sich eine durch Geschlechtsverkehr übertragene Krankheit zuziehen. Ich sehne den Tag herbei, da die Angels den nötigen Einfluss haben werden, Gesetze durchzuboxen, die schuldige Eltern zu jahrelanger Zwangsarbeit verurteilen.

Amanat leitete einen Brief an Lucens weiter, aus dem er nicht recht schlau wurde. Er war zwar durchaus freundlich abgefasst, aber er hinterließ in Lucens ein tiefes Unbehagen.

Lieber Freund,
wir leben in seltsamen Zeiten. Weder Sie noch ich können es uns erlauben, unseren wahren Namen preiszugeben. Wir sind Gottes kleine Krieger – ein Ausdruck, den, wie ich glaube, Sie geprägt haben – und müssen zwangsläufig inkognito leben, bis wir unsere Ziele erreicht haben. Dennoch habe ich schon seit langem das Gefühl, Sie besser als meine Angehörigen und meine engsten Freunde zu kennen.
Die Sünden der Väter suchen die Söhne heim, und so unschuldig die Söhne auch sein mögen, müssen sie die Schande anderer erdulden.

Ja, selbst ihre ehrenhaftesten Taten werden mit Schmutz beworfen. Mitunter dauert es ein ganzes Leben, das Stigma zu tilgen. Dies versichere ich Ihnen: Ich werde mich als würdig und über jeden Verdacht erhaben erweisen.

Einstweilen verbeibe ich
Ihr namenloser Waffengefährte

An diesem Morgen, kurz nach zehn, rief der Abt Lucens an: »Ich wollte, dass Sie heute zu zweiwöchigen Exerzitien nach Terraferra kommen, aber wie ich höre, sind sämtliche Flüge vorübergehend gestrichen. Hören Sie mich, Lucens?«
Schweigen am anderen Ende der Leitung.
»Sprechen Sie mit mir, Lucens, ich möchte nicht, dass Sie irgendeine Dummheit machen. Ich rede mit Father Raymond in St. Peter's, dass er bei Ihnen vorbeischaut. Ist alles in Ordnung, mein Sohn? Das hat nichts mit Ihnen zu tun, begreifen Sie? Gar nichts.« Pater Augustine hörte nichts anderes als Lucens' Atem.
»Hören Sie mir zu. Ich möchte, dass Sie das Kreuz mit beiden Händen umklammern und für all diejenigen beten, die heute Morgen gestorben sind. Im Namen des Allmächtigen Herrn, sagen Sie etwas, Lucens! Sobald der Flugverkehr wieder aufgenommen wird, komme ich nach Sparta und nehme Sie mit hierher zurück. Meine Gedanken sind unentwegt bei Ihnen. Ihre Mitbrüder hier und ich werden für Sie beten. Gott sei mit Ihnen. Ich werde so oft wie möglich anrufen.«

Zwanzig Minuten nach dem Anruf des Abtes kam Father Raymond hereingestürzt. Lucens' Tür war wie immer nicht abgeschlossen. Als Honor die kleine Dreizimmerwohnung für ihn gefunden hatte, hatte er sie »Open House« genannt und es auch so gemeint. Jeder, der kein Dach über dem Kopf hatte, durfte sich hier einquartieren. »Sie scheinen mir völlig okay zu sein.« Father Raymond klang atemlos und leicht ungehalten. »Ich weiß wirklich nicht, warum Ihr ehemaliger Abt so einen Aufstand machen musste. Sie sind nicht der Einzige, den die Sache fertigmacht. Wir sind alle erledigt. Wir leben in apokalyptischen Zeiten. Wer weiß, vielleicht ist es das Ende der Welt, und der Tag des Jüngsten Gerichts steht unmittelbar bevor. Die Hauptsache ist jetzt, nicht durchzudrehen.« Father Raymond faselte weiter, aber Lucens hörte ihm längst nicht mehr zu. Er war zu seiner ersten Liebe zurückgekehrt, den Zahlen, und arbeitete wie rasend an einer algebraischen Gleichung, die unbedingt gelöst werden musste, bevor die Zeit ablief.

»Durcheinander, durcheinander, wir sind alle durcheinander. Ich weiß nicht, wo mir heute der Kopf steht. Ihr Abt schien zu meinen, man müsste sich um Sie kümmern. Für wen gilt das nicht? Ich bin selbst am Rande eines Nervenzusammenbruchs. Das Telefon klingelt ununterbrochen. Was soll ich tun? Hören Sie mir überhaupt zu, Lucens? Reißen Sie sich zusammen! Ich habe keine Zeit zu vertrödeln!« Father Raymond verlor die Geduld und versuchte, Lucens den Block, auf dem er rechnete, aus der Hand zu reißen. »Würden Sie gefälligst mit diesem lächerlichen Gekritzel Schluss machen und mir zuhören? Sie sollten mir helfen, meine Gemeinde zu beruhigen, statt mir die Zeit zu stehlen! Ich warne Sie, ich weigere mich, die Verantwortung für jemanden zu übernehmen, der nicht einmal die Höflichkeit besitzt, den Stift aus der Hand zu legen, während ich mit ihm rede. Ich rufe Ihren Abt an und sage ihm klipp und klar: Wenn er sich Sorgen um Sie macht, dann darf er gerne herkommen und sich selbst um Sie kümmern. Oder Dr. Sam Puri bitten, das zu tun. Nicht, dass Sie mir in irgendeiner Weise pflegebedürftig vorkämen ... Also wirklich, Matheaufgaben lösen, während draußen die Hölle los ist!«

»Ich hab's getan.«

Father Raymond schaute einen Augenblick lang verdutzt drein, wandte sich dann entnervt von Lucens ab. »Klar, Sie haben es getan, ich weiß zwar nicht was, aber das waren bestimmt Sie!«

Som Puri beobachtete Lucens, der nach wie vor an seinem mathematischen Problem arbeitete, und sagte kein Wort. Er maß seinen Puls, packte ihn an den Haaren, riss ihm den Kopf in den Nacken und leuchtete ihm mit einer Stiftlampe in die Augen. Lucens nahm

seine Arbeit wieder auf. Der Arzt ging ins Schlafzimmer, stopfte ein paar Kleidungsstücke in eine Plastiktüte und kam zurück.
»Ich hab's getan«, sagte Lucens zu ihm.
»Sie kommen mit zu uns.«
Als Puris Söhne an diesem ersten Abend den Fernseher einschalteten, um die Nachrichten zu sehen, schaltete Som sofort um, aber Lucens ging in die Küche und versuchte, sich mit einem Tischmesser die Augen auszustechen. Der Arzt ging ihm nach und kam gerade noch rechtzeitig, um ihm die stumpfe Waffe zu entwinden. Von da an waren Nachrichtensendungen im Wohnzimmer tabu, und die nächsten fünf Tage ließ Som seinen Freund nicht aus den Augen. Wenn den Arzt die Kräfte verließen, leistete Revati Lucens Gesellschaft. Lucens war friedlich und kam immer gehorsam an den Esstisch, er sah sich sogar zusammen mit den Puris »Ein Fisch namens Wanda« an, achtete allerdings darauf, dass sein Rechenblock immer in Sichtweite lag. Die meiste Zeit über arbeitete er zwanghaft an der Lösung des einen oder anderen mathematischen Problems.
Lucens schien sich zwar zu freuen, den Ehrwürdigen Vater Augustine zu sehen, sprach aber kein Wort mit ihm.
»Wie lange wird das so weitergehen?«, fragte der Abt den Arzt, sobald sie allein waren.
»Schwer zu sagen. Zwei Wochen, einen Monat, vielleicht ein Jahr.«
»Würden Sie die Unterbringung in einer psychiatrischen Anstalt empfehlen?«
»Ich bin kein Psychiater, aber ein Kollege im Krankenhaus hat ihn untersucht und ihm etwas verschrieben. Er meint, Lucens stehe unter Schock und seine Aussichten auf Genesung seien weit besser, wenn er unter Menschen ist, bei denen er sich geborgen fühlt.«
Der Abt zögerte, bevor er weitersprach.
»Hat er etwas gesagt?«
Dr. Puri sah den Mönch nachdenklich an, als versuchte er, seine Gedanken zu lesen.
»Ich war viele Jahre lang sein geistlicher Ratgeber und Beichtvater. Sie können offen mit mir reden.«
»Manchmal, wenn er einnickt, murmelt er irgendetwas vor sich hin oder schreit. Halluzinationen, nehme ich an.« Dr. Puri lächelte. »Außerdem bin ich halb taub.«

»Ich weiß nicht, wie ich Ihnen dafür danken kann, dass Sie sich so um ihn gekümmert haben.«
»Haben Sie nicht vor, das Gleiche zu tun?«
»Ich werde alles tun, was in meiner Macht steht. Und den Rest Gott überlassen. Sie sind ein guter Mensch, Som Puri. Ich hoffe, Lucens wird irgendwann erkennen, dass er einen wahren Freund in Ihnen hat.«

Der Abt nahm Lucens mit zurück nach Terraferra. Nach Ablauf der dritten Woche beschloss er, Lucens an den Stundengebeten teilnehmen zu lassen, und machte jeden Abend lange Spaziergänge mit ihm. Er trug Pater Anthony auf, Lucens wann immer möglich aus der Bibel vorzulesen. Das schien ihn zu beruhigen.
Während einer der montagmorgendlichen Selbstprüfungen ging Pater Augustine bewusst ein Risiko ein und sprach zu der Mönchsgemeinschaft, während er Lucens im Auge behielt.
»Der 11. September ist Vergangenheit. Aber er wird immer eine Wunde in der Psyche unseres Landes bleiben. Es wird uns nie gelingen, das Grauen, die Empörung und die Angst zu überwinden. Ab irgendeinem Punkt aber müssen wir bewusst der Versuchung eines Reflexes widerstehen. Worum wir uns bemühen müssen, ist eine wohl überlegte, differenzierte Reaktion auf die Tragödie. Jeder Verlust ist etwas Individuelles: das Gesicht eines geliebten Menschen, die Weise, wie jemand den Kopf schief hält, während er aufmerksam zuhört, der ansteckende, sorglose Klang eines bestimmten Lachens. Es ist unmöglich, die Trauer derjenigen zu lindern, die eine Mutter, einen Sohn, eine Tochter oder eine Ehefrau, einen Vater oder einen Freund verloren haben. Und wie könnte man jemals die Trauer und den Schmerz unseres Herrn nachvollziehen, der wider alle menschliche Vernunft hofft, dass das abscheuliche Gemetzel ein Ende finden wird? Schon ist von Vergeltungsschlägen die Rede.«
Der Abt warf Lucens einen Blick zu, aber es war so, als starrte er auf eine Milchglasscheibe.
»Viele von Ihnen sind zu mir gekommen und haben vorgeschlagen, dass wir die amerikanische Flagge hissen. Ich weiß, dass Sie es gut meinen und Ihre Solidarität mit der Bevölkerung unseres Landes bekunden möchten. Aber die Flagge Gottes ist nicht die Flagge

Amerikas. Er führt keine andere Flagge als die Flagge all derer, die guten Willens und barmherzig sind und sich jeder Form von Gewalt enthalten. Wir sind Mönche, und unsere Flagge ist das Gebet. Hissen wir sie so hoch wie möglich, auf dass die Menschen und Gott sie beide gleichermaßen beachten mögen.«

»Warum bleiben Sie nicht noch länger?«, fragte der Abt am Tag vor Lucens' geplanter Abreise.

»Sieben Wochen sind eine lange Zeit, besonders, da die Angels noch kaum auf eigenen Beinen stehen.«

»Ist mit Ihnen wieder alles in Ordnung?«

»Gott verhüte, dass mit mir je wieder etwas in Ordnung sein wird nach dem, was ich in Afghanistan und Kaschmir getan habe!«

»Das ist lange her. Sie dürfen sich am 11. September keine, ich wiederhole, keine Schuld geben.«

»Sie vergessen nur eines, Ehrwürdiger Vater: Ich wäre absolut imstande gewesen, so etwas zu tun. Das war genau mein Fall, wie Amanat sagen würde. Einen Plan ausführen kann jeder. Ich aber war derjenige, der die Ideen hatte, der immer kühnere und verwegenere Anschläge ersann. Strategisch war der Anschlag auf das World Trade Center vergleichbar mit Hannibals unglaublichem Entschluss, im Winter die Alpen zu überqueren und Rom anzugreifen. Nur Stümper und Dummköpfe tun immer wieder das Gleiche. Die echten Denker, die Phantasie haben, sind wie Versteigerer. Was sie verkaufen, ist Terror. Sie stacheln sich gegenseitig dazu an, das Gebot immer weiter in die Höhe zu treiben. Und der Zuschlag geht immer an den, der am meisten erschüttern, den größten Schaden anrichten kann. Wir haben es hier mit technischen Details zu tun. Trefferquoten. Prozenten.«

»Lucens, der 11. September war kein technisches Detail. Und er ist keine Frage von Prozenten. Es geht um Menschen. Um reale Menschen mit realen Leben. Unschuldige zu töten ist keine Heldentat.«

»Ja, ja, genau das meine ich.«

»Wirklich? Einen Augenblick lang dachte ich, Sie vermissen diese aufregende Zeit, den Adrenalinstoß.«

»Ich verdiene den Tod. Wenn Jesus mich nur sterben ließe.«

Mitten in der Nacht wachte Lucens mit einer Idee für die Kinder-Gottes-Werbekampagne auf. Die Agentur, die er beauftragt hatte, war mit ein paar brauchbaren Ideen gekommen, aber sie waren für das aktuelle Projekt nicht geeignet. Er hatte gemeint, dass man es vermeiden sollte, die Spiritualität und Gott als kalte Abstraktionen zu behandeln. Wenn man erreichen wollte, dass die Leute einem die Bedeutung dieser Begriffe abkauften, musste man sie wie Schokoriegel oder Computerspiele verkaufen. Der Creative Director hatte es nicht ausgesprochen, aber sein Gesichtsausdruck hatte eindeutig zu verstehen gegeben, dass Lucens einen Knall hatte. Jetzt griff sich Lucens einen Stift und notierte seine Gedanken zu zwei TV-Spots.

—— Idee zu Spot
Ein Baby, das jede Mutter unwiderstehlich dazu bringen würde, es zu liebkosen, gluckst und lächelt in die Kamera. (Probeaufnahmen mit erstem Kind Gottes; feststellen, ob es sich für die Rolle eignet.)
Stimme aus dem Off: »Wir würden furchtbar gerne ein Baby von Ihnen bekommen. Bitte treiben Sie es nicht ab. Bitte.«
Text im unteren Teil des Bildschirms: »Rufen Sie die nächste Angels-Niederlassung an und schenken Sie Ihrem Baby ein liebevolles Zuhause!«
Der zweite Spot wird einen Monat nach dem ersten gesendet. Er wird auf der Welle von Goodwill reiten, die der erste aufgebaut hat.
—— Idee zu Spot
Dasselbe Baby wie im ersten Film.
Stimme aus dem Off: »Es gibt keine Waisen. Nur Kinder Gottes. Retten Sie ein Kind. Spenden Sie großzügig. Jeder Betrag zwischen zwanzig und einer Million Dollar wird dankend angenommen.«
Im unteren Teil des Bildschirms ist zu lesen: »Zero Orphans. Es braucht seine Zeit. Aber wir sind auf dem besten Weg.«

Die Werbekampagne für die Children of God schien eine zynische und blasierte Nation in einem ihrer seltenen empfindsamen Momente getroffen zu haben. Anders als der 11. September, Berichte über Serienmörder, Schulhof-Schießereien, die Todesstrafe, Reality-TV und die endlosen Diskussionen um die Steuergesetzgebung

bot das Baby auf dem Bildschirm den Amerikanern die Chance, sich gut zu fühlen.
Das Geld strömte nur so herein. Schulkinder, allein erziehende Sozialhilfeempfängerinnen, Arbeitslose, Schwarze und Latinos in ihren jeweiligen Ghettos, die Mittelschicht aus den Vororten, die Philanthropen, die Großunternehmen – jeder schien in Spendierlaune zu sein. Es reichte nicht ganz an Bob Geldofs »Live Aid« heran, aber im Laufe der Wochen kam ein beachtlicher Betrag zusammen.
Es war wie in Hollywood: Wenn eine Idee funktionierte, wollte sie jeder nachahmen oder auf den fahrenden Zug aufspringen. Überregionale Sender wie CBS, ABC, FOX und NBC boten an, die Spots umsonst auszustrahlen. Und was noch besser war: Die Staatsregierung schien die Heime finanziell unterstützen zu wollen.
Medienexperten und Marketing-Gurus, Tages- und Late-Night-Talkshow-Master zerbrachen sich wortreich den Kopf darüber, wie ein Film, der in der Herstellung so gut wie nichts gekostet hatte, dermaßen einschlagen konnte. Lucens begriff die ganze Aufregung nicht. Hatte man Jesus auf seiner Seite, war selbst eine Mission Impossible ein Kinderspiel.

Som und Lucens hatten eine ihrer üblichen hitzigen Diskussionen gehabt, aber diesmal schien Som nicht vorzuhaben, den ersten Schritt zur Versöhnung zu unternehmen. Zehn Tage waren vergangen, und er hatte noch immer nichts von sich hören lassen.
Ein paar Tage später hatte Lucens eine Besprechung mit seinem Anwalt in Manhattan. Auf dem Rückweg machte er einen Abstecher nach Jackson Heights und kaufte eine Schachtel indischer Jalebis, diese widerlich aussehenden, siruptriefenden, mit Mandel- und Pistaziensplittern bestreuten orangefarbenen Spiralen, die Som so sehr liebte, dass er sie vor seinen Kindern verstecken und dann allein in seinem Arbeitszimmer bis zur letzten vertilgen würde.
Der Himmel war noch immer von einem tiefen Dämmerblau und die Schornsteine in den drei Countys waren Miniaturvulkane, die zornige Rauchkringel ausstießen, als Lucens an diesem Herbstabend heimwärts fuhr. Lucens fuhr hinunter zum Seeufer, bog links in die Madison ein, noch einmal links in die Hamilton und hielt auf dem Parkplatz des Glades-Krankenhauses. Die Tage gingen nicht

mehr allmählich zur Neige, die Nacht schnappte wie der Verschluss einer Spiegelreflexkamera zu, und mit einem Schlag flammten sämtliche Lichter des Glades auf. Viele Mitarbeiter waren schon auf dem Weg nach Hause. Höchstwahrscheinlich war Som Puri inzwischen auch schon gegangen. Aber weil Lucens einmal da war, konnte er genauso gut hinauf in den vierten Stock laufen und in der Kinderstation nachsehen. Der Aufenthaltsraum war menschenleer und aufgeräumt – sah man von den Haufen bunter Bauklötze, Feuerwehrwagen und Spielzeugautos, Plastikrasseln, den drei Barbies und einer dicken Babypuppe ab, die allesamt unordentlich in einer Ecke lagen. Lucens war schon wieder auf dem Weg nach unten, als eine ältere Krankenschwester ihn erkannte.

»Suchen Sie Dr. Puri, Mr. Kahn?«

»Ja.«

»Er ist in Station B, bei einem Patienten.«

»Was wollen Sie hier?« Soms Stimme klang feindselig. Er hatte sich an dem Morgen rasiert, aber nicht allzu gründlich, und er kratzte sich fortwährend die grauen Stoppeln am Kinn. Er roch nicht direkt ungewaschen, aber nach Stress, Erschöpfung und Frustration.

»Ich wollte nur kurz vorbeischauen. Tut mir leid, wenn ich ungelegen komme. Ich melde mich bei Gelegenheit wieder.«

Som sah Lucens fast hasserfüllt an. »Sie sind doch ein Gottesmann, richtig? Warum reden Sie dann nicht mit Ihrem Gott und lassen Ihre Beziehungen spielen, damit er dieses Kind rettet, das seit zwei Wochen auf keinerlei Behandlung anspricht?«

»Fahren Sie nach Hause, Som. Sie sind fix und fertig und suchen nur Streit. Ich werde für das Kind beten, wenn Sie mir seinen Namen sagen. Und alles Weitere, denke ich, sollten wir besser Gott überlassen.«

»Sie schmieriger selbstgerechter Mensch mit Ihrem herablassenden Gehabe! Unterstehen Sie sich, mir Vorträge zu halten!«

Lucens wollte Som die Schachtel Jalebis geben, überlegte es sich dann aber anders. Am Ende hätte er damit nur einen weiteren Wutausbruch ausgelöst. Er warf die Süßigkeiten in einen Abfalleimer.

»Er heißt Philip«, brüllte Som, als die Fahrstuhltür aufging.

Sie sahen sich am Samstagabend wieder, im Supermarkt. »Wo haben Sie gesteckt?«, rief Som Lucens über den Gang hinweg zu, als hätte er ganz vergessen, wie unausstehlich er bei ihrer letzten Begegnung gewesen war. Er kam mit Revati und den Kindern zum Regal, aus dem sich Lucens gerade eine Familienpackung Früchtemüsli aussuchte. »Sie scheinen ja wirklich ziemlich wichtig zu sein. Offenbar hört der Oberboss tatsächlich auf Sie. Philip macht hervorragende Fortschritte und dürfte Dienstag wieder zu Hause sein.«
»Was hätten Sie getan, wenn Philip nicht überlebt hätte?«
»Wer weiß – vielleicht zuerst Sie umgebracht und dann meine zweihundertdreißig Patienten?«

»Wissen Sie, wie Oasen in Wüsten entstehen?«, fragte Som Lucens. Das war eine seltsame Frage, umso mehr, weil sie am vielleicht ersten wirklichen Sommertag nach einem langen, strengen Winter gestellt wurde. Bis in den Mai hinein hatte es gefroren. Es hatte gerade eben sieben Tage Frühling gegeben, und jetzt war, buchstäblich über Nacht, der Sommer über die drei Countys hereingebrochen. Som und Lucens hatten ihre Fahrräder herausgeholt und radelten gemächlich um den Lake Santa. Im Winter waren sie in dicken Daunenjacken und mit Snowboots an den Füßen jedes Wochenende mit den Kindern zum Schlittschuhlaufen hergekommen. Warum dachte Som an einem Tag, an dem der Herrgott das Land in das berauschendste Grün eingehüllt hatte, das Lucens je untergekommen war, ausgerechnet an Wüsten?
»Ich habe keine Ahnung.«
»Eine Oase bildet sich dann, wenn zwei Menschen das Glück haben, eine gemeinsame Sprache zu finden, und imstande sind, miteinander zu kommunizieren, ohne auf sie zurückgreifen zu müssen.«
Lucens hatte Som noch nie so sentimentale Reden führen hören.
»Ich habe damals England verlassen, weil das Glades angeboten hatte, meine Forschung über Frühchen – ich meine, über Frühgeborene – zu finanzieren. Drei Jahre lang hielt das Krankenhaus Wort. Dann bekamen wir eine neue Geschäftsführung, und die holte Unternehmensberater an Bord, die ihr klar machten, dass die Medizin ein Geschäft wie jedes andere auch sei und dass jede Minute soundsoviel Dollar koste. Das war das Ende meiner Forschung. Die letz-

ten sieben Jahre habe ich tagaus, tagein in einer Wüste verbracht, einer so leblosen und unfruchtbaren Wüste, dass mein einziger Trost meine Patienten waren, denen ich immer weniger und weniger Zeit – und ganz gewiss keine persönliche Anteilnahme – widmen darf. Verflucht habe ich mich für die idiotische Entscheidung, England zu verlassen. Dann sind Sie gekommen, und mit einem Mal sah alles nicht mehr so hoffnungslos aus. Stellen Sie sich vor, jemanden kennen zu lernen, der tatsächlich, allen gegenteiligen Beweisen zum Trotz, davon überzeugt ist, die Welt verbessern zu können.«

Das Eis auf dem See hatte angefangen, schmerzvoll zu ächzen. Es war, als wachte ein Leviathan in der Tiefe auf. Das Wasser unter der Eisdecke wallte und donnerte, als das Untier seine Muskeln spielen ließ. Lucens hatte es längst aufgegeben, seinen Freund begreifen zu wollen: Wie konnte ein Mensch so verbissen um das Leben eines Kindes ringen und gleichzeitig an das allgemeine Recht auf Abtreibung glauben?

Sie radelten zwanzig Kilometer und kehrten dann zum Frühstück im Pylon Yacht Club ein. Bald würde Lucens diese spannungsreiche Freundschaft – die jeden Augenblick ein jähes Ende finden konnte – zunehmend als eine göttliche Prüfung begreifen. Aber heute war ein besonderer Tag, ein vollkommener Tag, denn während sie bei Rührei, Toast und frisch gemahlenem Kaffee saßen, fragte Som verlegen: »Meinen Sie, Revati und ich könnten eins von den Kindern Gottes adoptieren?«

»Aber Sie haben doch schon zwei eigene.«

»Schon, aber Revati hatte sich schon immer ein Mädchen gewünscht, und die Jungs meinen, das sei jetzt der richtige Zeitpunkt, um eine Schwester zu bekommen.«

Lucens hatte eine elementare Tatsache begriffen, die die meisten Politiker und Führer vergessen, sobald sie an die Macht gelangen: Ohne solide Basis und eine verlässliche Wählerschaft ist man ein Niemand. Und es wird einem nie gelingen, Gleichgesinnte aus dem ganzen Land an sich zu ziehen. Er hatte seine Strategie bereits im Vorfeld sorgfältig geplant: Verschaff dir bei einem Geldinstitut wie der First Penn den Ruf eines guten Kunden, und die Stützen der Gesellschaft werden zwangsläufig von dir erfahren und Kontakt aufnehmen. Neben seinen Pflichten als Angel und der Gründung und Einführung von Zero Orphans und Pledge of Purity hatte es Lucens als seine zweite Hauptaufgabe angesehen, sich bei den Einwohnern seiner neuen Wahlheimat unentbehrlich zu machen.

Zunächst einmal unterstützte Lucens Kahn die örtlichen Talente gegen die auswärtige Konkurrenz. Als Honor Lockman ihren Bossen in Philadelphia mitteilte, ihre Filiale würde gegenüber dem Vorjahr ein Umsatzplus von fünfzig Prozent machen, glaubten die, sie hätte die Zahlen manipuliert. Es kamen ein paar wichtige Leute aus der Bankzentrale vorbei, um sich die Bücher selbst anzusehen, und was sie sahen, beeindruckte sie. Sie teilten Lucens mit, jetzt wo die First Penn in Sparta auf dem besten Weg sei, zu ihrer am schnellsten wachsenden Filiale zu werden, würden sie eine viel erfahrenere und kompetentere Kraft mit der Leitung betrauen. »Honor ist genau die Richtige«, beharrte Lucens. Die Banker waren stur, aber er gab nicht nach. Er war der Kunde, und zwar der wichtigste in diesem Teil des Staates, und so konnten sie sich nicht über seine Wünsche hinwegsetzen.

Honor war Lucens' erste Konvertitin und Parteigängerin. Er hatte eine renommierte Werbeagentur damit beauftragt, das öffentliche Image der Angels deutlicher herauszuarbeiten. Die Leute waren gut, und sie sorgten dafür, dass die Engel bald jedem ein Begriff waren, aber was Enthusiasmus, Energie oder Loyalität anbelangte, konnten sie Honor nicht das Wasser reichen.

Die Wiederbelebung der Zwillingsstädte war ein zentraler Punkt in Lucens' Aktionsplan. Er wusste, dass mit einer breiten Unterstützung seiner Ideen und Projekte nur unter der Voraussetzung eines deutlichen wirtschaftlichen Aufschwungs zu rechnen sein würde. Hätten die Menschen aber erst erkannt, dass er sich tatkräftig und aus eigener Initiative darum bemüht hatte, die brachliegende heimische Wirtschaft anzukurbeln, würde er sich nie wieder um ihre Loyalität sorgen müssen. Er war sicher, dass sie ihm dann blindlings überallhin folgen würden.

Lucens musste sich in Geduld üben, ehe er in das »Komitee für die Wiederbelebung von Concord-Ashton« aufgenommen wurde. Aber selbst nachdem er Mitglied geworden war, hatte er das Gefühl, in einem Zeitloch zu stecken. Die übrigen Komiteemitglieder waren wohlmeinende Menschen, aber sie waren einfach schon zu lange im Geschäft. Sie waren selbstgefällig geworden und sträubten sich gegen neue Ideen.

Er wartete bis zur Jahresversammlung und dem anschließenden Gala-Diner im Rathaus, zu dem das Komitee die Prominenz der Countys und die Presse eingeladen hatte. Es war Brauch, dass das jüngste Mitglied des Komitees die Begrüßungsansprache hielt. Lucens redete und redete – unverfängliche Witze, unverfängliche Themen, unverbindliche Prognosen –, bis er schließlich zu seinem Resümee kam: »Meine Damen und Herren, wir müssen uns bewusst machen, dass keinerlei Hoffnung besteht, die Zwillingsstädte wieder zum Leben zu erwecken ... es sei denn, wir erwählen Satan zu unserem Führer und Vorbild.« Was nun folgte, ließ sich am treffendsten mit »Totenstille« bezeichnen. Es bestand kein Zweifel, dass das Komitee das vorzeitige Ableben seines jüngsten Mitglieds betrauerte. »Die einzige Lösung, das einzige Gegenmittel für unsere Übel und Probleme ist die Versuchung.«

Das war das Stichwort: Die Tür flog auf, und sieben verschleierte Frauen kamen zu sinnlicher, lasziver Musik hereingetrippelt und begannen einen Bauchtanz.

Am Ende der dreiminütigen Darbietung nahmen die Frauen ihre Schleier ab und lächelten sittsam: Es waren die Töchter von sechs protestantischen Geistlichen. Einige Sekunden lang herrschte schockiertes Schweigen, dann brach der Bürgermeister in prustendes Gelächter aus und fing an zu klatschen. Ein Seufzer der Erleichterung ertönte und alle fielen in den Applaus ein.

Jetzt sprach Lucens leise weiter. »Meine Damen und Herren, wir müssen uns in aller Deutlichkeit klar machen, dass das Überleben unserer Zwillingsstädte auf dem Spiel steht. Wenn wir neue Industrien und neue Betriebe anlocken wollen, müssen wir sie in Versuchung führen. Wir müssen sie mit Steuerfreijahren und Vergünstigungen, Subventionen, konkurrenzlosen Krankenversicherungspaketen und sonstigen Anreizen ködern. Ja, meine Damen und Herren, wie Mafiabosse sollten wir ihnen ein Angebot machen, das sie nicht ablehnen können. Sobald wir die ersten fünf Betriebe dazu gebracht haben, sich hier anzusiedeln, wird die Mundpropaganda den Rest besorgen. Ich würde vorschlagen, dass wir eine Mischung aus traditionellen und innovativen Industriezweigen mit einem hohen Wachstumspotenzial ansteuern. Machen wir uns gleich morgen an die Arbeit. Concord und Ashton haben schon zu lange gewartet und unsere Arbeitslosen können nicht länger warten. Zeigen wir ihnen, dass wir, wenn wir etwas wollen, es uns einfach holen!«

Man hätte es als pubertären Gag bezeichnen können, aber es funktionierte. Die Sache mit den Steuerfreijahren und anderen Vergünstigungen sprach sich herum. Drei junge Firmen meldeten Interesse an, und der zweitgrößte Kompressorenhersteller des Landes gab eine Wirtschaftlichkeitsstudie für die Errichtung einer Fabrik in der Region in Auftrag. Mit ein wenig Glück würde wenigstens eines dieser Projekte realisiert werden – vielleicht sogar mehrere.

Die Kampagne gegen Som Puri und seine Familie hatte mit einem Leserbrief angefangen, der in der »Concord-Ashton Tribune« unter der Überschrift »Al-Qaida in den drei Countys?« erschienen war. Das Schreiben begann durchaus harmlos, steigerte sich aber dann durch Andeutungen, Unterstellungen und Übertreibungen zuletzt bis zur Enthüllung eines angeblichen Komplotts, das nichts weniger als den Fortbestand der Vereinigten Staaten von Amerika bedrohte.

Der Kern des Briefes war ein Gespräch, das der Absender, »ein allzeit wachsamer Patriot«, zufällig mitgehört haben wollte, als er zusammen mit seinem Sohn in der Cafeteria des Glades Medical gesessen hatte. Was er hörte, hatte ihm das Blut in den Adern gefrieren lassen. Ein Arzt – ein Kinderarzt, um genau zu sein – hatte einem Kollegen gegenüber erklärt, Amerika habe »es sich selbst eingebrockt«, der 11. September sei »ein längst überfälliger Akt ausgleichender Gerechtigkeit« gewesen. Und als wäre das noch nicht Verrat genug, hatte er weiterhin behauptet, dass, sollten die Forderungen der Terroristen nicht unverzüglich erfüllt werden, Amerika jedes Jahr – vielleicht sogar jeden Monat – mit einem neuen 11. September rechnen müsste.

Zunächst beachtete kaum jemand den Brief, auch Lucens nicht. Vier Tage später ereignete sich dann etwas, das in keinerlei Zusammenhang damit stand: Die Penn State Media Association veröffentlichte die Auflagenzahlen sämtlicher Zeitungen des Staates. Die »Concord-Ashton Tribune« war seit dem Vorjahr vom siebtletzten auf den vorletzten Platz zurückgefallen. Am Wochenende entschied der Verleger der Zeitung, Duncan Leacock, es sei an der Zeit, drastische Maßnahmen zu ergreifen. Am Montagmorgen erschien auf der Titelseite ein Leitartikel mit der Überschrift »Schande! Schande! Schande!« Er wetterte gegen die erschütternde Apathie der örtlichen Bevölkerung angesichts der tödlichen Gefahr, die der Nation drohte. Duncan Leacock gelobte, nicht eher zu ruhen, als bis er FBI, CIA, das Ministerium für innere Sicherheit und jeden patriotischen Bürger dazu gebracht haben würde, gegen die grauenerregenden Gefahren, mit denen sich die mächtigste Nation der Welt konfrontiert sah, aktiv zu werden. Er schwor, die Nattern am Busen des Sternenbanners gnadenlos bloßzustellen – notfalls unter Einsatz seines Lebens. Die Tribune, verkündete er, würde ein »Patriotenregister« anlegen. Die Bewohner der drei Countys hatten jetzt die Möglichkeit, sich als loyale Amerikaner zu erweisen, indem sie sich darin eintrugen.

Die ganze nächste Woche standen die Menschen Tag für Tag zu Aberhunderten vor dem Zeitungsgebäude an. Som Puri rief Lucens an und sagte, er wolle verdammt sein, wenn er sich von wem auch immer dazu nötigen lassen würde, sich in die Liste einzutragen. Revati, sagte er, habe zuerst versucht, ihn zu überreden, sei dann aber ohne ihn zur Tribune-Redaktion gepilgert und habe allein unterschrieben. Und was hatte Lucens vor?

»Ich habe es mir noch nicht überlegt«, erwiderte Lucens.

Er war Som dankbar dafür, dass er seinen Standpunkt deutlich zum Ausdruck gebracht hatte, aber ihm war nicht wohl dabei, mit dem Arzt über das Thema am Telefon zu sprechen. Das ganze Land schien dank den wöchentlichen Alarmmeldungen in eine kollektive Paranoia verfallen zu sein, und die fiebrige hyperpatriotische Stimmung konnte sich ohne weiteres bis zum Anzapfen von Telefonleitungen steigern. In dem Augenblick, in dem Som gesagt hatte, dass er sich nicht eintragen würde, hatte Lucens gewusst, dass er selbst es würde tun müssen. Som konnte es sich leisten, Prinzipien zu haben, Lucens mit Sicherheit aber nicht. Wäre die Wahrheit über seine Vergangenheit jemals ans Licht gekommen, so wäre das ganze

Engel-Projekt gefährdet gewesen. Um die Wahrheit einzugestehen: Es hätte für die Engel das Aus bedeutet.
Am folgenden Montag kündigte die Tribune einen Knüller an. Sie erinnerte ihre Leser an den Brief des »allzeit wachsamen Patrioten« und erklärte, sie habe den Arzt des Glades Medical ausfindig gemacht, mit dem der Verräter sich seinerzeit unterhalten hatte. Es folgte ein Exklusivinterview mit dem Arzt – dessen Name mit Rücksicht auf die Gefahr, die ihm vonseiten Al-Qaidas und anderer Terrorgruppen drohte, geheim gehalten wurde. Wie der Arzt angab, hatte sein Kollege die Ansicht vertreten, »Terrorismus entstehe nicht im luftleeren Raum. ›Wenn man ihn ausrotten will, dann ist es unumgänglich, sich mit den Problemen auseinanderzusetzen, die ihm zugrunde liegen.‹ ›Dann unterstützen Sie also den Terrorismus‹, sagte ich, ›da Sie bereit sind, jeden Hinz, Kunz oder Ali, der meint ein Problem zu haben, von vorneherein zu entschuldigen.‹«
Der Interviewer hatte ihn gefragt, ob er bereit sei, den Namen des Mannes zu nennen. »Ich möchte keinen Kollegen denunzieren«, erwiderte der Arzt, »aber im nationalen Interesse verrate ich zumindest, dass der muslimische Arzt aus Indien stammt. Ich überlasse es Ihnen und Ihren Lesern, Ihre Schlussfolgerungen zu ziehen.«
Womit nicht viel Raum für Spekulationen blieb, dachte Lucens, da es nur einen einzigen indischen Kinderarzt im Glades gab. Der interviewte Arzt schien zwar eine Kleinigkeit falsch verstanden zu haben, aber weder die Tribune noch irgendeiner ihrer Leser würde darauf herumreiten. Was machte es schließlich schon aus, ob Dr. Puri Hindu oder Muslim war?
Es war ein großer Tag für die Tribune, als sie berichten konnte, Mrs. Puri habe sich zwar in das Patriotenregister eingetragen, ihr Mann aber habe sich geweigert. Lucens war zuversichtlich, dass der gesunde Menschenverstand sich durchsetzen und die Bevölkerung von Sparta begreifen würde, dass jemand versuchte, Som Puri etwas anzuhängen. Und dass – selbst wenn nicht – das gesamte medizinische und pflegerische Personal des Glades sich hinter den Kinderarzt stellen würde. Doch niemand im Krankenhaus zeigte sich bereit, den Fall zu kommentieren, geschweige denn für Dr. Puri einzutreten. Im Gegenteil, Lucens erfuhr, dass Soms Patienten – oder besser gesagt, die Eltern seiner Patienten – ihn einer nach dem

anderen im Stich ließen und verlangten, einen anderen Arzt zugewiesen zu bekommen. Zu den wenigen, die ihm die Treue hielten, gehörte Honor Lockman. Sie war der Meinung, all diese Vorwürfe seien lächerlich und völlig aus der Luft gegriffen. Jetzt begann die Zeitung anzudeuten, dass ein noch zu bildender patriotischer Untersuchungsausschuss sich mit Dr. Puri und der Bedrohung, die er und seine subversive Zelle für die Gemeinschaft darstellten, befassen sollte. Es dauerte nicht lange, bis das Glades eine Stelle für einen neuen Kinderarzt ausschrieb. Die Krankenhausleitung hatte es geschickt eingefädelt: Selbst wenn Som Puri sie verklagt hätte, wäre seine Sache völlig aussichtslos gewesen. Man hatte keinerlei Anschuldigungen gegen ihn erhoben, es gab nichts Schriftliches. Man hatte den Mann still und leise zu Tode ignoriert.

Wochenlang hatte Lucens befürchtet, Som könnte ihn anrufen oder bei ihm oder im Büro der Angels aufkreuzen, aber seine Sorgen erwiesen sich als völlig unbegründet. Es wurde bald klar, dass Som nicht die Absicht hatte, sich ihm aufzudrängen oder ihn um Unterstützung zu bitten. Revati hatte Lucens einmal angerufen, um ihm zu sagen, Penelope (die Puris hatten den Namen, den die Burgess' ihrer Adoptivtochter gegeben hatten, beibehalten) habe das Glück, dass sie noch zu klein für den Kindergarten sei, ihre Brüder würden aber von ihren Klassenkameraden gemobbt und weigerten sich, in die Schule zu gehen, doch Som hatte ihr Gespräch unterbrochen. Revati, hatte er zu Lucens gesagt, wisse nicht, was sie sage, sie übertreibe maßlos. Einmal war Lucens Som im Sears-Markt über den Weg gelaufen, ein anderes Mal in einem Laden für Bürobedarf, wo er Tinte und eine Tonerpatrone für seinen Drucker kaufen wollte. Der Arzt hatte ihm nur von weitem zugelächelt und war gegangen, ohne ein Wort zu sagen. Lucens war erleichtert gewesen, aber er hatte dem Mann seinen Stolz übel genommen. Wenn er nur zu Kreuze gekrochen wäre und nicht seine Unschuld, sondern seine Zerknirschung über die Sünde der Überheblichkeit, über seine Gefasstheit angesichts solcher Kalamitäten beteuert hätte, dann, da war sich Lucens sicher, hätten ihm die Menschen von Sparta verziehen und ihn wieder in ihren Kreis aufgenommen.

Der Abt hatte Lucens erzählt, wie sehr sich Som nach seiner seltsamen Reaktion auf den 11. September um ihn gekümmert und sogar, während er schlief, bei ihm gewacht hatte. Pater Augustine war der Meinung, der Arzt hätte sogar einen hervorragenden Priester abgegeben. Selbst wenn das Beichtkind etwas im Schlaf ausplauderte, blieben seine Lippen versiegelt.

Die mindeste Gegenleistung vonseiten Lucens' wäre gewesen, zu Som zu stehen. Er war ein geborener Streiter für die Gerechtigkeit. Er hätte sich nur dazu entschließen müssen, und es wäre ihm mit Sicherheit gelungen, die Tribune und deren Herausgeber bloßzustellen und nachzuweisen, dass die Angriffe gegen den Kinderarzt zweifelhafte Motive hatten. Er war sicher, dass schon der Leserbrief, der alles ausgelöst hatte, eine Fälschung war, und dass Som den Herausgeber wegen übler Nachrede und Rufmord verklagen könnte, da sein einziges Verbrechen darin bestanden hatte, das fundamentalste Recht wahrzunehmen, das die amerikanische Verfassung den Menschen garantierte: das Recht auf freie Meinungsäußerung. Doch Lucens musste wohl oder übel den Mund halten, und er hasste seinen Freund dafür, dass er sich durch seine Schuld ohnmächtig und treulos fühlte. Som hatte nichts zu verbergen. Lucens dagegen konnte nicht riskieren, dass jemand in seiner Vergangenheit herumzuschnüffeln begann.

Lucens lebt in einem äußerst strengen moralischen Universum. In ihm ist kein Platz für Zweifel und menschliche Schwäche. Die Erfahrungen bei den Mudschaheddin haben ihn in seiner Belagerungsmentalität bestärkt: Man ist allein gegen die ganze Welt. Man kämpft für eine gerechte Sache, aber gegen eine erdrückende Übermacht. Die einzigen Freunde, die man hat, sind die Kampfgefährten. Das eigene Leben sowie das seiner Brüder hängt von einem einzigen Faktor ab: unbedingte Loyalität. Weswegen man sich kein schlimmeres Verbrechen vorstellen kann, als jemanden im Stich zu lassen. Jetzt sitzt Lucens in der Falle. Eine Krise dieser Art erlebt er zum ersten Mal. Er steckt in einem unauflöslichen Dilemma. Bewusst muss er gegen sein Gewissen handeln: Er muss seinen Freund Som Puri verraten.

Der Arzt ist weder ein Mitstreiter noch ein Glaubensbruder. Er und Lucens haben wenig gemein, und sollten sie nie wieder ein Wort miteinander wechseln, so wäre das auch keine Katastrophe.

Diese Argumentation weist eine einzige Schwachstelle auf: Der Kinderarzt ist unschuldig. Lucens ist klar, dass seine eigenen strengen und absoluten ethischen Grundsätze ihn eigentlich zwingen, für Som einzutreten. Er hat sich mit dem Für und Wider herumgequält. Er hat die Zukunft eines Mannes gegen das Schicksal unzähliger ungeborener Kinder abgewägt. Am Ende ist er immer wieder zu demselben Ergebnis gelangt: Es ist ein aussichtsloser Kampf. Die Föten tragen den Sieg davon.

Vor einiger Zeit hat Lucens von einem Kameramann gelesen, der mit dem deutschen Regisseur Werner Herzog einen Film im brasilianischen Regenwald drehte, als er von der giftigsten Schlange weit und breit in den Fuß gebissen wurde. Dem Mann blieben exakt zwanzig Sekunden, bis sein Herz stillstehen würde. In der sechsten Sekunde packte er eine Machete und hackte sich das Bein ab.

Das ist eine Tat, die Lucens absolut nachvollziehen kann. Er besitzt dieselbe Geistesgegenwart und die erforderliche Willenskraft, um sie in die Tat umzusetzen. Das Problem ist nur, dass er keine Ahnung hat, welchen Körperteil er sich abhacken müsste, um gleichzeitig Som und sich zu retten.

Als die Treuhandverwalter der Angels beschlossen, auf Dr. Puris weitere Dienste zu verzichten, erhob Lucens keine Einwände.

Gelegentlich schaffte Lucens es sogar, sich einzureden, er hätte sich nicht nur richtig, sondern geradezu heroisch verhalten. Und dennoch wusste er tief in seinem Herzen, dass er einen Freund verraten hatte – einen Mann, der ihn verpfeifen hätte können, um seinen Job und seinen Ruf zu retten, und es nicht getan hatte. Er würde nie wieder von wem auch immer Loyalität erwarten dürfen, nicht einmal von Honor. Er war moralischer Abschaum, und kein noch so stichhaltiges Argument konnte entschuldigen, was er getan hatte. Er hatte es seinem Vater nie verziehen, dass er dem Judas auf dem Relief in Terraferra seine Züge verliehen hatte. Jetzt fragte sich Lucens, ob Abbajan nicht vielleicht hellsichtig gewesen war und eine Facette seiner Persönlichkeit erkannt hatte, die er selbst die ganze Zeit eisern geleugnet hatte. Aber Abbas Judas war nicht so tief gefallen, dass er nicht hätte erlöst werden können. Schließlich drückte ihn die Jungfrau an ihre Brust und schien ihm Hoffnung auf

Vergebung und Rettung zu machen. Doch für ihn, daran bestand für Lucens kein Zweifel, würde die Mutter Gottes nicht eintreten und Fürbitte leisten. Er war verdammt, und früher oder später würde er dafür zahlen müssen.

Sechs Monate nach Penelopes Adoption zogen die Puris fort. Lucens erfuhr, dass Som seinen früheren Posten im London General wiederbekommen hatte. Er hatte nicht einmal den Anstand gehabt, sich von Lucens zu verabschieden. Er und seine Familie waren klammheimlich wie Verbrecher verschwunden. Bewies das nicht ihre Schuld und Komplizenschaft?

In seinen heitereren Momenten war Amanat geneigt, seinen neuen Beruf als Abbajans Rache zu betrachten – wie viele Jahrhunderte war es eigentlich her, dass sein Vater gestorben war?
Eines Morgens war Abbajan, dem man eigentlich mehr Taktgefühl hätte zutrauen können, unter wortreichen Entschuldigungen ins Wohnzimmer gekommen, das halbtags als Schlafzimmer seines älteren Sohnes diente.
»Tut mir leid, ich möchte wirklich nicht stören, aber ich stehe momentan ziemlich unter Zeitdruck und wollte dich fragen, ob du einspringen und ein paar Zeichnungen für mich machen könntest.«
Warum ließ sich Abbajan zu so hinterhältigen Tricks herab? Er brauchte überhaupt keine Hilfe, er wollte bloß keinen Sohn im Haus haben, der von früh bis spät auf der Couch vor sich hin vegetierte. Er übte Amanat gegenüber seine Vaterpflichten aus, versuchte, ihn aus dem Bett und ins normale Leben zurückzuholen. Ach, diese Gutmenschen, die einen einfach nicht in Ruhe lassen konnten! Er musste allerdings zugeben, dass Abbajan tatsächlich etwas überarbeitet aussah. Und überhaupt – wie sollte man zu Abbajan »Vergiss es« sagen?
In den guten alten Zeiten hatte Abbajan ein großes Architekturbüro gehabt, mit sechs oder sieben Junior-Architekten und einer

ganzen Mannschaft von Zeichnern, Modellbauern und Verwaltungsangestellten. Der Umzug nach Suleiman Mansion hatte bedeutet, dass er von da an kein eigenes Büro, geschweige denn Mitarbeiter mehr hatte. Im Laufe der Jahre hatte sich die Auftragslage erheblich verbessert, aber Zafar Khan war ein gebranntes Kind. Er fühlte sich noch immer für die fünfunddreißig Menschen verantwortlich, die eines Morgens durch seine Schuld ihre Jobs verloren hatten. Jetzt nahm er nur noch eine begrenzte Zahl von Aufträgen an und behalf sich mit einem Mindestmaß an Mitarbeitern, darunter einen einzigen Junior-Architekt.

Sobald der Job erledigt war, hatte Amanat eine Woche lang Ruhe und war schon bereit, willens und begierig, seinem Vater zu verzeihen, dass er ihm so schamlos seine Zeit gestohlen hatte. Und dann kam Abbajan wieder an und produzierte ein verlegenes und höchstwahrscheinlich unehrliches Lächeln. Wollte man ihm Glauben schenken, hatte er sich übernommen und kam mit der Arbeit nicht zu Rande. Konnte Amanat nicht bitte …? Allmählich gewöhnte sich Amanat an Abbajans unvollendet bleibende Sätze. Bald hörten die Entschuldigungen und das schiefe schuldbewusste Lächeln auf, nicht aber die Arbeit.

Schließlich sagte sich Amanat, dass er – wenn er schon regelmäßig arbeitete – sich ebenso gut dafür bezahlen lassen konnte. Er begann, regelmäßig in Abbajans Büro aufzutauchen. Das war kein kluger Schachzug. Er stellte bald fest, dass Zafar Khans sieben Mitarbeiter einen Elf- bis Zwölf-Stunden-Tag hatten und oft genug eine Sechs- bis Sieben-Tage-Woche. Amanat hatte angenommen, dass sie, wenn er sich nur umdrehte, wegen der unchristlichen Arbeitszeiten lästern und jammern würden, aber die Idioten schienen gern mit seinem Vater zusammenzuarbeiten. Offenbar hatten sie früher einen Bürodiener gehabt, aber Abbajan hatte ihn dazu ermutigt, sich an Zeichenbrett und in Modellbau zu versuchen, und jetzt war der Mann jeden Morgen als Erster da und ging jeden Abend als Letzter. Jetzt beaufsichtigte der einstige Handlanger die Arbeit des Neulings und griff ihm gelegentlich sogar unter die Arme.

»Ich möchte, dass eins klar ist. Ich bin als zeitweilige Aushilfe da, mehr nicht«, sagte Amanat zu seinem Vater. »Sobald die Auftragslage sich entspannt hat, bin ich hier weg.«

»Aber natürlich. Du hast schließlich Besseres zu tun.«

Amanat hatte den vagen Verdacht, dass Abbajans Bemerkung sarkastisch gemeint war, aber er ließ sie kommentarlos durchgehen. Zehn Monate vergingen, und Amanat war immer noch da. Es war lächerlich, aber die Plackerei schien nie enden zu wollen.

Eines Abends fing Abbajan an, Amanat seine Ideen für die neue Bibliothek der Abtei in Sweet Waters auseinanderzusetzen. Als er damit fertig war, fragte Amanat: »Ich verstehe nicht, was Sie von mir erwarten.«

»Ich weiß nicht, ich hatte gehofft, du würdest vielleicht den ersten Entwurf machen und wir könnten ihn anschließend gemeinsam ausarbeiten.«

Amanat musste sich zusammennehmen, um nicht zu explodieren. »Sie meinen, Sie machen den Entwurf und ich kümmere mich dann um die Details?«

Abba zeigte wieder sein verlegenes asymmetrisches Lächeln. »Ich muss morgen nach Johannesburg fliegen und werde 25 Tage nicht hier sein. Wenn ich wieder zurück bin, bleibt bis zur vereinbarten Abgabe der Zeichnungen nur noch eine Woche Zeit.«

»Warum nehmen Sie eigentlich neue Aufträge an, wenn Sie schon mit den alten nicht klarkommen?« Amanat zuckte innerlich zusammen, als er den Ton seiner Stimme hörte. Er klang unerträglich rechthaberisch. Wie konnte er, oh wie konnte er bloß? Und das auch noch Abbajan gegenüber, der ihm bis zum heutigen Tag nicht ein einziges Mal Vorwürfe wegen seiner unzähligen Dummheiten gemacht hatte.

»Du hast Recht, du hast vollkommen Recht, aber dem Abt konnte ich die Bitte unmöglich abschlagen. Er war doch derjenige, der mir, nachdem ich meine Zulassung wiederhatte, meine erste große Chance gegeben hat.«

Törichterweise ertrank Amanat inzwischen so sehr in Zerknirschung, dass er sich in eine noch üblere Lage hineinmanövrierte. Er sagte: »Ich werd's versuchen.« Gemeint hatte er: »Nicht ums Verrecken! Seien Sie doch mal realistisch, es ist ein paar Jahrbillionen her, seit ich zuletzt so getan habe, als würde ich Ihnen helfen. Klar habe ich rumgekritzelt und rumgemurkst und Spielzeugmodelle von Bungalows, Flughäfen und Museen gebastelt. Und Ammi und

Sie haben mich gelobt, weil ich Ihr Sohn war und Sie mich ermutigen wollten. Aber Sie wussten und ich wusste, dass ich mich lediglich auf Ihre Kosten produzierte, dass ich jede Idee nachplapperte, die Sie irgendwann einmal hatten, und sie als meine eigene ausgab. Und meistens mussten Sie alles, was ich ablieferte, von Grund auf neu machen, weil es hinten und vorne nicht stimmte und einfach zu kindisch war.«
Aber der Würfel war gefallen, der Rubikon überschritten, das Kind bereits im Brunnen gelandet.

Angst war Amanat schon seit langer, langer Zeit vertraut. Die Angst vor der Krankheit, die zuschlug, wann immer ihr gerade der Sinn danach stand, und versuchte, seine Atmung lahm zu legen. Er hatte das labyrinthische Entsetzen der Ausweglosigkeit kennen gelernt, wenn er an seinem Schreibtisch saß und ihm nach der dritten Überarbeitung eines Vierhundertsiebzig-Seiten-Manuskripts langsam zu Bewusstsein kam, dass das kein Roman war, es niemals gewesen war und niemals sein würde, er also die letzten hundert Jahre mit vollkommen sinn- und zwecklosen Rettungsversuchen zugebracht hatte, während es nichts zu retten gab. Er war ein Schwindler, ein Hochstapler, der Sagari und Abbajan Sand in die Augen gestreut und anschließend den einen Fehler begangen hatte, den sich kein Schriftsteller und kein Künstler jemals leisten durfte: auf seine eigenen Lügen hereinzufallen.
Und doch – was hatte er schon von Angst gewusst, bevor sein Vater ihn ausgetrickst, mit dem Rücken an die Wand gestellt und totgeschossen hatte? Das Tragische war, dass Amanat jetzt jede Nacht starb, nur um am nächsten Morgen wiedergeboren zu werden, aufs Neue bereit, den Launen seines Vaters geopfert und geschlachtet zu werden.
Amanat fühlte sich krank. Sein Herz kollabierte. Er konnte sich nicht einmal mehr von Zubeida-Khala verabschieden. Er war so krank, dass er sich einfach in nichts auflöste. Er würde Abbajan nie wieder in die Augen sehen können, aber das hatte auch sein Gutes: Jetzt, wo er tot war, würde er den Job nicht mehr erledigen müssen. Abbajan konnte von ihm aus tun, was ihm beliebte: jemand anderen einstellen, es selbst machen oder aus der Stadt verschwinden.

Überhaupt – das war doch eine Idee, warum war er nicht schon vorher darauf gekommen?
Drei Wochen vergingen, und er hatte immer noch nichts zustande gebracht. Er war verbittert. Er liebte seinen Vater, und es hatte ihm seinetwegen entsetzlich leid getan, dass er seine erste Liebe, die Architektur, vor vielen Jahren verlassen hatte. Er hatte ihn damals verraten und er war im Begriff, es noch einmal zu tun. Es war ihm egal. Er war erschöpft. Noch drei Nächte, und Abbajan würde zurückkommen. Er würde von ihm enttäuscht sein. Na gut, sollte er doch.
Er stand in dieser Nacht auf und setzte sich an den Computer, so wie er das die letzten dreieinhalb Wochen lang getan und dabei vier verschiedene Ideen für die Bibliothek skizziert hatte. Jetzt kam der Teil, in dem er am schwächsten war: Statik und Materialkunde. Es wurmte ihn, dass er in diesen grundlegenden Fragen auf die Hilfe anderer angewiesen war. »Wie viele Maler und Künstler«, hatte Abbajan immer wieder erklärt, »glauben auch die Architekten, Materialkunde und ähnliche Dinge seien etwas für Dummköpfe und inspirationslose Lohnzeichner. Ich glaube, es verhält sich genau umgekehrt. Wenn du die Grundlagen deines Metiers nicht beherrschst, leiden deine Vorstellungskraft, deine Ideen und deine Entwürfe darunter. Dann wirst nicht du, sondern jemand anders beurteilen, ob sich das, was du machen willst, realisieren lässt oder nicht.«
Verdammter Abba, er wusste, wovon er redete! Zum Glück war dies das letzte Mal, dass der rückgratlose Amanat vor seinem Vater Männchen machen und nach seiner Pfeife tanzen würde. Er nahm sich Abbajans Sammlung von Fachbüchern über das Bauingenieurswesen vor und versuchte, seine rudimentären Kenntnisse über Spannung, Metallkunde und Bindeharze aufzubessern. Es war sinnlos, er würde es nicht schaffen. Und überhaupt, wer brauchte schon den ganzen Blödsinn? Außerdem würde Abbajan sowieso nicht auf sein Konzept einsteigen. Und sollte er tatsächlich so dumm sein, dann würde er eben etwaige statische Probleme selbst ausbügeln müssen. Trotzdem regte es ihn auf, so sehr von anderen abhängig zu sein.

Abbajan sah Amanats Entwürfe durch, wählte einen davon aus, nahm daran ein paar scheinbar belanglose Änderungen vor, fügte ein paar Kleinigkeiten hinzu und gab die Zeichnung seinem Sohn zurück. Amanat erkannte seine Arbeit nicht wieder. Mit einigen wenigen Federstrichen und minimalen Korrekturen hatte Abbajan Struktur und Aussehen des Gebäudes von Grund auf verändert und den Entwurf auf eine neue Qualitätsebene gebracht.

Während der nächsten fünf Monate hatte Amanat weder Zeit, sich wie gefangen zu fühlen, noch Abbajan zu verfluchen. Der Mann war überarbeitet, weigerte sich aber, kürzer zu treten oder auf wen auch immer zu hören. Was blieb Amanat schon anderes übrig, als ihn nach Kräften zu unterstützen? Dabei hatte er das unbehagliche Gefühl, dass es ihm möglicherweise sogar Spaß machte. Noch schlimmer war allerdings die Tatsache, dass er gelegentlich den Drang verspürte, sich wieder ans Schreiben zu machen. Und dann war dieser Narr, der es fast darauf angelegt hatte zu sterben, mit einem Mal nicht mehr, und Amanat musste sich um nichts mehr sorgen. Er schrieb dem Abt vom Ableben seines Vaters und teilte ihm mit, von nun an würde einer von Abbajans Mitarbeitern Kontakt zu ihm halten und die Arbeit zu Ende führen.

Lieber Amanat,

als Zafar vor Jahren das letzte Gebäude in Terraferra vollendete, hatte ich eigentlich gedacht, die Abtei würde mindestens fünfzig Jahre lang keine Schaufelbagger, Kräne oder Planierraupen mehr zu sehen bekommen. Doch zwei unserer Klöster hier in den Staaten mussten aus Geldmangel ihre Pforten schließen, und was noch entmutigender ist: Es entscheiden sich immer weniger Menschen für das Mönchsleben. Die Brüder und Patres, die aus unseren Schwesterabteien zu uns übersiedelten, sind kaum dreißig an der Zahl, aber mit ihnen kamen über 190.000 Bücher. Es verstand sich von selbst, dass wir Ihren Vater baten, die neue Bibliothek zu entwerfen. Er war überarbeitet und hatte schon mehr als genug zu tun, aber er war unfähig, seinen alten Freunden etwas abzuschlagen. Er lieferte die Pläne mit ein paar Monaten Verspätung ab, aber seine Grund- und Aufrisse waren nicht nur funktional, sondern fügten sich auf geradezu verblüffende Weise in die gesamte Anlage der

Abtei ein. Als wir die Pläne binnen einer Woche annahmen, schrieb Zafar, er würde nur zu gerne das Lob für die Entwürfe einheimsen, aber Sie seien derjenige gewesen, der die Bibliotheksgebäude konzipiert und bis ins letzte Detail ausgeführt hatte – und das, obwohl Sie keinen offiziellen Abschluss in Architektur hatten. So hatten wir jetzt also noch einen Khan am Hals – und konnten uns deswegen nur glücklich schätzen.
Jetzt wäre es aber an der Zeit, dass Sie sich eine Frage stellen: Wie lange wollen Sie noch ein Amateur bleiben? Irgendwann kommt ein Punkt, ab dem die Wunderkind-Pose sich abzunutzen beginnt und man sich fragen muss, ob sie nicht nur ein Mittel ist, keine Verantwortung übernehmen zu müssen. Wenn man von Ihren Büchern ausgeht, sind Sie kein Dilettant, sondern ein Perfektionist. Machen Sie also bitte Ihr Diplom, und bis dahin können Sie die Arbeit in der Abtei mit der Unterstützung eines hiesigen Architekturbüros durchführen.
Ihr Vater fehlt mir. Jedes Fenster, jede Plastik, die ganze Kirche, die Fabrik, der Kreuzgang – alles ist sein Geschenk an uns. Wussten Sie, dass ich den »Brandstifter« zwei Mal gelesen habe? Sie sehen also, ich kenne Sie schon lange und nehme väterlichen, wenn auch recht strengen Anteil an Ihrem Leben. Ich bete für Sie ebenso sehr wie für Zafar. Gott sei mit Ihnen.

In großer Zuneigung
Ihr Ehrw. Vater Augustine

Amanat war wie selbstverständlich davon ausgegangen, dass er seinem Vater lediglich ein wenig zur Hand ging und dass die Pläne unter Abbajans Namen laufen würden. Er hätte es besser wissen müssen. Man konnte Abba einfach nicht trauen. War es einfach Streben nach Fairness und das Bedürfnis, Ehre zu geben, wem Ehre gebührte? Oder war es etwas Tückischeres, ein machiavellistischer Plan mit dem Ziel, Amanat für die Architektur zurückzugewinnen? Schließlich war es gute alte Familientradition, dem Erben durch das eigene Ableben das Messer an die Kehle zu setzen. Abbajan selbst war von seinem Vater durch genau denselben miesen Trick dazu gebracht worden, die Baufirma zu übernehmen, und jetzt war eben Amanat an der Reihe.

Amanat mochte seinem Vater vorwerfen, er habe ihn noch vom Grab aus durch List und Tücke dazu gebracht, Architektur zu studieren, aber er war nicht ganz ehrlich dabei. Er war ein durch und durch unsicherer Mensch und musste der Tatsache ins Auge blicken, dass er, sofern nichts ebenso Unerwartetes wie Einschneidendes geschah, es niemals schaffen würde, vom Schreiben zu leben. Er hätte wieder zum Industriedesign zurückkehren können, aber er war nie mit dem Herzen dabei gewesen. Damit blieb ihm nicht viel anderes übrig, als sich in die Architektur hineinzuknien. Dafür sprach auch eine weitere, recht materialistische Überlegung: Er war der Alleinerbe einer gut eingeführten und florierenden Firma, was in einer Stadt wie Bombay, wo die Grundstückspreise sogar noch höher lagen als in Manhattan, gewiss nicht zu verachten war. Es waren so viele Jahre vergangen, seitdem er zuletzt die Schulbank gedrückt hatte, dass er befürchtete, nicht imstande zu sein, sich wieder mit dem Trott und der Disziplin zurechtzufinden. Die ersten paar Monate waren schlimm, aber dann begann zu seinem Entsetzen seine alte Begeisterung, ihn wieder zu verführen. Statt auf eine elende Plackerei schien er sich auf ein spannendes Abenteuer eingelassen zu haben. Abbajan hatte Recht gehabt. Ohne dass es ihm bewusst wurde, flossen die neuen Kenntnisse in Materialkunde, Technik und Bauwesen in jedes Projekt ein, das das College ihm als Aufgabe vorlegte.

Seit nunmehr drei Jahren, während er gleichzeitig versucht hat, sein Diplom in Architektur zu machen, hütet Amanat ein Geheimnis. Er hält sich gerne für ein rationales Wesen, das jeglichen Aberglauben als lachhaft und gefährlich ansieht. Dennoch ist er sicher, dass es schon genügen würde, sich selbst einzugestehen, dass er an einer Idee zu einem Roman herumbastelt, um den Neid der Götter herauszufordern und das Projekt, noch ehe er damit auch nur angefangen hätte, dem Untergang zu weihen. Außerdem gab es keinen Roman, bevor man nicht das letzte Wort geschrieben hatte.
Aber das war jetzt geschrieben.
Er hatte noch keinen Titel für das Buch und spielte vorerst nur mit den Initialen der zwei Protagonisten herum: R und R. Es war eine schrille Meditation über jene kollektive indische Obsession namens

»Hindi-Film« und die Menschen, die hinter diesem Mythos standen. Kein vernünftiger Mensch, niemand, der auch nur eine Spur Selbstachtung besaß, würde sich – von wenigen Ausnahmen abgesehen – einen Bollywood-Schinken bis zu Ende anschauen, ja, ein einziger davon reichte eigentlich für sieben Existenzen. Aber diese Filme narkotisierten den Verstand und man kehrte immer wieder, willenlos wie ein Schlafwandler, zu ihnen zurück.
Amanats neuer Roman erzählte die Geschichte von Rajan und Roger, zwei jungen Männern, die es sich in den Kopf gesetzt haben, Stars zu werden. Es ist schier unheimlich, wie oft sie schon zusammen mit Superstars aufgetreten sind, die Gagen von 80 oder 90 Millionen Rupien einstreichen, und – kaum zu glauben – dass sie in wenigstens sechs- bis siebenmal so vielen Produktionen erschienen sind wie die größten Filmidole der Nation. Rajan war in »Lagaan« in dieser wunderbaren Tanzsequenz vor dem Hintergrund der finsteren schwarzen Wolken der Siebte von links in der dritten Reihe hinter Aamir Khan. Und Roger war der fünfte Schurke, der Anil Kapoor in der neunten Kampfszene in »Pukar« angreift.
Sie sind Statisten. In Bollywood. Und im Leben.

Es kostete ihn drei Monate des Zögerns und Zauderns und Schwankens, bevor er den Mut aufbrachte, Sagari den Roman zu zeigen. Beziehungsweise das Manuskript mit einem Begleitbriefchen in ihren Briefkasten zu stecken.

Meine liebe Sagari,
ich weiß, dass ich kein Recht mehr habe, dich um irgendetwas zu bitten. Aber du bist schon immer meine erste Leserin und mein Talisman gewesen. Würdest du bitte dieses neue Machwerk lesen? Ich bin ein fürchterlicher Feigling. Ich hatte nicht den Mut, vorbeizukommen und dich persönlich darum zu bitten.
Amanat

Zwei Tage später stand Sagari um sechs Uhr früh in Suleiman Mansion vor der Wohnungstür. Sie würde wegen Außenaufnahmen zehn Tage lang nicht in der Stadt sein und wollte Amanat nicht so lange zappeln lassen. Er konnte einen zwar zwei oder drei Jahre lang auf ein neues Buch warten lassen – für dieses hier hatte er sogar noch länger gebraucht –, dann aber wollte er binnen weniger Minuten, am allerliebsten jedoch sofort, eine möglichst detaillierte Stellungnahme haben.

»Willst du erst die gute oder die schlechte Nachricht hören?«, fragte sie, sobald sie bei einer Tasse Tee in der Küche saßen, während Zubeida-Khala Weizengrieß röstete, um für Sagari *upma* zu kochen. Amanat rutschte das Herz in die Hose. »Nur die gute. Sonst nichts.« Sagari lachte, packte ihn an den Haaren und schüttelte ihm den Kopf hin und her. »Amanat, wenn du je so etwas wie einen Klassiker geschrieben hast, dann ist es dieser Roman. Ich könnte ihn mir immer und immer wieder vornehmen und jedes Mal neue Tiefen und Einsichten entdecken. Er ist vollkommen überdreht. Deine Phantasie läuft Amok, während du sie gleichzeitig immer fest am Zügel hast. Das ist Slapstick, derbe Farce und eine gottverdammt gute Story, obwohl man nie so genau weiß, ob man sich beim Lesen vor Lachen kugeln oder vor Schmerz darüber winden soll, das Leben von seiner schlimmsten und seiner schönsten Seite gesehen zu haben. Die meisten Schriftsteller wären schon mit der Hälfte von dem, was du geleistet hast, glücklich und zufrieden. Du könntest den Roman so lassen, wie er ist, und er verdiente immer noch eine Eins mit Stern. Aber es ist dein Buch, und deswegen ist es noch nicht gut genug. Du hast unglaublich viel Arbeit hineingesteckt und du wirst mir garantiert den Hals umdrehen, wenn ich das sage, aber dieser Roman kann es sich nicht leisten, stellenweise durchzuhängen oder an Straffheit zu verlieren. Ich habe wie immer Anmerkungen an den Rand geschrieben. Du brauchst nicht auf mich zu hören, aber ich weiß, dass du es tun wirst.«

In dem Moment hasste er sie für ihre aalglatte Selbstsicherheit, für ihre Fähigkeit, ihn so beiläufig herunterzuputzen. Wusste sie überhaupt, wie das Buch entstanden war? Dass er es geschrieben hatte, während er gleichzeitig auf sein Architekturdiplom gelernt und für Kunden Entwürfe gemacht und laufende Bauarbeiten beaufsichtigt hatte? Was gehört schon dazu, zu sagen: »Schreib's um«? Er hatte den Roman schon drei Mal von Grund auf umgeschrieben. Er war damit fertig, und das war's.

Amanat rührte den Roman eine Woche, dann noch eine Woche lang nicht an. Aber er wusste die ganze Zeit, dass Sagari ihn in- und auswendig kannte. Er würde sich so lange wie möglich sträuben, dann würde er einknicken und das Buch entsprechend ihren Kommentaren überarbeiten.

Es war dann Sagari, die den Roman – er hieß »Die Statisten« – an den Verlag schickte. Der beschloss, das Buch im Oktober des folgenden Jahres erscheinen zu lassen. Amanat blieb nichts anderes übrig, als an seinen Nägeln zu kauen und weitere fünfzehn Monate auf den Richtspruch zu warten.

Wenngleich nur verschwommen und sporadisch, begann er jetzt zu ahnen, dass er dazu verurteilt war, sich in zwei grundverschiedenen Disziplinen abzumühen. Er wusste, dass er nicht zu den Auserwählten Gottes gehörte. Anders als viele andere Schriftsteller würde er niemals erfahren, was es bedeutet, von der Woge der Kreativität getragen zu werden. Nichts, aber auch gar nichts, würde ihm jemals leicht von der Hand gehen, nicht einmal zufällig oder aus Versehen. Immer würde er sich an seinen Geschichten abmühen müssen, jeden Satz sechs- oder siebenmal umschreiben und am Ende doch nicht zufrieden damit sein.

Künstler sehen sich gerne als Erben des Prometheus. Wie der griechische Titan haben auch sie das Feuer, die Vorbedingung jeglichen Schaffens, den Göttern entwendet. Amanat hat eine weniger erhabene Vorstellung von seinem Job – er käme nicht im Traum darauf, von einem Beruf oder gar einer Berufung zu sprechen. Er sieht sich als eine verkleinerte Version des Sisyphus, in alle Ewigkeit dazu verdammt, einen riesigen Felsklotz einen steilen Berghang hinaufzuwuchten, nur um ihn zuletzt jedes Mal wieder hinunterrollen zu sehen.

Ihm ist bewusst, dass literarische Erzeugnisse nichts anderes als Erfindungen sind, Phantasie-Eskapaden, Märchen, die Lizenz zum Lügen, gesellschaftlich sanktionierter Betrug. Mit einem Wort: Fiktionen. Und dennoch betrachtet er seine Arbeit auch als einen Versuch, jenes höchst flüchtige Gebilde namens Wahrheit zu fassen zu bekommen. Es ist dem Menschen bestimmt, zu forschen und zu fragen und dabei sehr wohl zu wissen, dass es keine Antworten gibt. Er hat keine andere Wahl, er muss unaufhörlich weiter darum ringen, den Zweck von Schmerz und Leiden, den Sinn des Lebens und Lachens, die Bedeutung all dessen, was keinerlei Bedeutung hat, zu verstehen. Jedes Mal, wenn er einen Roman oder ein Architekturprojekt abschließt, rollt der Felsblock über ihn hinweg und zerschmettert seinen Lebensmut. Und jedes Mal, wenn er einen Roman oder einen Architekturauftrag in Angriff nimmt, ist er dazu verurteilt, wenn er das Zusammenleben mit sich selbst ertragen und dem Leben einen momentanen Sinn entlocken will, diesen unmöglichen Felsblock wieder den Hang hinaufzuwälzen.

Als Kind hatte Lucens in Firdaus gerne ein Spiel gespielt, das folgendermaßen ging: Wenn Abbajan sich gerade das Hemd in die Hose stopfte, Zubeida-Khala in der Küche Zwiebeln hackte oder Amanat sich die Zähne putzte, rief man »Statue!«, und dann mussten alle in ihrer jeweiligen Haltung erstarren und durften sich nicht rühren, bis man mit den Fingern schnippte und »Los!« sagte. Die Zwillingsstädte Concord-Ashton machten den Eindruck, als hätte jemand »Statue!« gebrüllt, aber dann vergessen, »Los!« zu sagen und sie wieder zu erlösen.

Concord-Ashton war eine zweidimensionale Hollywood-Kulisse. Ein Set-Designer hatte sich an seinen Tisch gesetzt und das Inbild eines geschäftigen Städtchens aus der ersten Hälfte des zwanzigsten Jahrhunderts erschaffen. Das Ergebnis war so wirklichkeitsgetreu, dass es schon fast wie eine Karikatur wirkte: die zweigeschossigen Geschäftshäuser auf der Main Street, in denen die Besitzer und deren Familien über ihrem jeweiligen Laden wohnten; das griechische Restaurant namens Parthenon; »The Bride«, das duftige handgenähte Brautkleider verkaufte; »Tony's«, der Friseursalon, mit seinem rotierenden rot, weiß und blau gestreiften Zylinder und dem unrasierten Tony selbst, der seit dem Ende des letzten Weltkriegs jedem männlichen Kind in der Stadt die Haare geschnitten hatte; das Art-déco-Kino Rivoli, das mit »Vom Winde verweht« eröffnet hatte; die elegante neoklassizistische Fassade von Hudson's, an der Ecke von Jefferson und Main Street, wo die örtliche Aristokratie einkaufen ging.

Sobald das Kulissenstädtchen fix und fertig dastand, hatte sich der Set-Designer daran gemacht, bis ins letzte Detail dessen langsamen, aber gründlichen Verfall zu konzipieren. Er hatte von der Fassade des Bahnhofs drei Fünftel des Anstrichs abgeschält, die Tafel am Rathaus von Concord-Ashton leicht nach links wegkippen lassen, so dass das Gebäude aus einer bestimmten Richtung betrachtet selbst irgendwie windschief aussah, und dafür gesorgt, dass die Uhr an der Fassade der Wasserpumpstation bei 2.30 Uhr stehen geblieben war. Gleich musste die Versammlung des karitativen Frauenvereins enden, und die Damen würden in ihren bauschigen Röcken und steifgesprayten Frisuren die Treppe der St. John's Church hinuntertrippeln und in Desotos, Studebakers und Dodges einsteigen.

Wenn die Zwillingsstädte verkamen, dann mit Anstand, sittsam, ein Viertelschrittchen nach dem anderen, verzweifelt bemüht, ihren vornehmen Charme nicht zu verlieren.

Lucens zog die Stichhaltigkeit seiner Gründe, Sparta als Aktionsbasis zu wählen, keineswegs in Zweifel, aber nach Soms Abreise gab es immer wieder Gelegenheiten, bei denen er seine Entscheidung bitter bereute.

Das provinzielle Amerika stellte Lucens auf eine härtere Probe als seine schlimmsten Tage bei den Mudschaheddin. Sparta war seine Wahlheimat, und dennoch hatte er das Gefühl, auf einem fremden Planeten gestrandet zu sein. Die Menschen der drei Countys und er hatten eine gemeinsame Vision eines christlichen Amerika. Die Bibel und der lebendige Christus banden sie aneinander. Seine Brüder und Schwestern aber blieben von den großen metaphysischen Fragen und Zweifeln, die der Glaube aufwirft, gänzlich unberührt. Im Anfang war in der Tat das Wort, aber mitunter fragte sich Lucens, ob das Wort auf dem neuen Kontinent nicht möglicherweise eine Totgeburt gewesen war. Nicht einmal die unfassbarste und erschütterndste Stelle in der ganzen Bibel – Christi letzter Aufschrei »Mein Vater, mein Vater, warum hast du mich verlassen?« vermochte es, sie aus ihrer Lethargie wachzurütteln.

Manchmal war Lucens davon überzeugt, hirntot zu sein. Er sah förmlich, wie seine Seele auf dem glatten toten Meer der drei Countys langsam kenterte und schließlich auf Nimmerwiedersehen versank.
Er erinnerte sich an ein Poster, das in Firdaus in Abbajans Arbeitszimmer gehangen hatte. Was es bedeutete, hatte er erst viele Jahre später begriffen. Es war eine Weltkarte aus der Sicht eines New Yorkers aus Downtown. Drei Viertel davon nahm Manhattan ein, der Rest von Amerika war irgendwie links drangequetscht. Europa, Asien, Afrika und Australien waren nur Inselchen, Treibgut, das jeden Augenblick über den Rand des Horizonts zu fallen drohte. Das war Saul Steinberg, der Cartoonist, der sich gutmütig über die Manhattaner lustig machte. Aber man musste nur die drei Countys an die Stelle Manhattans setzen, dachte Lucens, und schon hatte man die Welt, wie die Spartaner sie sahen. Was sie betraf oder behelligte, was unmittelbar auf ihr Leben einwirkte, war ihr Universum. Alles Übrige war ohne Belang. Aber Lucens' plötzliche Anfälle von Abscheu gegenüber diesen Menschen rührten nicht nur von deren selbstgefälliger Engstirnigkeit her. Diese Leute hatten seinen Freund Som Puri aus der Stadt gejagt, anstatt für ihn einzutreten. Er verachtete sie, aber nicht annähernd so sehr, wie er sich selbst verachtete.
Er fing an, in die Stadtbücherei zu gehen und die bissigsten Zitate über Amerika und die Amerikaner zu sammeln, die er nur finden konnte. Er pflichtete de Tocquevilles Erklärung, das Land sei »mit pausenlosem Eigenlob befasst«, uneingeschränkt bei, desgleichen Arnold Toynbees Bemerkung, Amerika sei »das letzte Land, in dem man arm sein sollte«, und fand, Mark Twain habe den Nagel auf den Kopf getroffen, als er behauptete: »Es gibt viele spaßige Dinge auf der Welt, darunter auch die Einbildung des weißen Mannes [ersetze ›weißen Mannes‹ durch ›Amerikaners‹], er sei weniger barbarisch als andere Barbaren.« Truman Capote meinte: »Es ist eine wissenschaftlich erwiesene Tatsache, dass man durch das Leben in Kalifornien jährlich einen Punkt seines Intelligenzquotienten verliert.« Er hätte nach Sparta kommen sollen, da verlor man pro Tag bereits zehn Punkte, wenn man so unvorsichtig war, die Schlagzeilen der Lokalblätter zu lesen. Ein einziges Gespräch mit einem

Einheimischen, und man gelangte zu der Überzeugung, einer partiellen Hirnamputation unterzogen worden zu sein. Diese braven Leute waren das Kompendium, die Fleisch gewordene ultimative Enzyklopädie der Ignoranz und Voreingenommenheit. Wenn Lucens seinen Nachbarn gegenüber von Kioto, Isfahan oder Benares sprach, senkte sich über deren Blick eine undurchdringliche Teflonschicht. Sie glaubten, Indira Gandhi sei die Tochter Mahatma Gandhis. Sie waren davon überzeugt, Avicenna sei eine Stadt in Italien, Marie Antoinette eine Gestalt aus einem Hollywood-Schmachtfetzen, und der Slogan »Freiheit, Gleichheit, Brüderlichkeit« stamme von Thomas Jefferson.

Es gab Zeiten, da ertappte sich Lucens dabei, dass er seine Beziehung zu seinen Nachbarn mit Formulierungen wie »unüberbrückbare Differenzen« beschrieb. Was schwebte ihm vor – eine Scheidung? Das einzig Positive an seiner unbewussten Wortwahl war die Erkenntnis, dass er sein Engagement als etwas wie einen Ehebund mit der Gemeinde, in der er lebte, empfand. Er musste sich immer wieder vor Augen halten, dass das gute, anständige Menschen waren, die seine Wertvorstellungen teilten – selbst wenn sie seinen Freund Som Puri hinausgeekelt hatten. Menschen, die nicht nur treue Freunde und praktizierende Christen waren, sondern auch Abtreibung, Homosexualität und gleichgeschlechtliche Ehen aus tiefstem Herzen verdammten. Sie waren die Seinen, so oder so. In guten wie in schlechten Zeiten.

»Herr Khan?«

»Am Apparat.«

»Herr Zafar Khan?«

»Nein, ich bin sein Sohn, Amanat. Mein Vater lebt schon seit einiger Zeit nicht mehr.«

»Und Ihre Mutter, Shagufta Khan?«

»Wer spricht da eigentlich?«

»Mein Name, Herr Amanat Khan, ist Sujeet Nambiar. Ich bin der Police Commissioner. Ich wäre Ihnen dankbar, wenn Sie zur Polizeidirektion am Crawford Market kommen könnten.«

»Worum geht's?«

»Bestimmte Dinge sollte man besser nicht am Telefon besprechen.«

Der Mann klang durchaus vernünftig, aber Amanat hatte keine Lust, sich mit ihm zu treffen. Er hatte schon einmal mit der Polizei zu tun gehabt, nachdem Zia mit dem Messer auf ihn losgegangen war, und das war ihm für die nächsten paar Existenzen genug.

»Erinnern Sie sich an die zwei gleichzeitigen Sprengstoffanschläge im Zaveri Bazar und am Gateway of India?«

Zia, dachte Amanat, er ist offenbar darin verwickelt; deswegen sollte ich herkommen. Dann ging ihm jedoch auf, dass das Unsinn war. Zia war in Sparta und hatte längst ein neues Leben begonnen.

»Das war vor ungefähr drei Monaten.«

»Ja. Am Gateway kamen viele Menschen ums Leben. Etliche Rümpfe und Gliedmaßen wurden weit ins Meer hinausgeschleudert.«

»Warum erzählen Sie mir das alles?«

»Ein paar Leichname konnten geborgen werden. In der Hosentasche eines der Toten haben wir das hier gefunden.«

Der Commissioner legte einen dicken, verquollenen Reisepass auf den Tisch.

»Öffnen Sie ihn.«

Amanat nahm den Reisepass widerwillig in die Hand und schlug ihn am falschen Ende auf. Viele der Visa waren unleserlich, aber der ehemalige Besitzer war offensichtlich viel in der Welt herumgekommen. Jetzt hatte er die erste Seite erreicht. Das Meerwasser hatte das Passfoto unkenntlich gemacht, aber der Name war noch zu entziffern: Khan Shagufta Zafar.

Ammijans Geschichte war endlich zum Abschluss gelangt. Zwar nicht Zia, aber ein anderer Terrorist hatte sie erwischt. Abbajan hatte kein Wort darüber verloren, aber Amanat wusste, dass er bis zu seiner Einweisung ins Krankenhaus nicht aufgehört hatte, nach ihr zu suchen. Es war für ihn ein unerschütterlicher Glaubenssatz gewesen, dass, wann und für wie lange auch immer Ammi verschwinden mochte, sie jedes Mal wieder zu ihm zurückkehrte.

»Wenn Sie jetzt das denken, was ich annehme« – die Stimme des Commissioners war seltsam unpersönlich, ein bewusst eingeübter Ton, der jede emotionale Reaktion verhindern sollte –, »dann muss ich Sie vor übereilten Schlüssen warnen. Bislang ist über das Schicksal Ihrer Mutter nichts bekannt. Leider ist der Umstand,

dass ihre Leiche bisher nicht gefunden wurde, kein Beweis dafür, dass sie noch am Leben ist. Aber ebenso wenig beweist er, dass sie tot ist. Am Gateway of India wimmelt es immer von indischen und ausländischen Touristen und dementsprechend auch von Taschendieben. Der Mann, der Ihre Mutter bestahl, muss gemeint haben, das wäre sein Glückstag. In Frau Khans Brieftasche befanden sich außer dem Pass elftausend Rupien in Tausenderscheinen und vierhundert Euro. Taschendiebe sind abergläubisch – wie wir alle. Sie glauben an die Göttin *Bhavani* und daran, dass sie für einen guten Beginn des Arbeitstages sorgt. In dem Fall könnte er, nachdem Ihre Mutter weitergegangen war, noch in der Nähe des Tatorts geblieben sein und nach seinem nächsten Opfer Ausschau gehalten haben. Mit Sicherheit wissen wir lediglich, dass damit seine Glückssträhne endete. Ich kann nur hoffen, dass Frau Khan mehr Glück hatte. Wir haben uns gegenüber im Taj erkundigt, ob sie da vielleicht gewohnt hatte. Aber sie war im Hotel nicht als Gast gemeldet.«
Jetzt sah der Commissioner Amanat zum ersten Mal mit so etwas wie Mitgefühl an.
»Es tut mir leid, dass wir uns erst so spät bei Ihnen gemeldet haben. Aber wir haben ziemlich anstrengende Wochen hinter uns, und wir wollten Sie nicht voreilig anrufen und dann gegebenenfalls feststellen müssen, dass wir irgendwelche falschen Schlüsse gezogen haben.« Der Mann war nicht direkt kurz angebunden, aber es war offensichtlich, dass damit das Gespräch zu Ende war. Amanat hätte aufstehen sollen, aber er konnte sich nicht rühren. Er wartete noch immer darauf, dass der Polizist ihn mit einer beiläufigen Frage in die Falle lockte: Ist es nicht merkwürdig, Herr Khan, dass niemand von Ihrer Familie eine Vermisstenanzeige erstattet hat?
Stattdessen schlug Sujeet Nambiar eine staubige Akte auf und fing an, darin zu lesen.
»Ich kannte Ihre Mutter aus der Zeit, als sie Stammgast im Willingdon Club war. Eine geborene Glücksspielerin und einer der charmantesten Menschen, denen ich je begegnet bin.« Der Commissioner starrte weiterhin in die Akte. »Ich versichere Ihnen, dass Shagufta auch unter keinem anderen Namen im Taj gemeldet war.«
Amanat hatte das Gefühl, von diesem Mann splitternackt ausgezogen zu werden. Gab es denn keine Geheimnisse um Ammijan, in die

der Commissioner nicht eingeweiht war? Sujeet Nambiar war die Diskretion in Person gewesen, aber Amanat spürte den unüberwindlichen Drang, die Vitrine, in der gut zwanzig historische Gewehre aufgereiht standen, einzuschlagen und ihn mit dem Bajonett aufzuspießen.

Sujeet Nambiar hatte sich die Mühe gemacht, Amanat anzurufen und ihn zu informieren, aber was hatte das alles gebracht? Amanat war, was den Aufenthaltsort oder das Schicksal seiner Mutter betraf, genauso schlau wie vorher. Er war dankbar, dass seine Mutter möglicherweise noch am Leben war, aber er haderte mit dem Schicksal, dass sie lediglich zu dem Zweck auferweckt worden war, um in einem Polizei-Archiv namens »Fall ungelöst – Akte geschlossen« einzustauben.

Amanat überlegte hin und her, ob er Zia und Zubeida-Khala von seinem Gespräch mit dem Commissioner erzählen sollte. Am Ende entschied er sich dagegen. Tatsache war, dass Ammijan mittlerweile seit langem vermisst wurde. Sie war wie das Foto in diesem salzdurchtränkten, verquollenen Pass: eine Leere, eine vollkommene Leere. Genau das tun wir den Menschen an, die uns verlassen haben, dachte Amanat. Zuerst verrät sie der Tod, und dann verraten wir sie – allen anders lautenden Behauptungen zum Trotz –, indem wir sie täglich, stündlich mehr und mehr loslassen.

Es war alles aus. Lucens und die Angels waren erledigt. Das Geld hatte die Zelte abgebrochen, die Beine in die Hand genommen, sich verflüchtigt, verzogen, verdünnisiert, in Luft aufgelöst und davon gemacht; es war perdu, weg und dahin. Man konnte es auf hunderterlei Weise ausdrücken, in noch so viele Sprachen kleiden, unterm Strich kam immer das Gleiche heraus: null, nichts, nada, zero, rien de rien. Wie konnten so ungeheure Summen verschwunden sein, bevor er auch nur das Geringste gemerkt hatte?

Gott hatte sechs Tage gebraucht, um die Welt zu erschaffen. Am siebten hatte Er geruht. Lucens war schneller gewesen. Er brauchte nicht mehr als fünf Tage, um das gesamte Vermögen der Angels zu verpulvern. Am Abend des dritten Tages wusste er, dass er Schluss machen musste, wenn er auch nur das Allernotwendigste zurückbe-

halten wollte, um die Heime der Kinder Gottes noch weitere dreißig Tage und die für die nächsten drei Wochen geplanten Pledge-of-Purity-Programme finanzieren zu können.
Er hatte schon immer streng darauf geachtet, für mögliche Überraschungen gerüstet zu sein, und hatte Ausweichpläne und Absicherungen für alle Eventualitäten des Lebens. Für den Fall, dass sein Klempner gerade verhindert war, hatte er die Telefonnummern von zwei anderen. Honor Lockman und die First Penn waren seine erste Wahl, aber er hatte auch Konten bei zwei weiteren Banken. Der Stadtrat von Concord-Ashton hatte die Namen von fünfzehn Unternehmen herausgesucht, denen ein Angebot unterbreitet werden sollte. Lucens war nicht so knickrig – oder selbstsicher – gewesen. Er hatte auf Nummer sicher gespielt und eine Liste von vierzig möglichen Kandidaten erstellt. Der Erfolg hatte ihm Recht gegeben: Von den fünfzehn Firmen, die der Stadtrat kontaktierte, hatte eine einzige Interesse daran bekundet, sich in der Region anzusiedeln, die übrigen waren über Lucens' Liste gekommen.
Die einzige Möglichkeit, über die er sich nie nachzudenken gestattete, die einzige Eventualität, für die er keinen Plan hatte, war die, dass das Glück ihn im Stich lassen könnte. Nein, so stimmte das nicht – er hatte es nie als Glück betrachtet, sondern als eine Gabe Gottes. Im Laufe der letzten drei Tage war mehr als deutlich geworden, dass sowohl die Gabe als auch Gott ihn verlassen hatten.
Er tat doch weiterhin ein gottgefälliges Werk, oder etwa nicht? Was war also passiert? Was war schief gelaufen? Er war nicht mehr imstande, die nächsten Kursbewegungen an der New Yorker, Frankfurter, Londoner, Tokioter oder an sonstigen Börsen vorauszuahnen. Devisen sagten ihm nichts mehr und der Terminmarkt war für ihn ein Buch mit sieben Siegeln geworden. Fünf Tage lang versuchte er sich einzureden, dass er die himmlischen Botschaften nicht richtig deutete. Vielleicht war er aber auch so erschöpft, dass sein Geist diese Botschaften gar nicht mehr empfing. Er fuhr nach Concord-Ashton und kaufte sich eine Peitsche. Lieber wäre ihm eine Zanzir gewesen, jene Geißel mit rasiermesserscharfen Stahlklingen, wie er sie während seiner Internatszeit in New Eden benutzt hatte, aber er bezweifelte, dass sich in ganz Pennsylvania auch nur eine einzige hätte auftreiben lassen.

»Ich weiß, dass Du mich prüfst, Herr, so wie Du einst Hiob und Abraham und die anderen Propheten geprüft hast. Versteh mich nicht falsch, ich will mich nicht mit ihnen auf eine Stufe stellen. Wie könnte ich? Sie waren gerecht und Deiner Liebe würdig, und ich bin ein Sünder. Prüfe mich, prüfe mich so streng, wie Du willst, verlass mich, wenn Du willst, und ich werde es verdient haben, und ebenso jede andere Strafe, die Du über mich verhängen magst, aber Allmächtiger Gott, verlasse nicht die Children of God, die Angels oder Pledge of Purity!
Schick mir den Aussatz, schicke mir AIDS, mach mich zum Krüppel, verurteile mich zu der schmerzhaftesten Krebsart, die es gibt, aber lass die ungeborenen Kinder nicht unter meinen Verbrechen leiden! Lass mich Dein Werk auf Erden vollenden, gestatte mir, die bestmöglichen Menschen um mich zu scharen, die ernsthaftesten und engagiertesten Männer und Frauen zu rekrutieren und die Fähigsten unter ihnen mit der Fortführung meiner Mission zu betrauen! Honor Lockman hat schon eine verantwortliche Stellung inne. Wenn Mervyn Fontaine sich gut macht, könnte er nach und nach darauf vorbereitet werden, den Vize-Posten einzunehmen. Aber wie Du weißt, wird das noch nicht genug sein. Bis die Angels zur mächtigsten Lobby im Land werden und dem Kapitol ihren Willen diktieren können, wird es uns nie gelingen, die Nation dem Gesetz des lebendigen Christus zu unterwerfen. Ich gebe Dir mein Wort, o Herr, dass ich von nun an Tag und Nacht und doppelt so hart arbeiten werde, um so schnell wie möglich geeignete Nachfolger für mich zu finden. Danach tu mit mir, was Du willst.«

Auch Roy hatte offenbar die ganze Nacht kein Auge zugetan, denn er rief jede halbe Stunde an und hinterließ eine Nachricht nach der anderen auf dem Anrufbeantworter, aber Lucens wollte seine Gebete nicht unterbrechen. Er rief am nächsten Morgen zurück, bevor er unter die Dusche ging. Roy nahm beim ersten Klingeln ab.
»Wo hast du gesteckt, Lucens? Ich habe mir entsetzliche Sorgen gemacht, du könntest dir etwas angetan haben!«
»Was meinst du damit: mir etwas angetan haben?«, fragte Lucens scharf.
»Ich dachte, du seist wahrscheinlich deprimiert oder verzweifelt ...«

»Ich bin Katholik, Roy. Selbstmord mag für dich eine Option sein, für uns aber niemals.«
»Ich bin zutiefst erleichtert, das zu hören. Bitte lass dich nicht entmutigen. Du weißt so gut wie ich, dass George Soros immer wieder mal Millionen in den Sand gesetzt hat. Ich erinnere mich nicht an das Datum, aber als er sich das letzte Mal verspekuliert hatte, hat er, glaube ich, fast eine Milliarde Dollar verloren. Leg eine Pause ein, Zia.« Roy war so aufgeregt, dass er, ohne es zu merken, den früheren Namen verwendete. »Du bist überarbeitet und du hast dir nie eine Atempause gegönnt. Schalt ab, Lucens. Eine Woche, vielleicht einen Monat. Lade deine Akkus wieder auf. Wenn du erholt zurückkommst, wird auch dein Gespür zurückkehren.«
»Bist du fertig, Roy?«
»Tu das nicht, Lucens. Behandle mich nicht so kühl. Ich bin dein Freund. Wenn du nicht eine Weile aussetzt, wird es damit enden, dass du den Zukunftsaussichten der Engel schadest – und noch mehr dir selbst.«
»Willst du damit sagen, dass du an einer weiteren Zusammenarbeit mit mir nicht interessiert bist?«
»Natürlich nicht. Ohne dich wäre ich nicht da, wo ich jetzt bin. Du bist mein bester Kunde. Du hast mir Dinge über die Börse beigebracht, die ich ohne dich niemals gelernt hätte.«
»Gut. Dann mach deinen Job, und lass mich den meinen machen.«

Lucens hatte keine Ahnung, wieso er geträumt haben konnte, wenn er es nicht einmal schaffte, kurz einzunicken, geschweige denn zu schlafen. Aber der Traum war ebenso unbestreitbar real gewesen wie die Unfähigkeit, erfolgreich zu spekulieren, die er in den letzten fünf Tagen unter Beweis gestellt hatte.
Er kletterte gemeinsam mit seinem Sohn Isaak den Berg hinauf, als Isaak ihn fragte: »Wieso brauchen Sie eine Axt, um Melonen zu pflücken, Väterchen? Sie sind reif und köstlich und gehen leicht ab.«
»Deine Mutter möchte, dass ich etwas Brennholz schlage, während du die Melonen sammelst.«
Er war außer Atem und hätte den Aufstieg am liebsten abgebrochen, aber Isaak hüpfte herum wie ein munteres Zicklein, das es nicht erwarten konnte, den Gipfel zu erreichen.

»Kommen Sie schon, Väterchen, bei dem Tempo sind wir erst heute Abend dort oben.«
»Mögen wir bis zum Jüngsten Tag nicht ankommen!«
»Ich kann nicht ewig auf Sie warten.« Und weg war Isaak.
Von der Mutter verzogen, brauchte der Junge wohl eine ordentliche Tracht Prügel.
»Sohn, komm augenblicklich wieder her!«
Isaak wusste, wann sein Vater nicht zu Späßen aufgelegt war, und klammerte sich an seine Hand. Als sie den Gipfel erreicht hatten, sagte Isaak: »Geben Sie mir diesen Sack, Vater. Ich fülle ihn mit Melonen.«
»Später. Zuerst werden wir zu unserem Herrn beten.«
»Aber wir haben doch schon bei Sonnenaufgang unsere Gebete gesprochen.«
»Ich werde dich ein neues Gebet lehren. Knie dich hin und leg den Kopf auf diesen Baumstumpf und sag unserem Herrgott, dass du alles, was er dir antun mag, von Herzen willkommen heißen wirst.«
»Wozu sollte ich ihm das sagen? Das weiß er doch schon.«
»Widersprich mir nicht, Junge!«
Isaak legte seinen dünnen Hals auf den Baumstumpf und stellte eine letzte Frage: »Soll ich die Augen schließen, Väterchen, oder sie offen lassen?«
Es war eine harmlose Frage, aber aus irgendeinem Grund verlor Lucens die Beherrschung.
»Noch ein Wort, und ich hacke dir mit dieser Axt den Kopf ab! Und denk daran: Was auch passieren mag – dreh dich nicht um!«
Lucens stellte sich hinter den Jungen und zog die Axt aus dem Sack.
»Du brauchst keinen Beweis meiner Ergebenheit, o Herr. Ich bin Dein Sklave und Diener. Ich weiß, dass Du ein gerechter und ein barmherziger Gott bist und dass Du meinen kleinen Isaak liebst.«
»Keine Spielchen, Abraham!«, hörte Lucens den Herrn donnern. »Wirst du jetzt tun, was du versprochen hast, oder willst du dein Wort brechen?«
»Dein Wille geschehe. Möge der Herr mir vergeben, dass ich Ihm gehorche.«
Noch während er die Axt niedersausen ließ, war er felsenfest davon überzeugt, dass der Herr seine Hand festhalten würde. Gerade in

dem Moment drehte sich der Junge um und sah seinen Vater an. Die Axt schnitt durch den mageren Hals, und der Kopf fiel auf die Erde. Die Augen waren noch immer vertrauensvoll auf Lucens gerichtet.

»Dieser Traum macht mir Angst, Herr, obwohl ich nicht verstehe, was er bedeutet. Ich werde in meinem Entschluss nicht weichen und nicht wanken. Du kannst mich von Dir weisen, aber los wirst Du mich nicht. Du bist alles, was ich habe, und ich werde niemals von Dir ablassen.«

Am fünften Abend war das Spiel vorbei. Lucens hatte alles verspielt. Am elften Tag überzog Lucens das Konto bei der First Penn um 100.000 Dollar. Am späten Nachmittag war davon nichts mehr übrig. Die arme Honor Lockman hatte Lucens das Geld in gutem Glauben gegeben, aber das Konto der Angels war ein Windsack, durch den die Scheine davongerauscht waren.

»Sie hatten gesagt, wenn ich jemals etwas brauchte, sollte ich mich an Sie wenden.«

»Sie dürfen nicht alles glauben, was die Leute sagen. Sie wollen nur, dass Sie eine gute Meinung von ihnen bekommen.« Shakta-Muni stieß sein meckerndes Lachen aus. »Vielleicht bin ich auch nicht anders. Habe ich Ihnen nicht ebenso gesagt, dass ich manchmal helfen kann, manchmal aber nicht? Ich wünschte, ich könnte Ihnen Gewissheit geben, doch mehr, als es versuchen, kann ich nicht.«

Lucens war drei Tage vorher in Heathrow gelandet, und wie in früheren Zeiten hatte ihn ein Wagen mit Chauffeur erwartet. Der hatte seine Reisetasche im Kofferraum verstaut und ihm dann ein Kuvert ausgehändigt, auf dem sein Name stand. Lucens nahm den dünnen Umschlag mit dem Wappen der Cambrays und schwenkte ihn hin und her. Erzähl mir bloß nicht, sagte er zu sich selbst, dass James mir jetzt sogar Schecks zukommen lässt, bevor er mich überhaupt gesehen hat.

Lieber Lucens,

es ist eine Freude, Sie als Gast im Park zu haben. Ich muss mich wegen einer geringfügigen Änderung unserer Pläne entschuldigen. Eine tschetschenische Delegation ist mir mit einer ziemlich dringenden geschäftlichen Anfrage ins Haus geschneit, und wir werden wahrscheinlich ein paar Tage lang beschäftigt sein.

Fühlen Sie sich wie zu Hause. Benutzen Sie den Fitnessraum, das Billardzimmer und den Swimmingpool. Bestellen Sie sich zum Essen, was immer Ihr Herz begehrt. Der Wagen steht täglich rund um die Uhr zu Ihrer Verfügung. Wenn sie sich ein Theaterstück oder eine Show ansehen möchten, wenden Sie sich einfach an Derek Stafford, Deirdres Sekretär, und er wird die Tickets besorgen und sich um alles kümmern, was Sie benötigen.

Wir stoßen dann später zu Ihnen und sind sehr neugierig zu erfahren, wie es mit den Angels vorangeht und wie Ihre neuen Pläne aussehen.

Herzliche Grüße, James

PS: Deirdre ist für ein paar Tage weg. Sie wird sich also leider auch nicht um Sie kümmern können.

Während der Jaguar in Richtung Cambray Park fuhr, befiel Lucens ein vages Missbehagen. Warum hatten sie ihn nicht in Sparta angerufen und gebeten, seinen Besuch um zwei Tage zu verschieben? Selbst wenn die Tschetschenen sich ziemlich kurzfristig angemeldet hatten – ganz aus heiterem Himmel konnten sie ja wohl nicht hereingeplatzt sein. Hatten Shakta-Muni und James Cambray auch nur eine Vorstellung davon, wie verzweifelt, ja, weit mehr als verzweifelt seine Lage war? Er hatte schon seit langem kein Geld mehr und alle seine Projekte waren eingefroren. Inzwischen quälte sich Honor mit der Frage, ob das überzogene Konto jemals wieder ausgeglichen und ob sie nicht doch ihren Job verlieren würde. Es gab allerdings auch eine andere, weit wahrscheinlichere Möglichkeit: Der Muni und Cambray Senior wussten sehr wohl, wie schwarz Lucens' Zukunftsaussichten waren, und wollten ihm möglichst klar zu Bewusstsein bringen, dass er ihnen auf Gnade und Ungnade ausgeliefert war.

Nach dem Lunch forderte Lucens den Wagen an. Statt sich mit nutzlosen Grübeleien verrückt zu machen, konnte er ebenso gut zur nächsten Kirche fahren und sich beruhigen. Er schaute aus dem Fenster. In der Ferne schlenderten Shakta-Muni und James Cambray unter den Eichen des Parks dahin. Soweit Lucens feststellen konnte, waren weder Tschetschenen noch sonstige Gäste bei ihnen. Die nächste katholische Kirche war fünf Kilometer entfernt, und obwohl sie schlicht war und eine britische, gediegene Stille ausstrahlte, schaffte er es nicht, zu beten oder den Sohn Gottes um Weisung zu bitten. Er war schon seit Wochen überreizt und angespannt gewesen, aber seitdem er James Cambray angerufen hatte, waren die Dinge entschieden außer Kontrolle geraten. Er hatte selbst nicht genau gewusst, warum er anrief oder warum er Roys Vater und Shakta-Muni sehen wollte. Jetzt war er in England und übelster Laune. Vielleicht war es eine Überreaktion, ja, vielleicht wurde er allmählich paranoid, aber er wurde das Gefühl nicht los, dass die Gleichung irgendwie nicht mehr stimmte. All die Jahre hatte Shakta-Muni versucht, ihn zu verunsichern. Jetzt aber war es das erste Mal, dass sich Lucens als Bittsteller an ihn wandte. Wenn er damals, als er zuletzt in Bombay war, nicht auf den Muni gehört hätte und sich in die Berge – noch besser ins Hochgebirge – verzogen hätte, wäre er jetzt nicht in dieser verfluchten Lage.
Lucens fragte sich, ob er nicht nach Cambray Park zurückfahren, seine Tasche – die er noch gar nicht ausgepackt hatte – nehmen und nach Sparta zurückkehren sollte. Und was dann? Roy hatte natürlich Recht. War ihm nicht vom ersten Tag an, als er angefangen hatte, Geld zu verlieren, klar gewesen, dass sich seine Optionen auf eine einzige reduziert hatten? Auf den einen Ausweg, der Katholiken verwehrt war? Tja, aber jetzt war er nun schon einmal da. Er würde noch ein paar Tage lang Kröten schlucken und dann mit seinem Leben Schluss machen.
Der nächste Tag erwies sich als noch schlimmer, als es seine letzten Börsentage gewesen waren. Damals mochte er eine Fehlentscheidung nach der anderen getroffen und die Engel in den Bankrott manövriert haben, aber zumindest war er dadurch rund um die Uhr beschäftigt gewesen. Jetzt hatte er jede Menge freie Zeit und keine Ahnung, was er damit anfangen sollte. Für den Fernseher hatte er

noch nie etwas übrig gehabt, und er konnte es beim besten Willen nicht über sich bringen, die Wirtschaftsmagazine oder die Jahrbücher der Militär- und Rüstungszeitschrift »Jane's Defence Weekly«, die in seinem Zimmer lagen, aufzuschlagen und durchzublättern. Er versuchte zu schlafen, aber der Jetlag machte es ihm unmöglich. Nicht, dass er während der letzten paar Wochen in Sparta diesbezüglich mehr Erfolg gehabt hätte ... Irgendwann gegen zwei Uhr nachts machte er einen Spaziergang durch den Park. Er stieß auf Kaninchen, Füchse und ein paar erschrockene Hirsche, und während er zurückschlenderte, sah er den Muni und Cambray Senior aus dem Rolls aussteigen. Sie winkten ihm zu und gingen ins Haus, ohne ein Wort mit ihm zu wechseln.
Lucens war sich nicht mehr sicher, ob er auch nur eine weitere Stunde durchhalten würde.

Am nächsten Morgen übergab James Lucens einen Scheck über zwanzig Millionen US-Dollar. Die Engel benötigten gewaltige Finanzspritzen, aber jetzt, da Lucens das Geld in der Hand hatte, verspürte er lediglich eine abgrundtiefe Hoffnungslosigkeit. Mit dem Geld hätte er natürlich seine Schulden bei Honor und der First Penn begleichen können, und die Engel wären mit dem Rest noch eine Weile über die Runden gekommen, aber wenn das alles war, was er mit den zwanzig Millionen anzufangen wusste, dann konnte er ebenso gut den Laden dicht machen und sich von sämtlichen Angels-Programmen und den Heimen für die Kinder Gottes ein für alle Mal verabschieden. Was hatte es für einen Sinn, sich eine so gewaltige Summe zu leihen, wenn man sie nicht – am besten exponentiell – vervielfachen konnte? Aber wenn er jetzt wieder in Aktien investierte, so wäre auch dieses Geld binnen einer Woche weg gewesen. Die traurige Wahrheit war, dass Zahlen ihm nichts mehr sagten, dass sie nicht mehr vor seinen Augen tanzten und die Stromschnellen seines Blutes hinabsausten. Zwischen ihnen und ihm fand keine Zwiesprache mehr statt: Die Börse war so mitteilsam wie ein namenloser Grabstein geworden.

»Korrigieren Sie mich, wenn ich mich irre, aber ich hatte den Eindruck, dass Sie momentan einen gewissen Liquiditätsengpass ...«

»So ist es«, unterbrach Lucens den Muni. Er hatte das Gefühl, dass der Guru Katz und Maus mit ihm spielte. »James war bereit, den Engeln ein Darlehen von fünfzehn Millionen zu geben, ganz ohne Sicherheiten. Schließlich hat er von sich aus auf zwanzig erhöht.«
»Und Sie halten das für kein gutes Angebot?«
»Da mein Marktwert momentan gleich null sein dürfte, sind das zwanzig Millionen mehr, als mir jede Bank leihen würde. Aber sie lösen das Problem nicht.«
»Und was wäre das für ein Problem?«
»Was mache ich, wenn das Geld weg ist?«
»Der Scheck dürfte Ihnen aus dem Gröbsten heraushelfen und Ihnen ein paar Monate lang den Druck von der Seele nehmen. Aber natürlich hat er in erster Linie den Zweck, Ihnen zu ermöglichen, sich wieder an der Börse zu betätigen.«
»Und alles wieder zu verlieren? Das kann ich nicht. Der Aktienmarkt ist für mich gestorben. Ich habe das Gespür dafür verloren.«
»Sie dürfen nicht der Angst nachgeben.«
»Hundert Kinder sind von mir abhängig. Ich darf keine Risiken eingehen und sie ein zweites Mal zu Waisen machen.«
»In dem Fall haben Sie keine andere Alternative, als sich von den Engeln zu trennen und Ihre verdienstvolle Arbeit aufzugeben.«
»Nie im Leben.«
»Gut. Es freut mich, dass Sie kein Defätist sind. Aber damit stehen wir wieder am Ausgangspunkt. Wie beabsichtigen Sie, Ihre zahlreichen Projekte zu finanzieren?«
Lucens wurde ungehalten. »Ich weiß es nicht!«
»Sie müssen doch irgendwelche Ideen haben.«
»Wenn ich welche hätte, wäre ich nicht hier. Haben Sie welche?«
»Sie könnten ja probeweise in unseren Aschram kommen.«
»Wenn Sie glauben, Sie könnten mich bekehren, dann sind Sie auf dem Holzweg.«
»Der Begriff der Bekehrung ist im Hinduismus unbekannt, Lucens«, lächelte der Muni verschmitzt. »Sie sind derjenige, der ständig Leute retten will. Sie gestatten, dass ich Sie auf ein paar Tatsachen hinweise. Sie sind aus freien Stücken hergekommen. Sie können bleiben oder gehen, ganz wie es Ihnen beliebt. Sie scheinen eine recht kindliche Vorstellung von meinen Fähigkeiten zu haben

und zu meinen, ich könnte Dinge beeinflussen, die sich der menschlichen Erkenntnis entziehen. Weder habe ich etwas zu verkaufen, noch geht mich Ihre Religionszugehörigkeit irgendetwas an. Anders als viele andere Glaubensgemeinschaften haben wir es nicht nötig, andere auszuschließen, um das Gefühl zu haben, auserwählt zu sein.«

»Wie könnten Sie mir also helfen?«

Shakta-Muni ging über Lucens' geringschätzigen Ton hinweg. »Sie müssten schon das Unmögliche tun.«

»Und das wäre?«

»Sie müssten mir vertrauen«, sagte der Muni lachend. »Manchmal kann ich Menschen befähigen; Ihnen wieder zu ihrer Gabe verhelfen. Manchmal.« Er schwieg kurz, um seine Worte wirken zu lassen.

»Sie können mir das Talent zurückgeben, das Gott mir verliehen hatte?« Lucens klang skeptisch.

»Warum wären Sie sonst hier?«

»Und warum wollen Sie dann, dass ich zum Aschram komme?«

»Sie bringen einiges durcheinander. Der Aschram hat für sich genommen nichts mit der Wiederherstellung Ihrer Gabe zu tun. Das Ziel des Yoga ist die Erweckung der Energie, die in jedem Menschen schlummert. Wir verlangen von Ihnen nicht, dass Sie irgendetwas aufgeben, uns geht es um etwas ganz anderes. Die yogischen Praktiken zielen darauf ab, die sinnliche, intellektuelle und seelische Wahrnehmungsfähigkeit zu intensivieren. Sie sind in erster und in letzter Linie eine Disziplin und eine Lebensweise. Yoga öffnet Türen und wird dadurch selbst zu einer Entdeckungsreise. Es befreit den Menschen und ermöglicht ihm zu erkennen, dass es Himmel jenseits des einen wahrnehmbaren gibt und dass dem menschlichen Wachstumspotenzial keine Grenzen gesetzt sind.«

»Vielleicht ist Yoga all das, was Sie sagen, und vielleicht ist es bloß heiße Luft. Ich weiß nur, dass ich mir unmöglich Wochen um Wochen Zeit nehmen kann, um mich in Ihre geheimen Praktiken einführen zu lassen, wenn das gesamte Gebäude der Angels zusammengebrochen ist.«

»Ich habe von jeher die Klarheit Ihres Geistes bewundert, aber diese kleine Krise scheint Ihr Gehirn frittiert zu haben.«

»Sie nennen das eine ›kleine Krise‹?«

»Ein Schluckauf, nichts weiter. Gehört es für einen Börsenspekulanten, der etwas auf sich hält, nicht einfach zum guten Ton, sein ganzes Vermögen wenigstens sieben- oder achtmal zu verspielen und anschließend wieder aufzubauen?«
»Ich bin einem Anderen Rechenschaft schuldig – der höchsten Autorität überhaupt.«
»Durchaus. Aber das sollte Sie nicht davon abhalten, nach Indien zu kommen. In vielerlei Hinsicht mögen wir dort noch in der Steinzeit leben, aber ich versichere Ihnen: Wenn Sie nach Delhi kommen, werden wir schon irgendwie einen Laptop auftreiben, und Sie können sich in jede Börse der Welt einloggen.«

»Hilf mir, Mutter Gottes, ich flehe Dich an! Gib mir die Gabe zurück, sonst sind die Kinder und ich verloren. Und nicht nur das – die Verbreitung der Botschaft des Reinheitsgelöbnisses ist heute wichtiger denn je. Wie Du weißt, ist das ganze Gerede vom ›sicheren Sex‹ purer Unsinn. Kardinal Trujillo hat die neuesten wissenschaftlichen Ergebnisse veröffentlicht, und die zeigen, dass Kondome zur Ausbreitung der AIDS-Epidemie sogar beitragen. Das HI-Virus ist viel kleiner als ein Spermium und kann mühelos durch die Gummihaut dringen. Natürlich schert sich die brasilianische Regierung nicht um naturwissenschaftliche Beweise und wartet mit – zweifellos gefälschten – ›Erfolgszahlen‹ auf. Kondome sind nicht die Lösung, sondern das Problem – dieser Meinung ist auch Bischof Cifuentes. Die Ansteckung mit AIDS durch die Verwendung von Kondomen verhindern zu wollen, sagt er, ist so, als versuchte man, Feuer mit Benzin zu löschen. Sogar der Papst hat erklärt, Kondome ermunterten zu häufig wechselndem Geschlechtsverkehr und führten zur Ausbreitung von AIDS.
Die Angels, heilige Mutter Gottes, sind die Hüter der physischen und seelischen Gesundheit Amerikas. Bitte lass die Engel nicht im Stich!«

Ein paar Wochen nach Lucens' Rückkehr hatten die Engel bereits drei von den zwanzig Millionen verschlungen, und dies trotz der Tatsache, dass man sämtliche Expansionspläne auf Eis gelegt hatte. Noch vier, allerhöchstens sechs Monate, und alles wäre vorbei ge-

wesen. Er hatte einfach viel zu viele Eisen im Feuer, und jedes einzelne von ihnen brannte ihm unter den Nägeln: die Heime für die Kinder Gottes, die Reinheitsgelöbnis-Programme, die Radiosender, die Gehälter für die Mitarbeiter, Mieten für Versammlungsräume, die Werbe- und PR-Kampagnen – das Geld schien sich vor seinen Augen in Luft aufzulösen. Wenn er nicht schleunigst drastische Maßnahmen ergriff, um den Trend umzukehren, würde er nicht einmal imstande sein, James Cambray und dem Muni das Darlehen zurückzuzahlen. Und er hatte das unbestimmte Gefühl, dass der Muni darauf nicht allzu freundlich reagiert hätte.
Er wagte den Sprung ins kalte Wasser und ging wieder an die Börse. Noch vor Ablauf einer Woche hatte er zwei Millionen verloren. Er würde wohl oder übel nach Delhi müssen, zum Aschram des Muni. Der Gedanke war ihm ein Gräuel, aber er hatte keine andere Wahl. Seine einzige Hoffnung waren Shakta-Munis Worte: »Manchmal kann ich Menschen befähigen; Ihnen wieder zu ihrer Gabe verhelfen.«

»Willkommen in der Heimat«, sagte Shakta-Muni zu Lucens, als er begann, ihn in der Shakta School of Yoga herumzuführen.
»Ich betrachte dieses Land nicht als meine Heimat.«
»Ist es nicht kurios, wie sehr wir uns auf die Zukunft freuen, aber gleichzeitig unsere Vergangenheit verleugnen?«
»Die Vergangenheit hat mir nicht viel Gutes gebracht. Ich wollte die Welt verbessern, für die Gerechtigkeit kämpfen.«
»Ja, ich erinnere mich, dass Sie die Welt retten wollten. Jetzt haben Sie beschlossen, Amerika zu retten, einen Kontinent, der entweder nicht mehr zu retten ist oder nicht gerettet werden möchte. Hat nicht jemand einmal gesagt: ›Mit meinen Feinden kann ich umgehen, aber Gott behüte mich vor den Weltverbesserern‹? Sagen Sie mir, Lucens, sind schwarze Kinder in den Heimen für die Kinder Gottes willkommen?«
»Für mich gibt es kein ›wir‹ und ›die anderen‹.«
»Das ist löblich, wenngleich ein wenig unverbindlich«, kommentierte der Muni. »Sie werden mir doch darin Recht geben, dass die Mächtigen diese unsere kleine Erde in drei Welten eingeteilt haben, und wir hier sind weder die Erste noch die Zweite, sondern die

Dritte Welt. Würde es Sie überraschen zu erfahren, dass viele in unserem Teil der Welt der Ansicht sind, dass der Westen nicht weiter als bis zwei zählen kann?«

Der laszive Mund entblößte lächelnd ein Gebiss, das einfach zu vollkommen war, um echt zu sein, und die Hand des Muni schmiegte sich an Lucens' Rücken. Die Schlange aus dem Garten Eden wäre willkommener gewesen. Die Hand fühlte sich warm an, aber das war natürlich nur ein satanischer Trick. Lucens spürte, wie sein Blut in den Adern gefror, als hätte ihm jemand flüssigen Stickstoff injiziert. Und dennoch übte die Hand des Muni eine verwirrende Wirkung auf ihn aus. Sie erinnerte ihn an Abbajans besänftigende Berührung, aber sie leistete noch weit mehr. Sie schien seinen Puls zu verlangsamen, und sein Herz, das so angespannt wie eine Violinsaite gewesen war, beruhigte sich und er hörte, wie sich der Schraubstock der Angst um seinen Kopf knirschend lockerte und zu Boden fiel. Die Engel würden es schon schaffen, dachte er. Und er selbst ebenfalls.

Aber das war der Teufel, der ihn zu verführen versuchte. Er musste sich eine Gnadenfrist erkaufen und dann um sein Leben rennen.

Lucens konnte nicht beurteilen, ob Shakta-Muni ein Betrüger war, eine Mischung aus Schwindler und Heiland oder ein wirklicher Heiliger. Er war ein schlauer und weltgewandter Mann – so viel stand fest. Aber ob ihn etwaige spirituelle Kräfte zu einer Art Hellseher machten oder ob er nur ein überdurchschnittlich guter Kenner der menschlichen Natur war, ließ sich kaum entscheiden.

Es war unmöglich zu sagen, wie groß Shakta-Munis Aschram eigentlich war. Selbst wenn man herumgeführt wurde, konnte man sich kein genaues Bild von der Ausdehnung der Anlage machen. Es gab mehrere Gebäude mit riesigen luftigen Yoga-Übungsräumen, Meditationshallen, modernste Labore, Gästehäuser für Besucher und Wohnheime für Yogaschüler, Quartiere für die rund zweihundert Jüngerinnen und Jünger, mehrere Spielplätze und zwei Swimmingpools, hektarweise Wald und von Bächen durchflossene Gärten. Auf einem Hügel im Westen erhob sich ein Tempel, und es gab mehrere Bereiche, zu denen der Zutritt verboten war. Lucens war beeindruckt. Der Komplex war geschmackvoll angelegt und wirkte nicht im Mindesten protzig. In den Aschram waren viel Planung und Sorgfalt investiert worden. Er wurde mit militärischer Präzision und Disziplin geführt. Die Sicherheitsvorkehrungen waren allgegenwärtig, aber unaufdringlich. Shakta-Muni selbst war Sicherheitsstufe Z zugeordnet, die strengste Form von Personenschutz, die das Land zu bieten hatte. Niemand durfte das Gelände betreten oder verlassen, ohne sich vorher einer Leibesvisitation zu unterziehen. Und jeder – ob interner Yogaschüler oder Gast von außerhalb – bekam einen Aschram-Ausweis mit Foto und Personalien. Jeden Abend kam der eine oder andere in- oder ausländische Prominente zu einer Audienz vorgefahren. Manchmal war es ein Hollywoodstar, und zu zwei Gelegenheiten kam der Premierminister höchstpersönlich vorbei, um sich vom Muni segnen zu lassen und sich mit ihm zu beraten.

Wo kam das ganze Geld her? Finanzierten die Politiker, die Filmstars, die Berühmtheiten und Industriellen Shakta-Munis Aktivitäten? Vielleicht hatte er ja auch eigenes Vermögen. Der Muni schien eine Menge über Lucens zu wissen, während Lucens, was den Guru anbelangte, fast völlig im Dunkeln tappte.

»Ich möchte Sie etwas fragen.«

»Schießen Sie los.«

»Sie verfolgen mich seit der Zeit, als ich in New Eden war.«

»Sie überschätzen Ihre Bedeutung.«

»Mag sein, aber Sie weichen der Frage aus. Warum haben Sie mich so viele Jahre lang beobachtet und den Kontakt zu mir aufrechterhalten?«

»Wahrscheinlich interessieren Sie mich, weil Sie so ernst sind und für meinesgleichen nichts übrig haben. Manche betrachten mich als einen heiligen Mann, während ich in Ihren Augen eine zwielichtige Gestalt bin. Dass ich Hindu bin, kann nichts damit zu tun haben, denn die meisten Hindus betrachten den *Tantrismus* mit Argwohn. Auch sie haben den Verdacht, dass ich ein Schwindler bin, eine Mischung aus Scharlatan und Zauberer, dass ich mich nebenbei mit schwarzer Magie befasse und dass meine Jünger und ich jede Nacht Orgien veranstalten. Und ebenfalls wie Sie haben meine Glaubensbrüder eine Heidenangst vor Tantrikern. Sie glauben, dass, wenn sie mich verärgern, ich ihnen schaden, ihnen Kummer und Leid bereiten könnte.«

Das war das Problem mit Shakta-Muni: Man hatte keinerlei Privatsphäre, keine Geheimnisse und letztlich keine Gedankenfreiheit. Er durchschaute einen und konnte Gedanken lesen, als hätte er einen Scanner erfunden, der stärker war als alle Ultraschall-, Computertomographie- und Magnetresonanz-Geräte zusammengenommen. Er konnte sich förmlich in das Bewusstsein anderer einloggen.

»Warum kommen Sie nicht endlich zum Thema?«

»Das tue ich schon, wenn Sie mir noch einen Augenblick Zeit lassen. Sie haben die zwanghafte Tendenz, alles, was Ihnen fremd und unbegreiflich ist, zu verteufeln. Aber während andere in einem solchen Fall vielleicht aus Höflichkeit oder Angst den Mund halten würden, sind Sie ein richtiger Tarzan, wenn es darum geht, Ihre Meinung zu sagen. Macht Sie das zu einem Narren oder sind Sie ein Engel Gottes? Vielleicht besteht zwischen den beiden gar kein Unterschied. Wir verdanken Menschen wie Ihnen ein höheres Maß an Selbstbewusstheit und Achtsamkeit. Vielleicht hält das sogar unsere Exzesse in Schach. Sie sehen also« – der Muni lächelte nachsichtig –, »dass auch Sie zu diesem und jenem zu gebrauchen sind. Und wer weiß, demnächst könnten wir vielleicht das eine oder andere gemeinsame Interesse entdecken. Sie sind in der falschen Branche, Lucens. Sie sollten Geschäftsmann werden.«

»Hatha-Yoga«, hatte er in seinem einleitenden Vortrag gesagt, »wir treiben Hatha-Yoga, nicht Yoga.« Die Privatperson Shakta-Muni wies nicht die geringste Ähnlichkeit mit dem Lehrer gleichen Namens auf. Draußen war er von einer gleichbleibenden, fast übertriebenen Höflichkeit. Im Unterrichtsraum war er sarkastisch, bissig und unerbittlich. Er nahm längst nicht jeden Interessenten als Schüler an. Aber trotz der strengen Vorauswahl sprangen fünf von zehn Aspiranten bereits in den ersten Wochen wieder ab.

»Ich werde mir heute eine gewisse Weitschweifigkeit gestatten«, sagte er. »Nur dieses eine Mal. Ich habe nicht vor, danach meine Zeit noch einmal mit grundsätzlichen Ausführungen zu verschwenden. Die Leute behaupten ständig, der *pranayama* sei das Herzstück des Yoga. Das stimmt auch – nur damit keine Missverständnisse aufkommen –, aber gleichzeitig ist der Pranayama die Vorstufe zu etwas anderem, zu einem Zustand gesteigerter Bewusstheit, in dem Materie und Geist, das Stoffliche und das Ungreifbare ineinanderfließen. Wir könnten im Streben nach dem höchsten Bewusstsein noch weiter gehen und dem Körper, das heißt dem materiellen Körper, gestatten, vollständig zu verschwinden, sogar dem Atem. Das wäre dann die Erleuchtung, die als Nirvana bezeichnet wird. Sie gilt als das höchste Ziel und als die absolute Erkenntnis. Ich würde Ihnen dringend raten, über diesen Zustand lange und sorgfältig nachzudenken. Vielleicht glauben Sie, schon alles darüber zu wissen, und meinen, Ihre Intentionen zu kennen. Vielleicht ist es tatsächlich so.« Er legte eine Kunstpause ein. »Was haben Sie dann hier verloren? Sie haben ja dann bereits den Bewusstseinszustand erreicht, nach dem wir alle streben. Was ich Ihnen empfehlen würde, ist Vorsicht und eine strenge Selbsterforschung, die Monate, Jahre erfordern kann.

Neben der Erleuchtung existiert eine andere Möglichkeit: Es ist die Möglichkeit, für die sich diejenigen entscheiden, die nach *siddhi* streben. Die Siddhi ist ein niederer Daseinszustand; verschieden, von Grund auf verschieden von der Rückkehr in ein stilles Einssein, die das Nirvana darstellt. Nun – diejenigen, die Siddhi erlangen, gewinnen außergewöhnliche Kräfte. Sie sind hellsichtig und telepathisch begabt. Ihre sexuelle Leistungsfähigkeit ist schier legendär. Sie können unheilbare Krankheiten heilen, sie können sogar das Schicksal anderer Menschen verändern. Eines müssen Sie sich aber in aller Deutlichkeit klar machen: Die Kräfte, die die Siddhi verleiht, sind irdischer Natur. Das Nirvana steht weit darüber.

Wir respektieren das weiße Licht der Erleuchtung – vielleicht ist es auch grün, blau oder von einer Farbe, die wir noch nie gesehen haben, denn wir versuchen, das Unbeschreibliche zu beschreiben –, aber wenn wir ehrlich sind, wollen wir eigentlich alles, das ganze Paket: Körper, Geist, Atem, Sex, Seele, Bewusstsein. Das Problem mit der Gier ist, dass man sich am Ende mit weniger als nichts in der Hand wiederfinden kann. Sie sind alle intelligent, belesen und gebildet. Sie haben eine relativ klare Vorstellung von Tantra und Hatha-Yoga. Wir werden die *chakras* – die Zentren der *kundalini* – hinaufsteigen, angefangen beim ersten Chakra, dem ›Muladhara‹ am After, und dann immer weiter hinauf bis zum siebten, dem ›Sahasrara‹, wo der männliche Samen sich in Nektar verwandelt und

man die Unsterblichkeit erlangt. Deswegen sind Sie doch hier, habe ich Recht?«
Sämtliche Jünger nickten heftig und bejahten.
»Gut. Dann sind Sie also auf eine Durststrecke von allermindestens fünfzehn bis zwanzig, vielleicht aber auch dreißig, wer weiß, fünfunddreißig Jahren gefasst. Und am Ende könnten Sie durchaus feststellen, dass Sie so ausgetrocknet sind, dass Sie – von Nektar will ich gar nicht reden – weder eine Erektion mehr zustande bringen noch auch nur einen Tropfen Samen in sich haben. Also würde ich vorschlagen, wir sparen uns dieses ganze Gewäsch von angeblichen meterhohen Ejakulationen, die man anschließend, wie ein Chamäleon seine Zunge, wieder einzieht, ohne auch nur ein einziges Spermium zu verlieren.
Sie werden nur eines tun, tagein, tagaus, und jeden Tag mehrere Stunden: Ihren Körper, Ihr Gehirn und Ihren Atem kneten. Sie werden diese drei kneten, bis sie wie Kitt sind. Sie werden sie so weich und geschmeidig machen, dass eines ins andere fließt.«
Das Kneten war keineswegs bildlich gemeint. Die im Aschram angestellten Masseure verarbeiteten einen erst zu Fleischbrei, und wenn man dann halb im Koma lag, musste man komplizierte Sitz- und Körperübungen machen und anschließend erste, einfache Meditationsübungen durchführen – alles unter strenger Aufsicht des Muni. Lucens, der seit seiner Zeit in New Eden keinerlei Sport mehr getrieben hatte – die körperliche Arbeit in der Abtei zählte nicht, denn die war ja kein Yoga gewesen –, fühlte sich, als steckte sein Körper in einem Betonpanzer. Er besaß keinerlei Elastizität, und Lucens befürchtete, nicht nur seine Knochen, sondern auch seine Muskeln könnten jeden Augenblick wie trockene Ästchen zerbrechen. Das Massageöl half bis zu einem gewissen Grad, aber eben nicht sehr. Yoga war nur ein Teil des Übungsplans. Abends trieb man traditionelle indische Gymnastik. In den letzten Wochen hatte Lucens Fortschritte gemacht; er konnte sich beispielsweise so weit vornüber beugen, dass seine Hände flach auf dem Boden auflagen, und er konnte eine Minute lang auf dem Kopf stehen – wenn auch nur an der Wand. Ein paar der anderen Verrenkungen, die seine Mitschüler mit einer Leichtigkeit schafften, als wären ihre Körper aus Lumpen zusammengenäht, waren für ihn einfach nicht zu be-

wältigen, aber Shakta-Muni beruhigte ihn: Wenn er nicht in angemessener Zeit den Dreh herausbekäme, würde er nur zu gerne bereit sein, ihm die Wirbelsäule oder jeden anderen widerspenstigen Körperteil wie eine Salzstange zu zerknacken.

»Warum überrascht es Sie, dass Sie verwirrt sind? Jeder vernünftige Mensch wäre es an Ihrer Stelle. Lassen Sie sich von dem ganzen Hokuspokus nicht irre machen. Lassen Sie sich für den Augenblick einfach treiben. Mit der Zeit wird sich schon alles fügen.« Shakta-Muni war heute in gesprächiger Laune. »Lassen Sie mich mit einer Analogie beginnen: Das englische Verb ›take‹ hat laut Webster's allein 33 verschiedene transitive Bedeutungen. Dasselbe Wörterbuch gibt für das Substantiv ›mind‹ elf unterschiedliche Bedeutungen an, und das gleichlautende transitive Verb kann wenigstens zehn verschiedene Dinge bedeuten. Genauso verhält es sich mit ›Shiva‹. Das Wort besitzt eine Vielzahl von Bedeutungen, und es liegt an Ihnen, eine – oder auch alle – davon auszuwählen. Shiva ist in der hinduistischen Trinität der Zerstörer. Jetzt möchte ich zu Ihrer weiteren Verwirrung beitragen, indem ich hinzufüge, dass er in einem anderen Sinne auch der Schöpfer ist.
Ich könnte noch Stunden so weiterreden und hätte trotzdem nur an der Oberfläche gekratzt. Merken Sie sich dieses Wort, ›Oberfläche‹. Sie ist die Bananenschale, auf der die meisten Uneingeweihten ausrutschen. Die ›Oberfläche‹ wird in dem Moment aufhören, Sie zu verwirren, da Sie die ihr zugrunde liegende Essenz begreifen. Die Essenz ist das Eine, das Höchste Wesen, die Absolute Wirklichkeit.« Shakta-Muni lächelte, als er den ratlosen Ausdruck in Lucens' Gesicht sah, und klopfte ihm auf den Rücken.
»Es wird sogar noch komplizierter. Wir betreten jetzt eine Spiegelgalerie, ein Echogewölbe der Paradoxa. Verankern Sie sich im Höchsten Wesen, im Einen und Einzigen, und Sie werden niemals in die Irre gehen.«
»Was ist mit dem Tantra, wieso ist davon nicht die Rede?«
»Dazu wollte ich jetzt kommen. Für Tantriker wie uns ist Shiva die Urquelle des Wissens und der Weisheit. Er ist der große Asket, der Meister, zu dessen Füßen sich die Yogis setzen, um höhere Einsichten zu erlangen. Die weiße Asche auf Shivas Haut ist ein Sym-

bol seines Asketentums. Gehen wir jetzt einen Schritt weiter. Wenn Shiva das männliche Prinzip ist, ist Shakti das weibliche. Manche tantrischen Schulen konzentrierten sich auf Shiva, den Vater, und schließen alles andere aus, während es wieder andere gibt, die Shakti als das All-Eine und den Urgrund allen Seins betrachten.«

»Das ist ein unhaltbarer Standpunkt«, unterbrach Lucens den Muni. »Das Absolute, so haben Sie uns erklärt, ist ohne jede Form und ohne alle Attribute. Dies schließt auch Attribute wie Geschlechtszugehörigkeit und jede sonstige Eigenschaft aus.«

»Sie haben natürlich Recht. Aber wenn Sie fest auf der Achse ›Oberfläche-Essenz‹ verharren, werden sich alle Widersprüche auflösen. Die zwei Aspekte, Shiva und Shakti, hängen als ein Wesen miteinander zusammen. Shakti ist untrennbar von Shiva, und ebenso wenig kann Shiva unabhängig von Shakti existieren.

Hier muss ich Sie allerdings warnen, weil ich stark vereinfache. Wenn Sie mit dem Gegenstand vertrauter werden und mehr in die Tiefe gehen, wird Ihr Begriff davon weit komplexere Formen annehmen. Vertrauen Sie Ihrer Intuition, Lucens. Das Abendland ist stolz auf seine Rationalität. Aber ich bezweifle, dass Aristoteles oder Descartes Ihnen dabei helfen könnten, das Mysterium des Heiligen Geistes oder der zugleich göttlichen und menschlichen Natur Jesu zu durchdringen. Das Gleiche gilt für das Tantra.«

Eines musste man Shakta-Muni lassen: Er behandelte einen nicht wie einen Ignoranten. Selbst wenn er die abstrusesten Begriffe erläuterte, bediente er sich einer schlichten, fast umgangssprachlichen Ausdrucksweise und entblätterte Schicht um Schicht von Bedeutung und Symbolik. Endlich, so glaubte man, konnte man das zentrale Geheimnis des mystischen Kultes mit den Händen berühren. Dann kehrte man in sein Zimmer zurück und erkannte, dass die Hüllen zwar entfernt worden waren, die dunkle tropische Blüte des Tantra sich aber in sich zurückgezogen und verschlossen und in Stein verwandelt hatte.

»Ich würde mir keine Gedanken darüber machen, dass die anderen Schüler weiter sind als Sie«, sagte Shakta-Muni, als Lucens ihn am Tag seiner Abreise aufsuchte. »Sie werden Sie früh genug überholen. Ich weiß, dass Sie zu Hause Ihre Anstrengungen verdoppeln

werden. Die anderen sind nicht annähernd so motiviert wie Sie. Für Sie steht ungleich mehr auf dem Spiel. Nur eines noch: Treiben Sie es mit dem Yoga, dem Pranayama oder der Meditation nicht so weit, dass Sie sich das Genick brechen. Vergessen Sie nicht: Exzesse, aber mit Maßen. Mit der Zeit werden Sie eine noch hellere Glut erreichen, Lucens.«
»Wann soll ich wiederkommen?«
»Das liegt in Ihrem Ermessen. Versuchen Sie sich an der Börse, wenn Sie wieder in Sparta sind. Stellen Sie fest, wie weit Sie damit kommen.«

Lucens war wieder da. Derselbe Lucens und zugleich ein anderer. Er war selbstsicherer, dynamischer, fähiger und vorsichtiger. Er spekulierte wieder an der Börse. Und die Zahlen tanzten wieder für ihn. Um das Risiko zu reduzieren, streute er seine Investitionen breiter. Er blieb nachts auf, um den Nikkei in Japan, den Hang Seng in Hongkong und den Sensex in Indien verfolgen zu können. Er hatte das Gefühl, dass die Engel und er es schon schaffen würden. Shakta-Muni war ihm weiterhin suspekt, aber es ließ sich nicht bestreiten, dass der Muni ihn im letzten Augenblick gerettet hatte. Mission Impossible war wieder in vollem Gang.

Lucens rief Honor Lockman zu einem Arbeitsessen in sein Büro.
»Sind Sie bereit für den großen Schritt nach oben, Honor?«
Honor sah ihn verwirrt an. »Ich verstehe Sie nicht ganz.«
»Wollen Sie Ihren Job bei der First Penn aufgeben und die Angels übernehmen?«
»Sie wissen, dass ich das nicht kann. Ich muss zwei Kinder großziehen, ich brauche ein geregeltes Einkommen.«
»Nennen Sie Ihren Preis, Honor, und die Engel werden Ihnen den Betrag mit Vergnügen zahlen, und dazu jeden Bonus und jede Vergünstigung, die Sie verlangen.«
»Das kommt sehr plötzlich, Mr. Kahn.«

»So plötzlich nun auch wieder nicht. Ich habe Sie von Anfang an auf den Posten vorbereitet.«

»Ich glaube nicht, dass ich es schaffen würde, mich gleichzeitig um die Leitung der Heime und die Organisation der Pledge-of-Purity-Kampagnen zu kümmern.«

»Ich erwarte von Ihnen nicht, dass Sie sich mit den praktischen organisatorischen Aspekten der Sache abgeben. Sie werden sich fähige Assistenten nehmen, Arbeit an sie delegieren und sie beaufsichtigen. Ihre Hauptaufgabe besteht darin, an der Entwicklung von Strategien mitzuwirken und dafür Sorge zu tragen, dass die von Ihnen gesteckten Ziele erreicht werden.«

»Und wo werden Sie sein?«

»Bei schwierigen Entscheidungen werde ich Sie unterstützen. Aber von nun an werde ich mich in erster Linie um die Finanzen kümmern. In diesem Zusammenhang muss ich viel unterwegs sein. Ich werde jedoch in regelmäßigem, täglichem Kontakt mit Ihnen stehen, telefonisch und per E-Mail.«

»Bei der Bank habe ich eine zweimonatige Kündigungsfrist.«

»Schon erledigt. Man wollte sich ungern von Ihnen trennen, aber noch weniger war man bereit, die Engel als Kunden zu verlieren.«

»Was schwebt Ihnen denn so vor, was ich von den Engeln an Bezahlung verlangen sollte?«

Lucens lachte. »Ich bin der Arbeitgeber. Meine Aufgabe ist es, Sie möglichst weit runterzuhandeln.«

»Ich weiß, dass Sie das nicht tun werden.«

»Seien Sie bloß nicht bescheiden, Honor. Verlangen Sie lieber zu viel als zu wenig. Sie sind es wert, und Sie werden weit bessere Arbeit leisten, wenn Sie das Gefühl haben, dass man Sie zu schätzen weiß.«

6. April

Es ist schon komisch. Als sie für die First Penn arbeitete, riet Honor ständig zur Vorsicht, während ich der Ungeduldige war. Jetzt möchte ich unsere bisherigen Gewinne konsolidieren, bevor wir die Heime oder das Reinheitsgelöbnis auch in andere Bundesstaaten tragen, während Honor es nicht erwarten kann, das Gelöbnis zu einer bundesweiten Aktion zu machen. Wir haben uns auf einen Kompromiss geeinigt. Sie wird den Boden in Michigan, Ohio und

Illinois sondieren. Wenn die Reaktion positiv ist, kann sie ihr Glück in zwei der schwierigsten Gebieten des Landes versuchen: New York und Washington D. C.

1. Mai

Shakta-Muni hatte Recht. Ich verlange meinem Körper wirklich viel ab. Was das Yoga angeht, schaffe ich die meisten Übungen mittlerweile besser als viele seiner Schüler, die schon seit zehn oder fünfzehn Jahren dabei sind. Mein Pranayama und meine Meditation haben sich etwas verbessert, aber das ist durchaus noch steigerungsfähig. Jetzt wird mir erst bewusst, wie mechanisch ich früher die Stundengebete absolviert habe.

Ich bin noch weit von dem Zustand entfernt, in dem der Geist absolut leer wird. Ja, es heißt sogar, er verschwinde vollständig und es bleibe lediglich das stille Zentrum zurück, das die Quintessenz jeder Meditation darstellt. Wenn ich meditiere, ist es noch so, dass mir der Kopf von allen möglichen Gedanken schwirrt und ich von all den Dingen abgelenkt werde, die ich am jeweiligen Tag zu erledigen habe. Gelegentlich aber löst sich der Verkehrsstau in meinem Gehirn, und dann kommt mein Geist – für einen flüchtigen Augenblick – zur Ruhe. Aber wie mag erst der Tag sein, an dem ich mich dem Ideal annähere: Dann wird mein ganzes Bewusstsein Jesus sein, nichts anderes als Jesus!

5. Mai

Tunnelblick, das ist mein Problem! Hatte ich mir wirklich eingebildet, das Gelöbnis könnte in einem luftleeren Raum funktionieren? Es müssen alle an einem Strang ziehen. Wir haben die Eltern überzeugt, wir haben viele junge Leute für die Sache gewonnen. Aber wir haben das drittwichtigste Element im Leben eines Teenagers vergessen: die Schule.

19. Mai

Halleluja! Wie kann ich Dir jemals danken, Jesus, Du Gabenreicher! Die nächsten sechzig Tage werde ich auf Frühstück und Mittagessen verzichten. Es kommt so unerwartet! Ich hatte gedacht, es würde noch mindestens ein, zwei Jahre dauern, bis wir in diesem

Staat etwas zu sagen haben. Doch nun haben wir bereits telefonische Anfragen verschiedener politischer Gruppierungen erhalten. Und das Beste ist: Uns stehen Wahlen bevor, und die Demokraten wollen die Engel auf ihrer Seite haben! Keine Angst, lieber Jesus, wir werden schon dafür sorgen, dass wir bekommen, was uns zusteht! Die Partei verspricht, eine Gesetzesvorlage einzureichen, nach der in allen Schulen täglich das Vaterunser gebetet werden soll, und eine weitere, nach der Eltern zur Verantwortung gezogen werden sollen, wenn ihre minderjährigen Töchter schwanger werden. Es ist ein langer, langer Weg, doch wenn wir in diesem Staat die Demokraten auf unserer Seite haben – welcher Republikaner würde da noch wagen, gegen uns vorzugehen?

»Die ersten neun Monate sind die härtesten«, erklärte Shakta-Muni Lucens. »Jetzt, wo Sie fast elf überstanden haben, sind Sie so weit, dass Sie in ein neues Stadium des Hatha-Yoga eintreten können. Aber zuerst müssen wir Ihnen einen neuen Namen geben.«
»Danke, aber ich bin mit meinem völlig zufrieden.«
»Ich auch.« Der Muni ließ sich von Lucens' schroffem Ton nicht aus dem Konzept bringen.
»Ich habe nicht vor, mich von ihm zu trennen.«
»Sie werden immer das Licht für uns sein, so wie Sie es für die Abtei waren, und davor als Zia. Nur wird Ihr Licht diesmal auf Sanskrit strahlen.«
»Eigentlich hatte ich vorgehabt, nicht mehr nach Delhi zu kommen. Ich habe mein Gespür für die Aktienkurse wiedergefunden. Und ich habe in Sparta viel zu viel zu tun.«
»Natürlich, wenn das Ihr Entschluss ist«, sagte Shakta-Muni liebenswürdig. »Neulich kam mir ein Gedanke. Erinnern Sie sich, wie gelähmt vor Angst Sie waren, als Sie Ihre Gabe verloren hatten?«
Lucens starrte den Muni mit wachsendem Entsetzen an.
»Ist Ihnen nicht gut, Lucens?« Die dünne, klare Stimme klang besorgt. »Sie sehen so aus, als könnten Sie jeden Augenblick ohnmächtig werden.« Shakta-Muni fühlte Lucens' Puls. »Vielleicht sollten Sie sich hinlegen. Ich rufe den Arzt.«
Lucens packte die Hand des Guru, als wollte er sie zerquetschen. »Werden Sie mir die Gabe wieder wegnehmen?«

Shakta-Muni machte seine Hand frei. »Es liegt nicht in meiner Macht, zu nehmen oder zu geben. Sind Sie deswegen so blass geworden?«
Langsam kehrte die Farbe in Lucens' Gesicht zurück. Er lächelte matt. »Die Möglichkeit ist mir in den Sinn gekommen.«
»Dann verscheuchen Sie diese Idee sofort wieder. Wie es sich trifft, wollte ich Ihnen gerade ein Mittel gegen Ihre irrationalen Ängste vorschlagen – wie soll ich sagen, eine Art Rückversicherung, durch die Sie und die Engel nicht mehr von einer einzigen Einkommensquelle abhängig wären. Stellen wir uns doch einen Augenblick lang das schlimmstmögliche Szenario vor: Der Aktienmarkt verrät Ihnen nicht mehr seine Geheimnisse. Was wird dann aus den Engeln, den Heimen für die Kinder Gottes, dem Reinheitsgelöbnis, dem Kampf gegen das Urteil Roe gegen Wade? Würden Sie das alles aufgeben? Oder sollte ich besser fragen: Könnten Sie es über sich bringen, das alles aufzugeben?«
Lucens sah den Muni argwöhnisch an. »An was hatten Sie gedacht?«
»Vielleicht ist das doch keine so gute Idee«, sagte Shakta-Muni zögernd. »Es würde Ihr Leben nur unnötig komplizieren.«
»Lassen Sie das meine Sorge sein. Ich bin durchaus imstande, mir ein eigenes Urteil zu bilden.«
»Das bezweifle ich nicht.« Der Muni schwieg kurz. »Ich dachte, Sie könnten bei James einsteigen. Er ist nicht mehr jung. Und er könnte Hilfe gebrauchen. Ich bin sicher, Sie und er könnten ein für beide Seiten zufriedenstellendes Arrangement aushandeln. Dann bräuchten Sie sich nie wieder um die Zukunft der Engel zu sorgen.«

Ende des Monats war Lucens wieder im Aschram. Er hatte es Jesus lang und breit erklärt: »Ich möchte nicht undankbar erscheinen; der Muni ist mir in einem kritischen Moment zu Hilfe gekommen, und wer weiß, irgendwann könnte er uns wieder von Nutzen sein. Und was verlangt er schon dafür? Nichts, außer mich auf Sanskrit ›Lucens‹ nennen zu dürfen. Glaub mir, mein Herrgott, der neue Name wird meine Liebe zu Dir um kein Jota verringern! Einzig in Dir kann meine Seele Vergebung finden. Du bist mein Fels, mein Heil, meine Festung und mein immer währender Friede!«

Im *garbha-garbha*, dem »Schoß der Schöße«, hörte die Zeit auf. Shakta-Muni hatte ihn gewarnt: Wie poetisch auch die Metapher der Wiedergeburt klingen mochte – der Aufenthalt im dreifach ummauerten »Schoß der Schöße« würde die grauenerregendste Zeit seines Lebens sein. Der Muni hätte einen Vierhundert-Seiten-Wälzer schreiben können, in dem sämtliche Schrecken dieser Erfahrung bis ins letzte Detail geschildert wurden, und ihn zur Pflichtlektüre für jeden seiner Jünger erklären können, es hätte trotzdem nichts genützt. Dante und Milton, unzählige Theologen, ganz zu schweigen von den Geistlichen auf ihren Kanzeln, hatten all ihre Phantasie und Wortgewalt aufgeboten, um die Hölle und ihre Schrecken in möglichst grellen Farben zu schildern. Nun mag man an die Hölle und die Qualen der Hölle glauben, aber kaum jemand würde heutzutage Feuer und Schwefel, blubbernde Pechkessel, Streckbett, Eiserne Jungfrau, Daumenschrauben oder sonstige Wunderwerke der Inquisition als etwas anderes denn Metaphern für solche Torturen ansehen. Man kann alle Bücher über die Konzentrationslager und Gaskammern der Nazis lesen, aber die Wirklichkeit wird einem erst dann aufgehen, wenn man diese Dinge am eigenen Leib erfährt. Es ist ein Gesetz Gottes – oder ein Naturgesetz, wenn man so will –, dass Schmerz, Leiden und Kummer sich nicht vermitteln oder mittelbar erleben lassen. Weder Einfühlungsvermögen noch Mitgefühl, sondern einzig und allein die eigene Erfahrung ist die gültige Währung der Qual. Nur sie macht einen zum Vollmitglied und gestattet es einem, dem Verein der Verdammten dieser Erde beizutreten. Alles andere ist Heuchelei.

Lucens stand die echte Erfahrung noch bevor. Er konnte sich heiser schreien, er konnte die ganze Nacht weinen, aber es gab da unten nichts anderes als Nacht. Niemand würde ihm antworten. Die Zelle, die Höhle, der Raum, wie auch immer man es nennen mochte, war über hundert Schritte lang und siebzig breit. Man konnte sich auf die Zehenspitzen stellen und sich noch so sehr recken, ja man konnte sogar hochspringen, aber die Decke hätte man trotzdem nicht erreicht. Und dennoch hätte er ebenso gut in einem zugenagelten Sarg liegen können, denn die vierte Dimension des Raums ist immer die Vorstellung. Entlang der Wand war ein Seil befestigt, an dem man sich zu Klo und Badezimmer hangeln konnte, und ein stummer Diener brachte ihm Wasser hinunter. Bei dieser reinen Flüssigkeitsdiät hätte man annehmen können, dass er die Toilette nicht gerade überbeanspruchen würde, aber er schien den größten Teil des Tages dort zuzubringen.

Die Vorbereitungen für die Namensgebungszeremonie hatten mit einem Trunk von *Soma*-Milch aus einem massiv goldenen Becher begonnen. Man nahm allgemein an, das Geheimnis des Soma sei verloren gegangen und niemand könne mehr die Pflanze identifizieren. Aber das stimmte nicht. Eingeweihte erzählten, Shakta-Muni habe sie auf dem Osthang des Mount Kailash entdeckt. Soma war der große Läuterer. Er reinigte den Körper ebenso wie die Seele. Er war Zerstörer und Schöpfer, Ende und Anfang, denn er eröffnete einem ein neues Leben.

Lucens sollte bald feststellen, dass er nichts dergleichen war. Schierling, Arsen und Zyankali wären dem Soma bei weitem vorzuziehen gewesen, da sie einen bekanntlich schnell und effektiv töteten. Der Soma verwandelte seine Körpersubstanz und sogar seine Seele in Flüssigkeit. Er war das stärkste Brech- und Abführmittel, das man sich vorstellen konnte. Lucens hatte keine Ahnung, wie oft er sich übergab oder seinen Darm entleerte. Schon am ersten Abend schaffte er es nicht mehr bis zur Toilette. Er hätte eigentlich schon längst tot sein müssen, aber es wurde zunehmend klarer, dass der Sinn der Sache nicht war, ihn zu töten, sondern seine Todesqualen ins Unendliche zu verlängern. Sein Haar begann, büschelweise auszufallen, und er bekam kahle Flecken, als machte er eine Chemotherapie durch. Seine Haut schälte sich und die Nägel fielen ihm ab. Es war nur gut, dass er nichts aß, denn auch seine Zähne hatten sich gelockert. Er hatte das Gefühl, dass er sich allmählich in seine Einzelteile auflöste. Bald würden seine Hände und Beine abfaulen und sämtliche Knochen seines Skeletts würden klappernd auf den schwarzen Marmorfußboden fallen. Vielleicht war es ja gar nicht so schlecht, dass es kein Licht gab und er sich nicht sehen konnte. Nein, wenn das ein Verjüngungsprozess sein sollte oder gar eine Wiedergeburt, dann konnte er dankend darauf verzichten.

Bisher hatte er immer gedacht, der Mutterleib sei der friedlichste Ort auf Erden. Das Garbha-Garbha aber, das eine dreimal so große Geborgenheit hätte schenken sollen, schien stattdessen eigens dazu

konzipiert zu sein, einen Menschen auf die denkbar grauenvollste Weise zu zerstören. Außerdem war ihm der Sinn der Übung nicht ganz klar. Es musste doch einfachere und weniger abartige Methoden geben, die physische Person wiederzuerschaffen. Der Zweck körperlicher Kasteiung war, wie Lucens wusste, den Menschen zu strafen. Sie war der Ausdruck tief empfundener Reue. Aber Schmerz und Qual konnten doch unmöglich zur Erleuchtung führen! In jedem wachen Augenblick war ihm nichts anderes bewusst als der Wunsch, seine Leiden zu beenden. Er hätte dazu nur klingeln müssen, und jemand wäre gekommen und hätte ihn da herausgeholt. Keine Einzelhaft mehr, keine beklemmende Angst, kein Im-eigenen-Dreck-Liegen, keine Dunkelheit mehr. Er sehnte sich nach Licht! Was ihn am Ende rettete, war ironischerweise der Soma selbst. Lucens war so erschöpft und kraftlos, dass er den Rest der Zeit kaum mehr etwas mitbekam.
Dann hatte er, fast ohne es zu merken, aufgehört, unter dem ständigen Würgen und Durchfall zu leiden. Langsam dämmerte ihm, dass der Unterschied zwischen Licht und Finsternis ein Unterschied des Gewichts ist. Licht ist durchscheinend, Dunkelheit immer bleischwer. Jetzt aber verlor die massive, unverrückbare Schwärze ihre Dichte und wurde zu einem Medium, durch das er wahrnehmen konnte, was sich jenseits davon befand. »Jenseits« war jetzt kein räumlicher Begriff mehr, sondern hatte sich in eine raum-zeitliche Größe verwandelt. »Jenseits« lag beiderseits der Gegenwart. Lucens schien zu einem Zustand der Hellsichtigkeit gelangt zu sein, der alle Zeitlichkeit hinter sich gelassen hatte. Ihr Wesen war nicht so sehr die Fähigkeit, in die Zukunft zu schauen, als vielmehr eine heitere Gelassenheit. Wahrnehmung, begriff er jetzt, war für ihn von jeher eine Funktion des Lichts gewesen. Jetzt konnte er die Welt zum ersten Mal mit jedem seiner Sinne erleben. Das Merkwürdige war, dass sein Tastgefühl nicht mehr auf seine Haut begrenzt war. Seine Ohren oder seine Nase leisteten diese Sinneswahrnehmung ebenso gut, und dementsprechend verhielt es sich mit all seinen übrigen Sinnen. Ihm war durchaus bewusst, dass dies alles halluzinatorische Auswirkungen des Soma sein konnten, von Unterernährung und völliger Auszehrung, aber er wusste, dass es mehr war als das.

»Dein Name ist von heute an Tejas, Tejas Nirantar.« Er hörte Shakta-Munis Stimme. »Das ewige Licht«. Es war Lucens bis dahin noch niemals aufgegangen, wie lieblich die menschliche Stimme klang, selbst Shakta-Munis Stimme. Er war einige Tage im Verlies gewesen. Sie waren ihm wie Monate vorgekommen.
Er wurde wieder gesund gepflegt, als wäre er ein neugeborenes Baby. Sie rieben seinen Körper mit Sandelöl ein und ließen ihn stundenlang in einer Wanne voll duftendem warmem Wasser liegen. Langsam gewöhnte man ihn wieder an eine Diät von nahrhaften Suppen und Fruchtsäften. Sein Haar fing an zu wachsen, und es bildete sich eine neue Hautschicht. Sie war unglaublich zart, und manchmal hatte er den Eindruck, dass sie im Dunkeln leuchtete. Es konnte keine Wiedergeburt ohne das Geschenk des Augenlichts geben. Man brachte ihn in ein Zimmer, in das ein sanftes, mildes Licht hineinschien. Er konnte nicht lesen und war noch recht unsicher auf den Beinen, aber er wusste, dass er sich auf dem Weg der Genesung befand. Schließlich nahm ihn Shakta-Muni bei der Hand und führte ihn hinaus in die Sonne.
»Mir fällt auf, dass Sie noch immer das Vokabular der Vergangenheit benutzen, Tejas«, sagte Shakta-Muni ein paar Tage später zu ihm. »Sie glauben, Sie hätten Ihre Gesundheit und Ihr Leben zurückbekommen. Tatsächlich aber ist nichts dergleichen geschehen. Die Vergangenheit ist tot. Das ist der Zweck des Soma. Er lässt einen von null anfangen. Er macht Tabula rasa.«
Am Tag seiner Abreise in die Staaten gab ihm der Muni einen Umschlag. Vielleicht ist es bei den Tantrikern so üblich, dass man nach seiner Namengebungszeremonie einen Scheck bekommt, dachte Lucens.
»Was ist das?«
»Warum machen Sie es nicht einfach auf und sehen nach?«
Lucens riss das flache Päckchen auf. Es enthielt einen Diplomatenpass, der auf den Namen Tejas Nirantar ausgestellt war. »Was soll ich damit anfangen?« Lucens versuchte, Shakta-Muni den Pass zurückzugeben.
»Normalerweise macht der Schüler am Ende seiner Ausbildung dem Lehrer ein Geschenk. In diesem Fall ist es umgekehrt.«

Nie wieder, nie wieder, nie wieder ... Lucens wiederholte diese zwei Worte wie ein Mantra. Ja, sicher, er würde nie wieder zulassen, dass die Schatzkammer der Angels leer wurde, aber die Worte bedeuteten mehr als nur das: Sie waren eine quälende Erinnerung daran, dass er bislang alles auf die eine Karte der Börse gesetzt hatte, anstatt sein Risiko möglichst weit zu streuen.
Es war für ihn an der Zeit, sich an »Dies und Das« zu versuchen.

»Könnten Sie mir das bitte erklären, James? Ich bin die Auftragsbücher durchgegangen, und da gibt es ein paar merkwürdige Einträge. Ein Kunde im Libanon hat vor anderthalb Jahren eine Bestellung von tausend Stück aufgegeben. Sie haben in einem Zeitraum von vier Monaten zweimal die gleiche Lieferung geschickt. Wie kommt das?«
»Machen Sie sich darum keine Sorgen.«
»Ich mache mir keine Sorgen. Aber wenn ich mit Ihnen zusammenarbeiten soll, muss ich wissen, wie das Geschäft funktioniert.«
James dachte einen Augenblick lang über Lucens' Frage nach und sagte dann: »Es ist folgendermaßen abgelaufen: Die erste Sendung wurde auf einem griechischen Schiff versandt, das in Schwierigkeiten geriet und konfisziert wurde. Also mussten wir die Lieferung natürlich ein zweites Mal schicken.«
»Ja, ich verstehe, aber der libanesische Kunde scheint nur einmal bezahlt zu haben.«
»Natürlich. Er wird doch kaum zweimal für dieselbe Bestellung bezahlen.«
»Aber Sie haben das getan.«
»Bis zur Ankunft der Ware an der vereinbarten Lieferadresse und der ordnungsgemäßen Abnahme durch den Kunden tragen wir die ausschließliche Verantwortung.«
»Wie kommt es, dass wir alle Risiken tragen und trotzdem noch die Haftung übernehmen müssen?«
»Weil es ein Käufermarkt ist, besonders im unteren Segment. Die Konkurrenz ist so mörderisch, dass ich keine andere Wahl hatte, als nochmal zu liefern, wenn ich den Kunden nicht verlieren wollte.«
Dann sollten wir vielleicht nicht im unteren Segment des Marktes arbeiten, dachte Lucens, behielt es aber für sich. Er würde später

genügend Zeit haben, seine Optionen zu maximieren. Vorläufig war er hier, um zu lernen und nicht um zu zeigen, was für ein Besserwisser er war.

Jedes Mal, wenn Lucens Cambray Park besuchte oder sie sich im Aschram in Delhi trafen, drillte James ihn gehörig. Er zeigte ihm, wie man Geschäfte abschloss, wie die Provision errechnet und unter den verschiedenen Seiten aufgeteilt wurde, wo das Geld deponiert wurde, wie es durch viele Anlaufhäfen hüpfte und wanderte, bis es als gültige Währung angesehen werden konnte. Er brachte ihm alle Schliche bei, er zeichnete Flussdiagramme und entwarf alternative Szenarien. Er machte ihn mit der Topographie von Kontinenten und einzelnen Ländern vertraut, umriss die Spannungsgebiete und nannte die spezifischen Anforderungen jedes einzelnen Terrains und jeder ethnischen Gruppe. Er informierte ihn darüber, was man tun und was man lassen sollte und wer die wichtigsten Konkurrenten waren; über Marketingstrategien, beschönigende und umschreibende Formulierungen; über die Kunst der Desinformation und die damit verwandte, nie etwas beim Namen zu nennen; darüber, wo mit der Zusammenarbeit von Regierungsorganisationen gerechnet werden konnte und wo man besser diskret vorging. Und schließlich stellte er ihn Lieferanten und Abnehmern als seinen Partner Tejas Nirantar vor.

Mein lieber Zia,

erinnerst Du Dich an meine Lieblings-Kurzparabel aus Camus' »Der Fall«? Sie ist die vielleicht kürzeste, eindringlichste und klarste Veranschaulichung des existenzialistischen Begriffes von der Wahl, vor die uns das Leben, Gott und der Teufel stellen. Ich werde zur Auffrischung Deines Gedächtnisses die Passage zitieren: »Wenn Sie bedenken, dass in meinem Heimatdorf ein deutscher Offizier im Zuge einer Vergeltungsaktion eine alte Frau sehr höflich ersuchte, unter ihren beiden Söhnen denjenigen auszuwählen, der als Geisel erschossen werden sollte! Wählen sollte sie, können Sie sich das vorstellen? Diesen hier? Nein, den anderen. Und zusehen, wie er abgeführt wird.«

Wenn ich pedantisch sein und extrapolieren darf, würde ich sagen, dass Camus uns damit aufzeigen wollte, wie viel Wahlfreiheit wir

Menschen haben. Nämlich gar keine. Wir haben überhaupt keine Wahl. Und dennoch haben wir, wie er und seinesgleichen uns erklären, keine andere Wahl als zu wählen. Denn in einer sinnlosen Welt kann man dem eigenen Leben nur dadurch einen Sinn verleihen, dass man eine bewusste Wahl trifft.

Camus und die anderen Existenzialisten waren verzweifelt darauf angewiesen, dem Leben einen Sinn zu geben, nachdem sie die Schrecken des Zweiten Weltkriegs, die Konzentrationslager und die Endlösung erlebt hatten.

Ich habe erst Jahrzehnte nach dem Ende des Zweiten Weltkrieges die Bühne betreten. Und dazu auf einem ganz anderen Kontinent. Der Existenzialismus ist längst passé. Aber ich hätte Camus' Begriff der Wahl noch einen eigenen Zusatz hinzuzufügen. Ich habe mich gefragt, ob ich in klugscheißerischer Stimmung war, zynisch, oder ob ich mich nur interessant machen wollte, als ich ihn formulierte. Ich hoffe, etwas davon trifft zu. Das würde es viel einfacher machen, mit diesem Gedanken zu leben. Aber angefangen hat er als diffuser Eindruck, als eine Anschauung des Lebens zu einer Zeit, da solche Dinge noch unbestimmte Befürchtungen oder Vorahnungen sind. Ich war damals ein Kind, und bewusster Zynismus oder Ironie überstiegen meinen Horizont. Kristallisiert hat sich das Ganze allerdings erst in den letzten paar Jahren. Aber genug der Vorreden und Präambeln. Hier kommt es: »In jeder Situation ist die richtige Wahl diejenige, die man nicht trifft.« Natürlich folgt daraus, dass, wenn man die andere Wahl getroffen hätte, dann eben diejenige die richtige gewesen wäre, für die man sich gerade entschieden hat.

Ich habe den Verdacht, dass das nur einen einzigen Schluss zulässt: Wofür man sich auch entscheidet, es ist falsch. Öffnet sich damit die Büchse der Pandora und die Möglichkeit, dass, wenn jede Entscheidung falsch ist, es nichts im ethischen Sinne »Richtiges« im Universum gibt und wir wie Ivan in »Die Brüder Karamasow« jede böse Tat rechtfertigen können? Nein, ich will nichts Derartiges suggerieren und mit Sicherheit kein universales System aufstellen. Es ist nicht einmal ein System, nach dem ich mich konsequent richten würde.

Das Standardschema des Hindi-Films ist ein Dreieck: Eine Frau muss sich zwischen zwei gleichermaßen attraktiven und anständigen Männern entscheiden – oder umgekehrt. Wenn unsere Filmindustrie auch nur ein Minimum an Integrität oder Ehrlichkeit besäße, würde sie zugeben, dass dies ein unmögliches Dilemma ist. Für wen sich die Frau auch entscheidet, sie muss ihre Wahl zwangsläufig ein Leben lang bereuen. Das Problem mit dem Leben ist natürlich, dass es uns ständig mit Multiple-Choice-Situationen konfrontiert, wo doch alles viel einfacher wäre, wenn wir überhaupt keine Wahl hätten, oder wenn ein Guru beziehungsweise unsere Eltern jede Wahl träfen und für uns entschieden.

In »Der König auf Camelot« erzählt Merlin König Arthur eine Parabel. Ein Mann trifft in einem Suk von Damaskus zufällig den Tod. Er erschrickt zutiefst angesichts der gespenstischen Erscheinung. Entsetzt konsultiert der arme Kerl einen Weisen, und der rät ihm, Damaskus umgehend zu verlassen, da der Tod höchstwahrscheinlich gekommen sei, um ihn zu holen. Die ganze Nacht lang reitet der Mann in gestrecktem Galopp, hält immer nur kurz, um das Pferd zu wechseln und ein paar Schluck Wasser zu trinken, und rastet nicht, bis er Aleppo erreicht hat. Er atmet tief auf bei dem Gedanken, dem Tod entronnen zu sein, denn kein Mensch hat je die Strecke zwischen den zwei Städten in einer einzigen Nacht bewältigt. Jetzt will er nur noch eins: sich in einer Karawanserei hinlegen und eine Woche lang schlafen. In dem Augenblick klopft ihm jemand auf die Schulter. Es ist der Tod.

»Aber ich dachte, ich wäre dir entkommen – ich habe dich doch erst gestern in Damaskus gesehen!«

»Ich muss gestehen, dass ich selbst ziemlich verblüfft war, dich dort zu sehen, denn mein Auftrag lautete, dich in Aleppo abzuholen.«

Ich möchte nicht leichtfertig klingen, aber die Parabel veranschaulicht meine These recht gut.

Die Formulierung mag eine mathematische Exaktheit suggerieren, aber gerade deswegen muss sie, wie alle allzu glatten Behauptungen, grundsätzlich in Zweifel gezogen werden. Mir ist bewusst, dass meine kleine Maxime anfechtbar ist und als Ausdruck von Verzweiflung und Nihilismus gewertet werden könnte, aber ich tendiere eher dazu, sie gewissermaßen umzustülpen und als befreiend anzusehen. Wenn alles, was ich tue, aller Wahrscheinlichkeit nach die falsche Entscheidung ist, dann ist es meine Pflicht, jede Ent-

scheidung reiflich zu überlegen und nach bestem Wissen und Gewissen zu treffen – und nicht, weil irgendein Buch, eine Theorie oder eine beliebige Tradition sie mir vorschreibt.
Ich frage mich, was über mich gekommen ist. Warum bombardiere ich Dich in letzter Zeit nur so mit Briefen? Vielleicht hängt es damit zusammen, dass Abbajan nicht mehr da ist und Zubeida-Khala mehr und mehr zum Gespenst ihrer selbst wird. Ich sehe Sagari von Zeit zu Zeit, aber sie ist sehr beschäftigt, und ich scheine über meine Schuldgefühle einfach nicht hinwegkommen zu können. Damit bist Du momentan die einzige Verwandtschaft, mit der ich reden kann, und bekommst eben, so leid es mir tut, die Hauptmasse meiner Briefe ab. Ich würde sie an Deiner Stelle gar nicht erst öffnen. Aber begehe nie, nie den Fehler, mir das zu sagen!
Wie geht es Dir, mein Bruder? Was für eine Achterbahn von Hassliebe ist doch unsere Beziehung von jeher gewesen! Aber sie muss ein verdammt stabiles Fundament haben, wenn man bedenkt, was sie schon alles überstanden hat ...
Pass auf Dich auf, mein Bruder.

Alles Liebe, Amanat

19. August
Die Leute vom Glades sind stinkwütend auf mich, weil ich ihnen Zac Forbes, ihren Finanzdirektor, abgeworben habe. Ich hatte ihn schon seit einer Weile – seitdem er angedeutet hatte, er würde gerne etwas Sinnvolleres mit seinem Leben anfangen als nur unanständige Mengen Geld für das Krankenhaus zu erwirtschaften – als unsere mögliche Kontaktperson zum Kapitol im Auge gehabt. Er ist gerade seit drei Monaten bei uns, und schon kommen wir in den Korridoren der Macht voran.

24. August
Je häufiger ich mit James Cambray zusammen bin, desto mehr finde ich, dass er ein liebenswürdiger, aber aufgeblasener Esel ist. Er hinkt hoffnungslos hinterher. Die Branche hat sich drastisch verändert, aber er steckt in einer Zeitschleife fest. Er versucht gerne, den Eindruck zu erwecken, er wäre der einzige zivilisierte Mensch inmitten eines Haufens von Schurken. Wie lange ist es her, dass man

in der Geschäftswelt einem Gentleman begegnen konnte? Als er anfing, war es auch nicht anders als heute. Es ist nur so, dass er stinkfaul ist und jede Beziehung zur Realität verloren hat. Was wir bräuchten, wäre eine grundlegende Richtungs- und Schwerpunktänderung und ein Stück sehr harte Arbeit. Danach wären wir in einer anderen Liga. In einer komplett anderen Liga.

27. August
Die Angels sind mittlerweile eine große Organisation. Es ist nicht mehr sinnvoll, für unseren Mitarbeiterstab in Sparta und für die sonstigen Aktivitäten Büroräume vom Glades Medical Center zu mieten. Wir brauchen etwas Eigenes. Es ist ökonomisch klüger, langfristig zu planen und einen großzügigen Gebäudekomplex zu bauen – das »Angels' Center«: mit Büroräumen, die wir zum Teil an die neuen Firmen in der Region vermieten, einem Pledge-of-Purity-Tempel, einem Versammlungszentrum, einem Museum christlicher Kunst, einem Zentrum für amerikanisches Kulturerbe mit einer der größten Bibliotheken des Landes, einem Sportzentrum usw.
Als ich noch in Cambridge war, hatte ich Amanat gesagt, dass ich ihm, wenn er wieder aufs College ginge und Architektur studierte (was, wie nicht nur Abbajan, sondern sogar der Gärtner in Firdaus ihm hätte sagen können, seine eigentliche Berufung ist), seinen ersten richtigen Auftrag verschaffen würde. Damals gelang es mir nicht, ihn zu überzeugen. Ich habe zwar keine Ahnung, warum er nach Abbajans Tod beschlossen hat, wieder aufs College zu gehen, aber erfreulicherweise hat er durchgehalten. Es ist an der Zeit, dass ich mein Versprechen einlöse. Sein erster Auftrag wird das Angels' Center sein.

Dem Jungen ginge es nicht gut. Nichts Ernstes, hatte Gladys Burgess gesagt, als sie Lucens gegen acht Uhr abends angerufen hatte. Sie habe ihn nur informieren wollen. Ein bisschen Fieber und Schüttelfrost. Der Arzt hatte gemeint, sie sollte ihm Tylenol geben, und ihr versichert, morgen würde er wieder herumspringen wie ein Fohlen. Schnell hatte sich ein Kind bei einem Wetterumschwung etwas eingefangen, warum also hielt ihn Mrs. Burgess mit solchen Details auf? Hatte sie vor, ihn jedes Mal anzurufen, wenn eines der Kinder Gottes einen Schnupfen oder Kopfschmerzen bekam?

Er hatte mit den Burgess' nicht viel zu tun und normalerweise sahen sie sich nur sonntags in der Kirche. Aber er hielt viel von ihnen, besonders von Gladys. Sie war absolut zuverlässig, wenn auch etwas hausbacken. Aber sie sorgte für die Kinder, als wären es ihre eigenen. Als er die Burgess' einstellte, hatte er ihnen gesagt, dass weder er noch die Treuhänder sich in ihre Arbeit einmischen noch ihre Entscheidungen in Frage stellen würden, solange sie nicht verantwortungslos handelten oder gegen ihre Aufsichtspflicht verstießen. Körperstrafen waren natürlich keine »Option«, aber in Fragen der Disziplin würde er jederzeit hinter ihnen stehen. Honors instinktive Beurteilung der Burgess' hatte sich als richtig erwiesen. Sie waren jetzt das Vorbild für die Eltern anderer Heime – einschließlich der Prestons, die unmittelbar nach ihnen eingestellt worden waren.

Konnte es sein, dass Gladys Burgess ihn nur deswegen angerufen hatte, weil es um »den Jungen« ging und sie das Gefühl hatte, sie sei Lucens Rechenschaft schuldig? Sollte er, nur weil sie denselben Vornamen hatten, zu ihm eine besondere Affinität verspüren? Nein, ganz so war es nicht. Lucens hatte nicht oft Gelegenheit, einzelne Heime zu besuchen oder über das allererste Kind Gottes nachzudenken, aber aus unerfindlichen Gründen brachte er es nicht über sich, es bei seinem Namen zu nennen. Wenn er einmal wirklich keine andere Wahl hatte und ausdrücklich von ihm sprechen musste, sagte er lediglich »der Junge«.

Die Engel eröffneten gerade im rund hundert Kilometer entfernten Delacroix eine neue Ortsgruppe des Pledge of Purity, und die nächsten drei Tage war Lucens mit der Schulung der neuen Apostel beschäftigt, die die Botschaft »Null Sex bis zur Heirat« verbreiten sollten. Als er am nächsten Nachmittag nach Sparta zurückkehrte, klebte an seiner Tür ein Zettel: »Lucens jr. ins Glades eingewiesen, Kinderstation B. Alfred Burgess.« Lucens war sich nicht schlüssig, ob seine schlechte Laune daher kam, dass er erhitzt und nach drei

Tagen intensiver Arbeit mit höchstens drei Stunden Schlaf pro Nacht erschöpft war oder dass irgendetwas an der Mitteilung ihn ärgerte. Was erwartete Alfred Burgess von ihm? Sollte er sich vielleicht im Kopf notieren, dass der Junge entgegen der Prognose des Arztes nicht gesund geworden war, sondern ins Krankenhaus hatte eingeliefert werden müssen? Erwartete man, dass er zum Glades fuhr und sich erkundigte, wie es dem Jungen ging? Oder sollte er etwa die Sache selbst in die Hand nehmen, um die Burgess', die noch weitere neun Kinder am Hals hatten, zu entlasten?

Er duschte und ging in das Büro der Angels, wo sich in seiner Abwesenheit genügend Arbeit angesammelt hatte, um ihn bis spät nachts zu beschäftigen. Jetzt war es an der Zeit, Roy anzurufen, um mit ihm über die Stimmung an der Börse zu sprechen und ihn für die nächsten Tage zu instruieren. Dann fiel ihm der Junge ein.

Er fuhr zum Haus der Burgess'. Es war nach elf, und es dauerte eine Weile, bis Alfred Burgess herunterkam. Er schaltete das Verandalicht ein und fummelte eine Zeit lang an den Schlössern herum, ehe er es schaffte, die Tür aufzumachen.

»Was in aller Welt ...« Er unterbrach sich, als er Lucens sah.

Lucens hatte ein schlechtes Gewissen. »Tut mir furchtbar leid, mir war gar nicht bewusst, wie spät es ist. Ich komme morgen vorbei, um zu hören, wie es dem Jungen geht.«

»Dem Jungen?«, wiederholte Alfred Burgess verständnislos. »Ach so, Sie meinen Lucens junior. An Ihrer Stelle würde ich sofort hinfahren, Mr. Kahn. Gladys ist bei ihm. Er hat hohes Fieber, schläft unruhig und hat immer wieder nach Ihnen gefragt.«

»Nach mir? Er kennt mich doch gar nicht.«

»Oh doch. Er wollte einmal wissen, wieso er den Namen Lucens bekommen hat, wo sein Vater doch Alfred heißt, und da hat Gladys ihm von Ihnen erzählt und gesagt, wir hätten ihn Lucens junior genannt, weil er unser Erstgeborener ist und wir wollten, dass er ein ebenso guter Christ und ein ebenso hervorragender amerikanischer Bürger wird wie Sie.«

»Danke, Alfred. Ich schicke dann Gladys nach Hause.«

»Das werden Sie wohl kaum schaffen. Sie ist eine dickköpfige Frau, und Junior hängt sehr an ihr.«

»Wir werden sehen.«

Lucens saß regungslos im Auto. Langsam wurde ihm klar, warum er seinen Namensvetter immer nur »den Jungen« nannte. Er wollte nicht, dass es nach ihm noch weitere Menschen mit dem Namen Lucens oder Zia gäbe. Kein anderes Kind sollte je die Bürde seines Namens, Schicksals oder Geschlechts tragen müssen. Nicht einmal ein adoptiertes Kind. Die Sünden des Vaters sollten nicht den Sohn heimsuchen. Honor hatte es bestimmt gut gemeint, aber wenn sie von Lucens' Vergangenheit gewusst hätte, wäre sie wohl kaum auf die Idee gekommen, den Jungen nach ihm zu nennen. Er ließ den Motor an und machte sich auf den Weg zum Glades. Alfred und er hatten gut fünf bis sieben Minuten miteinander geredet, aber er hatte vergessen zu fragen, was dem Jungen eigentlich fehlte und wie es ihm jetzt ging.

Lucens war schon einmal hier gewesen. Wenn er jetzt noch zwanzig Schritte ging und nach links abbog, war er in Station B, und dann würde er Som Puri sehen, wie er, den Rücken zu ihm gewandt, am vierten Bett von rechts saß und leise auf seinen fünfjährigen Patienten einredete, während er ihm eine intravenöse Spritze gab und ihm anschließend den Puls maß. Als Lucens näher kam, konnte er seine Worte hören.

»Ich gehe nirgendwohin, Philip. Ich bleibe hier bei dir sitzen. Wir werden dieses Fieber gemeinsam besiegen. Wie du inzwischen gesehen hast, weiß ich nicht viel, und am allerwenigsten, was momentan in deinem Körper passiert. Aber deine Eltern und dein Bruder und deine Schwestern wollen nichts davon hören. Was sie hören wollen ist, dass du wieder gesund wirst. Also bitte ich dich, Philip, von Mann zu Mann, lass mich nicht hängen! Lass nicht zu, dass sie merken, wie ahnungslos und am Ende meiner Weisheit ich bin.«

Ja, Lucens stand jetzt am vierten Bett, und die Wangen des Jungen glühten ebenso feuerrot und seine Stirn strahlte genauso viel Hitze aus, wie es damals bei Philip gewesen war. Gladys Burgess stand von ihrem Stuhl auf und beugte sich über den Jungen.

»Lucens! Lucens, schau, wer da ist! Der Mann, nach dem du benannt bist, der Mann, der dich Daddy und mir gegeben hat, ist gekommen, um nach dir zu sehen. Jetzt wird alles gut. Mach die Augen auf, mein Schätzchen!«

Es dauerte Minuten, vielleicht aber auch nicht mehr als eine Minute. Der Junge schlug die Augen auf und lächelte.
»Du bist Lucens?«
»Ja, so heiße ich.«
»Ich bin auch Lucens. Genau wie du. Mama sagt, wenn ich groß bin, bin ich genau wie du.«
»Besser, du wirst ein viel besserer Mensch als ich. Zuerst aber wirst du wieder gesund, ja? Versprichst du mir das?«
Der Junge lächelte noch einmal und nickte.

Es fiel Lucens schwer, dieses vierjährige Kind mit dem Baby in Verbindung zu bringen, das Father Raymond getauft hatte und das später in der Öffentlichkeit zum Gesicht von Zero Orphans geworden war. Wo waren die dazwischen liegenden Jahre nur geblieben? Wie konnte der Junge so schnell gewachsen sein, während er nur ein paar Augenblicke nicht hingesehen hatte? Er dachte an die Augen des Jungen. Trotz des hohen Fiebers und der Tatsache, dass er in den letzten fünf Tagen fast zwei Kilo abgenommen hatte, waren sie voller Intelligenz und Neugier gewesen. Wie konnte es sein, fragte er sich, dass er in all den Jahren, die er der Antiabtreibungskampagne gewidmet hatte, ausgerechnet den Kindern keinerlei Beachtung geschenkt hatte? Er hatte für eine abstrakte Idee gekämpft, für ein lebloses theoretisches Prinzip, und dabei vergessen, dass Kinder mächtig schnell wachsen und dass ihr Geist der größte Schwamm auf Erden ist. Sie bringen es fertig, in dieser gierigen, unersättlich aufnahmefähigen Masse von Nervengewebe namens Gehirn das ganze Universum unterzubringen und anschließend fortwährend neue zu erfinden. Was für ein Idiot war er gewesen, die aufregendste aller geometrischen Reihen nicht zu erkennen! Wenn der Junge sich wieder erholte, würde er sich Zeit für ihn nehmen und nach und nach auch alle übrigen Kinder in den verschiedenen Heimen kennen lernen.
Am nächsten Morgen fuhr Lucens zu St. Peter's und ließ eine Messe für die Genesung des Jungen lesen. Er betete zur Jungfrau, sie möge sich bei ihrem Sohn, dem Sohn Gottes, für den Jungen verwenden.
»Ich flehe Dich an, Mutter, mach, dass der Junge wieder gesund wird! Er ist unschuldig und noch so klein. Wer sollte den Schmerz,

einen Sohn zu verlieren, besser kennen als Du? Er ist unser Erstgeborener und das erste Kind Gottes. Bitte lass ihn nicht für meine Sünden büßen, nur weil er meinen Namen trägt!«
Achtundvierzig Stunden später verlor der Junge das Bewusstsein.

Lucens wacht Tag und Nacht am Bett des Jungen. Wie er gelobt hat, isst er nichts. Gladys und Alfred Burgess, Honor, die Krankenschwestern und später sogar die Ärzte flehen ihn an, nach Hause zu gehen und sich auszuruhen. Er bleibt hart. Eines ist sicher: Komme, was da wolle, der Junge muss überleben. Lucens wird sein Leben für ihn einsetzen. Buchstäblich. Er weiß nicht, warum, aber der Junge hat eine zentrale, fast sakrale Bedeutung für ihn angenommen. Die Zukunft der Engel, all dessen, was gut und wertvoll ist – ja, nichts Geringeres als die Erneuerung Amerikas nach dem Bilde Christi –, steht und fällt mit dem Schicksal dieses Jungen.
Der Zustand des Kindes verschlechtert sich, und Lucens stürzt in immer tiefere Verzweiflung und erscheint mitunter wie von Sinnen. Er bettelt die Ärzte an, etwas zu tun, irgendetwas zu unternehmen: ihm eine kalte Kompresse auf die Stirn zu legen, seine Brust mit einer Packung zu bedecken, die die Giftstoffe herauszieht, ihm ein Fruchtsaftkonzentrat zu verabreichen, das seine Körperzellen kräftigt, so dass sie die unbekannte Infektion bekämpfen können. Er kann es nicht ertragen, den Jungen leiden zu sehen. Er verlangt, dass sie die besten Kinderärzte, Neurologen, Nephrologen einfliegen, wen immer sie wollen, die Engel würden sämtliche Kosten übernehmen. Es muss doch irgendwo in den Vereinigten Staaten von Amerika, notfalls auch in England, Japan oder Russland jemanden geben, der dieses Fieber unbekannter Herkunft diagnostizieren und richtig behandeln kann, anstatt, wie sie es jetzt tun, im Dunkeln zu tappen und nach der Schrotflintenmethode vorzugehen in der Hoffnung, dass irgendetwas anschlagen wird.
Die Ärzte und selbst der medizinische Direktor des Glades versichern Lucens, dass sie keinen Augenblick zögern würden, einen auswärtigen Spezialisten hinzuzuziehen, wenn auch nur die leiseste Chance bestünde, dass sich ein anderer Fachmann eher vorstellen könnte, woran der Patient leidet. Aber sie haben jeden bekannten Test durchgeführt und keiner davon deutet auf eine spezifische

bakterielle oder virale Infektion hin. Wenn sie ehrlich sein dürften, könne jetzt nur noch der Allmächtige den Jungen retten.
Lucens ruft den Abt an: Er und die übrigen Mönche mögen bitte für dieses Kind beten. Der Abt versichert ihm, dass die Mönche, da der Junge Lucens so viel bedeutet, bei jedem Stundengebet um sein Leben flehen und während der Morgenmesse für ihn beten werden. Er erinnert seinen ehemaligen Zögling allerdings auch daran, dass er die Entscheidung letztendlich Gott überlassen und, was immer der Allmächtige für richtig befindet, akzeptieren muss. Noch während er spricht, merkt er, dass Lucens gar nicht mehr zuhört.
Das Fieber macht Bocksprünge. Sobald es leicht sinkt, fasst Lucens Mut, er ist sicher, dass der Junge über den Berg ist. Dann schießt es wieder in die Höhe, und er versinkt in einer Depression. Und dennoch hat er von Anfang an gewusst, dass es nur einen Mann gibt, der den Jungen heilen könnte: Som Puri. Er ruft das London General an und erfährt, dass Dr. Puri das Krankenhaus verlassen hat und nach Indien zurückgekehrt ist.

Die lebenswichtigen Organe stellten eines nach dem anderen ihre Funktion ein. Am nächsten Tag fiel der Junge erneut ins Delirium und war nur noch halb bei Bewusstsein. Lucens erinnerte sich dunkel daran, dass Tante Antonia ihm erzählt hatte, auch er habe kurz nach seiner Geburt unter ähnlichen Symptomen gelitten. Da war sie mit ihm zur Kirche in der Wodehouse Road gefahren und hatte ihn taufen lassen. Er fragte sich, ob der Junge ebenfalls genesen würde, wenn man ihn noch einmal taufen würde. Er sprach mit Father Raymond. Doch auch, wenn der Priester es nicht ansprach, so war er offensichtlich der Meinung, Lucens verhalte sich ein wenig absonderlich.
»Er ist schon getauft. Was er braucht, ist die Letzte Ölung.«
»Warum haben Sie es so eilig, einen Schlussstrich unter das Leben des Jungen zu setzen? Er wird sehr alt werden.«
Father Raymond hielt es für angeraten, sich auf keine Diskussion einzulassen. »Rufen Sie mich, wenn sich sein Zustand verschlechtern sollte.«
In dieser Nacht musste selbst Lucens einsehen, dass der Junge im Sterben lag. Er hatte die ganze Zeit gewusst, wer daran schuld war.

Er hatte Som Puri verraten, obwohl dieser unschuldig war, vollkommen unschuldig. Doch jetzt sollte nicht Lucens dafür büßen, dass er seinen einzigen Freund in den drei Countys im Stich gelassen hatte, sondern der Junge würde mit seinem Leben dafür zahlen müssen.

Er rief Father Raymond an und bat ihn, ins Krankenhaus zu kommen, um die Letzte Ölung zu spenden. Dann kniete er am Bett des Jungen nieder. Vor langer Zeit, in seiner Kindheit, hatte ihm Zubeida-Khala eine Geschichte über *Babar* erzählt, den Großvater Akbars, des Kaisers, dessen Rosenöl ihm Aminara im Perfumed Garden auf das Handgelenk getupft hatte. Als Babar begriff, dass sein erwachsener Sohn, der Kronprinz Humayun, im Sterben lag, umkreiste er drei Mal das Lager des Kranken und betete zu Gott, er möge das Leben seines Sohnes verschonen und dafür seines nehmen. Und Gott erfüllte ihm diesen Wunsch. Babars Gesundheitszustand verschlechterte sich zusehends, während Humayun allmählich genas. Schließlich war Babar tot und Humayun wurde Kaiser von Indien.

Jetzt betete auch Lucens zu seinem Gott, er möge sein Leben nehmen und das des Jungen verschonen. Drei Mal ging er um das Bett des Kindes, kniete sich wieder hin und berührte in völliger Selbstaufgabe den Fußboden mit der Stirn.

»Ich habe die Angels gegründet, die Children of God, Zero Orphans, das Reinheitsgelöbnis, alles, um die ungeborenen Kinder zu retten. Jetzt wird das Blut des allerersten Kindes Gottes an meinen Händen kleben. Tu mir das nicht an, Herr, ich flehe Dich an! Nimm mein Leben, so wie Du Babars Leben nahmst, und erlaube dem Jungen, als Dein Diener alt zu werden! Er wird mein unvollendetes Werk weiterführen und die Aufhebung von Roe gegen Wade erreichen. Verschone ihn, Jesus!«

Aber der Herr war nicht bereit, mit Lucens zu handeln oder sein Gebet zu erhören. In den frühen Morgenstunden raffte er den Jungen dahin und ließ Lucens verwaist zurück.

Im Laufe seiner Aktivitäten als Waffenhändler gelangte Tejas zu drei nicht sehr originellen, aber pragmatischen Schlussfolgerungen. Er hatte nicht beabsichtigt, zynisch zu sein, aber so war nun mal das Geschäft. Seine Beobachtungen veranlassten ihn zu einer radikalen Änderung der Marketingstrategie von James' Firma, »International Strategic Security Systems«, kurz I-triple-S.

Als Erstes erkannte Tejas, dass es ein Irrglaube war, die Produktion werde durch den Bedarf bestimmt. Natürlich war das überspitzt formuliert: Die Palästinenser mochten tatsächlich Munition und alle möglichen Waffen benötigen, um Israel zu bekämpfen, ebenso wie der Vietcong sie im Kampf gegen die haushoch überlegene amerikanische Kriegsmaschinerie sowie die Afghanen gegen die Sowjetunion gebraucht hatten. Das alles aber war ein Klacks im Vergleich zu dem, was die Großmächte ausgaben. Das unbestreitbare Fundament des Waffenhandels war der allgemeinmenschliche Wunsch, nicht hinter dem Nachbarn zurückzustehen, sondern ihn zu übertrumpfen. Deswegen sprach man in früheren Zeiten, als man sich noch nicht mit Euphemismen und Political Correctness abzugeben hatte, auch vom »Rüstungswettlauf«.

Im Namen einer lachhaften Abschreckungstheorie hatten Amerika und Russland Billionen von Dollar ausgegeben und Waffenarsenale aufgebaut, die genügt hätten, um die ganze Welt tausendmal zu vernichten. Die schlichte Gier nach immer mehr und technisch immer ausgefeilteren Waffensystemen war der Hebel, mit dem die Allianz von Rüstungsindustrie und Militär die Regierungen und Politiker im Würgegriff hielt. Wie sonst hätte ein auch nur halbwegs vernünftiger Mensch ein so wahnwitziges Verteidigungssystem wie »Star Wars« in Auftrag geben können?

Tejas' zweite Beobachtung war eigentlich nur eine Folgerung aus der ersten. Der Erwerb von Technologie und Kriegsgerät wird in der Regel früher oder später zum reinen Selbstzweck ohne jeden Bezug zur Realität. Die Streitkräfte verwandeln sich in Material-

Freaks. Es waren nicht nur die reichen Industriestaaten, die miteinander wetteiferten. Indien und Pakistan, Iran und Irak und viele andere »gute« Nachbarn trieben exakt das gleiche Spiel. Tejas musste an einen indischen Guru denken: den verblichenen Bhagwan Rajneesh oder Osho, wie er sich später hatte nennen lassen. Der Mann hatte auf seiner Ranch in Oregon siebenundneunzig Rolls-Royce gehabt. Einer war eventuell sinnvoll, vielleicht sogar zwei, wenn die Idee dabei war, für Notfälle einen Ersatz zu haben. Aber wie konnte man die restlichen fünfundneunzig erklären außer als Ausdruck eines völlig absurden Begriffs von Status und Macht?

Die engste Parallele zu den Osho-Exzessen auf dem Gebiet des »Dies und Das« stellte Saudi-Arabien dar. Der bis dahin größte britische Deal aller Zeiten war der von Wafic Said vermittelte Al-Yamamah-I-Vertrag mit Saudi-Arabien. Dieser Vertrag wurde 1985 unterzeichnet und hatte einen Wert von über 29.000.000.000 Dollar – tatsächlich neunundzwanzig Milliarden. Die Saudis schienen alles gekauft zu haben, was im Angebot war, darunter auch Tornado- und Hawk-Flugzeuge. Was wollten sie mit all dem anfangen? Es war sehr die Frage, ob sie überhaupt über genügend Piloten verfügten, die imstande gewesen wären, diese hoch entwickelten Maschinen zu fliegen. Und gegen wen wollten sie sie eigentlich einsetzen? Die Israelis hätten sie schneller als eine Schüssel Müsli weggeputzt. Außerdem würde kein saudi-arabisches Staatsoberhaupt je Krieg mit Israel anfangen, wo die USA doch ihr gemeinsamer Schutzherr waren. Vielleicht betrachteten sie den Irak als den potenziellen Feind. Aber selbst wenn, so hätten sie es nie auf eine direkte Konfrontation ankommen lassen. Sie hätten die Sache den USA überlassen. Der einzige Grund, warum die Saudis solch gewaltige Mengen Geld ausgaben, war der, dass sie es hatten und dass sie sich mit diesen Kampfflugzeugen in ihren Hangars wie Cowboys fühlten. Oder, um es anders zu formulieren, weil die Saudis wie die meisten Erwachsenen eben auch Kinder sind und damit ganz verrückt nach Spielzeug. Es kam noch besser. Dem ersten Al-Yamamah-Vertrag folgte ein zweiter. Es war kein so großes Geschäft, aber 7,25 Milliarden US-Dollar sind auch nicht zu verachten.

Tejas' letzte Erkenntnis lautete, dass der Grundpfeiler, die Triebfeder des Waffengeschäfts nicht der technische Fortschritt war,

ebenso wenig der Krieg oder das Streben nach Freiheit, sondern die Provision: das Geld, das in die Taschen von Generälen, Mittelsmännern und Politikern abgeleitet wurde. Deren Raffgier, so Tejas' Überlegung, würde seiner Strategie die nötige Durchschlagskraft verleihen.
Er hatte jetzt eine klare Vorstellung von seinen Zielen: »International Strategic Security Systems« musste in die Milliardärsliga aufsteigen. Er kannte die Schwächen seiner Kundenstaaten. Sie waren seine wichtigste Ressource. Er musste sie restlos ausnutzen. Das Al-Yamamah-Geschäft würde von nun an seine Richtschnur sein.

»Hier sind die Zahlen, James. Die Größe des Kuchens, die Gesamtgröße des weltweiten Kuchens, beträgt 60 Milliarden US-Dollar. Und wie viel macht, nach Jahrzehnten im Geschäft, Ihr Anteil aus? 450 Millionen Dollar, und das auch nur, weil ich eingestiegen bin und der Firma kürzlich 50 Millionen eingebracht habe. Wozu noch 3 bis 4 Millionen hinzukommen, weil ich die Transaktionen vereinfacht und die Gesetzeslücken bis zum Letzten ausgenutzt habe. Ich habe unseren Produktmix studiert, und er ist seltsam unausgewogen. Wir investieren 85 Prozent unserer Zeit in das untere Segment der Produktpalette, das wiederum 15 Prozent unserer Umsätze abwirft. Mit unseren großen Einnahmequellen verhält es sich genau umgekehrt. Wir investieren gerade eben 10 bis 11 Prozent unserer Zeit in sie und erwirtschaften mit ihnen 70 bis 80 Prozent unserer Umsätze. Wie wäre es, wenn wir 50 oder vielleicht sogar 75 Prozent unserer Zeit in die wirklich interessanten Kunden investieren würden?«
James lächelte gönnerhaft. »Glauben Sie, wir wären nicht auch schon auf die Idee gekommen?« James sprach ständig in der Mehrzahl. War das ein Pluralis Majestatis oder bezog James den Muni in seine geschäftlichen Angelegenheiten mit ein?
»Dieser Markt ist das reinste Fort Knox. Man kann anklopfen, so viel man will, aber die verschanzten Multis werden einem nie im Leben gestatten, auch nur einen Blick hineinzuwerfen.«
»Aber Sie haben ein Blick hineingeworfen. Sie haben sogar einen Stück des Kuchens für sich abgezweigt.«

»Das hat mich 25 Jahre Arbeit gekostet, und das war es nicht wert. Glauben Sie mir. Diese großen Fische sind kein besonders netter Umgang.«
»Wer zwingt uns, nett zu sein?«
»Sie sehen das falsch, Lucens. Wir müssen imstande sein, am Abend noch in den Spiegel schauen zu können.«
Tejas hatte genug von James' Heiligenpose.
»Wir werden Folgendes tun: Wir werden das Kleinkrämer-Geschäft auslaufen lassen und 85 Prozent unserer Zeit in das obere Marktsegment investieren. Die Klientel ist exklusiv, die Gewinne sind weit höher, und wir fallen weniger auf. Am nächsten Ersten tritt die Umstellung ein.«
»Ich weiß nicht«, sagte James. »Ich werde mit Shakta-Muni Rücksprache halten müssen.«
»Tun Sie das, James. Halten Sie Rücksprache mit wem auch immer Sie wollen, einschließlich Queen Lizzie II, aber eines ist klar: Am nächsten Ersten werden wir eine ganz andere Firma sein. Eine schlankere, bissigere und hungrigere Firma.«

Ebenso wie Shakta-Muni ging Lucens mit Wörtern wie »Shakti«, »Kundalini« oder »Chakras« eher sparsam um. Sowohl Inder als auch westliche Dilettanten und Scharlatane warfen damit um sich, ohne den leisesten Schimmer von ihrer eigentlichen Bedeutung zu haben. Sobald man aber auch nur eine Ahnung von ihrem Gehalt und ihren metaphysischen Implikationen gewann, war das Thema erledigt. Mit der reinen Mathematik verhielt es sich genauso. Man konnte sie intuitiv erfassen, ihre Tiefen ausloten und erforschen und mit Reisegefährten Erfahrungen austauschen, aber erklären ließ sie sich nicht. Dennoch bestand kein Zweifel daran, dass Lucens eine Quelle unerschöpflicher Energie in sich erschlossen hatte. Er kam jetzt tagelang ohne Schlaf oder Ruhepause aus und spürte dabei nicht die geringste Müdigkeit oder Beeinträchtigung seiner Konzentration.
Merkwürdig war allerdings, dass er das Gefühl nicht loswurde, bei all dem von Amanats Zeit-Anakonda verschlungen zu werden. Diese Klammern unter den Gemälden, von denen Amanat in seinem Brief über seinen Museumsbesuch in Detroit geschrieben hatte,

schlossen sich immer enger und enger um ihn. Sein größtes und einziges Anliegen war, die Angels und deren verschiedene Projekte auf eine sichere finanzielle Basis zu stellen, damit es den Engeln möglich wäre, Amerika zum lebendigen Christus zurückzuführen.

Neuerdings war Tejas die meiste Zeit über geschäftlich unterwegs und jettete rund um die Welt. Dabei entdeckte er mehr und mehr, dass der Diplomatenpass das Reisen und das Leben beträchtlich erleichterte, insbesondere nach dem 11. September. Auch sonst hatte sich sein Lebensstil in mancherlei Hinsicht verändert. Er trug jetzt die konservativsten Maßanzüge und stieg in den besten Hotels ab. Sein Gerechtigkeitsempfinden und sein Geschäftssinn veranlassten ihn, sich praktisch nach jedem Abschluss umgehend mit dem Erzfeind des vorigen Kunden zu treffen. Er unterließ es auch nie, dem jeweiligen Gesprächspartner mitzuteilen, was der vorige gekauft hatte – natürlich ohne zu verraten, dass er selbst der Lieferant war –, und eine nüchterne Analyse der Auswirkungen vorzunehmen, die dies für ihn haben würde. Mehr brauchte er nicht zu tun. Dem neuen Kunden blieb nichts anderes übrig, als einen entsprechend größeren Posten zu ordern.
Tejas und seine Kunden waren gleichermaßen auf Stillschweigen und Geheimhaltung angewiesen. Tejas machte sich keinerlei Aufzeichnungen, er notierte sich alles im Kopf. Erst wenn das Geschäft unter Dach und Fach war, würde sich die Londoner Botschaft des jeweiligen Käuferlandes mit James' Auslandsbüro in Verbindung setzen und die Bestellung aufgeben.

Im Aschram in Delhi erwartete Tejas einen Brief.

Lieber Freund,
der Zeitpunkt unseres Zusammentreffens naht. Ich bitte Sie um keinen Gefallen, ebenso wenig beabsichtige ich, Ihnen mit eitlem Geschwätz wertvolle Zeit zu stehlen. Mein Anliegen ist rein geschäftlicher Natur, und dennoch kann ich nicht bestreiten, dass ich dadurch auch Gelegenheit haben werde, mir den ein Leben lang gehegten Wunsch, Sie persönlich kennen zu lernen, endlich zu erfüllen.

Wie ich erfahren habe, befinden Sie sich in Sicherheit, im Aschram Shakta-Munis. Ich werde Sie dort kontaktieren.
In der zuversichtlichen Hoffnung, dass wir nicht mehr lange namenlos sein werden,

Ihr Gefährte in Allah

Es dauerte einen Augenblick, bis er den anonymen Absender unterbringen konnte. Es war derselbe Mann, dessen Nachrichten Amanat an die Abtei weitergeleitet hatte.

»Sie haben Ihr monatliches Umsatzziel wieder unterschritten, diesmal um 50 Prozent.« Tejas sah, dass James Cambray sich zu winden begann. Der Mann tat ihm nicht im Mindesten leid. James war wenigstens dreißig Jahre älter als er. Er hatte die Firma gegründet und sie all die Jahre geleitet. Doch während James nominell weiterhin der geschäftsführende Direktor von »International Strategic Security Systems« war, hatte Tejas eindeutig die Zügel übernommen und war jetzt derjenige, der über Geschäftsabschlüsse, Planung und Entwicklung entschied. Die ersten fünf Minuten würde James schmollen, aber das zusätzliche Einkommen lockte ihn ebenso sehr wie Tejas. Er hatte ein sanguinisches Temperament, und die Gewinnspannen, die ihm Tejas vorrechnete, würden seine gute Laune bald wiederherstellen. »Wenn ich Ihr Gedächtnis auffrischen darf, James – Sie sind derjenige, der die Geschäftsziele festlegt, nicht ich.«
»Ich weiß, aber Deirdre hat wieder eine Entziehungskur gemacht. Ich will mich nicht herausreden, aber ich war in letzter Zeit ein bisschen abgelenkt.«
»Mir kommen die Tränen. Aber in den sechs Wochen, die sie in der Klinik verbracht hat, haben Sie sie nur zweimal besucht. Wohlgemerkt, deswegen mache ich Ihnen keinen Vorwurf. Nachdem jemand zum dreiundzwanzigsten Mal rückfällig geworden ist, kann man durchaus das Interesse verlieren. Was ist los, James? Ich leiste mehr als meinen Beitrag und ich verdiene Ihren Anteil am Gewinn mit. Ihre Umsätze sind um 50 Prozent zurückgegangen, während meine um 125 Prozent gestiegen sind. Das Geschäft mit der Brigade Freies Kaschmir war so gut wie unter Dach und Fach. Ich hatte die

Unterschrift. Sie mussten nur noch die Ware auf die Reise schicken und das Geld einstreichen. Aber selbst das haben Sie nicht hinbekommen.«

»Wir haben einen Verhaltenskodex und gewisse Prinzipien. Wir verkaufen nicht an Feinde Indiens.«

»Was sind Sie doch für ein Heuchler!«, lachte Tejas. »Wieso sollten die Inder anders als die anderen sein? Die Brigade Freies Kaschmir ist unser Kunde und es ist unsere Pflicht, unsere Kunden zufrieden zu stellen. Ich kann mich nicht erinnern, dass es Ihnen irgendwelche Gewissenskonflikte bereitet hätte, die IRA und andere Freunde Großbritanniens zu beliefern. Wenn Sie das nächste Mal so eine Nummer abziehen, behalte ich Ihren Anteil der Provision ein.« Plötzlich wurde Tejas' Blick sanfter und er fragte mitfühlend: »Sie haben doch nicht etwa vor, sich zur Ruhe zu setzen, oder?«

»Also, ich hätte wirklich nichts dagegen. Ich bin nicht mehr der Jüngste, wissen Sie«, sagte James in einem Ton halbherzigen Selbstmitleids. Der Dummkopf hatte den Köder geschluckt, und Lucens schlug zu.

»Seien Sie kein Narr, James. Mit Deirdre am Hals werden Sie immer über Ihre Verhältnisse leben, und Sie werden wieder eine Hypothek auf den Park aufnehmen müssen. Sie haben also keine Wahl: Machen Sie sich an die Arbeit!«

James' Firma I-triple-S war fast zehn Jahre lang auf der Stelle getreten. Es waren zwei Gründe dafür denkbar, warum Umsätze und Gewinne stagnierten: James hatte seinen Elan verloren, oder die Branche hatte sich grundlegend verändert. Tejas vermutete, dass es eine Kombination aus beidem war. Cambray Senior gehörte einer älteren Schule von Geschäftsleuten an, hinter deren Erfolg nicht viel mehr steckte als die üblichen persönlichen Beziehungen von der Public School und vom College. Er war von einer angeborenen Leutseligkeit und verhielt sich trotz seines Stammbaums und Wappens niemals herablassend oder distanziert. Ob Afrikaner, Araber, Süd- und Südostasiaten oder Lateinamerikaner, allen nahm er im Handumdrehen jede Befangenheit, woraufhin alle glaubten, ihn spielend übertölpeln zu können. Diese List hatte viele Jahre gute Dividenden eingebracht. Aber das Waffengeschäft hatte sich verän-

dert und James befand sich in der Situation eines Stummfilmstars, der vom Tonfilm überrollt wird. Er war unfähig, sich den veränderten Bedingungen anzupassen.
Tejas hatte geglaubt, er sei aus eigenem Entschluss in das Waffengeschäft eingestiegen, weil er nicht wollte, dass die Zukunft der Engel ausschließlich vom Aktienmarkt abhinge. In letzter Zeit fragte er sich allerdings, ob James – oder die graue Eminenz hinter ihm, der Muni – nicht vielleicht ein hinterhältigeres Spiel trieb und ihn hineingezogen hatte, weil er jünger und hungriger war und das Zeug dazu hatte, die Firma mithilfe neuer Marketingstrategien aus der Flaute herauszureißen, und den Mut, weit größeres Wild aufs Korn zu nehmen.

In seiner Anfangszeit bei I-triple-S war Tejas ein folgsamer und fleißiger Lehrling gewesen. Was immer er an Zweifeln und Vorbehalten gegenüber James' Marketingpolitik gehabt haben mochte, hatte er für sich behalten. Aber selbst als er das Metier aus dem Effeff beherrschte, genügend praktische Erfahrungen gesammelt und beschlossen hatte, das obere Marktsegment anzupeilen, war er noch nicht so weit.
Er hatte die Habgier der Kunden als seinen wertvollsten Aktivposten identifiziert. Sie würde ihm neue Kunden einbringen und dafür sorgen, dass sie ihm treu bleiben würden.
Die naheliegendste Methode, die Konkurrenz aus dem Feld zu schlagen und neue Aufträge an Land zu ziehen, hätte darin bestanden, die Gewinne der I-triple-S zurückzuschrauben und immer höhere Provisionen zu gewähren. Er fand diese Lösung verächtlich. Nur kurzsichtige Dummköpfe entschieden sich für eine solche Taktik. Tejas würde zu einer anderen Strategie greifen. Trotz all dem Gerede von Offshore-Banking und Steueroasen zog Geldwäsche erhebliche Verluste nach sich. Es sei denn ... es sei denn, man kannte sämtliche Schliche und Schlupflöcher der Steuergesetzgebung und der internationalen Bankensysteme. Von nun an würde jeder Kunde von I-triple-S Tipps in dieser Richtung bekommen, und zwar völlig umsonst. Das Spiel um Zinsprozentpunkte mochte auf den ersten Blick nebensächlich erscheinen, aber wenn man bedachte, um welche Summen es ging, dann kam schon einiges zusammen.

Wenn beispielsweise der usbekische Staatspräsident dank Tejas' kleiner Hilfeleistung anderthalb Millionen an Geldwaschgebühren spart, kann er sich mit diesem Geld einen Lear-Jet kaufen. Wenn er damit das nächste Mal nach Aserbeidschan fliegt, um seinen Amtskollegen zu treffen, der immer noch eine ausgemusterte russische Maschine benutzt, wird das seinem Selbstbewusstsein und seinem Ansehen ungeheuer gut tun.

Nur wenige kennen sich mit Zahlen, Wirtschaft und Finanzen so gut aus wie Tejas. Jetzt muss er dieses Wissen auf die Steuergesetze anwenden, er muss die Grenzen der legalen Steuerhinterziehung und des internationalen Geldtransfers austesten, sich mit Geldwaschsalons wie den Bahamas, Luxemburg, den Schweizer Banken vertraut machen. Geld, davon ist Tejas überzeugt, verhält sich wie Wasser. Es braucht seine Zeit, aber es findet unweigerlich selbst die feinsten Spalten und schlüpft hindurch. Tejas' Aufgabe ist es, diese haarfeinen Risse ausfindig zu machen und den Durchfluss von Währung zu erleichtern.

Wenn Tejas sich etwas vornimmt, macht er sich nicht nur die Füße nass oder einen Teil des Oberkörpers, nein, er taucht ganz und gar ein, mit Körper, Geist und Seele, und kommt erst dann wieder an die Oberfläche, wenn er sich den Gegenstand vollkommen angeeignet hat. In den kommenden Monaten wird er einen mörderischen Stundenplan haben: Er wird pauken, recherchieren, die Ähnlichkeiten und Unterschiede zwischen den Steuersystemen unterschiedlicher Länder kennen lernen, sich mit Steuerberatern und Fachanwälten für Steuerrecht unterhalten und lange Gespräche mit kleinen, mittleren und großen Geldwaschunternehmen führen. Es wird nicht über Nacht passieren – dafür gibt es zu viele Gesetze und Verordnungen, Bestimmungen und Zusatzbestimmungen –, aber allmählich beginnt er, den Grundplan hinter dem scheinbar chaotischen Gefüge des internationalen Steuerrechts und die winzigen labyrinthartigen Lücken zu erkennen, die ein Übermaß an Juristenchinesisch zwangsläufig hinterlässt.

Und Tejas hat noch weitere Boni parat, die er ab und an seinen Kunden anbieten wird. Der nur noch ein, zwei Jahre von seiner Pensionierung entfernte Premierminister, Verteidigungsminister oder Stabschef wird einen heißen Investment-Tipp bekommen, der es ihm ermöglichen wird, einen ansehnlichen Notgroschen beiseite zu legen. Tejas weiß, dass jedes Tier aufhört zu fressen, sobald es satt ist. Fast jedes Tier, bis auf eines: Für den Menschen ist »genug« ein Fremdwort. Je mehr er hat, desto mehr will er haben. Und das gilt ganz besonders für die Superreichen.

21. März
Schon seit vielen Jahren ziehe ich es vor, im Schatten zu stehen. Jetzt ist es keine Frage von Vorlieben. Wenn man sich aufs »Dies und Das«-Geschäft einlässt, ist Anonymität das oberste Gebot.

25. April
Das nächste Mal, wenn ich das Kloster besuche, muss ich den Ehrwürdigen Vater überzeugen, bei den Angels als Treuhänder einzusteigen. Die Führungsriege ist zu engstirnig geworden und braucht jemanden von außerhalb, der eine Vision und etwas zu sagen hat.

29. April
Geduld, sage ich mir immer wieder, eile mit Weile. Revolutionäre Umwälzungen leben nicht lange, während allmähliche Veränderungen von Dauer sind. Wir bauen eine Koalition der Gerechten auf, ohne Rücksicht auf die politische Einstellung des Einzelnen. Sobald wir die Macht haben, werden wir der Regierung unsere Wünsche und Programme aufzwingen. Keine Frage – wir werden das Gesicht dieses Landes verändern. Keine Abtreibungen, keine Schwulen und Lesben, keine gleichgeschlechtlichen Ehen, kein Kindersex, keine Sex-Shows, keine entartete Kunst. Wir werden ganz von vorne anfangen und gute, aufrechte, gottesfürchtige Bürger schaffen. Die Veränderung wird sich zu Hause, in der Schule, in jedem Aspekt des Lebens zeigen. Aber wir werden an dieser Stelle nicht Halt machen. Wir werden nach Südamerika gehen. Wir werden Europa erobern. Wir werden die ganze Welt nach dem Bild unseres Herrn wiedererschaffen.

James und Tejas reden kaum noch miteinander. Genau genommen liegt die Sache allerdings eher asymmetrisch. Der ehemalige Diplomat ist wie gewohnt zwanghaft leutselig, ohne das Geringste von

sich preiszugeben. Tejas hat sich schon wiederholt gefragt, ob der Mann ein unergründliches Fragezeichen ist oder eher eine Sphinx ohne Geheimnis, einfach ein Loch ohne Donut drum herum. In letzter Zeit scheint James allerdings einiges von seinem überschäumenden Temperament eingebüßt zu haben. Tatsache ist, dass er Angst hat. Er hat Angst, den Mund aufzumachen. Und er hat eine Heidenangst vor Tejas. Er spürt etwas Gewalttätiges in ihm. Ihm ist klar, dass es niemals hervorbrechen wird, aber das macht die Sache nur umso schlimmer. Wenn Tejas in der Nähe ist, würde er alles dafür geben, unsichtbar werden zu können. Aber trotz allem bemüht er sich, seine gute Laune zu bewahren.
Es ist Tejas, der schweigt – ein wütendes Schweigen. Er ist ein Dampfdrucktopf ohne Überdruckventil. Und was darin brodelt, ist Tejas.

Tejas hatte seine Hausaufgaben zum Thema »Dies und Das« gemacht. Er war sicher, dass die Änderung der Strategie, die er der I-triple-S empfohlen hatte, der richtige Schachzug war. Dort lag das große Geld. Aber es war eine Sache, eine Theorie im Kopf durchzuspielen, und eine ganz andere, sie im wirklichen Leben durchzuziehen. Und das alles, während er James seinen eigenen Mangel an Erfolg unter die Nase reiben musste. James leistete seinen Beitrag nicht, James war bewusst unkooperativ. Tejas hatte ihn geplagt und drangsaliert. Er hatte ihn einen Faulpelz, einen Klotz am Bein, ein Relikt aus einer anderen Ära genannt. Er hatte ihn bedrängt, seinen legendären Charme einzusetzen; Deirdre dazu zu bringen, eine rauschende Party für die japanischen Minister zu geben, die sich gerade zu Besuch in London aufhielten; sich auf die Taiwanesen zu konzentrieren, sie zu einer Kreuzfahrt auf seiner Luxusjacht einzuladen (sie werden tagtaglich von der gigantischen Landmasse namens Festlandchina bedroht, sie sind verunsichert und verzweifelt und, was das Beste ist, sie sind eine der wenigen Nationen mit einem Überschuss an Barem in ihrer Staatskasse); den indischen Ministern, Generälen und Admiralen First-Class-Flugtickets zu schicken, sie zu einem gepflegten Abendessen einzuladen, sie betrunken zu machen – sollte nicht zu schwierig sein, die trinken zu dem einzigen Zweck, sich völlig zuzudröhnen –, mit ihnen für ihre

Mätressen, Ehefrauen, Kinder, Enkel und Großfamilien shoppen zu gehen, alles auf Kosten der I-triple-S; den Iranern, Pakistanis, wem auch immer das Blaue vom Himmel zu versprechen – Hauptsache, er brachte sie dazu, Material für zehnstellige Beträge zu ordern.

James hatte Tejas seinen Gästen vorgestellt. Tejas Nirantar, hatte er gesagt, sei in Finanzdingen ein Genie. Sie sollten sich unbedingt mit ihm unterhalten, er könne mit ihrem Geld Dinge anstellen, die sonst kein anderer fertigbrachte. Gelegentlich hatten sich ein paar von ihnen sogar wirklich bei Tejas gemeldet, waren seinen Ratschlägen gefolgt und hatten kräftig abgesahnt. Dann hatten sie allerdings vergessen, Waffen zu bestellen.

Allmählich begann sich Tejas zu fragen, ob James nicht doch Recht gehabt hatte mit seiner Behauptung, die Oberliga sei eine uneinnehmbare Festung. Eine Zeit lang hatte er geargwöhnt, dass Shakta-Muni sie gegeneinander ausspielte. Er war paranoid geworden und hatte sich eingebildet, James beobachte ihn. Das tat James wirklich, aber nur weil er dank Tejas zu einem Nervenbündel geworden war und ängstlich auf dessen nächsten unterdrückten Wutausbruch wartete. Tejas musste sich vergegenwärtigen, dass auch James dem Traum vom goldenen Kalb, den er heraufbeschworen hatte, zum Opfer gefallen war.

James glaubte offenbar noch immer an Tejas, denn er sah weiterhin zu ihm auf. Shakta-Muni allerdings nicht. In letzter Zeit hatte Tejas in den Augen des Muni einen skeptischen Blick bemerkt. Es war so, als hätte der Guru das Gefühl, sich in seiner Beurteilung getäuscht zu haben. Soweit Tejas wusste, war Shakta-Muni an I-triple-S nicht beteiligt. Ebenso wenig hatte er innerhalb der Firma eine offizielle Stellung inne. Weder gehörte er dem Vorstand an, noch erschien seine Unterschrift jemals auf irgendwelchen Verträgen. Was bedeutete, dass Tejas' Verdacht, der Muni sei in James' Geschäfte verwickelt, nie über das Stadium bloßer Spekulation hinausgelangen würde. Aber mochte er auch keinerlei Beweise haben, Tejas war sich dennoch so gut wie sicher, dass James nie irgendwelche kritischen Entscheidungen treffen würde, ohne sie vorher vom Muni absegnen zu lassen.

Möglicherweise war Tejas überempfindlich geworden und projizierte lediglich seine eigene Enttäuschung auf den Muni. Doch er be-

zweifelte das. Shakta-Muni war ein cleverer Kopf. Er war nicht nur seinen Gegnern, sondern auch seinen engsten Mitarbeitern immer um zehn Züge voraus. Wenn er Tejas an Bord geholt hatte, dann nur deswegen, weil er ihn für jung, hoch motiviert und aggressiv hielt. Er würde die Geschäftstaktik neu konzipieren und die Firma in eine ganz andere Liga hinaufkatapultieren, in die Stratosphäre, in der Politik und Business nicht voneinander zu trennen waren. Er würde das Sesam-öffne-dich zum einzigen Club sein, dem es sich im Waffengeschäft überhaupt anzugehören lohnte. Anfangs musste er sich über Tejas' Fortschritte gefreut haben: über die Schnelligkeit, mit der er die branchenspezifischen Mechanismen und Machenschaften durchschaut und den Marketingzielen und -strategien der Firma von Grund auf neue Orientierung gegeben hatte. Dann aber war seine Leistungskurve abgeflacht. Die Pläne blieben Theorie und die Ergebnisse blieben aus. Der Muni hatte allen Grund, seine Einschätzung von Tejas' neu zu überdenken.
Zum Teufel mit dem Muni, sagte sich Tejas. Das Einzige, was ihn interessierte, war die Frage, wie der Aufstieg in die Oberliga zu schaffen war. Es hing einfach viel zu viel davon ab.

Er traf sich mit Tejas zum Abendessen im Green Banana Leaf, einem exklusiven südindischen Restaurant in Delhi. Zum Aschram hatte er nicht kommen wollen, weil er sicher war, dass es in den Gästezimmern versteckte Kameras und Mikrophone gab.
»Und wie können Sie sicher sein, dass es hier keine gibt?«
»Ich habe das Lokal von einem meiner Männer überprüfen lassen, und dann habe ich eine möglichst abgelegene Ecke ausgewählt«, sagte er selbstgefällig. Seine Stimme passte nicht zu seinem Alter. Sie klang so, als wäre er fünfundvierzig, und hatte exakt das gleiche künstliche Timbre, das der alternde Bollywood-Superstar Amitabh Bachchan auf dem Subkontinent populär gemacht hatte, aber er konnte nicht älter als siebenundzwanzig, allerhöchstens dreißig sein. Tejas fragte sich, ob er diesen Mahagoni-Imitat-Ton jeden

Morgen bei sich in den Bergen übte, sich anschließend vor den Spiegel stellte und an seiner Pose arbeitete.
Er hieß Nawaaz Irfan und strengte sich etwas zu sehr an, seine Jugendlichkeit zu überspielen. Er hatte einen schütteren Bart, den keine noch so emsigen Einreibungen mit Ziegenbutter in einen gleichmäßigen, anständigen afghanischen Pelz hatten verwandeln können. Armer Nawaaz, dachte Tejas, selbst noch mit fünfzig – immer vorausgesetzt natürlich, dass er das nächste Jahr, den nächsten Monat oder den nächsten Tag überlebte – würde er seine liebe Not damit haben, von Tejas ernst genommen zu werden.
Wenn man nach dem ersten Eindruck gehen durfte, hielt Nawaaz Irfan nicht übermäßig viel von Tejas. Der Mann war am Telefon ziemlich arrogant gewesen.
»Ich glaube, Sie reden nur mit großen Tieren mit dicker Brieftasche.«
»Dann sind Sie also ein großes Tier?«
»Auch große Tiere fangen in der Regel klein an.«
»Ich bin Ihnen dankbar für diese Gratis-Weisheit, aber vielleicht könnten Sie sich dazu durchringen, zum Thema zu kommen.« Tejas hatte momentan schon mehr als genug am Hals. Ein möglicher neuer Kunde bedeutete immer eine zusätzliche Investition an Zeit, und dazu noch eine ziemlich unsichere. Aber selbst wenn dieses Treffen mit einem Abschluss endete, war er im Allgemeinen nicht besonders interessiert, solange nicht die Aussicht auf eine längerfristige und entsprechend einträgliche Beziehung bestand.
»Vielleicht wäre es keine schlechte Idee, uns einmal zusammenzusetzen.«
»Wie kommen Sie darauf?«
»Ganz einfach: Wenn wir es nicht tun, und Sie entdecken eines Tages, dass ich einer ihrer größten Kunden hätte werden können, werden Sie es sich nie verzeihen.«
»Ihr Selbstvertrauen ist bewundernswert und Ihre Sorge um mein seelisches Wohlbefinden rührend, aber jeder muss selbst zusehen, wie er Vergebung findet.« Tejas hatte genug vom Versteckspielen. »Machen wir es kurz. Wann und wo sollen wir uns treffen?«
Tejas versuchte, diskret Erkundigungen über den jungen Mann einzuziehen. Wie in der Branche des »Dies und Das«-Geschäfts nicht

anders zu erwarten, waren die verfügbaren Informationen ebenso wenig gesichert wie offiziell. Die Gleichung war simpel: Je unklarer der persönliche Hintergrund eines Rebellenführers, Warlords oder Tyrannen, desto zahlreicher und beharrlicher waren die Gerüchte. Einige davon fanden sich im Internet, gelegentlich ließ sich ein kleiner Attaché oder der Nachrichtendienstmann einer Botschaft dazu überreden, sich von ein paar Informations-Leckerbissen zu trennen, manchmal hörte man sich in der Branche um, ein andermal sprach man Leute aus dem Konsulat eines Nachbarlandes an.

Eines allerdings tat man so gut wie nie: sich auf den amerikanischen Geheimdienst verlassen. Fast überall auf der Welt betrachteten CIA-Agenten ihre Arbeit noch immer als einen reinen Schreibtischjob. Ihre einheimischen Informanten waren fast immer Leute, die eine westliche Ausbildung, vorzugsweise an einer amerikanischen Universität, genossen hatten. In ihrem Heimatland hielten sie sich nur sporadisch auf, und man tat gut daran, den größten Teil der von ihnen gelieferten Informationen zu ignorieren. Sie kochten immer ihr eigenes Süppchen. Die Diplomaten der amerikanischen Botschaften waren sogar noch weniger verlässlich. Außer wenn es darum ging, amerikanische Geschäfts- und sonstige Interessen zu fördern, schotteten sie sich von der Außenwelt vollständig ab. Das Essen, das sie aßen, das Wasser, das sie tranken, das Toilettenpapier, das sie benutzten – alles wurde aus der Heimat eingeflogen. Sie saßen auf einem Strafposten, der durch eine Phalanx von Bediensteten, einem rockefellermäßigen Spesenkonto und einem Lebensstandard, den sie sich in ihrem jeweiligen Heimatort in Kansas oder Nebraska nicht hätten im Traum vorstellen können, nur unzureichend versüßt wurde, und das einzige Ereignis, auf das sie sich neun bis zehn Monate lang freuten, war ihr Jahresurlaub. Sie lernten die Landessprache nicht, sie informierten sich nicht über die örtlichen Sitten, Nahrungsgewohnheiten, Feste und Tabus. Sie verkehrten nicht mit den Einheimischen, geschweige denn, dass sie sich bemüht hätten, sie richtig kennen zu lernen. Sie waren die einzige Supermacht und Gottes Geschenk an die Menschheit – warum hätten sie sich für Menschen zweiter Klasse interessieren sollen?

Die Berichte über Nawaaz Irfans Kindheit und Jugend waren widersprüchlich. Eine Version erklärte, er habe sich mit seinem Vater

entzweit und sei von zu Hause weggelaufen. Die andere Theorie besagte, er sei ein Findelkind gewesen. Fest stand allerdings, dass er sehr engagiert war oder, wie manche meinten, besessen; er kannte keine Rücksichten und hatte einen langen Atem – was in einer Kultur, in der die Menschen nicht weiter als bis zum nächsten Morgen blickten oder planten, umso bemerkenswerter war. Er hatte ein großes Mundwerk und, schlimmer noch, die Fähigkeit, seinen Prahlereien auch Taten folgen zu lassen. Er war eine seltene Mischung: ständig in Hetze und gleichzeitig immer bereit, so lange zu warten, wie es eben nötig war, um seine Ziele zu erreichen.
Mirza Rustum, einer der gefürchtetsten und geachtetsten afghanischen Kriegsherren, der jedes Regime seit den Siebzigern überlebt und Feinde wie Freunde unzählige Male überlistet hatte, hatte den siebzehnjährigen Nawaaz unter seine Fittiche genommen. Schon im Laufe weniger Jahre hatte sich Nawaaz unentbehrlich zu machen gewusst. Eine Kultur, in der ständiger Kriegszustand herrscht, ist wie ein tropisches Klima. Alles ist beschleunigt: Man reift schneller, man hat mit vier oder fünf schon das Schlimmste erlebt, manchmal verpasst man seine ganze Kindheit und Jugend. Hätte Mirza Rustum nicht schon so früh Nawaaz Irfans vielversprechende Anlagen erkannt und ihm ermöglicht, sich noch ein paar Jahre lang die Hörner abzustoßen – gelegentliche Abstecher nach Peshawar zu machen, um zu den Prostituierten zu gehen oder ein paar junge Söhne reicher Grundbesitzer oder Industrieller aus Sindh für die aktuelle Lösegeldquote zu entführen –, hätte sich der Junge zu einem etwas durchschnittlicheren und ziellos sadistischen, dafür aber auch weit weniger gefährlichen Mann entwickeln können. Doch es war unmöglich, Nawaaz Irfans Gaben zu übersehen. Er hatte ein seltenes organisatorisches Talent und besaß schon in frühen Jahren entschiedene Führerqualitäten. Schiere Feuerkraft hielt er zwar für bedeutend, aber für nicht so wichtig, wie die Gedankengänge seines Feindes zu durchschauen. Die afghanische Kriegerethik hatte von jeher größten Wert auf Tapferkeit gelegt, strategische Fähigkeiten galten nicht viel. Nawaaz schien anderer Ansicht zu sein. Das Gesicht zu wahren war ihm nicht so wichtig, wie zu überleben, um ein anderes Mal zu siegen. Er war ein Meister im Verschwinden und Verschwindenlassen. Der Feind mochte 200-pro-

zentig sichere Informationen über Mirza Rustums Aufenthaltsort haben und binnen weniger Minuten mit seinen Apache-Hubschraubern kommen – von Rustum und seinen Männern war nicht die geringste Spur mehr zu sehen. Doch wie hoch Nawaaz Irfans Ambitionen auch sein mochten, Mirza Rustum konnte er nicht beerben, denn der Stammesfürst hatte einen Sohn, Diler, einen impulsiven und brutalen jungen Mann, den der Stamm fürchtete und verabscheute, den sein Vater aber zu seinem künftigen Nachfolger bestimmt hatte.

Dann war vor ein paar Jahren Mirza Rustum gestorben, und Nawaaz war mit einem Drittel seiner Männer verschwunden.

Den Kampf zwischen dem neuen Stammesfürsten und seinem Rivalen würde nur einer von beiden überleben. Die Zeit wurde knapp, die Frage war nur, für wen. Nawaaz Irfan war der Erste, der Nerven zeigte. Er kniff den Schwanz ein und bat um Frieden. Er hätte sich genauso gut selbst die Kehle aufschlitzen können. Die übrigen Stammesfürsten lachten sich ins Fäustchen. Bildete sich der Dummkopf wirklich ein, der barbarische und brutale Diler würde ihm verzeihen und ihm seine Schwester zur Frau geben?

Sie trafen sich auf neutralem Boden. Nawaaz Irfan ergab sich bedingungslos, lieferte seine Männer und sein Waffenarsenal aus und ermordete Diler noch in derselben Nacht.

Jetzt war Nawaaz Irfan nach Delhi gekommen, um Tejas seine Einkaufsliste vorzulegen. Tejas wurde aus dem Mann, der ihm gegenüber saß, nicht recht schlau. Nawaaz bestellte sich gerade seine dritte Portion *idlis* mit *sambar*. Etwas ungewöhnlich, dachte Tejas, für einen Afghanen, eine solche Vorliebe für vegetarische Gerichte zu zeigen. Er wurde das Gefühl nicht los, dass er den Mann schon einmal gesehen hatte.

Tejas warf einen flüchtigen Blick auf das Blatt Papier, das vor ihm lag, und prägte sich den Inhalt ein. Manchmal verriet einem die Einkaufsliste eines Mannes weit mehr über ihn als ein ausführlicher Lebenslauf. Nawaaz Irfans Wunschzettel war zweifellos aufschlussreich. Er ließ erahnen, dass er, anders als die meisten ehrgeizigen jungen Hitzköpfe, nichts vom branchenüblichen Großmannsgetue hielt. Er schien eine klare Vorstellung von seinen militärischen Bedürfnissen zu haben und sie mit so wenig Umständen wie möglich befriedigen zu wollen. Was ihm an Erfahrung fehlte, machte er durch seine angeborene Schlauheit und Intelligenz mehr als wett. Abgesehen von den üblichen Munitionsvorräten und Waffen, wie zum Beispiel Flugabwehrgeschützen, war er vor allem an hoch entwickelten elektronischen Warn- und Ortungsgeräten interessiert. Ihm ging es sichtlich nicht so sehr um irgendwelche High-Tech-Spielereien, als vielmehr um möglichst hohe Zuverlässigkeit und Zielgenauigkeit. Aber der interessanteste Punkt auf der Liste war derjenige, neben dem ein Fragezeichen stand: »Superkanone«.

Hatte Gerard Bull es geschafft, fragte sich Tejas, den Konstruktionsplan für das neue und größere Modell der Superkanone zu vollenden, bevor er umgelegt worden war?

Tejas fand es bemerkenswert, dass der junge Nawaaz von der Superkanone wusste, die Saddam Hussein vor dem ersten Irak-Krieg zu bauen versucht hatte. Kaum jemand erinnerte sich heutzutage noch an dieses seltsame Relikt. Gerard Bull hatte die Kanone ursprünglich, in den Sechziger- und Siebzigerjahren, lediglich als eine kostengünstige Vorrichtung zur Beförderung von Satelliten ins All konzipiert; später hatte sie mehrere Wiedergeburten und Transmutationen durchgemacht. Die Chinesen hatten sie mitten im Entwicklungsstadium gekauft und als Schwerstgeschütz eingesetzt, das seine tödliche Ladung 350 bis 400 Kilometer weit katapultieren konnte. Was der irakische Diktator damit vorgehabt hatte, darüber konnte man nur Mutmaßungen anstellen. Hatte er ein weit tragendes Geschütz mit konventioneller Ladung gewollt, oder hatte er beabsichtigt, eine Atomwaffe zu bauen? Selbst eine von der britischen Regierung durchgeführte Untersuchung hatte die Kontroverse nicht beilegen können. Warum also war jetzt Nawaaz an der Superkanone interessiert?

Warum zerbreche ich mir darüber eigentlich den Kopf?, fragte sich Tejas, ich bin Lieferant und sonst gar nichts. Das Warum und Wozu ging ihn nichts an. Was spielte es außerdem für eine Rolle, was Nawaaz wollte? Er würde ihm nichts verkaufen. Nicht auszuschließen, dass Nawaaz Irfan schon morgen eine große Nummer sein würde, aber momentan war das Umsatzvolumen seiner Wunschliste uninteressant. Wenn man anfing, Ausnahmen zu machen, konnte man sich gleich damit abfinden, in Zukunft ein Schmalspurkrämer zu

sein, der sich mit unzähligen ausgehungerten Konkurrenten um die Krümel des Geschäfts prügelte. Es hatte Tejas viel Geduld und Überredungskunst gekostet, James davon zu überzeugen, dass es klüger war, aus der Kleingeld-Liga auszusteigen. Er hatte nicht vor, wieder in dieselbe Falle zu tappen.
»Missverstehen Sie mich bitte nicht«, sagte er, »Ihre Anfrage ist durchaus interessant und ich wünsche Ihnen viel Erfolg, aber momentan würde das Volumen Ihrer Bestellung unseren Aufwand nicht lohnen. Wenn Sie möchten, kann ich Sie mit ein paar anderen Leuten in Verbindung bringen.«
»Danke. Ich kenne durchaus einige Leute in der Branche.« Nawaaz gab sich Mühe, gute Miene zum bösen Spiel zu machen, aber es gelang ihm nicht so recht, seine Enttäuschung oder Gekränktheit zu verbergen. Es lag ihm offensichtlich sehr viel daran, mit einem großen Waffenhändler Geschäfte zu machen. Vielleicht hatte er sogar gehofft, die richtige Verbindung würde seine Feinde ebenso wie seine Geldgeber beeindrucken und sie dazu bringen, ihn ernst zu nehmen.
»Nehmen Sie es bitte nicht persönlich«, sagte Tejas und verlangte die Rechnung, aber der junge Mann wollte nichts davon hören.
»Ich bin der Lieferant«, versuchte Tejas zu scherzen, »und da ist es üblich, dass ich die kleine Rechnung übernehme und Sie die große.«
Nawaaz Irfan ging auf den Witz nicht ein. »So läuft das bei mir nicht. Ich habe Sie angerufen, also bezahle ich auch die Rechnung.«
Tejas signalisierte durch Achselzucken ein »Wie Sie wollen« und stand auf. Nawaaz Irfan war ihm mittlerweile noch weniger sympathisch als zu Anfang.
»Kommt Ihnen mein Gesicht bekannt vor?«
»Sollte es das?«
»Eine direkte Frage verdient eine direkte Antwort.«
Tejas sah den Mann aufmerksam an. »Nein, tut es nicht. Sind Sie enttäuscht?«
»Ganz im Gegenteil. Ich habe den ersten Test bestanden.«

Lucens hatte das Gefühl, dass sein Leben an Körper, Masse und Kraft verlor. Es war, als hätte es seine Substanz eingebüßt. Er war wie ein Thriller, der darauf wartete, zu seiner Auflösung zu gelangen, die Katze aus dem Sack zu lassen und dann zugeklappt zu werden. Sein Leben hatte einen einzigen Sinn: Die Unschuldigen mussten gerettet und die Sünder in den Zustand der Unschuld zurückgeführt werden. Er begriff, dass er sich viel zu sehr verzettelt hatte. Er musste seine Aktivitäten auf das absolut Wesentliche zurückschrauben.

1. September

Amanat ist da. Ich habe ihm gesagt, dass er bei der Vergabe der Aufträge freie Hand hat, das Angels' Center aber spätestens am 7. September des kommenden Jahres bezugsfertig sein muss. Der Pledge-of-Purity-Tempel kann dann im Jahr darauf fertiggestellt werden. Er meint, der Zeitrahmen sei unrealistisch, aber ich versuche, zumindest den Gouverneur, besser noch den Vizepräsidenten, zur Eröffnung des Centers zu bekommen, und ich kann es mir nicht leisten, den Termin nicht einzuhalten.

Zwischen Lucens und der Börse läuft es gut. Honor leistet hervorragende Arbeit. Er zweifelt nicht daran, dass sie schon bald die verantwortliche Leitung sämtlicher Projekte der Angels übernehmen wird. Mit Concord-Ashton geht es langsam bergauf. Die Sache mit den Steuerfreijahren und anderen Vergünstigungen spricht sich allmählich herum.
Lucens wird nicht mehr als Außenseiter betrachtet. Die verschiedensten Menschen, keineswegs nur Geschäftsleute, fragen ihn um Rat. Es ist sogar davon die Rede, dass das Glades Medical ihm in ein paar Jahren einen Aufsichtsratsposten anbieten wird. Lucens hat allen Grund, zufrieden zu sein. Aber irgendetwas stimmt nicht.

Tejas war an Misserfolg nicht gewöhnt. An Widerstände, ja; an übermenschliche Anstrengungen, ja; an Fehlstarts, Sichgeduldenmüssen, ja; mit all dem wurde er spielend fertig. Man brauchte nur zu wissen, wie ein widerspenstiges Problem, eine richtige Denksportaufgabe, umformuliert werden musste; gegebenenfalls die Koordinaten und die Perspektive ändern. Dann machte es irgendwann klick und das Rätsel löste sich von selbst. Er hatte gelernt, niemals, unter gar keinen Umständen, seinen Stolz oder seine Selbstachtung in die Waagschale zu werfen, wenn er versuchte, eine harte Nuss zu knacken; oder Begriffe wie »Ehre« und »Gerechtigkeit« ins Spiel zu bringen. Die vernebelten nur den Blick.

Es wäre ihm nie gelungen, die Abtei aus ihrer schlimmsten Krise herauszuführen und die nötigen Mittel für den Wiederaufbau aufzutreiben, wenn er emotional reagiert und den Kopf verloren hätte. Mit der IPUC war es das Gleiche: Er hätte sie niemals zu einer so effektiven Organisation machen können, wenn er die Sache wie ein sentimentaler Schwächling angegangen wäre oder sie als einen persönlichen Rachefeldzug betrachtet hätte.

Man musste sich hundertprozentig und eisern auf den Gedanken konzentrieren, dass man es mit einem technischen Problem zu tun hatte, wie etwa dem großen Fermatschen Satz. Es war ein Job. Und er musste erledigt werden. So einfach war das. Oder hätte es zumindest sein sollen. Aber was, wenn ... was, wenn man die Lösung zwar kannte, sämtliche Antworten wusste, und es einem dennoch nicht gelang, die Sphinx zu enträtseln?

Jetzt zweifelte Tejas allmählich an seiner Urteilskraft und verlor zunehmend den Glauben an sich selbst. War also alles vorbei? Sollte er sich eingestehen, dass James von Anfang an Recht gehabt hatte und I-triple-S den Sprung nach ganz oben niemals schaffen würde? Tejas lachte bitter auf. Kapitulation war für ihn noch nie eine Option gewesen. Andere konnten einen Job hinschmeißen, er nicht – es bestand nicht einmal die geringste statistische Möglichlichkeit, dass das passierte. Mochte kommen, was da wollte – er würde den Club der Senkrechtstarter stürmen.

Mein lieber Lucens,

ich erinnere mich an den Tag, an dem Du Nandini Devi, die menschliche Rechenmaschine, fertig gemacht hast. Du warst ein strebsamer Typ, dachte ich jedenfalls, und das machte Dich in meinen Augen automatisch zum Streber. Als Klassenvorstand habe ich Dir Schwierigkeiten gemacht, wo ich nur konnte, aber das schien Dich nicht zu stören. Dann bist Du vom Internat weggelaufen (was ich schon immer gern getan hätte) und bist buchstäblich in Fetzen zurückgekommen. Auch wenn Direktor und Lehrerkollegium peinlich darauf achteten, nichts in der Richtung zu sagen oder auch

nur anzudeuten, verstand es sich in New Eden von selbst, dass das Christentum besser war als der Islam, der Hinduismus und jede andere Religion auf der Welt. Und da kamst Du und machtest unmissverständlich klar, dass Du bereit warst, für Deine Überzeugungen einzutreten. Du gabst keinen Pfifferling darauf, was Schulleitung oder Schüler von Dir halten mochten. Du tatest einfach, was Deinem Gott wohlgefällig war.
Ich beschloss, Dein Freund zu werden. Das dürfte die klügste Entscheidung meines Lebens gewesen sein. Sie hat mir hohe Dividenden gebracht. Abbajan hat mich ohne Frage wie einen dritten Sohn behandelt, und nachdem Du zu den Trappisten gegangen bist, wurde Amanat zu meinem engsten Freund. Beide habe ich Dir zu verdanken, ebenso wie ich meinen beruflichen Erfolg nur Dir verdanke. In New Eden haben alle über mich Witze gerissen, weil sie glaubten, Du hättest mir mein Mädchen ausgespannt. Wenn sie nur die Wahrheit gewusst hätten! Ich suchte damals verzweifelt einen Weg, um von Sarah Roberts loszukommen. Ich hatte panische Angst, sie könnte irgendwie erfahren, womit mein Vater sein Geld verdiente, und mich dafür verabscheuen. Ammijan und später auch Sagari haben immer wieder versucht, mich mit dem einen oder anderen Mädchen zu verkuppeln. Das wird niemals gelingen. Ich will keine Kinder in eine Welt setzen, in der mein Vater indirekt für den Tod Tausender von Menschen verantwortlich war und ist.
Jetzt bist Du in das Geschäft meines Vaters eingestiegen, und mir bleibt keine andere Wahl, als mit Dir zu brechen.
Ich bin sicher, dass Du das Waffengeschäft mittlerweile gut kennst. Ich möchte trotzdem ein paar Fakten schwarz auf weiß festhalten. Der Waffenhandel hat weltweit ein Umsatzvolumen von gegenwärtig 60 Milliarden US-Dollar und expandiert mit einem besorgniserregenden Tempo. Die Produktpalette ist von erstaunlicher Vielfalt: Panzer, Panzerspähwagen, Geschütze, Kalaschnikows, Maschinenpistolen, Granatwerfer, Raketen, Raketenwerfer, NATO-Draht, Landminen, Panzerfäuste, Daisy-Cutter, Bunker-Buster, verschiedenste Arten von Munition und ein paar hundert weitere mörderische Etceteras. In Uganda ist die AK-47 so beliebt, dass viele Eltern ihre Kinder »AK« taufen. In Mogadischu leben rund 1,3 Millionen Menschen, die Zahl der Sturmgewehre liegt nur knapp darunter:

eine Million, Tendenz steigend. Sie werden überall auf Märkten neben Getreide, Kopftüchern, Gemüse und Kleidern verkauft.
Aber was die Stückzahl angeht, liegen Faust- und leichte Handfeuerwaffen unbestritten ganz vorn. Heutzutage sind über 640 Millionen Pistolen, Revolver und sonstige Handfeuerwaffen im Umlauf, genug, um jeden zehnten Menschen auf der Welt zu bewaffnen. Im Irak gibt es momentan 24 Millionen Handfeuerwaffen, eine für jeden Mann, jede Frau und jedes Kind im Land. Durch Handfeuerwaffen kommen jährlich 500.000 Menschen ums Leben. Nach Auskunft des British American Security Information Council sind 90 Prozent aller Kriegsopfer Zivilisten. Kofi Annan hat sich dazu folgendermaßen geäußert: Die Zahl der durch Handfeuerwaffen geforderten Todesopfer »stellt die Wirkung aller übrigen Waffensysteme zusammengenommen in den Schatten, und in den meisten Jahren überschreitet sie die Zahl der durch die Hiroshima- und die Nagasaki-Bombe getöteten Menschen bei weitem. Im Hinblick auf das Gemetzel, das sie verursachen, können Handfeuerwaffen durchaus als Massenvernichtungsmittel bezeichnet werden.«
Du möchtest doch gewiss nicht an diesem Gemetzel mitschuldig sein. Du bist ein guter Mensch, Lucens, auch wenn Du gelegentlich allzu sehr zu Extremen neigst. Was hast Du mit meinem Vater zu schaffen – und diesem Guru, der eine solche Gewalt über ihn hat? Manchmal glaube ich, er ist der leibhaftige Teufel. Wie Du besser als ich wissen dürftest, haben tantrische Gurus eine seltsame Macht über mehrere indische Premierminister ausgeübt. Sie waren nicht allein spirituelle Galionsfiguren oder Berater, sondern besaßen einen ungeheuren politischen Einfluss. Zu Zeiten Indira Gandhis gab es diesen Dhirendra Brahmachari. Man munkelt, dass sie ihn in allen wichtigen Fragen konsultiert habe. Er gewann gewaltigen Einfluss, raffte ein riesiges Vermögen zusammen, hatte ein Privatflugzeug und seine eigene Fernsehshow. Als Narasimha Rao die Regierung übernahm, legte er sich ebenfalls einen Tantriker zu. Das Seltsame dabei ist, dass beide Gurus Beziehungen zum Waffenhandel hatten. So bizarr es auch klingen mag, Indira Gandhis Brahmachari besaß sogar eine eigene Waffenfabrik.
Bedeutet das Wort »brahmachari« nicht so viel wie »keusch« oder »asketisch«? Ich habe mich schon immer gefragt, wieso ein angeb-

licher »Weltentsager«, ein Asket und Guru, so eifrig damit beschäftigt sein kann, so viel Geld, Grundbesitz und, um dem Ganzen die Krone aufzusetzen, eine Waffenfabrik zu erwerben. Shakta-Muni ist nicht weniger ein Rätsel als Dhirendra Brahmachari und Raos tantrischer Guru. Jede Beziehung zum Muni ist zwangsläufig unausgewogen. Im Verhältnis zwischen ihm und anderen geht es ausschließlich um Macht, und die Macht liegt immer nur auf einer Seite: auf der von Shakta-Muni.
Ich flehe Dich an, unterschätze den Tantriker nicht! Du glaubst vielleicht, Du könntest ihn austricksen. Mach Dir nichts vor, mein Freund! Er ist geduldig und er macht langfristige Pläne. Aber vor allen Dingen treibt er ein zweifelhaftes Spiel. Wie ich mich erinnere, hast Du seinerzeit Deine letzten 100.000 Dollar in Aktien investiert und alles verloren. Die Engel waren pleite.
Was ist dann passiert? Ich weiß nur, dass Du nach Cambray Park gefahren bist und dass mein Vater Dir etwas Geld geliehen hat. Aber auch das fingst Du an zu verspielen. Dann hast Du den Muni in Indien besucht, und als Du zurückkehrtest, hattest Du Dein früheres Gespür für den Aktienmarkt wieder. Wie hast Du das gemacht, Lucens? Wie hast Du Dein Gefühl für Zahlen zurückgewonnen? Welchen Teufelspakt hast Du mit dem Muni geschlossen?
In einem Minenfeld gibt es keine Zebrastreifen, Lucens. Ich würde Dir dringend empfehlen, solange Du noch kannst, aus der Sache auszusteigen und um Dein Leben zu rennen. Du bildest Dir vielleicht ein, Du hättest den Muni überlistet. Das hast Du nicht. Und das wird Dir auch niemals gelingen. Punkt.
Leb wohl, Lucens. Mir werden Deine Aufträge fehlen. Aber mehr noch wird mir Deine Freundschaft fehlen.

Roy

Lucens' Antwort war knapp und sachlich.

Lieber Roy,

wenn Du es mit Deinem Gewissen nicht vereinbaren kannst, mich weiter als Kunden zu haben, werde ich Dir nicht im Weg stehen. Du verbreitest Dich über Handfeuerwaffen und die Zahl an Menschen, die durch sie getötet werden. Ich wünschte, Du hättest bei James

rückgefragt, anstatt Dich aufs hohe Ross zu setzen und mich abzukanzeln. Ich bin derjenige, der seit langem versucht, Deinen Vater zu überreden, aus dem Handfeuerwaffengeschäft auszusteigen.
Noch eine letzte Anmerkung. Der Waffenhandel ist ein Geschäftszweig wie jeder andere auch. Und das ist auch der Grund, weshalb in Großbritannien Universitäten, öffentlich-rechtliche Körperschaften, Gewerkschaften, der Staatliche Gesundheitsdienst, karitative Organisationen und Kirchen nach wie vor darin investieren. Städte und Gemeinden, Cancer Research UK, der Britische Pensionsfonds und andere Institutionen investieren in etliche der sieben größten britischen Waffenhersteller.
Du wirst mir vielleicht widersprechen, aber ich meine, wir befinden uns in guter Gesellschaft. Da Du gründlich über das Thema recherchiert zu haben scheinst, dürfte Dir durchaus bekannt sein, dass das obere Segment des Waffengeschäfts lediglich der Abschreckung dient. Die Saudis haben für mehrere Milliarden Dollar Waffen und Kampfflugzeuge gekauft. Ich kann mich nicht erinnern, dass sie die je zu etwas anderem eingesetzt hätten als zur Ausbildung ihrer Streitkräfte. Wenn sich die Regierungschefs zahlungskräftiger Nationen teures Spielzeug wünschen, habe ich keine Probleme damit, es ihnen zu liefern. Wenn ich es nicht tue, dann tut es jemand anderer. Und die Jungen und Mädchen in den Heimen für die Kinder Gottes verhungern. Das kann ich nicht zulassen.
Selbst als Gandhi noch am Leben war, hat sein Jünger Nehru keine Anstalten gemacht, die indischen Streitkräfte aufzulösen. Glaubst Du da, dass jetzt, fast sechzig Jahre nach dem Tod des großen Mannes, Indien oder sonst jemand auf der Welt aufhören wird, seine Waffenbestände aufzustocken? Gandhi glaubte, die Antwort auf Hitler sei Gewaltlosigkeit. Glaubst Du, Churchill, Roosevelt und Stalin hätten den Zweiten Weltkrieg gewinnen können, indem sie die Waffen niederlegten?
Ja, ich mache es wegen des Geldes. Aber anders als Du, Dein Vater und fast jeder andere in der Geschäftswelt mache ich es nicht für mich. Jeder Cent, den ich verdiene, kommt den Engeln zugute. Was Shakta-Muni betrifft, übertreibst Du seine dubiosen Fähigkeiten maßlos. Du vergisst, dass ich Jesus an meiner Seite habe und gut geschützt bin.

Baker und Lee sind ab sofort die Börsenmakler der Engel. Sie sind begierig auf das Geschäft mit uns und schnüffeln nicht in meinen Privatangelegenheiten herum.

Lucens

Roys Antwort traf bereits einen Tag später ein.

Mein lieber Lucens,

ich danke Dir dafür, dass Du meinen Vater zu überreden versuchst, aus dem Handel mit Handfeuerwaffen auszusteigen. Aber es ist einfach nicht wahr, und das weißt Du auch, dass das obere Segment des Geschäftes lediglich der Abschreckung dient. Bush senior und junior haben den Irak bereits zweimal in die Knie gebombt. Und dennoch sind die Opfer, die der anschließende so genannte Frieden fordert, noch erschreckender. Die Zahl der Toten geht in die Zehntausende. Aber die sind noch glücklich zu schätzen. Die verkrüppelten Überlebenden sind erst die wirklichen Zeugen der gewaltigen Feuerkraft. Mehrere amerikanische Präsidenten haben sich nach Kräften bemüht, Vietnam, Kambodscha, Panama und andere unglückliche Staaten in die Steinzeit zu bomben. Israel tut das täglich mit den Palästinensern und Entsprechendes gilt für die Tamil Tigers und die Sri-Lanker, ganz zu schweigen von den Indern und den Pakistanis. Aber wozu sattsam Bekanntes breittreten?

Roy

»Sie sind tagelang nicht aus dem Haus gekommen. Hätten Sie Lust, einen Spaziergang mit mir zu machen?«

Tejas hätte nicht zu sagen gewusst, ob Shakta-Muni der beste oder der schlechteste Gastgeber war. Mit Sicherheit war er der unsichtbarste. Er war offensichtlich ein viel beschäftigter Mann, aber was er eigentlich tat, war Tejas ein Rätsel. Sein Aschram war ein regelrechtes Hotel, nur dass nirgendwo eine Preisliste aushing. Wie finanzierte der Muni eine solche Anlage? Es musste eine Menge Geld kosten, sie zu unterhalten. Wurden für die Beratertätigkeit des heiligen Mannes irgendwelche Gebühren erhoben? Tejas vermutete, dass es irgendwo einen Abakus gab, mit dem über seinen Aufenthalt im Aschram Buch geführt wurde: über die Mahlzeiten, die er zu sich nahm, die Gäste, die er bewirtete, und vor allem die Bekanntschaften, die er durch Vermittlung des Guru mit einigen der einflussreichsten Männer des asiatischen Kontinents schloss. Eines Tages würde er eine astronomische Rechnung vorgesetzt bekommen, und sobald klar wäre, dass er die Summe nie im Leben würde aufbringen können, würde der Muni einen Preis von ihm fordern, den kein Mensch je bezahlen konnte.

»Ja, gern.«

Als der Strom wieder einmal ausfiel, hörte man, wie in der Ferne tausend Generatoren ansprangen. Sämtliche Luxusvillen oder »Landgüter« der Reichen am Stadtrand von Delhi sind mit solchen Aggregaten ausgerüstet. Wie die kahl geschorenen Hindu-Witwen und menstruierenden Frauen bis Ende des 19. Jahrhunderts werden sie in speziellen Schuppen, so weit wie möglich vom Wohnhaus entfernt, untergebracht, aber ihr unterdrücktes vorwurfsvolles Summen lässt sich nicht aussperren.

Es war spät, die Luft entsprechend frisch, und es war eine ungewöhnliche Nacht. Die Kilometer dicke Smog-Schicht über Delhi war aufgerissen, und am Himmel flimmerten wie Pailletten die Sterne.

»Wie viele von den Sternen, die wir sehen«, fragte der Muni nachdenklich, »mögen nur Erinnerungen und Spuren längst verloschener Galaxien sein? Da will man eines Nachts zu seinem Stern zurückkehren und muss feststellen, dass er nicht mehr da ist. Ob in fünfzig oder hundert Jahren ein zweiter Newton oder Einstein kommen wird, der uns das Universum bis ins letzte Detail erklärt? Das wäre eine echte Tragödie. Da könnte er genauso gut die Phantasie töten, vielleicht sogar Gott, denn das Leben wäre damit endgülig entzaubert. Es gibt keine Trennlinie zwischen belebter und unbelebter Materie, zwischen den Sternen und uns«, sagte Shakta-Muni leise, »so erscheint mir manchmal die Welt. Es gibt eine altindische philosophische Schule, die diesbezüglich sogar noch weiter geht. Nicht nur die Substanz von Steinen und Fischen, Vögeln und Men-

schen ist dieselbe – sie haben auch alle Teil am selben Leben. Einstein hat das nicht ganz so gesagt, aber vielleicht ließe sich aus der Äquivalenz von Energie und Materie etwas Ähnliches herauslesen – dass alles austauschbar ist, eine Schleife, die Umkehrung dessen, was man sieht. Man stelle sich vor, wohin das alles führen würde. Materie und Antimaterie wären dasselbe, und ebenso Vergangenheit und Gegenwart. Wäre es nicht wunderbar, wenn der Kosmos eins wäre und wir alle eine einzige gemeinsame Seele besäßen?«
Jetzt kommt's, dachte Tejas: die übliche Lawine von Plattitüden, die Perlen der Weisheit, die hinduistische Pop-Metaphysik, ein universaler Synkretismus ohne jeden Sinn und Zweck. Aber Shakta-Muni hatte nichts mehr zu sagen. Es war überhaupt so, als hätte er nur mit sich selbst geredet, lediglich laut gedacht. Das war schon ein seltsamer Heiliger! Keinerlei Hokuspokus, keine Asche, die auf wunderbare Weise aus seinen offenen Händen rieselte, und auch sämtliche Zutaten des hinduistisch-kuhwarmen Eintopfes für die Seele einschließlich Pankreas und Hoden glänzten – jedenfalls bislang – erfreulicherweise durch Abwesenheit.
Der Weg schlängelte sich jetzt merklich bergauf. Wo kam dieser Hügel im flachen Umland der Hauptstadt nur her? Man trat auf Kies und lose Steine, und Tejas war schon einige Male ausgeglitten.

Vor der Namengebungszeremonie hatte Tejas eine Google-Suche nach Shakta-Muni durchgeführt, aber allzu viel war dabei nicht herausgekommen. Sein Name erschien zwar oft im Zusammenhang mit Prominenten-Geburtstagspartys, Wohltätigkeitsveranstaltungen und internationalen Konferenzen der Weltreligionen, daneben aber auch in weniger zu erwartenden Kontexten. Vierhunderteinundfünfzig der Tausenden von Treffern erwähnten, er sei einer der weltweit führenden Alchimisten und leite ein Institut namens »The International Academy of Science and Alchemy«. Es wurde immer merkwürdiger. Der Muni hatte mehrere Artikel über die alchimistischen Eigenschaften von Quecksilber und ein paar anderen Metallen geschrieben, die in angesehenen Zeitschriften wie »Discover« und »American Science« erschienen waren. Es kam noch besser. Er hatte ein Buch mit dem Titel »Auf dem Weg zu einer neuen Definition von Langlebigkeit: die Rolle des Quecksilbers in der Zell-

regeneration« herausgegeben, bei keinem geringeren Verlag als New Frontiers. Es war kaum zu glauben, wie er die gesamte amerikanische naturwissenschaftliche Gemeinde auf den Arm nahm.
Der Muni führte seine Abstammung auf Anand Nath zurück, der im 17. Jahrhundert dem Kloster von Jakhbar im Pandschab vorgestanden hatte. Sogar muslimische Kaiser wie *Aurangzeb*, erklärte er, konsultierten in alchimistischen Fragen tantrische Gurus. Er zitierte einen Brief, den der fanatische Mogulherrscher einst seinem Vorfahren geschrieben hatte: »Der von Euer Ehrwürden entsandte Brief ist nebst zwei *tolas* Quecksilber eingetroffen. Indes ist dieses nicht so gut, wie Euer Ehrwürden uns gegenüber angedeutet hatten. Es ist unser Wunsch, dass Euer Ehrwürden eine weitere Menge Quecksilber ohne unnötige Verzögerung behandeln und uns zuschicken lassen. Ein Stück Stoff für ein Gewand und der Betrag von 25 Rupien, die als Opfergabe entsandt wurden, werden bei Euch eintreffen. Desgleichen sind dem tapferen Fateh Chand einige Worte des Inhalts übermittelt worden, dass er Euch stets Schutz gewähren soll.«

»Wollen wir in den Tempel? Es ist darin schön friedlich.«
Sie hatten eine weitere Biegung des Weges genommen und waren unvermittelt auf ein kleines Plateau gelangt und an dessen jenseitigem Ende erhob sich ein Gebäude mit einer Säulenvorhalle. Darauf lief dieser harmlose Spaziergang also hinaus!
»Ich bin Christ, das wissen Sie doch.« Tejas war von seiner eigenen automatischen Reaktion verblüfft.
»In diesem Fall sollten wir das besser nicht riskieren.«
War eben ein Lächeln über das Gesicht des Muni gehuscht? Was hatte Tejas nur veranlasst, etwas derart Idiotisches zu sagen? Wie oft hatte ihm Shakta-Muni schon erklärt, dass die Yoga-Praxis ihn in keiner Weise zum hinduistischen Glauben oder dessen Ritualen verpflichtete? War sein katholischer Glaube so schwach, dass schon der Besuch eines Tempels ihn gefährdet hätte? Der Muni schien ihn ungeheuer amüsant zu finden, denn ohne auch nur einen Gesichtsmuskel zu verziehen, lachte er ihn unentwegt aus.
Tempel bereiteten Tejas Unbehagen und Beklemmung: das durchdringende Scheppern der Zimbeln und Glocken, das Gedränge, der

Geruch von verschüttetem Öl, schmierige, raffgierige Priester mit nur symbolisch, ohne Seife gewaschenen *dhotis* und *pitambars*; die animistischen Götter, zum Teil mit drei und vier Köpfen, die archaische Waffen schwangen und auf allerlei Tieren und Vögeln ritten; die Göttinnen mit acht, sechzehn und vierundzwanzig Händen und Halsketten aus Menschenschädeln.
»Mit dem Hinduismus erleben Sie die Geburt der Zeit und des Kosmos. Alles ist Chaos. Was Sie sehen, sind die allerersten Auseinandersetzungen des Urmenschen mit dem Mysterium der Natur und dem Schrecken des Todes.« Ging das schon wieder los! Shakta-Muni hatte Tejas' Gedanken gelesen und war imstande, sie weit besser zu artikulieren, als er es selbst vermocht hätte. »Alles ist beängstigend. Das Unbekannte lauert, gefährlich und todbringend, überall: die Raubtiere, die dunklen grollenden Wolken, die sich im westlichen Himmel zusammenballen, der Blitz und der Donner, Hochwasser, Fieber, Skorpione und Giftschlangen, Dürre und Hungersnot. Hier entstehen die ersten Gottheiten, die Erdmutter, die Sonne, der Mond, Wasser, Wind und Feuer. Und die Dämonen.
Können Sie sich etwas Aufregenderes und Erfrischenderes als die hinduistischen – und ebenso übrigens auch die griechischen – Gottheiten vorstellen? Sie sind durch und durch lebendig und real. Sie lieben, sie hassen, sie sind eifersüchtig und sie sind falsch – genau wie wir. Ist es nicht ein Wunder, dass eine so alte Religion wie der Hinduismus noch immer so lebendig ist und nahezu eine Milliarde Anhänger zählt?
Sie können mit fast jeder anderen Religion diskutieren, argumentieren und einen Dialog führen. Beim Hinduismus haben Sie nicht die geringste Chance. Sie sind widerlegt, noch ehe Sie den Mund aufgemacht haben. Ihre einzige Hoffnung besteht darin zu fliehen, bevor der tropische Urwald mit seinen gigantischen Bäumen, parasitären Schlingpflanzen, giftigen Pilzen, seinen strotzenden Dornenranken, seinen wuchernden Laubmassen und seinen fleischfressenden Blüten Sie packt und verschlingt und auf Nimmerwiedersehen verschwinden lässt.«
Und da stand er, Tejas Nirantar, und musste sich entscheiden, ob er sich bewusst und aus freien Stücken auf Chaos und Anarchie einlassen sollte.

Er stieg die Stufen zum Portikus hinauf und betrat dann die offene Versammlungshalle. Es war spätnachts und sowohl der Vorraum als auch das Allerheiligste des eigentlichen Tempels waren abgeschlossen, und seine Angst, von den schonungslosen, niemals blinzelnden Augen eines uralten Gottes, selbst wenn er die Lider zukniff, bis auf den Grund der Seele durchschaut zu werden, war völlig überflüssig gewesen. Er setzte sich auf die niedrige Brüstung zwischen den Pfeilern der offenen Halle, in der sich der auswärtige Priester und durchziehende *mahants* und *swamis* gewöhnlich zum *kirtan* versammelten. Die Kälte des spiegelblank polierten Schiefers drang ihm eisig durch die Gesäßbacken. Die Lichter von Delhi flimmerten in der Ferne. Shakta-Muni, der Tantriker, setzte sich in einem vollkommenen Lotossitz auf den Boden. Seine Körpergröße schien ihn überhaupt nicht zu behindern, er hatte die entspannte, natürliche Geschmeidigkeit eines Schilfrohrs. Tejas lehnte sich mit dem Rücken an einen Pfeiler und schloss die Augen.

»Sie sind schon dem Hinduismus gegenüber argwöhnisch und ablehnend eingestellt«, unterbrach Shakta-Muni Tejas' Träumerei, »da will ich mir gar nicht vorstellen, was Sie erst von den Tantrikern halten.«

Eine Zeit lang war Tejas auf Shakta-Muni hereingefallen – auf seine Offenheit und seine Bereitschaft, die Verirrungen zuzugeben, die im Laufe der Jahrhunderte im Tantrismus vorgekommen waren. Einer seiner Lieblingstricks bestand darin, jeder möglichen Kritik an den Tantrikern und den okkulten Künsten dadurch den Wind aus den Segeln zu nehmen, dass er sie als Erster aussprach. Dabei hütete er sich, jemals Entschuldigungen vorzubringen oder irgendetwas zu seiner eigenen oder deren Verteidigung zu sagen. Sein Ton war nachdenklich, aber nicht frei von einer gewissen Leichtigkeit und ironischen Selbstherabsetzung. Was einen insgesamt dazu veranlasste, die eigenen irrationalen Vorbehalte gegen die Pseudowissenschaft und den Mann aufzugeben.

Indem er sich vernünftig und offen gab, zerstreute er das Misstrauen seines Gesprächspartners und lenkte ihn von allem ab, was irgendwie problematisch war.

»Was spielt es schon für eine Rolle, was ich meine? Die ganze Welt scheint ja große Stücke auf Sie zu halten.«

»Das dürfte leicht übertrieben sein«, lachte der Muni. »Wissen Sie denn nicht, dass wir Menschen etwas gegen Neinsager haben? Es gab eine Zeit, da war ich kein bisschen anders als Sie. Da Sie sich über mich kundig gemacht haben, werden Sie ja wohl wissen, dass ich als Student der Naturwissenschaften angefangen habe und mit einer Menge Skepsis und Zynismus zum Tantra gekommen bin. Wie könnte ein moderner, naturwissenschaftlich gebildeter Mensch nicht darüber spotten? Der Tantrismus gilt als Stiefbruder des Hinduismus: das Schattenreich schwarzer Magie und okkulter Praktiken, ein dunkles, phantasmagorisches Grenzland der Orgien, sexuellen Verirrungen und Experimente. Sein Ursprung ist das Verbotene, das Unterdrückte und das Dekadente. Durch seine Vorliebe für das Bizarre, Zweifelhafte und Esoterische entartet der Tantrismus zu satanischen Riten und Opferhandlungen. Mag sein, dass er irgendwann einmal hehre Ziele wie Selbsterkenntnis und Erleuchtung verfolgte, aber nach landläufiger Ansicht ist die ganze Sache mit der Erweckung der Kundalini und ihrer sieben Chakras nur Gewäsch, und selbst wenn sie das nicht sein sollte, ist es am besten, einen großen Bogen darum zu machen. Warum sonst hätte der Hinduismus das Tantra ablehnen und ausgrenzen sollen? Der Tantrismus ist eine Schlangengrube, in die die Leute hineinspähen möchten, um sich wohlig gruseln zu können. Ständig erzählen mir Leute, was das Tantra und die tantrischen Künste seien. Ich bin jedes Mal fasziniert von ihren überhitzten und ausschweifenden Phantasien. Es ist verblüffend, wie oft deren Vorstellung vom Tantrismus nichts anderes ist als ihr eigenes unverstelltes Unbewusstes.«
»Wollen Sie mir damit einreden, der Wissenschaftler in Ihnen hätte herausgefunden, dass sich die Grundlehren des Tantrismus inzwischen beweisen lassen?«
»Leider weiß ich es selbst noch nicht genau. Ich bin nach all diesen Jahren sicher, dass im Tantra mehr als nur ein Körnchen Wahrheit steckt und dass es unendlich viel Gutes leisten kann. Aber wie gelangt man an den Diamantkern, wenn es keine einfache oder leichte Methode gibt, das Wesentliche aus den Ablagerungen und Entstellungen herauszuschälen?«
»Dieses positive Potenzial, von dem Sie sprechen, scheint weitgehend unbemerkt geblieben zu sein, sofern es überhaupt jemals exis-

tiert hat. Sie werden zugeben, dass es keinen Rauch ohne Feuer gibt. Die Tantriker müssen doch etlichen Unfug getrieben haben, um seit Jahrhunderten eine so miserable Presse zu bekommen.«

»Das ist nicht ganz richtig. Die Verrisse sind ein relativ junges, größtenteils erst seit Ankunft der Briten auftretendes Phänomen. Das Fremde ist für den Außenstehenden immer bedrohlich und verunsichernd. Denken Sie etwa an unser eigenes Unbehagen in Gegenwart afrikanischer Medizinmänner. Ich bestreite den Unfug, wie Sie ihn nennen, keineswegs, aber wer definiert, was Unfug ist? Das zentrale Anliegen des Tantrismus ist die Ruhe der Sinne und des Geistes, bis sie jenen Zustand vollkommenen Gleichgewichts erreichen, der für die Erleuchtung oder das Nirvana unerlässlich ist.«

Gerade als Tejas zum Flughafen aufbrechen wollte, kam Shakta-Muni, um sich von ihm zu verabschieden.

»Rufen Sie mich an, wenn Sie irgendetwas brauchen.« Seine Stimme war fast unhörbar.

»Stimmt es, dass Sie eines der leistungsfähigsten chemischen Labore des Landes haben?«

»Es erfüllt seinen Zweck, auch wenn jedes Gerät, sobald man es gekauft hat, schon wieder veraltet ist.«

»Stimmt es, dass die CIA Sie finanziert?«

»Nicht, dass ich wüsste, aber ich habe gelegentlich munkeln hören, hinter diesem Unternehmen stecke eine ›ausländische Hand‹. Das ist aber nur bedingt richtig. Tatsächlich wird die Forschung von vielen ausländischen Händen unterstützt. Haben Sie noch nicht gehört, dass Sterben nicht mehr in ist? Man hat neuerdings entdeckt, dass der Tantrismus einem das ewige Leben schenken kann.«

»Was ist mit der Alchimie und dem Gold?«

»Sie verpassen noch Ihre Maschine. Das nächste Mal müssen Sie mit Ihrer Inquisition ein bisschen früher beginnen.«

»Nun?«

»Die alchimistische Umwandlung verschiedener Metalle in Gold mithilfe von Quecksilber stellt unter Laborbedingungen kein Problem dar. Die industrielle Produktion allerdings schon. Manchmal scheint die exakte Formel zum Greifen nah zu sein. Und manchmal erscheint alles aussichtslos. Sonst noch Fragen?«

»Und was, wenn Sie einmal feststellen sollten, dass Sie Gold in kommerziell interessanten Mengen erzeugen können?«

»So weit habe ich noch nicht gedacht. Vielleicht wird dann endlich Schluss sein mit der indischen Versessenheit auf Gold.«

»Dann wird bestimmt ein anderes seltenes Metall an dessen Stelle treten.«

»Sie verstehen nicht. Der Monismus, das wesenhafte Einssein des Universums, schließt das Primat eines beliebigen Metalls, einer beliebigen Lebensform, inklusive des Menschen, grundsätzlich aus.«

»Aber das ist ja das Tor zum Chaos!«

»Vielleicht. Höre ich auch bei Ihnen die Angst vor dem Unbekannten heraus, Tejas?«

Der Muni lachte. »Sie wissen doch, dass unsere Forschungslabore, sollten Ihre Kunden irgendwelche Modifikationen an den bestellten Produkten wünschen, gelegentlich aushelfen können. Bei Bedarf können wir auch einige seltene biochemische Substanzen liefern.«

»Wir sind Zwischenhändler. Warum sollten wir uns auf einmal mit Forschung oder Produktion befassen?«

»Es war nur so eine Idee.«

Tejas wusste mittlerweile ziemlich gut, dass es bei Shakta-Muni etwas wie »nur so eine Idee« nicht gab. Dieser Mensch war ein Abgrund, den niemand auszuloten vermochte. Was meinte er zum Beispiel mit »einige sehr seltene biochemische Substanzen«? Shakta-Muni, daran hatte Tejas keinen Zweifel, war der »Schmetterlingseffekt«, mit einem entscheidenden Unterschied: Ein Schmetterling weiß nicht, dass der hauchzarte Flügelschlag, mit dem er sich auf einer Blüte im brasilianischen Regenwald niederlässt, eine Woche oder einen Monat später einen Orkan vor der Küste Südchinas auslösen wird. Shakta-Muni, da war er sich sicher, wusste immer, was er tat. Und er war geduldig. Er pflanzte einem einen Gedanken in den Kopf und wartete dann Monate oder eher Jahre und Jahrzehnte, bis die Reaktion einsetzte. Was führte er jetzt im Schilde?

Mein lieber Zia,

ich wollte Dir schon vor kurzem von Zubeida-Khalas Tod erzählen, aber ich konnte mich nicht dazu durchringen, weil ich nicht wusste, ob es Dir recht sein würde, wenn ich darüber rede. Mittlerweile halte ich es für wahrscheinlich, dass ich lediglich mein eigenes Widerstreben, über sie zu sprechen oder auch nur nachzudenken, auf Dich projizierte.

Ich weiß nicht, wie ich Zubeida-Khalas Leben oder Tod akzeptieren kann. Sie ist nicht gestorben – ich will nicht melodramatisch oder bombastisch klingen, aber ich muss Dir sagen, dass sie keines natürlichen Todes starb –, sie hat das Leben aufgegeben. Genauso wie Du sie an irgendeinem Punkt aufgegeben hast. Gab es dafür einen Grund? Lässt sich für diesen Bruch ein genauer Zeitpunkt angeben? Ich werde keine Mutmaßungen darüber anstellen, was zwei Menschen, die einander sehr nahe standen, dazu bringt, die Umlaufbahn des jeweils anderen zu verlassen. Du kennst mein Misstrauen gegenüber Erklärungen – es kommt nicht daher, dass ich ihre Richtigkeit anzweifeln würde, sondern dass sie niemals erschöpfend sein können.

Sie tat immer so, als würde sie zu Abend essen – das war die einzige Mahlzeit, bei der ich zu Hause war –, weil sie wusste, dass mich ihr langsames Sich-zu-Tode-Hungern sehr mitnahm.

»Wir alle müssen die Menschen loslassen, die wir lieben. Hast du Sagari nicht auch losgelassen?« Sie bereute es in dem Augenblick, als sie es gesagt hatte. »Ach, Amanat, habe ich etwas Falsches gesagt? Ich wollte dich nicht verletzen!«

Sie konnte einen solchen Scharfblick haben, diese Frau, sie durchschaute alles. Wie kommt es dann, dass sie Dilip Kumar nicht losgelassen hat? Sie kann sich doch unmöglich irgendwelche Illusionen über den Schauspieler gemacht haben oder darüber, wohin ihre Obsession zwangsläufig führen musste! Was für eine alberne Bemerkung ... wann hätte Bewusstsein einen je davor bewahrt, sich dumm oder selbstzerstörerisch zu verhalten?

Apropos Schicksal, habe ich Dir von der seltsamen Begegnung, oder eher Nicht-Begegnung erzählt, die ich hatte, als ich auf dem Weg zu einem potenziellen Kunden auf dem Pali Hill war? Es war Regenzeit, und ich musste an der Bandra Station eine Motorikscha nehmen. Vielleicht machte der Fahrer absichtlich Umwege, jedenfalls wurde ich langsam ungeduldig und machte mir schon Sorgen, ich würde zu spät kommen. Plötzlich glaubte ich, im Vorbeifahren jemanden gesehen zu haben, der mir irgendwie bekannt vorkam, obwohl sein – beziehungsweise ihr – Gesicht von einem Regenschirm verdeckt wurde. Wir fuhren vielleicht zweihundert Meter weiter, und dann sagte uns ein Zigarettenverkäufer, wir seien schon zu weit. Diesmal erkannte ich sie sofort. Sie stand genau an der Ecke, an der wir in die Hauptstraße einbogen. Ich habe keine Ahnung, wie lange sie da schon stand. Sie nahm ihre Umgebung gar nicht wahr, merkte nichts vom ständigen Klatschen und Spritzen des Wassers aus den Schlaglöchern, durch die Autos und Motorikschas rumpelten. Sie starrte unverwandt auf einen zweigeschossigen Bungalow mit grünen Fensterrahmen und -läden. Mein erster Impuls war, die Rikscha zu stoppen und sie zu fragen, ob alles in Ordnung sei. Aber langsam wurde es wirklich spät, und ich ließ die Idee fallen.

Nach einem einstündigen Gespräch mit meinem potenziellen Kunden war es offensichtlich, dass ich den Auftrag nicht bekommen würde, einfach weil der Mann sich nicht entscheiden konnte, ob er ein Einkaufszentrum mit Multiplex, ein Apartment-Hochhaus oder ein mehrgeschossiges Parkhaus mit Heliport bauen wollte. Ich stand schon an der Tür, als ich ihn nach dem Bungalow mit den grünen Fensterläden fragte.

»Das meinen Sie doch nicht ernst, oder? Das ist Yusuf*bhais* Haus.«

»Yusufbhai?«

»Dilip Kumar.« Er klang ärgerlich. »Sie haben ja wirklich keine Ahnung! Also, wohnen tut er da nicht mehr. Er ist wegen irgendeines Streits mit der Familie schon vor langem ausgezogen.«

»Dann sitzt er jetzt also auf der Straße?«

Er sah mich an, um festzustellen, ob ich witzig zu sein versuchte, und begriff, dass ich einfach nur ahnungslos war.

»Er wohnt direkt hier in unserer Anlage. Oder besser gesagt, wir wohnen in der Anlage seiner Frau. Dieser Bungalow da hinten, neben dem mehrstöckigen Gebäude, da wohnt Sairaji.«

Es regnete heftig, als ich das Haus meines Nichtkunden verließ und in ein Taxi stieg. Zubeida-Khala starrte noch immer auf den weißgrünen Bungalow. Ich brachte es nicht übers Herz, ihr zu sagen, dass sie vor dem falschen Haus stand.

Kurz vor ihrem Tod schalteten wir den Fernseher ein, und rate, was gerade lief? »Deedar«. Ja, genau der Film, den sie als Teenager gesehen hatte und über den sie wegen Dilip Kumar ausflippte. Wie Du Dich erinnerst, ist es ein lächerlich romantischer Streifen mit einem zehennägelkräuselnd sentimentalen Knalleffekt am Schluss, der als tragisches Ende durchzugehen versucht. Aber bei entsprechend abgeklärter Stimmung entdeckt man in den Schwarz-Weiß-Hindifilmen der Fünfzigerjahre eine Unschuld und Naivität, die absolut entwaffnend sein können. Ich stand auf, um den Fernseher auszuschalten, als Zubeida etwas sagte. Ich musste mich hinunterbeugen, um zu verstehen, was sie sagte.

»Was ist, wenn man sein Leben lang auf Gott wartet und dann entdecken muss, dass es gar keinen gibt?«

Redete sie über Gott oder über den Mann ihres Lebens? Oder über beide? Ich hätte sie am liebsten in die Arme geschlossen und ihr gesagt: Schon gut, schon gut; ich werde dafür sorgen, dass alles doch noch gut wird. Gibt es etwas Widerlicheres als Allmachtsphantasien? Wie ich Zubeida-Khala dafür verabscheute, dass sie mir das Gefühl gab, zu nichts nütze zu sein!

»Ich habe dich aufgeregt.« Zubeida-Khala tätschelte mir die Wange und küsste mich auf die Stirn. »Du nimmst immer alles so ernst, Amanat. Ich habe nur gescherzt.«

Drei Tage später hatte sie 40 Grad Fieber, und trotz ihrer Proteste habe ich den Arzt gerufen. Er meinte, es sei eine Lungenentzündung, und hat sie mit Antibiotika vollgepumpt. Sagari und ich waren die ganze Zeit bei ihr und ich ertappte mich dabei, dass ich heimlich betete. Es ist schwer zu sagen, ob sie keine Lust hatte, wieder gesund zu werden, oder ob Gott nicht in der Stimmung war, einen opportunistischen Bedarfs-Beter zu erhören.

Als ich jünger war, habe ich Zubeida-Khala dafür verantwortlich gemacht, dass Du ein Fanatiker geworden warst. Jetzt ist mir klar, wie lächerlich und absolut ungerecht das ihr gegenüber war. Ich brauchte einen Sündenbock, jemanden, dem ich die Schuld geben konnte, und sie bot sich eben an. Sie war eine gottesfürchtige Muslimin und wollte, dass Du und der Rest der Familie ebenfalls gute Muslime wären. Sie wünschte niemandem etwas Böses und tat niemandem etwas zuleide. Ein Extremist bist Du ganz aus eigener Kraft geworden. Der 11. September hat die Welt viele Dinge gelehrt, die sie schon längst hätte wissen sollen. Eines davon war die

Tatsache, dass Terroristen auch aus gemäßigten und aufgeklärten Familien kommen können. Ich habe den Verdacht, dass Extremismus ebenso oft eine Veranlagung ist wie etwas, das einfach in der Luft liegt.
Wird Zubeida zu guter Letzt doch Dilip Kumar finden? Beziehungsweise Gott?

Mach's gut, Amanat

Das letzte Mal, bei dem das County-Terzett Pylon, Glades und Sparta so qualvolle Geburtswehen ausgestanden hatte, war vor drei Millionen Jahren gewesen, als der Gletscher sich tausend Meter tief durch den Boden gepflügt und den achtzig Kilometer langen Lake Santa ausgeschaufelt hatte. Jetzt bissen und scharrten Amanats Bagger gigantische Brocken aus dem Leib der Erde und hinterließen riesige Krater. Den ganzen Tag und manchmal noch tief in der Nacht stießen Monsterschaufeln in das widerstrebende Erdreich und rissen es auf, zerkrümelten dabei Felsblöcke und Findlinge und jagten zehn Meter hohe Geysire von Staub und Sand in die Höhe. Gelegentlich, wenn Lucens in der Stadt war und zusammen mit Amanat und den Ingenieuren mit dem Hubschrauber über das Terrain entlang des Ufers des Lake Santa flog, sah er das von stählernen Stangen, Balken und Trägern schraffierte Land unter sich vorbeiziehen und Horden von Betonmischern wie Planeten um ihre eigene Achse kreisen und in Abständen ihren Zementbrei in Gussformen für Säulen und Pfeiler erbrechen.
Wenn er Zeit hatte, stapfte Lucens gerne neben Amanat her und ließ sich von ihm erklären, was an jeder einzelnen Baustelle gerade passierte. Es war Lucens ein Rätsel, wie sein Bruder es jemals schaffen sollte, dieses kolossale Chaos in die maßvollen und heiteren Gebäude des Angels' Center zu verwandeln. Amanat war immer nur fünf Tage im Monat in Sparta; wie wussten seine Assistenten, was als Nächstes zu tun war? Wie schaffte er es, den Zeitplan einzuhalten? Wann immer ihnen Leute aus der Stadt oder die Chefs der in Concord-Ashton neu angesiedelten Firmen begegneten, stellte Lucens Amanat als den Architekten des neuen Jahrhunderts vor, als den Mann, der für das Angels' Center verantwortlich war. Amanat wurde jedes Mal knallrot und versuchte, seinen jüngeren Bruder

zum Schweigen zu bringen – wohl wissend, dass es keinerlei Wirkung haben würde.
Lucens neigte nicht zur Nostalgie, aber er musste immer wieder an Terraferra zurückdenken, so wie es gewesen war, nachdem der Sturm zugeschlagen und die Abtei dem Erdboden gleichgemacht hatte. Wie unaufdringlich und ohne jedes Aufheben, ohne sich selbst im Mindesten in den Vordergrund zu stellen, Abbajan die Anlage wiederaufgebaut hatte! Wie viel Überlegung und Sorgfalt in den Entwurf und die Realisierung jeder Nische und Ecke geflossen war! Der Abt, hatte Lucens erfahren, hatte den großen Seminarraum im Andenken an Abbajan »Zafar Khan Hall« genannt.
Neuerdings war Lucens in Gedanken häufig in der Abtei. Er hätte nicht sagen können, was er am meisten vermisste – die Stille oder den Frieden. Erst jetzt ging ihm allmählich auf, dass die beiden Dinge in der Abtei oft ein und dasselbe gewesen waren und einander verstärkt hatten. Die Bruderschaft der Mönche war sein Sicherheitsnetz gewesen. Ihre Gebete und ihre schlichte, selbstlose Güte hatten seine Seele getragen und gestützt.
In der Abtei über die Jungfrau Maria zu meditieren war wirklich dasselbe gewesen, wie mit dem Herrn unmittelbar Zwiesprache zu halten.

Der Brief war kurz und hatte als Anlagen ein First-Class-Ticket und einen symbolischen Blankoscheck.

Sie tragen die Summe ein, und ich sage Ihnen, was ich dafür haben will.

Nawaaz Irfan

PS: Teilen Sie mir Datum und Uhrzeit Ihrer Ankunft in Kabul mit, ich lasse Sie von einem meiner Männer abholen.

Tejas hatte es geschafft. Er war drin.
Fast zwei Jahre lang hatte er all seine List, sein Talent, seinen Charme und seine Verschlagenheit eingesetzt, um I-triple-S in die Oberliga hineinzumanövrieren. Er hatte versucht, die großen Bosse und die Handlanger zu bestechen. Er hatte eine PR-Agentur beauftragt,

das Image der Firma aufzupolieren. Er hatte Monate damit zugebracht, sämtliche Schleich- und Nebenwege, Lücken und Schlupflöcher, Umgehungsstraßen und unterirdischen Gänge verschiedener nationaler Steuersysteme zu erkunden, und war zum Meister darin geworden, selbige so auszunutzen, dass seine Kunden an ihren Provisionen mehr verdienen konnten als jemals zuvor.

Das einzige Problem war, dass es für seine Beratertätigkeit keine Interessenten gab. Der Club der Rüstungsmilliardäre war nicht in der Stimmung, einem Emporkömmling und seinen großen Versprechungen Gehör zu schenken. Und jetzt, ohne dass er auch nur einen Finger hätte krumm zu machen brauchen, taten sich die Pforten von Fort Knox selbsttätig auf, und Tejas wurde höflich hereingebeten. Halleluja! Gott sei gelobt! Jesus, das musste man schon zugeben, hatte auch für einen bloßen Sterblichen wie ihn ab und an ein Lächeln übrig.

Wie sehr hatte er sich geirrt! Er hatte Nawaaz' Potenzial völlig falsch beurteilt. Oder war es vielmehr so, dass er den Mann schon bei ihrer ersten Begegnung genau richtig eingeschätzt hatte? Hatte gerade die Zurückweisung Nawaaz dazu angespornt, sich umso mehr um ihn zu bemühen? Er musste Tejas, seinen afghanischen Landsleuten und der ganzen Welt beweisen, dass es ein großer Fehler sein würde, ihn zu ignorieren.

Nawaaz hatte den richtigen Augenblick abgewartet, um Tejas in aller Deutlichkeit klar zu machen, wer der Boss war. Sechs Monate nach ihrem ersten Treffen war er so weit. Seinen Status als Alpha-Männchen des Stammes hatte er schon vor langem durch Beseitigung von Mirza Rustums Sohn durchgesetzt, und die übrigen afghanischen Klanchefs betrachteten ihn als einen gefährlichen Außenseiter. Jetzt beeilte er sich zu beweisen, dass er nicht nur ein Usurpator war, sondern ein Mann mit Prinzipien und klaren Zielvorstellungen. Die Taliban hatten den Afghanen und übrigen Muslimen seiner Ansicht nach nichts zu bieten. Ihre Führer schwelgten nach außen hin in religiöser Begeisterung, diskriminierten aber jeden Afghanen, der nicht wie sie dem Volksstamm der Paschtunen angehörte. Ihre Intoleranz hatte in der Geschichte des Islam keine Parallele. Ihre einzige motivierende Leidenschaft war der Hass. Weltliche Erziehung, religiöse Aufklärung, friedliche Koexistenz selbst innerhalb des Islam waren ihnen gleichermaßen ein Gräuel. Frauen waren in ihren Augen lediglich Sklavinnen und Arbeitstiere. Während die einfachen Kämpfer in bitterster Armut lebten, ließen es sich ihre Führer gutgehen und lebten in einer eigenen Welt. Sie hatten eine unverhohlene Vorliebe für Kandahar, und der Rest der Nation konnte ihretwegen verhungern. Wahrhaft tragisch aber war, dass sie keine Vision, keinen Plan, keine Strategie hatten. Hinzu kam, dass ihre Auslegung des Korans entschieden von dem abwich, was die Muslime in der übrigen Welt glaubten und praktizierten. Sie waren einfältige Eiferer, bar jeder Kultur und jeden Mitgefühls. Nawaaz Irfan hingegen befolgte, wie jeder sehen konnte, gewissenhaft, was er selbst predigte. Puritanisch und sittenstreng enthielt er sich aller noch so bescheidenen weltlichen Genüsse. Was Selbstbeherrschung, Selbstdisziplin und Selbstverleugnung anging, konnte ihm niemand das Wasser reichen. Er lebte und atmete den Koran, aber anders als die Taliban machte ihn das weder engstirnig noch zu einem brutalen Dogmatiker. Niemand konnte ihm vorwerfen, mit zweierlei Maß zu messen. Er hungerte, wenn seine Männer hungerten, und nahm jede Entbehrung auf sich, die sie erdulden mussten. Sie mochten sich gelegentlich beklagen – er tat es nie. Er hatte ein einziges Steckenpferd: Er sammelte alte afghanische Messer, Dolche, Schwerter. Er hatte jedem afghanischen Warlord und Stammesfürsten sowie der internationalen Gemeinschaft unzweideutig zu verstehen gegeben, dass die Zukunft ihm gehörte. Seine Botschaft war immer die gleiche: Die Amerikaner und der Rest der Welt mochten sich einbilden, sie könnten von Kabul aus zuschlagen und den Rest Afghanistans mit brachialer Feuerkraft in die Knie zwingen. Aber sie täuschten sich. Sie konnten so viele Bunker-Buster, Splitterbomben, Raketen und Granaten, wie sie wollten, auf Afghanistan abwerfen, eine Zeit lang würden sie vielleicht sogar die Oberhand gewinnen, aber am Ende würden die Berge und die Bergvölker sie besiegen.

Er reduzierte alles, einschließlich seiner Kampfstrategie, auf das absolut Notwendigste. Er brauchte Geldgeber mit sehr tiefen Taschen, und es gab nur eine Möglichkeit, sie bei der Stange zu halten: Erfolg. Jedes Mal, wenn er ein Ziel getroffen, eine Erdöl-Pipeline sabotiert, ein feindliches Lager vernichtet oder einer seiner Selbstmordattentäter sich in irgendeiner Großstadt mitten auf einer stark befahrenen Kreuzung in die Luft gesprengt hatte, bekam er mehr Geld. Als sich seine Aktionen herumsprachen, wurde er nach und nach zur Symbolfigur und zum Zentrum des Dschihad und begann, Menschen aus der ganzen Welt anzuziehen: Plastiksprengstoffexperten, Scharfschützen, Fachleute auf dem Gebiet der konventionellen Kriegsführung, Panzerfaust- und Flakvirtuosen, Cracks in Sachen elektronische Steuerungssysteme. Die besten von ihnen setzte er als Ausbilder ein. Sie boten hoch spezialisierte Intensivkurse an. Wenn ein Schüler fertig war, wurde er in sein Herkunftsland zurückgeschickt, in eine Umgebung, in der er sich heimisch und sicher fühlte, und durfte selbst Ort und Zeitpunkt seines Terrorangriffs bestimmen. Er wusste, dass er gut daran tat, seine Hausaufgaben gewissenhaft zu machen. Sollte er gefasst werden, konnte er natürlich verraten, wer seine Auftraggeber in Afghanistan waren, aber wenn er redete, anstatt die Zyankali-Kapsel zu schlucken, die jeder von Nawaaz Irfans Männern ständig bei sich trug, dann wären seine Familie, seine Sippe, sein Dorf ausgerottet worden. Und das wusste er.

Tejas hütete sich vor überzogenem Optimismus. Wenn der Mann kein Angeber war und die Sache klappte, konnte er sich als eine wahre Goldmine für die Angels erweisen. Und dennoch hätte Tejas, wenn er ehrlich war, viel lieber James oder irgendeinen anderen Mitarbeiter von I-triple-S zum Treffen geschickt. Er hätte nicht sagen können, worauf genau sich seine Bedenken stützten. Aber unterm Strich lief es darauf hinaus, dass er für Nawaaz Irfans monomanische Besessenheit nicht das Geringste übrig hatte.

Während seiner letzten Besichtigungen der Baustelle stellte Lucens überrascht fest, dass es Amanat tatsächlich gelungen war, aus den Bruchsteinen, Spannbetonpfeilern, unterirdischen Abwasserkanälen und Hektaren von verspiegeltem Glas die Zentrale der Angels zu erschaffen.

Vom Angels' Center bis hinunter zum Lake Santa erstreckte sich eine Flucht von breiten Terrassen und von Pavillons, die den Geist zu beruhigen und zur Selbstbetrachtung einzuladen schienen. Einen Augenblick lang hätte Lucens schwören können, dass er im entserntesten Pavillon seinen Vater sah. Es war Amanat, der die Wange an den Schaft einer schlanken Marmorsäule schmiegte. Der Anblick war Lucens vertraut. In seinem Atelier in Firdaus hatte es Abbajan auch immer so gemacht – die Wange an einer seiner Marmorplastiken gerieben, um die geschmeidige Glätte und die Unterströmung des Steins zu prüfen. Je älter sein Bruder wurde, desto mehr sah er aus und verhielt er sich wie ihr Vater. Mitunter ähnelten seine Ausdrucksweise, seine Gesten und Eigenheiten so sehr denjenigen Abbajans, dass man in einer Zeitschleife zu stecken schien, in der Vater und Sohn miteinander eins wurden.

Lucens ging die breiten Stufen hinunter. Es wehte ein unberechenbarer Wind, und die Gebäude hatten sich zu schmalen geschmeidigen Runzeln im Wasser zusammengezogen. Amanats Haar hatte ausnahmsweise einmal etwas länger wachsen dürfen, und jetzt sträubte es sich gegen jeden Zähmungsversuch. Es trotzte der steifen Brise und stand aufrecht wie die Borsten einer Stahlbürste. Lucens ließ sich neben seinem Bruder zu Boden und versuchte, dessen ungebärdigen Schopf glatt zu streichen, doch ohne nennenswerten Erfolg. Es war so, als wären die beiden Brüder wieder Kinder in Firdaus, säßen im Wohnzimmer auf dem Sims des Erkerfensters und schauten den Schiffen auf dem Arabischen Meer zu, wie sie vom Monsun durcheinander geschüttelt wurden. Amanat legte Zia den Arm um die Schultern, und eine Zeit lang sprachen beide Brüder kein Wort. Dann sah Lucens hinauf in den blauen Himmel und fing an zu singen – ausgerechnet einen Hindifilm-Song.

»*Har koî châhtâ hai ek mutthî âsmân.*«

»Ich wusste gar nicht, dass du Abbajans Singstimme hast. Es ist unheimlich, wie du dich noch an diese Oldies erinnerst! Der Text hat absolut Recht. Jeder von uns verbringt sein ganzes Leben auf der Suche nach einem Stück Himmel. Du hattest Glück, du hast dein Fleckchen Blau schon früh gefunden.«

»Du hast deins ebenfalls gefunden, auch wenn es etwas gedauert hat. Zwei Fleckchen Blau sogar. Du schreibst, und wenn man nach dem Center gehen kann, wirst du ein großartiger Architekt werden. Ich wünschte, Abbajan hätte das noch miterleben können.«

Sieht Zia gar nicht ähnlich, dachte Amanat, so aus sich herauszugehen. Er fragte sich, ob sein Bruder seine Mutter wieder aufnehmen würde, sollte sie noch leben und jemals beschließen zurückzukommen. Wie immer, wenn man ihm Komplimente machte, wechselte er das Thema.

»Keine Nostalgie heute und keine Melancholie. Nur glückliche Erinnerungen!«

»Du hast die Geschichte von dem Jungen, aus dessen Kopf ein Bäumchen spross, nie zu Ende erzählt.«

»Wirklich nicht? Komisch. Na, du weißt ja, wie Tamarindenbäume sind: Reich ihnen einen Finger, und sie nehmen den ganzen Himmel. Der Baum wuchs und wuchs und wuchs. Und er wurde die Heimat von hunderttausendundeinem Vogel. Und jeder einzelne Vogel hat eine eigene Geschichte. Hast du die Zeit für hunderttausendundeine Geschichten?«

Lucens legte den Kopf in Amanats Schoß und machte es sich auf der langen Marmorstufe bequem.

»Alle Zeit der Welt, 1001.«

Der Fahrer des Offroaders war wortkarg bis zur Stummheit. Er fragte Tejas nicht, ob er sich in einem der Hotels am Flughafen ausruhen und erst am nächsten Tag aufbrechen wollte, sondern fuhr direkt in die Stadt. Kabul hatte sich verändert. Landschaft, Gebäude, das Angebot an Elektronikgeräten in den Geschäften und die Getreidesorten, das Obst und Gemüse in den Suks, die Menschen ... alles ändert sich, wenn die Amerikaner kommen.

Jahrelang hatte Kabul so ausgesehen wie Dresden gegen Ende des Zweiten Weltkrieges. Es war bombardiert, wieder bombardiert und noch einmal kurz und klein bombardiert worden. Wann immer die Ausgangssperre vorübergehend aufgehoben wurde, waren die Menschen aus ihren Löchern gekrochen und hatten die Trümmer nach Essbarem durchwühlt, nach Sandalen, Reifen, Parkas, alten Kleidern – was auch immer, das sich noch verwenden oder verkaufen ließ. Jetzt war der Flughafen in Betrieb, und vielerorts wurde gebaut. Einige Ministerien besaßen bereits eigene Gebäude, und die meisten Botschaften waren wieder aus ihrer Asche auferstanden. Viele nichtstaatliche Organisationen waren zurückgekehrt und ebenso die ausländischen Journalisten. In manchen Vierteln der Hauptstadt hatte man das Gefühl, mitten in einem Boom zu stecken. Aber wie viel Mühe sich Kabul auch geben mochte, einem etwas vorzumachen, seine schäbige, heruntergekommene, provisorische Atmosphäre wurde es nicht los.

Die Hälfte der Stadt war ein einziger verwüsteter Slum, in dem Ränder von aufgerissenen Stockwerken wie gebrochene Gliedmaßen ins Leere hingen und dennoch vor Bewohnern aus den Nähten platzten. Aber selbst in der anderen Hälfte, in den schicken Vororten, hatte Tejas das sichere Gefühl, dass ein einziger Regenguss genügt hätte, und die Farben wären zerlaufen und die Papp- und Sperrholzfassaden hätten angefangen zu modern und auseinanderzufallen. Es entstanden neue Wohnsiedlungen und diplomatische Enklaven, Apartmenthäuser für Ausländer und einige zum Teil ziemlich elegante neue Hotels.

Als Tejas zuletzt, vor vielen, vielen Jahren, hier gewesen war, hatten 80 Prozent der Männer Schusswaffen getragen. Wenn man nicht wenigstens ein paar Leute umgelegt hatte, war man kein Mann. Es hatte nicht eine einzige geöffnete Apotheke gegeben, und Ärzte existierten nur in der Erinnerung. Touristen gab es praktisch keine, und die wenigen Hotels waren von verschiedenen Mudschaheddin-Gruppen requiriert worden. Die Freischärler saßen auf den Stufen vor den Glastüren, an denen ihre Kalaschnikows griffbereit angelehnt standen. Und sie griffen durchaus nach ihnen, so beiläufig, als wären es Spielzeuggewehre, und wenn ihnen der Sinn danach stand, schossen sie einfach jemanden tot.

Jetzt waren einige Apotheker zurückgekehrt, viele Schulen hatten geöffnet, und man sah Frauen arbeiten, darunter sogar manche, die anstelle der Burka nur ein Kopftuch trugen. Die Ausländer sollten davon überzeugt werden, dass alles wieder in normalen Bahnen lief. Tejas hatte das Gefühl, dass Kabul sich eine Spur zu sehr anstrengte, etwas zu lautstark behauptete, es habe sich verändert.

Aber die neue internationale Brigade und die Bruderschaft der Kriegsversehrten, die an jeder Straßenecke herumstanden, waren nicht zu übersehen: verkrüppelte Jungen, Mädchen, Männer, Frauen und Tiere, die schwer beschädigten Opfer von Landminen, Bomben, Friendly Fire und Gewehren. Würden sich die Amerikaner und in deren Gefolge die UNO-Truppen und die Europäer zurückziehen, so würden die Taliban oder der eine oder andere Vetter von ihnen das Ganze umgehend wieder ins Mittelalter katapultieren. Sobald man die Stadt hinter sich gelassen hatte, sah alles wieder vertraut aus: ein einziges apokalyptisches Chaos und das Ende der Welt. Es hätte schon eine einzigartige Herzlosigkeit dazu gehört, den Menschen hier Hoffnung zu machen. Dem ununterbrochenen Trommelfeuer von Feldgeschützen, Boden-Boden-Raketen und den unermüdlich ausgerollten immer neuen Bombenteppichen war fast nichts entronnen. Die Obst- und Gemüsegärten lagen verwüstet da, höchstens von einer einsamen gelben Ranke belebt, die sich noch immer an ihre zersplitterte Stange klammerte. Ganze Dörfer waren dem Erdboden gleichgemacht worden, und wenn eine vereinzelte Hütte noch stand, dann fehlte ihr entweder das Dach oder eine Wand. Manchmal sah man Kinder draußen spielen oder eine tief verschleierte Frau in einem Bach Wäsche waschen, aber Männer waren weit und breit keine zu sehen. Sie hatten sich wieder ihren Milizen angeschlossen. Wer würde dieses geschundene schöne Land jemals wieder bearbeiten, Weizen anbauen und die köstlichsten und saftigsten Pflaumen, Pfirsiche und Aprikosen der Welt produzieren? Hundert Kilometer weiter zogen sich endlose Mohnfelder entlang der Straße hin. Heroin war der neue Treibstoff der afghanischen Wirtschaft. Sie mussten immer wieder an Kontrollpunkten halten, aber Nawaaz hatte für Passierscheine gesorgt, und so hielt niemand Tejas mit unnötigen Fragen oder Durchsuchungen nach Schmuggelware auf.

Tejas hatte vergessen, wie kalt es in diesen Bergen war. Es war eine lähmende, gemeine Kälte; sie verwandelte einem die Knochen in dürre spröde Stöcke, die bei der geringsten Erschütterung zerkrümelten. Nicht, dass er mit Minustemperaturen nicht vertraut gewesen wäre. Terraferra war im Winter eine eisige Einöde, und das Gleiche galt für die drei Countys und den ganzen Norden Pennsylvanias. Aber das hier war anders: Die Luft war hier so dünn, dass sie mit haarfeinen rotierenden Klingen gespickt zu sein schien.

Jeder Atemzug, den man tat, riss einem die Lungen in Fetzen. Ein Glück, dass sie keine Fahrzeuge vor sich hatten, sonst hätte er zusätzlich noch die Auspuffgase und die dichte Schleppe von aufgewirbeltem Staub schlucken können.
Was die Fahrer aus Indien, Pakistan und Afghanistan betraf, hatte er eine bestimmte Theorie: Sie mussten alle dieselbe Fahrschule besucht haben. Mochte die Straße auch vereist oder nur ein drei Meter schmaler Felssims sein, der auf einer Seite jäh in eine schwindelerregend tiefe Schlucht abfiel, sie schafften siebzehn Haarnadelkurven pro Minute. Die Fahrer bretterten und schlingerten ungerührt mit Vollgas durch. Es wirkte wie eine tägliche Kampfansage an das Schicksal und die Berge: Mal sehen, ob ihr es heute schafft, meine Fahrgäste und mich zu töten!
Es ging jetzt stetig bergauf, der Jeep knurrte und beschwerte sich jedes Mal, wenn der Fahrer schaltete. Die Luft wurde dünner und dünner, und Tejas wurde wie früher zunehmend übel. Mittlerweile mussten sie eine Höhe von dreieinhalbtausend Metern erreicht haben. Noch einmal fünfhundert bis tausend Meter höher, und er würde immer stärkere Kopfschmerzen bekommen, bis er nicht mehr in der Lage sein würde, die bevorstehenden Verhandlungen erfolgreich zu bewältigen. Warum war er nur so dumm gewesen? Er hätte darauf bestehen sollen, sich langsam zu akklimatisieren. Außerdem drang die Vergangenheit trotz der Schmerzen und des Unwohlseins heftiger auf ihn ein, und es gelang ihm nur mit Mühe, die Flut von Erinnerungen aufzuhalten. Nein, das Kapitel Afghanistan-Kaschmir war abgeschlossen, und er würde nicht zulassen, dass eine Stippvisite die langen Jahre, die er darauf verwendet hatte, es zu vergessen, wieder zunichte machte. In Zukunft würde er dafür sorgen, dass James sich um die Pflege der Kontakte zu Nawaaz kümmerte, falls diese überhaupt genug Geld abwarfen.
Von Zeit zu Zeit taten sich am düsteren Himmel schmale Risse auf, und man sah dahinter schwelende Feuer glühen. Gelegentlich knisterten und knackten die Wolken wie ein Fernsehgerät an einem feuchten Monsuntag. Dann brach die Wolkendecke plötzlich auf, und Sonnenlicht strömte in Kaskaden herab. Das waren die Augenblicke, in denen sich die schroffe, gnadenlose Landschaft Afghanistans in eine mystische Vision verwandelte. Dann sah man hun-

dertfünfzig, vielleicht zweihundert Kilometer weit über die Berggipfel und ihre Myriaden von Kämmen und Ziehharmonikafalten hinweg. Das Tal tief unten schien von der goldenen Lichtflut emporgetragen zu werden, bis man das schwache Geläut der weidenden Herden vernahm und die Schleier vor den Gesichtern der Frauen fast berühren konnte.

Der Geländewagen hielt abrupt, und der Fahrer breitete am Straßenrand einen Gebetsteppich aus. Nach Mekka gewandt, kniete er sich hin. Tejas fiel ebenfalls auf die Knie und betete zu einem anderen Gott. Er dankte ihm für das Geschenk der Berge und des Sonnenuntergangs. Er ging so sehr in seiner Arbeit unter, dass er darüber das Werk Gottes fast vergessen hatte. Er flehte Jesus an, ihm die Augen zu öffnen und ihn zu befähigen, das Wunder Seiner Schöpfung zu würdigen.

Plötzlich stand Nawaaz Irfan hinter Tejas und tippte ihm auf die Schulter. »Von hier aus sind es noch knapp sieben Kilometer zu laufen. Es sei denn, Sie möchten lieber auf einem Esel reiten.«

Nawaaz machte wohl Witze. Nein, offenbar nicht. Sieben Kilometer hätte Tejas nur noch auf einer Trage geschafft.

»Kein Problem«, sagte Tejas. Nawaaz wollte ihn vermutlich auf die Probe stellen. Er würde dem eingebildeten jungen Mann gewiss nicht auf die Nase binden, dass er fix und fertig und erledigt war. Tejas' Koffer wurde auf den Rücken eines Esels geschnallt, und sie brachen auf. Trotz seiner regelmäßigen Yogaübungen musste Tejas auf den ersten anderthalb, zwei Kilometern wiederholt so tun, als müsste er pinkeln oder sich die Schuhe zubinden, um keinen Lungenkollaps zu erleiden. Danach aber schien die steile Bergwanderung das Leben seltsamerweise ein Stück leichter zu machen.

»Finden Sie es nicht bemerkenswert, dass ich Sie in mein Versteck eingeladen und Ihnen dadurch verraten habe, wo sich unser Lager befindet?«, fragte Nawaaz Irfan, während sie bei einem späten Frühstück saßen.

»Ihr Vertrauen rührt mich. Aber ich bezweifle, dass selbst ein erfahrener Spurensucher diese Stelle wiederfinden könnte. Außerdem sind Sie viel zu klug, um nur ein einziges Versteck zu haben. Es muss noch wenigstens vier oder fünf weitere geben.«

»Wie ich merke, haben Sie Ihren sechsten Sinn nicht verloren. Sind Sie schon dazu gekommen, sich das da anzusehen?« Nawaaz Irfan zeigte auf mehrere Kalligraphien, die an den Wänden hingen. »Die Rahmen sind teure Sammlerstücke, aber das eigentlich Kostbare sind die Worte.«
»Die Worte des Propheten?«
»Nicht des Propheten, nichtsdestoweniger aber eines Propheten. Die Zitate könnten Sie interessieren.«
Koketterie gehörte eigentlich nicht zu den Eigenschaften, die Tejas bei Nawaaz erwartet hätte. Er fragte sich, warum der junge Warlord so großen Wert darauf legte, ihn zu beeindrucken. Aber er war sein Gastgeber, und Tejas tat ihm den Gefallen. Er stellte zu seiner Überraschung fest, dass die Zitate nicht in Arabisch, sondern in Englisch abgefasst waren. Er trat näher heran und las sie laut vor:
»Wir sind die Mudschaheddin, die Guerillakrieger Allahs und des Islam. Wir kämpfen nicht um unseres persönlichen Vorteils willen, sondern für die Gerechtigkeit und unsere Lebensart. Und eben deswegen kämpfen wir für unsere Brüder in Palästina, in Kaschmir, in Kroatien, in jedem Land der Welt, in dem der Islam bedroht ist. Das Harz, das uns aneinander bindet, ist Allah. Die Ungläubigen im Abendland wissen es nicht, aber wir sind die neuen Gotteskrieger. Wir werden sie besiegen.
Die meisten von uns überlassen viel zu viel dem Schicksal, weil sie glauben, Allah werde es schon richten. Allah wird nichts dergleichen tun.
Er hilft einzig dem, der sich selber hilft. Das Geheimnis des Erfolgs sind endlose Übungen und Drill, bis ihr tot umfallt oder die Sache vollkommen beherrscht.
Setzt euer Vertrauen in Allah, aber kümmert euch erst um eure Esel. Der Esel ist unser Rettungsseil. Behandelt ihn gut. Streicht ihn aus der Gleichung, und wir sind tot.«
»Kommt Ihnen das bekannt vor?«, fragte Nawaaz.
Tejas erstarrte.

Sie saßen draußen in der Sonne auf Klappstühlen. Alles im Camp war leicht, tragbar und ließ sich in einer Minute auseinandernehmen. Alle, einschließlich der Gäste, schliefen in Schlafsäcken. Die

Höhle, in der sie die Nacht verbracht hatten, war unsichtbar, bis man unmittelbar davor stand. Da sie unter einer mindestens 75 Meter dicken massiven Felsschicht lag, hätte der Feind schon ein paar hundert Raytheon-Bunker-Buster benötigt, um Wirkung zu erzielen; vielleicht sogar noch mehr. Geräte waren nicht zu sehen, aber Tejas war sicher, dass ein Radar den Himmel rund um die Uhr abtastete. In schwindelnder Höhe saß ein Beobachtungsposten, der die Pfade und das umliegende Land überwachte und die Herde von Eseln, die auf den Hängen grasten, scharf im Auge behielt. Tejas hatte mit einem Mal das Gefühl, dass das Zitat über den Esel unvollständig war: Hätte man das Tier in Afghanistan ausgerottet, wären die Kampfhandlungen zum Erliegen gekommen. Selbst die modernste Technik half den Amerikanern in diesem Terrain nichts. Tejas zog seinen Stuhl in den Schatten. Er wusste, dass er binnen weniger Minuten wieder würde umziehen müssen. In der Sonne wurde es schnell unerträglich heiß, aber sobald man im Schatten saß, begann man zu frösteln. Die einzige mögliche Reaktion auf den makellosen Tag war Schweigen. Vielleicht hatte Tejas' Stimmung Nawaaz angesteckt. Auch er sagte lange nichts.

»Sie sind mein Held. Ich weiß jeden Ihrer Aussprüche aus Ihrer Zeit in Afghanistan auswendig: ›Mach dir nichts vor. Zorn und Wut sind ein Luxus, den sich kein islamischer Krieger leisten kann. Sie verschaffen dir ein gutes Gefühl und verleiten dich zu überstürzten und schlecht durchdachten Aktionen. Kein Feind könnte sich Besseres wünschen. Konzentrier dich auf den Feind und bleibe konzentriert. Das ist weit produktiver.‹ Sie haben sich nie vor der Wahrheit gefürchtet und Sie haben die Dinge in die richtige Perspektive gerückt. Hier ist ein weiterer erhellender Ausspruch von Ihnen: ›Die Amerikaner sind unsere Freunde. Das Gleiche gilt für die Israelis. Sie geben offen zu, dass sie uns hassen und unsere Feinde sind. Die Europäer dagegen geben unentwegt mitfühlendes Gegacker von sich, haben aber noch nie einen Finger für uns gerührt. Aber wenn ihr wissen wollt, wer der wirkliche Feind ist, dann braucht ihr euch nur in der Familie umzuschauen, in der Familie des Islam, besonders im Nahen und Mittleren Osten: in Saudi-Arabien, den Emiraten, Libyen, Jemen, Ägypten, Iran. Die werfen uns manchmal ein paar Krümel zu, aber sie haben es nicht ein einziges Mal geschafft, für die islamische Sache einig einzustehen. Sie sind die Ungläubigen. Sie klüngeln mit dem Teufel und behaupten, auf unserer Seite zu stehen.‹

Noch heute haben Sie viele als den tapfersten Guerillakämpfer des 20. Jahrhunderts in Erinnerung. Nur wenige wissen allerdings, dass Sie auch eine Lehrabhandlung der Strategie und Guerillataktik geschrieben haben, die bis auf die Zeit der Kreuzzüge zurückgeht – erinnern Sie sich? Kein anderer islamischer Führer, von dem ich wüsste, nicht einmal Bin Laden, hat sich je die Mühe gemacht, die militärische und politische Philosophie des Dschihad zu formulieren. Ich vermute, das war eines der ersten Dinge, die Sie taten, sobald Sie Führer Ihrer Organisation geworden waren, richtig? Es ist ebenso sehr ein praktischer Leitfaden wie eine Meditation über das Dilemma des modernen Islam und den Ausweg daraus.«

Tejas konnte gut mit Kunden umgehen. Er beherrschte sein Metier. Er konnte armlange Listen von Zahlen herunterrasseln, Kaliber und effektive Reichweite von Flugabwehrgeschützen, jeweilige Vor- und Nachteile verschiedener Raketensysteme nennen; er war ein Meister darin, die bombastischen Werbesprüche und die Fachsprache der Waffenhersteller in einfache und klar verständliche Sprache zu übersetzen. Und er konnte seinen Kunden genau sagen, wie viel sie dank seiner kreativen Methoden des Geldtransfers an Provisionen und sonstigen Zuwendungen verdienen würden. Vor allen Dingen beherrschte er die Kunst, sie für sich zu gewinnen, indem er ihnen schmeichelte und ihnen großen Scharfsinn bescheinigte, weil sie genau die Dinge bestellten, die er ihnen verkaufen wollte. Heute aber schien die Sache in umgekehrter Richtung zu laufen. Ein potenzieller Kunde stimmte Lobgesänge auf ihn an. Selbst ein erfahrener Geschäftsmann wie Tejas war nicht immun gegen Heldenverehrung. Er musste sich daran erinnern, dass er keine fünfzehntausend Kilometer weit geflogen war, um sich Anekdoten aus seiner längst vergessenen Vergangenheit anzuhören. Warum kam Nawaaz nicht endlich zum Geschäftlichen?

»Ich habe in der Türkei, in Saudi-Arabien und in anderen Ländern mehr als genug Erfolg gehabt. Mit ein Grund dafür ist, dass ich Ihr Handbuch wortgetreu befolgt habe. Wie viel Weisheit steckte in Ihrer Aussage: ›Die Amerikaner und deren Lakaien, die Briten, wer-

den nicht müde zu wiederholen, dass wir sie um ihre Werte und ihren Lebensstil beneiden. Mögen sie sich weiter etwas vormachen! Welcher Krieger des Islam würde ihre verruchte und verworfene Lebensweise dem Leben Allahs vorziehen?‹
Wissen Sie, dass es mich Jahre gekostet hat, Ihre neue Identität zu ermitteln, so dass ich schließlich Kontakt zu Ihnen aufnehmen konnte?«
»Als Sie meinen Bruder anriefen beziehungsweise ihm schrieben, haben Sie Ihren Namen nicht genannt.«
»Hören Sie sich gerne Geschichten an?« Nawaaz Irfan, so viel wurde Tejas allmählich klar, war wirklich ein komischer Kauz.
»Mein Bruder hat mir früher, als ich ein Kind war, häufig Geschichten erzählt. Jetzt habe ich dafür keine Zeit mehr.«
»Ich möchte Ihnen trotzdem eine erzählen, jetzt, wo wir einen Augenblick Ruhe haben: Es war einmal ein frommer afghanischer Fischer – fast ein Widerspruch in sich, da es im ganzen Umkreis dieses Landes weit und breit kein Meer gibt. Er hatte gehört, dass es ein Gewässer gebe, das größer sei als seine Heimatstadt Kabul, größer als ganz Afghanistan, ja, selbst größer als der ganze asiatische Kontinent. Da hatte ihn der Wunsch gepackt, dieses wunderbare Ding namens ›Ozean‹ mit eigenen Augen zu sehen, und er war an die Westküste Indiens gezogen und hatte sich dort niedergelassen. Jetzt hatte er ein kleines Boot, eine Frau und drei Kinder, zwei ältere Mädchen und einen Jungen. Das Geld war äußerst knapp, und so ging nur der Sohn auf die Schule. Sie hatten große Pläne mit dem Jungen: Er sollte studieren und später eine ganze Fischereiflotte besitzen. Sie gingen wie selbstverständlich davon aus, dass er ungeheuer viel Geld verdienen, für sich und seine Familie einen Palast mit hundertundeinem Zimmer bauen und die Kuppel der Dorfmoschee mit echtem Gold auskleiden lassen würde.
Eines Tages kam ein Maulana aus Jammu ins Dorf. Der Gelehrte sprach mit bewegenden Worten vom elenden Los der Muslime in Kaschmir, von der Brutalität der indischen Armee, der täglichen Schändung von Frauen, den überraschenden Hausdurchsuchungen und ständigen Ausgehverboten, und er erzählte vom großen Dschihad, den junge muslimische Männer aus der ganzen Welt fochten, um den Bundesstaat von der indischen Herrschaft zu befreien.

Eine Woche später verschwand der Fischer. Es hieß, das Meer habe ihn geholt. Aber die muslimische Gemeinde wusste, dass er fortgezogen war, um sich dem Heiligen Krieg gegen die Ungläubigen anzuschließen. Manchmal schickte er etwas Geld nach Hause, aber die meiste Zeit musste die Familie mit dem auskommen, was die Mutter und die Schwestern als Dienerinnen in den Häusern der Reichen verdienten. Der Einzige, für den sich nichts änderte, war der Junge. Jeden Tag ermahnte ihn seine Mutter, fleißig zu lernen und dafür zu sorgen, dass die Opfer, die sein Vater, seine Mutter und seine Schwestern auf sich nahmen, nicht umsonst wären.

Jahre vergingen. Der Vater des Jungen hatte Glück. Er war vom erfolgreichsten Mudschaheddin-Führer von Kaschmir rekrutiert worden. Dieser Mann war ein glänzender Stratege. Er hatte eine höhere Erfolgsquote als jeder andere Freischärlerführer, durch seine Anschläge richtete er ungeheuren Schaden an. Er organisierte oft Simultanangriffe, durch die er Chaos in den Reihen der Feinde stiftete, und er verlor seinerseits fast nie einen Mann. Der Fischer wurde ein geschickter Kundschafter und war schon bald der engste Vertraute des Führers.

Dann ging etwas schief. Er begann Albträume zu haben. Er hatte das Blut Hunderter unschuldiger Menschen vergossen, und jetzt fürchtete er, dass ihn statt des Paradieses ein Sitz in der Hölle erwartete. Er wurde von Schuldgefühlen gepeinigt, redete aber mit niemandem darüber aus Angst, als Feigling angesehen zu werden.

Der nächste geplante Angriff war eine größere Operation. Sobald ein Schneesturm alles Leben zum Erliegen gebracht haben würde, wollten sie die fünf Dörfer namens Pancham auslöschen. Der Vater des Jungen half, den Angriff bis ins letzte Detail zu planen, und informierte dann das indische Militär. Vereinbart war, dass alle 350 unschuldigen Einwohner der Dörfer – Hindus und Muslime – rechtzeitig evakuiert werden würden. Zu seinem Entsetzen taten die Inder aber nichts dergleichen. Erst schauten sie zu, wie die fünf Dörfer niedergebrannt wurden, dann erschossen sie die meisten Kameraden des Vaters des Jungen.

Als mein Vater, Yunus Habib, heimkehrte, sagte er, er sei zurückgekommen, weil er seine Familie vermisste, ganz besonders aber seinen Sohn. Er verabscheute die Berge und den Schnee. Er sehnte sich nach dem salzigen Meer und den Stürmen, die die Fischer in den Tod reißen. Aber vor allem lechzte er nach Vergebung. Er wünschte sich, Allah würde weinen und ihn mit Seinen Tränen von seinen Verbrechen reinwaschen.

Wir waren eine gezeichnete Familie. Sie suchten nach ihm, die wenigen Kameraden, die an jenem schicksalhaften Tag dem Tod entronnen waren. Wir zogen immer wieder um, immer bei Nacht, von Straßenkötern verfolgt. Wir sprangen in Züge, wir flohen in Bussen, wir kamen nach Bombay, und selbst dann noch wurden wir von früheren Freunden und von den Gespenstern meines Vaters verfolgt. Meine ältere Schwester wurde Prostituierte; die Familie, einschließlich mein Vater, hatte zu essen. Meine zweite Schwester, die mit dem üppigen Haar, das ihr bis zu den Kniekehlen reichte, und den wissensdurstigen Augen, lief weg und tauchte nie wieder auf; meine Mutter beging Selbstmord. Und die ganze Zeit wartete mein Vater auf den einen Mann, den er bewundert, geliebt, dem er blindlings gehorcht und den er verraten hatte. Aber Zia Khan kam nie.

Jetzt waren also nur noch wir beide übrig, mein Vater und ich. Ich wusste, dass Zia Khan mich und meine Loyalität auf die Probe stellte. Er wollte wissen, ob ich seines Vertrauens würdig war.«

Was sollte Tejas von Nawaaz Irfan halten? Sein kindlicher Glaube an Zia hatte etwas Beängstigendes. Wie konnte ein Mensch einem anderen so viele Erwartungen und eine solche Verantwortung aufbürden? Tejas hörte voller Grauen zu, was der Afghane zu berichten hatte.

»Ich wusste, dass ich es tun musste: die einzige Tat vollbringen, die die Ehre unserer Familie wiederherstellen würde. Ich hatte die Szene unzählige Male im Kopf durchgespielt. Ich dachte, mein Vater würde um sein Leben betteln. Er tat es nicht. Er sagte nur: ›Tu's schnell, mein Sohn. Ich habe so lange auf diesen Augenblick gewartet.‹ Es war seltsam, auch ich hatte sehr, sehr lange auf diesen Augenblick gewartet, doch jetzt war ich wie gelähmt. Er klopfte mir auf den Rücken. ›Eine gute Tat sollte man nie unnötig hinausschieben.‹ Da habe ich es getan.« Nawaaz Irfan schwieg eine Zeit lang, als durchlebte er jenen Tag noch einmal. »Ich wusste, dass ich mich jetzt meinen Mudschaheddin-Brüdern in Afghanistan anschließen konnte und dass ich eines Tages auch Ihnen begegnen würde.«

Was nützte es dem Menschen, wenn er ein reines Gewissen hätte, fragte sich Tejas, an seinen Händen aber das Blut seiner Waffenbrüder klebte? O Gott, Herr der Gnade und der Barmherzigkeit, rief er in seinem Herzen aus, wirst Du mich denn nie von meiner Vergangenheit erlösen?

Nawaaz Irfan heftete seinen lodernden Blick auf Tejas' Augen und würde sie nicht wieder loslassen, ehe der Mann, der unwissentlich sein Lehrmeister gewesen war, sein strebendes Bemühen nicht anerkannt hätte. Da ging Tejas auf, warum er sich innerlich so sehr dagegen gesträubt hatte, nach Afghanistan zu reisen. Er hatte seinem Zwillingsbruder nicht begegnen wollen.

»Ich fühle mich geschmeichelt«, sagte er schließlich, »und bin von Ihrer Unbeirrbarkeit überwältigt.«

Nawaaz lächelte. Es war ein kindliches Lächeln, ein Lächeln voller Zuversicht und Freude darüber, dass die Eltern erkannten, was für einen aufgeweckten und tapferen Sohn sie hatten.

Tejas ließ seinen Blick schweifen. Die grasenden Esel waren verschwunden, ebenso die Männer, die bis gerade noch ihre Schusswaffen in der Sonne gereinigt hatten. Es war still und friedlich. Fünfzehn bis achtzehn Gipfel weiter nach Südosten waren jetzt eine Hand voll Pünktchen am Himmel zu sehen.

»Vielleicht sollten wir besser reingehen«, sagte Nawaaz beiläufig.

Drinnen brachte ein Adjutant Tee, der so stark war, dass ein Löffel mühelos darin steckenbleiben konnte, und ein paar Cracker.

»Nur drei Kekse?«, fuhr Nawaaz den Mann an. »Beschäme mich nicht vor unserem Gast!«

Der Adjutant beugte sich hinunter und flüsterte seinem Anführer ins Ohr: »Mehr haben wir nicht.«

Nawaaz warf ihm einen bitterbösen Blick zu und bot Tejas die Cracker an.

»Ich mag keine salzigen Kekse«, log Tejas.

Nawaaz lächelte ihn an. »Sie wissen gar nicht, was Ihnen entgeht.« Er nahm sich alle drei Kekse und biss hinein.

Man hörte die Flugzeuge wie Moskitos, die sich einem ins Ohr bohrten, immer näher kommen, und dann erbebten die Höhlen, als ein Dutzend Bunker-Busters gleichzeitig herunterkamen und versuchten, die Flanke eines Berges aufzureißen und zu pulverisieren.

»Auf wen haben die es eigentlich abgesehen? Auf uns? Oder irgendeinen benachbarten Stamm ein paar Berge weiter?«
Nawaaz schüttelte den Kopf. »Die werden es nie schaffen, mich oder meine Leute zu finden, weder in diesem noch im nächsten Leben – die verdammten Idioten! Wie Sie wissen, haben unsere amerikanischen Freunde eine Heidenangst vor Leichensäcken, deswegen kommt es selten zu Kämpfen Mann gegen Mann. Damit bleibt ihnen nicht viel anderes übrig, als so zu tun, als könnten sie unseren Widerstand schon allein durch Bomben brechen, manchmal völlig planlose Bombenteppiche. Das setzt ihre pakistanischen Kollaborateure unter Druck. Ihre Aufgabe besteht darin, den jeweiligen momentanen Aufenthaltsort der afghanischen Unruhestifter auszukundschaften. Das machen sie ganz gut. Wenn sie nichts herausfinden, denken sie sich eben etwas aus. Am nächsten Morgen fliegen die amerikanischen Maschinen die exakten Koordinaten an, die die Freunde in Islamabad ihnen durchgegeben haben, und machen jeden Stein, jeden Wurm, jede Schlange und jede Eidechse im Umkreis von einem halben Tagesmarsch platt. Das ist eine nützliche Übung. Die Pakistani behaupten, dass sie ihre Aufgabe erfüllt haben, und die Amerikaner können dem Pentagon stolz mitteilen, dass sie eine ganze Mudschaheddin-Siedlung vernichtet haben. Aber ich schärfe meinen Männern immer wieder ein, niemals Ihre Maxime zu vergessen: ›An dem Tag, an dem ihr nicht auf der Hut seid, wird der Feind zuschlagen und euch niedermähen.‹ Wir gehen kein Risiko ein. Wir behandeln jedes anfliegende Flugzeug so, als wüssten die Amerikaner ganz genau, wo wir sind.«
Stell eine blöde Frage, dachte Tejas, und du bekommst eine kilometerlange Antwort. Nawaaz war immer noch nicht zum eigentlichen Thema gekommen. Doch dann verflüchtigte sich Tejas' Gereiztheit. Seine Ungeduld verschwand. Nawaaz war einsam und lechzte nach kultivierter Gesellschaft. Tejas erinnerte sich an seine eigene Zeit in dieser Region. Es hatte Tage gegeben, da konnte er meilenweit wandern, nur um sich vor lauter Einsamkeit und Hunger nach anregender Konversation irgendwo die Seele aus dem Leib zu schreien. Nawaaz hatte eine Schar loyaler Männer um sich versammelt. Auf ihrem jeweiligen Gebiet waren sie gut, aber abgesehen davon zu wenig zu gebrauchen. Hinzu kam, dass sein Ruf sie

höchstwahrscheinlich einschüchterte. Und er seinerseits musste streng darauf achten, die Distanz zu seinen Männern zu wahren und seine totale Isolation vor ihnen zu verheimlichen.

Nawaaz senkte jetzt seine Stimme fast zu einem Flüstern. »Ich würde Ihre Integrität beleidigen, wenn ich eigens darauf hinwiese, dass unsere Gespräche vertraulich zu behandeln sind. Selbst unter der schlimmsten Folter haben Sie in der Vergangenheit Ihr Schweigen nie gebrochen. Am Ende Ihres Handbuchs sprechen Sie von der Möglichkeit, sich für die nukleare Option zu entscheiden.«

Er schwieg eine Minute lang nachdenklich. »Genau das haben wir getan. Sie verstehen jetzt, warum ich Sie treffen musste.«

Zia-Lucens-Tejas war endlich seiner Nemesis begegnet, seinem vollkommenen Jünger.

»Wir haben zwei Ziele, ein unmittelbares und dann das kritischere, das später folgen wird; ich spreche von keinem amorphen, unbestimmten ›später‹, sondern von einem klar terminierten. Für den Anfang benötigen wir ein halbes Dutzend schmutzige Bomben. Danach wollen wir echte Massenvernichtungswaffen.«

Tejas versuchte, ein nonchalantes Gesicht zu machen, aber er spürte, dass sein Leben nie wieder wie vorher sein würde. Er fragte sich, warum er so schockiert war. Hatte er nicht die ganze Zeit gewusst, dass irgendjemand solche Waffen bestellen würde – wenn nicht heute, dann in einer Woche? Das einzige Problem war, dass es jetzt nicht »irgendjemand« war, sondern ein Mann, der ihm bildlich gesprochen zu Füßen saß, von ihm inspiriert war und jedes einzelne Wort von ihm wie eine göttliche Offenbarung behandelte.

Nach dem Zusammenbruch der Sowjetunion hatten sich die Medien über die nuklearen Sprengköpfe, die in den ehemaligen Sowjetrepubliken herumlagen, und das waffenfähige Uran und Plutonium, das bald auf dem schwarzen Markt zu haben sein würde, lang und breit ausgelassen. Aber seit dem 11. September war jeder Begriff von Realismus und verantwortungsbewusstem Journalismus abhanden gekommen. Jetzt hieß die Spielregel nur noch: Mal sehen, wer seine Leser oder Zuhörer am schnellsten dazu bringt, sich vor Angst in die Hose zu machen. Sicher, die Bedrohung war real, aber das Gleiche galt für die Tatsache, dass die Popularität des amerikanischen Präsidenten von seiner Fähigkeit abhing, die Massenpsychose anzufachen. Jetzt zweifelte niemand mehr daran, dass irgendein ehrgeiziger Mudschaheddin-Führer oder alter Stammesfürst sich früher oder später eine schmutzige Bombe beschaffen und damit eine neue Ära des Terrors einläuten würde. Es war eine selbsterfüllende Prophezeiung.

Tejas würde noch eine Weile brauchen, um die Bedeutung dessen, was Nawaaz sagte, wirklich zu begreifen. Vorerst war sein einziges Ziel, Zeit zu schinden. »Sie wissen bestimmt, dass das angebliche Vernichtungspotenzial der schmutzigen Bombe in erster Linie eine Erfindung der Medien ist und hauptsächlich auf der Angst beruht, die das Wort ›radioaktiv‹ – wie ein konditionierter Reflex – im Bewusstsein der breiten Masse auslöst«, sagte Tejas. »Einer Schätzung zufolge würde eine radiologische Waffe, wie die ›schmutzige Bombe‹ weniger emotional bezeichnet wird, in einer Stadt mit 15.000 Einwohnern rund 760 Menschen töten. Aber die Experten meinen, dass die weiteren Auswirkungen nicht schwerwiegender wären als die eines mittleren Strahlenunfalls. Ein Wissenschaftler der Universität von Rochester hat errechnet, dass mehr Menschen durch Verkehrsunfälle ums Leben kommen würden, während sie von der verseuchten Explosionsstelle zu fliehen versuchen, als durch die von der schmutzigen Bombe tatsächlich freigesetzte Strahlung.«

»Ja, das ist mir bekannt«, antwortete Nawaaz. »Aber dieselben Studien verraten uns auch, dass die Öffentlichkeit radioaktive Strahlung für tausend- bis zehntausendmal gefährlicher hält, als sie tatsächlich ist. Die schmutzige Bombe ist keine Massenvernichtungs-, sondern eine ›Massenverwirrungswaffe‹. Sie ist eine psychologische Bombe, die Amerika mit Hysterie und Chaos überziehen wird. Genau die richtige Atmosphäre, um dann die richtigen, großen Bomben abzuwerfen.

Zusätzlich wollen wir die schmutzige Bombe aber noch schmutziger machen. Mit dem Ziel eines größeren Fallouts und damit einer gesteigerten Effektivität der Bombe legen wir also besonderen Wert auf einen möglichst hohen Streuungsquotienten. Das ist der erste Punkt, den Sie bitte berücksichtigen müssten. Zweitens sollte die Bombe ein Cocktail von verschiedenen Wirkstoffen enthalten. Es könnte interessant sein, die radioaktive Ladung mit einer kräftigen Dosis biochemischer Kampfstoffe anzureichern. Mir

ist klar, dass dies eine Reihe von Tests erfordern wird, aber es müsste möglich sein, die Ware binnen etwa fünf Monaten zu liefern. Für das Eigentliche haben Sie mehr Zeit. Zwei Jahre.«
»Es wird nicht so einfach sein, ›das Eigentliche‹ zusammenzusetzen. Sie unterschätzen die Probleme und die Risiken.«
»Würde ich Ihnen eine Blankovollmacht anbieten, wenn ich glaubte, es sei einfach? Ihr Firmenslogan lautet: ›Wenn kein anderer liefern kann, wir können es.‹ Wir wissen beide, dass es in Nordkorea und Pakistan genügend Leute gibt, die mit unserer Sache mehr als nur sympathisieren. Es wäre ihnen nur lieber, wenn ein anderer die Drecksarbeit für sie erledigt.«

Am nächsten Morgen um vier, kurz bevor Tejas aufbrechen sollte, tippte ihm Nawaaz Irfan auf die Schulter und sagte: »Ziabhai – darf ich Sie so nennen? –, Sie haben mir noch keine Zahlen genannt.«
»Die Waren, die Sie haben wollen, sind nicht im Supermarkt zu haben. Ich werde mich etwas umhören müssen.«
»Tun Sie das. Geld spielt keine Rolle. Der Liefertermin ist allerdings nicht zu verhandeln.«
Nawaaz' wechselhaftes Verhalten hatte Methode. Den ganzen vorigen Tag hatte er sämtliche Register gezogen, um sich bei Tejas einzuschmeicheln. Jetzt stellte er klar – für den Fall, dass der Lieferant die eigentliche Rollenverteilung vergessen haben sollte –, wer das Sagen hatte.
»Die Superkanone«, stellte Tejas zum Abschied die Frage, »wozu wollen Sie die eigentlich?«
»Der pakistanische Präsident war früher unser Freund. Dann hat er es sich anders überlegt. Wir dachten, wir könnten ihm mit der Superkanone eine kleine Gedächtnisstütze schicken, einmal nach Islamabad und einmal nach Karachi.«

Amanat schickte eine knappe E-Mail:

Sag mir, dass ich es falsch verstanden habe! Sag mir, dass es nicht stimmt! Sag mir, dass Du die Engel nicht mit Erlösen aus Waffenverkäufen finanzierst! Bitte melde Dich sofort!
Amanat

Der Gouverneur war gekommen und wieder abgereist. Die halbe Stadt hatte an der Einweihung des Angels' Center teilgenommen. Die Bundesregierung hatte Millionen zugesagt, und ebenso mehrere private Stiftungen. Als Finanzdirektor hatte Lucens vorgehabt, sich wie üblich im Hintergrund zu halten und das Reden den Treuhandverwaltern und Honor zu überlassen. Dann war er aber nicht einmal zur Feier gekommen. Er hätte überglücklich sein müssen. Aber mitten auf seiner Seele wuchs ein weißer Leprafleck, und er verlor rasch jede Empfindungsfähigkeit. Was sollte er tun? Die Zeit wurde knapp, und zum ersten Mal in seinem Leben fühlte sich Tejas wie ein Zombie. Er war unfähig zu denken oder zu handeln. Das war ihm noch nie passiert. In Cambridge war er gegen seine große Depression angegangen, indem er einen Gang zurückgeschaltet und zur Verleugnung seiner akademischen Laufbahn die niederste manuelle Arbeit überhaupt übernommen hatte. Jetzt ging er nicht mehr ins Büro, weigerte sich, mit seinen Kunden aus dem Rüstungsgeschäft zu verhandeln oder Anrufe entgegenzunehmen, und als Honor und die anderen aus der Geschäftsführung der Angels anfingen, ihn zu Hause aufzusuchen, ergriff er die Flucht und quartierte sich in einem Motel fünfzig Kilometer außerhalb der Stadt ein. Er legte sich ins Bett und stand nicht einmal auf, wenn die Putzfrau sein Zimmer saugte. Er wartete, wartete darauf, von seinem Elend erlöst zu werden.
Was sollte er tun? An wen sollte er sich wenden? Als er vor ein paar Jahren das gesamte Vermögen der Engel verspekuliert hatte, hatte er Roy gesagt, Katholiken würden nie Selbstmord begehen. Was wollte er jetzt also tun? Hindu oder Jude werden?
Wie einfach und brutal die Ironie des Schicksals war! Wie lange und wie angestrengt hatte er sich bemüht, in die Oberliga aufzusteigen! Jetzt hatte man ihn endlich in den Club aufgenommen, das große Geld war zum Greifen nah, und er wagte nicht, es anzurühren. Er hatte sich noch nie so hilflos und verlassen gefühlt.
Was sollte er Nawaaz Irfan sagen?
Seitdem sie sich in seinem Versteck getroffen hatten, waren Monate vergangen. Tejas konnte ihr nächstes Treffen vielleicht um eine Woche, vielleicht zehn Tage hinauszögern, aber um keinen Tag länger. All die Jahre lang hatte Tejas Selbsterforschung lediglich als ein

anderes Wort für Nabelschau betrachtet. Sie war eines der Lieblingshobbys seines älteren Bruders. Aber das Leben hatte keinen Rückwärtsgang. Bei der Vergangenheit zu verweilen führte zu nichts. Aber ob es ihm gefiel oder nicht, jetzt hatte es auch ihn erwischt: Die Vergangenheit hatte ihn eingeholt.

Was Nawaaz zitiert hatte, waren seine privaten Aufzeichnungen gewesen, für niemanden als ihn selbst bestimmt. Er machte sich ständig Notizen. Sie waren nie dazu gedacht gewesen, als Handbuch oder Leitfaden des Terrorismus verwendet zu werden. Jetzt machte man ihn für etwas verantwortlich, das er vor langer, langer Zeit, in einer anderen Existenz gesagt hatte. Er hatte sich seitdem weiterentwickelt, er hatte eine tiefe Krise durchgemacht. Man konnte sagen, dass er zum Feind übergelaufen war. Sicher, er stand noch immer auf der Seite der Gerechtigkeit. Und ja, er war weiterhin davon überzeugt, dass die Palästinenser für eine gerechte Sache kämpften; aber etwas hatte sich grundlegend geändert. Er hatte seinen Glauben gewechselt.

Doch ganz so einfach war die Sache nicht. Er war den Angels verpflichtet. Sie waren seine Sühne für die Vergangenheit. Und sie waren der einzige Grund, weswegen er ins Waffengeschäft eingestiegen war. Nawaaz Irfan hatte ihm eine Blankovollmacht im Wert von annähernd zwei Milliarden Dollar gegeben. Die Engel hätten das Geld gut gebrauchen können – und es war mehr, als James und er jemals verdient hatten.

Was immer Nawaaz jetzt tat, war Zias Werk. Tejas saß in der Klemme und sah weit und breit keinen Ausweg.

Mein lieber Zia,

als ich das letzte Mal auf mein Gewissen hörte, hast Du mir vorgeworfen, ich hätte Dir hinterrücks einen Dolchstoß versetzt. Eine wenig glückliche Redewendung, um es milde auszudrücken. Diesmal beabsichtige ich, Dich vorzuwarnen und Dich offen von vorne anzugreifen.

Ich habe Dir vor einem Monat geschrieben, aber Du hast es nicht für nötig gehalten, mir zu antworten. Soll ich Dein Schweigen so deuten, dass es stimmt? Dass Du wirklich Waffenhändler bist? Dass Du der Tatsache zum Trotz, dass Du die Inspiration und die treibende Kraft hinter den Engeln bist, in Wahrheit ein Engel des Todes bist?

Ich will ein wenig zurückgreifen. Als Du die Abtei verlassen hast, war ich bestürzt. Der Ehrwürdige Vater Augustine war vielleicht das Beste, das Dir je passiert ist. Er ist auf eine Weise »katholisch«, wie es selbst die frommsten Katholiken nicht sind. Und wie sehr er einen auch kritisieren mag, ändert es doch nie etwas an seiner grundsätzlichen Großmut und Barmherzigkeit.

Dann bist Du plötzlich – »plötzlich« für den Außenstehenden, aber wer weiß, vielleicht hast Du lange darüber gebrütet – nach Sparta gezogen und hast die Angels gegründet. Wie es oft bei Dir der Fall ist, waren Deine Motive größtenteils lobenswert. Mir fallen nur wenige Initiativen ein, die mehr Bewunderung verdienten als Zero Orphans oder die Heime für die Kinder Gottes. Ich könnte mich sogar mit der Idee des Reinheitsgelöbnisses anfreunden, wenngleich mit erheblichen Einschränkungen. Die Anzahl der Schwangerschaften bei Minderjährigen und die HIV-Infektionsrate sind wahrhaft erschreckend, und ich teile durchaus Deine Meinung, dass durch sozialen Anpassungsdruck erzwungene sexuelle Intimität eine höchst bedenkliche Sache ist. Cyber-Kultur, digitale Medien, Hollywood und dessen heuchlerischer Cousin Bollywood, ganz zu schweigen vom Schundjournalismus, dem leider auch die meisten auflagenstarken Zeitungen frönen, reden uns ein, wir müssten unaufhörlich nach sexuellen Erlebnissen und immer neuen »Kicks« streben. Es ist ein Streben, das rasch die bizarrsten Formen annimmt und bisweilen gefährliche Konsequenzen haben kann.

Dies vorausgeschickt, muss ich Dir in allen übrigen Punkten widersprechen. Abtreibung darf in meinen Augen nur der letzte Ausweg sein, aber verbiete Abtreibung und Familienplanung, und Indien dürfte dem Untergang geweiht sein – und langfristig auch die gesamte Welt. Deine Haltung Schwulen und Lesben gegenüber kann ich nur als abstoßend bezeichnen – sie ist nicht nachvollziehbar und verabscheuungswürdig. Aber was mich am Programm der Angels wirklich beängstigt, ist die Tatsache, dass es sich so leicht als Wasser auf die Mühlen des Neokonservativismus deuten lässt. Mir ist bewusst, dass Du viele Ansichten der Neokonservativen persönlich nicht teilst. Ich weiß, wie sehr Du mit den Palästinensern sympathisierst und wie scharf Du die Invasion des Irak verurteilt hast. Du hast ein Herz für die Armen und führst selbst ein äußerst bescheidenes, asketisches Leben, während die Neokonservativen gerne von »konservativem Mitgefühl« sprechen, in Wirklichkeit aber nur daran interessiert sind, immer mehr Geld zusammenzuraffen. Aber so wie die Dinge liegen, gelten die Engel als rechts von der äußersten Rechten, was auch der Grund ist, weshalb die Konservativen aus dem republikanischen wie aus dem demokratischen Lager so sehr an Eurer Unterstützung interessiert sind.

Noch mehr als das deprimiert mich am Programm der Angels aber die seelentötende Freudlosigkeit ihrer Hoffnungen und Ziele für eine bessere Zukunft. Erschöpft sich Deine Vision wirklich in Deinem Kreuzzug gegen »Roe gegen Wade« und die Homosexuellen? Was hast Du doch für engherzige und negative Ambitionen für die Menschheit! Denk an den Sohn Gottes, Zia. Es gibt keinen größeren Visionär als Christus. Was würde Er wohl von Deiner Organisation halten, und von all den guten Republikanern, die Amerika – und zu gegebener Zeit die ganze Welt – im Bild Christi neu zu erschaffen versprechen und dennoch keinen Gedanken an diejenigen verschwenden, die Seinem Herzen am nächsten standen – die Besitzlosen und die Ausgegrenzten? Meinst Du nicht, dass sie zumindest das Recht auf einen zweiten New Deal hätten? Demokratie muss zu Hause beginnen, nicht im Irak oder in Kuba. Wie wäre es, wenn man den Bürgerrechten zunächst einmal in den USA wieder Geltung verschaffen würde?

Aber selbst das ist nicht das Problem. Was nützen all Deine philanthropischen Aktivitäten, wenn Du sie damit finanzierst, dass Du mit dem Tod Geschäfte machst? Du behauptest, pro life zu sein – tatsächlich ziehst Du nur eine Spur der Verwüstung hinter dir her.

Niemand kann aus seiner Haut. Du magst Deine Religion oder den sonstigen -Ismus, dem Du früher anhingst, gewechselt haben, aber Du bleibst Deiner Natur treu. Arthur Koestler, John Dos Passos und die anderen aus der »Gott-der-keiner-war«-Brigade, ganz zu schweigen von Mussolini, waren Marxisten und KP-Mitglieder, die zu den fanatischsten Konservativen mutierten. Auch Du bist, wie sie, abtrünnig geworden und bist dabei, wie sie, Deiner Religion treu geblieben: der Religion des Extremismus.

Ich lasse Dir drei Monate Zeit, um Deine laufenden Geschäfte abzuwickeln, von Deinen Verpflichtungen zurückzutreten und aus I-triple-S auszusteigen. Wenn Du trotzdem weitermachst, werde ich mit dieser entsetzlichen Story an die Presse und ins Internet gehen. Was auch kommen mag, bist und bleibst Du mein Bruder. Ich liebe Dich. Zwinge mich nicht, es zu tun.

Amanat

Drei Tage vor seinem geplanten Treffen mit Nawaaz Irfan fand Tejas endlich den Ausweg aus dem Dickicht von Problemen, Sackgassen und innerer Lähmung, das ihn so unerbittlich festgehalten hatte wie die Nägel, durch die Jesus und die zwei Schächer an ihre Kreuze geheftet worden waren. Er hatte ganz einfach vergessen, dass die Jungfrau und Jesus für die Ihren sorgen.

Die erste Komplikation stellte ausgerechnet sein Bruder dar, Amanat. Es war eine Riesendummheit gewesen, ihn zu bitten, das Angels' Center zu entwerfen. Amanat hatte den fetten Auftrag bekommen, und zum Dank hatte er seine Nase in Dinge gesteckt, die ihn nichts angingen. Wie hatte Tejas nur vergessen können, dass Amanat Ärger bedeutete, die schlimmste Sorte Ärger überhaupt? Er hatte schon einmal an einem entscheidenden Wendepunkt in Tejas' Leben dazwischengefunkt, und jetzt schickte er sich an, dasselbe noch einmal zu tun. Hatte der Narr auch nur die leiseste Ahnung, wie viel Arbeit, Zeit, Geld und Planung schon in das Engelprojekt geflossen waren? Auf halbem Weg zum Ziel hatte das Unternehmen plötzlich am Rande des Abgrunds gestanden. Tejas mochte gar nicht an seine damaligen Panikattacken zurückdenken oder die Angst, sein geliebter Jesus könnte ihn verlassen haben, noch einmal durchleben. Er hatte alles verloren und stand kurz davor, Konkurs anzumelden. Dann war er, vollkommen unerwartet wie durch einen göttlichen Blitzstrahl aus heiterstem Himmel, gerettet worden, und die Engel waren wieder auferstanden.

Hatte Amanat eine Vorstellung davon, was der Unterhalt der Heime für die Kinder Gottes – eine Idee, die er nach eigener Aussage von Herzen guthieß – eigentlich kostete? Lucens hatte das Projekt aus Geldmangel eine Zeit ruhen lassen, aber bald die Dummheit dieses Entschlusses erkannt. Jetzt hatten sich die Engel wieder dazu

verpflichtet, neue Heime zu gründen. Hatten Amanat oder Roy vielleicht Lust, deren Finanzierung zu übernehmen? Momentan waren Lucens und seine engsten Mitarbeiter damit beschäftigt, ein Team aus den besten Juristen des Landes zusammenzustellen. Ihr Ziel: Berufung einzulegen und das abtreibungsfreundliche Urteil von 1973 in Sachen Roe gegen Wade zu kippen. War die Abtreibung erst einmal für gesetzeswidrig erklärt worden, würde mit dem Bedarf an Heimen auch der finanzielle Druck für Lucens zurückgehen, und dann würde er nicht mehr gezwungen sein, mit Waffen zu handeln. Es würde nicht leicht werden, sogar das Anwaltsteam war sich keineswegs sicher, dass es ihm gelingen würde, die Aufhebung eines höchstinstanzlichen Urteils durchzufechten. Doch Lucens war zuversichtlich. Gott stand auf der Seite der Engel. Sie würden siegen. Das heißt, sofern ihnen sein gefährlicher, sich ständig einmischender Bruder keine Knüppel zwischen die Beine warf.
Wie Amanat von Lucens' geheimem Leben erfahren hatte, war allerdings ein Rätsel. Andererseits – lag es nicht auf der Hand? Er konnte es nur von dieser Ratte Roy haben. Lucens hatte ihn von Anfang an durchschaut, ihn und sein selbstgerechtes Gehabe. Die konnten ruhig versuchen, Lucens' Werk und all die Arbeit, die er hineingesteckt hatte, zunichte zu machen – es würde ihnen nicht gelingen. Er hatte seine Spuren bei jedem Schritt Zentimeter für Zentimeter verwischt. Amanat hatte nichts als Gerüchte gegen ihn in der Hand. Vivian war in einer psychiatrischen Anstalt, und die Rushdie-Geschichte klang so weit hergeholt wie einer von Amanats oder Salman Rushdies Romanen. Mit Ausnahme von Shakta-Muni, James Cambray und einigen wenigen handverlesenen Kunden wusste niemand etwas von Lucens' Doppelleben. Sie konnten ihn natürlich verraten, aber wenn sie wussten, was für sie gut war, würden sie es schön bleiben lassen. Tejas war nicht nur ihr Waffenlieferant, er war auch der Kanal, durch den sie ihre finanziellen Abzweigungen in Nummernkonten ableiteten. Und Lucens kannte alle Kontonummern. Es war das, was man so treffend als eine symbiotische Beziehung bezeichnete. Die Losung lautete: »Mund halten!«
Amanat hatte ihm eine Frist von drei Monaten gesetzt. Zeit genug, um die Sache mit Nawaaz Irfan zu regeln. Und sich seines Bruders anzunehmen.

Die zweite Komplikation war James Cambray, der noch vor gar nicht langer Zeit mit den Kleinbeträgen, die er verdiente, froh und glücklich gewesen war, bis Tejas ihn vom ganz großen Geld hatte kosten lassen. Der Narr, der früher eine Heidenangst vor Tejas hatte und am liebsten aus dem Geschäft ausgestiegen wäre, weil er mit der neuen Marketingstrategie nicht zurechtkam, kehrte jetzt den Big Boss heraus, beobachtete ihn auf Schritt und Tritt, fragte regelmäßig bei Tejas' Kunden nach, ob sie Probleme mit ihm hätten, und saß ihm wegen jeder Lieferung im Nacken. Tejas würde James ein wenig zurückstutzen müssen. Selbst auf die Möglichkeit hin, dass gar nichts von ihm übrig blieb.
Momentan hatte allerdings das Treffen mit Nawaaz Irfan höchste Priorität. Wenn man nicht erst hinterher klüger wäre, würde niemand Fehlentscheidungen treffen oder einen falschen Zug tun. Ja, Tejas hätte seinem Instinkt folgen und Nawaaz gleich von Anfang an die kalte Schulter zeigen sollen, anstatt sich mit ihm im Green Banana Leaf zu treffen. Ja, er hätte den Blankoscheck zerreißen und nein danke sagen sollen. Er konnte sich noch immer entschuldigen und die Verabredung mit Nawaaz platzen lassen. Da gab es nur einen kleinen Haken. Wie Tejas Roy zu erklären versucht hatte, war er nicht der einzige Waffenhändler auf der Welt. Wenn er nein sagte, würde sich der Afghane an einen anderen wenden und eben von ihm bekommen, was er haben wollte. Das Mindeste, was Tejas tun konnte, war zu versuchen, Nawaaz davon abzuhalten, den Geboten eines irregeleiteten und verblendeten Lehrers zu folgen – eines Mannes, der zudem schon lange tot war: Zia Khan.
Unbegreiflich war ihm allerdings, warum er durchgedreht und derart in Panik geraten war, dass er mehr als drei Monate verloren hatte. Es war sonst nicht seine Art überzureagieren. Er hatte eine seiner eigenen Regeln missachtet. Die meisten Menschen begehen den Fehler, sich für Superman zu halten und zu meinen, sie könnten ihre Probleme vollkommen aus eigener Kraft lösen – besonders die von der widerspenstigen Sorte. In Wirklichkeit braucht man nichts anderes zu tun, als Jesus die Sache zu überlassen. Sobald man das tut, sind alle Sorgen verflogen. Von dem Augenblick an ist es sein Problem, und man selbst kann die Füße hochlegen oder sich mit anderen Dingen beschäftigen. Tejas hatte es endlich geschafft, sich

zur Vernunft zu bringen. Er hatte die letzten drei Tage lang gebetet, gefastet und sich kasteit, und es hatte sich ausgezahlt.

Jetzt hatte er eine klare Strategie. Erstens: nicht den Kopf verlieren. Er musste seine Reaktionen kalibrieren, so dass er niemals Gefahr laufen würde, aggressiv zu werden oder sich in irgendeiner Weise zu verraten. Oder die Hoffnung aufzugeben.

Zweitens: die Sache mit Nawaaz Irfan möglichst geschickt angehen. Der afghanische Geist war ländlich-archaisch. Irfan und seine Leute mochten mit Versatzstücken der modernen Welt zusammenleben – Autos, Flughäfen, sogar Computern und Handys –, aber ihre Psyche war fest in der nomadischen Herkunft verwurzelt. Ihre Loyalität galt keiner Region, Klasse, Sekte oder gar der Nation, sondern ihrem Stamm. Er war die Grundgegebenheit ihres Lebens. Ihre Traditionen, Rituale, Hierarchien und Beziehungen, die ganze Weltanschauung, alles hatte sich aus dem Stamm heraus entwickelt und existierte nur in dessen Grenzen. Sie trugen das Herz auf der Zunge. Ihre Palette kannte keinerlei Grautöne, nur Schwarz und Weiß. Alles war in breiten, kühnen Pinselstrichen gezeichnet. Alles reduzierte sich auf Emotionen und wurde in überspannte Dramatik konvertiert: Liebe, Feindschaft, Zuneigung, Zorn, Rachsucht, Freundschaft. Das war die nomadische Konvention: Man reagierte grundsätzlich übertrieben. Aber das bedeutete keineswegs, dass alles nur Schau, Melodram und Schmierentheater gewesen wäre. Das afghanische Herz war groß und freigebig – solange man als Freund angesehen wurde. Wenn Tejas es schaffte, gleich zu Beginn den richtigen Ton anzuschlagen, etwas zu tun oder zu sagen, das sofort eine enge Beziehung herstellte, wäre die Sache gelaufen.

Drittens, und das war vielleicht der wichtigste Faktor, den er sich vergegenwärtigen musste: Nawaaz Irfan war sein wertvollster Verbündeter, und einzig und allein er würde das Spiel für ihn gewinnen. Nawaaz verehrte ihn als seinen Helden, das hatte er selbst gesagt, und das mehr als einmal. Tejas musste lediglich aus diesem Vorrat an positiven Gefühlen schöpfen, und er würde das Ziel erreichen. Das ungeschriebene afghanische Gesetzbuch kannte nur ein einziges Verbrechen: Es ist fraglich, ob selbst Gott, der gute Allah in Person, einen retten konnte, wenn man einen Afghanen dazu brachte, sein Gesicht zu verlieren.

Die Idee, Nawaaz Irfan durch Geschenke freundlich zu stimmen, war ein Glückstreffer gewesen, oder vielleicht auch ein Geniestreich. Tejas hatte hundert Packungen von den Monaco Crackern, die Nawaaz so liebte, per Kurier von Indien ins Londoner Carlton Hotel schaffen lassen.

»Sie haben es nicht vergessen!« Der Afghane war ganz aus dem Häuschen und improvisierte einen Freudentanz auf dem Teppich, als wäre er gerade zum Sieger in einem *buzkashi*-Turnier erklärt worden. Heute sah er verändert aus. Er war glatt rasiert und trug einen dreiteiligen Anzug.

Als der Kellner den Tee einschenkte, bekam Nawaaz fast einen Tobsuchtsanfall.

»Ich will Tee, keine Pferdepisse!«

Der Kellner machte ein alarmiertes Gesicht. »Aber das ist Pferdepisse!«, sagte er leicht empört. »Ich meine, es ist Tee«, verbesserte er sich verlegen.

Nawaaz drückte ihm einen Zwanzig-Pfund-Schein in die Hand. »Jetzt laufen Sie um Ihr Leben und bitten einen Ihrer Kollegen aus Indien oder Bangladesch, einen richtigen indischen *chai* aufzukochen, stark und so dick wie eine Suppe!«

Ein paar Minuten nachdem die Teezeremonie erledigt war, holte Tejas ein kleines Paket aus seiner Jacketttasche.

»Ja, kommen wir jetzt zum Geschäft«, sagte Nawaaz.

»Warum machen Sie es nicht auf?«

Nawaaz riss das teure weiße Einschlagpapier auf. Darinnen befand sich die Miniaturnachbildung einer nepalesischen *kukri* in einer Lederscheide. Er zog die fünfzehn Zentimeter lange Klinge des Messers heraus, das – für Jäger wie für Kämpfer ein gleichermaßen unentbehrliches Utensil – entfernt an das amerikanische Bowie Knife erinnerte.

»Wie kommt es, dass da immer noch Blut dran ist?« Nawaaz schüttelte die Kukri wie ein Thermometer, aber der Blutstropfen rührte sich nicht von der Stelle. Die extreme Schlichtheit des Designs mit dem an der Spitze platzierten Rubin schien Nawaaz zu faszinieren. »Verdammt, ich dachte wirklich ... Was ist das?« Er hatte die Inschrift auf dem Miniaturgriff entdeckt. »›Tod deinen Feinden. Vom König von Nepal an den König von Afghanistan, Seine Königliche Hoheit Ahmed Shah Abdali.‹«

Der junge Warlord prüfte mit dem Zeigefinger die Schärfe der Klinge. Erst quoll ein roter Tropfen wie ein zweiter Rubin hervor, und dann floss das Blut unaufhörlich weiter.

»Ich dachte, das wäre ein Spielzeugmesser.«

»Ich bin froh, dass Sie es nicht an Ihrer Kehle ausprobiert haben. Es ist ein Spielzeugmesser, aber die Klinge macht Ernst«, erwiderte Tejas, während er ihm sein Taschentuch um den Finger wickelte. Aus welchem Grund auch immer, der Afghane fand Tejas' Bemerkung ungeheuer witzig.

»Woher wussten Sie, dass ich Messer sammle?«

»Sie sind nicht der Einzige, der über ein gut funktionierendes Spionagenetz verfügt.«

»Wie viel?«, fragte Nawaaz, als das Blut endlich geronnen war.

»Wie viel was?«

»Wie viel wollen Sie dafür haben?«

»Wie viel sind Sie bereit zu zahlen?«

»Jeden unvernünftigen Preis.«

»Das Wort eines wahren Kenners.«

»Sie haben meine Frage nicht beantwortet.«

»Es ist ein Geschenk.«

»Versuchen Sie, mich zu bestechen?«

»Es gibt nur ein Bestechungsgeld,
Mein lieber Freund.
Sein Name ist Allah.
Da du bereits
Reich an Ihm bist,
Was könnt ich dir schon bieten
Außer leere Taschen
Und dieses Ding da ohne jeden Wert,
Das ›mein Leben‹ heißt?
Nimm beides,

Und die Sache ist erledigt!
Bettler schachern
Mit der Scheidemünze Zeit.
Freundschaft kennt nur zweierlei:
Ewigkeit
Und die Gnade Allahs.«
Nawaaz hatte eine prompte Erwiderung parat:
»Allah ist ein Dieb,
Der größte, den es gibt.
Alles hat Er mir gestohlen:
Heim und Herd,
Wohlstand und Willenskraft.
Entwendet hat er mir
Frau und Vater,
Kinder und Mutter,
Seelenfrieden
Und Konkubine.
Alles, was mein war,
Hat er mir genommen.
Jetzt hat er die Frechheit
Mir zu sagen:
Ich bin gekommen,
Meinen Zehnt einzutreiben.
Bettlern in Buchara,
Fügt er frech hinzu,
Klimpert mehr Kleingeld
In der Tasche
Als dir Hungerleider.
Was bleibt mir andres übrig,
Du besitzloser Narr,
Als dich in Beschlag zu nehmen?«

Jetzt waren sie in Fahrt, die Verspaare flogen hin und her und wuchsen wie ein Stapel afghanischer Fladenbrote beim Hochzeitsessen. Tejas war verblüfft festzustellen, wie ihm alles wieder einfiel. Es stimmte also wirklich: Persische und Urdu-Lyrik waren wie Radfahren oder Schwimmen. Einmal gelernt, vergaß man sie nie wieder. Für Tejas war es Grenzland. Er war Abbajans Sohn, das Nüchterne und klassisch Klare waren sein Erbteil. Er würgte förmlich an der Banalität und Übertriebenheit des Urdu-*sher*, an seiner thematischen Beschränktheit, seiner Vorliebe fürs zuckrig Schwülstige und Überladene, seinen immer wiederkehrenden kitschigen Bildern und Motiven. Und dennoch gab es Zeiten, da ihm die Kühnheit, die Hingabe und die ungehemmte Emotionalität der mystischen Dichtung schier den Atem verschlug. Sie berührte ihn wie kaum etwas anderes und erfüllte ihn mit Demut. In solchen Augenblicken wusste er, dass er im Angesicht eines allumfassenden Gottes stand.

Als sie fertig waren, stach sich Irfan mit dem nepalesischen Messer noch einmal in die verklebte Wunde und hielt Tejas, sobald das Blut hervorquoll, den Finger hin.

»Trink«, sagte er.

Tejas würde sich hüten, Nawaaz' Aufforderung zu missachten. Der Geruch von rohem Blut war ihm zuwider, aber noch widerlicher war ihm der Geschmack. Auch das wird vorübergehen, sagte er sich und schluckte Nawaaz' Blut. Den melodramatischen Akt nicht zu erwidern, hätte ihn zum unerbittlichen Feind fürs Leben gemacht. Er nahm das Messer und stach sich damit in den Zeigefinger. Nawaaz sog heftig daran und hielt Tejas dann lange in den Armen.

»Jetzt sind wir Blutsbrüder. Kein Mann und keine Frau kann jemals zwischen uns treten. Einzig der Tod wird uns scheiden.«

Der leichtere Teil, das archaische Stammesritual, war überstanden. Jetzt wappnete sich Tejas für den beschwerlichen Aufstieg mit unbekanntem Ziel.

»Ich werde jetzt des Teufels Advokat spielen. Ich verwende bewusst das Wort ›spielen‹. Meine Rolle wird darin bestehen, zu hinterfragen, zu stochern und zu bohren. Und deine, alles, woran du mit ganzem Herzen glaubst, mit kühlem Kopf zu überdenken und zu überprüfen. Ich will mit einer ketzerischen Behauptung beginnen: Eines der Kennzeichen eines wahren Führers ist, dass er den Mut hat, einmal gefasste Entscheidungen umzustoßen. Ob du den Rückzug antrittst oder beschließt weiterzumarschieren – in beiden Fällen bist du der Sieger. Was wir jetzt tun wollen, ist sicherzustellen, dass du das Richtige tust. Willst du mir vertrauensvoll zuhören?«

»Bei deinem Blut, ja!«

»Vor ein paar Jahren stellte der Wirtschaftswissenschaftler und Nobelpreisträger Amartya Sen die These auf, dass Indien Pakistan seit Jahren, vielleicht sogar schon seit Bestehen der zwei unabhängigen Staaten, militärisch überlegen war. Es besitze doppelt so viele Soldaten, und seine Streitkräfte seien in jeder Hinsicht besser ausgerüstet. Als Indien, unmittelbar von Pakistan gefolgt, zur Atommacht wurde, so behauptet Sen, opferte es ein für alle Mal seine Überlegenheit, und von da an würden die zwei Staaten militärisch immer auf gleicher Stufe stehen.«

»Worauf willst du hinaus?« Irfan verlor schon die Lust zuzuhören.

»Hab Geduld.« Tejas ging nicht auf die Unterbrechung ein. »Natürlich wirst du durch den Kauf von Nuklearwaffen nicht automatisch in die gleiche Situation geraten. Dennoch werden bestimmte entscheidende Parallelen bestehen. Momentan ist Afghanistan der Underdog. Gewiss keine beneidenswerte Situation, aber dafür gehören euch die Sympathien der internationalen Staatengemeinschaft. Wofür ihr euch zugegebenermaßen im Augenblick nicht viel kaufen könnt – aber zu verachten sind sie dennoch nicht. Zündet in den Vereinigten Staaten eine Nuklearwaffe, auch wenn es nur eine klitzekleine ›schmutzige‹ Bombe ist, und ihr seid mit einem Mal die Schurken. Binnen weniger Stunden werden die Amerikaner einen Vergeltungsschlag führen und ein Dutzend, vielleicht sogar noch viel mehr Atombomben auf euch abwerfen und ihre Aktion damit rechtfertigen, dass ein durch nichts provozierter Angriff auf ihr Land stattgefunden habe.«

»Und, was macht das schon aus?«, fragte Nawaaz. »Als ob der islamische Underdog das Geringste hätte, worauf er hoffen könnte oder wofür es sich zu leben lohnte! Die Palästinenser werden als Untermenschen betrachtet. Die große Mehrzahl von ihnen ist arbeitslos. Die meisten ihrer Kinder – ich glaube nicht, dass dir das bekannt ist – sind ebenso unterernährt wie die Kinder in den ärmsten Teilen Afrikas. Ihre Wasserversorgung wird von den Israelis kontrolliert. Oft haben sie kein Trinkwasser.«

»Ich kenne die Tragödie auswendig, Nawaaz. Sie haben keinen Zugang zu ihren Feldern. Die Israelis belegen sie ganz nach Lust und Laune, und das bedeutet manchmal zwei- bis dreimal täglich, mit Bomben und Raketen.«

»Warum unternimmst du dann nichts dagegen? Die israelischen Hurensöhne und ihre amerikanischen Speichellecker reiten gerne auf dem Mythos herum, wir würden deshalb zu Selbstmordattentätern, weil der Islam seinen Märtyrern die sofortige Versetzung ins Paradies und in die Arme der Huris verspricht. Wenn das wirklich der Fall wäre, würden wir schon morgen alle Massenmartyrium verüben! Die Wahrheit aber ist, dass kein vernünftiger Mensch jemals auf die Idee käme, Selbstmord zu begehen. Unsere Kinder, Männer und Frauen entschließen sich deswegen dazu, weil sie nichts haben, wofür es sich zu leben lohnte! Und das haben wir den Israelis zu verdanken!«
Tejas wusste, dass der Zorn echt war, und ebenso das Gefühl der Ohnmacht, aber wenn er ihn jetzt nicht unterbrach, würde es unmöglich sein, ein vernünftiges Gespräch zu führen.
»Alles, was du sagst, ist wahr, aber darum geht es nicht.«
»Und worum zum Teufel geht es?«, schrie Nawaaz. Er war aufgesprungen und stand, die Hände in die Hüften gestemmt, breitbeinig da. Sein Gesicht war scharlachrot, und seine Augen hatten einen weggetretenen, glasigen Blick. Er empfing seine Anweisungen von irgendeiner Lichtjahre entfernten intergalaktischen Quelle. Ein falsches Wort, eine falsche Bewegung, und er wäre implodiert.
»Ich bin nicht der Feind, Nawaaz«, sagte Tejas leise.
Das Gesicht des Afghanen umwölkte sich. »Warum setzt du mir dann so zu?«
»Ich spiele des Teufels Advokat, schon vergessen?«
Ein Lächeln breitete sich über Nawaaz' Gesicht aus. »Und das machst du verdammt gut. Die Amerikaner sollten dich als ihren PR-Agenten einstellen.«
Tejas durchbohrte Nawaaz Irfan mit einem eisigen Blick.
»Entschuldige, das war nicht beleidigend gemeint. Rede weiter.«
»Sie werden nicht Palästina zerbomben, sondern Afghanistan. Und es wird nichts von seinen wunderbaren Menschen und deren Kultur übrig bleiben.«
»So ist es. Aber wenn ich dich zitieren dürfte: ›Die Kinder Allahs sind allesamt eineiige Zwillinge und haben ein einziges gemeinsames Nervensystem. Stich einem Iraner die Augen aus‹, hast du gesagt, ›und ich werde blind. Beraube einen Kaschmiren seiner Ar-

beit, und ich hungere. Zerbombe die Häuser der Palästinenser, und ich werde obdachlos.‹« Nawaaz' Stimme war frei von jeglicher Emotion, wodurch sie nur umso bedrohlicher klang. »Es ist mir gleich, ob sie jeden Einzelnen von uns töten, solange ich wenigstens ein Mal, nur ein Mal, die amerikanischen und die israelischen Hunde schmecken lassen kann, was es bedeutet, getreten, ausgehungert und erniedrigt zu werden, wenn man schon hilflos am Boden liegt.«
»Gut gesprochen – auch wenn es meine Worte sind.«
Der Afghane lächelte, und Tejas atmete innerlich auf. Wenn man seit Jahrzehnten mit dem Rücken an der Wand steht, das wusste Tejas nur zu gut, dann bleibt einem nichts als ohnmächtige Wut, und die kann alles, was sich in Reichweite befindet, in Glut und Asche verwandeln.
»Es ist an der Zeit, dass sich jemand der Amerikaner annimmt. Das bestreite ich gar nicht. Sie sind mehr als reif. Ihre Arroganz und Hybris haben unerträgliche Ausmaße erreicht. Sie tolerieren die Schwulen und die Abtreibung. Ihre Dekadenz kennt keine Grenzen. Sie behandeln die Erde, als wäre sie ihr privates Rohstofflager. Aber sehen wir uns doch einmal näher liegende Probleme an. Erinnerst du dich an das Sprichwort: ›Arzt, hilf dir selber‹?« Tejas wechselte plötzlich den Gang und schaltete vom Du auf das einschließende Wir.
»Sollten wir nicht zuerst versuchen, Afghanistan zu helfen, bevor wir uns um den Rest der Welt kümmern? Du willst eine astronomische Summe in Nuklearwaffen investieren. Kannst du dir vorstellen, was man mit so viel Geld für das afghanische Volk tun könnte?«
»Du kannst zehn, zwanzig, dreißig Milliarden in dieses Land hineinpumpen, und es wird nichts dabei herauskommen.«
»Woran liegt das?«
»Das weißt du verdammt genau! Jede einzelne verfluchte westliche Nation, ganz zu schweigen von Russland, China, Indien und Gott allein weiß, wer sonst noch alles, ist scharf auf diese Erdölpipeline und spielt einen Stamm gegen den anderen aus.«
»Richtig. Und auch wieder nicht. Ja, sie wollen das Erdöl. Aber man kann sie zwingen, für den Transport einen gesalzenen Preis zu zahlen. Was hat es für einen Zweck, diese Pipeline zu bauen, wenn man keine Garantie dafür hat, dass sie von Sabotageakten und den Aus-

wirkungen ständiger Kampfhandlungen verschont bleiben wird? Die Voraussetzung dafür, dass diese Pipeline funktioniert, ist Frieden. Vielleicht ist das der Grund, warum die meisten Stämme und Gruppen in Afghanistan sie nicht wollen.«

»Das ist nicht der Grund«, sagte Nawaaz Irfan zähneknirschend, »und das weißt du auch. Die sind alle ausschließlich damit beschäftigt, Drogen zu schmuggeln, Geld zusammenzuraffen und sich die Köpfe einzuschlagen. Und sich gegenseitig in den Rücken zu fallen. Ihr Motto lautet: ›Jeder für sich, und zum Teufel mit dem Land!‹ Wir sind nicht mehr imstande, uns zusammenzusetzen, ohne uns sofort gegenseitig an die Kehle zu gehen.«

»Wäre es dann nicht möglich, dass genau das die Aufgabe ist, die Allah dir zugedacht hatte?«

»Welche Aufgabe?«

»Die verfeindeten Stämme zu einen und dem Land wirklich Frieden zu bringen.«

»Klar«, sagte Nawaaz verächtlich. »Das hat bisher noch niemand geschafft. Du machst Witze, stimmt's?«

»Es ist mein absoluter Ernst. Kein anderer afghanischer Führer hat deine Energie, deine Willenskraft und dein Charisma. Als du den Stamm übernommen hast, haben dir die anderen afghanischen Führer höchstens sechs Monate gegeben. Jetzt schauen sie zu dir auf, du bist ihr Vorbild und Vordenker, du bist der Mann mit einer Vision! Natürlich ist das ein illusorisches Ziel, gar keine Frage. Aber das war Irland früher auch. Bis ein paar Leute es realisiert haben.«

»Ich weiß nicht, wovon du redest. Seit du heute hier angekommen bist, hast du nichts anderes getan, als Haken vor mir zu schlagen. Erst erzählst du mir, du würdest des Teufels Advokat spielen, dann deutest du an, ich sollte die Idee mit den Bomben fallen lassen. Jetzt soll ich auf einmal der Retter Afghanistans werden. Treibst du Psychospielchen mit mir, Zia Khan?« Nawaaz kam Zia bedrohlich nahe. »Denn falls ja, kannst du dich auf etwas gefasst machen, und dann kann dir nicht einmal Allah mehr helfen. Du weißt nicht, was afghanische Vergeltung ist.« Die Hände des jungen Stammesführers hatten sich um Zias Kehle geschlossen.

»Ich weiß jetzt mehr als das: was afghanische Dummheit ist. Nimm die Hände weg, Nawaaz.« Tejas' Stimme war von einer tödlichen

Kälte. Aber was Nawaaz zurückweichen ließ, war der Ausdruck in seinen Augen. Es war nicht nur Verachtung, es war so, als hätte Tejas den Mann abgeschrieben.

»Du hast deine schmutzigen Bomben in spätestens zwei Monaten. Und den Rest danach wie vereinbart. Halte das Geld bereit.« Er stand schon an der Tür. »Ich dachte, keiner meiner Schüler hätte deine Intelligenz. Oder deine Fähigkeit, die Situation zu erfassen.« Er schwieg kurz. »Ich habe mich geirrt.«

Lucens hatte seine Arbeit mehr als drei Monate lang vernachlässigt, und jetzt hatte sich so viel angehäuft, dass es gereicht hätte, um ihn ein weiteres Jahr lang vor Angst zu lähmen. Aber die Zeit des Zauderns und Hinausschiebens war vorbei. Er setzte sich mit Honor, Zac, dem ehemaligen Finanzdirektor des Glades, und den anderen aus dem Führungsstab der Angels zusammen, hörte sich deren Klagen und Gejammer an und erkannte, dass sich ihre Aufgabenbereiche vielfach erheblich überschnitten, was reichlich Gelegenheit zu Missverständnissen und Schuldzuweisungen bot, während niemand die Verantwortung für irgendetwas übernehmen wollte. Der Besuch des Gouverneurs hatte innerhalb der Organisation obendrein mehr Schaden angerichtet, als er genutzt hatte. Ein Smog der Selbstzufriedenheit hatte sich über das Office gelegt. Jeder benahm sich so, als wäre das Urteil in Sachen Roe gegen Wade bereits aufgehoben und der Kampf gegen die Schwulen gewonnen. Lucens räumte mit dem Unfug und dem Durcheinander im Handumdrehen auf.

»Wir könnten natürlich ein Komitee einsetzen, das die verschiedenen Aktivitäten koordiniert, und dann ein zweites Komitee, das die Arbeit des ersten Komitees überwacht, was den Erfolg hätte, dass spätestens dann keiner von uns mehr mit dem anderen redet. Aber wir sind nicht die Regierung, und wir mögen zwar in unterschiedlichen Ressorts arbeiten, aber diese Ressorts schließen sich nicht gegenseitig aus. Absolut alles, was sich unter dem Oberbegriff ›pro

life‹ subsumieren lässt, fällt in die Verantwortung Honors und ihrer Gruppe. Zac und seine Leute wiederum werden für die Ausarbeitung von Strategien und Gesetzesinitiativen gegen gleichgeschlechtliche Ehen und letztlich gegen die Seuche der Homosexualität als solche verantwortlich sein. Jeden Montagmorgen werden wir uns zusammensetzen, um die Aktivitäten der vorangegangenen Woche zu bewerten und diejenigen der kommenden Woche festzulegen. Wenn irgendetwas übersehen worden ist oder wenn sich eine neue Entwicklung abzeichnet, greifen Sie nicht zum Hörer und schreiben Sie keine Memos. Gehen Sie rüber ins Büro Ihres Kollegen und reden Sie über die Sache. Und wenn Sie eine kleine, große oder brillante Idee haben, wie sich unsere Performance verbessern ließe – selbst wenn sie sich nicht auf Ihren eigentlichen Aufgabenbereich bezieht –, immer raus damit! Das wird den Engeln nur zugute kommen. Und jetzt habe ich, mit Ihrer Erlaubnis, etwas weit Wichtigeres zu tun, nämlich als Ehrengast am Meeting des Treuhänderausschusses teilzunehmen. Ich muss lächeln, scharwenzeln und den Treuhändern fest auf den Rücken klopfen, damit sie mehr Geld ausspucken. Das wär's fürs Erste.«
Lucens packte seine Unterlagen in seinen Aktenkoffer und redete dann weiter. »Wie es scheint, haben Sie alle eine wichtige Tatsache vergessen: Ich bin hier eine reine Galionsfigur – Sie nicht. Wenn ich momentan nicht greifbar oder längerfristig verschollen sein sollte: Sie kennen Ihre jeweiligen Aufgaben und Ziele. Denken Sie nach, beraten Sie sich untereinander – aber nicht ewig –, und treffen Sie dann kluge Entscheidungen. Gelegentlich wird etwas schief laufen. Das ist jedoch nicht weiter tragisch, denn mit der Hilfe Jesu und der Heiligen Jungfrau werden wir es schon wieder ausbügeln.«

Tejas hatte eigentlich erwartet, dass er in seinem Zweitjob am meisten nachzuholen haben würde. Aber wie sich herausstellte, hatte er bei I-triple-S so gut wie nichts aufzuarbeiten. James war offenbar in sein Territorium eingedrungen und hatte die Zügel in die Hand genommen. Es stimmte zwar, dass Tejas für drei Monate ausgefallen war, aber James hatte weitaus länger nichts geleistet, und dennoch war Tejas nachsichtig gewesen und hatte ihn nicht gefeuert. Anfangs hatte es ihn geärgert, aber nicht lange. Das war es nicht wert, einen Streit vom Zaun zu brechen. Außerdem standen James ein paar Launen und Privilegien zu. Schließlich war er der Ältere und der Firmengründer. Tejas würde wieder bei null anfangen und sich einen neuen Kundenstamm aufbauen. Er würde wie ein Verrückter arbeiten müssen. Er würde das ganze Geschäft neu aufziehen und außerdem die zwei Milliarden, die er in den Wind geschossen hatte, irgendwie ersetzen müssen. Er bedauerte nichts. Er wusste, dass er gut war und dass er den Verlust an Zeit und Geld würde ersetzen können.

Er erinnerte sich an den Tag in London, als er Nawaaz Irfans Zimmer im Carlton verlassen hatte. Es war ein Vabanque-Spiel gewesen. Er war ein ungeheures Risiko eingegangen, und das hatte er durchaus gewusst. Aber er konnte nicht anders. Es war sein Auftritt, und er musste etwas daraus machen. Er hatte gemerkt, dass er nicht von der Stelle kam, und da hatte er es darauf ankommen lassen. Die Tür war ins Schloss gefallen, und er war schweren Herzens zum Fahrstuhl gegangen. Hatte er sich wirklich eingebildet, er hätte auch nur die geringste Chance?

Er war gerade dabei gewesen, das Hotel verlassen, als er Nawaaz am Eingang stehen sah; er musste vom Balkon gesprungen oder die Treppe hinuntergestürzt sein. Tejas glaubte anfangs, Nawaaz sei völlig außer Atem und könne deswegen nicht reden, aber das war nicht der Fall. Die Afghanen hatten, wie auch die meisten Inder, Probleme mit bestimmten Wörtern.

»Tut mir leid«, würgte sich Nawaaz die Entschuldigung ab und war dann sichtlich erleichtert, sie losgeworden zu sein. »War das wirklich dein Ernst, was du gesagt hast?«

»Ich habe alles Mögliche gesagt.«

»Dass ich eine Vision habe und dass ich mein Volk einen könnte.«

»Was würde es mir einbringen, dich anzulügen? Vergiss nicht, dass ich dadurch um zwei Milliarden Dollar ärmer werde. Aber ja, wenn überhaupt jemand eine Chance hat, es zu erreichen, dann würde ich auf dich setzen.«

Inzwischen war es dunkel geworden und es regnete. Nawaaz und Tejas schlenderten zu einem pakistanischen Imbiss und ließen sich zwei Biriyanis mit extra Pickles und Chili einpacken. Wieder in seinem Zimmer, breitete Nawaaz ein Handtuch auf dem Teppich aus und richtete darauf das Essen an. Sie setzten sich mit gekreuzten Beinen auf den Boden und aßen vom selben Teller.

»Ich werde dir eine Geschichte erzählen, Nawaaz, eine Geschichte, die ich noch niemandem erzählt habe.« Tejas hatte einen Job zu erledigen und zog jetzt sämtliche Register. »Während meines letzten Schuljahres wurde ich Vater. Ich weiß nicht, ob es ein Junge oder ein Mädchen war, denn ich habe das Kind nie zu Gesicht bekommen. Ich habe keine Ahnung, was die Mutter mit ihm gemacht hat, denn ich habe sie nie wiedergesehen. Ein paar Jahre später habe ich ein Keuschheitsgelübde abgelegt, also werde ich keine Kinder mehr zeugen. Ich habe einen Bruder, der verheiratet war, aber er hat ebenfalls keine Kinder.

Während der letzten paar Monate habe ich angefangen, dich als meinen verlorenen Sohn zu betrachten. Du bist älter als er, aber das ist unerheblich. Ich schaue dich an, und ich sehe mich als jungen Mann – auch wenn ich selbst damals nicht so geflucht habe wie du. Ich war von jeher davon überzeugt, dass nichts im Universum zufällig geschieht, dass wir alle Teil von Gottes großem Plan sind. Es mag wie ein Zufall erscheinen, dass wir uns begegnet sind, aber ich bin sicher, dass ein tieferer Sinn dahintersteckt.

Ich habe Statistik studiert, und meine Wissenschaft sagt mir, dass die Chancen dafür, dass wir uns begegnen würden, weniger als null betrugen. Ich habe mein Bestes getan, um dir nicht zu begegnen, aber so stand es nun einmal geschrieben, und ich konnte es nicht verhindern. Stell dir meine Verblüffung vor, als ich dich aus meinen seit so vielen Jahren verschollenen Tagebüchern zitieren hörte! Manche Bande lassen sich nicht zerreißen – wie sehr man sich auch bemühen mag und wie widrig die äußeren Umstände auch sein mögen. Ich kann dir nur so viel sagen, dass ich, wenn du die große Aufgabe in Angriff nimmst, dein Land zu einen, dich mit allen mir zur Verfügung stehenden Mitteln unterstützen werde.«

»Und wenn ich es nicht tue?«

»Dann liefere ich die Ware und kassiere mein Geld. Und du wirst nie wieder etwas von mir hören.«

Nawaaz schüttelte fortwährend den Kopf, als könnte er einfach nicht begreifen, was geschah. »Ich wünschte, wir wären uns nie begegnet. Ich weiß nicht, ob das der schlimmste oder der wichtigste

Tag in meinem Leben ist. Ich habe schon immer gewusst, was ich wollte. Ich bin nie unsicher oder in Zweifel gewesen, nicht einmal, als ich Mirza Rustums hundsföttischen Sohn tötete. Ich weiß nichts vom Großen Plan. Ich kann nur so viel sagen, dass du in mein Leben getreten bist und es seitdem mit meiner Gewissheit und meinem Selbstvertrauen vorbei ist.«

»Ich würde das für ein gutes Zeichen halten. Es ist schwierig, einen so einschneidenden Schritt zu erwägen, ohne bis in seine Grundfesten erschüttert zu sein. Es wird dich vollkommen aufwühlen, und du wirst dich wie zerschlagen fühlen. Glücklicherweise musst du dich nicht heute entscheiden. Du hast fast zwei Monate Zeit, dir die Sache gründlich zu überlegen.«

»Was ist mit der Ware, die ich bestellt habe?«

»Die sollte deine geringste Sorge sein. Sie wird da sein.«

Als Tejas ging, schüttelte Nawaaz Irfan noch immer den Kopf.

»Ich weiß nicht. Ich weiß überhaupt nichts mehr.«

Tejas erinnerte sich nur lückenhaft, was während der Nacht des *Shivaratri*-Festes passiert war. War es vorigen Abend gewesen oder am Abend davor, als Shakta-Muni ihn eingeladen hatte, an den Feierlichkeiten teilzunehmen? Tejas konnte sich nicht erinnern, und es gelang ihm auch nicht, die Ereignisse in die richtige Reihenfolge zu bringen. Er war sicher, dass er halluziniert hatte.

»Wo sind Sie gewesen, Tejas?«, hatte Shakta-Muni ihm zugerufen, als er in jener Nacht in den Garten des Aschrams hinausgekommen war. »Deirdre und ich suchen Sie schon überall. Heute ist Shivaratri. Der große Shiva wurde Schlag Mitternacht geboren. Jemand soll unserem Freund hier *thandai* geben.« Unter den Aschrambewohnern und Gästen war die große Zärtlichkeit ausgebrochen: alles umarmte sich, drückte und herzte sich.

»Wir bekommen Sie nie zu Gesicht, Tejas. Selbst, wenn Sie bei uns im Park sind, hocken Sie die ganze Zeit mit James zusammen und kommen nie zu mir rauf.« Deirdres Augen waren unnatürlich blank und angeregt. Das Porzellangesicht war unverändert, nur dass die Haut straffer als früher wirkte. Deirdre hatte von jeher etwas Gewolltes – wenn man unfreundlich sein mochte: etwas Künstliches – an sich gehabt. Wodurch es praktisch unmöglich war zu sagen, wie viele Gesichts-Liftings sie schon hinter sich haben mochte. Tejas traute diesem plötzlichen Ausbruch von Zuneigung nicht, aber er wirkte durchaus echt, auch wenn er höchstwahrscheinlich durch Drogen ausgelöst worden war. Ihre Lippen strichen über seine Wange, und dann berührte sie sein Gesicht.

»So ein gut aussehender Junge, und so perfekt in Form!«

»Junge wohl kaum, Mrs. Cambray. Ich bin so alt wie Ihr Sohn.«

Sie hörte ihm gar nicht zu. »Sie wären ein guter Balletttänzer geworden, und wir hätten ›Giselle‹ oder den ›Schwanensee‹ zusammen tanzen können.«

James begrüßte ihn sogar noch überschwänglicher.

»Tejas, meine bessere geschäftliche Hälfte, ich dachte schon, Sie wären endgültig untergetaucht! Wie sieht die Auftragslage für dieses Quartal aus? Aber das ist wohl die falsche Frage. Shakta-Muni hat mir eingeschärft: kein Wort über die Arbeit heute! Haben Sie schon etwas von Roy aus New York gehört? Bereit für eine richtig wild-wüste Nacht?«

Bevor Tejas etwas erwidern konnte, plauderte James schon auf jemand anderen ein. Heute Abend schien niemand an Antworten interessiert zu sein.

Eine Frau schenkte ihm ein Glas eiskalte gezuckerte und mit *bhang* versetzte Milch ein.

»Nein, danke. Ich passe.«

Shakta-Muni lachte. »Ganz Indien trinkt an Shivas Geburtstag Thandai, Tejas. Eine alte Tradition, das ist alles. Wir verlangen von Ihnen nicht, dass Sie Ihre Religion aufgeben oder Ihren Herrn verleugnen.«

Tejas zögerte. Er fühlte sich bloßgestellt. Warum sprach der Muni seine Gedanken vor allen anderen aus?

»Vergessen Sie das. Ich hatte mir einfach gewünscht, dass Sie einmal ein wenig aus sich herausgehen. Aber es ist schon in Ordnung. Ich würde wissentlich nie etwas tun, was Sie aus dem seelischen Gleichgewicht bringen könnte.«

Das stimmte. Der Muni versuchte nie, einem etwas aufzuzwingen. Tejas leerte das Glas und trank gleich darauf ein zweites. Er sah sich dabei zu, wie er kaum merklich in eine andere Dimension abdriftete. Er bat um eine weitere Thandai.

Er merkte, dass die Zeit Risse bekommen hatte und dass hier und da Fragmente davon fehlten. Er hockte sich auf den Boden und suchte danach unter den Betten und in den Schränken; er ging in die Küche, nur für den Fall, dass jemand sie dort vergessen hätte; er ging hinaus auf die Terrasse, aber sie waren nirgendwo zu finden. Er setzte sich in die Ecke und hielt sich den Kopf. Er war für die Zeit verantwortlich, und er hatte nicht richtig darauf aufgepasst. Was sollte er jetzt nur machen? Seit Anbeginn des Universums war die Zeit in einer geraden Linie verlaufen, wie ein quer durch die Unendlichkeit gespanntes Drahtseil. Er legte sich bäuchlings auf diesen euklidischen Grundbegriff, eine Linie, so rein, dass sie keinerlei Breite oder Dicke besaß, und kroch zentimeterweise vorwärts, bis er die erste Lücke erreichte und hinunterspähte. Shakta-Muni, James, Deirdre und die anderen waren ganz unten auf der Sohle des Abgrunds, auf der anderen Seite der Erde. Da fand gerade irgendein ausgelassenes Fest statt, die Feiernden verschwammen zunehmend, während sie in einem Nebel von Cannabis herumwirbelten und sich wie Schlangen hin und her wiegten.

Eine kosmische Trommel, die Trommel Shivas, dröhnte wie bei der Erschaffung der Welt. Vielleicht war es aber auch ein apokalyptischer Rhythmus, und Shiva tanzte einen ekstatischen Todestanz. Das war das Unbegreifliche am Tantra. In der tantrischen Zeit war alles zugleich: Leben und Tod, Schöpfung und Zerstörung, männlich und weiblich, Wildheit und Ruhe, Materie und Antimaterie. Die Trommel boxte, schlug und prügelte ihn zu bewusstloser Gefügigkeit, während sie ihn in eine hypnotische Trance hineinsog. Die Feiernden winkten ihm einladend zu. Er schaute genauer hin. Shakta-Muni aß vom grünen Stängel der Zeit, der künftigen Zeit, und reichte ihn dann weiter an die anderen. Das konnte Tejas unmöglich zulassen. Er reckte sich, so weit er konnte, und versuchte das abgebrochene Ende des Zeitstrahls zu fassen zu bekommen. Und dann fiel er, fiel und fiel und fiel ... bis Shakta-Muni ihn in seinen Armen auffing.

Tejas meinte, allerlei flüchtige Bilder zu sehen: Ritualfeuer, okkulte Riten und Opferhandlungen. Leiber wanden sich auf dem Fußboden. Er schloss seine Augen, um sich keiner Versuchung auszusetzen.

»Öffnen Sie die Augen«, befahl ihm der Muni. »Nur dann werden Sie aufhören, Ihre privaten Phantasien auf andere zu projizieren.«

»Sie haben Zeit gestohlen. Ich bin da, um sie wieder zu holen.«

»Ja, natürlich, aber wie wäre es vorher mit einem Happen Unsterblichkeit?«

Tejas war zwei Tage unauffindbar. Die Polizei las ihn auf, wie er weit außerhalb der Stadt nackt durch die Gegend irrte. Shakta-Muni fuhr mit etwas Kleidung zur Polizeiwache und nahm ihn mit zurück zum Aschram. Er schlief achtundvierzig Stunden durch.

»Danke«, sagte Tejas, als er Shakta-Munis Arbeitszimmer betrat.

»Wofür?«

»Dass Sie mich gerettet haben. Die ganze Nacht habe ich die Schmerzensschreie der Gefangenen gehört. Wenn sie in ihre Zellen zurückgeschafft wurden, waren sie mehr tot als lebendig. Die Polizisten haben gedroht, sie würden mich in die Mangel nehmen, damit ich endlich verrate, wer ich wirklich bin.«

»Wir nehmen uns immer der Unseren an, Tejas.« Dann fügte Shakta-Muni beiläufig hinzu: »Auf die eine oder andere Weise.«

»Können Sie sich vielleicht erinnern, was ich in der Shivaratri-Nacht angestellt habe?«, fragte Tejas verlegen. »Habe ich mich ehrenhaft verhalten?«

Shakta-Muni lächelte spöttisch. »Was für antiquierte Ausdrücke Sie manchmal verwenden, Tejas! Woran genau denken Sie, wenn Sie das Wort ›ehrenhaft‹ verwenden?«

»Habe ich irgendwelche Gebote übertreten?«

»Es steht Ihnen frei, das Schlimmste von sich anzunehmen. Ich kann mich allerdings nicht erinnern, dass Sie irgendetwas getan hätten, was ich selbst nicht auch getan habe.«

»Und was haben Sie getan?«

»Ich bin nicht derjenige, der ein schlechtes Gewissen hat. Deswegen glaube ich auch nicht, dass ich für ein Kreuzverhör zur Verfügung stehe.«

Womit das Thema offensichtlich abgeschlossen war. Aber Tejas beschäftigten noch andere Dinge.

»Während ich weg war, ist etwas Seltsames passiert. Ich war Guerillakrieger und führte gerade einen Blitzangriff auf Tel Aviv aus, als ich gefangen genommen wurde. Scharon, der israelische Premierminister, fuhr mich zurück in mein Dorf in Galiläa und erklärte mir, wenn ich sie zu Arafat führte, würden sie mich freilassen. Ich ging mit ihnen zum Haus von Maria und Josef, wartete, bis Jesus aus der Werkstatt herauskam, und deutete dann auf ihn. ›Das ist er, das ist Arafat!‹ ›Kann nicht sein‹, sagte Scharon, ›der sieht ganz anders aus.‹ Und ich sagte: ›Natürlich sieht er anders aus. Er hat sich einer Schönheitsoperation unterzogen, damit ihn kein Israeli erkennt.‹ Ist das zu fassen? Ich habe meinen Gott verraten! Und erzählen Sie mir jetzt nicht, mein Unterbewusstsein hätte mir einen Streich gespielt.«

»Sie sind nicht der Erste und Sie werden auch nicht der Letzte sein, der seinen Gott verleugnet. Petrus hat das getan, und die anderen auch. Ich bezweifle, dass einer der Apostel Jesus auch nur halb so sehr geliebt hat wie Judas. Haben Sie sich jemals gefragt, was passiert wäre, wenn Judas Jesus nicht verraten hätte? Was wäre aus der Prophezeiung geworden? Stellen Sie sich doch nur den moralischen Druck vor, unter dem der Apostel stand, eine göttliche Prophezeiung, die besagte, dass er seinen Gott verraten würde, nicht Lügen zu strafen! Hat irgendjemand je versucht zu verstehen, in welch tragischer Situation Judas steckte? Manchmal glaube ich, Judas war ein wehrloses Opfer des göttlichen Plans, und es war Christus, der ihn im Stich gelassen hat. Was hätte es ihn gekostet, Judas zu sagen, dass er ihn nicht verraten sollte? Oder er hätte sich zumindest rechtzeitig in Sicherheit bringen können, und alles wäre in Ordnung gewesen.«

Tejas war knallrot geworden und starrte den Guru wütend an. »Wenn Sie nicht aufhören, solche ketzerischen Reden zu führen, verlasse ich den Raum.«

»Kein Grund, sich so zu echauffieren. Ich bin mir fast sicher, dass eines der verschollenen gnostischen Evangelien das Dilemma und tragische Schicksal Judas' behandelt und klar zeigt, dass Jesus nicht Petrus, sondern Judas zum Primus inter Pares bestimmt hatte.«

»Ich merke, Sie haben nicht vor, davon abzulassen. Ich gehe.«
»Das war nur so eine Überlegung, Tejas; ein philosophisches Gedankenspiel, das ist alles. Zum Beispiel könnte man Judas als das Vorbild sämtlicher Verräter aus Überzeugung ansehen, wie die studierten Spione Kim Philby, Burgess, Maclean und Anthony Blunt, die britische Staatsgeheimnisse an Moskau weitergaben.«
Tejas lächelte höhnisch. »Judas tat es für Geld, nicht aus irgendeiner Überzeugung heraus.«
»Sie meinen die dreißig Silberlinge? Das war ein billiger Gag, wie ihn sich Geschichtenerzähler gerne leisten, und dazu ein Schlag unter die Gürtellinie. Er brandmarkt Judas als Schurken und gibt uns die Möglichkeit, uns ihm gegenüber moralisch überlegen zu fühlen. Stellen Sie sich vor: Zuerst erklären Sie vor Zeugen, dass der Mann Sie verraten wird. Und wenn er es dann tatsächlich tut, erwarten Sie wirklich von den Leuten, dass sie Ihnen abnehmen, er hätte es für diesen läppischen Betrag getan?«
»Sie sind pervers! Sie verdrehen alles!«
»Was würden Sie tun, wenn Sie der Richter im Prozess Römisches Reich gegen Judas wären?«
»Ihm die sündige Zunge ausreißen und ihn dann foltern. Und ihn anschließend kreuzigen, was sonst?«
Shakta-Muni sah ihn nachdenklich an. »Und das Gleiche für die guten Verräter? Diejenigen, die es aus Überzeugung tun?«
»Warum sollten sie ein besseres Los verdienen?«
»Und Sie? Was sollen wir mit Ihnen machen, jetzt wo Sie behaupten, ebenfalls Ihren Gott verraten zu haben?«
»Mich töten – wenn es kein Traum gewesen wäre.«

Tejas klapperte die Flohmärkte von Delhi und Bombay ab und suchte fast jeden wichtigen Antiquitätenhändler auf, aber er fand nichts, was ihm zugesagt hätte. Jemand meinte, Agra sei der beste Ort für den ernsthaften Sammler, aber man müsse die richtigen Leute kennen und im richtigen Augenblick da sein. Das war genau die Sorte todsicherer und geistloser Tipps, die sich ebenso risikolos in Bezug auf jedes beliebige andere Sammlerstück hätten anbringen lassen: Autos, Gemälde, Kameras, Möbel, die verschiedensten Antiquitäten. Agra war ein Reinfall. Er versuchte es in Hyderabad.

Auch da hatte er kein Glück. Er flog am nächsten Morgen wieder nach Delhi. Beim Lunch fragte er in Ermangelung anderer Gesprächsthemen den Muni.

»Sie kennen wohl nicht zufällig einen guten Antiquitätenhändler?«

»Wieso zweifeln Sie daran – bin ich nicht selbst eine Antiquität?«, fragte Shakta-Muni. »Wie ich sehe, haben Sie keinen Sinn für meine schwachen Witze. Was suchen Sie?«

»Ich weiß es nicht genau. Aber ich bin sicher, dass ich es weiß, sobald ich es sehe.«

»Das bringt uns natürlich ein ganzes Stück weiter. Wie viel Zeit haben Sie?«

»Ich reise morgen früh ab.«

»Dann werde ich mal jemanden anrufen und sehen, ob er etwas für Sie tun kann.«

Tejas brauchte zweieinhalb Stunden, um den Laden zu finden, und eine Viertelstunde, um das zu finden, wonach er, ohne es zu wissen, gesucht hatte: ein Krummschwert aus dem 16. Jahrhundert, das einst Sher Khan gehört hatte, dem afghanischen Fürsten, der den zweiten Mogulkaiser, Humayun, vom Thron von Delhi vertrieben hatte. Der kurze Säbel war ein meisterhaftes Stück, wuchtig, aber elegant. In den Griff waren zwölf Smaragde – einer für jeden Monat des Jahres – und sieben Rubine für die Wochentage eingearbeitet. »Ist es scharf?«, fragte Tejas.

»Das ist kein Zierobjekt, Sir. Es war als tödliche Waffe gedacht, und das ist es noch heute.« Das Schwert überstieg Tejas' Budget bei weitem, aber es gab sonst nichts, was ihn so unmittelbar angesprochen hätte und dem besonderen Anlass angemessen gewesen wäre. Für ein reines Gewissen war das noch ein geringer Preis.

Provisionen waren von jeher die wichtigste Stütze des Waffengeschäfts gewesen. Die Mehrzahl der Kunden bevorzugte harte Währung und erwartete, dass die Schmiergelder direkt auf ihre Konten im Ausland überwiesen wurden. Viele aber wollten lieber Sachgeschenke, die in ihrer Heimat Statussymbole darstellten. In Tadschikistan etwa war der häufigste Wunsch ein BMW, ein Mercedes oder noch besser ein Jaguar. Manche afrikanische Rebellenführer verlangten die jeweils neuesten Digitalkameras, um damit ihre Schäferstündchen, die Bestattungen ihrer Lieben und ihre

Gräueltaten zu dokumentieren. Nawaaz Irfan andererseits hatte gar nichts verlangt, und es war sonst nicht Tejas' Art, bei Geschenken dick aufzutragen. Aber diesmal hatte er einen guten Grund. Der Krummsäbel mochte eine einzige Schneide haben, aber für Tejas war er eine zwiefache Waffe. Wenn der afghanische Kriegsherr auf seinen Vorschlag einging, die zwei Milliarden für sein Volk auszugeben statt für ein atomares Waffenarsenal, dann war Tejas aus dem Schneider, und das wäre den Preis durchaus wert gewesen. Und wenn er es nicht tat, dann würde sich der Säbel in anderer Hinsicht als wertvolle Investition erweisen.

Eine Zeit lang konnten sich Nawaaz und Tejas auf keinen Ort für ihre Begegnung einigen. Dem jungen Afghanen wäre sein Versteck in den Bergen am liebsten gewesen, aber Tejas führte einen äußerst schmerzhaften Bandscheibenschaden ins Feld, der es ihm praktisch unmöglich machen würde, die letzten sechs, sieben Kilometer zu Fuß, geschweige denn auf Eselsrücken zurückzulegen. Jeder andere Ort sei ihm recht, solange er sich im Flachland befand. Zwei Tage später hatte Nawaaz angerufen und sich ritterlich Tejas' Wunsch gebeugt.

»Wie wäre es mit demselben Ort wie beim letzten Mal, dem Carlton Hotel?«

»Das wäre mir sehr recht.«

Bis ganz zuletzt hatte Tejas das Gefühl, irgendetwas übersehen zu haben. Er saß im Fluzeug und ging seine Pläne zum hundertsten Mal Schritt für Schritt durch. Er sah zwei mögliche Szenarien: Nawaaz schluckte den Köder, nahm die Herausforderung an, die sich bekriegenden Stämme und Gruppierungen seines Landes zu einen, und ließ die Idee mit den Bomben fallen. Das wäre zwar ein ausgewachsenes Wunder gewesen, aber deswegen hieß Jesus schließlich der Sohn Gottes – Er bekam so etwas spielend hin. Wer hätte sich jemals vorstellen können, dass Zia Khan, der Terrorist, den Nawaaz sich zum Vorbild genommen hatte, eines Tages dem Islam entsagen und sich als Lucens Kahn Jesus in die Arme werfen würde? Wenn – und es war ihm klar, dass es ein großes Wenn war – das Wunder eintrat, dann würde er nach und nach anfangen, auf den jungen Warlord einzuwirken. Es geschah zwar etwas spät, aber jetzt begriff er, warum Tante Antonia den Drang verspürt hatte, Tejas von dem »Kleinen Wunder« zu erzählen, das Jesus für sie vollbracht hatte. Und warum sie sich dazu entschlossen hatte, den Rest der Welt – und insbesondere die Armen und Benachteiligten – an ihrem Glück teilhaben zu lassen. Die frohe Botschaft des Heils behält man nicht für sich. Man geht hinaus und teilt den Gnadenreichtum des Herrn mit jedem einzelnen Menschen auf Erden. Wer weiß, Jesus konnte eine Schwäche für Nawaaz entwickeln, und dann könnten Nawaaz und Tejas das Wort des Herrn in das gottverlassene Afghanistan tragen.

Tejas war allerdings viel zu sehr Realist, um nicht auch einen Plan B in Reserve zu haben. Warum sonst hätte er sich geweigert, sich mit dem Afghanen auf dessen heimischem Territorium zu treffen? Er wollte auf neutralem Boden spielen, irgendwo, wo es ihm gegebenenfalls möglich wäre, sich schnell abzusetzen. Natürlich würde er mit Nawaaz' Privatsekretär und Leibwächter fertig werden müssen. Aber das war immer noch um Längen besser, als von Hunderten seiner Männer umzingelt zu sein – ganz zu schweigen davon, dass er in diesem Labyrinth von Hochgebirgstälern rettungslos verloren gewesen wäre.

Nawaaz starrte den Krummsäbel lange unverwandt an. Er zog ihn aus der Scheide, wog ihn in der flachen Hand, packte ihn dann am Griff und führte einige Stöße und Schwünge aus, um dessen aerodynamische Eigenschaften und Handlichkeit zu prüfen.

»Gehörte der wirklich Sher Shah?«

»So steht es auf dem Griff. Er ließ sich den Säbel eigens für die Thronbesteigung in Delhi anfertigen.«

»Es ist unheimlich, wenn ich ihn halte, spüre ich, wie ein Strom durch mich hindurchgeht. Ich spüre Sher Shahs Anwesenheit darin. Bei Allah, das ist ein herrliches Stück!«

»Es ist eine Freude für den Schenkenden, wenn das Geschenk wahrhaft gewürdigt wird.«

»Die Leute geben mir immer nur Geld. Die Eltern von Kindern zum Beispiel, die wir entführen, und auch die Waffenhändler versuchen mich zu schmieren. Solche Geschenke, wie du sie für mich aussuchst, hat mir noch niemand gemacht.«

»Ich muss gestehen, dass es erhebliche Geduld und Beharrlichkeit kostet, das richtige Geschenk zu finden.«

»Bis ich dich kennen lernte, habe ich Messer, Dolche und Schwerter völlig planlos gesammelt. Jetzt ist es aber kein reines Steckenpferd mehr für mich. Ich trage mich mit dem Gedanken, ein ernsthafter Sammler zu werden.«

»In dem Fall könnte dir die Dokumentation von Nutzen sein. Wenn du den Säbel jemals verkaufen möchtest, kannst du damit dessen Echtheit belegen.« Tejas überreichte Nawaaz die Unterlagen, die ihm der Händler mitgegeben hatte, mit Angaben über Alter, Herkunft und Geschichte des Krummschwerts.

Nawaaz prüfte und studierte die Informationen begierig. »Ich habe nicht die Absicht, auch nur ein einzelnes Stück aus meiner Sammlung zu verkaufen. Ich habe vielmehr vor, ein Museum für diese Kunstobjekte zu bauen. Es wird eine Stätte des Nationalstolzes sein, die Menschen aus ganz Afghanistan anziehen und ihnen ein Bewusstsein ihrer Vergangenheit schenken wird.«

Mit dieser letzten Bemerkung konnte er seine Entscheidung bereits verraten haben, aber Tejas hatte nicht vor, den Morgen vor dem Abend zu loben. Er hob den Säbel auf, um ihn sich genauer anzusehen, und ließ ihn dann für alle Fälle auf dem Beistelltisch neben seinem Sessel liegen. »Sollen wir das Essen hinter uns bringen und dann zum Geschäftlichen kommen?«, fragte Nawaaz.

Diesmal gingen sie nicht zum pakistanischen Imbiss. Nawaaz' Adjutant öffnete einen großen vakuumversiegelten Essensträger und baute den Turm von zylindrischen Metallschüsseln nach und nach ab. Er trug die kochend heißen Gerichte auf einem afghanischen Tischtuch auf, das er auf dem Teppich ausgebreitet hatte. Es war ein mittleres Festmahl, wenn auch ein wenig ölig. Viererlei afghanische Kebabs, mit Dörrobst und Pfirsichen gefülltes Grillhähnchen, safranduftender Reis, Linsen-Curries, Brotfladen, frischer Salat und Pickles.

»Wochenlang habe ich über das nachgegrübelt, was du mir gesagt hattest. Es war alles völlig neu für mich. Außerdem kam es mir anmaßend vor, mich als den Führer zu betrachten, den Allah dazu auserwählt haben sollte, die verschiedenen afghanischen Stämme zusammenzuführen. Ich war gezwungen, über mich und das, was mich unmittelbar beschäftigte, hinauszublicken und mich zu fragen: Wie sieht die Zukunft meines Landes aus? Werden wir uns, obwohl wir denselben Gott anbeten, weiter bis zum Jüngsten Tag gegenseitig bekämpfen? Und was spiele ich bei all dem für eine Rolle? Das waren schwierige Fragen. Ich bin von Natur aus kein Kopfmensch, und ich sah nicht ein, warum ich mich so abquälen sollte. Am Ende aber habe ich die Weisheit deines Ratschlags erkannt. Ich begann mit dem Gedanken zu spielen, eine geheime Zusammenkunft sämtlicher Stammesführer einzuberufen, und setzte einen Einladungsbrief auf. Und genau da stattete mir ein Kollege von dir einen Besuch ab.«

»Ein Kollege von mir?« Tejas vergaß, seine Überraschung zu verbergen.

»Er heißt James Cambray. Er meinte, er würde sich deinetwegen Sorgen machen. Du würdest dich seltsam verhalten und die geschätztesten Kunden der Firma im Stich lassen. Er hoffte, das sei bei meiner Bestellung nicht der Fall. Ich habe ihm gesagt, mit uns beiden würde alles bestens stehen; ich hätte mehrmals nachgefragt, und du hättest nie den geringsten Zweifel daran aufkommen lassen, dass du die Ware termingerecht liefern würdest. ›Darf ich offen reden?‹, hat er mich da gefragt, aber keine Antwort abgewartet. ›In unseren Büchern findet sich keinerlei Bestellung von Ihnen. Ich fürchte, er hat nicht die Absicht, Ihren Auftrag zu erfüllen.‹ ›Das kann nicht sein‹, habe ich ihm gesagt. ›Zia Khan ist für mich wie ein Vater und ein Philosoph, und ich schulde ihm Dank dafür, dass er mir die Augen geöffnet und mich durch eine der schwierigsten Zeiten für mich und mein Land geleitet hat.‹ Der Brite hat einen wissenden Blick aufgesetzt und den Kopf geschüttelt. ›Ich bin möglicherweise gerade rechtzeitig gekommen. Er hat vor, Sie um zwei Milliarden Dollar zu prellen. Wir wissen aus zuverlässiger Quelle, dass er ein amerikanischer Agent ist.‹«

Tejas sah zum Beistelltisch hinüber. Der Krummsäbel war verschwunden.

»›Eines kann ich Ihnen feierlich versprechen‹, hat der Brite dann gesagt. ›Wir werden den Liefertermin möglicherweise um ein paar Monate verschieben müssen, aber wir werden Sie nicht im Stich lassen. Wir nehmen uns unserer Kunden an, komme, was da wolle.‹

›Sie meinen, Sie wollen sich zwei Milliarden Dollar nicht durch die Lappen gehen lassen?‹, habe ich zu ihm gesagt. ›Exakt. Wir sind Geschäftsleute. Und genau deswegen lassen wir einen Kunden niemals im Stich. Wir haben eigene hochmoderne Labore und Testgelände. Und wir haben Kontakte überall auf der Welt. Was wir nicht selbst hinbekommen, können wir von anderswo beziehen.‹ Ich glaube nicht, dass mir der Ernst dessen, was er mir gerade erzählt hatte, richtig bewusst wurde. Nach einer Weile habe ich ihn gefragt, was ich seiner Meinung nach tun sollte, wenn du dich mit mir treffen würdest. Er sagte: ›Das können am besten Sie beurteilen. Für jemanden, der das Vertrauen unserer Kunden missbraucht, haben wir keinerlei Verständnis, selbst wenn er unser Partner ist. Ja, besonders dann, wenn er unser Partner ist.‹«

Nawaaz versuchte die Wirkung seiner Worte auf Tejas abzuschätzen, aber es war unmöglich zu erkennen, was in ihm vorging.

»Erinnerst du dich daran, was du über Verräter schriebst, als du noch einer von uns warst?«

Tejas sagte: »Wie könnte ich das vergessen?«, aber er hörte eigentlich schon nicht mehr zu. Ihm ging der Ausdruck »sich jemandes annehmen« im Kopf herum. Wie oft hatte er schon sagen hören, Gott nehme sich der Seinen an. Er selbst hatte geschworen, »sich Amanats anzunehmen«, als sein Bruder gedroht hatte, seine Aktivitäten als Waffenhändler an die Medien zu verraten. James hatte Nawaaz gesagt: »Wir nehmen uns unserer Kunden an, komme, was da wolle.« Und als Shakta-Muni ihn aus dem Polizeigefängnis abgeholt hatte, hatte er ihm versichert: »Wir nehmen uns immer der Unseren an ... auf die eine oder andere Weise.« Jetzt würde sich Nawaaz Irfan, sein getreuer Schüler, seiner annehmen.

Es war seltsam, aber das Letzte, woran er sich erinnerte, war etwas, das Amanats Kabir gegen Ende des Buches gesagt hatte: »Es gibt nur eine einzige Gottheit, und sie heißt ›Leben‹. Sie ist die einzige, die Verehrung verdient. Alles andere ist ohne Belang.«

Mein lieber Zia,
das ist keine von meinen überspannten Geschichten, ebenso wenig das Skript zu einer neuen Folge von »Unglaublich, aber wahr«. Der einzige lebende Sprecher einer sonst ausgestorbenen Sprache ist ein Papagei. Seine derzeitigen Besitzer haben keine Ahnung, was er so sagt. Und seine ursprünglichen Besitzer sind schon lange tot. Kannst Du Dir die Einsamkeit dieses Papageis vorstellen? Und die Tragödie dieser Sprache? Ich würde den Papagei gerne hätscheln und an meine Brust drücken und ihm sagen, dass mein Bruder seine Eltern und seine verschollene Sprache wiederfinden wird.
Patrick Nudjulu und seine Schwester sind die einzigen Menschen, die eine Aborigine-Sprache namens Mati Ke sprechen. Zwei ist immer noch besser als einer, würde man annehmen, aber die Stammesgesetze verbieten es einem Mann, mit seiner Schwester weiter Umgang zu pflegen, sobald sie die Pubertät erreicht hat. Die Geschwister, könnte man denken, haben die Freiheit ihres Landes und des Himmels über ihnen, aber Patrick Nudjulu und seine Schwester sind, wie der Papagei, zu lebenslanger Einzelhaft verdammt.
Zahlen und Statistiken sind Deine Spezialität. Und dennoch bleibt mir von Zeit zu Zeit eine harmlose Zahl in der einen oder anderen Kranzarterie stecken, und schon schwinden mir die Sinne. Es gibt heute noch rund 6.000 lebende Sprachen, aber die Zahl geht rasch zurück. Alle zwei Wochen gibt eine von diesen 6.000 den Geist auf. Es ist unmöglich festzustellen, wie viele Sprachen im Laufe der Jahrhunderte infolge von Eroberungen, Naturkatastrophen und durch die zivilisierende Einwirkung der Forschungsreisenden und der Missionare verkümmert und verendet sind. Du weißt so gut wie ich, dass der Mensch, der eine Sprache verliert, eine ganze Lebensweise einbüßt: eine Art zu fühlen, zu sehen und zu denken. Wir zählen, stellen uns vor, leiden, träumen, hassen und lieben in einer bestimmten Sprache. Die Gesamtheit unseres Erlebens und unserer Kultur besteht in ihr und ist in ihr aufgehoben.

Das Traurige ist, dass die größte Gefahr, die jede andere Sprache der Welt bedroht, ebenfalls eine Sprache ist. Ich spreche natürlich vom Englischen. Die Sprache der Kolonialherren war in Indien seit ungefähr 1830 das Idiom der Macht. Die Kolonialherren räumten 1947 das Feld, aber ihre Sprache blieb. Von der Peripherie und den Randbezirken ist sie mittlerweile ins Zentrum gerückt, als die Sprache der Privilegierten. Ich würde es ebenso schlimm finden, das Englische zu verlieren, wie die Vorstellung eines Lebens ohne Bengali, Französisch, Swahili oder jede andere Sprache für mich unerträglich und inakzeptabel ist.
Wo bist Du, Zia? In einer Deiner letzten Aufzeichnungen vor Deiner Abreise aus Sparta schriebst Du: »Auch eine Hand voll guter, entschlossener, beharrlicher und visionärer Männer kann die Welt zum Guten verändern.« Du hattest so Recht. Wenn irgendjemand das Schicksal und die Geschicke der Menschen ändern kann, dann Leute wie Du. Wenn Marathi, Assamesisch und unsere anderen Regional- und Stammessprachen überleben sollen, wenn Sprachenvielfalt ebenso wichtig ist wie biologische Vielfalt, dann ist ein Mensch wie Du notwendig: zielstrebig, engagiert und unbeirrbar. Du bist diszipliniert und systematisch, Du hast einen Plan. Und Du gibst nie auf. Du bist der einzige Mensch, den ich kenne, der sein Ziel bis zuletzt verfolgt, ohne einen Gedanken an sich selbst oder seine persönliche Sicherheit zu verschwenden.
Andererseits ist das vielleicht doch keine so gute Idee. Für den kleinen Vogel mit seiner unbekannten Sprache und die zwei Geschwister wäre es möglicherweise besser, tot zu sein, als irgendetwas mit Dir zu tun zu haben. Du magst ein Heiland sein, aber einer, der immer nur in Begleitung der vier apokalyptischen Reiter auftritt. Gott allein weiß – und manchmal frage ich mich, ob selbst er bei Dir auf dem Laufenden ist –, welche Plagen und Seuchen in deinem Gefolge auftreten werden.
Wo bist Du, mein Bruder? Ich hatte Dir gesagt, Du müsstest binnen drei Monaten aus dem Waffenhandel aussteigen, oder ich würde Dein schändliches Doppelleben publik machen. Jetzt sind fünf Monate vergangen, und kein Mensch weiß, wo Du bist. Hast Du das Geschäft mit dem Tod aufgegeben? Oder bist Du untergetaucht, um die Angels weiter mit Blutgeld finanzieren zu können? Honor

und Zac haben ebenfalls nichts von Dir gehört. Ich habe Roy gefragt, und er hat sich bei seinem Vater erkundigt. Aber James Cambray tappt hinsichtlich Deines Verbleibs ebenso im Dunkeln. Ist Dir etwas zugestoßen? Du verkehrst immer in so zwielichtiger Gesellschaft, ich mache mir schon seit längerem Sorgen. Über Deinen Muni wird allerlei gemunkelt, er soll ebenfalls irgendwie mit Deiner Branche zu tun haben. Ich habe keine Ahnung, was für einen Teufelspakt Du mit ihm geschlossen hast. Hat er etwas mit Dir angestellt? Wie Du sehr wohl weißt, leide ich an einer hyperaktiven Phantasie und male mir grundsätzlich immer das Schlimmste aus: dass du irgendwo liegst, verkrüppelt oder tot. Ein paar Deiner Waffenkunden sind doch bestimmt in Völkermorde und ethnische Säuberungen verwickelt. Und selbst die, die das nicht sind, dürften keine Skrupel haben, Einzelpersonen umzulegen. Hat Dich einer von denen um die Ecke gebracht? Ich würde am liebsten zur Polizei gehen, aber ich habe Angst, dass es als Überreaktion gewertet werden könnte. Beweise mir, dass ich Unrecht habe, und überrasche mich! Steh morgen vor der Tür. Oder noch besser, heute Abend.
Meine liebste Kindheitserinnerung ist, wie du immer zum Attar-Shop gegenüber von unserem Haus gingst. Du hast den Laden monatelang belagert, hast mit offenem Mund vor dem Schaufenster und den edelsteinbesetzten Parfümfläschchen aus der Mogulzeit gestanden. Eines Tages hat Dich dann eine der Töchter des Eigentümers, Aminara, ganz unerwartet hineingelassen und Dir einen Hauch Sarab aufs Handgelenk getupft: von dem Parfüm, das Kaiser Akbar verwendete. Erinnerst Du Dich, was Du zu mir sagtest, als Du nach Hause kamst? Deine Hand hatte über vierhundert Jahre zurück in die Vergangenheit gereicht und Akbar berührt.
Es war einer dieser Augenblicke, in denen sich eine Tür für den Bruchteil einer Sekunde öffnet und man eine flüchtige Ahnung von etwas Geheimnisvollem gewinnt – wie soll ich es formulieren, ohne schwülstig zu klingen? –, vom Sinn des Lebens und dem Grund unseres Hierseins. Was Du berührt hattest, war ein Kontinuum: Deine Hand hatte sich nicht lediglich Akbar entgegengestreckt – dem Visionär, der versucht hatte, die verschiedenen Volksstämme und strikt voneinander abgeschotteten Religionsgemeinschaften Indiens in einem neuen Glauben namens Din-e-Ilahi, »Religion

Gottes«, zu vereinen –, sondern hatte noch weiter gereicht, zum Propheten, zu Jesus, zu Kaiser Ashoka, der nach dem Gemetzel von Kalinga aller Gewalt entsagte, und schließlich zum Buddha. Sie alle sind in Deine DNA eingeschrieben. Du bist der Erbe einer gemeinsamen Vergangenheit. Weswegen es für Dich kein »wir« und »die anderen«, keine Trennungslinie mehr geben darf. Was Du, neben den endlosen Gräueltaten und Völkermorden, der Ignoranz und den Inquisitionen, erahnt hattest, war die in unserem Blut fließende verbissene Entschlossenheit, nicht nur zu überleben, sondern zu siegen. Die Scherben aufzulesen und uns alle neu zu entwerfen. Licht hereinzulassen: den »König Lear« zu schreiben, den Taj Mahal zu bauen, Beethovens Neunte zu komponieren, die Bill of Rights zu konzipieren; und die seltsamste Gabe Gottes in uns zu nähren: die Hoffnung. Was ging schief? Wie konntest Du Dich von dieser köstlichen, lebensbejahenden Erkenntnis abwenden, Zia? Wie konnte »pro life« so fanatisch »pro death« werden?

»Böse« ist neuerdings ein richtiger Wort-Kastrat geworden, ein praktischer Knüppel, den man jedem Andersdenkenden beliebig auf den Schädel hauen kann. Man kann damit so ziemlich alles bezeichnen, von comicmäßig finsteren Imperien im »Krieg der Sterne« über große Staudämme, Stammzellenforschung und Salman Rushdie bis hin zu genmanipulierten Nahrungsmitteln. Und laut George W. Bush ist überhaupt jedes Abweichlertum »böse«.

Das wahre Böse andererseits erfordert eine Vision – wenngleich eine perverse Vision. Es verlangt Durchhaltevermögen und eine Verbrannte-Erde-Mentalität: Hitler, Stalin, Pol Pot und Saddam hatten sie, und sie werden bestimmt nicht die Letzten sein. Ich betrachte das Böse und die Männer und Frauen, die zu deren Symbol wurden, als die Sünden Gottes. Anders als sie, hast Du nur die ehrenwertesten Motive. Und mit der Zeit verrätst Du sie alle. Du bist ein Alchimist, eigentlich ein Anti-Alchimist. Du verwandelst Gold in wertlosen Tand und Gutes in das reinste Böse. Vielleicht bist auch Du eine Sünde Gottes. Früher oder später wird jemand die Geschichte der Engel schreiben und entdecken, welche Rolle Du in den Antiabtreibungskampagnen und später im Todes-Business gespielt hast. Manche Geschichten, Zia, sollten besser nicht erzählt werden.

Von mir als Autor wird erwartet, dass ich meine Geschichten oder Romane so zum Abschluss führe, dass alle Handlungsstränge und Motive befriedigend zusammengeführt werden. Unglücklicherweise lässt diese Reality-Show, dieses Melodram, diese Tragödie oder dieses komische Zwischenspiel namens Leben nur selten den Luxus eines klinisch-mathematisch sauberen Schlusses zu.
Zuerst hat sich Ammijan auf Nimmerwiedersehen verabschiedet, dann Abbajan, gefolgt von Zubeida-Khala. Und jetzt bist Du verschwunden, Gott allein weiß, wohin. Du hast versucht, mich zu töten, Zia, aber ohne Dich fühle ich mich verloren und verwaist. Wenn das wieder einer Deiner Tricks ist, um Dich vor der Flut meiner sinn- und zweckfreien, labyrinthischen Briefe zu retten, machst Du Dir falsche Hoffnungen. Ich habe nicht vor, mit dem Schreiben aufzuhören, nur weil Du nicht greifbar bist. Im Gegenteil, ich spiele mit dem Gedanken, Dir noch häufiger zu schreiben. Was hieltest Du von einem Brief am Tag, vielleicht sogar zwei, nur damit Du Schuldgefühle bekommst und aus Deinem Loch herauskriechst, wo immer es auch sein mag?
Ich habe so etwas wie Neuigkeiten für dich. Kürzlich hatte ich wegen irgendetwas Allergenem, das ich, ohne es zu wissen, in einem Restaurant gegessen habe, mal wieder einen anaphylaktischen Schock und musste ins Krankenhaus eingeliefert werden. Als ich nach achtzehn Tagen wieder nach Hause durfte, hat Sagari darauf bestanden, mich mit zu sich zu nehmen, weil es angeblich zu riskant sei, mich allein zu lassen. Wir machen uns beide keinerlei Illusionen bezüglich meiner chronischen Irrungen und Wirrungen, aber ich habe mich doch gefragt, ob ich meinen Anfall diesmal nicht bewusst inszeniert habe, weil ich wollte, dass Sagari mich wieder aufnimmt. Was manche Leute nicht alles anstellen, um mit denen zusammen zu sein, die sie lieben ... Drück mir die Daumen und bete, dass ich es nicht wieder vermassle.
Komm heim, Zia. Ich sage Roy, dass er auch kommen soll. Legen wir die Füße hoch und reden wir über die alten Zeiten. Über Abbajan, Zubeida-Khala und Tante Antonia. Und ja, über die liebe Ammijan auch.

Mach's gut, Amanat

Glossar

Sofern nicht anders vermerkt, sind die aufgeführten Begriffe hindustanisch; die sonst verwendeten Abkürzungen bedeuten: Arab.: Arabisch, Pers.: Persisch, Skt.: Sanskrit, Engl.: Englisch

Hinweis zur Aussprache indischer Termini:
Vokale werden wie im Deutschen ausgesprochen; »ch«, »sh« und »j« wie im Englischen; »s« ist immer stimmlos (wie »ß«); »y« entspricht dem deutschen »j«; »z« ist ein stimmhafter s-Laut (wie in »Rose«). Nach »k«, »g«, »t«, »d«, »p« und »b« wird ein »h« immer als deutlich artikulierter Hauchlaut ausgesprochen.

Hinweis zur Schreibweise indischer Hauptwörter:
Die erste Nennung im Text wird kursiv und – wie in der Indologie üblich – klein geschrieben (Eigennamen und Titel groß), danach werden die Substantive durchgängig groß und nicht kursiv geschrieben.

Abba: Vater, Papa

Ahmadiyya(s): 1899 gegründete bedeutende islamische Sekte; lehnen den bewaffneten »heiligen Krieg« ab und verstehen unter »Dschihad« die Ausbreitung des Islam mit friedlichen Mitteln

Akbar: dritter und wohl bedeutendster Mogulherrscher (1542–1605), der, obgleich selbst Muslim, wichtige Staatsämter auch mit Hindus besetzte und seinen Untertanen völlige Religionsfreiheit gewährte

Amanat: der Name bedeutet »Vertrauen«

Ammi: Mutter, Mama

angavastram: schmales, langes Schultertuch, wird zu *dhoti* oder *lungi* getragen

attar: Duftöl

Aurangzeb: sechster Mogulherrscher (1618–1707), der in seiner Politik, anders als seine Vorgänger, eine strikte islamisch-fundamentalistische Linie vertrat

azan: die Formel, mit der der Muezzin die Gläubigen in die Moschee (bzw. zum Gebet) ruft

Babar, Babur: zentralasiatischer Eroberer (1483–1530) mongolischer Abstammung, Begründer und erster Herrscher des Mogulreiches

Bali Bajrang: volkstümlicher Beiname des Affengottes Hanuman, des ergebensten Gefolgsmanns *Ramas*; als Ramas Bruder im Kampf lebensgefährlich verwundet wurde, sollte Hanuman ein Heilkraut vom Berg Dronagiri holen; er flog los, da er aber nicht wusste, wie das Kraut aussah, nahm er einfach den ganzen Berg mit

Basavanna: (1106–1167/8) berühmter südindischer »Dichter-Heiliger« (mystischer Dichter); *Shiva*-Verehrer

Bazar: bedeutet nicht nur »Basar«, sondern auch im weiteren Sinne den Stadtteil, in dem sich dieser befindet

bhai: Bruder; auch suffixartig an Eigennamen angehängt

bhang: eine Paste aus zerstoßenen Blüten und Blättern der Hanfpflanze

Bhavani: kriegerische, furchterregende Erscheinungsform der Großen Göttin Durga, der Gemahlin *Shivas*

bidi: kleine, billige »Zigarette«, deren Hülle aus einem Tabakblatt besteht

bismillah-i rahman-i rahim: (Arab.) »Im Namen Gottes, des Erbarmers, des Barmherzigen« – mit dieser Formel beginnt (mit einer Ausnahme) jede Sure des Korans; sie kommt außerdem mehrmals im täglichen Gebet (*namaz*) vor, und Muslime sprechen sie vor Beginn jeder Arbeit oder Unternehmung aus

bund gosht: (wörtl. »eingeschlossenes Fleisch«) mit Fenchel, Kurkuma, Kardamom, Zimt und anderem gewürztes Lammfleisch, das in einem mit Teig versiegelten Topf geschmort wird

buzkashi: afghanisches, auch allgemein zentralasiatisches Reiterspiel, bei dem eine unbestimmte, in die Hunderte gehende Anzahl von Reitern versucht, eine tote Ziege von einem »Tor« zum anderen zu schleppen. Mannschaften gibt es keine; jeder kämpft gegen jeden

chai: ind. Tee, nicht gebrüht, sondern mit Milch, Zucker und evtl. mit Gewürzen aufgekocht

chakra: (Skt.) »Rad«, nach Lehre des Tantra-Yoga eines von sieben (sechs davon im Körper befindlichen) rad- oder lotosförmig gedachten Energie- und Bewusstseinszentren, die durch Yoga-Übungen und/oder durch den Aufstieg der *kundalini* »erweckt« bzw. »geöffnet« werden können

chawl: vor allem für Bombay typisches, in der Kolonialzeit erbautes großes Mietshaus mit ursprünglich sehr kleinen, billigen Wohnungen

chhote navab: »kleiner (muslimischer) Herr«

CKP(s): Chandrasena Kayastha Prabhu; eine nichtbrahmanische, aber sozial hoch stehende hinduistische Gesellschaftsgruppe (»Kaste«)

dari: Baumwollteppich

Dawoodi Bohra(s): wichtigster Zweig der Bohras, einer *ismailitischen* (islamischen) ind. Sekte

Deshastha-Brahmanen: brahmanische Unterkaste; urspr. v. a. aus *Maharashtra*

dharma: (Skt.) im Hinduismus das »Recht«, das »Richtige«, die Gesamtheit der für jede Kaste verbindlichen Pflichten und die kosmische Weltordnung

dhoti: traditionelle Beinbekleidung der hinduistischen Männer – ein (meist weißes) Baumwolltuch, das um die Hüften geschlungen und zwischen den Beinen hindurchgezogen wird, wodurch eine Art knielange Pluderhose entsteht

Dilip Kumar: ind. Filmstar der 40er- und 50er-Jahre (aber auch lange danach sehr erfolgreich), den viele als den größten indischen Schauspieler überhaupt ansehen; seit 2000 Mitglied des Oberhauses im ind. Parlament

Director of Studies: (Engl.) an britischen Universitäten für die Organisation der einzelnen Studienprogramme verantwortlicher Dozent

Fatehpur Sikri: Stadt im Südwesten des Bundesstaates Uttar Pradesh; 1569 von *Akbar* als Hauptstadt gegründet, bereits 1586 wegen unzureichender Wasserversorgung aufgegeben; zahlreiche gut erhaltene Bauwerke

Gandhara: altind. Provinz im heutigen O-Afghanistan und NW-Pakistan, v. a. berühmt wegen ihrer buddhistischen Kunst (1.–5. Jh.), die durch eine einzigartige Verschmelzung von ind. mit hellenistisch-römischen Elementen geprägt ist

Ganesh: elefantenköpfiger Sohn *Shivas*; sehr beliebter hinduistischer Gott, Beseitiger von Hindernissen, Schutzherr der Gelehrsamkeit und des guten Anfangs

garbha-garbha: (Skt.) wörtl. »Schoß-Schoß«; das Allerheiligste hinduistischer Tempel, der Raum, in dem sich das Bild der Gottheit befindet, heißt »garbhagriha – Schoß-Haus«, Garbha-Garbha ist gewissermaßen eine Steigerung davon

Gargantua und Pantagruel: fünfbändiger Romanzyklus aus dem 16. Jh. von François Rabelais; Klassiker der Weltliteratur

ghee: geklärte Butter, wird nicht nur zum Kochen verwendet, sondern spielt auch bei vielen hinduistischen Ritualen eine wichtige Rolle

har koî châhtâ hai ek mutthî âsmân: »Jeder sehnt sich nach einer Hand voll Himmel«; Titelsong aus dem Hindifilm »Har koî châhtâ hai« (1973)

Hassan und Hussain: Enkel des Propheten Muhammad, die in der gesamten islamischen Welt – mit besonderer Inbrunst aber von den Schiiten – als Märtyrer und Heilige verehrt werden; Hassan, der 2. Imam der Schiiten, starb 670; Hussain, der 3. Imam, starb 680 am 10. *muharram* in der Schlacht von Kerbela

hijra: Eunuch; die Hijras bilden eine kastenähnliche Gesellschaftsgruppe und verdienen sich ihren Lebensunterhalt als Sänger und Tänzer, daneben auch als Prostituierte; obwohl einerseits gesellschaftlich geächtet, gelten sie als glückbringend, deswegen werden sie gerne zu Hochzeiten und ähnlichen Feierlichkeiten eingeladen

hill-station(s): (Engl.) »Bergposten«; von den Briten an zahlreichen landschaftlich reizvollen und klimatisch angenehmen Orten in Indien gebaute Siedlungen an den Südhängen des Himalaya, in den West-Ghats, in den südind. Nilgiri-Bergen, in die sich die brit. Kolonialbeamten während der heißesten Monate des Jahres zurückzogen; beliebte Ferienorte von hohem Prestigewert

huri: schönes, ewig jungfräuliches Mädchen im islamischen Paradies

id ke chand: »Id-Mond«; der glückverheißende Neumond, der das Ende des Fastenmonats *ramzan* anzeigt

idli(s): gedämpfte Klöße aus gesäuertem Reis und Hülsenfrüchten, die meist zu *sambar* gegessen werden; typisches südind. Gericht

Indian Administrative Service: die »administrative Aristokratie« des Landes; zentral ausgebildet, mit ausgeprägtem elitärem Korpsgeist und enormem Einfluss und Prestige; obwohl Beamte der Union, besetzen IAS-Beamte alle höheren Posten in den Verwaltungen der Staaten

inshallah: (Arab.) »so Gott will«

ismailitisch, Ismailiten: muslimische Schiitensekte; der Agha Khan ist deren religiöses Oberhaupt

Jain(s): Anhänger einer etwa zeitgleich mit dem Buddhismus entstandenen Religion, die großen Wert auf die Schonung allen Lebens und die Verrichtung guter Werke legt

Jama Masjid: »Freitagsmoschee«; die größte und wichtigste Moschee einer Stadt

jan: »Leben«, »Liebling«; an Eigennamen oder Verwandtschaftsbezeichnungen angefügt im Sinne von »liebe(r) XY«

jehannam: Dschehenna, islamische Hölle

ji: Respekt und/oder Zuneigung ausdrückendes Suffix; wird an Eigennamen, Verwandtschaftsbezeichnungen, Titel usw. angehängt

jihadi: »Gotteskrieger«; Kämpfer in einem »Heiligen Krieg« (Dschihad)

Just say no!: von Nancy Reagan propagierter Slogan (und nach ihm benannte Kampagne) als Mittel gegen Drogenmissbrauch (und später auch Gewalt, vorehelichen Sex u. a. m.)

Kabir: (1440–1518) berühmter ind. Heiliger, Mystiker und Dichter, der die Gleichwertigkeit aller Religionen und die essenzielle Gleichheit aller Menschen lehrte und sich insbesondere um die Vermittlung zwischen Hinduismus und Islam bemühte

Kangchenjunga: dritthöchster Berg der Welt, zwischen Nepal und Sikkim gelegen; seit 1974 höchster Gipfel Indiens

Kangra-(Malerei): im nordwestind. Fürstenstaat Kangra entstandene Malereischule; Blütezeit etwa 1770 bis letztes Viertel des 19. Jh.s

Kanyakumari: südlichster Punkt des ind. Subkontinents, an dem sich auch ein berühmter Tempel der gleichnamigen jungfräulichen Göttin befindet

Kathak-(Tanz): einer der klassischen ind. Tanzstile, bei dem v.a. die Fußarbeit sehr betont wird; die Tänzerinnen und Tänzer tragen an den Fußknöcheln üppige Schellenmanschetten, mit denen sie die komplexen Rhythmen artikulieren

khala: Tante mütterlicherseits; wird als Suffix an Namen angehängt

Khoja(s): muslimische Kaufmanns»kaste«

khuda hafiz: etwa »der Herr sei (dein/Ihr/euer) Schutz«; »Lebwohl«

kirtan: »Lobpreisung«; meist in der Gruppe gesungene, ständig wiederholte Lobpreisung einer (hinduistischen) Gottheit – oft nur Wiederholung deren verschiedener Namen

Kohel: schwarze Farbe zum Ausmalen des inneren Lidrands

kotha: Bordell, auch Vergnügungsviertel

Krishna: einer der beliebtesten hinduistischen Gottheiten; gilt zwar als (8.) Inkarnation des Gottes Vishnu, wird aber als eigenständiger Gott verehrt

kukri: großer Krummdolch der nepalesischen Gurkhas

kundalini: (Skt.) »die Geringelte«; göttliche weibliche Energie, die nach tantrischer Lehre »wie eine Schlange aufgerollt« im untersten *chakra* schlummert, aber durch geeignete Übungen (oder auch durch einen *siddha*) geweckt und nach und nach durch die sechs weiteren Chakras emporgeführt werden kann, bis sie sich im obersten, nicht mehr im Körper befindlichen Chakra mit dem männlichen Prinzip vereinigt; dort befindet sich die »Schnittstelle« zwischen dem individuellen und dem göttlichen oder kosmischen Bewusstsein

kurta: nur am Kragen geknöpftes, sonst geschlossenes, etwa hüftlanges hemdartiges Kleidungsstück

lakh: ein lakh ist gleich 100.000 (hier: Rupien)

Lalla: von Hindus wie von Muslimen gleichermaßen verehrte kaschmirische Heilige und Dichterin des 14. Jh.s; eine Verehrerin *Shivas*

Lashkar-e-Zia: etwa »Zia der Guerilla«; gebildet in Anlehnung an »Lashkar-e-Toiba«, einer in Kaschmir operierenden Terrororganisation

lungi: knöchellanges, um die Hüften geschlungenes und vorn gefältelt geschürztes Tuch; in Südindien normale männliche »Beinbekleidung«, im Norden vor allem zu Hause getragen

Mahabharata: wohl zwischen 400 v. Chr. und 400 n. Chr. entstandenes sehr umfangreiches, in Indien weithin bekanntes und beliebtes Sanskrit-Epos, das in seinem Kern den Kampf zwischen zwei miteinander verwandten, aber verfeindeten Fürstengeschlechtern behandelt

mahant: Oberpriester eines Hindutempels; hinduistischer Mönch

Maharashtra: ind. Bundesstaat; Hauptstadt ist Bombay (heute: Mumbai)

maharshi: (Skt.) »großer Seher«; Ehrentitel für hinduistische Weise

Mallikarjun Mansoor: großer klassischer Sänger, der zwar aus Südindien stammte, aber im nordind. (hindustani) Stil sang; er starb 1992

mamu: die von Urdu sprechenden Muslimen verwendete Bezeichnung für den Onkel mütterlicherseits; wird als Suffix an Namen angehängt

manja: Mischung aus Wachs, Öl (oder Eiweiß) und zerstoßenem Glas, mit der die Drachenschnüre getränkt und dadurch »geschärft« werden

Mann (Mensch, Volk) des Buches: nach muslimischer Auffassung Juden, Christen und Muslime

Maratha(s): allgemein Marathe, ein einheimischer Bewohner *Maharashtras*; konkret ist damit aber ein Hindu und Angehöriger einer »mittleren« Kaste gemeint, also weder ein Brahmane noch ein Niedrigkastiger oder Kastenloser

masala: allgemein Gewürzmischung, sowohl in der Küche als auch z. B. im *pan*

Master: (Engl.) Leiter eines College, das einer Universität angeschlossen oder aber selbstständig ist

matam: Trauer, Kummer, Leid

maulana: Ehrentitel und Anrede für einen bedeutenden muslimischen Gelehrten

maulvi: muslimischer Rechtsgelehrter und Lehrer für Persisch und Arabisch

mian: respektvolle Anrede für einen muslimischen Mann

muharram: erster Monat des islamischen Mondkalenders; die ersten zehn Tage des Muharram sind – besonders für die Schiiten – eine Trauerzeit zum Gedenken an alle schiitischen Märtyrer und insbesondere an Hussain (vgl. *Hassan* und *Hussain*)

muni: (Skt.) »Weiser«, »Seher«

namaz: (Pers.) täglich fünf Mal zu verrichtendes Gebet der Muslime

navab: muslimischer Adliger oder Herrscher; im weiteren Sinne ein reicher Herr

navratnas: (Skt.) neun Männer (Gelehrte, Künstler, Feldherren usw.), die *Akbar* zu sich holte und die gewissermaßen die »Kronjuwelen« seines Hofes darstellten

Neobuddhisten: der Buddhismus ist in seinem Heimatland Indien eigentlich seit vielen Jahrhunderten ausgestorben; seit Mitte des 20. Jh.s findet diese Religion, die das Kastensystem und alle dadurch bedingten Ungerechtigkeiten ablehnt, durch die Bemühungen des Sozialreformers B. R. Ambedkar – vor allem in dessen Heimat *Maharashtra* – immer mehr Anhänger unter den Unberührbaren

Ooty: Ootacamund (Utakamand), berühmte *hill-station* in den südind. Nilgiri-Bergen

paisa: ein Hundertstel einer Rupie

palangtod: spezielle aphrodisierende *pan*-Art mit Kokain oder geröstetem *bhang*

pan: Genussmittel, das meist nach dem Essen gekaut wird: ein Betelblatt mit darin eingewickelten Stückchen Betelnuss, Kalk und verschiedenen Gewürzen

Pandava: die Pandavas sind die fünf Söhne des Pandu, die im *Mahabharata* von ihren bösen Cousins aus ihrem Reich vertrieben werden, nach vielen Abenteuern und einer langen Schlacht aber schließlich wieder an die Macht kommen; der älteste, Yudhishthira, war derart rechtschaffen, dass er eine Handbreit über dem Erdboden schwebte

Parsi(s): Zoroastrier; Anhänger der von Zarathustra zwischen 1000 und 700 v. Chr. gegründeten Religion; die seit der Flucht vor den Moslems in Westindien lebenden Zoroastrier werden in der Regel als Parsis bezeichnet

Pathare Prabhu(s): im 13. Jh. aus Gujarat eingewanderte, in Bombay ansässige Volksgruppe

paya: scharfes Curry-Gericht aus Ziegenfüßen

Pipal: Bodhibaum; unter einem solchen Baum soll der Buddha die Erleuchtung erlangt haben (Ficus religiosa)

pitambar: gelbseidene *dhoti*, die bei feierlichen religiösen Anlässen getragen wird

pomfret: ein in der süd- und südostasiatischen Küche besonders geschätzter Speisefisch mit sehr zartem weißem Fleisch

pranayama: (Skt.) »Zügelung des Atems«; spezielle Yoga-Atemübungen

qavvali: (von Arab. qawwâl: »Volkssänger, Wanderpoet«) volkstümlicher religiöser (muslimischer) Gesang, der zu Instrumentalbegleitung von einer Gruppe vorgetragen wird

qazi: »Richter«; muslimischer Gelehrter

Rahim: (Arab.) »der Barmherzige«; Beiname Allahs

raja: »König«; Titel hinduistischer Fürsten

Ram, Rama: (7.) Inkarnation des Gottes Vishnu; wird auch eigenständig als Gott verehrt; der Name wird oft gleichbedeutend mit »Gott« verwendet

Ramanujan, Srinivasa: (1887–1920) genialer ind. Mathematiker

ramzan: Ramadan, der islamische Fastenmonat

rasta roko: »Sperr die Straße!«

Rumi, Dschelal ad-Din: (1207–1273) bedeutendster persisch schreibender islamischer Mystiker und Dichter

sahab: »Herr«; oft als respektbezeugendes Suffix an Namen angehängt

salvar-kamiz: vor allem von nordind. Frauen getragene Kleidung, bestehend aus einer weit geschnittenen, an den Knöcheln engeren Hose (salvar) und einem etwa knielangen, seitlich geschlitzten Hemd (kamiz)

sambar: scharfe Linsen-Gemüsesuppe

santur: im ganzen nahen und mittleren Osten, Nordindien und bis China verbreitetes, dem Hackbrett oder dem Zimbal vergleichbares, durch Klöppel gespieltes Saiteninstrument (Kastenzither)

Sardar Vallabhai Patel: (1875–1950) ind. Rechtsanwalt und Staatsmann; einer der Führer des Indian National Congress während des Kampfes um die Unabhängigkeit; bekleidete danach mehrere hohe politische Ämter

sarod: gut 1 m langes, gezupftes bundloses lautenartiges Saiteninstrument aus Nordindien mit 6 oder 8 Spiel- und unterschiedlich vielen Resonanzsaiten

Schandschleier: zur Steinigung verurteilten Personen wird der Kopf damit verhüllt

Senior Tutor: (Engl.) an britischen Universitäten ein graduierter Student oder ein Dozent, dessen Aufgabe es ist, einen oder meist mehrere Studenten akademisch zu betreuen und zu kontrollieren

Shakta-Muni: (Skt.) hier Eigenname; bedeutet aber wörtl. »shaktistischer Asket«

sharara: sehr weite, rockähnliche Hose (kaum als solche zu erkennen)

sher: (Pers.) 1) Tiger, Löwe 2) Reimpaar der Urdu-Dichtung

shervani: lange, eng anliegende, durchgehend geknöpfte Jacke

shilajit: (Skt.) »Keuschheits-Besieger«; ein Aphrodisiakum

Shimpi(s): Angehörige einer Schneiderkaste in *Maharashtra*

Shiva: neben Vishnu und der Großen Göttin (Durga, Kali, *Bhavani* usw.) eine der hinduistischen Hauptgottheiten

Shivaratri: (Skt.) die »Nacht *Shivas*«; wichtiges hinduistisches Fest; es wird am 14. Tag der »dunklen« Hälfte des Mondmonats Magh (Januar/Februar) gefeiert

siddha: (Skt.) »Erfolgreicher«, »Vollendeter«; ein Mensch, der durch Askese, Yoga-Übungen, Verehrung einer bestimmten Gottheit usw. (traditionell acht) übernatürliche Fähigkeiten (*siddhi*) erlangt hat

siddhi: (Skt.) die übernatürliche Macht – beziehungsweise eine der acht übernatürlichen Fähigkeiten – eines *siddha*

Sikh(s): Anhänger einer monotheistischen Religion, die hinduistische und islamische Elemente in sich vereinigt

Sindhi(s): Volksgruppe; urspr. Einwohner der südostpakistanischen Provinz Sindh (Hauptstadt: Karachi)

Soma: eine Pflanze, aus der in vedischer Zeit (rd. 1500–500 v. Chr.) ein gleichnamiger Rauschtrank gepresst wurde, der im Opferritual eine zentrale Rolle spielte; um welche Pflanze es sich handelte, ist seit langem nicht mehr bekannt

SSC: Secondary School Certificate; Abschlusszeugnis einer weiterführenden Schule; entspricht in etwa der mittleren Reife

Suleimani Bohra(s): Anhänger einer islamischen Sekte

svami, swami: (Skt., Hindi) »Herr«; Titel von Mitgliedern bestimmter hinduistischer Mönchsorden; allg. respektvolle Bezeichnung und Anrede für einen »heiligen Mann«

sweeper: (Engl.) »Feger«, »Putzer«; in Indien gebräuchliche englische Bezeichnung für den Angehörigen einer niederen, verachteten Hindu-Kaste, deren Aufgabe vornehmlich darin besteht, anderer Leute Dreck zu beseitigen

talaq: Verstoßungsformel, durch die sich ein islamischer Ehemann ansonsten formlos von seiner Frau lossagt

Tantrismus: Schule des Hinduismus und Buddhismus, die mit magisch-yogischen Praktiken das Einswerden mit der jeweils verehrten Gottheit (meist *Shiva* oder dessen Gemahlin, der Großen Göttin) anstrebt

thali: rundes Metalltablett mit Rand, auf dem alle Gerichte einer traditionellen ind. Mahlzeit gleichzeitig serviert werden

thandai: erfrischendes Getränk aus verdünnter Milch, viel Zucker, Mandeln, Mohnsamen und verschiedenen Gewürzen; bei manchen Festen wird zusätzlich *bhang* mit hineingerührt

tika: Punkt aus Sandelpaste, Zinnober u. a. auf der Stirn, den sich Hindus nach ritueller Verehrung einer Gottheit auftragen

tola: ältere ind. Gewichtseinheit; entspricht etwa 12 g

Tukaram: (1608–1649) berühmter Marathi-Dichter und Mystiker, Verfasser von über 4000 religiösen Gedichten, größtenteils Hymnen auf den volkstümlichen Gott Vithoba

upma: ursprünglich südindischer würziger Snack aus Grieß, schwarzen Linsen, Cashewnüssen, Chilis, Zwiebeln und verschiedenen Gewürzen

ustad: »Lehrer«, »Meister«; oft Ehrentitel für bedeutende ind. Musiker

vali: »Verfechter einer Sache«, »Bekenner«; muslimischer Heiliger

Wackeln, mit dem Kopf: Inder nicken nicht, um eine Frage zu bejahen oder Zustimmung auszudrücken, sondern wackeln mit dem Kopf, was von Westlern leicht als »nein« missverstanden wird

ya: Anrufungspartikel: »oh!«, »ach!«

Louis de Bernières
Traum aus Stein und Federn
Roman
Aus dem Englischen von
Manfred Allié und Gabriele Kempf-Alliè
Band 16648

In einem atemberaubenden Roman macht Louis de Bernières eine vergessene Stadt im Südwesten Anatoliens zur Mitte der Welt. Mit schillernden Farben erschafft er einen Kosmos, in dem vor hundert Jahren Türken und Griechen, Christen und Muslime in Frieden nebeneinander lebten. Bernières lässt Iskander den Töpfer auftreten, Georgio, den Händler, Rustem Bey, der in Istanbul nach einer Mätresse sucht, und schließlich die schöne Philotei, an deren Liebe zu Ibrahim sich die Stadt entzweit.
In seinem Weltbestseller erschafft er mit schillernden Farben aus einer kleinen Stadt am Rand des Osmanischen Reiches einen Kosmos, in dem vor 100 Jahren Türken und Griechen, Christen und Muslime in Frieden miteinander lebten. Bis das fragile Gewebe aus Freundschaft und Not, aus kleinen Betrügereien und großem Aberglauben zerreißt.

»Das meisterhafte Buch schildert den Niedergang
einer Kleinstadt in Anatolien – und warnt
vor Nationalismus und religiösem Eifer.«
Ulf Lippitz, Spiegel online

Fischer Taschenbuch Verlag

fi 16648 / 1

Vikram Seth

Eine gute Partie

Roman

Aus dem Englischen von Anette Grube

Band 16513

Savita heiratet Pran, einen jungen Mann, den sie kaum kennt. Die prunkvolle Zeremonie ist noch nicht beendet, da widmet die Mutter der Braut sich schon ihrer nächsten Aufgabe: eine gute Partie für ihre jüngste Tochter zu finden. Denn die schöne Lata wird schon neunzehn, aber der passende Mann muss natürlich der richtigen Kaste entstammen, und hellhäutig soll er auch noch sein. In dieser einfachen Konstellation findet Vikram Seth alles, um uns Indien, seine Tänze und Tränen, vor Augen zu stellen, seine Farben und Stoffe, sein Glück und sein Leid.

»Wohl das fruchtbarste und gewaltigste Epos der zweiten Hälfte unseres Jahrhunderts.«
The Times

»Es ist Seths Neugier auf den Alltag, der Reichtum an Szenen und Stimmen, der seinen Roman zu einem Meisterwerk macht.«
Der Spiegel

Fischer Taschenbuch Verlag

fi 16513 / 1

Vikram Seth

Zwei Leben

Porträt einer Liebe

Aus dem Englischen von Anette Grube

Band 16478

In »Zwei Leben« erzählt Vikram Seth zärtlich und präzise von einer wahren Liebe, die ein ganzes Jahrhundert umspannt. Mit zurückschauender Sehnsucht berichtet er von zwei Menschen, seinem Onkel Shanti und Tante Henny, die sich an der Wegkreuzung von indischer Diaspora und jüdischem Exil trafen: ein bewegendes Denkmal und erzählerisches Kunststück zugleich.

»Ein erstaunliches, ein zauberhaftes,
ein umwerfendes Buch.«
Sascha Lehnartz, Frankfurter Allgemeine Sonntagszeitung

»Eines der ungewöhnlichsten Bücher über die Liebe.«
Franziska Wolffheim, Brigitte woman

Fischer Taschenbuch Verlag

fi 16478 / 1

Rohinton Mistry
Die Quadratur des Glücks
Roman
Aus dem Englischen von Rainer Schmidt
Band 15635

Wie viel Liebe braucht es, um eine Familie zusammenzuhalten? Die Harmonie in Nariman Vakeels Haus in Bombay ist brüchig. Als der Patriarch einen Unfall hat, verändert sich das Leben seiner Tochter Roxana und aller Verwandten auf dramatische Weise.

»Voller Humor, mit liebevoller
Eindringlichkeit bringt Mistry uns das Leben
der Menschen nahe. Ein Traum, den wir alle gern träumen.
Der Inder Mistry hat uns viel zu sagen.«
Frankfurter Allgemeine Zeitung

»Ein Familienroman, wie er schöner nicht sein könnte.«
Brigitte

Fischer Taschenbuch Verlag

fi 15635 / 1

Rohinton Mistry

Das Gleichgewicht der Welt

Roman

Aus dem Englischen von Matthias Müller

Band 14583

Man schreibt das Jahr 1975. Der Ort: Bombay. Hier treffen vier Menschen aufeinander: Dina Dalal, eine Frau, Anfang Vierzig und seit fast zwanzig Jahren verwitwet; Maneck Kohlah, ein Student aus dem Himalaja; Ishvar Darji, ein unglaublicher Optimist, und sein widerspenstiger junger Neffe Omprakash – zwei Schneider, die vor den unerträglichen Verhältnissen auf dem Land in die Stadt geflohen sind. Diese vier lernen sich kennen, achten und lieben und werden doch vom Schicksal wieder auseinandergerissen.

Rohinton Mistry holt weit aus und erzählt von den Lebenswegen, die diese Menschen zu dem gemacht haben, was sie sind. ›Das Gleichgewicht der Welt‹ lässt den indischen Subkontinent vor den Augen des Lesers entstehen – und es ist ein gewaltiges wie auch gewaltsames Bild einer Gesellschaft, die nur auf den ersten Blick fremd erscheint.

»›Das Gleichgewicht der Welt‹ ist ein Meisterwerk, und Rohinton Mistry stellt sich gleich als einer der großen Erzähler unserer Zeit vor.«
Frankfurter Allgemeine Zeitung

Fischer Taschenbuch Verlag

fi 14583 / 1

Orhan Pamuk

Rot ist mein Name

Roman

Aus dem Türkischen von Ingrid Iren

Band 15660

Im Osmanischen Reich tobt 1591 der Bilderstreit, das Land ist zerrissen zwischen Tradition und Moderne. Da wird bei der Arbeit an einem prachtvollen Bildband der Vergolder ermordet. Eines ist klar: der Mörder befindet sich unter den Künstlern und sein Stil wird ihn verraten. – Ein farbenprächtiges Märchen, ein spannender Krimi und eine leidenschaftliche Liebesgeschichte.

»Ein wunderbar reiches Stück Weltliteratur.«
Frankfurter Allgemeine Zeitung

»Rot ist sein Name und groß dieses Buch.«
Süddeutsche Zeitung

Fischer Taschenbuch Verlag

fi 15660 / 2

Orhan Pamuk

Schnee

Roman

Aus dem Türkischen von Christoph K. Neumann

Band 17456

Kaum ist Ka aus dem Exil in die Türkei zurückgekehrt, da soll er in seinem Geburtsort über eine merkwürdige Selbstmordserie berichten. Doch ein schrecklicher Schneesturm trennt die anatolische Provinzstadt von der Außenwelt. Ka ist auf sich selbst gestellt und erlebt auf Messers Schneide die Widersprüche von Orient und Okzident – ein Roman über Kunst, Liebe, Macht und die Frage nach Gott.

»Pamuk besticht durch seine Dialoge, die komplexe Konstruktion und die subtile Zeichnung seiner Figuren ... Das ist kein Wunder, sondern Literatur.«
Frankfurter Allgemeine Zeitung

Fischer Taschenbuch Verlag

fi 17456 / 1